AUX MARCHES DU PALAIS

DU MÊME AUTEUR
CHEZ POCKET

Les Tisseurs d'or
La tulipe d'or
Le masque de Venise

ROSALIND LAKER

AUX MARCHES DU PALAIS

PRESSES DE LA CITÉ

Titre original : *To Dance with Kings*

Traduit par Renée Tesnière

Édition originale Doubleday and Co., Inc.

ISBN 2-266-04958-5

Pour ma petite-fille Jenny

1

Un matin de mai 1664, quatre jeunes cavaliers pénétraient en trombe dans le village de Versailles. Les plumes cramoisies, vert émeraude et violettes qui ornaient leurs chapeaux flottaient au vent, et les oies s'égaillaient en cacardant devant leurs montures.

— Nous aurions dû arriver ici bien plus tôt, cria Augustin Roussier à ses compagnons.

Il tira sur les rênes, et son cheval se cabra. Les trois autres jeunes gens firent halte à leur tour pour observer l'animation qui les entourait.

— Si je ne me trompe, les meilleurs logements sont sûrement déjà pris !

Les voies creusées d'ornières étaient encombrées de véhicules élégants, la plupart venus de Paris où ils étaient certainement plus à leur place que dans ce cadre campagnard. Le soleil faisait jaillir des éclats lumineux des caisses dorées, des harnais polis, l'air chaud s'embrumait de la poussière soulevée par les roues, les sabots. Six cents membres de la noblesse avaient été invités à la première grande fête jamais donnée au rendez-vous de chasse. Les dimensions restreintes du lieu ne permettaient d'accueillir que quelques privilégiés, parmi les invités du Roi.

Augustin et ses amis remirent leurs montures en marche, à une allure plus raisonnable.

— Est-ce la peine d'aller voir s'il reste une chambre libre dans une auberge ? demanda l'un d'eux. Il existe trois hôtelleries, je crois.

— A mon avis, c'est inutile, Léon. Voyez ! Même ces misérables masures sont occupées, répondit Augustin, dont la main gantée désignait les pauvres maisonnettes de pierre devant lesquelles ils passaient.

Des arrivants élégamment vêtus en franchissaient les seuils d'un pas précautionneux. Jamais encore ils n'avaient pénétré dans des logis aussi humbles. Leurs serviteurs les suivaient, chargés de coffres et de bagages.

— A ce train-là, ceux que nous avons laissés derrière nous sur la route auront bien de la chance s'ils trouvent une écurie.

Augustin était le chef tout désigné de leur petite bande joyeuse. Ils s'étaient liés d'amitié au cours de leur première année de service dans la 1re compagnie des mousquetaires du Roi : c'était là l'épreuve requise de tout jeune courtisan soucieux d'avancer sa carrière à la Cour. A peine âgé de vingt ans, né d'une famille huguenote et d'un père qui gérait d'importants intérêts financiers, Augustin était un beau cavalier, à la haute taille élancée.

Comme la plupart des jeunes gens de son âge, il préférait à la grande perruque à la mode ses propres cheveux, fournis, bouclés et assez longs pour descendre jusqu'à ses larges épaules, selon la coiffure en vogue. Cette abondante chevelure aile de corbeau encadrait un visage dont les traits les plus accentués étaient la mâchoire carrée et le nez proéminent légués par ses ancêtres. Entre les sourcils drus, le vert des yeux longs et étroits brillait d'un étrange éclat. La grande bouche avait quelque chose de vigoureux, de passionné.

Comme toujours lorsqu'ils étaient ensemble, Augustin et ses amis — Léon Postel, François Esconde et Jacques de Fresnay — étaient prêts à saisir toute occasion de frasque ou de jeux dangereux. En chemin, depuis Paris, ils avaient trompé leur ennui par bon nombre de divertissements : se défier à la course, par exemple, faire de brusques écarts devant des attelages de qualité ou jouer les jeunes coqs auprès des jolies femmes dont ils croisaient les carrosses.

— Arrêtons-nous au moins d'abord pour boire une lampée de vin.

François passa un doigt sous sa cravate ornée de dentelles. Son visage tacheté de son se couvrait de gouttes de sueur.

— J'en suis ! appuya Jacques, le garçon blond aux traits aquilins. La poussière de la route m'a desséché la gorge. Il y a là-bas une échoppe de marchand de vins.

— Nous ne pouvons encore nous permettre de nous arrêter.

Augustin se retourna sur sa selle, fit signe à son serviteur de venir le retrouver. Les valets des jeunes gens les avaient maintenant rejoints et les suivaient de près, avec d'autres chevaux chargés de paniers et de coffres.

— Va acheter quelques bouteilles du meilleur vin qui se puisse trouver en ces lieux, ordonna Augustin, et suis-moi.

Le vin, âpre et grossier, fut néanmoins le bienvenu quand la quête d'un logis demeura sans résultat. Tandis que les serviteurs se chargeaient de heurter aux portes, Augustin et ses compagnons en avalaient de grandes lampées dans leurs gobelets de voyage en argent. La force du breuvage prit tout son effet lorsque la chaleur de midi vint encore accentuer la soif des jeunes gens. Ils devinrent de plus en plus bruyants. Le moindre incident les jetait dans des paroxysmes d'hilarité, et les amusements ne manquaient pas. Des femmes chaussées de satin posaient par mégarde le pied dans une bouse de vache, ce qui provoquait parfois une perte d'équilibre et des cris aigus de colère et de consternation. Leurs galants, aussi peu habitués qu'elles à de pareils désagréments, sautaient à bas de leurs montures pour accabler de coups les malheureux valets qui n'avaient pas su leur dénicher un logement dans ce qu'il restait de maisons décentes.

Le curé du village, pris de pitié, avait ouvert son presbytère à quelques femmes, mais il courait maintenant comme un écolier, dans l'envolée de sa soutane, pour aller fermer les portes de son église du XIIe siècle avant que quelqu'un ne songeât à s'y installer pour la nuit. Inévitablement, il le savait mieux que personne, il se produirait toutes sortes de désordres avant la fin de la fête royale. Augustin, en riant, amena son cheval noir jusqu'aux marches de l'édifice et se pencha pour offrir au saint homme un gobelet de vin. Le prêtre leva ses deux mains blanches en un geste de refus et détala vers son presbytère.

Progressivement, les recherches s'éloignaient du centre du village. Versailles, situé sur la grande route de la Normandie à Paris, était plus à même d'héberger les voyageurs que les hameaux avoisinants, mais, déjà, certains s'étaient mis en chemin vers Clagny, Saint-Cyr ou Trianon, dans l'espoir de s'y attribuer les meilleurs logements, sans savoir qu'ils ne pouvaient s'attendre au moindre confort dans ces hameaux accablés par la misère.

Le serviteur d'Augustin, qui venait de visiter une rangée de misérables chaumières, évita de justesse l'un de ces carrosses en partance et, hors d'haleine, révéla le résultat de ses recherches :

— Tout est occupé, excepté la dernière maison : la maîtresse est en couches, et l'on ne reçoit personne.

Augustin haussa un sourcil incrédule.

— Voudrais-tu dire que tu as enfin découvert un logement, et qu'on t'en a refusé l'accès ?

— La femme est près d'accoucher...

— Hors de mon chemin !

Augustin se jeta à bas de son cheval, se tourna vers les trois autres avec un grand geste.

— Venez, mes amis ! S'il s'agissait là d'une naissance royale, nous pourrions de plein droit assister à la délivrance ! Une paysanne n'a pas le moindre motif de nous tenir à l'écart !

Il se dirigeait déjà vers la chaumière. Avec de grands cris, comme s'ils entraient en bataille, les trois autres mirent pied à terre et se précipitèrent à sa suite. La porte était fermée au loquet. Augustin l'ouvrit à la volée et entra à la tête de ses compagnons. Ils se trouvèrent dans la pièce unique, blanchie à la chaux et dallée de pierre, qui servait à tous les usages. Elle était sommairement meublée d'une table équarrie à la serpe, d'un dressoir et de bancs. Il y régnait une chaleur étouffante, car les fenêtres étaient étroitement closes. Dans l'angle le plus éloigné, une matrone, penchée sur un lit, se retourna d'un bloc. Elle avait relevé ses manches au-dessus des coudes, son tablier était souillé. Son visage rubicond, couvert de sueur, avait pris une expression indignée devant une telle intrusion. D'un geste prompt, elle jeta un coin de drap sur les jambes relevées de la femme gémissante qu'elle assistait et se planta dans une attitude hostile, les pieds bien écartés, les poings aux hanches.

— Messieurs ! Vous devez sans tarder sortir d'ici ! Mme Drémont ne saurait servir personne, et il n'y a pas de place pour vous ici !

Un hurlement de souffrance la ramena au chevet de sa patiente. La femme en travail reprit son souffle, relevant faiblement la tête :

— Qui est là ?

La sage-femme tendit la main pour tirer la courtine déchirée mais elle avait trop tardé. Le regard douloureux de Jeanne Drémont s'emplit d'horreur à la vue des quatre jeunes gens qui s'avançaient vers elle. Elle se mit à hurler, lâcha la corde tendue en travers du lit pour aider ses efforts et s'accrocha de toutes ses forces à la main de la matrone.

— Faites-les partir ! N'en ai-je pas déjà assez enduré aujourd'hui ?

Augustin repoussa la courtine le plus loin possible pour regarder la femme. Elle pouvait avoir environ trente-cinq ans mais elle en paraissait beaucoup plus : l'ossature saillante du visage avait effacé tout éclat de jeunesse. Sa chevelure terne conservait quelques traces cuivrées mais elle était poissée de sueur. Sous l'effet de la torture à la fois physique et mentale, les lèvres s'étiraient en une grimace grotesque. Augustin fut saisi de compassion.

— Ne vous alarmez pas, madame, lui dit-il d'un ton bienveillant. Nous ne vous demandons pas votre lit. Quelques couvertures propres et de la paille saine feront notre affaire.

Voyant qu'il ne lui voulait aucun mal, Jeanne Drémont voulut répondre, mais une nouvelle vague de souffrance l'en empêcha, la traversant de part en part. Elle ne comprenait plus ce qui lui arrivait. Elle voyait à son chevet de jeunes sourires virils, des yeux rieurs, elle s'entendait encourager à grands cris, comme si elle était un cheval de course tout près du poteau d'arrivée. Elle ignorait que la reine de France devait elle aussi endurer la présence de semblables témoins. La sage-femme n'avait plus le temps de discuter : à grands coups de coude, elle s'était fait de la place pour être prête à l'instant de la naissance et elle encourageait sa patiente au milieu du tumulte. Tout souci de décence avait disparu. La parturiente avait senti glisser l'étoffe qui l'avait un moment recouverte. Elle entendit son propre hurlement au moment où elle poussait dans un dernier effort, tout le corps tendu en arc. Tout d'un coup, l'enfant fut là. Quand s'éleva son faible cri, les nobles visiteurs applaudirent. Celui qu'elle avait entendu nommer Augustin lui annonça la nouvelle sans en laisser le temps à la sage-femme.

— C'est une fille! Vous avez une belle petite fille, madame!

Epuisée, Jeanne s'abandonna aux profondeurs du matelas de plumes d'oie, les yeux clos, un sourire aux lèvres. Plus rien d'autre ne lui importait. Les cris vigoureux du nouveau-né étaient pour elle une musique. Après plusieurs enfants mort-nés et quelques fausses couches, elle avait enfin un bébé vivant.

— Donnez-la-moi, implora-t-elle.

La sage-femme avait coupé le cordon, enveloppé l'enfant dans un linge. Lorsqu'elle voulut placer la petite fille dans les bras de sa mère, Augustin lui arracha le petit paquet, l'éleva bien haut, en le couvrant d'un regard affectueux.

— Vous ressemblez à une petite fleur fripée, mademoiselle, plaisanta-t-il.

L'enfant toujours tenue très haut, il décrivait de grands cercles. Ses amis, assemblés autour de lui, se bousculaient en riant. Jeanne, dans son lit, tendait les bras. La peur s'emparait d'elle devant ces jeux brutaux d'hommes pris de vin. Elle était terrifiée à l'idée qu'ils pourraient se mettre à se jeter la petite de l'un à l'autre, comme une balle.

— Donnez-la-moi, monsieur ! Je vous en supplie !

Augustin ne prit pas garde à sa prière. Il continuait à s'adresser au nouveau-né, dont les paupières gonflées palpitaient sur un regard aveugle, sa bouche béante lançant à pleins poumons des cris aigres.

— Une fleur née des prés et des tas de fumier de Versailles, voilà ce que vous êtes, ma petite. Marguerite : voilà un nom qui vous conviendrait. Oui, je vous baptise Marguerite.

Ses amis l'acclamèrent bruyamment. Jeanne serait sortie de son lit si la sage-femme ne l'avait retenue.

— Dans dix-sept ans, continua Augustin en riant, Jacques, François, Léon et moi, nous reviendrons vous faire la cour. Mais ne prêtez aucune attention à eux. C'est moi qui vous suis destiné. En attendant, voici un gage de ma bonne foi.

Il avait un louis d'or dans sa poche. En déposant enfin l'enfant dans les bras de sa mère, il glissa la pièce entre les doigts minuscules.

— Voyez comme elle s'y accroche, madame ! Le temps venu, elle fera une épouse qui coûtera cher à son mari.

Jeanne, que la frayeur avait fait pleurer à chaudes larmes, lui tourna le dos, installa l'enfant tout contre elle d'un geste protecteur. Augustin s'inclina devant l'une et l'autre et tira entièrement la courtine pour les laisser seules avec la matrone.

Quand Théo Drémont rentra en hâte de sa tâche, il entretenait un bien mince espoir que le travail de sa femme, commencé avant le lever du soleil, se fût montré plus productif qu'en maintes occasions précédentes. Après chaque échec, Jeanne était devenue plus difficile, parfois même mentalement dérangée. Trop souvent à son goût, il avait dû s'armer d'un gourdin pour lui faire retrouver la raison, mais il lui fallait songer à sa réputation dans le village : personne ne respectait un homme incapable de se montrer maître chez lui. Après quelques mois passés à pleurer sans répit, Jeanne reprenait le cours de sa vie. Si, après chaque déception, elle était encore un peu moins équilibrée, il était le seul à le savoir.

Il s'immobilisa sur le seuil, bouche bée, devant le désordre qui régnait. Aucune trace de la voisine qui aurait dû lui préparer un repas. A sa place, deux élégants serviteurs, en veste et rhingrave à canons, resserrée aux genoux par des rubans, la taille ceinte d'un tablier, débarrassaient la table des restes d'un repas qui avait dû être copieux, à en juger par le nombre d'os de volaille et de bouteilles vides.

Les fenêtres étaient ouvertes, et, au-dessous, s'entassait de la paille fraîche qui formait quatre lits, chacun recouvert d'un manteau doublé de satin en guise de couverture. Des bottes de cavaliers, astiquées de frais, s'alignaient près des coffres de voyage rangés contre le mur. Tout le jour, du haut de l'échafaudage dressé le long de la grange qu'il bâtissait pour un voisin, il avait vu la noblesse s'abattre comme un grand vol de paons sur le village et il comprenait à présent que sa chaumière avait été investie, elle aussi. Il ne put cependant retenir la question qui lui venait aux lèvres :

— Qu'est-ce qui se passe, ici ?

Les deux serviteurs posèrent sur lui un regard condescendant. Après avoir aidé leurs maîtres à revêtir leurs plus beaux vêtements pour se rendre au pavillon de chasse royal, tous deux, avec leurs camarades, s'étaient préparé avec les provisions dont ils s'étaient munis un repas substantiel et l'avaient dégusté. Quoique de souche paysanne, ils adoptaient, dans la hiérarchie ancillaire, le rang de leurs maîtres et se considéraient bien au-dessus de cet artisan aux épaules massives, aux traits rudes, dans sa crasseuse défroque de maçon. Le plus grand désigna une bourse de cuir posée sur l'entablement d'une fenêtre.

— Voilà ta rétribution, et tu recevras davantage quand nos maîtres seront prêts à partir.

Théo se saisit de la bourse et en versa le contenu dans sa paume calleuse. Une lueur s'alluma dans ses yeux. Plus longtemps durerait la fête donnée par le Roi, et mieux il s'en trouverait. Il empocha la bourse, se rappelant alors ce qui l'avait ramené chez lui avec plus de célérité que de coutume. Il jeta un coup d'œil vers le lit. Les courtines étaient tirées, le silence régnait. Il soupira tristement, se détourna pour accrocher son chapeau, mais toutes les chevilles de bois étaient occupées par des feutres et des manteaux de cavaliers. Il posa son chapeau sur les dalles, s'approcha du lit et ouvrit les rideaux. Il s'attendait à trouver Jeanne les yeux grands ouverts, figée dans sa déception. Il la découvrit endormie, un nouveau-né dans les bras. L'exclamation étouffée de son mari la réveilla. Elle ouvrit les paupières, lui sourit. Son visage avait une expression étrangement heureuse qu'il ne lui avait jamais vue auparavant. Sans savoir pourquoi, il en fut déconcerté.

— Nous avons une fille, Théo. Elle s'appelle Marguerite. Un joli nom, tu ne trouves pas ?

Il oublia sa fugitive impression de malaise. Une idée lui vint : puisqu'elle avait enfin fait la preuve de sa féminité, elle aurait pu au moins lui donner un fils qui aurait porté son propre nom. Mais une fille valait mieux que rien. Elle pouvait l'appeler comme il lui plaisait. Appuyé d'une main sur le lit, il se pencha pour effleurer du bout de l'index la joue de l'enfant endormie.

— Marguerite, hein ? A-t-elle les poumons solides ?

— Tu en auras la preuve bien assez tôt.

— Tout s'est bien passé ?

Jeanne baissa les paupières. Si elle lui contait comment s'étaient conduits les nobles voyageurs, il se courroucerait, et c'est elle qui en subirait les conséquences. Elle n'avait pas vécu avec lui toutes ces années sans savoir à quelles extrémités le portaient ses humeurs. La matrone, brave et compréhensive, avait promis de garder le silence sur le sujet.

Il ne les avait pas embrassées, elle et sa fille, et elle ne s'y attendait pas. Chez les hommes comme Théo, les démonstrations d'affection étaient réservées au temps des fiançailles et prenaient fin après les tout premiers jours du mariage. Elle était logée à la même enseigne que la plupart des femmes du village. Pourtant, elle se sentait différente d'elles. Un élément de sa nature, qu'elle n'était pas toujours en mesure de contrôler, cherchait désespérément une issue qui dépassait sa compréhension et souvent la bouleversait. A cet instant même, il se déployait en elle, silencieux, inquiétant, puissant, comme si, à travers sa fille nouveau-née, il allait trouver son plein accomplissement. Elle posa les lèvres sur le fin duvet qui couvrait la tête de l'enfant.

— J'ai oublié tous les mauvais moments sitôt que j'ai tenu la petite dans mes bras, répondit-elle d'un ton évasif.

— Bon, bon.

Il alla jusqu'à lui tapoter l'épaule à la dérobée. La présence dans la pièce de deux étrangers, tout absorbés qu'ils fussent par leurs tâches, le mettait mal à l'aise. Au fond, c'était un homme timide, plein de bonnes intentions, fait pour une vie tranquille. S'il lui arrivait de traiter rudement sa femme, c'était parce qu'il enrageait de se sentir impuissant devant ce qu'il ne pouvait comprendre et dont il ne savait comment s'accommoder. A sa manière, il avait pour elle autant d'affection qu'elle en avait pour lui.

Il revint aux questions d'ordre pratique.

— Vais-je avoir de quoi dîner ? demanda-t-il.

— Ces serviteurs m'ont donné de quoi manger, et je leur ai demandé de laisser quelque chose pour toi.

Il referma la courtine, et elle exhala un soupir de soulagement. Pour un peu de temps encore, ce lit représentait un sanctuaire pour sa fille et pour elle. Jamais plus elles ne connaîtraient cette solitude commune, cette paix. Elle nourrissait tant d'espoirs pour l'avenir de ce petit être ! L'enfant ne connaîtrait pas un mariage comme le sien, fait de travaux pénibles et de coups, constamment menacé par la famine quand l'ouvrage venait à manquer ou lorsque Théo avait été condamné à des semaines d'inaction par une jambe cassée. Il boitait encore : malgré les éclisses du charpentier, l'os ne s'était pas ressoudé comme il fallait, et elle craignait toujours qu'il ne perdît l'équilibre quand il se trouvait sur un échafaudage.

Elle tourna la tête sur l'oreiller pour poser les yeux sur une fissure, entre les pierres du mur. Elle y avait glissé le louis d'or. Il avait été offert à Marguerite et il viendrait à point lorsqu'elle en aurait besoin, si lointain que pût être ce jour. Elle n'avait pas menti à Théo en affirmant qu'elle avait à peu près oublié les circonstances de la naissance. Sans qu'elle sût trop comment, le cauchemar s'était évanoui, comme s'il avait fait partie des douleurs de l'enfantement. La seule image qui demeurait très vive dans son esprit était celle du jeune homme vêtu de dentelle, de cuir et de drap fin. Il s'appelait, elle le savait maintenant, Augustin Roussier et il avait adressé des compliments à sa fille. Elle avait lu de la bonté dans son regard. Qui pouvait savoir s'il n'avait pas parlé sérieusement en annonçant qu'il reviendrait dans dix-sept ans ? Elle conserverait cette pensée pour conforter ses espérancs, toutes les fois que l'existence serait particulièrement morne, quand la faim ferait souffrir leurs estomacs vides.

C'était Augustin qui avait proposé à ses compagnons de se rendre à pied à la fête, et ils avaient accepté volontiers. Ils s'entendaient bien, se querellaient rarement, mais, quand cela se produisait, les disputes étaient violentes car tous quatre étaient de tempérament vigoureux. Néanmoins, le lien formé entre eux durant leur service chez les mousquetaires du Roi les unissait par l'honneur autant que par l'amitié. Tout au début de leurs relations, ils avaient tiré l'épée au cours d'une violente querelle à propos d'une femme. Depuis, ils avaient fait le serment solennel de ne plus jamais marcher sur les brisées amoureuses de l'un d'entre eux dès l'instant où une revendication verbale aurait été faite. Ils étaient tous gentilshommes : le pacte ne pouvait donc être dénoncé en aucune occasion, même si la situation était très difficile, et particulièrement tentante la femme en cause. Dès lors, leur amitié était restée intacte.

Ils prenaient en marchant l'allure conquérante qui imprimait à leurs courts manteaux un balancement caractéristique et prêtait plus d'arrogance encore à leur posture. Ainsi se déplaçaient les hommes de qualité et d'autorité, comme s'ils possédaient le monde entier et tout ce qui l'habitait. Cette attitude reflétait la structure tout entière de leur société, car la France était l'Etat le plus puissant et le plus prospère d'Europe, unifié et centralisé en la personne même du Roi.

L'exubérance des quatre amis était, s'il se pouvait, plus grande encore que lors de leur arrivée. Toute leur énergie revenue, ils riaient ensemble et se taquinaient les uns les autres avec bonne humeur. Dans le misérable appentis attenant à la chaumière, ils s'étaient lavés à grande eau avant de rentrer, nus et ruisselants, se sécher dans la maisonnette. Ils avaient ensuite passé du linge frais, avant d'enfiler les larges hauts-de-chausses, la veste de soie qui descendait aux genoux et de se coiffer du vaste feutre orné d'énormes plumes dansantes. Une mouche ou deux, sur la joue ou sur le menton, pour donner plus de relief à leurs traits. Finalement, chacun d'eux s'était muni d'un masque en satin pailleté, façonné comme un visage et monté sur une poignée d'ivoire, pour mieux s'intégrer au thème de la fête qui s'intitulait *Les Plaisirs de l'Ile enchantée*. Elle était donnée en l'honneur de la favorite du Roi, Louise de La Vallière, mais la mère et l'épouse du souverain devaient l'honorer de leur présence.

Au moment où se découvraient déjà les grilles du rendez-vous de chasse, les souvenirs d'Augustin le ramenèrent à la première et unique fois où il s'était déjà trouvé en ces lieux, il y avait de cela trois ans, au début de l'été 1661. Le temps, alors, était aussi doux, et le Roi avait organisé la réunion pour un groupe d'amis intimes, dont les âges s'échelonnaient entre dix-huit et vingt-trois ans, celui du souverain. Augustin, récemment arrivé à la Cour, et à qui le Roi n'avait qu'une fois adressé la parole, s'était demandé pourquoi lui, qui n'avait pas plus de seize ans, avait été invité. L'explication la plus plausible, c'était que son père, quelques semaines auparavant, avait rendu au Roi un important service en matière de finances : le fils avait été convié à la place du père, dont l'âge mûr et le comportement austère n'auraient pas été à leur place dans une telle réunion.

Le pavillon, qu'on atteignait en un peu plus d'une heure

depuis Paris, était la propriété personnelle du souverain et se dressait sur une légère éminence qui dominait le village et la campagne alentour. Construit de brique rousse et de pierre crème, coiffé d'ardoises gris-bleu, c'était un petit manoir sans prétention qui avait, à l'origine, constitué une retraite pour le précédent Roi, Louis XIII. De là, lui et ses compagnons de chasse écumaient les forêts et les landes avoisinantes, où abondaient cerfs et autres animaux sauvages. En ses derniers jours, ignorant que la mort était proche, il avait exprimé le souhait de se retirer à Versailles, pour se consacrer à son salut spirituel, dès que son fils aurait atteint sa majorité. Mais lorsqu'il exhala son dernier soupir, ce fils, le nouveau roi de France, n'avait encore que cinq ans.

S'il ressentait la même passion dévorante pour la chasse que son père, allumée en lui lorsqu'il parcourait les forêts qui cernaient Versailles, Louis XIV était devenu un homme fort différent, voué tout autant au plaisir qu'à ses responsabilités royales. Le pavillon était peuplé pour lui des souvenirs heureux de sa prime jeunesse. Tout avait été pour lui ici plaisir et détente. L'idée lui était venue que l'endroit serait bien choisi pour y choyer ceux qui lui étaient le plus chers. Il pourrait, loin de la Cour, y inviter des gens mariés sans leurs partenaires conjugaux, laisser lui-même à Paris sa jeune épouse et retrouver, comme tous ses compagnons, une impression de liberté.

Lors de cette première réunion, Augustin en avait appris long sur la vie. Durant trois jours et trois nuits avait régné une toute-puissante sensualité, provoquée par une généreuse hospitalité, les joies de la chasse et l'exubérance d'une jeunesse dorée. Les liaisons étaient nombreuses mais discrètes, de sorte que rien ne venait troubler l'harmonie qui régnait sous le toit de la demeure et dans le parc où se déroulaient les festivités, faute de salon assez vaste pour y festoyer ou y danser à l'aise.

Depuis cette première visite, Augustin n'avait jamais été invité à l'une de ces réunions intimes mais il n'en avait pas moins continué à s'intéresser au pavillon de chasse et il avait hâte de voir quels changements y avaient été apportés entretemps.

Lui-même et ses trois amis approchaient maintenant de leur but, et le son de la musique leur venait aux oreilles. Les abords du petit manoir présentaient un aspect accueillant. Des rampes semi-circulaires enfermaient une avant-cour, comme pour embrasser quiconque franchissait les grilles, encadrées de deux petits pavillons dont les couleurs roux et creme des murs évoquaient celles de la demeure principale. Celle-ci, orientée à l'est, encadrait sur trois côtés une cour dallée de noir et blanc, la Cour de Marbre.

Augustin fut aussitôt frappé par les récents et somptueux embellissements. Un million et demi de livres, une belle fortune, avaient été dépensés pour refaire la décoration intérieure et agrandir les jardins. Le balcon de fer forgé, qui dominait l'entrée centrale et courait sous les fenêtres du premier étage, avait été magnifiquement doré, ainsi que d'autres ornements, et cette splendeur nouvelle étincelait, comme si le Roi avait voulu mettre l'accent sur son emblème : le visage d'Apollon, dieu du soleil, dont les rayons capturés devaient resplendir sur ce domaine campagnard.

Dans les jardins, la danse battait déjà son plein. Les espaces qui lui étaient réservés le disputaient en nombre à ceux voués au jeu, faits pour festoyer ou, tout simplement, pour se reposer en écoutant de la musique : des sortes de salles avaient été aménagées, parfois en contrebas, à l'aide de haies de buis, d'arbres, de berceaux de verdure, d'arches fleuries et de treillis délicats, chaque lieu magnifiquement meublé et tendu de draperies de soie et de tapisseries. Une longue pelouse rectangulaire, connue sous le nom de Tapis Vert, descendait jusqu'à l'eau miroitante du Bassin des Cygnes.

Quand tomba le soir, des milliers de chandelles et presque autant de flambeaux s'allumèrent, formant des taches mouvantes d'ombre et de lumière parmi lesquelles fourmillait la foule des invités. L'éclat des satins, des soies et des brocarts rivalisait presque avec les feux des joyaux. Les fontaines capturaient dans leur écume tous ces scintillements. Ceux qui tenaient un rôle dans la légende de l'Ile enchantée qui inspirait la fête portaient d'étranges coiffures, des costumes fantastiques qui ajoutaient encore à la magie du spectacle. Presque tous les invités étaient munis de masques pailletés à manche d'ivoire et, comme Augustin et ses amis, s'en servaient plus pour l'effet que pour déguiser leur identité.

Après avoir salué des relations et s'être mêlés à des groupes qu'ils connaissaient bien, Augustin et ses trois compagnons finirent par se joindre à la danse.

Augustin accompagna pendant quelques mesures d'une gavotte d'abord la maîtresse du Roi. Lors de sa première venue à Versailles, du temps où il était encore un jeune garçon dégingandé, il s'était incliné devant Louise de La Vallière. Elle n'en avait pas gardé le souvenir, et la Cour était trop nombreuse pour qu'elle le connût de vue ou de nom, mais elle lui sourit et lui adressa quelques mots aimables. Sa robe de soie vert et argent tournoyait comme les vagues de la mer. Sa chevelure châtain doré était coiffée selon le style en vogue : lisse au sommet de la tête et partagée par une raie médiane, ramassée en boucles bondissantes sur les oreilles et jusqu'aux épaules. Une seule mèche, plus longue, dite « boucle d'amour », descendait au-dessous du sein droit.

— La soirée n'est-elle pas splendide ? dit-elle au jeune homme. Pour couronner le tout, nous aurons bientôt une lune aussi brillante qu'une balle d'argent.

Tout en répondant à ses propos, Augustin se demandait si elle savait que le Roi, insatiable coureur de femmes, ne lui était pas plus fidèle, s'il fallait en croire les potins de la Cour, qu'il ne l'était à la Reine Marie-Thérèse. Au temps de la première réunion, le souverain était alors amoureux depuis peu de cette jeune femme réservée, dont les sourcils arqués au-dessus de grands yeux d'azur lui donnaient un air d'attente heureuse, et dont la bouche tentante montrait, au milieu de la lèvre inférieure charnue, un léger creux provocant. A l'époque, il avait été difficile de discerner ce qui, de Louise ou du pavillon, l'emportait dans le cœur du Roi : comme à présent, il était enchanté par le petit manoir qu'il venait d'enchâsser comme une pierre précieuse.

Le Roi, coiffé d'un casque d'or surmonté de plumes couleur de feu, apparaissait maintenant dans le champ visuel d'Augustin : jeune homme à l'allure impressionnante de dignité, dont la majesté naturelle faisait un personnage saisissant, même lorsqu'il était vêtu d'étoffes plus sombres au lieu de porter comme ce soir, pour le rôle de Roger, le héros de la légende, une tunique de drap d'or et une cuirasse d'argent ornée, sur le plastron, d'un soleil en diamants.

Il se plaisait aux réceptions somptueuses. Le côté hédoniste de son caractère complexe se déployait au milieu d'une compagnie animée, parmi des femmes amoureuses et dans une pompe et un cérémonial ostentatoires. Par contraste, lorsqu'il se trouvait en conseil avec ses ministres ou quand il traitait des affaires de l'Etat, il se montrait grave, sévère et froid. Il ne craignait pas les longues heures de travail. Sur le champ de bataille, c'était un guerrier redoutable.

Ses traits révélaient la force qui l'habitait. Il possédait le nez des Bourbons, long et mince, renflé du bout sur des narines sensuelles. Une mince moustache noire surmontait sa lèvre supérieure. Ses yeux étincelants, aux lourdes paupières, ne laissaient rien passer : tel était du moins l'avis des nobles seigneurs qui voyaient leurs plans contrariés et déjouées leurs intrigues les plus savantes. Ils s'étaient attendus naguère à le trouver malléable, aisément mené, mais il n'avait pas tardé à leur montrer qu'il en allait tout autrement, et qu'il ne leur faisait aucune confiance.

Au cours de sa prime jeunesse, la Fronde, ce soulèvement avorté de la noblesse, avait effrayé Louis et représentait encore une épine à son flanc. Plus jamais, il y était résolu, il n'y aurait de menace aristocratique contre le trône de France. Paris demeurerait toujours associé dans son esprit avec cette pénible agitation, et, parmi les palais où il tenait sa Cour, c'était le Louvre qui lui plaisait le moins. De toute manière, les villes, pour lui, n'avaient aucun charme. C'était un homme de plein air, particulièrement heureux lorsqu'il se trouvait dans ce domaine où il pouvait monter à cheval et chasser tout son saoul. Déjà, il envisageait de créer en ces lieux un nouveau siège de gouvernement, loin des vieilles intrigues et des rancœurs anciennes dont le souvenir s'attachait non seulement au Louvre mais aussi aux châteaux de Saint-Germain, de Fontainebleau, de Vincennes et de Chambord, parmi tant d'autres.

Il vit que Louise avait fini de danser avec le fils unique de Gérard Roussier, et qu'on la ramenait vers lui. Souriant, il accorda à Augustin un signe de tête royal, tendit la main pour prendre entre ses doigts ceux de la jeune femme.

— Je vous cherchais, Louise. Nous n'avons pas dansé depuis une heure. Mon tour est maintenant venu.

Des larmes de tendresse montèrent aux yeux de la favorite. Elle pleurait facilement, de joie comme de chagrin, aux moments les plus inattendus. C'était là un trait qu'il avait trouvé charmant, dans la première ardeur de la passion. Il en fut touché, cette fois encore, dans l'atmosphère sensuelle de la fête, en oublia les récentes occasions où il avait été bien près de s'en irriter. En lui serrant amoureusement la main, il la fit entrer dans une courante, danse où il excellait. On reconnaissait en lui, sans intention de flatterie, le meilleur danseur de France, et la charmante Louise faisait une partenaire digne de lui. Chacun s'écarta pour les suivre des yeux. Si le regard du Roi allait discrètement d'une jolie femme à l'autre, Louise ne s'en aperçut pas.

Après le spectacle de la soirée, un tournoi médiéval mené à la lumière de lampes de cristal, les six cents invités et le Roi s'installèrent à de longues tables pour banqueter. Des serviteurs, masqués et costumés pour évoquer des créatures de l'Ile enchantée, tenaient à bout de bras derrière chaque convive des candélabres d'argent enguirlandés de verdure. Augustin se retrouva assis près d'une jeune femme pleine d'esprit qui le fit rire. Dès le premier service, ils étaient déjà en termes familiers. Au milieu du troisième, elle planta son petit talon rouge dans le pied de son voisin, toute prête, dès ce moment, à le conduire jusqu'à son lit. L'interminable longueur du banquet ne fit qu'ajouter à une mutuelle et délicieuse impatience qui trouva son heureuse conclusion un peu plus tard dans la nuit dans le rendez-vous de chasse.

En bas, au village, Jeanne entendit au loin les premiers crépitements du feu d'artifice et se trouva baignée, par les fentes des courtines, d'une lueur d'argent rosé. En prenant grand soin de ne pas réveiller l'enfant, elle se redressa, écarta le rideau pour regarder son humble intérieur changer de couleur comme par un effet de sorcellerie.

Elle était seule dans sa chaumière. Une voisine était venue les préparer pour la nuit, elle et le nouveau-né, après que les domestiques furent allés dormir dans le fenil. Théo était avec eux : il n'avait pas osé faire valoir ses droits de coucher sous son propre toit alors que quatre gentilshommes se l'étaient approprié. Lorsque l'arc-en-ciel du feu d'artifice s'éteignit enfin, Jeanne se laissa aller sur l'oreiller pour essayer de dormir. C'était difficile, tant était grande son agitation après les événements de la journée.

Le sommeil vint enfin mais se trouva rompu au retour des deux seigneurs, Jacques et François : leurs voix, leurs rires, le bruit de leurs pas réveillèrent Marguerite, et Jeanne dut la mettre au sein pour l'apaiser. Par un trou de la courtine, elle eut la surprise de voir que Léon était déjà rentré et dormait profondément sur sa couche de paille. Elle lui fut reconnaissante d'avoir pris garde de ne pas la déranger.

Augustin ne rentra pas cette nuit-là. Elle le revit seulement le lendemain matin, lorsqu'il reparut pour se baigner, se faire raser par son domestique et se changer, avant de repartir avec ses amis jusqu'au lendemain. Tel fut dès lors le cours de leurs journées. Ils ne prenaient aucun repas à la maison, puisque des festins étaient continuellement servis au manoir, entre les divertissements. Il leur arrivait d'oublier la présence de Jeanne, comme le faisaient parfois les serviteurs, et bon nombre de leurs propos auraient embarrassé une femme plus innocente. Elle écoutait de toutes ses oreilles, désireuse d'en apprendre le plus possible sur les coutumes, les plaisirs et les escapades de l'aristocratie. Augustin, remarqua-t-elle, était devenu plus silencieux, plus renfermé que ses compagnons. Aucun d'eux ne semblait s'en apercevoir, mais Jeanne, qui l'observait sans relâche, le voyait souvent perdu dans ses propres pensées, insoucieux des propos lestes qui s'échangeaient autour de lui.

Pour Augustin, la fête s'était changée en quête. Il n'en avait rien dit à ses trois amis, peu désireux de voir sa folie tournée en ridicule, quand il y avait tant de jolies femmes toutes prêtes à se laisser cueillir, mais il avait entrevu un visage féminin qu'il lui était impossible d'oublier : un visage pur et lumineux, aux immenses yeux sombres frangés de longs cils, paré de cette expression d'innocence qui trahissait l'inexpérience des hommes.

La rencontre avait eu lieu durant la deuxième nuit de la fête, pendant la représentation de la pièce de Molière. C'était un spectacle extravagant dans lequel le Roi continuait d'interpréter le rôle de Roger, le preux chevalier dont l'amour pour l'héroïne évoquait sa propre passion pour Louise de La Vallière. Le théâtre avait été tout spécialement édifié dans l'un des bosquets tendus de soie, où les retardataires pouvaient, faute de siège, profiter des coussins et des tapis persans disposés sur les pentes herbeuses. Augustin, assis en joyeuse compagnie sur l'un de ces tapis, voyait d'un peu haut bien des visages dans l'assistance. Au moment où il applaudissait une scène, il laissa son regard errer sur l'une des rangées et « la » vit. Illuminée par l'éclairage de la scène, captivée par l'interprétation du Roi, la jeune fille, penchée en avant, riait de tout son cœur, et ses mains ornées de bagues battaient avec enthousiasme. La pièce reprit son cours. Elle se rejeta en arrière, sans détourner son attention des acteurs, sans savoir qu'un homme la dévorait des yeux.

Augustin lui donna seize ou dix-sept ans, juste un peu moins que lui. Elle avait un profil délicat, des cheveux châtain clair bouclés. Il avait déjà décidé qu'il trouverait le moyen de lui parler à la fin de la représentation. .

Mais, quand les acteurs furent revenus saluer pour la dernière fois, des centaines de spectateurs quittèrent au même moment leurs places, et Augustin ne put rejoindre la jeune fille. Il s'en approcha toutefois suffisamment pour découvrir qu'elle était tout aussi ravissante vue de près que de loin, et pour entendre sa voix limpide s'adresser à l'homme d'âge mûr qui l'accompagnait :

— Je suis si heureuse que vous m'ayez permis de venir, papa ! N'était-ce pas splendide ?

Quelques instants plus tard, brusquement, elle tourna la tête en direction d'Augustin, apparemment aussi surprise par son propre geste qu'il l'était lui-même. Il en conclut qu'elle avait été saisie par ce sixième sens qui vous avertit quand quelqu'un vous observe attentivement. Leurs regards se rencontrèrent, se retinrent. Les yeux de la jeune fille s'élargirent, le regard d'Augustin se fit plus intense. Il la vit rougir, se détourner hâtivement. A sa vive exaspération, tout un groupe de personnes lui bloqua le chemin, et la distance entre eux s'accrut. Pourtant, elle tourna la tête une fois encore, le temps de lui adresser un petit sourire espiègle, mais, parmi l'assistance qui se dispersait, il la perdit de vue complètement.

Depuis lors, il n'avait pas cessé de la chercher partout. Dans le fourmillement constant des invités, la variété des attractions qui se déroulaient de tous côtés, c'était une impossible gageure. Il n'avait aucun moyen de découvrir qui elle était, d'où elle venait, puisque son père lui était inconnu. Mais elle avait touché en lui une corde jusque-là silencieuse, et il demeurait troublé, impatient de la revoir.

Vint la troisième et dernière soirée de la fête. En vain, Augustin s'était promené parmi les danseurs, avait visité l'une après l'autre les charmilles, les salles à ciel ouvert. Il se retrouva au bord du Bassin des Cygnes, où tout le monde se rassemblait pour suivre l'ultime épisode de la légende de l'Ile enchantée. Les applaudissements éclatèrent quand le palais de la Magicienne, dont luisaient les tourelles argentées, se détacha de l'autre côté de l'eau pour atteindre en flottant le centre du bassin. Dans une fanfare de trompettes, la silhouette d'or du Roi bondit sur une plate-forme pour affronter la Magicienne dans sa tanière. A l'instant où il levait les bras, les tambours battirent. Sur un crescendo de la musique spécialement composée par Lully, le palais enchanté disparut dans les flammes, tandis qu'au-dessus des têtes, les premières pièces du feu d'artifice inondaient le ciel d'un océan d'étoiles multicolores.

Augustin profita de ces lumières éclatantes pour monter sur le socle d'une statue et scruter les visages des spectateurs. La soudaine exaltation ressentie à la vue de sa proie céda le pas au désespoir lorsqu'il constata qu'elle était sur le point de partir. Son père l'entraînait rapidement pour la faire monter dans l'une des petites voitures découvertes utilisées pour les visites du parc.

Augustin sauta à bas de son perchoir. Quand il se retrouva plus libre de ses mouvements, après avoir fendu la foule, la voiture filait au long du Tapis Vert. Il se lança à sa poursuite. Les gens qu'il croisait se retournaient pour le suivre des yeux en riant. Il n'avait aucune chance, il le savait, de rattraper le véhicule mais il espérait arriver à temps pour découvrir l'identité de la jeune fille avant qu'elle eût franchi les grilles du manoir.

Mais c'était trop tard. Lorsqu'il arriva, hors d'haleine, dans la cour, on emmenait déjà la voiture découverte, tandis qu'un carrosse de voyage disparaissait au-delà des grilles. Il questionna plusieurs serviteurs, mais personne ne savait à qui appartenait ce carrosse. De toute évidence, le père de la jeune fille venait rarement à la Cour. Sans doute habitait-elle fort loin de là. Le ravissant visage restait gravé dans la mémoire d'Augustin. Son unique espoir était qu'un jour il la rencontrerait de nouveau.

La fête finie, l'hospitalité royale retrouva le style habituel de ce genre de réunions : les matinées étaient occupées par des parties de chasse, et le reste des journées consacré au jeu, à la danse, à la musique, à la comédie. Pour ce dernier divertissement, on faisait souvent appel, faute de comédiens professionnels, aux courtisans et à leurs épouses. Cette fois, la troupe de Molière avait prolongé son séjour.

Jeanne s'était accoutumée à voir les quatre jeunes gens et leurs serviteurs occuper sa maison. Ils revenaient toujours à la chaumière après la chasse du matin, pour se baigner et se changer. Tant d'ablutions étonnaient la brave femme. Elle avait longtemps cru que les riches n'étaient pas plus propres que les paysans, en dépit de facilités plus grandes pour avoir de l'eau chaude, mais elle avait à présent la preuve du contraire. Jamais ses chaudrons n'avaient fait bouillir autant d'eau.

Jeanne avait maintenant quitté son lit pour reprendre ses besognes ménagères et s'adonner de nouveau au montage des éventails. Elle travaillait pour un magasin de Paris dont le propriétaire lui fournissait les matériaux. L'ouvrage était mal payé, eu égard au temps et au talent qu'elle lui consacrait, mais il apportait un supplément bien utile au maigre salaire de Théo. D'ordinaire, le tissu de l'écran, autrement dit la « feuille », était de soie ou de satin, voire de parchemin lorsqu'il fallait peindre l'éventail. Jeanne n'était pas brodeuse, et les feuilles lui arrivaient souvent déjà ornées par d'autres ouvrières. Il fallait les monter sur des baguettes d'os, d'ivoire ou de bois aromatique et les plisser. On joignait alors les baguettes par un anneau auquel on accrochait un gland ou un flot de rubans.

Tout en s'acquittant des commandes retardées par son accouchement, Jeanne s'appliquait à la confection d'un modèle de son cru, à partir d'une feuille de soie reçue en surplus, qu'elle conservait depuis longtemps. Chaque minute était précieuse, entre les soins à donner au bébé et les tâches domestiques, car elle voulait avoir achevé son ouvrage avant le départ d'Augustin. Du moins n'avait-elle pas à faire la cuisine, car les serviteurs partageaient leurs repas avec elle et Théo. Ils se montraient beaucoup plus aimables avec la femme qu'avec son mari qui ne faisait pas mystère de son antipathie à leur endroit. Ce qui ne l'empêchait pas de s'incliner presque jusqu'à terre si l'un des gentilshommes venait à croiser son chemin.

Quand Jeanne se trouvait seule avec les serviteurs, elle profitait de leur cordialité pour en apprendre davantage sur la vie à la Cour. Elle ne fut pas surprise de les entendre dire que, dans les milieux aristocratiques, les mariages se fondaient avant tout sur la fortune, le rang et les biens. Quoi d'étonnant si, le nœud une fois lié, chacun suivait son propre chemin ? Qui pouvait les en blâmer ? Toutefois, provoquer le scandale était de mauvais goût, ce qui expliquait pourquoi les dames de la Cour étaient prêtes à tout pour cacher des grossesses adultérines. Au cours des années, la Cour avait développé ses propres règles de conduite et d'étiquette. Y manquer amenait la disgrâce, parfois même le bannissement.

Jeanne ajouta une touche de bleu à la scène qu'elle peignait sur la feuille de soie épinglée à la table.

— Et le Roi ? demanda-t-elle. Si la Reine prenait un amant ?

Ce fut le valet d'Augustin qui lui répondit.

— A la vérité, cocufier un roi est un crime de haute trahison dans tous les pays du monde. En fait, bien qu'il s'agisse d'une union politique, la Reine Marie-Thérèse est amoureuse du Roi, et il n'est pas question qu'elle le trompe.

— Mais lui, pourtant...

— Ah, c'est tout différent ! L'Eglise elle-même accepte le droit du Roi à une maîtresse en titre qui est traitée à la Cour comme une autre Reine.

Jeanne préféra ne rien ajouter. On vivait dans un monde d'hommes, et personne ne savait mieux qu'elle que les femmes étaient sur terre pour se soumettre aux douteuses règles de vie des hommes.

— Qu'advient-il des maîtresses d'hommes riches, quand ceux-ci ne les désirent plus ?

Entre ses cils, elle vit les serviteurs s'entre-regarder d'un air amusé, comme s'ils avaient tout un fond d'anecdotes sur le sujet. Ce fut encore le valet d'Augustin qui répondit.

— D'ordinaire, les dames reçoivent des bijoux, et les

femmes de plus humble origine une dot assez importante, grâce à laquelle elles peuvent se procurer un époux bourgeois.

C'était ce qu'elle voulait savoir. Satisfaite, elle engrangea la réponse dans sa mémoire et s'abstint d'autres questions. Quand la peinture sur soie fut achevée, elle demanda l'aide du prêtre qui était venu les voir, elle et Marguerite. Elle ne savait ni lire ni écrire et, sous sa direction, elle copia de son pinceau habile le prénom de sa fille, qu'il avait soigneusement calligraphié. Quand ce fut fait, elle lui posa la question qui l'obsédait :

— Il y a quatre gentilshommes qui logent ici, mon père, et, une fois ou deux, j'ai entendu les valets appeler l'un d'eux M. Augustin Roussier, le huguenot. Qu'est-ce que cela veut dire ?

Le visage du prêtre prit une expression de gravité profonde.

— Les huguenots, ma fille, l'informa-t-il d'un ton pontifiant, sont des protestants. L'origine du mot est inconnue, mais les catholiques romains de France l'appliquent aux frères et sœurs égarés qui suivent les enseignements de l'Église prétendue réformée. N'avez-vous jamais entendu parler du massacre de la Saint-Barthélemy ?

— Non, mon père.

— Ce fut un terrible événement, jugé néanmoins nécessaire pour abattre l'audace des nobles huguenots qui possédaient alors leur armée particulière. Plus de trente mille hommes, femmes et enfants furent mis à la torture ou passés au fil de l'épée.

Surprenant une lueur d'horreur dans les yeux de la femme, il lui posa sur l'épaule une main rassurante.

— C'était il y a bien longtemps, mon enfant. Grâce à la magnanimité du grand-père du Roi, Henri IV, qui a proclamé l'Edit de Nantes afin de les protéger, les protestants jouissent à présent de la liberté religieuse et de droits civiques égaux à ceux des Français de la véritable Eglise.

Mais çà et là, pensait le prêtre, des poches de ressentiment contre les huguenots continuaient à fermenter. Lui-même entretenait l'espoir qu'on ne lâcherait pas de nouveau des forces brutales contre ces protestants, mais ce n'était pas là un sujet dont on dût troubler la cervelle d'une simple paysanne.

Il se leva pour partir. Jeanne l'accompagna jusqu'au seuil et le salua respectueusement, avant de revenir s'asseoir à sa table pour se plonger dans une profonde réflexion. Elle avait éprouvé un choc en apprenant qu'Augustin n'appartenait pas à la foi catholique romaine, dans laquelle sa toute petite fille avait été baptisée. Mais son bon sens lui revint : il n'y aurait jamais de mariage entre eux. Dans les légendes seulement, le prince épousait la bergère. Elle se fondait sur ce qu'elle avait appris des valets pour souhaiter que Marguerite devînt la maîtresse d'Augustin. Puis il la nantirait d'une bonne dot qui lui permettrait de faire un bon mariage dans la bourgeoisie — un mariage d'amour, si elle y tenait.

Jeanne reprit son pinceau pour achever son œuvre et attendit que la peinture fût sèche. Elle se mit alors en devoir de monter l'éventail sur des baguettes d'ivoire.

Les festivités se terminèrent comme elles avaient commencé, un après-midi. Bientôt, les rues du village grouillèrent, d'une foule en partance. Des quatre amis, Augustin fut le seul qui eut la courtoisie de dire adieu à Jeanne. Il se trouvait le dernier à quitter la chaumière : les trois autres tenaient à être parmi les premiers sur la route de Fontainebleau, où la Cour devait se rassembler. Augustin, lui, rejoignait la maison familiale, près du Havre.

— Je vous souhaite une bonne santé, à vous et à votre fille, madame, dit-il à Jeanne. Mes compliments à toutes deux.

Il fit un mouvement pour partir. Elle le retint.

— Un instant, monsieur Roussier, je vous prie.

Elle lui tendit l'éventail.

— Ce sera un souvenir de cette fête royale à Versailles.

Il lui sourit.

— Devrai-je l'offrir à la dame de mon choix ?

— Peut-être, monsieur. Si vous le souhaitez jamais.

Elle le regarda déployer l'éventail de soie blanche, non pas, comme l'aurait fait une femme, d'un gracieux mouvement du poignet, mais d'un geste masculin qui prenait la première et la dernière baguette et les écartait. Il manifesta sa surprise.

— Mais vous êtes une artiste ! Ce paysage est superbe.

Le tableau montrait le pavillon royal, non comme il était maintenant, après les récents embellissements, mais tel qu'il l'avait vu lors de sa première visite, trois années plus tôt. Baigné des rayons d'un soleil lumineux, il se détachait sur le bleu doux d'un ciel d'été, au centre d'une guirlande de tubéreuses, de jasmin et de lys de France. Mais Augustin remarqua soudain autre chose. Entrelacé avec une autre guirlande, de marguerites celle-ci, courait, comme fait de rubans soyeux, le nom de la petite fille. Il se rappela alors l'imprudente promesse faite dans un moment d'ivresse et reprit brutalement son souffle devant l'impudence de cette femme. N'importe lequel de ses amis l'aurait expédiée à terre d'un solide soufflet et aurait jeté l'éventail. Mais il avait assez de bon sans pour convenir qu'il n'était pas sans reproche. Sans le moindre commentaire, il replia l'éventail, le glissa dans sa poche, avant de poser une bourse sur la table.

— C'est tout ce que j'ai à vous offrir en retour, madame.

— Je vous en remercie, monsieur.

Soulagé, il quitta la chaumière. Il avait payé la femme, il n'avait plus rien à se reprocher. Jeanne prit la bourse, la serra contre elle et s'approcha de la fenêtre pour le regarder se mettre en selle et s'éloigner. Elle portait sur son visage l'expression radieuse, un peu étrange, qui avait mis son mari mal à l'aise quand il lui avait parlé pour la première fois après la naissance de leur fille. Il n'y avait pas reconnu alors le signe de l'obsession qui, déjà, grandissait en elle.

Dès qu'Augustin eut disparu, Jeanne se retourna vers la pièce, les yeux fixés sur la bourse qu'elle tenait entre ses mains. Elle était lourde. Combien d'argent pouvait-elle contenir ? Elle allait la mettre de côté pour le jour où Marguerite, devenue femme, aurait besoin de vêtements neufs. Il ne lui vint pas un instant à l'esprit qu'Augustin avait ainsi libéré sa conscience. A ses yeux, la bourse représentait un gage supplémentaire de la promesse donnée. Chacun savait qu'un véritable gentilhomme ne manquait jamais à sa parole.

Avant même d'être sorti du village, Augustin avait oublié cet incident gênant. Quand vint la nuit, il prit logement dans une hôtellerie. Il dormait déjà lorsque son valet, qui l'avait accompagné, prit sa tenue de voyage pour la brosser et la plier. Voyant l'éventail, qui émergeait d'une poche, il le reconnut aussitôt et supposa que son maître l'avait acheté à la paysanne pour soulager sa misère. C'était un bel éventail et, sans le nom de Marguerite, il aurait fait un très joli présent à offrir à une femme.

Il le plaça dans l'une des poches capitonnées du coffre de voyage. Il y demeura, sans que ni maître ni serviteur se souvinssent de lui, et il allait beaucoup voyager ainsi, avant de revoir la lumière.

2

Jeanne ne renonçait pas à son rêve. Tout au contraire, il prenait force en elle au point que, par moments, l'émerveillement la faisait rire tout haut. Théo, à plusieurs reprises, la corrigea brutalement. Son rire l'irritait, comme l'irritait la lueur inexplicable dans son regard, comme l'avaient irrité, par le passé, ses larmes après chaque naissance avortée. Craignant qu'elle ne fût possédée du diable, il fit venir le prêtre. Fort heureusement pour Jeanne, le brave homme avait toujours montré de la sympathie pour la dure condition des payannes de sa paroisse.

— Chassez vos craintes, mon fils, conseilla-t-il à Théo, et estimez-vous heureux. Quelle femme ne manifesterait pas avec excès sa joie d'avoir une enfant vigoureuse et saine après tant d'années de stérilité et de déceptions ?

Et, certes, Marguerite prospérait. Les cheveux noirs de sa naissance avaient cédé la place à une toison bouclée d'un or roux, teinte qui avait été celle de la chevelure de Jeanne avant qu'un vieillissement prématuré en eût éteint l'éclat. Ses yeux, immenses et grands ouverts, avaient foncé jusqu'au bleu saphir.

— Tu seras très belle, murmurait Jeanne à la petite fille, toutes les fois que Théo était hors de portée de voix. Un jour, je paierai pour que tu apprennes à lire et à écrire. Oh oui, j'ai l'argent qu'il faut. Tu verras.

Une seule crainte, impossible à chasser, venait gâter le bonheur de Jeanne : et si elle mourait avant que sa fille fût parvenue à l'âge de femme ? Alors, tous ces espoirs merveilleux seraient réduits à néant, et la vie de Marguerite ne serait pas différente de la sienne. Comme d'autres grossesses pouvaient lui être fatales, elle alla consulter une femme du voisinage, experte en la matière. Théo espérait peut-être encore un fils, mais ni lui ni elle n'abordèrent jamais le sujet. Pourtant, l'ombre ténébreuse d'une mort prématurée continuait à peser sur Jeanne. Dès que Marguerite aurait l'âge de raison, décida-t-elle, elle commencerait à lui inspirer le désir de s'élever au-dessus de sa triste condition et la préparerait en même temps au destin qui lui avait été dévolu lors de sa naissance. La petite, ainsi, serait en mesure de se tirer d'affaire, même si elle se trouvait trop tôt privée de l'amour maternel.

Le pavillon royal devint pour Jeanne un centre d'intérêt. C'était le seul lien tangible entre elle et Augustin. Ce qui s'y passait aurait sans doute quelque influence sur l'avenir de sa fille. Originaire du village, elle avait connu toute sa vie le petit manoir, ce qui lui avait permis de le peindre aussi facilement sur l'éventail : il lui avait suffi de puiser dans ses souvenirs sans négliger aucun détail.

Dans son enfance, elle avait vu plusieurs fois l'ancien Roi, et Louis XIV en selle était depuis longtemps un spectacle familier. Elle le revoyait chasser à courre, au temps de sa prime jeunesse, en compagnie du cardinal Mazarin, qui lui avait enseigné l'art de gouverner. Combien de fois, torturée par la faim, n'avait-elle pas regardé passer devant elle les cerfs et les sangliers, suspendus à des perches jetées sur les épaules des valets. D'autres jours, c'était du gibier à plumes, parfois en si grande abondance que les porteurs disparaissaient sous leur fardeau. Seule, la noblesse avait le droit de chasser. Si quelqu'un d'autre braconnait pour remplir sa marmite, le châtiment était la mort. Son père avait fini ainsi, à une époque où la famine les menaçait, sa famille et lui. Comment s'étonner si la distraction royale n'avait pratiquement pas à souffrir du braconnage ?

Certains habitants du village étaient employés au château pour s'acquitter de tâches domestiques ou pour bêcher et désherber les jardins. Jeanne n'avait donc aucune peine à se tenir au courant de ce qui s'y passait. La rumeur publique bourdonnait par moments comme un essaim d'abeilles : au temps, par exemple, où, peu après la fête de l'Ile enchantée, les architectes royaux firent leur apparition pour examiner le terrain, prendre des croquis et des notes et chercher de nouvelles ressources en eau, dont la captation avait toujours posé de gros problèmes. Avant longtemps, il devint évident que de grands travaux allaient commencer.

Le Roi venait fréquemment sur place pour conférer avec le premier architecte, M. Le Vau, dont il admirait les capacités.

Chacun, au village comme à la Cour, s'attendait à ce que le petit manoir fût rasé et remplacé par une construction entièrement nouvelle. Les vieux Versaillais se rappelaient que Louis XIII, souhaitant une habitation plus vaste que le premier pavillon construit en 1624, avait fait dresser en son lieu et place l'actuel rendez-vous de chasse, quelques années avant la naissance de son héritier. Bientôt, pourtant, l'on sut que le jeune Louis XIV, loin de détruire le bâtiment existant, avait décidé de le conserver en y adjoignant des ailes.

Théo, qui s'y connaissait en bâtiment, se grattait la tête : comment le Roi pouvait-il être assez attaché à ce petit château pour autoriser des agrandissements sur un site où le terrain avait toujours été instable et dangereux ? Toute sa sympathie allait aux architectes qui devaient résoudre d'innombrables problèmes.

Le Vau prit rapidement les dispositions nécessaires à la réalisation des désirs du Roi. A l'époque où Marguerite commença de faire seule quelques pas, une pompe puissante et un château d'eau avaient déjà été édifiés pour pallier le manque d'eau. Le terrain avait été marqué, préparé section après section. Le Vau hocha enfin la tête d'un air satisfait, et l'on sut que tout était prêt pour la construction de ce qu'on appelait déjà le Château Royal.

Pourtant, en dépit de l'activité incessante et du ballet d'architectes et d'ingénieurs, rien d'important ne se produisit, jusqu'au moment où le Roi offrit une fête plus magnifique encore que la précédente. Jeanne espérait revoir Augustin, mais si le village, comme en 1664, grouillait de visiteurs, la plupart avaient apparemment choisi de faire quotidiennement le voyage de Paris plutôt que d'affronter les punaises dans des logements d'une propreté douteuse. Marguerite, alors âgée de trois ans, ne devait jamais oublier la joie d'avoir été amenée jusqu'en un point élevé pour voir le feu d'artifice : au moment du bouquet, juste au-dessus des cimes des arbres, s'était dessiné en étoiles d'or le double L inversé qui représentait le chiffre de Louis, le Roi-Soleil. L'enfant tendit son petit doigt.

— Regarde ! cria-t-elle. Le Roi écrit dans le ciel !

Autour d'elle, tout le monde éclata de rire. Sa mère la serra contre elle, l'embrassa, lui dit qu'elle était une petite fille très maligne.

Peu de temps après, la vie, au village de Versailles, changea radicalement. Tout homme valide qui ne possédait pas d'autre moyen de gagner sa vie se vit offrir l'occasion de travailler sur le chantier. Théo fut parmi les premiers à s'engager : il voyait là de l'ouvrage en abondance pour un artisan expérimenté tel que lui. Sur le vaste espace découvert qui s'étendait devant les grilles du château, et qu'on appelait déjà la Place d'Armes, des ateliers s'élevèrent pour tous les corps de métier, et des milliers d'ouvriers arrivèrent de tous les coins du pays. Des grues et des treuils furent amenés, des échafaudages dressés autour du petit château crème et roux. On construisit en hâte des centaines de baraques pour abriter l'armée des travailleurs. Les femmes du voisinage faisaient la cuisine et le pain.

La plupart des maîtres d'œuvre préféraient vivre à l'écart des hommes dont ils avaient la charge : ils logeaient chez l'habitant, ce qui mettait un peu plus d'argent dans les poches des villageois. En dépit des lourds impôts, dont le fardeau ne s'allégeait jamais, les temps s'annonçaient meilleurs, du moins pour ceux qui travaillaient au château de Versailles. Il en allait de même à Paris, où le Louvre, lui aussi, était en pleine restauration. Certains disaient que, lorsque le Roi n'était pas à la guerre, il était pris d'une fièvre de construction.

Jeanne était satisfaite que Théo travaillât au chantier. Retenue chez elle par la confection des éventails, les travaux ménagers et, par-dessus tout, l'éducation de sa fille, elle n'en recevait pas moins des nouvelles toutes fraîches sur ce qui se passait sur le site. Rien qu'à voir les dimensions des fondations, il était évident pour tout le monde qu'il s'agissait là non pas d'un modeste agrandissement mais d'un projet à grande échelle. Chaque dimanche, après la messe, les Versaillais prirent l'habitude d'aller se promener jusqu'au Château pour mesurer les progrès accomplis dans la semaine. Jeanne était toujours parmi eux, sa petite fille dans les bras. D'ordinaire, elles y allaient seules ; son jour de repos, Théo préférait se rendre au cabaret avec ses amis.

Dès que Marguerite fut assez grande pour trottiner seule, Jeanne lui apprit à ramasser tout ce qui pouvait tomber de la longue table sur laquelle elle confectionnait ses éventails. Les seuls jouets de la petite fille étaient les baguettes brisées et une poupée de chiffon qu'elle traînait partout avec elle.

Elle n'était pas bien vieille lorsqu'elle apprit à mélanger les ingrédients de la colle dont sa mère tenait secrète la précieuse formule. Jeanne l'avait héritée de sa grand-mère, elle-même monteuse d'éventails. Habilement appliquée, cette colle ne laissait aucune trace, n'abîmait pas le plus délicat des tissus. Parfois arrivait une boîte de baguettes sculptées ou laquées joliment ajourées. Il fallait alors les relier les unes aux autres par des rubans ou des cordelières pour faire ce qu'on appelait des éventails « bisqués ». Marguerite, adroite de ses mains, n'avait pas plus de six ans lorsqu'elle commença de faire ce travail.

Pour célébrer son sixième anniversaire, une sortie exceptionnelle fut organisée. Cela tombait en semaine, mais Jeanne venait d'envoyer un colis d'éventails achevés, et les nouveaux matériaux n'étaient pas encore arrivés : elle était donc disponible. Théo lui suggéra d'emmener Marguerite à la ménagerie située dans le parc du Château, où lui-même travaillait à un nouvel enclos : elle y verrait les animaux récemment arrivés. Le Roi n'était pas là, mais, même s'il s'était trouvé au Château, rien ne s'opposait à ce que des citoyens ordinaires vinssent profiter des beautés des jardins, à condition de ne pas gêner les ouvriers et les jardiniers de M. Le Nôtre.

Pour Jeanne, c'était toujours un plaisir de parcourir ce parc. Ce qui l'attirait le plus, ce n'étaient pas les statues, ni les fontaines qui fonctionnaient seulement lorsque le Roi était présent, ni les coûteux orangers dans leurs caisses, mais les parterres fleuris dont les dessins compliqués étaient aussi réguliers qu'une broderie, où chaque fleur était en parfaite harmonie avec sa voisine. On racontait que Le Nôtre était capable de voir si une pensée n'était pas tout à fait à sa place et qu'il repérait une seule feuille oubliée dans une haie fraîchement taillée. Marguerite fut fascinée par les ifs en forme de cônes qui flanquaient les allées comme des soldats à la parade. Parmi eux, elle s'engagea avec sa mère dans une partie de cache-cache.

Elles prirent enfin une allée qui s'enfonçait à travers une région boisée et émergèrent non loin de l'eau étincelante du Bassin des Cygnes. Là s'élevait la ménagerie qui ressemblait elle-même, avec son dôme central, à un petit château. Théo, qui guettait leur arrivée, venait de cesser le travail, comme ses compagnons, pour la pause du déjeuner. Il en profita pour guider son épouse et sa fille, tout en mangeant son quignon de pain et son fromage.

Jeanne fut frappée de stupeur devant la splendeur du cadre dans lequel un éléphant, une douzaine de chameaux, plusieurs autruches et quelques moutons d'étrange allure vivaient séparément, dans des enclos spacieux disposés comme les rayons d'une roue. Elle suivit lentement son mari qui avait pris sa fille dans ses bras, pour le cas où elle aurait eu peur devant les étranges animaux parqués derrière les grilles aux pointes dorées. C'était tout le contraire : Marguerite montrait une surexcitation joyeuse.

Devant l'éléphant, elle poussa des cris ravis et, dans la Cour des Oiseaux, elle se dressa sur la pointe des pieds, fascinée par le spectacle de tant d'oiseaux exotiques, flamants, toucans, paradisiers, perroquets, colibris et cacatoès. Elle décida que, si jamais elle devenait une artiste comme sa mère, elle s'efforcerait toujours de mettre dans les dessins de ses éventails un bel oiseau, soit en plein vol, soit perché sur une branche fleurie.

Elle était une enfant encore et elle aimait par-dessus tout travailler à des éventails destinés aux enfants. Assise à la table de la chaumière, près de sa mère, les jambes pendantes, elle s'appliquait de toutes ses forces à sa tâche. Jamais elle n'éprouvait d'envie à l'égard de ces petites filles fortunées qui recevraient les éventails en cadeau. Sa mère lui avait subtilement instillé dans l'esprit une sorte d'espérance qu'elle était encore incapable d'exprimer, mais qui l'aidait à supporter les déceptions et les maladies de l'enfance comme s'il s'agissait de désagréments sans importance, sans aucun rapport réel avec sa vie. C'était comme si elle se trouvait continuellement au bord d'une merveilleuse perspective encore inconnue. Son instinct lui disait que, le moment venu, sa mère lui en révélerait le secret. En attendant, l'espoir formait entre elles un lien silencieux qui enrichissait leurs rapports.

En dépit de sa docilité au travail, ce n'était pas une enfant facile à élever. Il y avait dans sa nature une obstination qu'elle tenait de ses deux parents. Par moments, elle enrageait de voir sa mère prendre un soin assidu de sa longue chevelure fauve, la laver et la brosser constamment, de l'entendre insister sur des bains fréquents, alors que personne de sa connaissance n'accordait la moindre pensée à de tels raffinements.

— Si tu étais une dame et si tu habitais le Château, lui répondait simplement Jeanne, tu prendrais un bain chaque jour. Une fois par semaine en hiver et deux fois ou plus en été, ce n'est donc pas trop fréquent pour une petite fille sous mon toit.

Elle commençait à remarquer le nombre de fois où sa mère mentionnait le Château. On aurait dit que cette masse de pierre sans cesse grandissante exerçait une sorte de charme magique sur Jeanne. Aucune de ses petites amies n'allait aussi souvent observer les progrès de la construction. Toutefois, ces promenades dominicales ne semblaient jamais monotones à Marguerite : Jeanne avait toujours une histoire à lui conter, basée sur d'anciennes anecdotes ou sur de récentes rumeurs, ou même sur les tout derniers commentaires de Théo. Jeanne, qui n'avait pas la moindre instruction, possédait cependant un don inné : elle était capable, à l'aide de mots tout simples, d'évoquer un tableau pour une petite fille naturellement imaginative, de même qu'un talent inné lui permettait de peindre en artiste.

— Le Roi a remporté une grande bataille. Ses soldats ont traversé les Flandres, et tous les drapeaux s'agitaient au vent, dit-elle un jour.

Elle caressait le bras de sa fille.

— Il aurait aisément conquis la Hollande si les Hollandais n'avaient pas laissé entrer la mer pour noyer leur propre pays. Le Roi n'a pu poursuivre son avance parce que tous les poissons dansaient de rage à se trouver dans des eaux si peu profondes.

Marguerite aimait à entendre parler du jeune Dauphin aux cheveux d'or, qui avait tout juste trois ans et quelques mois de plus qu'elle. Aucun de ses frères et sœurs n'avait survécu aux dangers qui menaçaient les enfants au maillot. Il était donc fils unique et, quand il venait au Château, il avait son appartement personnel et un poney blanc pour ses promenades. La petite fille s'intéressait moins à la nouvelle selon laquelle le Roi avait choisi une nouvelle dame pour le distraire. Il avait emmené en campagne Athénaïs de Montespan et, quand sa précédente amie, Louise de La Vallière, les avait rejoints, il l'avait renvoyée, en dépit de ses larmes qui tombaient de ses yeux comme la rosée.

Jeanne essayait parfois d'estimer le coût de tout ce qui entrait dans la construction de ce vaste château, mais il lui était aussi impossible d'en évaluer le montant que de calculer la distance entre le soleil et la lune. Un homme le connaissait exactement : c'était Jean-Baptiste Colbert, le ministre qui, à l'aide d'impôts exorbitants, devait se procurer tout cet argent. Il avait renoncé à argumenter contre semblable extravagance et s'était résigné à se taire le jour où il avait découvert que son plan pour mettre un frein aux dépenses du Roi avait été déjoué par les conseils d'un banquier, Gérard Roussier. Colbert s'était senti humilié dans sa propre position et il avait décidé que cela ne se reproduirait pas. Il aurait de beaucoup préféré voir consacrer tout cet argent au palais du Louvre mais il satisfaisait à tous les caprices royaux.

Le Roi, dès le début, avait décidé que tout ce qui entrerait au Château serait français dans la mesure du possible. A Versailles arrivaient des marbres rouges, gris, roses, noirs et blancs, venus du sud du pays, des meubles en argent massif exécutés par de merveilleux artisans, des velours brodés, des tapisseries des Gobelins, qui décrivaient les activités de Louis, dans la paix comme dans la guerre, d'autres tapisseries d'origine différente mais de beauté comparable, des lustres étincelants en cristal de France. Le Brun était chargé de la décoration intérieure et il engageait les meilleurs peintres et sculpteurs, pour créer un cadre aussi éblouissant qu'un coffret de pierres précieuses. La préférence allait à l'or, le métal solaire.

Le visage rayonnant d'Apollon et le double L inversé, emblème de Louis, le Roi-Soleil, apparaissaient partout en feuille d'or, sur les portes, sur les volets, sur les rampes en fer forgé. Les plafonds se peuplaient de dieux et de déesses, tandis qu'aux murs tendus de soies lyonnaises trônaient des chefs-d'œuvre dans des cadres dorés.

Seuls, les miroirs avaient présenté un problème. Venise détenait le monopole de cette industrie ; la qualité de ses miroirs était insurpassée, et les secrets de fabrication jalousement gardés. Afin d'apaiser le Roi, qui ne voyait pas pourquoi les miroiteries françaises n'atteindraient pas à la même qualité, Colbert avait mis au point une dangereuse entreprise : il s'agissait de faire passer en France dix-huit miroitiers vénitiens, avec l'aide de l'ambassadeur de France à Venise, qui aurait eu la gorge tranchée avant qu'on ne jetât son corps à la mer, si son intervention avait été découverte. Mais ou bien ces ouvriers n'étaient pas aussi versés qu'ils l'avaient prétendu dans les procédés secrets, ou bien ils s'étaient juré entre eux de ne pas faire trop de révélations : toujours est-il qu'aucune amélioration évidente ne se produisit dans la fabrication française. Pis encore, les Français continuèrent d'acheter des miroirs vénitiens jusqu'au jour où le Roi publia une loi qui en interdit l'importation. Du coup, la contrebande se développa, ce qui ajouta encore à son dépit.

Colbert, qui ne cessait de frissonner à chaque nouvelle dépense, s'assombrit davantage encore lorsqu'il eut entre les mains un nouveau projet d'agrandissement du Château. Son désespoir ne connut plus de limites quand, pour couronner le tout, il apprit que Le Nôtre devait dresser les plans d'une ville nouvelle, pour remplacer le vieux village de Versailles et donner au Château un cadre digne de lui. Une large avenue centrale bordée d'arbres, l'Avenue de Paris, ouvrirait une lointaine perspective. De chaque côté de cette avenue s'élèverait la ville nouvelle. Deux autres voies, non moins gracieuses, la rejoindraient symétriquement. Le Château et son parc deviendraient ainsi l'axe principal d'une vaste étendue de grâce et de beauté.

La Place d'Armes, qui constituait un immense atelier en plein air pour la multitude des travailleurs, serait flanquée de deux imposantes écuries, destinées à abriter les centaines de chevaux et d'équipages nécessaires au Roi et à ses invités. On avait dit jadis que tous les chemins menaient à Rome. Il semblait maintenant qu'en France, par ordre du Roi, toutes les routes dussent conduire au Château de Versailles.

Lorsque fut entreprise la démolition du village, la famille Drémont n'eut d'abord aucune raison de s'alarmer. Ils habitaient aux confins de l'agglomération, et, pour le moment, il n'y avait aucun danger de voir les autorités les chasser de chez eux. Quant aux propriétaires et locataires des nouvelles maisons qui s'élevaient, il était évident qu'il s'agissait d'une population bien différente de la précédente et nettement plus prospère.

En 1671, juste avant la fête de Pâques, un honneur fut accordé à treize familles pauvres de Versailles. Une petite fille de chacune de ces maisons devait se rendre, le jeudi saint, à la chapelle du Château. Marguerite fut choisie pour faire partie du groupe. Jeanne, toujours prête à soutenir ses espérances en ce qui concernait l'avenir de sa fille, se persuada qu'Augustin avait recommandé Marguerite, et le rêve qu'elle chérissait en prit un élan nouveau.

En lavant et repassant pour l'occasion la meilleure robe de sa fille, elle était presque délirante de bonheur. Une robe neuve n'eût pas été de mise en de telles circonstances, d'autant que, grâce à son petit trésor caché, Jeanne aurait été la seule mère à pouvoir se permettre cette dépense.

— Pourquoi la Reine veut-elle me laver les pieds ? avait demandé aussitôt Marguerite.

— Elle suit l'exemple de Notre Seigneur, répondit Jeanne, lorsqu'Il a lavé les pieds de Ses disciples.

Par la suite, Marguerite revécut souvent l'événement en pensée. Il y avait l'éclat de la chapelle richement décorée, sous le soleil qui entrait à flots par les vitraux, et dont la chaleur contrastait avec le froid glacial du dallage de marbre sous les pieds nus des petites filles. Il y avait ensuite la luxueuse douceur des tabourets recouverts de velours sur lesquelles elles s'assirent en rang, et les battements désordonnés de son cœur à mesure que la Reine, originaire d'Espagne, s'agenouillait devant chaque enfant, et que son tour approchait. Vue de si près, la Reine paraissait très jeune, en dépit de sa robe sombre, tandis que le Roi resplendissait dans son costume violet et argent. Les mains de la souveraine étaient blanches et douces, ses ongles taillés en amandes et polis comme des coquillages. En dépit de ses vilaines dents, son sourire fit naître celui de chaque petite fille, jusqu'à la plus timide.

Il n'y avait pas de place dans la chapelle pour les parents des élues, car la Cour occupait tout l'espace disponible. Jeanne, qui attendait le moment de reprendre sa fille, scrutait chacun des visages qui sortaient de la chapelle, dans l'espoir de voir Augustin. Elle ne l'avait aperçu nulle part, ce qui n'ébranlait en rien sa conviction qu'il était intervenu en faveur de Marguerite. Cette certitude l'encouragea à entreprendre l'éducation de l'enfant.

Elle s'était attendu à trouver en Théo un obstacle, mais il se montra plus facile à persuader qu'elle ne l'avait espéré. Ils gagnaient maintenant davantage, dit Jeanne pour le convaincre. Elle économiserait aisément le prix des leçons, et, dans une ville nouvelle, il y aurait toujours des boutiquiers et des commerçants pour qui une épouse capable de tenir leurs livres représenterait un grand avantage. A sa manière peu expansive, Théo aimait sa petite fille et il ne voyait pas de raison de l'empêcher d'acquérir quelques connaissances.

— Très bien, femme, dit-il sur un hochement de tête. Fais comme bon te semblera.

A sa vive surprise, Jeanne se leva d'un bond pour lui passer les bras autour du cou, une manifestation d'affection oubliée depuis des années. Il en fut ému, et, un bref instant, leurs sentiments réciproques remontèrent à la surface, comme s'ils se retrouvaient jeunes amants. Leurs relations en demeurèrent plus fortes, même si, par suite d'une réserve naturelle, ni l'un ni l'autre ne reparlèrent jamais de ce moment.

Jeanne alla trouver le prêtre. Il avait pris sa retraite, désespéré qu'en ses vieux jours sa petite église dût être démolie, selon le grand projet de Le Nôtre pour la ville nouvelle. Il avait pris des élèves, en son temps, mais, à soixante-dix ans, il se trouvait trop vieux. Il ne découragea pas Jeanne pour autant et lui recommanda une certaine Demoiselle Printemps.

— C'est une parente de la famille Desgranges qui a récemment quitté Paris pour loger dans l'une des maisons récemment bâties.

Jeanne eut un mouvement de recul.

— Je ne saurais aborder quelqu'un qui vit dans ce quartier, mon père. On me chasserait.

Ce qui était hautement probable, si Jeanne était reçue par quelqu'un d'autre que Marie Printemps. Celle-ci, sans ressources, était contrainte par les circonstances à dépendre de ses cousins, M. Desgranges et sa femme, et sa position était d'autant moins enviable qu'ils n'avaient pas l'âme charitable. Elle trouverait grand avantage à avoir une occupation personnelle et à gagner quelque argent.

— Voulez-vous que je lui pose la question pour vous ?

La proposition du prêtre fut acceptée avec gratitude. Sachant que les Desgranges ne laisseraient jamais une petite paysanne franchir leur seuil, il offrit de prêter pour les leçons une pièce de sa propre maison, puisqu'il n'était pas non plus question pour Marie de se rendre à la chaumière des Drémont.

Marguerite, dès le début, s'attacha à Marie, qui lui rendit son affection. C'était une jeune femme sans beauté, trop maigre. Mais elle était douce et très bonne. La tâche principale de Marguerite consistait à aider sa mère dans la confection des éventails, et les leçons n'avaient donc lieu qu'une fois par semaine, mais l'enfant apprenait vite et bien. Les fautes de grammaire ne tardèrent pas à disparaître de son langage. Quand la servante du prêtre apportait des rafraîchissements, Marie enseignait à la petite fille à manger proprement, calmement, au lieu d'engouffrer la nourriture.

Quand le temps était au beau, Marie disait toujours :

— Allons faire la leçon dans le parc, aujourd'hui.

Elle jugeait bon pour Marguerite, enfermée la plupart du temps entre quatre murs, de respirer au grand air et de faire de l'exercice le plus souvent possible. Elle-même appréciait le sentiment de liberté que lui procuraient les arbres et les fleurs.

Elle ne voyait jamais les parents de son élève : le prêtre se chargeait de transmettre les rapports excellents sur les progrès accomplis par Marguerite et, pour éviter tout embarras à l'une et l'autre partie, remettait aussi le prix des leçons. Ensemble, Marie et la fillette en vinrent à connaître le parc dans ses moindres détails, et elles choisissaient à chaque visite un endroit différent pour s'y asseoir. Enchantée de l'intelligence de l'enfant et de son imagination, Marie régalait Marguerite d'histoires tirées de la mythologie grecque et donnait vie à chacune des nombreuses sculptures rencontrées. La magnifique statue de Latone, placée au pied du large escalier qui descendait des Parterres d'Eau situés devant le Château, prit tout son sens quand Marie expliqua que Latone était la mère d'Apollon, dont la fontaine se trouvait en droite ligne, à l'extrémité du Tapis Vert.

Entre deux périodes de travaux, le Roi Soleil donnait de somptueuses réceptions et, parfois, même quand la construction battait son plein, il était incapable de se tenir éloigné bien longtemps de Versailles. En dépit du vacarme des scies et des marteaux, des nuages de poussière de plâtre et, souvent, d'un véritable marécage de boue qu'il fallait traverser entre les piles de briques et de bois et les sculptures qui attendaient une place, les invitations au Château étaient devenues très prisées. Cette ardeur n'avait rien à voir avec le cadre extérieur que détestaient de nombreux courtisans. Il leur paraissait incroyable que, de toute la France, avec ses magnifiques paysages, ses collines, ses vallées, ses montagnes couvertes de forêts, le Roi eût choisi, pour s'y faire construire une autre résidence, les terres malsaines et sans grâce qui entouraient Versailles, avec leurs brouillards envahissants et leurs marais humides.

Certes, parmi les travailleurs, le taux de mortalité était élevé. Les décès résultaient d'étranges fièvres causées, pensait-on, par l'inhalation de pestilences particulières qui montaient de la terre fraîchement remuée. Certains membres de la Cour juraient qu'ils se sentaient continuellement indisposés à Versailles, mais aucun d'eux ni personne d'autre ne déclinait jamais une invitation. Ils pouvaient énumérer les inconvénients, le principal étant le manque de place qui contraignait nombre d'entre eux à s'en aller loger ailleurs, mais se faire voir au Château était devenu la marque suprême du succès. Ceux qui n'étaient pas invités pour telle ou telle occasion feignaient souvent d'être malades ou prétextaient un empêchement afin d'éviter l'humiliation d'avoir été négligés.

Louis, qui se trouvait fort bien de l'air de Versailles et des brises qui soufflaient des hauteurs doucement ondulées de Satory, observait ces manèges, et sous ses lourdes paupières filtrait une lueur où se mêlaient triomphe et satisfaction. Grâce au désir de la noblesse de toujours vouloir être à la mode, il manipulait ces gens comme des marionnettes et les faisait de plus en plus danser au rythme de sa baguette. Si son Château ne l'avait déjà autant ravi, il s'y serait attaché pour cette seule raison. Il lui arrivait de penser qu'il aimait plus son fief que n'importe quelle femme, et cela même alors qu'Athénaïs de Montespan exerçait une grande emprise sur son cœur, sinon sur sa tête.

Peu de temps avant la mort de sa mère, qui lui reprochait une fois encore ses débordements licencieux, il lui répondit :

— Mon corps peut être faible devant la satisfaction des

désirs charnels, mais mon esprit, c'est la France : il est dur comme fer, toujours à mes ordres, insensible à toute coercition.

Il disait vrai : l'essence même de son caractère lui rendait impossible de se plier à la volonté de quiconque, même dans l'amour. D'année en année, il semblait acquérir une majesté plus grande. Il pouvait terrifier d'un haussement de sourcil, d'un pianotement impatient de ses doigts. Il éprouvait une immense satisfaction à voir toute la Cour suspendue à ses lèvres, totalement soumise à sa volonté. Les courtisans avaient beau être fort nombreux, il en savait beaucoup plus sur chacun que la plupart ne le réalisaient. Il détestait ceux qui ne faisaient pas mystère de préférer Paris à son Versailles bien-aimé. Il gravait dans son esprit les noms de ceux qui passaient beaucoup de temps loin de la Cour. En revanche, il accordait son respect à ceux qui, tout en demeurant courtois, ne craignaient pas d'émettre un avis différent du sien ou de porter à son attention une question controversée : il les écoutait toujours, réfléchissait à leurs propos, car il s'efforçait à tout moment d'être juste et de juger sagement.

Chez les jeunes courtisans, il cherchait la loyauté et un inébranlable sens du devoir. Parmi les élus figurait Augustin Roussier, courageux sur le champ de bataille, et qui lui avait signalé des injustices commises contre des huguenots. Louis appréciait en outre qu'il fût le fils de Gérard Roussier, dont la puissance financière restait à sa disposition, s'il était un jour besoin, contre Jean-Baptiste Colbert, son ministre et conseiller.

Durant toute une année et une autre encore, Louis continua d'observer Augustin. Le moment venu, il lui manifesterait sa faveur. En attendant, il avait d'autres sujets de préoccupation, notamment les aménagements à Versailles, qui exigeaient une correspondance suivie avec les architectes toutes les fois qu'il s'en trouvait absent. Il avait acheté le hameau de Trianon et l'avait fait démolir pour agrandir son parc vers le nord. Clagny, au sud, avait subi le même sort. A Trianon, on avait érigé un petit palais de porcelaine, et Le Nôtre avait considérablement étendu le Bassin des Cygnes pour en faire le Grand Canal.

Entre les séjours au Château, la Cour se déplaçait constamment d'une résidence à l'autre : le Roi ne restait jamais longtemps au même endroit. Lorsqu'une guerre était en cours, Louis ne manquait pas de s'y rendre, car il était bien décidé à repousser vers l'est la frontière de la France.

Le service en temps de guerre apportait aux jeunes hommes de la Cour une autre sorte de distraction. Durant la campagne de Hollande, Augustin fut grièvement blessé à l'épaule et dut garder le lit dans un couvent étranger avant d'avoir recouvré des forces suffisantes pour voyager, non pas à cheval mais en carrosse. Il avait espéré retrouver la Cour à Chambord mais il découvrit que tout le monde était déjà reparti à la suite du Roi qui, de retour d'Utrecht, après la reddition de la ville aux troupes françaises, regagnait Fontainebleau pour y chasser le sanglier. Après une journée de repos, Augustin reprit la route, à travers la campagne roussie par l'automne. Pas question pour lui de chasser : sa blessure se refermait bien mais elle devait être pansée chaque jour, et il devait éviter tout effort superflu.

A son arrivée à Fontainebleau, il eut plaisir à retrouver Jacques. Les liens de leur amitié s'étaient considérablement renforcés depuis que François avait été tué sur le champ de bataille, et que Léon, plus récemment, était mort de ses blessures infectées par la gangrène.

— A quoi passeras-tu ton temps pendant que nous chasserons ? demanda Jacques.

— Je ne compte pas rester bien longtemps. Comme tu le sais, quand l'un de nous se remet de blessures reçues en campagne, il doit faire, dès que possible, une apparition à la Cour, si brève soit-elle. Cette obligation remplie, j'irai chez moi, au Havre. Je pourrai y achever ma convalescence.

— Quand penses-tu partir ? demanda Jacques avec une certaine insistance.

— Je me mettrai en route demain après-midi, après avoir salué le Roi à l'heure convenue. J'aurai ainsi l'occasion de faire une promenade à cheval pour voir quel effet cela me fera de remonter en selle.

Tout comme le Roi, il montait à cheval le plus souvent possible. Fréquemment, il se joignait à l'escorte des cavaliers quand Louis, infatigable, couvrait en selle des lieues et des lieues, entre deux châteaux ou deux villes. Quand Louis voyageait en carrosse, il invitait toujours à l'accompagner deux ou trois femmes qu'il choisissait pour leur charme, leur beauté ou leur esprit. Sa favorite venait la première, sauf si quelque bonne raison — une grossesse, par exemple — l'empêchait de voyager. Augustin, lui, quand il allait reprendre la route de Normandie, serait seul. Il avait été amoureux bien des fois mais il n'avait encore jamais rencontré une femme qui lui tînt suffisammennt au cœur pour qu'il la présentât à son père comme sa future épouse.

Ce soir-là, Jacques et lui se rendirent ensemble au Grand Salon où l'on dansait. Côte à côte, ils franchirent les portes et s'arrêtèrent pour contempler la scène. L'un brun, l'autre blond, ils formaient un contraste frappant. Bien des fois, cette opposition leur avait valu des conquêtes féminines, mais ils s'en tenaient toujours au pacte ancien selon lequel aucun ne marcherait sur les brisées de l'autre.

Le salon offrait un spectacle riche en couleurs. Le plafond aux sculptures compliquées, les murs ornés de panneaux peints enfermaient, comme dans un vaste coffret rectangulaire, la grâce et la majesté des danseurs. Un fauteuil surmonté d'un dais était placé au fond de la salle, pour le Roi. Dans une galerie jouaient les musiciens, mais le son de leurs instruments se perdait parfois dans la rumeur des conversations. Les princes du sang, étincelants de joyaux, occupaient sur un seul rang les fauteuils recouverts de brocart. De l'autre côté du salon, les princesses étaient pareillement placées. Personne d'autre ne pouvait s'asseoir en présence du Roi, et, lorsqu'ils ne dansaient pas, les invités circulaient au second plan. Jacques désigna une femme d'âge mûr, d'allure sévère, toute constellée de diamants, qui se tenait à quelque distance.

— La duchesse de Valmy. Je dois aller lui présenter mes respects.

Les parents de Jacques et les Valmy étaient amis de vieille date, Augustin le savait.

— Certainement, dit-il. Nous nous retrouverons plus tard.

Jacques le quitta, et il s'avança parmi l'assistance, en s'arrêtant çà et là pour échanger quelques propos avec des gens de connaissance. A un moment donné, le silence se fit, et Augustin porta son regard vers les danseurs. Les musiciens venaient d'entamer un nouvel air, et le Roi, pour la deuxième ou la troisième fois de la soirée, dansait avec la Reine. Tous deux étaient magnifiquement vêtus de noir et d'écarlate. Marie-Thérèse se montrait heureuse de l'attention d'un époux qu'elle continuait d'adorer. Son pied léger et ses talents de danseuse lui valaient parfois des compliments. Chaque femme, à la Cour, rêvait d'être ainsi complimentée par le Roi. Le regard d'Augustin se détacha du couple royal pour se poser sur une jeune femme aussi gracieuse qu'une gazelle, qui eût bien mérité de telles louanges.

Il était certain de l'avoir déjà vue. La mémoire lui revint soudain : c'était la jeune fille qu'il avait remarquée lors de la fête de l'Ile enchantée donnée à Versailles par le Roi. Elle s'était épanouie en une surprennante beauté : un cou de cygne, une taille d'une finesse extrême, des seins ronds, comme deux pêches. La nouvelle coiffure à la mode, avec les cheveux en chignon derrière la tête et quelques boucles jusqu'aux épaules sur les côtés, seyait à ses traits patriciens. Son teint pâle s'éclairait du balancement des boucles d'oreilles en diamants. Un sourire charmant, adressé à son danseur, entrouvrait les lèvres roses. Elle semblait lumineuse et chaste, mais une mystérieuse lueur, dans les yeux sombres dont il avait gardé le souvenir, évoquait des profondeurs insoupçonnées.

Il se sentit vivement ému, accentua l'intensité de son regard pour la contraindre à jeter les yeux sur lui, comme elle l'avait fait la première fois. Vint l'instant où elle virevolta devant son partenaire, avant d'unir de nouveau ses doigts aux siens. L'espace d'une seconde, son regard croisa celui d'Augustin. Puis la danse l'emporta, l'éloigna de l'endroit où il se tenait. Elle n'avait pas semblé le reconnaître, ce qui ne l'étonnait guère. Après tout, c'était lui qui s'était efforcé de la retrouver ; elle n'avait rien su de ses recherches. Il attendait avec impatience le moment où la musique lui indiquerait à quelle extrémité du salon il devrait se trouver pour la rencontrer quand elle quitterait la danse. Cette fois, il était bien décidé à ne pas la laisser échapper.

Les dernières notes de la danse résonnèrent, et elle plongea en une profonde révérence devant son partenaire, dans le frémissement du satin corail de sa jupe. Elle s'était rapprochée de l'extrémité nord de la salle. Au moment où Augustin se dirigeait d'un pas décidé vers l'endroit où elle allait émerger de la foule des danseurs, il vit Jacques s'écarter de la duchesse de Valmy pour prendre la jeune fille par la main. Rien qu'à les voir ensemble, il était manifeste qu'ils se connaissaient bien, qu'ils étaient intimement liés. Mais il y avait plus encore. Augustin reconnut sur le visage de son ami une expression de ravissement qui signifiait autre chose qu'une simple amitié. Il ramena sa compagne vers la duchesse qui leur souriait à tous deux.

— Qui est cette jeune femme ? demanda Augustin à l'un de ses voisins. La connaissez-vous ?

— C'est Mlle Suzanne Le Viger.

Le nom éveilla aussitôt des souvenirs chez Augustin. Jacques l'avait mentionné bien des fois au cours des années. Il était aussi proche des Le Viger que des Valmy.

— Depuis quand est-elle à la Cour ?

— Pas bien longtemps. Sans nul doute, elle aurait été introduite plus tôt et serait aujourd'hui mariée si elle n'avait dû soigner son père durant un certain nombre d'années. Elle a ensuite porté son deuil pendant plus d'un an. Elle se trouve sous la protection de sa tante, la duchesse de Valmy, qui l'a présentée quand la Cour était à Chambord.

Non sans un violent regret, Augustin s'avoua qu'il ne pouvait tenter aucune démarche à l'égard de Suzanne Le Viger, aussi longtemps qu'il ignorerait si Jacques lui faisait sérieusement la cour. Qu'il s'agît d'une dame ou d'une prostituée ne faisait aucune différence : le pacte conclu naguère entre eux restait en vigueur, quels que fussent ses propres sentiments. Impossible aussi d'arguer d'un droit de priorité dû à une rencontre de hasard, puisque Suzanne ne se souviendrait pas de lui.

Il les regarda danser ensemble. Qu'elle pût être déjà hors de sa portée augmentait encore l'attirance qui le portait vers elle. Il crut un instant la voir jeter un coup d'œil vers l'endroit où il s'était précédemment tenu, mais sans doute prenait-il ses désirs pour des réalités : elle se montrait animée et joyeuse avec Jacques, qui la dévorait du regard.

Sentant monter en lui un agacement croissant, Augustin abandonna la salle de bal pour les tables de jeux, où il passa une heure ou deux avant de se retirer. Il s'endormait quand il fut brutalement réveillé par Jacques, qui venait de se laisser tomber lourdement au pied de son lit. Les chandelles avaient été rallumées, et Augustin se frotta les yeux, avant de se redresser sur ses oreillers. Jacques, adossé à une colonne du lit, lui souriait largement.

— Présente-moi sans tarder tes félicitations, mon ami ! Je vais me marier.

Augustin éprouva un coup au cœur. Sa déception se mêlait de rage.

— L'heureuse élue est sans aucun doute Suzanne Le Viger.

Jacques haussa les sourcils.

— Tu nous as vus ensemble, c'est ça ? Curieux, car, au moment où j'ai voulu vous présenter l'un à l'autre, je ne t'ai trouvé nulle part.

— Je ne suis pas resté longtemps. Quelqu'un m'a dit qui elle était, et, en sa compagnie, tu ne voyais plus personne.

Jacques éclata d'un rire exubérant.

— Je la connais depuis l'enfance, comme tu l'as peut-être deviné. A l'époque, je ne lui prêtais guère attention : elle a trois ans de moins que moi. Sais-tu que son père l'avait amenée à cette première fête donnée à Versailles, et que je les avais évités de mon mieux pour quêter une compagnie moins respectable, comme tu peux l'imaginer. Je l'ai revue longtemps après, quand je suis rentré chez moi pour le mariage de ma sœur. J'ai trouvé Suzanne épanouie au-delà de toute imagination. Nous avons commencé de correspondre, et, après la mort de son père, elle a paru se tourner vers moi de préférence à tout autre.

Comme pour réveiller sa mémoire, Augustin se passa le pouce et l'index sur le front.

— Tu m'en avais parlé à l'époque, je m'en souviens, mais sans trop insister.

— Je n'avais pas encore compris ce qui se passait entre Suzanne et moi. La vérité s'est faite pendant que tu étais en campagne. Je l'ai retrouvée à Chambord, et nous avons su aussitôt que nous étions amoureux. C'est une jeune fille merveilleuse, et je suis le plus heureux des hommes.

— Pourquoi ne m'en as-tu rien dit quand nous nous sommes revus aujourd'hui ?

— Je n'avais pas encore parlé à la duchesse, et les fiançailles n'étaient pas officielles. J'arrive tout droit de son salon.

Il secoua la tête comme s'il ne parvenait pas à croire à sa bonne fortune.

— Tu es le premier à savoir la nouvelle.

Ainsi, c'en était fait. Sincèrement heureux du bonheur de son ami, Augustin ravala son propre désappointement et se pencha pour lui serrer la main.

— Toutes mes félicitations ! Tu as gagné une ravissante épouse.

— Merci. Je tiens à te faire connaître Suzanne le plus tôt possible. Pour le moment, bonne nuit.

— Bonne nuit.

Augustin ramena les couvertures sur son épaule. Jacques eut l'obligeance de souffler les chandelles et, sifflotant tout bas, referma derrière lui la porte de la chambre.

Augustin demeura éveillé. La Cour abondait en jolies femmes. C'était folie de sa part de croire que Suzanne les surpassait toutes. Mais elle avait un rayonnement qui ne cesserait jamais, il le craignait, de l'attirer. Il se tournait et se retournait dans son lit, bourrait ses oreillers de violents coups de poing. Lorsqu'il s'endormit enfin, ce fut pour la revoir dans un rêve lascif. Il se réveilla en sursaut, trempé de sueur, le désir qu'il avait d'elle plus ardent encore.

Le matin venu, il se leva, se baigna et, encore en robe de chambre, déjeuna dans sa chambre d'un potage aux fines herbes, servi dans un bol en argent, avec du pain frais tiré tout chaud des fours du palais. Son valet refit ensuite le pansement de son épaule.

A dix heures et demie, Augustin fit seller son cheval. En sortant du palais, il se trouva en présence d'une troupe de dames de la Cour, en robes aux couleurs de fleurs, coiffées de chapeaux garnis de rubans et de plumes. Les messieurs étant à la chasse, elles avaient organisé pour leur propre plaisir une promenade à cheval. Certaines étaient déjà en selle, d'autres bavardaient encore sur les marches du perron. Au passage, il salua celles qu'il connaissait. Son cheval l'attendait, et il allait s'éloigner seul, quand l'une des cavalières qui attendaient leurs compagnes se détacha du groupe pour s'avancer vers lui.

— Monsieur Roussier ? Pardonnez-moi de vous retenir, mais nous nous sommes manqués, hier au soir.

Il se raidit pour tourner la tête vers Suzanne Le Viger. Comme il l'avait redouté, il éprouva le même choc violent à la vue du gracieux visage encadré par le large bord du chapeau rouge coquelicot, devant l'éblouissant sourire. Sans le vouloir, il retrouva le souvenir de son rêve, avec une précision qui amena sur ses traits un masque dur, comme si elle avait pu percevoir les images qui se déroulaient derrière ses yeux. D'un geste presque rigide, il se découvrit, tint un instant son chapeau contre sa poitrine.

— Vous me faites grand honneur, mademoiselle Le Viger. D'où connaissez-vous mon nom ?

— Je vous ai reconnu d'après la description de Jacques. Par ailleurs, il m'avait dit que vous monteriez seul, ce matin. Votre épaule, j'espère, ne vous fait pas trop souffrir. J'ai cru comprendre que vous ne pourriez chasser durant plusieurs semaines.

— Moins longtemps, j'espère. Au moment présent, on ne saurait le dire.

Elle tendit vers lui une main gantée, en un geste d'invitation.

— Pourquoi ne pas nous accompagner dans notre promenade ? Je suis sûre de parler au nom de toutes ces dames en vous assurant que nous serions heureuses d'avoir la compagnie d'un gentilhomme.

Se moquait-elle de lui ? Elle avait dans les yeux une lueur indéfinissable, et les autres dames, qui avaient groupé leurs montures autour de lui, échangeaient rires et murmures. Il connaissait d'expérience l'état d'esprit de la plupart d'entre elles. Elles mouraient d'ennui, étaient toujours à l'affût d'une distraction nouvelle et elles seraient heureuses d'avoir parmi elles un homme à taquiner, à séduire. Si Suzanne le croyait trop sérieux pour accepter la plaisanterie, il serait amusant de lui prouver le contraire.

Il se découvrit de nouveau, salua du haut de sa selle les dames rassemblées autour de lui.

— Je vous escorterai avec plaisir, mesdames.

Son regard revint à Suzanne.

— Montrez-nous le chemin, mademoiselle, je vous prie. Nous vous suivrons.

— Alors, partons !

Si elle s'était attendue à le voir chevaucher à ses côtés, elle n'en montra rien, imposant l'allure et la direction. De vastes forêts cernaient Fontainebleau, et la procession s'engagea dans une allée cavalière qui serpentait entre les arbres. Augustin resta avec le petit groupe qui fermait la marche. Parmi ses nouvelles compagnes, bien peu avaient le désir de profiter du grand air, mais toutes bavardaient avec coquetterie. Il en fut vite las. Lorsqu'il vit Suzanne cravacher son cheval pour lui faire prendre le galop et s'échapper à travers une clairière, il l'imita, se lança à sa poursuite avec quelques cavalières désireuses de prendre vraiment de l'exercice. Les sabots de leurs montures projetaient derrière eux des mottes de terre mêlées de feuilles mortes, et ils eurent tôt fait de laisser loin derrière eux le reste du groupe.

Personne ne ralentit l'allure, jusqu'au moment où Suzanne lança son cheval à travers un petit cours d'eau, dans un grand éclaboussement de gouttelettes lumineuses, et fit halte à l'abri d'un bosquet. Tous les arbres prenaient des tons de flamme qui contrastaient durement avec le bleu pur du ciel matinal. Augustin se retrouvait en compagnie de cinq femmes. Elles mirent pied à terre, se laissèrent tomber sur l'herbe, parmi les rires et les exclamations de plaisir. Il les imita, choisit de s'asseoir en face de Suzanne, à côté d'une femme mariée, Mme Vermorel, comme s'il préférait à tous son voisinage.

Suzanne, qui suivait du regard un vol d'oiseaux, exhala un soupir de bien-être.

— Nous aurions dû faire porter ici un pique-nique, dit-elle. L'endroit est délicieux.

Elle avait perdu son chapeau, et sa chevelure était dans un désordre splendide.

— Faisons cela demain, suggéra Mme Vermorel, les mains jointes en un geste d'enfant. J'adore manger *alfresco*.

Suzanne faisait glisser entre ses doigts une herbe plumeuse. Elle jeta un coup d'œil vers Augustin.

— Cela vous conviendrait-il, monsieur Roussier ?

Il eût été bien facile de retarder son départ pour accepter l'invitation, mais il se trouvait en terrain dangereux. Chacun de ses nerfs était tendu vers la chaleur parfumée qui émanait d'elle, vers le mouvement de ses seins sous la jaquette étroitement boutonnée, vers la jupe qui s'était tendue pour révéler la ligne de sa cuisse. Il secoua la tête, sans manifester le moindre signe de regret de devoir refuser.

— Je quitte Fontainebleau cet après-midi. Il se trouve que le moment est bien choisi pour que j'aille passer quelques semaines chez moi.

— Votre départ ne va-t-il pas déplaire au Roi ? demanda l'une des dames.

— Non. Il sait que j'ai été blessé et préférerait que je reste hors de sa présence.

Elles comprirent toutes ce qu'il voulait dire. Le Roi avait horreur de la maladie sous toutes ses formes. Il détestait également toute faiblesse physique. Suzanne savait que sa tante redoutait d'être invitée à monter dans le carrosse royal pour un voyage un peu long, car le Roi, qui possédait une vessie à toute épreuve, comptait que tout le monde fût constitué comme lui. Personne n'osait encourir son mécontentement en sollicitant une halte bien nécessaire : on préférait souffrir le martyre.

— Où se trouve votre domaine ? demanda-t-elle avec intérêt.

— Près du Havre. Par chance, je suis né chez mes grands-parents, à Luneray.

Elle parut surprise.

— N'est-ce pas là une citadelle de huguenots ?

— Oui, en effet.

Il vit son regard se détourner, se dérober sous les longs cils. Sans nul doute, son éducation l'avait imbue des préjugés trop répandus contre les huguenots. La nature humaine étant ce qu'elle était, une vague de ressentiment s'était élevée dans toute la France : les huguenots, disait-on, s'étaient regroupés plus étroitement encore, après les massacres passés et l'exode vers la sécurité en terre étrangère. Grâce à leur industrie personnelle, ils avaient prospéré comme artisans, négociants, boutiquiers. Nombre d'entre eux s'occupaient de banque, de commerce maritime, et autres grandes entreprises. Très peu, même de sang noble, menaient une existence oisive. Pour une fois, l'attitude répandue de la jeune fille ne déplut pas à Augustin : elle élevait entre eux une solide barrière. Moins ils auraient en commun, et mieux cela vaudrait.

Mme Vermorel lui posa des doigts légers sur le dos de la main.

— Vos parents vont être enchantés de vous revoir, j'en suis sûre.

Il la gratifia d'un sourire appuyé.

— Que c'est aimable à vous! J'ai le regret de dire que ma mère est morte il y a quelques années. Par bonheur, mon père est toujours en bonne santé.

Suzanne revint dans la conversation.

— Avez-vous des frères, des sœurs?

Il la regarda comme s'il avait failli oublier sa présence.

— Pas de frères. Une seule sœur, mariée à un négociant écossais, qui vit loin d'ici, à Edimbourg.

— Ah...

Elle inclina la tête d'un air de sympathie. Mais son attention fut attirée vers un point plus éloigné, derrière Augustin. Elle se leva d'un bond léger.

— Voici nos autres compagnes.

Il aida les cinq femmes à se remettre en selle. Le parfum de Suzanne monta jusqu'à ses narines, l'enivra. Il se détourna, enfourcha sa monture, sans répondre à ses remerciements. Tous les six s'avancèrent ensemble pour rejoindre le reste du groupe. Comme à l'aller, Augustin resta à l'arrière de la troupe. Mme Vermorel en fit autant. Augustin avait beau s'efforcer de suivre son bavardage, ses yeux revenaient sans cesse vers la silhouette de Suzanne, qui chevauchait en tête. Quelqu'un avait retrouvé le chapeau de la jeune fille, et les plumes rouges qui se balançaient au rythme de la marche semblaient faire signe à Augustin.

De retour au palais, il fit ses adieux à Suzanne du même ton courtois qu'il avait employé pour les autres cavalières. Il la vit encore gravir les marches de l'escalier en fer à cheval, en grande conversation avec deux de ses amies. Si elle lui lança un dernier regard, intrigué et déçu, il ne le vit point, tout occupé à donner au palefrenier l'ordre de tenir son carrosse prêt dans une heure exactement.

Les chasseurs n'étaient pas encore rentrés qu'Augustin était déjà en route. Après la promenade trop longue et trop rapide de la matinée, il souffrait énormément de sa blessure à l'épaule et il était heureux de pouvoir s'appuyer sur le cuir des coussins. Il avait hâte de se retrouver chez lui.

La demeure ancestrale des Roussier, appelée le Manoir, était une très ancienne construction de pierre qui, jadis, s'était dressée seule sur une éminence d'où l'on pouvait guetter l'approche des bandits et des envahisseurs. Avec le temps, le port du Havre avait pris de l'importance, et, au cours des siècles, les maisons des citadins étaient montées jusqu'aux grilles des murailles qui enfermaient à présent le Manoir. Les parterres fleuris, les arbres, les fontaines s'alliaient au lierre et à la glycine pour adoucir les lignes sévères de sa structure.

Par le passé, les activités bancaires des Roussier s'étaient déroulées au Manoir lui-même, mais le grand-père d'Augustin avait fait édifier, autour d'une cour intérieure, un vaste pavillon où traiter les affaires de finance. Ce bâtiment, tout en restant enclos dans le domaine, se trouvait à quelque distance du Manoir et possédait sa propre entrée sur la route menant au port. A ces bureaux se présentaient négociants, armateurs et capitaines. Y venaient aussi les gentilshommes en difficulté, souvent à la suite d'une dette de jeu, et tous les hommes avisés qui cherchaient pour leur argent un asile sûr et des revenus substantiels. La partie qui intéressait le plus Augustin, c'était le financement d'expéditions et de voyages de découverte : ceux-ci, lorsqu'ils étaient couronnés de succès, venaient encore accroître les bénéfices de Gérard Roussier et, indirectement, de son fils.

Comme il s'y attendait, Augustin, à son arrivée, trouva son père dans le grand cabinet central, où les livres richement reliés de cuir couvraient les murs du sol au plafond. Gérard Roussier, homme d'une dignité et d'une intelligence incomparables, représentait un personnage redoutable pour ceux qui venaient le trouver en quête d'un prêt, et bien peu l'auraient reconnu dans ce père attendri par la présence impromptue de son fils. Comme toujours, il était vêtu d'une manière irréprochable, sa perruque grise brossée et bouclée de frais, la dentelle de son jabot et de ses manchettes d'une fraîcheur immaculée.

— Qu'est-ce qui t'amène ici, cette fois, Augustin ? demanda-t-il, passé le moment des effusions. Aurais-tu besoin d'argent, ou cette main si habile à l'épée brûlerait-elle du désir de faire courir la plume sur mes registres ?

La plaisanterie faisait allusion au fait que, lors de ses visites, Augustin s'absorbait dans les affaires et travaillait aussi dur que le dernier des gratte-papier, jusqu'au jour de son départ. Quant à la mention d'un éventuel besoin d'argent, elle constituait pour Gérard un louable effort qui pouvait passer pour de l'humour : les placements faits au nom d'Augustin lui procuraient des revenus comparables à ceux de la plupart des courtisans et pouvaient même couvrir, à l'occasion, une lourde perte au jeu.

Le jeune homme sourit.

— Vous me connaissez assez, père, je crois, pour savoir que ce ne sont jamais des dettes qui m'amènent au Havre.

— Tu es le bienvenu ici. Ton arrivée n'aurait pu être plus opportune. J'ai appris hier que ta sœur avait mis au monde un fils. Je donne ce soir au Manoir un banquet pour fêter l'événement.

Augustin eut plaisir à savoir que sa sœur avait accouché sans accident. Toutes les fois qu'il revenait chez lui, elle lui manquait ; la différence d'âge entre eux n'était pas très grande, et ils avaient toujours été très proches l'un de l'autre, jusqu'au mariage de la jeune fille, partie vivre loin, en Ecosse. Jeannette, mieux que quiconque, avait compris ce qu'il avait éprouvé en se voyant, à seize ans, envoyé à la Cour, au lieu d'entrer dans les affaires paternelles, ce qu'il avait toujours désiré. Depuis son plus jeune âge, on lui avait enseigné les tenants et les aboutissants de la finance, et soudain, sans avertissement, son père avait pris, pour son avenir, la foudroyante décision qui l'avait éloigné de son but.

— Mais pourquoi ? avait-il protesté avec véhémence. Ma place est ici…

Gérard lui avait répondu d'un ton bref :

— Lorsque tu auras servi une année dans les mousquetaires et passé une autre année à la Cour, je te fournirai une explication. Profite bien de ces deux années. Jette ta gourme. Ne perds jamais en regrets une seule minute de ta vie.

Ces deux années avaient donc été vécues en toute liberté, d'autant qu'Augustin gardait toujours à l'esprit une arrière-pensée : avec le temps, on lui permettrait de revenir. Qui d'autre pourrait marcher sur les traces de Gérard Roussier ?

En s'habillant pour le banquet, le jeune homme se remémorait sa joyeuse attente quand, les deux ans révolus, il était rentré chez lui pour recevoir de son père l'explication promise. Ils s'étaient assis devant un grand feu de bois, un carafon de vin sur la table, entre eux. Gérard versa le vin dans deux gobelets de cristal.

— L'existence à la Cour te plaît-elle toujours ? demanda-t-il.

Augustin eut un sourire pensif. Rien ne valait une vie de plaisir pour panser une déception et faire des expériences enrichissantes. Il était prêt à consacrer encore une année ou deux au service du Roi avant d'aborder les joies toutes différentes d'un univers financier, mais à condition d'être assuré que sa place l'attendrait, le moment venu.

— C'est extrêmement agréable, répondit-il. Je connais maintenant les manières de la Cour, son protocole, son étiquette compliquée. Je peux me targuer du titre de courtisan de premier ordre.

— Aimerais-tu asseoir ta position là-bas ?

La méfiance plissa les paupières d'Augustin.

— Uniquement par mes propres mérites, comme je tiendrais à faire mes preuves ici. Jamais je ne me joindrais au vaste troupeau de courtisans qui courent derrière le Roi à chaque instant de la journée, pour solliciter une faveur, le flatter, le supplier de leur accorder une audience. Ils bourdonnent autour de lui comme autant de mouches à viande, ils se montrent d'une servilité, d'une obséquiosité écœurantes. Le Roi est un homme patient. A sa place, je les aurais depuis longtemps renvoyés.

— C'est aussi un homme habile. Ne vois-tu pas la manœuvre ? Il les tient tous au creux de sa main. C'est un monarque absolu. Le pouvoir tout entier lui appartient, à présent. Si tu te distingues à ses yeux par ta propre valeur, tu auras atteint le résultat le plus désirable pour la cause huguenote.

D'un mouvement brusque, Augustin se pencha en avant dans son fauteuil et frappa du poing sur la table.

— Ainsi, voilà pourquoi vous m'avez installé à la Cour !

Gérard posa sur lui un regard pénétrant.

— Dès ta naissance, j'ai eu le désir de t'associer à mes affaires. Tout homme dans ma position l'aurait souhaité, surtout lorsque tu as commencé de révéler un esprit délié et une aptitude naturelle pour les chiffres. Tu possédais même, comme moi, et comme mon père avant moi, l'audace nécessaire et le goût de l'aventure. J'ai eu peine à prendre ma décision. Il y avait en toi une certaine impétuosité. Elle ne s'est pas tout à fait apaisée, je le constate, parce que tu es encore jeune. Jamais, avant de t'en être complètement débarrassé, tu n'aurais pu te mettre sérieusement au travail ici, parmi des documents.

Gérard but une gorgée de vin, posa son verre.

— Dieu en soit loué, ta génération vit moins dans l'ombre du massacre de la Saint-Barthélemy que nous autres, les anciens. Mais ne va jamais croire que cette menace se soit à jamais éloignée. L'histoire possède le don de se répéter elle-même.

— Jamais le Roi ne...

Gérard leva la main pour l'interrompre.

— En dépit de son dévergondage, le Roi, au fond de son cœur, est un homme intensément pieux.

— C'est vrai. Il prie chaque matin, avant de quitter sa chambre, et suit quotidiennement la messe à dix heures. Il est sincèrement dévot. Voudriez-vous me faire entendre que, par ferveur religieuse, il pourrait se tourner contre nous ?

— Je dis seulement que ce serait folie de nous montrer trop confiants, de nous sentir en sécurité. Voilà pourquoi j'ai sacrifié mes propres désirs pour te placer à la Cour. J'avais — j'aurai toujours — foi en ton intégrité. Aussi longtemps qu'on verra un huguenot dans le proche entourage du Roi, peu oseront mener une attaque concertée contre notre cause.

Augustin baissait les yeux sur le gobelet qu'il faisait tourner entre ses mains. La ligne résolue de sa mâchoire disait qu'il avait accepté la responsabilité placée sur ses épaules.

— Pourquoi ne pas m'avoir dit tout cela plus tôt ? La veille de mon départ de la maison, par exemple ?

— Il eût été injuste d'accabler d'un si lourd devoir un tout jeune garçon, trop longtemps à l'avance. Voilà pourquoi j'ai préféré attendre.

Tout cela s'était passé longtemps auparavant. Augustin redressa d'une chiquenaude la dentelle d'une manchette et descendit rejoindre son père pour attendre l'arrivée de leurs invités. Soixante personnes prirent place à la longue table du banquet. Certaines étaient des parents plus ou moins éloignés, les autres des amis de la famille. A mesure que la soirée s'avançait, le jeune homme remarqua l'humeur exceptionnellement joyeuse de son père. Il se demanda si Gérard voyait en son petit-fils son successeur désigné, peut-être même une récompense pour avoir sacrifié à une plus noble cause ses vœux les plus profonds pour son fils.

Le lendemain matin, Augustin se leva de bonne heure. Bientôt, au pavillon, il était plongé dans la lecture de contrats, de documents dont son père savait qu'ils seraient pour lui d'un intérêt particulier. Quelques jours s'écoulèrent avant qu'il pût vérifier si sa théorie à propos du petit-fils nouveau-né était fondée. Un fauteuil était toujours à sa disposition dans le cabinet de son père, et il assistait aux discussions avec les clients. Ce jour-là, un négociant venait de partir, et c'était la dernière entrevue prévue pour la journée. Gérard enfermait quelques papiers dans un tiroir. Augustin s'approcha de la fenêtre pour contempler les platanes. Il dit d'un ton pensif :

— Je me suis voué à la tâche qui m'a été confiée. Néanmoins, à chacune de mes visites ici, je ressens davantage mes racines.

— Tu finiras par dominer ce sentiment, j'en suis sûr, affirma Gérard, qui referma le tiroir, tourna la clé dans la serrure. Tu sais très bien que tu n'as plus ta place ici.

Augustin se détourna, et sa haute silhouette aux larges épaules se découpa dans le cadre lumineux de la fenêtre.

— Admettons que le danger que nous redoutons du côté du Roi ait cessé d'exister? Si le temps nous offrait la preuve que toute menace de cet ordre appartient au passé, je m'attendrais à vous voir m'ouvrir ces portes de plein droit.

Gérard avait quitté son fauteuil. Il faisait tinter ses clés entre ses doigts.

— Tu persistes à faire confiance à Louis, n'est-ce pas?

— Oui.

— Dieu veuille que tu aies raison. Si tu as cette preuve quand viendra mon dernier jour derrière cette table de travail, ces clés t'appartiendront.

Le ton de sa voix fit comprendre à Augustin qu'il n'entretenait aucun espoir de cette sorte.

Fort de sa propre opinion sur le Roi, le jeune homme aurait dû se sentir encouragé par la conviction qu'il demeurait le successeur favori de son père, si les circonstances le permettaient, mais la paix de son esprit était déjà troublée par des images obsédantes de Suzanne. Par ailleurs, il découvrit dans un dossier certains documents : ils énuméraient de récents incidents qui avaient déclenché des troubles contre les huguenots dans des régions de France où l'Edit de Nantes avait toujours été mal observé. Il en prit des copies, aux fins d'investigation, mais il se montrait de plus en plus nerveux, moins absorbé par son travail que d'ordinaire, impatient d'en avoir fini avec sa convalescence. Suivi par deux ou trois des chiens de la famille, il faisait, quel que fût le temps, de longues promenades au bord de la mer et buvait plus que de coutume. Sa blessure à l'épaule finit par se cicatriser, mais il lui en restait une raideur dans la partie supérieure du bras gauche qui ne lui serait pas d'une bien grande gêne dans la vie civile mais marquait la fin de tout service aux armées. Il se préparait à regagner la Cour lorsqu'on lui remit une lettre de la main de Jacques.

Il la décacheta, y trouva la nouvelle à laquelle il s'attendait plus ou moins : Jacques et Suzanne avaient fixé la date de leur mariage. Il avait beau s'y être préparé, la jalousie fit rage dans ses veines, et il comprit qu'il avait espéré contre tout espoir une rupture entre les fiancés. Il aurait froissé la lettre et l'aurait jetée au feu si elle n'avait contenu d'autres informations. Jacques écrivait que le Roi avait compté Augustin dans une invitation à Versailles. Il conseillait à son ami de partir sans délai pour le Château, quel que fût son état, car les privilégiés avaient déjà commencé de quitter Fontainebleau.

Augustin mit son père au courant.

— Cette invitation ne ressemble pas à celles du passé, où

j'étais convié parmi plusieurs centaines d'autres. Il semble que je sois parvenu à me distinguer du lot.

— Bravo, fit Gérard, immensément satisfait.

— Cela signifie que je dois me mettre en route sans retard.

— Que Dieu t'accompagne, mon fils.

Puisque son carrosse l'avait amené jusqu'à la côte, Augustin n'avait d'autre recours que de l'utiliser pour le voyage de retour, même s'il se sentait assez bien pour couvrir la distance à cheval. Aux approches de Versailles, où des pluies récentes avaient formé une boue épaisse sur le site d'aménagement de la route, le cocher mit ses bêtes au pas. A la grande surprise du jeune homme, une paysanne, qui s'était écartée du chemin pour éviter d'être éclaboussée par le mouvement des roues, resta bouche bée en le reconnaissant. Il n'avait pas la moindre idée de son identité. Il la vit plonger ses pieds chaussés de sabots dans la boue liquide, sans souci de souiller le bas de sa jupe, pour se précipiter vers le carrosse et s'accrocher au rebord d'une portière afin de le dévisager.

— Je vous souhaite le bonjour, monsieur Roussier ! Je m'appelle Jeanne Drémont. Vous avez fait à mon humble maison l'honneur d'y loger, lors de la première grande fête.

Il se souvint d'elle. Jacques et lui, en compagnie des regrettés Léon et François, ne l'avaient-ils pas vue accoucher ? Aucun d'eux n'y avait attaché d'importance, mais, apparemment, cette créature s'était sentie honorée.

Le carrosse reprenait un peu de vitesse, mais la femme se maintenait à sa hauteur. Une expression de joie presque démente illuminait le maigre visage levé vers lui, et il se demanda si elle avait toute sa raison.

— Comment se porte votre fille, madame ?

Il avait grandi dans un milieu où comptaient par-dessus tout la courtoisie et la bienveillance. La vie à la Cour n'était pas parvenue à lui faire oublier ces principes. Personne, d'ailleurs, n'était plus poli que le Roi lui-même, qui levait son chapeau devant une souillon de cuisine s'il la rencontrait hors du Château.

La question parut emplir la femme d'un bonheur ineffable.

— Fort bien, monsieur, en vérité ! Vous vous rappelez sûrement que vous l'avez nommée Marguerite.

— En effet, dit-il en souriant. S'est-elle épanouie comme la fleur dont elle porte le nom ?

— Oh ! pour sûr ! C'est déjà une beauté, et elle a appris à lire et à écrire.

La fierté de la paysanne était manifeste.

— On lui a également appris à parler et à se comporter comme il faut. Elle ne vous décevra pas, le moment venu !

Le carrosse aborda soudain un sol plus stable, et la femme se trouva distancée. L'incident lui évita de voir l'expression de stupeur et de répugnance d'Augustin. Folle de joie, elle croisa étroitement les bras sur sa poitrine. Il était plus beau que jamais : ses traits avaient perdu l'indécision de la grande jeunesse, les yeux verts avaient un regard intense, la bouche était splendide. Marguerite ne pourrait s'empêcher d'aimer un tel homme et de se faire aimer de lui. Jeanne rejeta la tête en arrière pour éclater d'un grand rire. Les passants, intrigués par cette gaieté insolite, la virent prendre sa course, ses sabots englués de boue.

Augustin, dans son carrosse, n'était pas encore remis de cette extraordinaire rencontre. Cette femme, l'épouse d'un respectable artisan, lui avait parlé comme une entremetteuse. Apparemment, elle élevait sa fille en vue de son futur plaisir à lui. Mais pourquoi ? Quel droit pensait-elle donc avoir sur lui ? Il se rappela alors une stupide promesse. Et ne lui avait-elle pas offert un éventail sur lequel était peint le nom de sa fille ? Qui pouvait dire quel dommage avait causé l'insouciance de la jeunesse à la paisible existence d'une paysanne ?

Au Château, le carrosse se rangea dans l'espace réservé aux gens de sa position à la Cour. Ceux qui jouissaient d'un rang plus élevé pouvaient aller plus loin. Une étiquette nouvelle se créait à Versailles, un peu comme se serait tissée une invisible toile d'araignée qui renforçait encore le pouvoir du Roi sur ses sujets.

Augustin découvrit qu'on lui avait réservé pour la durée de son séjour une petite chambre sous les combles. Il fut heureux de se trouver sous le toit du Château, au souvenir des jours passés dans la masure de cette femme. Curieux qu'elle eût fait sur lui une telle impression.

— T'est-il arrivé de trouver un éventail dans mes affaires ? demanda-t-il à son valet.

L'homme était à son service depuis deux ans, son prédécesseur ayant été congédié pour sa paresse.

— Oui, monsieur.

Le valet se targuait de pouvoir mettre la main sur tout objet réclamé par son maître. Le coffre de voyage était déjà ouvert. Il plongea les doigts dans l'une des poches intérieures, en tira l'éventail. Lorsqu'il l'avait découvert, il lui avait attribué une valeur sentimentale et l'avait enveloppé d'un morceau de toile fine. Augustin le prit, le déploya.

Il fut de nouveau surpris par la délicatesse du paysage peint et sourit pensivement devant la relative simplicité du pavillon de chasse qui avait jadis occupé l'emplacement du Château. Les éléments essentiels de la retraite de Louis XIII subsistaient sur trois côtés de la Cour de Marbre, mais huit colonnes de marbre rose et de nouvelles dorures rehaussaient à présent la beauté de la façade est. La construction ancienne était enveloppée sur ses trois côtés par un majestueux édifice de style classique. Ses murs, couleur de sable, s'enrichissaient de statues et de colonnes ; le toit plat, bordé d'une balustrade, formait un total contraste avec les hautes pentes d'ardoises gris-bleu de la façade est préservée. Sur la façade ouest, d'où la vue s'étendait, au-delà des parterres et des fontaines, jusqu'au lointain Grand Canal, une longue terrasse unissait deux appartements symétriquement disposés : celui du Roi au nord, celui de la Reine au sud.

Pourtant, ces agrandissements ne suffisaient déjà plus, et Augustin avait appris de ceux qu'il avait rencontrés depuis son arrivée que l'on dressait d'autres plans. On eût dit que le Château avait assumé une volonté propre : rien ne pourrait plus arrêter son expansion ni les embellissements de ses jardins.

Augustin replia l'éventail. Il le conserverait : c'était un intéressant souvenir du passé, et sa valeur ne ferait que croître. Il rendit l'objet à son valet, mais le nom entrelacé aux rubans ne quitta pas son esprit.

— Prends garde de ne jamais l'égarer, dit-il.

Ce soir-là, tandis qu'il s'habillait, sa pensée revint avec amertume à Suzanne et à sa chance perdue. Du moins Jacques et elle ne se trouvaient-ils pas à Versailles. Quand viendrait l'instant de la rencontre, il aurait peut-être fait la connaissance d'une autre femme qui l'aiderait à contenir ses sentiments pour Suzanne. Non sans ironie, il songea à Marguerite. N'avait-il pas promis de revenir lorsqu'elle aurait dix-sept ans ? S'il comptait bien, l'attente devrait encore durer huit années. Il n'attendrait pas huit minutes pour trouver un baume à sa jalousie. Il secoua ses manchettes et quitta sa chambre pour trouver son chemin, à travers le somptueux labyrinthe, jusqu'aux Grands Appartements, où toute la Cour devait s'assembler.

Chose étrange, le nom de Marguerite demeurait présent à son esprit. Il avait un jour contemplé une étendue de pâturages blanchie à perte de vue par les fleurs de ce nom :

c'était comme si la neige, en plein été, était tombée sur l'herbe verte, pour être ensuite poudrée de l'or du pollen. Sans en avoir conscience, il associait déjà à sa beauté une vague silhouette attendant sa venue, aussi lointaine qu'improbable.

3

Il arrivait parfois à Marguerite de penser à l'année de ses treize ans comme à une période de bouleversements. Marie Printemps avait été à l'origine de tout en tombant éperdument amoureuse et en nouant une secrète intrigue avec un corpulent Vénitien aux yeux de braise qui logeait chez les Desgranges. Il avait affaire au Château, à propos de miroirs. Un peu plus tôt, pour le plus grand plaisir du Roi, les miroitiers français avaient découvert la manière de fabriquer des plaques de verre qui, une fois doublées d'un amalgame d'étain, constituaient les premiers miroirs sans défauts qu'on eût jamais faits. Louis avait commandé d'immenses quantités de ces miroirs, il en avait fait installer partout, et ils allaient constituer le plus riche élément d'une nouvelle galerie qui allait être construite à la place de la terrasse de la façade Ouest.

Du jour au lendemain, Venise abandonna toute hostilité. Le Vénitien était arrivé avec une offre engageante : la pleine coopération des verreries de Murano, en échange du secret de la fabrication des miroirs. Nul ne sut ce qu'on avait dit, au Château, au Vénitien, mais, après avoir lanterné des semaines durant pour obtenir une audience, il eut droit en fin de compte à cinq minutes d'entretien. Il prit la mouche et regagna son pays. Marie, qu'il avait utilisée pour son plaisir durant son séjour, se retrouva enceinte et folle de chagrin.

Il ne fut plus question de leçons. Les Desgranges exilèrent leur parente dans un couvent où, après la naissance de l'enfant, elle prononça ses vœux. Plus jamais elle n'en sortit.

— Bah, tu en sais déjà bien assez long, dit flegmatiquement Théo à Marguerite.

Celle-ci, bouleversée par le sort de Marie, fulminait contre le Vénitien et aurait été capable de le tuer de ses mains si elle en avait eu l'occasion. Son esprit indomptable, longtemps tenu en bride par la discipline familiale et par l'intérêt qu'elle portait à ses leçons, se manifesta avec une violence inconnue. Elle devint turbulente, coléreuse, même en la présence de Théo. En plusieurs occasions, il la souffleta pour son insolence, la menaça de sa ceinture de cuir si elle continuait à le défier. Il finit par mettre sa menace à exécution une fois ou deux, mais rien n'y fit. N'importe quel châtiment la laissait les yeux secs, l'esprit en révolte. Elle ne marquait aucun intérêt pour les livres que Marie lui avait généreusement laissés et, par négligence, commettait des erreurs dans la confection des éventails.

Jeanne était au désespoir : la cessation des leçons et tout ce qui s'était ensuivi intervenait au moment le plus vulnérable de la vie de Marguerite. Celle-ci semblait prête à tout abandonner pour s'enfuir. Une autre menace planait : les garçons commençaient à rôder dans les parages pour la voir, comme si quelque invisible courant les avait avertis de la transformation qui se produisait en elle. Pour l'instant, la façon dont le Vénitien avait trahi Marie Printemps l'obsédait encore, et elle considérait les garçons avec mépris. Mais Jeanne savait bien que, tôt ou tard, l'un ou l'autre de ces nigauds saurait éveiller son intérêt. Les filles s'amourachaient facilement. Jeanne nourrissait l'ardent espoir de voir Augustin Roussier réapparaître bientôt. Marguerite mûrissait rapidement. Elle était prête à rencontrer son futur amour, même s'il était encore trop tôt pour lui.

Loin de diminuer, le désir que nourrissait Augustin pour Suzanne n'avait fait que croître à mesure qu'il la connaissait mieux. Longtemps après la nuit de noces des Fresnay, ce désir continua de le hanter. Jamais auparavant il n'avait ressenti une telle répugnance pour les plaisanteries salaces et les jeux tapageurs qui accompagnaient la mise au lit des jeunes mariés. A grand-peine, il avait réprimé l'envie de se dégager de la foule bruyante et avinée qui avaient mi-poussé, mi-porté Jacques, en chemise de nuit et robe de chambre, vers la jeune épousée qui l'attendait.

Aujourd'hui encore, le parfum de certaines herbes, répandues sur le lit nuptial pour assurer le bonheur conjugal et la fécondité, ranimait le souvenir de Suzanne, appuyée aux oreillers, pâle et très belle, au moment où ils avaient poussé Jacques dans la chambre. Les jeunes filles et les jeunes femmes qui l'entouraient avaient encouragé en riant les propos et les gestes égrillards, et Augustin avait vu le ravissant visage rosir et pâlir tour à tour.

Grâce à son intervention, on n'avait pas arraché la chemise de nuit des épaules du jeune époux, et la foule bruyante avait été retenue assez longtemps pour permettre à Jacques de se glisser entre les draps. Augustin, garçon d'honneur du marié, avait refermé les courtines sur ce côté du lit. Il ne sut jamais quelle impulsion l'avait amené à les retenir une fraction de seconde, mais Jacques, secoué par le fou rire après une dernière plaisanterie, n'avait pas surpris le regard que Suzanne et lui avaient échangé. Dans ses yeux se lisait un affreux désespoir et le feu d'un désir qui reflétait le sien, si longtemps retenu.

Le mariage avait eu lieu au château de la duchesse de Valmy, et il n'avait pas revu Suzanne durant plus d'un mois. La rencontre se passa à Vincennes.

Elle entra dans le salon où se jouaient les parties de cartes et de dés. Elle portait une robe de velours couleur d'abricot mûr. Il leva les yeux de ses cartes, et ce fut comme si d'invisibles étincelles crépitaient tout autour d'eux. L'espace d'un instant, le visage de la jeune femme s'illumina, mais, presque aussitôt, l'expression réservée, qu'il devait apprendre à si bien connaître et qui ressemblait à la sienne, se répandit sur ses traits, tel un masque. Jusqu'à ce moment, la chance au jeu avait été contre lui. Elle changea à la minute même où Jacques, exubérant et heureux, le rejoignit avec sa femme, pour le saluer et le regarder jouer. Il se rappela le vieil adage : « Heureux au jeu, malheureux en amour. »

Depuis, ils avaient partagé une histoire d'amour étrangement silencieuse, que ni l'un ni l'autre ne désiraient. Ils s'évitaient le plus possible et, surtout, veillaient à ne jamais rester en tête à tête. Dans un environnement où presque tout le monde, depuis le Roi jusqu'au dernier des courtisans, n'accordait pas la moindre valeur à la fidélité conjugale, Suzanne et lui, sans être meilleurs, au fond, que les autres, avaient créé une exception. On ne pouvait mettre en doute la profonde affection de la jeune femme pour Jacques. Elle se révélait dans leurs rires complices, dans le plaisir évident qu'elle prenait à sa compagnie, à la façon dont, à la dérobée, ils unissaient leurs mains, dans une société cynique où la sentimentalité était tournée en ridicule. Mais, lorsque Augustin s'approchait, une attirance interdite, plus violente, jetait une ombre sur le visage de Suzanne, dont les yeux lui criaient de se tenir à distance.

Il arrivait à Augustin de se croire délivré de ses sentiments pour elle. C'était généralement quand il était absorbé par les charmes d'une nouvelle maîtresse, ou lorsque l'arrivée à la Cour d'une jeune et jolie vierge l'amenait à songer au mariage et à la nécessité d'avoir un héritier. Il éprouva également un certain soulagement quand Suzanne se retira au château de son mari, près d'Orléans, pour y donner naissance à des jumeaux, Jean-Paul et Catherine. Il voyageait alors en Italie où l'avait envoyé le Roi. A son retour, il revit brièvement la jeune femme, avant qu'elle allât rendre visite à Jacques au front, comme le faisaient souvent les épouses de la noblesse.

Néanmoins, l'inaccessibilité de l'aimée continuait à le tenir en esclavage : l'entrevoir seulement faisait renaître la violence de son désir. Aux yeux des autres, Suzanne ne manifestait d'intérêt et d'amour que pour son mari et ses enfants. Mais, grâce à ce lien particulier qui existe entre deux êtres attirés l'un vers l'autre, Augustin savait qu'un jour la déflagration se produirait.

Les Fresnay étaient mariés depuis trois ans quand Augustin se retrouva en leur compagnie à un bal masqué donné à Versailles, où la Cour était revenue pour l'été. Les travestis étaient extravagants, les masques d'une éblouissante variété, et le clair de lune créait des ombres propices aux rencontres amoureuses.

La République de Venise, tout différend oublié, avait fait présent au Roi, pour son Grand Canal, de deux gondoles richement ornementées. En embarquant avec un grand nombre d'autres invités, Augustin et Suzanne se trouvèrent séparés de Jacques qui avait été entraîné sur l'autre embarcation, avec le Roi et Mme de Montespan. Les deux gracieuses gondoles voguaient lentement au long de l'immense canal, sous les lumières du feu d'artifice qui déchirait le ciel et irisait l'eau. Des musiciens jouaient sur l'une des petites barques dorées gréées de voiles de soie qui formaient une flottille toujours prête à emmener les invités pour l'une de ces brèves croisières. Suzanne et Augustin n'avaient d'yeux que pour eux-mêmes. Le décor exotique, les parfums, le vin qui coulait à flots servaient seulement à porter au paroxysme la communication de leurs sens.

Elle était assise auprès de lui, sur une banquette drapée de brocart rouge et or dont les franges, par-dessus bord, soulevaient mollement l'eau. En lui, la passion faisait rage, au point de l'empêcher de prendre part à la conversation à laquelle, dans un bel effort pour donner le change, elle se mêlait. Son profil le fascinait. De temps à autre, elle élevait jusqu'à son visage son masque pailleté d'or, et il savait que c'était pour se protéger de son regard. Les lumières se jouaient sur son cou, sur les rondeurs de ses seins à demi découverts par le décolleté en carré de sa robe brodée de perles. Les diamants, dans sa chevelure, lui faisaient une auréole lumineuse.

Lorsqu'ils débarquèrent, après plus d'une heure passée sur l'eau, la gondole du Roi, qui s'était aventurée jusqu'à l'extrémité du Grand Canal, après en avoir exploré les deux bras, était encore loin derrière. Suzanne laissa échapper un cri de protestation étouffé quand Augustin l'entraîna dans l'obscurité d'un sentier entre les arbres. Elle avait perdu toute volonté de résistance, et il l'amena jusqu'au Bosquet d'Encelade, où veillait seul le Titan de marbre, tendu de toutes ses forces vers les hauteurs de l'Olympe.

Augustin prit le masque des doigts de la jeune femme, le jeta dans l'herbe avec le sien, avant de la serrer à l'étouffer entre ses bras et d'abattre sa bouche sur la sienne pour la dévorer à loisir. Elle répondait à ses baisers avec la même ardeur, et elle frissonna délicieusement lorsqu'il précisa ses caresses, jusqu'au moment où leur commun désir devint irrésistible...

Quand, enfin, ils se retrouvèrent immobiles, haletants, ils passèrent encore un long moment en baisers échangés, en tendres paroles murmurées. Ce fut elle qui, la première, reprit conscience du temps qui s'écoulait et qui fut saisie, au même instant, d'une terreur subite.

— Quelqu'un pourrait surgir d'un moment à l'autre !

Il l'aida à se relever. Elle se mordit les lèvres devant le désordre de sa toilette, se mit en devoir de le réparer. Lorsqu'elle fut prête, il tenta de la reprendre dans ses bras, mais elle se dégagea, s'assit sur les coussins de brocart d'un banc de pierre : il lui fallait à présent remettre de l'ordre dans ses pensées.

Il prit place à ses côtés, tourné vers elle.

— Quand pourrons-nous nous retrouver ainsi ?

— Jamais, souffla-t-elle, déchirée de devoir lui imposer un refus. Ce qui vient d'arriver n'aurait jamais dû se passer et ne devra pas se reproduire. Trop de choses sont en jeu.

— Pensez-vous donc que nous puissions reprendre nos chemins séparés, après cela ? demanda-t-il d'un ton incrédule. Je pourrais vous rencontrer à Paris. Ou bien...

— Non, dit-elle d'une voix ferme, sans savoir d'où lui venait sa force.

Brusquement furieux, il la saisit aux épaules, la secoua.
— Pourquoi diable en avez-vous épousé un autre ? Vous auriez dû m'appartenir !
Elle s'arracha de ses mains, riposta vivement :
— Si, le matin de cette promenade à Fontainebleau, vous aviez continué de me manifester le même intérêt que la veille, j'aurais dit à Jacques qu'il me fallait plus de temps pour prendre ma décision. Il avait obtenu de ma tante la permission de m'épouser mais, j'en suis sûre, il aurait respecté mon hésitation.
— Je n'avais pas le droit, ce jour-là, de faire vers vous le moindre mouvement.
Avec amertume, elle rejeta la tête en arrière.
— Ah oui. Ce pacte de mousquetaires, conclu entre Jacques et vous alors que vous étiez encore des adolescents. Il m'en a parlé longtemps après, lorsqu'il était trop tard.
— Je vous ai désirée dès le premier instant où j'ai posé les yeux sur vous.
Plus calme, déjà, elle exhala un long soupir.
— L'attirance était mutuelle. J'attendais Jacques et c'est vous que j'ai vu quand vous êtes entré avec lui dans le salon. Une bouffée de joie m'a envahie. J'avais peur de me trahir et j'espérais pouvoir trouver un moment propice pour vous rendre votre regard.
— Je ne m'en suis pas douté un instant.
La tristesse voila le regard de Suzanne.
— Je n'avais encore jamais connu semblable désappointement : quand Jacques a voulu vous présenter à moi, vous aviez disparu. Le lendemain, j'ai été jusqu'à organiser cette promenade à cheval parce qu'il m'avait dit que vous deviez monter seul. Je crois maintenant que, si je lui avais confié que j'étais tombée amoureuse de vous, il vous aurait délié de votre promesse.
— Si j'avais su...
— De toute manière, c'était sans espoir.
Elle suivait du bout d'un doigt le contour de ses lèvres.
— Jamais ma tante ne m'aurait permis d'épouser un huguenot. Quand, lors de cette promenade à cheval, tandis que nous nous reposions, j'ai eu la révélation de cette insurmontable barrière, j'ai éprouvé un tel choc que mon cœur m'a paru s'arrêter. N'avez-vous rien remarqué ?
— Vous avez détourné la tête, je me rappelle.
— Je redoutais par-dessus tout de m'être trahie.
La main, chargée de bagues étincelantes, vint se reposer au creux de la jupe. Quelque part, sous les arbres, des

musiciens jouaient une musique délicate et romantique, tout spécialement composée par Lully pour ces promenades nocturnes sur le canal. La jeune femme reprit, avec un soupir pensif :

— N'est-il pas étrange que nous soyons l'un et l'autre attachés à Jacques pour la même raison, à savoir que c'est un bon compagnon ? Pour vous, c'est à la fois un ami et un compagnon d'armes. Il m'a dit qu'un jour vous aviez failli perdre la vie pour sauver la sienne.

— Nous nous sommes bien battus ensemble, lui et moi.

Elle se pencha pour ramasser son masque, qui reposait dans l'herbe, là où Augustin l'avait jeté.

— Jamais je n'ai connu d'homme aussi bon que Jacques, reprit-elle, d'un ton égal. Il m'a soutenue, réconfortée, au moment où j'avais le plus besoin de lui. Jamais je ne pourrais le faire souffrir. Et vous en seriez incapable, vous aussi, si vous prenez le temps d'y réfléchir, quels que soient vos sentiments pour moi.

— Je ne puis rien promettre.

Il la vit mordre sa lèvre inférieure, comme si elle doutait d'elle-même, mais elle se ressaisit.

— Nous devons continuer précisément comme par le passé. Ni par un regard ni par un signe nous ne devons révéler que nos sentiments ont eu raison de nous. Jacques ne devra jamais rien soupçonner. Je serais capable de tout pour ne pas détruire la paix de son esprit.

Elle se leva, se disposa à quitter le bosquet. Il fit un mouvement pour l'accompagner. Elle le retint.

— Laissez-moi partir seule. La gondole du Roi doit être toute proche. J'aimerais retrouver Jacques en tête à tête.

Avant de se quitter, toutefois, ils s'embrassèrent une fois encore, pressés l'un contre l'autre près du Titan Encelade, tandis qu'une soudaine gerbe du feu d'artifice les baignait d'une lumière argentée.

Peu de jours après, elle partit rejoindre ses enfants à Orléans. Normalement, l'existence d'une progéniture ne bouleversait pas la vie d'une femme à la Cour, une fois surmontée la dangereuse épreuve de l'accouchement. On laissait les enfants aux soins de nourrices et de précepteurs, généralement dans un domaine à la campagne. Suzanne, elle, dès le début, avait tenu à avoir ses enfants près d'elle le plus souvent possible, et la famille séjournait alternativement à Paris et à Orléans, suivant la saison : la chaleur, dans les grandes villes, amenait tout un cortège de mauvaises fièvres et de contagions.

Lorsqu'elle revint à Paris, avec Jean-Paul et Catherine, elle semblait avoir retrouvé une totale maîtrise d'elle-même. Augustin avait toujours été invité aux réceptions que donnaient les Fresnay dans leur résidence parisienne, et la jeune femme veilla à ce qu'il y vînt tout aussi souvent. Parfois, il surprenait son regard fugitivement posé sur lui. Ou bien il apercevait dans un miroir le reflet d'une expression qui lui disait que rien n'avait changé. Dès que Jacques dut repartir en campagne Suzanne réintégra Orléans, comme pour écarter d'elle toute tentation.

En décembre 1678, l'année où prit fin la guerre contre la Hollande, Jeanne ramassait du bois mort en forêt quand la chasse passa, précédée par la meute de chiens. Elle eut l'impression d'une réponse à ses prières lorsqu'elle vit Augustin qui galopait juste derrière le Roi. Il portait un habit bleu clair, soutaché d'or et d'argent, preuve qu'il s'était élevé dans la faveur royale : Louis, Jeanne le savait, accordait comme un privilège l'autorisation de porter cet habit qui permettait, entre autres avantages, de suivre la chasse royale.

Ce soir-là, Théo parti pour le cabaret, Jeanne décida que le moment était venu de révéler à sa fille le secret si longtemps gardé. Marguerite, maussade, avait repoussé sur la table l'un des livres laissés par Marie Printemps. La mère, assise près de l'âtre, laissa de côté son raccommodage pour venir s'asseoir en face d'elle, ses mains usées par le travail croisées devant elle. Elle n'était pas sans inquiétude : longtemps, elle avait attendu ce moment, mais comment préjuger de la réaction de la jeune fille, dans son état d'esprit présent ? Comme toujours dans les moments de tension, Jeanne sentit ses nerfs se crisper, et sa voix devint bizarrement aiguë.

— J'ai quelque chose à te dire, Marguerite. Il s'agit d'un secret qui remonte au jour de ta naissance et que j'ai toujours gardé pour moi.

Tandis qu'elle retraçait l'histoire, sa joie finit par dominer la nervosité. Inconsciemment, elle utilisait le style descriptif qui, par le passé, avait si bien enchanté Marguerite lorsqu'elle lui parlait du Château et de ses occupants. Ses paroles dégageaient une sorte de magie. Ses yeux brillaient d'un éclat inhabituel qui aurait rendu Théo furieux. Jamais Marguerite ne s'en était effrayée. Cette fois encore, elle ne s'en émut pas : son père était absent, et elle savait comment apaiser sa mère en lui parlant avec douceur. Par ailleurs, elle était captivée par ce qu'elle venait d'apprendre. Le premier élan de rébellion à l'idée qu'on avait disposé de son avenir avant qu'elle fût en mesure de faire savoir ses propres goûts s'était bien vite éteint devant l'image romanesque du beau jeune homme qui lui avait donné un prénom et l'avait revendiquée comme sienne dès l'instant de sa naissance. Elle ne pouvait y résister.

— Comment s'appelle-t-il ? murmura-t-elle.

— Augustin Roussier. Il représente ton destin, mon enfant.

— C'est un très beau nom. Lui va-t-il bien ?

— Demain, tu devrais pouvoir en juger toi-même.

Jeanne tendit la main pour repousser tendrement une boucle folle qui retombait sur le visage de sa fille.

— Il est plus beau que tous ces dieux de marbre dans le parc du Château.

Jeanne prit grand soin de ne pas arriver trop tôt au rassemblement de la chasse. Elle tenait à ce qu'un grand nombre de spectateurs, gens du cru et membres de la Cour, fût déjà là : Marguerite devait voir sans être vue. Après tout, aucun artiste ne tient à montrer son œuvre avant qu'elle soit achevée : Marguerite en était encore au stade de la jeune pouliche tout en jambes. Trois ans devraient suffire à remplir les promesses de beauté de ses premières années.

Marguerite n'avait encore jamais eu l'occasion de voir de près la chasse royale. Jeanne se méfiait des chevaux de la noblesse depuis le jour où elle avait vu un spectateur estropié à vie par les sabots d'une monture trop fougueuse. Cette scène pleine de sons et de couleurs était donc toute nouvelle pour la jeune fille, et son impatience à l'unisson de cette atmosphère.

Le repas servi sur de longues tables disposées sous une tente bleu et or était maintenant terminé, même si la vaisselle de porcelaine contenait encore de quoi nourrir bien des convives. Les soutaches d'or et et d'argent brillaient sur les habits des chasseurs. Certains étaient déjà en selle ; d'autres, debout, bavardaient en fouettant de leurs cravaches leurs bottes bien cirées. Quelques femmes se préparaient à les accompagner.

Soudain, Jeanne, qui se haussait sur la pointe des pieds, saisit le bras de sa fille.

— Le voilà ! C'est Augustin Roussier !

Elle pointait un doigt en avant. Marguerite suivit du regard la direction indiquée. Elle vit, sur un cheval gris pommelé, un homme qui se tenait très droit, et dont l'habit bleu se tendait sur de larges épaules. De profil, il fouillait d'un regard grave le groupe de courtisans, comme pour y repérer un visage particulier. Marguerite sentait ses poumons prêts à éclater, tant était grande la tension qui se saisissait d'elle en cet intant crucial de son existence. A ce moment, Augustin, n'ayant pas découvert la personne qu'il cherchait, se retourna. Elle vit l'éclat vert émeraude de son regard qui passait, sans les voir, sur les roturiers rassemblés autour d'elle. A cette seconde, le souffle longtemps retenu de la jeune fille s'exhala en un long soupir, tandis que son cœur explosait d'amour pour le cavalier. Dès cet instant, et à jamais par la suite, elle eut la conviction que, lui eût-on montré un millier de beaux visages, aucun ne l'aurait amenée à tomber aussi profondément amoureuse que celui d'Augustin Roussier.

Lui, de son côté, en attendant que le Roi donne le signal du départ de la chasse, avait cherché des yeux Suzanne. La veille au soir s'était produite une de ces rencontres qui ravivaient ses sentiments à son égard. Il l'avait vue participer à un ballet formé par les plus gracieuses jeunes femmes de la Cour : donné dans le Salon d'Apollon, ce spectacle constituait l'un des divertissements proposés les jours d' « Appartement », comme on appelait les trois soirées par semaine où le Roi et la Reine se mêlaient sans cérémonie à la cour. On y donnait des concerts et des représentations théâtrales, on y jouait au billard et aux cartes, on y dansait aussi. Le spectacle qu'offraient les danseuses du ballet était charmant : elles se déplaçaient avec un ensemble parfait, dans le bruissement de leurs larges jupes de soie ou de satin aux couleurs chatoyantes.

Augustin avait jeté un coup d'œil vers le Roi pour voir si ce ballet, joué pour la première fois, plaisait à son regard critique. Mais l'attention de Louis était ailleurs. Augustin se trouvait assez près du trône pour remarquer que les yeux sombres du Roi ne cessaient de se tourner vers l'embrasure d'une fenêtre où Jacques était en conversation animée avec Mme de Maintenon, une femme de belle allure, spirituelle, brillante et profondément religieuse. Sans s'être encore abandonnée au Roi, elle avait su gagner sa faveur. Elle rivalisait avec Athénaïs de Montespan, et toutes deux le disputaient aux charmes d'innombrables maîtresses qui occupaient un moment son intérêt. Beaucoup, déjà, accordaient à la Maintenon le rôle de nouvelle favorite en titre, car Athénaïs de Montespan semblait baisser dans l'estime royale.

Augustin constata un abondant échange de sourires entre son ami et Françoise de Maintenon. Négligemment, il se dirigea vers eux, pour interrompre leur tête-à-tête et dissiper ainsi la jalousie du Roi. Dans une Cour où la sensualité occupait une large part, il était naturel que les réactions échappassent à tout contrôle. Cela se produisait lors même qu'il n'y avait aucun motif de soupçon, comme en cet instant : Jacques, bien que passé maître dans l'art de tourner le compliment, était connu pour son extraordinaire fidélité à la femme qu'il aimait. Mais le Roi, ces temps-ci, était d'étrange humeur. Le clergé, Augustin le savait, le pressait sans relâche de renoncer à sa vie de luxure. Il savait aussi que Françoise de Maintenon les appuyait de toute sa force de persuasion. Apparemment, Louis cherchait à échapper à toutes ces admonestations en se livrant à des excès de plaisir charnel : il soumettait à ses désirs toute femme avenante rencontrée dans un couloir ou un salon. Il allait même jusqu'à satisfaire son impatience sur les femmes de chambre de sa maîtresse du jour, si celle-ci tardait à rejoindre le lit royal.

Jacques accueillit avec joie l'approche d'Augustin.

— Viens nous rejoindre, mon ami. Nous sommes dans une discussion fort intéressante sur le langage des fleurs. Mme de Maintenon fait autorité dans ce domaine.

— Avez-vous une fleur favorite, monsieur Roussier ? questionna-t-elle.

— La petite marguerite des talus, répondit-il.

La plaisanterie n'avait de sens que pour lui : Jacques n'aurait aucun souvenir de ce qui avait motivé son choix. Lui-même s'en étonnait.

Sa mission était accomplie : le danger d'éveiller la colère du Roi était écarté. Louis se rejeta sur le dossier de son fauteuil, se mit à battre la mesure du pied, au rythme de la danse. Peu de temps après, Mme de Maintenon le rejoignit, tandis que Jacques et Augustin attendaient Suzanne. Lorsqu'elle vint les retrouver, elle déclara qu'elle avait besoin d'air frais, après avoir dansé dans ce salon surchauffé. Un laquais alla chercher leurs manteaux. La jeune femme enfouit ses cheveux dans le capuchon doublé de fourrure, et tous trois seraient sortis du Château par la façade Ouest, si Jacques n'avait été rappelé par quelqu'un qui souhaitait lui parler.

— Allez sans moi, dit-il, aux deux autres. Je vous rattraperai.

Pour la première fois depuis qu'ils avaient fait l'amour près du Bassin d'Encelade, Augustin et Suzanne se retrouvaient seuls. Ils traversèrent la vaste terrasse, descendirent les marches et s'engagèrent dans l'allée qui séparait les deux bassins du Parterre d'Eau. L'un et l'autre savaient qu'ils partageaient en cet instant le même souvenir.

Pourtant, ils bavardaient, des événements de la Cour, de

leurs relations communes. Un autre escalier les amena à la Fontaine de Latone qui jouait sa propre musique. Les jets d'eau montaient très haut vers le ciel d'hiver constellé d'étoiles et tissaient des voiles d'écume que dorait la lumière d'innombrables flambeaux. Quand le couple s'arrêta près du bassin, la jeune femme songea avec désespoir qu'il n'existait dans les jardins de Versailles aucun endroit qui ne fût romantique, de jour comme de nuit.

— Suzanne, murmura Augustin.

Le prénom même devenait une caresse, dans un tel cadre. Lorsqu'il lui prit la main, elle se tourna vers lui, se trouva incapable de protester quand il lui passa un bras autour de la taille. Il la serra violemment contre lui, et leurs bouches retrouvèrent une inoubliable ardeur. L'espace de quelques minutes, elle s'abandonna à la joie de répondre à ses baisers.

A peine s'étaient-ils écartés l'un de l'autre, sans toutefois se quitter du regard, qu'ils s'entendirent appeler par Jacques, qui venait d'apparaître au haut des escaliers et descendait vers eux. Suzanne alla vers lui, s'accrocha à son bras, comme à une ancre.

— Quelle belle soirée ! dit-il, le visage levé vers les étoiles. Nous avons, je pense, le temps d'aller jusqu'au Tapis Vert, avant d'escorter Suzanne au souper.

La jeune femme avait été invitée à prendre place à la table du Roi, dans la grande antichambre où le souper se déroulait chaque soir à dix heures. En principe, et conformément à une tradition vieille de plusieurs siècles, les sujets du Roi avaient le droit de se montrer en sa présence à toute heure et de lui adresser leurs requêtes sur toute juste cause. Les gens parcouraient souvent des lieues et des lieues, parfois en famille, dans cinq ou six charrettes, afin de rallier l'un ou l'autre des palais royaux. Chaque soir, à dix heures, on trouvait ainsi toujours dans l'antichambre quelques-uns des plus humbles sujets de Louis, respectueusement assemblés pour le voir prendre son souper en compagnie de la famille royale. La noblesse, en foule serrée, occupait tout l'espace restant. Presque toujours, quelques dames étaient spécialement invitées à s'asseoir à la table, mais sur des tabourets : Louis occupait l'unique fauteuil, recouvert d'un somptueux brocart écarlate.

L'existence du Roi obéissait à une stricte routine : il dînait toujours à une heure de l'après-midi, seul avec la Reine, devant une assemblée de seigneurs et de princes du sang. Son appétit était gargantuesque, mais il ne grossissait point et n'avait nul besoin des purges fort à la mode auxquelles recourait la Reine.

Le souper était considéré comme un repas léger : il ne comportait généralement que trois services, chacun composé de cinq ou six plats. Il ne durait pas bien longtemps, ce qui valait mieux pour Louis, puisqu'il n'y connaissait pas un instant de paix. Dès que la conversation marquait une pause, il se trouvait invariablement quelque courtisan pour s'avancer avec force révérences, dans le but de présenter une requête. Le Roi faisait preuve d'une extraordinaire patience, eu égard aux sollicitations qui l'assaillaient tandis qu'il portait la nourriture à sa bouche, pas toujours avec une fourchette car il préférait ses doigts et s'essuyait longuement les mains à une serviette entre chaque service. Du haut de la galerie venait la musique des violons qui jouaient des morceaux spécialement composés pour accompagner le souper royal. Cela aidait à passer le temps pour les spectateurs. Il n'était pas rare de voir quelques mains étouffer des bâillements.

Le souper achevé, Suzanne se leva de son tabouret, au moment où le Roi quittait son fauteuil, et, avec toutes les autres dames, plongea dans une profonde révérence. Louis les salua, leur sourit, avant de quitter la pièce. Augustin, adossé au mur à quelque distance, vit Jacques s'approcher de Suzanne et la prendre par la taille pour l'entraîner. C'était l'un de ces moments où le jeune homme songeait combien la vie eût été plus facile s'il ne l'avait jamais rencontrée.

Pourtant, le lendemain matin, au rendez-vous de chasse, il la chercha dans la foule. Il ne vit pas le dernier regard qu'une jeune fille rousse, entraînée par sa mère, une paysanne en coiffe blanche, lui lançait par-dessus son épaule.

Pour Marguerite, cette rencontre marqua un tournant décisif. Devenue soudain adulte, elle reprit seule ses études en se servant des livres de Marie Printemps. Elle montra, dans la confection des éventails, une dextérité accrue, et son talent d'artiste s'en épanouit d'autant. On eût dit qu'une porte s'était brusquement ouverte, pour lui montrer le chemin qu'elle devait suivre. Sans commentaire, elle avait écouté sa mère lui révéler qu'il ne serait pas question de mariage avec Augustin Roussier, et que l'opportunité d'une union légitime viendrait plus tard. Cela ne l'avait pas surprise. Elle avait l'oreille fine, et les commérages qui circulaient sur les occupants du Château l'avaient affranchie. Le destin de la douce Marie Printemps constituait un avertissement assez précis. Seules, les faibles se trouvaient délaissées. Il n'en irait pas ainsi pour elle, décida Marguerite, quoi que sa mère eût projeté à son intention.

Au cours des trois années qui suivirent, Marguerite, au grand désespoir de sa mère, grandit encore. Ses traits, qui avaient fait d'elle une enfant ravissante, étaient devenus trop étranges pour qu'on pût même parler de beauté. Le nez était un peu trop long, le menton trop volontaire, la bouche aux lèvres charnues était aussi rouge que si la jeune fille avait eu accès au maquillage utilisé par les prostituées de Versailles. Quant à la chevelure, elle représentait la déception la plus vive. Loin de se détendre en larges vagues, comme l'avait toujours imaginé Jeanne, elle n'avait pas cessé de s'enrouler en boucles rebelles et elle avait pris d'année en année une couleur impossible : un roux sombre aux reflets de cuivre. Elle brisait les peignes, se soumettait seulement à la brosse, non sans s'échapper, même alors, en un millier de vrilles qui refusaient toute discipline.

Loin d'attendre avec impatience le dix-septième anniversaire de sa fille, Jeanne se mit à le redouter. Elle avait promis de livrer à Augustin Roussier une véritable beauté, et il allait être déçu. Rien ne serait comme elle l'avait rêvé. Elle ne trouvait aucune consolation dans le fait que le sexe opposé était attiré vers la jeune fille : elle avait connu, dans sa jeunesse, les mêmes attentions et elle savait ce qu'elles valaient. Ce qui l'inquiétait le plus, chez Marguerite, c'était une certaine arrogance qui s'accordait avec la teinte agressive de ses cheveux et une assurance qui ne semblait pas convenir aux espoirs que Jeanne nourrissait encore pour elle. Dans son anxiété présente, Jeanne oubliait qu'elle avait souhaité dès le début que sa fille fût capable de se tirer seule d'affaire si jamais il lui arrivait quelque chose.

Peu de temps avant le jour anniversaire de Marguerite, un coup brutal s'abattit sur la famille Drémont : Théo se vit donner six semaines pour quitter sa chaumière. La maisonnette avait finalement été comprise dans le plan de démolition de Le Nôtre pour l'extension de la ville neuve. Jeanne, à cette nouvelle, faillit s'effondrer.

— Non ! hurla-t-elle. Je ne partirai pas ! Je suis entrée ici jeune mariée, et Marguerite y est née. Pourquoi le Roi ne se contente-t-il pas de ce qui a déjà été fait ?

Théo n'était pas plus content qu'elle mais il savait toute protestation inutile. Il répondit :

— Ça devait arriver. Pour ce qui est du Roi, sois heureuse qu'il ait continué à bâtir. Je serais sans travail depuis des mois s'il n'avait tenu à agrandir encore son Château.

Jeanne refusait tout apaisement. Elle se prit à parler du Roi en des termes qui auraient été imprudents si elle n'avait pas limité ses injures aux quatre murs de la chaumière. De vieilles rancœurs remontaient en elle, au souvenir de périodes de famine où le Roi avait chassé pour son plaisir, ou de la mort de son père exécuté sur l'ordre de Louis XIII. On trouvait aisément à se loger, mais elle avait décidé mordicus et sans la moindre logique de ne pas quitter sa maison et le petit jardin qu'elle avait cultivé, et dont le produit les avait bien souvent préservés de la faim. Quant à Marguerite, ce qui tourmentait avant tout sa mère, c'était la crainte qu'Augustin ne vînt chercher sa fille à la chaumière et ne trouvât personne en mesure de le renseigner. Torturée par cette tension continuelle qui lui valait des nuits sans sommeil, Jeanne, le jour où Marguerite atteignit ses dix-sept ans, n'était plus qu'un paquet de nerfs. Le tremblement de ses mains rendait impossible les délicats travaux de peinture, et elle se résigna à assortir des baguettes d'éventail sur la table. Elle quittait son banc d'un sursaut chaque fois que passait un équipage, ou qu'un cavalier arrivait au trot. Marguerite, en se levant ce matin-là, avait mis une jupe et un corselet bleus tout neufs, confectionnés pour l'occasion mais elle se sentit bientôt obligée de calmer l'impatience de sa mère, même si ce qu'elle allait dire devait être mal pris.

— M. Roussier ne viendra pas aujourd'hui. Il faut lui laisser du temps.

Jeanne demanda aussitôt :

— Comment le sais-tu ?

— J'ai un aveu à te faire. Hier au soir, je ne suis pas allée faire une simple promenade. J'ai assisté au souper du Roi.

— Comment ! Je t'ai bien défendu de te rendre seule au Château.

— Je n'étais pas seule. Noémie Gadeau était avec moi.

— Pis encore ! On ne saurait se fier à cette petite friponne, insista Jeanne, furieuse.

— Noémie s'est bien tenue. Je l'avais sermonnée avant.

Jeanne l'ignorait, mais ce n'était pas la première fois que les deux jeunes filles assistaient au souper du Roi. Les grilles du Château n'étaient jamais fermées, et l'on pouvait entrer à certaines conditions : la tenue, même humble, devait être convenable, les hommes devaient louer une épée chez le concierge, et les femmes se dépouiller de leur tablier. Les mêmes règles s'appliquaient à ceux qui pénétraient dans le parc. Seuls, les colporteurs et les mendiants étaient exclus de ce droit.

— Au moins t'ai-je obéi en ne pénétrant jamais dans les Grands Appartements, où beaucoup de mes amies sont entrées.

— Je l'espère bien ! De petites sottes qui risquent leur vertu en compagnie libertine !

Jeanne, penchée en avant sur la table, martelait le bois de ses poings serrés.

— Pourquoi es-tu allée au souper du Roi ?

— Je cherchais Augustin Roussier. S'il avait été là, j'aurais pu attendre sa visite aujourd'hui mais je ne voulais pas passer des heures à l'attendre indéfiniment.

Marguerite parlait d'un ton ferme, mais il y avait de la passion dans sa voix.

— Je ne crois pas que j'aurais pu le supporter.

Jeanne, interdite, ne s'apaisa pas pour autant.

— Il y a des centaines de gens au Château, quand le Roi y séjourne. Tu n'as pas vu M. Roussier, d'accord, mais cela ne veut pas dire qu'il ne s'y trouvait pas.

La jeune fille carra les épaules : ce qu'elle allait dire lui attirerait les foudres de sa mère.

— D'après ce que j'ai remarqué, il est toujours présent dans cette antichambre à l'heure du souper.

Jeanne devint blême.

— Combien de fois t'es-tu rendue là-bas à mon insu ?

— Je n'en ai pas tenu le compte. Une bonne quarantaine de fois, je suppose.

Le visage de Marguerite prit soudain une expression désespérée.

— J'ai attendu plus d'une année avant de céder à la tentation d'essayer de le revoir, expliqua la jeune fille. Il fallait que j'aille là-bas. C'était plus fort que moi.

— As-tu jamais tenté d'attirer son attention ?

Marguerite s'étonna de s'entendre poser cette question.

— Non, jamais. Je savais que je devais attendre mes dix-sept ans.

Elle se reprit pour exprimer sa crainte la plus profonde :

— Il nous faut songer que, lors de son prochain séjour au Château, il aura peut-être oublié que c'est l'année de sa promesse.

Jeanne pâlit encore, se signa vivement.

— Ne dis pas cela ! Ne le pense même pas. Douter de son destin porte malheur.

Marguerite fut secouée d'un frisson, comme si une ombre était passée sur elle. D'instinct, elle tendit les mains vers sa mère, qui s'y agrippa. Mais une appréhension presque tangible demeurait entre elles. Lorsqu'elles se remirent au travail, Marguerite eut peine à se concentrer : sa mère s'obstinait, au moindre bruit extérieur, à se dresser pour regarder par la fenêtre, et c'était chaque fois une déception nouvelle. Ses mains tremblaient presque autant que sa tête. On l'eût dite en proie à la danse de Saint-Guy, et les baguettes d'éventail échappaient sans cesse à ses doigts. Marguerite, finalement, lui suggéra de faire le pain. Jeanne avait toujours aimé cette occupation, et, tandis qu'elle pétrissait la pâte, elle recouvra un certain calme.

L'après-midi commençait, la bonne odeur du pain chaud envahissait la chaumière, lorsqu'un brouhaha se fit entendre dans le chemin. Un cheval arrivait à vive allure, et un véhicule roulait à grand fracas. Jeanne s'était mise à éplucher des carottes pour le repas du soir. Quand les roues s'arrêtèrent devant la porte, une expression d'espoir dément se lut sur son visage. Sa main, qui allait saisir une autre carotte, s'immobilisa à mi-chemin.

— C'est lui, sans doute !

Marguerite bondit sur ses pieds, se tourna vers la porte. Le battant s'ouvrit à la volée. L'un des compagnons de travail de Théo se précipita dans la pièce. Il avait l'air bouleversé.

— Venez vite, madame Drémont ! dit-il d'une voix haletante. Et toi aussi, Marguerite ! Il y a eu un accident ! Théo est tombé sur la terrasse, du haut de l'échaufadage de la nouvelle galerie, sur la façade Ouest. Ma charrette est dehors.

Sans une parole, Jeanne s'élança vers la porte. Tout en courant, elle laissa tomber dans sa poche son couteau et, machinalement, attrapa son châle au passage pour le jeter sur ses épaules. Marguerite la suivit, grimpa après elle dans la charrette. Des voisins, alertés par un sixième sens, étaient sortis de leurs maisons et les regardèrent partir précipitamment, dans le sifflement du fouet au-dessus des oreilles du cheval.

— Mon mari est gravement blessé ? questionna Jeanne d'une voix étranglée.

M. Dumay ne tourna pas la tête.

— Tout ce que je peux dire, c'est qu'il vivait encore quand je suis parti vous chercher. Mais c'est plutôt vilain. Il s'est pris le pied dans une corde et il a dégringolé d'un niveau à l'autre.

Jeanne poussa un gémissement, s'accrocha plus étroitement à sa fille qui l'entourait de ses bras. Arrivé au Château, M. Dumay franchit la grille principale, et les roues tressautèrent sur les pavés de la Cour Royale. Finalement, la charrette atteignit la vaste terrasse de la façade Ouest. Marguerite sauta à bas du véhicule, suivie de sa mère. Le travail s'était interrompu. Le groupe d'ouvriers rassemblé au pied de l'échafaudage s'écarta sur le passage des deux femmes. L'un des maîtres d'œuvre s'approcha pour les préparer au pire.

— Je suis désolé, madame, mademoiselle. On n'a rien pu faire pour lui.

Théo était étendu sur le sol, un manteau rabattu sur le visage. Jeanne se jeta à genoux près de lui, écarta l'étoffe. Il y avait réellement très peu de sang, un filet coulant d'une narine, un autre de la commissure des lèvres. Mais, à voir les angles insolites que formaient ses membres, il avait dû se briser les os dans sa chute. Jeanne, déchirée par les sanglots, lui avait pris la tête contre son sein et, d'un coin de son tablier, lui essuyait le visage.

— Oh ! mon pauvre Théo... gémit-elle.

Elle caressait ses cheveux, son menton hérissé de barbe, tentait de rajuster le mouchoir de cou. Marguerite, le visage inondé de larmes, mit un certain temps pour convaincre sa mère de laisser quatre compagnons soulever Théo afin de le porter jusqu'à la charrette. Jeanne se releva en chancelant. Le maître d'œuvre, avec l'aide de Marguerite, dut la soutenir pour suivre les porteurs.

Ils allaient atteindre la charrette quand un éclat de rire sonore se fit entendre non loin de là. Jeanne fut secouée d'un violent frisson, à ce bruit joyeux qui avilissait l'ultime départ de son mari de ces lieux où il avait travaillé tant d'heures. Elle tourna la tête, pour voir qui avait ri. Au bout de quelques secondes, les larmes qui l'aveuglaient se dissipèrent suffisamment pour lui permettre de distinguer le groupe de seigneurs qui gravissaient en compagnie du Roi les marches de la terrasse. Avec une exclamation étouffée, elle s'arracha aux mains qui la soutenaient et regarda approcher les nouveaux arrivants.

Louis, dont le plus grand plaisir était d'exhiber les beautés de son parc et, en particulier, ses merveilleuses fontaines, revenait d'une brève promenade à pied avec l'ambassadeur d'Angleterre et quelques autres invités de marque, entourés d'une nuée de courtisans. Le tour des jardins se faisait d'ordinaire en carrosse, ce qui permettait d'en voir davantage, mais l'Anglais avait tenu à marcher, et les promeneurs s'étaient simplement rendus au Bassin d'Apollon, d'où ils revenaient.

Au moment où s'était produit l'accident, ils se trouvaient trop loin pour en avoir conscience, et les quinze cents jets d'eau qui lançaient dans tout le parc leurs gerbes étincelantes avaient littéralement noyé les cris lointains qui s'étaient alors élevés. Au moment où Louis allait guider ses hôtes vers les Parterres du Nord, l'un d'eux fit une remarque amusante, et le souverain, toujours prêt à accueillir une bonne plaisanterie, rejeta la tête en arrière pour rire à pleine gorge.

Chez Jeanne, quelque chose craqua net. Avec un hurlement dément, elle se précipita vers le Roi. Son châle battait sur ses épaules comme des ailes de corbeau. Marguerite, épouvantée, lui cria :

— Maman ! Reviens !

Elle voulut s'élancer à sa suite, mais le maître d'œuvre la souleva presque de terre en la saisissant par le bras et en la retenant pour son propre bien. Il comprenait qu'un second drame allait se produire, et qu'il était trop tard pour l'empêcher. Déjà, le Roi s'était arrêté. Avec un étonnement incrédule, il regardait Jeanne accourir vers lui en hurlant des insultes. La voix suraiguë de la femme portait dans toutes les directions.

— Espèce de démon ! Espèce de meurtrier sans cœur ! Vous ne vous souciez pas de ce qui s'est passé parce que vous êtes sans pitié !

Elle allait atteindre l'endroit où il se tenait, mais il était si impressionnant, avec son habit et son chapeau bleu saphir, sa grande perruque d'un noir brillant, que, sans savoir pourquoi, elle s'immobilisa à quelques pas de lui. Pourtant, il n'y avait plus aucune crainte, dans son esprit désormais entièrement déséquilibré, et ses traits étaient convulsés de haine.

— Il ne vous suffit pas de prendre ma maison et le petit lopin de terre qui a été notre salut quand vous vouliez nous faire mourir de faim. Aujourd'hui, mon mari a été tué pour satisfaire votre soif de gloire. Vous êtes un monstre ! Un vil débauché, comme chacun le sait ! Je crache sur vous !

Elle lança la tête en avant, et le crachat vint atterrir sur le soulier droit de Louis. Un brusque accès de rage figea le visage du souverain. Un calme terrifiant l'enveloppa comme d'un manteau, effrayant jusqu'aux gardes qui étaient accourus pour entraîner la démente. Louis tendit vers elle un doigt vengeur pour ordonner d'une voix impassible :

— Qu'on livre cette femme à la police du Château. Elle sera fouettée et jetée en prison. Jamais elle ne reverra la lumière du jour.

Les gardes se saisirent de Jeanne. Le Roi se retourna vers ses invités pétrifiés et, d'un ton nonchalant, fit une remarque à propos des parterres fleuris qu'ils allaient pouvoir admirer. Intérieurement, toutefois, il bouillait de colère. Qu'un tel incident eût pu se produire en présence de ses invités de marque était intolérable, même si sa dignité n'en avait pas souffert. Il était fier de l'affection de son peuple, de la façon dont les foules s'assemblaient pour le voir, l'acclamer, lui, le plus impressionnant des hommes, l'incarnation de Dieu. Aucun autre souverain d'Europe, aussi puissant fût-il, n'avait jamais eu de résidence plus appropriée, et il avait éprouvé une immense satisfaction en voyant à quel point le représentant de l'ancienne ennemie de la France avait été impressionné par l'immensité et la beauté de Versailles.

Mais la journée avait perdu tout éclat quand cette créature s'était précipitée vers lui. Jamais il n'avait été la cible de telles insultes, depuis l'époque de la Fronde, dans sa jeunesse, où des seigneurs rebelles et les paysans qui les soutenaient avaient gravé pour toujours en lui la haine de Paris. Cette femme avait ravivé les sensations du passé, et il en était physiquement écœuré. Tel un horrible spectre sorti de l'enfance, elle avait traîné dans son sillage les cauchemars glacés du temps où sa mère et lui avaient craint pour leur vie. Du moins ne sortirait-elle plus jamais de sa geôle pour revenir se dresser devant lui.

Tandis qu'il montrait le chemin, tout en discourant des fleurs qu'il aimait à voir tout autour de lui, il ne remarqua pas que l'un de ses courtisans s'était attardé en arrière pour se séparer du groupe des promeneurs. Augustin s'approcha de l'échafaudage où les ouvriers avaient repris leurs tâches en silence, épouvantés par la sévérité du jugement prononcé contre la malheureuse veuve de leur défunt compagnon.

— Que s'est-il passé ? demanda Augustin au travailleur le plus proche. Pourquoi cette femme s'est-elle élancée en hurlant vers le Roi ?

Mis au courant, il se hâta dans la direction qu'avaient prise les gardes. En lui, la compassion se mêlait d'un certain sens de responsabilité : il avait reconnu la pauvre folle. Déjà, elle avait disparu, rapidement entraînée par ceux qui s'étaient saisis d'elle, en dépit de ses hurlements et de ses coups de pied. En tournant le coin de l'édifice, il dépassa la charrette où gisait le corps du défunt et il eut tout juste le temps de voir Jeanne passer une porte, avant que celle-ci se refermât à la volée devant une jeune fille qui avait tenté d'entrer, elle aussi.

Augustin ralentit l'allure pour la regarder marteler le battant de ses deux poings. Ce devait être Marguerite, supposa-t-il. Dans ses efforts pour rejoindre sa mère, elle avait perdu sa coiffe, et sa chevelure éclatante descendait en désordre jusqu'à sa taille. Il la vit, désespérée, enfouir son front entre ses mains. Lentement, secouée de sanglots, elle se laissa gliser à genoux. Tout près, la charrette s'était arrêtée. Augustin fit signe au conducteur d'attendre. Il gravit les quelques marches, toucha l'épaule de la jeune fille.

— Mademoiselle Drémont ?

Elle leva vers lui un visage dont le charme extraordinaire l'éblouit. En dépit de ses yeux noyés de larmes, de sa bouche tordue par l'angoisse, elle possédait les traits les plus fascinants. On pouvait la trouver laide, jusqu'à l'instant où l'on découvrait une beauté rare, de l'espèce la plus sensuelle : une peau de pur albâtre, d'une inquiétante blancheur, de minces sourcils relevés comme des ailes, au-dessus de cils aussi drus que la frange d'une courtine. Elle battit des paupières, pour mieux le voir à travers ses larmes, et le reconnut soudain. Aussitôt, elle lui enserra les genoux de ses bras.

— Venez au secours de ma mère, je vous en conjure, monsieur Roussier ! Elle ne savait plus ce qu'elle faisait. La mort de mon père lui a dérangé l'esprit.

— Vous me connaissez ?

Il éprouvait le désir presque irrésistible d'enfouir ses doigts dans la masse somptueuse de la chevelure en désordre.

— Je vous ai vu bien des fois.

Elle pressait son visage contre le brocart de son habit, où ses larmes laissaient des traces.

— Je n'ai personne d'autre à qui demander de l'aide. Pour l'amour du ciel, écoutez ma prière.

Deux des Gardes suisses qui, par très ancienne tradition, veillaient à la sécurité des rois de France, s'étaient approchés dans leur uniforme bleu et or, prêts à intervenir. Augustin secoua la tête, leur fit signe d'aller vaquer à leurs affaires. Il se pencha sur Marguerite, pour la prendre par le bras et la relever. Il la sentit trembler : elle était encore sous l'effet du choc. Plus grande qu'il ne l'eût pensé, elle lui arrivait à l'épaule, et il apprécia de la voir relever le menton, au lieu de baisser la tête.

— J'ai appris ce qui s'était passé et je comprends que votre mère n'aurait pas agi ainsi si elle avait été dans son état normal. Néanmoins, je ne peux pas faire grand-chose pour l'instant. Le Roi sera entouré de ses invités jusqu'à la fin de la journée. J'aurai alors l'occasion de lui parler. Mieux vaut, d'ailleurs, laisser à sa colère le temps de s'apaiser.

— Mais ma mère sera fouettée !

Les narines délicates frémissaient de terreur.

— Le châtiment ne sera pas exécuté ici, je puis vous l'assurer.

Louis, il le savait, ne permettait à aucun châtiment sordide de se dérouler en un lieu qu'il révérait. Une très ancienne tradition voulait que les rois de France ne pussent séjourner là où une mort s'était produite, et, pour éviter tout dérangement, personne, sinon un membre de la famille royale, ne mourait jamais au Château. Les victimes d'une crise d'apoplexie ou de toute autre maladie grave étaient emmenées en toute hâte.

— A mon avis, ce sera pour demain au plus tôt, et cela se passera dans quelque autre prison où elle sera transportée. Je m'informerai et ferai tout en mon pouvoir pour que soit annulée la sentence qui l'a frappée. Mais, rappelez-vous, je ne peux rien vous promettre.

— Je vous remercie néanmoins du fond du cœur, monsieur.

Dans un élan de gratitude, elle s'empara de la main d'Augustin, la baisa.

— Pour le moment, reprit-il, je vous conseille de rentrer chez vous avec la charrette et de faire tout le nécessaire pour votre père.

Elle hocha bravement la tête, sans savoir que son courage le touchait profondément.

— Comment saurai-je ce qu'il advient de ma mère ?

Il aurait dû normalement répondre qu'il lui ferait parvenir un message. Pourtant, au risque de complications inattendues, il s'entendit prononcer des mots irréfléchis :

— Je vous apporterai moi-même la nouvelle, qu'elle soit bonne ou mauvaise.

Elle le quitta, rejoignit la charrette et grimpa près du conducteur, pour passer sous l'arche même qui les avait vus arriver à si vive allure très peu de temps auparavant. La jeune fille regardait droit devant elle sans rien voir. Il ne devait plus y avoir de larmes : elle avait tant à faire, avant que sa mère fût libérée, à temps, elle l'espérait, pour l'enterrement. Elle ne pouvait croire que le Roi ne se laissât fléchir, quand tout lui aurait été clairement expliqué, et personne ne lui semblait plus digne de confiance, pour y parvenir, qu'Augustin Roussier. Curieusement, tout son engouement de jeunesse à son égard s'était évanoui, emporté par le flot de son chagrin, de sa peur et, aussi de sa reconnaissance pour une intervention aussi opportune. Elle ignorait pourquoi. Lorsqu'il s'était dressé au-dessus d'elle, dans toute sa beauté, au moment où elle était à genoux sur cette marche, il avait évoqué pour elle le Bon Samaritain. Peut-être le destin avait-il eu quelque bonne raison de le faire reparaître ainsi dans sa vie. Ce n'était pas seulement dans son propre intérêt, mais afin que Jeanne échappât à l'emprisonnement, juste récompense d'une confiance sans faille durant une si longue période.

Dès que la charrette eut disparu, Augustin, de sa longue canne, frappa quelques coups autoritaires sur la porte qui avait été interdite à Marguerite. Elle s'ouvrit aussitôt, et il demanda à être reçu par le chef de la police. Il apprit de cet officier que la prisonnière passerait là la nuit et serait transportée, juste avant l'aube, dans une lointaine forteresse, non sans avoir été fouettée auparavant.

En quittant le siège de la police, Augustin songeait que sa confiance dans le souverain avait bien diminué, depuis le jour où il en avait fait part à son père. Il avait découvert par degrés le caractère retors de Louis. Ce jour lui donnait un nouvel et excellent exemple de l'imprévisibilité du Roi en matière de justice. Après des mois de jugements raisonnables et mûrement réfléchis, il pouvait tout à coup opérer une foudroyante volte-face.

Augustin remonta la pente de la Cour Royale. Jeanne Drémont, il l'espérait, n'aurait pas à subir un interminable emprisonnement. Il n'avait encore jamais essayé certains moyens de présenter une pétition au Roi. Jusqu'à présent, il avait toujours sollicité une audience. Mais cette procédure prenait du temps, et pour Jeanne Drémont le temps était compté. La solution la plus évidente consistait à approcher le souverain durant le souper, mais de nombreux courtisans, pareils à des oiseaux de paradis dans leurs habits de Cour, se pressaient alors autour de lui, et il fallait perdre toute dignité en jouant des coudes pour attirer l'attention du Roi. Par ailleurs, il se voyait mal demander clémence pour une malheureuse femme pendant que Louis dégusterait un gibier à la sauce au vin ou bien un entremets.

Augustin finit par décider d'attendre à la porte de la chambre du Roi. De façon générale, on considérait que le moment où les pensées de Louis se tournaient vers sa maîtresse de la nuit n'était pas le meilleur pour le retenir, mais Augustin n'avait pas d'autre choix.

Quand le souper tira à sa fin, il sortit de l'antichambre pour aller occuper son poste. Il attendait depuis quelques minutes à peine lorsqu'il vit approcher un comte de ses relations. Celui-ci paraissait chercher quelqu'un. Il vit Augustin, le rejoignit en hâte.

— Vous voici enfin ! Vous devez assister ce soir au coucher du Roi. Je craignais de ne pas vous trouver à temps.

C'était là une convocation qui n'aurait pu être plus opportune, un honneur recherché par tous à la Cour. Mais les courtisans de la plus haute noblesse étaient toujours de service en ces occasions, et si quelques autres se trouvaient invités, c'était généralement pour un motif particulier. Augustin en déduisit que son récent voyage couronné de succès comme émissaire du Roi et son retour rapide le matin même lui avaient attiré les bonnes grâces de Louis.

Comme toujours, il se fit un mouvement parmi l'assemblée lorsque parut le Roi. Il franchit les portes de sa chambre, et Augustin, conformément au protocole, se joignit aux derniers qui pénétraient dans le royal sanctuaire. Puis les portes se refermèrent.

La pièce était d'une grande magnificence, et l'or y régnait en maître. Les tentures de soie lyonnaise, faites de fils écarlates et brillants, ajoutaient encore à la flamboyante splendeur des murs, du mobilier et du grand lit lui-même, dont l'immense dais était surmonté aux quatre angles de trophées dorés couronnés de plumes d'autruche neigeuses qui touchaient presque le plafond. Une balustrade, dorée elle aussi, séparait ce lit du reste de la chambre, et personne n'avait le droit de suivre le Roi dans ce saint des saints.

Si Augustin participait pour la première fois au coucher, il avait déjà à plusieurs reprises assisté au lever du Roi, quand celui-ci se laissait habiller sans lever le petit doigt. Dans certaines circonstances officielles, aussi, Louis, assis au pied de son lit magnifique, avait reçu des ambassadeurs et autres hauts dignitaires, une faveur suprême.

Tout était prêt à l'avance. Une robe de chambre de brocart d'or et de dentelle s'étalait sur un fauteuil, les pantoufles assorties posées tout à côté. Une chemise de nuit en soierie de Lyon délicatement brodée occupait un autre siège, tandis que, sur la balustrade, un coussin en drap d'or supportait un mouchoir et un bonnet de nuit.

Louis, tout comme à son lever, ne prenait aucune part à la cérémonie du déshabillage. Il porta son regard vers Augustin, debout au fond de la pièce.

— Vous pouvez tenir la chandelle, monsieur Roussier.

Un honneur de plus ! Personne ne savait comment le fait de tenir le chandelier d'or au coucher était devenu un tel privilège, mais c'était là l'une des faveurs les plus recherchées, grâce auxquelles Louis tenait sa noblesse en tutelle. Augustin, après une profonde révérence, ôta son gant et prit le chandelier des mains du premier valet de chambre qui le lui présentait. Il se rappelait une anecdote contée à ce propos. La terreur que Louis pouvait inspirer était telle qu'un jour un page s'était évanoui parce qu'il croyait avoir roussi avec la chandelle une boucle de la perruque royale. Le chandelier haut levé, Augustin saisit pour parler ce moment privilégié, au lieu d'attendre la fin de la cérémonie du coucher, comme il l'eût fait en d'autres circonstances.

— Puis-je vous soumettre une question importante, Sire ?

Louis acquiesça d'un signe, tandis qu'on lui enlevait le Cordon bleu. Il était accoutumé à recevoir des pétitions jusqu'au dernier instant de la journée.

— Avancez, monsieur Roussier. Que désirez-vous me demander ?

Augustin présenta sa requête en faveur de Jeanne Drémont. Les membres de l'assistance pensèrent qu'il eût fait un excellent avocat car il savait narrer les faits avec précision. Louis, tout en se soumettant aux mains qui le dévêtaient, l'écoutait d'un air impassible. Ses lourdes paupières lui permettaient de déguiser aisément ses pensées, et rien dans ses yeux ne laissait deviner la haine implacable qu'il avait vouée à la créature qui, ce jour-là, s'était répandue en invectives contre lui. Enfin prêt à passer sa chemise de nuit, il fit signe au duc qui la tenait respectueusement, autre honneur toujours attribué à l'assistant du plus haut rang. La chemise enfilée, et noués les cordonnets de soie, il laissa son regard glacial balayer l'endroit où Augustin attendait sa réponse : on eût dit que ses yeux plongeaient, par-delà les murs, dans un lieu de froidure et de désolation.

— Votre demande ne peut être satisfaite, monsieur Roussier.

C'était la fin. Louis avait écouté, prononcé son verdict, avec courtoisie, à son ordinaire, mais évidemment mécontent que pareille demande lui eût été faite.

Personne d'autre, dans la pièce, ne se souciait de ce qu'il pouvait advenir de la paysanne, et plusieurs quémandeurs s'avancèrent, tour à tour, pour présenter des requêtes. La frustration d'Augustin s'accrut encore de voir chacune d'elles accordée.

Etant du rang le plus modeste, il fut le premier à quitter la chambre. Il ne lui restait qu'une chose à faire : obtenir à prix d'or, des hommes qui allaient transférer Jeanne Drémont, que la prisonnière reçût seulement quelques coups de fouet pour la forme. Elle devrait ensuite accomplir sa peine, jusqu'au jour où l'on célébrerait un événement particulier : une victoire sur le champ de bataille ou le mariage d'un prince du sang. En de telles occasions, il arrivait au Roi d'accorder sa grâce à quelques condamnés mineurs.

Comme convenu, le valet d'Augustin l'éveilla juste avant l'aube. Le jeune homme décida de se faire raser à son retour. Dès qu'il fut habillé, il quitta sa chambre. Celle-ci se trouvait dans l'aile récemment construite pour loger les courtisans et assez vaste pour faire à elle seule figure de palais. De tous côtés, les femmes chargées du ménage et les frotteurs de parquets étaient déjà à l'ouvrage. Certains vaquaient à des nettoyages d'une nature particulière.

Les seuls lieux d'aisance étaient situés derrière une aile qui flanquait la Cour Royale. Ils étaient nombreux, mais les dimensions même du Château rendaient souvent impossible de les rallier à temps ou d'atteindre une chaise percée dans un appartement. Fréquemment, les simples visiteurs ne savaient que faire. En conséquence, en cas de besoin pressant, on urinait, on déféquait ou l'on vomissait dans le premier coin isolé d'un escalier, d'un couloir, ou même dans l'embrasure d'une fenêtre. Maintenir le Château en état de propreté représentait donc un exploit de la part des équipes de nettoyage, d'autant que, chaque jour, des milliers de pieds apportaient leur contribution de poussière, de terre ou de boue.

Certaines odeurs désagréables n'étaient pas encore dissipées, et Augustin fut heureux de se retrouver dans l'air frais du matin. La journée promettait d'être splendide. Les gros pavés carrés de la Cour Royale et, franchies les grilles, de la Place d'Armes étaient baignés de la lueur rose du soleil levant. Quand il atteignit la porte contre laquelle Marguerite, la veille, s'était acharnée en vain, le battant était ouvert, et le chariot des prisonniers attendait. L'endroit était invisible des fenêtres du Château. En plus de l'argent qui devait acheter les complicités, Augustin avait glissé dans sa poche une bourse pleine d'or à remettre à Jeanne ; elle pourrait ainsi se procurer quelques douceurs : les geôliers se montraient complaisants envers ceux qui avaient de l'argent.

Il pénétra dans le bâtiment et surprit le chef de la police, derrière sa table de travail, au beau milieu d'un gigantesque bâillement. L'homme referma vivement la bouche et se leva, chapeau en main, pour saluer profondément.

— Je désire voir la prisonnière Drémont, déclara Augustin, avec toute l'autorité que lui conféraient son rang et sa fortune. J'aimerais disposer de quelques minutes pour lui parler seul à seul.

— Certainement, monsieur. On va justement lui porter quelque nourriture dans sa cellule.

Augustin suivit l'homme qui, trousseau de clés en main,

portait un cruchon de vin mêlé d'eau et quelques tranches de pain. A voir les portes ouvertes des cellules, Jeanne était l'unique pensionnaire. La clé fut introduite dans une serrure assez massive pour tenir en respect une vingtaine d'hommes robustes.

— Je vais lui donner son repas, déclara Augustin.

Il prit le cruchon et le pain, pénétra dans la cellule obscure, dont la porte fut refermée à clé derrière lui. Il posa la nourriture sur la table et se présenta sans tarder.

— Ne soyez pas inquiète, madame Drémont. Vous me connaissez. Je suis...

Sa voix s'éteignit. La prisonnière était affaissée contre le mur, dans la position assise, sur le lit étroit placé sous une ouverture grillagée qui laissait filtrer une lumière pauvre. Horrifié, Augustin découvrit qu'elle était trempée de sang. Il y en avait partout. Il jura à voix basse, avec désespoir : elle s'était tranché les poignets.

Il se précipita vers elle, mais elle était morte depuis plusieurs heures. Par terre, près de son pied, se trouvait un petit couteau de ménage. Il le ramassa, vit sur le manche quelques débris de carotte desséchés. Avec un soupir, il secoua tristement la tête. Il songeait à Marguerite, qui allait devoir supporter un double deuil. Aussitôt, sa décision fut prise. Il frappa à la porte. On ouvrit. Masquant l'intérieur de la cellule de sa haute stature, il demanda à voir immédiatement le chef de la police.

L'officier fit bientôt son entrée. Augustin, dressé entre lui et le corps, lui enjoignit d'éloigner son subordonné. Quand ce fut fait, le chef de la police se retourna, le trousseau de clés à la main.

— Eh bien, monsieur? fit-il d'un ton interrogateur.

Augustin, alors, s'écarta. Le regard de l'homme, après s'être ajusté à la pénombre, exprima son épouvante devant le spectacle qu'il découvrait.

— Je n'aurais jamais cru qu'elle était femme à agir de la sorte!

La rage d'Augustin explosa.

— Vous avez négligé votre devoir! Elle devait avoir ce couteau dans la poche de son tablier. Pourquoi ne pas vous être assuré qu'elle n'avait rien sur elle avec quoi se blesser?

— Si elle s'était montrée agitée, je lui aurais confisqué son tablier et ses bas, mais, sitôt amenée ici, elle est devenue tranquille comme une petite souris.

Il commençait à parler haut, avec de grands gestes.

— En tout cas, c'est la première fois qu'une chose pareille

arrive ici, à ma connaissance. Nous ne voyons que des voleurs, que nous emprisonnons pour un temps, et, parfois, un paysan ivre qui a fait esclandre dans le parc. Avant de quitter mon poste, je suis passé voir cette femme. Elle était assise tranquillement, les mains sur les genoux, les yeux fixés sur le mur.

— Imbécile ! Je vais vous dire à présent ce que vous allez faire. Envoyez chercher une femme sûre, de confiance, qui saura se taire, pour mettre le corps en état et nettoyer la cellule sans que personne ne sache ce qui s'est passé. Je vais m'arranger pour envoyer un cercueil dans un fourgon à bagages à onze heures. On enlèvera le corps pour l'enterrer en même temps que le mari.

— Je ne puis le permettre ! Cette femme doit aller en terre non consacrée, quelque part derrière une prison. Je vais m'informer de la plus proche.

Augustin était livide de fureur. Il pinça les lèvres.

— Jeanne Drémont avait perdu la raison. Elle ne savait plus ce qu'elle faisait. Son âme n'est pas en cause dans la mort qu'elle s'est donnée. Faites donc ce que je vous dis. Inscrivez le décès comme dû à des causes naturelles et refermez le dossier.

— Je ne puis agir ainsi !

— Je suis convaincu du contraire.

Le ton d'Augustin était menaçant.

— Réfléchissez un instant. En ce qui concerne tout le monde, au Château, l'affaire est réglée, parce que la seule responsabilité de la garde dans ce bâtiment vous incombe.

Il y eut un silence qui était, lui aussi, une menace.

— Si vous ne suivez pas exactement mes instructions, je soumettrai au Roi lui-même la question de votre négligence. Avez-vous oublié que personne, sinon un personnage de sang royal, n'a le droit de mourir au Château, même dans cette dépendance ?

L'officier pâlit. Il n'avait pas oublié.

— Et si le prêtre de cette femme venait me questionner ?

— Vous direz que, pour éviter au Roi toute contrariété, le corps a été emporté discrètement, à la suite d'une syncope mortelle.

— Très bien, monsieur, dit l'officier, conscient que son avenir était en jeu. Il en sera comme vous le demandez. Je vais envoyer mes hommes au-dehors et je serai seul ici.

— Encore une précaution. Assurez-vous que le couvercle du cercueil est bien cloué. Nous pourrons être ainsi certains de ne plus jamais entendre parler de cette terrible tragédie.

Augustin envoya son valet louer un fourgon à bagages et le chargea non seulement de le conduire mais aussi d'aider le chef de la police à s'acquitter de sa tâche, lorsqu'ils seraient sûrs de n'être point observés. Si l'un ou l'autre des hommes posaient des questions à propos de la prisonnière, on leur répondrait qu'elle était morte subitement, et qu'on avait jugé à propos de l'emporter le plus vite possible. Ils comprendraient la nécessité de cette hâte : jaloux de leur bonne réputation, ils ne souhaiteraient pas la voir compromise aux yeux du Roi.

En temps voulu, Augustin se mit en route pour la chaumière des Drémont : il tenait à arriver bien avant le cercueil. Il se sentait pénétré de pitié envers la jeune fille à qui il allait devoir annoncer ce nouveau deuil et cherchait un moyen d'alléger sa peine.

Marguerite avait dû guetter son arrivée : à peine avait-il mis pied à terre qu'elle ouvrit la porte et se tint sur le seuil pour l'attendre. Elle était vêtue de noir. Ses cheveux, rassemblés sous une coiffe blanche, s'échappaient en boucles folles, comme si rien ne pouvait les retenir. Ses yeux magnifiques, dont le bleu lumineux le frappa de nouveau, étaient meurtris par le chagrin, et, à la voir, elle n'avait pas dû dormir beaucoup durant la nuit.

— Quelles nouvelles de ma mère ? questionna-t-elle aussitôt.

Mais sa voix s'étrangla devant la gravité qui se peignait sur le visage du visiteur. Avant de lui répondre, il entra dans la maisonnette, et elle referma la porte après lui, sans toutefois avancer d'un pas, comme si tout mouvement de sa part pouvait rendre plus intolérable ce qu'il avait à lui dire. Sur la table, une chandelle brûlait près du cercueil de son père. Après s'être débarrassé de son chapeau à large bord, Augustin se tourna vers elle.

— Rassemblez votre courage, Marguerite, lui conseilla-t-il doucement. J'apporte de tristes nouvelles. Je ne suis pas parvenu à obtenir la grâce de votre mère, mais un choc suffit à ravager le cœur, et sa libération lui est venue d'autre façon.

Il lut dans ses yeux qu'elle comprenait. Sa pâleur s'accrut encore, mais elle ne s'évanouit pas, comme il s'y attendait.

— Ma mère est morte, murmura-t-elle.

— Oui.

Elle avala péniblement sa salive.

— Où est-elle ?

— Les autorités ont rendu son corps. Il est en chemin.

Vous trouverez le cercueil bien clos. Laissez-le ainsi. Souvenez-vous d'elle comme elle était dans la vie.

— C'est ce qu'elle aurait désiré.

La bouche de Marguerite se mit à trembler convulsivement. Dans un effort désespéré pour l'immobiliser, elle y porta vivement le dos de sa main. Augustin agit alors — du moins se le dit-il plus tard — comme tout être compatissant l'eût fait à sa place. Presque sans le vouloir, il lui tendit les bras. Avec un cri étouffé, elle vint cacher son visage au creux de son épaule. Elle s'accrochait à lui comme pour ne plus jamais le lâcher.

Il prit conscience d'une émotion comme il n'en avait pas éprouvé depuis le jour où Suzanne avait éveillé son cœur. Avec une sorte d'incrédulité, il songeait à ce qu'il avait déjà fait pour cette petite qu'il connaissait à peine. Les risques qu'il avait courus. Il ne regrettait rien.

Il tourna légèrement la tête pour poser la joue contre ses cheveux. Sa main se glissa sous la coiffe pour plonger dans la luxuriante chevelure. Elle prit son geste pour un témoignage de réconfort, se serra plus étroitement encore contre lui, jusqu'au moment où l'ombre d'un fourgon vint obscurcir la fenêtre.

4

Si un autre qu'Augustin avait intercédé en faveur de la paysanne, Louis ne lui eût sans doute plus accordé la faveur d'un regard. L'incident qui s'était produit dans le parc, suivi de près par cet appel à la clémence, l'avait bouleversé plus que n'aurait pu le supposer même son proche entourage. Mais il savait qu'Augustin Roussier était le défenseur des êtres en détresse et, au fond de lui-même, il lui pardonna son intervention. Il montra sa magnanimité en invitant Augustin à faire avec lui une partie de billard, un soir, dans le Salon de Diane. Tous deux étaient des joueurs émérites. La lutte fut chaude, et le Roi fut satisfait de gagner d'un petit point.

Augustin n'assista pas aux obsèques des époux Drémont : ce n'était pas sa place. Il attendit trois semaines pour rendre visite à Marguerite. Lorsqu'il frappa à la porte de la chaumière, il n'eut pas de réponse. Une voisine survint, le gratifia d'une douzaine de révérences, comme s'il était le Roi lui-même.

— Marguerite est allée porter une caisse d'éventails à un charretier qui se rend à Paris, expliqua-t-elle. Elle ne tardera peut-être pas.

Après avoir remercié la femme, il allait se mettre en quête de Marguerite quand il la vit déboucher sur le chemin. Elle marchait d'un pas vif et léger. Avec quelques leçons, se dit-il, elle pourrait rivaliser avec les meilleures danseuses de la Cour. De plus près, il put constater l'effet qu'avait eu sur elle son double deuil : ses yeux étaient cernés, ses traits tirés.

— Bonjour, monsieur Roussier, dit-elle, en réponse à son salut. C'est très aimable à vous de venir me voir.

— Je voulais savoir comment vous alliez.

Il avait espéré la voir heureuse de sa visite, et sans doute l'était-elle, bien que son attitude, par contraste avec leur dernière rencontre, fût extrêmement réservée.

— Ne prêtez pas attention au désordre, je vous prie, reprit-elle, en l'introduisant dans la maison. Je me prépare à partir. Cette chaumière sera bientôt démolie.

— Il va donc y avoir encore d'autres changements ? La ville n'est plus du tout ce que j'avais connu, la première fois que je suis venu à Versailles.

— Etait-ce un village agréable, par le passé ? Moi, je l'ai toujours vu en travaux.

Elle contourna deux caisses de bois pour atteindre une étagère sur laquelle se trouvait un flacon.

— Puis-je vous offrir un verre de vin ?

— Volontiers. Quant au village, je n'ai aucun souvenir qui puisse en justifier l'éloge.

Elle versa le vin dans deux gobelets, sans chercher d'excuses à sa médiocre qualité : Augustin, comme tout courtisan, était un gentilhomme, mais il devait avoir servi dans l'armée et, sans aucun doute, il avait goûté à toutes sortes de breuvages. Elle s'étonnait de se comporter avec lui sans façons, de le traiter en égal comme elle avait naguère résolu de le faire un jour. Certes, c'était alors prévu dans le pacte que sa mère avait conclu avec lui. Tout était différent, à présent. Sans qu'elle comprît pourquoi, le personnage romantique contemplé de loin n'avait rien de commun avec la splendide présence physique de l'homme qui levait son verre en son honneur, de l'autre côté de la table.

Sans les tragédies qu'elle venait de vivre, elle aurait eu la tête tournée par l'attention qu'il lui témoignait. Par un terrible enchaînement, la mort des deux êtres qu'elle aimait le plus au monde avait eu pour effet de dissiper toutes les folles idées qu'elle s'était faites à propos d'Augustin. Elle s'était trouvée brutalement précipitée dans l'univers de la réalité, du bon sens, et les derniers rêves de sa mère s'étaient évaporés. Elle avait acquis une indépendance qu'elle n'eût jamais possédée si elle avait simplement échangé la protection de ses parents contre celle d'un amant, comme il en avait été décidé dès sa naissance.

— Où allez-vous loger ? demanda-t-il. J'aimerais venir vous voir.

— C'est un petit appartement, au-dessus d'une boutique de chapelier, non loin de la Place d'Armes. On y parvient en passant sous une arche, et il y a un marchand de rubans de l'autre côté de la rue. Je vais lancer là mon propre commerce d'éventails. J'ai toujours pensé que ma mère dilapidait son talent en travaillant pour un autre qui vendait son ouvrage avec un énorme profit. Mais elle se contentait d'une telle situation. Je ne suis pas de ce caractère et je ne crains pas de prendre des risques.

Il la croyait volontiers.

— Je possède un éventail de votre mère qui porte votre nom.

Elle ne témoigna aucune surprise.

— Ma mère m'a dit qu'elle vous l'avait donné. C'est la bourse d'or qu'elle a reçue de vous qui m'a donné une certaine éducation et qui va me permettre de m'installer à mon compte.

Il était stupéfait d'apprendre que l'argent avait été ménagé avec tant de soin. Ce geste lointain de munificence venait contrecarrer son désir de lui proposer une aide financière. Le ton dont elle avait parlé de l'éventail lui donnait à croire qu'elle était parfaitement au courant de ce qui s'était dit quand il avait été offert et accepté.

— Comment écoulerez-vous vos marchandises ?

— Je vais d'abord me constituer une réserve. J'emporterai ensuite un choix d'éventails au Château, dans le Vestibule de l'Escalier de la Reine, où l'on peut vendre toutes sortes d'objets.

C'était, il le savait, un excellent endroit pour faire du commerce. S'il n'avait pas été certain de s'attirer une rebuffade, il lui aurait offert un autre avenir. Rien ne lui aurait plu davantage que de prendre cette jeune fille pour maîtresse et de la faire vivre dans un élégant appartement parisien aussi longtemps que durerait le désir qu'il avait d'elle. Après quoi, la liaison dénouée, elle recevrait une dot généreuse, comme l'avait espéré sa mère. Une longue expérience lui disait qu'elle apprendrait vite l'art d'aimer : il y avait de la sensualité dans son visage attirant, dans les lignes harmonieuses de sa silhouette, et le balancement inconsciemment provocant de ses hanches faisait de chacun de ses mouvements un plaisir pour l'œil. Il décida de tâter le terrain dans les semaines à venir.

— Si vous connaissez l'histoire de l'éventail et la bourse d'or, vous devez savoir aussi ce qui avait été projeté pour vous et moi.

— Vous ne pouvez m'obliger à respecter cet engagement, protesta-t-elle. Maintenant que ma mère est morte, il n'est plus valide.

— Je le comprends fort bien. Je ne veux rien du passé. Seulement ce que vous voudrez bien m'accorder à l'avenir.

Il s'exprimait d'un ton destiné à l'apaiser, à la désarmer. Elle préféra ne pas le regarder, abaissa les paupières. En elle, tout engouement pour lui avait disparu, son cœur était vide, son deuil la rendait plus vulnérable encore. Pour la première fois de sa vie, elle se trouvait sans le moindre lien d'affection pour la tenir en bride et elle ne devait pas se laisser entraîner par un sentiment de solitude. Il serait sans aucun doute facile d'en venir à aimer profondément cet homme plein de force et de compassion. Le temps viendrait peut-être où elle pourrait accueillir cet amour. Mais elle voulait obtenir de lui autre chose qu'un simple désir.

Elle leva les yeux, le défia du regard.

— Nous en reparlerons quand vous aurez appris à m'aimer.

Il la dévisagea. Jamais aucune femme n'effacerait Suzanne dans son esprit et dans son cœur, mais peut-être l'exceptionnelle beauté de Marguerite et son goût de l'indépendance créeraient-ils une sorte d'antidote. Il posa une main sur la table, avança son visage vers celui de la jeune fille.

— Comme vous, je ne ferai aucune promesse. Je propose que nous attendions les événements.

Elle hocha pensivement la tête.

— Souhaitez-vous me voir souvent ?

— Toutes les fois que je serai à Versailles.

— Et les dames que vous fréquentez ?

— Je n'ai aucune attache.

— Pourquoi n'êtes-vous pas encore marié ?

Il n'avait pas l'intention de lui révéler que celle dont il aurait voulu faire son épouse était la femme de son meilleur ami.

— Un mariage de convenance n'est pas une perspective qui me séduise. Tôt ou tard, je me marierai. Il faut bien en venir là. Rappelez-vous seulement que cela ne ferait aucune différence entre nous, si nous avions alors une relation établie.

Elle réfléchit longuement à ses paroles. N'étant pas amoureuse de lui, elle pouvait raisonner lucidement. Elle devrait pouvoir, décida-t-elle, le partager avec une femme qui ne représenterait pour lui qu'un devoir. Mais il y avait une autre éventualité, plus inquiétante.

— Et si vous alliez vous marier par amour ? demanda-t-elle. Il doit y avoir à la Cour un flot continu de jolies filles. Vous pourriez soudain en distinguer une, et tout changerait.

— Pourquoi croyez-vous qu'un homme ne puisse aimer deux femmes ?

Il croisa son regard surpris, se hâta de la rassurer.

— Si j'en venais à vous aimer vraiment, aucune autre femme n'y pourrait rien changer. Vous auriez toujours votre place auprès de moi.

— Mais les circonstances en seraient entièrement modifiées, insista-t-elle. Je ne pourrais jamais partager ainsi l'amour d'un homme. Ce serait la fin.

Il inclina la tête pour accepter sa décision.

— Je m'en souviendrai. Vous parlez sincèrement, je le vois. Mais je n'en suis pas autrement troublé. Je suis prêt à parier qu'aucun autre amour ne croisera plus mon chemin. Vous êtes là, et je suis prêt à repartir de ce point. Rappelez-vous : votre destin et le mien sont liés depuis trop longtemps pour que rien vienne nous séparer à présent.

Ils parlaient l'un et l'autre, elle en prit conscience, comme s'ils se savaient déjà engagés.

— Admettons que vous m'aimiez vraiment un jour. Comment le saurais-je avec certitude ?

— Je trouverai un moyen de vous le faire comprendre qui ne vous laissera aucun doute.

Il posait sur elle un regard irrésistible.

— Je vous demanderai alors de m'aimer en retour.

Elle répondit d'un ton calme et décidé :

— Je ne souhaiterais pas qu'il en fût autrement.

Il leva de nouveau son verre, et elle fit le même geste pour sceller leur étrange accord. Lorsqu'ils reposèrent les gobelets vides, il lui adressa un lent sourire, et elle lui sourit en retour. Ils se sentaient en harmonie et, en cet instant, en paix. C'était comme une trêve amicale avant une bataille. Ni l'un ni l'autre ne connaissaient le dénouement, mais, pour le moment, ils partageaient le même espoir en l'avenir.

Une semaine plus tard, Marguerite emménagea dans le logement situé au-dessus de la boutique du chapelier. Elle y apporta le mobilier de la chaumière. Elle disposait de trois pièces et de l'accès aux lieux d'aisances situés dans la cour. Elle fit de la plus grande pièce son atelier, de façon à profiter au mieux des belles fenêtres qui rehaussaient toutes les maisons bâties depuis que la ville de Versailles était née de l'ancien village.

Lorsque tout fut en ordre, elle s'assit à sa table et se mit au travail, du petit matin jusque tard dans la nuit, avec les matériaux qu'elle avait fait venir. Elle eut bientôt plusieurs boîtes d'éventails terminés. Tous devaient être différents car, si elle espérait les vendre aux dames de la Cour, la diversité des motifs était essentielle. Durant ce temps, Augustin vint la voir une seule fois : il grimpa l'escalier extérieur, pour apparaître au seuil de la porte qu'elle avait laissée ouverte afin d'accueillir le moindre souffle de vent.

— C'est une magnifique matinée de juin ! déclara-t-il en lui souriant. Laissez tout cela et passez la journée avec moi.

Fortement alléchée par cette proposition, elle secoua néanmoins la tête. Il y allait du succès de son entreprise, et rien ne devait venir se mettre en travers.

— Je dois travailler. Je me suis fixé un certain nombre d'éventails à faire chaque jour.

— Ne manquez-vous jamais aux règles établies ? demanda-t-il, exaspéré, les poings aux hanches.

— Jamais à celles que dicte le bon sens.

Apparemment, il détestait qu'on le contrariât. Lorsqu'il partit, d'humeur maussade, elle se demanda s'il aurait envie de la revoir. S'il ne revenait pas, elle se languirait de lui mais elle n'osait pas courir le risque d'une situation inégale entre eux. Ils devaient s'en tenir à leur accord.

Quelques jours plus tard, il lui fit porter un bouquet. Une rose rouge entrouverte en occupait le centre. Aucun billet ne l'accompagnait, mais elle comprit le silencieux message des fleurs, et ses espérances s'en trouvèrent ranimées.

Lorsqu'elle eut accumulé un nombre suffisant de boîtes d'éventails, elle sut que le jour était venu de lancer sa nouvelle entreprise. Elle savait que la route serait dure : les vendeurs déjà établis chercheraient sûrement à évincer une nouvelle venue. Nombre d'entre eux servaient probablement la Cour depuis deux ou trois générations, et la plupart la suivaient de palais en palais, de château en château. Pour éviter le plus possible d'attirer l'attention de ses concurrents, elle décida de porter une grande coiffe : sa chevelure, elle le savait, était ce qui frappait le plus chez elle. Toutes les fois qu'elle rassemblait ses innombrables boucles sous un ruban, les hommes, sur son passage, tournaient la tête vers elle, comme des marionnettes mues par une ficelle. Ce jour-là, pas une mèche folle ne devait s'échapper. Elle plaça ses éventails dans un panier plat doublé d'un linge blanc et se mit en route vers le Château. Les gardes postés aux grilles la laissèrent passer en apprenant son intention de vendre dans le Vestibule de l'Escalier de la Reine et non dans le parc.

D'un pas vif, elle traversa la Cour Royale. Le monticule sur lequel s'était élevé naguère le rendez-vous de chasse avait été élargi depuis des années pour soutenir les ailes massives. En approchant du marbre rose et des ornements dorés de la façade Est, si amoureusement préservée, elle trouva sur sa gauche trois arches qui se fermaient par des grilles dorées et donnaient sur le vestibule où elle comptait établir son commerce. C'était là que le Roi et la famille royale descendaient de leurs carrosses. De l'autre côté de la cour, trois arches semblables ouvraient sur l'Escalier des Ambassadeurs.

Marguerite pénétra dans le vestibule spacieux dallé de marbre noir et blanc. De là s'élevait l'Escalier de la Reine dont la rampe était de marbre sombre. Il menait à l'appartement de la Reine, et de nombreuses personnes le montaient et le descendaient, cependant que le vestibule lui-même était le théâtre d'une grande animation.

Souvent, par le passé, elle était venue là avec sa mère, pour regarder, admirer. Les étalages s'abritaient sous d'élégants baldaquins verts, blancs ou roses. Les vendeurs, hommes ou femmes, étaient extrêmement bien vêtus. Tous, en ces lieux, s'adressaient à une clientèle noble, bien qu'on vendît aussi quelques articles de moindre prix pour le public qui passait par là en allant visiter le parc. Il y avait des soieries et des dentelles arachnéennes, des vins de qualité, des tableaux de grande allure, des cannes du dernier cri, des bijoux et tout ce que les orfèvres savaient faire de plus beau. On trouvait aussi tous les produits de beauté : crèmes et lotions, mouches de toutes les formes pour la joue ou le menton, flacons de cristal emplis de parfum : de la fleur d'oranger uniquement, car le Roi, qui avait l'odorat délicat, avait interdit toute autre fragrance. De même, comme il détestait sur une femme l'odeur de fumée ou de tabac à priser, on ne vendait pas de ces tabatières de porcelaine ou de ces pipes ornementées qui flattaient le goût féminin et se trouvaient partout ailleurs.

Celles qui, comme Marguerite, portaient des paniers plats doublés de linge blanc, comme le sien, offraient des herbes et des friandises, des mouchoirs, de petits miroirs et des bourses, des plans du Château et des guides pour visiter le parc. La jeune fille fut heureuse de constater que, parmi ces vendeuses, ses véritables concurrentes, ne se trouvait aucune marchande d'éventails. L'un des étalages en présentait bien quelques-uns, très coûteux, parmi d'autres objets, mais, de l'avis de Marguerite, ses propres motifs la mettaient dans une classe à part, et elle avait bon espoir de réussir. Elle se posta dans un endroit avantageux, près des grilles dorées, à côté d'un homme corpulent qui vendait des épées. Celles-ci étaient rassemblées dans un haut cône de cuir qu'il tenait verticalement devant lui, appuyé contre son estomac proéminent.

Il posa sur la jeune fille un œil soupçonneux.

— Je ne vous avais encore jamais vue. Quoi qu'il en soit, vous empiétez sur ma place.

Il écarta les coudes pour l'obliger à s'écarter.

— Vous avez une autorisation ?

Une autorisation ? Elle n'avait jamais entendu dire qu'il en fallût une pour vendre en cet endroit. Peut-être cherchait-il seulement à se débarrasser d'elle. Il en faudrait davantage pour l'intimider.

— Je suis ici de par mon droit. Personne ne saurait m'en priver.

D'un petit geste du poignet, elle déploya l'un de ses plus jolis éventails, orné de jasmin et de tubéreuses. Une dame, suivie de son page qui tenait en laisse un petit chien, jeta vers l'objet un regard intéressé mais passa son chemin. Le marchand d'épées, qui avait manqué deux ventes juste avant l'arrivée de Marguerite, accusait de sa malchance le manque de place, son grief constant. Il devint plus agressif.

— Ah, vraiment ? Personne ne saurait vous en priver, hein ? Insolente gamine ! Sortez d'ici ! Laissez la place à ceux qui ont de longue date le droit de vendre ici !

Il donna une violente poussée au panier, et les éventails allèrent s'éparpiller sous les pieds des passants. Marguerite vit le fruit de toutes ses heures de travail piétiné, brisé. Furieuse, elle se retourna vers l'homme, donna un solide coup de pied à la base du cône de cuir. Celui-ci tomba avec fracas. Sous le choc, quelques lames brillantes furent projetées hors de leurs fourreaux et glissèrent dans toutes les directions sur le dallage de marbre. Leur fil était tranchant comme le rasoir, et il se fit aussitôt un grand désordre : les femmes poussaient des cris aigus, les hommes, d'une voix sonore, reprochaient sa négligence au marchand d'épées. Marguerite, vivement, ramassa tous les éventails intacts qu'elle put trouver et s'esquiva pour aller se mêler à la foule assemblée au pied de l'escalier.

La chance fut avec elle. Elle découvrit un espace libre et, en quelques minutes, vendit trois éventails à des bourgeois aisés qui tenaient des guides imprimés pour la visite du parc. Un jeune homme à la mise discrète fut le client suivant, et, à son sourire sentimental, Marguerite devina que son achat était destiné à une amie de cœur. Tout de suite après, une femme qui tenait un étalage de châles délicats l'appela d'un signe, non pour lui reprocher sa présence, comme elle l'avait redouté, mais pour faire l'emplette d'un éventail peint de plumes de paon.

— Je n'en ai jamais vu de semblable, remarqua-t-elle, après l'avoir payé. Le motif est de votre invention, dites-vous ? Eh bien, j'ai fait une bonne affaire. Montez donc vos prix. Les clients dont vous visez l'intérêt dédaignent ce qui n'est pas assez cher.

— Je vous remercie de vos conseils.

La femme la considérait avec bienveillance.

— Je vous ai observée. Voyez-vous, j'ai débuté comme vous, dans le temps, en m'introduisant là où je n'avais aucun droit de me trouver.

Elle se pencha, baissa la voix.

— On ne le sait généralement pas, mais si une nouvelle venue arrive à vendre quelque chose à un membre de la noblesse avant d'être chassée des lieux, elle gagne le droit de rester, sous certaines conditions. D'ordinaire, nous gardons ce renseignement pour nous, mais votre travail est excellent et vous méritez qu'on vous donne une chance.

Marguerite renouvela ses remerciements. En reprenant sa place, elle aperçut le marchand d'épées qui protestait énergiquement auprès d'un homme d'allure officielle, vêtu de noir et coiffé d'une perruque blanche. Elle se rejeta plus encore vers l'escalier. Nombreux étaient les nobles, hommes et femmes, qui gravissaient ou descendaient les marches, mais elle ne vendit rien. La plupart bavardaient entre eux, sans un regard vers les éventails qu'elle déployait et refermait ; certains allaient d'un pas vif, pressé. Soudain, le marchand d'épées se précipita vers elle, la prenant par surprise, et la saisit par le bras.

— Vous ne m'échapperez pas une seconde fois ! Je vous ai dénoncée ! On va vous jeter dehors, et gare à vous si vous revenez !

Mais il fit subitement un bond en arrière, et la lâcha avec un cri : une lame, maniée avec tout le panache du mousquetaire, venait de jaillir par-dessus la balustrade et pointait de haut en bas vers le nœud de son mouchoir de cou.

— Je ne suis pas de votre avis ! fit la voix ironique d'Augustin. Cette jeune femme, que je sache, ne fait aucun mal.

Le visage rougeaud du marchand d'épées se couvrait de sueur.

— Elle n'a pas d'autorisation, monseigneur ! Et vous n'étiez pas là quand elle a jeté toutes mes épées sur le dallage !

Marguerite était reconnaissante à Augustin de son intervention, mais celle-ci, elle le craignait, venait trop tard. Le personnage vêtu de noir avait suivi le marchand d'épées. Il approchait. La jeune fille saisit le premier éventail qui se présenta sous sa main, se dressa sur la pointe des pieds pour atteindre l'endroit où le bras d'Augustin s'appuyait à la rampe.

— Achetez-moi ça ! Vite !

Il lui sourit, plongea la main dans sa poche, jeta un louis d'or dans son panier.

— Est-ce suffisant ?

— Plus que suffisant ! s'exclama-t-elle joyeusement. Je vais maintenant pouvoir moi-même porter plainte contre cet homme qui a culbuté mon panier et causé la perte de ma marchandise.

Il ne fallut pas longtemps pour régler la querelle entre elle et le marchand d'épées. Le fonctionnaire décida que leurs deux plaintes s'annulaient et les sermonna. Après quoi, il conduisit Marguerite dans un bureau où on lui demanda d'attendre, pendant qu'on emportait ses éventails pour les examiner et en vérifier la qualité. Quand on les lui rendit, avec un signe d'approbation, on inscrivit son nom et on lui donna la liste des règles à observer. Elle quitta aussitôt le bureau et trouva Augustin qui l'attendait.

— Tout s'est-il bien passé ?

— Oui, j'ai plaisir à le dire.

— Pourrai-je vous rendre visite un peu plus tard ? Il y a un endroit que j'aimerais vous montrer.

— Certainement, répondit-elle, intriguée.

Il se présenta chez elle dans une calèche pour deux. Il l'aida à y monter, puis la voiture partit à bonne allure, sans qu'elle eût la moindre idée de leur destination. Elle put annoncer à son compagnon qu'après son départ, elle avait fait de bonnes affaires dans le vestibule.

— Plus d'ennuis avec cet homme ?

— Non. Nous sommes tacitement convenus de nous tenir à bonne distance l'un de l'autre, répondit-elle avec soulagement.

— Comment allez-vous faire pour vendre et maintenir tout à la fois votre réserve de marchandises ?

— Si mes ventes ne baissent pas, je serai bientôt en mesure d'engager une assistante pour la fabrication des éventails. Mais elle devra être excellente, car je ne veux vendre que le meilleur, et chaque pièce doit être unique. Plus tard, j'aimerais me spécialiser dans des modèles vraiment exceptionnels mais je dois avancer pas à pas.

Augustin quitta l'avenue principale pour traverser les faubourgs de Versailles, et ils se retrouvèrent enfin à la campagne. Tout en roulant, il parlait à Marguerite de sa maison en Normandie, de sa mère qui était morte lorsqu'il était enfant, de son père qui ne s'était jamais remarié, et de sa défunte tante qui lui avait servi de mère. Elle l'écoutait avec attention, posait de temps à autre une question, montrant ainsi qu'elle voulait en apprendre le plus possible sur lui. Pour sa part, il n'avait pas l'intention de la perdre au profit de quelque jeune lourdaud. Il avait presque l'impression de vouloir capturer un petit oiseau, tant il fallait d'adresse, de délicatesse dans l'approche. D'une rencontre à l'autre, elle prenait plus d'importance pour lui. L'intensité de sa jeunesse, sa vitalité et jusqu'à son obstination la rendaient agréablement différente de toutes les autres femmes qu'il avait convoitées. Il attendait avec impatience le moment où, ses ambitions oubliées, elle se consacrerait à son seul plaisir.

Elle se demandait avec une excitation joyeuse où ils pouvaient bien se rendre. De toute évidence, il s'agissait d'une surprise de quelque importance. Elle n'était pas encore bien sûre de ses sentiments pour Augustin : l'attrait qu'il exerçait sur elle se heurtait encore à son bon sens. Il lui faudrait le connaître beaucoup mieux avant de s'engager, et, pensait-elle, il comprenait qu'il devrait la courtiser longtemps encore.

La ville avait disparu à leur vue, mais ils n'avaient pas parcouru une bien longue route quand apparurent des grilles toutes neuves. Peintes en vert, sous des pointes dorées, elles étaient grandes ouvertes sur une allée carrossable qui filait tout droit. Inquiète, la jeune fille se redressa, au moment où la calèche franchissait ces grilles pour rouler vers une vaste demeure qui se profilait au loin.

— Allons-nous en visite ? questionna-t-elle.

Elle portait une robe neuve, qu'elle s'était confectionnée dans un calicot imprimé, récemment mis à la portée de toutes les bourses. L'effet des roses en bouquets conventionnels était assez joli, mais elle n'était pas habillée pour être présentée à des gens de la noblesse, quel que fût leur rang.

Comme s'il devinait ses pensées, Augustin lui pressa la main dans un geste rassurant.

— C'est là ma nouvelle maison, le Château Satory. Je n'y ai pas encore emménagé, et la seule personne que nous y rencontrerons est l'architecte, Laurent Picard, avec qui je dois étudier certains détails. Il est baron de naissance et vient d'une famille appauvrie par le jeu. Son père a tout perdu, les domaines et le reste, dans une ultime tentative pour se refaire. Pour réparer sa fortune, Picard consacre ses talents à la conception de demeures de distinction. Je l'en admire d'autant.

Rassurée, détendue, Marguerite promena autour d'elle un regard observateur. Le terrain était encore presque entièrement dénudé : les parterres étaient dessinés mais n'avaient pas été plantés, les allées attendaient le gravier, une fontaine de marbre n'avait pas reçu sa statue centrale. Quand tout serait fini, le jardin formerait le cadre qui convenait à l'imposante résidence qui se faisait de plus en plus proche. Construite de grès ivoire, elle montrait de nombreuses et hautes fenêtres, un toit à balustrade dont la pente gracieuse était de pur style classique français.

— Pourquoi avoir décidé de construire ici ? demanda Marguerite, emplie d'admiration.

Elle voyait maintenant que l'édifice avait une majestueuse entrée, encadrée par des colonnes de marbre vert pâle. Les deux battants grands ouverts de la porte attendaient le propriétaire des lieux.

— C'est simple. J'avais envie d'espace.

Elle haussa des sourcils incrédules.

— Mais cette aile nouvelle, immense, ajoutée au Château pour loger la Cour...

— Oh ! elle est vaste, oui, mais surpeuplée, et certaines parties ne sont pas encore achevées. Il est parfois impossible de se déplacer dans les couloirs, quand les chaises à porteurs qui transportent des courtisans vers quelque endroit éloigné du Château obstruent le passage. Nous sommes plus de deux mille à loger là. Certains, parmi les plus titrés, disposent de grands appartements, mais la plupart d'entre nous ont à peine la place de bouger. Je ne sais combien de pièces n'ont pas de fenêtres. La mienne donne au moins sur une cour intérieure. Non, j'ai connu trop longtemps l'inconfort, depuis que je suis au service du Roi. Désormais, j'aurai une demeure spacieuse toutes les fois que je viendrai à Versailles.

— Le Roi semble passer au Château des périodes de plus en plus longues. Sans doute avez-vous pris une décision raisonnable.

— Beaucoup d'autres ont déjà fait construire. J'ai eu de la chance de pouvoir acheter ce domaine : les terres bien placées sont très recherchées.

Il arrêta la calèche devant la porte, près d'une voiture légère qui devait, pensa-t-elle, appartenir à l'architecte. Ensemble, ils gravirent les marches, pénétrèrent dans un vaste hall. Marguerite alla droit jusqu'à l'étoile verte qui se dessinait au centre du dallage de marbre et tournoya sur elle-même en regardant autour d'elle. Augustin la rejoignit, l'immobilisa en la prenant par les poignets.

— Vous allez apporter un grand bonheur en ces lieux, Marguerite.

Ce fut pour elle un déclic. A ces paroles, un frémissement soudain, inattendu, la parcourut, pour l'amener, en harmonie avec le regard qu'il posait sur elle, au bord de l'amour. Cet amour, il était là, dans ce château qui avait été conçu et construit bien avant leur rencontre mais qui allait devenir son domaine. Les yeux d'Augustin lui disaient qu'il la ferait sienne en ce lieu, que, sous ce toit, ils se découvriraient l'un l'autre quand les termes de leur étrange pacte auraient été remplis.

— Je l'espère, déclara-t-elle sourdement.

Il était sur le point de l'embrasser, elle le voyait. Mais elle tenait à retarder le plus longtemps possible ce tendre contact : il était encore bien trop tôt pour allumer en elle des feux qui pourraient échapper à son contrôle.

— Montrez-moi maintenant le château.

Du seuil d'un salon, une voix s'éleva.

— Puis-je revendiquer l'honneur de vous servir de guide à tous deux ?

Son intérêt éveillé, elle vit un jeune homme aux épaules carrées. Une abondante chevelure d'un châtain presque blond, légèrement en désordre, lui descendait aux épaules et encadrait un large visage qui était agréable à voir sans posséder la moindre beauté. La mâchoire était forte, le nez aquilin, de petites rides de bonne humeur plissaient le coin des yeux gris foncé. Quant à son âge, elle l'estima à vingt-cinq ans environ.

— Je vous souhaite le bonsoir, monsieur le baron, lui dit Augustin. Nous attendez-vous depuis longtemps ?

— Pas le moins du monde, monsieur, répondit-il avec courtoisie. Le concierge m'a fait entrer il y a quelques minutes.

Il avait une voix grave de baryton.

Il s'avança pour être présenté à Marguerite, lui témoigna le même respect qu'à une dame de haute naissance, bien que la simplicité de sa toilette ne pût le tromper.

— Vous avez conçu une maison d'une grande beauté, lui dit-elle avec sincérité.

Quelque chose en lui l'avait mise immédiatement à l'aise.

— Si l'intérieur est aussi plaisant à voir que l'extérieur, que j'ai hâte de la visiter !

Elle désignait la courbe de l'escalier à la rampe dorée et le plafond voûté orné d'un ciel d'été où volaient des oiseaux.

Le sourire de l'architecte montra que le compliment lui avait fait plaisir.

— J'ai eu le bonheur de trouver ici un site splendide et un client dont les idées concordaient avec les miennes.

Il ne se donnait pas d'airs, pensa-t-elle. Il se comportait simplement comme la coutume l'exigeait de la part d'un membre de la noblesse.

— Dans combien de temps la demeure sera-t-elle meublée ?

A en juger par ce qu'elle apercevait par les portes ouvertes, il n'y avait pas même un fauteuil nulle part.

— Cela ne saurait plus tarder. Tout, depuis les tentures jusqu'au mobilier, sera de la plus pure facture française, comme à Versailles.

— Du moins avez-vous bâti plus vite que le Roi, plaisanta-t-elle.

Le sourire de l'architecte s'épanouit.

— Cela ne veut pas dire que la construction de cette maison s'est déroulée sans anicroches. Le Roi lui-même sait ce qu'il en coûte de voir livrer des portes qui ne sont pas aux dimensions voulues et de se retrouver avec toute une corporation d'ouvriers réduite à l'inaction par suite de l'incompétence d'autres gens. Mais tout a fini par s'arranger, heureusement.

Ce manque de prétention ne fit que renforcer la sympathie que Marguerite ressentait à son égard. Peut-être l'adversité, en l'obligeant à faire appel à toutes ses ressources, l'avait-elle rendu aussi réaliste qu'elle l'était elle-même devenue ? Peut-être était-ce pour cela qu'elle se sentait si curieusement proche de lui, comme s'ils étaient de la même espèce. Près d'elle, Augustin fit un signe amical.

— Pourquoi ne pas nous guider dès maintenant dans notre visite ? Nous pourrons ensuite parler affaires.

Jamais elle n'avait connu pareil plaisir. Les salons étaient tous magnifiquement proportionnés, spacieux et hauts de plafond. Dans chacune des pièces, la couleur prédominante des tentures de soie lyonnaise était différente. A l'étage, elle découvrit de nombreuses chambres, chacune dotée d'un cabinet de toilette ou d'une antichambre qui pouvait en tenir lieu. Elle se rappelait avoir entendu son père raconter que le Château comportait deux cent cinquante cabinets de toilette. Sa mère et elle avaient été profondément impressionnées. Mais, depuis qu'elle savait combien de gens s'entassaient à la Cour, elle découvrait que les aménagements étaient terriblement insuffisants pour ceux qui, comme le Roi, avaient un souci aigu de leur apparence.

Quand Augustin et l'architecte redescendirent pour s'entretenir en privé, elle revint à la chambre qui l'avait enchantée au premier regard. C'était une pièce très féminine, tendue de soie rose brodée de fils d'argent. Des fenêtres tournées vers le sud, on découvrait les pelouses, le pavillon d'été — une construction circulaire en marbre — et, plus loin, des arbres. Pour qui cette chambre avait-elle été conçue à l'origine ? Pour une jeune épouse ? Jamais elle ne voulait le voir amener une autre femme en ces lieux !

Elle ouvrit une fenêtre, respira les doux parfums de la soirée commençante. Le soleil couchant avait couvert toutes choses d'une patine somptueuse. Si elle avait pu formuler un vœu, par cette soirée magique, elle aurait demandé à se retrouver mariée dans cette demeure. C'était un rêve irréalisable, que l'on pouvait prendre plaisir à caresser durant quelques instants, avant de le reléguer pour toujours dans l'oubli. Elle ne perdrait pas une seule minute de son temps à soupirer après ce qui ne serait jamais. Mieux valait tirer le meilleur profit de ce qui se présentait et attendre le jour où elle viendrait s'installer dans ce château pour y vivre avec Augustin, une fois donnée la preuve irréfutable de son amour. Il pourrait se marier si besoin était : il épouserait une femme de bonne naissance mais sans beauté, qui resterait au Havre pour élever ses enfants.

La discussion entre les deux hommes devait être terminée, décida Marguerite. Elle redescendit, se mit en quête d'Augustin et de Laurent Picard. Chose étrange, elle ne perçut aucun écho de leurs voix, en passant d'un salon à l'autre, tous disposés en enfilade. Soudain, elle les entendit parler, dans la petite antichambre qu'elle venait de traverser, et ils n'y étaient pas entrés par les portes. Ils s'entretenaient à voix basses et confidentielles, mais, dans le silence, elle comprenait distinctement leurs paroles.

— Comme vous l'avez constaté, disait Laurent Picard, j'ai suivi très exactement le même plan que dans la maison de votre père. Vous avez ma parole de gentilhomme que personne n'apprendra jamais de moi ce qui se trouve derrière ce mur.

— Je vous en remercie, répondit Augustin. C'est une condition essentielle de sécurité que cet agencement demeure secret.

Marguerite, qui avait été sur le point de révéler sa présence, changea aussitôt d'idée.

— Pour cette raison, reprit l'architecte, je n'ai pas fait appel à la main-d'œuvre locale et j'ai moi-même installé le mécanisme.

Sans bruit, la jeune fille se glissa dans le salon voisin, referma silencieusement les portes derrière elle. Aucun des deux hommes ne devait imaginer qu'elle les avait délibérément épiés. Un jour, plus tard, si elle avait la certitude qu'Augustin avait vraiment confiance en elle, elle lui avouerait ce qu'elle avait entendu.

Plusieurs minutes s'écoulèrent. Augustin, qui s'était mis à son tour à la recherche de Marguerite, la découvrit, après avoir traversé quatre salons, dans la bibliothèque aux rayonnages encore vides.

— Vous voici enfin ! s'exclama-t-il. Le baron Picard souhaite vous faire ses adieux.

Elle regagna avec lui le hall. En chemin, ils passèrent par l'antichambre, mais elle eut beau regarder subrepticement à gauche puis à droite, elle ne vit aucun signe de l'issue secrète que les deux hommes avaient dû emprunter.

L'architecte les attendait près de la porte.

— Je ne voulais pas partir sans vous avoir revue, mademoiselle Drémont.

Il s'inclina.

— Adieu, monsieur, dit-elle. Peut-être nous rencontrerons-nous une autre fois.

— J'en serais honoré.

Elle le regarda prendre congé d'Augustin. Il pensait sans doute qu'elle était déjà la maîtresse de son client et la trouvait lui-même très attirante. Comme les hommes étaient transparents ! Une femme s'en apercevait toujours lorsqu'ils tentaient de réprimer ce premier flamboiement du désir.

Dès qu'ils se retrouvèrent seuls, Augustin déclara :

— J'ai une autre surprise pour vous. Elle devrait être prête.

Elle crut qu'il allait lui montrer la porte secrète, se sentit heureuse qu'il l'estimât déjà digne de confiance. Mais il la conduisit dans la direction opposée, jusqu'au Salon Cramoisi. Lorsqu'elle vit ce qui s'y trouvait, elle laissa échapper un rire ravi. Là où il n'y avait eu qu'une pièce vide, une table portable avait été installée, le couvert mis pour un souper : cristaux et argenterie sur une nappe damassée. Des candélabres étaient allumés pour lutter contre la pénombre envahissante. Il y avait deux tabourets pliants garnis de coussins de velours.

— Des mains invisibles auraient-elles préparé tout cela ? demanda-t-elle gaiement.

Elle se doutait bien que c'était le gardien. Mais il eût été aisé de croire à quelque enchantement magique qui s'accordait étrangement à son humeur du moment.

— Ainsi, vous avez deviné, répliqua-t-il sur le même ton. Des lutins viennent ici au coucher du soleil pour assurer le service.

Ce fut un souper joyeux. Augustin souleva les couvercles d'argent pour révéler des viandes froides, du gibier, du poisson. Il y avait aussi des salades, des sauces, des compotes, des confitures. Les vins ne ressemblaient à rien de ce qu'elle avait jamais bu, ils coulaient dans sa gorge comme un nectar. Le reste de la soirée passa comme dans un rêve. Par la suite, elle se rappellerait avoir dansé pour lui, à la lumière des deux candélabres qu'il avait pris sur la table pour les poser sur le marbre rose de la cheminée. Elle tourbillonnait d'un bout à l'autre de la pièce, au rythme rapide des danses campagnardes qu'elle connaissait depuis l'enfance. Son ombre se projetait très haut sur les panneaux de brocart, éteignant momentanément l'éclat des fils d'or. Augustin battait des mains pour marquer la cadence, et la voix de Marguerite qui chantait les refrains résonnait dans l'espace vide comme les notes limpides d'une alouette en cage. Soudain prise de vertige, elle s'immobilisa au centre de la pièce. Après un dernier tourbillon, ses jupes et jupons retombèrent.

— Ça va ? demanda-t-il.

Il se dressait devant elle dans un brouillard lumineux.

Elle le regarda à travers ses longs cils, prit conscience du pouvoir qu'elle commençait à exercer sur lui. D'ici peu, il la rejoindrait sur le chemin de l'amour. Elle le voyait à la brûlante lueur de ses yeux. Jamais aucun homme n'avait possédé regard aussi puissant. Par provocation, sans lui répondre, elle lui échappa avant qu'il pût l'atteindre, exécuta une courante, que lui avait enseignée Marie Printemps. Il la contempla durant quelques minutes, avant d'entrer avec elle dans la danse. Ils étaient en parfaite harmonie, parfois ensemble et parfois séparés. Leurs ombres, en un dessin sans cesse changeant, se croisaient et se recroisaient sur le parquet, les murs, le plafond. En une dernière révérence, elle se laissa glisser sur le sol, une jambe repliée, et s'assit, le tout d'un seul mouvement gracieux. En riant, elle leva les yeux vers lui.

— Le vin a finalement eu raison de moi. Je n'ai plus la force de bouger le petit doigt.

Amusé, il s'assit près d'elle, un bras posé sur son genou relevé.

— Rien ne saurait mieux me convenir. Vous voir rester ici, veux-je dire.

Elle le provoqua d'un regard oblique.
— Ne parlons pas de cela maintenant.
— Qui vous a enseigné à danser ?
— Le professeur dont je vous ai parlé.
— Elle a bien travaillé. Aimeriez-vous danser avec moi dans les jardins de Versailles ? Plusieurs fêtes royales sont prévues pour les semaines à venir.

Afin de devancer un refus qu'il la sentait prête à formuler pour des raisons évidentes, il ajouta :

— Mais il vous faudrait me permettre de vous offrir une robe pour l'occasion. Sinon, nous serions l'un et l'autre priés de partir.

Il avait jugé préférable de l'amener à accepter une robe par égard pour lui, plutôt que de lui offrir tout de go un présent qu'elle aurait pu repousser. Ses paroles, il le vit aussitôt, avaient endormi les soupçons de la jeune fille, dont l'esprit était déjà embrumé par le vin.

— Je ne voudrais pour rien au monde vous causer le moindre embarras, s'écria-t-elle.

— Alors, c'est convenu. Je demanderai à une dame de la Cour de me recommander une couturière et je vous l'enverrai.

Elle avait vaguement l'impression de perdre pied, mais cela lui paraissait sans importance. C'était une soirée féerique, et, d'une source qui lui demeurait mystérieuse, jaillissaient des bulles dorées qui couraient dans ses veines. Comme doucement poussée par des mains invisibles, elle leva les bras au-dessus de sa tête et se laissa aller en arrière pour se retrouver allongée sur le sol, les yeux fixés au plafond.

— Dans la France tout entière, il ne doit pas exister une autre maison qui possède la magie de celle-ci.

— Il n'existe aucune femme comparable à vous.

Penché sur elle, il contemplait son visage. Rien n'eût été plus facile que de la séduire en cet instant, mais il voulait la tenir entre ses bras pleine d'ardeur et d'amour et non pas dans cet état intermédiaire entre le rêve et la réalité.

— Il est tard. Je vais vous ramener chez vous.

Il l'entoura de son bras pour l'aider à se relever. Un bref instant, elle s'appuya contre lui, et son regard, comme attiré par un aimant, vint se poser sur les lèvres du jeune homme, mais elle détourna le visage. En un dernier sursaut d'énergie, elle tournoya une fois encore à travers la pièce, telle une enfant désireuse de prolonger la fête de quelques minutes. D'un pas dansant, elle le précéda ensuite dans le vestibule, descendit les marches du perron et se retrouva près de la calèche. Durant tout le trajet de retour, elle fredonna doucement, autant pour elle-même que pour lui.

Dans la cour pavée, derrière la boutique du chapelier, elle se sépara de lui au pied de l'escalier de pierre qui menait à la porte de son logement.

— Bonne nuit, Augustin. J'ai passé là une soirée dont je me souviendrai toujours.

— Ce n'est qu'un préambule.

Elle gravit les premières marches, encore un sourire aux lèvres. Mais, à la troisième, elle fit demi-tour, pour venir presser sa bouche tendre sur celle d'Augustin. Au lieu de la laisser s'écarter de lui, il l'étreignit, et le baiser encore enfantin se transforma sous la savante autorité des lèvres masculines. Elle s'accrochait à lui, dans un élan de tout son être qu'elle n'avait encore jamais connu. Elle se sentait guérie de toutes les blessures dont elle souffrait depuis des semaines, soudain rendue à la santé sous l'effet de l'amour.

Lorsqu'il la libéra, elle reprit longuement son souffle sans le quitter du regard. Tendrement, il lui posa la main sur la joue.

— Allez vous mettre au lit, à présent, Marguerite, lui conseilla-t-il doucement. Sinon, je vais devoir vous y porter moi-même.

D'un bond, elle s'écarta de lui, releva ses jupes pour monter l'escalier quatre à quatre. Elle claqua la porte, la ferma à clé, courut jusqu'à sa chambre pour se jeter en travers du lit. Son cœur battait à tout rompre, son corps entier brûlait d'une flamme ardente. Les paroles d'Augustin avaient déclenché en elle une réaction de peur, au moment même où elle éprouvait le désir du contact de ses mains sur sa peau nue, où elle ressentait le besoin de connaître ses caresses. Trop tôt ! Il ne l'aimait pas encore. Elle ne devait pas permettre à son propre désir de compromettre tout ce qui avait été convenu entre eux. S'il la possédait avant que son cœur ne fût totalement engagé, comment pourrait-elle être certaine de le retenir à jamais ? L'amour et le plaisir se trouvaient peut-être aux antipodes l'un de l'autre, mais un amour et une tendresse partagés devaient sûrement constituer un bastion contre l'adversité.

Elle s'endormit tout habillée. Le lendemain matin, au réveil, elle s'étonna de se trouver en cet état. Elle dut se dépêcher pour partir à temps vers une nouvelle journée dans le Vestibule de l'Escalier de la Reine.

Ce jour-là, elle vit plusieurs membres de la famille royale monter et descendre l'escalier et passer dans le Vestibule. Parmi eux se trouvaient des princes du sang et plusieurs princesses. A maintes reprises, elle les avait aperçus par le passé, mais il était intéressant de les voir de près, ainsi que les deux dames rivales, Mme de Montespan et Mme de Maintenon. La première avait un certain embonpoint et s'habillait toujours de couleurs vives. La seconde, qui arborait un redoutable sourire, était toujours élégamment vêtue de teintes sombres, généralement sans le moindre bijou, mise à part une croix d'or. Le seul fils légitime du Roi, dont la haute stature lui avait valu le surnom de Grand Dauphin, respirait la bonne humeur. Son visage poupin et ses cheveux bouclés, lustrés, répandus sur ses épaules, dénotaient une excellente santé. La Dauphine, sa femme, lourdaude et sans beauté, était fort désavantagée, mais il ne paraissait pas s'en apercevoir et lui témoignait la plus grande dévotion.

Le personnage le plus haut en couleur était le frère cadet du Roi qu'on appelait toujours Monsieur. On le voyait passer d'un pas sautillant, monté sur ses hauts talons et peint comme une poupée. Tout en étant à l'opposé du Roi dans ses préférences amoureuses, il était marié et avait des enfants.

La Reine pouvait fort bien traverser le Vestibule en passant quasiment inaperçue. Mais, remarqua Marguerite, toutes les fois qu'apparaissait le Roi, il en allait bien différemment. C'était comme si, tout à coup, le soleil se dévoilait dans tout son éclat aux personnes présentes. Ceux-là même qui se trouvaient au fond du Vestibule se voyaient contraints, par la force de sa personnalité, de regarder de son côté, au point de se tordre le cou, et les révérences, les courbettes se multipliaient.

Chaque fois, la jeune fille sentait se réveiller sa haine contre lui, au souvenir de son manque de miséricorde envers sa pauvre mère. Malgré ses efforts, elle ne comprenait pas pourquoi cet homme, le plus courtois des souverains, qui saluait chacun d'une gracieuse inclinaison de la tête, avait fait preuve d'une telle cruauté à l'égard d'une malheureuse femme égarée par le chagrin. Elle le regardait ôter son chapeau devant toute dame de la Cour qu'il avait reconnue, le soulever plus ou moins haut selon le rang des courtisans qui s'inclinaient sur son chemin. Si l'on songeait au nombre de ces gens, il était stupéfiant qu'il pût reconnaître si un tel était duc, marquis, comte ou baron, mais il ne se trompait jamais.

Ce soir-là, en rentrant chez elle, Marguerite trouva une couturière qui l'attendait. Mme Dreux avait accepté un siège dans la boutique du chapelier pour reposer ses membres las. Elle sortit vivement pour rejoindre la jeune fille dans la cour. C'était une grande et grosse femme à l'air dominateur. Elle était suivie d'une timide apprentie qui portait sa pelote à épingles et son mètre.

Dès qu'elles furent dans le logement de Marguerite, la couturière prit la parole.

— Je compte parmi ma clientèle de nombreuses dames de la Cour et je me fais gloire d'être sans rivale dans mes créations.

Tout en parlant, elle regardait autour d'elle, sans laisser échapper aucun détail. C'était un intérieur modeste mais propre et bien rangé. Elle avait confectionné bien des vêtements pour d'humbles maîtresses de courtisans, mais c'était la première fois qu'elle habillait quelqu'un vivant au-dessus d'une boutique de chapelier. Cette fille, toutefois, ferait honneur à ses talents. Même dans sa robe de cotonnade rayée, elle avait belle allure. Comment une telle distinction avait-elle pu naître dans un quartier misérable ? Cela dépassait la compréhension de Mme Dreux, mais elle ne s'en inquiétait pas : quand ses robes étaient présentées en public d'une façon attrayante, c'était tout à son avantage.

— Veuillez vous asseoir, dit Marguerite, en indiquant une chaise.

Mme Dreux s'y installa, mais un claquement de doigts interdit à l'apprentie d'en faire autant sur un tabouret proche. Elle ouvrit sur la table un coffret doublé de velours, en tira une série de petites poupées, toutes habillées de manière à illustrer ses propos et suggestions sur le style, les tissus, les couleurs. Elle tira doucement sur le bouffant de soie qui garnissait l'une des robes.

— Comme vous le voyez, la jupe de dessus n'a plus grand-chose à voir avec ce qu'elle était au début.

Elle dressa habilement la poupée sur la paume de sa main gauche, la retint du bout de l'index droit posé sur sa tête.

— Remarquez comme l'ampleur est ramenée sur le postérieur, où la retient un nœud ou une broche, à moins qu'elle ne soit suspendue sur une boucle de ruban qui tombe des épaules. Quel que soit le modèle choisi, la jupe doit se prolonger par une petite traîne. Quant à la jupe de dessous, elle tombe droit sur le devant à partir du corsage très ajusté. N'est-ce pas charmant ? Les seins sont presque nus, avec un soupçon de gaze pour laisser à deviner si l'aréole va se montrer à la manière d'un soleil levant. C'est là le dernier cri de la séduction.

— Ce n'est pas pour moi, je pense, riposta Marguerite. Je n'ai pas l'intention d'en révéler autant à tout venant. Un décolleté, certainement, en carré. Quant à la couleur...

— Un bleu profond, un vert émeraude ou un vert jade pour vous, ma chère !

Marguerite en convint : ces couleurs lui seyaient. Mais, pour cette robe, rien ne la ferait changer d'avis. Elle y avait beaucoup réfléchi, et les étoffes qu'elle venait de voir l'avaient décidée.

— Pour la jupe de dessus, une gaze d'or, je crois, qui brillera sur le ravissant taffetas que porte la troisième poupée. Il est mince comme du papier et d'une texture tout à fait délicate.

Mme Dreux la regarda avec un respect nouveau. Rien ne saurait mieux convenir à ces boucles de sombre or rouge. La jeune femme avait du goût et elle avait raison de refuser un décolleté exagéré : seules, les femmes du vulgaire découvraient tout ce qu'elles possédaient. Elle prit rapidement quelques notes, repoussa momentanément son calepin.

— Voilà pour une toilette, dit-elle avec satisfaction. Passons maintenant aux autres.

— Aux autres ? répéta Marguerite, stupéfaite.

Mme Dreux hocha la tête.

— Vous devez avoir tout ce qu'il vous plaira, m'a dit M. Roussier. Trois douzaines de robes ou davantage, les manteaux, les chapeaux, la lingerie, tout ce qui va avec. Il n'a mis aucune limite à vos dépenses. Et je peux vous conseiller sur toutes choses.

Comme pour reprendre ses esprits, la jeune fille se passa les doigts sur le front. C'était là ce que sa mère avait rêvé pour elle : tout le luxe imaginable et des robes à ne savoir qu'en faire. Mais c'était trop et trop tôt. Tout comme les sentiments auxquels elle avait failli céder la veille au soir, la générosité d'Augustin devait être tenue en échec, jusqu'au moment qu'elle jugerait opportun.

— Une robe suffira pour le présent, déclara-t-elle, d'un ton qui ne souffrait pas la discussion. Mais tous les modèles que vous m'avez montrés me plaisent, madame Dreux. Livrez-moi seulement cette première toilette le plus tôt possible. Si vous preniez mes mesures ?

La couturière ouvrait déjà la bouche pour parler mais elle parut se raviser, prit des mains de son apprentie le ruban à mesurer. A peine les deux femmes furent-elles parties que Marguerite les oublia, pour faire le compte de ses recettes de la journée. Les premières chaleurs de l'été aidaient ses ventes, certes, mais elle connaissait une réussite exceptionnelle. Plus important encore, pour garantir cette promesse de succès, elle avait reçu des commandes particulières de deux nobles dames, toutes deux jeunes et au fait de la mode. Chacune désirait un éventail dans les couleurs de son goût. Marguerite allait devoir se mettre immédiatement à l'ouvrage. Peut-être le moment était-il venu pour elle, plus tôt qu'elle ne l'avait prévu, d'engager une autre paire de mains expertes.

Elle travailla tard dans la nuit et se leva dès l'aube, le lendemain matin. Elle avait l'impression d'avoir déjà fait une pleine journée de travail lorsqu'elle prit son panier et se mit en route pour le Château, mais elle éprouvait la satisfaction du devoir accompli.

Elle rencontra par hasard Augustin qui traversait la Cour Royale. A sa vue, il pressa le pas, et ils s'arrêtèrent tous deux au beau milieu des carrosses, des calèches, des chaises à porteurs, des cavaliers sur leurs montures, d'un peloton de Gardes suisses en marche et des innombrables piétons qui allaient et venaient entre les grilles et le Château.

Ils se souriaient, tout à cette rencontre inattendue, surtout par ce temps magnifique, où le ciel était de soie bleu cobalt. Bien qu'il ne fût pas encore dix heures, les gros pavés carrés dégageaient la chaleur emmagasinée la veille.

— J'étais en route pour vous rendre visite, dit-il.

— La couturière est venue me voir, si c'est là ce que vous désirez savoir.

— Je suis au courant. Mme Dreux m'a appris que vous n'aviez choisi qu'une robe.

Il plissait légèrement les paupières, comme si la nouvelle l'avait mécontenté.

— Voulez-vous donc ne m'accompagner qu'à une seule fête ?

— Mais... non.

— C'est tout ce que je voulais savoir, fit-il avec un large sourire. En attendant, aimeriez-vous souper sur l'herbe avec moi, ce soir, quelque part à la campagne ?

— Certes. Mais... le souper du Roi ?

Elle se rappelait qu'il l'avait déjà manqué une fois, le soir de leur expédition au Château Satory.

Il fit un geste désinvolte.

— Ce soir, un grand banquet est donné en l'honneur de dignitaires étranges, et, je suis heureux de le dire, je n'y suis pas invité. Nous pourrons donc, vous et moi, fuir la chaleur de la ville pour le site le plus frais que nous pourrons trouver.

Dans le vestibule, le dallage de marbre tenait en respect la température extérieure, mais ceux qui allaient et venaient avaient très chaud et ils étaient tout disposés à acheter un éventail s'ils n'en étaient pas déjà munis. Marguerite, qui en avait confectionné en vélin ou en soie de couleur sombre, vendit aux hommes comme aux femmes. Elle avait, ce jour-là, apporté plus d'éventails que la veille. Elle n'en fut pas moins à court de marchandises dès midi et dut rentrer se réapprovisionner. Son panier était de nouveau presque vide lorsqu'elle revint chez elle de bonne heure, afin de terminer ses commandes avant l'arrivée d'Augustin. Les deux éventails étaient prêts et enveloppés quand elle entendit un bruit de roues dans la cour et descendit en courant, tout heureuse à la perspective de la soirée.

La chaleur était encore intense. Augustin l'emmena jusqu'à un vallon ombragé où un cours d'eau serpentait entre des collines. Dès leur arrivée, il sollicita la permission d'ôter sa perruque. Elle la lui accorda. Elle éprouvait toujours une grande compassion pour les hommes qui devaient se couvrir si abondamment la tête, quelle que fût la température. Certes, les perruques étaient moins lourdes qu'il n'y paraissait, mais pour répondre aux derniers critères de la mode, elles devaient descendre jusqu'au milieu du dos. Augustin, soulagé, jeta sur l'herbe son chapeau et cet ornement encombrant, avant de se débarrasser de son habit. Dans son long gilet de soie et sa chemise aux larges manches, il écarta les bras.

— Eh bien, dites-moi si je vous plais encore, ainsi scalpé.

Elle le trouva deux fois plus beau. Ses cheveux noirs coupés court étaient aussi bouclés que les siens. Par jeu, elle fit mine de réfléchir, se tapota la joue du doigt, comme pour mieux se concentrer, et tourna lentement autour de lui pour l'examiner sur tous les angles.

Lorsqu'elle se retrouva en face de lui, elle avoua en riant :

— Vous êtes tout à fait bien. Pourquoi ne pas lancer la mode de se promener sans perruque ?

Il rejeta la tête en arrière pour rire, lui aussi, à pleine gorge.

— Je réduirais les perruquiers au chômage ? Ils se soulèveraient tous contre moi !

Il reprit un peu de sa gravité, saisit une poignée de boucles rousses et rapprocha du sien le visage rieur de la jeune fille.

— Dieu merci, les folies de la mode n'ont pas tenté d'éteindre la splendeur qui vous couronne !

Il l'embrassa longuement, sans rien de la violence de la veille au soir. Les bras passés autour de son cou, les yeux clos, elle se livrait à cette tendresse nouvelle. Elle lui criait en son cœur de prononcer les mots qu'elle avait par-dessus tout envie d'entendre, mais, quand le baiser s'acheva, il se contenta de lui sourire, lui tapota d'un doigt le bout du nez et proposa de voir ce que contenait le panier du souper.

Le soleil se coucha, les étoiles parurent, mais aucun souffle de vent ne vint faire frémir les feuilles et les brins d'herbe. Le souper terminé, ils bavardèrent. Chacun était désireux de remonter le plus loin possible dans le passé de l'autre, d'en apprendre les détails, afin de rendre plus solide le lien qui commençait à les unir. Dans un arbre proche, un rossignol chantait. Marguerite se leva, pour descendre jusqu'au bord du ruisseau. Baignée de clair de lune, elle écoutait l'oiseau. Lorsque Augustin la rejoignit, il lui vit des larmes dans les yeux et il les but dans un baiser.

Marguerite ne tarda guère à savoir que les deux nobles dames avaient été satisfaites de leurs éventails : d'autres tinrent à venir voir ses marchandises, avant de passer commande d'un article orné de jasmin, de lilas ou autre fleur favorite. A l'origine, la jeune fille avait prévu de reconstituer son stock le soir. Elle n'avait pas prévu qu'elle ferait des affaires aussi prospères et elle ne pouvait refuser de voir Augustin quand il était libre. Le temps qu'ils passaient ensemble avait pris pour elle une valeur considérable. Peu lui importait que Mme Dreux prît tout son temps pour finir la robe d'or, puisque Augustin semblait se plaire en sa compagnie. Ils faisaient des promenades en voiture, découvraient d'autres lieux enchanteurs où manger sur l'herbe, dînaient aux chandelles dans le pavillon d'été de son château.

Un dimanche, il l'emmena à Paris dans son carrosse : il était préférable, sur une longue distance, de se faire conduire par un cocher. Marguerite se rendait pour la première fois dans la capitale et elle était très excitée. Elle avait, pour l'occasion, consacré une part de ses bénéfices à l'achat d'une longueur de soie bleue dans laquelle elle s'était taillé une robe tout simple.

En chemin, elle fit part à Augustin des projets qu'elle avait faits pour son commerce. A son vif soulagement, il y répondit par un sourire indulgent, sans soulever aucune des objections qu'elle avait redoutées.

— Pourquoi ne pas me laisser placer de l'argent dans votre affaire ? proposa-t-il. Mon père et moi, nous avons toujours appuyé les entreprises qui montraient des promesses de réussite.

— Plus tard, peut-être, acquiesça-t-elle, heureuse de sa proposition. Mais je tiens à progresser d'abord par moi-même.

Jamais encore, pensait-il,. il n'avait connu femme aussi imprévisible. En l'occurrence, c'était tout au crédit de Marguerite. Mieux valait pour elle occuper son temps à faire prospérer son affaire, plutôt que d'avoir le loisir de remarquer qu'il existait d'autres hommes, plus jeunes que lui, qui seraient tout prêts à la lui prendre.

— Allons-nous bientôt atteindre Paris ? demanda-t-elle avec impatience.

— Il n'y en a plus pour longtemps, à présent.

Parvenus à la capitale, ils firent d'abord une longue promenade, afin de permettre à la jeune fille d'admirer les monuments les plus célèbres : la grande cathédrale de Notre-Dame, dans l'île Saint-Louis, berceau de la cité, et la Sainte-Chapelle, avec ses vitraux aux couleurs de pierres précieuses ; le Palais Royal, résidence, depuis des générations, des ducs d'Orléans ; bien d'autres édifices de l'époque médiévale, qui subsistaient en dépit des transformations et des reconstructions qui avaient eu lieu au cours des vingt dernières années. En passant devant le Louvre, Marguerite remarqua les échafaudages qui revêtaient une partie du palais, à croire que le Roi ne pouvait souffrir la vue d'un édifice sans une nuée d'ouvriers. A l'automne, quand la Cour rejoindrait ce siège du gouvernement, elle ne verrait plus aussi souvent Augustin. Elle eut soudain l'impression que Paris représentait une menace pour son bonheur. Mais elle se tourna vers son compagnon, qui l'embrassa. Les idées sombres s'enfuirent pour ne plus revenir.

Ils passèrent le reste de la journée à se promener, comme d'innombrables autres couples désireux de profiter d'un dimanche d'été. Partout, les distractions abondaient : acrobates, jongleurs, danseurs, musiciens, comédiens ambulants. Chaque instant était pour Marguerite une joie nouvelle. Elle prit conscience peu à peu qu'Augustin lui accordait bien plus d'attention qu'aux spectacles de rue.

— Vous avez l'occasion de me voir à tout moment, lui dit-elle enfin, d'un ton taquin. Ne manquez pas ces splendides divertissements.

Son expression blasée, légèrement ironique lui fit soudain douloureusement sentir que dix-neuf années les séparaient. Jamais encore elle n'avait songé à leurs âges respectifs. Elle comprenait tout à coup combien elle devait sembler gauche à cet homme plein d'expérience. La voyant rougir, il lui passa un bras autour de la taille, approcha ses lèvres de son oreille.

— Comment pourrais-je regarder quoi que ce soit quand vous illuminez chaque seconde de cette journée ?

Jamais, pensa-t-elle, aucun homme n'aurait pu rassurer

plus tendrement une femme. L'incident, au lieu de gâter le plaisir de ce jour, en avait encore accru la perfection.

Lorsque tomba le crépuscule, ils quittèrent la ville. Les poches d'Augustin débordaient de rubans et de babioles qu'il avait achetés pour sa compagne aux marchands ambulants. Dans le carrosse, elle mangea et lui fit manger des friandises à satiété. Quand elle gravit en courant les marches qui menaient à sa porte, il l'eût volontiers suivie si elle lui avait fait comprendre que la période d'attente était terminée.

Deux jours plus tard, après une journée particulièrement fructueuse, Marguerite rendit visite à une jeune veuve, de quelques années sa cadette, qui confectionnait des éventails pour la même entreprise qui les avait employées, sa mère et elle. En entrant dans la chambre sous les toits où logeait Lucille Sologne, elle fut chaleureusement accueillie, mais elle remarqua aussitôt qu'elle avait interrompu le collage des baguettes sur les feuillets de velin.

— Suis-je venue au mauvais moment ? demanda-t-elle.

— Non, pas du tout.

Lucille, dont les cheveux sombres encadraient un joli visage usé par les soucis, haussa les épaules en un geste d'excuse.

— Pardonnez-moi si je continue mon travail pendant que nous parlons. Je ne voudrais pas que la colle durcisse.

Marguerite la connaissait depuis longtemps, mais elles n'avaient jamais été très liées. Elle devinait la raison des longues heures de travail : Lucille avait soigné son mari durant une longue maladie et, à la mort de ce dernier, s'était retrouvée dans la plus grande détresse. Elle luttait maintenant dans ce grenier pour refaire surface. Elle avait fait preuve de courage et de résistance, et, de l'avis de Marguerite, c'était précisément la femme dont elle avait besoin pour la seconder dans son entreprise. Elles bavardèrent un moment, et Marguerite aborda enfin le sujet qui l'avait amenée.

— Je suis aujourd'hui établie à mon compte et je me suis fait une place au Château.

Elle donna d'autres détails, chiffra le salaire qu'elle était prête à payer. C'était beaucoup plus que ne gagnait Lucille, mais elle-même longtemps exploitée, elle était résolue à faire preuve d'une méticuleuse honnêteté.

Lucille se montra très intéressée mais encore hésitante.

— Rien ne me plairait autant que de travailler pour vous. Quant au salaire que vous offrez, il dépasse tout ce que je peux espérer gagner ailleurs. Mais j'ai entendu dire qu'un riche protecteur vous rendait visite. Il est de notoriété publique qu'il s'est présenté chez vos parents après la tragédie, et l'on vous a vue dans sa calèche. S'il allait vous interdire de continuer à travailler? Je me retrouverais sans ressources, après avoir perdu mon présent employeur.

Elle rougit d'embarras.

— Je regrette d'avoir à vous parler ainsi, après votre offre généreuse, mais, en dépit de tous les changements survenus, Versailles, au fond, reste un village, et les commérages y abondent comme avant.

Marguerite fut déconcertée en apprenant qu'on en savait si long sur ses relations avec Augustin, mais elle avait déjà longuement soupesé les objections que lui présentait Lucille.

— Ce que vous avez appris est vrai dans une certaine mesure. Néanmoins, je reste libre de mes décisions. Rappelez-vous, je ne pourrai jamais prendre part à la vie de cour : elle est réservée à la seule noblesse...

Lucille l'interrompit.

— Mme de Maintenon n'était guère plus que la gouvernante des bâtards qu'Athénaïs de Montespan avait eus du Roi, jusqu'au jour où il s'en est entiché.

— Oui, on le dit. Mais elle a toujours évolué dans la meilleure société et elle est la veuve d'un poète célèbre. Sa position est tout à fait différente de la mienne. Contrairement à cette dame, je ne saurais me déplacer avec la Cour et partager ses divertissements quand les devoirs d'Augustin, comme envoyé du Roi, l'appellent en des pays lointains.

Marguerite se leva et s'appuya des deux mains sur la table pour dévisager Lucille, qui avait interrompu sa tâche pour la regarder, le pinceau en l'air.

— Aussi loin que remontent mes souvenirs, j'ai toujours travaillé dur et je serais incapable de rester oisive en attendant son retour. Je veux avoir un éventaire dans le Vestibule du Château et une boutique en ville. Ma mère s'est épuisée à travailler pour un salaire de misère, comme vous et des centaines d'autres femmes le faites à présent. Quand je serai vraiment établie, je pourrai employer avantageusement bon nombre d'entre elles. Prenez cette chance que je vous offre, Lucille. Vous ne le regretterez pas, je vous le promets.

Pensive, Lucille posa son pinceau et se rejeta sur le dossier de sa chaise.

— D'accord! déclara-t-elle enfin. J'aurai fini mon travail à la fin de la semaine et je pourrai me mettre à votre service lundi prochain.

Marguerite exhala un soupir de satisfaction. Elle venait d'avancer d'un autre pas dans la réalisation de ses ambitions.

En rentrant chez elle, elle trouva un message de Mme Dreux : la robe lui serait livrée le jour de la fête.

Le Château Satory était maintenant meublé. Augustin y emménagea. Il rentra en possession de certains dossiers qu'il avait laissés en sûreté au Manoir. D'année en année, il avait établi un réseau de contacts huguenots qui, telle une toile d'araignée, couvrait à présent la France entière. Il avait imaginé un code pour la correspondance et les messages, car le service secret du Roi avait partout des yeux et des oreilles. Les huguenots en étaient venus à le consulter, à voir en lui le protecteur de leurs intérêts à la Cour. Par l'intermédiaire de ces représentants des communautés protestantes, il avait établi une chaîne de maisons sûres et de refuges où, à l'occasion, ceux qui couraient un danger pouvaient trouver asile.

Ce fut pour le compte des huguenots qu'il obtint un matin une audience du Roi. Dans une région du sud de la France s'était produite une manœuvre inquiétante contre des jeunes gens huguenots. On les condamnait sur des charges spécieuses : on les accusait d'avoir chanté dans la rue en état d'ivresse ou de s'être livrés à quelque débordement courant chez les jeunes gens de n'importe quelle nationalité ou religion. On les envoyait ramer sur les galères, ce qui équivalait virtuellement à une sentence de mort : seuls, les plus vigoureux survivaient un certain temps, dans les terribles conditions d'existence qui prévalaient sur ces navires où ils étaient enchaînés nuit et jour. Dès qu'il se trouva dans le Cabinet du Roi, Augustin éleva une vigoureuse protestation.

— Les galères ont besoin de rameurs, répondit Louis. Les criminels ont toujours occupé les bancs de nage de nos vaisseaux de guerre.

— Mais ces hommes ne sont pas des criminels, Sire. Pour les mêmes actes, les catholiques sont simplement réprimandés, condamnés à payer une amende ou à passer une nuit en prison, histoire de se rafraîchir les esprits. On s'en prend aux huguenots sans autre motif que leurs croyances protestantes. L'Edit de Nantes a été publié pour éviter de tels excès. Plus que jamais, on fait fi de cet acte.

Louis avait déjà eu plus ou moins connaissance de ces arrestations. Il n'appréciait pas d'être mis au défi lorsqu'il n'était pas absolument sûr d'avoir bonne conscience. Il n'y avait qu'un seul moyen, décida-t-il, de faire taire son interlocuteur : une menace déguisée.

— Alors, peut-être l'Edit de Nantes est-il désuet et devrait-il être révisé.

— Sire !

Louis comprit que ce courtisan outragé, au lieu d'être réduit au silence par sa déclaration, se disposait à la contester pied à pied. Il leva vivement la main.

— Ne vous alarmez pas. Je vous fais simplement remarquer que, s'il existe des faiblesses, il faut y remédier. Je m'informerai sur la question que vous avez portée à mon attention.

L'audience était terminée. Le Roi se leva, jeta un regard vers la pendule.

— Allons, monsieur Roussier, il est temps d'aller voir les nouvelles sculptures qui doivent être mises en place près du Tapis Vert. Chassez donc vos soucis. Le soleil et quelques œuvres d'art nous attendent.

Augustin ne put que saluer le souverain et le suivre hors du Cabinet. Louis, qui ne laissait jamais échapper aucun détail, allait demander un rapport. On pouvait espérer qu'il en sortirait quelque bien, mais une nouvelle source de main-d'œuvre avait été découverte pour satisfaire aux sempiternelles exigences des galères. A l'origine de cette idée diabolique, Augustin soupçonnait l'intervention du maître de l'armée, le marquis de Louvois : cette manœuvre impitoyable lui ressemblait bien. Quant à la menace à propos de l'Edit de Nantes, elle était extrêmement significative. Même si elle avait été prononcée sous l'inspiration du moment, elle devait bien exister à l'état latent dans l'esprit du Roi. Il y avait là une amorce de danger des plus inquiétantes.

Avec d'autres courtisans, il suivit le Roi en direction de l'Escalier de la Reine. Marguerite, qui vendait ses éventails au pied des marches, comprit, au mouvement de la foule, que le Roi approchait. Peut-être Augustin l'accompagnait-il : le fait s'était déjà produit plusieurs fois. Dans l'espoir de le voir lui sourire, elle marqua une hésitation un peu plus longue que de coutume pour s'effacer avec les autres. Pour la première fois, à l'instant où le souverain descendait la dernière marche de marbre, elle se trouva au premier rang des vendeurs. Tout comme les autres femmes, elle plongea dans une révérence. Le front encore incliné, elle vit, à son grand effroi, les souliers à boucles d'argent s'immobiliser devant elle.

— Bonjour, mademoiselle. Comment vous nommez-vous ?

Elle se redressa lentement. Son regard passa sur les bas de soie cramoisie, sur les larges hauts-de-chausses de soie rebrodée d'or, sur la longue veste de brocart, sur l'étincelante étoile de diamant de l'Ordre du Saint-Esprit, remonta jusqu'à la cravate de dentelle, parvint enfin, sous la perruque noire et le vaste chapeau garni de plumes rouges, au visage hautain d'un homme d'âge mûr, celui du monarque le plus absolu du monde entier.

— Marguerite Drémont, Sire.

Tendue, nerveuse, elle se tenait très droite, le menton haut levé. Sous les lourdes paupières, le dangereux regard la transperçait. Rien d'étonnant si les nouveaux venus à la Cour devaient s'accoutumer à sa redoutable majesté avant de l'approcher. Elle-même, qui le connaissait fort bien de vue, et que sa haine soutenait, se sentait dominée par la toute-puissante présence. Son cœur battait la chamade. Elle avait la gorge sèche.

— Depuis combien de temps vendez-vous dans le Vestibule ?

Ainsi, son nom n'avait rien évoqué pour lui. Mais, à la vérité, c'était un nom plutôt commun. Et la scène entre sa mère et lui n'avait duré que quelques minutes.

— Depuis plusieurs semaines, Sire.

— Vraiment ?

Il prit dans le panier l'un de ses éventails, le déploya d'un geste gracieux, dans l'étincellement des bagues de rubis et d'émeraude passées à ses doigts gantés. Il put y reconnaître ses propres colibris, derrière les barreaux dorés de la Cour des Oiseaux.

— Charmant. C'est un motif de votre cru ?

— Oui, Sire.

Il tourna la tête pour s'adresser aux courtisans massés derrière lui.

— J'ai découvert une nouvelle artiste ici même, dans ce Vestibule. M. Lebrun n'a qu'à bien se tenir.

Il y eut des sourires polis : personne ne manquait de réagir toutes les fois qu'il faisait une plaisanterie. Il reporta son attention sur Marguerite, sans paraître remarquer son expression glaciale, et replaça l'éventail dans le panier.

— A mon avis, vous tireriez grand profit d'une visite accompagnée au Cabinet des Peintures.

Il fit signe à un courtisan de s'avancer, et Augustin saisit l'occasion.

— Que mademoiselle Drémont y ait libre accès en un jour dit.

— Oui, Sire.

Louis, avant de se détourner pour reprendre son chemin, salua Marguerite d'un charmant signe de tête, avec un sourire de sa bouche bien modelée. Durant un instant significatif, son regard demeura posé sur elle. Enfin, il s'éloigna, suivi de ses courtisans. Seul, Augustin s'attarda pour parler à la jeune fille. Il la tira de côté, là où personne ne pourrait les entendre.

— Ne vous inquiétez pas. Le Roi vous a fait honneur, même si cela vous déplaît. Quand j'aurai pris les arrangements, je vous le ferai savoir.

Elle secoua la tête d'un air éperdu.

— Je ne veux accepter aucune faveur du Roi.

Il la regarda avec compassion : il comprenait sa détresse.

— Personne ne dédaigne une faveur du Roi. Supposons qu'il vous questionne un jour sur les tableaux que vous avez préférés ?

— Il oubliera qu'il m'a donné l'occasion de les voir.

— Non. Il possède une mémoire infaillible.

Il referma sur son bras des doigts caressants.

— Vous pourrez toujours admirer les tableaux en ma compagnie. Et vous y prendrez plaisir. Ils font partie de l'héritage de notre patrie. Après tout, les Rois de France n'en sont que les gardiens.

Elle leva vers lui un regard chargé de gratitude. N'était-il pas le plus compréhensif des hommes ?

5

Le meilleur moment pour visiter le Cabinet des Peintures, suggéra Augustin à Marguerite, serait le soir de la fête. Les Grands Appartements, certes, étaient ouverts à tous, mais venait l'heure où, chaque jour, le public, poussé sans brutalité par les Gardes suisses, devait évacuer le Château. Seule une antichambre, située dans une autre partie du palais, demeurait accessible pour ceux qui souhaitaient assister au souper du Roi. Fréquemment, des gens ordinaires passaient à travers les mailles du filet, dans leur curiosité de tout voir : ils se fourvoyaient dans une soirée privée ou bien apparaissaient, les yeux écarquillés, à un bal donné pour des invités choisis. Toujours, on les priait de se retirer avec une telle courtoisie qu'ils s'en trouvaient honorés : le Roi ne permettait pas que quiconque souffrît d'une bévue involontaire.

— Si vous êtes en tenue de Cour, expliqua Augustin à la jeune fille, personne ne vous obligera à quitter le Cabinet des Peintures plus tôt que vous ne l'auriez souhaité. Cela vous conviendrait-il ?

Marguerite acquiesça. Comme il le lui avait conseillé, elle allait concentrer son attention sur les tableaux et isoler sa visite de tout autre contexte.

De bonne heure, le jour de la fête, Mme Dreux arriva, la robe étalée sur ses deux bras, suivie de son apprentie qui portait deux cartons. L'un contenait un ensemble de lingerie luxueuse ornée de dentelle, l'autre des bas très fins et une paire de souliers de satin aux talons dorés. Derrière les deux femmes venait un coiffeur, peint et poudré comme le frère du Roi. Mme Dreux et lui s'empressèrent autour de Marguerite. Quand, finalement, l'apprentie souleva un miroir, envoyé le jour même par Augustin, la jeune femme eut peine à se reconnaître. Les boucles de ses cheveux, surmontées d'une rose de soie crème entremêlée de fils d'or, avaient été ramenées en arrière pour dégager les lignes de son visage. Sous le décolleté plongeant de la robe, le taffetas d'or moulait ses seins et sa taille mince. La jupe tombait alors comme une étroite cloche, et la jupe de dessus, d'une étincelante splendeur, reprenait l'ampleur nécessaire sous un grand nœud plat. La jeune fille rougit de plaisir.

— Distinguée, souffla Mme Dreux.

Aucun autre mot n'aurait convenu pour décrire cette fille élégante et ravissante.

Le coiffeur hocha la tête.

— Et maintenant, la dernière touche !

Il tendit la main vers une boîte à mouches et posa un minuscule croissant de lune sur la joue gauche de Marguerite, près de l'œil. A cet instant précis, on frappa à la porte.

— C'est M. Roussier !

En toute hâte, Mme Dreux rassembla ses cartons et le reste de ses possessions. Le coiffeur l'imita. Ils ne permirent pas à Marguerite d'aller ouvrir la porte : le premier regard de son protecteur devait se poser sur leur chef-d'œuvre dans toute sa magnificence. Tous d'eux reculèrent le plus possible. L'apprentie, sans davantage se montrer, ouvrit la porte toute grande. Augustin, resplendissant dans son habit de soie brodée, se montra digne de l'occasion : ses yeux brillèrent de plaisir à la vue de Marguerite. Il s'inclina devant elle aussi profondément qu'il l'eût fait pour la Reine elle-même. Lorsqu'il s'avança vers la jeune fille, ni l'un ni l'autre ne virent le coiffeur et ses compagnes s'éclipser et refermer discretement la porte derrière eux.

— Est-ce bien là ma petite fleur des champs ?

Il y avait dans la voix d'Augustin une note de taquinerie affectueuse.

— Je vous ai mal nommée. Vous êtes, ce soir, la plus belle des fleurs, un lis de France.

Elle sourit à la plaisanterie qui constituait pour elle le plus beau des compliments. Elle avait peine à supporter l'intensité de son regard, sentait courir dans ses veines une sorte de fièvre.

— Je ne veux pas changer de nom.

— Je ne vous le permettrais pas, riposta-t-il tendrement. Ma merveilleuse Marguerite.

Elle sut alors que l'attente était terminée. Ce soir, il exprimait en paroles ce qu'elle mourait d'envie d'entendre, depuis le jour où elle avait senti renaître en elle son amour pour lui. Plus mûre à présent, elle reconnaissait que ses sentiments n'avaient rien de commun avec l'engouement de son adolescence mais elle tenait à se convaincre que les racines de sa passion étaient enfouies dans ces rêves qui les fortifiaient, tout comme une longue amitié s'enrichit des souvenirs du passé. Pour conserver son sang-froid et contenir la joie qui montait en elle, elle se tourna vers le miroir, jeta un dernier coup d'œil à sa silhouette.

— Je suis prête, dit-elle, après un geste superflu pour rectifier l'ordonnance de ses cheveux.

— Non, pas tout à fait.

Un scintillement accrocha son regard. Elle vit dans le miroir les mains d'Augustin passer par-dessus ses épaules afin de poser entre ses seins un pendentif dont il ferma ensuite la chaîne d'or sur sa nuque. C'était un énorme saphir serti de diamants et d'or, du même bleu éclatant que ses prunelles dilatées. Lentement, elle leva les yeux pour contempler son reflet dans le miroir. S'il lui avait fallu une preuve du caractère unique de cette soirée, elle l'aurait trouvée dans ce magnifique joyau. Mais il lui offrit encore les deux pendants d'oreilles assortis. Après les avoir elle-même attachés, elle continua de se regarder dans le miroir, comme pour essayer de se reconnaître sous cet aspect nouveau.

— Jamais de ma vie je n'ai reçu plus merveilleux cadeau, murmura-t-elle.

Il baissa la tête pour poser ses lèvres à la naissance de son cou. Ses mains reposaient légèrement sur les épaules nues de la jeune fille qui frissonna délicieusement. Tendrement, il la retourna vers lui, la dévisagea longuement.

— Aucun joyau ne saurait rivaliser avec vos yeux.

Il la comblait. S'il continuait à lui parler ainsi, elle le savait, il n'y aurait pas de fête. La robe faite tout exprès pour elle ne servirait à rien, elle n'aurait pas l'occasion d'exhiber le bijou qu'il lui avait offert en gage d'amour. Une irrésistible passion les emporterait l'un et l'autre. Dans une sorte de confusion, elle prit son éventail, sur la table.

— J'allais l'oublier.

— Ne prenez pas celui-là.

D'une de ses poches, il en tira un autre. Avec un regard interrogateur, elle s'en saisit, le déploya. Là, sur le feuillet de soie, se dressait le Château, tel qu'il avait été par le passé, et elle lut son propre prénom, écrit comme en rubans de satin, entrelacé de guirlandes de fleurs.

— Mère… fit-elle. C'est l'éventail qu'elle vous avait donné, n'est-ce pas ?

— Oui, c'est lui. Il est lié à une petite histoire que je vous conterai plus tard.

Intriguée, elle quitta le logement en sa compagnie. Son carrosse les déposa devant l'entrée dorée de l'Escalier des Ambasseurs. Ils se mêlèrent au flot des invités qui gravissaient la première volée de marches jusqu'à l'endroit où elle se divisait en deux. L'escalier tout entier étincelait des marbres polychromes et des scènes exotiques peintes par Le Brun. Plus d'un ambassadeur étranger avait retenu son souffle en le découvrant pour la première fois.

— Nous y voici, fit Augustin en souriant.

C'était à ce premier étage, du côté nord, que vivait le Roi, tandis que l'appartement de la Reine se trouvait au sud.

Marguerite, qui avait légèrement relevé sa jupe pour éviter de marcher sur l'ourlet, la laissa retomber. Elle posa une main sur le poignet levé de son compagnon, comme le lui avait enseigné naguère Marie Printemps. Augustin et elle échangèrent un regard brillant de plaisir, avant de pénétrer, par les portes largement ouvertes, dans l'immense Salon de Diane. Un superbe buste de Louis, sculpté par le Bernin, contemplait les arrivants d'un air hautain, du haut de son socle.

Toutes les portes des Grands Appartements se trouvaient sur une même ligne et toutes étaient grandes ouvertes sur les vastes pièces, si bien qu'on avait l'impression de découvrir une mer humaine. On voyait des Gardes suisses et des mousquetaires ; des dignitaires étrangers avec leurs escortes ; des fonctionnaires affairés ; des commerçants qui venaient de livrer leurs marchandises ou attendaient le paiement d'une facture ; des bourgeois et d'humbles paysans, bouche bée devant le décor, certains accompagnés d'enfants ahuris qui s'accrochaient à eux ; des laquais en livrée bleue ; des cardinaux en soutane rouge et d'autres membres du clergé en noir ; et partout, la noblesse, en grand habit de Cour : du matin jusqu'au soir, ces gens-là changeaient plusieurs fois de tenue, et leurs magnifiques bijoux jetaient sur ce qui les entourait des reflets aveuglants et multicolores.

Marguerite comprenait à présent pourquoi les meubles étaient relativement rares et cantonnés le long des murs : avec les multiples saluts et révérences qui s'échangeaient sans cesse, les épanouissements des jupes, les virevoltes des basques d'habits, même une petite assemblée aurait eu besoin de beaucoup d'espace, et ils étaient des milliers toutes les fois que la Cour séjournait à Versailles.

Elle avait demandé à Augustin de lui signaler tout ce qui était digne d'intérêt. Il commença par lui décrire les soirées d' « Appartement » et lui indiqua où se tenaient les différents divertissements.

— Les tables de billard sont toujours montées ici.

Il montrait le salon où ils se trouvaient.

— Le Roi préfère de beaucoup ce jeu aux cartes.

Il entraîna la jeune fille dans la pièce voisine, tendue de brocart écarlate et richement décorée de trophées de guerre.

— Voici le Salon de Mars, où se déroulent les concerts, poursuivit-il.

Ils passèrent ensuite dans le somptueux Salon d'Apollon, et Marguerite découvrit qu'il faisait aussi office de Salle du Trône, ce qui était parfaitement approprié. Le trône, fait d'argent massif et haut de neuf pieds, placé sous un dais écarlate, était surélevé par une estrade couverte d'un tapis persan. Les marbres les plus précieux de tout le Château ajoutaient encore à la beauté de cette salle, et, au-dessus de la cheminée, se trouvait le portrait en pied du Roi revêtu de son costume de Couronnement bleu et or. Là comme partout abondaient les fleurs fraîches disposées dans des vases et les orangers dans leurs bacs d'argent. Chaque plafond était un chef-d'œuvre de la peinture et représentait, en couleurs fraîches et vives, des dieux et des déesses qui gambadaient, luttaient ou se promenaient sur un fond de cieux azurés. Chaque scène était sertie dans une moulure dorée, et l'on retrouvait partout les thèmes mythiques qui prédominaient dans le Château et le parc tout entiers.

Les meubles étaient presque tous en argent, et la jeune fille s'émerveilla d'une telle magnificence. Dans le Salon de l'Abondance, aux murs tendus de soie verte, on servait, les soirs d' « Appartement », lui dit Augustin, du café, des liqueurs, des jus de fruits, présentés sur des buffets dans des récipients d'argent. Dans le lumineux Salon de Vénus se donnaient des soupers légers, dont les plats étaient offerts dans des corbeilles d'argent. Il amusa sa compagne en lui retraçant le comportement de ceux qui perdaient au jeu dans le splendide Salon de Mercure.

— On y voit de ces scènes ! Ils pleurent, crient, jurent, frappent des poings, s'arrachent la perruque pour la piétiner. Rien de surprenant si les dames préfèrent avoir leurs propres tables de jeu.

— Et que faites-vous, vous-même, quand vous perdez ? questionna-t-elle d'un ton taquin.

— Je pâlis affreusement et je joue plus gros. Et jamais je ne triche.

— Ne me dites pas que la noblesse est capable de tricher !

Prodigieusement amusé par son expression scandalisée, il hocha la tête.

— Ils sont pires que les gamins des rues qui jouent à chasse-caillou dans le ruisseau.

Il haussa ses larges épaules.

— Une telle conduite est généralement acceptée, mais, pour ma part, je l'ai en horreur. Des querelles éclatent de temps en temps et, généralement à l'insu du Roi, qui n'aime guère les duels, elles se règlent à l'épée, quelque part, à l'aube.

A cet instant, ils se trouvèrent face à une porte condamnée. On devait procéder, de l'autre côté, à quelques altérations structurales. Ce n'était pas seulement pour cause d'agrandissements ou de constructions nouvelles que le Château du Roi-Soleil était en perpétuelle transformation : à l'intérieur, on modifiait, on aménageait sans cesse, et la chapelle elle-même en était à son quatrième emplacement.

— Je devrais, je crois, vendre des guides du Château, plutôt que des éventails, déclara Marguerite à Augustin, tandis qu'un valet leur indiquait un détour. On en produit sans cesse de nouveaux, et ils sont périmés en un rien de temps.

— J'ai toujours pensé que les vendeurs de guides devaient faire des affaires d'or.

Le couple dut s'écarter pour livrer passage à une chaise à porteurs royale, peinte en bleu et or. Seule, la famille royale avait ses propres chaises à l'intérieur du Château. Quiconque voulait en louer une devait s'adresser à l'homme qui en détenait l'exclusivité. Au passage de la chaise, Marguerite reconnut le duc du Maine, âgé de onze ans et déjà imbu de son importance. C'était le fils aîné, outrageusement gâté, du Roi et d'Athénaïs de Montespan, le fruit d'un double adultère : M. de Montespan vivait encore et ne manquait pas une occasion de se répandre en invectives publiques contre l'infidélité de son épouse, ce qui était pour Louis, chacun le savait, une grande source d'embarras. Il avait accordé des titres à tous ses bâtards, qui bénéficiaient ainsi de la plupart des privilèges dont jouissaient les princes du sang : se déplacer dans une chaise à porteurs marquée du sceau d'Apollon, par exemple.

Augustin avait vu sa compagne suivre du regard le cheminement du jeune duc arrogant.

— Etes-vous jalouse ? demanda-t-il. Auriez-vous aimé être portée ainsi pour cette visite ?

Elle le gratifia d'une grimace impudente.

— Pas le moins du monde ! Je serais capable de faire à pied plus de chemin que quiconque dans ce Château et de danser ensuite jusqu'à l'aube.

— Voulez-vous que je vous dise ? fit-il ironiquement. Je vous crois !

Ils étaient arrivés dans un salon où un certain nombre de personnes s'entretenaient par groupes. Devant eux se trouvait la porte à deux battants qui ouvrait sur le Cabinet des Peintures. Ils allaient en franchir le seuil quand une voix de femme, douce et mélodieuse, s'éleva derrière eux.

— Ai-je donc tant changé, durant les mois passés loin de la Cour, que vous ne me reconnaissiez plus, monsieur ?

La main de Marguerite s'appuyait à peine sur le poignet d'Augustin ; elle le sentit cependant se tendre. Elle ôta sa main, se retourna en même temps que lui, vit une femme belle et élégante, en robe couleur de bouton d'or, se détacher d'un petit groupe.

— Suzanne ! Vous êtes la dernière personne que je m'attendais à voir !

A la manière dont ces deux êtres se dévisageaient, Marguerite sentit résonner en elle un signal d'alarme. L'expression de leurs visages trahissait des relations d'une profonde intimité et suggérait de lointains secrets partagés. Augustin fit les présentations, expliqua que Suzanne était l'épouse de Jacques de Fresnay, dont il avait souvent parlé.

L'éblouissant sourire de Suzanne allait de lui à Marguerite.

— Vous avez une bien charmante compagne, ce soir, remarqua-t-elle. Etes-vous depuis longtemps à la Cour, mademoiselle Drémont ?

— Je passe ici ma première soirée en qualité d'invitée.

— Peut-être venez-vous de loin ?

Marguerite se sentait jaugée, non point dans une intention malicieuse, mais parce que cette femme s'intéressait vivement à tout ce que faisait ou disait Augustin et surtout à ses relations féminines. C'était bien naturel, puisqu'ils se connaissaient depuis si longtemps, mais il était étrange qu'au cours de ses longues conversations avec Augustin, il n'eût jamais prononcé le nom de cette femme.

— Je vis dans la ville de Versailles, répondit-elle.

Il était devenu habituel, chez les habitants du lieu, de marquer ainsi clairement la différence : quand on parlait de « Versailles », on entendait uniquement le Château, comme d'autres résidences royales étaient connues sous les noms de Chambord, Saint-Germain ou autres.

— Vraiment ? Oui, bien des familles ont construit une résidence dans les parages afin d'être moins à l'étroit.

— Oh ! non, ce n'est pas cela ! La maison où je suis née a été récemment démolie mais elle se trouvait au nord de la mare du village.

Suzanne parut interloquée.

— La mare ? Où était-ce ?

Augustin reprit la parole.

— Là où s'étend maintenant le nouveau Lac des Suisses.

— Ho ! Je me rappelle la pitié que j'éprouvais pour ces pauvres gardes obligés de creuser la terre par tous les temps. Je trouvais personnellement que les jardins de Versailles avaient déjà bien assez d'eau.

De son éventail fermé, elle frappa légèrement la poitrine d'Augustin.

— Le Château Satory est achevé, m'a-t-on dit. J'ai hâte de le voir.

— Jacques et vous, cela va sans dire, serez les premiers à le visiter. Mais, dites-moi, que faites-vous ici ? Jacques ne m'a pas confié que vous deviez revenir d'Orléans.

— Je voulais vous faire la surprise !

— Vous avez admirablement réussi !

Leur amusement partagé semblait les lier plus étroitement encore. Mais il n'était pas dans leur intention d'exclure Marguerite, et Suzanne lui sourit, tout en donnant l'explication de son retour.

— Aussi longtemps que Jacques se trouvait à la guerre, j'étais suffisamment occupée avec les enfants, à la campagne. Bien que la France connaisse depuis quelque temps déjà les joies de la paix, je crains de m'être accrochée égoïstement à ma retraite. Jacques a passé plus de temps là-bas, avec moi, loin de la Cour, qu'il n'aurait dû. Par chance, son avancement aux mousquetaires n'en a pas souffert mais avec le récent blocus du Luxembourg, j'ai pensé revenir à la Cour, même si les enfants doivent, pour leur santé, demeurer où ils sont. Jacques ignore si son régiment sera envoyé là-bas, mais il désirait depuis longtemps me voir réintégrer notre maison de Paris, et maintenant, comme vous le voyez, je suis ici pour de bon. S'il doit repartir au combat, nous aurons du moins passé ensemble tout le temps possible.

— Je trouvais Jacques d'excellente humeur, ces derniers temps, commenta Augustin. J'aurais dû deviner que votre retour était imminent. Je suis passé devant chez vous quand nous nous sommes rendus récemment à Paris, Marguerite et moi.

— La prochaine fois, il vous faudra venir dîner tous deux. J'insiste. Où allez-vous, à présent ?

— Le Roi a invité Marguerite à voir les chefs-d'œuvre du Cabinet.

— Alors, je ne vous retiendrai pas plus longtemps. Nous nous reverrons plus tard à la fête, j'en suis sûre.

Suzanne rejoignit les amis avec qui elle passait le temps en attendant Jacques, qui avait quelque affaire avant la soirée. Elle laissait la conversation se dérouler autour d'elle, sans plus y prendre part, tout occupée des pensées qui lui déchiraient le cœur. Comment avait-elle pu imaginer que son amour pour Augustin s'atténuerait avec l'absence, les enfants ou même l'infatigable attachement d'un mari qu'elle trahissait dans leurs moments les plus intimes en rêvant de l'homme qu'elle ne pouvait avoir ?

— N'est-ce pas, madame de Fresnay ?

La question qui lui était adressée la ramena brutalement sur terre. Elle chercha désespérément à se rappeler sur quoi avait porté la discussion. Par bonheur, la mémoire lui revint, et elle parvint à faire une réponse relativement sensée.

Dans le Cabinet, le gardien des Peintures attendait. C'était un homme tranquille et courtois, intensément fier de sa charge, et rien ne lui plaisait autant que de parler des tableaux avec un interlocuteur qui s'y intéressait. Marguerite aurait volontiers passé des heures à l'écouter, en contemplant ces chefs-d'œuvre d'une incroyable beauté. Les noms des artistes, tous nouveaux pour elle, résonnaient dans sa tête à la manière de carillons. Le Titien et Léonard de Vinci, Raphaël, le Guerchin et Bassano, Rubens et Mantegna, Giorgione et bien d'autres encore.

— Le Roi est un grand collectionneur, lui dit le gardien. Il est particulièrement attiré vers les écoles bolonaise et vénitienne.

Ils étaient passés d'une Vierge de Véronèse à un portrait d'où se dégageait une paix extraordinaire.

— Qui est cette femme ? demanda Marguerite.

— C'est le portrait, peint par Léonard, de l'épouse d'un Florentin nommé del Giocondo. La Mona Lisa.

La jeune fille était fascinée par le merveilleux tableau, de dimensions bien réduites au regard des autres toiles exposées dans la salle. Quelque chose, dans l'expression secrète des yeux du modèle, dans son sourire énigmatique, lui rappelait Suzanne de Fresnay. Cachaient-elles l'une et l'autre un amour secret ? Elle se sentait proche de la vérité.

Ils demeurèrent longuement avec le gardien. On alluma les

chandelles. Dans le parc, la fête battait déjà son plein. Ils quittèrent le Château et s'enfoncèrent dans une tiède obscurité. Ils se seraient épargné du temps et des pas en sortant par la façade Ouest, où, pour la soirée, on avait déplacé une partie des échafaudages, mais Augustin voulait épargner à Marguerite l'épreuve de passer là où son père avait trouvé la mort. Elle devait y penser, comprit-il : elle ne tourna pas les yeux dans cette direction lorsqu'il l'entraîna vers les Parterres d'Eau et, de là, jusqu'à la Fontaine de Latone qui leur jeta au visage une fine écume. La musique rivalisait avec le parfum des fleurs pour emplir l'air ambiant. Ils se dirigèrent vers le Bosquet de la Salle de Bal et, de la terrasse, contemplèrent la plate-forme de marbre qui en occupait le centre, cernée de murailles d'eau miroitante. Les danseurs, vêtus de soies et de satins chatoyants, y formaient des motifs toujours changeants.

Augustin conduisit sa compagne jusqu'à la piste de danse. A la lumière des centaines de chandelles, le pendentif de saphir brillait de mille feux bleus, comme pour concurrencer la lueur des étoiles. En cet endroit magique, Marguerite aurait pu danser toute la nuit. Dix-sept cascades descendaient dans une glorieuse bousculade sur les rochers, à la rencontre des fontaines dont l'eau jaillissait toute droite des bassins. Par cette chaude nuit d'été, il régnait en ces lieux une délicieuse fraîcheur.

Entre deux danses, ils s'asseyaient sur les banquettes garnies de coussins de soie. Quand les couples de danseurs devinrent par trop nombreux, ils allèrent se réfugier dans un endroit plus paisible, où un petit orchestre jouait pour le plaisir d'une vingtaine de danseurs qui réclamaient leurs airs favoris. Augustin profita de l'assistance réduite pour embrasser de temps en temps Marguerite pendant qu'ils dansaient. Ni l'un ni l'autre ne s'aperçurent de l'arrivée de nouveaux venus jusqu'au moment où ils entendirent la voix de Suzanne.

— Oh ! vous aussi, vous êtes venus vous réfugier ici pour échapper à la foule !

Jacques était avec elle. Il invita promptement Marguerite, et Augustin fit de même pour Suzanne. La jeune fille s'efforça de ne pas regarder trop souvent dans leur direction mais, toutes les fois qu'elle cédait à la tentation, c'était pour remarquer que tous deux semblaient immensément heureux et qu'ils se parlaient de très près. Elle-même, de son côté, devait répondre aux questions de

Jacques qui se montrait ouvertement curieux et voulait savoir où Augustin avait fait sa connaissance.

— Comment se fait-il que nous ne nous soyons jamais encore rencontrés ? insistait-il.

La minute de vérité était arrivée, décida-t-elle.

— Nous nous sommes rencontrés, mais sans doute avez-vous oublié en quelle occasion.

— Comment serait-ce possible ?

Il déployait tous ses talents de séduction, et elle avait l'impression d'être mise au même rang que Diane, la déesse dont la statue luisait doucement au haut du socle autour duquel ils tournoyaient.

— Retournez en esprit à plus de dix-sept ans en arrière. C'était la première grande fête donnée par le Roi au Château. Augustin et vous, avec deux de vos compagnons mousquetaires, logiez dans la chaumière d'un artisan. C'est là que je suis née.

Il la dévisagea longuement, bouche bée, avant d'émettre un petit rire, tandis qu'elle souriait de son amusement.

— Qui aurait pu imaginer cela ? Et comment Augustin vous a-t-il retrouvée ?

L'expression de Marguerite changea imperceptiblement.

— Ne me le demandez pas. Pas ce soir. C'est à l'occasion d'un événement très triste, trop récent pour que je puisse le relater à quiconque.

Le visage de Jacques perdit toute gaieté. Il lui pressa les doigts dans un geste rassurant.

— Pardonnez-moi. Je me suis montré maladroit.

Elle voyait en lui le plus aimable des hommes et, s'il ne l'avait ramenée vers Augustin à la fin de la danse, elle serait volontiers restée plus longtemps en sa compagnie. Les deux couples s'engagèrent dans l'Allée de Bacchus et de Saturne pour aller admirer le feu d'artifice sur le Grand Canal, où la gondole du Roi menait toute une flottille. La nuit était déjà avancée quand ils se dirigèrent vers un bosquet où le souper était servi.

— Le nectar et l'ambroisie vous y attendent, Marguerite, dit Augustin en riant.

Elle rit avec lui. Par une soirée aussi magique, elle n'aurait pas été étonnée outre mesure de trouver là la nourriture et le breuvage des dieux.

Les bavardages allaient bon train parmi ceux qui se servaient dans les plats d'argent disposés sur des tables éclairées aux bougies, autour d'un bassin miroitant. Augustin, Jacques et Suzanne retrouvèrent là bien des personnes de connaissance, et la conversation roula sur le retour à Paris de Suzanne. Marguerite leur fut présentée, bien que le joyeux brouhaha qui couvrait presque la musique de l'orchestre l'empêchât de bien entendre les noms et titres. Elle reçut d'extravagants compliments de la part des hommes qui la détaillaient d'un air lascif et se montraient parfois fort directs dans leurs appréciations. Elle apprit rapidement qu'à la Cour le langage était extrêmement libre, que l'on s'y entretenait ouvertement des questions sexuelles, et que l'on s'attaquait avec délectation au plus récent scandale, comme des chiens avec un os.

Elle songea, et ce n'était pas la première fois, que les gens de la Cour, telles des créatures mythiques, se mouvaient en cercles clos, magiques, centrés autour du plaisir, et que leurs vies n'avaient rien de commun avec celles des citoyens ordinaires. Le bien-être de ceux qui étaient socialement leurs inférieurs ne leur occupait jamais l'esprit, sinon dans la mesure où il intervenait dans leur confort personnel. Leur arrogance et leur suffisance étaient extrêmes, leur outrecuidance inattaquable. Même si elle préférait voir en Augustin une exception, il faisait partie comme les autres de cette vie de Versailles, il y était lié par les règles et l'étiquette, il occupait une place sûre dans une sphère où elle-même ne pourrait jamais pénétrer.

Mais la soirée ne se prêtait pas à des pensées aussi graves. Elle était là pour jouir de l'atmosphère enchantée, pour laisser la gaieté du moment chasser toute autre préoccupation. Elle jouait de l'éventail, rejetait la tête en arrière pour mieux rire de ce qui l'amusait, et éblouissait ceux qui rivalisaient pour obtenir ses faveurs.

Augustin, toutes les fois qu'il se tournait vers elle, la voyait entraînée par un groupe d'admirateurs. Il finit par la retenir d'un bras fermement passé autour de sa taille et l'attira contre lui d'un geste possessif.

— Que vous disaient-ils ? questionna-t-il avec un amusement sardonique.

Il ne le devinait que trop bien.

— Rien que je veuille vous répéter, riposta-t-elle d'un ton provocant.

Derrière l'éventail déployé, ses yeux pétillaient d'espièglerie.

— Toute votre innocence est en train de vous échapper, ce soir, n'est-ce pas ?

La voix d'Augustin avait pris une intonation chaude et

sensuelle en accord avec le regard qui semblait l'enrober tout entière.

— On le dirait bien, murmura-t-elle.

Augustin resserra son étreinte. Il la souleva du sol, la pressa contre lui pour l'embrasser sur la joue et lui murmurer à l'oreille :

— Partons d'ici. J'ai envie d'être seul avec vous.

Sans faire d'adieux à personne, ils s'échappèrent, retrouvèrent leur chemin jusqu'à l'arche par laquelle ils étaient venus.

Suzanne fut la seule à les voir partir. Son cœur se contracta comme sous l'effet d'un coup de poignard. Vivement, elle posa l'assiette où reposait encore la moitié d'une tranche d'un délicieux gâteau. Incapable d'avaler une autre bouchée, elle sentit la nausée l'envahir à l'idée qu'Augustin allait faire l'amour à cette beauté ensorcelante. Mais il était ridicule de souffrir ainsi. L'amour qu'il accordait à d'autres femmes était sans profondeur, sans comparaison avec les sentiments qu'il lui portait. Ceux-ci demeuraient inchangés, elle le lisait sur son visage à chacune de leurs rencontres, même si celles-ci étaient fort espacées. Il en avait été ainsi ce même soir, lorsque, au seuil du Cabinet des Peintures, il s'était retourné au son de sa voix. C'était à cause d'elle, elle le savait, qu'il ne s'était jamais marié. Il ne supportait pas l'idée de se lier à une autre, fût-ce par un mariage de convenance. Personne ne prendrait jamais sa place en son cœur, et moins que toute autre, cette petite paysanne dont Jacques venait de lui révéler les origines.

Elle carra les épaules, reprit son souffle, répondit à quelqu'un qui s'adressait à elle. Cette fille pouvait avoir son temps. Mieux valait qu'Augustin continuât à chercher son plaisir auprès de maîtresses plutôt que d'être perdu pour elle dans les bras d'une épouse habile. Suzanne se sentait soutenue par la conviction intime qu'il lui appartenait à tout jamais.

Augustin et Marguerite s'en retournaient lentement à travers le parc. Ils furent arrêtés une fois par une bande de jeunes courtisans et de leurs compagnes qui émergèrent soudain d'une allée latérale pour les emprisonner l'un et l'autre dans des nœuds coulants de ruban satiné et exigèrent des gages en échange de leur libération. Les deux prisonniers se rendirent de bonne grâce : Marguerite accepta d'embrasser tour à tour chacun des jeunes gens, tandis qu'Augustin acceptait sans répugnance l'invite de chaque joli visage tendu vers ses lèvres.

La chose faite, il reprit la main de Marguerite, et ils

poursuivirent leur chemin en riant. La fête allait se prolonger jusqu'à l'aurore. Toute la splendeur et tout le charme en seraient alors ternis, et il était heureux de pouvoir dès maintenant emmener la jeune fille. Les moralistes exagéraient quand ils décrivaient Versailles comme un bordel doré, mais ce n'était certes pas non plus un endroit pour les prudes ou ceux qui voulaient mener une vie d'abstinence.

Devant eux se dressait maintenant l'imposant édifice. Une nouvelle fois, Augustin fut frappé par sa beauté nocturne. Chaque fenêtre était doucement éclairée, les murailles de pierre avaient la pâleur du clair de lune. Marguerite, elle, s'arrêta pour respirer le parfum des orangers qu'apportait un vent léger.

— Leur arôme n'a jamais été si pénétrant, j'en suis sûre. Chaque seconde de cette nuit a quelque chose d'unique.

— Oui, approuva-t-il sourdement, en l'attirant pour l'embrasser avec fièvre.

Sur la route du retour, son impatience alla grandissant. Il lui semblait que les roues du carrosse n'en finissaient pas de tourner.

Marguerite était venue plusieurs fois au Château Satory, mais c'était sa première visite depuis qu'Augustin y avait emménagé. Le domestique qui leur ouvrit la porte disparut ensuite comme par enchantement. Ils pénétrèrent dans le Salon Ivoire, dont les fenêtres étaient ouvertes sur la nuit et les jardins récemment dessinés. A l'endroit où le clair de lune, sur le parquet luisant, rivalisait avec la lumière des bougies, Augustin saisit Marguerite par les bras, l'attira contre sa poitrine.

— Je vous aime, Marguerite, dit-il tendrement. Je vous aime depuis longtemps mais j'ai attendu pour vous le dire le moment où vous seriez dans cette maison qui vous convient si bien. Je voulais aussi être sûr que vous étiez prête à respecter votre part du contrat.

Ses yeux fouillaient ceux de la jeune fille, comme pour y trouver la confirmation de ses espoirs.

— Parlez, Marguerite. Dites-moi que je n'ai pas parlé trop tôt. Dites-moi que vous avez de l'attachement pour moi.

Doucement, elle prit entre ses mains le visage bien-aimé. Dans l'harmonie de ce moment béni, un flot d'amour passait entre eux.

— Je vous aime de tout mon cœur. Je vous aimerai toujours. Plus que toute autre femme qui ait jamais vécu, j'étais destinée dès ma naissance à un seul homme, et cet homme, c'est vous.

Il l'entoura de ses bras, pour un baiser violent, prolongé. Lorsqu'il la lâcha, ils se sourirent, dans une parfaite compréhension. Il prit le carafon de vin qui avait été préparé à leur intention, emplit deux gobelets de cristal, en tendit un à Marguerite.

— A notre bonheur, dit-il en levant son verre.

— Qu'il dure à jamais.

Le visage de la jeune fille avait une expression d'extase.

Ils burent, et Augustin parla de nouveau de l'éventail qui portait le prénom de Marguerite.

— Il devait me rappeler la promesse que j'avais faite de revenir et, en même temps, graver un prénom dans ma mémoire. Il était par ailleurs sous-entendu que je vous le remettrais le jour où j'aurais décidé de vous faire mienne.

Il s'approcha d'elle, lui prit le verre, le posa sur la table avec le sien, sans la quitter des yeux.

— Ce moment est venu, mon amour.

Ils montèrent ensemble l'escalier. Elle n'était pas revenue à l'étage depuis sa première visite. Quand ils entrèrent dans la chambre tendue de brocart rose et argent, elle vit aussitôt le lit à colonnes, garni de rideaux de soie et surmonté d'un dais frangé d'argent, qui dominait le reste du mobilier. Augustin referma les deux battants de la porte et s'immobilisa pour contempler sa compagne. Elle détacha la fleur qui ornait ses cheveux, la posa. Elle n'eut pas à faire d'autre effort : il défit chaque agrafe, dénoua chaque nœud de ruban, pour dépouiller son corps des couches successives de soie et de batiste, jusqu'au moment où elle n'eut plus sur elle que ses souliers de satin et ses bas de soie blancs. Il mit un genou en terre pour lui ôter ses souliers. Il dénoua ensuite les jarretières, fit glisser les bas le long de ses jambes, lui baisa les orteils. Toujours appuyé sur un genou, le bras reposant sur l'autre, il la but du regard.

— Vous êtes d'une beauté extrême.

Le désir donnait à ses yeux verts la sombre profondeur d'un lac.

Elle leva lentement les bras, passa les doigts dans ses cheveux. Les dernières épingles tombèrent autour d'elle dans un tintement léger. Elle n'éprouvait aucune honte d'exposer ainsi sa nudité. Toute timidité envolée, elle sentait naître et grandir en elle la joie de s'abandonner à ses regards admiratifs. Néanmoins, elle laissa échapper un petit cri étouffé quand, sans se relever, il la saisit par les hanches et posa un baiser brûlant sur le soyeux triangle de cuivre rouge. Aussitôt envahie d'une flamme ardente, elle lui tendit les mains, l'attira contre elle, les yeux clos, la tête renversée en arrière. D'un seul mouvement rapide, il se leva et la souleva pour l'étendre sur le lit.

Appuyée aux oreillers de dentelle, elle attendait, observait. Il se débarrassait de ses vêtements, et sa force, la puissance de ses gestes étaient celles d'un lion. Seule, une terrible cicatrice en travers d'une épaule venait gâter la perfection musclée de son corps.

Il vint la rejoindre dans le grand lit. Les bras, les lèvres de la jeune fille l'accueillirent. Au premier contact de la main masculine, les jeunes seins durcirent.

« Je t'aime », se répétaient-ils dans un murmure, comme si les mots étaient chaque fois nouveaux. Il n'était, semblait-il à Marguerite, aucune parcelle de son corps qui ne frémît sous les caresses passionnées d'Augustin, et, de son côté, il exultait dans le plaisir qu'il lui apportait. Elle s'éveilla à l'amour en femme profondément sensuelle, et il sut encourager ses initiatives. Au moment de la possession, sa délicatesse et sa tendresse lui permirent de perdre sa virginité avec un minimun de souffrance et de parvenir à un crescendo d'extase.

— Oh ! ma chérie ! chuchota-t-il quand s'estompèrent les brumes de la passion. Mon amour. Ma Marguerite.

Ils firent l'amour durant le reste de la nuit, s'endormirent seulement à la naissance du jour. Plus tard, ils s'éveillèrent pour s'aimer de nouveau, dans une soif insatiable l'un de l'autre. Un peu plus tard encore, ils se baignèrent ensemble. La baignoire de marbre vert était bien trop petite pour deux, mais elle y découvrit une nouvelle manière d'aimer dans un plaisir exquis, encore avivé par la chaleur de l'eau.

Ils passèrent des robes de chambre de soie et revinrent dans la chambre où le couvert avait été mis sur une table. Tous deux mangèrent avec un appétit vorace. Ils riaient d'eux-mêmes, entrelaçaient leurs doigts sur la table, continuaient à s'aimer des yeux. Il la quitta au milieu de l'après-midi, pour aller remplir ses devoirs à Versailles.

Elle sommeilla un temps, se baigna de nouveau dans l'eau parfumée. Une femme de chambre se trouvait maintenant là pour la servir. Quand celle-ci lui demanda ce qu'elle désirait porter, elle eut la surprise d'apprendre qu'elle possédait une abondante garde-robe et de nombreuses paires de souliers dans un cabinet attenant qu'elle n'avait pas encore découvert. En y pénétrant, elle trouva sa robe de la soirée précédente disposée sur un mannequin d'osier. D'autres mannequins portaient, dans les modèles qu'elle avait approuvés, les riches étoffes bleues et vertes que Mme Dreux avait jugées les plus seyantes à la teinte de ses cheveux. Elle souleva le couvercle d'un coffre, y découvrit d'autres robes encore. Dans une armoire à linge s'entassaient les vêtements de dessous brodés et garnis de dentelle, suffisamment, semblait-il, pour lui durer le reste de sa vie. Rien d'étonnant si la couturière avait mis tant de temps à livrer la robe d'or : elle avait dû, simultanément, mener à bien cette commande énorme.

Après avoir essayé de nombreuses robes, ce qui constituait un agréable passe-temps, Marguerite se décida pour une toilette vert pâle et noua dans ses cheveux des rubans assortis.

Quand Augustin revint, tard dans la soirée, après le souper du Roi, elle courut à sa rencontre, se jeta dans ses bras. Pour l'un comme pour l'autre, c'était comme s'ils avaient été séparés depuis des années, et ils rattrapèrent le temps perdu en s'aimant passionnément.

S'il avait pu s'écarter de la Cour pour vivre avec elle, du moins jusqu'à ce que les premiers feux de leur amour se fussent un peu apaisés, il l'aurait fait volontiers, mais elle n'était pas sa femme, et il ne pouvait abandonner ses devoirs à la Cour dans le seul but de renforcer les liens avec une nouvelle maîtresse. Tous deux, pourtant, se rendaient quotidiennement au Château... séparément : Augustin ne pouvait y arriver en compagnie d'une marchande d'éventails, et elle ne pouvait se faire voir avec lui. Elle prenait toujours, à une certaine distance des grilles, une calèche de louage qui la ramenait au retour : l'anonymat était ainsi plus complet.

Mais, à Versailles, tout secret était difficile à préserver. Certes, ils pouvaient compter sur la discrétion de Jacques et de Suzanne, mais, Marguerite n'en doutait pas, sa flamboyante chevelure amènerait tôt ou tard quelqu'un à la reconnaître comme la marchande d'éventails qui exerçait son commerce dans le Vestibule. Par déférence envers Augustin, elle demanda à Lucille de prendre sa place au Château ; elle-même resterait à l'atelier, pour dessiner les éventails et les confectionner. Par la même occasion, elle proposa à Lucille de venir habiter au-dessus de la boutique du chapelier, puisqu'elle-même n'avait plus besoin du logement. La jeune femme accepta la proposition avec joie mais elle refusa de vendre les éventails au Château : elle était trop timide de nature.

— Toutefois, je peux vous suggérer une solution. Ma nièce, Clarisse, est une jolie fille, intelligente et honnête. Elle vous ferait honneur.

— Ses parents accepteraient-ils ?

Lucille leva les deux mains pour exprimer sa conviction qu'il n'y aurait aucune difficulté.

— Sa mère, ma sœur, est morte, et Clarisse représente maintenant une présence indésirable dans un second ménage où on la traite abominablement. Je l'aurais accueillie chez moi si j'avais eu un logement plus grand qu'une chambre mansardée.

— Eh bien, vous allez maintenant disposer de plus de place. Puisque vous me la recommandez, je suis sûre qu'elle me plaira. Qu'elle vienne loger avec vous. Elle vous tiendra compagnie.

L'arrangement se révéla excellent. Clarisse était une jeune fille brune aux yeux sombres, tirée à quatre épingles et dotée d'un charmant sourire.

— Je connais bien les éventails, dit-elle à Marguerite. J'ai bien des fois aidé tante Lucille dans son travail. Je pourrai continuer à le faire quand je ne serai pas occupée à la vente.

Le premier jour, Marguerite accompagna Clarisse au Château. Elle voulait s'assurer que rien ne s'opposerait à ce qu'elle se fît remplacer, et que la jeune fille ne serait pas en butte aux mauvais traitements qu'elle-même avait connus à ses débuts. Tout se passa pour le mieux. Clarisse était son employée, elle avait parfaitement le droit de prendre sa place au pied de l'Escalier de la Reine.

Augustin emmenait Marguerite à toutes les soirées qui se tenaient dans le parc : bals masqués, concerts, représentations théâtrales. Ils virent un jour une pièce de Molière donnée dans la vieille Cour de Marbre : celle-ci, séparée par deux marches de la Cour Royale et cernée sur trois côtés par la façade Est, faisait une scène idéale. Les comédiens effectuaient leurs entrées et leurs sorties par les portes vitrées qui s'ouvraient sous le balcon doré, et les colonnes de marbre rose étaient parfaites pour s'y appuyer nonchalamment ou pour dissimuler une héroïne.

Marguerite n'avait aucun droit de participer à ces soirées, réservées à la Cour et à des invités de marque, mais, comme la bourgeoisie se faufilait dans ces festivités, puisque les grilles toujours ouvertes représentaient une invitation pour les audacieux et les curieux, elle n'était pas la seule à ne pas posséder les titres de noblesse qui auraient justifié sa présence. Toutefois Augustin ne pouvait l'amener à aucune cérémonie officielle à l'intérieur du Château et il devait l'abandonner trois soirées par semaine pour les jours d'« Appartement ». Elle savait qu'il y retrouvait Suzanne et Jacques, car il lui racontait toujours ce qu'il jugeait susceptible de l'intéresser.

Les Fresnay étaient devenus des visiteurs assidus au Château Satory. Marguerite les trouvait d'aimable compagnie : spirituels et pleins d'entrain, ils ne marquaient jamais aucune différence entre eux et elle sur le plan social. Leur attitude à son égard, elle le savait, prenait racine dans leur longue amitié avec Augustin, mais Jacques, pour sa part, était un homme d'une exceptionnelle bonté. Suzanne elle-même ne laissait jamais échapper un mot susceptible de lui faire sentir qu'elle était une intruse parmi eux. Néanmoins, grâce à cette intuition qui existe entre femmes, les premiers soupçons de Marguerite ne tardèrent pas à sc confirmer : Suzanne était amoureuse d'Augustin.

La situation faillit une fois éclater au grand jour. Suzanne et Marguerite avaient laissé les deux hommes aux écuries, où ils admiraient des pur-sang qui venaient d'être livrés à Augustin. Avec l'amicale familiarité qui était née entre elles, elles se promenaient dans la roseraie qui entourait un bassin peuplé de poissons rouges. Au centre ruisselait une fontaine en forme de pyramide. Elles s'assirent face à face sur la margelle de pierre. Suzanne laissait traîner ses doigts dans l'eau.

— Nous attachons un grand prix, Jacques et moi, à voir Augustin si radieux, ces derniers temps. Vous avez profondément transformé sa vie, Marguerite.

— Ne l'avez-vous jamais vu aussi heureux ?

— Jamais. Je vous le dis en toute sincérité.

Marguerite jugea le moment venu.

— Pas même au temps où vous ignoriez encore que vous épouseriez Jacques ?

Rien ne vint troubler la sérénité de Suzanne.

— Je ne le connaissais pas, alors. La première fois que j'ai parlé à Augustin, mon mariage était déjà décidé.

Elle secoua la main pour en faire tomber les gouttelettes brillantes, la posa, pour la sécher, sur la pierre chauffée par le soleil.

— Le seul conseil que je puisse vous donner est de ne lui fournir aucun motif de jalousie. Il en a beaucoup souffert naguère et il doit être plus ou moins à bout de tolérance.

— Je ne désire aucun autre homme.

Marguerite s'exprimait avec douceur et conviction. Tout son cœur passait dans sa voix.

— Je l'aime.

— Ce n'est pas difficile à voir, et je considère cette déclaration comme un engagement.

Suzanne détacha son regard de Marguerite, pour contempler son propre reflet qui miroitait sur l'eau.

— Mais rappelez-vous le vieux dicton : Foi trompée jamais ne revient.

Marguerite, par la suite, repassa plusieurs fois en esprit cette conversation. Elle avait été tout à la fois poignante et significative. Avec l'assurance de la jeunesse, elle n'entrevoyait aucun danger. Ce qui avait pu exister, par le passé, entre Suzanne et Augustin était bien fini.

Pendant les soirées où Augustin était occupé à la Cour, Marguerite ne restait jamais inactive. Elle faisait ses comptes, notait les tâches du lendemain. Elle avait conservé son atelier, et c'était un plaisir de travailler avec Lucille, aussi industrieuse qu'elle-même. Il leur arrivait de chanter en travaillant. Lucille avait un don tout personnel pour utiliser la dentelle ; elle créait des modèles de sa propre invention qui trouvaient tout naturellement leur place dans le panier de Clarisse. Marguerite lui attribuait une rémunération sur ces créations.

Elles parlaient parfois entre elles des modèles qu'elles lanceraient quand les finances de Marguerite le permettraient. La jeune femme avait, dans un tiroir de sa chambre, une bourse emplie d'or que lui avait donnée Augustin pour ses dépenses personnelles, mais elle ne voulait pas y toucher pour l'atelier. Elle tenait à faire ses preuves par elle-même. Alors seulement, elle prendrait en considération la proposition d'investissement d'Augustin et développerait son affaire suivant les lignes qu'elle s'était imposées.

Elle avait appris, dès son enfance, à ménager la dépense. Le temps était venu, décida-t-elle, de ne plus faire venir de Paris les matières premières et d'économiser en faisant appel aux ressources du cru. La ville abritait à présent une abondance d'artisans de toutes sortes, attirés là par la continuelle demande de talents au service de la faim architecturale du Roi, non seulement à Versailles mais aussi à Marly.

Il y faisait ériger un palais en miniature, et à Clagny, qui n'était pas bien loin, un nouveau château avait remplacé celui bâti pour Athénaïs de Montespan à l'époque de sa gloire, et qu'elle avait refusé comme « allant pour une fille d'opéra ». Il y avait encore le Trianon de Porcelaine, qui dépassait sa vocation première de pavillon d'été et s'augmentait de salons de jeu et de chambres à coucher.

Marguerite ne mit pas longtemps à découvrir un tisserand capable de lui fournir précisément la soie qu'elle désirait à un prix raisonnable. Il travaillait seul dans une pièce unique, s'appelait Pierre Ouinville et venait d'une région où les métiers avaient été réduits au silence par la concurrence de Lyon.

— Il me reste maintenant à trouver un fabricant de baguettes d'éventail, lui dit-elle, au moment de partir.

— Je crois être en mesure de vous aider sur ce point, mademoiselle. Un homme de cette partie, un nommé Taraire, vit dans la cave de cette maison. Il a trouvé de l'emploi, à nettoyer et cirer les centaines de carrosses et de voitures des Grandes Ecuries, mais c'est une injure à son talent.

Taraire convint de la rencontrer le lendemain. Il sortit des Grandes Ecuries à la suite du carrosse du Roi, auquel il donnait un dernier coup de brosse. Le véhicule avait déjà été conduit devant l'entrée du Vestibule de la Reine quand Marguerite arriva dans la Cour Royale pour parler avec l'artisan durant les quelques minutes qu'il pouvait lui accorder.

— Je ne dois pas rester longtemps, mademoiselle, mais je ne voulais pas risquer qu'un autre vous propose ses services avant moi.

— Oui, je comprends. Montrez-moi vos échantillons.

Il les sortit d'un sac de cuir jeté sur son épaule. Elle vit aussitôt que son travail présentait la qualité exceptionnelle qu'elle recherchait. Elle avait reçu, la veille, d'un importateur à Marseille, une première expédition d'ivoire et de bois précieux prêts à être travaillés en baguettes. Cet artisan leur ferait pleine justice. Elle lui dit ce qu'elle était disposée à payer, et il accepta sans barguigner.

— Quand pouvez-vous commencer, monsieur Taraire ?

Son long visage maigre, au teint cadavérique, se fendit d'un large sourire.

— La semaine prochaine. Si je le pouvais, ce serait tout de suite.

— Lundi prochain fera fort bien l'affaire. Venez à l'avance chercher les matériaux à mon atelier. Vous pourrez ainsi vous mettre à l'ouvrage sans tarder.

Ils se séparèrent, lui pour retourner aux Grandes Ecuries, tandis que la jeune femme reculait de quelques pas : à voir les gens ouvrir un passage devant les grilles, un équipage royal allait les franchir.

Louis avait pris place dans son carrosse, capitonné de satin et garni de miroirs. Le soleil faisait étinceler les pierres précieuses qui ornaient son habit couleur cannelle et la broche qui retenait la plume orangée de son chapeau. Il se rendait à son nouveau château de Marly, pour voir comment progressaient les travaux et inspecter les milliers d'arbres qu'on venait de replanter après les avoir fait venir de Compiègne.

Il se réjouissait de cette visite. Cela lui ferait grand bien de s'échapper quelque temps de Versailles. Le caractère d'Athénaïs, qui avait toujours été vif, était devenu pour lui un véritable tourment. Sans la chère Françoise de Maintenon qui servait entre eux de tampon, comme elle l'avait encore fait moins d'une heure auparavant, il aurait été incapable d'endurer plus longtemps les scènes et les crises de nerfs.

Dans les carrosses qui traversaient à sa suite la Cour Royale se trouvaient un certain nombre de courtisans. Il s'était fixé pour ligne de conduite d'éviter leur compagnie lors de ses déplacements : ils avaient toujours quelque requête à présenter ou alors abordaient des sujets fastidieux. Rien ne l'agaçait autant que d'avoir son attention prise au piège. En vérité, les femmes étaient beaucoup plus divertissantes, avec leur vivacité, leurs sourires, leurs bavardages, mais, ce jour-là, le trajet jusqu'à Marly était trop court pour qu'il eût le temps de s'ennuyer.

Il laissa échapper un soupir en songeant à Athénaïs et à Françoise. Il était bien pénible, pour un homme, d'avoir deux favorites sous le même toit. L'une était depuis longtemps sa maîtresse, et il lui demeurait attaché, en dépit de son caractère. L'autre, chastement, continuait à se refuser à lui, ce qui accroissait encore sa passion. Toutes les deux étaient luxueusement logées, à l'étage même où il avait son appartement et à peu de distance de sa chambre à coucher, non loin de celle de la Reine. Il jouissait donc de tout ce que pouvait souhaiter un homme. Françoise, il le savait fort bien, visait à faire déloger Athénaïs de son appartement de vingt-deux pièces, beaucoup plus vaste que les onze pièces de la Reine, mais il n'était pas encore prêt à se débarrasser de la femme qui lui avait donné sept enfants.

Comme il connaissait bien Athénaïs ! Si elle redoutait de le perdre, c'était en grande partie parce qu'elle craignait d'être contrainte de rejoindre son grincheux de mari qui attendait toujours de la récupérer. Pauvre chérie ! Naguère, dans son affolement, elle avait versé des philtres d'amour dans ce qu'il mangeait et buvait. Il avait souffert de terribles maux de tête et d'estomac, lui qui n'était jamais malade et ignorait même ce qu'était un rhume de cerveau. C'était l'unique période de sa vie où son appétit gargantuesque avait été affecté, où il avait connu des crises de vomissements atroces. Mais il avait pardonné.

Récemment, il avait torturé les trois femmes de sa vie en menant une liaison passionnée avec Marie-Angélique de

Fontanges, une superbe fille de noble naissance qui possédait des cuisses de déesse. Il l'avait nommée duchesse, mais elle avait perdu, dans une fausse couche, l'enfant qu'il lui avait fait. Depuis lors, son intérêt s'était entièrement dissipé. Ce temps-là avait bouleversé son existence. La Reine avait pleuré, elle qui s'efforçait toujours de dissimuler ses sentiments pour ne point lui déplaire. Athénaïs s'était montrée furieuse, ce qui était normal, même si elle tolérait sans le moindre reproche les occasions fréquentes où il mettait dans son lit, pour quelques heures ou quelques minutes, une femme de haute naissance ou une roturière.

L'épreuve la plus dure avait été de voir Françoise le priver de l'oreille où il aimait déverser ses soucis. Elle avait quarante-six ans, trois années de plus que lui. Son attitude compréhensive à l'égard du jeune duc du Maine, son bâtard favori, et les soins attentifs dont elle l'entourait lui avaient valu son attachement et avaient fait fondre son antipathie première. Se pouvait-il qu'il n'eût pas dès l'abord apprécié cette femme aimable, spirituelle et intelligente qui était devenue depuis sa confidente bien-aimée ? Peut-être avait-il pressenti son esprit de croisade et résisté à ce qui aboutissait à présent à une certaine soumission de sa part. Il passait désormais plus de soirées avec la Reine qui, du même coup, vouait à Françoise une affection qu'elle n'avait jamais accordée à Athénaïs. Inévitablement, la dévotion de Françoise avait orienté ses pensées vers le devoir que lui avait légué sa mère : libérer la France de l'hérésie. Cette tâche, il l'avait trop longtemps laissée sommeiller, en exerçant un minimum de pression sur les protestants pour les amener à s'amender.

Distraitement, il porta son regard vers la vitre de la portière de droite. Les gardes présentaient les armes, mais il ne leur accorda aucune attention. Soudain, ses yeux aux lourdes paupières retrouvèrent toute leur acuité : une fascinante jeune femme venait de lui apparaître, couronnée d'une chevelure qui scintillait comme des rubis. Il la reconnut. La petite marchande d'éventails douée d'un joli talent d'artiste. Elle ne le regardait pas : elle s'était inclinée pour une révérence, comme le faisaient toujours les femmes sur son passage, mais elle tenait les yeux baissés. Sa jeune beauté éveilla dans les reins de Louis la sensation familière.

Il eut un sourire. En tuant l'hérésie, lui disaient les prêtres, il rachèterait sa paillardise — même s'ils avaient la sagesse de ne pas employer des termes aussi crus pour désigner ses péchés. Pourtant, il n'était pas encore prêt à se vouer tout entier au chemin de la vertu que lui avait montré Françoise.

Cette jeune femme lui avait réjoui le cœur comme l'eût fait une fleur ravissante.

Son carrosse rouge, tiré par six chevaux bais, précédé de mousquetaires et flanqué par son escorte et les officiers de sa Maison, passa rapidement de la Cour Royale à la Place d'Armes. Comme toujours, les mendiants se bousculaient devant les grilles, qu'ils étaient censés ne pas franchir, même s'il arrivait qu'un garde les prît en pitié et détournât la tête. Louis passa devant eux sans daigner leur prêter attention. Il était incapable de comprendre leur infortune. Les pauvres représentaient pour lui un flot souterrain qu'il préférait ignorer, en dépit des pétitions qui, fréquemment, le lundi matin, apparaissaient sur la table de l'Antichambre où les gens de toutes conditions pouvaient déposer une requête écrite. Il prenait connaissance de ces demandes dans la journée, accordait tout ce qu'il pouvait accorder mais laissait de côté les appels en faveur des pauvres. Il lui était impossible de reconnaître leur existence. Comment admettre que lui, le Tout-Puissant Roi-Soleil, avait, sous la forme de cette misère, un ennemi qu'il ne parviendrait jamais à abattre ?

A Marly, il passa une journée fort agréable. Il inspecta d'abord la grande machine hydraulique en construction, un chef-d'œuvre de mécanique qui élèverait l'eau de la Seine jusqu'à un aqueduc, afin d'alimenter le site de son nouveau château en même temps que les fontaines de Clagny et de Versailles. Dans le but d'obtenir plus d'eau encore, il étudiait en pensée une autre source possible, mais il en discuterait avec ses ingénieurs à une date ultérieure.

En attendant, il devait voir où en était la construction de Marly. Le château se dressait au sommet d'un fer à cheval formé de douze pavillons, six de chaque côté. Onze d'entre eux accueilleraient chacun deux couples mariés ; le douzième serait consacré aux salles de bains.

Tandis qu'il se promenait partout, examinait tout, ses oreilles exercées percevaient les commentaires des courtisans qui le suivaient. Ils avaient compris que les invitations en ces lieux constitueraient de véritables privilèges et seraient extrêmement prisées. Il réprima une forte envie de rire. Ce serait comme de jeter des morceaux délicats à ses épagneuls irlandais. Il voyait déjà plus d'un noble seigneur brutalement ramené à la raison par l'espoir d'une invitation à Marly.

Il était tard lorsqu'il revint à Versailles, mais il fut prêt à temps pour le souper en public. Les dames se joignirent à lui, et il prit place dans son fauteuil de brocart rouge. Comme toujours, il promenait sur l'assistance un regard perçant, voyait qui était là, notait mentalement les noms de ceux qui étaient trop souvent absents. Pour ceux-là, pas d'invitations à Marly.

Il prit la serviette posée au bord du « cadenas » d'or placé devant lui. Il souleva ensuite le couvercle richement orné pour saisir à l'intérieur la cuiller qui reposait entre une fourchette et un couteau. En goûtant la première cuillerée de son potage, il regarda le groupe de gens du commun qui, selon la coutume, se tenaient à l'écart des courtisans richement vêtus. Ces honnêtes figures, pensa-t-il ironiquement, montraient toujours la même expression. Ils le contemplaient de l'œil fasciné qu'avaient les enfants lorsqu'ils voyaient les bêtes sauvages, dans la ménagerie du parc. La marchande d'éventails n'était pas parmi eux. Il n'y avait aucune raison pour qu'elle s'y trouvât, mais il aurait aimé retrouver à la fin du jour ce joli spectacle.

Jacques ne fut pas envoyé à la guerre, comme l'avait redouté Suzanne : il resta à la Cour. Le couple se rendait de temps à autre à Orléans, assistait aux réceptions données à Versailles et recevait dans leur demeure parisienne. Augustin et Marguerite y étaient fréquemment invités à dîner ou à souper après une représentation à la Comédie-Française. Chaque fois qu'ils retrouvaient les Fresnay, Marguerite notait que Suzanne était de plus en plus tendue. Ses joues se creusaient, ses yeux de velours se faisaient hagards. Marguerite ne pouvait parler de ces changements à personne, surtout pas à Augustin. Se fiant uniquement à son instinct, elle finit par se convaincre que l'amour de Suzanne pour Augustin était devenu un véritable tourment. Dans sa compassion, elle chercha les moyens de soulager la peine de Suzanne. Le plus évident consistait à espacer les rencontres avec le couple.

— Faut-il que nous dînions encore une fois chez les Fresnay dimanche ? demanda-t-elle un jour à Augustin.

Il avait accepté l'invitation en l'absence de Marguerite.

— Ce serait amusant, continua-t-elle, d'aller pique-niquer quelque part, avant la fin de l'été.

Il fronça des sourcils impatients.

— Pourquoi, depuis quelque temps, cherchez-vous des prétextes pour éviter d'aller chez eux ou de les recevoir ici ? J'ai accepté pour dimanche, et il serait discourtois d'annuler.

— Ce n'est pas cela, mais j'adore manger sur l'herbe en tête à tête avec vous.

Il avait horreur de lui refuser quoi que ce fût. Il la prit dans ses bras, la pressa contre lui.

— Nous le ferons demain. Comme naguère. A une seule condition.

— Laquelle ?

— Vous ne me tiendrez pas en respect comme vous le faisiez alors.

— Je vous laissais m'embrasser, fit-elle en riant.

Il resserra son étreinte.

— Pensez-vous que c'était suffisant ? Vous me mettiez continuellement à la torture.

L'incident n'avait laissé aucune trace de discorde entre eux, mais Marguerite comprit qu'elle ne devrait plus tenter de le tenir à l'écart de ses amis. Elle décida néanmoins que le moment était enfin venu de révéler à Augustin qu'elle connaissait l'existence d'une porte dérobée au Château Satory.

Elle choisit l'instant où ils venaient de sortir de la bibliothèque, où elle avait choisi un livre sur sa recommandation. En retrouvant l'antichambre, elle s'arrêta, se tourna vers son compagnon, le livre serré contre sa poitrine.

— Je vous confierais ma vie même, commença-t-elle, selon ce qu'elle s'était promis de dire, après mûre réflexion. Me confieriez-vous la vôtre ?

— De quoi s'agit-il ? questionna-t-il, surpris. Bien sûr, et vous le savez bien.

— Dans ce cas, vous ne devriez pas hésiter, je pense, à me dire pourquoi vous avez dans cette pièce une porte dérobée. Le premier jour où je suis venue ici, j'étais dans le salon voisin lorsque vous et le baron Picard êtes sortis d'ici.

D'abord déconcerté, il haussa les épaules en souriant.

— Bien des maisons comportent des cachettes. Versailles en regorge.

— Mais la vôtre, qu'est-ce ? Un passage secret ? Une chambre ?

— Vous allez voir par vous-même.

Il alla d'abord fermer à clé la porte de l'antichambre, afin de prévenir toute intrusion. Il revint ensuite à la cheminée, tourna un motif sculpté dans le panneau de bois qui la surmontait. Une porte tourna alors sur ses gonds. Après avoir allumé une bougie, Agustin fit passer la jeune femme par l'ouverture. Dans le petit espace où ils se retrouvèrent se dressait une porte massive qu'il ouvrit avec une clé. Derrière, c'était simplement une pièce de dimensions moyennes, où se trouvaient des piles de documents et des dossiers reliés de cuir. On y voyait aussi plusieurs solides coffrets, de l'espèce où l'on gardait argent et objets de valeur, une table, deux fauteuils et une provision de chandelles. Sur l'un des murs étaient accrochées plusieurs bonnes épées et, sur un autre, des mousquets.

— Je garde ici des papiers de famille et d'autres documents importants, expliqua Augustin. Il existe au Manoir une chambre forte toute semblable. Le patrimoine familial y a reposé en sécurité durant les guerres et les temps de rébellion. Tôt ou tard, je vous aurais révélé l'existence de cet endroit.

— Vous avez satisfait ma curiosité, dit-elle avec un sourire. — Pourquoi ne m'en avoir pas parlé plus tôt ?

— Je voulais être sûre que vous me connaissiez assez bien pour me livrer en toute confiance le secret de la porte dérobée.

Il tira gentiment sur une boucle d'or rouge.

— Vous n'auriez dû avoir aucun doute à ce propos.

Elle le précéda dans l'antichambre, tandis qu'il refermait à clé la porte intérieure. Elle se frictionnait les bras. Pourtant, il ne faisait pas froid. Il lui revint vaguement en mémoire un autre moment de sa vie où elle avait éprouvé une sensation semblable, mais elle ne chercha pas à mieux définir ce souvenir. La chambre forte n'avait aucune signification pour elle. Toutefois, après avoir repris le livre sur le fauteuil où elle l'avait laissé, elle alla vivement se placer au soleil qui entrait par la fenêtre, en attendant que son amant eût rouvert les portes de l'antichambre.

Vers la fin du mois d'août, Augustin alla au Havre. Marguerite mourait d'envie de l'accompagner mais, bien qu'ils n'eussent ni l'un ni l'autre abordé le sujet, elle savait que c'était impossible. Jamais la maîtresse d'Augustin ne serait reçue dans la maison de son père.

Durant son séjour de quelques jours au Manoir, Augustin et son père s'entretinrent du nouveau changement de politique qui se produisait contre les huguenots. De plus en plus souvent, on enlevait de force des enfants à leurs familles pour leur donner une éducation catholique, et les malheureux parents n'avaient aucune idée de l'endroit où ils pouvaient être. On fermait, sous un prétexte ou un autre, les églises protestantes et l'on encourageait les catholiques à éviter les boutiques des commerçants qui ne pratiquaient pas leur religion.

— Où en es-tu dans tes recherches de débouchés avec la Hollande ? demanda Gérard.

Son fils, depuis quelque temps déjà, avait décidé que, par prudence, il serait bon de prévoir des itinéraires d'évasion pour ceux dont la vie serait en danger. Le Manoir lui-même serait une étape idéale pour ceux qui souhaiteraient gagner l'Angleterre, royaume protestant comme la Hollande.

— J'ai commencé de tisser des contacts. C'est une entreprise de longue haleine, mais je dispose à présent d'un certain nombre de Hollandais qui vivent près de la frontière et sont disposés à venir en aide aux fugitifs. J'ai déjà abrité dans ma propre maison un jeune homme qui voulait échapper au service sur les galères. Il a passé trois jours dans le grenier avant de partir, sous la livrée de valet, avec un de mes amis qui se rendait en Angleterre.

— Et ta maîtresse ?

Gérard était au courant d'une présence féminine chez son fils.

— Elle ne soupçonne rien. Quant aux domestiques, chacun d'eux est un huguenot et un membre à toute épreuve de notre Eglise.

— Parfait. Il en va de même ici. Dans les caves du Manoir, nous pourrions abriter une congrégation entière sans qu'un son filtre au-dehors. Nous sommes prêts à recevoir tous ceux que tu voudras nous envoyer.

— Si Louis décide un jour de révoquer l'Edit de Nantes, il faut s'attendre à un raz de marée.

Augustin, avant son départ, alla visiter les caves. Comme chez lui, il y avait une porte qui, bien cachée de l'extérieur par des buissons, faciliterait les allées et venues secrètes. A son retour à Versailles, son unique souci était la santé de son père, moins robuste qu'auparavant. Pour la première fois, Augustin réalisait que Gérard, loin d'être sans âge, comme apparaissent généralement les parents, était devenu un vieillard.

L'automne arrivant avec force, la Cour se préparait au grand exode vers Fontainebleau. Là-bas, dans la forêt, les loups s'étaient faits plus nombreux, ce qui promettait de bonnes chasses. Parmi les courtisans, les bons tireurs s'attendaient aussi à trouver en abondance canards sauvages et perdrix. Marguerite s'était soigneusement préparée à ce bouleversement de son existence. A sa grande joie, Augustin avait insisté pour qu'elle l'accompagnât. Il avait promis de lui trouver un logement confortable, pas trop loin du palais.

Un soir, à souper, elle lui exposa ses projets. Elle portait la rivière de diamants qu'il lui avait offerte, et les pierres en forme de poire jetaient tous leurs feux sur sa peau blanche.

— Je fais préparer quelques boîtes de tout le nécessaire à la confection des éventails. J'aurai ainsi de quoi m'occuper tandis que vous vaquerez à vos devoirs à la Cour. Mais, avant mon départ, je vais engager deux autres ouvrières à l'atelier, deux femmes connues de Lucille et qui ont grand besoin d'un emploi.

— Deux ouvrières de plus n'amèneront-elles pas une surabondance de production ? Il doit bien y avoir une limite à ce que peut vendre Clarisse.

— Voilà justement où je voulais en venir. J'ai l'intention d'étendre mon commerce quand nous reviendrons, vous et moi, avec la Cour, au printemps prochain.

— Qui sait si le Roi reviendra à Versailles ? La Cour pourrait le suivre à Paris ou à Chambord.

Elle lutta contre sa propre ambition.

— Cela signifierait alors quelque retard dans mes projets, sans plus. Rien ne me découragera, bien que je sois consciente de prendre des risques.

— Aurez-vous un éventaire tenu par Clarisse dans le Vestibule ?

Pour ce, elle devrait, il le savait, faire appel à son influence. Mais la réponse de la jeune femme le surprit.

— Non. Pas encore, en tout cas. Je vais louer une petite boutique.

— Une minute, dit-il doucement. Votre temps m'appartient au premier chef. Je ne jouerai jamais les utilités dans ce qui pourrait vous tenir éloignée de moi.

— Cela n'arrivera jamais.

Elle parlait avec une intense assurance. Elle n'avait pas eu besoin de Suzanne pour la mettre en garde contre la jalousie d'Augustin. Elle l'avait vu s'enflammer toutes les fois que d'autres hommes lui avaient fait des avances : le vernis de souriante courtoisie se faisait alors chez lui fort mince. Jusqu'à présent, il s'était montré remarquablement tolérant vis-à-vis de son travail, ce qui l'intriguait parfois. Pour rien au monde elle n'eût voulu le voir s'en offenser.

— Ne suis-je pas là à chacun de vos retours à la maison ? Rien ne sera changé : je prendrai une aide qui sera présente à tout instant derrière le comptoir.

— Je suis heureux de vous l'entendre dire.

Il sourit pour dissiper l'expression inquiète sur le visage de sa compagne. Il ne tenait pas à refroidir son enthousiasme. Bien au contraire, il l'admirait de vouloir progresser dans ses activités et de donner des emplois à des femmes dont elle devait mieux que personne connaître les difficultés.

— D'où vous est venue l'idée d'ouvrir une boutique ?

— On vend davantage derrière un comptoir qu'en présentant un panier. Par ailleurs, je désire apporter plus de variété dans mes marchandises. On peut aussi faire des bénéfices avec des éventails d'un prix plus abordable.

Elle avait fini son poulet et reposa sa fourchette. Deux valets s'avancèrent pour ôter les assiettes.

— J'espère trouver une boutique avec une pièce supplémentaire à l'arrière, où je pourrai tenir mes comptes et concevoir des motifs d'ornement, tout en sachant ce qui se passe au comptoir.

— Vous avez dit « pas encore », quand j'ai parlé d'un éventaire dans le Vestibule. Quelle place occupe ce projet dans vos plans ? demanda-t-il quand les valets se furent retirés.

Elle le gratifia tout à coup d'un large sourire.

— Le jour où j'aurai assez bien réussi pour y exposer des éventails enrichis de perles et de pierres précieuses !

— Je gagerais mon dernier louis que vous y parviendrez !

Le regard chaleureux d'Augustin approuvait ses ambitions. Une fois de plus, il éprouvait le regret poignant que la différence de naissance et de condition rendît impossible un mariage. Son père aurait trouvé en elle une bru selon son cœur. Gérard Roussier aurait été entièrement conquis par son esprit d'initiative, cette détermination à gagner de l'argent par ses propres moyens, par l'inextinguible étincelle d'indépendance qui la poussait à choisir le chemin le plus malaisé vers le succès. Elle possédait à sa manière toutes les qualités que recherche un banquier lorsqu'il se trouve devant une sollicitation d'appui financier.

— Je vous le demande encore aujourd'hui : quand serai-je autorisé à placer de l'argent dans votre affaire ? J'aimerais avoir une tranche de ce gâteau que vous êtes en train de confectionner pour votre usage !

Elle lui rendit son sourire.

— Le moment viendra, monsieur. Soyez patient. Il me reste encore à voir comment prospérera mon commerce en mon absence.

— Il n'y a pas grand doute à ce propos, à mon avis. Voyons un peu, à présent...

Il fit mine de réfléchir.

— Le voyage depuis Versailles ne prend guère plus de sept heures mais il serait fort incommode pour vous dans une calèche de louage. Je ferais bien de vous en acheter une...

Elle fut debout d'un bond, vint se jeter sur ses genoux, l'entoura de ses bras.

— Vous êtes trop bon pour moi ! Vous m'avez déjà tant donné ! Et je vais à présent avoir une calèche tout à moi !

C'était la première fois qu'une maîtresse ne prenait pas comme allant de soi tout ce qu'il voulait bien offrir. Cette joie sincère était rafraîchissante, comme tout ce qui venait d'elle.

— Vous ne manquerez de rien, affirma-t-il gaiement, tant qu'il sera en mon pouvoir de prendre soin de vous.

Elle noua plus étroitement les bras autour de son cou, les mains enfouies sous les boucles de la perruque, et pressa sa joue contre celle d'Augustin.

— Les avantages matériels sont sans importance. S'il vous arrivait de tout perdre et d'être réduit à la pauvreté, je serais capable de gagner notre vie à tous les deux.

Il fut à la fois amusé et touché par cet élan. Et elle était on ne peut plus sincère. Pour elle, la confection de ses éventails représentait la stabilité. C'était une ancre sur laquelle elle pouvait compter, au milieu des bouleversements nombreux qui s'étaient succédé dans son existence. Par contraste avec le côté romanesque de sa nature, ses origines paysannes exigeaient qu'elle gardât les pieds sur terre. L'esprit pratique contrebalançait les rêves qui pouvaient s'évanouir au moindre coup du sort.

— Et si quelque beau jeune homme venait à vous offrir ce que je ne puis vous donner ? demanda-t-il.

Il dissimulait sous un sourire insouciant son appréhension d'une semblable catastrophe.

Elle rejeta la tête en arrière pour le regarder bien en face.

— Un anneau de mariage, voulez-vous dire ?

— Oui. Cela pourrait arriver.

Elle secoua vigoureusement la tête, resserra de nouveau son étreinte.

— Jamais ! Je ne désire que vous, avec votre esprit d'homme, votre corps d'homme, votre amour d'homme !

Une telle déclaration était une invite suffisante. Sans plus se soucier du souper commencé, il glissa un bras sous les jambes de la jeune femme, l'emporta ainsi jusqu'à l'étage, vers leur lit.

Quelques semaines plus tard, il chargea un peintre en vogue de faire le portrait de Marguerite. Le sien, peint lorsqu'il était plus jeune, était accroché au-dessus de la cheminée du Salon Cramoisi, dans un grand cadre doré. Pour l'occasion, Marguerite revêtit sa robe d'or, qu'il aimait tout particulièrement. Elle tenait dans la main gauche l'éventail de Versailles, déployé, avec son prénom peint en guirlande. Lorsque le portrait fut achevé, Augustin le fit installer au-dessus de la cheminée du Salon Ivoire, où il attirait les regards de tous ceux qui entraient dans la pièce.

Tandis qu'il contemplait le tableau, il lui vint à l'idée qu'il devrait tôt ou tard prendre des dispositions en faveur de la jeune femme, pour le cas où il lui arriverait malheur. Mais il n'en fit rien sur l'instant, et le souvenir lui en revint seulement beaucoup plus tard, quand le danger commença de jouer un grand rôle dans sa vie.

6

L'hiver fut exceptionnellement froid. Les sabots des chevaux faisaient jaillir en gerbes des fragments de glace étincelants. Marguerite avait tout le temps de travailler à ses éventails, dans la petite maison que lui avait louée Augustin au village de Fontainebleau. Elle demeurait en contact constant avec Lucille. Certes, la jeune veuve ne savait ni lire ni écrire, mais un écrivain public la remplaçait pour faire sa correspondance et lui lisait les lettres de sa patronne.

En l'absence de la Cour, aucun commerce ne se faisait dans le Vestibule, à Versailles. Clarisse aidait Lucille dans l'atelier. Elle entretenait néanmoins ses talents de vendeuse en recevant les citadins attirés par la pancarte apposée sur le mur de l'immeuble par Marguerite avant son départ. Les ventes étaient excellentes, signalait Lucille.

L'hiver était une période de trêve pour ceux qui faisaient la guerre, par suite des difficultés de terrain et d'intendance. De nombreux courtisans, qui servaient avec les régiments alors engagés dans les hostilités qui avaient gagné Strasbourg, revinrent à la Cour pour retrouver épouses et maîtresses, jusqu'au moment où la naissance du printemps les ramènerait au loin. Pour Jacques, la situation était inverse. Peu de temps après son arrivée à Fontainebleau, on l'envoya remplacer un colonel resté sur place mais qui était tombé malade. Suzanne l'accompagna.

— Nous ne serons pas trop longtemps absents, j'espère, dit-elle à Marguerite, lorsqu'elles se firent leurs adieux. Si j'en crois Jacques, nos forces contrôlent pleinement la situation, et il suffira de faire un peu d'ordre quand le printemps viendra.

Elle se tourna alors vers Augustin, et, si elle s'accrocha à lui un peu plus longuement qu'il n'était nécessaire, lorsqu'ils s'embrassèrent sur les deux joues, cela passa presque inaperçu. Marguerite, cependant, ressentit un certain soulagement à voir partir les Fresnay. Sans vouloir manquer à la charité, elle avait trouvé l'atmosphère de plus en plus irrespirable toutes les fois que Suzanne se trouvait dans une pièce avec Augustin.

Sans avoir conscience qu'elle faisait preuve d'une sagesse bien au-dessus de son âge, elle n'avait jamais tenté de mettre à l'épreuve les sentiments d'Augustin pour Suzanne. Le harceler de questions et de sous-entendus, se disait-elle, à la manière d'une poule qui tourmente un ver de terre, ne ferait que réveiller des souvenirs qu'il semblait disposé à laisser dormir. Lorsqu'elle parlait d'amour, c'était seulement du sien pour lui. Au cours de ces mois d'hiver, leur passion réciproque mûrit, s'approfondit et prit sur leurs cœurs une emprise qui, l'un et l'autre le savaient, ne se relâcherait jamais. Il y eut entre eux de tels moments qu'elle s'étonna de ne pas avoir encore conçu. Mois après mois s'écoulèrent, et elle n'y songea plus. Elle serait toute prête à accepter la joie de porter l'enfant d'Augustin quand le moment viendrait.

Mis à part la chasse et le tir, tous les divertissements organisés pour la Cour à Fontainebleau se déroulaient, à cause du mauvais temps, à l'intérieur. Augustin ne pouvait y prendre part en compagnie de Marguerite, mais elle ne s'en souciait guère : il passait avec elle tous ses moments de liberté. Ce fut un temps qu'ils n'oublièrent jamais ni l'un ni l'autre. Un temps de grands feux dans la cheminée, de promenades en forêt dans la neige, de randonnées en voiture jusqu'à un village voisin, où ils mangeaient dans quelque auberge rustique avec le même enthousiasme que dans un palais, de leçons d'équitation.

Augustin passait presque toutes ses nuits avec Marguerite, dans l'antique lit à colonnes qui avait dû être sculpté par un artisan local au temps lointain de Charles V. Le bois craquait si fort que Marguerite redoutait de voir s'effondrer le ciel de lit. Un soir, pour la rassurer, Augustin sortit entièrement nu des couvertures et grimpa sur le dais pour en démontrer la solidité. Il retomba couvert de poussière et en proie à une crise d'éternuements. L'hilarité de la jeune femme le ramena d'un bond jusqu'à elle, et, une fois encore, il la posséda dans la tendresse et dans les rires.

— Je n'avais jamais imaginé qu'il fût possible d'être si heureux, lui murmura-t-elle ensuite, la tête posée sur son épaule.

— Moi non plus, mon amour.

Doucement, il posa les lèvres sur son front.

Durant le séjour à Fontainebleau, il dut plusieurs fois la quitter pour remplir ses devoirs d'envoyé spécial du Roi. Elle ne posait pas de questions, sinon pour s'enquérir de sa destination. Ce fut pendant l'une de ces absences qu'elle connut l'expérience la plus effrayante. Elle s'était rendue au village afin de faire des provisions pour le retour d'Augustin. Une servante l'accompagnait, portant le panier. Un tumulte éclata soudain là où la presse était la plus grande. Marguerite achetait toujours ses herbes à une vieille femme qui installait son éventaire sous une arche de pierre, devant une écurie abandonnée, à l'angle d'une rue. Elle avait en main un bouquet de romarin séché lorsqu'elle se retourna, surprise et alarmée, pour voir la foule en brusque débandade. Sa servante, qui achetait de la viande, devait se trouver au beau milieu de ce désordre.

— Chien enragé ! Prenez garde !

Le cri fut repris de tous côtés. Des femmes hurlantes attrapaient en hâte leurs enfants, des hommes braillaient, s'armaient de tout ce qui pouvait faire un gourdin. Un désordre indescriptible régnait. Dans un espace soudainement libéré, Marguerite vit surgir un gros chien, la gueule écumante, les crocs découverts. Il courait droit vers elle et la marchande d'herbes, ses yeux fous fixés sur elles.

Elle se précipita vers l'éventaire pour mettre la vieille femme sur ses pieds.

— Vite ! cria-t-elle. Dans l'écurie !

— Les portes n'ouvrent plus !

Vainement, Marguerite se jeta de tout son poids sur les battants. Elle vit avec effroi que l'animal grondant se ramassait pour bondir. Au même instant, un jeune homme, qui s'était frayé un passage parmi la foule en désarroi, épaula un mousquet. Il y eut une explosion. Le chien, dans un terrible hurlement, s'affaissa sur les hanches. Alors, aussi calmement que s'il tirait la perdrix avec un groupe d'amis, le jeune homme échangea son arme contre une autre, chargée par un domestique, et fit quelques pas rapides pour viser à nouveau, de plus près. Cette fois, la tête de l'animal convulsé reçut toute la charge. Après quelques soubresauts, il s'immobilisa. Il y eut des acclamations, des applaudissements. Deux hommes s'avancèrent avec des sacs, pour emporter la carcasse. Marguerite aidait la vieille femme, bouleversée, à se réinstaller derrière son éventaire.

— Vous n'avez pas souffert, mademoiselle ?

Elle fit volte-face. Son regard croisa celui du jeune homme, dont les yeux d'un brun sombre avaient une profondeur qui lui plut. Il avait un large front, qui, pour l'instant, dans son inquiétude à son sujet, se creusait de rides, des pommettes saillantes et un menton carré, résolu. Le nez était légèrement arqué, les narines étroites, les lèvres minces mais bien dessinées. Il ne devait pas être plus âgé qu'elle, et elle reconnut, à sa manière de parler, à son air autoritaire, qu'il faisait partie de la noblesse.

— Nous n'avons rien, répondit-elle, pour elle-même et la marchande d'herbes, en venant le rejoindre de l'autre côté de l'éventaire. Je vous remercie du fond du cœur pour votre prompte intervention.

— Je suis trop heureux de m'être trouvé par hasard dans le voisinage. Permettez-moi de me présenter. Stéphane Le Pelletier, votre serviteur, mademoiselle.

Elle vit qu'il désirait savoir son nom et elle le lui donna : c'était peu, au regard de ce qu'il venait de faire pour elle. Elle n'éprouva aucune surprise lorsqu'il l'invita à se réconforter à l'hôtellerie voisine en sa compagnie. Il n'avait pas prêté la moindre attention à la marchande d'herbes, comme si elle n'existait pas.

— Je suis parfaitement remise, affirma Marguerite, mais le souvenir de cet animal enragé prêt à bondir ne me quittera pas de longtemps. J'accepte votre invitation.

Elle compléta ses achats d'herbes et partit avec lui, à travers le marché, vers l'hôtellerie. Sur leur passage, les gens criaient leurs éloges et leurs remerciements, mais il ne paraissait pas les entendre. L'hôtellerie était pleine à craquer. Le patron les conduisit à un salon particulier qu'il réservait à ses clients de choix.

On leur servit du chocolat chaud.

— Chassez-vous avec le Roi, aujourd'hui, monsieur Le Pelletier ? demanda la jeune femme.

Il eut un demi-sourire qui trahissait la jeunesse sous le masque du galant.

— Je suis trop récemment arrivé à la Cour pour être vu en sa souveraine compagnie. A la vérité, je n'ai fait que l'entrevoir jusqu'ici, conformément au conseil que l'on donne à tout nouveau venu.

— De vous habituer d'abord par petites doses à sa redoutable présence ?

Le sourire du jeune homme s'élargit.

— Précisément. Bien qu'il ait déjà passé la quarantaine, il dégage une majesté qui doit être unique en ce monde.

— Vous ne trouverez personne pour vous dire le contraire. Résidez-vous loin d'ici ?

— Je viens d'Avignon. Et vous, mademoiselle, êtes-vous depuis longtemps à la Cour ?

Apparemment, se dit-elle, il la jugeait sur ses riches vêtements de velours et sur son manteau doublé de fourrure. Il serait bien étonné s'il apprenait que la vieille qui vendait des herbes et la jeune femme qu'il s'attachait à séduire étaient issues toutes deux de la même race paysanne.

— Je ne fais pas partie de la Cour. Je séjourne seulement ici, dans le village de Fontainebleau. J'habite près de Versailles.

Le visage de son interlocuteur s'illumina.

— Voilà qui est fort intéressant. Je n'ai pas encore vu le magnifique Château.

— Alors, un grand plaisir vous attend. Quant aux jardins, il n'existe sûrement nulle part ailleurs plus beau spectacle que celui des fontaines qui jaillissent au soleil.

Elle n'avait pas eu l'intention de s'attarder avec lui mais, en bavardant, elle oublia le temps. Il était agréable de se trouver avec quelqu'un de son âge. Non qu'elle considérât Augustin, qui avait seulement sept ans de moins que le Roi, comme quelqu'un de beaucoup son aîné : elle avait perdu cette façon de voir les choses qui appartient à l'extrême jeunesse, et que Stéphane Le Pelletier conservait encore, celle consistant à tenir pour des vieillards ceux qui n'ont plus vingt ans, par exemple. Toutefois, elle prenait tout à coup plaisir à se trouver en jeune compagnie.

Au fil de la conversation, elle apprit que le marquis de Louvois était le cousin de Stéphane. Augustin et d'autres n'avaient qu'antipathie pour ce puissant seigneur, mais ce n'était pas la faute de Stéphane. Il tirerait naturellement bénéfice de l'influence de son parent mais il lui donnait l'impression d'un garçon indépendant et même solitaire. Certes, comme toute la Cour, il professait pour la chasse un enthousiasme qui, dans son cas, allait presque à l'excès. Elle-même n'avait aucun goût pour ce divertissement. La vue d'un oiseau abattu en plein essor, les hurlements d'un sanglier percé de part en part, la terreur d'un cerf pourchassé offensaient sa sensibilité. Elle ne se sentait pas le droit de condamner Stéphane, mais son sang paysan lui disait que l'on tuait uniquement pour manger et non pour le plaisir.

Peut-être, au bout de quelques minutes, perçut-il son aversion pour la chasse. Il changea de sujet, apparemment désireux de la garder près de lui le plus longtemps possible.

Elle dut bien en venir à mettre fin à cet agréable interlude. Il voulait la reconduire chez elle, mais elle déclina poliment son offre.

— Je ne m'aviserais pas d'interrompre plus longuement vos activités de la journée.

— Pourrai-je vous revoir ?

— Pas ici, non, mais nous nous retrouverons sans doute à Versailles. Encore tous mes remerciements pour votre intervention.

— J'attendrai avec impatience notre prochaine rencontre.

Quand Augustin revint de voyage, elle lui conta l'incident. Il se montra alarmé du danger qu'elle avait couru mais, comme elle insistait pour que tout fût oublié, il n'en parla plus. Sans rien lui dire, il alla trouve Stéphane Le Pelletier pour le remercier d'avoir sauvé la vie de Marguerite. Il n'existait pas en effet de mort plus horrible que celle qui découlait de la morsure d'un chien enragé. Le Pelletier lui répondit fort courtoisement, ce qui ne lui attira pas pour autant la sympathie d'Augustin. Ce n'était pas à cause de sa parenté avec le marquis de Louvois. Simplement, quelque chose, chez Le Pelletier, lui agaçait les nerfs. Il n'en était pas moins reconnaissant au nouveau venu à la Cour et fut heureux d'avoir exprimé sa gratitude.

Au début du printemps, la Cour, dans le tohu-bohu habituel, se prépara à déménager pour aller passer à Saint-Germain les festivités qui précédaient le Carême. Elle se rendrait ensuite à Paris pour les fêtes de Pâques. Quelques jours avant le départ de Fontainebleau, Marguerite reçut une lettre de Lucille : la boutique qui vendait des rubans, juste en face du magasin du chapelier, était à louer.

— Vous ne pouvez laisser passer cette chance, déclara Augustin, lorsqu'elle lui eut exposé la situation.

— Croyez-vous vraiment ? fit-elle, heureuse de cet encouragement.

— En vérité, oui, insista-t-il.

Au moins, quand elle était absorbée par son travail, elle ne courait pas le risque de se faire mordre par un chien enragé, d'être sauvée de justesse par quelque jeune freluquet qui l'invitait ensuite à boire un chocolat en sa compagnie.

Quand la cavalcade de la Cour arriva à la fourche qui divisait la route, Marguerite, dans sa calèche, prit la direction de Satory. Elle adressa un signe d'adieu à Augustin, qui voyageait à cheval, et, dès qu'elle fut hors de vue, il s'aperçut qu'elle lui manquait. Il se rendrait au château pour la voir et vérifier que tout était en ordre mais il n'aimait pas la savoir loin de lui.

A l'atelier, constata Marguerite, tout allait bien. L'homme qui confectionnait les baguettes avait conçu quelques nouveaux modèles charmants, et l'une des ouvrières engagées au début de l'hiver possédait le talent d'entrelacer des plumes pour donner l'effet d'une aile d'oiseau. Lucille souhaita bonne chance à Marguerite quand celle-ci sortit pour se rendre à la boutique de rubans, de l'autre côté de la rue.

L'affaire fut vite conclue. Elle devait reprendre le fonds, mais le prix était raisonnable, et la qualité bonne. Elle régla l'achat, paya un mois de loyer d'avance et reçut la clé le même jour. Le magasin avait été longtemps négligé, mais une couche de peinture à l'intérieur et à l'extérieur eut tôt fait de lui rendre bonne allure. Marguerite cira le comptoir et les rayonnages, avant de s'attaquer aux carrelages, un tablier sur sa robe et les manches retroussées, comme elle l'avait si souvent fait chez ses parents, de leur vivant.

Il était heureux, se disait-elle, qu'Augustin fût trop éloigné pour surgir à l'improviste et la surprendre ainsi, les bras dans l'eau savonneuse. Peut-être aurait-il jugé absurde qu'elle s'en tînt à son budget au lieu de payer quelqu'un sur l'argent qu'il lui allouait. Mais peut-être aussi aurait-il compris qu'elle avait besoin de sauvegarder la liberté de résoudre les problèmes qui n'avaient rien à voir avec leur vie commune. Dans l'ensemble, elle avait de nombreuses bonnes raisons d'aimer Augustin Roussier.

Il lui fallut moins d'une semaine, ensuite, pour engager une aide et transférer les marchandises de l'atelier. Dès qu'elle eut disposé les plus jolis de ses éventails dans la vitrine, des passants tentèrent d'ouvrir la porte. Elle dut se mettre à vendre plus tôt qu'elle ne l'avait prévu : pour elle, c'était folie que de refuser de faire des affaires. Elle désirait à tout prix réussir dans cette entreprise. Le gagne-pain de ses ouvrières en dépendait, de même que la prochaine démarche qu'elle envisageait.

Le 6 mai, le lendemain du dix-huitième anniversaire de la jeune femme, le Roi fit une annonce qui retentit dans la France entière et bien au-delà.

« De ce jour et dorénavant, le gouvernement ne siégera plus à Paris mais à Versailles. »

La noblesse entre en effervescence. Il était inconcevable que la France fût gouvernée depuis un lieu sis à la campagne, au lieu de leur Paris bien-aimé, la capitale la plus civilisée, la plus cultivée du monde entier, le véritable cœur de la nation.

Toutes les anciennes récriminations contre le climat de Versailles, son emplacement et ses autres inconvénients refirent surface avec violence. Le Louvre, ce palais des Rois, où tant de gloire avait vu le jour, où tant de traditions s'étaient établies, allait-il donc être relégué au rôle de résidence secondaire pour le monarque qui avait toujours détesté son environnement ? Les courtisans se sentaient dupés : les superbes agrandissements apportés au Louvre, les magnifiques rénovations, la restauration d'ornements usés par le temps, tout cela n'avait jamais été conçu pour accueillir la Cour ; ce n'étaient que caprices du Roi, dans son désir constant d'embellir Paris et l'Ile-de-France à grand renfort de briques et de mortier.

Les ministres vinrent trouver Louis, l'implorèrent de revenir sur sa décision. Chaque jour, des seigneurs attendaient en longue file, dans l'espoir qu'un mot de leur bouche obtiendrait le résultat tant désiré. Le Roi se montrait courtois, gracieux, souriant mais insensible à toute persuasion. Qui aurait pu dire depuis combien de temps il avait cette idée en tête ? Avait-elle pris racine vingt et un ans plus tôt, quand il avait emmené pour la première fois Louise de La Vallière et quelques amis proches goûter aux joies discrètes de la retraite campagnarde de Louis XIII ? Ou bien était-ce l'année d'avant, en 1660, lorsqu'il l'avait montrée à sa jeune épouse, tout récemment arrivée d'Espagne et déjà entichée de lui ? Ou encore quand, à douze ans, il avait chassé dans les forêts de Versailles en compagnie de Mazarin, le grand homme d'Etat qui avait fait de lui le souverain tout-puissant qu'il était devenu ? Plus probablement, elle s'était développée au fil des années passées, où le Château avait commencé d'éclipser tous les autres palais d'Europe. Quelle que fût la vérité, ce coup de maître éliminait Paris, souillé par la trahison et la félonie, tout en faisant en même temps de Louis et de Versailles un tout indivisible et, pour beaucoup, le nouveau centre du monde.

Comme tous les commerçants de Versailles, Marguerite accueillit la nouvelle avec joie. A l'avenir, on ne verrait plus la Cour déserter le Château et la ville, les commerces péricliter à intervalles réguliers. Dorénavant, la vie n'abandonnerait jamais le Château. Les bureaux ministériels de l'aile Sud resteraient animés, les courtisans résideraient en permanence dans l'aile nord, un constant défilé de voitures franchirait les grilles dans les deux sens, même quand le Roi s'absenterait pour changer de terrain de chasse ou se rendre à la guerre.

Le jour où Louis fit son grand retour à Versailles, des foules considérables, venues de très loin parfois, s'étaient massées pour assister à son entrée triomphale dans le nouveau siège de son gouvernement. Les canons saluaient, les trompettes sonnaient et, dans la Cour Royale, le régiment des Suisses formait une garde d'honneur quand, précédé par son escorte de mousquetaires, le Roi passa dans son carrosse écarlate.

Marguerite accorda à Lucille et aux ouvrières la permission d'aller voir cet événement historique. Elle-même se contenta de regarder passer Augustin, avec un certain nombre de courtisans à cheval, à la suite du carrosse gris et or de la Reine tiré par six chevaux blancs. Elle était transportée de joie d'avoir retrouvé son amour : cela faisait trois semaines qu'elle ne l'avait pas vu quand il était apparu, le jour de son anniversaire, pour lui offrir un collier de dix-huit perles magnifiques.

Il y avait toujours des échafaudages à Versailles, qui resteraient encore là pendant des mois et des années. En ce nouveau cœur de la France, les installations destinées au gouvernement et à l'administration se devaient d'être de la meilleure qualité. La nouvelle galerie de la façade Est était loin d'être achevée, et l'on voyait autant d'ouvriers que de courtisans. Parmi ces derniers, ceux qui étaient mariés allaient occuper un certain nombre d'appartements, et l'on pouvait déjà prévoir que maintes épouses désireraient modifier le décor ou faire effectuer telle ou telle transformation essentielle à leur installation.

Louis, patiemment, accordait des fonds pour ces travaux : chaque dépense était pour lui un investissement supplémentaire dans ce grand coffre de l'artisanat français qu'était Versailles. Le Château avait créé à l'étranger une constante demande pour les marchandises de luxe françaises. Le commerce était à son zénith. Dans tout le pays, les ateliers produisaient pour l'exportation des bijoux, des soies, des tapisseries, des tapis, des meubles, des cristaux, des glaces et des miroirs, des chefs-d'œuvre en or et en argent. Louis connaissait bien ses courtisans. Il savait que les modestes projets de départ pour l'embellissement des appartements individuels ne tarderaient pas à prendre des proportions considérables lorsque interviendrait l'émulation parmi tous les résidents à la Cour, chacun tenant à avoir l'appartement le plus élégant ou, dans le cas des célibataires, la chambre la plus belle. Il voulait se les rallier à force de splendeur, les éblouir par une somptuosité toujours plus grande, les enivrer de la beauté du cadre qui les entourait, jusqu'au jour où il deviendrait inconcevable pour chacun d'entre eux de vivre ailleurs. La lutte serait dure, mais personne ne pouvait résister à sa volonté, une fois sa décision prise.

Louis ne s'offusquait jamais des odeurs de peinture et de plâtre : à leur manière, elles lui étaient tout aussi agréables que les parfums des fleurs qu'il adorait. Bon nombre de courtisans, toujours disposés, à cette époque, à trouver à redire, se plaignaient de nausées continuelles. Plus nombreux encore, ceux qui, après s'être assurés que le Roi ne pouvait les entendre, poussèrent des gémissements ou feignirent l'évanouissement en apprenant qu'il avait l'intention de créer pour son usage personnel un nouvel et somptueux appartement, ce qui occasionnerait plus de désordre encore.

Le nouvel appartement devait se trouver au cœur même du Château, dans les pièces qu'avait occupées son père, bien longtemps auparavant. Les fenêtres donnaient sur la Cour de Marbre, et l'on y découvrait la Cour Royale et la Place d'Armes, au-delà des grilles. Louis, enchanté de cette idée, se demandait pourquoi elle ne lui était pas venue plus tôt. Il donna l'ordre de dresser les plans. Cet appartement devrait briller comme une pierre précieuse et comporterait une chambre à coucher digne d'Apollon, qui ouvrirait par des portes vitrées sur le balcon doré porté par les ravissantes colonnes de marbre rose. Versailles était devenu une sorte de petite cité, puisque sept mille personnes y demeuraient nuit et jour, une population que Louis pourrait avoir constamment sous les yeux.

Personne ne se trompa sur la signification de l'emplacement choisi. Tout comme les planètes dépendaient du soleil, Versailles et la France elle-même devaient tourner autour des levers et couchers quotidiens de Louis. Le Roi-Soleil allait enfin atteindre à son zénith.

Louis ne manquait pas de sujets de contentement. Ainsi l'agitation de la guerre s'apaisait-elle. Il accueillit les courtisans qui en revenaient après s'y être comportés avec honneur. Parmi eux se trouvait Jacques. Le jour de son retour, Marguerite se trouvait justement dans le Vestibule. Elle était venue voir si tout se passait bien pour Clarisse, qui avait repris son poste ce matin-là après un accès de fièvre. Tout allait pour le mieux, et Marguerite se disposait à partir quand elle se trouva face à face avec les Fresnay.

— Dites-nous que vous êtes ici tout exprès pour nous souhaiter la bienvenue ! s'exclama Jacques d'un ton jovial.

Suzanne semblait heureuse de revoir la jeune femme.

— Nous vous retrouvons en bonne santé, j'espère. Comment se porte Augustin ?

Suzanne, remarqua Marguerite, semblait paisible et satisfaite, sans le moindre signe des tensions qui avaient été si visibles avant son départ. Après un bref échange de nouvelles, Jacques dut partir, mais Suzanne montrait le désir de bavarder plus longuement. Marguerite finit par déclarer qu'elle devait retourner à l'atelier. Elles allaient se séparer au pied de l'escalier lorsqu'elles furent témoins d'une scène extraordinaire.

Athénaïs de Montespan, un petit chien entre les bras, descendait les marches tout en s'entretenant avec les dames qui l'entouraient. Elle était encore belle et continuait à porter avec aplomb les couleurs flamboyantes qu'elle affectionnait. En bas, Françoise de Maintenon, élégante en bleu sombre relevé de dentelle blanche, s'avançait vers l'escalier. Athénaïs et elle avaient naguère été amies intimes, ce qui expliquait pourquoi les bâtards royaux avaient été confiés aux soins de Françoise. Mais tout sentiment chaleureux entre les deux femmes avait disparu quand elles étaient devenues rivales.

Françoise commença de gravir les marches d'un pas ferme. Lorsqu'elle croisa Athénaïs, elle la gratifia d'un sourire charmant.

— Vous êtes, je vois, en bonne voie de descendre, Athénaïs. Comme vous pouvez l'observer, moi, je monte.

Elle passa son chemin, laissant Athénaïs au bord de la syncope. Pour tous ceux qui avaient entendu la remarque, il s'agissait là d'une cruelle allusion au déclin d'Athénaïs dans la faveur du Roi et de l'ascendant que Françoise était en train de prendre sur lui.

Les yeux d'Athénaïs brillaient de larmes de colère quand elle se hâta vers le carrosse qui l'attendait. Suzanne avait pris un air grave, sans trace de l'amusement qui se peignait sur les visages des autres témoins.

— Il vous faudra faire part à Augustin de ce que nous venons d'entendre, dit-elle à Marguerite d'un ton pressant.

— Pourquoi cela ? Je ne comprends pas.

Suzanne la dévisagea d'un air incrédule.

— Ne vous a-t-il donc parlé de rien ? Mme de Maintenon n'est en rien une amie des huguenots. Si elle est assez sûre d'elle pour s'adresser en public à sa rivale sur un tel ton, c'est un mauvais présage pour Augustin et pour les tenants de la foi protestante.

Un frisson de peur courut au long du dos de Marguerite.

— Il serait donc en danger, selon vous ?

— Pas directement.

Pareille question n'inspirait qu'agacement à Suzanne qui

pensait constamment à Augustin. Que pouvait savoir cette petite d'un amour durable, de la façon dont on suivait de près chaque événement susceptible d'aider un homme tel que lui ?

— Peut-être ne le sera-t-il jamais, ajouta-t-elle. Nous ne pouvons qu'espérer.

— Dites-m'en davantage, implora Marguerite.

— C'est à Augustin qu'il appartient de le faire, pas à moi.

Suzanne quitta la jeune femme pour s'engager dans l'escalier à la suite de Mme de Maintenon. Quand Marguerite émergea au grand soleil de la Cour Royale, elle n'avait guère envie de retourner à l'atelier ce jour-là. Si Augustin s'était trouvé à Satory, elle y serait allée tout droit pour forcer une explication. Elle voulait tout apprendre de ce que savaient Suzanne et Jacques et, sans doute, bon nombre de relations qui avaient sa confiance, tandis qu'il l'avait laissée dans l'ignorance, elle qui l'aimait plus que la vie même. L'incrédulité qu'elle avait lue dans les yeux de Suzanne devant son ignorance lui avait fait l'effet d'une gifle en plein visage. Elle se sentait humiliée, reniée, complètement exclue. Ses joues flambaient d'une subite colère.

Elle hâta le pas et fit aussi bien car elle s'était attardée sur le chemin de l'un des fourgons à glace qui livraient chaque jour d'énormes quantités de cette commodité à Versailles. L'hiver, on extrayait cette glace des lacs et des rivières et on l'entreposait, tout empaquetée de paille, dans des bâtiments spécialement construits et à demi souterrains. Chaque courtisan en demandait quotidiennement un plein seau d'argent.

L'air froid qui vint envelopper la jeune femme la ramena à une estimation plus raisonnable de la situation. Toute colère était inutile. Augustin devait avoir une bonne raison pour ne pas aborder avec elle un sujet dont il avait de toute évidence abondamment discuté avec les Fresnay.

Ce n'était certes pas parce qu'elle refusait de s'informer des affaires courantes. Bien au contraire, elle y prenait un vif intérêt et lisait toutes les gazettes qui lui tombaient entre les mains. Réfléchissant à l'avertissement que Suzanne l'avait chargée de transmettre, elle se rappela avec quelle habileté Augustin évitait toute conversation qui pouvait avoir trait à sa qualité de protestant. Sans doute, avait-elle toujours supposé, considérait-il leurs fois différentes comme un abîme entre eux, que pouvait franchir l'amour et non la discussion. Un jour de l'été précédent, elle s'en souvenait, elle lui avait répété ce qu'elle avait entendu dire : dans le sud du pays, de nombreux hérétiques étaient condamnés au gibet ou à la torture. Elle avait surpris, par la fenêtre ouverte de l'atelier, les propos de deux messieurs qui sortaient de la boutique du chapelier et s'étaient arrêtés un instant juste au-dessous d'elle pour évoquer la chose.

Sachant que beaucoup de huguenots vivaient dans les Cévennes et le Languedoc, elle s'était attendu à voir Augustin très inquiet, mais il s'était contenté d'une remarque anodine à propos des bruits qui courent, et elle en avait conservé l'impression qu'il en savait plus sur le sujet qu'il ne voulait bien le dire. Pourquoi, ce jour-là, ne s'était-il pas montré plus franc avec elle ? Il y avait eu aussi certaines occasions où des visiteurs s'étaient présentés de nuit. Il les recevait toujours personnellement et les accompagnait lui-même à la porte lorsqu'ils partaient. Elle n'y avait guère songé jusqu'alors, mais, soudain, tous ces faits prenaient une signification sinistre.

Il y avait « Appartement », ce soir-là, et Augustin rentra plus tard que de coutume. L'angoisse de Marguerite était à son comble : elle guetta son retour à la fenêtre, arpenta la chambre en tous sens, jusqu'au moment où elle entendit le bruit des roues de son carrosse. Il s'étonna de la trouver encore debout : d'ordinaire, elle lisait au lit en l'attendant.

— Que se passe-t-il ? s'écria-t-il avec inquiétude.

Elle se jeta dans ses bras.

— J'ai entendu aujourd'hui quelque chose qui m'a fait craindre pour votre sécurité. Je me sens tellement stupide, tellement ridicule de n'avoir pas compris ce que les Fresnay et bien d'autres doivent savoir depuis longtemps.

Il rit doucement pour l'apaiser mais il se demandait ce qu'elle avait bien pu entendre et de quelle bouche. Il s'assit dans une bergère, l'attira sur ses genoux.

— Vous feriez bien, je pense, de commencer par le début et de me dire ce qui vous tourmente.

Elle lui conta d'un trait toute l'histoire, y ajouta ses réflexions de la soirée, qui n'avaient fait qu'augmenter ses craintes.

— J'ai entendu parler de la volonté de convertir tous les protestants, mais maintenant que j'ai assemblé tous les ouï-dire s'y rapportant, j'ai terriblement peur. Où tout cela finira-t-il ?

Elle s'accrocha aux revers richement brodés de son habit de soie.

— Je vous en supplie, fit-elle d'une voix passionnée, dites-moi tout ce que je dois savoir. Pourquoi Mme de Maintenon représente-t-elle une telle menace ?

— Je ne suis pas certain de cela, répondit-il calmement,

bien qu'il soit intéressant d'apprendre qu'elle gagne en assurance. Toutefois, sa rivale est encore bien loin d'être détrônée. Je comprends que Suzanne s'alarme à mon sujet, mais elle n'aurait pas dû vous bouleverser inutilement. Voyez-vous, l'unique but dans la vie de Françoise de Maintenon, et chacun le sait à la Cour, est le salut de l'âme du Roi. Elle veut le délivrer de ses maîtresses, Athénaïs en particulier, et le réunir à la Reine dans la fidélité matrimoniale... une tâche herculéenne, s'il en fut jamais.

— Mme de Maintenon n'est-elle pas sa maîtresse, elle aussi ?

— Personne n'en sait rien, mais l'opinion générale est que non. Quoi qu'il en soit, elle présente pour lui bien d'autres attraits que purement physiques : intelligente et dévote à la fois, elle est à même de débattre avec lui de questions spirituelles sur un plan intellectuel, ce qu'aucune autre femme n'avait encore fait. Songez au plaisir que doit éprouver cet homme à pouvoir s'entretenir de ses sentiments profondément religieux avec elle plutôt qu'avec ses prêtres qui cherchent seulement à lui reprocher ses débordements amoureux. C'est bien connu, ils lui répètent que le seul moyen pour lui d'expier son passé, c'est de faire de la France un royaume entièrement catholique.

— Sans aucune liberté de choix pour chaque individu ?

— Aucune.

— Suzanne croit donc que l'influence de Mme de Maintenon s'exercera dans le même but ?

— Précisément.

— Mais alors, vous êtes en danger ! s'écria-t-elle avec désespoir. Vous ne vous soumettriez jamais à la pression, je le sais bien !

— Peut-être n'en viendrons-nous jamais à ce point. Je suis récemment allé trouver Colbert pour lui demander d'intercéder en faveur des protestants comme il l'a toujours fait par le passé. C'est un vieil homme, aujourd'hui, et de santé précaire, mais il a fait l'effort de voir le Roi afin de le presser de conserver la mesure. Louis l'a écouté, et nous avons toutes raisons de croire qu'il suivra ses avis.

Marguerite se sentit grandement réconfortée.

— Mais qui sont ces visiteurs qui viennent ici de nuit ?

— Je peux aisément vous donner une explication, mais vous devrez n'en parler à personne.

Il lui mit doucement l'index sur les lèvres.

— Disons que je suis devenu une sorte de banquier pour la Cour, un lien avec la banque Roussier dont mon père est toujours le maître. Certains courtisans sont moins fortunés que d'autres. Mais ils s'efforcent de garder le rang que le Roi exige d'eux-mêmes et de leurs épouses. D'autres encore se mettent en difficulté à cause du jeu. Ils ne tiennent pas à voir leur situation devenir de notoriété publique et viennent me trouver de nuit pour demander un prêt.

— Oh ! je comprends !

Il lui prit tendrement le visage entre ses mains. Il lui avait dit la vérité à propos de certains de ces visiteurs nocturnes mais il n'avait pas fait mention du fait qu'il ne s'agissait pas toujours de courtisans en mal d'argent. Bien d'autres venaient le trouver pour des raisons plus secrètes, et certains arrivaient de cette région de la France au sujet de laquelle elle avait voulu l'alerter. Il aurait pu tout partager avec elle, mais, pour sa propre sécurité, mieux valait qu'elle en sût le moins possible.

— Chassez vos craintes, Marguerite. Rappelez-vous que je ne suis pas le seul huguenot à la Cour, et que nous nous acquittons tous de nos fonctions sans encourir le mécontentement du Roi. Tout au contraire, il m'a souri, l'autre jour, et m'a dit que je serais bientôt invité à Marly.

Cette fois encore, il ne disait pas tout. Louis lui avait demandé d'un ton cordial s'il aurait alors une épouse pour l'accompagner, car le cadre charmant de Marly était une incitation à la félicité conjugale. Mais ce n'était pas seulement le Roi qui le poussait au mariage. Son père en parlait plus instamment à chacune de ses visites. Parmi ses amis, Suzanne était la seule à ne jamais lui conseiller, sous forme de plaisanterie ou non, de prendre femme. Si elle était libre, elle le savait, elle aurait toujours sa préférence. Une fois encore, il regretta de ne pouvoir épouser Marguerite. Du moins ne lui permettrait-il jamais de se marier avec un autre, car elle était désormais partie intégrante de sa vie.

Les inquiétudes de la jeune femme se trouvèrent apaisées pour un temps. Mais un soir, quelques semaines plus tard, elle sortit sur le palier juste à temps pour voir Augustin faire ses adieux à l'un de ses visiteurs nocturnes. Elle ne vit pas le visage de l'homme, qui s'enfonça dans l'obscurité, mais quelque chose dans son allure lui parut familier.

Augustin lui sourit en montant l'escalier.

— Encore éveillée, mon ange ? Je crains que l'affaire de mon visiteur n'ait pris plus de temps que prévu.

— Un autre courtisan endetté ?

— Il existe un jeu particulièrement dangereux qui fait rage actuellement à la Cour. On l'appelle la *hocca,* et l'on y peut gagner ou perdre des fortunes en un rien de temps. Je prévois qu'il amènera bien des hommes à la ruine.

Elle le précéda dans leur chambre, sans lui montrer qu'elle n'était pas dupe. Certes, il ne lui avait pas menti, mais ce n'était pas un courtisan qui était venu le voir ce soir-là. Dans cette silhouette enveloppée d'un manteau, elle avait reconnu son propre tisserand, Pierre Ouinville, et elle le savait huguenot. Toute son anxiété lui revint. Augustin, apparemment, se livrait à un jeu bien plus dangereux que la *hocca.* Il lui vint en même temps à l'esprit qu'elle était la seule, dans la maison, à être catholique. Tous les serviteurs étaient de confession protestante.

Quand Jacques se présenta, un soir, il fut annoncé, accueilli et prié de s'asseoir pour déguster un verre de vin. Mais il n'était pas porteur de bonnes nouvelles en ce qui les concernait, Suzanne et lui.

— Je viens de me voir attribuer la pire affectation de ma carrière, annonça-t-il d'un air sombre.

Tout était venu de la nécessité de trouver plus d'eau encore pour alimenter les fontaines de Versailles : il leur arrivait de tarir, lorsqu'une période de sécheresse se prolongeait. Louis, par ailleurs, aimait à voir ses régiments occupés, quand ils n'étaient pas à la guerre ou soumis à d'interminables manœuvres. Une décision royale devait satisfaire à ces deux exigences : on allait détourner le cours de l'Eure, afin de procurer à Versailles une nouvelle source d'eau. C'était une tâche monumentale, qui nécessiterait le travail de milliers d'hommes. Tout comme les Gardes suisses avaient dû creuser le grand lac qui rehaussait le paysage du côté de la façade Sud du Château, de même des régiments d'infanterie devaient être assignés à ces travaux d'excavation. Jacques était l'un des officiers désignés pour les accompagner.

— Et Suzanne ? demanda Marguerite. Pourra-t-elle aller là-bas avec vous ?

— Il n'y a nulle part où la loger, répondit-il avec rage. Tout le personnel militaire sera concentré dans un vaste camp. La ville la plus proche est Chartres, et Suzanne n'y connaît personne. Nous avons décidé qu'elle passerait la majeure partie de son temps à Paris. Là, au moins, elle a un large cercle d'amis, et ceux de Versailles ne seront pas bien loin.

— Nous la verrons régulièrement, promit Marguerite. Et vous-même pourrez venir souvent, sans doute.

— Combien de temps, selon vous, va prendre ce projet ? s'informa Augustin.

Jacques haussa les épaules.

— Des années, à mon avis. J'espère seulement que mon affectation ne sera pas permanente. Je n'ai aucun désir de terminer ma carrière à l'armée dans la peau d'un garde-chiourme à la tête d'une bande de terrassiers.

Quand vint le moment du départ, ils furent navrés pour lui. C'était là une bien triste récompense pour un soldat qui s'était toujours bien conduit. Durant un temps, ils virent peu Suzanne qui était à Orléans avec ses jumeaux. Son fils, Jean-Paul, serait bientôt d'âge à devenir page à la Cour. Jacques et elle appartenaient à de nobles lignées qui remontaient à deux cents ans : leur fils était donc qualifié pour recevoir l'éducation et l'entraînement nécessaires. Mais c'était un enfant studieux, et Suzanne le voyait fort bien développer des intérêts intellectuels, peut-être dans l'une des sciences nouvelles. Elle décida de le laisser continuer ses études avec son excellent précepteur. Mais elle amena les deux enfants à Paris pour quelque temps, et ils se rendirent à Chartres pour voir leur père.

Les affaires de Marguerite continuaient à prospérer. Elle engagea une autre ouvrière à l'atelier. Le jour de son dix-neuvième anniversaire, elle crut enfin être enceinte mais, une fois encore, ses espoirs furent déçus. Elle s'était mise à souhaiter vivement un enfant pour couronner l'amour profond qui l'unissait à Augustin, même si cette relation n'allait pas sans tensions ni querelles. Ils ressemblaient en cela à tout autre couple mais, après les gerbes d'étincelles, les échanges de propos furieux, ils retombaient dans les bras l'un de l'autre. Elle se livrait toujours avec frénésie à ces réconciliations. En de tels moments, elle était plus que jamais hantée par l'invisible menace qu'elle sentait planer au-dessus d'eux.

Survint alors une querelle pire que toutes, causée, comme tant d'autres, par l'inlassable jalousie d'Augustin. Marguerite avait eu une autre rencontre avec Stephane Le Pelletier, au cours d'un divertissement donné dans le parc. Par la suite, il s'était mis à rechercher sa compagnie, pour bavarder, l'inviter à danser. Lorsqu'elle refusa de mettre fin à ces rapports parfaitement innocents, Augustin devint presque fou de rage. Son nouvel ami, tenta-t-elle de lui expliquer, s'était mal adapté à la vie de Versailles. D'esprit sérieux, il ne se sentait pas à son aise avec les courtisans de son âge, dont le principal souci était de s'amuser.

— Je ne veux pas le rabrouer ! Pourquoi le ferais-je ?

La dispute avait atteint un crescendo, et, de colère, elle serrait les poings.

— Mis à part Jacques et Suzanne, il est le premier avec qui j'aie pu me lier d'amitié à la Cour.

— On commence à remarquer qu'il est sans cesse pendu à vos basques. Je ne veux pas de ça. Vous y mettrez fin la prochaine fois que vous le verrez.

Sur cet ultimatum, il sortit à grands pas de la pièce. Elle courut jusqu'à la porte pour lui crier :

— Si vous ne me faites pas confiance, mieux vaut que je parte !

Il ne pouvait croire qu'elle eût vraiment l'intention de le quitter : elle finirait, pensait-il, par se calmer, par se plier à sa volonté. Elle descendit l'escalier avec un petit bagage qui contenait le peu d'objets qu'il ne lui avait pas offerts. Elle était hors de la maison et déjà loin dans l'allée d'accès lorsqu'il s'aperçut de son départ. D'un bond, il fut en selle, se lança à sa poursuite, la rattrapa pour lui couper le chemin, sur un cheval qui se cabrait comme si un dément tenait les rênes.

— Je vous fais mes excuses ! lui cria-t-il furieusement.

Mais sa colère avait une autre cause.

— Je n'ai pas le droit de vous imposer ma volonté.

Elle s'immobilisa, très pâle, durcie dans sa résolution.

— Vous n'avez pas non plus le droit de me refuser votre confiance. Jamais, même en pensée, je ne vous ai été infidèle.

Il mit pied à terre, caressa sa monture pour l'apaiser, mais sans livrer passage à la jeune femme.

— Je vous crois et je vous supplie de me pardonner. C'est la malice des autres qui me rend méfiant, et ma crainte qu'un jour, vous ne tombiez amoureuse d'un autre.

Sa rage, elle le vit, avait cédé le pas au regret de s'être laissé aller à sa colère. Elle comprit soudain qu'elle le tenait dans le creux de sa main. Si elle voulait maintenant traiter avec lui, si elle offrait de retourner à la maison en échange d'un anneau de mariage, il deviendrait son mari. N'avoir sur elle aucun droit légal représentait pour lui un véritable tourment, et c'était là la racine de sa jalousie.

En elle, la tentation était forte. C'eût été si facile ! Déjà, elle croyait sentir l'anneau d'or à son doigt. Mais sa pondération innée reprit le dessus. Elle lui jouerait là un méchant tour, et les conséquences en seraient incalculables car aucun courtisan n'avait le droit de se marier sans l'approbation du Roi. Aller contre cette règle équivaudrait pour lui, s'il était découvert, à la perte de tout ce qu'il possédait, depuis le respect de son père jusqu'au bannissement de la Cour. Un homme bien né avait le droit, si bon lui semblait, de prendre une maîtresse dans le ruisseau mais il lui était interdit de se marier au-dessous de son rang, sauf, parfois, avec une riche héritière d'une famille respectable. Jamais, se disait-elle, il n'avait été plus important pour Augustin de garder la faveur du Roi : chaque mois, semblait-il, elle apprenait des nouvelles de plus en plus inquiétantes à propos des traitements cruels réservés aux protestants qui refusaient de se convertir.

— Je n'aimerai jamais un autre homme, déclara-t-elle d'une voix qui se brisait. Vous avez toujours été le seul et le demeurerez à jamais.

Il fit deux pas dans sa direction, tendit vers elle des mains suppliantes.

— Alors, pardonnez-moi et rentrons à la maison.

La souffrance déformait son visage.

— Je ne saurais y dormir une seule nuit sans vous.

Elle ne put lui résister plus longtemps. La poignée du sac de voyage glissa de ses doigts, et elle laissa le bagage dans la poussière pour aller se jeter dans les bras qui l'enveloppèrent. Leur baiser éperdu ne suffit pas à assouvir le désir qu'ils avaient l'un de l'autre. Augustin donna une tape sur la croupe de son cheval pour le renvoyer à l'écurie, et il prit Marguerite sur l'heure, dans un pré voisin. Il lui fit l'amour parmi les boutons d'or, comme s'il avait été le jeune paysan qu'elle aurait pu épouser si leurs routes ne s'étaient pas croisées. Ils eurent ensuite l'impression que leur réconciliation avait encore resserré les liens qui les unissaient.

Quelques semaines s'écoulèrent dans le calme, mais Stéphane continuait d'être pour Augustin un continuel sujet d'irritation. Il fit un effort pour se montrer poli à l'égard du séduisant jeune homme aux yeux sombres, car Marguerite évitait les tête-à-tête avec son admirateur et avait réduit le nombre des danses avec lui à une ou deux par soirée. Augustin n'avait aucune peine à comprendre l'attitude de Le Pelletier : elle aurait été la sienne, au même âge. Cet obstiné de jeune galant le trouvait trop vieux, à quarante ans, pour apporter à une jeune femme tout ce qu'elle pouvait désirer.

Un soir, sur la terrasse du Bosquet de la Salle de Bal, tandis que Marguerite dansait avec quelqu'un d'autre, Stéphane, délibérément, posa une question dépourvue de tact :

— Chassez-vous toujours, monsieur ?

Il vit naître un éclair de fureur dans les yeux de son aîné et ajouta, avec une condescendance qui n'atténuait en rien le mordant de son premier propos :

— J'ai entendu parler de la blessure que vous avez reçue en

vous battant avec courage et je me demandais si elle vous empêchait de participer à certaines activités.

— Mon épaule blessée m'a laissé un bras un peu faible, mais c'est sans grande importance dans la vie civile, répondit Augustin d'un ton glacial. Le bras qui tient l'épée dans un duel est intact.

La menace sous-entendue atteignit son but. Une hostilité non dissimulée brilla dans les prunelles de Stéphane, et les deux hommes, sauvagement, s'affrontèrent en silence, avant de se retourner vers Marguerite qui les rejoignait. Elle ne perçut aucun désaccord dans l'atmosphère : elle était simplement heureuse qu'Augustin se montrât à présent tolérant et raisonnable à l'égard d'une amitié qui, pour la jeune femme, venait combler un vide dans son existence. Elle n'en avait pas conscience, mais le désir tout naturel de se trouver en jeune compagnie avait pris sur elle un puissant ascendant.

Augustin demeurait dans les grâces du Roi, en dépit de ses constantes interventions en faveur de protestants cruellement traités. Il lui arrivait fréquemment de demander audience pour présenter un cas de temple huguenot fermé au culte, ou une histoire déchirante de parents auxquels on avait enlevé leurs enfants. Peu de familles, en effet, parvenaient à fuir à temps, unies, en un seul groupe, comme celles qu'il avait abritées chez lui, avant de leur trouver un moyen sûr de gagner la Hollande. Le Roi, chaque fois, l'écoutait jusqu'au bout, placide, attentif et bienveillant.

— Sans doute le temple tombait-il en ruine, disait Louis.

Ou bien :

— Les enfants seront bien traités. Rassurez les parents sur ce point, monsieur Roussier.

On avait l'impression de se heurter à une muraille de verre derrière laquelle trônait Louis, détaché de tout ce qui pouvait avoir une connotation humaine. Augustin, parfois, ne savait comment contrôler sa colère. Le plus exaspérant était qu'à son avis, Louis le savait et, par une bienveillance étrangement perverse, le plaignait de subir une telle frustration. Si Augustin avait pu diriger un peu de cette compassion vers des voies favorables, il aurait eu l'impression d'accomplir quelque chose. En attendant, il continuait à faire tout ce qui était en son pouvoir pour secourir les persécutés. C'était là une activité dangereuse, car le Roi possédait un service secret des plus efficaces, qui allait jusqu'à ouvrir chacune des lettres qui parvenaient à la Cour ou en sortaient et à présenter à Louis celles qui avaient pour lui un intérêt particulier. Rien d'étonnant si, aux yeux de ceux qui ignoraient ce système, le Roi semblait posséder des pouvoirs surnaturels qui lui permettaient de sonder les cœurs et les esprits et même de voir à travers les portes des chambres à coucher.

Suzanne revint à Paris. On la trouva étrangement nerveuse, comme si son séjour à la campagne avait accumulé en elle une énergie qui demandait à être dépensée. En son for intérieur, elle savait que son amour pour Augustin avait de nouveau pris le dessus. Parfois, son désir de lui était si fort qu'elle croyait devenir folle. Mais elle luttait contre ce désir, le surmontait. Jamais elle n'avait été le moins du monde jalouse de Marguerite : elle avait toujours eu de l'amitié pour elle et en aurait volontiers fait son amie intime si les circonstances avaient été différentes. Sa tolérance venait d'une bonne raison : si ce n'avait été Marguerite, ç'aurait été une autre femme, car, puisque Augustin ne pouvait l'avoir, elle, il lui fallait bien quelqu'un. Elle avait même été heureuse, sans égoïsme, de le voir heureux dans sa liaison. Peu à peu, pourtant, ces beaux sentiments s'étaient anémiés. Sa jalousie s'était trouvée exacerbée par les congés trop rares de Jacques et par ses longs moments de solitude. Jamais elle ne prendrait pour amant un autre homme qu'Augustin. Il ne lui restait qu'une issue : le tourbillon mondain.

Elle se mit à donner des soirées et des banquets somptueux, on la vit à toutes les festivités de la Cour. Jacques avait beau la dissuader de se rendre à Chartres, elle y allait le plus souvent possible, dans le simple espoir de le voir quelques instants. Comme elle n'avait pas de logement à Versailles, elle séjournait fréquemment au Château Satory, parfois une semaine entière, parfois un jour ou deux seulement. Marguerite lui réservait une chambre qui donnait sur les collines, et elle y laissait ses possessions d'une visite à l'autre.

Marguerite était intriguée par la nervosité de Suzanne, sa quête incessante du plaisir. Toutes ses activités l'éloignaient d'Augustin, ce qui était réconfortant, mais, elle en était convaincue, Suzanne traversait une crise dans sa vie et refusait de s'y confronter.

Un soir, la jeune femme alla jusqu'à faire part de son inquiétude à Augustin. Suzanne venait de repartir, après un nouveau séjour, bref et fort agité.

— Jacques va si rarement à Paris ! dit-il. On serait tenté de croire qu'il se construit sur l'Eure quelque installation secrète. Suzanne est peut-être lasse de se trouver si souvent seule.

Quelques jours plus tard, Marguerite rêva qu'elle berçait un petit enfant dans ses bras, mais qu'il ne cessait pas pour autant de pleurer. Saisie d'anxiété, elle se réveilla dans un sursaut, se dressa sur son séant, le cœur battant à tout rompre. Les cris de l'enfant lui restaient dans les oreilles. La maison, pourtant, était silencieuse. Elle découvrit alors qu'elle était seule dans le lit. Sa main chercha à tâtons la place d'Augustin. Elle était froide. Une étrange sensation la parcourut. Que se passait-il donc dans cette maison, aux toutes premières heures du jour ?

Elle prit sa robe de chambre, l'enfila tout en sortant du lit. Un bruit léger l'attira vers la fenêtre, juste à temps pour voir une file de silhouettes émerger du château, par une porte dérobée, dont elle avait ignoré l'existence jusque-là. Le clair de lune lui permettait de distinguer un couple. L'angle du bras de la femme montrait qu'elle portait un bébé, et cinq jeunes enfants suivaient les deux adultes. Augustin, un sixième enfant à califourchon sur ses épaules, menait la marche. Tous disparurent sans bruit en direction des écuries.

Marguerite, privée de forces, se laissa aller contre le mur. Ces gens étaient-ils arrivés cette nuit même, ou bien étaient-ils restés cachés quelque part dans cette vaste demeure ? Pendant des jours, peut-être. Sans aucun doute, il s'agissait de protestants que l'on conduisait vers un asile sûr, loin de quelque prêtre qui cherchait à les convertir contre leur gré.

Les mains tremblantes, la jeune femme alluma une chandelle et, protégeant la flamme de sa main, descendit aux caves d'où avait émergé le petit groupe. Elle ne découvrit aucun signe d'occupation. Le seul autre endroit possible, c'étaient les greniers, car la pièce secrète était trop petite pour contenir tous ces gens. Elle remonta à l'étage, suivit en courant le couloir qui menait à un escalier auquel on accédait par une porte basse. Celle-ci était ouverte. Marguerite gravit la longue volée de marches qui montaient en spirale jusqu'aux greniers. La lueur de la bougie lui fournit toutes les preuves qu'elle cherchait. Dans l'une des pièces, des lits de camp s'alignaient, les couvertures soigneusement repliées, comme si la mère de famille avait disposé de tout son temps pour mettre de l'ordre avant le départ nocturne. Dans une pièce voisine, les restes d'un repas étaient encore sur la table. Dans ce labyrinthe qui s'étendait sous les combles, un grand nombre de personnes auraient pu se cacher pendant des jours, des semaines même, à condition que personne ne les trahît.

Marguerite se disposait à repartir lorsqu'elle marcha sur un objet qui céda sous son pied. C'était une poupée de chiffon, perdue dans la fuite. Était-elle à l'origine des pleurs qui avaient pénétré son sommeil ? Ou peut-être le tout-petit avait-il crié au moment le plus inopportun ? Un bref instant, elle serra la poupée contre elle, avant de la poser sur l'un des lits de camp. Si Augustin devait par la suite revoir cette famille, il pourrait restituer le jouet délabré mais sûrement très aimé.

Sans bruit, la jeune femme regagna sa chambre et, après avoir ôté sa robe de chambre, elle souffla la chandelle. Une heure après, Augustin reprit sa place à ses côtés et s'endormit très vite. Marguerite, tournée vers la fenêtre, veilla jusqu'à l'aube. Alors seulement, elle trouva le sommeil, et il dut la réveiller à l'heure à laquelle ils se levaient généralement.

Ce soir-là, pendant qu'Augustin assistait à la soirée d'« Appartement », Marguerite se glissa de nouveau aux greniers. Il n'y restait rien qui pût montrer qu'ils avaient été occupés. Tous les lits de camp étaient rangés les uns contre les autres, comme s'ils n'avaient jamais bougé de leur place. Qui, parmi les serviteurs du château, partageait le secret de son maître ? Un instant, elle espéra qu'il n'y aurait plus de huguenots pour venir mettre en danger la sécurité de l'homme qu'elle aimait.

7

Versailles était depuis deux mois le siège du gouvernement quand la Reine mourut à l'âge de quarante-cinq ans. Elle était allée, en compagnie du Roi et de Mme de Maintenon, assister à des manœuvres militaires, ce qu'elle n'appréciait guère. A son retour à Versailles, elle découvrit sous son aisselle un petit abcès que traitèrent ses médecins. Quelques jours plus tard, elle était morte. Augustin se trouvait parmi ceux qui attendaient anxieusement à la porte de la chambre de la Reine. Il vit le Roi en sortir quand tout fut fini. Les yeux de Louis étaient rougis de larmes, son visage attristé mais résigné.

— Jamais avant ce jour la pauvre femme ne m'a causé le moindre désagrément, remarqua-t-il à l'adresse des courtisans qui l'accompagnaient.

Ses paroles furent entendues de tous. C'était là une bien pauvre épitaphe, pour une femme qui l'avait profondément aimé en dépit de toutes ses infidélités.

Hors du Château, la nouvelle de la mort de la Reine se répandit très vite. Marguerite ferma aussitôt sa boutique et son atelier et, en signe de respect, se rendit aux grilles de Versailles. Elle se rappelait la femme qui lui avait lavé les pieds un jeudi saint, elle se remémorait les douces mains, le tendre sourire.

La Place d'Armes était déjà noire de monde quand, moins d'une heure après la mort de son épouse, le Roi quitta le Château : la coutume voulait qu'il abandonnât au plus tôt le lieu du décès et n'assistât pas aux funérailles. Déjà, il avait rejeté la pensée du deuil et projetait de donner à Françoise de Maintenon l'appartement de la défunte Reine, lorsqu'elle le rejoindrait à Fontainebleau quelques jours plus tard.

Le carrosse entouré de son escorte au galop passa tout près

de Marguerite. Louis aperçut la chevelure acajou et en reconnut la propriétaire. Il devait bien y avoir deux ans qu'il lui avait adressé la parole dans le Vestibule. Elle avait cessé d'y vendre ses éventails quand M. Roussier avait fait d'elle sa maîtresse, mais il l'avait entrevue plusieurs fois à Versailles, pour des bals ou des soupers. Elle possédait un visage dont l'exceptionnelle beauté vous demeurait en mémoire.

Augustin dut suivre le Roi à Fontainebleau. Cette fois, Marguerite ne l'accompagna pas : il avait l'intention, durant son séjour, d'aller faire à son père une longue visite, et elle se serait alors retrouvée seule. Gérard Roussier était malade, il avait besoin de son fils pour prendre la direction des affaires jusqu'au moment où un arrangement plus durable pourrait être conclu.

Marguerite eut une agréable surprise : Stéphane Le Pelletier, qui se trouvait dans son domaine au moment où la Reine était morte, revint à Versailles et ne rejoignit pas la Cour à Fontainebleau.

Dès le premier matin, il apparut à l'atelier.

— Venez faire une promenade en voiture avec moi, ce soir, dit-il.

Depuis longtemps, il savait tout sur le compte de la jeune femme et se félicitait de l'absence de Roussier.

— Nous souperons ensuite au meilleur endroit de la ville.

Elle marqua une hésitation.

— C'est difficile. Mme de Fresnay fait un séjour chez moi.

— Je l'invite également.

Elle accepta pour deux raisons. D'abord, elle avait obtenu d'Augustin la permission de poursuivre cette amitié platonique et ne voyait aucun motif d'éviter Stéphane en l'absence de l'homme qu'elle aimait. Par ailleurs, si elle limitait ces sorties aux périodes où Suzanne était en visite au Château Satory, personne n'y trouverait à redire.

Le lendemain matin, après une soirée fort agréable, elle écrivit à Augustin pour le mettre au courant de sa décision, et, à en juger par la réponse qu'il lui fit, il en fut satisfait.

Néanmoins, après le départ de Suzanne, il parut ridicule de ne pas poursuivre ces innocentes expéditions. Plusieurs fois, Stéphane et elle se promenèrent sur le Grand Canal dans l'un des petits bateaux, parcoururent le parc parmi les parterres resplendissant de fleurs, bavardèrent des heures durant sous les ombrages. En l'absence de la Cour, les jardins étaient remarquablement déserts. Un jour, on essayait les fontaines pour s'assurer de leur parfait état de marche. Stéphane, qui était d'humeur particulièrement allègre, entraîna Marguerite dans le Bosquet de la Salle de Bal, et ils dansèrent sur la plate-forme de marbre, sans témoins, sur la seule musique des jets d'eau. Il essaya bien de l'embrasser, mais elle évita le contact de ses lèvres, et il n'insista pas.

Les semaines s'écoulèrent rapidement. Avec les premiers signes de l'automne, Suzanne revint. Elle haussa les sourcils d'un air désapprobateur en apprenant que Marguerite avait continué de voir Stéphane.

— Je trouve cela fort imprudent, dit-elle, je suis plus âgée que vous et plus en mesure de voir le danger.

Marguerite réprima une envie de répliquer. Il eût été insolent de rétorquer que c'était précisément parce que Stéphane et elle n'avaient pas l'âge de Suzanne que leurs rencontres étaient si plaisantes.

— Si c'est la réaction d'Augustin qui vous inquiète, fit-elle d'un ton léger, la question a été réglée entre nous avant son départ. Il sait qu'il s'agit seulement d'amitié.

— Lui avez-vous parlé de chacune de vos rencontres ?

Marguerite haussa les épaules.

— Je n'y songe pas toujours lorsque je lui écris. J'ai tant de choses à lui dire dans mes lettres !

— A mon avis, c'est comme si, au fond de vous-même, vous craigniez qu'il ne vous interdise ces rencontres, s'il en connaissait les détails.

— Augustin n'a rien à m'interdire, répliqua la jeune femme d'un ton acerbe. Je dirige une affaire qui progresse de jour en jour, et, quoi que vous en pensiez, ce n'est pas lui qui m'entretient ! Nous partageons, lui et moi, la même existence parce que nous nous aimons. Je n'ai pas besoin de lui pour vivre.

Suzanne adopta un langage direct.

— Il arrive qu'une femme puisse se montrer trop indépendante. Je vous ai avertie, il y a longtemps, de ne donner à Augustin aucune cause de jalousie.

Le rouge aux joues, elle agitait un doigt autoritaire. Visiblement, la colère la gagnait.

— Si vous deviez maintenant le décevoir, parce que les assiduités d'un jeune galant vous font tourner la tête, je prendrais immédiatement fait et cause pour lui, je vous préviens !

Prise au dépourvu devant cette femme qui, normalement aimable et gracieuse, semblait prête à l'attaquer comme une tigresse, Marguerite répondit simplement d'un ton brusque :

— Vous n'avez aucune raison de me sermonner. Stéphane m'emmène ce soir voir une pièce en ville. Accompagnez-nous. Vous serez la bienvenue, comme vous l'avez été déjà, et vous pourrez voir que votre inquiétude est sans fondement.

Stéphane aurait sans doute préféré être seul avec Marguerite mais il était trop bien élevé pour le laisser voir. La pièce, une comédie, les mit tous trois d'excellente humeur. Il avait réservé une table pour souper, après la représentation. Quand il repartit, après avoir accompagné les deux femmes chez elles, Marguerite exécuta une danse triomphale tout autour du vestibule, dans le tournoiement de ses jupes.

— Voilà ! s'exclama-t-elle. Vous êtes rassurée, j'en suis certaine ! Dites-moi que vos inquiétudes se sont apaisées une fois pour toutes.

Suzanne, qui allait s'engager dans l'escalier, la gratifia d'un long regard avisé.

— Vous n'étiez plus la même, ce soir. Stéphane a exercé sur vous sa magie. A son contact, vous êtes redevenue une écervelée.

Marguerite s'immobilisa.

— Vous êtes partie d'ici avec des préjugés, accusa-t-elle. Vous avez vu ce que vous aviez décidé de voir.

— Absolument pas. J'étais bien décidée à garder un esprit impartial.

— Augustin n'aurait pu rien trouver à redire à la conduite de Stéphane à mon égard.

— C'est vrai, je vous l'accorde. Mais il aurait vu ce que je n'ai cessé de voir.

— Quoi donc ?

— Stéphane est follement amoureux de vous.

Sur un énergique signe de tête, Suzanne se remit à gravir les marches.

— Je vous souhaite une bonne nuit. Dormez bien.

Restée seule, Marguerite noua ses bras autour du premier pilastre de l'escalier et posa son front sur le bois doré. Suzanne avait dit vrai, et elle aurait dû affronter la réalité depuis longtemps. Elle avait, par le passé, assumé d'un coup tant de responsabilités, y compris celle d'aimer un homme exigeant… Si Stéphane lui avait procuré quelques jours d'insouciance, était-ce si mal de les avoir acceptés ?

Suzanne ne revint pas sur le sujet mais elle ne joua plus les chaperons. Elle passait le plus clair de son temps avec un couple d'amis qu'elle avait en ville. Ce couple avait une fille que Suzanne était disposée à présenter à la Cour, et elle aimait assister aux cours de maintien et d'étiquette que recevait la jeune fille.

On en fut bientôt à quelques jours du retour de la Cour.

— Aurai-je le plaisir de continuer à vous voir ? demanda un soir Stéphane à Marguerite, à la sortie d'un concert auquel ils avaient assisté.

Les musiciens qui ne suivaient pas la Cour ,donnaient fréquemment des récitals aux habitants de la ville. Stéphane avait reconduit la jeune femme chez elle.

Elle secoua fermement la tête.

— Je vous l'ai fait clairement comprendre dès le début.

La réserve naturelle du jeune homme, qui lui interdisait d'exprimer tout sentiment intime, se rompit soudain comme un barrage de rivière.

— Je suis amoureux de vous !

Elle ne s'était pas attendue un instant à voir cet aveu éclater au grand jour. Les traits de Stéphane étaient crispés au point que la peau se tendait sur l'ossature encore enfantine de son visage.

— Nous sommes convenus d'être des amis, lui rappela-t-elle vivement. Rien d'autre.

— Je le sais. Chaque heure passée avec vous m'a rendu heureux. Mais, comme vous ne pouvez assister à Versailles aux « Appartements » ni à aucun divertissement donné à l'intérieur du Château, l'hiver sera bien long pour moi si je ne vous vois pas.

Après une courte pause, il reprit, d'une voix pressante, frémissante d'émotion :

— Je pourrais vous offrir tout ce que vous donne Roussier et davantage. Vous auriez votre propre appartement, au lieu de vivre chez lui. Quittez-le pour moi. Jamais il ne pourra vous aimer comme je vous aime, très chère Marguerite.

— Taisez-vous ! murmura-t-elle. Vous ne devez pas me tenir de tels propos. Vous savez à qui je réserve ma loyauté.

— Mais Roussier est bien plus vieux que vous ! protesta-t-il avec véhémence. Vous serez encore jeune quand il sera gâteux.

Elle ne pouvait tolérer cette sorte d'attaque.

— L'âge ne compte pas quand on s'aime profondément !

— Mais mieux vaut deux êtres jeunes ensemble, comme nous !

— Pas toujours, répondit-elle avec assurance. De toute manière, quand l'un des partenaires est plus vieux, et l'autre plus jeune, ils se retrouvent à mi-chemin.

— Mais vous vous plaisez en ma compagnie.

— Oui, certes. Mais, lorsqu'il s'agit d'amour, c'est une tout autre catégorie qui ne se soucie ni de l'âge, ni de la fortune, ni de la couleur, ni de la foi.

— Voulez-vous me faire une promesse ?
— Laquelle ?
— Si jamais vous et Roussier venez à vous séparer, vous me laisserez prendre sa place.
— Si cela devait arriver, déclara-t-elle, je ne voudrais jamais personne d'autre.
Il ne la crut pas. Roussier exerçait sur elle un ascendant qu'il était résolu à briser. Personne ne lui avait jamais rien refusé. Dès son enfance, il n'avait eu qu'à tendre la main vers ce qui lui faisait envie, et quiconque avait tenté de lui résister s'en était mordu les doigts. La rage glaciale qui s'était emparée de lui devant le refus de Marguerite n'était pas dirigée contre elle mais contre l'homme qui possédait ce qui aurait dû lui appartenir. Du moins ne devinerait-elle rien de la haine que lui inspirait Roussier.
— Vous parlez ainsi à présent, dit-il, mais nous avons, vous et moi, toute la vie devant nous.
Elle l'avait déçu, elle le savait, et elle appréciait la modération dont il faisait preuve. D'autres auraient été furieux. Cela valait mieux, car elle avait une autre mauvaise nouvelle à lui annoncer.
— Cette soirée, je crois, est la dernière que nous passons ensemble.
— Non ! Ne me privez pas du peu de temps qu'il me reste. Permettez-moi de continuer à vous voir jusqu'au retour de Roussier.
Elle lui avait confié — imprudemment, lui semblait-il maintenant — qu'Augustin ne pensait revenir qu'une semaine après la Cour. Il arriverait alors tout droit du Havre. Il était difficile de repousser la requête de Stéphane, mais elle devait agir pour le mieux.
— Je ne peux me prêter à cela mais, si vous le voulez, je me ferai remplacer à la boutique, le jour où le Roi reviendra à Versailles, et je passerai la journée entière avec vous.
C'était pour lui une maigre consolation, mais qui valait mieux que rien.
La Cour revint au moment où les premiers jours d'octobre jetaient sur les arbres un or aussi éclatant que tout ce que pouvait contenir le Château lui-même. Louis, dès son retour, en fin d'après-midi, se rendit à l'appartement de la Reine. Les lieux étaient à présent dépouillés de toutes les possessions de sa défunte épouse, à croire qu'elle n'y avait jamais résidé. Et personne ne se hasarderait à faire allusion à sa disparition, car il était interdit de parler de mort à Versailles.
Le Roi passa les pièces en revue sans la moindre sentimen-

talité. il se demandait simplement s'il pourrait incorporer une partie de l'espace libéré à son propre appartement qui n'était pas encore achevé. Les fenêtres, ici, donnaient au sud, un symbole agréable qui évoquait la chaleur, la fécondité dont bénéficiait toute la nature. Certes, la Reine ne lui avait donné que le Grand Dauphin, puisque cinq autres enfants n'avaient pas survécu, mais, par bonheur, l'héritier du trône était vigoureux et en excellente santé. Comme son père, il n'était jamais malade et, comme lui encore, c'était un collectionneur de tableaux et d'objets d'art. Seule, la préférence du jeune homme pour les femmes sans beauté échappait à la compréhension de Louis.

— J'ai besoin de beauté sous toutes ses formes, comme d'autres hommes ont besoin d'air, murmura le Roi pour lui-même, comme pour chasser les ombres importunes qui se glissaient dans ces pièces paisibles et charmantes.

Une jolie femme aurait représenté, en cet instant, une bénédiction pour son corps affamé d'amour. Encore dans toute la force de l'âge, il avait su, dès son veuvage, qu'il devrait se remarier bien vite. Il était parfaitement au courant des conjectures qui bourdonnaient autour de lui. Pour bien des princesses étrangères, il constituait un parti hautement désirable, et, à la Cour, la jalousie allait déjà bon train parmi les jeunes femmes bien nées, chacune espérant devenir la prochaine Reine de France. Mais sa décision était déjà prise. Personne ne la connaissait, mis à part trois personnes auxquelles il pouvait entièrement se fier et la dame elle-même. Durant les dernières semaines passées à Fontainebleau, il s'était contraint, sur l'insistance de celle-ci, à une période de chasteté, en préparation à la toute nouvelle phase de sa vie qu'il allait partager avec elle. Cela signifierait pour lui une fidélité qui ne l'enchantait guère, particulièrement en son présent état de privation physique. Mais il aimait Françoise de Maintenon qu'il devait épouser, secrètement et morganatiquement, dans la chapelle, quelques jours plus tard.

Incapable de trouver la paix, il s'approcha d'une fenêtre pour contempler, par-delà les Parterre du Midi, le site où, au prochain printemps, l'architecte Mansart entreprendrait la construction d'une immense Orangerie. Un courtisan et une jeune femme se promenaient dans l'une des allées. Il les vit s'arrêter pour se faire leurs adieux. Aucun baiser ne fut échangé : l'homme se contenta, en un geste conventionnel, de porter à ses lèvres la main de sa compagne. Mais ils se tenaient très près l'un de l'autre. Il y avait quelque chose de poignant dans cette séparation, comme si elle mettait fin à une liaison amoureuse.

Louis continuait de les observer. L'homme se détourna à regret, avant de presser le pas pour rejoindre l'arcade qui donnait accès à la Cour Royale. La jeune femme demeura immobile et le suivit d'un regard où se mêlaient regret et soulagement. Elle leva simplement la main en un dernier signe d'adieu, au moment où le courtisan se retournait pour la saluer une fois encore, avant de disparaître à sa vue.

La jeune femme, quant à elle, ne semblait pas pressée de partir. Elle restait près du bassin, à contempler l'eau, mais Louis devina que son reflet n'avait aucune part dans ses pensées. Brusquement, les nuages massés dans le ciel se séparèrent pour laisser le soleil de cette fin d'après-midi balayer les Parterres du Midi. La chevelure de l'esseulée flamboya comme une pivoine. Marguerite Drémont. La marchande d'éventails. Le Roi sentit trembler tout son corps, dans une violente flambée de désir. Un fragment de conversation, surpris à Fontainebleau alors qu'il n'était pas destiné à ses oreilles, lui revint soudain en mémoire. C'était Athénaïs qui avait parlé, sur un ton d'exaspération.

— Si l'on ne trouve pas bientôt une épouse convenable pour le Roi, il est bien capable d'épouser le premier joli visage venu, que ce soit celui d'une blanchisseuse ou d'une marchande d'éventails !

Eh bien, il avait fait le choix de son épouse, mais il lui restait encore quatre nuits avant le mariage, avant que les chaînes de sa conscience se referment sur lui pour le reste de ses jours.

Marguerite se dirigeait lentement vers l'escalier qui séparait les Parterre du Midi de la terrasse. Jamais plus elle n'encouragerait une amitié qui devrait s'achever dans la tristesse. Les hommes, apparemment, ne savaient pas séparer le désir de l'amitié. Elle éprouvait à l'égard de Stéphane une profonde et chaleureuse affection, mais rien de plus. Lui, au contraire, s'était laissé déchirer par ses sentiments pour elle.

Il aurait voulu la reconduire chez elle, mais elle avait l'intention de passer au magasin, afin de s'assurer que tout s'était bien passé durant la journée. Un cocher du Château Satory l'y attendrait. Stéphane était tout prêt à faire avec elle ce court trajet, mais elle avait jugé préférable de se séparer de lui dans le parc où ils avaient passé ensemble bien des heures agréables.

En gravissant les marches, elle frissonna. Un vent froid se levait, et le ciel s'obscurcissait de nouveau. Elle ramena sur sa tête le capuchon de son manteau, pressa le pas pour sortir par la Cour Royale. Elle avait l'impression que Stéphane la guettait de l'une des fenêtres et elle dut résister à la tentation de tourner la tête. Elle n'avait fait que quelques pas lorsqu'elle entendit quelqu'un courir derrière elle sur les pavés.

— Mademoiselle Drémont !

Elle fit volte-face, se trouva devant l'un des « enfants bleus », comme on appelait les pages, à cause de leur livrée.

— Oui ?

L'idée l'effleura que Stéphane avait confié à ce garçon un dernier billet amoureux, mais ce n'était pas le cas.

— Sa Majesté le Roi désire vous voir. Ayez la bonté de me suivre.

Elle fut à la fois surprise et épouvantée. Sans doute était-ce le regard du Roi qu'elle avait senti posé sur elle. Augustin l'avait bien avertie que le Roi la questionnerait probablement un jour à propos du Cabinet des Peintures, mais, après deux ans, elle avait cessé d'y penser. Pourtant, tout le monde savait que le Roi n'oubliait jamais rien. Par bonheur, les tableaux qu'il lui avait permis de voir avaient fait sur elle une telle impression qu'elle serait en mesure de répondre à toutes les questions qu'il jugerait bon de lui poser.

Au lieu de lui faire traverser les Grands Appartements, comme elle s'y attendait, le page la conduisit dans une partie de Versailles où elle n'était jamais allée et ouvrit une porte qui se distinguait à peine du décor. Ils suivirent d'étroits couloirs, montèrent des escaliers en spirale où l'on avait à peine le passage. Ils ne rencontrèrent personne en chemin. Ils auraient tout aussi bien pu être seuls dans un labyrinthe. Ils se trouvèrent finalement devant une autre porte, et le page l'ouvrit, s'effaça pour laisser passer la jeune femme.

— Attendez ici, je vous prie, mademoiselle.

Elle entra dans un charmant salon tendu de blanc et de vert qui mettaient en valeur les riches coloris d'un superbe tapis de la Savonnerie. Un grand feu flambait dans la cheminée de marbre gris. Sa chaleur était la bienvenue, et Marguerite approcha ses mains des flammes, après avoir donné son manteau au page, qui l'emporta. Sans doute, se dit-elle, s'agissait-il d'une antichambre. D'un instant à l'autre, elle allait être appelée en la présence royale, de l'autre côté de la porte à deux battants qui s'ouvrait dans le mur d'en face. La peur lui tenaillait le ventre. Elle ne pouvait voir le Roi sans se remémorer la cruauté dont il avait fait preuve à l'égard de sa mère et elle espérait que l'entretien serait de courte durée.

Le jour déclinait. Un laquais entra pour allumer les bougies et fermer les volets sur les fenêtres qui donnaient sur une cour intérieure. Un autre serviteur vint alimenter le feu. Après quoi, elle se retrouva seule. Désireuse de satisfaire un besoin naturel, elle alla vers la seule autre porte du salon, à demi dissimulée sous des tentures. Au-delà se trouvait une petite pièce qui contenait, comme elle l'avait espéré, une chaise percée recouverte de velours, avec, sur un plateau d'or, une petite pile de carrés de linge fin. Elle agita une clochette avant de regagner le salon. Quelques instants après, de retour près du feu, elle entendit une servante remettre de l'ordre dans la petite pièce.

Elle commençait à bouillir d'impatience. Le cocher ne devait plus être là à l'attendre devant la boutique. Une fois sortie de là, elle devrait arrêter une voiture de louage aux grilles.

Des pas approchaient. Elle fut debout d'un bond. Mais c'était de nouveau le laquais accompagné de deux autres domestiques, tous coiffés d'identiques perruques noires. Ils étendirent sur la table une nappe damassée, entreprirent de dresser le couvert pour le souper de la jeune femme.

— Le Roi a-t-il coutume de faire attendre aussi longtemps ses sujets ? demanda-t-elle avec colère.

Sans un battement de cils, le laquais approcha un fauteuil de la table, pour l'aider à y prendre place.

— Très souvent, mademoiselle. Les affaires d'Etat ont le pas sur tout le reste.

Avec un long soupir, elle s'assit. A son grand soulagement, les valets, après lui avoir versé du vin et découvert les plats d'argent, la laissèrent seule. La pendule, dans un coin du salon, lui apprit que le Roi devait être à présent à son souper. De toute évidence, les affaires sans importance, telle une marque de courtoisie envers une marchande d'éventails, étaient oubliées pour la journée. Elle partirait dès que se manifesterait quelqu'un qui serait capable de la conduire hors du Château, car elle ne pourrait jamais retrouver seule son chemin.

Mais, après avoir débarrassé la table, les valets durent retourner à leurs devoirs, et, une fois encore, elle se retrouva seule. Elle arpentait la pièce avec impatience quand survint une femme d'âge mûr.

— Enfin ! s'exclama Marguerite. Allez me chercher mon manteau, je vous prie. J'attends depuis des heures et je dois à présent rentrer chez moi.

La femme prit un air scandalisé.

— C'est impossible, mademoiselle. Ce serait contraire à

l'étiquette. Sa Majesté n'aura pas oublié que vous êtes ici. S'il le faut, vous devrez attendre toute la nuit et même toute la journée de demain, mais je doute fort qu'il en soit ainsi.

Elle se hâta d'aller ouvrir la porte à double battant, révélant ainsi, non pas un salon officiel, comme s'y attendait Marguerite, mais une chambre à coucher bleu et or.

— Je vais vous aider à vous préparer pour la nuit, mademoiselle.

— Mais c'est ridicule !

Marguerite exaspérée leva les bras, les laissa retomber. Rien d'étonnant si Augustin parlait parfois de courtisans qui croquaient le marmot des jours durant pour tenter d'obtenir une audience du Roi. Sans aucun doute, les envoyés étrangers étaient reçus en ces lieux en attendant leur tour.

Il y avait une chemise de nuit en soie brodée, des pantoufles de satin presque à sa mesure, une brosse montée en argent pour ses boucles. Lorsqu'elle fut prête pour le lit, la femme rejeta les couvertures. Marguerite s'adossa aux oreillers, prit un livre sur une petite table de chevet.

— N'éteignez pas les bougies, ordonna-t-elle. Je vais lire un moment.

— Je n'en avais pas l'intention, mademoiselle, répondit la femme, sur un haussement de sourcils.

Elle referma derrière elle les battants de la porte.

Le livre contenait les poèmes d'amour de François Villon, et, enchantée par leur tendre passion, elle perdit toute notion du temps. Elle commençait à sentir le sommeil la gagner quand elle entendit le bruit de la porte qui s'ouvrait. Ce n'était pas la femme qui l'avait aidée à se dévêtir. Elle eut l'impression que son esprit explosait, comme une vitre tombe en morceaux. Louis la regardait en souriant. Il portait une robe de chambre rouge et or et, incliné avec désinvolture sur l'oreille, un bonnet de nuit en soie orné d'un gland d'or.

En un instant, le visage de Marguerite perdit toute couleur. Brutalement, elle comprenait, et s'épouvantait de sa propre naïveté. Comment n'avait-elle pas deviné ? Le livre glissa de sa main sur les couvertures. Elle sauta du lit, plongea dans une profonde révérence, demeura ainsi le temps de maîtriser son affolement. Econduire le Roi constituait-il un crime de trahison ? Les gens qui lui faisaient offense disparaissaient à jamais. Oh ! pourquoi avait-elle eu l'idée de venir dans les jardins avec Stéphane, ce jour-là, quand tout autre lieu lui aurait évité cette catastrophe ?

— Bonsoir, ma chère. Nous pouvons, je pense, nous dispenser de toute cérémonie.

Louis s'était approché d'elle. Il la prit par le coude pour la relever, et elle se trouva face à face avec lui. Le redoutable pouvoir de sa présence lui donnait le vertige. Le dégoût la faisait frémir intérieurement. Après le choc qu'elle venait de subir, elle craignait à tout moment d'entendre ses dents se mettre à claquer.

— Sire, je crains bien de ne pouvoir vous plaire, déclara-t-elle.

— Il m'est avis que vous possédez ce qu'il faut pour plaire à tout homme de discernement. Ce n'était pas M. Roussier qui vous accompagnait aujourd'hui dans les jardins.

— C'était un ami, Sire.

— A mes yeux, c'était plus que de l'amitié, remarqua-t-il. Il lui prit le menton entre le pouce et l'index pour lui relever le visage. Son étrange beauté l'avait attiré la première fois qu'il l'avait vue, dans le Vestibule. Elle était plus désirable encore, sous la fine soie de la chemise de nuit qui épousait les lignes de ses seins, de ses hanches, de ses cuisses.

— Je sais que votre amant est au Havre. Je saurai garder votre secret.

— Et le secret de cette nuit, Sire ?

— Votre protecteur se sentira honoré que son Roi ait trouvé sa compagne à son gré. Tout mari le serait aussi. Mais notre secret n'ira pas plus loin. Est-ce bien entendu ?

— Oui, Sire.

Elle éprouvait une envie presque irrésistible de lui rire au nez. Supposait-il, se demandait-elle, qu'elle aurait envie de se vanter de ce regrettable honneur fait à Augustin ?

— Allons, ma chère. Il est temps pour nous de faire plus ample connaissance.

Il lui posa une main ferme au creux de la taille. Elle se cambra en arrière lorsqu'il la pressa contre lui, l'entoura de ses bras pour l'embrasser avec une passion croissante. Elle demeurait passive, sans réaction, capable, dans ce curieux état de détachement, d'observer qu'il savait comment embrasser une femme pour éveiller en elle le désir. Bizarrement, sa fureur était dirigée contre elle seule, pour s'être laissée prendre à ce piège. Pourtant, même si elle avait pu deviner dès l'abord ses intentions, elle aurait été contrainte d'obéir à ses ordres. Récemment encore, une dame de la Cour avait été envoyée à la Bastille pour avoir déplu au Roi, et personne ne connaissait l'exacte raison. S'était-elle trouvée dans cette même situation et avait-elle refusé de céder ? Personne ne pouvait contrarier l'orgueil de Louis sans s'exposer aux plus néfastes conséquences. Marguerite ravala le cri de protestation qui lui montait à la gorge. L'instinct de survie était ancré en elle. Elle se sentait capable de tout supporter pour n'être pas à jamais séparée d'Augustin.

Louis mit fin au baiser avec tendresse et lui sourit de nouveau, tout en passant une main caressante sur le bas de son dos. L'inertie de la jeune femme ne l'arrêtait pas dans ses entreprises. Il était accoutumé à voir les femmes paralysées par le trac lorsqu'elles se retrouvaient seules en sa compagnie : elles continuaient à voir en lui le Roi et non l'homme, même en robe de chambre. Leur attitude changeait vite. Nul mieux que lui ne s'y entendait à donner le plaisir à une femme une nuit entière.

— Ne pourrions-nous nous entretenir un moment ? proposa-t-elle, en s'efforçant de paraître calme.

Elle nourrissait encore l'espoir qu'il pourrait s'endormir : il avait fait dans la journée tout le trajet depuis Fontainebleau, et il était déjà très tard.

— Vous aurez droit à tous les propos amoureux que peut désirer votre cœur, ma chère, promit-il, une lueur dans les yeux.

Sans effort, il la souleva, la porta jusqu'au lit, la déposa doucement contre les oreillers. Tout en faisant le tour de la couche, il ôta son bonnet de nuit, le glissa dans une poche de sa robe de chambre. Ses cheveux noirs taillés court ne montraient pas un seul fil gris.

— Les bougies ! implora-t-elle, en se redressant à demi.

Il avait déjà dû faire face à cette demande et savait où se trouvait l'éteignoir. Il avait coutume de laisser toujours deux flammes allumées, car à quoi servait d'avoir dans son lit une femme ravissante, si l'on ne pouvait apprécier tous ses charmes ?

— Vous avez oublié deux bougies, Sire.

Sans paraître l'entendre, il acheva d'enlever sa robe de chambre. Habituellement, il n'y avait pas de protestations. Les femmes, semblait-il, se sentaient obligées pour la forme de demander l'obscurité mais elles étaient finalement satisfaites de ne point l'obtenir. Cette jeune femme devait être encore impressionnée par sa présence. Il ne tarderait pas à y porter remède. Une fois au lit, ils ne seraient plus qu'un homme et une femme, bien que, même nu, il restât le Roi-Soleil.

Elle vit sa silhouette approcher pour entrer dans le lit. Elle sentit monter en elle une aversion totale, violente et sut que son cœur cesserait de battre s'il la possédait. En temps de danger mortel, avait-elle entendu dire, les hommes comme les femmes laissaient parfois échapper un cri involontaire pour appeler leur mère. L'image de la sienne jaillit dans son esprit avec une netteté qui faillit lui couper le souffle.

— Ma mère était Jeanne Drémont, Sire !

Il se redressa sur un coude, posa sur elle un regard amusé.

— Et la mienne était Anne d'Autriche. Voilà une question réglée.

— Vous ne comprenez pas !

Tant bien que mal, elle se mit à genoux, lui fit face.

— Je vous apprends un fait de la plus haute importance !

— Il y a eu bien des Jeanne dans ma vie, ma chère, répondit-il patiemment, toujours avec un léger amusement. S'était-il un jour accouplé avec la mère de cette petite, parmi toutes les servantes et les suivantes qui avaient traversé son existence au cours des années ?

— Mais il n'y a eu qu'une seule Jeanne Drémont. Vous n'oubliez jamais rien ! Quel jeu jouez-vous avec moi, Sire ?

Brusquement, il était mal à l'aise. Cherchait-elle à lui faire comprendre qu'elle comptait parmi ses bâtardes ? Rien ne lui faisait plus horreur que l'inceste. C'était pour lui le péché inexpiable.

— Où l'ai-je connue ?

— Sur la terrasse, le jour où mon père est tombé de l'échafaudage de la façade Ouest. Folle de chagrin, elle vous a injurié, et vous l'avez condamnée à la prison. Elle y est morte. Vous ne pouvez désirer faire l'amour à sa fille !

Il se pétrifia. Tout désir pour elle l'abandonna. La fureur se mit à battre dans ses veines, son visage se congestionna. Il revoyait la folle, les traits déformés par la haine, la bouche béante qui crachait ces impardonnables insultes.

Sans un mot, il se jeta hors du lit, fou de rage. Sa robe de chambre tourbillonna, fouetta les battants de la porte quand il les poussa violemment pour partir. Dans le salon annexe, l'autre porte claqua. Le silence se rétablit.

Marguerite resta où elle était, le visage entre les mains, tremblante de soulagement. Il avait disparu. Jamais plus elle n'aurait à affronter semblable situation.

Elle n'eut aucune peine à trouver ses vêtements. Sa robe et son manteau étaient dans un cabinet voisin. Ses sous-vêtements avaient été rangés dans les tiroirs de l'armoire à linge. Elle fut bientôt rhabillée, renoua ses cheveux avec leurs rubans. Elle alla jusqu'à la porte du salon, risqua un coup d'œil à l'extérieur. Elle espérait voir un domestique, mais le couloir était désert et obscur. Sans doute Louis avait-il apporté une bougie pour éclairer son chemin à l'aller comme au retour.

Elle agita la clochette dans le petit cabinet de la chaise percée, mais, cette fois, personne ne se manifesta. Peut-être les serviteurs avaient-ils ordre de déserter les lieux jusqu'à l'aube : le Roi aurait alors regagné sa chambre d'apparat, à temps pour son « lever ». Marguerite décida que le plus raisonnable consistait à attendre là où elle était, jusqu'à l'arrivée de quelqu'un qui pourrait la guider. Elle s'installa dans une bergère, près du feu mourant du salon, là où il faisait le plus chaud. Elle avait espéré s'endormir mais elle ne fit que sommeiller, avec de brusques réveils apeurés, où elle croyait retrouver Louis en face d'elle.

Finalement, elle n'en put supporter davantage. Elle allait s'arranger pour retrouver seule le chemin de la sortie. Forte de cette pensée, elle s'arma d'un candélabre à trois branches et se mit en route. Elle n'avait pas la moindre idée de l'endroit où elle se trouvait, car les fenêtres de la chambre qu'elle avait occupée donnaient sur une cour intérieure et ne lui fournissaient aucun indice. Parvenue à un embranchement du couloir, elle poursuivit son chemin avec assurance, dans l'espoir de trouver un point de repère qui l'aiderait à se guider. Elle se sentit soulagée en parvenant à un étroit escalier en spirale et le descendit rapidement, mais se heurta à une porte vitrée qui l'obligea à revenir sur ses pas. Ses bougies se consumaient rapidement, dans les perpétuels courants d'air. Elles diminuaient de minute en minute. Pour les économiser, elle en souffla deux, poursuivit ses recherches à la lueur d'une seule flamme vacillante.

Finalement, au bout d'un corridor, elle se trouva devant une porte qui s'ouvrit sous ses doigts. Précautionneusement, elle la poussa plus avant, découvrit une vaste pièce. A l'autre extrémité, à travers les fenêtres sans volets, elle pourrait voir si elle se trouvait au nord, au sud, à l'est ou à l'ouest du Château : il restait toujours des flambeaux allumés, la nuit, et les reflets sur les bassins la guideraient. Elle voulut agrandir l'ouverture de la porte, et le battant grinça. Aussitôt, il se fit un mouvement, et, à sa grande frayeur, elle aperçut l'un des lits en forme de tente dans lesquels dormaient les gardes, dans les Grands Appartements.

— Qui va là ? demanda une voix.

Vivement, elle referma la porte, le souffle court, le cœur battant. Si elle était entrée, et si le garde l'avait prise pour une voleuse ? Le Roi ne se serait jamais porté garant pour elle, et personne d'autre n'aurait osé. Elle n'avait échappé à un danger que pour s'exposer à un autre. Elle ne pouvait rebrousser chemin pour tenter de retrouver l'appartement dans ce dédale de couloirs. Il lui fallait poursuivre sa quête et ne plus ouvrir une porte avant d'être sûre qu'elle menait à l'extérieur.

A cet instant, elle crut entendre le garde approcher de la porte derrière laquelle elle se trouvait. Elle fit volte-face, se jeta à l'aveuglette dans la direction par laquelle elle était venue, tourna à droite, à gauche, jusqu'au moment où elle eut la certitude que personne n'était à sa poursuite. Elle s'arrêta pour reprendre haleine. Au même moment, sa bougie s'éteignit. Dans son affolement, elle n'avait pas remarqué que la flamme était sur le point de se noyer dans la cire fondue.

Elle se laissa tomber sur le sol, dans le noir, et se mit à sangloter. Après quelques instants, elle se sentit mieux, s'essuya les yeux sur son jupon : elle craignait de renverser le contenu de sa bourse si elle y fouillait pour trouver un mouchoir. Elle se releva et, dans l'obscurité, entreprit de reprendre son chemin en tâtonnant le long du mur. Elle était certainement la seule femme à avoir jamais essayé de sortir de Versailles à la manière d'une taupe dans les entrailles de la terre.

A l'aube, un cireur de parquets la découvrit endormie au détour d'un escalier. Il la poussa du pied, et elle se réveilla dans un sursaut.

— Vous feriez bien de sortir d'ici, fit-il d'un ton sarcastique.

Il croyait savoir à quoi elle avait employé sa nuit.

— Il va bientôt y avoir du monde, ajouta-t-il.

Elle fut debout d'un bond.

— Je vous en prie, montrez-moi le chemin. Je me suis égarée.

— Alors, venez.

Il se mit à descendre l'étroit escalier, et elle le suivit. En dépit de son manteau, elle était glacée jusqu'aux os. Ils firent ainsi un long chemin. Finalement, il lui ouvrit la porte par laquelle le page l'avait fait entrer la veille. Elle lui donna quelque argent, avant de se mettre à courir, dans les premières lueurs de l'aube, comme si l'on venait de la laisser sortir de prison.

Toujours courant, elle traversa la Cour Royale, dans le tourbillonnement de son manteau. Elle croisa les fifres et les tambours qui allaient prendre position sous la fenêtre du Roi, pour lui donner aubade comme ils le faisaient chaque matin. Près de l'entrée dorée du Vestibule de l'Escalier de la Reine, un cavalier, sur le point de faire une promenade avant le petit déjeuner, se jeta en selle et partit au trot derrière elle.

— Marguerite ! Que diable faites-vous ici à cette heure ?

Au son de la voix de Stéphane, elle interrompit sa course folle et se tourna vers lui avec un soulagement si visible qu'il sentit l'espoir renaître.

— Jamais de toute ma vie je n'ai été aussi heureuse de voir quelqu'un ! s'écria-t-elle avec émotion. Pouvez-vous me ramener chez moi ?

— Avec joie ! Mais que s'est-il passé ?

Vivement, il mit pied à terre, prit la jeune femme par les bras. Au lieu de s'écarter de lui, elle parut apprécier son geste, ce qui l'emplit de bonheur. Du premier regard, il avait remarqué que ses vêtements, ceux qu'elle avait portés la veille, étaient tout fripés. Des toiles d'araignée poussiéreuses restaient accrochées à un pan de son manteau. Quant à ses cheveux, jamais il ne les avait vus dans un tel désordre. D'un air féroce, il posa la main sur le pommeau de son épée. La mâchoire crispée, ses épais sourcils froncés, il semblait prêt à livrer pour elle une douzaine de duels.

— Quelqu'un vous a-t-il offensée ?

Elle était presque disposée à croire qu'il provoquerait le Roi lui-même, si elle lui contait toute la vérité.

— Je vous en parlerai en chemin. Partons sans tarder.

Il se détourna pour faire signe au palefrenier qui lui avait amené son cheval. Bientôt, l'animal avait regagné les écuries, et une calèche à deux places arrivait. Mis en confiance par l'attitude détendue de la jeune femme, il lui passa un bras autour de la taille dès qu'ils furent dans l'Avenue de Paris.

— Dites-moi à présent ce qui vous est arrivé.

Marguerite s'émerveilla de sa propre imagination. On l'avait priée, dit-elle, de venir présenter quelques éventails à l'une des dames de la famille royale. A son arrivée, on lui avait demandé d'attendre. Quand elle avait fini par comprendre qu'on l'avait oubliée, il faisait nuit, et elle s'était perdue dans le Château. Elle parla aussi de sa crainte d'être prise pour une voleuse.

— J'ai fini par m'endormir sur un palier, acheva-t-elle.

Il avait visiblement accepté ses mensonges. Elle n'en tira aucune satisfaction, car elle avait horreur de s'écarter de la vérité, même en de semblables circonstances.

— Il faut être bien malappris pour vous traiter de la sorte ! s'écria-t-il, indigné. Si seulement j'avais connu votre fâcheuse situation !

Par chance, vous n'en avez rien su, pensa-t-elle. Personne, jamais, ne devrait savoir ce qui s'était passé. Par une bienheureuse circonstance, Augustin était absent : elle n'aurait pas besoin de s'expliquer. Restait Suzanne. Elle serait plus difficile à convaincre que Stéphane. Par bonheur, elle se réveillait toujours tard, et sa chambre se trouvait dans l'autre aile du château : elle ne saurait rien de ce retour aux premières heures du matin. Par ailleurs, l'absence de Marguerite la veille au soir ne pouvait l'avoir étonnée : chacune avait ses engagements, et il leur arrivait de ne pas se rencontrer. Apparemment, donc, la jeune femme n'avait aucun souci à se faire. Vraiment aucun.

Stéphane sourit en constatant que Marguerite s'était endormie contre son épaule. Il ralentit l'allure des chevaux, tant pour prolonger le contact que pour éviter de la réveiller. Lorsqu'ils atteignirent les grilles du Château Satory, elle ouvrit les yeux, posa sur lui un regard chargé de gratitude qui, pour lui, fit de ce jour le plus beau de sa vie. Devant le perron, il lui tendit les bras pour l'aider à descendre. Tous deux trouvèrent naturel de rester un bref instant enlacés. Pour la première fois, elle se laissa embrasser, lui rendit son baiser par simple reconnaissance de l'avoir trouvée là au moment voulu.

— Pourrai-je vous revoir plus tard dans la journée? demanda-t-il avec ardeur quand ils se séparèrent.

— Je serai à la boutique. Passez cet après-midi, à l'heure de la fermeture. D'ici là, j'aurai retrouvé mes esprits et serai en mesure de vous exprimer tous mes remerciements.

— Je suis à jamais votre serviteur, Marguerite.

Elle le regarda s'éloigner, lui adressa un signe d'adieu avant de pénétrer dans la maison. A l'une des fenêtres de l'étage, une ombre s'écarta de la vitre.

Un bain rendit vie à Marguerite. Un petit déjeuner de pain chaud et de café brûlant la mit en état d'affronter la journée. Elle arriva à la boutique quelques minutes seulement après son heure habituelle. Lucille, qui détenait une seconde clé, avait ouvert la porte pour l'aide de la jeune femme, qui avait terminé le ménage du matin et se tenait déjà derrière le comptoir.

Marguerite ôta son manteau, l'accrocha à une patère.

— Comment ont été les ventes, hier? demanda-t-elle.

— J'ai été fort occupée, mademoiselle. Et Clarisse a eu de nombreux clients pour les nouveaux modèles.

La boutique fut encore très achalandée, ce matin-là. Marguerite n'avait jamais cessé de vendre des rubans, après avoir racheté le fonds du magasin. Récemment, elle avait commencé d'en proposer de plus originaux, de plus chers, qui remportaient un vif succès auprès de la bourgeoisie. La journée venait à peine de commencer, lui semblait-il, lorsque Stéphane arriva, comme prévu. Après le départ de l'aide, elle ferma la porte à clé, entraîna le jeune homme dans l'arrière-boutique.

— Je vous remercie d'être apparu au bon moment, ce matin. Tout comme vous l'aviez déjà fait à Fontainebleau.

— J'espère seulement que vous êtes tout à fait remise des indignités endurées la nuit dernière.

Il prit une chaise, la retourna et s'assit près d'elle, devant le bureau.

Elle eut un haussement d'épaules désinvolte. Elle préférait éviter tout commentaire sur l'incident.

— C'est fini, bien fini, à présent.

— J'ai quelque chose pour vous.

Il sortit de sa poche un charmant petit coffret, le posa devant elle.

— Comme c'est aimable à vous !

Elle lui avait bien fait comprendre, en une précédente occasion, qu'elle n'accepterait jamais de lui aucun bijou. Elle s'attendait donc à trouver un choix de friandises. Mais, sur un lit de velours, une magnifique émeraude montée en bague brillait de tous ses feux. Elle referma vivement le couvercle, poussa le coffret vers Stéphane.

— C'est là un présent que je ne saurais accepter, vous le savez !

— Pas s'il s'agit d'un anneau de fiançailles. Je vous demande de m'épouser.

— Auriez-vous perdu l'esprit ? s'écria-t-elle, consternée.

— Non. Vous m'avez montré ce matin combien vos sentiments à mon égard avaient changé.

— J'exprimais seulement ma gratitude.

Elle se leva d'un bond pour lui faire face. Dans son agitation, elle se tordait les mains.

— C'était aussi un baiser d'adieu. J'ai de l'affection pour vous, Stéphane. Une grande affection. Mais rien n'a changé depuis le moment où nous nous sommes séparés dans les jardins, hier après-midi.

A son tour, il se leva, lentement.

— Je ne vous crois pas. Je veux que vous soyez ma femme.

— Comment pouvez-vous y songer ? Vous êtes bien né ! Vous faites partie de la Cour ! Pensez à votre famille !

— Mes parents sont morts, vous le savez, et, comme je suis fils unique, déjà en possession de mon héritage, personne ne peut faire obstacle à ma volonté. Quant à mon séjour à la Cour, c'est un état temporaire, en ce qui me concerne. Jouer les freluquets toute ma vie dans la Cité des Riches n'est pas fait pour moi. Je n'aime pas la vie à la Cour. Je n'y ai pas ma place et je m'y suis fait des ennemis sans y gagner un seul ami.

— Pourquoi donc êtes-vous venu à Versailles ?

— Simplement parce que c'est la règle : tout gentilhomme doit servir le Roi en tant que courtisan pendant un an ou deux. Comme il doit prendre du service dans un régiment pour un temps déterminé. Je remplis actuellement la première obligation et, au printemps prochain, je rejoindrai les dragons. Tout ce que je vous demande, c'est de vous fiancer à moi et d'attendre mon retour. Je regagnerai alors mon domaine, et le Roi lui-même ne saurait m'empêcher de m'unir là-bas avec la femme que j'ai choisie pour épouse.

Il rouvrit le coffret, en sortit l'anneau.

— Permettez-moi de le passer à votre doigt, dit-il d'une voix pleine d'amour.

— Non, Stéphane. Vous avez commis là une grave erreur.

Les mains dans le dos, elle secouait la tête. La nuit précédente, elle se félicitait qu'Augustin fût au Havre. Maintenant, elle regrettait qu'il ne fût pas là pour faire taire sa crainte qu'elle pût un jour accepter le mariage avec un homme plus jeune.

Le ton de Stéphane se fit pressant.

— Si vous ne voulez pas devenir ma fiancée pour aucune autre raison, acceptez au moins pour votre sécurité !

C'était une prière passionnée. Elle le considéra d'un œil méfiant.

— Pourquoi me parlez-vous ainsi ?

— Roussier pourrait vous contaminer avec ses croyances huguenotes, et vous seriez alors considérée, tout comme lui, comme une hérétique. N'avez-vous pas eu connaissance des dernières nouvelles ? Des mesures plus strictes vont être exercées contre les protestants qui refusent de se convertir. Il n'y aura plus de mariages entre catholiques et protestants, et les enfants déjà nés de telles unions ne sont plus considérés comme légitimes. Les juges protestants n'ont plus accès aux tribunaux. En bref, tous les postes contrôlés par la Couronne vont être interdits à ceux qui ne sont pas de votre foi et de la mienne.

— C'est monstrueux !

— Surveillez votre langue, Marguerite ! Ce que vous venez de dire devant moi ne doit pas être entendu d'autres personnes. Ce que je viens d'évoquer n'est que la partie visible de l'iceberg.

— Quoi d'autre encore ?

Il le lui dit, et elle l'écouta avec angoisse. Il devait y avoir une complète ségrégation dans tous les domaines de la vie, au point où une sage-femme catholique n'aurait pas le droit d'assister une femme protestante, et vice versa.

— Comprenez donc, conclut-il. Vous vous mettez en danger rien qu'en vivant sous le même toit que Roussier. Ma bague vous rappellerait chaque jour la nécessité de la vigilance, et, avec le temps, vous finiriez par y voir le symbole de nos fiançailles. Quittez le Château Satory avant le retour de Roussier.

— Jamais !

— Damnation ! Comment pouvez-vous vous montrer obstinée à ce point ?

— Dès le début, Augustin et moi avons respecté la croyance de l'autre. Je n'ai rien à craindre. Et, même dans le cas contraire, je resterais avec lui.

— Comment pouvez-vous rien respecter en lui ? C'est un huguenot ! Il est voué aux feux de l'enfer !

Elle eut un faible sourire.

— Je vis moi-même dans le péché.

— Vous n'avez rien fait dont vous ne puissiez être absoute si vous le quittiez.

— Pour vous ?

— Oui.

Elle secoua la tête.

— Je vous ai donné ma réponse.

Il poussa un profond soupir, se détourna pour reprendre son chapeau sur la table.

— Inutile de prolonger cette conversation aujourd'hui.

— Ni aucun autre jour. Adieu, Stéphane.

En la quittant, il ne se sentait pas profondément découragé. Roussier ne se dresserait pas toujours entre eux. Il y était bien résolu.

En rentrant chez elle ce soir-là, Marguerite apprit que Suzanne était repartie. Cela s'était déjà produit, quand Suzanne devait se rendre à Paris ou lorsqu'un message urgent, en provenance d'Orléans, l'informait que l'un des enfants était malade. Tel devait être le cas cette fois, se dit la jeune femme : en pareilles occasions, Suzanne oubliait toujours de laisser un billet de remerciement pour l'hospitalité reçue et ne donnait aucune explication. Une lettre d'excuse arriverait sans doute dans deux ou trois semaines.

Pendant un certain temps, mis à part le courrier d'affaires, Marguerite ne reçut aucune communication de personne. Le jour prévu pour le retour d'Augustin arriva et s'en fut sans un signe de lui. Peut-être, pensa-t-elle, son père, dont l'état de santé s'était amélioré aux dernières nouvelles, avait-il fait une rechute. Dix jours s'écoulèrent encore. Elle commençait à être extrêmement inquiète, et ce fut avec soulagement qu'elle reçut enfin une lettre. Elle était brève mais exprimait un amour profond. Augustin lui annonçait qu'il serait de retour le lendemain.

Jamais encore ils n'avaient connu de séparation aussi longue, et leur réunion fut plus passionnée que jamais. Elle fut heureuse mais un peu surprise qu'il ne s'enquît pas de Stéphane.

Quant à la nuit passée au Château, elle demeura un secret bien caché entre elle et le Roi.

8

Suzanne avait sollicité et obtenu une audience du Roi. Près de quatre mois s'étaient écoulés depuis le jour où elle s'était rendue au Havre, afin d'apprendre à Augustin que Marguerite avait cessé de lui être fidèle. Il en avait été bouleversé. Si quelqu'un d'autre lui avait retracé le retour de la jeune femme au petit matin et les tendres adieux échangés avec Stéphane Le Pelletier, il l'aurait, Suzanne en était convaincue, abattu sur place. Mais il la savait incapable de lui mentir.

— C'est tout à fait par hasard que j'ai été témoin de la scène, ce matin-là, lui dit-elle. Je m'étais réveillée bien plus tôt que de coutume, sous l'effet d'un douloureux mal de tête. Incapable de supporter plus longtemps la souffrance, je me suis rendue à la chambre de Marguerite, pour lui demander si elle avait un remède qui pourrait m'être de quelque secours. J'ai trouvé son lit intact et, au même instant, j'ai entendu les roues de la voiture.

— Oh ! Dieu...

Il y avait une telle douleur dans sa voix qu'elle eut peine à la supporter. Elle le voyait se débattre, partagé entre la désillusion, le désespoir et l'incrédulité. Pourtant, même si elle l'avait pu, elle ne serait pas revenue sur ses paroles. Il eût été bien pire pour lui d'être trahi, à maintes reprises, peut-être, et, un jour, abandonné sans avertissement. Elle n'éprouvait aucune honte à l'avoir réconforté comme elle l'avait fait...

Impatiemment, elle tambourina du bout des doigts sur l'accoudoir de son fauteuil. Le Roi allait-il enfin se décider à la recevoir ? Cela faisait des heures qu'il s'entretenait avec l'un de ses ministres. Elle n'avait pas la moindre idée de la manière dont il accueillerait sa requête, mais il pouvait se montrer indulgent pour une jolie femme, et elle avait passé de longs moments à soigner son apparence. Le seul véritable risque pouvait naître de la nouvelle attitude morale du Roi. Chacun savait qu'il ne couchait plus qu'avec Mme de Maintenon, et l'on était d'avis qu'il l'avait épousée. Néanmoins, il eût été dangereux pour quiconque de lui poser la question. Lui, qui était toujours au courant de tout, devait rire sous cape des suppositions, des rumeurs, des murmures. Mais, après tout, la Cour n'aimait rien tant que jaser, et le Roi était bien placé pour le savoir.

Suzanne se redressa dans son fauteuil : les portes venaient de s'ouvrir sur le ministre de la Guerre. C'était le marquis de Louvois, un homme sinistre, un véritable loup. Il la reconnut, la salua. Elle répondit d'un signe de tête. Son antipathie se lisait dans ses yeux. Entre ses cils baissés, elle le regarda passer devant elle, sortir de la pièce.

Dans son cabinet, Louis, assis à la table drapée de brocart, parcourait les rapports que lui avait laissés Louvois. Les protestants refusaient la conversion ; il fallait changer cela. Mis à part les raisons politiques qui s'opposaient à la division du pays et son horreur d'être contrecarré, la seule façon pour lui d'obtenir le pardon de ses péchés passés consistait à faire de la France un État purement catholique. Les prêtres le lui répétaient depuis des années, et Françoise, en le lui confirmant, avait achevé de dissiper ses derniers doutes. Il était bien révolu le temps où il pensait que le Tout-Puissant, s'il avait donné aux fleurs et aux feuilles des couleurs variées, était peut-être tout disposé à accepter chez ses créatures différentes formes de culte.

Colbert, très âgé, proche de la mort, lui avait toujours conseillé la tolérance religieuse à l'égard des protestants. Il voyait dans leurs talents et leur fortune un enrichissement de la nation et il l'avait répété tout récemment encore. Cette attitude était logique : les protestants représentaient l'une des sources où il puisait de lourds impôts. D'autres, à présent, récoltaient ces fonds, mais personne n'était plus en position de donner un avis sur la manière de traiter les huguenots.

Louis avait bien réfléchi à la question. Selon lui, il suffirait d'appliquer avec une plus grande sévérité les mesures déjà en vigueur. Tel avait été le sujet de sa discussion avec Louvois. Ces mesures étaient justes et bonnes : elles évitaient massacres et bannissements, l'ultime recours contre l'hérésie, et sauvegardaient les avantages auxquels Colbert avait attaché tant de prix. Louvois, lui, aurait sans doute donné sa préférence à l'épée et au bûcher, mais il était seulement tenu de faire respecter ces instructions.

Louis referma le dossier relié de velours. Cette pression disciplinée qui forcerait les protestants à chercher la vérité au fond de leurs cœurs amènerait, il en était convaincu, les conversions désirées, tout en muselant Louvois. C'était, on ne pouvait le nier, une brillante manœuvre stratégique. Louis se sentait fort satisfait des résolutions déjà prises ce jour.

Dans l'antichambre, Suzanne se leva, lissa sa jupe, afin d'être prête lorsqu'elle serait annoncée. A l'appel de son nom, elle s'avança vivement et, une fois en présence du Roi, plongea dans une grande révérence.

Louis leva les yeux et fut charmé par l'allure de cette femme séduisante, dont les cheveux châtains, soigneusement lissés, étaient surmontés de la nouvelle coiffure dite « à la Fontange » : un simple petit morceau de dentelle, empesé ou monté sur fil de laiton pour former un éventail à demi ouvert, et dont les deux pans légers retombaient sur les épaules.

— Bonjour, madame de Fresnay. Asseyez-vous, je vous en prie.

Il attendit qu'elle fût assise pour s'asseoir à son tour. Après s'être enquis de sa santé, de celle de son mari et de ses enfants, il l'informa qu'il était prêt à entendre le motif pour lequel elle avait sollicité cette audience.

— J'ai grand besoin de votre aide, Sire, commença-t-elle.

Elle espérait pouvoir résister à l'émotion qui la gagnait. Ce moment était l'aboutissement de plusieurs semaines de tourment dont elle n'avait soufflé mot à personne. Elle l'exprimait à présent pour la première fois et elle ne put empêcher sa voix de se briser.

— Vous seul avez le pouvoir d'épargner à l'un de vos loyaux officiers un avenir bien malheureux.

— Il s'agit de votre mari ?

— Oui, Sire.

Les larmes longtemps retenues donnaient à ses yeux un éclat plus vif.

— Il se trouve, vous le savez, près de l'Eure, à la tête d'une division de soldats chargés des travaux d'excavation. Nous ne nous voyons pas bien souvent. S'il était resté près de moi, la catastrophe qui me frappe ne se serait pas produite.

— Je commence à comprendre, je crois, dit Louis, d'un ton chargé de sympathie. Vous avez commis une imprudence ?

— Oui, Sire.

Elle avoua la vérité sans rien perdre de sa dignité.

— Je porte l'enfant d'un amant.

— Vous n'êtes ni la première ni la dernière, madame, remarqua-t-il ironiquement.

Il admirait la manière dont son châle artistement drapé et les nœuds qui agrémentaient la pointe de son corsage, allongé à la mode du jour, dissimulaient son état.

— Mais je ne vois pas bien comment je puis vous être de quelque assistance.

L'appel passionné jaillit de ses lèvres.

— Faites que mon mari passe encore sur l'Eure cinq mois, sans permission. De toute manière, les hommes qui sont là-bas n'ont que de rares congés. Le moment venu, j'aurai trouvé une bonne famille nourricière pour mon enfant, et mon mari ne sera pas anéanti par mon infidélité.

Elle porta les doigts à ses lèvres pour arrêter les sanglots tout proches. Si les larmes venaient, elles ne seraient pas de regret pour ce qui s'était passé entre elle et Augustin mais de compassion envers Jacques à qui elle avait juré un jour de ne jamais le faire souffrir.

Le regard de Louis revint aux rapports posés devant lui. L'un d'eux contenait encore des nouvelles inquiétantes à propos des conditions qui régnaient sur le site des excavations. Des fièvres malignes amenaient de nombreux décès chez les soldats. Comme jadis à Versailles, on les mettait sur le compte des vapeurs méphitiques qui s'élevaient du sol, mais, quelle qu'en fût la cause, la liste des morts s'allongeait. En maintenant là-bas Fresnay et les autres officiers, on limiterait le risque de contagion. Ordre avait été donné de ne rien dire à ce sujet : il était inutile d'affoler sans nécessité les populations. Aucun bruit n'avait donc transpiré, les soldats, trop facilement bavards, ayant été retenus au camp dès le début des travaux. Pas une seule fois, il n'était venu à l'esprit de Louis d'abandonner son projet à cause de l'épidémie. Puisqu'on n'avait pas besoin des hommes pour la guerre, ils devaient être employés utilement, et, même si les pertes étaient déplorables, la gloire de Versailles passait avant tout.

— Je crois pouvoir accéder à votre requête, déclara-t-il avec bienveillance.

Dans son soulagement, elle se jeta à genoux et lui baisa la main.

— Je vous remercie du fond du cœur, Sire !

Flatté par sa gratitude, il lui sourit, la pria de se rasseoir.

— Comment comptez-vous garder le secret de votre état ? Envisagez-vous de vous retirer à la campagne ?

— Non. Je dirai que je suis à Orléans,mais en réalité je me cloîtrerai dans notre maison de Paris. Je pourrai ainsi m'occuper de la correspondance et des affaires domestiques. Jacques n'a cessé, dès le début, de me déconseiller de venir à

Chartres, tant il craignait pour ma santé dans ce milieu nouveau. Il ne s'inquiétera donc pas si j'interromps mes rares visites.

Louis hocha la tête. Il savait fort bien pourquoi son mari n'avait pas désiré la voir là-bas.

— Pour vous faciliter les choses plus avant, je vais interdire les visites d'épouses et de familles d'officiers, comme c'est déjà la règle pour les soldats. Les travaux n'avancent pas aussi vite que je le souhaitais, et les privilèges ne seront rétablis que lorsque les délais seront observés.

— Votre bonté pour moi dépasse l'imaginable, Sire.

L'entretien était terminé. Au moment où elle se disposait à partir, il posa une dernière question :

— Votre amant connaît-il votre fâcheuse situation ?

— Non, Sire. Et il ne la connaîtra pas.

La lettre de Suzanne arriva un matin.

— Elle a de nouveau quitté Paris pour Orléans, afin de retrouver ses enfants, dit Augustin après l'avoir lue.

Il tendit le feuillet à Marguerite.

— Nous ne la verrons pas d'ici quelque temps.

La lettre ne contenait pas un seul mot pour la jeune femme. Marguerite trouva cette omission étrange, d'autant qu'il n'y avait pas eu le moindre échange entre elles depuis le départ précipité de Suzanne. Mais elle oublia vite sa déception. Elle menait une vie bien remplie. En plus de Lucille, elle avait à présent quatre ouvrières à l'atelier, le magasin faisait de bonnes affaires, et les ventes dans le Vestibule étaient d'un bon rapport. S'il y avait un nuage sur son horizon, c'était un changement indéfinissable dans ses relations avec Augustin. Il l'aimait plus que jamais, elle n'en pouvait douter, mais il s'était dressé entre eux une barrière de pensées inexprimées qui n'avait jamais existé auparavant. Ils s'étaient montrés naguère parfaitement ouverts l'un envers l'autre. Cette franchise n'était plus. Elle s'en attribuait tout le blâme. La nuit de Versailles pesait encore sur son esprit, et Augustin devait sentir qu'il s'était passé en son absence un événement crucial.

Elle voyait Stéphane plus souvent qu'elle ne l'eût souhaité. Il ne manquait pas de passer à la boutique lorsqu'il savait l'y trouver, et rien ne lui faisait plaisir comme de la rencontrer par hasard dans la rue et de l'accompagner à pied jusqu'à sa destination. Elle commençait à redouter de le voir, ce qui était ridicule : il se montrait toujours aimable et n'essayait jamais de lui faire partager une sortie. Néanmoins, derrière chacune de ses paroles, elle percevait un message : il entendait bien l'avoir, en fin de compte. Un détail la troublait plus encore : quand le nom d'Augustin venait dans la conversation, un éclair de haine presque fanatique brillait dans les yeux de Stéphane. Le désir qu'il avait d'elle, eût-on dit, n'avait d'égal que son aversion pour Augustin.

Ce fut un soulagement quand approcha son départ pour l'armée. Elle ne refusa pas un dernier dîner avec lui. Ils se retrouvèrent dans un café qui recevait une noble clientèle, et où il leur était arrivé de souper avant le retour d'Augustin. Stéphane portait l'uniforme des dragons, qui lui seyait à merveille et lui donnait une allure conquérante. A l'approche de la jeune femme, il ôta son vaste feutre, dont le bord relevé s'ornait de plumes bleu foncé.

— J'avais grande hâte de vous voir, aujourd'hui, dit-il. je voulais pouvoir une fois encore essayer de vous convaincre d'échapper aux servitudes de votre existence.

— Quand partez-vous ?

Elle comprenait son désir de lui faire ses adieux dans un cadre plus intime : ils se trouvaient seuls dans un cabinet particulier qui donnait sur la rue.

— Demain matin. Je ne reviendrai peut-être pas de sitôt à Versailles.

— J'imagine.

— Vous allez me manquer.

Elle secoua légèrement la tête pour le dissuader d'engager la conversation dans cette voie.

— Dites-moi où vous allez.

— Je vais maintenir l'ordre là où ce sera nécessaire.

Il se pencha vers elle, à travers la table.

— Donnez-moi votre mouchoir ou quelque autre souvenir que je garderai sur moi jusqu'à mon retour.

Elle prit un ton léger pour refuser sa requête.

— Ce ne serait guère approprié. Après tout, ce n'est pas comme si vous partiez pour la guerre.

— Croyez-vous ?

Il ferma à demi les paupières.

— Les huguenots sont aussi dangereux pour la France que n'importe quel ennemi étranger.

Ses paroles firent courir un frisson le long du dos de Marguerite.

— Que me dites-vous là ?

Il haussa les épaules, comme pour apaiser ses craintes.

— Mon régiment est envoyé dans l'une des villes huguenotes de Gascogne, où des troubles se sont produits. Certains ont fait usage de leurs armes, et plusieurs bâtiments ont été incendiés. Cela, pour moi, ressemble assez à la guerre.

— J'espère, dit-elle précipitamment, que vous serez là-bas un homme de paix, apte à apaiser les conflits.

— Telle est mon intention.

Après cela, ils abordèrent bien d'autres sujets mais, le moment de la séparation venu, Stéphane sollicita de nouveau un souvenir.

— N'insistez pas. Cela pourrait passer pour un gage d'amour, et il n'y a rien de la sorte entre nous.

— Rien que vous soyez disposée à reconnaître. Mais, un jour, vous vous lasserez d'être liée à un homme qui a deux fois votre âge. Je reviendrai vous chercher, Marguerite. N'en doutez jamais.

C'était comme s'il la ligotait de chaînes, et elle fit un mouvement pour partir, pour s'en libérer mentalement.

— Séparons-nous bons amis. Ne gâtons pas par une discussion le temps que nous avons passé ensemble.

— Je suis d'accord. J'ai éprouvé un tel plaisir à vous avoir pour moi seul durant quelques moments ! Permettez-moi un baiser d'adieu. En guise de souvenir.

Sans lui laisser le temps de répondre, il tendit le bras, l'attira contre lui pour l'embrasser avec ardeur. Un long instant s'écoula avant qu'il la relâche avec un sourire de triomphe.

— Ce baiser sera le souvenir que vous me refusiez.

Elle avait accepté de se laisser embrasser : il était impossible de chasser entièrement l'affection qu'elle avait pour lui. Il avait beau jurer qu'il reviendrait la chercher, il allait être très longtemps éloigné de Versailles. Il verrait d'autres visages, d'autres paysages. Le souvenir de Marguerite s'effacerait de sa mémoire. C'était encore un tout jeune homme qui pourrait tomber amoureux une douzaine de fois avant la fin de son service militaire.

Encouragée par cette conviction, elle se sépara de lui. De retour au Château Satory, dans sa chambre, elle comprit que sa belle humeur était due au fait que Stéphane allait quitter Versailles. Le choc fut donc d'autant plus brutal lorsqu'elle découvrit dans sa bourse la bague de fiançailles ornée d'une émeraude. Ce fut le feu vert de la pierre qui attira son regard tandis qu'elle cherchait un ruban. Elle avait posé sa bourse sur la banquette, entre Stéphane et elle. Il avait dû profiter d'un moment d'inattention de sa part pour y glisser la bague. Lentement, elle prit le bijou entre ses doigts. Il le lui avait laissé en souvenir, comme un emblème d'amour, mais elle y voyait plutôt un sujet de dispute entre Augustin et elle, car elle ne lui cacherait pas l'existence de cette bague.

Elle la tenait au creux de sa main quand elle descendit à la bibliothèque. Assis à sa table de travail, il écrivait une lettre. Sans un mot, elle posa le bijou près de lui. Il se figea instantanément.

— Qu'est ceci ?

— Une bague de fiançailles. Je l'ai refusée par deux fois.

— Qui vous l'a offerte ?

Il s'était appuyé au dossier de son fauteuil, et son visage était d'une pâleur cendreuse.

— Stéphane Le Pelletier.

Il contrôla sévèrement sa voix.

— Je ne veux pas entendre prononcer son nom dans cette maison.

Quelque chose, dans son attitude rigide, la déconcerta. Elle dut faire appel à tout son courage pour aller jusqu'au bout de ce qu'elle voulait dire.

— Je dois néanmoins vous parler de cette bague.

— Fort bien. Si vous l'avez refusée, pourquoi est-elle en votre possession ?

— J'ai rencontré Stéphane afin de lui dire adieu avant son départ pour l'armée, dans un régiment de dragons. De retour ici, j'ai découvert qu'il avait glissé la bague dans mon sac à mon insu.

— Quand Le Pelletier vous a-t-il demandé pour la première fois de vous fiancer à lui ? questionna-t-il de la même voix dure. Etait-ce quand vous l'avez rejoint dans son lit, pendant que j'étais absent, pour rentrer aux premières heures du matin, alors que la maison était encore endormie ?

Elle sentit ses genoux fléchir, se retint au bord de la table.

— M'avez-vous fait espionner en votre absence ?

— Non !

Il se leva avec une telle brutalité que son fauteuil bascula en arrière.

— Je me trouvais chez mon père quand quelqu'un est venu m'y rejoindre pour les motifs les plus louables, afin de me mettre au courant.

Les doigts aux tempes, elle chancelait. Une seule personne avait pu agir de la sorte. Suzanne. Ne l'avait-elle pas avertie qu'elle prendrait fait et cause pour lui ?

— Il est vrai que, durant votre absence, j'ai passé une nuit hors de mon lit, et que Stéphane m'a ramenée ici. Mais les apparences sont trompeuses. Je l'avais rencontré, un peu plus tôt, dans la Cour Royale, où il se préparait à partir pour une promenade à cheval.

— Dans la Cour Royale ? D'où veniez-vous donc ?

— Je m'étais égarée dans les couloirs de Versailles. Après avoir repoussé le Roi !

Elle dévida alors toute l'histoire. Lorsqu'il s'approcha d'elle pour la prendre dans ses bras, elle comprit qu'il la croyait. La façon dont elle avait décrit la réaction du Roi en apprenant qu'elle était la fille de Jeanne Drémont cadrait parfaitement avec l'attitude glaciale de Louis quand il avait intercédé en faveur de la pauvre femme. Il se demandait comment il avait jamais pu douter de Marguerite, qui s'était toujours montrée franche et sincère avec lui, mais il avait été aveuglé par la jalousie. Il s'était même attendu à ne pas la retrouver en revenant chez lui, et jamais il n'oublierait l'extraordinaire soulagement qui l'avait envahi lorsqu'il avait découvert sa présence. Il avait fait de son mieux pour la reconquérir, alors qu'il ne l'avait jamais perdue.

— Promettez-moi une chose, implora-t-elle, quand leur réconciliation fut totale.

— Quoi ?

Il était prêt à lui accorder la terre entière.

— La prochaine fois que vous devrez faire un séjour prolongé chez votre père, laissez-moi vous accompagner. Je logerai au Havre et ne vous dérangerai en aucune manière.

— Promis.

Il était trop tôt pour lui exposer ce qu'il avait l'intention de faire, lors de sa prochaine visite là-bas. Il ne voulait pas lui causer une déception par suite d'un contretemps. Il faudrait d'abord prendre certains arrangements et préparer son père avec soin. L'idée de faire d'elle son épouse avait germé en lui durant leur séparation, avant que l'arrivée de Suzanne et son rapport ne vinssent anéantir ses espoirs. Il avait depuis longtemps le désir d'épouser Marguerite, et le supposé mariage morganatique du Roi lui offrait une solution. Il demanderait à un pasteur huguenot de célébrer la cérémonie, et ils seraient mari et femme, sans que le reste du monde connût leur union.

Un matin du début de mai, Augustin reçut une convocation de la part du Roi. Il s'efforçait depuis des semaines d'obtenir une audience pour une question urgente et il crut que sa chance avait tourné. Mais à peine avait-il pénétré dans le Cabinet qu'il sut que Louis voulait l'entretenir de tout autre chose.

— Vous et le général de Fresnay êtes amis depuis de nombreuses années, n'est-ce pas ? demanda le Roi d'un ton solennel.

— Depuis notre service aux mousquetaires, Sire.

— Je dois donc vous charger d'un pénible devoir.

Louis prit sur la table une feuille de papier, y donna une chiquenaude.

— J'ai reçu ce matin les noms de ceux qui sont morts récemment de la fièvre sur l'Eure. Je regrette d'avoir à vous informer que le nom de Fresnay figure sur cette liste.

Augustin resta figé sur place, incapable d'en croire ses oreilles. Pour lui donner le temps de se remettre, Louis s'approcha d'une fenêtre, regarda au-dehors.

— Existe-t-il la moindre chance d'une erreur, Sire ?

Louis se retourna vers Augustin.

— Pas la moindre. Il s'est alité hier matin et, avant la fin de la journée, il avait succombé. C'est la volonté de Dieu.

— Mme de Fresnay connaît-elle déjà la triste nouvelle, Sire ?

— Non. J'étais convaincu que vous seriez prêt à le lui annoncer avec le plus grand ménagement.

— Je vais partir immédiatement pour Orléans.

— Elle n'y est pas. Vous la trouverez à sa résidence de Paris.

Augustin laissa voir sa surprise.

— Mais j'ai reçu de la correspondance provenant du château familial.

— Vous la trouverez néanmoins à Paris.

Sans savoir que penser, Augustin alla annoncer la nouvelle à Marguerite, dans son arrière-boutique. Comme il s'y attendait, elle se montra bouleversée.

— Voulez-vous m'accompagner à Paris ? lui demanda-t-il.

— Ce n'est peut-être pas le meilleur moment pour moi de lui rendre visite. Nous ne nous sommes pas revues, Suzanne et moi, depuis que vous lui avez écrit pour lui dire qu'elle avait fait erreur sur mon compte. Je n'aimerais pas qu'elle me considère comme une intruse, en ce temps de deuil. Demandez-lui si je peux aller la voir. Je m'y rendrai alors sans retard.

Il poussa son cheval sur la route, fut à Paris un peu avant midi. Il frappa à la porte de l'imposante demeure, entra aussitôt.

— Je viens voir Mme de Fresnay, annonça-t-il.

— Mme de Fresnay n'est pas ici, monsieur, répondit le valet. Elle est à la campagne.

— Elle est ici, je le sais, fit Augustin d'un ton sans réplique. Dites-lui que c'est le Roi qui m'envoie.

Cette déclaration eut l'effet escompté. On lui demanda son nom, et il attendit un quart d'heure avant qu'on revînt lui dire que Mme de Fresnay allait le recevoir dans sa chambre. Les dames recevaient souvent ainsi dans leur lit, et l'on servait alors des rafraîchissements. Il arrivait qu'en de telles occasions une douzaine de personnes ou plus fussent réunies.

Au grand soulagement d'Augustin, personne d'autre n'était présent quand il fut introduit dans la chambre. Suzanne, somptueusement vêtue, était appuyée aux oreillers garnis de rubans, dans tout l'éclat de ses bijoux. Le drap replié sur la courtepointe brodée lui montait jusqu'aux aisselles et dissimulait presque la richesse de ses atours. Tout de suite, il la trouva changée : ses traits avaient épaissi, et le fard et la poudre ne dissimulaient pas les cernes sombres sous ses yeux. Le chagrin que lui causait sa mission écarta de sa pensée tout souvenir de leur dernière rencontre.

— Je passe quelques jours à Paris pour voir ma couturière avant de retourner à la campagne, mentit-elle. Asseyez-vous, Augustin.

Devant la gravité de son visiteur, sa main tremblante vint se poser sur sa gorge.

— Oh ! mon Dieu ! Que se passe-t-il ?

Il s'assit sur le lit, en face d'elle, prit sa main entre les siennes, avant de lui apprendre la nouvelle. L'espace de quelques secondes, elle sembla ne pas comprendre. Elle posait sur lui des yeux aux pupilles dilatées. Soudain, elle poussa un cri déchirant.

— Je l'ai tué !

Dans l'abandon de la souffrance, elle s'effondra en travers du lit. La courtepointe glissa, révéla qu'elle était pour le moins au septième mois d'une grossesse. Augustin s'efforça de trouver les mots de réconfort, mais, chaque fois, elle hurlait qu'elle était une meurtrière, que Jacques, sans elle, aurait été encore vivant. Il finit par craindre pour sa raison. Doucement, il la ramena sur les oreillers, et elle demeura immobile, le visage ruisselant de larmes.

— Vous n'êtes en aucune façon responsable de ce qui est arrivé à Jacques, lui dit-il d'un ton apaisant. Même si l'on vous avait avertie qu'il était malade, vous n'auriez rien pu faire pour lui sauver la vie.

— Vous ne comprenez pas, répondit-elle d'une voix tremblante. J'ai demandé au Roi de ne pas permettre à Jacques de revenir avant la naissance de cet enfant. S'il avait eu son congé au moment prévu, il aurait peut-être échappé à la fièvre qui l'a tué.

— Pourquoi cette requête au Roi ? Jacques n'était-il pas au courant ? Mais il aurait accueilli avec joie un autre enfant.

— Pas celui-ci.

Elle parlait d'une voix presque inaudible, étouffée par le chagrin. Une lueur de compréhension apparut dans le regard d'Augustin. Aucune dissimulation n'était plus nécessaire. Elle écarta complètement la courtepointe, sortit du lit. Les pans de sa robe de chambre retombèrent sur ses multiples jupons.

— Je voulais l'épargner ! Je ne voulais pas non plus que vous fussiez au courant, mais le destin nous joue parfois de ces tours.

— Que pensiez-vous faire, après la naissance de l'enfant ?

Le visage de Suzanne avait une expression tragique.

— Lui trouver un bon foyer nourricier. C'est la solution généralement adoptée par les dames de la Cour lorsqu'elles se trouvent confrontées à ce problème.

— Auriez-vous vraiment pu vous séparer de mon enfant ?

Il exprimait l'amour qu'ils éprouvaient l'un pour l'autre depuis tant d'années. Cet amour était sans relation avec Marguerite, il n'avait aucun rapport avec une quelconque préférence. Augustin ne cherchait même pas à savoir s'il aurait aimé remonter le cours du temps, se retrouver en cette soirée où il avait vu pour la première fois Suzanne à Fontainebleau, où il aurait encore pu la conquérir. Ce qu'il avait connu avec cette femme, ce qui avait culminé, une fois de plus, après tant d'années de renoncement, en une explosion de passion, avait une valeur propre, qu'il ne pouvait ni déprécier ni ignorer.

Elle tira d'un vase une petite fleur, la tint contre sa joue. Les larmes continuaient à couler sur son visage.

— Une partie de mon cœur serait morte de cette séparation. A présent, du moins, je peux me montrer ouvertement, même si le coût est terrible pour moi.

— Vous n'avez aucune preuve que Jacques aurait échappé à la fièvre s'il était revenu passer ici une semaine ou deux.

— Les remords ne me laisseront jamais en paix.

— Que dire des miens, moi qui vous ai mise dans cet état ?

Elle se tourna vers lui.

— Votre châtiment sera bien assez grand, lorsque vous verrez votre fils élevé comme l'enfant d'un autre.

— Comment pouvez-vous être certaine qu'il s'agit d'un fils ?

Mais l'assurance de Suzanne l'avait déjà à demi convaincu.

Elle posa ses paumes à plat sur son ventre proéminent.

— Je le sais par la façon dont je le porte.

Ses traits exprimèrent soudain la honte, le remords et même une sorte de désolation furieuse.

— J'espère mourir en lui donnant la vie !

— Non ! cria-t-il.

Il s'insurgeait contre la sentence qu'elle prononçait ainsi contre elle-même. Il s'approcha, l'entoura de ses bras protecteurs. Elle s'effondra aussitôt, se mit à sangloter contre son épaule. Les paroles étaient désormais inutiles. Augustin ne pouvait rien faire d'autre que l'aider à surmonter son chagrin, dans l'immédiat, et à affronter l'avenir. Il devrait partager avec elle le fardeau des remords. Tandis qu'elle pleurait ainsi, il vit disparaître à jamais, comme un rêve, tout ce qu'il avait espéré pour Marguerite et lui.

Plus tard dans la journée, il rentra au Château Satory. Marguerite se montra attristée mais non surprise en apprenant que Suzanne ne désirait pas la voir. Le même soir, elle lui écrivit une lettre de condoléances. Elle ne lui en voulait pas, ajoutait-elle, de l'erreur commise et espérait voir leur amitié renaître comme avant. Augustin emporta cette lettre lorsqu'il retourna à Paris. Il devait, Marguerite le savait, organiser les funérailles, puisque Suzanne attendait un autre enfant, et que sa santé était chancelante. La duchesse de Valmy, en dépit de son âge, vint à Paris pour soutenir sa nièce et, le lendemain de la cérémonie, partit avec elle à Orléans. Deux mois plus tard, Suzanne donna naissance à un fils. On le prénomma Edmond.

Cette même année, Louis finit par durcir son attitude envers Athénaïs de Montespan. Elle dut quitter son immense appartement et se trouva reléguée dans un logement nettement moins spacieux, à un étage moins prestigieux. Son règne avait pris fin. On dit qu'elle pleura des jours durant. Françoise ne manifesta aucune joie : ce n'était pas dans sa manière. Mais elle avait enfin tout ce qu'elle désirait. Tout sauf, peut-être, les devoirs conjugaux : ce n'était pas une femme passionnée, et le Roi, à quarante-cinq ans, gardait toute sa virilité.

En cette année 1684, les merveilleux agrandissements de Versailles furent achevés. Le nouvel appartement du Roi, qui donnait sur la façade est, n'était pas le moindre. Dans le magnifique salon central, des portes à doubles battants s'ouvraient sur ce qui constituait la suprême splendeur de Versailles : la grandiose et spectaculaire Galerie des Glaces, flanquée au nord par le Salon de la Guerre et au sud par le Salon de la Paix. Quiconque pénétrait pour la première fois dans cette longue galerie d'or et de glaces, de statues et de pilastres de marbre, de meubles en argent massif ouvrait de grands yeux éblouis. Augustin y emmena Marguerite. Il dut user de tout son pouvoir de persuasion pour l'amener à surmonter l'aversion que lui inspirait Versailles depuis sa pénible expérience.

Elle se tenait maintenant sur le seuil de cette Galerie des Glaces, heureuse d'être venue : jamais elle n'aurait rien imaginé de tel.

Les dix-sept grandes fenêtres qui laissaient entrer à flots la lumière correspondaient très précisément aux dix-sept panneaux de glace sur le mur opposé. Des personnages dorés, grandeur nature, brandissaient des candélabres d'où ruisselaient des cristaux. Du haut plafond voûté, orné de scènes glorifiant les actions du Roi, descendaient, suspendus à des cordes de soie crème, une double rangée de chandeliers énormes. Le parquet, large de plus de cinq toises et long de cinquante, était d'un bois auquel on avait donné la teinte de l'or. Cette Galerie des Glaces, conçue à la gloire du Roi-Soleil, domptait le soleil lui-même lorsqu'il baignait la façade ouest, les miroirs prenant au piège ses rayons. Le soleil et Apollon ne faisaient plus qu'un avec le Château et se soumettaient ainsi à Louis lui-même.

Augustin, tenant Marguerite par la main, l'entraîna de miroir en miroir jusqu'au moment où ils atteignirent la fenêtre centrale. De là, le regard plongeait par-dessus la terrasse et la Fontaine de Latone, jusqu'au Tapis Vert et, plus loin encore, le Grand Canal. C'était pour la jeune femme une ultime épreuve, de découvrir ce panorama : son père avait dû le voir bien souvent, avant de chuter vers la mort. Jamais Augustin n'avait vu Marguerite regarder de front la terrasse. Elle regardait pourtant, à présent, sans hésitation. C'était ce qu'il avait espéré lorsqu'il lui avait demandé de venir visiter avec lui la Galerie des Glaces, quand la décoration en avait enfin été achevée.

— Tout va bien, maintenant ? demanda-t-il.

Elle se tourna vers lui en souriant, noua les deux mains sur son bras.

— Je me sens de nouveau à l'aise ici. Je n'aurais jamais cru que ce fût possible.

Des fenêtres du Salon de la Paix, la jeune femme contempla, au-delà du Parterre du Midi, la vaste rampe sous laquelle on construisait la Nouvelle Orangerie. On n'en voyait rien, à moins de descendre plus d'une centaine de marches pour atteindre le niveau, et la vue sur le Lac des Suisses n'en était pas altérée. Lorsqu'elle serait achevée, l'Orangerie ajouterait une beauté nouvelle au vaste palais, qui conservait l'humble nom de Château et semblait destiné à n'en jamais changer.

— Le Roi cessera-t-il jamais de construire ? demanda-t-elle, tandis qu'ils revenaient sur leurs pas à travers la Galerie des Glaces.

— J'en doute. Si Louis n'était pas né sur le trône, j'ose dire qu'il aurait été maçon.

— Je le vois fort bien en grand costume royal, une truelle à la main.

Ils échangèrent des sourires à l'absurdité de cette image. Augustin se montrait plus grave, ces derniers temps, et elle appréciait leurs moments de gaieté. Il avait, elle le savait, des inquiétudes qu'il ne lui confiait pas. Le Roi ne l'envoyait plus nulle part comme son représentant, ne lui confiait aucune mission. Marguerite avait l'impression que, si son château n'était devenu un refuge provisoire pour de nombreux huguenots en fuite, il l'aurait vendu pour aller se consacrer au Havre à la profession de banquier.

Elle avait commencé de reconnaître les signes indiquant que quelqu'un se cachait dans les greniers. Finalement, elle avait demandé à participer à l'aide apportée aux fugitifs.

— Je savais que je ne pourrais vous dissimuler éternellement la chose, soupira-t-il. A présent que vous êtes au courant, je ferais bien de vous trouver un appartement en ville.

— Non ! Je ne partirai pas d'ici. Quand vous abritez des femmes et des enfants, je peux me rendre utile.

— Ces gens ne sont pas de votre croyance, lui rappela-t-il.

— Ils sont en danger. Cela me suffit.

Pensivement, il suivait du bout des doigts le contour de son visage.

— Si seulement tous les hommes et toutes les femmes pouvaient partager votre attitude de Bon Samaritain. Fort bien. Je serai heureux de pouvoir parfois compter sur vous. Mais, si jamais un danger extrême menaçait, vous partirez sans retard.

Elle hocha la tête, pour lui montrer qu'elle comprenait son désir de la protéger, mais elle n'avait pas la moindre intention de l'abandonner dans un moment difficile.

Toutes les fois qu'il s'absentait, une semaine ou deux tout au plus, elle savait que son départ était en rapport avec les huguenots, et qu'il était trop dangereux pour elle de l'accompagner. Jusqu'à son retour, elle était sur des charbons ardents, car la violence contre les protestants, sur les ordres du marquis de Louvois, ne se cachait plus, particulièrement dans le sud et le sud-ouest du pays. Ce qui la bouleversait personnellement, c'était d'avoir entendu prononcer le nom de Stéphane, en liaison avec la lutte contre les huguenots dans une certaine région.

Un jour où Augustin partait pour une expédition en faveur des huguenots, il rendit visite à Suzanne à Orléans. Il ne rapporta pas à Marguerite le message de réconciliation qu'elle avait espéré. Apparemment, Suzanne avait pris, une fois pour toutes, la décision de ne pas renouer leurs liens d'amitié. Visiblement, Augustin avait été conquis par le petit Edmond : il ne tarissait pas d'éloges à son sujet. Le désir de Marguerite de lui donner un fils s'accrut d'autant, mais elle commençait à croire qu'elle était stérile.

Or, en juillet 1685, elle sut avec certitude qu'elle était enfin enceinte. Sa joie fut sans limites, mais, en septembre, ses espoirs furent anéantis. Un après-midi où elle avait hâte de se retrouver derrière le comptoir de son magasin, elle fit une chute dans l'escalier de l'atelier, dégringola deux ou trois marches. Elle ne s'était fait aucun mal, sinon une contusion au bras, mais, dans l'heure qui suivit, elle fit une fausse couche. Pour elle, ce fut le désespoir. Durant plusieurs semaines, elle ne s'intéressa à rien. Son médecin, des amis, Augustin lui-même avaient beau lui affirmer que, la fois suivante, tout irait bien, elle ne parvenait pas à les croire.

Nul n'aurait pu dire combien de temps cette lassitude se serait prolongée si, en octobre, le Roi n'avait signé, en plein Conseil de ses ministres, la Révocation de l'Edit de Nantes. Assis sur son magnifique trône d'argent, il prit une plume et apposa sa signature sur le document. Celui-ci ôtait toute protection à la minorité protestante. Il refusait aux huguenots la liberté de célébrer leur culte selon leur propre conscience. Pour Louis, c'était le seul moyen de les amener définitivement à résipiscence, les autres tentatives ayant échoué.

En ce qui concernait Marguerite, les effets furent presque immédiats. Un soir, juste avant l'heure de la fermeture, Augustin vint la trouver à la boutique.

— J'ai besoin de votre aide, dit-il précipitamment. Nous avons un enfant malade dans le grenier, et, parmi le groupe de réfugiés, il n'y a pas une seule femme pour le soigner.

Elle se rendit aussitôt au chevet de l'enfant. Son père, trois frères et un oncle étaient avec lui, mais la mère était morte noyée dans un puits, sur les ordres du marquis de Louvois. Ils devaient se rendre en Angleterre, en ralliant Le Havre à bord du petit voilier que Gérard cachait dars une anse proche du Manoir, mais l'enfant n'était pas en état de voyager. Marguerite, oubliant ses propres tourments, se consacra tout entière au petit malade, jusqu'à sa guérison complète.

Le jour où elle put enfin voir partir la petite famille, deux autres réfugiés du Sud arrivèrent. Puis d'autres encore. Le flot était intarissable. Marguerite réconforta une veuve qui avait vu son mari rôti à la broche, une mère dont le fils avait connu une mort tout aussi cruelle, les membres brisés sur la roue avant d'être pendu. Sans cesse, elle devait soigner d'horribles blessures reçues par des gens qui avaient défendu leur famille ou leurs biens, à moins qu'ils n'eussent été torturés. Plus souvent qu'elle ne l'eût souhaité, elle entendait mentionner le nom de Stéphane : grâce à son cousin, il était rapidement monté en grade et était devenu le partisan inconditionnel des méthodes de Louvois.

En se fondant sur ce qu'elle était en mesure de voir et d'entendre, elle se fit une idée nette de la persécution infligée par le marquis de Louvois à ceux qui s'accrochaient à leurs croyances. Les dragons avaient été cantonnés dans des maisons huguenotes, officiellement pour maîtriser tout désordre chez les non-convertis, en réalité pour les tourmenter, à présent que les tracasseries et les pressions subtiles avaient pris fin.

Comme s'il livrait bataille, Louvois avait frappé en premier lieu ceux qui pouvaient le moins se défendre, avant de s'attaquer aux membres les plus puissants des communautés. Encouragés par lui, les dragons avaient commencé de se livrer à des actes de violence, comme s'ils se trouvaient en pays conquis plutôt que sur le sol de France. Ils pillaient, saccageaient autant qu'il leur plaisait, s'appropriaient tout ce qui était à leur goût, épanchaient leur luxure sur les épouses, les filles, les servantes. Les hommes étaient mis à la torture, sans considération pour leur âge, et c'était devenu un jeu cruel que d'inventer de nouveaux moyens d'humilier et de faire souffrir. Inévitablement, la terreur, l'opportunisme, le désir de sauver les enfants amenaient des conversions. Mais, bien souvent, l'on considérait ces revirements de dernière minute comme trop tardifs pour éviter le châtiment. A en croire Augustin, quand Louvois soumettait à Louis ses listes de nouveaux convertis, il ne disait pas la vérité sur la façon dont ils avaient été convaincus ni traités par la suite. Avant longtemps, les atrocités, loin de se limiter au sud du pays, éclatèrent dans différentes provinces. Ces actes de persécution étaient désormais connus sous le nom de « dragonnades ».

De nouveau, Augustin tenta d'obtenir audience auprès du Roi. Une fois de plus, elle lui fut refusée. Il décida donc de s'imposer et interpella Louis au moment où il sortait de la messe : peut-être serait-il d'humeur plus charitable.

— Sire ! un mot sur le traitement brutal infligé aux huguenots par le marquis de Louvois !

Louis s'arrêta avec un sourire de lassitude.

— C'en est assez, monsieur Roussier. Ainsi que je vous l'ai déjà dit, où est la preuve de ces rumeurs que vous colportez ? Vous-même, êtes-vous persécuté ? Avez-vous été banni de la Cour ? Au Château ou dans la ville de Versailles, les protestants sont-ils fouettés ou torturés dans les rues et les parcs ?

— Ces choses se passent en d'autres lieux. Certaines régions du Sud-Ouest ne sont plus guère que des charniers. Venez donc les visiter avec moi, Sire.

Les yeux de Louis étaient devenus vitreux, comme lorsqu'on exposait devant lui les souffrances des pauvres et des meurt-de-faim.

— Les conversions se font sur les sages conseils des prêtres et rien d'autre. Dans leur compassion, ils vont jusqu'à donner asile à des protestants à l'article de la mort, afin de sauver leurs âmes. J'ai l'assurance personnelle du marquis de Louvois que cette campagne est conduite, comme je le souhaite, avec une patiente fermeté. Je ne veux donc plus rien entendre de votre part sur ce sujet, monsieur Roussier.

C'était un ultimatum, mais prononcé sans la moindre hostilité personnelle. Augustin s'inclina profondément. Il se demandait ce qu'aurait dit Louis s'il avait su que, dans les greniers du Château Satory, un autre groupe de réfugiés prenait quelque repos avant de fuir la France.

En son domaine campagnard, Suzanne n'était pas coupée de ce qui passait dans le reste du pays. Elle entretenait avec ses amis de la Cour et d'ailleurs une correspondance assidue. Peu de temps après la Révocation, elle revint à Paris avec les trois enfants. Elle amenait aussi un précepteur, afin de ne pas désorganiser l'éducation de son fils aîné. Son seul but était de se trouver sur place si le Château Satory venait un jour à être la cible du marquis de Louvois. Elle parvint à obtenir à Versailles un petit appartement d'une seule pièce, ce qui lui permettait de paraître de nouveau à la Cour. Elle était constamment à l'écoute du moindre murmure susceptible de l'avertir d'une action éventuelle. Elle devait pour cela laisser les enfants à Paris mais elle allait les voir fréquemment. Elle revit Augustin lors d'un « Appartement ».

— Vous m'avez manqué, avoua-t-elle avec émotion, tout en prenant garde de n'être entendue de personne.

Il lui accorda le sourire qu'elle désirait, et qui lui alla droit au cœur.

— Comment va Edmond ?

— Il est vigoureux et en excellente santé. Venez donc le voir à Paris, la prochaine fois que je m'y rendrai.

— Ce ne serait pas prudent en ce moment. Si je fréquente encore la Cour, c'est simplement pour sonder le terrain jour après jour. Aussi longtemps que je reste ici comme une sorte de bastion, les autres peuvent conserver l'espoir que les méthodes de Louvois ne s'étendront pas à Paris ou Versailles. Mais vous pourriez vous mettre en danger en recevant chez vous un huguenot.

Elle dissimula sa déception, mais ne l'en aima que davantage pour sa sollicitude.

— Je vais faire en sorte qu'on mène Edmond dans un parc ou dans quelque autre endroit où vous pourrez le rencontrer comme par hasard et passer un moment avec lui.

— Je suis impatient de le voir. Mais séparons-nous. Nous ne devons pas parler trop longtemps ensemble.

Elle le regarda s'acheminer vers la table de jeu, où il fut accueilli avec enthousiasme et invité à prendre place. Apparemment, il n'était pas encore tenu à l'écart par les autres courtisans, et, elle le savait, le Roi continuait à jouer au billard avec lui de temps en temps. Peut-être Louis s'abstiendrait-il de prendre des mesures contre les huguenots qui l'avaient fidèlement servi, comme Augustin.

Mais cet espoir fut de courte durée. Le Roi, un jour, la fit mander. L'audience fut brève et alla droit au but. Suzanne en sortit dans un violent émoi.

Augustin, à l'insu de Marguerite, se rendait à Paris une ou deux fois par mois pour voir son fils. Ce jour-là, il trouva Suzanne qui l'attendait avec l'enfant dans la voiture, au lieu de la gouvernante qui en était généralement chargée. Aussitôt, Edmond tendit les bras à son père, et celui-ci le souleva avec tendresse, avant de s'asseoir près de Suzanne.

— Qu'est-ce qui vous amène ici aujourd'hui ? questionna-t-il, après un baiser.

— J'ai eu une audience du Roi. Il désire me voir user de l'influence que j'ai sur vous, par les liens de l'amitié, pour vous amener à vous convertir.

Il haussa un sourcil.

— Et alors ?

— C'est inutile, et je le sais.

— Lui avez-vous dit que nous avions déjà discuté du sujet ?

— Oui.

Il lui prit la main avec tendresse.

— Lorsqu'il vous questionnera de nouveau, vous pourrez lui dire que vos discours n'ont pas eu de résultat. Mais à toute chose malheur est bon. Puisque Louis approuve votre amitié avec un huguenot, rien ne nous empêche d'aller voir avec Edmond les jongleurs près du Pont-Neuf.

De ce jour, elle accompagna toujours Edmond lors de ses sorties avec Augustin. A Versailles, on pouvait les voir ensemble, assis l'un près de l'autre dans le Salon de Mars pour un concert ou bien en train de danser dans le vaste Salon d'Hercule. Mais jamais, alors qu'il aurait pu le faire aisément, il ne lui rendait visite à sa résidence parisienne, à cause de Marguerite. Il arriva bien souvent à Suzanne d'en pleurer : sans Marguerite, elle le savait, il aurait passé tout son temps avec elle. Elle avait donné un enfant à Augustin, savait qu'il en avait assumé la responsabilité, mais elle avait dû accepter l'idée qu'elle ne pourrait le garder auprès d'elle. Elle était bien décidée à trouver un jour le moyen de le convaincre que sa place était avec elle et nulle part ailleurs. Comment elle y parviendrait, elle l'ignorait, mais, un jour ou l'autre, l'occasion se présenterait, et elle la saisirait.

Augustin n'avait eu nul besoin d'être averti par Suzanne des intentions du roi à son égard. Il était dans l'ordre des choses que Louis portât éventuellement son attention sur les quelques protestants qui se trouvaient encore à la Cour. Il n'avait d'autre recours que de poursuivre ses activités comme si de rien n'était, en tentant de sauver le plus de gens possible. Quant à Marguerite, son amour pour elle était plus intense que jamais, malgré cette double vie qu'il menait avec ce fils dont elle ignorait l'existence. Jamais elle n'avait été plus précieuse à ses yeux, plus adorée, plus désirée.

Plus de trois mois s'écoulèrent. Marguerite remerciait le ciel pour chaque jour qui passait sans encombre, car Augustin l'avait mise au courant de la tâche assignée par le Roi à Suzanne.

Au début, elle se montra méfiante.

— Essaie-t-elle de vous convertir ?

— Non. D'ailleurs, elle n'en a pas l'occasion. Nous ne sommes jamais seuls.

C'était là une information rassurante. Marguerite elle-même voyait rarement Suzanne, et seulement de loin. Les plaisirs de Versailles avaient perdu de leur attrait : elle n'avait aucun désir de rencontrer le Roi et ne se rendait aux festivités que lorsqu'elle était sûre de ne pas croiser son chemin. De fait, Augustin et elle préféraient aller se divertir à Paris, et ils prenaient particulièrement plaisir aux pièces données à la Comédie-Française. Par ailleurs, ils passaient de nombreuses heures à cheval dans la campagne environnante et ne se lassaient pas de faire ensemble des déjeuners sur l'herbe.

Tout ce temps, les sombres nuages accumulés par Louvois ne cessaient d'approcher. Seuls, Versailles et son voisinage demeuraient paisibles, comme si Louvois préférait épargner au roi la puanteur du sang et de la chair torturée. Son nom faisait frissonner Marguerite, comme la faisait frémir celui de Stéphane. Qui aurait jamais imaginé que ce qu'elle avait pris pour de la réserve était en réalité de l'arrogance ? Ou que les sentiments de Stéphane à son égard, aussi sincères fussent-ils, prenaient racine dans sa rage qu'un huguenot pût avoir l'amour de la femme convoitée ? Elle espérait bien ne jamais le revoir.

Or, un matin de bonne heure, Augustin arriva au magasin. Il n'était pas en tenue de chasse, comme elle l'avait vu au petit déjeuner, mais vêtu et armé pour le voyage. Elle l'emmena dans l'arrière-boutique, hors de portée de voix de son aide, et il lui apprit la désastreuse nouvelle.

— Un messager est venu. Ne m'ayant pas trouvé au château, il m'a rejoint au rassemblement de la meute. Les dragons occupent la maison de mon père. Il avait bien armé ses serviteurs, mais ils se sont rendus maîtres du domaine, et il est prisonnier chez lui, brutalement traité. Quand le messager est parti, hier, deux des valets étaient morts. Je dois partir sans retard.

— Vous ne partez pas seul !

— Soyez rassurée. J'emmène Georges, Charles et Eric, tous bons huguenots et entraînés à l'épée,.

Elle les connaissait de nom : ils avaient déjà participé à certaines expéditions avec Augustin.

— Ramènerez-vous votre père ?

— C'est peu probable. La situation ici n'est plus sûre. Dès que j'aurai vu ce qui se passe là-bas, je saurai quoi faire.

— Soyez prudent, supplia-t-elle, après avoir échangé un baiser avec lui.

C'était la séparation la plus cruelle qu'elle eût jamais connue. Elle sortit dans la rue pour le regarder s'éloigner et fut saisie d'une terrible prémonition.

A Versailles, Suzanne pénétrait dans la Chambre du Conseil, où l'avait mandée le Roi. Il l'accueillit aimablement mais reprit toute sa gravité lorsqu'elle avoua n'avoir accompli aucun progrès dans sa mission d'inciter Augustin à se convertir.

— Je ne vous ai point hâtée, souligna-t-il, d'un ton sévère mais bienveillant. Vous avez eu tout le temps d'user de tendre persuasion.

Il songeait à l'adresse avec laquelle Françoise l'avait amené à la fidélité et à l'expiation. Il y avait plusieurs suivantes huguenotes dans l'appartement de sa femme, mais elles n'exerçaient aucune influence et n'avaient donc pas d'importance. Sans aucun doute, Françoise finirait par les amener à la vraie foi. Elle avait fait preuve d'une intense antipathie envers le marquis de Louvois : elle écoutait sans rien dire, toutes les fois qu'on le louait pour le grand nombre de conversions qu'il avait obtenues.

— Peut-être consentirez-vous à m'accorder encore un mois ou deux, Sire, demanda instamment Suzanne. Je pourrais m'y prendre mieux.

— Vous auriez certainement pu obtenir ce que vous désiriez, dans le temps qui vous a été accordé.

Les yeux posés sur elle étaient ceux d'un aigle, fixes et pénétrants. Quelque chose dans sa voix fit comprendre à Suzanne qu'il avait deviné la vérité : Augustin était le père de son deuxième fils. Toutes les histoires rebattues à propos des pouvoirs surnaturels du Roi lui revinrent en mémoire, mais elle les repoussa. Augustin lui avait dit que Louis avait des espions partout et qu'elle ne devait jamais mentionner dans une lettre ce qu'elle voulait tenir secret.

Elle tenta d'obtenir un nouveau délai.

— M. Roussier peut encore se laisser persuader, dit-elle. Un autre entretien pourrait bien faire pencher la balance.

— Je suis d'accord. Vous avez préparé le terrain. Il m'appartient maintenant d'exercer mon influence pour sauver de ces croyances hérétiques un homme qui est par ailleurs un excellent courtisan. S'il refuse d'écouter mes conseils, il sera enfermé dans un monastère.

Elle fut horrifiée.

— Vous allez le faire arrêter ?

Louis prit un air mécontent.

— Point du tout. Sa liberté sera simplement limitée de sorte qu'il tire le meilleur bénéfice des sermons et d'une bonne instruction religieuse. Voyez-vous, madame, la conversion de M. Roussier serait une excellente chose pour tous. S'il prenait la bonne direction, d'autres suivraient. Il me faut simplement son assurance qu'il obéira à mes désirs. Je ne souhaite pas le voir privé de sa liberté.

— Vous en faites un exemple !

Louis fronça des sourcils menaçants.

— Pas encore. Si le monastère restait sans effet, il resterait la Bastille.

Quand elle quitta le souverain, elle n'avait qu'une idée en tête : il fallait avertir Augustin sans tarder. Louis avait deviné son intention mais ne s'en troublait pas pour autant. Roussier ne lui avait jamais donné l'impression d'un homme profondément religieux : il le croyait plus porté vers la chair que vers l'esprit. Sans doute ne s'attacherait-il pas à des restes d'hérésie s'il risquait par là de défier son Roi. Chez un tel gentilhomme, la loyauté passerait toujours avant tout. Louis, content de lui-même, attendit le prochain visiteur qui devait être admis en sa présence. Il voulait croire que les nombreuses conversions portées sur les listes de Louvois avaient été obtenues par les méthodes modérées dont il usait envers Roussier. Il avait un don certain pour fermer les yeux sur ce qu'il refusait de voir.

Suzanne parcourut le Château à la recherche d'Augustin. Elle alla jusqu'à descendre l'escalier de plus d'une centaine de marches qui menait au site de la Nouvelle Orangerie : les courtisans, elle le savait, y venaient fréquemment pour voir comment avançaient les travaux. Elle finit par se présenter à la boutique de Marguerite. Elles se retrouvaient face à face pour la première fois depuis longtemps, et la rencontre les bouleversa l'une et l'autre.

— Je cherche Augustin, expliqua rapidement Suzanne. Il faut l'avertir. S'il ne se convertit pas, on va l'arrêter.

Une nouvelle inquiétude vint s'ajouter à l'anxiété de Marguerite.

— Il n'est pas ici. Il est allé chez son père, au Havre. Les dragons occupent le Manoir.

— Quand sera-t-il de retour ?

— Pas avant trois jours pour le moins. Y a-t-il urgence ?

— Rien ne peut être fait avant qu'il soit revenu. Le Roi devra alors lui parler avant de prendre des mesures.

Marguerite exhala un léger soupir de soulagement.

— Cela lui laissera le temps de décider de ce qu'il doit faire. Ne pouvons-nous maintenant redevenir des amies, Suzanne ?

Suzanne pâlit, recula vers la porte.

— Non, Marguerite. Jamais.

Elle fit volte-face, sortit presque en courant, comme si rejeter cette tentative de réconciliation lui causait une souffrance véritable. Tandis que son carrosse la ramenait à Paris, elle décida de ce qu'elle allait faire. Après une brève halte chez elle, elle partirait pour Le Havre, avec une escorte de serviteurs armés, afin d'informer Augustin qu'il ne devait pas revenir à Versailles. Elle ne redoutait pas les dragons : ils étaient au service du Roi et, indirectement, ils assuraient sa propre protection, même si, comme bon nombre d'autres catholiques, elle abhorrait leurs méthodes brutales. Elle craignait seulement les voleurs de grand chemin qui s'attaquaient la nuit aux voyageurs.

A peine Suzanne eut-elle quitté la boutique que Marguerite en sortit à son tour pour se rendre à l'atelier de Pierre Ouinville. Quand Augustin lui avait enfin parlé de son aide aux réfugiés, elle avait appris que Pierre y participait activement, et qu'elle pourrait lui faire confiance en toute circonstance critique. Elle le trouva devant son métier. Il se leva aussitôt : il voyait à son expression qu'il se passait des événements graves.

— Qu'est-il arrivé, mademoiselle ?

En hâte, elle lui exposa la situation.

— Pouvez-vous rattraper M. Roussier? demanda-t-elle d'un ton pressant. Il faut l'avertir.

Déjà, il tendait la main vers sa veste.

— M. Roussier et ses compagnons ont pris une bonne avance, mais je dispose d'un cheval rapide. Je prendrai un raccourci que je connais bien et je les arrêterai au passage.

Il sortit sans même lui dire adieu, et elle regagna sa boutique. Durant tout le reste de la journée, elle eut peine à se concentrer, et ce fut avec soulagement qu'elle rentra chez elle, l'heure de la fermeture venue. Elle y était depuis peu de temps lorsqu'elle entendit un bruit de sabots dans l'allée d'accès. Pierre fut introduit dans le salon où elle se trouvait. Elle se leva d'un bond, une question dans le regard. Il lui adressa un sourire rassurant, et elle soupira longuement.

— Je lui ai fait part de votre avertissement, mademoiselle. En retour, je vous apporte un message. Devant cette situation nouvelle, le moment est venu, pour vous et M. Roussier, de quitter la France. Je dois vous escorter sans retard jusqu'à un lieu de rendez-vous, sur la côte, près du Havre. C'est une hôtellerie appelée le Lys d'Or. Lorsque vous y parviendrez, M. Roussier s'y trouvera déjà, avec son père, et un bateau vous attendra, pour vous mener en Angleterre.

Avec sang-froid, elle approuva d'un signe. Augustin l'avait

préparée à s'attendre à tout, et elle savait très précisément ce qu'elle devait faire.

— Si vous devez repartir avec moi, il vous faut manger et prendre quelque repos. Pendant ce temps, je réglerai leur dû aux serviteurs et je fermerai la maison. Ainsi que vous le savez probablement, M. Roussier a prévu pour chacun d'eux un itinéraire à suivre. Je n'en aurai pas pour longtemps à me préparer.

Les domestiques se rassemblèrent dans la cuisine, et Marguerite leur remit les bourses qu'elle avait prises dans la chambre forte où les gardait Augustin. Les femmes versèrent quelques larmes à l'idée que le moment de fuir était venu mais elles ne perdirent pas de temps pour aller chercher les housses qui devaient recouvrir les meubles. Pendant ce temps, les hommes s'affairaient à fermer et à consolider portes et fenêtres. Marguerite retourna à la chambre forte et, sur les indications d'Augustin, y brûla certains papiers, en emporta d'autres pour les mettre dans ses sacoches de selle. Elle ferma à clé la porte de la chambre, l'isola de nouveau derrière le panneau secret. Tout était prêt. Elle avait de longue date préparé Lucille à prendre en charge la boutique, en cas d'urgence ; l'affaire serait entre de bonnes mains.

On échangea des adieux, et les serviteurs partirent, emmenant les chiens et les chevaux. Seules, les deux montures les plus rapides furent laissées à la disposition de Marguerite et de Pierre. Celui-ci dormait profondément, et le château était étrangement silencieux. La jeune femme s'immobilisa un instant dans le vestibule : l'atmosphère lui rappelait un peu sa première visite, lorsque, de son rire, de ses propos animés, elle avait rompu le silence de la maison neuve. Sans doute était-ce la dernière fois qu'elle se trouvait sous ce toit. Même après la disparition de Louis, le Dauphin manquait trop d'imagination pour faire autre chose que suivre le chemin tracé par son père. Augustin et elle seraient à jamais exilés de France, de cette maison où ils avaient connu tant de bonheur. Sans vouloir se l'avouer, elle avait le sentiment que, dans leur pays d'accueil, Augustin l'épouserait : là-bas, il ne subsisterait rien de leur passé pour les tenir plus longtemps séparés.

Soutenue par cette pensée, elle eut moins de peine à quitter le Château Satory, qu'elle ne cesserait jamais d'aimer. Côte à côte, elle et Pierre suivirent la grande allée et franchirent les grilles pour entreprendre leur long voyage jusqu'à la côte.

Il faisait encore nuit quand Augustin et ses compagnons arrivèrent aux abords du Manoir. Ils laissèrent là leurs chevaux fatigués, qu'ils avaient régulièrement changés en cours de route, et, l'épée à la main, partirent reconnaître le terrain. Augustin fit pénétrer sa troupe dans le domaine par une porte à peine visible qu'il avait souvent utilisée dans son enfance. Comme il s'y attendait, les dragons de garde sommeillaient à leur poste, près de la grille principale. Ils furent promptement et silencieusement expédiés dans l'autre monde par Charles et Georges.

Augustin, furieux, constata que le pavillon où s'étaient traitées toutes les affaires financières avait été brûlé de fond en comble. Les ruines fumaient encore. Plus loin, contre les étoiles pâlissantes, se dressait la haute silhouette du Manoir. Sans doute allait-il le trouver occupé par l'officier et les hommes sous ses ordres : la plus belle demeure de la région était généralement réquisitionnée pour cet usage.

Augustin connaissait les jardins comme sa poche. Il n'avait pas besoin de lumière pour montrer le chemin et, lorsqu'ils atteignirent le Manoir, il guida ses compagnons à travers des buissons touffus, jusqu'à une porte secrète qui donnait accès aux caves. La clé était cachée dans une fissure de la muraille. Elle tourna sans peine : la serrure était régulièrement huilée, pour permettre à tout agent huguenot d'entrer ou de sortir. Dans le couloir, Augustin décrocha une lanterne, l'alluma. Les rayons éclairèrent les murs de pierre grise, percés d'arches et de portes.

L'épée à la main, les hommes jetèrent au passage un coup d'œil dans chaque pièce : si Gérard était prisonnier, il pouvait aussi bien se trouver dans cette partie de la maison que partout ailleurs. Les caves à vin avaient été pillées : les dalles, par endroits, luisaient de liquide renversé.

Ils parvinrent à une lourde porte qui, contrairement aux autres, était fermée à clé. Dans l'espoir de trouver son père à l'intérieur, Augustin tourna la grosse clé qui était restée dans la serrure et ouvrit tout grand le battant. Il se fit aussitôt une étrange rumeur de murmures et de mouvements furtifs, comme si l'endroit avait grouillé de souris. Lorsqu'il franchit le seuil, la lanterne dans une main, l'épée dans l'autre, il y eut une explosion de cris déments. La lanterne révéla un spectacle pathétique. Une bonne douzaine de femmes, toutes servantes du Manoir, se serraient dans un coin et s'agrippaient les unes aux autres pour affronter la mort qu'elles attendaient. Leurs vêtements étaient déchirés, tachés de sang, leurs visages meurtris, leurs seins dénudés. Une fille de cuisine, qui n'avait pas plus de douze ans, semblait avoir perdu l'esprit dans sa détresse : elle était secouée d'un rire hystérique.

— Calmez-vous ! fit Augustin. N'ayez pas peur ! Vous me connaissez bien !

Mais elles étaient comme des folles enfermées dans un asile. Elles se dispersaient dès qu'il faisait mine de les approcher. Ses compagnons et lui perdirent plusieurs minutes à les convaincre qu'ils n'étaient pas les dragons redoutés, revenus pour les violer de nouveau avant de les tuer. La scène changea alors, mais sans rien perdre de sa violence : les femmes s'accrochaient à Augustin comme les berniques, elles sanglotaient, le suppliaient de les emmener en lieu sûr. Il finit par réussir à les calmer. Une gifle appliquée par Charles réduisit en silence la fille de cuisine, qui se nicha près de l'une des femmes et se mit à sucer son pouce.

— Je ne peux rien faire pour vous si vous ne m'aidez pas, déclara Augustin. Où détient-on mon père ? Combien y a-t-il de dragons dans la maison ?

Plusieurs se mirent à pleurer. Il y eut alors le pressentiment d'un grand malheur, sentit le sang se retirer de son visage. Entre deux sanglots, une femme lui répondit :

— Il est mort, monsieur. Hier, en fin de journée. Ils ont jeté son corps dehors, près du tas de fumier.

Charles, glacé jusqu'aux veines, posa une main compatissante sur l'épaule d'Augustin et s'adressa à la femme.

— Qui est responsable de cette mort ?

— L'officier en chef.

— Son nom ?

— Le capitaine Le Pelletier. Celui qui déteste les huguenots. Les hommes ont été torturés avant d'être passés au fil de l'épée. Certains, après avoir renié leur foi, ont été enfermés dans le grenier de l'écurie, mais les dragons se sont d'abord livrés sur eux à des pratiques obscènes...

Sa voix s'étouffa.

— On nous a contraintes à regarder.

La mâchoire d'Augustin se crispa. Il demanda d'une voix sans timbre :

— Le Pelletier est-il encore dans la maison ?

— Oui, monsieur. Il couche dans la chambre de votre père.

Il eut tôt fait de découvrir qu'il y avait dans le Manoir quatre autres officiers, détermina dans quelles chambres on pourrait les trouver. Il dit alors aux femmes de demeurer où elles étaient, fit gravir à ses hommes quelques marches qui les amenèrent à la vaste cuisine et de là à la porte qui ouvrait sur le vestibule central. Il devinait quelle satisfaction avait éprouvé Le Pelletier à exercer sa vengeance sur le père de l'homme qui se dressait entre lui et la femme qu'il désirait.

Un rai de lumière qui filtrait sous la porte l'avertit qu'un garde pouvait être posté dans le vestibule. Comptant sur l'élément de surprise, il poussa brutalement le battant, et les quatre hommes s'élancèrent. Deux gardes étaient là. Le premier, encore éveillé, sauta de son banc avec un cri aigu qui réveilla son camarade. En quelques minutes, tous deux furent percés de part en part, mais, à l'étage, il se fit un remue-ménage, des portes battirent, et, bientôt, les quatre officiers de dragons apparurent, vêtus sommairement, épée en main. Stéphane, du haut de l'escalier, eut un sourire haineux en reconnaissant Augustin.

— C'est donc vous, Roussier ! Voyons un peu de quoi est capable à présent votre bras blessé. J'ai eu toute l'expérience désirable, à étriper des huguenots depuis mon départ de Versailles. Vous allez me trouver trop fort pour vous !

— Nous verrons bien !

Augustin mena la charge au long de l'escalier. Les dragons eurent d'abord l'avantage, mais les huguenots s'ouvrirent un chemin jusqu'à la galerie. Jurons et grognements d'effort se mêlaient aux cliquetis des armes dans une lutte sans répit. Augustin et Stéphane se battaient avec une haine furieuse, parant, esquivant ; les éclairs que lançaient leurs lames rivalisaient avec les premières lueurs rosées de l'aube qui entraient par les fenêtres. Augustin sentait la fatigue le gagner. Il avait passé la nuit en selle et il combattait contre un homme beaucoup plus jeune, frais et dispos. Mais le désespoir lui faisait oublier la douleur dans son bras. Il poursuivait la lutte, il se battait comme il l'avait si souvent fait contre l'ennemi. Soudain, Stéphane émit une sorte de cri étranglé et tomba sur les genoux.

— Vous m'avez eu !

Il était mortellement blessé. Le sang jaillissait à flots de sa poitrine. A l'instant où Augustin reculait d'un pas, il s'écroula face contre terre, et la vie l'abandonna.

Augustin se retourna d'un bloc pour aider ses compagnons, mais le combat touchait à sa fin. Trois des officiers étaient morts, le quatrième se rendait. Les huguenots étaient légèrement blessés, mais rien de grave. On lia les poignets du dernier dragon, on le bâillonna et on l'attacha à un pilastre de la rampe. Les femmes, qui s'étaient précautionneusement avancées jusqu'au vestibule pour suivre la lutte, se précipitèrent vers Augustin lorsqu'il descendit.

— Allez chercher des vêtements pour vous habiller décemment. Revenez ensuite m'attendre ici. Je demande à celles qui s'en sentent capables de trouver du linge propre pour faire la toilette funèbre de mon père. J'ai appris de l'officier prisonnier qu'il s'écoulera encore deux heures avant la relève des gardes. D'ici là, j'aurai emmené celles d'entre vous qui souhaitent quitter la France pour se réfugier en Angleterre. Les autres recevront une bourse d'or et pourront aller retrouver leur famille ou bien se rendre en un lieu qui leur paraîtra sûr.

Il laissa à Charles et à Georges le soin d'ouvrir les portes des écuries, en prévision de l'exode, et de délivrer ceux qui étaient enfermés dans le grenier. Près du tas de fumier, Eric et lui découvrirent le corps de Gérard Roussier, le visage dans la fange. Doucement, Augustin le retourna. Les traits curieusement déformés lui donnèrent l'espoir qu'un brusque coup de sang avait épargné à son père le plus fort de la souffrance. Les doigts des deux mains étaient écrasés, un bras brisé. Il souleva le corps, l'emporta jusqu'au Manoir. Pendant que les femmes remplissaient leur tâche, il se rendit à la chambre forte de la demeure, emplit ses sacoches de selle d'or et de joyaux de famille. Ses compagnons d'armes recevraient une bonne récompense en or, et, comme il l'avait promis, il y aurait une bourse pour chacun des serviteurs.

Le défunt maître du Manoir fut alors porté jusqu'à la tombe creusée près d'une roseraie par les domestiques libérés de leur grenier. Ils étaient, eux aussi, en piteux état. On ensevelit Gérard, on dit les prières, on dispersa des feuilles mortes sur la tombe, pour la protéger d'une éventuelle violation quand le reste des dragons découvrirait ce qui s'était passé durant les dernières heures de la nuit.

Oubliant leur récente conversion, tous les hommes, ainsi que les deux garçons d'écurie, choisirent la fuite. Deux femmes seulement souhaitaient quitter la France, et l'une d'elles était disposée à emmener la fille de cuisine, puisque l'enfant n'avait pas de famille. Les autres partirent pour regagner les fermes lointaines d'où elles étaient venues à l'origine.

Dans les écuries, ceux qui étaient prêts à s'enfuir sellèrent les chevaux. Les hommes prendraient les femmes en croupe, sous la conduite de Georges. Eric et Charles montaient la garde aux deux entrées du Manoir, devant et derrière. Augustin, après un ultime coup d'œil sur la maison de son enfance, se disposait à rejoindre ceux qui se trouvaient aux écuries quand Charles entra dans le vestibule pour donner l'alarme. Par la porte ouverte, un premier rayon de soleil glissa sur les deux gardes abattus.

— Un carrosse approche !

Augustin se précipita vers la fenêtre la plus proche, reconnut le véhicule qui émergeait de l'ombre des platanes plantés le long de l'allée d'accès.

— C'est Mme de Fresnay ! Je ne veux pas qu'elle pénètre dans la maison. Sors par-derrière et pars avec le groupe de réfugiés. Georges connaît l'endroit où le bateau nous attend.

— J'y vais. Bonne chance !

— Bonne chance à toi.

Augustin attendit que le carrosse eût presque atteint les marches du perron. Il prit alors la clé de la porte d'entrée, sortit, referma le battant derrière lui. Les roues à peine immobilisées, Suzanne sauta à terre. Au grand étonnement d'Augustin, les jumeaux et son propre fils dormaient dans la voiture.

— J'ai voyagé toute la nuit, lui dit-elle, en guise de salut, avant de se retourner vers la voiture pour aider les enfants à descendre.

Il leva la main.

— Attendez ! Je crains de ne pouvoir vous offrir l'hospitalité. Je viens de fermer le Manoir, et tous les domestiques ont été renvoyés.

Elle parut désemparée.

— Mes serviteurs sont très las. Ils ont besoin de se restaurer et de dormir. Où...

Elle était sur le point de demander où était le maître des lieux, qui l'avait toujours accueillie avec une si grande courtoisie, lors de ses précédentes visites. Le regard farouche d'Augustin l'alerta : il s'était produit des événements graves. Elle modifia sa question :

— Où peut-on trouver de quoi se rafraîchir ?

Déjà, il la faisait remonter dans son carrosse.

— Il n'y a plus rien au Manoir, déclara-t-il. Mais nous trouverons une hôtellerie à quelques lieues d'ici, sur la route.

Il donna ses instructions au cocher, s'assit à côté de Suzanne. Edmond, qui se frottait les yeux, grimpa sur ses genoux.

— Que se passe-t-il ? questionna Suzanne. Je suis venue vous dire de ne pas retourner à Versailles. Le Roi a décidé de vous faire arrêter.

— Certains événements se sont produits qui s'opposeraient de toute manière à mon retour, répondit-il.

Son regard aux aguets explorait les alentours, à mesure que le carrosse approchait des grilles principales. Jusqu'à présent, il n'y avait aucun signe de la relève.

— Mon père est mort. Assassiné par les dragons. Je suis le prochain sur la liste.

— Oh ! quelle horreur ! fit-elle d'une voix angoissée.

Sa fille se serra contre elle comme pour la réconforter.

— Vous vous êtes battu contre eux, monsieur ? demanda Jean-Paul.

Augustin posa sur lui un regard intrigué.

— Pourquoi cette question ?

— Il y a du sang sur votre manchette.

Il vit alors que le sang avait traversé un pansement de fortune, avant de suinter sous sa manchette. Suzanne arracha promptement une bande de tissu à son jupon et refit le pansement, sans poser de questions en présence des enfants.

— Je ferai mieux quand nous serons à l'hôtellerie, promit-elle.

Le véhicule sortit des terres du Manoir pour s'engager sur la route. Les gardes de jour n'avaient toujours pas fait leur apparition quand les grilles disparurent de la vue des voyageurs. Augustin jugea qu'ils disposaient encore de quelques minutes.

Marguerite et Pierre passèrent la nuit à cheval. Le tisserand se montrait un compagnon agréable et efficace. Les chevaux étaient relayés régulièrement, et, bien qu'elle voulût poursuivre la route sans s'arrêter, il insista pour lui faire prendre quelque repos chez des huguenots qui leur donnèrent de quoi se restaurer. Elle sommeilla une demi-heure seulement mais s'en trouva rafraîchie.

Il était midi lorsqu'ils parvinrent à un petit village de pêcheurs, près du Havre. Un vent vif et salé soufflait de la mer. Il gonfla comme une voile la cape de Marguerite, tandis qu'elle et Pierre approchaient de l'auberge à l'enseigne du Lys d'Or. Augustin attendait son arrivée dans la cour. De loin, ils se saluèrent de la main, et elle pressa son cheval pour couvrir la distance restante. Il courut l'aider à mettre pied à terre. Elle faillit lui tomber dans les bras.

— Etes-vous épuisée ? demanda-t-il avec inquiétude.

Sans le lâcher, elle secoua joyeusement la tête.

— On s'est fort bien occupé de moi, même si c'est à contrecœur que j'ai accepté de me reposer. Je tenais à vous rejoindre le plus tôt possible. Je suis si heureuse de vous retrouver sain et sauf !

— Venez à l'intérieur. J'ai beaucoup de choses à vous dire.

Il la fit monter dans une chambre dont les poutres basses l'obligeaient à courber la tête. Elle refusa de manger, mais on leur apporta du café. En le buvant, il lui conta tout ce qui s'était passé, lui fit part de la mort de Stéphane.

— Ainsi, nous devons quitter la France au plus vite, dit-elle d'un ton méditatif. Ma plus profonde tristesse est pour votre père.

— Ma chérie... Vous ne pouvez m'accompagner.

La voix d'Augustin était pleine de souffrance.

Elle le dévisagea d'un air incrédule.

— Partir ne me fait pas peur. Je n'ai rien à laisser derrière moi. Mon unique désir est d'être avec vous. Devrai-je vous rejoindre plus tard ?

Il secoua la tête, le visage déformé par le désespoir.

— Non. Pourtant, je comptais bien que nous serions ensemble, quand j'ai demandé à Ouinville de vous amener à moi. Mais à présent... à présent, c'est Suzanne qui doit m'accompagner. Elle est dans ce village, dans une autre auberge. Lorsqu'elle est venue m'avertir que le Roi avait l'intention de m'arrêter, elle a emmené les enfants, afin de partir avec moi pour l'Angleterre.

Ils étaient assis devant une table de chêne. Marguerite se leva lentement. Comme si ses membres s'étaient subitement engourdis, elle s'approcha de la fenêtre d'un pas saccadé, porta un regard aveugle vers la mer.

— Pour quelle raison avez-vous fait ce choix ?

Il s'approcha d'elle, la prit par les bras en une tendre caresse.

— Edmond est mon fils. Je voulais qu'il porte mon nom. J'ai épousé Suzanne secrètement, quelques heures après les obsèques de Jacques.

Elle parut alors saisie d'une crise de folie. Elle lui fit face, se mit à le frapper, avec des cris, des larmes. Il tenta d'éviter les coups, heurta de la tête une poutre qu'il cherchait à éviter. Il lui captura alors les poignets, cependant qu'elle essayait encore de lui marteler la poitrine de ses poings. Il ne la lâcha qu'au moment où, enfin calmée, elle se laissa aller contre lui.

— Pourquoi ne pas me l'avoir dit plus tôt ?

— Pour vous perdre ? Vous m'avez dit, il y a longtemps, dans la maison de vos parents, que vous n'accepteriez jamais de me partager avec une épouse pour laquelle je nourrirais un sentiment. Suzanne m'a toujours été chère, et vous le saviez. Ce que j'éprouve pour elle n'a jamais altéré mon amour pour vous, mais jamais vous ne seriez restée avec moi si vous aviez appris que je l'avais épousée.

— Vous me perdez aujourd'hui de votre plein gré, lui jeta-t-elle au visage.

— Si Suzanne n'avait pas tenu à venir avec moi, je vous aurais emmenée, comme nous en étions toujours convenus. Mais elle est mon épouse, la mère de mon fils, et elle veut me suivre en exil.

— Comment a-t-elle pu accepter l'idée de vous partager avec moi ?

— Il n'y a jamais eu aucun partage.

Il la prit aux épaules, l'attira vers lui, enfouit ses lèvres dans la luxuriante chevelure. Son visage était déformé par la souffrance : il allait devoir la quitter, cette femme qui était l'autre moitié de lui-même et le resterait à jamais.

— Depuis ces quelques jours passés avec Suzanne, alors que je croyais vous avoir perdue au profit de Le Pelletier, il ne s'est rien passé entre nous. Vous représentez l'élément essentiel de ma vie, et elle le sait.

Elle se rejeta en arrière pour plonger son regard dans les yeux emplis de tristesse.

— La vérité devait finir par éclater, vous en aviez sûrement conscience.

— J'espérais que ce serait dans un avenir plus lointain. D'ici là, j'aurais tout fait pour vous rendre inconcevable la pensée de me quitter.

Avec lassitude, elle ferma les yeux, la tête appuyée contre l'épaule de son compagnon. Ils avaient vécu ensemble moins de cinq ans et ils devraient passer l'un sans l'autre le reste de leur vie. Il entreprit de lui parler des dispositions qu'il avait prises pour son avenir, mais elle était incapable de se concentrer. Son esprit suivait son douloureux chemin. Il aurait pu s'écouler un laps de temps beaucoup plus long, sa décision première n'en eût pas été modifiée pour autant. Elle avait cru naguère qu'elle pourrait le partager avec une femme épousée sans amour mais maintenant, comme alors, elle savait qu'elle serait incapable de vivre dans l'ombre d'une épouse pour laquelle il éprouverait une tendresse sincère. Suzanne avait pour lui un amour trop profond : même si cette fuite en Angleterre n'était pas devenue nécessaire, elle aurait trouvé un moyen de faire valoir ses droits.

— Combien nous reste-t-il de temps à passer ensemble ? demanda-t-elle d'une voix presque imperceptible.

— Le bateau partira avec la marée. Dans une heure.

Elle leva vers sa cravate des doigts tremblants, la dénoua, avant d'entreprendre de dégrafer elle-même sa robe.

— Une dernière fois, murmura-t-elle, suppliante.

Il lui fit l'amour passionnément, avec une adoration qui ne laissait aucune partie de son corps sans caresses, sans baisers.

Il voulait l'absorber tout entière dans sa mémoire pour l'y conserver à jamais. Au paroxysme de leur commune extase, elle espéra que, de ces moments précieux, naîtrait l'enfant qu'elle avait tant désiré avoir.

Encore au lit, elle le regarda se rhabiller avec des mouvements ralentis par la tristesse. Lorsqu'il fut prêt, elle enveloppa d'un drap son corps nu, se leva pour l'étreinte qui représenterait leurs adieux. Une fois encore, la passion et la tendresse se mêlèrent dans leurs baisers.

— Je vous aime, Marguerite, lui répéta-t-il d'une voix hachée, comme je n'ai jamais aimé et n'aimerai jamais aucune autre femme. Vous êtes et vous serez toujours la première en mon cœur.

Des pas avaient gravi l'escalier en courant. Un poing martela la porte.

— Monsieur Roussier! cria la voix pressante de Pierre Ouinville. Vous devriez venir. Le moment du départ approche.

Augustin alla jusqu'à la porte, l'entrouvrit.

— Je pars. Vous attendrez en bas pour ramener Mlle Drémont chez elle.

— Oui, monsieur.

Les pas de l'homme redescendirent bruyamment. Augustin, sans refermer la porte, se retourna vers Marguerite. Elle s'était approchée de la table sur laquelle elle avait posé le sac qui contenait ses bijoux et d'autres objets précieux. Elle en tira l'éventail qui portait son prénom, le mit dans la main d'Augustin.

— Reprenez ce souvenir. Grâce à lui, vous m'avez déjà gardée en mémoire. Il remplira de nouveau le même office. Peut-être aurez-vous un jour une petite fille. Vous le lui donnerez, comme un porte-bonheur venu de France. Sans faire de mal à personne, cet objet représentera un lien entre nous.

La gorge nouée, il ne put lui répondre, mais toute son adoration passait dans son regard. Elle prit entre ses mains le visage bien-aimé pour l'embrasser encore. Avec toute la passion du désespoir, il lui rendit son baiser. Ce serait le dernier qu'ils partageraient, ils le savaient l'un et l'autre.

— Adieu, Marguerite aimée, dit-il d'une voix brisée.

Déjà sur le seuil, il se retourna pour poser sur elle un regard torturé, comme pour graver à jamais son image dans son esprit. Elle eut toutes les peines du monde à ne pas courir se jeter à ses pieds, dans un ultime effort pour le retenir. Il referma la porte. Elle demeura immobile au même endroit, bien longtemps après avoir entendu ses pas s'éloigner, puis disparaître. Finalement, elle s'assit lentement au bord du lit, appuya la tête contre une des colonnes. Plongée dans la plus profonde désolation, elle n'avait plus le courage de bouger, et le temps avait perdu toute signification.

A bord, Suzanne attendait avec les enfants, dans une cabine encombrée et surpeuplée. Le bateau était bondé de réfugiés huguenots : il y avait ceux qui venaient du Manoir, et d'autres qui partaient chercher refuge sur les rivages de l'Angleterre. Suzanne commençait à craindre de ne pas voir arriver Augustin : sans doute Marguerite avait-elle trouvé le moyen de le retenir. Mais, au moment où le vent gonflait les voiles, où le navire commençait à s'éloigner du quai, il descendit l'escalier. Elle discerna presque aussitôt le changement irrévocable qui s'était produit en lui. Elle avait devant elle un autre homme. Elle comprit alors que c'était elle, et non pas Marguerite, qui l'avait perdu. Il ne restait entre eux qu'un seul lien : leur fils. A cause de son amour pour l'enfant, il se montrerait bon pour elle, il veillerait sur elle, mais il laissait son cœur derrière lui, en France.

9

Marguerite, par la suite, ne garda aucun souvenir du voyage de retour jusqu'à Versailles. C'était comme si, depuis le moment où Augustin l'avait quittée, elle se mouvait dans un terrible cauchemar qui ne connaîtrait pas de réveil. Pierre était de nouveau son escorte. Après l'avoir amenée au Château Satory, il alla, selon les instructions d'Augustin, chercher Lucille, afin que Marguerite ne restât pas trop longtemps seule.

Dans la demeure silencieuse, la jeune femme, presque inconsciemment, pénétra dans le Salon Ivoire et en ouvrit les volets, avant de se laisser tomber dans un fauteuil enveloppé de sa housse. Augustin lui avait demandé de lire les documents qu'elle trouverait dans les sacoches de selle, quand il aurait emporté ceux dont il avait besoin. Elle avait là une sorte de but, dans son existence brisée, et elle avait tiré les papiers des sacoches déposées par Pierre dans le vestibule. Elle déplia les documents, en entreprit la lecture. Lorsqu'elle eut fini, elle était toujours en état de choc mais elle sentit le sang se remettre à circuler dans ses veines.

Quand Lucille arriva, Marguerite, encore très pâle et l'ombre d'elle-même, allait de pièce en pièce pour enlever les housses.

— Venez m'aider, s'écria-t-elle aussitôt. Par prudence, je dois faire comme si je n'étais jamais partie d'ici. L'absence d'Augustin doit déjà avoir été remarquée, à la Cour, surtout si le Roi l'a fait mander. En conséquence, les soldats peuvent être ici d'un instant à l'autre.

Lucille ne perdit pas de temps en questions. Vivement, elle se mit à l'œuvre pour débarrasser les meubles des housses, ouvrir volets et fenêtres. Quand ce fut fait, Marguerite échangea sa tenue de voyage contre une robe plus habillée, baigna son visage d'eau de rose et lia ses cheveux d'un ruban. Elle se mit ensuite à la recherche de Lucille, la trouva dans la cuisine. Dans la hâte du départ, quelques provisions avaient été abandonnées, et Lucille avait préparé un repas. Marguerite, avec lassitude, s'assit à la longue table et but une gorgée de vin.

— Augustin m'a fait don du Château Satory.

Sa voix était hachée, comme si elle avait peine à parler.

— Sans m'en dire un mot, il a signé l'acte de donation, il y a déjà un certain temps, au moment où il assurait mon avenir pour le cas où il lui arriverait malheur. Pierre vous a dit, je suppose, qu'il était parti pour l'Angleterre avec son épouse.

Le visage de Lucille exprimait une profonde compassion.

— Il me l'a dit, en effet.

— La donation comporte aussi une somme d'argent suffisante pour me permettre de continuer à vivre ici jusqu'à ce que je fasse un bon mariage.

Elle continuait à parler d'une voix blanche.

— Ces dispositions sont conformes à l'accord conclu entre Augustin et ma mère lors de ma naissance. Ils n'avaient ni l'un ni l'autre envisagé une autre éventualité : jamais je ne me marierai.

Lucille s'abstint de lui faire remarquer que le temps était un grand guérisseur. Elle-même ne s'était jamais remise d'avoir perdu l'homme qu'elle aimait.

— L'entretien du château doit être une charge écrasante, dit-elle. Comment ferez-vous ?

— Je le fermerai en partie et vivrai sur un pied modeste. Une seule femme de chambre devrait me suffire. J'engagerai des femmes à la journée pour faire le ménage, la cuisine et la lessive.

Lucille se sentit obligée de donner un bon conseil

— Cette maison vaudrait une fortune si vous la mettiez en vente. Une résidence plus petite vous conviendrait certainement mieux ?

L'immobilité de cire du visage de Marguerite fit brusquement place à une expression ardente, presque furieuse. Elle secoua vigoureusement la tête.

— Non ! Jamais ! J'ai aimé ce château dès l'instant où j'y ai posé le pied. J'ai vécu ici un bonheur tel que je n'en connaîtrai plus. Augustin m'a fait don de ce château, et j'exhalerai mon dernier soupir sous ce toit. Personne ne me prendra jamais le Château Satory !

D'un geste de la main, Lucille indiqua qu'elle n'avait pas l'intention de discuter plus longtemps.

— C'est pendant le voyage que vous avez réfléchi ?

Toute force parut de nouveau abandonner Marguerite. Elle poussa un profond soupir.

— Non. J'ignorais que cette demeure m'appartînt. Je le sais depuis un peu plus d'une heure. Une heure ? J'ai l'impression que des années se sont écoulées.

Elle s'interrompit. Une cloche tintait, on entendait des coups frappés à la porte d'entrée. Marguerite se leva d'un bond.

— Ce sont sûrement les soldats ! Vite ! Allez vous asseoir dans le Salon Ivoire. Allumez du feu. Trouvez un livre. Tout doit indiquer que notre paisible existence est troublée par ces visiteurs indésirables.

Lucille obéit aussitôt. Marguerite, après un coup d'œil circulaire pour s'assurer que tout était en ordre, carra les épaules et alla ouvrir la porte toute grande. Un officier des mousquetaires se tenait sur le perron. Ses hommes attendaient dans la cour.

— Bonjour, mademoiselle. Je suis ici pour voir M. Augustin Roussier. Le Roi le mande en sa présence.

— Il n'est pas ici.

— Où peut-on le trouver ?

— Pour autant que je sache, nulle part en France. Il a quitté Versailles en grande hâte pour la côte. Si je ne me trompe, il devrait se trouver à présent en Angleterre.

— C'est ce que vous prétendez. Je suis ici pour le chercher. Ecartez-vous de mon chemin.

Elle ne bougea pas d'un pouce.

— Je suis catholique. Et cette maison m'appartient. Personne n'entrera au Château Satory sans ma permission.

L'officier l'examina d'un œil cynique.

— Pouvez-vous prouver votre droit de propriété ?

— Attendez-moi ici.

Elle alla chercher les documents dans un tiroir du bureau d'Augustin, fut de retour en quelques minutes.

Après avoir examiné les papiers, l'officier les lui rendit. Il devait se montrer prudent en de semblables cas. Le Roi n'aimait pas entendre parler de catholiques molestés ou arrêtés par erreur. Il changea de ton et, avec une extrême politesse, transforma son ordre en requête.

— Je sollicite votre permission, mademoiselle Drémont, de visiter le Château Satory, à seule fin de fournir un rapport satisfaisant.

— Je suis seule ici, avec une dame de compagnie. Si je vous laisse entrer, qu'il soit entendu que ce sera sans violence ni dommage.

— Vous avez ma parole.

Les mousquetaires effectuèrent leur fouille, à l'étage comme au rez-de-chaussée. Marguerite et Lucille, assises de chaque côté de la cheminée dans le Salon Ivoire, attendaient le départ des intrus. Quand l'officier revint enfin la trouver, Marguerite s'attendait à sa question :

— Où sont les domestiques ?

— Ils étaient tous au service de M. Roussier. Après son départ, je les ai congédiés. Je suis respectueuse des lois : je ne saurais employer des domestiques protestants.

Sans mettre sa déclaration en doute, il approuva d'un signe de tête. Il était logique qu'après la fuite de Roussier, elle eût fait table rase. Le fait qu'elle n'eût pas tenté de l'accompagner montrait que sa loyauté personnelle demeurait au Roi.

— Je vous remercie de nous avoir permis d'entrer. Les recherches continuent dans la propriété : c'est une simple formalité. Mais vous ne serez plus dérangée, mademoiselle.

Elle referma la porte derrière lui et ses hommes. Ne la voyant pas revenir dans le Salon Ivoire, Lucille se mit à sa recherche. Elle la trouva adossée au battant, comme si toute force l'avait subitement abandonnée. A l'approche de Lucille, Marguerite releva la tête. Sur son visage, le triomphe le disputait au désespoir.

— J'espère que je suis enceinte, Lucille ! Je veux mettre au monde l'enfant d'Augustin dans cette maison !

Il n'y eut pas d'enfant. Quand vint la déception, et que disparurent les dernières lueurs d'espoir, Marguerite se consacra à ses affaires comme elle ne l'avait encore jamais fait. De jour et de nuit, elle travaillait de longues heures, ne s'intéressait à rien d'autre. Elle avait depuis longtemps puisé sa fierté dans le fait que son travail lui procurait des revenus modestes, qui auraient pu lui permettre de vivre en toute indépendance si elle l'avait désiré. On aurait dit, à présent, qu'elle cherchait à rivaliser avec le Château Satory lui-même. Sur les conseils d'un banquier de confiance, elle avait mis de côté une certaine somme destinée à couvrir les frais de la maison et n'en dépensait pas davantage. Son existence prit une tournure étrange. Elle vivait dans la partie du château la moins susceptible de lui rappeler des souvenirs d'Augustin. Son appartement se composait de l'une des chambres d'amis et de l'un des plus petits salons. S'il survenait un visiteur, il était reçu dans le Salon Ivoire. Dès que se répandit la nouvelle du départ d'Augustin pour l'Angleterre, un certain nombre de courtisans défilèrent pour faire des propositions à la jeune femme, dans l'espoir de prendre la place du fugitif. A tous, elle montra immédiatement la porte. Avant longtemps, on la laissa de nouveau en paix.

Jusqu'au jour où se répandit dans la communauté huguenote la nouvelle que le Château Satory avait changé de mains, elle abrita un certain nombre de réfugiés. Ils annonçaient leur présence en frappant à sa fenêtre éclairée, lorsqu'elle était au rez-de-chaussée, ou bien, de nuit, en imitant le hululement persistant d'une chouette. Elle connaissait les signaux depuis le temps où Augustin l'avait mise dans le secret. Comme lui, elle guidait les réfugiés à travers les caves et jusqu'aux greniers. Elle n'avait aucun problème de sécurité. La femme de chambre, efficace mais un peu sotte, avait un sommeil de plomb. Les femmes de jour ne venaient que quelques heures, et Marguerite faisait elle-même la cuisine pour les réfugiés.

Les atrocités n'avaient pas cessé. Certains des fugitifs qui se présentaient au château montraient un « H » — pour « Huguenot » — marqué à même la chair ou avaient été brûlés au fer rouge en d'autres endroits de leur corps. Un homme mourut de ses blessures dans le grenier, et il fallut l'enterrer dans une partie boisée du parc, où le jardinier n'allait jamais. Quand les fugitifs avaient besoin de vêtements, Marguerite puisait dans sa propre garde-robe ou dans celle d'Augustin. Elle tenait en réserve toutes sortes de petits jouets pour les enfants et, si cela lui avait été possible, elle eût volontiers gardé sous son toit plusieurs petits orphelins. Mais, peu à peu, bien que l'exode des huguenots de France n'eût pas cessé, il en vint de moins en moins au Château Satory, jusqu'au moment où le flot se tarit entièrement.

La Révocation de l'Edit de Nantes eut des conséquences d'une grande portée, que Louis n'avait pas prévues. A l'étranger, plusieurs nations catholiques condamnèrent son action. Ailleurs en Europe, les pays et les Etats protestants signèrent un traité d'alliance contre lui. Bientôt, la France fut entourée d'ennemis. Sûr de la suprématie de ses armées, Louis n'en perdit pas pour autant le sommeil. Il avait en tête un autre projet de bâtisseur.

— J'ai construit Versailles pour la Cour, dit-il à Françoise, et Marly pour mes amis. Il me faut à présent une retraite pour moi-même.

— Où s'élèvera-t-elle ? demanda-t-elle, en levant les yeux de la nappe d'autel qu'elle brodait.

La France entière savait désormais qu'elle était l'épouse du Roi. Elle avait été bouleversée d'apprendre qu'on la considérait comme sa nouvelle maîtresse, et, pour lui complaire, il avait levé le secret de leur mariage.

— Sur le site du Trianon de Porcelaine. Il y aura un nouveau Trianon pour mon seul usage. Nous y passerons ensemble des heures paisibles.

Elle pencha de nouveau la tête sur son ouvrage.

Jamais elle ne pourrait connaître de paix réelle en la compagnie de cet homme exigeant et vigoureux, qui adorait le grand air, éprouvait sans cesse le désir de sortir ou d'ouvrir grandes les fenêtres même en hiver, lorsqu'il faisait le plus froid. Jamais il ne lui venait à l'esprit qu'elle-même ou n'importe qui d'autre pouvait être sensible aux courants d'air, fatigué des voyages ou en mauvaise santé. S'il voulait de la compagnie, chacun devait aussitôt se plier à ses désirs. Néanmoins, elle comprenait qu'il souhaitât s'isoler de la Cour. Il suffisait qu'on murmurât son intention de se rendre à Marly pour voir les couloirs tapissés de courtisans, tous désireux de l'y accompagner. « Marly, Sire ? » demandait chacun sur son passage. S'il hochait la tête, on était sûr de l'invitation convoitée. S'il ignorait la question, on était cruellement déçu.

Le Grand Trianon, avec ses piliers de marbre rose et sa gracieuse colonnade, fut achevé trois ans tout juste après la Révocation de l'Edit de Nantes. L'année suivante, en septembre, Louis entraîna la France dans une guerre qui interrompit les travaux d'excavation sur l'Eure. Les soldats échappèrent aux dangers des fièvres pour affronter des périls auxquels ils étaient plus accoutumés, sous le commandement de Louvois.

Les éventails les moins coûteux de Marguerite se vendaient bien : les soldats en partance achetaient des souvenirs pour leurs épouses et leurs fiancées. Clarisse rapporta que les courtisans, qui s'en allaient en guerre eux aussi, demandaient des articles plus chers et plus raffinés. Marguerite jugea alors le moment venu d'investir dans une nouvelle série d'éventails.

Au cours des jours qui suivirent, elle consulta son conseiller financier, s'entretint avec un certain nombre de joailliers et d'orfèvres, examina des dentelles de Lille, de Valenciennes et de Flandre. Quand tout fut réglé, que, sous la direction experte de Lucille, la réalisation de ces nouveaux et coûteux éventails eut commencé, Marguerite se rendit dans le Salon Ecarlate, où le portrait d'Augustin était accroché au-dessus de la cheminée. Elle n'avait pas pénétré dans ce salon depuis le lendemain de son retour de la côte : elle avait alors replacé les housses et refermé la porte à clé.

Son premier souci fut de replier les volets pour laisser la pleine lumière se déverser dans le magnifique salon. Elle dut faire effort pour tourner la tête et, nimbée de l'éclat du jour, lever les yeux vers le portrait. Au même instant, elle se couvrit les lèvres de la main, afin de réprimer le violent sanglot qui menaçait de s'échapper de sa gorge. Après les tout premiers jours de solitude, elle s'était juré de ne plus jamais pleurer. Quatre années avaient passé, et elle avait peu à peu trouvé la résignation. La violence de son amour la supplicia. Comme une automate, elle s'approcha du portrait et contempla le visage de l'homme qui était sorti de sa vie. Il semblait la fixer du regard.

— Tu es à Londres, je le sais, murmura-t-elle.

Quelques jours plus tôt, son conseiller financier lui avait fourni cette information.

— Tu es devenu un banquier prospère de Lombard Street. Et moi, ici, je t'ai enfin accordé cette possibilité que tu désirais tant : investir dans mes affaires. Mais, lorsque tu me l'avais demandé pour la première fois, je n'aurais jamais imaginé le faire en de telles circonstances. Je vais confectionner les éventails ornés de perles et de pierres précieuses dont je préparais les dessins depuis longtemps. Ton or m'a ouvert le chemin. Tout comme il avait transformé ma vie, le jour où tu avais payé pour un souvenir qui portait mon prénom.

La voix lui manqua. Mais elle carra les épaules, se détourna et sortit. De ce jour, la porte à deux battants ne fut jamais fermée à clé, et le Salon Ecarlate fut régulièrement entretenu. Avec le temps, elle serait en mesure d'y prendre ses repas sans mourir un peu toutes les fois que ses yeux croiseraient ceux du portrait. Mais ce temps était encore loin.

Le lancement d'une nouvelle série aussi coûteuse présentait un certain nombre de difficultés. Marguerite écrivit pour solliciter un éventaire dans le Vestibule. On lui répondit qu'on n'inscrivait plus aucun nom pour le temps présent. Les nouveaux éventails ne pouvaient être présentés dans le panier de Clarisse : leur valeur et leur importance s'en seraient trouvées diminuées. Par ailleurs, la jeune femme ne souhaitait pas interrompre le flot régulier des ventes de Clarisse en lui confiant des articles dont l'écoulement était encore incertain. Elle exposa quelques-uns de ces éventails derrière la fenêtre de sa boutique, mais la clientèle qu'elle visait ne venait pas chercher des articles d'une telle valeur dans un modeste magasin. Le désastre se produisit lorsqu'un voleur brisa une vitre, s'empara des éventails et prit la fuite. On les retrouva un peu plus tard, brisés. Les pierres précieuses en avaient été arrachées.

Après plusieurs mois de déception, elle puisa dans les fonds du Château Satory et, munie d'une bourse bien remplie, alla trouver le fonctionnaire qui avait la charge du Vestibule. Il la salua, s'enquit de ses affaires. Sans doute, pensait-il, était-elle là pour régler une question sans importance concernant sa vendeuse d'éventails. Lorsqu'elle se déclara prête à verser une certaine somme pour se faire inscrire sur la liste des demandeurs d'éventaires, l'homme comprit aussitôt, et tout alla à merveille. Le nom de Marguerite fut porté en tête de la liste d'attente, et le fonctionnaire mit la bourse dans sa poche.

Elle dut pourtant attendre encore : il ne pouvait pas faire de miracle et trouver de la place là où il n'en existait pas. De longs mois s'écoulèrent encore, durant lesquels elle s'occupa de sa boutique et de ses projets de modèles. Sans rien dans sa vie qui pût la distraire, elle emplit de dessins tout un carton, en prévision du jour où les oiseaux, les fleurs, les guirlandes et même les scènes de fêtes ou de bals masqués à Versailles pourraient être reproduits avec des perles, des saphirs, des rubis, des diamants et des émeraudes.

Deux ans après avoir exposé dans sa vitrine son premier éventail précieux, elle reçut notification qu'un éventaire était libre. Quand elle alla le revendiquer, elle fut ravie d'en découvrir la position avantageuse : il était en pleine vue de quiconque gravissait ou descendait l'Escalier de la Reine. Elle habilla l'éventaire de velours rose, doubla le dais de soie moirée.

Le moment n'aurait pu être mieux choisi. Il coïncidait avec la nouvelle du prochain mariage de la deuxième fille adultérine du Roi et d'Athénaïs de Montespan avec le jeune duc de Chartres. Certes, selon les règles de l'étiquette, la Cour était somptueusement vêtue du matin au soir, mais ce serait là l'une des grandes occasions où tous, plus que jamais, rivaliseraient d'élégance. Le premier matin où Marguerite s'installa dans le Vestibule, elle arriva de bonne heure, de façon à tout disposer à son goût.

— J'ai un peu peur, confia-t-elle à Clarisse.

— Mais non, répondit la jeune fille d'un ton encourageant. Je sais précisément ce que je devrai dire et faire quand vous me donnerez le signal.

A ce moment, quelques cavaliers, qui rentraient d'une

promenade matinale, s'arrêtèrent pour examiner ses marchandises avec un intérêt marqué. Ils promirent de revenir plus tard. Cela lui apparut comme une promesse de succès.

Dès que la Cour s'anima, un groupe s'assembla rapidement devant les éventails. Marguerite, alors, misa toutes ses cartes sur le plan qu'elle avait conçu. Avant d'avoir conclu la moindre vente, elle fit signe à Clarisse de venir la remplacer. La jeune fille glissa son panier sous la table et se disposa à répondre aux questions des acheteurs éventuels.

— Oui, madame. Ce modèle peut être réalisé avec des saphirs, au lieu de rubis. Certainement, monsieur. En voici un autre, fait avec des perles.

Marguerite s'éloigna discrètement. Elle passa prendre son joaillier et tous deux se rendirent directement au Château Satory. Là, elle installa son compagnon dans le Salon Ivoire et alla s'enfermer dans la chambre forte où elle gardait sa réserve d'éventails précieux. De retour dans le Salon Ivoire, elle en disposa quelques-uns sur une console, cacha les autres. Après quoi, elle se disposa à attendre. Les minutes s'écoulèrent. Le joaillier, qui avait revêtu son plus bel habit, était un homme fort présentable, entre la trentaine et la quarantaine. Peu lui importait la durée de l'attente : son temps lui était payé, et peut-être tirerait-il de cet après-midi un surcroît de travail sur les éventails, une besogne qu'il appréciait particulièrement. Il avait ouvert le coffret qu'il avait apporté, et toutes sortes de pierres précieuses et semi-précieuses étaient exposées devant lui, sur des plateaux doublés de soie.

— Ai-je commis une erreur, monsieur Doignel ? demanda Marguerite avec une certaine anxiété, quand une heure se fut passée sans résultat.

— Laissez-leur le temps, mademoiselle.

A peine Doignel lui avait-il donné ce conseil que, de la fenêtre, elle aperçut au loin une calèche qui franchissait les grilles. Triomphante, elle fit volte-face.

— Il en est venu au moins un !

— Les autres suivront, espérons-le.

Marguerite, en prévision de ce jour, avait récemment pris à son service un jeune valet de pied. Le premier couple qu'il introduisit était un jeune marquis et son épouse. Elle les avait remarqués devant son éventaire, avant son départ du Vestibule. Elle les reçut avec la courtoisie due à leur rang. Ils s'en trouvèrent aussitôt tout à fait à l'aise. Ils n'avaient trop su à quoi s'attendre, et ils exprimèrent leur surprise en apprenant que les éventails exposés dans le Vestibule au Château de Versailles n'étaient pas à vendre.

Déjà, Marguerite les faisait entrer dans le Salon Ivoire.

— Qu'y a-t-il de mieux que choisir un éventail dans un cadre confortable ? répondit-elle. Voici mon joaillier, M. Doignel. Il est ici pour vous montrer un choix de pierres, afin de satisfaire vos exigences particulières.

La marquise, charmée d'être la première à faire son choix, alla droit aux éventails présentés sur la console. Marguerite fit signe au laquais d'apporter les rafraîchissements. A peine étaient-ils servis qu'un carrosse arriva, puis un autre. Comme toutes les personnes présentes se connaissaient, la réunion devint vite familière. D'autres personnes survinrent, s'assirent aux places laissées libres par ceux qui s'en allaient, non sans avoir acheté un éventail ou passé commande.

Marguerite embaucha d'autres ouvrières pour satisfaire à la demande. Doignel et ses assistants travaillaient d'arrache-pied en vue du grand bal prévu pour le début des Jours gras et le mariage qui serait célébré le lendemain. Déjà, la grande mode était d'agiter un éventail choisi dans le cadre luxueux du Château Satory.

Marguerite s'était vite trouvée devant la nécessité d'ouvrir tous les salons du rez-de-chaussée. Les membres de la Cour faisaient de leurs visites des événements mondains ; ils n'achetaient pas toujours, mais on ne le leur demandait pas. Ils allaient et venaient à leur gré, dégustaient du chocolat chaud, du café ou quelques-uns des meilleurs vins du château. Il était déconseillé aux femmes de fumer à Versailles : le Roi, on ne savait comment, en venait toujours à le savoir. Au Château Satory, elles demandèrent un salon où elles pourraient se livrer à ce vice. Marguerite leur attribua le Jardin d'hiver. Là, parmi les orangers, les palmiers et les arbustes en pots, elles tiraient sur leurs longues pipes et bavardaient à bâtons rompus.

Des galants venaient dans l'espoir de trouver là un lieu de rendez-vous commode. Ils ne tardaient pas à comprendre qu'ils étaient dans un château respectable, où l'on concluait des affaires dans une atmosphère d'élégance, et où rien de louche n'aurait pu se produire. Si des couples prenaient leurs dispositions pour se retrouver quelque part, libre à eux, mais, quel qu'en fût l'aboutissement, il ne se produirait pas au Château Satory.

Marguerite commença de donner des concerts, exclusivement sur invitation. Elle créa ensuite un salon mensuel : on y lisait des poèmes, on y discutait de livres récents, on y donnait des conférences sur les sciences nouvelles. Avant longtemps, il devint presque aussi important de se faire voir au Château

Satory qu'à Marly. Pour cette raison, les visiteurs réglaient sans retard leurs achats et les boissons qu'ils avaient consommées. Quelque chose, chez Marguerite Drémont, leur disait qu'elle n'accepterait pas de débiteurs sous son toit.

Ceux qui se rappelaient l'avoir vue en compagnie d'Augustin Roussier la trouvaient bien changée. Elle avait une expression grave, un peu guindée, une attitude distante qui ne la quittaient pas, même lorsqu'elle se montrait souriante et des plus accueillantes. Elle était devenue experte dans l'art d'écarter les avances amoureuses, et ceux qui s'y hasardaient étaient vertement remis à leur place. Les galants en plaisantaient entre eux : ou bien, disaient-ils, Roussier lui avait mis une ceinture de chasteté avant son départ, ou bien, par mesure de précaution, elle nouait à triple tour les lacets de son corset, pour empêcher tout homme d'en venir à bout. Néanmoins, derrière ces plaisanteries se cachait un certain dépit, souvent même un furieux ressentiment contre cette femme fascinante qui demeurait insensible à leurs attraits.

En réalité, elle ne l'était pas autant qu'elle voulait le leur faire croire. Elle avait vingt-huit ans, elle avait naguère connu dans toute sa plénitude l'ardeur d'un homme passionné et, depuis, elle avait fait du travail un substitut à l'amour. Sa chair, parfois, clamait son désir de connaître à nouveau les baisers, les tendres caresses d'un amant. Mais elle restait sur ses gardes, ses blessures encore à vif. Il lui arrivait de se demander si elle guérirait jamais.

De nombreuses invitations lui parvenaient. Elle les acceptait si elle avait la certitude que le Roi ne serait pas présent. Il lui arrivait ce qui était arrivé à Mme de Maintenon du temps où elle était l'épouse du poète Scarron, quand elle avait réussi à s'introduire dans les cercles les plus choisis. Pour elle, l'histoire s'était terminée par un mariage avec le Roi. Marguerite, quant à elle, n'envisageait pas de se marier ; comme elle semblait incapable de porter des enfants, cet argument-là ne pourrait peser en sa faveur dans la balance.

Elle créa une autre série : les éventails-portraits. Ils étaient peints sur soie, selon les techniques dont s'étaient servies avant elle sa mère et sa grand-mère. Chaque modèle était unique : il montrait la cliente lors d'une scène à la Cour. Le premier n'avait pas été fait sur commande. Marguerite avait représenté le départ en campagne du Roi, accompagné de quelques dames fort honorées de son invitation. Plusieurs d'entre elles se reconnurent sur le feuillet. Comme Marguerite s'y attendait, cela fit boule de neige : les dames voulaient se voir dépeintes lors d'un grand bal ou d'une chasse à courre ou même, quand il s'agissait de jeunes femmes nouvellement arrivées à la Cour, le jour de leur mariage. Cette nouvelle mode battait son plein quand la fortune de Marguerite s'accrut subitement de façon totalement inattendue.

Son notaire vint la voir pour lui annoncer que le produit de la vente du Manoir des Roussier, ainsi que des terres et des divers autres biens, lui revenait, selon des instructions laissées par Augustin, plus de deux années avant son départ.

Elle protesta violemment.

— Mais il avait pris ces dispositions pour le cas où il lui arriverait quelque chose, comme l'emprisonnement ou autre catastrophe. Non, cet argent lui appartient et doit lui parvenir à Londres !

— Quand bien même nous ne serions pas en guerre contre l'Angleterre, ce serait impossible, répliqua le notaire. Le produit des ventes de propriétés huguenotes doit revenir à la Couronne s'il n'existe pas d'ayant droit... à condition, me hâterai-je d'ajouter, que celui-ci ne soit pas protestant. Cet argent est à vous, mademoiselle.

Son visage grave se fit plus sévère encore.

— Ne gaspillez pas votre pitié pour les huguenots, mademoiselle. Bon nombre d'entre eux ont emmené la majeure partie de leur fortune et prospèrent là où ils se sont installés.

En dehors de l'Angleterre et de la Hollande, ils s'étaient établis, elle le savait, à Genève et dans d'autres lieux, notamment certains Etats catholiques comme Gênes en Italie. Deux cent cinquante mille huguenots environ avaient fui le pays, disait-on. L'un d'eux avait fait d'elle une femme fortunée. Elle se devait pour le moins d'en faire bénéficier d'autres, en employant le plus grand nombre possible de ceux qui avaient désespérément besoin de travailler.

Quand la boutique du chapelier fut mise en vente, elle l'acheta, ainsi que les bâtiments qui s'élevaient dans la cour. Elle installa trois joailliers dans un atelier bien à eux, consacra deux grands logements à la confection des rubans et le reste à la fabrication des éventails. Elle fit transformer l'ancienne boutique et les étages supérieurs pour y loger quelques-unes de ses ouvrières, en nombre toujours croissant. C'étaient pour la plupart de jeunes campagnardes, qui trouvaient là une atmosphère presque familiale. Toutes les fois que la Cour séjournait à Fontainebleau ou ailleurs, elle y envoyait des marchandises et des vendeuses confirmées. A Paris, elle ouvrit un magasin proche du Louvre.

En 1697, on célébra un autre mariage d'une suprême importance : le fils du Grand Dauphin, le duc de Bourgogne, épousa l'espiègle et captivante princesse Marie-Adélaïde de Savoie. Pour Louis et Françoise, elle devint une petite-fille bien-aimée. Elle apportait le rire dans leurs appartements privés où ils passaient en tête à tête de plus en plus de temps, lui avec ses documents, elle avec son ouvrage. Louis commençait à montrer son âge, et son gilet se renflait comme il ne l'avait encore jamais fait. Il continuait à dominer la Cour par sa redoutable présence, mais il laissait la bride sur le cou aux plus jeunes et aux plus enjoués, pour mener les activités mondaines.

Louis fut mécontent lorsque la guerre connut une fin plutôt indécise avec le Traité de Ryswick. Par bonheur, il avait une source de consolation dans la nouvelle chapelle que Mansart devait construire à Versailles. Ce devait être l'ultime embellissement apporté à son Château : un sanctuaire grandiose, qui serait à lui seul un hymne de louange. Toute en blanc et or, avec un pavement de marbre polychrome, la chapelle exalterait la beauté par chacune de ses lignes. Ses arcades gracieuses supporteraient une galerie dont les colonnes blanches monteraient vers la voûte d'un plafond orné de peintures à la gloire de Dieu.

Les travaux commencèrent. Une fois de plus, on retrouva les échafaudages et les treuils, les blocs de marbre, les amas de terre provenant des fondations, les piles d'ardoises et la troupe de plusieurs centaines d'ouvriers. Mansart avait choisi comme assistant un architecte dont il admirait depuis longtemps les travaux. Un après-midi où tout allait bien, et où ils pouvaient s'octroyer quelque répit, Mansart suggéra une visite au Château Satory où l'on se trouvait toujours en aimable compagnie.

Marguerite, qui bavardait avec ses invités dans le salon Ivoire, leva la tête en entendant le valet de pied annoncer les nouveaux arrivants. Elle connaissait déjà Jules Hardouin-Mansart. Elle reconnut aussitôt son compagnon, en dépit des dix-sept années écoulées depuis leur première et unique rencontre.

— Baron Picard !

Elle l'accueillait avec une joie débordante. Elle l'associait en esprit avec Augustin et le moment de bonheur où elle avait pénétré pour la première fois dans le Château Satory, où elle était tombée doublement amoureuse, à la fois de la demeure et de son propriétaire.

— Quelle merveilleuse surprise ! Soyez le bienvenu dans cette maison que vous avez conçue et bâtie !

— Vous vous souvenez de moi ?

Comme elle, il était ravi. Il la trouvait plus belle encore, la trentaine passée, que la jeune fille qui l'avait ébloui par cette soirée d'été, quand elle avait tournoyé sur l'étoile centrale du dallage de marbre, sous le soleil qui enflammait sa chevelure.

— Je vous aurais reconnu n'importe où mais je me réjouis que nous nous rencontrions de nouveau en ce même lieu.

Elle était sincère. Il avait beaucoup vieilli, les cheveux d'or du passé avaient fait place à une perruque du même ton, il avait pris du poids, son visage s'était empâté, mais son sourire était toujours aussi amical, et la même bonté se lisait dans ses yeux.

— Etes-vous en visite à Versailles ?

— Je suis ici pour le temps que prendra la construction de la nouvelle chapelle du Roi.

Les yeux de Marguerite s'agrandirent.

— Ainsi, vous voilà de retour dans ces parages pour y travailler. Votre épouse vous a-t-elle accompagné ? Je serais heureuse que vous l'ameniez ici pour souper...

Il l'interrompit :

— Je suis veuf.

— Oh ! pardonnez-moi ! Je vous fais mes condoléances.

Elle craignait d'avoir touché un point sensible et le montrait par la compassion qui se peignait sur son visage. Pour la rassurer, il dit vivement :

— Je serais très honoré d'accepter votre aimable invitation.

Elle se rasséréna et, tout en insistant sur son plaisir à le rencontrer de nouveau, elle le conduisit vers un groupe d'invités, fit les présentations.

Elle ne faisait plus payer les rafraîchissements. La vente des éventails avait désormais lieu une seule fois par semaine, dans le Salon Ivoire. Elle en vendait ainsi tout autant, avait-elle constaté, et les activités commerciales restaient distinctes des réunions qu'elle était venue à apprécier : il fallait bien tenir à l'écart la solitude, avec ses douloureux souvenirs.

Le soir où il devait aller souper au Château Satory, Laurent Picard prit conscience d'une impatience heureuse telle qu'il n'en avait pas connu depuis longtemps. Spécialisé dans la construction de résidences à la campagne, il avait passé beaucoup de temps sur les routes, et Mansart l'avait choisi notamment pour la beauté d'un grand nombre de chapelles privées réalisées selon ses plans. Dès que le nom de Marguerite avait été prononcé à propos du Château Satory, il avait questionné Mansart à son sujet : il avait appris qu'elle réussissait dans les affaires, qu'elle était maintenant fortunée, et que son amant huguenot était parti depuis longtemps.

Laurent lui-même avait connu le chagrin : ses deux épouses successives étaient mortes en couches, et leurs nouveau-nés avec elles. Depuis, il avait rayé le mariage de son esprit. Il avait à Lyon un appartement qui représentait pour lui une escale plus qu'un foyer. Il ne s'était plus vraiment attaché à un lieu depuis que, par la faute de son père, le château ancestral était passé en d'autres mains, à jamais perdu. Il avait été fidèle à ses deux épouses, les avait aimées l'une et l'autre, et, à présent, il prenait une maîtresse là où il se trouvait, pour une période d'une certaine durée.

Sans aucun doute, la chapelle royale demanderait pour le moins dix années, jusqu'à la dorure finale, jusqu'au dernier coup de pinceau du dernier peintre. Il pouvait donc s'attendre à faire à Versailles un séjour de longue durée et à y revenir ensuite par intervalles jusqu'au jour de la consécration. Il n'était donc pas dépourvu d'espérances amoureuses lorsque, coiffé de sa perruque blonde et vêtu d'un habit de brocart flambant neuf, il se mit en route pour aller souper chez Marguerite.

Quand il rentra chez lui, il savait déjà qu'il ne s'agissait pas de sa part d'un simple caprice. Il était sur le point de tomber amoureux. Dans son esprit, l'idée de mariage avait remplacé celle de la simple séduction.

10

Marguerite ne comprit pas dès le début que Laurent lui faisait sérieusement la cour. Pour elle, il s'agissait simplement d'amitié, un plaisant dérivatif au travail et aux traces des affaires. Ils possédaient de nombreux points communs : ils aimaient les comédies spirituelles, ne manquaient jamais un concert de musique de Lully, et Laurent, tout comme elle, appréciait la campagne et les promenades à cheval. Mieux encore, il s'associait dans l'esprit de Marguerite avec la période la plus heureuse de sa vie et avec l'homme qu'elle aimait. Ce fut cet élément qui, progressivement, entama la résistance de la jeune femme. Par ailleurs, il avait construit la demeure qui comptait tant pour elle, ce qui lui donnait un avantage sur tous les autres hommes qui avaient tenté en vain de la conquérir.

Elle prenait de plus en plus plaisir à se laisser embrasser par lui, et ses baisers réveillaient des émotions depuis longtemps endormies. Elle voyait en lui un homme passionné qui se contrôlait pour ne pas risquer de la perdre par une démarche trop audacieuse ou seulement prématurée. Il savait tout du départ d'Augustin : elle lui en avait assez dit pour lui faire comprendre qu'elle ne pourrait jamais aimer personne du même amour. Quatorze années s'étaient écoulées depuis le jour où Augustin et elle s'étaient séparés au Lys d'Or, mais elle avait l'impression que c'était la veille : la blessure s'était refermée, mais son cœur demeurait douloureux.

Elle restait cependant réaliste. Les tendres souvenirs d'Augustin subsistaient, mais elle commençait à comprendre qu'elle et Laurent, son aîné de huit ans, avaient tout à gagner d'une liaison. Elle avait à peine trente-cinq ans, elle était active, en pleine santé, en proie aux désirs qu'il avait su réveiller en elle. Puisque tous deux avaient perdu des compagnons aimés, peut-être pourraient-ils trouver une consolation dans les bras l'un de l'autre.

Néanmoins, elle ne s'attendait pas à ce que Laurent lui proposât le mariage le jour de ses trente-cinq ans. Depuis leurs retrouvailles, elle avait cru qu'il cherchait seulement à partager son lit dès qu'elle serait disposée à l'y accueillir. Devant ce nouveau tournant des événements, elle se trouva désemparée.

— Nous ne pouvons pas nous marier ! s'écria-t-elle. Le Roi n'approuverait jamais une telle union, et vous perdriez toute chance de vous établir à la Cour !

— Le Roi, je vous l'ai déjà dit, me considère simplement comme l'assistant de Mansart. Je n'ai pas mes entrées à la Cour. Il y a dans tout le pays des milliers de gentilshommes comme moi, qui ne possèdent ni le prestige ni les relations nécessaires pour prendre pied dans ce milieu. Regardez-moi !

Il écarta les bras comme pour mieux se faire voir.

— Je suis un homme libre, en mesure d'aller et de venir à son gré, contrairement à ces malheureux pantins de Versailles qui sont presque obligés de solliciter la permission du Roi avant d'éternuer.

L'image la fit sourire. Elle était plus détendue lorsqu'elle lui posa une autre question.

— Si vous n'avez aucune ambition à la Cour, seriez-vous toutefois disposé à vivre à Versailles ?

— Oui, si tel est votre désir.

Il devinait ce qu'elle avait à l'esprit et l'exprima tout haut :

— Je serais content de vivre avec vous au Château Satory, si c'est ce que vous voulez savoir.

La dernière barrière était tombée.

— Cher Laurent...

Elle se laissa enlacer par les bras aimants.

— J'accepte de vous épouser.

Ils s'embrassèrent, et elle ajouta, avec une sorte d'émerveillement :

— Vous avez rendu possible un rêve que j'ai fait voici bien longtemps. Le soir où je suis venue ici pour la première fois, j'ai souhaité être une nouvelle mariée entre ces murs.

— Vous voyez bien, Marguerite chérie, c'était écrit.

Il savait fort bien qu'alors ce n'était pas lui qui figurait dans ses rêves, mais il ne permit pas à cette idée de gâcher le moment.

Comme ils l'avaient espéré l'un et l'autre, leur mariage fut une union heureuse : en même temps que mari et femme, ils étaient des amis. Ils n'en avaient pas moins des problèmes : il était dans la nature de Laurent de gâter la femme qu'il aimait, de la dorloter, de la protéger, et Marguerite était beaucoup trop indépendante dans ce domaine. Mais, en homme placide, aimable et tolérant, il ne se mettait pas aisément en colère. Si ses sentiments étaient souvent blessés par la confiance en soi de sa femme, par sa manière de repousser parfois l'un de ses gestes généreux, il ne se querellait pas bien longtemps avec elle.

C'est alors que survint un épisode douloureux.

Pour son cinquantième anniversaire, Laurent avait fait faire son portrait qui le montrait en habit de velours vert. Chacun s'accordait sur l'exacte ressemblance. Mais, lorsqu'il émit l'intention d'accrocher le tableau au-dessus de la cheminée du Salon Ecarlate, chassant ainsi définitivement Augustin Roussier de cette place d'honneur, Marguerite parut perdre la tête.

— Non, il ne peut être mis ici ! Il ferait tout autant d'effet dans le Salon Bleu ou dans la bibliothèque. Quant à reléguer le portrait de Roussier dans le couloir de l'étage, je n'y consentirai jamais !

La colère de Laurent explosa.

— Je tiens à vous rappeler que je suis le maître, dans cette maison. Ce portrait aurait dû être déplacé depuis longtemps !

— Et moi, je suis maîtresse ici ! lui lança-t-elle. Augustin était votre protecteur. C'est lui qui a fait construire ce château, et il en a été chassé par la cruauté du Roi. Je ne le laisserai pas chasser de ce salon où il avait choisi de placer son portrait.

— Jusqu'à présent, vous avez toujours fait ce que vous avez voulu. Mais, sur ce point, je ne bougerai pas !

Après d'autres paroles excessives qui n'auraient jamais dû être prononcées et prouvèrent douloureusement à Laurent l'importance qu'avait encore Augustin Roussier pour son épouse, ils parvinrent à un compromis. Le portrait de Laurent fut accroché là où il le désirait, et celui de Roussier prit place dans une alcôve du Salon Ivoire. Laurent devait se demander par la suite s'il n'eût pas mieux fait d'inverser ce choix : le regard d'Augustin se dirigeait maintenant vers le portrait de Marguerite dans sa robe d'or, qui trônait au-dessus de la cheminée du Salon Ivoire depuis le jour où il avait été peint.

A Versailles, le magasin ouvert par Marguerite sur l'Avenue de Paris avait remplacé le Château Satory en ce qui concernait la vente des éventails. C'était une vaste demeure, au cadre tout aussi luxueux. Marguerite avait jugé qu'elle devait éviter à son mari l'épreuve de rentrer chaque jour chez lui pour trouver sa maison pleine de monde. Laurent prit un étage pour y installer ses bureaux. Un autre fut loué à un courtisan. Dans l'ensemble, l'arrangement était fort satisfaisant.

A quarante-trois ans, Marguerite était depuis huit années l'épouse de Laurent lorsqu'elle découvrit qu'elle était enceinte. Sa joie devant cette tardive bénédiction n'eut d'égale que la crainte de Laurent de la perdre. Elle fit de son mieux pour le rassurer.

— Je suis vigoureuse et en bonne santé. Il ne m'arrivera rien. N'ayez pas peur, mon ami. Attendons notre enfant en toute sérénité. Il a toutes les chances de naître le jour de mon quarante-quatrième anniversaire. Que peut-on désirer de mieux ?

Mais rien ne pouvait apporter à Laurent le repos de l'esprit. Ses deuils successifs étaient revenus le hanter. Il était aux petits soins pour elle, veillait à ce qu'on la servît, la pressait de s'étendre. Avec les meilleures intentions du monde, il l'exaspérait, et elle finit par y mettre le holà.

— Assez ! Je vais expirer avant terme si l'on continue de me traiter comme une fleur de serre. Je suis de souche paysanne, souvenez-vous-en, et j'accoucherai sans la moindre difficulté. Demain, j'irai visiter mes ateliers... Mais oui, je prendrai garde de ne pas trébucher, je vous le promets.

Elle lui avait conté un jour comment elle avait fait une fausse couche, après avoir glissé dans l'escalier du vieil atelier.

Le travail commença le premier jour de mai, par le printemps très chaud de l'an 1708. Ce ne fut pas facile. Au paroxysme de ses souffrances, ses boucles collées par la sueur, elle s'arqua sur son lit, hurla involontairement :

— Augustin ! Mon amour !

La sage-femme, pensant avoir découvert un noir secret concernant la procréation de l'enfant à naître, la fit taire en toute hâte. Marguerite, déchirée par les douleurs, se rejeta sur ses oreillers, à peine consciente de ce cri venu du cœur. La torture qu'elle subissait ressemblait simplement à celle qu'elle avait connue, le jour où il l'avait quittée.

Quelques heures plus tard, elle donna naissance à une petite fille. Le bébé cria vigoureusement, et Marguerite, dans sa faiblesse, sourit. Jasmine. Un nom de fleur, comme le sien. C'était ce qu'aurait choisi Augustin. Un symbole de beauté. Le prénom lui était venu à l'esprit sous l'inspiration du moment : durant le temps de la grossesse, Laurent et elle avaient attendu un garçon qui aurait porté le prénom de son père.

Laurent demeura sans voix lorsqu'on lui apprit que tout s'était bien passé. Dès le moment où il posa les yeux sur sa fille, il l'adora. Marguerite, qui l'observait de son lit, fut émue par la manière dont il la contemplait, comme s'il avait été ensorcelé. Elle ne comprit pas alors qu'il allait traiter l'enfant avec toute l'indulgence dont il aurait usé envers elle-même si elle avait été d'un autre caractère. Déjà, il était résolu à donner à Jasmine, dont le second prénom serait celui de sa mère, Marie, tout ce qu'elle pourrait désirer.

Cette attitude commença de se manifester quand Jasmine, en faisant ses premiers pas, connut aussi ses premières chutes. Il se précipitait pour la relever, pour apaiser ses larmes avec des pralines et pour semoncer quiconque avait la charge de la surveiller.

— Vous ne voyiez donc pas que Jasmine allait trébucher ? Et si elle s'était blessée à la tête ! Je ne saurais tolérer pareille négligence.

Marguerite, qui avait besoin d'une gouvernante responsable afin d'être libre de ses mouvements, était au désespoir en le voyant mettre à la porte l'une après l'autre des jeunes femmes parfaitement capables qu'il accusait d'avoir manqué à leurs devoirs.

Finalement, il engagea lui-même Berthe Clermont, une femme entre trente-cinq et quarante ans, au maigre visage, qui montait une garde constante autour de la petite fille aux cheveux châtains, aux yeux d'un violet profond, au front intelligent.

Depuis 1702, six ans avant la naissance de Jasmine, la France était engagée dans la Guerre de Succession d'Espagne, où de nombreuses nations s'étaient rangées contre la cause française. Mises à part quelques victoires sans aucune importance, les armées de Louis avaient surtout subi des défaites, devant le général en chef anglais Marlborough, à Liège et Höchstädt. Quand il vainquit de nouveau les forces françaises à Ramillies, Louis, furieux de voir le destin lui faire défaut en son heure de besoin, prit le ciel à témoin :

— Après tout ce que j'ai fait pour Dieu !

D'autres défaites suivirent en Espagne et ailleurs. La situation devint désespérée. L'hémorragie financière perdura. Les difficultés se multiplièrent lorsqu'un terrible hiver apporta la famine à des milliers de Français. Finalement, à court d'argent, Louis fit directement appel au patriotisme de la noblesse et de la bourgeoisie aisée : il leur demanda de livrer leur vaisselle d'or et d'argent, que l'on fondrait.

— Penser qu'on puisse en venir là ! dit Marguerite, d'un ton chargé de ressentiment. Cette guerre n'aurait jamais eu lieu si le Roi ne s'était résolu à mettre son petit-fils sur le trône d'Espagne.

Aux yeux de Marguerite, le Roi, Laurent le savait, ne pourrait jamais rien faire de bien. Il s'abstint de lui faire remarquer, une fois de plus, qu'en définitive, la présence d'un héritier de Louis XIV sur le trône espagnol renforcerait la France contre ses ennemis. Il devinait aussi quelle peine elle avait à envisager de livrer l'argenterie des Roussier, dont elle avait pris possession en même temps que du château.

— Donnons tout l'or et l'argent que nous avons apporté nous-mêmes en cette maison depuis qu'elle est devenue vôtre, suggéra-t-il. Pour compenser ce que nous garderons, nous pourrions offrir une grosse somme d'argent.

Elle le gratifia d'un sourire reconnaissant.

— Quelle idée magnifique !

Deux grandes caisses furent remplies et dûment livrées au point de collecte le plus proche, en même temps que la donation en argent. Les gens faisaient la queue afin de se défaire d'objets prestigieux qui, pour leur incomparable facture, auraient rapporté à l'étranger de petites fortunes. Marguerite s'attristait en imaginant les trésors de la France livrés à la fournaise pour soutenir une guerre. Presque tous les délicats objets d'argent qui avaient embelli Versailles, et dont chacun était un chef-d'œuvre, allèrent rejoindre le flot de métal précieux qui emportait une grande partie de l'héritage de la nation.

Marguerite insista pour conserver au moins un objet qui appartenait à Laurent. C'était une écuelle joliment décorée dans laquelle Jasmine mangeait chaque jour. Ses joyeux coups de cuiller ajoutaient d'autres marques à celles qu'avaient faites son père, lorsqu'il était petit, et ses aïeux avant lui.

Marguerite adorait sa fille et se considérait comme une bonne mère. Mais, avec le temps, elle commença de comprendre qu'il n'existerait jamais entre elle et Jasmine un lien aussi étroit que celui qui l'avait unie à sa propre mère. Souvent, elle se demandait pourquoi. Peut-être la pauvreté créait-elle des relations plus solides. Mais un argument l'emportait sur cette supposition : l'attachement profond qui existait entre Jasmine et Laurent.

Avant tout, Jasmine était l'enfant de son père. C'était vers lui qu'elle accourait avec des cris de joie, toutes les fois qu'il rentrait d'une absence prolongée. Le plus précieux pour elle, c'étaient sa compagnie, les histoires qu'il lui lisait, les jeux partagés. Marguerite faisait de son mieux pour contrebalancer la façon dont il gâtait leur fille : elle craignait que son caractère n'en fût dégradé. Elle conservait l'espoir qu'une ferme discipline finît par équilibrer la nature volontaire mais aimante de l'enfant. Berthe, sur ce point, lui accordait toute son aide.

— Jamais je ne supporterai une enfant insupportable, aimait dire la gouvernante, lorsqu'elle corrigeait la petite fille.

Berthe était loyale envers ses employeurs, heureuse de jouir d'un bien-être et de privilèges qu'elle n'avait jamais connus, mais il y avait chez elle une lacune que ne remarquèrent ni Marguerite ni Laurent. Aigrie par de tristes expériences, elle avait perdu jusqu'à la dernière trace d'amour maternel. Elle n'éprouvait pas la moindre affection pour Jasmine mais jamais elle n'aurait délibérément manqué à ses devoirs à son égard. En fait, elle était éminemment consciencieuse. Les châtiments dont elle usait étaient simples : tirer un bon coup sur les boucles châtaines amenait toujours l'effet désiré, et la simple menace d'une dizaine de minutes passées dans un placard suffisait à produire une immédiate docilité.

— L'enfant reçoit trop de cadeaux, marmonnait Berthe, quand Jasmine obtenait de son père un jouet nouveau.

A la première occasion, elle enlevait l'objet à la petite fille, sans se soucier de ses cris et de ses larmes. Elle le rendait un peu plus tard, en récompense d'une période de sagesse. Jasmine supportait ces manifestations mesquines de tyrannie et n'en gardait jamais rancune : il y avait dans sa vie trop de joie pour que rien vînt la troubler.

Les occupants de Versailles ne connaissaient pas le même bonheur. La tragédie frappa à l'improviste quand le Grand Dauphin, le seul fils légitime de Louis, qui avait toujours joui d'une santé florissante, contracta la variole et en mourut. En cette heure de deuil, la compassion de Marguerite alla vers toute la famille royale, même vers son pire ennemi.

Deux années après, une épidémie de rougeole particulièrement virulente se répandit dans Versailles et ses environs. La jeune épouse du nouveau Dauphin, qui avait apporté tant de joie à Louis et à Françoise depuis son arrivée, fut atteinte par la maladie fatale, qui l'emporta en quelques jours.

Marguerite, qui avait récemment soigné Jasmine pour le même mal et l'en avait guérie, fut accablée de tristesse quand Laurent lui rapporta d'autres mauvaises nouvelles. Le Dauphin lui-même avait été frappé par l'épidémie et se trouvait, comme son fils aîné, à l'agonie.

Il mourut ce même jour. Marguerite et Laurent, assis au coin du feu dans la bibliothèque, ne parvenaient pas à lire tant leur chagrin était profond. Ils n'attendaient pas de visite et furent stupéfaits l'un et l'autre quand un domestique annonça que la duchesse de Ventadour était là et souhaitait les voir de toute urgence. Ils la connaissaient bien. Elle était d'abord venue au Château Satory pour y acheter une éventail et, au fil des années, elle était devenue une relation très appréciée.

— Introduisez la duchesse sans plus tarder, dit Laurent, qui avait aussitôt quitté son fauteuil.

Marguerite, en toute hâte, remit son livre sur les rayonnages, avant de le rejoindre près de la porte.

A leur grande stupeur, la duchesse leur apparut portant dans ses bras le fils cadet du Dauphin décédé. La tête de l'enfant, âgé de deux ans, reposait contre son épaule. Elle s'immobilisa à quelques pas d'eux et, d'un signe de tête, leur indiqua qu'ils ne devaient pas s'avancer vers elle.

— Attendez ! Ne m'approchez pas encore. Jasmine, je le sais, a guéri de la rougeole, mais existe-t-il le moindre danger que je puisse vous apporter l'infection à l'un et à l'autre ?

— Il y en a vraiment fort peu, répondit Laurent. Ma femme et moi avons contracté la maladie dans notre enfance, et une seconde attaque est très improbable.

La duchesse abaissa les paupières en une expression de soulagement.

— Dieu soit loué ! Je ne savais où conduire le petit Louis.

Elle se tourna vers Marguerite.

— Il n'a encore montré aucun signe de la rougeole, mais, s'il devait en être atteint, voudriez-vous m'aider à le soigner ? Je me suis rappelé vous avoir entendue dire un jour que vous faisiez confiance à la nature et à de bons soins. Vous l'avez prouvé en ramenant Jasmine à la santé. J'ai sorti cet enfant de son lit pour l'amener ici car au premier signe de fièvre, il serait à la merci de tous ces médecins, avec leurs émétiques et leurs saignées. Plus leurs malades s'affaiblissent, et plus barbares, me semble-t-il, deviennent leurs moyens de guérison. Inutile de vous dire que je ne me hasarderais pas à formuler de telles remarques en une autre compagnie.

Marguerite échangea avec Laurent un rapide coup d'œil. Lorsque Jasmine était tombée malade, il avait voulu faire venir les médecins royaux, croyant que, seul, le meilleur serait assez bon pour sa fille. Marguerite s'y était opposée. Elle se souvenait de ce que lui avait dit un jour Augustin : selon lui, la Reine ne serait pas morte si les médecins n'avaient pas porté sur elle leurs scalpels. La méfiance de la jeune femme à leur égard s'était encore accrue, et son sang paysan n'avait fait qu'un tour, lorsqu'elle avait appris qu'il leur arrivait d'écorcher vif un mouton dans la chambre d'une accouchée pour aider à la délivrance. Peut-être la pauvre femme perdait-elle les sens avant d'être enveloppée de la toison sanglante.

— Vous êtes la bienvenue ici, dit-elle à la duchesse. Je ferai tout ce qui est en mon pouvoir, si la rougeole se déclarait, pour assurer la guérison du petit prince.

Elle tendit les bras.

— Laissez-moi vous le prendre et le mettre au lit. Vous paraissez exténuée.

La duchesse lui abandonna son précieux fardeau, avant de se laisser tomber dans un fauteuil, le visage entre les mains.

— C'est terrible ! Trois héritiers du Trône morts en moins de deux ans !

Marguerite serra plus étroitement contre elle l'enfant endormi.

— N'y a-t-il donc plus aucun espoir pour le frère de ce petit ?

— Plus aucun.

Laurent ouvrit la porte à sa femme, qui s'engagea dans l'escalier avec l'enfant. Comme le destin était étrange ! Elle tenait dans ses bras l'arrière-petit-fils de son vieil ennemi, Louis XIV, un enfant fragile, d'aspect maladif, qui avait bien peu de chances de survivre à une maladie aussi grave que la rougeole. Mais elle se battrait pour lui comme s'il était son propre enfant. Ses membres étaient aussi minces que des baguettes. Il avait besoin d'être nourri comme un bébé, et ce régime allait commencer sans tarder. Elle avait la solution toute prête. L'épouse de l'un des jardiniers avait eu récemment un enfant et souffrait d'une surabondance de lait. Marguerite allait la faire venir au château pour servir de nourrice. Ce lait maternel serait à la base de l'alimentation indispensable si l'on voulait affermir la résistance de l'enfant.

Le petit Louis ne contracta pas la rougeole. Jasmine, de deux ans son aînée, à quelques semaines près, fut enchantée d'avoir un compagnon de jeux. Pourtant, il était si fragile qu'on s'attendait à la voir lui abandonner, s'il le désirait, n'importe lequel de ses jouets. Louis ressemblait un peu lui-même à une poupée, avec son apparence délicate et ses doux cheveux châtains.

— Louis t'aime, dit-il un jour à la petite fille.

Mais les mots ne firent sur elle aucune impression.

Après les décès qui s'étaient produits, la détresse du Roi et de la Cour était telle que personne ne s'enquit du lieu où se trouvait l'enfant, confié aux soins de la duchesse de Ventadour. Il fit au Château Satory un séjour prolongé, jusqu'au moment où l'épidémie déclina, et où la duchesse jugea qu'elle pouvait sans risque le ramener à Versailles.

Elle finit par déclarer au Roi qu'elle avait gardé le petit garçon dans ses appartements, afin de le protéger de l'infection. Jamais elle ne révéla la vérité. Jamais non plus elle n'avoua la crainte que lui inspiraient les médecins : le Roi, comme tout le monde apparemment, avait en eux une totale confiance. Le petit Louis demeura longtemps délicat, mais la duchesse, suivant en cela les conseils de Marguerite, veillait à ce qu'il eût du lait de chèvre en abondance, des légumes et de la viande sans ces épices qui, souvent, même à la table royale, déguisaient un manque de fraîcheur.

Quand Louis quitta la maison, Jasmine pleura. Marguerite s'efforça de la réconforter, mais la petite fille, inconsolable, s'arracha de ses bras.

— J'aimais avoir Louis ici, sanglotait-elle.

Laurent l'enleva dans ses bras, l'emporta pour la distraire.

— Un jour, ma beauté, tu pourras choisir entre tous les princes. Papa te le promet.

Marguerite, qui s'était baissée pour ramasser les jouets éparpillés, secoua la tête en souriant. Laurent avait parlé au figuré : comme elle, il souhaitait pour leur fille un mariage d'amour.

Longtemps après le départ du petit Louis, sa présence demeura. D'abord dans le nom que Jasmine donna à sa poupée favorite, vêtue en soldat. Plus tard, lorsqu'elle s'inventa un compagnon, comme le font souvent les enfants uniques, elle l'appela Louis et elle parlait de lui comme s'il était assis sur le siège voisin du sien ou comme s'il désirait partager son dîner. On en plaisantait au château : le nouveau Dauphin, disait-on, résidait au Château Satory et non à Versailles. Mais les plaisanteries passaient au-dessus de la tête de Jasmine : elle avait peu à peu oublié qu'il y eût la moindre relation entre son Louis et le futur Roi de France.

Le petit Louis avait quatre ans quand la Guerre de Succession d'Espagne s'acheva enfin. Elle avait bien failli mettre la France à genoux, mais, à l'heure la plus dangereuse, le pays avait rassemblé toutes ses forces, et le vent avait tourné. Le traité de paix comportait certains aspects décevants, mais un Bourbon avait été fermement installé sur le trône d'Espagne — le but premier du Roi. Le coût en vies humaines était un sujet que la Cour s'abstenait d'aborder en sa présence. Les hymnes de louanges et d'actions de grâces résonnèrent dans la chapelle royale nouvellement consacrée, et tous les coins et recoins du magnifique édifice retentirent des *Te Deum* chantés par des centaines de voix.

L'achèvement de la guerre représentait pour Louis un soulagement bien plus profond que ne le croyait son entourage. Il éprouvait enfin les effets de l'âge et eût préféré passer tout son temps à Trianon avec Françoise, plutôt que dans l'imposant Versailles. Mais il n'avait rien perdu de son sens du devoir ni de son emprise sur la Cour, qui restait prisonnière de l'étiquette. Néanmoins, il n'avait plus assez d'énergie pour assister aux bals ou aux fêtes masquées, pas même aux « Appartements », et il ne se souciait plus de ce qui se passait en son absence. Inévitablement, les distractions se firent plus rares, et, progressivement, Paris reprit sa place de pivot de la vie mondaine.

De tels sujets échappaient à la compréhension du petit Dauphin. C'était un enfant timide et grave. L'agitation intense de la Cour aurait pu l'écraser aisément. Mais il était entouré d'affection, adoré de la duchesse, dont le but unique dans l'existence, mis à part son désir de le garder en vie, était de lui assurer une enfance heureuse. Il ne partageait pas la crainte révérencieuse de la Cour à l'égard de son arrière-grand-père. Le Roi, pour lui, était un aïeul toujours souriant et affable, qui le prenait sur ses genoux quand l'occasion le permettait et avait toujours en réserve des friandises tirées d'un coffret orné de pierres précieuses.

Les seules fois où le Roi lui semblait distant, c'était dans les cérémonies officielles. Il était difficile de ne pas ciller devant la magnificence de son arrière-grand-père, en habit brodé d'or, paré de l'ordre du Saint-Esprit, et coiffé d'un chapeau superbement emplumé. Tel un géant, il était assis sur son haut trône d'argent ciselé, qu'on apportait, en de telles occasions, de la Salle du Trône à la Galerie des Glaces. Rien d'étonnant si les dignitaires étrangers semblaient souvent intimidés, lorsqu'ils approchaient le dais royal. La Cour, surchargée de joyaux, ouvrait un passage jusqu'au Roi-Soleil qui dominait toute la scène.

Quand le petit Louis se sentait assez bien, la duchesse l'emmenait le matin pour assister, avec le reste de la famille royale, au « lever » du Roi. La chambre de ce dernier avait encore changé d'emplacement : elle se situait maintenant au centre même de la façade Est. L'enfant ne manquait jamais d'être fasciné par la manière dont les corniches, les guirlandes, les frises dorées rivalisaient d'éclat avec le soleil. La lumière se déversait sur le lit massif de son arrière-grand-père. Les tentures d'hiver, or et cramoisi, faisaient place, l'été venu, à un damas fleuri d'or et d'argent.

Aux yeux du petit garçon, les plumes d'autruche qui surmontaient le ciel de lit semblaient aussi hautes que des maisons. Son regard était chaque fois attiré par le haut-relief en or, placé au-dessus du lit, qui représentait la France veillant sur le sommeil du Roi. Cette idée lui plaisait. Son arrière-grand-père devait se sentir en sécurité, sachant que la France montait la garde au-dessus de sa tête. Lui-même, toutefois, n'aurait pas aimé coucher dans cette chambre. On devait avoir un peu l'impression de dormir dans une grande boîte en or. Et tous ces gens qui s'assemblaient chaque matin pour vous voir vous habiller devaient être bien fatigants : ils parlaient sans cesse et ne se tenaient jamais tranquilles. Il devrait pourtant s'y résigner un jour, quand il serait grand, qu'il deviendrait Roi à la place de son aïeul. Il espérait que ce serait dans très longtemps.

Un matin, au « lever », un grand bruit se fit dans la Cour Royale. Le petit Louis, comme son arrière-grand-père, était curieux de voir ce qui se passait. Le Roi, entièrement vêtu, sortit sur le balcon, et le petit Louis échappa à la duchesse pour le suivre. Un fourgon à glace s'était renversé. Les grandes dalles de glace étaient répandues sur les pavés, comme autant d'énormes diamants étincelants. Au chaud soleil, outre le plaisir d'être le témoin d'une agitation qui faisait accourir des gens prêts à remettre le fourgon sur ses roues, le balcon était un endroit magnifique : on avait devant soi l'Avenue de Paris qui filait en droite ligne vers l'horizon, par-delà les grilles ouvertes et la Place d'Armes. De ce point stratégique, on pouvait presque imaginer qu'on distinguait Paris lui-même. Toute la France, peut-être, ce qui n'avait rien d'inconcevable, puisque Versailles en représentait le sommet.

Un cri monta. Quelqu'un avait remarqué le Roi et le Dauphin, debout côte à côte sur le balcon. Des acclamations spontanées éclatèrent. Bientôt, tous abandonnèrent leurs tâches pour s'élancer vers le balcon, applaudir, acclamer.

— Longue vie au Roi ! Longue vie au Dauphin !

Le Roi remercia avec ampleur, mais le petit Louis, dans sa timidité, recula. Il était soudain effrayé par le nombre de visages levés vers lui. Son aïeul posa sur son épaule une main ferme et rassurante, et l'enfant exécuta l'obligatoire petit salut de la main qui fut accueilli par de nouvelles acclamations.

— C'est fort bien, lui dit le Roi en souriant, au moment où ils rentraient dans la chambre.

Peu de temps après, le souverain tomba malade. Etendu dans son magnifique lit rouge et or, il se soumettait docilement aux saignées des médecins, à leurs émétiques, aux étranges lotions qu'ils appliquaient sur les taches noirâtres de sa jambe. Dans sa lassitude, il savait que, s'il mourait maintenant, il laisserait la France en bien piètre état. Les nombreuses guerres avaient tari ses ressources naguère abondantes, et le montant de la dette nationale était énorme. Il n'en tenait pas pour responsables ses propres extravagances : grâce à elles, il avait fourni du travail à des milliers d'artisans et d'ouvriers, il avait amené le monde à considérer la France comme le centre de la culture, des beaux-arts et de l'élégance. Son Versailles bien-aimé ferait à jamais figure de monument de la beauté.

Quand l'humeur de la Cour vira à la gravité, quand chacun se mit à parler à voix basse, le petit Louis commença de comprendre qu'une immense calamité allait s'abattre sur la maison de Bourbon. La duchesse s'efforça de l'y préparer.

— Votre arrière-grand-père, notre Roi très chrétien, Louis XIV, se dispose à prendre congé de nous tous. Vous devez vous montrer brave. Lorsqu'il vous mandera, vous ne devrez pas verser de larmes. Vous devrez lui montrer que vous avez un cœur aussi courageux que le sien. Vous lui donnerez ainsi la paix de l'esprit.

Le petit Louis redoutait le moment de cette convocation. Des bribes de conversations imprudentes lui venaient aux oreilles.

— La jambe du Roi pourrit de plus en plus, et le lait d'ânesse n'a fait aucun bien.

— Une purge de plus, et le Roi continue de s'affaiblir.

— Il supporte stoïquement ses souffrances, sans une plainte. Sa force d'âme et sa volonté demeurent inchangées.

Le jour tant redouté arriva enfin. La duchesse embrassa le petit Louis et le conduisit par la main jusqu'à la chambre dorée. Pour la première fois, une mauvaise odeur régnait dans la pièce, et le vieil homme diminué, sans perruque, au fond du grand lit, ne présentait guère de ressemblance avec l'imposant personnage qui était familier à l'enfant. Pourtant, la voix était bien celle de son aïeul. Elle lui parvint avec une force extraordinaire, tandis qu'une belle main amaigrie se tendait vers lui.

— Venez ici, à mon chevet.

Il obéit, franchit la balustrade dorée au-delà de laquelle il n'avait jamais posé le pied, s'approcha du lit. Les yeux du Roi, emplis de souffrance, se posèrent sur lui avec affection.

— Mon cher enfant, vous allez être un grand roi. Ne m'imitez pas dans le goût que j'ai eu pour les bâtiments et aussi pour la guerre...

Ces paroles ne devaient plus quitter, des années durant, l'esprit du jeune Louis. Jamais il n'oublierait le conseil de maintenir la France en paix avec ses voisins, de demeurer fidèle à son devoir et à Dieu, d'essayer sans cesse de soulager ses sujets — ce que le Roi reconnaissait n'avoir pu faire — et de les garder dans la foi en Dieu. Le Roi exprima alors le désir d'embrasser l'enfant, et la duchesse souleva celui-ci. Les lèvres minces et sèches se posèrent un instant sur sa joue. Lorsqu'on le reposa sur le sol, le souverain lui donna sa bénédiction.

Le petit Louis s'inclina comme on le lui avait appris, et la duchesse l'emmena. Le Roi avait dit au Dauphin de ne jamais oublier ce qu'il devait à sa gouvernante, et, dans son émotion, elle avait senti monter les larmes qu'elle lui avait interdit de verser. Il se sentait profondément aimé. Cette conviction le consolait un peu de ne connaître ses parents et son frère que par leurs portraits. Il espérait être toujours aimé de la sorte.

Quelques jours plus tard, le 1er septembre de l'an 1715, Louis XIV mourut dans la paix et la majesté, achevant ainsi un long règne de soixante-douze années. Jasmine se rappela cette date comme une journée où les rideaux étaient tirés, où les servantes, dans leurs allées et venues, s'essuyaient les yeux avec le coin de leur tablier. La petite fille entra dans le Salon Ivoire où ses parents s'entretenaient. Ils ne s'aperçurent pas aussitôt de sa présence. Son père était assis dans un fauteuil. Sa mère, debout près des portes-fenêtres qui ouvraient sur la terrasse, soulevait d'une main un rideau pour laisser entrer un peu de lumière dans le salon. Elle contemplait son point de vue favori : les pelouses et le pavillon d'été en marbre. Elle se dessinait presque en silhouette, et les contours en étaient adoucis, depuis que la fontange était passé de mode, et que les jupes avaient pris une ampleur égale sur tout leur pourtour.

— Il me paraît étrange, à présent, de me rappeler combien je haïssais le Roi lorsque j'étais plus jeune. Je n'avais pas encore pris conscience de la modération qui vient avec l'âge.

Jasmine, toujours curieuse, s'élança vers elle.

— Pourquoi le haïssiez-vous, maman ?

Marguerite sursauta, se retourna et serra l'enfant contre elle.

— Il a fait grand tort à ma mère, lorsque j'étais encore une toute jeune fille. Elle a été jetée en prison pour l'avoir injurié en un moment où son esprit était troublé.

— Lui avez-vous pardonné ?

Le regard de Marguerite revint se poser sur le jardin et se fit lointain, comme si elle voyait bien au-delà.

— Sans doute l'ai-je fait il y a bien longtemps, sans toutefois m'en rendre compte sur le moment. Nous devons toujours pardonner à ceux qui nous offensent.

En elle-même, elle ajoutait que le pardon n'allait pas forcément de pair avec l'oubli. A cause de ce même homme, elle avait perdu l'amour de sa vie, et, même si elle remerciait le ciel des compensations qui lui avaient été accordées, il n'était pas question d'oublier. Le souvenir d'Augustin venait encore lui percer le cœur, et son portrait continuait à poser sur elle ce regard direct dans lequel elle lisait parfois des messages du passé. Il y avait bien longtemps qu'elle n'avait plus de ses nouvelles. Ses enfants étaient mariés, ils avaient eux-mêmes des enfants, et elle se demandait s'il existait une petite fille en âge de recevoir l'éventail de Versailles.

Laurent venait de rapporter la nouvelle de la mort du Roi. Il l'avait vu annoncer du haut du balcon par le duc de Bouillon, dont le chapeau portait une plume noire. Celle-ci avait été presque aussitôt remplacée par une plume blanche, et le cri traditionnel avait retenti : « Vive le Roi ! »

Déjà, le Régent, le duc d'Orléans avait, en toute hâte, emmené le nouveau Roi à Vincennes, et la duchesse de Ventadour avait accompagné son pupille bien-aimé. Laurent prévoyait le déclin immédiat de Versailles. Il formula sa pensée tandis que Marguerite laissait Jasmine s'éloigner en sautillant avec Berthe, qui était venue la chercher.

— La Cour partira pour Paris dès que chacun saura que le nouveau Roi ne reviendra pas. Il ne se passera plus rien à Versailles. A mon avis, un éventaire où exposer vos éventails représenterait une dépense inutile.

Marguerite s'assit en face de lui.

— J'en ai conscience. Mes boutiques suffisent à écouler ma marchandise, et mes clients, où qu'ils se trouvent, me passent toujours leurs commandes.

Il se pencha vers elle. Il espérait qu'était venu l'instant patiemment attendu depuis des années.

— Ne devriez-vous pas songer à vendre votre affaire, mon amie ? Peut-être le moment serait-il bien choisi pour vous en défaire.

Elle se raidit.

— Non. Je refuse de l'envisager. D'ailleurs, je dois songer à Jasmine. Je veux qu'elle apprenne à faire des éventails, comme j'ai appris moi-même, et ma mère et ma grand-mère avant moi. C'est une excellente discipline, qui enseigne la patience et permet la créativité.

Un pénible soupçon vint à Laurent, qui plissa le front.

— Vous n'envisagez pas de lui faire faire un stage à l'atelier ?

— Mais si. Je ne veux pas qu'elle grandisse dans un milieu trop protégé, sans savoir ce que travailler pour vivre signifie.

— Mais, bonté divine, elle a votre exemple sous les yeux !

— Elle ne voit que mon succès et ignore tout de mes débuts.

— Auriez-vous l'intention de la priver de son éducation ? explosa-t-il. Sans parler de ses cours de danse, de ses leçons de chant et de musique ? Vous me passerez sur le corps avant d'en faire une ouvrière en éventails !

Marguerite, en un geste d'apaisement, lui tendit les deux mains.

— Calmez-vous. Il y a un temps pour tout. Je commencerai par lui enseigner le métier à la maison. Lorsqu'elle sera plus grande, elle passera quelque temps dans chaque section de mes ateliers, y compris celle des joailliers. Je veux qu'elle acquière une vue d'ensemble sur la vie. C'est la seule façon de garder les pieds sur terre.

Elle abandonna son fauteuil pour venir s'asseoir sur le tapis aux pieds de Laurent. Son expression s'était radoucie.

— Vous la couvez trop, Laurent. Vous lui trouvez toujours des excuses. Je l'aime autant que vous mais je ne la laisserai pas grandir sans l'avoir préparée aux épreuves de la vie.

Il prit au creux de sa main le visage levé vers lui. Il répugnait toujours à se monter sévère ou fâché contre elle.

— Jasmine ne connaîtra jamais la pauvreté comme nous l'avons connue. S'il devait nous arriver malheur, elle serait assez riche pour se moquer du monde entier.

— Précisément, dit-elle en lui secouant légèrement le bras. Au fond, c'est une bonne enfant, généreuse et affectionnée, peu encline à la colère. Mais, déjà, vos louanges excessives lui ont tourné la tête. Elle passe son temps à s'admirer dans le miroir. Il ne faut pas la laisser devenir vaniteuse et égoïste, sans une pensée pour autrui, et c'est ce que pourrait produire une trop grande indulgence. J'ai vu bien des femmes semblables, à Versailles. Et ne venez pas me dire que Jasmine a dans les veines votre noble sang et ne doit pas se salir les mains. Elle a aussi le mien, qui possède les mêmes droits.

A son profond soupir, elle sut qu'il capitulait.

— Fort bien. Mais n'en faites point trop. Rien ne doit entraver la vie mondaine qu'elle devra mener dans l'avenir.

— Vous avez ma promesse.

Jasmine ne comprenait pas pourquoi sa mère se montrait toujours si stricte avec elle, quand tout le monde, dans son entourage, exauçait ses moindres désirs. Berthe était parfois acariâtre, désagréable, la main prête au soufflet, mais, dans l'ensemble, elle était devenue plus tolérante avec le temps Quand Jasmine eut dix ans, ce fut une corvée pour elle que de devoir s'asseoir aux côtés de sa mère pour la regarder monter des éventails. Il y avait tant de choses à faire, plus amusantes, comme jouer ou monter à cheval. Pourquoi sa mère venait-elle tout gâter en voulant lui apprendre, sans raison, à confectionner des éventails ?

— Mes éventails, je pourrai toujours les acheter ou me les faire offrir, protesta-t-elle.

Elle vit naître alors dans les yeux de sa mère un regard, mi-colère mi-souffrance, qui l'émut sans qu'elle sût pourquoi. Jamais elle ne supportait la vue de la souffrance, chez un être humain ou chez un animal. Elle entoura de ses bras la taille de sa mère.

— Qu'y a-t-il, maman ?

— Rien, sinon que nous ne savons jamais ce que le destin nous réserve.

Doucement, Marguerite dénoua l'étreinte de sa fille et entreprit de lui désigner les différentes parties qui composaient un éventail. Jasmine se sentit rabrouée. Elle éprouvait à tout moment le besoin d'être entourée d'harmonie. Les rebuffades la rendaient physiquement malade. Heureusement, elles étaient rares. Ce que son caractère cachait de détermination remonta en surface. Peut-être, si elle se tirait assez mal de sa tâche, sa mère renoncerait-elle une fois pour toutes à ses leçons.

Le stratagème n'eut aucun succès. La volonté de Marguerite égalait celle de sa fille. Elle reconnaissait les expédients qu'elle avait elle-même utilisés dans sa jeunesse, et il lui arrivait de dissimuler un sourire à l'idée que sa mère, elle aussi, avait su percer à jour ses motivations.

La lutte se prolongea durant plusieurs semaines. Finalement, malgré elle, Jasmine commença de s'intéresser à ce travail imposé. Le fait se confirma quand Marguerite lui suggéra de se confectionner un éventail assorti à une robe neuve qu'elle devait porter lors d'une réception. Après cela, les difficultés se raréfièrent. Marguerite lui donnait régulièrement des leçons, et le plaisir qu'éprouvait Jasmine à dessiner et à peindre avec son professeur l'aidait aussi à créer des motifs simples pour les éventails qu'elle se faisait.

Cette période heureuse fut à nouveau gâtée pour Jasmine par une suite de cours sur la tenue d'une maison. Elle y vit une sorte de châtiment infligé par sa mère. Cette fois encore, elle protesta.

— Je vais faire un beau mariage. Papa me l'a promis. Les dames fortunées n'ont pas à se soucier de ces tâches. Il y a toujours quelqu'un pour s'en acquitter à leur place.

Elle exprima le vœu secret qu'avait fait naître en elle l'admiration constante de son père :

— Peut-être même épouserai-je un prince.

Le regard oblique dirigé vers sa mère la mettait au défi de la contredire.

— S'il t'arrive d'acquérir un époux si haut placé, répondit ironiquement Marguerite, tu sauras au moins ce qu'il en coûte à la plus humble de tes filles de cuisine de récurer les pots.

Et Jasmine dut bel et bien endurer pour un temps la corvée de vaisselle. Certes, cette activité se déroulait quand les servantes avaient congé, afin de lui épargner leur ahurissement, mais cela ne l'empêchait pas de verser des larmes, sous le regard inflexible de sa mère. Son père était furieux lorsqu'elle venait se plaindre à lui, mais sa mère avait toute autorité dans le domaine de son éducation, et Jasmine ne pouvait échapper à l'obligation de cuire le pain, de balayer et d'astiquer l'argenterie — autant de tâches qu'elle considérait comme un châtiment excessif et une injustice profonde. Elle fut considérablement soulagée quand Marguerite la jugea suffisamment experte et lui permit de reprendre une vie plus facile.

Durant cette période, dont elle garda un souvenir pénible, même si elle ne travaillait jamais plus d'une heure ou deux par semaine, elle allait visiter les ateliers avec sa mère et s'étonnait de la variété des éventails en cours de production. On lui permettait parfois de se charger d'une petite part du travail professionnel, et elle se montrait fière du résultat. Des bribes de conversations entre les ouvrières, entendues par inadvertance, lui fournirent certaines informations dont elle ne pensait pas avoir jamais à se servir, mais qui, néanmoins, lui ouvrirent les yeux sur un aspect du mariage bien différent du romantisme qu'elle lui prêtait. L'une de ses plus grandes joies était d'accompagner son père lorsqu'il allait voir des demeures conçues ou rénovées par lui. Elle aimait par-dessus tout se rendre à Versailles. Après l'achèvement de la magnifique chapelle et sa consécration cinq ans avant la mort de Louis XIV, le dernier des grands architectes avait quitté Versailles. Le palais connaissait enfin la paix, au bout de près d'un siècle de construction, reconstruction et altérations sans nombre. Laurent, qui avait supervisé l'édification de la chapelle, d'abord avec Mansart, puis avec Robert de Cotte, avait été nommé architecte permanent, chargé de tous les travaux d'entretien nécessaires, et il était surprenant de constater combien de tâches réclamaient ses fréquentes visites et son autorité.

La Cour n'était plus là. Le Château était devenu un lieu de silence, à l'exception de l'aile gouvernementale où quelques bureaux restaient en activité, tandis que les ministères avaient réintégré Paris. Il arrivait souvent à Jasmine de courir dans les salons d'apparat, mais elle aimait surtout danser dans la Galerie des Glaces : elle fredonnait un petit air et contemplait son image dans chacune des dix-sept glaces qui allaient du sol au plafond, d'une extrémité à l'autre de la galerie. Son père lui contait nombre d'histoires passionnantes sur Versailles, au temps du défunt Roi, et elle succombait de plus en plus au charme et à la beauté du Château.

Lorsqu'elle eut quatorze ans, trois événements importants se produisirent. Tout d'abord, un riche gentilhomme, qui avait trois fois son âge et connaissait son père, demanda sa main. Il n'était pas question de prendre sa demande en considération, mais Jasmine rit beaucoup et se regarda de plus près dans le miroir. Assez grande, elle portait haut la tête sur un cou flexible. Son nez patricien et son menton se relevaient très légèrement, comme si le poids de la chevelure châtaine faisait ployer la nuque. Ses cils étaient longs et drus et, si ses yeux avaient été moins grands, moins brillants, ils auraient obscurci les iris violets dont elle était si fière. Ses lèvres roses, se disait-elle, auraient pu être plus délicatement modelées, mais ses dents avaient l'éclat des perles, et sa peau satinée n'avait pas un défaut, mises à part quelques cicatrices assez profondes sur la nuque, aisément dissimulées par sa coiffure, et une autre sur la joue droite, que l'on cachait par une mouche dans les grandes occasions : ces marques résultaient d'une attaque bénigne de variole, pendant laquelle sa mère l'avait soignée infatigablement. Elle avait été prédisposée, dans son enfance, aux maladies infectieuses, mais ce temps-là était bien fini. Sa silhouette était pleine de promesses, et elle était bien résolue à conserver sa taille de guêpe, même lorsqu'elle serait mariée et aurait des enfants.

Berthe la sermonnait sans cesse sur sa vanité. Pourtant, elle n'était pas particulièrement orgueilleuse de sa beauté. Mais Berthe trouvait toujours un bon sujet de récrimination ! L'unique vertu de cette femme, de l'avis de Jasmine, était une prédilection pour de petites siestes, plus fréquentes que par le passé, qui vous laissaient quelque liberté pour échapper à ses yeux vigilants. Berthe possédait toutefois une arme qu'elle brandissait sans cesse au-dessus de la tête de Jasmine : elle la menaçait de rapporter à son père adoré ses écarts de conduite les plus graves. Cette menace avait pour effet de réduire le nombre de ses escapades, qu'elle eût, autrement, entreprises avec insouciance.

Le second événement, dramatique, celui-là, emplit Jasmine d'affolement. Un après-midi où son père et elle revenaient de Versailles, d'humeur joyeuse, on leur annonça que Madame avait reçu d'Angleterre de mauvaises nouvelles. Ils entrèrent précipitamment dans la bibliothèque où Marguerite avait reçu le messager et l'y trouvèrent seule, assise dans le vaste fauteuil près de l'âtre.

— Ma bien chère amie ! Qu'est-il arrivé ? s'écria Laurent.

Mais il connaissait déjà la réponse à sa question.

— Maman ! Dites-nous !

Lentement, Marguerite releva la tête. Son visage, d'une pâleur cendreuse, révélait son âge comme il ne l'avait encore jamais fait. Elle se contenta de poser sur Laurent ses yeux immenses débordants de larmes. Il lui adressa un signe de compassion compréhensive et lui tendit les mains. Mais elle ne les prit pas. Elle semblait lutter pour reprendre par ses seuls efforts le contrôle de ses émotions. Elle s'accrocha aux accoudoirs du fauteuil pour se mettre péniblement debout. Jasmine était terrifiée. Jamais elle n'avait été le témoin d'une telle angoisse chez sa mère bien-aimée. Un gémissement lui échappa, mais ses parents ne l'entendirent pas. Toute l'attention de Laurent se concentrait sur son épouse, prêt à lui offrir un réconfort qu'elle n'était pas encore en état d'accepter.

Marguerite abandonna le support du fauteuil, joignit devant elle ses mains tremblantes. Elle se sentait frissonner de la tête aux pieds. Un froid de glace l'envahissait. Elle crut un moment que sa mâchoire s'était décrochée, tant elle lui donnait une sensation étrange. Mais elle comprit qu'elle n'avait pas cessé de claquer des dents, après avoir reçu ce choc violent. Les mots lui vinrent avec difficulté.

— Il n'est plus, parvint-elle à articuler.

Aucun besoin d'explications, elle le savait, pour cet

homme généreux qui la connaissait presque mieux qu'elle ne se connaissait elle-même.

— Il est mort chez lui, à Londres, il y a trois semaines. Vingt et un jours pleins, et je n'en savais rien.

Ses lèvres se tordirent. Elle appuya le bout de ses doigts contre les commissures, comme si elle n'avait pas d'autre moyen de contrôler ses muscles.

— Avec son dernier souffle, il m'a appelée !

La douleur la déchira enfin tout entière. Elle se jeta en avant, les bras tendus, avec un cri terrible :

— Augustin est mort !

Laurent la retint au moment où elle tombait, évanouie. Jasmine poussa un hurlement : elle croyait sa mère morte, comme cet homme dont elle avait crié le nom. Son père la rassura vivement. En larmes, elle le suivit lorsqu'il porta Marguerite dans ses bras jusqu'à l'étage. La nuit tombait quand elle reprit conscience mais, à la suite de ce malaise, elle garda longtemps le lit, un peu comme s'il lui fallait trouver la volonté de continuer à vivre. Jasmine faisait tout en son pouvoir pour ranimer l'entrain de sa mère, mais Marguerite demeura repliée sur elle-même durant ce qui, virtuellement, représentait une convalescence après un deuil.

Avant que sa femme redescendît au rez-de-chaussée, Laurent enleva du Salon Ivoire le portrait d'Augustin Roussier. On l'enveloppa d'une toile, on l'enferma dans la chambre forte, et un autre tableau fut accroché à sa place. Laurent avait déjà expliqué à Jasmine que sa mère avait jadis aimé le modèle du portrait, ce qui expliquait pourquoi sa mort avait constitué pour elle un tel choc.

Marguerite savait que le portrait aurait disparu, et qu'il n'y avait là ni jalousie ni méchanceté. La vue de ce visage, Laurent l'avait compris, aurait sans cesse rouvert la blessure, tant et si bien que la guérison serait devenue impossible. Augustin était plus âgé qu'elle : on pouvait donc s'attendre à ce qu'il mourût le premier. Mais elle avait pu supporter son absence parce qu'elle gardait l'espoir qu'un jour peut-être, ils se retrouveraient. Elle écrivit à sa veuve : elle remerciait Suzanne de lui avoir montré de la compassion, non seulement en lui envoyant un messager plutôt qu'une lettre, mais en lui faisant savoir que la dernière pensée d'Augustin avait été pour elle. Elle n'attendait pas de réponse, et il n'en vint aucune. Il avait dû être bien pénible pour Suzanne de vivre avec la certitude que tout l'amour d'Augustin était resté de l'autre côté de la mer. A la fin, pourtant, elle avait fait preuve de la générosité qui avait toujours été sienne.

La vie avait à peine repris son cours normal, au moins en apparence, au Château Satory, lorsque se produisit le troisième événement important dans la quinzième année de Jasmine. Le bruit courait que le Roi, âgé maintenant de douze ans, allait revenir à Versailles. Depuis plusieurs semaines, on cirait, on époussetait, on nettoyait le Château de fond en comble. Les lits étaient préparés, et l'on avait pris un soin tout particulier de la grande chambre royale qui allait recevoir son nouvel occupant. On apporta de l'Orangerie des arbres de six pieds de haut, soigneusement taillés, que l'on planta dans des bacs d'argent. Tous les vases regorgeaient de fleurs savamment choisies. Mais rien ne se produisit, et l'excès de zèle commença de faiblir. Pourtant, les bouquets étaient constamment renouvelés, et l'on arrosait chaque jour les orangers.

Un jour, Jasmine se trouvait à Versailles avec Laurent. A son habitude, elle avait traversé la Galerie des Glaces. Elle était à présent trop grande pour danser pour son seul plaisir mais elle aimait encore à se regarder tout au long de l'immense salle. Dans le Salon de la Paix, à l'extrémité sud de la galerie, elle se divertit un moment à observer par une fenêtre les jardiniers qui replantaient le Parterre du Midi. Elle entendit alors un bruit qui venait du Salon de la Guerre et se retourna. Un jeune garçon pénétrait d'un pas sonore dans la Galerie des Glaces. D'aussi loin, il ne remarqua pas la présence de Jasmine. Il continua d'avancer en regardant autour de lui. Il avait un sourire épanoui, comme s'il était heureux d'être là. Beau, solidement bâti, il avait des cheveux bruns bouclés, des sourcils arqués sur des yeux noisette, un haut front carré, un menton bien modelé. Soudain, à la grande surprise de la jeune fille, il se jeta à plat dos sur le sol, afin de mieux admirer les tableaux qui dépeignaient la vie de Louis XIV. Il progressait sur le parquet ciré à la manière d'une chenille, à l'aide de ses talons et du mouvement de ses genoux. Il présentait un spectacle si comique qu'elle dut reculer sous une arche pour étouffer un fou rire. Sans aucun doute, il avait adopté la méthode la plus judicieuse pour contempler les magnifiques plafonds de Versailles sans contracter un torticolis. Au moment où Jasmine se demandait s'il avait visité de la même façon tous les Grands Appartements, elle vit quelque chose étinceler sur sa poitrine : il portait l'ordre du Saint-Esprit. C'était le Roi !

Elle essaya de se faire toute petite. Peut-être, si elle ne bougeait pas d'un millimètre, se relèverait-il et s'en irait-il sans la voir.

Mais non. Comme un gamin, il se donna un nouvel élan

d'un coup de talons et se trouva propulsé, les pieds devant, dans le Salon de la Paix, tout près de l'endroit où elle se tenait. Il rougit aussitôt d'embarras, se leva d'un bond pour épousseter son habit de velours.

— J'ignorais qu'il y eût ici quelqu'un.

Elle plongea dans une révérence.

— Puis-je vous souhaiter la bienvenue à Versailles, Sire ? Soyez assuré qu'il n'existe pas de meilleur moyen pour contempler les plafonds. Je voudrais seulement y avoir pensé moi-même.

Il s'inclina avec une politesse raffinée. Leurs regards se croisèrent, celui du Roi très grave, celui de Jasmine sérieux dans son effort pour le mettre à l'aise. Tous deux ensemble, ils se sourirent.

— Je vous remercie, mademoiselle. Puisque vous connaissez mon identité, vous plairait-il de me révéler la vôtre ?

— Je m'appelle Jasmine, fille du baron Picard.

— Que faites-vous seule ici ?

Quand son père, lui expliqua-t-elle, était occupé quelque part dans le Château, elle avait coutume de se promener pour tout admirer.

— Nous nous sommes déjà rencontrés, ajouta-t-elle. Il y a longtemps de cela, et vous ne devez plus vous en souvenir.

— Mettez-moi à l'épreuve, mademoiselle Picard. Je me targue d'avoir bonne mémoire.

Il avait, de toute évidence, l'intention de suivre sur ce plan l'exemple de son aïeul. Elle secoua la tête.

— C'est trop lointain. Vous êtes venu à notre château en compagnie de la duchesse de Ventadour. Nous jouions ensemble, à ce qu'on m'a dit.

Il ne se rappelait pas personnellement cette époque mais il savait comment la duchesse, qui l'aimait comme son propre enfant, l'avait arraché au danger. Son arrière-grand-père lui-même, sur le point de mourir, avait parlé de sa sollicitude. Pourtant, alors qu'il avait à peine sept ans, le régent l'avait enlevé à ses soins, avec interdiction pour la duchesse de le revoir. Il avait vécu dans la solitude et appris à puiser dans ses propres ressources pour devenir le garçon circonspect et réservé qu'il était. Pourtant, en présence de cette jeune fille, il se sentait à l'aise. Si quelqu'un d'autre l'avait vu, couché sur le dos comme un gamin des rues dans le ruisseau, il aurait été furieux. Mais il se trouvait en pleine harmonie avec Jasmine Picard, et sa joie de se retrouver à Versailles s'en trouvait renforcée.

— On m'a parlé de cette époque. Il me plairait de renouer

ces liens. Vous continuerez, j'espère, à venir souvent à Versailles lorsque la Cour y résidera de nouveau.

— Vous me faites grand honneur, Sire.

Elle lui fit une autre révérence. En se retirant, elle lui faisait clairement comprendre qu'elle ne voulait pas troubler plus longtemps ses retrouvailles avec le lieu de sa naissance. Mais, alors qu'elle revenait sur ses pas par la Galerie des Glaces, elle croisa les hommes du Roi qui accouraient à sa recherche. Pour lui, comprit-elle, le jeu tirait à sa fin.

Laurent, lorsqu'elle lui conta sa rencontre avec le Roi, se montra fier et heureux.

La Cour revint à Versailles comme si elle n'en était jamais partie. Il y avait toujours ceux qui auraient préféré rester à Paris, mais, partout où se trouvait le Roi, il y avait des occasions d'obtenir des faveurs, de l'avancement, tout ce qui justifiait la vie de courtisan. Laurent et Marguerite découvrirent que leurs noms et celui de leur fille avaient été portés sur la liste des invités. Il y eut bientôt des concerts, des représentations théâtrales, des bals. Bon nombre de ces festivités se déroulaient en l'absence de Louis, mais il était toujours là quand les Picard y assistaient. L'amitié entre Jasmine et Louis se développait, dans la mesure où il était permis au Roi d'avoir des amis : du matin au soir, il était constamment surveillé, gardé, occupé. Il rêvait d'avoir davantage de temps à lui, et attendait avec impatience le jour ou il se dégagerait de la tutelle du régent.

Plus que jamais, Versailles ensorcelait Jasmine. Elle prenait un vif plaisir aux bals, auxquels elle apparaissait vêtue de robes volumineuses, en satin ou en taffetas de tons pastel, des rubans et des fleurs dans les cheveux. La mode changeait. Les soldats, par commodité, avaient toujours porté la perruque nouée sur la nuque, et cette coutume était devenue la règle pour les hommes. Seuls les plus conservateurs restaient fidèles à l'ancien style.

A seize ans, Jasmine était l'une des beautés de la Cour. Elle avait plus d'une fois frôlé l'amour mais, tel un papillon, elle était passée à un autre visage séduisant, et ils étaient nombreux à Versailles. Laurent avait déjà décliné pour elle un certain nombre de demandes en mariage. Perspicace, il savait reconnaître parmi les prétendants ceux pour qui Jasmine était simplement la jolie fille d'un gentilhomme fortuné.

Il refusait aussi, comme il l'avait fait la toute première fois, les hommes d'un certain âge, presque tous des veufs qui avaient déjà perdu deux ou même trois épouses en couches.

Lui-même s'était trouvé dans cette position, du temps où il avait courtisé Marguerite, mais ils étaient alors adultes l'un et l'autre, et la différence d'âge entre eux était comparativement réduite. Jasmine devrait aimer l'homme qu'elle épouserait et être aimée en retour. Elle devrait connaître l'extase qui naît de l'union de la jeunesse avec la jeunesse. Elle et son époux devraient grandir ensemble en sagesse et en intimité, jusqu'aux années plus tardives qui, d'après sa propre expérience, pouvaient être les plus riches et les plus heureuses.

Marguerite était enfin tout à lui. Il n'avait plus à la partager avec un rêve lointain, un souvenir qui avait jeté une ombre sur leur relation. Si les sentiments qu'elle lui portait étaient encore bien loin des cimes qu'il avait espérées par le passé, il ne s'en souciait plus. Ils partageaient une existence satisfaisante, et le lien qui les unissait était leur fille bien-aimée.

Si Louis avait été son aîné de deux ans, et non pas son cadet, peut-être Jasmine se serait-elle aisément éprise de lui. A quatorze ans, il était déjà plus grand qu'elle, et sa carrure lui donnait le maintien tout à la fois majestueux et gracieux qui, avait-elle entendu dire, avait été celui de son aïeul. Danser avec lui était un enchantement : comme elle, il avait eu d'excellents professeurs, et tous deux possédaient un sens inné du rythme. Au cours d'une soirée, il la choisissait au moins une fois pour partenaire, plus encore lorsqu'il le pouvait. Pour un bal masqué, ils se confiaient toujours par avance quels déguisements ils porteraient, et c'était en de telles occasions qu'ils pouvaient sans contrainte jouir de la compagnie l'un de l'autre. S'ils venaient à se rencontrer dans le parc, en plein jour, ce n'était pas forcément par hasard, même si Jasmine ne sortait jamais sans chaperon : Berthe était toujours là pour veiller sur elle. Louis s'efforçait d'oublier l'existence de l'Infante espagnole de cinq ans à laquelle on l'avait fiancé et qui, pour sa plus grande contrariété, trottinait derrière lui toutes les fois qu'une porte n'était pas fermée à temps. Un après-midi, dans la Galerie des Glaces, tandis que Berthe attendait patiemment sur une banquette de velours, dans le Salon de la Paix, Louis parla à Jasmine de son mariage, prévu pour dix ans plus tard.

— Si j'avais mon mot à dire, on la renverrait en Espagne, dit-il d'un ton maussade.

Les mains au fond des poches, les épaules basses, il avait l'air d'un écolier renfrogné.

— Je devrais pouvoir donner mon avis sur le choix de mon épouse, quand le moment sera venu.

Elle était en pleine sympathie avec lui. Pour la première

fois, il avait abordé avec elle une question personnelle : il était habituellement si réservé ! Elle mesura par là l'intensité de son désespoir.

— Je dois dire, déclara-t-elle, que je ne tolérerais pas qu'on fît un choix pour moi.

Il exhala un profond soupir, posa les yeux sur elle à l'instant où elle se tournait vers lui. Dans l'exaspération qui montait en lui à l'idée de son destin, les mots lui échappèrent :

— Si seulement vous étiez une princesse, Jasmine !

Elle rougit, porta la main à sa joue pour la cacher au regard d'aigle de Berthe. Louis, sachant qu'il n'aurait pas dû céder à un mouvement aussi impulsif, s'empourpra à son tour. Pour une fois, son éducation, la discipline qu'il s'imposait et sa réserve naturelle avaient cédé devant ce ravissant visage, devant ces yeux magnifiques, pleins de compréhension. Vivement, elle lui vint en aide.

— J'ai bien de la chance de ne point en être une : on m'aurait exilée d'ici pour me faire contracter mariage en pays étranger. Et nous ne nous promènerions pas ensemble ainsi aujourd'hui.

— C'est vrai. Vous avez raison.

Elle lui avait épargné un plus grand embarras, et il lui en était reconnaissant. Le sujet de son mariage ne revint plus dans leurs conversations. Mais Louis conserva l'idée que, si on lui avait donné une épouse comme Jasmine, il en aurait été pleinement heureux. Et il n'aurait pas eu besoin d'attendre pour consommer le mariage. Elle commença de figurer dans ses rêves, de sorte qu'il la rechercha plus que jamais. A quel âge lui permettrait-on d'avoir une maîtresse ? Certaines nuits, il avait l'impression de devenir fou de frustration.

Toutes les fois qu'elle voyait le jeune Roi, Marguerite remerciait le ciel qu'il eût perdu l'aspect maladif de sa prime enfance. Elle voyait aussi ce que d'autres commençaient à remarquer : qu'il en eût ou non conscience, il n'était pas loin de s'éprendre de Jasmine.

— Vous vous inquiétez sans nécessité, lui dit Laurent. C'est un Bourbon, ne l'oubliez pas. Les femmes les attirent comme le miel attire les abeilles, et vous pouvez être sûre qu'il regarde du même œil toutes les jolies filles de la Cour.

— Je crois néanmoins que nous devrions, pour un temps, éloigner Jasmine de Versailles.

Laurent ne voulut rien entendre.

— Tranquillisez-vous. Il n'arrivera rien, et personne ne le sait mieux que Jasmine ou Louis lui-même. C'est une fille sensée. Ne lui avons-nous pas parlé l'un et l'autre des dangers dont il faut se garder à Versailles ? Qui plus est, elle ne s'y rend jamais seule.

— Je ne demande pas qu'elle renonce pour toujours à Versailles mais seulement qu'elle s'en éloigne un temps.

Cette fois, cependant, Laurent se montra inébranlable. Il ne voyait pas comment l'existence enchanteresse de leur fille pouvait être menacée par son amitié jusqu'alors innocente avec le Roi, à présent que celle-ci s'aventurait en un terrain plus dangereux. En silence, Marguerite écouta son époux lui rappeler qu'elle avait réussi à enseigner à Jasmine l'art de confectionner des éventails, quand son temps aurait été mieux employé en leçons de musique ou dans d'autres activités plus satisfaisantes. Il s'était encore montré tolérant en n'empêchant pas Jasmine de se rendre une fois par semaine aux ateliers, comme l'avait souhaité sa mère.

— J'ai bien réfléchi, conclut-il. Ces visites doivent désormais cesser. Bientôt, Jasmine sera mûre pour le mariage. Je veux que rien ne vienne entraver l'approbation de la famille du jeune homme, quel qu'il soit.

Elle voyait bien la force de ses arguments sur ce point. La noblesse se montrait extrêmement vétilleuse lorsqu'il s'agissait des antécédents et du milieu social d'une épouse ou d'un époux éventuels. Jasmine, qui fréquentait la meilleure société, ne s'éprendrait probablement pas d'un homme ordinaire. La dernière chose que souhaitât Marguerite était de faire obstacle au bonheur de sa fille.

— Fort bien, dit-elle. Les obligations mondaines de Jasmine ont de toute façon réduit les heures où elle devait se rendre aux ateliers.

D'une certaine manière, elle avait achevé sa tâche en ce domaine. Elle avait monté à Jasmine ce que signifiaient les longues heures employées à gagner sa vie. Encore ses ouvrières étaient-elles mieux traitées que la plupart, mais elles connaissaient des drames personnels, des difficultés domestiques qui avaient ouvert les yeux et les oreilles de la jeune fille aux conditions de vie de ceux qui côtoyaient l'indigence.

Curieusement, aucune ne ces visites ne l'avait rapprochée de sa fille, même lorsque Jasmine et elle avaient tenté ensemble de résoudre quelque problème. Les heures passées à confectionner des éventails n'avaient pas, elles non plus, réussi à combler la brèche entre elles. Pas plus que l'époque où Jasmine l'avait soignée après la mort d'Augustin. Il y avait toujours cette barrière, cette distance réduite mais infranchissable. Quand Jasmine serait enfin amoureuse, Laurent, Marguerite n'en doutait pas, serait le premier à l'apprendre.

Sur ce point, cependant, elle se trompait. La nouvelle l'atteignit la première, d'une source inattendue et tout à fait importune. Elle était venue passer la journée dans son magasin parisien quand arriva l'une de ses plus anciennes clientes. Mme Poisson était l'une des beautés de Paris, l'épouse d'un riche bourgeois, et elle achetait tous ses éventails chez Marguerite. Ni elle ni son mari n'avaient jamais paru à la Cour, mais ils avaient de solides relations : le banquier personnel du Roi était le parrain de leur charmante petite fille. La beauté, la silhouette, le charme de Mme Poisson lui assuraient une place dans les milieux les plus cotés, et l'on disait qu'elle avait eu plusieurs amants dans la noblesse. Elle salua Marguerite avec effusion. Ses longs cils battaient sur des yeux noirs et pénétrants, ses châles vaporeux flottaient autour d'elle, ses jupes de taffetas rayé de rouge froufroutaient.

— Madame la baronne ! Quelle chance est la mienne de vous trouver ici aujourd'hui ! Je veux à tout prix un éventail qui aille avec une robe de bal couleur huître. J'ai apporté un échantillon de l'étoffe.

— Passez dans mon salon, madame Poisson. Nous y pourrons parler de ce que vous cherchez.

Marguerite montra le chemin jusqu'au salon luxueusement installé qu'elle réservait aux clients de marque. Il fallut près d'une heure pour satisfaire Mme Poisson, et, tout ce temps, celle-ci n'avait cessé de bavarder. Après quoi, selon la coutume, on servit du chocolat chaud, et Mme Poisson se mit à parler de sa fille.

— Dans la famille, révéla-t-elle avec une fierté amusée, on l'appelle Reinette depuis qu'on lui a prédit par les cartes qu'un jour elle tiendrait le Roi sous sa coupe.

— Tout est possible, accorda Marguerite.

L'enfant était jolie comme une image. Sans aucun doute, elle égalerait un jour la beauté de sa mère.

— Et votre charmante fille, Jasmine ?

Mme Poisson eut un sourire fripon, par-dessus sa tasse de chocolat.

— Quelle raison a bien pu lui faire abandonner le Roi pour le marquis de Grange ?

Marguerite sentit un frisson lui parcourir l'échine mais elle répondit avec calme :

— L'amitié de Jasmine avec le Roi est fondée sur une rencontre d'enfance. Elle n'a pas changé. Je comprends mal ce que voulez dire à propos du marquis. C'est un homme marié.

— Précisément !

Le regard vif et malicieux de Mme Poisson révélait une satisfaction profonde : elle était la première à révéler à la mère ce que sa fille faisait.

— Je comprends à votre ton que cette fréquentation n'est pas à votre goût. Inutile de vouloir m'en faire accroire, madame. Je sais combien les filles peuvent se montrer capricieuses, bien que, par bonheur, notre petite Reinette en soit encore à jouer à la poupée.

— Vous aurez, je le crains, prêté l'oreille à des commérages sans fondement, dit Marguerite d'un ton acerbe. A ma connaissance, ma fille n'a même jamais adressé la parole au marquis. Nous prenons grand soin, le baron et moi-même, de faire chaperonner Jasmine en toute circonstance. Jamais il n'aurait même trouvé l'occasion de l'approcher.

Mme Poisson se rejeta sur le dossier de son fauteuil avec un étonnement bien joué.

— Là. Etant sa mère, vous devez le savoir. Mes yeux, pourtant, ne m'ont pas trompée : je l'ai vue échanger des regards amoureux avec Fernand de Grange, lorsqu'ils dansaient ensemble à un bal donné par un ami de notre famille, M. Pâris-Duverney, chez lui dans les nouveaux faubourgs de Paris.

Marguerite sentit le cœur lui manquer. Le marquis de Grange fréquentait à Versailles les pires éléments. C'était un don Juan notoire, dont le mariage allait à vau-l'eau : sa femme et lui vivaient chacun des existences séparées.

— Il est exact que Jasmine a récemment séjourné à Paris, reconnut-elle. Elle était l'invitée de la famille Tourtain. Mon époux connaît depuis longtemps M. Tourtain. Sa fille, Isabelle, et Jasmine ont le même âge et se sont liées d'amitié il y a quelques années. Elles se rendent fréquemment visite. Toutefois, je n'ai pas entendu parler d'un bal, durant ce séjour dans la capitale.

— Pourtant, les Tourtain s'y trouvaient, et Jasmine avec eux. Je connais ce couple de vue.

Marguerite réprima un soupir de satisfaction. Rien n'avait pu se produire sous la surveillance de ce couple d'une irréprochable honnêteté. Cette femme racontait des histoires par pure malice.

— Une seule danse n'est pas un motif de scandale, madame Poisson, reprit-elle vertement, même si Jasmine aurait dû refuser de danser avec le marquis.

— Comme je l'ai déjà dit, c'est plus que cela. Et il y a plus d'une danse.

Mme Poisson posa sa tasse et sa soucoupe, comme pour se préparer à partir.

— Jasmine a dansé avec lui beaucoup plus souvent que vous ne l'auriez permis. Mme Tourtain, je dois le dire, a fait de son mieux pour aviser Jasmine de son imprudence : j'étais assise non loin d'elles et j'ai vu son expression sévère, le doigt qu'elle agitait discrètement. Mais je crains que le côté volontaire de votre fille n'ait pris le dessus, ce soir-là : elle semblait ne rien voir, sinon le visage du marquis, et ne rien entendre, sinon ce qu'il lui disait. Finalement, les Tourtain l'ont emmenée de bonne heure, au grand mécontentement de leur propre fille, dont la conduite avait été irréprochable, mais qui se voyait punie à cause du comportement de Jasmine.

Marguerite se remémorait le retour inattendu de Jasmine de ce séjour à Paris. Elle avait fourni une vague explication : elle s'était lassée de la compagnie d'Isabelle, et elles s'étaient brouillées. Le motif de la querelle s'éclairait à présent.

— Bonté divine ! fit-elle avec un petit rire, afin de prouver qu'il n'y avait pas là de quoi fouetter un chat. Pour une fois, Jasmine s'est laissée emporter par sa fougue.

Mme Poisson ne fut pas dupe. Elle avait d'ailleurs autre chose à dire.

— On m'a conté qu'avant ce bal, Jasmine avait fait des promenades à cheval avec le marquis. Et, je le tiens de bonne source, il y avait eu des rencontres à Versailles, dans les jardins et partout où ils pouvaient se faire des confidences, toutes les fois que la duègne s'était assoupie au soleil.

Elle eut la satisfaction de voir se figer le courageux sourire sur les lèvres de la baronne. Elle abandonna son fauteuil pour prendre affablement congé.

— Je vous souhaite le bonjour. J'attends avec impatience de recevoir mon éventail. Ne vous mettez pas en peine : je retrouverai mon chemin.

Restée seule, Marguerite rejeta la tête sur le dossier de son fauteuil. Elle éprouvait une telle fureur contre Jasmine qu'elle eut toutes les peines du monde à ne pas jeter à terre les tasses de porcelaine. Elle avait beau vouloir chasser de son esprit les cancans de cette femme, les incidents qu'elle avait rappportés avaient l'accent de la vérité. Sotte Jasmine, écervelée et naïve ! Avec tous les jeunes gens prêts à l'épouser, il fallait qu'elle s'attache à un homme déjà pris et que, par la même occasion, elle compromît sa réputation. C'était là le résultat de la trop grande indulgence de Laurent ! Il l'avait amenée à croire qu'elle pouvait avoir la lune si elle la désirait, et qu'aucun châtiment ne la frapperait si elle la décrochait du ciel.

D'un mouvement furieux, Marguerite sauta sur ses pieds. Dans son bureau, elle alla chercher son chapeau, ses gants, sa cape. Cinq minutes plus tard, elle se faisait conduire à vive allure vers la résidence des Tourtain.

11

Au sein d'un bosquet retiré, à bonne distance du Château Satory, Jasmine, à demi nue, reposait entre les bras de son amant. Les battements de leurs deux cœurs s'apaisaient à peine, après les instants de passion qu'ils venaient de connaître. Pour elle, il avait étendu son manteau sur le lit de feuilles cuivrées nouvellement tombées, et des taches de soleil jouaient sur eux au travers des branches. Ils avaient jeté à l'écart leurs chapeaux de cavaliers, dont les plumes grises et jaunes se mêlaient aux fougères.

Sous ses paupières closes, Jasmine percevait une lueur qui filtrait des arbres au-dessus d'elle. Elle croyait sentir couler dans ses veines les tons de pierres précieuses de l'automne, en ces moments parfaits de ce jour parfait. Avant de s'être donnée à Fernand, quelques semaines plus tôt, elle n'avait jamais soupçonné la violence du désir qui sommeillait en elle, jamais envisagé qu'elle pourrait, dans l'amour, s'abandonner totalement, toute pudeur enfuie, et livrer tous ses secrets à cet homme qui la connaissait maintenant plus intimement qu'elle ne se connaissait elle-même. Elle se sentait merveilleusement libre et perverse, totalement femme, enfin, sans personne pour s'opposer à son moindre caprice.

Lorsqu'il la délivra de son poids sur elle, elle eut un sourire de bonheur, caressa avec adoration la poitrine de son amant.

— Fernand, mon chéri, mon bien-aimé.

— Ma tendre Jasmine, répondit-il.

Il parlait d'un ton un peu distant, mais il était très content d'elle. Elle possédait un corps délicieux, et sa beauté était un plaisir sans fin pour ses yeux blasés. En homme qui sait comment une femme désire être traitée, après comme avant l'amour, il lui murmura tout ce qu'elle avait envie d'entendre, la serra tendrement contre lui, la couvrit de baisers légers.

Incapable de se rassasier de sa vue, elle contemplait son visage. Il n'était pas aussi beau que bon nombre d'hommes à la Cour mais elle trouvait irrésistible son mince visage à l'expression rusée. C'étaient ses yeux d'un bleu éclatant, aux lourdes paupières, qui avaient conquis son cœur.

Elle ne redoutait pas le risque d'une grossesse, car il utilisait ce qu'on appelait un appareil préservatif. Ces articles étaient faits de vessies de mouton et importés d'Angleterre. Fort heureusement, lors de leur première rencontre amoureuse, il ne lui avait pas dit de quoi était fait cette sorte d'étui, afin de ne pas contrecarrer son désir d'une quelconque manière. A présent, elle n'y songeait plus, dans sa joie de savoir qu'ils pouvaient se livrer à leurs étreintes sans la moindre inquiétude.

Lorsqu'ils avaient parlé sérieusement de leur avenir commun, il lui avait dit :

— Un jour, je te ferai tous les enfants que tu voudras.

Elle gardait précieusement cette promesse en son cœur. Elle savait que, lorsque l'annulation de son mariage aurait été décrétée par Rome, toutes ces cachotteries prendraient fin : elle deviendrait son épouse et pourrait l'accompagner fièrement à Versailles. A vingt-cinq ans, il avait toutes les chances d'avancement à la Cour. Le roi, jeune lui aussi, favoriserait ceux qui professaient des idées avancées, le jour où il prendrait entre ses mains les rênes du pouvoir, chassant du Conseil des ministres tous ces ennuyeux vieillards qui y siégeaient encore.

— Je dois partir, soupira-t-elle à regret.

En même temps, elle esquissait un mouvement provocant sur le satin glissant qui doublait le manteau étendu sous son corps. Comme elle l'avait souhaité, il devina qu'elle avait encore un peu de temps à lui consacrer et il se remit à lui faire l'amour.

Ils se séparèrent dans le bois, pour éviter d'être vus ensemble, chacun partant à cheval de son côté. Non loin de chez elle, elle s'examina avec soin dans un petit miroir de poche à monture d'or. Ses lèvres étaient-elles enflées des baisers de Fernand ? Restait-il dans ses cheveux quelque fragment d'herbe ou de feuille morte ? Fernand lui avait assuré que non, après avoir ôté tout ce qui avait pu se prendre à sa chevelure. Mais elle se sentait si coupable, lorsqu'elle approchait du Château Satory, après ces moments passés avec lui, qu'elle avait l'impression de répandre autour d'elle l'aveuglante révélation de ce qu'elle venait de faire. Elle enrageait de ne pouvoir faire taire sa conscience. L'épouse de Fernand le détestait, aucun enfant n'était né de leur union et aucun ne naîtrait plus à présent. Néanmoins, jusqu'au jour où son amour pour lui pourrait se montrer au grand jour, elle devrait, elle le craignait, continuer à user de duplicité et, du même coup, à s'en vouloir.

Assurée d'avoir repris son aspect habituel, elle fit le reste du chemin, confia sa monture à un garçon d'écurie. En pénétrant dans la maison de son pas vif et léger, elle fredonnait un petit air joyeux, tout en fouettant de sa cravache sa jupe bleue. Elle était parvenue à mi-hauteur de l'escalier quand Berthe, qui avait dû guetter son retour, apparut sur la dernière marche, le visage sombre.

— Vos parents souhaitent vous voir dans le Salon de Musique. J'ignore pourquoi, mais la baronne est rentrée de Paris dans tous ses états, il y a bientôt deux heures.

Jasmine eut un pincement au cœur. Sa mère avait-elle vu Mme Tourtain et appris d'elle sa conduite imprudente à ce bal ? Eh bien, elle se tirerait d'affaire en déclarant que tous les invités étaient d'âge mûr, et que Fernand avait été le seul homme jeune présent, capable de danser comme il fallait. Mais elle devait prendre garde de l'appeler le marquis de Grange : sinon, il y aurait d'autres questions embarrassantes, et cela, elle ne le voulait pas. Elle se débarrassa vivement de son chapeau, le remit à Berthe avec ses gants et sa cravache, avant de redescendre l'escalier d'une démarche assurée.

Du Salon Ecarlate, il fallait traverser deux autres pièces avant d'atteindre le Salon de Musique. Les portes à deux battants étaient toutes ouvertes, et elle vit de loin ses parents, éclairés par la lumière ambrée du soleil. Au premier bruit de ses pas, sa mère s'était retournée ; elle se tenait debout, les mains étroitement jointes. Son père, assis sur un sofa, se présentait à elle de profil, les yeux fixés sur un point au-delà de la fenêtre. Mais, lorsqu'elle atteignit le seuil du Salon de Musique, il se tourna vers elle. Il avait une expression de stupeur déroutée qui répondait d'une certaine façon à l'air furieux de sa mère. Jasmine commença de trembler. La situation, apparemment, était plus grave qu'elle ne l'avait escompté.

— Vous désiriez me voir ? demanda-t-elle.

Elle regarda ses parents tour à tour, en espérant que son émoi leur restait invisible.

Sur un bref signe de tête du baron, Marguerite lança sa question :

— Ce que j'ai entendu aujourd'hui est-il vrai ? Avez-vous eu des rencontres secrètes avec le marquis de Grange ?

Jasmine s'était plus ou moins préparée à cette attaque. Elle n'en eut pas moins l'impression que ses genoux cédaient sous son poids. Mais son amour pour Fernand lui redonna des forces : elle carra les épaules, et répondit d'un ton de défi :

— C'est vrai, et je n'en ai pas honte !

— Comment osez-vous me parler avec une telle effronterie ?

— Auriez-vous préféré m'entendre mentir ?

De sa place, Laurent intervint vivement :

— Allons, efforçons-nous de nous entretenir raisonnablement. Et, tout d'abord, asseyons-nous.

Trop furieuse pour lui complaire, Marguerite releva le menton. Elle avait déjà grand-peine à se retenir d'arpenter la pièce. Jasmine s'installa dans le fauteuil le plus proche de son père, adressant à celui-ci un regard de tendresse angoissée.

— Je regrette que tout se soit découvert de cette façon. Mme Tourtain a eu la langue trop longue, je suppose.

Il fronça des sourcils mécontents.

— Vous devriez avoir assez de bon sens pour ne pas accuser cette excellente femme. Votre mère est allée lui parler ; elle espérait avoir la preuve que ces cancans n'étaient pas fondés. Mme Tourtain n'était informée de rien, sinon de votre conduite au bal. Elle pensait qu'après sa sévère réprimande, vous ne retomberiez pas dans votre folie ; sinon, elle serait venue nous mettre au courant. Toutefois, lorsqu'elle a fait venir Isabelle pour la questionner, tous vos autres écarts ont été mis au jour.

Tout en se sentant outragée par la trahison de son ancienne amie, Jasmine remerciait le ciel : Isabelle elle-même ignorait jusqu'où l'avait conduite son amour pour Fernand. Durant quelque temps, influencée par le romanesque de la situation, elle s'était transformée en alliée. Elle détournait l'attention de leur chaperon afin de permettre à Jasmine d'avoir quelques instants, parfois une heure et davantage, de solitude avec Fernand. Mais l'ennui, le dépit, peut-être même une pointe de jalousie, s'étaient accumulés dans le cœur d'Isabelle, pour éclater dans la querelle qui avait suivi le fameux bal.

— Fernand a connu peu de joie, dans sa vie.

Le geste de Jasmine était un appel à la compréhension.

— Il a été promis en mariage dès leur enfance à cette

épouse laide et désagréable qui est la sienne. Ils n'ont jamais eu d'attachement l'un pour l'autre. Il s'est fait, je le reconnais, une mauvaise réputation mais, depuis qu'il m'a rencontrée, ce n'est plus le même homme.

Marguerite, dans un gémissement, leva les bras au ciel.

— Comment pouvez-vous être aussi naïve ? A-t-il songé à vous, à votre propre réputation, à ce bal ou ailleurs, à Versailles et à Paris, lorsqu'il vous entraînait à part dès que les dos étaient tournés ?

Jasmine, aussitôt, se porta à la défense de Fernand.

— Ne le tenez pas pour seul responsable ! Je désirais être avec lui. J'ai fait librement le choix de m'échapper avec lui chaque fois que l'occasion s'en présentait.

— Votre bon sens aurait dû vous dire qu'il n'avait pas le droit de vous le demander ! répliqua Marguerite. Que peut avoir à dire un homme marié à une jeune fille, qu'il ne puisse formuler devant d'autres ?

— Il me disait qu'il m'aimait ! s'écria fièrement Jasmine. Tout comme je l'aime !

Du coin de l'œil, elle vit son père s'appuyer d'un coude sur ses genoux et poser le front sur sa main. La déception profonde qu'elle lui infligeait la déchirait et cela lui causait plus de peine que la fureur de sa mère. Jamais encore ils n'avaient été en désaccord.

Marguerite lança son ultimatum :

— Vous ne devrez plus jamais adresser la parole au marquis de Grange. S'il devait tenter d'engager la conversation avec vous, votre père se verrait dans l'obligation de le provoquer en duel.

— Non ! cria Jasmine, affolée.

Elle se leva d'un bond.

— Père a plus de deux fois son âge. Dans un duel, Fernand serait pour le moins contraint de le blesser.

— Vous êtes donc parfaitement avertie des conséquences qu'aurait toute autre imprudence de votre part. Votre intrigue avec le marquis est terminée.

Jasmine recula d'un pas, se raccrocha au dossier de son fauteuil, comme s'il lui fallait un support pour lui éviter de s'effondrer.

— N'exigez pas cela de moi, dit-elle d'une toute petite voix. Si vous nous séparez, j'en mourrai.

— Vous aurait-il déjà séduite ? questionna Marguerite, d'un ton tranchant.

— C'en est assez !

Laurent s'était mis debout, très pâle, bouleversé. Il ne

voulait pas entendre la réponse à cette dernière question : elle pourrait être terrible. Il s'adressa à sa fille avec un calme voulu.

— Allons, mon enfant. Tous trois ensemble, comme une famille unie, nous résoudrons cette situation. Vous aurez toute l'aide de votre mère et de moi-même, dans la détresse que pourrait vous causer cette rupture.

— Mais, je vous le répète, Fernand m'aime ! Il veut faire annuler son mariage afin de m'épouser !

A l'expression de ses parents, elle comprit que ni l'un ni l'autre n'étaient disposés à céder. Elle éclata alors en sanglots bruyants, désespérés, les bras jetés au-dessus de sa tête courbée par une intolérable souffrance.

— Il est tout pour moi, et moi pour lui.

Laurent, atterré par le désespoir de sa fille, s'approcha d'elle, l'entoura de ses bras.

— Ce mariage ne saurait se faire, ma beauté, même si vous versez toutes les larmes de votre corps. Essayez de vous accoutumer à cette idée.

Elle s'accrocha à lui comme une noyée et enfouit son visage au creux de son épaule. Marguerite, un peu à l'écart, sentait la tristesse l'envahir. Pourquoi les parents s'imaginaient-ils toujours que leurs enfants suivront la route fixée dès leur naissance ? Laurent et elle avaient imité tous les autres en pensant que leur fille serait différente.

Sans bruit, elle tourna les talons et sortit de la pièce. Jasmine et Laurent n'eurent même pas conscience de son départ. Ce dernier parviendrait peut-être, sans un mot de colère, à un meilleur résultat qu'elle, dont la rage avait explosé. Quelles que fussent les difficultés futures, le lien entre le père et sa fille demeurait intact, alors qu'elle-même avait lu dans les yeux de Jasmine un sentiment proche de la haine. Il ne fallait pas s'en étonner. L'enfant ne pouvait savoir que sa mère avait connu l'indescriptible angoisse d'être séparée à jamais de l'homme aimé. Si la relation entre elle et Jasmine n'était pas complètement rompue, du moins avait-elle été sérieusement entamée.

Laurent et Jasmine demeurèrent longuement ensemble dans le Salon de Musique. Quand la jeune fille en émergea, pour monter quatre à quatre l'escalier et gagner sa chambre, Marguerite, qui avait attendu son départ, alla rejoindre Laurent. Il était retourné s'asseoir sur le sofa, près de la harpe, et s'était plongé dans ses pensées, les mains jointes entre les genoux. Lorsqu'elle s'assit près de lui, il se tourna vers elle. Il paraissait presque surpris de la trouver là.

— Comment va Jasmine, à présent ? demanda-t-elle d'une voix lourde d'inquiétude. Que va-t-il se passer ?

Il comprit combien l'attente avait dû lui sembler longue. Lorsqu'il étendit un bras, elle se blottit contre lui comme dans un refuge.

— Eh bien, nous sommes parvenus à un compromis. Elle accepte de ne plus se montrer en public jusqu'au moment où les commérages ne seront apaisés. De mon côté, je lui ai accordé l'autorisation d'écrire au marquis. Elle est convaincue qu'il viendra aussitôt ici me supplier de lui permettre de l'épouser dès qu'il sera libre.

Marguerite s'écarta de lui pour le scruter du regard.

— Vous n'y croyez pas, je pense ?

— Ma chère amie, il est comme bien d'autres coureurs de femmes à la Cour. Il a une épouse fortunée. Pourquoi la repousserait-il pour épouser une toute jeune fille susceptible de lui causer ennuis et tracas et qui, très probablement, viendrait à lui sans un écu, à cause de l'opposition de sa famille ? Il a lui-même de la fortune, mais, vous le savez comme moi, il se fait à la Cour une constante rivalité d'élégance, sans parler des pertes au jeu et des modes extravagantes qui exigent des chevaux sans cesse plus rapides, des carrosses neufs, des bijoux toujours plus somptueux. Jasmine est ravissante, certes, mais elle n'est ni le premier ni le dernier joli visage qu'on voie à la Cour.

— Pourtant, s'il l'aimait vraiment ? insista Marguerite.

Elle se sentait obligée de présenter une telle éventualité, même si elle la repoussait de ses vœux.

— Un mariage ne s'annule pas facilement. La procédure demande toujours des mois, parfois des années. Je ne suis pas cynique mais réaliste. Selon moi, l'attachement du marquis ne durerait pas si longtemps. Et il en irait de même pour Jasmine. Il s'agit là de son premier amour : il n'est jamais fatal et rarement éternel.

Marguerite se laissa de nouveau aller contre son bras, le visage détourné. Pour elle, le premier amour avait duré, il durait même encore. Elle priait pour que Jasmine ne subît point le même sort.

— Ne sera-t-elle donc pas châtiée ?

— Pour être tombée amoureuse ? Comment pourrais-je l'en punir quand, de tout temps, vous et moi avons eu nos raisons personnelles pour l'entretenir dans l'idée que nous ne lui ferions jamais contracter un mariage de convenance.

Jamais encore il n'avait fait allusion à ses propres motifs ni aux siens. En apparence, le bonheur de Jasmine avait constitué leur but commun, mais chacun, en son for intérieur, avait désiré lui voir découvrir dans le mariage l'amour profond que tous deux n'avaient pas trouvé dans le leur.

— Et les commérages qu'elle a fait naître sur sa réputation ?

Il écarta cette objection d'un geste négligent.

— Des propos échangés autour d'une tasse de chocolat, sans plus. Ils seront vite oubliés. La Cour a des sujets de conversation bien plus affriolants. Le scandale s'éteindra, à moins que le marquis ne demande réellement l'annulation de son mariage, et je ne pense pas que cette éventualité doive vous faire perdre le sommeil.

Ces propos de bons sens apaisèrent les inquiétudes de Marguerite.

— Vous êtes un homme plein de sagesse, dit-elle d'une voix qui se brisa légèrement.

Sa condamnation du marquis et son furieux ultimatum, elle le comprenait, auraient irrémédiablement jeté Jasmine dans les bras de son amant, sans souci des conséquences. Le calme de Laurent, au contraire, sa patience et sa perspicacité lui avaient valu une certaine docilité de la part de leur fille. Elle allait ainsi pouvoir découvrir la vérité, bonne ou mauvaise, sur l'homme qu'elle aimait.

— Jasmine a une grande chance de vous avoir pour père.

Pour toute réponse, il lui posa sur le front un baiser léger. Elle lui passa un bras autour du cou, se pressa tout contre lui. Elle aussi, pensa-t-elle, avait bien de la chance.

La lettre de Jasmine ne reçut pas de réponse. Une semaine s'écoula, une autre encore. Au bruit de roues de chaque carrosse, la jeune fille courait à la fenêtre, si elle se trouvait à l'étage, et dès que résonnait la sonnette elle se précipitait à la balustrade de l'escalier. Elle attendait sans cesse l'arrivée de Fernand. Elle se convainquit bientôt que le messager de son père avait remis sa lettre en d'autres mains. Elle en écrivit une autre, pour supplier encore son amant de régler la situation sans perdre de temps. Si elle avait accepté le compromis proposé par son père, c'était parce qu'elle avait la certitude que Fernand accourrait au Château Satory pour convaincre ses parents que tout irait pour le mieux. Parfois, elle enrageait intérieurement contre lui parce qu'il ne se montrait pas. A d'autres moments, avec la même ardeur, elle inventait à son retard des douzaines de bonnes raisons et désirait ardemment le revoir.

Cette fois encore, elle ne reçut pas de réponse. Elle formula alors la cause la plus logique à ses yeux :

— Il doit avoir de nouveau quitté Versailles pour Paris, déclara-t-elle à Laurent avec une confiance encore entière. Ma lettre attend sans doute son retour.

— Pas du tout, fit Laurent en secouant la tête. Je l'ai vu hier encore dans la Galerie des Glaces.

— Vous a-t-il parlé ? questionna-t-elle, dans un élan d'espoir.

— Non. Il était en joyeuse compagnie et fort occupé.

— Vous l'avez volontairement ignoré ! lança-t-elle d'un ton accusateur.

Elle souffrait à l'idée que Fernand pût s'amuser alors qu'il était privé de ses rencontres avec elle.

— Certainement pas. Il m'a vu et a eu toute liberté de m'approcher.

Il prit sa fille par les épaules, la regarda bien en face.

— Je suis juste, ma fille. Comme je vous l'ai dit, s'il vient me trouver avec des intentions honorables, je le recevrai. L'évolution de la situation dépendra ensuite de la manière dont il aura présenté son cas.

Elle s'appuya avec force contre lui.

— Permettez-moi d'aller le voir une fois, une seule. Je sais ce qui se passe. Il n'ose pas venir, il craint que vous ne le repoussiez.

— Vous connaissez le vieil adage : Seul le courage mérite la beauté. Qu'il fasse donc la preuve de son courage. En attendant, vous vous en tiendrez à votre part de notre accord, et je respecterai la mienne.

Elle le quitta pour regagner sa chambre et rédiger une autre lettre. Comme jamais encore, elle y déversa cette fois tous les épanchements de son amour. Elle termina en demandant à Fernand de confier sa réponse au messager, parce qu'elle ne pouvait vivre plus longtemps sans recevoir de ses nouvelles. Elle donna sa missive à Berthe, et la dépêcha par la voiture la plus rapide. Il lui parut s'écouler des heures avant le retour de la gouvernante, mais, lorsque celle-ci revint, elle ramenait la réponse. Joyeusement, Jasmine la lui arracha des mains et courut la lire à loisir dans un salon désert. La lettre ne contenait que quelques lignes, couchées en un style cérémonieux :

Je vous dois depuis longtemps des excuses pour le bruit qui s'est fait par suite de ma conduite irréfléchie au bal des Pâris-Duverney, où j'avais trop souvent dansé avec vous. Puisque mon souci est tout entier pour votre réputation, mieux vaut oublier nos rencontres passées et ne plus en envisager pour l'avenir. Je demeure votre serviteur.

Fernand de Grange.

Elle se mit à trembler, comme si la température du salon avait soudain baissé vertigineusement. Berthe, qui entrait dans la pièce, la trouva dans cet état et n'en éprouva que peu de sympathie. Les êtres qui possédaient tout devaient apprendre que le destin ne se plierait pas toujours en leur faveur. La petite avait eu de la chance de n'être pas rapidement mariée à quelque veuf d'âge mûr : tout autre père que le baron Picard aurait agi de la sorte avec une fille rebelle.

— Vous feriez bien d'oublier le marquis, conseilla-t-elle avec brusquerie. Lui-même vous a presque oubliée.

Jasmine, avec difficulté, répondit d'une voix étranglée :

— Cela ne peut être. Il ne pense qu'à moi et à me protéger d'autres commérages.

Berthe renifla avec mépris.

— Je doute que les hommes de sa sorte aient jamais pensé à quelqu'un d'autre qu'eux-mêmes. Je lui ai remis la lettre dans sa chambre. J'ai entendu à l'intérieur une voix de femme, avant qu'il vînt m'ouvrir la porte, nu sous une robe de chambre.

L'espace d'un instant, Jasmine posa sur elle des yeux aux pupilles dilatées. Après quoi, d'une pâleur mortelle, elle tomba de son fauteuil, profondément évanouie. On mit longtemps à la ranimer.

Aux yeux des habitants du Château Satory, la jeune fille sembla maigrir d'un coup et perdre toute sa vitalité. Elle ne prenait intérêt à rien, ne montrait aucune énergie, parlait d'une voix sans timbre et passait des heures à regarder dans le vide. Marguerite l'observait sans pouvoir rien faire : sa fille refusait toute consolation et lui témoignait une véritable hostilité. Il arrivait à Laurent d'emmener Jasmine faire une promenade à cheval. A son retour, les joues rosies par l'air froid de ce début d'hiver, elle donnait l'illusion d'avoir retrouvé son état normal. Mais, une fois rentrée au château, elle reprenait son teint pâle, son expression absente et, une fois de plus, allait s'enfermer dans sa chambre.

— Vous parle-t-elle ? demanda Marguerite à Laurent.

— A peine, répondit-il. Soyons patients. Il est encore trop tôt pour elle.

Les semaines passèrent. Vint Noël. A la Cour, on s'entretenait des chasses à Fontainebleau, qui n'allaient plus tarder. L'habituel exode d'automne avait été annulé par suite d'une grave indisposition de Louis. La famille Picard et d'autres ne se souciaient que du rétablissement du Roi, mais il était de notoriété publique que le duc de Bourbon, qui avait assuré l'intérim à la tête du royaume, avait été proche de l'affolement tout le temps qu'avait duré la crise : le seul héritier n'était qu'un prétendant indésirable, faisant ainsi présager des troubles et des bouleversements pour la France. Par bonheur, Louis recouvrait à présent rapidement sa santé.

Le premier jour de février, le Roi fit mander Jasmine qu'il désirait voir avant son départ pour Fontainebleau, le lendemain matin.

— Je vous accompagnerai, dit Laurent à sa fille.

Marguerite et lui avaient nourri l'espoir que la jeune fille n'aurait pas à se montrer à Versailles pendant quelque temps encore. En la tenant éloignée de ces lieux, pensaient-ils, ils lui laissaient tout loisir de se remettre avant le printemps de cette déplorable affaire.

Ce fut donc avec une certaine inquiétude que Laurent se mit en route avec Jasmine, chaudement enveloppée dans une cape doublée de fourrure, par cet après-midi d'un froid piquant qui éclairait un pâle soleil. Dans le carrosse, elle resta silencieuse et lointaine, sans faire le moindre effort pour entamer une conversation, et il ne l'interrogea pas sur ses pensées.

A leur arrivée, ils furent informés que le Roi, longtemps privé d'air pur par sa maladie et sa convalescence, les attendait sur la terrasse de la façade Ouest. Ils le trouvèrent au milieu d'un groupe de courtisans. A leur approche, il tourna vers eux son beau sourire timide.

A la veille de son quinzième anniversaire, Louis était déjà bien formé et il eût aisément passé pour plus âgé. Ses cheveux châtains bouclés étaient ramenés en arrière et retenus par un ruban, à la mode du jour. S'il n'avait pas encore retrouvé tout son poids, après la fièvre qui l'avait abattu, cette maigreur lui allait bien, et il n'y avait rien de maladif dans son teint coloré, dans son maintien vigoureux. Jasmine, qui ne l'avait pas revu depuis de nombreuses semaines, fut frappée une fois encore par sa majesté naturelle. Il lui vint à l'esprit que, si l'on avait pu remonter le cours des siècles, Jeanne d'Arc l'aurait reconnu pour le Roi, dans ce groupe d'hommes richement vêtus, aussi aisément qu'elle l'avait fait pour son lointain prédécesseur au milieu d'une semblable réunion.

Les saluts échangés, elle lui dit :

— J'espère que je vous retrouve en pleine santé, Sire.

— Mais oui, je suis redevenu moi-même. Je vous remercie de votre lettre de bons vœux. Elle a fait partie de celles que j'ai tenu à lire personnellement. Fera-t-il trop froid pour vous si nous restons ici quelques instants, avant de faire une courte promenade dans le parc ? Vous êtes ici à l'endroit même où Louis XIV conseillait toujours à ses visiteurs de se tenir, afin de contempler les jardins et le parc sous leur meilleur aspect.

Elle connaissait cette anecdote souvent répétée. Mais elle savait aussi qu'elle était rappelée ce jour-là pour son seul intérêt. L'arrière-petit-fils de ce même Roi, plein de sensibilité et de considération, s'abstenait de toute allusion à la longue absence de la jeune fille. Il avait dû être des premiers à connaître les rumeurs qui couraient sur son compte et, pensant à juste titre que cette visite devait représenter une épreuve pour elle, il cherchait avant tout à la mettre à son aise.

— Quelle que soit la saison, la vue, d'ici, est toujours magnifique, répondit-elle.

Son regard, comme celui du Roi, passait de l'Orangerie et du Lac des Suisses, au sud, au Bassin de Neptune, au nord. Ils se tenaient, sur la terrasse, à égale distance des deux énormes vases de la Guerre et de la Paix. Ceux-ci correspondaient aux salons qui portaient ces mêmes noms, à chaque extrémité de la Galerie des Glaces. Il y avait eu, ce matin-là, une légère chute de neige, et les vases semblaient enveloppés de guirlandes de fleurs de glace. Tout brillait, dans l'air pur et froid. La Fontaine de Latone ne lançait que des diamants. Au-delà du Tapis Vert couvert de neige, le scintillement de la Fontaine d'Apollon se perdait presque dans celui du Grand Canal. La perspective était parfaite. Nul ne pouvait manquer d'en être ému.

En descendant les marches, Louis lança un coup d'œil vers Jasmine. Il y avait en lui, ce jour-là, une surexcitation qui trouvait son origine dans deux causes différentes. Il était impatient de lui révéler la première. La seconde demanderait plus de diplomatie.

— J'ai une bonne nouvelle, commença-t-il joyeusement, même si ce n'est pas l'unique raison qui m'a fait souhaiter vous voir avant mon départ pour Fontainebleau. Le duc de Bourbon et le Conseil des ministres ont finalement pris la décision que je n'espérais plus guère. Ils renvoient l'Infante en Espagne. On doit me donner une autre fiancée plus proche de mon âge.

Il n'était pas sot et savait pourquoi l'on avait pris cette décision. Sa maladie avait montré quels risques on encourait en retardant son mariage jusqu'au temps où l'Infante serait nubile. Plus tôt il aurait un héritier, et mieux cela vaudrait. Louis n'avait pas laissé voir à quel point la nouvelle le réjouissait. Sans doute les ministres ne s'étaient-ils pas attendus à le voir sauter de joie mais ils avaient sûrement compté sur un soupir de soulagement. Il leur avait montré, ce jour-là, qu'il n'était plus un enfant mais un Roi, capable de garder ses distances avec eux sur tous les plans. Il les avait gratifiés d'un signe de tête majestueux, comme si la décision avait été la sienne et non la leur. Son arrière-grand-père aurait été fier de lui.

— J'en suis si heureuse pour vous, Louis ! s'exclama Jasmine.

Ils étaient maintenant hors de portée de voix de la suite des courtisans, et elle pouvait se permettre de se montrer familière.

— Savez-vous déjà qui sera votre épouse ?

— Une liste d'un certain nombre de princesses a été dressée.

Il n'ajouta pas que le choix se porterait sur celle qui avait le plus de chances de se montrer féconde : cela, elle le savait certainement.

— Ces arrangements prennent toujours du temps. Mais peu importe : je suis débarrassé de cette petite fille babillarde.

Rien d'étonnant, se dit-elle, si sa démarche était soudain plus légère. Il avait dû considérer comme un intolérable affront le fait de paraître à toutes les cérémonies officielles avec cette fillette à ses côtés. Au mieux, lorsqu'elle aurait grandi, il n'aurait pu éprouver pour elle que des sentiments fraternels. Il venait d'échapper à ce qui n'aurait pu être qu'une union désastreuse.

— Vous allez pouvoir prendre plaisir aux chasses de Fontainebleau en toute quiétude, déclara Jasmine avec une joie visible. Votre santé est rétablie, l'Infante se prépare à partir et vous êtes le Roi de tout ce qui vous entoure.

Il rit avec elle. Comme toujours, elle était le seul être près de qui il se sentît complètement à l'aise. Leur rencontre, près de trois ans plus tôt dans la Galerie des Glaces, avait, semblait-il, fait naître entre eux une relation qu'il avait comprise pleinement depuis très peu de temps. Dans sa vie, depuis l'âge de sept ans, tous les autres rapports humains avaient été dénués de joie et d'affection, et pourtant il avait accumulé en son cœur une immense capacité d'aimer. C'était comme s'il attendait qu'une porte s'ouvrît. Durant sa convalescence, il avait eu tout le temps de réfléchir. Par degrés, il avait découvert la vérité : Jasmine détenait la clé qui pourrait libérer toutes les émotions accumulées en lui, des émotions que les autres ne verraient, ne connaîtraient jamais.

Tout en bavardant, ils atteignirent le Bassin d'Apollon, le contournèrent. Le père de la jeune fille et les courtisans s'étaient arrêtés et charmaient leur attente par la conversation. Dans leurs habits aux teintes vives, ils formaient un groupe coloré sur la lointaine toile de fond du Château. Sans savoir pourquoi, car elle avait vu maintes et maintes fois le dieu solaire de Tuby, Jasmine sentit son attention attirée par la statue, peut-être à cause de la curieuse luminosité de sa dorure sous le soleil hivernal. Elle était envahie d'une crainte révérencieuse devant la puissance d'Apollon : celui-ci, les rênes bien serrées dans sa main puissante, poussait son attelage de quatre chevaux cabrés aux naseaux dilatés, les yeux exorbités sous l'effort dépensé pour libérer de l'eau les roues du char et emporter très haut leur dieu, jusqu'à la place qui lui revenait dans le ciel de Versailles. Jasmine fut soudain saisie par l'à-propos inattendu du symbolisme de ce groupe : elle ressentait avec une douloureuse intensité le besoin de se libérer de ce qui la retenait, de cet amour qui n'avait jamais été partagé comme elle l'avait sottement cru.

Elle prit brusquement conscience que Louis lui parlait. Avec un sursaut, elle se tourna vers lui.

— ... quand je reviendrai, conclut-il.

Il avait pris son geste pour une réaction de surprise à ce qu'il venait de dire. Du moins le visage de la jeune fille n'avait-il laissé transparaître aucune expression de refus : son orgueil ne l'aurait pas supporté.

Le bruit des jets d'eau avait à demi noyé ses paroles, et Jasmine avait eu l'esprit ailleurs. Mais le sens de ce qu'il venait de dire, même s'il l'avait enveloppé de circonlocutions, se lisait dans ses yeux, dans la note amoureuse qu'elle avait saisie à la fin de la phrase. Les joues de Jasmine s'empourprèrent, ce qui accrut encore l'ardeur du regard de Louis.

— Vous ai-je bien compris ? demanda-t-elle prudemment.

Comment reconnaître qu'on n'avait pas écouté avec toute l'attention désirable en un tel moment ? A l'expression tendue de son compagnon, elle voyait qu'il n'avait jamais été plus sérieux.

— Je le crois, oui.

Sa voix était pressante.

— J'ai eu de la tendresse pour vous depuis le jour où vous êtes parvenue à ne pas rire lorsque je suis entré à vive allure sur le dos dans le Salon de la Paix, le jour de mon retour à Versailles.

Elle sourit à ce souvenir, et le sourire du Roi, en réponse, effaça de ses traits toute tension.

— Voilà pourquoi je désirais tout particulièrement vous parler aujourd'hui. En mon absence, vous aurez tout loisir de vous accoutumer à ce que ma requête signifiera pour vous.

— Et que ferez-vous alors ? demanda-t-elle.

Elle cherchait à gagner un peu de temps pour réfléchir à ce tournant subit des événements.

— Je serai chaque jour impatient de revenir vers vous à la lumière de cette conversation. Pour la première fois de ma vie, la chasse aura perdu pour moi tout son charme.

C'était là une fort jolie déclaration, de la part d'un garçon qui n'avait pas l'habitude des discours romantiques. La jeune fille sentait la tête lui tourner. Contrairement aux espoirs de son père et conformément aux pressentiments de sa mère, il était aisé de déduire que les commérages à son sujet avaient irrémédiablement sali sa réputation, comme Berthe l'avait prédit dès le début. Louis la jugeait désormais accessible. Jamais, auparavant, il n'aurait songé à lui faire une proposition immorale. Maîtresse du Roi. Ses parents seraient les seuls à ne pas voir un honneur dans cette situation. Des milliers de femmes auraient volontiers changé de place avec elle, surtout si elles avaient su, comme elle, que Louis était amoureux. C'en était assez pour tourner la tête de n'importe quelle jeune fille, mais la sienne était à présent solide, après le premier coup cruel que lui avait assené le destin.

— J'ai toujours eu de l'affection pour vous, Louis, avoua-t-elle.

C'était vrai, même si elle n'avait jamais rien éprouvé de plus à son égard. Peut-être l'amour viendrait-il avec le temps. Depuis que s'était apaisé le premier choc, après la perte de Fernand, son jeune corps éprouvait un violent désir d'être aimé et caressé, comme si, durant une brève période, elle avait contracté le goût d'un vin délicieux et s'en était trouvée brutalement privée. Louis avait le souci de la propreté, il était sain, il se montrait méticuleux dans son apparence. Grave et sérieux il n'avait aucune légèreté dans ses pensées ni dans ses sentiments. Même à son âge, il s'engagerait envers elle, elle en était convaincue : elle avait appris à bien le connaître. Si elle le souhaitait, elle pourrait se l'attacher à jamais. Elle connaîtrait alors, jusqu'à la fin de sa vie, une existence grandiose à Versailles. Et pourquoi pas ?

Un autre aspect la tentait aussi. Fernand verrait alors ce qu'il avait perdu ! Comparé au Roi, il n'était rien ! Elle porterait des robes splendides, posséderait des bijoux magnifiques et elle rabrouerait l'amant déloyal lorsqu'il solliciterait une danse ou tenterait de la courtiser de toute autre manière. Mieux encore, elle serait en mesure de le priver de tout avancement. Elle tenait entre ses mains l'occasion de se venger, une opportunité qu'aucun autre moyen n'aurait jamais pu mettre à sa portée.

— Ainsi, vous voulez bien ? insista Louis.

Elle hésitait encore. Comment demander au Roi de France si ceux qui gouvernaient encore le pays en son nom accepteraient de lui voir prendre, à un âge aussi tendre, une maîtresse en titre ?

— Je pourrais rencontrer une certaine opposition. Vous aussi.

— Aucune que je ne puisse surmonter, déclara-t-il avec emphase. Telle est ma volonté.

Elle sut alors que la période d'autorité du duc de Bourbon touchait à sa fin. Louis ne tarderait plus à assumer le rôle pour lequel on le préparait depuis l'enfance. Elle pourrait l'aider à être un bon Roi, à éviter les extravagances de Louis XIV, du Régent ou du duc de Bourbon. Son père disait souvent que les finances de la France n'avaient jamais été dans un état aussi précaire. On ne pouvait ignorer la présence dans les rues d'innombrables mendiants. L'amour, tel qu'elle l'avait si brièvement connu, ne reviendrait sans doute plus, et elle ne le désirait pas. Il y avait une limite aux souffrances qu'on pouvait endurer. Avec Louis, elle connaîtrait une amitié amoureuse, sans avoir jamais à y faire intervenir son cœur.

— J'ai besoin du temps de réflexion que vous m'avez accordé, Louis. A votre retour à Versailles, nous aurons un nouvel entretien.

— Seulement si vous me dites ce que je désire entendre, fit-il d'un ton anxieux.

Elle sourit, lui tendit la main. Le geste représentait la promesse qu'il désirait. Il lui caressa les doigts en les portant à ses lèvres. Il apprenait très vite les manières d'un amant, se dit-elle.

Tous deux pensaient que la poussière d'eau des fontaines formait un écran qui les isolait : c'était la raison qui avait amené Louis à l'entraîner jusque-là, afin de pouvoir lui parler hors de portée de tous les regards. Mais l'un des courtisans avait, dès le début, changé légèrement de position, pour être à même de les observer discrètement du coin de l'œil. Il avait vu, sur le visage de Louis, l'expression éperdue d'amour du premier petit campagnard venu. Il avait surpris la caresse furtive des doigts, avant le baisemain qui s'était attardé outre mesure. Ce gentilhomme était l'un des ministres du duc de Bourbon, qui l'avait récemment chargé d'entamer les négociations en vue d'un mariage entre Louis et une princesse polonaise. En ce moment précis, toute distraction de cet objectif pourrait amener des complications.

Lorsqu'on fut de retour au Château et que le Roi se fut séparé de ses visiteurs, le courtisan se hâta d'aller trouver le duc de Bourbon pour lui rapporter ce qu'il avait vu. Le duc s'approcha de sa table de travail, attira vers lui une liste de noms et y porta celui de Jasmine.

Louis, ignorant de ce qui pouvait se tramer contre son bonheur tout neuf, partit pour Fontainebleau, où il passa de nombreuses heures à cheval. Il remarqua l'absence de plusieurs jeunes courtisans qui avaient le titre de duc : leur esprit, leurs remarques caustiques sur la Cour l'amusaient, et il s'était mis à apprécier leur compagnie. Il s'informa d'eux.

— Ils sont en disgrâce, lui dit-on. Voilà pourquoi le duc de Bourbon les a bannis dans leurs domaines.

— Quelle sorte de disgrâce ? demanda Louis.

Il en avait une idée assez précise. Il n'avait encore eu aucune expérience amoureuse, mais son précepteur avait pris sur lui de l'informer de tous les pièges du comportement humain à éviter à tout prix. Il voyait son interlocuteur se torturer l'esprit à la recherche d'une réponse. Celle-ci vint soudain, comme sous le coup d'une inspiration.

— Ils se sont livrés à une orgie de destruction dans les jardins de Versailles et ont arraché des palissades.

Si Louis n'avait possédé le don de dissimuler ses pensées, il serait parti d'un éclat de rire. Si ces jeunes gens s'étaient livrés à une orgie, ce n'avait certainement pas été pour arracher des palissades.

— Vraiment, riposta-t-il ironiquement, ils devaient être pris de boisson ou tous extrêmement vigoureux.

— Oh ! certes, Sire ! répondit vaguement le gentilhomme qui, de gêne, suait à grosses gouttes.

L'anecdote fit le tour de la Cour. Louis l'apprit mais garda son amusement pour lui. Toutefois, il commença de remarquer que certains autres courtisans étaient convoqués à Versailles par le duc de Bourbon ou bien rappelés dans leurs terres par des affaires urgentes. Il savait que la plupart des courtisans ne se souciaient guère de leurs domaines, sinon pour en tirer des revenus. Brusquement, le Roi comprit ce qui se passait. Ceux qui auraient pu exercer sur lui une influence défavorable étaient peu à peu écartés de son entourage, et il comprenait pourquoi. Deux au moins de ses célèbres ancêtres n'avaient pas aimé les femmes. Le duc de Bourbon, qui devinait son évolution sexuelle, normale chez un jeune homme bien développé, prenait les précautions qu'il jugeait raisonnables.

Pour Louis, il s'agissait là d'interventions injustifiées dans l'existence de ses compagnons. S'il avait été consulté, il aurait montré que, par bien des côtés, il ressemblait à son bisaïeul. Mais contrairement à Louis XIV, il ne se lasserait jamais de Jasmine et ne l'éloignerait pas comme l'avaient été Louise de La Vallière et Athénaïs de Montespan. Il était dans son caractère de se montrer loyal et fidèle, dans la mesure où il pourrait exercer ces deux qualités envers une maîtresse quand un mariage s'annonçait à l'horizon.

Il regrettait particulièrement le départ d'un compagnon d'âge déjà mûr, le duc de Valverde. Comme chasseur, Sabatin de Valverde n'avait pas d'égal. Lorsqu'il buvait, il était capable de rester debout quand tous ceux qui l'entouraient étaient sous la table. Comme source d'information sur la Cour, il était aussi précieux que le meilleur espion. Grâce à lui, Louis avait tout autant appris sur ceux à qui il pouvait faire confiance, que sur ceux dont il devait se méfier. Certes, Sabatin était par lui-même un personnage scandaleux. Il se livrait, on le savait, à des orgies au cours desquelles il se souciait assez peu du sexe de ses partenaires. Mais Louis s'était montré tout disposé à ignorer la vie privée du gentilhomme, eu égard au parti qu'il pouvait tirer de la perspicacité de Valverde pour tout ce qui concernait la Cour. Son absence, il l'espérait, était seulement temporaire, mais il ne posa pas d'autres questions. Aucun courtisan n'était indispensable.

Le séjour à Fontainebleau s'écoula agréablement. Toutes les fois que le Roi songeait à Versailles, le sang courait plus vite dans ses veines. A son retour, Jasmine serait là. La conquérir serait une joie. Même si, par pudeur, elle avait hésité à lui répondre, elle seule, de tous les gens de sa connaissance, ne lui ferait jamais faux bond. Son cœur débordait d'amour pour elle.

Sabatin de Valverde ne s'était pas senti trop inquiet quand le duc de Bourbon l'avait fait appeler à Versailles pour une audience. Le dérangement l'avait irrité, sans plus. Mais on ne refusait pas d'obéir à un ordre du représentant du Roi. Il avait donc seulement retardé son départ de quelques jours, afin de ne point manquer quelques fêtes qui représentaient les grands moments de tout séjour à Fontainebleau. Il monta finalement dans son beau carrosse doré, capitonné de velours rouge, et le voyage commença. Il avait emmené, pour lui tenir compagnie, sa maîtresse du moment et emporté quelques flacons de bon vin afin d'étancher la soif que pouvait faire naître la poussière des chemins.

— Combien de temps pensez-vous rester à Versailles ? demanda la jeune femme assise à ses côtés.

Le temps, pourtant, était sans importance pour elle. Leur liaison était de fraîche date : ils avaient passé jusqu'alors quelques nuits ensemble, et elle était encore pleine de curiosité à l'égard de cet homme bâti en force, avec ses mains de cavalier et ce visage d'une sombre laideur qui l'attirait et lui faisait peur à la fois. C'était ce qui l'avait décidée à l'accompagner. Il se montrait brutal en amour, où il pouvait faire preuve d'une grande férocité, mais il possédait le don de faire sans cesse renaître son désir jusqu'à ce qu'elle fût rassasiée de passion. Qu'importaient alors sa sauvagerie et les meurtrissures qui en résultaient ?

Il lui coula un regard de biais, et ses narines se dilatèrent au délicieux parfum de la jeune femme. Celle-ci s'installa plus confortablement, lissant sa jupe d'un joli geste de la main. Les yeux de Sabatin, très rapprochés, la détaillaient. C'était l'une de ces créatures pâles et maigres qui se révèlent pleines de surprises. A vingt et un ans, elle était l'épouse d'un vieux gentilhomme qui ne lui avait probablement pas enseigné les artifices dans lesquels elle excellait.

— Une journée tout au plus, répondit-il. Je sais à quoi m'attendre. Le duc de Bourbon a l'intention de me réprimander pour avoir offert au Roi mon nouveau cheval de chasse. C'est un animal fougueux, qui n'a pas apprécié le changement de cavalier. Certains rapports exagérés sur la façon dont le Roi a failli vider les étriers ont dû arriver jusqu'aux oreilles du duc. Il me hait comme le diable, et il a vu là l'occasion de m'imposer cet ennuyeux voyage et de me tancer d'importance à l'arrivée. Jusqu'au jour où nous aurons sur le trône un héritier légitime, Bourbon sera, je le crains, comme un chat sur des braises ardentes, au plus petit signe de danger pour le Roi.

— Aviez-vous informé le Roi que le cheval était nerveux ?

Sabatin, elle le savait, ne connaissait pas la pitié et aimait se livrer aux plaisanteries du plus mauvais goût.

— Justement, oui. Pourquoi ne l'aurais-je pas averti, quand il peut faire tant pour moi ? Je n'ai aucun désir de voir Louis se rompre le cou. Après tout, Orléans est son successeur désigné et il n'est pas de mes amis. Mais le Roi, lui, pourrait le devenir. Je suis en passe d'obtenir sa confiance et j'ai bien l'intention de veiller à ce qu'il soit servi selon ses désirs. Je songe à vous offrir à lui lorsque nous reviendrons, à moins qu'il ne vous préfère mon page.

Elle se jeta en avant d'un sursaut, des larmes de rage dans les yeux.

— Je ne suis pas un cheval, qu'on puisse ainsi me céder !

Il éclata d'un grand rire, lui posa une main sur la cuisse et la pinça violemment au travers de plusieurs épaisseurs de soie et de dentelle.

— Je vous faisais un compliment. Seul ce qu'il y a de mieux est digne d'être offert au Roi.

Elle en fut quelque peu radoucie.

— Vous me taquinez, fit-elle avec une moue.

Le rire de Sabatin s'éteignit. La pression de ses doigts se resserra comme un étau, et elle faillit crier de douleur.

— Jamais je ne taquine. Ne m'accusez plus jamais d'une telle sottise.

De sa main libre, il entreprit de délier sa culotte.

Elle se laissa attirer vers lui. Il lui releva les jupes, lui prit les fesses à pleines mains et la fit basculer sur lui, les jambes écartées. Elle étouffa une protestation quand il la prit sans la moindre caresse. Fontainebleau était à peine hors de vue. Le voyage s'annonçait mouvementé.

Au Château Satory, Laurent avait été convoqué, lui aussi, par le duc de Bourbon. Tout comme Sabatin, il avait trouvé une raison à cette convocation. Ils s'étaient entretenus, quelque temps auparavant, d'un léger agrandissement à apporter aux appartements du duc. Si ce gentilhomme devait prochainement rejoindre la Cour à Fontainebleau, le moment serait admirablement choisi pour exécuter les travaux. Laurent tenait le projet tout prêt. Il n'attendait plus qu'un accord définitif. Il passa pour l'occasion un habit neuf, en velours gris tourterelle, avec les larges basques à la mode. Louis XIV n'avait jamais aimé le gris et n'avait pas souhaité voir porter cette couleur à la Cour, mais elle avait à présent retrouvé toute sa vogue. Les chapeaux à large bord étaient passés de mode. Laurent prit son tricorne, le posa sur sa belle perruque blanche qui s'enroulait en trois boucles superposées au-dessus de chaque oreille et s'ornait d'un grand catogan sur la nuque. Il ajusta les manchettes de dentelle de sa chemise et se trouva prêt. Il avait toujours attaché une grande importance à son apparence et, sans jouer les dandies, il suivait la mode avec modération. Les perruques représentaient une bénédiction pour les hommes atteints comme lui de calvitie : elles donnaient une illusion de jeunesse, si le visage n'était pas trop ridé ni le ventre trop proéminent.

Il prit son dossier relié de cuir, descendit l'escalier au bas duquel l'attendait son carrosse. Marguerite se trouvait à son salon de l'Avenue de Paris, et Jasmine s'était rendue chez la couturière. En accord avec ses prévisions, elle avait recouvré ses esprits. Elle n'avait certes pas retrouvé sa gaieté d'antan mais elle recommençait à s'intéresser à tout, et les vêtements neufs avaient repris pour elle toute leur importance.

Laurent, par moments, l'avait crue sur le point de lui faire une confidence ; certaines allusions au Roi et à la Cour l'avaient intrigué. A son avis, elle explorait le terrain pour savoir si, au retour de la Cour à Versailles, il lui permettrait de faire sa rentrée dans le monde. La requête n'aurait rien de déraisonnable, si elle parvenait à le convaincre qu'elle était pleinement guérie de son engouement pour le marquis. Dans ce cas, il serait assez disposé à lui accorder ce plaisir, avec toutefois certaines restrictions. Peut-être devrait-il mettre Berthe à la retraite et engager une femme plus jeune, dotée d'une meilleure vue. Il eut honte alors à la pensée que sa confiance en sa fille avait à ce point diminué et chassa de son esprit toute idée de changement.

C'était une magnifique matinée de mai. Tout était en pleine floraison, et les parterres étaient de véritables tapis de fleurs. Le jour précédent, Jasmine avait eu dix-sept ans, et il ne se sentait pas plus vieux qu'au moment de sa naissance. Il s'installa confortablement pour l'agréable trajet jusqu'à Versailles et sourit : comment avait-il pu songer à mettre à la retraite Berthe qui avait à peine cinquante ans, quand lui-même, avec vingt ans de plus, entassait encore commandes, dessins et plans dans ses bureaux, au-dessus du salon de Marguerite ? Celle-ci, de son côté, sa cadette de quelques années seulement, n'avait en rien réduit ses activités.

Arrivé à Versailles, il souffla quelque peu pour gravir l'Escalier des Ambasadeurs, ce qui lui rappela que son gilet n'était plus aussi plat qu'il l'eût souhaité. Il entama ensuite le long chemin jusqu'à la Salle du Conseil. Après une brève attente, il entra d'un pas vif et s'inclina devant le duc de Bourbon, qui siégeait à l'autre bout de la longue table drapée de brocart bleu et argent. Laurent tira le projet du dossier qu'il portait sous le bras, s'avança et se prépara à le déplier. A sa vive surprise, un geste l'en dissuada.

— Si j'ai souhaité vous voir aujourd'hui, monsieur le

baron, ce n'est pas à propos des transformations à apporter à mes appartements. Vous pouvez vous asseoir. J'ai une tout autre affaire à vous révéler.

Laurent ne se rappela jamais combien de temps avait duré l'audience, mais, si quelqu'un avait prêté attention à son arrivée et à son départ, il l'aurait trouvé vieilli de vingt ans dans l'intervalle. Son visage, lorsqu'il sortit de la salle, portait une expression stupéfiée. Il alla péniblement jusqu'au plus proche fauteuil, s'y assit et entreprit de replier méticuleusement le plan qu'il avait dessiné avec tant de précision, avant de le replacer dans le dossier. Ses mains tremblantes froissaient le papier, et le bruit attira sur lui le regard du Garde suisse posté près de la porte à double battant.

Laurent eut l'impression de mettre un temps interminable à refermer les boucles du dossier. Quand ce fut fait, il se remit lentement debout, reprit d'un pas traînant le chemin par lequel il était venu. Il se sentait fiévreux et secoué de nausées, il transpirait, mais il devait se hâter. Il n'y avait pas de temps à perdre. Lui, l'un des plus loyaux sujets de Louis XV, allait commettre le crime de trahison en manquant aux ordres donnés par le duc de Bourbon au nom du Roi. Il devait faire partir Jasmine à temps. Ils allaient tous fuir, Marguerite, Jasmine et lui-même. Mais où iraient-ils ? En Hollande, dans l'un des Etats germaniques ou bien en Angleterre ?

Lorsqu'il atteignit l'Escalier des Ambassadeurs, où un courant d'air froid montait vers lui des grilles du rez-de-chaussée, il éprouva un certain soulagement. Il tira sur sa cravate afin de mieux respirer et desserrer le cercle d'acier qui lui enserrait la poitrine. Sans se soucier du négligé de sa tenue, il s'accrocha à la balustrade de marbre pour entamer sa descente. Parmi ceux qui le dépassèrent ou le croisèrent rares furent ceux qui lui accordèrent un coup d'œil. Ils ne le connaissaient pas et le prirent pour un ivrogne.

Il arriva au palier où les deux volées de marches se rejoignaient pour ne plus former qu'un seul escalier. Sa chemise, maintenant trempée, lui collait à la peau. De grosses gouttes de sueur ruisselaient de son front, tombaient des coins de sa bouche sur le velours de son habit. Il lui restait encore bien des marches à descendre quand son cœur explosa douloureusement dans sa poitrine. Il s'effondra dans un long gémissement, glissa sur le dos jusqu'au bas de l'escalier, bras et jambes écartés, les yeux agrandis par l'horreur de ce qui lui arrivait.

Rien n'incitait davantage à la diligence les gens d'armes et les laquais que la perspective d'une mort imminente et interdite dans les limites de Versailles. Trois « garçons bleus » et deux soldats se précipitèrent pour ramasser Laurent et l'emporter en courant au dehors. Sa gorge émettait des gargouillements, sa tête ballottait. Derrière lui, un laquais ramassa sa perruque, son chapeau, son dossier et courut rattraper les autres. Ils auraient porté ainsi Laurent à travers toute la Cour Royale pour le déposer au-delà des grilles si son cocher ne l'avait reconnu à son nouvel habit gris aux poches gansées d'argent.

— Par ici ! cria-t-il, en ouvrant toute grande la portière.

On souleva son maître, et il prit la direction des opérations :

— Prenez garde. Allez-y doucement, ordonna-t-il, tandis qu'on étendait Laurent sur la banquette.

— En route ! ordonna le Garde suisse, sa tâche accomplie.

Furieux de la désinvolture avec laquelle on avait traité le baron, le cocher couvrit prudemment la courte distance qui le séparait de la maison de l'Avenue de Paris. Au moment où le valet de pied s'approchait pour ouvrir la portière, il sauta de son siège.

— Laisse ça ! Rentre vite et dis à la baronne que son mari est là et qu'il a eu une attaque !

Marguerite très pâle sortit en courant de la maison, sans manteau ni chapeau. Le cocher lui tint la portière, et elle sauta dans le carrosse où elle s'agenouilla près de son mari pour poser tendrement sa main sur son visage.

— Il vit encore, dit-elle d'une voix étouffée. Conduisez-nous le plus vite possible à la maison.

Laurent avait tout le côté gauche paralysé. Avec l'aide de Berthe, Marguerite le dévêtit et lui passa une chemise de nuit. Pour la première fois, elle sentait qu'elle devait faire venir un médecin : en cas d'attaque, la saignée, de l'avis général, était bénéfique. Mais elle ne voulait pas de la présence à son chevet de l'un de ces monstres de Versailles. Elle envoya chercher un jeune médecin qui venait de s'établir en ville : elle espérait qu'il se montrerait plus éclairé dans ses traitements.

Mince et grave, avec des mains habiles et très propres, il saigna Laurent, encore à peine conscient, et remit à Marguerite des poudres qui devraient être administrées au patient dans du lait.

— Ceci aidera votre mari à dormir : il a besoin de repos plus que de tout autre chose. Avez-vous une idée de ce qui a provoqué l'attaque ? S'est-il plaint de malaises, récemment ?

Marguerite se demandait si l'inquiétude prolongée à propos de Jasmine n'était pas à la source du mal mais elle ne voulait en parler à personne.

— Non, répondit-elle. Ce matin, il était d'excellente humeur. Quand j'ai quitté la maison, il allait partir pour Versailles et il était fort impatient d'avoir cet entretien d'affaires.

— Bah, le cœur est un organe imprévisible. Je reviendrai demain et je verrai s'il a besoin d'une autre saignée.

Quand Jasmine rentra, Marguerite alla à sa rencontre dans le vestibule afin de lui apprendre la nouvelle avec ménagements. La jeune fille faillit avoir une crise de nerfs.

— Il ne va pas mourir, n'est-ce pas, maman ? Je ne pourrais pas le supporter. Rien d'autre que sa guérison n'a d'importance au monde.

— Allez le voir, lui conseilla sa mère, mais préparez-vous à le trouver changé.

En dépit de cet avertissement, Jasmine fut douloureusement frappée par la déformation du visage de Laurent qui lui donnait un air tourmenté jusque dans le sommeil. Elle s'assit à son chevet et refusa d'en bouger. Cette nuit-là, Marguerite veilla le malade mais fit préparer dans la chambre un lit pour Jasmine : si Laurent exhalait son dernier soupir, il était bon qu'elles fussent toutes deux près de lui. Elle avait l'impression qu'il s'était beaucoup affaibli depuis la saignée, et les poudres avaient provoqué de pénibles vomissements. Elle décida, s'il passait la nuit, de le soigner à sa propre manière et de se dispenser entièrement de l'aide des médecins.

Durant toutes ces heures d'obscurité, elle garda la main de Laurent dans la sienne : elle voulait qu'il sût qu'elle était là. Il ouvrit les yeux dans une sorte de sursaut, ce qui lui fit craindre le pire, mais, lorsqu'il reconnut son visage à la lueur de la bougie, il retrouva son calme et se rendormit. Les pensées de Marguerite revinrent sur les années qu'ils avaient passées ensemble. Si l'on avait pu peser les heures de bonheur qu'elle avait connues avec Augustin et celles que lui avait données Laurent, la balance aurait penché en faveur de son mari, pour la simple raison qu'ils avaient vécu ensemble plus longtemps. Certes, il s'était agi d'une joie toute différente, mais ses qualités propres leur avaient apporté, à l'un comme à l'autre, une profonde satisfaction. Elle l'aimait, même si ce n'était pas avec la passion de la jeunesse. L'âge lui avait appris qu'avec le temps, Augustin et elle auraient atteint cette même amitié amoureuse qu'elle avait partagé avec Laurent.

— Ne me quittez pas, mon cher Laurent, murmura-t-elle.

Elle lui souleva la main, y posa un baiser.

— Laissez-moi me vouer à prendre soin de vous désormais, comme vous avez toujours pris soin de moi.

Le lendemain matin, l'état du malade ne présentait aucun changement. Le jeune médecin arriva, tout prêt à le saigner de nouveau, mais il fut congédié avant d'avoir atteint la porte de la chambre. Au cours de la journée, Marguerite, par intervalles, versa un peu de liquide nourrissant dans la bouche de Laurent, et il le garda. Son sommeil se fit moins agité, ce qu'elle considéra comme un signe encourageant. Le lendemain, il se ranima considérablement, essaya de lui parler. Lorsqu'il découvrit qu'il ne parvenait pas à s'exprimer distinctement, la peur parut dans ses yeux. Vivement, elle le rassura.

— Il n'y a là rien d'inquiétant. Vous avez été malade, mon ami. Les forces et la faculté de la parole ne tarderont pas à vous revenir.

— Jassss... émit-il avec effort.

— Jasmine n'a pas quitté la chambre. Je viens de la persuader d'aller prendre un peu l'air. Elle sera bientôt de retour.

Il commença de s'agiter.

— Jasss... 'tir...

L'épuisement reprit le dessus. Bien malgré lui, il dut se taire, refermer les yeux.

Tout heureuse d'apprendre qu'il s'était enquis d'elle, Jasmine reprit sa place à son chevet et attendit avec impatience son prochain réveil. Lorsqu'il rouvrit enfin les yeux pour la trouver auprès de lui, il tenta de crier, comme pour mieux s'exprimer, et devint totalement incompréhensible. La jeune fille lui prit la main droite, la pressa contre sa joue.

— Ne vous tourmentez pas, papa, l'implora-t-elle, comme une enfant. Je resterai constamment près de vous jusqu'à votre guérison.

A son grand désespoir, il lui arracha sa main, manifesta par signes son désir de la voir s'éloigner. Il se mit dans un tel état qu'elle quitta la chambre en courant, en larmes. Alors seulement, il s'apaisa. Ses yeux fixés sur Marguerite exprimaient un tel désir de se faire comprendre qu'elle faillit à son tour éclater en sanglots.

— Que voulez-vous, mon bien-aimé ?

Il répéta ce qu'il avait dit au début :

— Jasss... 'tir...

— Vous désirez que l'on tienne Jasmine à l'écart ?

Elle vit qu'elle avait accompli un certain progrès mais elle n'avait pas encore précisément défini ce qu'il cherchait à lui faire comprendre.

— Doit-elle s'éloigner jusqu'à ce que vous alliez mieux ?

Il émit une affirmation confuse, avant de prononcer presque distinctement :

— Ma... belle-sœur... à Florence.

— Vous désirez que Jasmine parte pour l'Italie ? s'exclama-t-elle. Mon ami, ce n'est pas nécessaire. Elle pourra fort bien rester dans la maison jusqu'au moment où vous souhaiterez la voir.

Son erreur fut aussitôt évidente. Elle fit un nouvel effort : apparemment, il ne délirait pas.

— Fort bien. Je vais essayer de deviner pourquoi. Vous la croyez encore en danger, à cause des sentiments qu'elle peut garder pour le marquis de Grange et comme, pendant quelque temps, vous ne serez pas vous-même en état de la protéger, vous préféreriez qu'elle soit loin d'ici, à Florence.

Il ferma les yeux d'un air de lassitude. Elle avait, semblait-il dire, approché la vérité d'aussi près que le permettait ce mal terrible qui refoulait tout ce qu'il aurait voulu exprimer.

— Jasss... murmura-t-il.

Le voyant endormi, Marguerite le laissa à la garde de Berthe pour aller trouver Jasmine, qui sanglotait toujours. A l'approche de Marguerite, elle se redressa, les yeux brillants de larmes, sur le sofa où elle s'était laissée tomber.

— Me permet-il à présent de revenir m'asseoir à son chevet ?

Marguerite s'assit avec un soupir, pour exposer la situation.

— Nous devons, acheva-t-elle, paraître agir selon ses désirs. Sinon, il va continuer à se tourmenter, ce qui compromettra toute chance de guérison.

Jasmine la dévisagea d'un air incrédule.

— Mais il n'y a plus rien à craindre de Fernand, en ce qui me concerne. J'ai voulu plusieurs fois dire à mon père que mon avenir serait désormais lié à celui d'un autre homme.

Une certaine ardeur passa dans sa voix.

— Il s'agit du Roi, maman. Le Louis de mon enfance. Il veut me trouver à Versailles à son retour.

Durant quelques secondes, Marguerite la considéra sans pouvoir y croire, les yeux agrandis d'angoisse.

— Petite sotte ! souffla-t-elle enfin. Allez-vous consacrer votre vie entière à passer d'une folie à une autre ? Combien de temps, selon vous, le duc de Bourbon supporterait-il votre présence à Versailles ? L'Infante, chacun le sait, a été renvoyée pour permettre au Roi de contracter bientôt un autre mariage. Quelle femme aimant un homme du plus profond de son cœur pourrait le partager avec une autre ?

Jasmine laissa glisser ses pieds du sofa et se leva, dans une attitude de bravade.

— Je n'ai jamais dit que j'aimais Louis. Il n'est pas bon d'aimer un homme de la manière que vous dépeignez : on n'en tire que souffrance. J'ai de l'affection pour lui. Il est bon, loyal et il nourrit un sentiment pour moi. Vous vous trompez si vous croyez que le duc de Bourbon aurait le pouvoir de me chasser. Louis ne le permettrait jamais. Il acceptera l'épouse royale que l'on choisira pour lui parce qu'il s'agit là d'une affaire politique qui n'a rien à voir avec ses sentiments personnels. Mais il tiendra à me garder toujours près de lui, et j'ai l'intention d'y rester.

Marguerite détourna la tête. Elle se sentait envahie d'une atroce impression d'impuissance et elle aurait aimé pouvoir crier sa désolation. Depuis la naissance de Jasmine, elle n'avait eu qu'un seul désir : voir sa fille connaître comme elle le genre d'amour durable qui représente l'enrichissement de toute une vie. Entendre un discours si plein de désillusion l'amenait à se demander à quel moment, en cours de route, elle s'était elle-même trompée. La petite était si faible, trop aisément influençable, trop prompte à saisir ce qui lui plaisait sur l'instant. Marguerite en rejetait la faute entière sur elle-même. L'existence de Jasmine semblait destinée à finir en lambeaux, et elle ne voyait pas ce qui pouvait éviter un tel désastre.

— Vous ne devez pas accabler votre père de ce nouveau caprice, dit-elle, du fond de son désespoir. Il renoncera à demander qu'on vous éloigne si vous le persuadez, comme vous l'avez fait pour moi, que le marquis de Grange n'a plus aucune importance pour vous.

Jasmine releva le menton.

— Ce n'est pas précisément ce que j'ai dit. Me croyez-vous donc assez superficielle pour avoir dejà oublié ce que Fernand a signifié et signifie encore pour moi ? La différence, c'est que l'amour et la haine sont maintenant inextricablement mêlés. Il m'est devenu impossible de décider lequel de ces sentiments est le plus fort. Parfois même, ils m'apparaissent à égalité. Mais plus jamais je ne lui jetterai un regard. Cela, je le jure. Voilà pourquoi j'ai désormais besoin de la douceur de Louis. S'il me montre de la tendresse, je n'aurai plus jamais besoin d'un autre amour.

Marguerite, dans sa détresse, pressa ses mains l'une contre l'autre, les leva et les laissa retomber en un geste d'impuissance. Tout allait de mal en pis.

— Peut-être devrais-je vous envoyer à Florence. Là, vous

seriez à l'abri des entreprises du Roi et de tout autre. Laurent a beau être malade, il fait preuve de plus de sagesse que quiconque.

L'expression de Jasmine s'adoucit. Elle s'approcha du sofa, se pencha vers le visage de sa mère.

— Croyez-vous que Louis ne me ferait pas aussitôt chercher ? Comment mon père, vous ou moi-même pourrions-nous aller contre les vœux du Roi de France ?

Un long frisson secoua Marguerite tout entière. Ce que disait Jasmine était vrai.

— Alors, efforçons-nous au moins de chasser de l'esprit de votre père toute inquiétude à votre sujet. Lorsqu'il aura repris quelques forces, il sera plus en mesure d'accepter ce que vous venez de m'apprendre.

Marguerite prépara Laurent à entendre quelques assurances réconfortantes de la part de sa fille, et Jasmine elle-même lui affirma que Fernand ne jouerait plus aucun rôle dans sa vie. Néanmoins, presque immédiatement, son agitation à propos du départ de la jeune fille se réveilla. Des larmes coulaient de ses yeux, et des sanglots s'étranglaient dans sa gorge. Marguerite le serra dans ses bras.

— Ne pleurez plus, mon bien-aimé, implora-t-elle. Jasmine partira. Je vais prendre sans retard les dispositions nécessaires.

Il parut aussitôt réconforté, tant il avait confiance en sa parole. En appuyant la tête de son époux contre sa poitrine, elle songea qu'elle venait de lui mentir pour la première fois. Elle avait décidé que Jasmine n'entrerait plus dans la chambre et qu'elle vivrait dans une autre partie du château, afin que Laurent n'eût plus le moindre soupçon de sa présence : il était malade, certes, mais son esprit n'avait pas été affecté, Restait seulement cette conviction obsédante que Jasmine serait plus en sûreté loin de Versailles. Il était impossible qu'il eût été averti de l'arrangement conclu entre sa fille et le Roi : Jasmine n'en avait parlé à personne et elle savait que Louis, toujours réservé, n'en aurait pas soufflé mot. En fait, la présence à Versailles de la jeune fille, au retour du Roi, avait été calculée pour mettre le duc de Bourbon devant le fait accompli et l'empêcher de prendre des dispositions contraires.

La veille du jour où Jasmine devait simuler son départ, une lettre arriva de la part du duc de Bourbon. Elle faisait disparaître, dans une certaine mesure, toute nécessité de faux-semblant. Elle était adressée à Laurent. Marguerite, comme elle le faisait désormais pour toutes les communications destinées à son mari, la décacheta à sa place. Elle et Laurent, lut-elle, devaient, comme prévu, se présenter à Versailles avec leur fille, le lendemain à onze heures. La raison tenait en une seule phrase : Jasmine devrait apporter toutes les possessions dont elle pourrait avoir besoin.

Cette lettre ne pouvait avoir qu'une seule signification. Comme l'avait dit Jasmine, Louis tenait à l'avoir pour maîtresse et ne supporterait aucune résistance. Le duc de Bourbon avait accepté, ce courrier en apportait la preuve, de l'installer à Versailles en prévision du retour royal. Laurent avait dû en être informé au cours de l'audience que lui avait accordée le duc, ce fameux jour. Ainsi s'expliquaient enfin son attaque et son désir désespéré de faire quitter le pays à sa fille pendant qu'il en était temps encore. S'il avait été lucide, il aurait compris que Louis, même sans tenir compte de ses pouvoirs royaux, n'aurait qu'à lever le petit doigt pour voir Jasmine accourir vers lui.

— Vous voyez bien ! s'écria Jasmine lorsqu'elle fut mise au courant. Je savais que Louis ne tolérerait aucune résistance de ma part. Sans doute va-t-il rentrer demain avec la Cour, en fin d'après-midi, à l'heure habituelle. Je serai alors déjà installée dans mon apaprtement, pour l'attendre.

Elle vit l'angoisse se peindre sur le visage de sa mère et reprit d'un ton grave :

— Ne vous attristez pas, je vous en prie. Peut-être, grâce à l'amour de Louis pour moi, pourrais-je un jour faire beaucoup pour la France. A Versailles, il vit dans un bocal de cristal : tout le monde le voit, mais il ne peut voir ce qui se passe au-dehors. Je changerai cette situation. Je lui ferai comprendre, comme vous me l'avez montré, ce que cela signifie d'être un malheureux qui travaille pour un salaire dérisoire. Il a besoin de moi, maman. Plus encore qu'il ne le croit.

La voix de Marguerite était lourde de tristesse.

— Avez-vous pensé à ce que vous deviendrez quand il se fatiguera de vous ? Vous aurez à choisir entre le mariage avec un autre ou la retraite dans un couvent.

— Vous ne connaissez pas Louis comme je le connais. Mais, s'il advenait ce que vous redoutez, j'écarterais ces deux choix et reviendrais au Château Satory. Cette maison sera toujours mon refuge.

— Oh ! ma chère petite !

C'était à la fois un cri et un sanglot. Marguerite tendit les bras, et Jasmine s'y jeta. Elles s'étreignirent. Elles se sentaient plus proches, en ce moment poignant, qu'elles ne l'avaient jamais été. Marguerite, les paupières étroitement closes pour retenir ses larmes, songeait que Satory avait toujours été son propre refuge lorsque tout lui avait manqué. Elle prit entre ses mains le visage de sa fille et l'embrassa à deux reprises sur les joues.

— Je n'éprouve aucune fierté à vous voir choisie pour ce rôle, et jamais je n'en éprouverai. Mais vous m'avez donné quelque espoir pour votre avenir. Ici, sous ce toit, vous serez toujours en mesure de redonner une signification à votre vie.

Jasmine passa le reste de la journée à décider de ce qu'elle allait emporter à Versailles et de ce qu'elle devrait laisser. Marguerite ne pouvait l'assister de ses conseils : Laurent la voulait à son chevet. Chaque fois qu'il ouvrait les yeux, il tenait à la retrouver près de lui : il lui tendait sa main valide, et sa présence apaisait aussitôt ses craintes. Pendant qu'il dormait, elle écrivit au duc de Bourbon. Dans les circonstances présentes, expliquait-elle, ni elle ni son mari ne pourraient se présenter à Versailles, mais leur fille s'y trouverait à l'heure dite. En scellant la lettre d'un cachet de cire aux armes des Picard, elle se demanda ce qu'allait éprouver Berthe en apprenant que ses fonctions de chaperon prenaient fin. Jasmine allait emmener avec elle Josette, sa femme de chambre personnelle, une jeune personne vive et habile, experte à coudre et à élaborer des coiffures. Elle avait pris son service le jour du douzième anniversaire de Jasmine, quand Laurent avait jugé le temps venu de traiter celle-ci en grande personne et non plus en enfant. Berthe avait considéré Josette comme une usurpatrice et s'était montrée férocement jalouse. Les deux femmes ne s'entendaient guère, et ce serait un soulagement de voir enfin terminée cette bataille continuelle.

Ce soir-là, Jasmine demeura longuement au chevet de son père. Elle partait pour l'Italie, croyait-il, et il était heureux de l'avoir près de lui durant les quelques heures qu'il leur restait à passer ensemble. Elle sentait qu'il doutait de jamais la revoir. Dieu merci, si le pire arrivait, elle ne serait pas bien loin. L'émotion rendait le malade plus incompréhensible que jamais. Après plusieurs tentatives déchirantes pour parler à sa fille, il renonça, s'enfonça dans ses oreillers, avec un regard torturé.

Quand l'heure vint de le laisser, elle lui fit une promesse :

— Un jour, nous nous retrouverons, papa.

Le visage ruisselant de larmes, elle l'embrassa, lui souhaita une bonne nuit et lui dit adieu. A peine avait-elle quitté la chambre qu'il éprouva de la difficulté à respirer. Marguerite craignit un moment que le chagrin n'arrêtât son cœur affaibli.

Mais elle le redressa, le tint quelque temps serre contre elle. Le spasme s'apaisa. Il dormit d'une traite jusqu'à l'aube. A cette heure, supposa-t-il à son réveil, sa fille devait déjà être en chemin avers Florence.

Il s'était rendormi quand Marguerite sortit sans bruit de la chambre, afin de voir Jasmine partir à temps pour Versailles. Josette avait déjà pris les devants avec les bagages. Jasmine était en grand habit de cour : aux yeux de sa mère, elle n'avait jamais été plus belle. Sa robe largement décolletée, dont les manches s'achevaient aux coudes par de grandes volants de fine dentelle, était faite d'une soie d'un bleu de ciel d'été, si abondamment brodée de fil d'argent et de perles qu'elle scintillait de la taille jusqu'aux chevilles où elle laissait voir à chaque pas les boucles de diamant de ses souliers de satin. Des perles aux oreilles et un collier d'un seul rang autour de son joli cou complétaient cette image de splendeur et d'élégance.

— Comment va papa, à présent? demanda la jeune fille avec inquiétude.

Marguerite se hâta de la rassurer.

— Il est paisible et tranquillisé. J'ai grand espoir qu'il commence maintenant à aller mieux. Mais les progrès seront lents.

— Nous nous tiendrons en relations constantes. Lorsqu'il sera assez bien pour recevoir des visiteurs, vous devrez les avertir de ne pas souffler mot de ma présence à Versailles.

— Ne craignez rien. Nous ne mettrons fin à ce faux-semblant que le jour où nous serons certaines qu'il ne risque plus une autre attaque.

Marguerite n'eut pas le loisir de demeurer sur le seuil pour voir Jasmine s'éloigner : Berthe survint en courant pour lui annoncer que le baron s'était réveillé et s'inquiétait déjà, en cherchant son souffle, de ne pas trouver son épouse à son chevet.

En dépit de son courage affiché, Jasmine n'éprouvait aucune joie à sentir chaque pas des chevaux l'éloigner de chez elle. Sa place, dans les circonstances présentes, était à la maison, afin d'aider à soigner son père. Mais les événements avaient rendu ce devoir impossible. Elle fit effort pour se tourner vers l'avenir : le duc le plus puissant de France, devait-elle se rappeler, avait été contraint de faire diligence pour l'installer au mieux dans le plus grand palais du monde. Bientôt, elle allait voir le magnifique appartement choisi pour elle, et, dans quelques heures, Louis serait là pour la prendre timidement dans ses bras. Il lui témoignerait de la sympathie pour la maladie de son père, sans pourtant s'en juger responsable, même indirectement. En vérité, elle ne pensait pas qu'il voulût jamais être importuné par les soucis d'une femme. Sa tâche consisterait à alléger les siens.

Parfumée et couverte de joyaux, pomponnée comme une poupée, Jasmine, dans son carrosse, franchit les grilles dorées de Versailles pour aborder la première étape de la nouvelle vie qui l'attendait.

12

Sabatin de Valverde dut attendre trois jours son audience avec le duc de Bourbon. Son exaspération à la pensée de tout ce temps perdu transparaissait sur son visage lorsqu'il pénétra enfin dans la Salle du Conseil. La rencontre devait être la plus orageuse, la plus violente que cette pièce eût jamais connue. Les deux hommes perdirent tout sang-froid, et il y eut un moment où la table drapée de damas, qui s'interposait entre eux, les empêcha seule de se prendre à la gorge. Tout en sachant qu'il risquait la Bastille, Sabatin était incapable de contenir sa fureur.

— Le danger que le Roi fît une chute était des plus réduits !

— J'en suis conscient.

— Vous vous servez donc de cet incident sans importance pour en arriver à vos fins !

Les traits anguleux, menaçants de Sabatin étaient empourprés par la fureur.

— Vous désirez depuis longtemps vous débarrasser de ma présence à la Cour !

— Je ne le nie pas. Et je profite de ce tête-à-tête pour vous dire que c'est précisément la raison pour laquelle je prends ces mesures contre vous.

— Mais la sentence que vous avez prononcée est intolérable !

Dans sa colère, Sabatin hurlait presque.

— Je veux vous éloigner le plus possible du Roi, gronda Bourbon, dont le visage se violaçait. Pour lui éviter d'être exposé à l'influence de débauchés.

— Vous n'auriez toutefois jamais pris ces mesures contre moi si vous n'aviez vu l'occasion de faire d'une pierre deux coups. Cette misérable femelle que vous voulez m'imposer est une sotte créature qui s'est accrochée aux basques du marquis de Grange jusqu'au moment où il n'a pu la supporter plus longtemps. C'est lui-même qui me l'a dit. Vous n'avez pas le droit de m'infliger un châtiment aussi immérité !

— Vous osez me parler de *droit !*

Bourbon semblait sur le point d'exploser.

— Surveillez vos paroles, Valverde. Aimeriez-vous voir ajouté à tout ce qui est déjà retenu contre vous l'expression de paroles séditieuses ?

— Vous seul avez tenu ce compte !

— Vous vous trompez. Le Conseil des ministres dans son entier vote pour votre éloignement de la Cour.

— Uniquement parce que, sans aucun doute, vous avez parlé contre moi ! La jeune femme a-t-elle été, elle aussi, condamnée à l'unanimité, ou s'agit-il de votre part d'une démarche personnelle ?

— Assez !

— Je suis donc trop près de la vérité pour votre goût, hein ? Il serait désastreux que le côté romantique du Roi l'amenât à suivre l'exemple de Louis XIV avec Mme de Maintenon. Il contrecarrerait ainsi vos plans pour son mariage. Damnation !

Sous le coup de la rage qui le consumait, Sabatin leva les bras, secoua ses poings fermés.

— Je me refuse à être le bouc émissaire qui écartera cette menace de votre chemin !

— Vous n'avez pas le choix. Ma décision est prise.

Le ton était inexorable. Sous le choc, Sabatin recula d'un pas. Il ravala sa salive, passa brusquement à la supplication passionnée.

— Si je dois être banni de la Cour, assignez-moi au moins à résidence à Paris. Pas dans mes domaines. Je n'y suis pas allé depuis des années !

— De Paris, vous trouveriez le moyen de vous faufiler de nouveau jusqu'au Roi.

Les lèvres de Sabatin se retroussèrent en une grimace grotesque sur ses dents gâtées.

— Comme je vous fais peur, Bourbon ! fit-il, d'une voix chargée d'une méchanceté sarcastique. Vous pensez que je vous supplanterai comme conseiller du Roi, quand il commencera de régner comme il le devrait. Déjà, il montre les signes d'une nouvelle assurance, il utilise sa propre intelligence pour décider des gens qu'il souhaite avoir auprès de lui. Vos jours sont comptés !

— J'en doute. Mais si, par malchance, ils devaient l'être, l'édit que j'ai promulgué ici, aujourd'hui, au nom du Roi et avec l'autorité du Conseil des ministres, demeurera valable jusqu'à votre dernier souffle. Par cet acte, je vous bannis à jamais de la Cour, et vous partirez dès que votre mariage aura été célébré !

Sabatin poussa un rugissement terrible, comme s'il endurait déjà les affres de la mort. Il leva les poings au plus haut, les abattit sur la table avec une force qui aurait fendu en deux tout autre meuble moins solidement construit. Il paraissait saisi de folie, ses yeux noirs et rapprochés presque cachés sous les paupières plissées, ses épais sourcils noués si étroitement que la pointe de sa perruque semblait les toucher. Bourbon, vraiment effrayé, cette fois, appela à grands cris ses gardes qui surgirent dans la pièce.

— Escortez le duc de Valverde à ses appartements, ordonna-t-il. Il y devra demeurer jusqu'à midi, heure à laquelle il se rendra à la chapelle royale pour y attendre sa future épouse.

Sabatin le gratifia d'un regard chargé d'une haine si virulente que les gardes resserrèrent leur prise sur leurs piques : ils étaient prêts, si le besoin s'en faisait sentir, à se porter à la défense du duc de Bourbon. Mais Sabatin ne fit pas le moindre geste contre celui-ci. Il se contenta de cracher avec mépris, et sa salive vint tacher le damas bleu et argent de la table. Le visage encore empourpré de rage, il sortit ensuite à grands pas de la salle. Les gardes le suivirent, en espérant qu'ils n'auraient pas à lutter contre lui : il semblait tout prêt à étrangler un homme de ses deux mains nues.

Pour atteindre son appartement, ils durent traverser de nombreuses pièces, longer maints couloirs. La colère continuait à faire bouillir le sang de Valverde, mais, en même temps, une telle désolation l'envahissait que son teint, normalement coloré, se couvrait par places d'une pâleur grisâtre. Sa peau, tendue sur les os, faisait blanchir son nez. Ses yeux s'enfonçaient dans les orbites. Lorsqu'il arriva enfin chez lui, il se sentait le cerveau engourdi, comme si le coup reçu l'avait atteint physiquement. Sa maîtresse était blottie sur un sofa, un coffret de friandises à portée de main. En entendant la porte claquer, elle se tourna vers Sabatin. Elle vit alors son visage ravagé, l'expression angoissée de son regard, ne trouva qu'une seule explication à une telle détresse. Elle fut debout d'un bond, une main sur le cœur, sans se soucier des friandises qui s'éparpillaient sur le sol.

— Mon Dieu ! Le Roi est mort !

Il secoua la tête.

— Non, dit-il d'une voix rauque. C'est bien pis encore.

Prise de compassion, elle s'avança vivement vers lui.

— Alors, vous avez perdu votre père ? Votre mère ? Un frère, peut-être ?

D'un geste, il balaya ces suppositions.

— Mes parents sont morts depuis longtemps, et je n'ai pas de frère. On vient de me bannir de la Cour. C'est ma propre mort que vous devriez proclamer : quitter Versailles et tout ce qui s'y rapporte équivaut pour moi à l'enfer.

Il éclata d'un rire de dément.

— Pleurez sur moi, ma douce. Ma tombe sera mon domaine du Périgord.

Toute sympathie enfuie, elle recula de plusieurs pas. En l'espace de quelques secondes, il était devenu à ses yeux un paria, l'un de ces nobles exclus, méprisés, rejetés, un objet de risée pour tous ceux dont les existences somptueuses tournaient autour du trône.

— Un châtiment si cruel ! s'exclama-t-elle faiblement. Pour avoir permis au Roi de monter un cheval trop fougueux !

— C'est seulement un prétexte pour se venger de moi. Bourbon a trouvé le moyen de régler de vieux comptes, simplement parce qu'il tenait à se débarrasser d'une jeune femme qui a éveillé l'intérêt du Roi.

Sa colère se réveilla, donna à son visage une vilaine expression de haine également répartie entre son ennemi et sa future épouse.

— Je me vois contraint d'épouser une fille sans naissance ni importance. Elle est la cause fondamentale de mon exil, et je dois l'y traîner avec moi !

Elle éprouva un élan de pitié pour celle qui allait devenir l'épouse d'un homme tel que lui.

— Qui est-elle ?

— La fille du baron Picard, un homme qui vit en marge de la Cour. Mais mon mariage ne signifie pas forcément la fin de nos relations.

Il marcha vers elle, la saisit par les bras. Sa voix se chargea d'un défi sauvage.

— Nous créerons notre propre Cour au Château Valverde ! On a banni bien assez de gentilshommes, au cours des années, pour former un cercle d'une certaine distinction, et vous en serez la reine.

Elle le dévisagea d'un air incrédule.

— Vous comptez me voir partir avec vous ?

— Pourquoi non ? Votre époux est trop sénile pour s'apercevoir de votre absence.

Elle se dégagea. La répugnance se peignait sur son visage.

— Imaginez-vous que je vais quitter la Cour pour aller m'enterrer dans quelque vieille bâtisse abandonnée de Dieu ? C'est vous qui êtes en disgrâce, pas moi ! D'ailleurs, j'en ai assez de vous, avec vos désirs bizarres et vos manières brutales. J'ai pitié de la pauvre créature qui va vous épouser.

Faisant volte-face, elle voulut prendre sa cape. Mais Sabatin la rattrapa, la frappa par deux fois en plein visage, avant de la jeter à terre. Les joues ensanglantées par les lourdes bagues de Valverde, elle se releva péniblement, criant et pleurant. Il ouvrit toute grande la porte, se saisit de la jeune femme et la précipita dans le couloir avec une telle violence qu'elle alla donner dans le mur opposé et se brisa un poignet. Il claqua la porte sur elle, laissant aux deux gardes le soin de la relever et d'envoyer chercher de l'aide.

Il connaissait suffisamment Versailles pour évaluer avec précision le temps qui lui serait nécessaire pour se rendre à la chapelle. L'orgueil lui dictait de se parer le plus somptueusement possible pour la cérémonie du mariage. Son valet sortit un habit après l'autre de la garde-robe qu'il avait jusqu'alors conservée en permanence au Château mais qui devrait à présent suivre Sabatin dans son domaine. Il se décida finalement pour un bel habit de satin violet, aux basques audacieusement évasées, aux larges parements, le tout couvert de broderie d'or au point qu'il eût aisément tenu debout tout seul. Un gilet de coupe tout aussi nouvelle allait avec l'habit et avec une culotte d'un ton plus clair. Il enfila des bas de soie crème. Rubis, saphirs, diamants étincelaient à ses doigts, sur ses boutons, sur les boucles de ses souliers. Il se coiffa enfin d'un tricorne violet orné de plumes d'autruche et se contempla dans la glace que tenait son valet.

— Quelle perte ! remarqua-t-il amèrement, plein d'admiration pour lui-même. Il n'est pas une âme à Versailles, homme ou femme, que je ne puisse éclipser. Que le diable fasse pourrir Bourbon, et que ses os reposent dans un cadre plus rustique encore que celui où je vais me retrouver, en Périgord.

Le valet détourna les yeux. Il y avait chez son maître quelque chose de satanique, et il n'était pas malaisé de croire à la réalisation de cette malédiction.

Dans un autre appartement de Versailles, Jasmine était assise, très droite, le visage d'une pâleur de cendre, les pieds étroitement joints, les mains crispées sur l'éventail qui reposait sur ses genoux. Elle ne s'était pas évanouie quand le duc de Bourbon avait négligemment exposé la raison de sa présence. L'horreur de ce qu'elle entendait lui parut dépasser toute compréhension. Elle allait épouser le duc de Valverde, qui venait d'être banni de la Cour et avait besoin d'une épouse. Soudain, elle comprit tout. L'attaque qui avait frappé son père, son impatience fébrile à la voir envoyée hors de France.

— Je ne contracterai pas ce mariage.

Les gens du Château Satory auraient reconnu ce ton péremptoire. Jamais la force n'avait eu raison d'elle. Seule, la tendre persuasion de son père obtenait cet effet.

— Je ne connais le duc de Valverde que de vue. Il n'en est pas question. J'attendrai ici le retour du Roi.

Bourbon possédait une voix unie, des manières insinuantes. Dans la Salle du Conseil, où il avait reçu la jeune fille, il se renversa en arrière dans son grand fauteuil doré et sourit fort aimablement.

— Je ne songerais pas à vous contraindre, mademoiselle. J'ai accordé à votre père un libre choix : vous pouviez soit devenir l'épouse du duc de Valverde, soit passer à la Bastille le reste de vos jours.

A ces mots, elle reprit tout son courage, et une expression de triomphe se peignit sur son visage.

— Le Roi ne le permettrait pas. Il me ferait relâcher sans retard !

— Il ignorerait où vous êtes. Il existe, à la Bastille, des cachots profonds où les prisonniers ne tardent pas à perdre leur identité.

— Mon père irait aussitôt le trouver !

Bourbon exhala un soupir de regret.

— Ah, mais vos parents seraient avec vous à la Bastille. Jamais je ne songerais à séparer une famille en de telles circonstances. Certes, le baron Picard ne survivrait pas bien longtemps, étant donné son présent état de santé. Mais vous jouiriez du réconfort de la présence de votre mère jusqu'à ses derniers jours.

Elle se sentit battue, baissa la tête sous le poids de la sentence qui l'accablait et se mordit les lèvres pour conserver sa dignité devant cet homme horrible, aux pouvoirs illimités. Son père n'avait pas eu le choix, lui non plus : l'un et l'autre, devant la menace dirigée contre les êtres qu'ils aimaient, avaient dû réprimer toute manifestation de bravade personnelle. Elle n'avait plus de larmes. La peur et le dégoût à l'idée de ce qui l'attendait lui laissaient les yeux secs. Elle devait affronter l'épreuve. Elle releva la tête, croisa le regard plein d'assurance de Bourbon.

— J'aimerais disposer d'une plume et de papier, afin d'écrire à mes parents.

— Je vous y autorise.

Dans le quart d'heure qui lui était accordé, elle rédigea une longue lettre. Elle venait tout juste de la cacheter quand le duc revint. Elle n'avait fait aucune allusion à la Bastille : Bourbon lirait sûrement sa lettre avant de la faire parvenir, et elle ne voulait pas courir le risque qu'il la déchirât. Son père ne connaîtrait pas son destin avant bien des mois, mais elle tenait cependant à s'adresser à lui aussi, dans ce tendre message d'adieu qui serait remis à sa mère.

— Vous êtes prête, mademoiselle Picard ?

Elle répondit d'un signe de tête. Non sans une certaine surprise, elle vit que, pour la cérémonie, il avait revêtu un habit de drap d'or. Qu'une telle farce fût jouée avec la pompe accordée au mariage de tout grand seigneur lui parut bizarre. Il lui offrit le bras, et elle posa légèrement les doigts sur son poignet. L'horreur lui pesait comme une pierre au creux de l'estomac lorsqu'ils entreprirent le long trajet qui devait les conduire à la chapelle royale.

Un hymne triomphal monta des grandes orgues à l'entrée de la jeune fille, minuscule silhouette réduite à la dimension d'une pièce d'échiquier par la hauteur vertigineuse et les proportions gigantesques de ce lieu de prière. Il y avait là une assemblée étonnamment nombreuse : épouses de fonctionnaires du gouvernement, attirées, comme le sont toutes les femmes, par la célébration d'un mariage, courtisans qui, pour une raison ou une autre, ne se trouvaient pas à Fontainebleau et même un bon nombre de visiteurs anonymes qui avaient, pour l'occasion, interrompu leurs déambulations à travers le Château. Jasmine aperçut sa femme de chambre qui posait sur elle des yeux ruisselants de larmes. Josette s'était fait une fête de résider à Versailles et elle était cruellement déçue. Il n'y avait que les paysannes pour aimer vivre à la campagne.

Jasmine avait l'impression d'être portée par la musique : comment, sinon, aurait-elle pu continuer à mettre un pied devant l'autre ? Bien souvent, par le passé, elle avait suivi la messe en ces lieux. Elle se remémorait à présent ce temps révolu où elle avait connu dans toute sa plénitude la joie de son amitié avec Louis, avant que Fernand fût entré dans sa vie et eût réduit ce bonheur en cendres.

Sabatin de Valverde, le dos tourné, l'attendait pour lui faire faire le reste du chemin. Du plus profond de son désespoir, elle trouva la force d'éprouver pour lui une certaine sympathie : il devait être aussi malheureux qu'elle. La souffrance d'un courtisan banni de Versailles était telle, disait-on, que les suicides n'étaient pas rares.

Dans le murmure de ses jupes, elle parvint à sa hauteur. Il tourna la tête, posa sur elle un regard chargé d'une telle aversion, d'un mépris si cruel qu'elle faillit s'évanouir. Elle dut chanceler, car il s'empara de sa main, la posa brutalement sur son poignet et l'y retint jusqu'au moment où elle se fut reprise.

Ensemble, ils s'avancèrent vers le prêtre qui les attendait. Elle ne garda par la suite aucun souvenir de la cérémonie. Sans doute avait-elle fait les réponses nécessaires : l'affaire, sinon, se serait déroulée autrement. Sabatin, pour sa part, était conscient de chaque minute. Chacune des paroles prononcées était un nouveau clou planté dans le cercueil de son bannissement. Tout cela parce que cette petite garce agenouillée à ses côtés avait jeté son dévolu sur le Roi. Elle le paierait cher.

La cérémonie était terminée. Il se retourna en même temps que sa jeune épouse, afin de traverser avec elle le dallage de marbre aux motifs géométriques. Comme dans la plupart des chapelles construites sur deux niveaux, une galerie courait tout autour de l'édifice. A Versailles, elle était de plain-pied avec les Grands Appartements. Jasmine, la tête haut levée, laissa pour la dernière fois son regard monter vers la tribune, située en face de l'autel, où se tenaient toujours le Roi et la famille royale : ils ne descendaient au rez-de-chaussée que dans les occasions où un cardinal ou quelque haut dignitaire de l'Eglise conduisait le service. Bien des fois, elle avait ainsi levé les yeux pour voir Louis dans la tribune, assis à la place qui avait été celle de son arrière-grand-père avant lui, jeune, majestueux et très conscient de la présence de la jeune fille au milieu de l'assistance.

Sur le point de ramener son regard désespéré vers les portes qui s'ouvraient devant elle, elle entendit du bruit dans la tribune : Louis surgit, se précipita vers la balustrade et pencha la tête vers elle. Un long moment, leurs yeux se retinrent tristement. Soudain, le Roi se détourna, disparut. Jasmine sentit un sanglot lui monter à la gorge. Il était arrivé juste un peu trop tard pour intervenir.

Louis, au désespoir, regagna ses appartements, en écartant sur son passage les courtisans qui profitaient de cette occasion inattendue pour lui présenter quelque requête. Même lorsqu'il atteignit la Chambre du Conseil, il y trouva deux ministres qui classaient des papiers, et, au-delà, dans la chambre royale rouge et or, des serviteurs s'affairaient, désorientés par son retour deux jours plus tôt que prévu. Ils s'éclipsèrent immédiatement, mais il n'était pas encore question de tranquillité pour le souverain : l'un des ministres avait marché sur ses talons afin de lui soumettre une affaire sur laquelle, dans son état présent, il était dans l'impossibilité de se concentrer.

— Plus tard, dit-il. Pas maintenant.

Mais d'autres personnes attendaient pour le voir, à propos de questions dont, avait dit Bourbon, il devrait s'occuper. Louis savait pourquoi. Il fallait encourager l'illusion qu'il gouvernait, tandis que le duc continuerait à tenir les rênes du pouvoir. C'était là une autre manifestation de la fourberie qui lui avait arraché Jasmine. Un mot glissé à son oreille l'avait informé que quelque chose se préparait, et il avait immédiatement quitté Fontainebleau. Il avait couvert le trajet rapidement, sans escorte, mais il n'était toutefois pas arrivé à temps pour contrarier les projets de Bourbon. Désormais, il garderait ses secrets plus jalousement encore.

Il ouvrit une porte-fenêtre, passa sur le balcon où il s'était tenu naguère avec Louis XIV, le jour où le fourgon à glace s'était renversé. De là, il voyait les carrosses qui quittaient la chapelle royale. Il avait le pouvoir de s'opposer à ce départ, d'enlever Jasmine à Valverde, de l'installer à ce même étage. Mais le scandale qui en résulterait dépasserait les frontières de la France. Il ne voulait pas souiller ainsi son règne dès le début et perdre du même coup le respect d'un peuple qui, il le savait, l'aimait déjà. Son devoir passait avant tout.

Les carrosses s'étaient mis en route. Ils tressautaient sur les pavés de la Cour Royale, en direction des grilles. Jasmine et son époux devaient occuper le premier. Dans les dix autres voyageaient sans doute leurs serviteurs et, derrière eux, venaient les chevaux de selle et les fourgons à bagages. Il avait l'impression que Jasmine pouvait le voir, sur ce balcon, même si lui-même ne la distinguait pas. Il eut envie de poser la main sur son cœur, pour un ultime témoignage de l'amour qu'il lui portait, mais il y avait toujours des yeux fixés sur lui, et, même en cet instant, il ne pouvait laisser paraître ses sentiments intimes.

Dès que le carrosse de Jasmine eut franchi les grilles, il rentra dans la chambre. Des voix bourdonnaient, derrière les portes, dans le salon voisin, où d'autres gens encore attendaient de le voir. Il lui devenait intolérable de ne jamais pouvoir se trouver absolument seul. Même la nuit, lorsqu'il reposait dans le lit du Roi-Soleil, qui était devenu le sien, un garde du corps dormait, selon une antique coutume, sur un lit de camp, près de la balustrade dorée. Jamais Louis n'avait davantage ressenti cette violation de son intimité qu'en ce jour où il avait peine à ne pas montrer la souffrance et le chagrin qui l'accablaient. A la vérité, dans ce vaste labyrinthe de Versailles, il n'était pas un coin où il pût se retrouver vraiment seul. Il faudrait y remédier. Son aïeul l'avait mis en garde contre la manie de bâtir, mais une simple modification, destinée à lui apporter un peu d'espace et de solitude, n'entrerait pas dans ce cadre. Il faudrait y réfléchir avec soin. C'était une mesure indispensable.

Il jeta un dernier regard par la porte-fenêtre encore ouverte. Les véhicules de Valverde étaient déjà loin dans l'Avenue de Paris, presque hors de vue. Avec un soupir, il actionna la sonnette, s'assit sur un tabouret frangé d'or pour se faire retirer ses bottes. La chevauchée avait été rude, depuis Fontainebleau. Il avait grand besoin de prendre un bain et de changer de vêtements. La sagesse lui conseillait de chasser Jasmine de son esprit...

Dans le carrosse, Jasmine et Sabatin étaient assis côte à côte, chacun perdu dans ses pensées. Jusqu'à présent, depuis les réponses prononcées dans la chapelle, ils n'avaient pas échangé une parole. La jeune femme avait aperçu Louis sur le balcon. En un dernier éclair d'espoir, elle s'était demandé s'il avait envoyé quelqu'un à sa poursuite pour la ramener au Château. Mais, avec chaque tour de roue, cette petite lueur vacilla pour finalement s'éteindre. Il la suivait simplement en pensée et lui faisait comprendre ses émotions par sa seule présence. Après l'avoir perdu de vue, elle concentra son esprit sur l'animation de la rue, afin d'en engranger dans sa mémoire le moindre détail. Elle tourna la tête pour contempler longuement la demeure d'où sortaient les ravissants éventails de sa mère, les fenêtres des bureaux où son père ne reviendrait plus s'asseoir devant sa table à dessin. Quand reverrait-elle la ville de Versailles ? Peut-être, dans quelques mois, Sabatin l'autoriserait-il à venir faire un court séjour dans sa famille. Sans doute pourrait-elle alors, quelle que fût la vérité, rassurer son père sur son mariage et contribuer, sinon à sa guérison, du moins à l'amélioration de son état de santé.

Les maisons se raréfiaient. Les arbres empêchaient tout aperçu du Château Satory. La première étape du voyage vers le sud commençait. Une heure entière de silence ininterrompu s'écoula. Jasmine se sentit enfin capable de mettre assez de force dans sa voix pour adresser la parole à son mari. Elle se tourna à demi vers lui. Si seulement ces traits arrogants, ce corps massif ne lui avaient pas autant répugné ! C'était un visage dur, sans la moindre lueur de bonté, et elle demeurait glacée par le regard féroce qu'il avait posé sur elle dans la chapelle. Elle décida d'y faire référence pour entamer la conversation.

— Votre expression dans la chapelle royale m'a bien montré que ce mariage n'était pas plus de votre goût que du mien. Nous avons perdu l'un et l'autre tout ce qui avait le plus d'importance pour nous. Pour vous, les plaisirs de la Cour et les chances d'avancement. Pour moi, la compagnie de mes parents, de mes amis, ma maison natale et même l'affection du Roi.

Elle marqua une pause, dans l'attente d'une réaction, mais il continuait à fixer le paysage d'un regard mauvais. Elle reprit son souffle, poursuivit, au prix d'un effort :

— Puisque nous allons devoir vivre sous le même toit, en des lieux qui vous sont sans doute presque aussi peu familiers qu'à moi-même, essayons de nous apporter un soutien réciproque dans nos tribulations et d'en faire naître une amitié.

S'il lui avait répondu d'un signe de tête, s'il avait montré par le moindre geste qu'il était d'accord avec elle, elle se serait trouvée réconfortée, en cet instant où elle se sentait le plus abandonnée, mais il continua de l'ignorer. Elle se rejeta à sa place, ferma les paupières, et le voyage continua.

Pendant la traversée d'une région boisée, il arrêta le carrosse pour en descendre et aller se soulager parmi les arbres, tandis que les serviteurs se dispersaient dans les buissons. Josette vint en courant trouver Jasmine, avec le réceptacle en argent dont se servaient les femmes lorsqu'elles voyageaient. A peine la jeune femme s'était-elle rajustée que Sabatin revint et se laissa tomber sur son siège. Cette fois encore, il ne lui adressa pas la parole.

Ils dînèrent en plein air, servis par deux valets de pied, et avec un cérémonial presque digne de Versailles. On déplia une table portative, on l'installa sous les arbres, on la couvrit d'une nappe damassée sur laquelle on posa l'argenterie et les cristaux. Deux tabourets pliants brodés de fils d'argent furent placés de chaque côté, et Jasmine s'assit en face de Sabatin. On leur servit dans des plats d'argent un repas froid : viandes, salades, fromages et fruits. On leur versa du vin de Champagne, ce délicieux breuvage que le Roi-Soleil préférait à tout autre dans les dernières années de sa vie.

Sabatin avait amené de Versailles tous les serviteurs de sa suite, évitant ainsi l'affolement qui survenait toujours parmi les domestiques soudain dépourvus de maître. Ils faisaient à quelque distance un repas plus modeste. Il y avait là son valet de chambre, son secrétaire, ses cuisiniers, ses valets de pied, ses garçons d'écurie et son page, ainsi que tous les cochers, ce qui faisait en tout une quarantaine de personnes, sans compter ceux qui servaient à table. Aucun d'eux, probablement, n'appréciait de se voir transporté à la campagne, mais ce départ leur avait épargné l'humiliation de se bousculer dans les vestibules et dans la Cour Royale pour supplier d'autres gentilshommes de les prendre à leur service. On entendit, une fois ou deux, monter le rire de Josette, la seule femme parmi eux, et Jasmine espéra que sa femme de chambre retrouvait un peu de sa gaieté naturelle.

Elle et Sabatin prirent leur repas en silence. Elle lui aurait volontiers adressé la parole mais elle craignait d'être rabrouée devant les serviteurs. Sabatin s'attaquait de grand appétit au faisan, au poulet, aux tranches de langue, de mouton et de bœuf. Jasmine parvint à manger un peu, termina par un fruit. Son mari, qui avait ingurgité une quantité considérable de champagne, s'endormit dès que le voyage reprit.

Lorsqu'il remua, bâilla, elle tenta de nouveau d'entamer une conversation : elle espérait le trouver maintenant dans de meilleures dispositions.

— Parlons un peu, Sabatin, je vous en prie. Dites-moi où nous allons et décrivez-moi l'endroit. Y êtes-vous né ? Est-ce votre demeure familiale ? Serons-nous proches d'une ville ou d'un bourg ? Je ne sais rien de vos origines ni de vos intérêts : j'ai seulement entendu dire que vous vous passionniez pour la chasse. J'en ai été informée par le marquis de Grange, que vous connaissez, je le sais.

Elle attendit une réponse, mais il s'obstinait à garder le silence.

— Si vous ne désirez pas parler de vous-même, reprit-elle, vous plairait-il d'en apprendre davantage sur moi ?

Avec un profond soupir, il prit sa canne, frappa à la paroi pour faire arrêter le carrosse. Un valet de pied vint lui ouvrir la portière, mais, sans descendre du véhicule, il se contenta de donner à l'homme quelques instructions. Après une brève attente, le valet reparut avec une écritoire de voyage. Sabatin la posa sur ses genoux, et Jasmine, stupéfaite qu'il choisît un tel moment pour rédiger une lettre, le regarda écrire. Ce fut très court. Il rendit l'écritoire au valet, plia la feuille de papier, la tendit à la jeune femme. Il y avait inscrit deux mots : *Taisez-vous.*

Furieuse, elle froissa le papier, le jeta sur le sol et tourna vivement le dos à son mari. Mais, à mesure que se traînaient les heures, il lui vint à l'esprit que ce serait une terrible épreuve s'il décidait de garder le silence durant une longue période de temps.

Ils passèrent la nuit dans une hôtellerie qui n'était ni propre ni confortable, ce qui n'avait rien d'inhabituel. Elle eut une chambre pour elle seule mais, alors que Sabatin avait fait mettre à son propre lit du linge fin emporté tout exprès, elle dut se contenter de ce qu'elle trouva sur place. Josette, maussade et irritable, fit néanmoins en sorte de lui apporter un peu de paille propre pour le lit et un pichet d'eau chaude avec laquelle elle se lava. Elle avait voyagé tout le jour en grande tenue de Cour. Par bonheur, le temps avait été frais et couvert, mais elle n'en fut pas moins aise de pouvoir quitter ces lourds vêtements. Josette prépara pour le lendemain une robe plus légère, en soie unie. Jasmine ne voyait pas de raison pour souper en compagnie de Sabatin. Elle se fit servir dans sa chambre et retrouva son appétit loin de sa présence glaciale. Elle pensait que tant de tourmente allait lui rendre le sommeil difficile mais à peine eut-elle fermé les yeux qu'elle s'endormit profondément, épuisée par les événements de la journée. Des coups frappés à sa porte l'éveillèrent en sursaut. Dehors, il faisait grand soleil.

Elle se redressa, battit des paupières. Ce n'était certes pas sa femme de chambre qui frappait ainsi. D'ailleurs, où était Josette ? Il n'y avait pas d'eau chaude pour sa toilette, pas de plateau pour son petit déjeuner près du lit.

— Qui est là ?

— Je vous apporte un message du maître, madame. Il vous attend pour partir.

Elle sauta hors du lit, entrouvrit la porte. Le laquais se préparait à redescendre après avoir délivré son message.

— Quelle heure est-il ? souffla-t-elle.

— Neuf heures, madame.

— Ma femme de chambre devrait être ici depuis longtemps. Trouvez-la et envoyez-la-moi immédiatement.

Le valet était revenu sur le palier, devant elle.

— L'hôtelier m'a informé que votre femme de chambre était partie d'ici à l'aube. Un fourgon est passé, en route pour Paris, et elle y est montée.

Ainsi, même Josette l'avait abandonnée !

— Fort bien. Envoyez-moi l'une des servantes de l'hôtellerie. Je déjeunerai en bas.

— Je ferai mon possible, madame, mais, pour le moment, elles sont toutes très affairées à servir de nouveaux arrivants.

Elle n'était pas d'humeur à supporter les tergiversations.

— Envoyez-m'en une ! Informez aussi le duc de Valverde que j'en aurai au moins pour une bonne heure encore.

Elle referma la porte, s'approcha de la fenêtre. On changeait les chevaux de deux carrosses qui venaient d'arriver, et celui de Valverde, de l'autre côté de la cour, était prêt à partir. Elle voyait Sabatin faire les cent pas. Il portait un habit brun clair et une culotte de soie crème : une tenue beaucoup plus appropriée au voyage que le costume de mariage de la veille. Qu'il patiente ! La matinée était belle, et cela ne lui ferait pas de mal d'attendre son épouse un moment au soleil. Peut-être aurait-il ainsi le temps de réfléchir à ses manières grossières et de se décider à changer d'attitude envers elle.

Il n'y avait pas de glace dans la chambre. Elle disposa son propre miroir, entreprit de se coiffer. Bien brossés la veille au soir, ses cheveux n'avaient besoin que de quelques touches habiles du peigne pour se masser en boucles brillantes sur sa nuque. Elle les avait fixées par des épingles et ajustait sur son front quelques mèches légères, quand la servante arriva.

On lui avait envoyé la souillon des cuisines, une maigre fille d'aspect maladif, aux vêtements graisseux, au tablier encore mouillé d'eau de vaisselle. Par ailleurs, elle paraissait épouvantée. En dépit de son exaspération, Jasmine, qui n'avait rien oublié de l'éducation donnée par sa mère, lui parla avec bonté.

— Quelqu'un d'autre va-t-il m'apporter de l'eau chaude ?

La fille secoua lentement la tête, tout en tirant nerveusement sur son tablier.

— On m'a pas parlé d'eau. Quand je traversais la salle, en bas, on m'a donné ça pour vous.

Elle tendait une feuille de papier pliée. Jasmine reconnut l'écriture de Sabatin et fut saisie de crainte. Le message était un peu plus long que celui de la veille mais il avait la même concision : *Vous avez déjà retardé mon départ d'un quart d'heure. Je vous accorde encore cinq minutes. A ce moment, que vous soyez habillée ou non, je viendrai vous chercher et vous mettrai moi-même dans le carrosse.*

Il était sérieux, elle n'en doutait pas. Avec un gémissement, elle se précipita sur le pichet laissé par Josette la veille au soir, y trouva encore assez d'eau pour se rincer les dents. Après s'être aspergé le visage d'eau de rose tirée de son flacon de cristal, elle demanda à la fille de cuisine de l'aider à passer ses jupons, mais la petite se montrait si maladroite, dans sa nervosité, que Jasmine finit par la renvoyer. Elle passa sa robe par-dessus sa tête. Jamais encore il ne lui était arrivé de s'habiller seule : il y avait toujours eu Berthe, et, après elle, Josette, avec ses doigts habiles. La misérable traîtresse ! Mais comme elle l'accueillerait à bras ouverts, si elle devait réapparaître en cet instant !

Tout en se débattant avec les rubans de satin bleu qui laçaient le dos de la robe de soie, Jasmine surveillait Sabatin par la fenêtre. Elle le vit consulter sa montre de gousset, la refermer d'un coup sec. Il se mettait en chemin ! Elle s'élança à travers la pièce, enfila les souliers à boucles de diamants qu'elle avait portés la veille : elle n'avait pas le temps d'en chercher d'autres. Elle ramassa ce qui traînait dans la chambre, jeta le tout dans le coffre de voyage encore ouvert. Elle claqua le couvercle, tourna la clé dans la serrure, attrapa son chapeau au passage. Elle était sur le palier quand Sabatin posa le pied sur la première marche de l'escalier.

— Bonjour, lui dit-elle.

Son message lui était resté sur le cœur, mais elle lui donnait une chance de se montrer aimable. Il se contenta de lever vers elle ce regard plein d'aversion qu'elle avait croisé à la chapelle. Elle comprit que ce jour ne différerait en rien de la veille.

Il s'effaça pour la laisser le précéder hors de l'hôtellerie, probablement pour s'assurer qu'elle n'allait pas s'attarder et le retenir davantage. Une appétissante odeur de pain chaud, de soupe, de café arrivait jusqu'à eux par une porte au-delà de laquelle les voyageurs se restauraient. Jasmine s'aperçut qu'elle mourait de faim. Une servante passait avec un plateau chargé et elle dut faire effort pour ne pas s'emparer d'un petit pain, mais elle conserva sa dignité et sortit au soleil. Là, elle se sentit gagnée par l'humiliation en voyant les narines de Sabatin se dilater en une grimace dédaigneuse devant sa toilette quelque peu en désordre. La colère s'empara d'elle.

— Je n'ai plus de femme de chambre pour me servir. La mienne s'est enfuie !

Elle bondit dans le carrosse, reprit sa place. Tout le reste de la journée, sa robe, mal lacée, glissa de ses épaules et ajouta la gêne à l'ennui du voyage. Sabatin consacra la première demi-heure à lire une gazette qu'il avait sans doute obtenue de l'un des voyageurs, à l'hôtellerie. Lorsqu'il eut fini, au lieu de l'offrir à Jasmine, il la jeta sur le siège opposé. Elle l'y reprit, et la lecture l'aida à passer le temps, bien que la feuille abondât en récriminations contre les impôts et le prix du pain, sans le moindre article sur la mode ou quelque autre sujet distrayant. Les pensées de la jeune femme se reportèrent sur les ouvrières de sa mère, bien mieux payées que les autres femmes employées dans des métiers similaires. Sa mère allait-elle enfin vendre son affaire ? C'était hautement probable : son père avait besoin de soins à chaque instant, et elle-même n'était plus là pour alléger le fardeau de Marguerite. Elle se sentait tout à coup physiquement malade de nostalgie. Celle-ci s'était installée en elle dès le départ de Versailles et elle menaçait de s'aggraver à mesure qu'augmentait la distance entre elle et le Château Satory.

La journée s'écoula plus ou moins comme la veille, mais, cette nuit-là, Jasmine n'eut pas à supporter l'inconfort d'une hôtellerie : ils firent étape chez un oncle de Sabatin, un vieux veuf bucolique, assez excentrique pour préférer finir sa vie dans son domaine plutôt qu'à Versailles.

— Je mourrai dans mon propre lit, déclara-t-il.

A en juger par l'ennui méprisant qui se peignait sur le visage de Sabatin, il avait déjà dû répéter bien souvent cette assertion.

— Pas question qu'un laquais me jette dehors au moment où j'exhalerai mon dernier souffle, ce qui ne manquerait pas de m'arriver à Versailles.

Sourd et bavard à la fois, il parla presque constamment du passé. Ses histoires scandaleuses sur la Cour du Roi-Soleil démontrèrent à Jasmine que rien n'avait changé depuis. Les intrigues, les commérages, les rivalités pour obtenir les faveurs du Roi, les grossesses cachées, les orgies secrètes et le reste composaient alors comme maintenant l'atmosphère sensuelle, palpitante, exaltante et dangereuse qui régnait à Versailles. Sabatin écoutait d'un air sombre, comme s'il assistait à des funérailles : sans le vouloir, le vieux gentilhomme remuait le fer dans la plaie. De temps à autre, les deux hommes échangeaient quelques propos d'ordre familial. Jasmine apprit ainsi que, depuis la mort des parents de Sabatin, le Château Valverde était entretenu par une domesticité réduite. Comme il arrivait si fréquemment en de tels cas, une parente pauvre, Henriette de Valverde, dirigeait la maison depuis des années.

Jasmine eût aimé trouver un peu de joie dans la pensée qu'il y aurait une autre femme dans sa nouvelle demeure mais, comme le vieux gentilhomme lui était aussi antipathique que Sabatin, elle n'avait guère d'espoir qu'un autre membre de sa famille pût être plus aimable. Certes, l'oncle ne manquait pas de lui adresser la parole : d'un côté à l'autre de la table, il lui criait ses commentaires, tout autant qu'à Sabatin. Mais il faisait partie de ces hommes qui, même à un âge avancé, ne perdent rien de leur paillardise. Ses yeux chassieux ne quittaient pas son décolleté, et, en allant se coucher, elle l'entendit essayer de négocier avec Sabatin pour passer la nuit avec elle. Il n'était pas besoin de tendre l'oreille pour l'entendre, car, comme tous les sourds, il n'avait pas la moindre notion du volume de sa voix.

— Que vous faut-il, mon neveu ? Un nouveau cheval ? Le remboursement de vos dettes de jeu ? Vous avez toujours aimé la pendule de porcelaine qui appartenait à votre tante. Vous pouvez la prendre.

Epouvantée, Jasmine s'arrêta dans l'escalier. Sabatin allait-il accepter ? Terrifiée, le cœur battant à tout rompre, elle attendait sa réponse. Il la cria d'un ton sardonique :

— Elle a son prix, mais vous ne sauriez le payer.

— Qu'est-ce donc ?

— Une lettre de Versailles, pour mettre fin à mon bannissement.

L'oncle répondit avec humeur :

— La chose est hors du pouvoir de quiconque, vous le savez bien. Vous et ce beau brin de fille devrez vivre ensemble votre bannissement, parce que ce qui vaut pour vous vaut aussi pour elle.

Sa voix se fit de nouveau persuasive :

— Une seule nuit, ce n'est pas trop demander.

— Pour vous, oui, espèce de vieux bouc malade, riposta Sabatin, moqueur.

— C'est donc ça !

Le vieillard acceptait sa défaite.

— Vous avez peur qu'elle ne vous donne ensuite la vérole, hein ? Elle ne m'a pas encore tué, et je parierais que ce n'est pas ça qui me mettra au cercueil. Ce serait plutôt l'abus des servantes !

Les deux hommes éclatèrent d'un gros rire. Jasmine monta en courant le reste de l'escalier. Elle était écœurée par ce qu'elle venait d'entendre et accablée par l'information que, sans le vouloir, venait de lui fournir l'oncle. Pourquoi n'avait-elle pas compris dès le début qu'en qualité d'épouse de Sabatin, elle était, comme lui, condamnée au bannissement ? Cela signifiait que, même veuve, elle ne pourrait pas retourner chez elle.

A la lueur de sa chandelle, elle pénétra d'un pas trébuchant dans la chambre à l'ancienne mode qui allait être la sienne pour une nuit. Elle venait d'avoir dix-sept ans, et tout ce qui lui était précieux dans la vie lui avait été arraché. Son père resterait invalide jusqu'à la fin de ses jours. Sa mère ne serait donc pas en mesure d'entreprendre un long voyage pour lui rendre visite. Elle était seule comme elle ne l'avait jamais été. La douceur, l'amour qui l'avaient entourée avaient à jamais disparu. Pourquoi le destin exigeait-il le prix fort pour l'imprudence où l'avait entraînée sa nature vigoureuse et sensuelle ? Tout ce qui était jeune en elle s'échappait irrémédiablement dans cette chambre impressionnante de laideur, avec ses meubles de chêne massif et ses tableaux lugubres. Une très vieille glace, conçue avant que les verriers de France eussent découvert le secret d'une parfaite image, lui renvoya son reflet déformé quand, avec lassitude, elle laissa ses mains retomber à ses côtés. Que son aspect juvénile fût ainsi gâté lui parut tout naturel : intérieurement, elle se sentait vieille, desséchée par le désespoir. Jamais plus elle n'aurait le cœur léger. Jamais plus elle ne connaîtrait la joie de courir en liberté.

— Oh ! maman, murmura-t-elle dans la pièce silencieuse, pourquoi m'avoir instillé cette force qui est en moi ? Il m'aurait été tellement plus facile de mettre fin à mes jours.

Cette nuit-là, elle dormit aussi profondément qu'à l'hôtellerie. C'était comme si le sommeil lui apportait la faculté de l'oubli. Mais, cette fois, on la réveilla à temps. La fille désignée pour la servir entra dans sa chambre à l'heure prévue, et elle se retrouva baignée, habillée et assise à la table du déjeuner avant que Sabatin ou son oncle eussent paru. Lorsqu'ils la rejoignirent, elle comprit qu'ils avaient bu tard dans la nuit. Une certaine pesanteur dans leurs mouvements montrait que les effets du vin ne s'étaient pas encore dissipés. Sabatin fit la grimace quand les serviteurs entrechoquèrent des plats.

Le départ eu lieu peu de temps après le déjeuner. Jasmine évita le baiser du vieillard mais ne put échapper tout à fait à la main qui se tendit vers son sein. Sabatin parut ne rien remarquer, mais elle le soupçonna d'être aussi soulagé qu'elle de s'en aller. Il espérait hériter de son oncle, devinait-elle. Par bonheur pour lui, le vieil homme ne semblait pas avoir pris très au sérieux sa disgrâce à la Cour.

La veille, durant le souper, elle avait appris qu'il leur restait au moins trois nuits à passer en route. Du moins avait-elle de nouveau une femme de chambre pour la servir. Cette fille, nommée Lénore, de langage et de maintien rustiques, avait été choisie pour son habileté à la coiffure. Ce talent l'avait rendue populaire auprès des autres servantes, dont elle avait bouclé et frisé les cheveux pour rendre plus seyantes les coiffes qu'elles portaient. Jasmine, qui ne voulait pas passer une autre nuit sans les services d'une femme de chambre, avait fait venir la gouvernante pour lui demander si elle permettait à Lénore de l'accompagner. Les questions domestiques ne concernaient en rien le maître de maison, et la gouvernante pouvait agir selon son bon plaisir.

— Mais oui, madame, emmenez-la. C'est une bonne fille, qui apprend vite, qui est propre et modeste. Si vous êtes satisfaite de ses services, vous pourrez la garder.

Lénore avait donc été installée, avec des instructions précises, dans l'une des voitures réservées aux serviteurs. Elle se montrait aussi enthousiasmée par ce tour inattendu des événements que l'avait été Josette à la perspective de résider à Versailles, et elle était très désireuse de servir comme il le fallait cette jolie maîtresse au visage triste et grave. Comment une femme pouvait-elle être aussi mélancolique quand elle possédait de si belles robes à la dernière mode et tant de délicieuses pièces de lingerie ?

Ce soir-là, son ancien maître la fit mander. Il l'avait entrevue par deux fois dans la maison et était prêt à l'accueillir dans son lit. La gouvernante, sévère et austère de maintien, trouva une immense satisfaction à lui annoncer que la fille était passée au service de la duchesse de Valverde. Elle le détestait, tout comme les jeunes femmes dont il abusait, mais elles dépendaient de son pouvoir aristocratique, et aucune n'osait aller contre sa volonté. Seul, le fait que l'épouse de son neveu était responsable du départ de Lénore évita à la gouvernante de recevoir un coup de canne en plein visage.

Lénore, trop timide encore pour ouvrir la bouche, ajouta involontairement à la conspiration du silence inaugurée par Sabatin. Toutefois, son intelligence naturelle et sa petite figure aimable aidèrent Jasmine à supporter le reste du voyage. A mesure qu'ils approchaient de leur destination, la jeune femme ne pouvait s'empêcher d'être frappée par la grandeur des paysages. Des rivières rapides sillonnaient des vallées luxuriantes dominées par de hauts plateaux semés de rochers sombres. De temps à autre, les tours de châteaux isolés montaient à l'assaut du ciel, et les villages, aux églises romanes, avaient des maisons de pierre brune coiffées de toits couleur rouille. Des mulets et parfois des bœufs accouplés sous le joug rendaient difficile le passage des voitures sur les chemins étroits et poussiéreux. Sabatin observait le spectacle par la portière, avec une répugnance sans cesse grandissante. Au cours des dernières étapes du voyage, il but continuellement à même les bouteilles de vin qu'on lui apportait à chaque halte : il avait vite abandonné le gobelet de cristal dont on l'avait pourvu.

Le soleil se couchait quand le Château Valverde apparut. Comme beaucoup de ceux rencontrés en route, il se parait de nombreuses tours altières et s'élevait dans une position stratégique qui lui valait de splendides panoramas dans toutes les directions : une telle position avait été indispensable par le passé pour se défendre contre les maraudeurs et les invasions étrangères. Certaines des fenêtres du haut produisaient un effet d'échiquier en or rouge et en noir, là où le soleil ne pouvait se refléter dans les espaces laissés par des vitres manquantes : c'était signe de négligence dans les parties du château qui étaient inhabitées. Jasmine s'était attendue à se trouver devant une construction d'une évidente ancienneté. Chez elle, elle avait suffisamment entendu parler architecture pour savoir qu'il ne s'agirait pas d'une demeure construite au cours des cent dernières années. Tandis que l'Ile-de-France s'était embellie de magnifiques châteaux à partir du moment où le Roi-Soleil avait entrepris d'agrandir Versailles, le reste de la France avait été négligé par ceux qui résidaient à la Cour. La piètre gestion de terres riches entraînait les travailleurs agricoles et leurs familles à la plus misérable des existences. Ici, au moins, avec le retour de Sabatin, les fermiers et les ouvriers tireraient bénéfice de l'intérêt qu'il ne manquerait sûrement pas de témoigner pour ses domaines, quand il se serait accoutumé à l'idée de ce retour.

Sabatin ne montra aucune hâte pour descendre du carrosse. Il prit encore tout son temps lorsque le valet de pied eut sauté à terre pour aller tirer la poignée de fer de la sonnette. Quelqu'un vint alors ouvrir la massive porte d'entrée du Château Valverde. Jasmine, qui observait son époux du coin de l'œil, vit à quel point il répugnait à rentrer chez lui. Une veine battait à sa tempe, et sa lourde mâchoire se crispait. Avec un juron étouffé, il finit par quitter son siège et mettre pied à terre. Sans laisser à la jeune femme le temps de le suivre, il gravit les larges marches du perron et disparut dans la salle d'entrée où des chandelles montraient leurs flammes vacillantes. En montant les marches à son tour, Jasmine remarqua l'épaisseur du lierre qui avait envahi les murs de pierre ambrée.

Elle trouva Sabatin en train de hurler des ordres dans la haute pièce aux poutres apparentes. A son entrée, ses pas énergiques avaient soulevé du sol non balayé des nuages de poussière. Il s'était déjà saisi d'un bougeoir pour jeter un rapide coup d'œil dans les pièces qui s'ouvraient de chaque côté de la salle. Comme des souris qui sortent de leurs trous, les domestiques étaient accourus de toutes les directions. Leurs chandelles éclairaient les toiles d'araignée qui pendaient de toutes parts à la manière de draperies. Certains se bousculaient dans leur hâte à exécuter les instructions du maître. Au milieu de tout ce désordre, une femme apparut sur la galerie, près de l'escalier massif. Maigre et frêle, elle avait des cheveux presque blancs surmontés d'une fontange, une mode qui avait pratiquement déjà disparu à l'époque où Jasmine était encore une petite fille. Quant à sa robe, le style en appartenait à quelque décade plus lointaine encore, et l'étoffe en était usée et passée. Elle regardait Sabatin comme si le diable lui-même venait de faire irruption dans le château. Sa mâchoire pendante tremblait légèrement, comme ses mains.

— Damnation, Henriette ! rugit-il à son adresse. Descendez de là, vieille sotte ! Qu'avez-vous fait de cette maison ? On dirait une étable à cochons !

— Comme vous avez grandi, Sabatin, bégaya-t-elle subitement. Vous êtes parti d'ici lorsque vous étiez un jeune homme de dix-sept ans et vous revenez en homme fait. Mais je vous reconnais bien.

Il poussa un hurlement d'exaspération.

— Vingt années ne changent pas un homme au point de le rendre méconnaissable, mais elles mettent sa patience à l'épreuve quand on lui donne une idiotie flagrante en guise de réponse à ses questions !

Jasmine, en dépit de sa crainte de le voir s'en prendre à elle, intervint :

— Cessez donc de l'effrayer ! Ne voyez-vous pas que votre arrivée soudaine lui a détraqué les nerfs ?

Il fit volte-face, le visage livide, ses énormes poings crispés, mais, même alors, il s'abstint de lui parler, se contenta de la foudroyer du regard. Henriette, vaguement consciente d'une présence amie quelque part dans la salle, reprit courage.

— Si tout n'est pas à votre convenance, vous auriez dû venir plus tôt nous rendre visite.

En quelques enjambées, il fut au pied de l'escalier, et sa réponse fut un rugissement :

— Je ne suis pas ici pour une visite ! J'ai été banni de la Cour ! De Versailles ! De la civilisation ! Je reviens avec une épouse dans cette maison que vous avez transformée en taudis. Je suis ici pour de bon !

Un étrange silence se fit. Chaque serviteur, chaque servante tourna la tête, avec une expression d'effroi plus ou moins forte. A la différence des domestiques qui servaient dans des milieux plus sophistiqués, ils n'avaient pas appris à dissimuler leurs pensées. Henriette laissa échapper un long gémissement.

— Oh ! mon Dieu, tout ne va pas recommencer !

Une main pressée sur ses lèvres tremblantes, elle disparut dans l'ombre, aussi silencieusement qu'elle en était sortie.

— Revenez ! explosa Sabatin.

Voyant qu'elle ne lui obéissait pas, il se lança à sa poursuite dans un fracas de tonnerre, et les murs lambrissés de chêne se renvoyèrent les échos de sa voix tonitruante.

Dans la grande salle, Jasmine fit signe à l'une des servantes d'approcher.

— Conduisez-moi à l'appartement réservé à la maîtresse de maison, si Mlle Henriette ne l'occupe déjà.

— Elle a son propre appartement à l'étage au-dessus, madame.

Un valet se présenta aux côtés de la servante.

— Les fenêtres sont fermées depuis longtemps, madame. Une seule personne pourrait avoir peine à les ouvrir.

— Alors, venez avec nous.

Lénore, le coffret à bijoux de sa maîtresse dans une main, un châle dans l'autre, en était encore à examiner d'un air incrédule les toiles d'araignée. Elle se reprit, s'élança, au moment où le valet commençait à montrer le chemin, et parvint à se placer juste derrière Jasmine, faisant ainsi la preuve de sa préséance sur la servante, qui ferma la marche. Elle avait déjà beaucoup appris sur la hiérarchie qui régnait dans l'univers des domestiques.

Jasmine, en montant l'escalier, promenait autour d'elle un regard inquisiteur. Au-delà du palier, assez vaste pour y donner un bal, on lui ouvrit quelques portes, et elle traversa une antichambre dans un remugle de poussière et de moisissure. Le valet s'était déjà attaqué aux volets. Il les repoussa bruyamment, permettant ainsi aux derniers rayons du soleil de renforcer la lumière du candélabre qu'il avait posé sur un meuble. Jasmine, épouvantée, s'immobilisa sur le seuil. L'état de cette pièce était pire encore que tout ce qu'elle avait déjà vu. La servante lui en fournit l'explication :

— Cette chambre a été fermée le lendemain du jour où la mère du maître est morte, madame, il y a plus de trente-cinq ans. Rien n'a été touché depuis.

Jasmine entreprit de regarder autour d'elle. Si elle voulait dès le début établir son autorité, elle devait, elle le savait, occuper cet appartement. Lénore, qui avait ouvert les tiroirs d'une commode, lui montra une lingerie jaunie par le temps. Jasmine lui fit signe de tout refermer. Une porte fut grande ouverte à son inspection. Elle y vit des coffres où l'on rangeait des robes. L'une d'elles, en velours bleu, d'un style depuis longtemps passé de mode, était encore drapée sur les accoudoirs d'un fauteuil. L'âge en avait bruni la dentelle.

Dans la chambre à coucher elle-même, des objets de toilette, en argent noirci, reposaient sur une belle commode d'ébène creusée en son milieu pour permettre à une femme de s'asseoir commodément lorsqu'elle appliquait ses produits de beauté. Cette fois encore, Lénore, incapable de contenir sa curiosité, ouvrit le tiroir du haut, révélant des pots de porcelaine pour les crèmes et les poudres, des boîtes à mouches, des peignes, des épingles, tout un assortiment de flacons de cristal d'où montait un parfum éventé.

Jasmine se retourna vers le lit. En harmonie avec les vastes proportions de la pièce, il était énorme et magnifiquement sculpté : le chevet s'ornait d'une scène à la gloire d'Aphrodite. Elle avait déjà entrevu assez de pièces du château pour savoir que, hormis les commodes — plus récentes — l'ensemble du mobilier, des tapisseries, des tableaux venait de cette époque particulièrement féconde où François Ier avait renoncé à son rêve de conquérir l'Italie et permis à la Renaissance italienne de se mêler au gothique français, avant de le supplanter. Dans cette chambre, le lit par lui-même était un chef-d'œuvre, mais rien n'aurait pu la persuader de coucher sur l'antique matelas, parmi les draperies infestées d'araignées.

— Pour cette nuit, je veux dormir dans une chambre habitable, dit-elle aux deux domestiques qui unissaient leurs efforts afin d'ouvrir la dernière fenêtre. Demain, toutes les possessions de feu la duchesse devront être retirées d'ici, et l'appartement tout entier lavé, nettoyé, ciré. D'ailleurs, ce sont là des tentures d'hiver. Les tentures d'été doivent être rangées quelque part, dans la toile et la lavande. Il faudra détruire le matelas et tous les oreillers et les remplacer par d'autres, garnis de plumes d'oie fraîches. Les mêmes dispositions seront prises dans la chambre du duc.

— Cette chambre a été entretenue, madame.

— Pas de manière à satisfaire le duc, j'en suis convaincue. Vous suivrez mes instructions. Où se trouve son appartement ?

— Sa chambre est de l'autre côté de cette porte, madame.

Le valet et la servante répondaient chacun à son tour. Ils cherchaient, devina-t-elle, à se faire une idée de sa personnalité, en vue d'un rapport détaillé aux autres domestiques.

Elle avait espéré que l'appartement de Sabatin serait situé plus loin du sien. Jusqu'à présent, elle avait résolument éloigné de son esprit la pensée des devoirs qu'on était en droit d'attendre d'une épouse. Elle avait au contraire laissé grandir en elle la certitude que l'aversion de Sabatin à son égard lui ôterait toute envie de la toucher. Ce n'était pas l'atmosphère sordide de l'hôtellerie qui l'avait empêché de se joindre à elle ; il avait eu tout loisir de le faire dans le confortable château de son oncle. Si cet état de choses persistait, la proximité de la chambre de Sabatin serait sans importance, et elle pourrait espérer des nuits paisibles.

— On prépare le souper, je suppose. Après le repas, je m'entretiendrai avec la gouvernante.

Elle tenait à voir le château nettoyé de fond en comble et débarrassé de toutes ses toiles d'araignée.

— Il n'y a pas de gouvernante, madame. Mlle Henriette s'occupe de tout.

Jasmine s'abstint de tout commentaire sur l'incompétence d'Henriette. La vieille femme, elle avait pu le voir, était timorée : précisément le genre de personne dont les domestiques avaient tôt fait d'abuser. Ils allaient découvrir en elle une tout autre sorte de maîtresse. Adolescente, elle en avait voulu à sa mère de lui apprendre à tenir une maison, mais cet enseignement allait à présent porter ses fruits.

— A l'avenir, vous prendrez vos ordres auprès de moi. Demain, non seulement nous remettrons cette chambre en état mais nous commencerons à nettoyer tout le château. Je veux qu'il brille comme un sou neuf. Est-ce bien compris ?

— Oui, madame.

La servante esquissa une révérence, le valet s'inclina. L'un et l'autre avaient une expression de méfiance. Cette jeune femme, ils le voyaient, allait modifier profondément leurs existences.

Avant le souper, Jasmine entreprit une brève exploration du château. Apparemment, il n'y avait pas une seule pièce qui n'eût été négligée, même si, çà et là, une traînée plus brillante trahissait un rapide coup de chiffon. Mais toute la poussière accumulée ne parvenait pas à cacher le merveilleux travail de sculpture, et la jeune femme suivait du bout du doigt les contours de fruits, fleurs, feuilles et volutes. De temps à autre, elle prenait un peu de recul pour admirer des cariatides, à travers leurs draperies de toiles d'araignée. Les cabinets d'ébène étaient nombreux et fournissaient la preuve de la richesse des ancêtres de Sabatin, qui avaient été en mesure de faire faire ces meubles dans le bois le plus coûteux de cette époque. En trop d'endroits, remarqua-t-elle, se voyaient des signes de détérioration beaucoup plus graves que ceux d'une simple négligence : taches d'humidité sur les murs, plafonds écaillés là où la pluie les avait traversés, vitres fêlées. Elle en rejetait la faute sur Sabatin, qui aurait dû pour le moins visiter son domaine une fois l'an, afin de s'assurer de son état.

Henriette ne parut pas au souper. On n'avait d'ailleurs pas mis son couvert. Jasmine décida d'aller la trouver le lendemain matin. Sabatin et elle, chacun à un bout de la table, mangèrent dans le silence qui avait régné lors de tous leurs précédents repas. Au Château Valverde, ce n'était pas comme à Versailles ou à Satory, par exemple, où les pièces occupées durant le jour étaient à usage multiple, aucune n'étant strictement réservée aux repas ; on dressait les tables selon les besoins et le nombre des convives. Dans le château de Sabatin, la grande et lourde table en chêne demeurait en place de façon permanente. Jasmine et Sabatin se trouvaient de fait aussi éloignés l'un de l'autre que s'ils avaient été dans deux pièces différentes. Des candélabres s'alignaient entre eux à intervalles réguliers et formaient un écran de lumière et d'argenterie ternie pour ajouter à leur isolement. Jasmine ne s'était pas attendue à des plats d'une telle qualité : sans doute partageaient-ils le menu des domestiques, à moins qu'Henriette n'exigeât une bonne table pour son seul usage, ce qui semblait improbable si l'on considérait son apparence fragile.

Sabatin, à l'autre extrémité de la table, grommelait sans cesse. Un service impeccable lui était assuré, comme de coutume, par ses deux valets de pied qui, dans leurs livrées et leurs gants blancs hâtivement sortis des bagages, prenaient un aspect quelque peu incongru dans ce cadre poussiéreux : l'un n'avait pas remarqué l'épaisse toile d'araignée accrochée à sa perruque, l'autre portait sur sa manche une trace noirâtre. C'était le manque de variété des mets qui indisposait Sabatin, habitué, même en voyage, à des repas somptueux. Pour compenser cette pauvreté et peut-être pour oublier où il se trouvait et pour quelle raison, il buvait en abondance.

Le souper fini, Jasmine lui souhaita une bonne nuit. Elle avait l'intention de le laisser à ses excès de boisson, mais il écrasa son poing sur la table avec une telle autorité qu'elle se rassit : elle ne tenait pas à créer une scène. Les valets, sur son ordre irascible, posèrent un carafon plein près de sa main droite, après avoir ôté la nappe et tout ce qui s'y trouvait, pour l'emporter. La jeune femme se saisit de l'occasion qu'elle avait attendue : s'il se laissait aller à sa fureur contre elle, personne n'en serait témoin. Elle se remit debout, bien décidé, cette fois, à agir comme bon lui semblait.

— Vous pouvez vous abstenir de m'adresser la parole aussi longtemps qu'il vous plaira. De mon côté, je vous épargnerai le son de ma voix dans toute la mesure du possible. Mais ne vous avisez pas de faire preuve de brutalité à mon égard. Vous m'avez amenée ici en qualité d'épouse. Je suis désormais la maîtresse de cette maison et j'ai l'intention de la remettre en l'état qui devrait être le sien. Votre bien-être dépend de votre comportement : si vous persistez à vous montrer grossier envers moi, les domestiques ne me respecteront pas et ne m'écouteront pas plus qu'ils n'ont écouté Henriette par le passé. Vos serviteurs de Versailles, avec leur suffisance et leurs grands airs, seront les pires de tous. Réfléchissez-y bien. Vous verrez que j'ai raison. Sinon, en fin de compte, c'est vous qui serez le premier perdant. Je vous souhaite de nouveau une bonne nuit, Sabatin.

Durant tout ce discours, il l'avait observée en dessous, tête baissée à la manière d'un taureau. Ses yeux étincelaient entre les paupières plissées, son teint coloré était encore rougi par le vin, et une grimace de mépris lui dilatait les narines. Néanmoins, les paroles de Jasmine atteignirent leur but. La rage le prit lorsqu'il fut forcé d'en reconnaître le bon sens. S'il l'avait osé, il l'aurait tuée sur place. Débarrassé d'elle, il aurait pu engager un majordome capable, pour remettre le château en état. Il aurait pu trancher la gorge de cette femme de sa propre main, sans plus d'émotion que s'il coupait une pomme : il se serait simplement senti heureux de ne plus avoir à porter les yeux sur la créature responsable de sa ruine. Mieux encore, il n'aurait pas eu de peine à disposer de ses restes, en ces régions solitaires. Pour couvrir son absence, il aurait prétexté qu'il l'avait renvoyée. Mais il ne fallait pas oublier le Roi : s'il prenait à Louis la fantaisie de lui écrire, quelque jour, et s'il ne recevait pas de réponse, il enverrait probablement quelqu'un pour enquêter sur sa disparition.

Tandis qu'elle sortait de la pièce, son regard la suivit. Son silence était tout bonnement l'expression de sa haine, impossible à briser. Toutefois, il lui accorderait pendant le jour le respect qu'elle exigeait. Il leva son verre et, la tête renversée en arrière, le vida d'un trait. Après quoi, il repoussa son fauteuil. Les nuits étaient une autre affaire.

Elle était à mi-chemin de l'escalier quand elle l'entendit monter derrière elle. Elle ne se retourna pas : il allait, espérait-elle, la rattraper, la dépasser. Mais, en arrivant à sa hauteur, il ralentit l'allure, referma la main sur son poignet avec la force d'un étau. Elle sut aussitôt ce qui allait se passer cette nuit-là. Elle refoula l'envie de hurler, de fuir. La perspective de sentir ses mains sur elle, son corps uni au sien la révoltait. Si elle avait encore été une vierge ignorante, peut-être ce moment aurait-il été plus facile à supporter. L'impitoyable pression des doigts de Sabatin lui disait qu'elle ne pouvait espérer aucune évasion. Rien de ce qu'elle pourrait dire ou faire ne l'empêcherait de faire d'elle sa femme.

Ils arrivaient à la porte de ce qui était provisoirement sa chambre. De l'autre côté du battant, Lénore devait l'attendre, pour l'aider à se mettre au lit. Ces préparatifs constitueraient un bref répit. Mais non. Au moment où elle allait s'arrêter devant cette porte, il l'entraîna d'une secousse brutale, jusqu'à sa propre chambre. Si elle y avait pénétré avec un homme aimé, la pièce lui aurait paru accueillante. Les domestiques s'y étaient affairés pendant le souper. Le parquet avait été balayé et ciré, les meubles d'ébène luisaient dans les coins sombres. Les lourdes courtines du lit, en soie vert émeraude, se balançaient mollement dans le léger courant d'air qui venait des fenêtres ouvertes. Les couvertures repliées révélaient des draps d'une blancheur neigeuse. La lumière des bougies rivalisait avec le clair de lune.

Sabatin lâcha le poignet de Jasmine avant de tourner la clé dans la serrure, et la jeune femme s'approcha de la fenêtre la plus proche. La nuit était peuplée d'étoiles, les montagnes formaient une étrange crête d'argent.

Une lame du parquet craqua. Il venait vers elle.

Il la prit par la taille, pour la retourner vers lui, et, devant son expression d'ivresse lascive, elle sentit le cœur lui manquer. S'il lui en avait laissé le temps, elle aurait dégrafé le collier de perles qui encerclait son cou, mais il ne le permit pas. Il passa les doigts, de chaque côté, entre l'épaule et le décolleté de la robe et, d'un seul mouvement brutal, arracha le vêtement de son corps...

Au milieu de la nuit, les yeux encore dilatés d'horreur au souvenir de tout ce qu'il lui avait fait subir, il lui vint le désir d'échapper au contact de cette chair en sueur. Elle voulut quitter le lit afin de se faire laver par l'air pur de la nuit. Mais le sommeil de Sabatin était moins profond qu'elle ne l'avait cru. Au moment même où elle se redressait et sortait précautionneusement les jambes des draps, il tendit la main, la saisit par les cheveux, la fit retomber d'une secousse sur l'oreiller, près de lui.

Et tout recommença. Les affronts et les humiliations, le viol et l'incessante brutalité, les sanglots désespérés de Jasmine au paroxysme de la souffrance. Par deux fois dans la nuit, elle avait poussé un hurlement, mais, chaque fois, il avait continué de la chevaucher impitoyablement.

A l'aube, lorsqu'il ronfla, elle put enfin sortir du lit. Elle n'avait rien pour couvrir sa nudité : ses vêtements en lambeaux s'éparpillaient sur le sol, où il les avait jetés. Elle ramassa un jupon déchiré, le drapa de son mieux autour d'elle et quitta la pièce le plus silencieusement possible. Elle connut un instant d'affolement lorsqu'elle crut ne pas pouvoir retrouver sa chambre. Son soulagement en fut doublé quand elle ouvrit une porte et reconnut la pièce. Lénore l'attendait toujours, profondément endormie sur un tabouret, au pied du lit, la tête posée sur la courtepointe. Jasmine lui parla.

Lénore était de ces êtres rares qui se réveillent toujours en souriant. Mais, lorsqu'elle leva la tête, les paupières battantes pour chasser un reste de sommeil, elle perdit ce sourire au spectacle de sa maîtresse.

— Madame ! Qu'a-t-il bien pu...

Elle s'interrompit, devint écarlate et sauta sur ses pieds.

— Je vais descendre aux cuisines et faire chauffer de l'eau pour votre bain. Ces meurtrissures s'en trouveront bien...

Elle retrouva son embarras. Sa formation dans sa précédente maison lui avait appris que la première règle consistait à ne jamais rien remarquer d'anormal chez les maîtres et, pardessus tout, à ne jamais faire le moindre commentaire. Mais sa maîtresse se contenta de hocher la tête avec gratitude en disant :

— Je vous remercie. J'en serais heureuse.

Jasmine se rappelait avoir entendu dire un jour que le premier instinct, chez la victime d'un viol, était de se baigner. Elle comprenait maintenant entièrement cette réaction. Elle se plongea complètement dans l'eau chaude, les genoux remontés dans le récipient trop court, au point que ses cheveux eux-mêmes flottaient autour de sa tête, dans le bain parfumé d'eau de rose par les soins de Lénore. Elle fut heureuse de se glisser entre les draps blancs du lit, mais le sommeil mit très longtemps à venir.

Lorsqu'elle se réveilla, vers midi, Lénore lui apporta du chocolat brûlant, qu'elle but comme elle le put : la violence de la bouche de Sabatin lui avait ouvert la lèvre inférieure. Elle entendait, derrière sa porte, l'animation d'une activité frénétique : bien qu'elle n'eût pas paru, ce matin-là, le grand nettoyage du château se déroulait comme prévu. Sans doute, supposa-t-elle, avait-elle adopté, pour donner ses ordres, le ton autoritaire qui était toujours celui de Marguerite quand elle voulait voir ses gens lui obéir au doigt et à l'œil.

Saisie de nostalgie au souvenir de sa mère, elle referma les yeux. Elle n'aurait pas désiré davantage sa présence si elle était redevenue une toute petite fille. Elle avait envie de sentir autour d'elle les bras réconfortants de Marguerite, de s'appuyer sur le roc de sa force, dans cette terrible situation. Pour la première fois, Jasmine ne voyait plus son père sous l'aspect du protecteur, et cela n'avait rien à voir avec la maladie qui l'avait frappé. Elle avait la révélation que, tout au long des années, c'était sa mère qui avait représenté la force dominante dans son éducation, qui avait essayé de la préparer à tout ce que la vie pourrait lui apporter, de dissiper ses illusions sur une existence facile et douce, le lit de roses que son père avait imaginé pour elle.

Elle allait, le jour même, écrire à Marguerite une longue lettre, la première de toutes celles qu'elle lui adresserait au cours des années à venir. Elle n'ajouterait pas aux soucis de sa mère en lui laissant soupçonner à quel point étaient déplorables les relations entre elle et son mari mais elle décrirait le voyage et ses paysages, le site du Château Valverde et ses magnifiques points de vue. Elle parlerait aussi d'Henriette, sans toutefois pouvoir en dire grand-chose jusqu'au moment où elles se seraient vraiment rencontrées. Plus important que tout, cette lettre représenterait un lien avec sa famille, sa maison. Elle s'était crue envahie de nostalgie, durant le voyage, mais ce n'était rien au regard de celle qui la tourmentait à présent jusqu'au plus profond de son cœur.

Elle passa trois jours enfermée dans sa chambre. Elle eut la preuve, durant ce temps, qu'elle n'était pas enceinte, après cette horrible nuit. Une telle éventualité ne se présenterait plus. Un jour où elle visitait les ateliers, elle avait surpris une conversation entre ouvrières, qui l'avait profondément intéressée. Désormais, la précaution dont elles avaient parlé devrait la protéger, car une porte close ne suffirait pas à arrêter Sabatin, quand il aurait résolu d'entrer. Jamais, elle le savait, elle ne pourrait aimer un enfant qu'il aurait engendré.

Lénore fit savoir que sa maîtresse, fatiguée par le voyage,

avait besoin de repos. Personne ne s'en étonna. Seules, quelques servantes se demandèrent s'il était possible qu'elle fût déjà enceinte. Ce fut encore Lénore qui inspecta l'appartement préparé pour Jasmine. Il était magnifique, rapporta-t-elle. Mais la jeune femme attendit, pour émerger de sa retraite, que sa lèvre désenflât, que son visage reprît son aspect habituel. Comme la plupart de ses robes étaient, suivant la mode, largement décolletées, elle dut cacher sous un châle léger les meurtrissures qui marquaient encore ses seins.

Elle alla d'abord visiter les salons qui avaient été nettoyés : le château était si vaste qu'il faudrait bien longtemps avant que le moindre recoin répondît à ses exigences.

Sans savoir qu'on l'avait déjà surnommée la Tartare, elle enfila une paire de gants blancs et promena un doigt sur des rebords oubliés. Elle se montra furieuse en découvrant que dans la bibliothèque, où l'on jugeait le nettoyage terminé, aucun livre n'avait été sorti des rayonnages. Ses reproches laissèrent aux servantes responsables des oreilles tintantes.

Elle sortit ensuite dans le parc. Au sud du château, une pelouse était envahie de mauvaises herbes. Du côté de la façade ouest, il y avait eu jadis un parterre pour charmer les regards de ceux qui se mettaient aux fenêtres, mais il n'en restait presque aucune trace. Derrière des haies non taillées, un potager montrait un ordre parfait, ce qui prouvait l'existence de mains expertes. La jeune femme se mit à la recherche de l'unique jardinier dont elle connaissait la présence. Elle ne tarda pas à découvrir une hutte faite de bric et de broc, une véritable horreur, que le vieil homme avait édifiée lui-même sur une large terrasse, près d'un bassin d'ornement aujourd'hui asséché. Lorsqu'elle y pénétra, la puanteur faillit lui couper le souffle.

— Transportez ce qui vous appartient dans le grenier de l'écurie : vous y dormirez, ordonna-t-elle avec colère. Vous mettrez ensuite le feu à ce taudis. J'enverrai quelqu'un en ville pour ramener des bras : vous les formerez au jardinage si l'on ne trouve pas de jardiniers qualifiés.

Il la contemplait, bouche bée. Tout ce bouleversement signifiait-il qu'il allait y avoir de nouveau de l'argent pour acheter des plants, des outils, tout ce qui manquait ? Sans compter ses gages... Son enthousiasme pour la terre, depuis longtemps étouffé par des tâches trop nombreuses pour un seul vieil homme, reprenait vie.

— Vous feriez bien d'engager également quelques jeunes garçons pour désherber : je leur apprendrai le métier, à eux aussi.

De retour au château, Jasmine envoya en ville l'un des laquais de Versailles, pour faire savoir qu'on demandait du personnel, en particulier une gouvernante. Il lui restait une démarche importante à accomplir : se faire connaître d'Henriette. A en croire Lénore, la vieille dame s'était barricadée dans son appartement, et le duc lui-même n'avait pas réussi à l'en faire sortir. Jasmine n'en fut pas surprise, étant donné la manière dont il avait rudoyé sa tante.

La jeune femme n'avait pas encore passé en revue l'étage supérieur, où la plupart des pièces étaient inoccupées depuis des années. En gravissant l'escalier, elle se remémora l'histoire de la veuve âgée d'un gentilhomme qui, des années durant, avait vécu en recluse au dernier étage d'une aile de Versailles, sans que personne se souciât de son existence. La chose aurait fort bien pu se produire au Château Valverde : Sabatin ne se serait plus inquiété d'Henriette, et les domestiques, par la force de l'habitude, lui auraient monté les plateaux de ses repas jusqu'au jour où elle serait morte.

Près de la porte de l'appartement, un tel plateau, où subsistaient quelques restes, était posé sur une table. Jasmine frappa par deux fois.

— Qui est là ? demanda une voix.

La jeune femme hésita sur la réponse à faire. Si elle s'annonçait comme l'épouse de Sabatin, Henriette pourrait s'attendre au même traitement brutal. Elle choisit une autre formule qui, en réalité, ne faisait pas grande différence mais lui évitait de prononcer le prénom de son mari :

— Jasmine-Marie, duchesse de Valverde.

Il y eut un long silence. Enfin, un verrou fut tiré, une clé tourna dans la serrure, et la porte s'entrebâilla. L'œil soupçonneux d'Henriette examina la visiteuse. Jasmine fit une révérence, dans le bruissement de sa robe mauve lilas. La porte s'ouvrit un peu plus grande. Il y avait bien longtemps qu'Henriette ne s'était vu accorder une telle marque de respect de la part d'une autre dame de qualité.

— Sabatin ne vous a pas accompagnée, n'est-ce pas ? C'est bien, entrez.

Plus encore qu'en pénétrant dans la grande chambre condamnée, Jasmine eut l'impression de se trouver ramenée dans un passé lointain. L'appartement comportait une antichambre, un salon et une chambre à coucher, et les trois pièces étaient encombrées par les souvenirs de toute la vie d'Henriette : cela allait des poupées de bois qui dataient de son enfance aux premiers éventails de son adolescence, en passant par un grand nombre de portraits de famille, certains si décolorés qu'il était presque impossible de discerner les visages peints sur bois. Des vases de Venise anciens, aux tons d'arc-en-ciel, disputaient la place à des porcelaines, à des bibelots de foire, charmants mais sans valeur, à de gros nœuds de rubans fanés, tels qu'en portaient les femmes dans leurs cheveux, des dizaines d'années plus tôt. Il y avait aussi des jades d'un prix inestimable, de petites boîtes de nacre sertie d'or, mille autres curiosités.

Jasmine pensa à son père : pareille collection l'aurait fasciné. Du temps où elle l'accompagnait dans les grandes demeures et les églises, pour son travail, il ne manquait jamais d'attirer son attention sur ce qui était beau et ancien. Il atteignait presque au lyrisme quand il parlait des artisans du passé. Mais elle, aveuglée, ne jurait que par Versailles. A présent, devant cette étrange caverne d'Ali Baba, elle s'étonnait de son propre ravissement.

— Vous avez ici, je crois, plus d'objets dignes d'intérêt qu'il ne s'en trouve dans tout le reste du château, déclara-t-elle.

Henriette prit un air inquiet.

— N'en dites rien à Sabatin ! Il voudrait les vendre. C'est ce qu'a fait son père. Voilà pourquoi je cachais les objets de valeur dans mon appartement, où il ne venait jamais. Il y en avait tant qui devaient être conservés ! Certains ont été rapportés des croisades par l'un des ancêtres de Sabatin.

— Ne vous inquiétez pas. Tout ce qui se trouve ici est sous votre protection. Je suis simplement charmée par cette collection. Ces éventails, en particulier, m'intéressent. Ma mère m'a enseigné la confection des éventails.

Henriette la regarda avec avidité.

— Accepteriez-vous de m'en faire un ? Je n'en ai pas eu de neuf depuis ma jeunesse.

Jasmine se trouva un instant déconcertée. Elle avait tant d'autres chats à fouetter !

— Un jour, promit-elle néanmoins, lorsque j'aurai eu le temps de m'installer.

La vieille dame s'illumina comme une enfant et battit des mains.

— J'ai ici tout le nécessaire. De la dentelle, de la soie, des rubans. Il vous faudra peut-être fouiller un peu partout pour les trouver : je ne me souviens pas toujours des endroits où je range mes affaires.

Elle s'assit, tapota le siège d'un fauteuil, près du sien.

— Asseyez-vous. Quel âge avez-vous ? Dix-sept ans ? Avec ce ravissant visage, votre père aurait pu vous trouver meilleur époux que Sabatin. C'est le fils pervers d'un père malfaisant, et il n'est pas étonnant qu'elle m'ait demandé de venir vivre ici. Elle n'avait personne d'autre.

— Vous parlez de la mère de Sabatin ?

— Oui. Sabatin fut conçu durant leur séjour à Versailles, mais le Roi-Soleil n'a jamais apprécié la vue de femmes enceintes, et son époux l'a renvoyée ici. C'est alors que je suis venue lui tenir compagnie. Il était déjà certain, à l'époque, que je ne me marierais jamais, et mes parents souhaitaient se débarrasser de moi. Il n'a donc pas été question que je rentre chez moi, quand cette pauvre chère femme est morte entre mes bras.

Henriette possédait un petit visage expressif, dont les rides s'épanouissaient ou se contractaient selon ce qu'elle racontait. En cet instant, celles qui encadraient sa bouche s'affaissèrent dans un tremblement : elle luttait contre les larmes, malgré tout le temps écoulé depuis ce jour tragique.

— Sabatin avait alors deux ans. Son père n'était pas venu le voir à sa naissance ni par la suite. Il ne vint pas non plus pour les funérailles. Il reparut seulement plus tard, lorsque le jeu l'eut mis à court d'argent, pour vendre ce qu'il put trouver ici. Après cela, il ne vécut pas bien longtemps. Des années de dissipation et de débauche lui avaient été fatales.

— Mais si cet homme avait perdu tout ce qu'il possédait, comment se fait-il que Sabatin soit fortuné ?

— Oh ! de l'argent familial revint remplir les coffres, à la mort de différents Valverde. D'un seul grand-oncle, il a hérité une fortune énorme, et il a d'autres espérances.

— Est-ce vous qui avez élevé Sabatin ?

— Dans toute la mesure où c'était possible. Dès l'instant où il a su marcher, il s'est montré impétueux et violent. A l'âge de sept ans, il refusait toute discipline. Les précepteurs ne restaient jamais longtemps, les domestiques s'en allaient. Lorsque je tentais de contrecarrer sa volonté, il me donnait des coups de pied, des coups de poing. Je ne pouvais rien faire.

Jasmine imaginait aisément l'impuissance de cette femme faible et dénuée de sens pratique dans ses efforts pour discipliner un enfant ingouvernable.

— Personne d'autre, dans la famille, n'est intervenu pour vous prêter main-forte ?

— Ceux qui l'auraient pu étaient à la Cour, bien loin d'ici. Quand Sabatin avait neuf ans, le frère de sa mère est arrivé ici, en réponse à un appel à l'aide que je lui avais écrit. Il commandait un navire et, après des années passées dans des mers lointaines, il était de retour en France pour y prendre sa retraite. Il s'est installé ici et s'est comporté comme s'il était toujours sur son bateau : il traitait Sabatin en enseigne indiscipliné. De cette manière, il est parvenu à instiller une certaine discipline chez le garçon, qui s'est finalement mis sérieusement à l'étude. Le capitaine était un homme un peu bourru mais généreux. Il avait perdu deux fils dans des batailles navales et il aurait aimé être un père pour Sabatin, mais le petit le détestait. Contrarier Sabatin en quelque manière, c'est faire naître en lui une telle fureur qu'il en devient presque fou.

Elle secoua ses boucles grises, posa sur Jasmine un regard anxieux.

— Faites toujours ce qu'il ordonne. C'est la seule façon d'agir. Voilà pourquoi je n'ose plus quitter mon appartement. Je ne lui ai pas obéi, le jour de votre arrivée.

— A mon avis, il n'y pense plus. J'ai assumé la charge de la maison, et on remet de l'ordre dans le château.

— J'ai fait tout mon possible, vous savez. Mais les serviteurs refusent de travailler quand ils doivent attendre leurs gages.

La jeune femme prit un air incrédule.

— Vous ne receviez donc pas régulièrement une somme destinée à l'entretien du château ?

— Oh ! il n'envoyait jamais d'argent ! Ceux de la Cour s'attendent toujours à ce que leurs domaines leur rapportent de l'argent. Là se limite leur intérêt pour leurs terres. Un certain montant devait parvenir régulièrement à Sabatin, à Versailles. De mon côté, je devais faire durer ce qui restait durant toute une année. J'ai dépensé depuis longtemps ce que je possédais. Le capitaine m'avait bien légué un peu d'argent, mais j'ai dû m'en servir pour nourrir tout le monde. Je ne pouvais me résoudre à congédier des serviteurs qui n'auraient su où aller.

— Soyez assurée que vos soucis ont pris fin.

Jasmine prit entre les siens les doigts décharnés de la vieille dame, les tapota gentiment avant de se lever pour prendre congé.

— L'argent va de nouveau affluer dans cette maison, et le personnel sera plus nombreux, dans le château comme à l'extérieur.

Henriette se mit debout pour l'accompagner jusqu'à la porte de l'appartement.

— C'est une telle joie pour moi d'avoir de nouveau quelqu'un à qui parler, fit-elle, d'un ton émerveillé. Il ne vient plus jamais personne, ici. Pas depuis la dernière année que Sabatin a passée au château, avant d'aller faire son service aux armées du Roi, pour séjourner ensuite à la Cour.

— Vous et le capitaine jouiez-vous alors le rôle d'hôte et d'hôtesse ? demanda Jasmine.

Les robes démodées de la vieille dame devaient dater de cette époque, supposait-elle.

— Non. Le capitaine est mort tragiquement quand Sabatin avait seize ans. C'est lui qui a organisé, durant toute une année, des réceptions pour d'autres jeunes gens pareils à lui. Ils amenaient ici des filles de la ville, et je ne saurais vous décrire tout ce qui se passait. Je ne sortais pas de mon appartement.

— Ces jours-là sont passés, eux aussi. Descendez dîner avec nous, aujourd'hui.

L'anxiété d'Henriette parut renaître.

— Non, je ne pense pas. Mieux vaut qu'il m'aperçoive d'abord deux ou trois fois dans les parages.

— Fort bien.

Jasmine ouvrit la porte, s'arrêta sur le seuil.

— Comment est mort le capitaine ?

— Ce fut un accident. Sans doute examinait-il un pistolet. Il ne savait pas que l'arme était chargée, et le coup est parti.

Le regard d'Henriette se déroba, pour se fixer sur un coin du tapis.

— C'est Sabatin qui l'a trouvé. Il n'était pas bien loin, à ce moment. Ils avaient parlé ensemble, un instant plus tôt.

Jasmine retint son souffle.

— S'agissait-il d'un entretien ou d'une querelle ?

La vieille dame leva sur elle des yeux terrifiés.

— Je vous répète ce qu'a déclaré Sabatin à l'époque. Pour l'amour du ciel, ne lui posez jamais de questions sur ce sujet. Peut-être n'aurais-je pas dû vous en parler.

— Je vous promets de n'y jamais faire allusion.

La porte fermée, Jasmine se permit un long soupir tremblant. Elle en avait beaucoup appris sur son époux, au cours de l'heure écoulée. Il était difficile de lui conserver une certaine pitié pour cette éducation gâchée, étant donné le traitement qu'il avait réservé aux deux seuls êtres qui lui avaient témoigné de l'affection et de la sollicitude.

Lorsqu'elle se retrouva dans la grande salle, Sabatin venait de rentrer d'une promenade à cheval. Elle le revoyait pour la première fois, depuis le jour où elle avait fui sa chambre, à l'aube. Son aversion encore accrue par ce qu'elle venait d'entendre, elle serait volontiers passée devant lui sans lui accorder un regard. Elle s'attendait à le voir agir de même. A sa grande surprise, ce qu'elle lui avait dit ce premier soir, après le souper, avait eu un effet, en dépit de ce qui avait suivi. Il s'inclina devant elle, comme s'il avait été le plus aimant des époux. Tel devait être, désormais, son comportement courtois à son égard, durant la journée : il la saluait, se levait toutes les fois qu'elle entrait dans une pièce, s'effaçait pour lui permettre de le précéder. Chacun de ses gestes était destiné à convaincre les domestiques que c'était elle qui refusait de lui parler.

Le soir de ce même jour, Jasmine emménagea dans son appartement remis à neuf. A peine était-elle dans son lit que s'ouvrit la porte entre leurs deux chambres, et qu'il vint la rejoindre. Il usa d'elle, égoïstement et en silence, de toutes les façons qui lui plaisaient, sans toutefois manifester l'extrême brutalité dont il avait fait preuve la première fois. Il avait exercé sur elle sa pleine vengeance en l'avilissant totalement : son orgueil était satisfait. Néanmoins, la menace informulée restait suspendue entre eux : il n'hésiterait pas à employer les mêmes moyens si elle se refusait au devoir conjugal.

De jour en jour, la remise en état du château devenait pour Jasmine une préoccupation plus obsédante. C'était pour elle l'unique moyen de chasser de son esprit la crainte qu'elle avait de Sabatin, ses inquiétudes à propos de ses parents, sa nostalgie et la tristesse qui l'envahissait à la pensée que tous ses amis l'avaient abandonnée à son bannissement, puisque aucune missive ne lui parvenait. La rancune que les serviteurs nourrissaient contre elle allait croissant. Seuls, les domestiques versaillais conservaient leur détachement. Ils faisaient bande à part et gardaient pour eux leurs opinions, à la manière de gentilshommes égarés parmi des paysans.

— La duchesse m'a fait décrocher ces tapisseries pour la troisième fois, afin de les brosser !

— Elle est montée au haut de l'échelle de la bibliothèque, pour examiner une fois de plus le dessus de l'armoire de chêne. J'espérais qu'elle allait tomber et se rompre le cou !

— Et Jacques, donc ! Elle lui a dit que, s'il ne pouvait prendre la peine de porter chaque jour une cravate propre et d'entretenir sa perruque, il pouvait aussi bien travailler aux écuries. Et c'est là qu'elle l'a envoyé !

Le duc n'était pas davantage apprécié. Il beuglait comme un taureau quand il était mécontent, il bottait volontiers le derrière des serviteurs, il maltraitait ses chevaux. Mais tous lui reconnaissaient une qualité : il tenait remarquablement bien l'alcool : même après plusieurs heures, quand il avait vidé un nombre incalculable de bouteilles, il était capable de se mettre debout pour monter seul à sa chambre. En même temps, ils lui en voulaient de ne pas avoir de compagnons de beuverie, qui auraient apporté un peu de vie au château. Mais sa vanité était telle qu'il ne pouvait se résoudre à frayer avec les gentilshommes campagnards qu'il avait toujours méprisés. Pour cette raison, il refusait toutes les invitations qui commençaient à lui parvenir. Devant son secrétaire, il ne manquait pas de se montrer mordant sur ce sujet.

— Comment ces gens-là peuvent-ils prétendre à s'attirer la présence, à l'une de leurs piètres soirées, d'un homme accoutumé à la compagnie de princes du sang et à celle du Roi lui-même !

Le secrétaire continuait à rédiger les refus. Mais, un jour, en présentant la toute dernière invitation, il se permit une suggestion :

— Peut-être Mme la duchesse aimerait-elle assister à cette soirée musicale.

Pour toute réponse, Sabatin le gratifia d'un regard furieux et lui prit la carte des mains pour la déchirer en deux morceaux. Jasmine ne savait jamais rien de ces invitations : toutes les lettres apportées au château étaient confiées au secrétaire qui, à son tour, les portait à son maître. Sabatin brûlait toute la correspondance adressée à son épouse, après y avoir jeté un coup d'œil : il était disposé à lui annoncer la mort de son père, si elle survenait, mais rien de plus. De la même manière, lorsqu'elle écrivait une lettre, celle-ci s'arrêtait entre les mains de Sabatin. Toutes étaient détruites.

Jasmine, en août, était au Château Valverde depuis trois mois quand arriva la nouvelle du prochain mariage du Roi avec la princesse Marie Leszczynska, fille du roi de Pologne en exil. La jeune femme se rendit dans un coin isolé de l'ancien jardin en terrasse, où les travaux de restauration n'avaient pas encore commencé. Elle y resta une demi-heure. Elle ne versa pas une larme sur les souvenirs qu'évoquait la nouvelle. Tout apitoiement sur elle-même s'était tari, comme s'était envolée toute autre émotion, mis à part une brûlante nostalgie et un besoin désespéré de savoir ce qui se passait dans la demeure familiale. Elle n'avait qu'une peur : que sa mère se fût entièrement désintéressée d'elle, comme si ce mariage avec Sabatin avait finalement trahi tous ses espoirs en sa fille.

Chaque fois que de telles pensées lui venaient à l'esprit, elle ne savait comment se retenir de hurler son désespoir. Elle sautait sur ses pieds, s'attachait une fois de plus au seul antidote qu'elle connût et allait examiner les greniers pour voir dans quel état de propreté les avait laissés le nettoyage du matin. Par ailleurs, elle élaborait des projets pour offrir aux serviteurs et aux fermiers, le cinquième jour de septembre, une fête qui marquerait la date du mariage du Roi.

13

Grâce aux soins constants de Marguerite, l'état de Laurent s'améliorait grandement. Les séquelles étaient moins graves qu'on avait pu le craindre au début. Son élocution restait difficile, et ses visiteurs assuraient en grande partie la conversation. Marguerite les mettait en garde : le mariage de Jasmine ne devait pas être évoqué.

— S'il l'apprenait, il pourrait avoir une rechute, leur expliquait-elle franchement.

Elle se rappelait qu'elle avait failli elle-même s'effondrer, quand elle avait reçu la douloureuse lettre d'adieu de sa fille, écrite à Versailles.

— Le baron la croit en Italie.

Elle le laissait toujours seul avec ses visiteurs : il s'habituait ainsi à la voir quitter son chevet pour de courtes périodes. Elle se demandait comment elle se serait tirée d'affaire sans Berthe pour la seconder.

Les premiers temps, il avait été trop malade pour avoir la moindre notion du temps. Mais, quand sa santé devint meilleure, il se mit à poser des questions : quelles nouvelles avait-on de Jasmine ? Chaque fois, Marguerite trouvait quelque prétexte, dans l'espoir que le lendemain apporterait une lettre, mais elle était malade d'inquiétude. Finalement, lorsqu'il commença de s'agiter, il ne lui resta plus d'alternative.

— Une lettre de Jasmine ! s'écria-t-elle un matin.

Elle déplia la missive qu'elle avait elle-même écrite la veille au soir. Ce jour marqua le début d'une interminable comédie pour faire croire à son mari que les lettres arrivaient à intervalles réguliers. Heureusement, Laurent, par le passé, avait parlé à plusieurs reprises de sa belle-sœur, à laquelle il avait rendu visite en deux occasions. Marguerite pouvait ainsi laisser courir son imagination. Elle s'étendait sur les bals, les réceptions, les concerts et autres festivités auxquelles Jasmine était censée participer. Toujours, le côté intact du visage de Laurent se plissait en un sourire indulgent. Il prenait un plaisir constant à se représenter l'image de grâce et de beauté que devait donner sa fille et il se montrait ensuite plus paisible.

Un jour, enfin, Marguerite, incapable de supporter plus longtemps cette absence de communication avec sa fille, écrivit directement à son gendre. Elle ne lui avait jamais parlé mais elle se rappelait l'avoir vu parfois à Versailles. Des bribes de commentaires salaces à son propos lui étaient venues aux oreilles : ils avaient suffi à lui faire comprendre que, si un dixième seulement de ces racontars était fondé, c'était un homme violent et lubrique. A l'idée que sa fille pût être son épouse, elle se réveillait en sursaut, la nuit, saisie d'horreur, et son unique espoir était que Jasmine réussît à éveiller en lui un peu d'amour, afin qu'il se montrât pour le moins bon envers elle.

La réponse de Sabatin lui parvint rapidement : il n'y avait donc pas de problème de courrier. Dans la première phrase de sa lettre, Sabatin regrettait d'avoir été dérangé pour si peu. Jasmine était son épouse, elle n'avait plus d'attaches avec quiconque, et il souhaitait qu'il en fût désormais ainsi. Mieux encore, il tenait à rappeler au baron et à la baronne Picard qu'il avait pris leur fille sans dot, que la position sociale de Jasmine était malheureusement fort inférieure à celle d'un gentilhomme de son rang, et qu'elle était entièrement responsable de son exil. En conclusion, il ne tolérerait aucun contact entre sa maison et la leur. Toutes les lettres adressées à Jasmine avaient été détruites et continueraient à l'être sans rémission. Les devoirs parentaux d'un architecte et d'une confectionneuse d'éventails envers la duchesse de Valverde avaient pris fin.

Devant l'impitoyable arrogance de cette lettre, Marguerite fut d'abord atterrée, au point que la feuille tremblait dans sa main. D'un trait de plume, Valverde avait rompu tout lien entre elle et son enfant. Ses craintes à propos de la façon dont cet homme traitait Jasmine se multiplièrent. Elle ne savait que faire. Depuis longtemps déjà, elle s'en voulait cruellement de n'avoir pas écouté Laurent quand il voulait envoyer Jasmine à Florence. La faute lui en revenait entièrement : elle s'était méprise sur les raisons de son mari. Si elle avait agi promptement, sa fille aurait été épargnée. Quant à l'accusation de Valverde contre Jasmine, elle avait appris, par les visiteurs de Laurent, que le duc de Bourbon avait systématiquement dressé une liste noire visant à débarrasser la Cour de tous ceux qui présentaient pour le Roi le moindre danger moral. Jasmine, elle aussi, avait dû figurer sur cette liste, mais Marguerite n'en dit rien à personne. Pour la plupart, Jasmine avait simplement été la victime du malheureux sort qui s'était abattu sur plusieurs autres filles de bonnes familles : on les avait cruellement mariées aux « arracheurs de palissades », et elles s'étaient trouvées condamnées avec eux au bannissement : un tour pendable joué par le duc de Bourbon.

Le Roi représentait pour Marguerite l'unique espoir. Il pouvait ordonner à Valverde de permettre le libre échange de lettres entre elle et sa fille. Malheureusement, elle ne pouvait se rendre à Versailles et s'y poster pour attendre le passage du souverain et lui présenter sa requête : Laurent, elle le savait, se tourmenterait de son absence. Adresser au Roi une sollicitation écrite ? Le duc de Bourbon exerçait une censure sévère. Louis ne recevrait probablement jamais sa lettre. Elle devrait donc attendre qu'une occasion se présentât. Dans le même temps, il lui fallait continuer à écrire de fausses lettres, et cette tâche l'accablait de tristesse.

Septembre arriva, et ce fut bientôt le mariage royal. Louis était tombé follement amoureux de sa fiancée, dès l'arrivée de celle-ci à Versailles. Une ou deux allusions cruelles l'avaient informé par avance qu'elle était sans beauté, mais son visage piquant, la limpidité de ses yeux sombres l'avaient captivé d'emblée. Peu lui importait que Marie Leszczynska fût son aînée de sept ans. Jasmine avait bien deux années de plus que lui, à un mois ou deux près, et cela n'avait fait entre eux aucune différence. Non qu'il pensât beaucoup à elle, ces temps-ci. La perspective de son mariage avait pris le pas sur tout le reste, car le brutal départ de Jasmine avait laissé un vide douloureux, alors qu'il était mûr pour l'amour. Et cet amour lui était venu avec sa future épouse. Intérieurement souriant, extérieurement calme et serein, il se laissa vêtir de soie blanche pour la cérémonie, et, quand on lui posa sur les épaules le long manteau de velours bleu saphir, brodé de fleurs de lys et doublé d'hermine, ce fut pour lui comme une caresse.

Une fanfare militaire jouait dans la Cour Royale. Depuis l'aube, une foule innombrable franchissait les grilles. Chacun était d'humeur joyeuse, et les marchands faisaient des affaires d'or. Tout le monde espérait apercevoir le Roi et la nouvelle Reine sur le balcon, quand serait terminée la cérémonie célébrée à la Chapelle royale. Marguerite dut abandonner son carrosse au milieu de la presse : le cocher ne pouvait plus faire avancer ses chevaux. Elle se fraya un passage jusqu'aux grilles dorées et pénétra dans le Vestibule de l'Escalier de la Reine, au décor si familier depuis l'époque où elle vendait des éventails, et où le simple fait d'entrevoir Augustin la ravissait.

Les anxiétés des derniers mois, l'inquiétude taraudante pour les deux êtres qui lui étaient les plus chers avaient marqué son visage. Elle était amaigrie, les rides, naguère à peine perceptibles, s'étaient accentuées, et ses cheveux, jadis aussi éclatants que les rubis, étaient devenus d'un gris doux où subsistaient seuls quelques fils brillants. Pourtant, à soixante et un ans, elle avait conservé la même démarche, le dos bien droit, les hanches gracieusement balancées, qui faisait se retourner sur son passage des hommes beaucoup plus jeunes. Mais personne, ce jour-là, n'avait assez de place, dans la foule grouillante, pour la suivre des yeux lorsqu'elle se joignit à la marée humaine qui montait et descendait l'Escalier de la Reine. Elle poursuivit son chemin jusqu'au Salon de la Paix, qui s'ouvrait sur la Galerie des Glaces.

Elle avait appris de bonne source que le Roi, afin de se laisser voir par le plus de gens possible, emprunterait ce trajet pour se rendre à la Chapelle royale. Elle ne s'attendait pas à trouver déjà autant de monde dans la galerie étincelante, où les dix-sept embrasures des fenêtres étaient pleinement occupées, toutes les places prises sur les gradins recouverts de velours qu'on dressait là dans les grandes occasions. Au lieu d'entrer, elle se posta en un endroit ignoré de tous : le dos appuyé au pilastre vert et blanc de l'arche qui séparait le Salon de la Paix de la Galerie.

Elle ne devrait pas avoir bien longtemps à attendre. Elle jeta un coup d'œil vers la cheminée de marbre gris du salon, mais il n'y avait pas de pendule pour la tenir informée du temps qui passait. Elle n'avait pas su avant le matin même si, oui ou non, elle pourrait venir à Versailles. Tout dépendait de Laurent : il fallait savoir si la journée s'annonçait pour lui bonne ou mauvaise. Par bonheur, elle lui avait trouvé bonne mine, et il lui avait souri lorsqu'elle avait exprimé le désir de voir la royale mariée.

— Allez, ma... chère amie. Berthe... restera... près... de moi.

Elle avait passé en hâte une robe de Cour, s'était parée de ses émeraudes. Enfin, après avoir choisi un éventail orné de pierres précieuses, elle s'était mise en route. En ce jour de fête et de liesse, le Roi serait disposé à accepter bien des requêtes, et la sienne devrait figurer parmi celles-ci.

— Le Roi approche !

Le cri fut repris par la foule, en un murmure par les courtisans, d'une voix plus forte par les bourgeois qui étaient parvenus jusqu'à la seconde antichambre sur laquelle donnait la chambre royale. Marguerite se représentait en imagination la lente marche du monarque et elle se surprit à retenir son souffle lorsqu'il apparut enfin, ce jeune homme qui avait aimé sa fille et n'avait jamais paru plus majestueux qu'en ce jour. Il y eut de tous côtés un bruissement d'étoffes soyeuses quand les courtisans et leurs dames, placés au premier rang, s'inclinèrent très bas ou plongèrent en de profondes révérences. D'autres applaudirent, et les acclamations spontanées montèrent des derniers rangs, aussitôt reprises par la foule, dans la Galerie des Glaces.

Marguerite saisit une lueur de reconnaissance dans le regard de Louis, lorsqu'elle s'avança pour s'incliner à son tour et lui offrir une rose tardive prise aux parterres du Château Satory. Il l'accepta gracieusement.

— Je vous remercie, madame la baronne.

— C'est un symbole de joie, Sire.

— Quelle charmante pensée ! Comment se trouve votre époux ? Mieux, j'espère ?

Elle fut touchée qu'il songeât à prendre des nouvelles de Laurent en ce jour mémorable, et, en même temps, soulagée que Louis, involontairement, l'eût aidée à présenter sa requête.

— Il a fait de remarquables progrès, Sire. Mais son rétablissement serait beaucoup plus rapide s'il pouvait recevoir une lettre écrite de la propre main de Jasmine. Le duc de Valverde lui a interdit de nous écrire. Vous seul pouvez aller à l'encontre de cette injonction cruelle. Je vous supplie d'intervenir, Sire !

Il n'avait pas saisi ses paroles, couvertes par le tumulte d'approbation qui s'élevait dans la Galerie des Glaces. Il s'était tourné de ce côté en souriant. Par ailleurs, les courtisans provoquaient un autre tapage en essayant de repousser ceux qui se pressaient derrière eux. Le Roi croyait savoir ce que lui avait dit Marguerite, dont l'expression tendue était toute naturelle chez une mère privée de sa fille en une telle occasion.

— Remerciez Jasmine d'avoir exprimé ses bons vœux dans une lettre à vous adressée. Je lui souhaite à mon tour beaucoup de bonheur.

Il se remit en marche, sa suite repoussa Marguerite, et elle se retrouva perdue dans la cohue. Elle parvint à se dégager, s'approcha d'une fenêtre et resta là à regarder sans rien voir. Son ultime espoir s'était éteint. Lorsqu'elle avait prononcé le nom de Jasmine, elle avait vu naître dans les yeux du souverain ce regard sans expression qui est toujours celui d'un homme quand on lui parle d'une femme qui ne l'intéresse plus. Il s'accompagne invariablement d'un sourire poli, d'un coup d'œil circulaire pour découvrir un moyen de s'échapper, d'un accueil enthousiaste de la première diversion venue. Louis n'avait pas délibérément repoussé sa requête, mais elle en avait vu assez pour savoir que, si elle cherchait de nouveau à l'approcher un jour, il répondrait qu'il ne pouvait intervenir entre un homme et son épouse.

Désespérée, elle quitta Versailles. Lorsqu'elle arriva chez elle, Laurent avait des visiteurs, un confrère architecte et sa femme. Elle n'était pas d'humeur à faire des politesses mais se sentit néanmoins obligée de les rejoindre : l'épouse de l'architecte venait d'arriver de Chartres, où elle s'était attardée afin de vendre leur maison. Elle atteignait la porte de la chambre de Laurent quand celle-ci s'ouvrit à la volée, et la femme sortit précipitamment.

— Vite ! Votre mari ! Il se meurt, je le crains !

Marguerite s'élança vers Laurent. Il était en proie, elle le vit aussitôt, à l'une de ces crises, produites par l'agitation nerveuse, qui lui coupaient la respiration et le faisaient atrocement souffrir. Elle le traita comme elle en avait l'habitude : elle le redressa sur ses oreillers, le tint contre elle jusqu'à la fin du spasme. Toujours, en de tels cas, on ignorait s'il allait ou non se tirer d'affaire une fois encore. L'architecte et sa femme ne savaient que faire.

— Que lui avez-vous dit ? demanda Marguerite au couple.

La femme, en larmes, répondit en se tordant les mains :

— Je lui ai seulement parlé du mariage de sa fille avec le duc de Valverde.

Un instant, Marguerite ferma les yeux d'un air las. Après tous ses efforts, sa comédie se révélait inutile.

— Berthe ne vous avait donc pas avertie ?

Cette fois, ce fut l'architecte qui expliqua :

— Sans doute n'en a-t-elle pas vu la nécessité : j'étais déjà venu plusieurs fois. J'avais malheureusement omis de mettre ma femme en garde. Pouvons-nous vous aider en quelque manière ?

— Non. Vous n'êtes pas responsables. Cela devait arriver un jour ou l'autre. Laissez-nous, je vous prie.

Dès qu'ils furent partis, Berthe vint aider sa maîtresse. La procédure à suivre était toujours la même. On ouvrait les fenêtres en grand, on versait dans un verre un doigt de cognac, qui faisait du bien au malade quand on le lui administrait par petites gorgées ; on trempait dans l'eau froide des compresses que l'on posait sur son front ruisselant de sueur. Marguerite ne fit aucun reproche à Berthe. Quoi qu'on fît pour la contenir, la vérité trouvait toujours le moyen d'émerger. C'était inévitable.

Cette nuit à Versailles fut la plus heureuse que Louis eût jamais connue. Le lendemain matin, son épouse, étourdie et ravie, informa ses dames d'honneur que le Roi lui avait fait sept fois l'amour. Elles eurent tôt fait de répandre la bonne nouvelle, qui réjouit immensément la Cour. L'importante question d'un héritier s'annonçait bien. Il devint bientôt évident que la Reine avait conçu le soir de ses noces.

Le Roi était profondément amoureux, la Reine se montrait souriante et gracieuse, bien qu'un peu trop pieuse. Jamais Versailles n'avait connu une aussi joyeuse atmosphère. Cela ne saurait durer, déclaraient les cyniques. Les romantiques, eux, proclamaient le contraire : le monde entier, disaient-ils, aimait un amoureux, et la nation tout entière avait donné son cœur au Roi. Neuf mois tout juste après le mariage et, par longue tradition, devant une nombreuse assistance de courtisans et de nobles dames, augmentée de quelques bourgeois qui avaient réussi à s'introduire dans la chambre, la Reine donna naissance à des jumelles. C'était la première des représentations en public qu'elle donnerait par intervalles dans son lit superbement emplumé.

Au Château Satory, la bévue commise le jour du mariage royal avait pratiquement ramené Laurent à son état antérieur, après la première crise. Des semaines durant, Marguerite se vit épargner l'épreuve de lui fournir des explications à propos des lettres supposées de Jasmine. Quand, après de longs mois, Laurent eut enfin regagné le terrain perdu, elle lui avoua la vérité. Après cela, il ne fut plus besoin de mensonges : elle lui avait donné la raison pour laquelle leur gendre interdisait toute correspondance avec la fille qu'ils avaient perdue. Pour la première fois depuis le jour où Laurent avait été frappé par la maladie, Marguerite fut incapable de contenir ses larmes devant lui, et ils pleurèrent ensemble.

Pour Jasmine, le jour du mariage de Louis avait également été pénible. En dépit de ses craintes, elle ne parvenait pas à croire que sa mère, même très mécontente, ne lui aurait pas donné de nouvelles sur l'état de son père. Un soupçon déplaisant, qui l'habitait depuis longtemps, commença de se préciser. Pour le confirmer, il lui fallait des preuves. Elle en trouva l'occasion dans les jardins, où elle regardait la gouvernante surveiller les préparatifs de la fête donnée en l'honneur du mariage. Elle aperçut soudain un messager au milieu des domestiques, qui portaient joyeusement des tabourets, des plateaux chargés d'écuelles et de gobelets.

— Je me charge de ceci, dit-elle, en tendant la main vers les deux lettres qu'il tenait.

L'une était adressée à Sabatin, l'autre portait son nom, d'une écriture qu'elle ne reconnut pas. Elle les emporta dans son appartement et, en prenant grand soin de ne pas briser le sceau, réussit, avec un coupe-papier, à ouvrir celle qui lui était destinée. Elle venait d'une dame des environs qui la conviait à une partie de cartes avec quelques amies. Elle scella de nouveau la missive, rapporta l'une et l'autre au messager qu'elle avait prié d'attendre. Il s'y était montré d'autant plus disposé qu'il avait engagé la conversation avec l'une des servantes qui disposaient le couvert sur une table. Après lui avoir demandé de porter les lettres au château, Jasmine alla reprendre sa place. Si l'homme avait trouvé étrange qu'elle lui eût soustrait les lettres pour un bref moment, elle ne s'en souciait pas. Elle avait tendu un piège et attendait les résultats.

Sabatin ne daigna pas paraître aux réjouissances. En esprit, il était à Versailles, au milieu des plaisirs qui lui manquaient tant. Il se réfugia dans un coin, avec une bonne provision de bouteilles, bien décidé à s'enivrer. Henriette était aussi surexcitée qu'une enfant. Elle et Jasmine se mêlèrent peu à la foule, mais elles distribuèrent des friandises aux enfants et, d'une fenêtre, regardèrent ensemble le feu d'artifice.

Jasmine avait été frappée, ce jour-là, par l'aspect misérable des métayers. Ils ne semblaient pas trop mal nourris : à cette époque de l'année, les fruits de la terre étaient encore en assez grande abondance. Mais ils avaient dû revêtir pour l'occasion leurs meilleurs vêtements, et bon nombre d'entre eux étaient en haillons. Elle questionna Henriette sur ce point, reçut une vague réponse.

— Je ne les connais pas. Ils paient leur dû à Sabatin pour la terre qu'ils cultivent, et il possède chaque arpent à des lieues alentour. C'est la récolte des noix qui est la plus importante, dans cette région.

L'huile de noix était l'ingrédient essentiel d'une bonne

salade, et Jasmine se rappelait que, par le passé, cette huile avait relevé pour elle bien des plats, sans qu'elle accordât une pensée à ceux qui travaillaient pour la produire. Mais cet aspect des propriétés de Valverde ne la concernait pas. Son domaine, c'était le château et les jardins qui devraient être transformés quand viendrait le printemps.

A la fin de la journée, sa lettre ne lui avait toujours pas été remise, et elle mit cette omission sur le compte des festivités. Elle pensait toutefois l'avoir le lendemain matin. Elle attendit trois jours, avant d'aller trouver le secrétaire.

— Pourquoi un tel retard, monsieur Dupons ?

Mal à l'aise, il la regardait. C'était un homme au teint olivâtre, à la poitrine creuse, taciturne et réservé, qui connaissait son métier et possédait une très belle écriture. A la différence des serviteurs d'un rang inférieur, il ne portait aucun ressentiment à la jeune femme mais sa loyauté allait d'abord au duc. Par ailleurs, cette vie à la campagne le satisfaisait : le climat, espérait-il, apaiserait cette toux irritante qui le secouait de temps à autre. Il ne voulait rien faire qui pût mettre sa situation en danger.

— Le duc m'a donné l'ordre de refuser l'invitation, madame, dit-il d'un air gêné. J'ignorais qu'elle fût déjà passée par vos mains.

— Et que sont devenues les autres lettres arrivées à mon nom, monsieur Dupons ?

Cette fois, il se troubla complètement.

— Tout est remis à votre mari, madame.

— Je vais de ce pas lui parler. Dorénavant, toutes mes lettres me seront données aussitôt. C'est un ordre.

Dans la bibliothèque, Sabatin écouta sa tirade jusqu'au bout. Debout devant la fenêtre, il lui tournait le dos. Il était rarement sobre, ces temps-ci : souvent, il entamait la journée en buvant du vin de Champagne, ce qui lui rappelait Versailles et lui procurait un certain apaisement.

Jasmine ne tenait pas à l'irriter et à perdre ainsi toute chance de récupérer ce qui lui appartenait. Poliment, elle exposa qu'à sa connaissance, il avait conservé des lettres qui lui étaient destinée et le pria de les lui rendre.

— Elles sont à moi. Je n'ai aucune idée de ce qui a pu vous pousser à les garder, à moins que vous n'entendiez par là poursuivre le châtiment que vous m'avez infligé pour des événements dont, bien à tort, vous me tenez responsable. Qu'il n'en soit plus question. Par pitié, permettez-moi de savoir si mon cher père est vivant ou mort !

Sa voix se brisa. Sans le savoir, elle avait tendu les mains vers lui en un geste de supplication.

Pour lui montrer qu'elle l'ennuyait, il poussa un long soupir, mais il s'écarta de la fenêtre, alla ouvrir la porte de la petite pièce où travaillait son secrétaire. Elle crut défaillir de soulagement. Ses lettres allaient lui être rendues ! Combien y en aurait-il ? D'un instant à l'autre, elles seraient entre ses mains.

— Monsieur Dupons, dit Sabatin, d'une voix lasse et traînante, aurais-je laissé passer la nouvelle d'un deuil ?

Le secrétaire, plume en main, tourna la tête. Par la porte entrouverte, il aperçut Jasmine, derrière son maître. Il prit garde d'éviter son regard.

— Pas que je sache, monsieur.

— Il n'y en a donc pas eu. Et les lettres venues de petites gens ? En est-il arrivé récemment ?

— Celles que je vous ai remises, sans plus.

— Fort bien. Avec le temps, ces importunités cesseront. Jamais par le passé je n'ai eu à supporter une aussi abondante correspondance de la part d'inférieurs. Désormais, vous m'éviterez l'ennuyeuse obligation de déchirer ces lettres en brûlant tout ce qui ne me sera pas adressé.

— Oui, monsieur.

Sabatin referma la porte. Sans un regard pour son épouse, il se rassit à la table de la bibliothèque, un volume ouvert devant lui, comme elle l'avait trouvé en entrant dans la pièce. Figée sur place, elle le considérait avec une telle aversion qu'elle en tremblait tout entière. De la façon la plus brutale, il lui avait appris que son père était toujours vivant mais, en même temps, il lui avait clairement fait comprendre qu'elle ne pouvait espérer recevoir de nouvelles de ses parents ni de personne qui aurait l'idée de lui écrire. Elle avait en même temps la certitude qu'aucune de ses lettres n'était arrivée à destination. Il lui avait infligé de multiples humiliations mais, pis encore, il faisait souffrir les êtres qu'elle aimait le plus au monde. En elle, quelque chose se brisa. Elle se jeta sur lui, toutes griffes dehors.

— Démon cruel et sans cœur ! hurla-t-elle. Votre place est en enfer !

Totalement pris au dépourvu, dans sa position assise, il se trouva désavantagé pendant quelques secondes, et les ongles de la jeune femme lui labourèrent tout un côté du visage. Dans un rugissement, il bondit sur ses pieds et la rejeta loin de lui d'un geste violent. Elle partit en arrière, alla donner lourdement contre un rayonnage de livres et tomba à terre.

Sans lui laisser le temps de bouger, il se précipita sur elle. Il la prit à la gorge, un pied de chaque côté de son corps, et la redressa d'une secousse. Son visage dominait celui de Jasmine. Congestionné de rage, son teint prenait un ton violacé de prune mûre, le sang coulait des égratignures. Elle lut le meurtre dans ses yeux, comprit qu'il allait l'étrangler. Elle se débattit, mais la pression sur son cou s'accentuait encore. Elle se sentait sur le point de suffoquer lorsqu'il la lâcha subitement. La tête de la jeune femme vint heurter le parquet, une nouvelle explosion de souffrance s'ajouta à toutes les autres. Sabatin fonça hors de la pièce. La porte claqua derrière lui.

Jasmine ne perdit pas connaissance. Ses pensées, cependant, se précisaient un instant pour lui échapper l'instant d'après, et elle demeurait étendue sans mouvement. Elle toussait, cherchait vainement un peu d'air. La porte de la petite pièce voisine s'ouvrit, le secrétaire jeta un rapide coup d'œil avant de refermer vivement le battant, montrant ainsi qu'il ne voulait pas être mêlé à l'affaire. Pourtant, il avait dû faire quérir la femme de chambre de Jasmine : au bout d'un temps qu'elle ne put évaluer, elle découvrit à ses côtés Lénore, qui lui soutenait la tête et l'aidait à se relever. Elle se retrouva seule un instant : Lénore avait couru chercher une écharpe dont elle lui entoura le cou pour cacher les meurtrissures. Après un moment, elle put monter sans aide jusqu'à son appartement. La porte à peine refermée, elle fut prise d'une défaillance, et Lénore la mit au lit.

Lorsqu'elle fut un peu remise, elle passa de nombreuses heures à méditer sur son cas. Pour Sabatin, elle était et resterait l'unique raison pour laquelle il avait dû quitter Versailles. Le duc de Bourbon avait cependant dû lui exposer d'autres motifs pour justifier son bannissement. Ce qu'étaient ces motifs, elle ne pouvait que le deviner, car on ne lui avait fourni aucune explication. Mais, comme beaucoup de gens d'une suffisance suprême, il était incapable d'accepter pour lui-même la moindre part de blâme. Par ailleurs, son orgueil ne lui permettait pas d'admettre que sa propre épouse continuât d'entretenir des relations avec ses parents, qu'il considérait comme ses inférieurs. Elle allait devoir trouver le moyen d'envoyer ses lettres en cachette et, déjà, elle réfléchissait à la manière dont elle pourrait s'y prendre.

Elle ne s'était encore jamais rendue à Périgueux, bien que la ville fût assez proche. Lénore y était allée deux ou trois fois pour emplettes ; elle voyageait alors avec la gouvernante, les jours de marché. Elle-même aurait pu faire atteler un carrosse mais, comme sous l'influence d'un maléfice, elle n'avait jamais éprouvé assez de curiosité ni d'intérêt pour échapper à la remise en état du château. La prochaine fois que la gouvernante irait en ville, Lénore pourrait emporter une lettre qui serait expédiée de Périgueux.

Au cours des jours qui suivirent, Jasmine couvrit une longue feuille de papier : elle écrivit tout ce qui, selon elle, pourrait faire plaisir à ses parents. Elle ne fit toutefois pas mystère de l'autorité de Sabatin : ils connaissaient l'arrogance des personnages de haut lignage et seraient en mesure de comprendre pleinement. Le matin où elle scella sa lettre, Jasmine la confia à Lénore avec une bourse et lui ordonna de ne parler de sa mission à personne, pas même à la gouvernante.

En fin d'après-midi, à l'heure habituelle, la gouvernante était de retour. Jasmine, assise près d'une fenêtre avec un ouvrage de broderie, immobilisa son aiguille. Elle s'attendait à voir Lénore mettre pied à terre derrière la femme, mais la jeune fille n'apparut point, et la voiture s'éloigna vers les écuries. Intriguée, Jasmine sonna la gouvernante qui se présenta aussitôt.

— Où est Lénore ?

— Elle a été chassée, madame.

Jasmine dévisagea la femme d'un air incrédule.

— Pour quel motif et par qui ?

— Par M. le duc, madame. Il m'a ordonné de fouiller Lénore avant notre départ : il la soupçonnait d'avoir subtilisé une lettre confidentielle dans un tiroir de sa table de travail. Je l'ai effectivement trouvée sur elle et je l'ai remise à M. le duc. Sur quoi, il m'a commandé d'emmener Lénore à Périgueux et de l'y laisser.

Jasmine eut grand-peine à ne pas s'effondrer. Elle avait perdu sa seule compagne fidèle, son unique amie dans son isolement. Une lueur de satisfaction dans les yeux de la gouvernante l'incita à garder son sang-froid. La femme n'avait pas pour elle plus d'attachement que le reste de la domesticité. Elle ne laisserait rien paraître de l'effet qu'avait sur elle ce coup du sort. Elle prit un ton sévère :

— Vous ferez bien de choisir la servante la plus qualifiée pour prendre la place de Lénore, jusqu'à ce que nous puissions engager une femme de chambre pleinement experte.

La femme sortit, sur un petit salut. Jasmine pressa le dos de sa main sur ses lèvres tremblantes afin de réprimer un sanglot. La broderie glissa de ses genoux. Du moins Lénore avait-elle en sa possession une bourse pleine qui lui permettrait de se nourrir et de se loger jusqu'au jour où elle trouverait à se placer. Elle rendait grâce au ciel de recevoir régulièrement une certaine somme d'argent, même si cette apparente générosité traduisait simplement l'orgueil de Sabatin qui ne pouvait laisser son épouse totalement démunie. Dès le lendemain, elle irait elle-même à Périgueux pour y expédier une lettre. Avec un peu de chance, elle verrait peut-être Lénore et prendrait avec elle toutes dispositions pour qu'elle reçût le courrier en provenance du Château Satory.

Le lendemain matin, Jasmine était prête à partir quand on vint l'informer qu'aucun carrosse n'était disponible : on en refaisait la peinture et les capitonnages. Seul, celui du duc était en usage mais il lui était exclusivement réservé.

— J'irai donc à cheval, déclara-t-elle fermement.

Elle connaissait toutefois la réponse avant même de l'avoir entendue. Depuis le jour où le Roi avait failli vider les étriers, le duc avait donné des ordres : seuls, lui-même et les garçons d'écurie pouvaient monter l'un ou l'autre de ses chevaux. La jeune femme rentra, ôta son chapeau. Elle était désormais prisonnière au Château Valverde. Son aversion pour Sabatin était telle qu'elle craignait de devenir folle. Pour apaiser le tumulte de ses pensées, elle enfila des gants blancs et entreprit l'une de ces inspections que redoutaient tant les serviteurs.

Le château avait une chapelle où, une fois par mois, le prêtre du village célébrait la messe pour la maisonnée. La tradition, très ancienne, datait sans doute du temps où l'église du village avait été édifiée sur les terres des Valverde. Elle avait permis à Henriette de demeurer derrière les grilles du château, à l'écart du monde extérieur. Après le service, le dimanche qui suivit le départ de Lénore, Jasmine s'entretint avec le prêtre. Henriette et elle avaient été seules à recevoir la communion : Sabatin assistait rarement à la messe, et les serviteurs étaient autorisés à suivre un service plus matinal dans l'église du village. Quand Henriette sortit de la chapelle, Jasmine montra au prêtre une nouvelle lettre qu'elle avait écrite et, après lui avoir exposé la situation, lui demanda s'il consentirait à l'envoyer à sa place.

Il lui exprima sa sympathie. Mais il était pauvre, comme la plupart de ses ouailles, et le duc de Valverde lui avait récemment fait parvenir une généreuse donation afin de procéder à des réparations sur le toit de l'église dont les poutres menaçaient de céder. Sans doute l'argent avait-il été donné pour éviter la présence, sur une terre ducale, d'une église en ruine, mais peu importait, si cela pouvait contribuer à ramener dans le sein de l'Eglise un fils prodigue arraché à ce lieu de débauche dorée qu'était Versailles.

— Ma chère enfant, dit-il doucement à Jasmine, votre premier devoir, après celui que vous avez envers Dieu, consiste à obéir en tout temps à votre époux. S'il ne souhaite pas que vous correspondiez avec vos parents, il doit avoir une bonne raison.

— Rien d'autre que son arrogance, mon père. Et que faites-vous de mon devoir d'honorer mon père et ma mère ?

— Vous vous en acquitterez en priant pour eux et en les aimant au fond de votre cœur. Rappelez-vous : maintenant, vous êtes d'abord une épouse, une fille ensuite.

Rien, elle le voyait, ne le convaincrait de prendre son parti contre Sabatin.

— Alors, venez à mon aide en écrivant vous-même à mes parents, je vous en supplie. Dites-leur que je suis en bonne santé et que je pense à eux constamment. Je n'en demande pas davantage !

— Je vais vous dire ce que je peux faire. Je demanderai sur ce point l'autorisation de votre époux. S'il n'élève aucune objection, je ferai ce que vous demandez.

— C'est inutile ! Jamais il ne vous donnera cette autorisation.

— Alors, mon enfant, le sujet est clos, je le crains.

Les mois s'écoulèrent. Il n'arrivait plus aucune invitation au Château Valverde. Jamais Sabatin ne l'aurait avoué, fût-ce à lui-même, mais il en était piqué. Néanmoins, en refusant soupers et réceptions, il avait préservé son honneur ; il avait pu continuer à se tenir à distance de gens qu'il avait toujours méprisés. Pour la même raison, lorsqu'il faisait le tour de ses domaines, dans une calèche légère qu'il conduisait lui-même, il ne jetait jamais qu'un regard dédaigneux de droite et de gauche. Il laissait à son régisseur tout le soin de l'exploitation : l'homme devait s'assurer que le revenu exigé lui fût versé chaque année. Sabatin n'en demandait pas davantage. Il ne supportait même pas, eût-on dit, que la poussière des terres dont il était propriétaire retombât sur lui au risque de le contaminer.

Cependant, il commençait malgré lui à avoir envie d'une autre compagnie que celle d'une épouse au visage renfrogné, avec laquelle il faisait parfois une silencieuse partie d'échecs ou de trictrac, ou bien celle d'Henriette, cette vieille femme stupide qui, tout en ayant accepté de souper avec eux chaque soir, ouvrait rarement la bouche. Pour seules autres distractions, il montait à cheval, chassait et buvait en solitaire. S'il s'endormait, vaincu par la boisson, il n'était pas un serviteur, pas même son valet de chambre, pour oser l'éveiller : il était devenu, dernièrement, de plus en plus irascible, surtout quand il était ivre.

Jasmine passait beaucoup de temps avec Henriette. Après avoir confectionné pour la vieille dame l'éventail promis, elle s'était amusée, des heures durant, à en faire d'autres, sur des modèles et dans des matières différentes, si bien que, maintenant, elle en possédait toute une collection. Elle n'avait jamais l'occasion d'en utiliser aucun, puisqu'elle ne sortait pas, mais cela ne la troublait pas outre mesure : elle avait acquis une étrange répugnance à dépasser les limites du parc : si elle s'aventurait dans une promenade, c'était seulement avec la certitude que les grilles étaient fermées. Quand, pour quelque raison, elles étaient ouvertes, elle ne se montrait pas. Cette répugnance n'avait rien à voir avec la timidité maladive d'Henriette, transformée en une sorte de recluse. Elle était liée à ses vains efforts pour expédier une lettre. Cet échec, eût-on dit, avait eu sur elle un effet indéfinissable.

A sa connaissance, elle n'était jamais arrivée à faire parvenir une lettre à ses parents. Un jour, elle avait soudoyé un colporteur qui s'était présenté aux grilles, mais il avait l'air sournois et sans doute avait-il gardé l'argent et jeté la lettre. Quant aux serviteurs il n'y avait aucune aide à attendre d'eux. Mis à part la profonde hostilité qu'ils nourrissaient à son égard — sa sévérité, son souci de perfection lui avaient aliéné jusqu'à la remplaçante de Lénore —, aucun n'aurait accepté de risquer le renvoi. Jasmine avait même tenté de persuader Henriette d'aller jusqu'à Périgueux pour expédier une lettre, mais la pauvre femme avait manqué défaillir à cette idée. Elle s'était cloîtrée dans son appartement et n'en était pas sortie de deux semaines.

Au château, il n'était plus personne, à présent, qui ne sût que le duc et la duchesse vivaient dans une animosité réciproque. Pour les laquais de Versailles, il n'y avait rien d'inhabituel dans cette sorte de mariage, mais chaque partenaire aurait dû normalement trouver ailleurs une consolation. Pour ce couple-là, il n'existait rien de ce genre. Non que le duc n'eût pas de goût pour les femmes. Plusieurs accortes servantes, par curiosité ou intérêt, s'étaient laissé caresser et embrasser, mais toutes s'accordaient à dire que son épouse devait exercer sur lui une sorte de fascination : même lorsqu'il était totalement stimulé, il les repoussait pour aller retrouver la duchesse, là où elle se trouvait.

A la vérité, après deux années de mariage, Jasmine, avec sa soumission apathique, ne lui procurait plus de réel plaisir, mais il voulait un héritier. Et le temps passait. Elle n'était toujours pas enceinte. Certes, elle était la fille de parents déjà âgés. Peut-être sa fécondité en était-elle affectée. Si, pour concevoir, elle attendait aussi longtemps que sa mère, il serait vieux lui-même avant de devenir père.

Il eut un jour une occasion de se réjouir qui n'avait rien à voir avec son épouse. Un de ses cousins, qui était en même temps son héritier, le tenait informé de ce qui se passait à la Cour. Il lui écrivit, dans un message plein de jubilation, que le duc de Bourbon n'avait pas seulement été écarté du pouvoir : il avait été envoyé vivre en son domaine de Chantilly, loin de Versailles. Heureux de la chute de son ennemi, Sabatin en rit bien fort et longuement. C'était un bon présage. Pour lui-même, les beaux jours n'allaient plus tarder à renaître.

L'année 1728 s'achevait. Jasmine revenait d'une promenade dans la partie boisée du parc, prolongement de la forêt de bouleaux, de trembles, de pins et de frênes qui s'accrochait aux pentes de l'éminence sur laquelle se dressait le château. Au moment où elle marquait une pause pour contempler la vallée, où les noyers cultivés croissaient entre les fermes rares, elle entendit les roues d'une voiture. Avec un pincement d'inquiétude, elle comprit qu'on avait ouvert les grilles à son insu. Aussitôt, elle reprit sa marche rapide au long du chemin, afin de se retrouver au plus vite à l'intérieur du château. Elle vit alors devant l'entrée un véhicule couvert de poussière et un attelage de six chevaux las.

Une silhouette corpulente gravissait les marches du perron. Jasmine la reconnut immédiatement.

— Berthe !

Elle avait certainement hurlé le nom de sa gouvernante, mais la femme se contenta de s'arrêter pour regarder dans sa direction. Berthe, dans son solide bon sens, n'était pas démonstrative. Elle ne fit aucun geste d'accueil, aucun mouvement pour aller à la rencontre de son ancienne élève qui courait à présent vers elle. Jasmine gravit les degrés quatre à quatre et, riant et sanglotant à la fois, jeta les deux bras autour d'elle. Mais, presque au même instant, elle fut saisie de peur, recula brusquement d'un pas pour scruter le visage de Berthe.

— Mon père est-il...

Elle fut incapable d'achever la phrase.

La gouvernante secoua la tête, alla jusqu'à sourire. Elle était plus émue par cet accueil qu'elle ne l'aurait jamais avoué.

— Non, le baron ne nous a pas quittés, mais votre mère passe tout son temps avec lui. Voilà pourquoi je suis ici, à sa place.

— Toute seule pour un si long voyage ! Entrez vite !

Les yeux encore pleins de larmes de joie, Jasmine lui fit traverser la grande salle et monter l'escalier, pour échapper à la curiosité du valet de pied de service.

— J'ai hâte d'entendre toutes les nouvelles, dit-elle avec ardeur, sitôt Berthe assise dans son appartement.

— Votre père, pour commencer. Il a accompli des progrès considérables. Une certaine force est revenue dans le côté paralysé. A présent, avec de l'aide, il peut parcourir une courte distance et s'asseoir dans son fauteuil. Sa parole est presque normale, et il est capable de converser, un peu lentement mais clairement, avec ses visiteurs.

— Mais comment maman va-t-elle pouvoir se tirer d'affaire sans vous ? Vous deviez être son bras droit, dans les soins à donner à mon père.

— Lénore a pris ma place. Le baron l'apprécie parce qu'elle peut lui parler de vous et du temps passé à votre service, si court qu'il ait été.

— Vous dites qu'après avoir été renvoyée d'ici, Lénore a fait tout ce chemin ?

Berthe hocha la tête.

— Il lui a fallu des mois. Elle n'avait pas un sou et devait marcher et travailler çà et là. Elle faisait un peu de chemin en chariot, quand elle en trouvait un.

— Est-ce ainsi que ma mère a appris pourquoi elle n'avait pas eu de nouvelles de moi ?

— Oh ! non ! Votre mari avait écrit depuis longtemps déjà.

Jasmine écouta Berthe lui raconter ce qu'avait écrit Sabatin mais elle avait dépassé toute colère sur ce point. D'une certaine manière, elle était soulagée de savoir que ses parents s'étaient vu épargner une plus longue inquiétude.

— Lénore leur a fourni tous les détails, j'espère.

— Elle l'a fait dès qu'elle a été remise. Voyez-vous, quand elle est arrivée au Château Satory, au début de cette année, elle s'est effondrée. Il y eut un moment où nous pensions que la petite n'allait pas s'en tirer, mais les bons soins de votre mère l'ont sauvée.

— Mais j'avais donné à Lénore une bourse pleine ! Cet

argent aurait dû l'aider à atteindre Versailles sans avoir à subir toutes ces épreuves.

— Votre gouvernante la lui a prise, avec la lettre que vous lui aviez confiée pour l'expédier. Elle n'avait rien.

Jasmine ferma à demi les paupières, une expression que les domestiques connaissaient bien.

— C'est fort intéressant. Je m'occuperai plus tard de cette affaire.

Elle reprit son air joyeux, prit Berthe par la main.

— Vous allez avoir une chambre proche de la mienne, et, dès que vous vous serez reposée de la fatigue du voyage, je ferai servir ici des rafraîchissements.

— Je serais capable de manger par terre, si le reste du château brille du même éclat qu'ici, remarqua Berthe en souriant. J'ai toujours cru qu'une demeure aussi ancienne ne pouvait sentir que le vieux. Et voilà que tout embaume la cire d'abeille et la lavande.

— Je ne tolère rien d'autre.

Berthe posa sur elle un regard pénétrant mais ne dit rien. Elles entrèrent dans la chambre que Jasmine lui avait attribuée. La gouvernante, d'un air désapprobateur, examina les brocarts, les beaux meubles de chêne, les coussins de velours.

— C'est trop imposant pour moi. C'est bon pour les gens de la noblesse.

— Nous n'avons jamais d'invités. Personne ne nous rend visite. Vous êtes la première.

Berthe fronça les sourcils.

— Je ne suis pas en visite. Je suis ici pour rester.

L'espace d'un instant, Jasmine resta muette de joie, mais son visage radieux exprimait tous ses sentiments. Elle reprit Berthe dans ses bras.

— J'avais oublié ce qu'est le bonheur. Oh ! Berthe ! C'est le plus beau jour de ma vie depuis mon départ de la maison.

Il fallut trouver une chambre beaucoup plus petite, car Berthe ne voulut rien entendre. Elle se serait installée dans les quartiers des domestiques si Jasmine n'y avait mis bon ordre.

Lorsque la gouvernante sortit de la poche de son manteau une longue lettre de Marguerite, Jasmine crut que son cœur allait éclater.

En la dépliant, elle vit que son père, lui aussi, l'avait signée d'une main tremblante, et elle baisa les deux signatures. Il y avait d'autres lettres, toutes écrites par des amis qui, en apprenant que Berthe allait la voir, avaient tenu à renouer avec elle. La jeune femme lut d'abord la missive de sa mère.

Après un long exposé des progrès faits par son père, Marguerite lui apprenait que les éventails Picard étaient à présent vendus sous un autre nom. Elle avait liquidé toute l'affaire, les magasins aussi bien que les ateliers. Venaient ensuite toutes les petites nouvelles du quotidien, celles qui font la joie d'un être qui se trouve très éloigné de sa famille. Marguerite parlait aussi de Versailles, des personnes plus jeunes qu'elle y connaissait, de leurs mariages, de leurs enfants, de l'avancement des maris. Elle ajoutait qu'il était charmant de voir combien le Roi était attaché à son épouse et à leurs jumelles.

Comme sa mère avait dû le prévoir, Jasmine se réjouit pour Louis. Il n'avait pas encore dix-huit ans et, déjà, il avait créé un cercle de famille au sein duquel il se sentait certainement satisfait, et qui devait compenser pour lui tout ce qu'il avait si tôt perdu.

Le lendemain, Jasmine congédia sa femme de chambre et la remplaça par Berthe qui savait comme personne coudre et réparer ou repasser les dentelles. Pour ce qui était de la coiffure, la mode en vogue était assez simple : on brossait les cheveux en arrière et on les arrangeait en boucles sur les côtés et par-derrière. Les gravures de mode que sa mère avait pensé à lui envoyer avec toute une collection de cadeaux lui montraient que les styles n'avaient pas changé en son absence, bien que les jupes fussent devenues plus plates devant et derrière pour s'élargir sur les côtés.

Elle aurait volontiers congédié également la gouvernante, mais il apparut que la femme s'était contentée d'obéir aux instructions de Sabatin concernant tout ce que Lénore pouvait avoir sur elle et lui avait remis la bourse intacte. Au début, la gouvernante avait eu vraiment peur : elle pensait qu'on ne la croirait pas. Ses domestiques, se dit Jasmine, non contents de la détester, redoutaient son pouvoir, car Sabatin ne se mêlait en rien de la manière dont elle gouvernait le château. Sur un signe d'elle pour montrer que l'entretien était terminé, la femme s'éclipsa.

Jasmine se demandait si son mari allait soulever des objections quant à la présence de Berthe. Henriette leur servait de trait d'union. Mais il accepta la situation sans marquer le moindre intérêt. Il devait se douter que Berthe s'empresserait d'expédier une lettre de Jasmine à ses parents, mais sans doute ne s'en souciait-il plus. D'ailleurs, il savait que son interdiction finirait un jour par être bravée.

Jasmine, toutefois, ne voulait pas prendre le risque de laisser son courrier parvenir au château.

Berthe, qui s'était liée d'amitié avec la couturière du village, lui demanda de faire l'intermédiaire. Marguerite avait envoyé à sa fille deux robes neuves. Mme L'Haire était venue au château pour procéder à des retouches. Elle s'y rendit régulièrement par la suite pour des travaux de couture : elle apportait ou emportait les lettres dans sa boîte à ouvrage. Elle et Berthe étaient de la même espèce, capables de tenir leur langue, et la couturière rendait volontiers ce petit service pour lequel elle recevait une gratification supplémentaire, et qui venait rompre la monotonie de son existence.

Berthe était arrivée dans l'un des carrosses de Laurent, avec cocher et garçon d'écurie : c'était son cadeau à sa fille. Jasmine était désormais libre de sortir à sa guise. Pourtant, elle n'en profitait pas. Elle n'avait rien changé à son comportement : toujours obsédée par le château, elle ne tenait pas à s'en éloigner et se contentait d'une promenade quotidienne dans le parc quand les grilles étaient closes. Sabatin ne prit pas la peine d'aller jeter un coup d'œil aux six nouveaux chevaux qui tiraient le carrosse. On avait cependant dû lui dire qu'il s'agissait de pur-sang et il était grand admirateur de beaux chevaux. L'alcool lui embrumait l'esprit, et il se montrait de plus en plus négligé : son gilet était souvent taché de vin, son haleine sentait l'aigre.

Berthe regardait Jasmine réprimander les servantes à propos d'une toile d'araignée apparue du jour au lendemain ou se plaindre de ne plus voir son image dans un miroir où subsistait une trace de poussière. Comme elle avait changé ! pensait la gouvernante. Son visage même se faisait plus anguleux. Pourtant, elle avait conservé son cœur chaleureux. Elle en avait fait la preuve le jour de l'arrivée de Berthe.

Un jour où toutes deux étaient assises près du feu, la gouvernante demanda franchement :

— Pourquoi n'avez-vous pas d'enfants ?

— Je n'ai pas l'intention d'en avoir, répondit Jasmine.

— Tiens ? C'est donc ça ? Moi, je vous le dis : un enfant vous empêcherait de trop penser à la poussière dans la maison et ferait fondre cet acier dans vos yeux.

Jasmine releva le menton.

— Trois ans et demi de mariage m'ont transformée. Quant à avoir un enfant, je dois être stérile, de toute manière. En ce domaine au moins, le destin s'est radouci à mon égard.

— Comment pouvez-vous en être sûre ?

La réponse fut glaciale.

— Je le suis, voilà tout. Une femme ne peut se tenir préparée et sur ses gardes, avec un époux comme le mien, à toute heure du jour et de la nuit. Si je l'avais aimé, il en irait différemment, et j'aurais avec joie accueilli des enfants. Mais de lui, jamais ! Ne me parlez donc plus de créer une famille.

— Je vous comprends mieux que vous ne le pensez. J'ai été mariée jadis avec une véritable brute.

— Vous ! s'exclama Jasmine, stupéfaite. Maman ne l'a jamais su, n'est-ce pas ?

— Pas durant très longtemps. Quand je suis arrivée au Château Satory pour devenir votre gouvernante, j'avais quitté mon mari, pris un autre nom et recommencé ma vie.

— Avez-vous eu des enfants ?

— Oui, un fils. Il est mort à l'âge de trois ans. C'est alors que je suis partie. C'étaient les mauvais traitements de mon époux qui l'avaient tué.

— Oh ! ma pauvre Berthe ! soupira Jasmine, d'un ton d'intense sympathie.

— Voilà sans doute pourquoi, à cette époque, je n'ai jamais pu m'attacher à vous.

Le menton rentré dans le cou, elle considéra la jeune femme d'un air méditatif.

— Voyez-vous, vous aviez tout, et je pensais qu'il en serait toujours ainsi, alors que mon petit garçon n'avait rien eu. En toute justice, vous auriez dû remplacer l'enfant que j'avais perdu, mais cela ne s'est pas passé de la sorte. En fait, je vous en voulais encore davantage à cause de sa mort.

Jasmine eut un sourire amer.

— Ce n'était pas nécessaire. Regardez-moi, à présent. Je n'ai rien et je dois passer ici le reste de ma vie. Etes-vous en mesure de m'aimer davantage, dans mon infortune ?

— J'ai su que je vous aimais comme mon propre enfant le jour où cette Josette est arrivée avec ses fers à friser et ses conseils sur le rouge que vous deviez vous mettre sur les lèvres.

— Vous la détestiez, je le sais, mais vous ne m'avez jamais témoigné d'affection, du temps où je me rongeais le cœur pour Fernand.

Berthe haussa négligemment les épaules.

— J'étais aussi furieuse contre vous que votre propre mère et pour les mêmes raisons. Si vous aviez été ma fille, je vous aurais donné des claques.

— Pourtant, vous avez demandé à ma mère de vous laisser venir ici.

— Si j'en avais eu la possibilité, je serais partie le jour

même où nous avons appris par Lénore les conditions de votre existence. Mais votre mère avait alors plus que jamais besoin de moi.

— Je remercie le ciel de votre arrivée.

Jasmine se laissa glisser de son fauteuil sur le sol et, à genoux près de Berthe, posa la tête sur l'ample giron pour contempler le feu.

— Dites-moi, vous ne vous sentirez pas trop seule, ici ?

— Quelle idée ! Depuis le jour où votre père est tombé malade, il n'y a pas eu d'endroit plus calme que le Château Satory. Une existence paisible me convient fort bien.

A la lueur des flammes, Jasmine releva la tête.

— Alors, vous ne vous lasserez pas de cet endroit lugubre ?

Berthe lui tapota la joue d'une main rassurante.

— Jamais. Je serai près de vous jusqu'à la fin de mes jours.

Les mois s'écoulèrent, éclairés désormais par les lettres que recevait Jasmine. La nouvelle de la naissance d'un futur roi de France atteignit le Château Valverde avant que Marguerite l'eût annoncée à sa fille. Mais elle ajoutait que le nouveau Dauphin avait reçu le prénom de Louis. Jasmine prévoyait déjà une interminable lignée de rois de France du même nom.

Depuis la chute du duc de Bourbon, Sabatin attendait le moment favorable pour faire appel à la clémence du Roi. La naissance du Dauphin, pensa-t-il, était ce moment tout trouvé. Dans l'attente de la décision, il se montra optimiste et de meilleure humeur qu'il ne l'avait jamais été.

La réponse de Versailles arriva promptement, par courrier spécial. Seul dans la bibliothèque, Sabatin, impatient, rompit le sceau royal. Lorsqu'il lut que sa requête avait été repoussée par le Roi, il poussa un hurlement de déception et de désespoir, froissa le parchemin dans son poing puissant et le jeta loin de lui. L'unique raison de sa disgrâce, pour lui, c'était Jasmine. Le Roi, naturellement, ne souhaitait pas le retour de la jeune femme, et lui-même était l'innocente victime de cette situation. Appuyé d'un bras au mur lambrissé, le front pressé contre sa main, il luttait pour reprendre son sang-froid. S'il avait aperçu sa femme en ce moment, il l'aurait tuée : il avait déjà été tout près de l'étrangler, un jour, et le désir viscéral de l'éliminer de son existence devenait irrépressible.

Il tira brutalement sur la sonnette pour se faire apporter du cognac. Il s'empara de la bouteille, avala deux ou trois rasades et s'essuya la bouche d'un revers de main, avant de se laisser tomber dans une bergère. Il n'en bougea pas de la journée et but sans relâche jusqu'à en être ivre mort. Assurés pour une fois de ne courir aucun risque, ses serviteurs finirent par l'emporter jusqu'à sa chambre pour le mettre au lit.

Pendant quelques nuits, Jasmine se vit épargner ses visites implacables. Elle sentit le cœur lui manquer quand elle entendit, une fois de plus, tourner la poignée de la porte. Mais, cette nuit-là, les événements prirent un tour inhabituel. Sauvagement, il en rejeta la faute sur elle, sous prétexte qu'elle ne lui ouvrait jamais les bras, n'essayait jamais spontanément de lui plaire comme le doit une épouse. Il lui était arrivé récemment d'avoir quelque difficulté à mener à bien leurs relations sexuelles. Cette fois, il se découvrait complètement impuissant. Terrassé, il la quitta au plus vite, se réfugia dans sa chambre où il avala quelques rasades de cognac, qui vinrent s'ajouter à ce qu'il avait bu plus tôt. Il s'endormit finalement sur son lit. Quelques nuits plus tard, il alla de nouveau retrouver Jasmine. Il sua sang et eau devant sa propre lenteur, fut torturé d'inquiétude mais finit par arriver à ses fins. Après quoi, en dépit de tout ce qu'il la contraignit à faire, il échoua. Cette fois, il lui bourra la poitrine de coups de poing, si bien qu'elle crut défaillir.

La nuit suivante, lorsqu'il voulut ouvrir la porte, il la trouva fermée à clé. Un vigoureux coup d'épaule suffit à briser la vieille serrure, et le battant s'ouvrit avec fracas. Il entra, furieux, pour trouver la jeune femme accroupie sur le lit, un couteau à la main.

— Si vous me frappez de nouveau, je vous tue !

D'un simple coup sur le poignet, il fit sauter l'arme. Le sursaut d'ardeur érotique qu'avait déclenché la résistance de son épouse ne lui fut d'aucun secours. Il la sortit du lit par les cheveux, la battit cruellement.

Triomphant, il crut l'avoir définitivement domptée quand, la nuit d'après, il la trouva docilement étendue, les joues ruisselantes de larmes, l'oreiller déjà trempé. Mais, sur un nouvel échec, il vit naître dans ses yeux une lueur de mépris. Il sut alors qu'elle l'avait détruit une fois pour toutes. Il n'eut pas le temps de se venger d'elle : l'alcool qu'il avait bu pour se fortifier lui remonta à la gorge et les couvrit l'un et l'autre d'un flot répugnant.

De nombreuses nuits passèrent. La porte, avec sa serrure réparée, demeurait close. Le moment vint enfin où Jasmine entendit, dans la chambre du duc, son rire bas, auquel répondit un rire léger de femme. Elle tourna la tête sur l'oreiller, sanglota de soulagement. C'était fini. Il était fort peu probable qu'il revînt jamais la trouver dans son lit.

Le lendemain matin, comme à son habitude, elle déjeuna

dans son appartement. C'était maintenant Berthe qui la servait. Ce même jour, lorsqu'elle se présenta pour dîner, elle découvrit que la table ne portait que deux couverts, ceux de Sabatin et d'Henriette. Le sien était absent. Les valets attendaient sa réaction d'un œil prudent. En dépit de la manière dont la traitait le duc, il fallait compter avec elle, et ils ne tenaient pas à subir les répercussions d'une scène. Mais, après un seul regard, elle fit volte-face et sortit de la pièce d'un pas plus alerte.

Chacun remarqua bientôt le changement qui s'opérait en elle. Berthe fut la première à s'en aviser. Jasmine cessa de guetter les toiles d'araignée. Tout en demeurant très soignée de sa personne, elle ne prenait plus de bains trop fréquents. Ses crises d'abattement se dissipèrent, ses traits tirés s'adoucirent peu à peu. Il y fallut du temps, et il y eut des rechutes. Mais, un jour, elle exprima devant Berthe le désir d'aller faire une promenade jusqu'au village et dans la campagne. Ce fut la preuve qu'elle se remettait de tout ce qu'elle avait enduré depuis son arrivée au Château Valverde.

Ce matin-là, le temps était couvert. La jeune femme sentit ses anciennes craintes lui revenir quand le carrosse approcha des grilles. En aveugle, elle tendit la main vers celle de Berthe, et s'y accrocha. Il lui semblait extraordinaire que les lieux où elle avait été si malheureuse fussent en même temps devenus pour elle une sorte de refuge. Incapable de se maîtriser, elle allait exiger de faire demi-tour quand Berthe retint son attention en la tirant par le poignet, l'empêchant ainsi de voir que la voiture franchissait les grilles.

— Je ne saurais vous dire quel plaisir c'est pour moi ! Pour rien au monde je n'aurais voulu manquer cette agréable promenade.

— Vraiment ? Mais je ne...

— Vous rappelez-vous les jours où je vous accompagnais à Versailles ? Vous étiez vêtue de soie ou de satin, et moi, je portais cette belle robe de taffetas bleue qui a été complètement gâtée quand un courrier ivre a trébuché sur mes pieds et a aspergé toute la jupe de son vin.

Jasmine essayait désespérément de s'arracher à l'indéfinissable terreur qui s'emparait d'elle à l'idée de quitter le parc mais elle ne voulait pas gâcher la joie de Berthe. Elle se contraignit à répondre :

— Je m'étonne encore que vous ne l'ayez pas souffleté !

Berthe éclata de rire. Apparemment incapable de s'arrêter, elle s'essuyait les yeux. C'était contagieux. La jeune femme ébaucha un sourire. A ce même instant, par un hasard providentiel, le soleil perça les nuages et, tel un gigantesque pinceau, passa sur l'herbe, les arbres, les pentes escarpées, dont il accentua soudain toutes les couleurs.

— Quelle belle journée ! s'exclama joyeusement Berthe.

Elle ne demanda pas aussitôt qu'on descendît les vitres : Jasmine avait insisté pour les tenir fermées, bien que le temps fût doux, même sans soleil. Lorsqu'elles eurent laissé derrière elles le village et se retrouvèrent en rase campagne, la gouvernante, sans un mot, abaissa la vitre de son côté.

— Savez-vous que je suis ici depuis près de trois années ? demanda-t-elle nonchalamment.

Elle parlait très vite, pour arrêter toute protestation de la part de Jasmine.

— Comme le temps passe ! Au début, je le reconnais, je pensais qu'il me serait difficile de m'acclimater, mais tel n'a pas été le cas.

Elle continua de bavarder, jusqu'au moment où elle sentit que Jasmine se détendait.

Jasmine mit six bons mois à se remettre. Au début, dans son état d'agitation nerveuse, tout se brouillait pour elle derrière les vitres du carrosse, mais, après chaque sortie, elle se sentait un peu mieux. Vint le matin où elle se surprit à attendre avec impatience l'heure de la promenade. Elle comprit alors que le supplice de sa réclusion forcée avait pris fin.

Dorénavant, au cours de ses randonnées, elle remarquait l'état de décrépitude des petites fermes. La plupart d'entre elles n'étaient guère plus que des taudis, dont la misère constrastait avec la richesse du paysage.

— Qui habite ici ? demandait-elle à Berthe.

Toute sa sympathie allait vers les enfants en haillons qui accouraient pour voir passer le carrosse. Souvent, les mères, des femmes décharnées, venaient craintivement les ramener en arrière, tant elles avaient peur de les voir passer sous les roues.

— Ce sont les métayers de votre époux, répondait Berthe.

Sans en rien dire sur le moment, la jeune femme avait décidé, lorsqu'elle se sentirait mieux, d'examiner les conditions de vie de ces gens. Ce fut cette intention, fixée dans son esprit, qui, plus que toute autre chose, l'aida à surmonter ses inquiétudes. Elle avait vu des familles entières travailler aux champs, s'affairer à la récolte des noix. C'étaient souvent des femmes qui portaient les lourds paniers que les hommes vidaient à la volée dans les chariots. Quand les jours diminuèrent, elle les vit ramasser du bois mort, bêcher leurs maigres lopins de terre. Tout ce que lui avait dit sa mère, à propos de la pauvreté qui accablait tant de gens, lui revenait en mémoire.

Elle découvrit auprès d'Henriette que le produit du travail des paysans était consacré en partie à payer à Sabatin des droits seigneuriaux de tradition immémoriale. Ils ne touchaient pas de gages, puisqu'ils vivaient sur ses terres. Pour les taudis qu'ils habitaient, pour les lopins qu'ils cultivaient eux-mêmes, ils payaient des loyers qui les maintenaient dans la misère.

Quand Jasmine annonça son intention de visiter les masures des fermiers, Berthe se montra horrifiée.

— N'approchez pas ces gens ! ordonna-t-elle, comme si Jasmine était encore une enfant. Vous attraperiez des puces, des maladies contagieuses et Dieu sait quoi d'autre !

— J'irai néanmoins et je veux qu'on me prépare à la cuisine quelques paniers de provisions. Par ce temps d'hiver, ils seront bien nécessaires.

— Vous feriez mieux de vous lier avec certaines familles nobles des environs : vous pourriez ainsi reprendre goût à la vie.

La jeune femme la gratifia d'un sourire sans joie.

— Jamais Sabatin ne le permettrait. Vous devriez commencer à le connaître.

— A-t-il besoin de le savoir ?

— Il le découvrirait. Et si ces gens allaient vouloir me rendre visite et se voyaient claquer la porte au nez ? Je ne me le pardonnerais jamais. Cessez donc d'espérer me voir redevenir comme j'étais. Les années ont passé, je suis devenue une tout autre personne. Ne rêvez plus : je ne serai plus jamais la jeune fille que j'étais jadis, il y a bien longtemps.

— Vous êtes encore jeune !

— Mon âge n'a rien à faire dans l'histoire. Je suis devenue une vieille femme le jour de mon mariage, il y a six ans. Allez maintenant faire préparer ces paniers.

Berthe devait se souvenir longtemps de ce jour. A la suite de Jasmine, qu'elle ne voulait pas laisser sans protection, elle visita l'un après l'autre des taudis malodorants. Certains étaient plus habitables que d'autres, mais tous étaient dans un état lamentable. Dans des pièces où s'entassaient des familles entières, on trouvait pêle-mêle des malades adultes et des enfants qui souffraient d'une épidémie de fièvre. Aux yeux de Berthe, Jasmine acquit une stature nouvelle. Elle s'approchait des paillasses, tâtait des fronts brûlants, donnait de bons conseils, laissait de la nourriture en quantités encore inconnues jusqu'alors. En elle, c'était sa mère qui se réincarnait. Berthe se remémorait toutes les occasions où Marguerite s'était fait accompagner de sa fille pour se rendre chez une de ses ouvrières que le malheur avait frappée.

Le régisseur fixa sur Jasmine un regard farouche lorsqu'elle le fit venir pour lui présenter une longue liste de réparations. Il s'en fut tout droit chez son maître pour se plaindre.

— Madame prétend que les maladies contagieuses sévissent parmi ces fermes, et que la situation pourrait empirer si ces masures ne sont pas réparées. Mais elles sont ce qu'elles ont toujours été. Les paysans y sont accoutumés.

Sabatin l'écoutait avec lassitude. Il se rendit cependant compte, au bout d'un moment, que l'intervention de Jasmine pouvait être à son avantage.

— Fais ce que demandera la duchesse. Ces manants connaissent la terre, et il serait fâcheux qu'une épidémie vînt les exterminer quand les noyers sont prêts à être gaulés ou en tout autre moment semblable. Exécutez donc les réparations et augmentez les loyers pour les régler.

— Ils mourront de faim, maître.

Le régisseur était inquiet. Ce ne serait bon ni pour son maître ni pour lui-même, car il se garnissait régulièrement les poches avec le labeur des paysans.

— En hiver, ils ont toujours peine à subsister.

Sabatin haussa les épaules.

— Fort bien. L'augmentation attendra le printemps.

Mais, le printemps venu, le régisseur ne fit rien pour rafraîchir la mémoire de son maître. Il avait bien assez de soucis avec la duchesse qui examinait ses registres et posait des questions sur des chiffres qui ne s'accordaient pas. A cause d'elle, il fut congédié pour malhonnêteté, et un autre, plus capable de répondre aux exigences de Jasmine, prit sa place.

Tout ceci s'accomplit sans communication directe entre Jasmine et Sabatin. Elle avait tout couché sur le papier et l'avait laissé pour lui bien en évidence, comme faisaient les gens qui laissaient des pétitions destinées au Roi, le lundi matin, à Versailles. Depuis le jour où il n'y avait plus eu de place pour elle à sa table, il l'ignorait complètement et il avait cessé de jouer les époux courtois en présence des domestiques. Elle n'en souffrit pas : les améliorations qu'elle avait apportées à la vie des fermiers et le renvoi du régisseur furent connus de toute la domesticité, et elle continua de recevoir le respect qui lui était dû. L'humeur générale était moins hostile qu'à l'époque où elle était sans cesse aux trousses des serviteurs pour les obliger à frotter et récurer. Les nouveaux venus la trouvaient aimable et facile à servir.

Pour Jasmine, être ignorée par Sabatin était presque un soulagement. Il lui prêtait si peu d'attention qu'elle aurait pu tout aussi bien être invisible. Par moments, elle était convaincue de l'être pour lui, lorsqu'il la croisait sur des jambes incertaines, parfaitement ivre et incapable de fixer son regard.

Inévitablement, quelques servantes s'étaient trouvées grosses de ses œuvres. Dès que leur état devenait apparent, elles étaient immédiatement congédiées par la gouvernante. Habituellement, on mettait à la porte ces malheureuses filles sans leur donner ni gages ni références. Jasmine, elle, veillait toujours à ce qu'elles ne partissent pas les mains vides, faisait même ajouter un peu d'argent pour leur éviter de manquer d'un toit quand leur enfant naîtrait.

Un jour, au cours d'une conversation avec la jeune femme, Berthe remarqua :

— Dans le temps, j'espérais toujours que mon époux mourrait dans une crise d'ivresse. Mais, peu de temps avant de quitter Satory pour venir ici, j'ai rencontré quelqu'un qui m'a dit qu'il vivait encore et qu'il buvait toujours autant.

Berthe, songea Jasmine, était parfois bien transparente.

— Si vous croyez que je souhaite le même sort à Sabatin, dit-elle, vous vous trompez. Nous menons désormais nos vies séparément, et je ne le redoute plus. Peu importe lequel de nous deux mourra le premier : ni lui ni moi ne pourrons jamais quitter ces lieux. Pour ce qui me concerne, si je devenais veuve, il n'y aurait qu'une différence : l'héritier de Sabatin pourrait me laisser continuer à vivre au château ou souhaiter me voir emménager dans l'une des dépendances.

— Qui est son héritier ?

— Son cousin à la Cour, le comte Armand de Valverde. Henriette m'a parlé de lui, lors de mon arrivée ici.

Quand on parle du loup... il ne tarde pas à se manifester d'une manière inattendue. Henriette apporta à Jasmine la nouvelle que le comte de Valverde allait venir en visite au Château et y séjournerait plusieurs semaines.

— Vous allez devoir vous faire faire plusieurs robes neuves, s'écria Henriette, dans une joyeuse exaltation, et vous reprendrez votre place à table pendant la durée de son séjour.

— Et si je refusais ?

— Oh non, je vous en prie, je vous en supplie !

Henriette, avec ses mains qui battaient l'air, ressemblait à un petit oiseau affolé.

— Sabatin se montre si affable, depuis l'arrivée de la lettre ! Cette visite sera le premier contact de Sabatin avec la Cour depuis son exil. Si vous le contrariez, il sera fou de rage, et sa fureur retombera sans doute sur moi.

Du coin de la bouche, Berthe murmura à la jeune femme :

— Ou bien sur vous. Faites usage de votre bon sens et acceptez.

Mécontente de cette intervention, la jeune femme hocha la tête.

— Fort bien, Henriette.

Après le départ de la vieille dame, Berthe reprit :

— On ne sait jamais. Un peu de bien peut vous venir de cette visite.

Elle était bien au-dessous de la vérité, en ce qui concernait Sabatin. Il commanda à Paris des vêtements neufs, s'astreignit à boire un peu moins. Il attendait avec une immense impatience l'arrivée d'Armand. Ils étaient presque du même âge et, au temps de leur folle jeunesse, ils avaient été un moment plus que des cousins l'un pour l'autre, liés plus étroitement que des amis, et ils en conservaient une entente qui ne s'était jamais démentie. Ce qui prévalait maintenant dans l'esprit de Sabatin, c'était l'espoir de pouvoir convaincre Armand de parler en sa faveur au Roi. Il n'y avait aucune raison pour qu'il ne fût pas gracié. Jasmine, elle, pourrait rester où elle était.

Dès son arrivée, Armand fut très favorablement impressionné par la splendide apparence du château : chaque vitre scintillait, même aux fenêtres des plus hautes tours, les parterres et les pelouses étaient comparables, à une échelle réduite, à tout ce qui se voyait à Versailles. Il lui était venu à l'esprit que le mariage de son cousin était entré dans sa septième année, sans qu'il y eût d'héritier pour l'évincer lui-même de la succession. Il se rappelait le Château Valverde comme une belle propriété, entourée de vastes terres. Ce souvenir l'avait incité à le revoir, puisque, selon toute probabilité, il était destiné à lui revenir. Sabatin, il le savait de source sûre, avait engendré plusieurs bâtards, du temps qu'il était aux mousquetaires. L'absence d'enfants devait donc être due à la femme qu'il avait épousée.

Un peu plus petit que son cousin et beaucoup plus mince, Armand le salua avec une affection sincère en descendant de voiture devant le perron. Il dissimula le choc qu'il éprouvait devant l'excessif embonpoint de Sabatin, son visage bouffi, ses yeux injectés de sang. Il n'était pas rare qu'un gentilhomme frappé de bannissement se laissât aller à boire, mais Armand ne s'était pas attendu à voir son parent suivre le même chemin.

— C'est une joie de vous revoir, Sabatin, déclara-t-il chaleureusement.

— Je ne saurais dire combien j'apprécie votre visite ! J'ai éprouvé quelque réconfort à constater que mes parents les plus proches ne m'avaient pas oublié. Vos enfants eux-mêmes sont restés en rapport avec moi.

Armand, par deux fois veuf, avait des enfants adultes. Il n'avait pas jugé utile de se remarier et avait, à Paris, une charmante maîtresse qu'il n'avait pas emmenée par courtoisie envers son hôtesse. Jasmine restait dans son souvenir comme l'une des plus ravissantes jeunes filles de la Cour. Il ne fut pas surpris de la voir devenue une très jolie femme, même si elle paraissait plutôt froide et austère.

— Soyez le bienvenu au Château Valverde, cousin Armand, lui dit-elle. J'espère que vous trouverez votre séjour agréable et ne songerez pas trop tôt à regagner la Cour.

— Je vous remercie, cousine Jasmine, répondit-il, toujours galant. Que vaut la Cour, comparée à votre délicieuse compagnie ?

Comme elle gardait précisément en mémoire cette sorte de compliment ! Les souvenirs lui revenaient en foule, sur une vague de nostalgie. La présence d'Armand avait ramené au château une élégance de manières et d'apparence. Ce soir-là, au souper, il lui offrit un bracelet d'émeraudes. Pour Henriette, il avait une paire de gants brodés et parfumés. Pour Sabatin, une canne à pommeau d'or. Il allégea l'atmosphère en contant de multiples anecdotes amusantes, souvent risquées. La plupart d'entre elles évoquaient la vie à la Cour, mais Sabatin en rit de bon cœur et y prit autant de plaisir que Jasmine et Henriette. Toutefois, la jeune femme perdit toute gaieté lorsque la conversation porta sur le Roi.

— La Reine s'adonne de plus en plus à la piété. Elle se refuse à l'accueillir dans son lit la veille des fêtes de grands saints. Malheureusement pour lui, elle a découvert dans le calendrier plus de saints que personne n'en avait jamais connu !

Les deux hommes s'esclaffèrent, Henriette elle-même se permit un petit rire. Jasmine baissa tristement les yeux sur son verre de vin. Le mariage de Louis, semblait-il, n'était pas aussi heureux qu'elle l'avait espéré.

Le souper achevé, Henriette et elle laissèrent les deux

hommes à leurs pipes et leurs flacons. Sabatin s'étonna quand son cousin couvrit de ses mains leurs deux verres pour l'empêcher de les remplir.

— Pas pour le moment, dit Armand. Je désire vous parler sérieusement. Que vous est-il arrivé ? Et pourquoi, de tout le souper, n'avez-vous pas adressé la parole à votre séduisante épouse ?

Le visage de Sabatin se renfrogna.

— Cette garce est seule responsable de ma chute. Comme épouse, elle ne me sert plus à rien, et il ne naîtra pas d'héritiers de notre union, ce qui représente une belle chance pour vous et les vôtres. Mais vous n'êtes pas ici pour me faire des sermons ! Buvez avec moi, ami. Je n'ai pas eu de compagnon de beuverie depuis mon départ de la Cour.

Armand but avec lui, mais pas suffisamment pour oublier tous les griefs que déversait son cousin. La détresse de Sabatin, comprit-il, venait en grande partie de lui-même, parce qu'il refusait de fréquenter les gentilshommes campagnards et leur faisait affront en toute occasion. Comme chacun à la Cour, Armand partageait cette attitude, mais Sabatin faisait désormais partie de cette classe et il aurait dû tirer le meilleur parti de sa condition, au lieu de bouder dans son coin. S'il avait jamais le malheur de se retrouver dans la situation de son cousin, se disait Armand, il ne se condamnerait pas à cette existence solitaire. Rien d'étonnant que le mariage eût mal tourné. Sabatin n'avait pas même une meute pour s'adonner à la chasse. Quant à la vie que devait mener Jasmine, avec cette stupide vieille femme pour toute compagnie, il préférait ne pas y songer. Si elle avait pris un valet pour amant, afin de se distraire, il ne l'en aurait pas blâmée.

Sabatin éprouva une amère déception quand Armand refusa de s'engager à parler au Roi : après le refus déjà essuyé, le visiteur le savait, son intervention serait vaine. Si Armand l'avait laissé faire, Sabatin aurait perdu tout intérêt pour sa visite et se serait réfugié dans l'alcool. Mais Armand surveillait son cousin d'un œil d'aigle. Il l'entraînait tout le jour à cheval à travers la forêt, l'obligeait à exercer ses muscles flasques en lui mettant une rapière en main, sur la terrasse, pour le défier dans un simulacre de duel. Cet exercice devint bientôt quotidien. Après le souper, le moment où Sabatin buvait normalement plus que de raison, Armand le distrayait en jouant aux cartes pour de grosses sommes, comme s'ils étaient de retour à Versailles. Au bout de trois semaines, radieux, il vint trouver Jasmine.

— Sabatin a accepté de donner un bal où toute la noblesse, à des lieues à la ronde, sera invitée. Votre réclusion touche à sa fin. Soyez la bienvenue dans le monde des vivants !

Elle lui jeta les bras autour du cou, l'embrassa sur les deux joues.

Les invitations furent expédiées, mais toutes ne furent pas acceptées. Certains, qui n'avaient pas oublié les rebuffades passées, ne se laissèrent pas gagner par cette démarche inattendue de la part de l'arrogant Valverde. La curiosité eut raison de tous les autres. Les femmes avaient grande hâte de rencontrer l'insaisissable duchesse. Les hommes espéraient bien trouver là l'occasion de voir de près les magnifiques pur-sang du duc. La plupart de ceux qui vinrent au bal des Valverde étaient des propriétaires terriens dont la noblesse remontait à 1400, mais, s'ils n'avaient pas d'autre source de revenu, ils se trouvaient en grave difficulté quand la récolte était mauvaise ou le bétail frappé de maladie. Il y avait des exceptions. Les plus fortunés avaient fait venir de Paris des tenues neuves, les autres s'étaient parés du mieux qu'ils avaient pu.

Jasmine portait une robe de satin blanc brodée de fil d'or. Sabatin était vêtu de velours noir orné d'argent, ce qui accentuait encore son allure ténébreuse. A mesure qu'on annonçait les invités, il faisait en sorte de recevoir chacun en ayant l'air de reconnaître la présence de son épouse à ses côtés, sans toutefois lui adresser la parole. Personne ne le remarqua. Il avait porté cette attitude à la perfection. Jasmine connut un instant pénible lorsqu'elle dut ouvrir le bal avec Sabatin et elle réprima un frisson quand il lui prit la main, mais le moment fut vite passé, et ils ne dansèrent plus ensemble de toute la soirée.

Le souper fut grandiose, servi dans de la vaisselle d'or qu'on avait enfin, pour l'occasion, tirée des caisses apportées de Versailles. Si, dans l'ensemble, les robes et les habits étaient déplorablement démodés, selon les critères de la Cour, l'effet général de la réception, avec toutes ses teintes fleuries, était aussi gai que n'importe quelle soirée à Versailles. Une surprenante abondance de joyaux de famille ajoutait encore à son éclat.

Armand se multiplia pour accroître le plaisir de chacun. Il s'était renseigné par avance sur les familles des environs et, sans souci de leur statut financier, il s'assura que Jasmine fît plus ample connaissance avec celles qui pourraient apporter quelque agrément dans sa vie. Il dansa avec des jeunes filles sans beauté qui, autrement, n'auraient peut-être pas trouvé de partenaire, complimenta les mères, répandit la jovialité parmi les hommes. Il commit cependant une erreur.

Il avait réussi à dénicher trois gentilshommes bannis, connus de Sabatin, et il pensa favoriser le retour de celui-ci dans la société en les engageant à assister au bal. Tous trois vivaient à distance raisonnable : pas plus d'une journée de route. Deux d'entre eux étaient ducs, le troisième marquis. Ils s'appelaient Chavein, Oliveray et Gance. L'un avait fait partie des « arracheurs de palissades » de Versailles, les deux autres faisaient remonter leur exil au duc d'Orléans, le Régent, durant l'enfance de Louis XV. Chavein était accompagné de son épouse, créature hautaine qui tenait à faire savoir à tout le monde qu'elle avait connu des réceptions plus recherchées. Les deux autres étaient veufs. Sabatin ne les accueillit pas précisément en frères d'infortune mais il prit plaisir à rencontrer des gens qui avaient une conception de la vie comparable à la sienne. Avant la fin du bal, il disparut avec eux dans la bibliothèque. Ils s'y installèrent pour jouer gros jeu, s'enivrèrent et firent grand bruit jusqu'aux petites heures du matin.

Jasmine dut supporter la désagréable présence de la duchesse de Chavein durant deux semaines. Les trois compagnons de Sabatin mirent tout ce temps pour partir. Ils passaient la matinée à chevaucher comme des fous à travers la campagne et consacraient le reste de leur temps à jouer, à boire, à imaginer des farces stupides, comme s'ils étaient des gamins plutôt que des hommes d'âge mûr.

Lorsqu'ils s'en furent enfin, Jasmine se trouva libre de cultiver les amitiés qu'elle avait nouées la nuit du bal. Son unique regret était qu'Armand eût décidé de partir à son tour. Il n'avait plus aussi bonne mine qu'à son arrivée : il avait trop bu en compagnie de Sabatin et de ses invités. Surtout, son erreur pesait lourdement sur sa conscience, lorsqu'il fit ses adieux à Jasmine.

— Je crains fort de vous avoir rendu un bien mauvais service, lui dit-il gravement. Je n'aurais jamais dû réintroduire ces gentilshommes dans la vie de Sabatin. Je prévois bien des ennuis.

— La nature de mon mari attirera toujours le désastre, d'une sorte ou d'une autre, répondit-elle sagement. Ne vous inquiétez pas, Armand. Sans votre aimable intervention, je ne serais pas en mesure d'envisager à nouveau le plaisir de participer à des réunions mondaines. Sabatin, de son côté, a accepté de se joindre à deux chasses des environs.

Elle redressa la tête, sourit avec confiance à Armand.

— Vous n'avez aucun souci à vous faire. Rien ne pourra jamais être aussi terrible que par le passé.

Elle devait, quelque temps plus tard, se souvenir de ses paroles.

14

Ce fut Laurent qui demanda un portrait de Jasmine. Il n'avait pas vu sa fille depuis douze ans. Des deux seules toiles qui la représentaient au Château Satory, l'une avait été peinte lorsqu'elle avait cinq ans, l'autre juste avant son seizième anniversaire, en ces jours bénis qui avaient précédé le début de tous les malheurs. Quand elle avait quitté la maison, c'était encore une toute jeune fille. Il désirait la voir dans sa maturité.

Au cours de ces années, il avait suffisamment recouvré la liberté de ses mouvements pour pouvoir boitiller çà et là avec l'aide d'une canne ou l'appui du bras de Marguerite. Ensemble, ils s'étaient reconstruit une existence. Mais le vide créé par l'absence de Jasmine subsistait. Si elle avait pu venir les voir, même rarement, ils en auraient été comblés. Laurent avait un jour suggéré que Marguerite se rendît à Périgueux, bien que l'idée de se retrouver sans elle l'emplît de crainte.

— Jasmine n'est plus enfermée chez elle. Vous pourriez loger en ville et l'y rencontrer, dit-il courageusement.

Il s'efforçait de prendre un air nonchalant pour dissimuler sa peur. Marguerite était son soutien, sa consolatrice, la gardienne de sa vie et, par-dessus tout, sa compagne bien-aimée. A son très grand soulagement, elle refusa.

— Ma place est auprès de vous. Jasmine est jeune, résistante. Vous et moi sommes vieux, nous avons besoin l'un de l'autre.

Elle lui donna un baiser, refoula son ardent désir de revoir leur fille. Elle ne pouvait pas le laisser seul pour entreprendre ce long voyage. Déjà, quand il lui arrivait de le quitter pour plus d'une heure, elle était inquiète : depuis la première attaque, il avait souffert plusieurs rechutes qui l'avaient affaibli pendant quelque temps, et elle ne savait jamais si la prochaine ne serait pas la pire de toutes. Elle accueillit favorablement l'idée d'un portrait. Faute de revoir Jasmine en personne, ce serait déjà une joie.

— Je vais en charger le meilleur peintre de Paris, déclara Laurent avec enthousiasme. Qui a peint ce dernier portrait du Roi, que tout le monde a trouvé excellent ?

Une première lettre fut rédigée, mais, avant que le peintre eût trouvé le loisir de répondre, Laurent était mort. Un matin, Marguerite s'éveilla pour découvrir qu'il l'avait quittée dans son sommeil.

— Oh ! mon bien-aimé ! murmura-t-elle.

En larmes, elle lui prit la main pour la tenir dans la sienne, comme elle l'avait fait d'innombrables fois par le passé, lorsqu'il éprouvait le besoin d'être rassuré.

— Je vous aimais bien plus que vous ne l'avez jamais su.

A Versailles, le Roi apprit la nouvelle. Le baron, en son temps, avait bien servi le Château. Louis envoya à sa veuve une lettre écrite de sa propre main. Il n'accorda pas une pensée à Jasmine.

Louis avait toutes les raisons d'être préoccupé. Contrairement à son aïeul, il ne s'était jamais résigné à vivre constamment sous le regard du public. Il se pliait toujours à la pantomime du « lever » et du « coucher », dans la grande chambre d'apparat, mais il n'y dormait plus. Il avait, tout près, une chambre beaucoup plus confortable, dans un appartement privé qu'il avait fait aménager dans un souci d'intimité. Il pouvait ainsi, le matin, travailler aux affaires de l'Etat une robe de chambre passée sur sa chemise de nuit. Il lui suffisait de courir jusqu'à la chambre d'apparat et d'y arriver à temps pour être réveillé officiellement par le Premier Valet de la Chambre. Le soir, après le « coucher », il lui arrivait fréquemment de se rhabiller, car il avait besoin de peu de sommeil. Il se glissait dehors et se rendait incognito à des bals ou autres divertissements tardifs, à Versailles ou Paris. Il avait fait installer tout un labyrinthe de passages secrets, afin d'empêcher qu'on le découvrît. Mais, fier de sa condition de Roi, il ne commettait jamais d'imprudence et détestait tout ce qui ressemblait à la débauche.

Il avait toutefois pris une maîtresse. Ce n'était pas son désir et il ne s'y serait jamais résolu s'il n'avait finalement perdu sa patience et son sang-froid devant les pieux prétextes de Marie pour l'empêcher d'exercer ses droits d'époux. Certes, elle lui avait donné dix enfants et elle était lasse des grossesses, mais il lui gardait de la tendresse, même s'ils n'avaient plus grand-chose en commun. Elle s'était isolée dans un cercle d'amis ennuyeux et refusait désormais de partager avec lui les festivités de la Cour qu'il trouvait si divertissantes. Il aimait à présent la compagnie de femmes plus jeunes, ne recherchait plus celles qui étaient ses aînées, comme Marie, ou Jasmine.

Jasmine. Il revit soudain, un bref instant, le charmant visage. Celui-ci s'effaça de nouveau, aussi rapidement qu'un oiseau en plein vol.

Au Château Valverde, Jasmine supportait avec courage le terrible chagrin que lui avait causé la mort de son père. Si l'événement s'était produit quelques années plus tôt, du temps où les constantes violences de son époux l'avaient transformée en une sorte de maniaque, elle serait tombée, elle en était convaincue, dans un état permanent de mélancolie, car sa peine était hors de toute mesure. Par bonheur, elle n'était plus cette jeune fille affolée qui s'était trouvée précipitée dans un abîme de haine, mais une femme faite, capable de se conduire avec dignité et bon sens.

Sabatin ne l'approchait plus. La porte entre leurs deux chambres demeurait fermée, à clé de son côté, au verrou du côté de son mari. Mais elle n'en avait pas moins eu beaucoup à souffrir par lui d'autres manières, depuis le bal où il avait renoué connaissance avec les trois gentilshommes connus à Versailles. C'était un soulagement lorsqu'il allait faire des séjours chez eux. La coutume s'était en effet établie entre eux de se retrouver dans l'un ou l'autre château. Il s'absentait parfois durant des semaines, mais ces bienfaisants répits se payaient cher, quand les réunions se faisaient à Valverde. La duchesse de Chavein n'y avait pas reparu. Jasmine n'avait éprouvé pour elle aucune sympathie, mais il était impossible de ne pas ressentir à son endroit une certaine compassion lorsque les quatre hommes se trouvaient rassemblés à la résidence des Chavein. La duchesse, Jasmine le devinait, partageait son aversion pour eux.

C'était comme si ces anciens galants de Versailles avaient décidé, par consentement tacite, d'ignorer leur situation présente pour imaginer qu'ils évoluaient encore dans les cercles dorés de leur jeunesse. Le fait qu'ils avaient tous beaucoup vieilli et qu'ils auraient dû avoir depuis longtemps atteint l'âge de la sobriété et de la raison leur échappait totalement. On eût dit des vétérans de l'armée qui, dans une réunion, revivent d'anciennes batailles et cherchent à retrouver dans l'alcool la joie de vivre de leur jeunesse.

Mais leur comportement ne s'arrêtait pas là. Comme tous

les membres de la noblesse, Chavein, Gance et Oliveray voyageaient avec leur escorte de serviteurs, tous, hommes et femmes, sans exception jeunes et beaux. Trois salons en enfilade étaient consacrés aux beuveries et au jeu. Sabatin et ses invités s'y querellaient souvent à grands cris quand ils perdaient. Ils étaient toujours servis par les domestiques des visiteurs, qui le prenaient de haut avec les serviteurs de la maison. Seuls parmi eux, les laquais de Versailles avaient deviné dès le début ce qu'entraînaient les devoirs de ces créatures favorisées, mais ils n'en disaient rien. Les autres le découvrirent par la suite : certains soirs, les portes qui ouvraient sur les trois salons en enfilade étaient fermées à clé de l'intérieur, et les serviteurs étrangers y demeuraient avec leurs maîtres pour les servir d'autres manières. Un grand tapage s'y déchaînait parfois, coupé de rires bruyants et prolongés. Parfois aussi, le reste du château faisait silence, et d'autres portes se fermaient, pour tenir en respect des échos plus sinistres qui montaient des salons.

Lorsque les trois seigneurs se trouvaient en visite au Château Valverde, Jasmine n'y invitait jamais personne : quand ils étaient ivres, on pouvait s'attendre de leur part à des farces cruelles dirigées contre la première personne rencontrée. Berthe et plusieurs serviteurs en avaient déjà souffert. La jeune femme, jusqu'à présent, avait été épargnée, peut-être parce que Sabatin désirait que rien ne vînt troubler le plaisir qu'il prenait à la tourmenter : il savait à quel point l'outrageait la débauche qu'il avait introduite dans leur maison. Les trois gentilshommes, elle le voyait, avaient adopté à son égard la haine que lui vouait Sabatin. Ils voyaient en lui la victime de circonstances créées par elle. Elle leur rendait leur aversion avec usure : elle les détestait pour leur arrogance, leurs voix tonitruantes et impérieuses, leurs vices. Quant à Sabatin, elle le haïssait toujours davantage, si une telle chose était possible.

Elle ne restait jamais oisive, et ses activités l'aidaient à supporter son deuil. Sur le domaine, elle veillait au bien-être des vieillards, des malades, des enfants. Mais cette tâche ne suffisait pas à la tenir occupée. Au village, durant de nombreux mois de l'année, le travail manquait, avait-elle découvert. Elle avait installé un petit atelier de confection d'éventails qui trouvait un marché favorable à Périgueux et dans les villes de quelque importance de la région. Henriette aussi lui prenait de son temps : la vieille dame s'affaiblissait, elle devenait plus ou moins invalide et ne quittait plus son appartement-musée, l'endroit où elle se sentait le plus heureuse.

Peu de temps après la lettre qui avait apporté la nouvelle de la mort de Laurent, une autre missive arriva du Château Satory. Jasmine s'attendait à y lire le récit des funérailles. Il s'y trouvait bien, mais la lettre contenait une autre information. La jeune femme ferma les yeux, serra les feuillets contre son cœur.

— Ma mère vient à Périgueux ! s'écria-t-elle à l'adresse de Berthe, dont le visage, aussitôt, s'illumina. Je vais enfin la revoir !

Par chance, la veille du jour où Marguerite devait arriver, Sabatin partit pour l'une de ses visites prolongées, cette fois chez le duc d'Oliveray. Jasmine allait ainsi pouvoir recevoir sa mère au Château Valverde durant un mois au moins, en toute tranquillité.

La mère et la fille se retrouvèrent à l'hôtel, à Périgueux. Jasmine était arrivée à temps pour voir le carrosse pénétrer dans la cour. A l'instant où Marguerite en descendit, très droite et d'allure décidée, en dépit de la fatigue du voyage et du poids de ses soixante-quinze ans, Jasmine se trouva là, les bras grands ouverts.

— Maman !

— Mon enfant !

Elles s'étreignirent, dans la joie et les larmes. Lorsqu'elles se séparèrent enfin, pour se regarder longuement avec amour, Marguerite déplora intérieurement le changement survenu chez sa fille. Même en ce moment de bonheur intense, Jasmine ne possédait plus ce rayonnement qui avait toujours ajouté à sa beauté. Le ravissant visage était terni par les épreuves, les joues creusées montraient une transparence que le rouge ne parvenait pas à déguiser. Jasmine lut dans les pensées de sa mère.

— Je ne suis plus telle que dans votre souvenir, je le sais. Les larmes versées pour mon père ont eu leur effet, elles aussi. Mais votre compagnie va être pour moi un véritable tonique. Oh ! maman ! C'est si bon de vous voir ici !

Au début, Marguerite hésitait à venir s'installer au Château Valverde.

— N'aurez-vous pas à en supporter les conséquences ? Votre époux nous avait interdit, à votre père et à moi, de nous présenter chez lui.

— Plus rien ne lui importe, sinon ses répugnants amis. Je vous parlerai d'eux une autre fois. Venez avec moi, maman. Tout est prêt pour vous.

Quand elles atteignirent le Château Valverde, Berthe, qui guettait leur arrivée, arriva pour faire sa révérence. Elle était transportée de joie de revoir la baronne. Jasmine donna à sa mère l'appartement voisin du sien. On eût dit qu'elles ne pourraient jamais cesser de bavarder. Jasmine désirait savoir tant de choses : les détails de la maladie de son père, d'abord, qu'elle n'avait pas trouvés dans les lettres, et, ensuite, les nouvelles de la maison et de tous ceux qu'elle connaissait. La fidèle Lénore, apprit-elle, allait prochainement épouser l'un des jardiniers du Château Satory.

— Leur mariage a été retardé à cause du dévouement de Lénore envers votre père et moi-même. Je leur donne l'une des maisonnettes du domaine, et ils ont commencé de l'aménager. Lénore sera toujours à ma disposition quand j'aurai besoin d'elle, au moins jusqu'à la naissance des enfants. J'ai promis d'être de retour pour le mariage.

— Pour quelle date est-il prévu ? demanda Jasmine avec inquiétude.

Elle ne voulait pas voir écourté le séjour de sa mère.

— Pas avant six semaines. Nous avons tout le temps, et je pourrai toujours revenir vous voir.

Marguerite resta cinq semaines. Ce fut pour Jasmine une période ensoleillée. Jamais elles n'avaient été aussi heureuses ensemble, et il s'établit entre elles une relation étroite qu'elles n'avaient jamais connue. On les entendait rire de souvenirs amusants, de vieilles plaisanteries familiales. Ensemble, elles étaient invitées à dîner ou à souper chez les amis que s'était faits la jeune femme. Elles se promenaient à pied ou en voiture, elles se rendaient à l'atelier d'éventails, que Marguerite trouva particulièrement intéressant. Les modèles étaient simples et charmants, bien loin des exigences de Versailles mais parfaitement adaptés aux besoins de la région. Elle fut fascinée par les éventails conçus par Jasmine au cours des années : son regard expert appréciait la délicatesse du travail, l'habile utilisation des pierres semi-précieuses.

Elle en félicita sa fille, mais Jasmine répondit en riant :

— C'est grâce à vous, si j'ai acquis ces talents. Vous vous rappelez comme j'accueillais mal vos leçons ?

— Oh oui, je m'en souviens ! déclara Marguerite, amusée.

Elles avaient aussi leurs moments de gravité. C'est ainsi que Marguerite conta à Jasmine son amour pour Augustin, la manière dont il avait commencé, la façon dont il s'était terminé.

— Je voulais que vous soyez au fait, conclut-elle. L'acte de donation du Château Satory et d'autres documents auraient pu, un jour, représenter pour vous un choc. Surtout, je ne voulais laisser dans votre esprit aucun doute sur vos origines. Augustin était sorti de ma vie bien des années avant mon mariage avec votre père.

— Je suis heureuse que vous m'ayez fait ces confidences.

Marguerite, un léger sourire aux lèvres, le regard lointain, faisait tourner les bagues sur ses doigts.

— Augustin m'a dit un jour qu'un homme pouvait aimer deux femmes. J'ai découvert la vérité de ses paroles, dans l'autre sens. J'ai aimé votre père d'un amour égal, sur un autre plan. Pourtant, je dois l'avouer, Augustin a toujours représenté pour moi l'étincelle de la vie, et le passage du temps ne l'a pas éteinte.

Jasmine avait la gorge serrée d'émotion. Sa mère avait connu un amour qu'elle-même ignorerait à jamais, et cet amour l'atteignait aussi puisque le Château Satory lui reviendrait — le plus tard possible, s'il plaisait au Ciel. Néanmoins, il lui fallait préciser un point.

— Vous réalisez que le château ne pourra m'appartenir, même d'aussi loin, n'est-ce pas, maman ? Sabatin, en qualité d'époux, revendiquerait mon héritage et vendrait le domaine.

Marguerite reprit son ton ferme et direct.

— J'ai rédigé mon testament de manière à empêcher cela. Jamais il ne pourra toucher à ce qui vous revient. Mais tout cela appartient au futur. Restons-en au présent.

Il était aisé de deviner que cette répugnance de Marguerite à parler de son gendre était due à ce qu'elle savait de lui. Le sujet du testament ne fut plus abordé entre elles.

Les jours de félicité s'écoulèrent trop vite. Le séjour de Marguerite touchait à sa fin. La veille de son départ, elle et Jasmine se promenaient entre les parterres. Marguerite parla du portrait qu'avait désiré Laurent.

— J'aimerais que son dernier vœu s'accomplisse, et que votre portrait soit accroché près du sien dans le Salon Ecarlate. Il en aurait été si heureux ! Pourriez-vous porter la robe que je vous ai offerte à mon arrivée ? Il m'avait aidée à en choisir l'étoffe, quelques jours avant sa mort.

— Je le ferai très volontiers.

L'idée de longues séances de pose ne souriait guère à Jasmine, mais elle s'y plierait avec joie, en mémoire de son père et pour apporter une consolation à sa mère.

Vint le matin du départ. Marguerite avait déjà mis sa cape et son chapeau, tous deux vert jade foncé, une teinte qui lui seyait particulièrement, et elle sortait de son appartement en compagnie de sa fille, quand Berthe apparut dans l'escalier, haletante, le visage contracté par l'inquiétude.

— Le carrosse du duc remonte la grande allée !

Jasmine lui répondit d'un ton égal :

— Du calme, Berthe. La visite de maman est achevée. Il ne peut plus rien faire pour la gâcher.

Les deux femmes descendirent ensemble, Berthe à leur suite. Un valet de pied ouvrit toute grande la porte d'entrée, au moment où le carrosse de son maître s'arrêtait devant le perron. Sabatin mit pied à terre aussitôt. Il entra dans la grande salle à l'instant où Marguerite et Jasmine atteignaient la dernière marche. Il s'immobilisa. Une certaine ressemblance entre elles lui permit de conclure que la femme de haute taille, à l'allure majestueuse, était sa belle-mère. Il fixa sur elle un regard chargé d'animosité mais ne prononça pas une parole. Marguerite, dans le même silence glacial, passa devant Jasmine et franchit le seuil de la porte encore ouverte. Au même instant, Sabatin réagit. Il claqua le battant derrière elle, rejeta Jasmine en arrière de toute la force de sa main plaquée sur sa poitrine.

Elle poussa un cri étouffé, se reprit, s'élança de nouveau vers la porte. Cette fois, il la saisit par le bras, la frappa par deux fois au visage, avant de la repousser. Elle serait tombée si les bras vigoureux de Berthe ne l'avaient retenue. Jasmine reprit son équilibre, fit volte-face, traversa précipitamment la salle, pour se jeter dans une pièce voisine et poursuivre sa course jusqu'au moment où elle atteignit enfin une autre issue.

Courant à perdre haleine, elle suivit un sentier qui la ramena à l'allée principale. Comme elle l'espérait, le carrosse des Picard l'avait attendue près des grilles. Sa mère guettait son arrivée à la portière ouverte, et Jasmine monta tant bien que mal dans le véhicule pour s'asseoir près d'elle.

— Votre visage ! s'exclama Marguerite, horrifiée. Que vous a-t-il fait ?

— Ce n'est rien.

La douleur de la séparation dépassait de beaucoup la souffrance de ses joues meurtries.

— L'important, c'est que j'ai pu vous dire au revoir.

— Venez avec moi ! insista Marguerite, dans son affolement. Maintenant ! Quittez ce monstre ! J'irai implorer le Roi !

Jasmine secoua vivement la tête.

— Il ne pourrait accorder sa grâce sans l'accorder en même temps à mon époux. Même si Louis prenait pitié de moi en souvenir du passé, il devrait respecter les droits légitimes qu'exerce sur moi Sabatin. Et mon époux ne me laisserait jamais retourner à Versailles si lui-même devait rester ici. Il me tuerait d'abord, je crois.

Marguerite blêmit.

— S'il est à ce point dangereux...

— Non, pas dans des circonstances normales, se hâta de déclarer Jasmine pour rassurer sa mère. Il fut un temps où je craignais qu'il ne me tuât, et il m'arrivait souvent d'accueillir avec bonheur la perspective d'une fin à mes malheurs. Mais le danger est passé. Il trouve désormais sa satisfaction à me torturer par n'importe quel moyen. Vous venez d'en avoir un exemple sous les yeux.

— Je ne peux vous laisser en cette situation !

— Il le faut. Tout ira bien. J'ai tant de compensations, à présent : des amis qui m'offrent une agréable compagnie, l'atelier d'éventails, les soins à donner aux enfants et aux vieillards des fermes. Je songe à créer une petite école. Mieux encore, j'ai eu votre présence pendant quelque temps et, la prochaine fois, je resterai avec vous à Périgueux. Promettez-moi seulement de revenir bientôt.

— Vous pouvez y compter, mon enfant.

Elles se jetèrent dans les bras l'une de l'autre, s'embrassèrent. Après quoi, sans lâcher la main de sa mère, Jasmine descendit du carrosse. Puis la portière se referma. Marguerite se pencha pour faire de grands signes d'adieu à sa fille. Finalement, Jasmine ne vit plus que la tache vert jade que faisaient les plumes de son chapeau. Les arbres absorbèrent le carrosse lancé à grande vitesse, et Jasmine se détourna pour revenir lentement vers le château. Il n'y avait aucun signe de Sabatin. Elle poussa un soupir de soulagement : elle s'en était tirée à bon compte, songeait-elle, après avoir si longtemps gardé sa mère près d'elle, contrairement aux désirs de Sabatin. Elle se trouva tout à coup devant Berthe, effondrée dans un fauteuil et sanglotante. Elle se hâta vers elle.

— Que se passe-t-il ?

— Je n'ai pas dit adieu à Mme la baronne. Je savais que mes jambes raides ne me porteraient pas à temps jusque-là et je ne vais plus jamais la revoir.

Un frisson courut au long du dos de Jasmine.

— Ne parlez pas ainsi. Elle ne tardera pas à revenir. Nous en avons ainsi décidé.

Deux mois plus tard, l'artiste peintre, Michel Balaine, arrivait au Château Valverde. Il avait plus de travail qu'il n'en pouvait fournir et n'avait pas accepté cette commande de gaieté de cœur. Pour compenser le temps perdu à voyager et les fatigues d'un tel déplacement, il avait demandé une somme exorbitante en espérant un refus. Mais la baronne Picard tenait à ce portrait de sa fille : elle avait accepté son prix sans sourciller. Il était donc venu. Il n'y avait personne pour l'accueillir. Le duc courait la campagne à cheval. La duchesse visitait une école. Le seul autre membre de la famille était une vieille dame, pour le présent indisposée.

Il attendait avec impatience dans la grande salle, pendant qu'on lui donnait ces renseignements. Grand, le visage passionné, il avait des sourcils blonds rapprochés, des yeux gris pleins d'ardeur, un nez orgueilleux, un menton décidé. Ses cheveux rebelles, couleur de paille, étaient retenus par un nœud de soie noire sur la nuque. Bien qu'appréciant la fraîcheur de la demeure, après la chaleur d'été qui régnait au-dehors, il se sentait offensé par ces manières de rustres qui le laissaient ainsi faire le pied de grue. Sa réputation de maître du portrait lui avait valu ses entrées à Versailles et dans nombre de grandes maisons où un membre au moins de la famille se serait trouvé là pour le recevoir avec les égards qui lui étaient dus. Ici, il n'y avait personne. Jamais plus il ne s'aventurerait au-delà de Paris, de Versailles ou de l'Ile-de-France pour une commande.

— Par ici, je vous prie, monsieur.

Il suivit dans l'escalier magnifiquement sculpté le laquais en livrée et perruque blanche. Du moins ce château était-il luxueusement aménagé : on y trouvait partout de très beaux miroirs et de riches tentures de soie. Au moment où il gravissait la dernière marche, il se fit un mouvement au rez-de-chaussée. Il se retourna, baissa les yeux. La porte d'entrée venait de s'ouvrir pour laisser entrer une femme qui marchait d'un pas vif, dans le tourbillon de ses jupes de mousseline. Elle était coiffée d'un grand chapeau de paille dont les longs rubans roses volaient au vent. Elle bavardait d'une voix légère et amusée avec une vieille servante qui marchait lourdement derrière elle. De sa place, la main posée sur le pilastre sculpté, Michel Balaine parla :

— Madame la duchesse de Valverde ?

Elle leva la tête vers lui. Le bord du chapeau se souleva, lui révéla un visage ovale qui toucha au vif son regard de peintre. Une superbe ossature, un front haut, un teint satiné, des lèvres rouges, le tout encadré d'une brillante chevelure châtaine aux reflets cuivrés. Plus encore, la mystérieuse luminosité du regard d'un bleu-violet éveilla en lui un violent désir qui chassa l'artiste pour ne laisser que l'homme. Il avait toujours eu pour principe de séparer le travail du plaisir mais il se trouvait soudain confronté à une situation périlleuse aussi bien qu'inattendue. Tandis que Jasmine et lui se dévisageaient, il oublia tous ses regrets d'être venu au Château Valverde.

— Monsieur Balaine !

Elle se remit en marche, tandis qu'il redescendait en hâte les marches de l'escalier pour se porter à sa rencontre.

— Je vous dois toutes mes excuses : il n'y avait ici personne pour vous accueillir, après ce long voyage depuis Paris.

Il s'inclina sur sa main, remarqua avec surprise qu'une tache d'encre lui maculait les doigts. Sans savoir pourquoi, il en fut particulièrement attendri. Il y avait encore une petite fille chez cette femme attirante, et il résolut de la débusquer.

— Je viens tout juste d'arriver et n'ai souffert aucun désagrément.

Elle n'avait pas souvenir qu'aucun homme l'eût regardée comme le faisait Michel Balaine depuis le moment où leurs yeux s'étaient rencontrés. On eût dit qu'il venait de renaître, qu'il découvrait en elle un horizon tout neuf. C'était à la fois flatteur et troublant.

— Lorsqu'on vous aura montré votre appartement, repritelle, nous dînerons. Nous avons beaucoup à nous dire. Vous serez libre de choisir le lieu où vous dresserez votre chevalet.

— Vous êtes infiniment bonne.

Au dîner, Sabatin monopolisa la conversation. Par une correspondance régulière, Armand continuait à le tenir au courant de ce qui se passait à la Cour. Il connaissait donc la position de Balaine. Il ne se serait pas mis à table, sinon, avec un simple peintre, pas plus qu'il n'aurait pris un repas en tête à tête avec sa femme. Il tolérait seulement la présence de celle-ci lorsqu'il y avait des invités, comme ce jour-là. Armand, par ailleurs, avait écrit que Balaine était très recherché à la Cour, à cause de sa renommée, et que le Roi et la Reine étaient enchantés par les derniers portraits en pied qu'il avait faits d'eux.

— Je veux que vous fassiez mon portrait, déclara Sabatin.

Il tenait pour acquis que la commande serait acceptée.

— Mon dernier portrait date du temps où j'étais à la Cour, et je devrais en avoir un plus récent à accrocher ici.

Sous l'influence du vin, dont il avait bu abondamment, il désigna d'un grand geste un panneau du mur orné seulement d'un écu.

— En pied. Imposant. Vous voyez ce que je veux dire.

Intensément gênée par l'attitude autoritaire de Sabatin, Jasmine s'attendait à un refus de la part de Balaine, mais celui-ci suggéra :

— Pourquoi pas à cheval, monsieur ?

Sabatin, radieux, abattit le plat de sa main sur la table.

— Excellent ! Je possède un bel étalon que je suis le seul à pouvoir monter. Noir comme le charbon. Votre prix sera le mien. J'aime le travail bien fait.

Jasmine en restait coite. Marguerite lui avait écrit que Balaine était débordé de commandes. Cependant, il venait de se porter volontaire pour entreprendre un tableau qui demanderait sûrement des semaines. Il la prit au dépourvu en tournant brusquement la tête pour plonger son regard dans le sien. Elle comprit alors que la raison de cette décision, c'était elle, et elle éprouva une curieuse impression. C'était comme si le destin venait de jeter sur elle un filet aussi fin qu'une gaze, aussi résistant que la soie. Quand et comment elle parviendrait à s'en arracher, elle était incapable de le concevoir pour le présent. Dès ce moment, elle se mit à l'appeler secrètement Michel au lieu de lui donner son nom de famille.

Comme il fallait s'y attendre, Sabatin décida que son portrait devrait être peint avant celui de son épouse : c'était, à ses yeux, le plus important. Michel installa une immense toile dans une pièce exposée au nord, qui comportait de larges fenêtres et des portes assez hautes pour permettre de sortir le tableau, une fois achevé. Il passa de nombreuses heures dans la cour de l'écurie, à prendre des croquis de l'étalon. Jasmine ne le voyait pas toujours aux repas car elle se trouvait souvent chez des amis, mais il arrivait à Michel de provoquer une rencontre : ils s'entretenaient quelques instants sur le perron, dans l'escalier, dans les jardins. Un matin, il apparut à l'école, installée dans une chaumière qui avait été attribuée à une femme d'âge mûr, de bonne famille, dépourvue de revenus. Elle donnait ses leçons aux enfants dont les parents pouvaient se passer de temps à autre.

Il fit des enfants des croquis individuels et les leur donna, ce qui les laissa bouche bée, éperdus de timidité. Il exécuta aussi un portrait éclair de Jasmine, et elle le reçut avec un plaisir amusé.

— Est-ce ainsi que vous allez me peindre ?

Il l'avait représentée en train de tresser des bracelets de paille et de foin, pour aider les plus jeunes des enfants à distinguer leur main gauche de la droite. Le croquis montra à la jeune femme qu'une longue mèche de cheveux avait échappé aux épingles pour glisser le long de sa joue. Vivement, elle la remit en place.

— C'est ainsi que je vous vois, répondit-il en souriant.

Une nuance dans sa voix amena Jasmine à le regarder, pour détourner aussitôt les yeux. Heureusement, elle n'éprouvait à son égard rien d'autre qu'une vive admiration pour son talent. Il avait signé le croquis qu'il avait fait d'elle, comme s'il espérait qu'elle allait le garder. Délibérément, elle se tourna vers les enfants, agita la feuille au-dessus de sa tête.

— Qui veut celui-ci ?

Il y eut une ruée, et elle donna le dessin au plus jeune. Mais, déjà, Michel, perché au bord du bureau de la maîtresse d'école, en exécutait un autre, qu'il lui offrit lorsqu'ils eurent quitté la chaumière. On la voyait en train de rire, et la même mèche rebelle échappait de nouveau aux épingles sous lesquelles elle avait tenté de l'assujettir.

— Voilà comment j'aimerais vous peindre.

— Allons donc, fit-elle, d'un ton de feinte remontrance. Je suis convaincue que vous n'avez pas dit cela à la Reine avant que sa toilette fût parfaite.

— Je n'ai jamais vu la Reine jouer avec des enfants. Elle n'a jamais d'encre sur les doigts ni de mèche folle.

Elle eut peine à reprendre son souffle. S'il l'avait décrite nue, sa voix n'aurait pas été plus sensuelle ni plus tendre.

— Mon portrait n'en devra pas moins me représenter en robe d'apparat, pour être accroché dans la maison de ma mère.

— Vos désirs sont des ordres.

Il y avait maintenant du rire dans sa voix. Cela valait mieux. Elle croisa son regard, rit avec lui. Sur le chemin du retour au château, ils parlèrent d'autres choses. Elle conserva l'esquisse, la rangea précieusement dans un tiroir.

Après ce jour, elle le vit moins souvent. Il se mit sérieusement au portrait de Sabatin, et, sous ses pinceaux, la toile commença de prendre vie. Sabatin y était représenté en habit de chasse de velours vert et tricorne noir galonné d'or, la cravache à la main, sur son étalon cabré. L'homme et l'animal avaient encore des contours imprécis. Ils se détachaient sur un fond de montagnes et de forêts, et, dans le coin supérieur gauche, le Château Valverde se dressait sur son éminence. En même temps que ses serviteurs personnels, deux de ses élèves avaient accompagné Michel. Les deux jeunes gens mélangeaient les couleurs, nettoyaient les pinceaux. Ils avaient préparé les deux toiles et avaient exécuté en partie le vaste fond pour le portrait de Sabatin. Un bloc de bois spécialement taillé arriva un jour de Paris, et l'on y ajusta une selle : le peintre pourrait ainsi travailler en détail sur l'attitude de son modèle, sans avoir recours à l'étalon trop nerveux. Lorsqu'il n'eut plus à se servir du bloc, Michel renvoya ses deux élèves à Paris et leur fit emporter le simulacre de cheval. Il s'en expliqua à souper, le soir même de leur départ. Il y avait plusieurs invités à table. Dans la double vie qu'il menait, Sabatin semblait prendre un plaisir croissant à jouer les hôtes débonnaires pour la noblesse des environs.

— Comme je vais passer ici beaucoup plus de temps que je ne l'avais prévu, dit Michel à son auditoire attentif, mes élèves pourront, en mon absence, abattre bien de la besogne. Mieux vaut, pour eux, se trouver à mon atelier de Paris, au lieu de patienter ici, la plupart du temps.

Seule, Jasmine ne s'y trompa point. Lorsqu'il en viendrait à peindre son portrait, elle le savait, il ne supporterait pas de présence trop proche.

Sabatin, dans son orgueil, avait entièrement oublié que Michel, à l'origine, était venu pour peindre Jasmine. Il aimait à se vanter d'avoir chez lui le peintre du Roi et à proclamer qu'un chef-d'œuvre se préparait dans la pièce exposée au nord. Il s'agaçait du refus de Michel de laisser quiconque voir le tableau avant qu'il fût achevé. Les séances de pose l'ennuyaient à présent intensément, et il serait heureux quand elles prendraient fin. Il allait sous peu repartir, pour un séjour chez Oliveray, où des courtisanes amenées de Lyon apporteraient un peu de variété dans les plaisirs. Le quatuor d'exilés du début s'était agrandi au point de comprendre maintenant vingt gentilshommes. Cela signifiait que Sabatin n'avait plus à recevoir ses amis chez lui : certains lieux de rendez-vous étaient particulièrement recherchés, et chacun contribuait aux dépenses considérables.

Il n'éprouvait pas la moindre inquiétude à laisser Jasmine seule au château. Jamais elle n'avait témoigné le moindre intérêt pour un autre homme. Il l'avait même vue repousser de timides avances, lors de réjouissances locales. Cela ne l'avait pas surpris : il inventerait pour elle, elle le savait, un terrible châtiment s'il lui arrivait de le ridiculiser ou, pis encore, de le cocufier. Il la trouvait lui-même dépourvue de séduction, et jamais l'idée ne lui aurait traversé l'esprit qu'il pût être imprudent de la laisser au château en compagnie d'un bel homme de son âge. Elle passait presque tout son temps à soigner Henriette et à courir les chemins pour s'occuper des malades et des esseulés. En outre, il savait, par les lettres de son cousin, que l'artiste avait le choix entre les plus jolies femmes de la Cour. Si quelqu'un était venu lui suggérer que le peintre pourrait trouver chez sa femme une beauté plus rare, il se serait esclaffé, comme le faisaient rire les plaisanteries obscènes.

Il partit donc comme d'ordinaire, avec quelques serviteurs triés sur le volet. Jasmine, qui soignait Henriette, se demanda comment il pouvait quitter le château en un tel moment : la vieille dame approchait de la mort. Il se présenta cependant à son chevet, juste avant de partir. Depuis sa jeunesse, c'était la première fois qu'il pénétrait dans l'appartement. Il put constater de ses yeux que la fin était proche. Sans même accorder à sa tante un baiser d'adieu, il tourna les talons. Son allure décidée montrait clairement qu'il ne souhaitait pas prendre part aux obsèques, le moment venu.

Henriette mourut trois jours plus tard. On envoya un message à Sabatin, mais, comme prévu, il ne revint pas. Jasmine ressentait un vif chagrin. Lors de son arrivée au Château Valverde, Henriette s'était montrée sa seule amie et avait toujours été bonne pour elle. Michel lui fut d'un puissant secours. Il fit tout son possible pour l'aider, délaissa son travail jusqu'aux funérailles. Celles-ci réunirent beaucoup de monde : peu de gens connaissaient Henriette ou se souvenaient d'elle, mais on était venu par respect pour la famille, et beaucoup se montraient surpris de l'absence de Sabatin.

— Elle va tant me manquer ! dit Jasmine.

Elle et Michel se promenaient dans les jardins, un soir, après souper. Il faisait chaud, et le ciel était peuplé d'étoiles.

— Je vais fermer son appartement, je crois, pour quelque temps. Je m'occuperai de tout plus tard.

— Cela me permettra de commencer votre portrait.

— Vous ai-je retardé dans votre travail ? questionna-t-elle avec inquiétude. Comme il est égoïste de ma part de laisser mes soucis chasser de mon esprit tout le reste ! Vous désirez naturellement achever ce portrait le plus vite possible.

Il prit délicatement le menton de la jeune femme entre ses doigts, et plongea son regard dans le sien.

— Imaginez-vous que ce soit là mon but véritable ? Le temps, pour moi, perd toute importance, si je peux vous voir, vous entendre, vivre près de vous.

Ses yeux brillaient d'une flamme si ardente qu'elle eut peine à cacher la joie qui montait en elle. Elle avait l'impression que son cœur allait éclater. Elle ne parvenait plus à contenir l'amour qui n'avait cessé de grandir depuis le jour où elle avait compris quel genre d'homme il était. Il ne s'agissait pas, cette fois, d'un élan irréfléchi vers la passion, comme cela s'était produit avec Fernand au temps de son adolescence. Non. C'était un progrès régulier, né de la connaissance mutuelle de leurs caractères, de leurs idées, de leurs intérêts communs. C'était un amour qui avait des racines profondes.

— Je n'aurais jamais cru qu'on pût me dire de telles paroles, murmura-t-elle avec une sorte d'émerveillement. J'espérais que vous éprouviez ces sentiments, mais que vous les exprimiez me rend tellement heureuse.

Il l'enveloppa d'un bras, l'attira tout contre lui, lui caressa tendrement le dos.

— J'ai bien plus à vous dire. Je vous aime. Dès l'instant où je vous ai vue, j'ai eu envie de vous tenir entre mes bras.

Juste avant de l'embrasser, il lut l'affolement dans les yeux de Jasmine. Mais elle baişsa les paupières et se laissa aller contre lui. Sa réaction enivra Michel. Ils ne pouvaient ni l'un ni l'autre rompre ce contact qui exprimait leur amour et leur mutuel désir. Quand, finalement, leur étreinte laissa la place aux regards amoureux, aux sourires, à une multitude de petits baisers, Michel enlaça de nouveau Jasmine et, la joue pressée contre la sienne, une main sous sa nuque, il quémanda ce que tout homme, en de telles circonstances, aurait sollicité de la femme aimée :

— Permettez-moi de vous rejoindre dans votre chambre, cette nuit.

Elle ne pouvait l'accueillir dans ce lit où elle avait connu un tel avilissement, une telle horreur. Elle préféra aller chez lui, guidée par la seule lueur du clair de lune, longue silhouette semblable à une apparition, dans sa chemise de nuit et son déshabillé de fine batiste, les cheveux dénoués sur les épaules. Il l'attendait. Elle tomba dans ses bras.

Les premiers instants, toutefois, elle demeura rigide dans le lit, comme une vierge terrifiée, les bras croisés sur les yeux. Il découvrit des cicatrices sur le corps ravissant, en tira ses propres conclusions. Dès lors, il entreprit de lui faire l'amour avec une immense tendresse, comme si c'était la première fois pour l'un et l'autre. Il y avait de la douceur dans chacune de ses caresses, de l'adoration dans le contact de ses lèvres, de sa langue. Ses tendres murmures, venus tout droit du cœur, chassèrent les ombres du passé. De son plein gré, elle découvrit ses yeux, vit le visage aimé au-dessus du sien.

— Ma Jasmine chérie, je n'ai jamais aimé aucune femme comme je vous aime. Toute ma vie, j'ai attendu cette nuit, sans jamais le savoir jusqu'à notre rencontre.

Sans plus songer à rien ni à personne, elle se donna à lui dans l'extase.

Après cela, ils passèrent ensemble toutes les nuits. Seule, Berthe avait deviné ce qui se passait et elle était heureuse que Jasmine eût enfin trouvé un peu de bonheur. Durant la journée, Michel faisait le portrait de la jeune femme. Elle posait dans un fauteuil doré placé sur une estrade, et, derrière elle, une somptueuse draperie de soie se relevait sur un côté. Dans cet espace, le peintre représenterait le Château Satory, selon le désir de la baronne Picard. Il en avait pris des croquis préliminaires, avant de se mettre en route pour Périgueux. La robe couleur topaze de Jasmine était à la toute dernière mode de Paris : des cerceaux, de chaque côté, l'élargissaient à la hauteur des hanches, le corsage était étroitement lacé dans le dos, la jupe s'ouvrait en V retourné, pour révéler un jupon de soie crème brodé d'un flot de roses d'un jaune pâle qui cascadaient jusqu'à l'ourlet.

Avant la première séance de pose, le portrait achevé de Sabatin avait été emporté au rez-de-chaussée par six hommes, puis placé dans un cadre commandé à l'avance à un sculpteur sur bois assisté d'un doreur. Il n'y avait rien, dans la pièce transformée en atelier, pour rappeler à Michel ou à Jasmine l'existence de Sabatin. Ils l'oubliaient totalement. C'était comme s'il n'avait jamais été là.

Peu importait à Jasmine le temps que durait une séance : elle y trouvait l'occasion de repaître ses yeux de Michel, avec son expression concentrée, toutes les fois qu'il réapparaissait de derrière la toile, le pinceau dans une main, la palette dans l'autre. Elle lui faisait parfois une drôle de petite grimace qui le faisait sourire, et il agitait son pinceau en un geste de reproche. Ils étaient follement amoureux. Ils savaient l'un et l'autre que le temps leur était compté, la séparation inévitable, mais ils ne perdaient pas une minute à imaginer ce qui aurait pu être. Le présent leur appartenait, et ils en profitaient pleinement.

Au château, se trouver séparés par respect des convenances leur était un supplice. Michel devenait presque fou d'impatience si Jasmine tardait d'une seconde à venir le rejoindre la nuit. Lorsqu'elle survenait enfin, il l'enlevait dans ses bras, riait avec elle, l'embrassait pour fêter leur réunion.

Un soir, elle se trouva considérablement retardée. Berthe avait glissé et souffrait d'une foulure du poignet. Jasmine la banda, lui fit boire du cognac pour endormir la souffrance et l'accompagna jusqu'à sa chambre. Quand elle regagna la sienne, pour y éteindre les chandelles avant d'aller rejoindre Michel, elle le trouva là, à l'attendre.

— Non, pas ici ! souffla-t-elle, lorsqu'il voulut la prendre dans ses bras. Pas dans cette chambre.

Elle avait détourné le visage, mais il lui saisit le menton entre le pouce et l'index, l'amena doucement à le regarder.

— Mais si, ici même, murmura-t-il. Là où je pourrai définitivement chasser vos derniers cauchemars.

Et il en fut ainsi. Tous les horribles souvenirs se trouvèrent bannis de cette chambre. Par la suite, Jasmine associa toujours la pièce à l'une des plus exquises nuits d'amour que pût connaître une femme. Elle s'endormait rarement sur ses oreillers sans un sourire de bonheur.

Le portrait était terminé. Michel devait le remettre lui-même à Marguerite, et la toile avait été magnifiquement encadrée de bois doré avant d'être emballée. Le peintre, cependant, ne partait toujours pas. Jasmine se montrait intransigeante sur ce point : il devrait être parti avant le retour de Sabatin. Mais Michel ne pouvait se résoudre à la quitter jusqu'à la toute dernière minute.

— Au moins, tenez-vous prêt, l'implora-t-elle. Jamais nous ne pourrons, vous et moi, dissimuler nos véritables sentiments si nous attendons qu'il soit ici pour nous dire adieu.

A présent qu'il leur restait si peu de temps, il entreprit de lui proposer des solutions :

— J'abandonnerai mon atelier parisien. Nous pourrons nous rendre à Genève, à Venise ou à Rome. Je peux peindre aussi bien n'importe où...

— Non, le scandale nous suivrait et détruirait votre carrière. Votre place est à Versailles. Ne rendez pas la situation plus cruelle encore en me présentant des rêves qui ne se réaliseront jamais.

Elle avait raison, il le savait. Il aurait détesté se retrouver exilé volontaire, même en sa compagnie. Inévitablement, leurs relations en auraient été affectées, et il ne le désirait pas plus qu'elle.

Le sort les gratifia d'une ultime faveur : ils furent avertis du retour de Sabatin. En revenant d'une expédition à Périgueux, la gouvernante informa Jasmine qu'elle avait rencontré le duc : il faisait étape pour la nuit et serait au château le lendemain. Michel rendit cette dernière nuit mémorable pour l'un et pour l'autre. Aux premières heures du matin, lorsqu'il fut prêt à partir, ils échangèrent un long baiser d'adieu.

— Si un jour... commença-t-il d'un ton interrogateur, une main déjà posée sur la poignée de la porte.

— Oui, un jour peut-être, promit-elle.

Mais ni l'un ni l'autre n'entretenaient de véritable espoir.

Elle ne sortit pas sur le perron mais observa son départ d'une fenêtre. De son siège dans le carrosse, il jeta vers elle un dernier regard, juste avant que les roues se missent à tourner pour l'emporter loin d'elle. Le visage de Jasmine, derrière la vitre ancienne, était brouillé, comme si une grande distance les séparait déjà.

A Paris, il exécuta une copie du portrait de Jasmine, l'accrocha dans son atelier. Chaque matin, durant bien des années à venir, il y jetterait un regard. Lorsqu'il alla porter l'original à Marguerite, il apprit qu'elle avait fait une chute et s'était fracturé la hanche.

— Quelle sottise de ma part ! lui dit-elle d'une voix hachée.

Elle était étendue sur un lit de repos, dans le Salon Ivoire. Un valet de pied entra, pour installer un chevalet, apporté avec le portrait.

— La duchesse le sait-elle ? demanda Michel.

— Non, et si vous devez lui écrire, ou bien à son mari, n'en faites pas mention, je vous prie. Cela ne ferait que l'inquiéter inutilement, et elle penserait que je ne serai pas en mesure de retourner la voir.

Le peintre lui-même estimait cette éventualité improbable : la baronne semblait très atteinte. Des infections pulmonaires suivaient fréquemment les chutes, chez les gens âgés, et elle paraissait avoir de la difficulté à respirer. Il en regretta davantage de se trouver loin de Jasmine et de ne pouvoir être auprès d'elle quand elle finirait par apprendre l'accident survenu à sa mère.

— Allons, reprit Marguerite avec ardeur. Otez cette étoffe et laissez-moi voir le visage de ma fille.

Il prit la pièce de soie par un coin, la rejeta en arrière. Jasmine apparut, rayonnante, dans sa robe somptueuse. Marguerite contempla longuement le portrait d'un regard pénétrant. L'expression de son visage était indéchiffrable, et Michel commença de penser que la toile ne lui plaisait pas. Mais elle releva les yeux sur lui et dit avec la plus grande franchise :

— Vous avez peint ma fille sous les traits d'une femme amoureuse. Je le lis sur son visage. Que s'est-il passé au Château Valverde ?

Il lui répondit avec la même sincérité.

— Je me suis épris de Jasmine comme cela ne m'était jamais arrivé auparavant. Je voulais lui faire quitter la France avec moi, mais elle a refusé.

Elle approuva fermement du menton.

— De telles décisions sont cruelles, mais mieux vaut se séparer dans l'amour que laisser aux circonstances le soin de détruire ce qui existait.

Son regard revint au portrait.

— Vous l'avez rendue heureuse. Je le vois. Vous aurez toujours droit à ma gratitude, monsieur Balaine. La reverrez-vous un jour ?

— C'est peu probable, répondit-il tristement. Mais je ne l'oublierai jamais. J'espère seulement qu'un jour, tout changera, et qu'elle pourra vivre avec moi.

— Ne mettez pas tous vos espoirs dans vos rêves, lui conseilla Marguerite avec bon sens. Remerciez le ciel de ce qu'il vous a donné. Jasmine, je l'espère, sera soutenue par la même conviction.

Elle désigna d'un geste une écritoire posée sur une petite table.

— Apportez-moi ceci, voulez-vous. Je vais vous régler le prix de ce portrait.

— Je ne veux rien recevoir.

Elle haussa les sourcils.

— Mais vous avez abandonné votre atelier durant des semaines.

Il sourit, prit la fine main tachée par l'âge pour la porter à ses lèvres.

— Je vous suis reconnaissant, madame la baronne. Sans votre commande, j'aurais manqué le temps le plus heureux de toute ma vie.

— Voilà une déclaration bien péremptoire.

— Elle est sincère, je vous l'assure.

Elle lui tendit la main.

— Revenez me voir, monsieur Balaine.

— En vérité, je n'y manquerai pas.

Après son départ, elle se rejeta sur les coussins, passa sur son front un mouchoir de dentelle. Elle se sentait fébrile et devrait bien l'avouer au médecin qui viendrait la voir un peu plus tard. Mais elle ne se laisserait pas saigner. Ce traitement ne faisait qu'accroître la faiblesse, et elle avait toujours lutté contre cette condition, physiquement et mentalement.

Ses yeux se posèrent de nouveau sur le portrait. Quelle joie de revoir sur le visage de Jasmine cette expression de bonheur ! Elle avait presque retrouvé la radieuse beauté de son adolescence. Certes, elle allait se sentir bien seule, à présent, sans son amour. Elle serait abattue, envahie de nostalgie.

— J'ai connu moi-même tout cela, ma chère enfant, dit-elle à haute voix au portrait. Mais vous possédez ma force et vous surmonterez l'épreuve.

Les femmes, se disait-elle, n'étaient pas et ne seraient

jamais le sexe faible. Elles étaient capables de sacrifices devant lesquels les hommes auraient reculé. Il était aisé de comprendre pourquoi Jasmine avait renoncé à tout ce qu'elle désirait : elle savait que Michel n'aurait jamais bien supporté une vie à l'étranger, loin de la fortune et de la renommée acquise ici. Pour Augustin, il s'était agi d'un irrésistible désir de se survivre dans un fils qui porterait son nom. Tous possédaient une citadelle qu'ils se refusaient à quitter par amour.

Marguerite eut une nouvelle quinte de toux. Pour le moment, Michel aimait Jasmine, il n'y avait aucun doute sur ce point, mais l'oublierait-il ? Ce n'était pas très important, puisque cet amour n'avait aucun avenir. L'essentiel, c'était cette renaissance qu'il avait apportée à Jasmine. Seul, du bien pouvait en venir. Elle écrirait plus tard à sa fille pour lui dire quel plaisir lui avait fait son portrait. Pour le moment présent, elle se sentait extraordinairement lasse. La toux lui laissait peu de répit.

Quand la nouvelle de la maladie de Marguerite parvint à Jasmine, jointe à l'information qu'on gardait peu d'espoir d'une guérison, elle prit sur-le-champ sa décision.

— Je vais la rejoindre ! s'écria-t-elle à l'adresse de Berthe. Je resterai près d'elle jusqu'à la fin. Faites atteler mon carrosse, qu'il soit devant la porte dans dix minutes !

— Mais votre condamnation au bannissement !

— Le Roi me pardonnerait, dans de telles circonstances, s'il venait à être informé. Mais il ne saura rien. Ma mère a besoin de moi !

Berthe s'en fut exécuter ses ordres. Sabatin, à son retour de la chasse, eut la surprise de voir charger une malle de voyage sur le carrosse de Jasmine.

— Que veut dire ceci ? demanda-t-il au cocher, en frappant la malle de sa cravache.

— Nous allons à Versailles, monsieur. La mère de Madame se meurt.

— Oh, vraiment ?

Sabatin pénétra dans le château, monta l'escalier. Il atteignit la porte de Jasmine à l'instant où, prête à partir, elle sortait de son appartement. Il posa sur elle un regard fixe. Elle voulut passer devant lui, mais, d'une bourrade, il la repoussa à l'intérieur.

— Ne m'empêchez pas d'aller la retrouver ! l'implora-t-elle dans son affolement. Je vous en supplie !

Il la poussait toujours, une main sur son épaule. Berthe, qui avait été sur le point de la suivre au rez-de-chaussée, se mit à crier en pleurant :

— Laissez-la partir, monsieur ! C'est sa mère, pour l'amour du ciel !

Furieux, il s'en prit à elle.

— Sortez d'ici !

Elle était trop lente dans ses mouvements : il lui assena sur le bras un coup de cravache. Jasmine poussa un cri de protestation, se jeta en avant. Il l'écarta d'un bras, ôta la clé de la serrure. Elle se précipita, mais trop tard : il avait déjà claqué la porte derrière lui. La clé tourna. La jeune femme était prisonnière...

En ses derniers jours, Marguerite eut l'impression que Jasmine ne quittait pas son chevet : le portrait avait été accroché là où elle pouvait le voir sans effort. Lénore tenait la main de la malade et répondait doucement, toutes les fois que celle-ci s'adressait à elle comme si elle était Jasmine. La lutte qu'elle livrait pour trouver son souffle étant trop douloureuse, Marguerite finit par renoncer à parler. Mais, dans ses ultimes moments, elle sourit, les yeux tournés vers le pied de son lit. Sa voix parvint à Lénore et au prêtre, faible mais claire :

— Je dois maintenant vous quitter, Jasmine. Augustin est venu me chercher.

Elle ferma les yeux. La vie l'abandonna.

Sabatin retint Jasmine prisonnière jusqu'au jour où les obsèques eurent été célébrées. Il gardait lui-même la clé et n'ouvrait la porte que pour permettre à Berthe d'apporter et de remporter les plateaux de repas. Jasmine savait qu'il la châtiait ainsi d'avoir accueilli Marguerite au château : sur le moment, se rappelait-elle, elle avait cru s'en tirer à bon compte.

Le jour où elle recouvra sa liberté, Sabatin avait donné la clé à Berthe. Pour la première fois en un mois, sa silhouette menaçante ne se dressait pas sur le seuil. Jasmine, vêtue d'une robe de soie noire, était assise près de la fenêtre ouverte de sa chambre, là où elle avait passé de nombreuses heures durant son incarcération. Le bras appuyé sur le rebord, elle suivait la marche d'un chariot, au fond de la vallée. Avant de la rejoindre, Berthe remit la clé dans la serrure, à l'intérieur.

— Nous allons pouvoir faire une promenade en voiture, aujourd'hui, madame, dit-elle d'un ton encourageant.

Jasmine ne tourna pas la tête.

— J'aimerais sortir. Mon emprisonnement a-t-il pris fin ?

— Oui. Essayez de prendre un nouveau départ et ne laissez pas votre deuil vous affliger avec excès.

— J'ai quelque chose pour m'aider, et ma mère, je crois, m'aurait approuvée, dans ma situation.

— De quoi parlez-vous donc ?

Jasmine, par-dessus son épaule, tourna la tête vers Berthe, qui se penchait sur elle. Ses yeux brillaient d'un éclat particulier.

— Je suis grosse. Je vais avoir l'enfant de Michel.

Au cours des mois qui suivirent, Jasmine dut faire appel à tout son pouvoir d'imagination pour dissimuler son état. Elle se laça d'abord très serré, jusqu'au jour où Berthe l'informa qu'elle pouvait ainsi nuire à l'enfant. Elle fut alors aidée par une nouvelle mode venue de Paris : on portait de grands fichus de dentelle, drapés sur le cou et les épaules, dont on retenait les pans par-devant pour les laisser retomber plus bas que la taille. Elle trouva encore de l'aide dans la cape à la Watteau, nommée d'après le peintre dont les tableaux charmants, peuplés de galants et de dames, avaient si bien reflété la vie à Versailles, jusqu'à sa mort prématurée. La cape, qui prenait dans le dos une énorme ampleur, faisait corps avec la robe et pouvait être fermée à la taille par de larges rubans.

— Le bébé promet d'être petit, déclara Berthe, un jour où elle aidait Jasmine à entrer dans son bain. Pour vous, c'est une bénédiction. A la moitié de votre temps, j'avais déjà trois fois votre taille. De ce train-là, vous devriez pouvoir arriver au dernier jour sans avoir éveillé les soupçons.

— Je l'espère.

Jasmine s'installa dans l'eau chaude.

— Il n'y aura aucune difficulté, si Sabatin s'absente pour l'une de ses visites. Nous pourrions alors nous rendre à Périgueux plusieurs jours avant la date prévue, sans hâte.

Elle avait dressé ses plans avec un soin minutieux. Une petite maison avait été louée aux limites de la ville. Elle y serait soignée par Berthe et par une sage-femme à qui elle avait donné un faux nom. Si Sabatin se trouvait au château, le carrosse reviendrait avec un message l'informant qu'elle s'était foulé la cheville en faisant des achats : comme on craignait une fracture, elle devait rester pendant deux ou trois jours sous la surveillance d'un médecin. Pour un cas d'urgence, elle avait un autre plan mais elle espérait ne pas avoir à y recourir.

Jasmine entrait dans son huitième mois de grossesse quand Sabatin, à peine rentré d'une de ses incartades, lui fit savoir qu'il avait l'intention de donner en avril un bal costumé. Ces fêtes étaient aussi populaires en province qu'à Versailles, et la possibilité de se travestir et de porter un masque n'aurait pu être plus opportune, en ce qui concernait la jeune femme. Le bal devait être donné trois semaines avant la date prévue pour la naissance, et elle ne prévoyait pas la moindre difficulté. Elle était heureuse que son enfant dût venir au jour au mois de mai, comme elle-même et sa mère. Cette coïncidence annonçait-elle une fille ? se demandait-elle.

Un jour où elle vérifiait la liste des invités, elle demanda à Berthe :

— Croyez-vous que je vais avoir une fille ? Après tout, je porte mon bébé très bas, et vous m'avez dit que votre fils était très haut.

Berthe haussa les épaules.

— On ne peut rien prévoir avec certitude, mais, ce matin, je vous regardais en jupon. C'est vrai, l'enfant est plus bas que je m'y serais attendue à cette époque de la grossesse. Vous aimeriez avoir une fille ?

— Peu m'importe, pourvu que le bébé soit vigoureux et en bonne santé.

Berthe se demandait comment Jasmine pouvait se montrer aussi courageuse en de telles circonstances. Dès le début, elle s'était réjouie de porter l'enfant de son amant. Elle avait puisé dans cette joie une force d'âme dont Berthe, elle, aurait été incapable en semblable situation. Le bébé, après sa naissance, serait confié à un couple qui vivait à la campagne. C'était à deux jours de voiture, mais Jasmine avait bien l'intention d'aller voir l'enfant toutes les fois que Sabatin s'absenterait du château. Ce que Berthe redoutait le plus, c'était la détresse de la jeune femme, quand on lui enlèverait le bébé si tôt après sa venue au monde. Elle espérait qu'il ne lui viendrait pas à l'esprit de s'enfuir avec lui : Sabatin se mettrait à sa poursuite, avec la loi de son côté. Ce n'était pas comme si Jasmine avait disposé d'un refuge : sa mère ne lui avait rien laissé, sinon ses bijoux personnels. Le Château Satory serait administré par fidéicommis durant cinquante années. Si, durant ce temps, Jasmine était graciée par le Roi, le domaine lui reviendrait. Dans le cas contraire, le château et toutes ses terres devraient être vendus, et le produit de la vente consacré à des œuvres charitables. Le testament avait outragé Sabatin : l'énorme fortune des Picard échappait ainsi à tout enfant né de son mariage, même si cette éventualité était des plus improbables. Il n'avait aucun moyen de mettre la main sur cet héritage.

Jasmine, pour le bal, choisit un costume qui dissimulerait entièrement sa silhouette. Elle serait travestie en dame vénitienne : au-dessus d'une jupe de satin écarlate, elle serait enveloppée d'un nuage de fine dentelle, fixé à son tricorne de velours noir de chaque côté de son visage, drapé sous son menton et tombant ensuite en plis amples presque jusqu'à terre. Un loup étincelant de sequins compléterait le costume. Sabatin représenterait Alexandre le Grand, avec une cuirasse d'or et un casque grec en métal doré.

La jeune femme avait beau se montrer convaincue que personne ne devinerait son secret, Berthe se mit à redouter l'œil d'aigle de la gouvernante. Une fièvre courait dans le village. Quand Jasmine contracta un léger rhume, Berthe en exagéra grandement les symptômes : elle annonça que Mme la duchesse devait rester bien au chaud dans sa chambre, afin d'être complètement rétablie pour le bal. Jasmine donna à la gouvernante toutes les instructions nécessaires, et Berthe alla voir les jardiniers pour leur commander toutes les fleurs disponibles en cette saison.

Le jour même du bal, enfin, Jasmine quitta sa chambre, tout enveloppée de châles, pour s'assurer que tout était en ordre.

Des bouquets de fleurs printanières embaumaient le château. Chaque candélabre, chaque chandelier était garni de bougies neuves. Dehors, des flambeaux illumineraient l'allée d'accès, la cour et les jardins. La jeune femme regagnait sa chambre quand, à mi-hauteur de l'escalier, une vive douleur la figea sur place, l'obligea à se retenir d'une main à la balustrade. Ce n'était pas possible ! Pas aujourd'hui, entre tous les autres jours ! Elle avait ressenti de légers tiraillements depuis les premières heures du matin mais elle les avait attribués à son appréhension de la soirée : ce serait inévitablement pour elle une épreuve, même si ses formes étaient soigneusement dissimulées.

Parvenue à l'étage, elle sonna Berthe. Dès que celle-ci vit le visage de Jasmine, elle leva les bras au ciel.

— Etes-vous sûre ? C'est peut-être une fausse alerte.

— Espérons-le.

Ce n'était pas une fausse alerte. Quand vint midi, les douleurs étaient régulières et se faisaient plus violentes d'une fois à l'autre. Jasmine était d'une pâleur de cendre, la souffrance la pliait en deux. Il était temps pour elle de se rendre à la chambre de la tour qui figurait dans leur plan d'urgence.

— Je monterai la garde et j'arrêterai quiconque s'engagera dans le couloir, déclara Berthe. Vous allez devoir gravir seule cet escalier. Je vous rejoindrai dès que la route sera libre.

Jasmine quitta sa chambre et, de toute la vitesse de ses jambes, se hâta vers l'arche qui donnait accès à la tour sud. Sur trois niveaux se trouvaient d'immenses salles circulaires qu'il fallait ouvrir à l'aide d'un trousseau de clés qu'elle avait emporté. La montée de l'escalier en colimaçon était aussi pénible que si elle s'était traînée au flanc d'une montagne. Fréquemment, elle faisait halte près des meurtrières afin d'aspirer l'air frais du dehors, quand une nouvelle douleur la saisissait.

Elle parvint enfin à la salle du dernier étage. Là, un vieux lit avait été dressé pour elle, et elle s'y étendit avec soulagement. Tout était prêt. Sur la table, sous un linge, étaient disposés du fil de chanvre, des ciseaux, du linge propre, tout ce qui allait être nécessaire. Dans la vaste cheminée de pierre, Berthe, le matin même, à la première alerte, avait allumé un poêle à charbon de bois qui donnait de la chaleur sans produire de fumée révélatrice. On y ferait bouillir l'eau des cruches qui avaient été remplies par la même occasion. Rien n'avait été oublié. Jasmine savait qu'elle pourrait hurler tout son saoul et que personne ne l'entendrait.

Une petite fille naquit tandis que, plusieurs étages plus bas, les invités au bal pénétraient en foule dans le château. Jasmine tenait l'enfant dans ses bras. Berthe lui donnait les soins nécessaires sans perdre une seule minute.

— Je désire l'appeler Violette, murmura la jeune femme, en posant un baiser sur le front rouge et ridé de la petite. Il est bon de suivre le précédent instauré par son aïeule, en lui donnant un nom de fleur. N'est-elle pas ravissante ? Oh ! quelle perfection !

Une heure plus tard, alors que la première danse était depuis longtemps passée, Berthe l'aida à se lever et à passer le costume qu'elle était allée chercher. Un peu de poudre et de rouge cacha la pâleur de l'accouchée.

— Vous êtes folle, gronda la brave femme que l'anxiété rendait furieuse. Vous feriez mieux de regagner votre chambre et d'y rester jusqu'à demain matin.

— C'est impossible. Je dois me trouver dans la salle de bal au moment où tout le monde ôtera son masque. Déjà, je devrai inventer un prétexte, cheville tordue ou défaillance passagère, pour avoir manqué la première danse.

— Et si vous alliez tomber en pâmoison ?

— Il n'en est pas question. Je n'oserais pas. Après tout, je fais seulement ce que bien des femmes ont dû faire à Versailles, pour cacher leur secret à la Cour. Je ne suis pas, et de loin, la première à me lever de mon lit d'accouchée pour paraître en public comme s'il ne s'était rien produit.

Avant d'ajuster son masque, elle reprit Violette entre ses bras. Elle l'embrassait, la caressait, lui murmurait des mots tendres, sans savoir quand elle la reverrait. Berthe, voyant combien l'épreuve était douloureuse, finit par lui enlever l'enfant.

— Il faut descendre, déclara-t-elle d'une voix brusque.

Elle était elle-même torturée par les yeux débordants de larmes de Jasmine, par son expression angoissée.

— Je dois partir avec elle sans tarder, pendant que le bal bat son plein, et que les domestiques sont tous trop occupés pour remarquer mon départ.

Incapable de parler, tant elle avait la gorge serrée, Jasmine approuva d'un signe. Une fois encore, elle embrassa sa fille. Puis, sans un regard en arrière, elle quitta la pièce, en pleurant.

Elle se glissa dans la salle de bal par une porte de côté, se mêla à la foule, entra en conversation avec ceux dont les masques ne pouvaient dissimuler certains traits distinctifs. Elle refusa les invitations à danser. Elle vit un moment la silhouette bardée d'or de Sabatin tourner brusquement la tête dans sa direction, comme s'il l'avait déjà cherchée en vain. A minuit, l'heure où l'on ôtait les masques, elle dut se tenir à son côté : la tradition voulait que l'hôte et l'hôtesse fussent les premiers à se démasquer, afin de donner le signal à leurs invités. Elle se sentait pétrifiée d'effroi à l'idée de ce qu'il aurait fait si elle ne s'était pas trouvée là à l'heure.

Elle parvint, sans trop savoir comment, à demeurer debout jusqu'à une heure avancée de la nuit, lorsque les invités commencèrent à partir. Elle monta alors à sa chambre, s'approcha d'une fenêtre pour contempler le paysage illuminé par le clair de lune et les lanternes des carrosses qui s'éloignaient les uns après les autres. Là-bas, quelque part, Berthe roulait dans une voiture de louage. Son absence avait été justifiée par une soudaine attaque de fièvre. Violette tétait le sein d'une nourrice prise en chemin, qui n'avait pas la moindre idée de l'identité de l'enfant qu'elle tenait dans ses bras.

Violette, au moins, était en sûreté. Si Sabatin avait découvert la vérité, jamais, Jasmine le savait, elle n'aurait revu sa fille.

15

Le Château Satory était inhabité depuis quinze années quand Michel Balaine passa par là un jour qu'il était dans le voisinage. Peut-être, se disait-il, avait-il été mis en vente. L'idée de vivre dans la maison d'enfance de Jasmine lui souriait. Lors de sa dernière visite en ces lieux, la baronne avait été trop mal pour le recevoir, ce qui avait confirmé ses propres pressentiments lorsqu'il avait livré le portrait. Il avait laissé au domestique les fleurs qu'il avait apportées, avec l'espoir qu'elle pourrait en respirer le parfum.

Cette fois, ce fut Lénore qui lui ouvrit la porte. A la mort de sa maîtresse, elle avait été nommée gardienne et elle vivait, avec son époux et ses deux fils, dans les quartiers des serviteurs.

— Bonjour, monsieur Balaine, dit-elle.

Elle l'avait immédiatement reconnu : le temps avait eu peu d'effet sur un visage qui, sans beauté, frappait néanmoins le regard.

Elle lui fit une petite révérence, et il pénétra dans le vestibule dont les meubles se cachaient sous des housses. En apprenant le but de sa visite, elle secoua la tête.

— Le château ne sera pas mis en vente avant bien des années. J'espère, quant à moi, que la duchesse de Valverde y reviendra vivre un jour.

— Comment se porte Mme la duchesse ?

— Fort bien, je vous remercie, monsieur. Pour autant que je sache, elle s'affaire du matin au soir. Aux dernières nouvelles, elle avait établi un atelier d'éventails dans un troisième village, afin de fournir du travail aux villageoises.

Lénore s'interrompit. Le visiteur semblait intéressé, mais il ne lui appartenait pas de jaser des affaires de la duchesse.

En reprenant la route, Michel songeait au passé. Un incendie avait ravagé son ancien atelier, et le portrait de Jasmine avait été détruit, ce qui, sur le moment, l'avait affligé. Peu de temps après, il avait épousé une femme qui la lui rappelait — ou peut-être parce que les hommes étaient habituellement attirés par le même type de beauté féminine. Quoi qu'il en fût, le mariage avait tourné au désastre, et ils s'étaient séparés. Michel avait permis à sa femme de conserver leur résidence parisienne, dans les faubourgs, ce qui expliquait pourquoi il était à la recherche d'une nouvelle demeure. Si seulement des enfants étaient nés de ce mariage, ils auraient représenté une compensation pour ces années perdues. Il aurait aimé avoir un fils.

Il n'avait aucune difficulté financière. Son défunt père avait été un riche marchand, et, fils unique, il avait hérité tous ses biens. Par ailleurs, il avait pour sa part amassé une fortune en qualité de portraitiste, puis grâce à des toiles immenses qui figuraient, dans un grouillement de personnages, des scènes de guerre et de chasse ou des épisodes bibliques. Celles qui représentaient des événements de la vie du Roi, telle la bataille de Fontenoy, ornaient les cadres grandioses de Versailles, de Fontainebleau, du Louvre et de Compiègne. Certaines avaient été reproduites, dans les ateliers des Gobelins, en tapisseries que l'on se disputait. Le portrait, cependant, gardait la préférence de Michel, et, par commande du Roi, il exécutait présentement celui de Mme de Pompadour.

Ce n'était pas le premier qu'il faisait d'elle. Il avait connu des années durant la famille Poisson, et feu Mme Poisson lui avait demandé, à ses débuts, de peindre la petite Reinette. Alors déjà, celle-ci était follement éprise du Roi, bien qu'elle l'eût vu seulement de loin, au passage de son carrosse ou saluant la foule du haut d'un balcon.

— C'est le plus bel homme de toute la France, avait-elle déclaré, lors de l'une de ces premières séances de pose.

Ses mains jointes pressées contre son cœur, elle présentait une image véritablement enchanteresse, car elle était ravissante et délicate comme une figurine de porcelaine, avec ses immenses yeux sombres et sa chevelure brune et ondée.

— Quand j'étais encore toute jeune, une diseuse de bonne aventure m'a révélé qu'un jour, j'influencerais le Roi. Le saviez-vous ?

Personne, après cinq minutes passées chez les Poisson, ne pouvait manquer de le savoir : c'était, en toute occasion, le sujet de conversation favori de Reinette. Pas plus que quiconque, Michel n'aurait jamais imaginé alors que la prédiction se réaliserait en tout point, ni que lui-même contribuerait à sa réalisation.

Il avait toujours apprécié ses visites chez les Poisson. On s'y trouvait en stimulante compagnie, on y conversait agréablement et l'on riait beaucoup. Quand Reinette épousa M. Le Normant d'Etiolles, il parut tout naturel qu'à son tour, spirituelle, intelligente et douée d'un sens artistique, elle créât dans leur résidence parisienne un salon que fréquentaient les philosophes, les écrivains, les artistes et les savants. Son mari l'adorait, à l'instar de tous ceux qui l'approchaient. Elle montrait beaucoup de charme et de gaieté, elle était pleine d'égards, de sollicitude et de bonté. Elle possédait un grand talent de musicienne, chantait et jouait du clavicorde pour le plus grand plaisir de tous. Si elle l'avait souhaité, elle aurait pu à tout moment monter sur les planches : elle possédait un don pour la comédie mais pouvait aussi, dans le drame, parcourir toute la gamme des émotions. Toutefois, en dépit de l'adulation dont elle était l'objet de la part de son entourage, elle avait donné son cœur au Roi et n'en faisait pas mystère.

Un peu plus tard, son mari passa commande d'un portrait d'elle à Balaine. Elle dit un jour à celui-ci, pendant qu'il la peignait :

— Vous comprenez bien, n'est-ce pas, Michel, que, pour le Roi, je serais prête à tout abandonner, même Alexandrine, ma petite fille chérie ?

Elle parlait avec une gravité inhabituelle. Il tenta, par une plaisanterie, de ranimer l'étincelle de joie qui brillait d'ordinaire dans son regard.

— Allons, vous n'ignorez pas qu'il vous faudrait du sang noble pour espérer même lui être présentée. Voulez-vous que j'ajoute un peu de bleu à votre portrait ? Cela vous serait-il de quelque secours ?

Au lieu d'obtenir un sourire, il eut droit à un regard de supplication désespérée.

— Vous pourriez me venir en aide de bien meilleure façon. Grâce à votre talent, vous avez maintenant vos entrées à la Cour.

Elle bondit de son fauteuil et, dans un tourbillon de satin rouge et de volants de dentelle, elle se précipita vers lui.

— Michel, je vous en prie ! Parlez pour moi au Roi. J'ai fait tout mon possible pour attirer son attention. J'ai mené ma calèche à la chasse royale et j'en ai changé chaque jour la couleur pour l'assortir à ma toilette : blanc, rose, argent ou bleu. Chaque fois, j'ai attiré son regard. Il sait qui je suis, on me l'a dit. A plusieurs reprises, il a envoyé à notre château des présents de gibier, puisque son pavillon de chasse à Choisy y fait de lui notre voisin. Je lui plais, je le sais. J'ai vu la manière dont il me regarde...

Elle reprit son souffle, l'exhala d'un coup.

— Il n'a pas de maîtresse, en ce moment. L'instant est bien choisi.

Le portrait, Michel le comprit, n'avancerait pas davantage ce jour-là. Il posa palette et pinceaux.

— Je dois vous mettre en garde. Vous avez des ennemis à la Cour. Certaines personnes ont compris ce que vous recherchiez et sont bien décidées à vous tenir à l'écart du Roi.

— On me croit donc capable de rivaliser avec ces nobles dames qui visent le même but que moi !

Elle était à la fois surexcitée et affolée.

— Personne n'aime le Roi comme je l'aime. Lorsqu'il a failli mourir, au cours de cette dernière guerre, j'ai cru mourir, moi aussi. Je n'aurais pas pu continuer à vivre sans lui.

Elle disait vrai. Sa guérison avait coïncidé avec le rétablissement de Louis le Bien-Aimé. Michel, par un sourire indulgent, reconnut que, comme tout le monde, il était prêt à l'aider dans la réalisation de ses désirs. Il poussa un soupir de résignation.

— Qu'attendez-vous de moi ?

Avec un cri de joie, elle l'entoura de ses bras, avant de lui exposer son plan, fort simple. Le Dauphin, âgé de seize ans, allait se marier. Chaque soir, pendant un mois, il y aurait des bals, des réceptions, toutes festivités auxquelles le Roi prenait un immense plaisir. Le clou des réjouissances serait un grand bal masqué à Versailles. Reinette demandait à Michel de faire savoir au Roi qu'elle y assisterait : elle serait costumée en Diane, en blanc et argent, son masque bleu de nuit serait semé d'étoiles, et elle porterait dans les cheveux un croissant de lune.

— S'il vient à moi, s'exclama-t-elle dans un souffle, cela marquera le début de tout ce que j'ai jamais désiré dans la vie.

Ce fut l'une des fêtes les plus extraordinaires jamais données à Versailles, et elle devait rester dans les mémoires. Pour une fois, en dépit de sa belle stature et de sa voix chaude, personne ne reconnut le Roi sous son déguisement. Sept de ses compagnons et lui se présentèrent sous l'aspect d'ifs taillés, pareils à ceux qui se dressaient, tels des soldats, au long des parterres du parc. Aucun ne sut lequel était le

Roi. Dans la Galerie des Glaces, où se pressait toute une foule, Reinette attendait. Elle voyait se mouvoir les cimes des ifs et elle tremblait d'une impatience fébrile. Michel, qu'elle avait tenu à garder à ses côtés, était travesti en dieu Mars, casqué et cuirassé de rouge et d'or. Il avait accédé à sa requête, et tous deux en attendaient à présent le résultat.

— Vous êtes plus grand que moi, lui dit-elle, en se tordant les mains dans son agitation. L'un des ifs vient-il de ce côté ? Le voyez-vous ?

Il n'eut pas à lui répondre. Le plus grand des ifs s'était frayé un chemin dans la foule, à la recherche de la jeune femme. Elle se retourna vivement au moment où une silhouette revêtue de soie verte ôtait son encombrante coiffure. C'était Louis, souriant. Avec un rire heureux, elle arracha son propre masque.

— Quel splendide déguisement, Sire !

— J'avais bien de la peine à voir ce qui m'entourait. Par bonheur, j'avais la lune pour me guider.

C'était une allusion au croissant de lune qui scintillait dans les cheveux de Reinette, et leurs deux rires se mêlèrent. En quelques mots, ils s'étaient dit beaucoup et s'étaient compris. Michel, voyant qu'on n'avait plus besoin de lui, s'éclipsa discrètement...

Depuis lors, Reinette était devenue la maîtresse en titre du Roi. La Cour s'était montrée furieuse de voir une bourgeoise accéder à une position aussi importante, aussi influente. Beaucoup, néanmoins, avaient tenté de s'insinuer dans les bonnes grâces de la jeune femme : l'avenir d'un courtisan pouvait dépendre de la faveur d'une maîtresse en titre. Le Roi avait donné à Reinette le titre de marquise de Pompadour et les armes correspondantes, et chacun était à même de voir qu'il l'adorait. Reinette était légalement séparé d'Etiolles, qui s'était résigné à sa perte.

Encore tout à sa déception de n'avoir pu acquérir le Château Satory, Michel arriva à Versailles où la marquise, toujours ponctuelle, l'attendait pour la séance de pose. Elle s'inquiéta aussitôt :

— Avez-vous trouvé une résidence qui vous convienne, Michel ?

Un genou à terre, il arrangeait un pli de sa jupe.

— Hélas non, j'ai le regret de vous le dire.

Une main posée sur son épaule, elle se pencha vers lui, son ravissant visage en cœur tout rayonnant.

— Alors, j'ai découvert la demeure qu'il vous faut. Un charmant petit château de quelque trente pièces, tout près de

Versailles. J'aurais moi-même aimé l'avoir, mais votre besoin est plus grand que le mien.

Accroupi sur ses talons, il lui sourit. Elle avait, il le savait, la passion de collectionner les maisons comme d'autres femmes collectionnent les bijoux, et le Roi se pliait à ses moindres caprices.

— Si vous le désirez vraiment, je ne voudrais pas vous en priver.

— Allons donc! Je vous serai éternellement redevable pour ce que vous avez fait pour moi. Je veux que vous l'ayez, mais à une condition.

Elle agitait un doigt espiègle.

— Laquelle ?

— Permettez-moi de m'occuper du décor à votre place.

Elle possédait un don certain pour la décoration d'intérieur : son appartement était le plus ravissant de Versailles, tout en tons pastel, garni de meubles élégants et de délicats objets d'art, toujours parfumé par une abondance de fleurs fraîches.

— Si je me décide pour cette résidence, vous aurez carte blanche pour la décoration. Ne l'oubliez pas, je n'ai emporté de ma précédente demeure que quelques souvenirs de famille. Je dois tout reprendre du début.

— C'est parfait ! s'écria-t-elle en battant des mains. Je vous promets de ne pas me montrer trop extravagante.

Il haussa un sourcil sardonique, ce qui la fit rire. Elle dépensait sans compter, mais tout ce qu'elle achetait reflétait un goût sans défaut, et il savait que le résultat final justifierait les lourdes factures.

— Quand verrai-je ce château ? demanda-t-il en reprenant ses pinceaux.

— Nous nous y rendrons ensemble, dès que cette séance sera terminée.

Au premier regard, il aima le château, couleur d'abricot sous le soleil. C'était une demeure simple, harmonieuse mais sans prétention, édifiée dans un cadre spacieux et située à mi-chemin entre Versailles et Paris, ce qui était idéal pour le peintre. Après l'avoir guidé dans une première visite, Reinette le laissa examiner les lieux plus en détail pour aller rendre visite à sa fille qui vivait dans les parages. Depuis sa naissance ou presque, Alexandrine avait été confiée à une femme de confiance : telle était la coutume, chez bien des parents qui n'avaient pas grand temps à consacrer à leurs enfants. Depuis qu'elle était devenue la maîtresse du Roi, la jeune femme voyait beaucoup moins souvent sa fille et elle ne pouvait manquer cette occasion, pendant qu'elle était dans le voisinage.

Bien loin du Château Monville, la nouvelle résidence de Michel, il était une autre femme qui, pour une raison toute différente, voyait sa fille moins souvent que par le passé. Au début, quand Sabatin s'absentait pour de longues périodes, tout avait été facile. Jasmine pouvait, sans risques, passer trois ou quatre semaines de suite avec Violette, chez les parents nourriciers de l'enfant, M. et Mme Govin, un couple sans enfants qui possédait une grande ferme. Ils la connaissaient sous le nom de Mme Picard, son nom de jeune fille et celui qu'elle avait donné à Violette. Le mari, résigné à ne jamais avoir de fils, formait un jeune neveu qui prendrait sa suite. Sa femme, hostile au jeune garçon, s'attacha profondément à Violette qui était un bébé magnifique. Elle ne montrait guère de ressemblance avec son père, sinon dans la couleur des cheveux, qui était la même. Ses traits étaient plutôt ceux de sa mère, bien qu'elle eût des yeux d'un brun profond et de longs cils blonds plus foncés à la pointe. Jasmine éprouvait une grande joie à s'occuper d'elle. Par bonheur, elle séjournait à la ferme quand Violette fit ses premiers pas.

La jeune femme venait toujours seule et engageait sur place une jeune fille pour lui servir de femme de chambre. Les articulations de Berthe étaient devenues trop douloureuses pour lui permettre de voyager. D'ailleurs, elle devait rester au château pour fournir des prétextes à Sabatin, s'il revenait à l'improviste. Jasmine faisait la route dans une voiture de louage et changeait par trois fois de véhicule et de cocher pour ne laisser aucune piste. A mesure que Violette grandissait, il y avait toujours un moment de gêne à l'arrivée de sa mère, mais il passait bien vite. Ensuite venaient l'excitation au déballage des cadeaux, les jeux, les ébats, les rires, jusqu'à la fin de la visite. La séparation était toujours douloureuse pour l'une comme pour l'autre. Violette, sanglotante, s'accrochait aux jupes de sa mère. Jasmine elle-même était en larmes.

— Ne partez pas, maman ! Restez avec moi. Je vous en prie !

Devant l'inutilité de ses prières, Violette se mit à en vouloir à sa mère. Pour la punir, elle poussait des cris déchirants. La femme, qu'elle appelait Tante Govin, la prenait alors dans ses bras, la cajolait, lui donnait un biscuit pour la faire taire. L'enfant apprit vite que sa mère et Tante Govin exerçaient l'une et l'autre des droits sur elle, sans toutefois s'entendre pour autant, sous une politesse de surface. Si sa maman lui disait qu'elle était jolie, la laissait veiller exceptionnellement tard ou la gâtait en quelque manière, sa mère nourricière faisait la grimace et secouait la tête d'un air désapprobateur. Si Tante Govin lui cédait sur un point, c'était sa maman qui s'y opposait et parlait d'une voix sévère. Il lui devint bientôt facile de jouer de l'une contre l'autre, et elle prit l'habitude de piquer une crise de colère quand ses exigences n'étaient pas immédiatement satisfaites.

Jasmine se tourmentait de plus en plus pour sa fille. Elle ne voulait pas la retirer d'une bonne maison, où elle était à l'abri de Sabatin, où ses parents nourriciers avaient de l'affection pour elle, où son éducation elle-même était assurée par un ancien précepteur qui vivait dans le voisinage. Mais il devenait plus évident à chaque visite que Mme Govin supportait mal sa présence. La femme, elle le voyait, était jalouse et ne voulait pas partager avec elle l'affection de Violette. Il était inquiétant aussi de constater que la discipline de Mme Govin était relâchée, parfois même inexistante. L'enfant, constatait Jasmine, devenait un petit personnage égoïste, intéressé, qui perdait toute douceur, toute affection.

— Vous devriez réellement vous montrer plus ferme, madame Govin, déclara Jasmine, exaspérée, après une scène particulièrement pénible à l'issue de laquelle elle avait elle-même envoyé Violette au lit.

— C'est seulement quand vous êtes ici que la petite se conduit mal, riposta froidement la femme. Je n'ai jamais de difficultés avec elle lorsqu'elle est seule. Vous lui apportez trop de cadeaux, trop de beaux atours, au lieu de la laisser se contenter des vêtements de tous les jours que, d'après notre accord, je dois lui fournir. Ce n'est plus un bébé mais une petite fille de huit ans. Elle est capable de raisonner seule, de comparer les objets luxueux que vous lui offrez avec la vie banale qu'elle doit mener avec nous, après votre départ. Il ne faut pas s'étonner si vos visites la bouleversent. C'est vous, madame, qui lui faites du mal.

Jasmine était assez honnête pour reconnaître une part de vérité dans ces paroles. Sa mauvaise conscience, elle le savait, la poussait à se montrer trop généreuse, afin de compenser ses absences. Elle continuerait à donner chaque fois un éventail à Violette, parce qu'elle les confectionnait elle-même, et que l'enfant commençait à se montrer fière de sa collection, mais elle apporterait certaines restrictions à tout le reste.

Lorsqu'elle revint, la fois suivante, elle offrit à sa fille une seule robe de mousseline, au lieu de plusieurs toilettes plus coûteuses. Elle fut consternée de voir Violette fondre en larmes de désappointement.

— Vous ne m'aimez plus, maman !

Elle jeta sur le sol l'éventail qui l'avait dès l'abord enchantée.

— Ce n'est pas vrai, ma chérie.

Jasmine était agenouillée devant la boîte qu'elles avaient entrepris de vider de son contenu. Elle déploya la mousseline imprimée de bouquets de violettes.

— Cette robe est ornée de la fleur qui porte votre nom, et l'éventail est assorti, vous verrez.

Violette courut entourer de ses bras la taille de Mme Govin. De grosses larmes s'échappaient de ses yeux.

— Vous m'aimez, vous, n'est-ce pas, Tante Govin ? Vous ne me chasserez jamais de votre maison comme maman m'a chassée de la sienne ?

— Jamais, ma petite.

Mme Govin se pencha pour serrer la petite contre elle, sans cacher tout à fait l'éclair de satisfaction qui avait lui dans son regard.

Lentement, Jasmine se leva, les bras pendants, si bien que la robe de mousseline traînait par terre.

— Qu'êtes-vous allée conter à ma fille, madame Govin ? questionna-t-elle d'un ton sévère.

— Rien d'autre que la vérité. Tout comme je l'avais promis. Violette sait que vous êtes une dame fort occupée, et que les enfants de ces dames-là doivent souvent vivre chez des gens plus simples.

Elle essuya les yeux de l'enfant, lui posa sur la joue un baiser affectueux.

— Plus de larmes, à présent que votre maman est ici pour un temps. Rappelez-vous comme vous avez attendu son arrivée.

Violette hocha la tête, revint vers sa mère d'un pas hésitant. Son front se plissait, non sous l'effet de la colère mais dans un effort sincère pour se faire pardonner.

— J'aime bien les violettes, maman.

— Tant mieux. Si nous regardions maintenant tout le reste ?

L'espace d'une seconde, comme il arrivait parfois, Jasmine avait saisi dans le regard de sa fille une fugitive évocation de Michel. Elle n'en fut pas troublée outre mesure. Ce qui avait existé entre Michel et elle avait été merveilleux mais n'avait pas dépassé ces quelques semaines. A aucun moment, elle n'avait envisagé un avenir avec lui. Le fait qu'il lui eût sans le vouloir donné un enfant représentait un cadeau dont elle lui serait toujours reconnaissante.

Violette avait onze ans quand la vieille Berthe mourut. Depuis quelque temps, elle avait beaucoup vieilli, elle s'affaiblissait, souffrait constamment : ses doigts étaient tordus comme des brindilles. Jasmine éprouva un grand chagrin et la pleura sincèrement. Dans les derniers temps, leurs rôles s'étaient inversés : la vieille femme était devenue totalement dépendante d'elle, et sa mort en était plus douloureuse encore.

Quelques semaines après, Violette commença de poser des questions sur son avenir. Précoce, elle prenait conscience de sa beauté. Les jouets ne l'intéressaient plus, elle leur préférait des rubans pour ses cheveux, des éventails, des colliers et les jolies toilettes qu'elle réclamait toujours avec autant d'ardeur.

— Vous devrez rester à la ferme, avec M. et Mme Govin, jusqu'à vos seize ans, lui dit Jasmine.

C'était par un matin de printemps, et elles se promenaient au long d'un chemin charretier. Il avait plu un peu plus tôt, mais le soleil brillait à présent, et de la terre humide et fumante montait l'odeur de l'herbe et le parfum des fleurs sauvages. Violette s'immobilisa pour s'accrocher au bras de sa mère.

— Encore si longtemps à attendre ! J'aurai bientôt douze ans. Pourquoi repartez-vous toujours sans moi ? Pourquoi ne puis-je vous accompagner ?

Jasmine retint au creux de son bras la main de l'enfant, et elles se remirent en marche.

— Comme je vous l'ai déjà dit à plusieurs reprises, votre père n'est pas mon mari, et celui-ci, s'il avait vent de votre existence, n'aurait qu'aversion à votre égard. Mais, quand viendra votre seizième anniversaire, j'aurai fait arranger pour vous un bon mariage, par les soins d'une dame de qualité — une personne de bonne famille qui ne fait pas partie de la noblesse. Sous son toit, vous ferez la connaissance de votre fiancé et vous serez mariée sitôt après. Je nourris l'espoir que vous et votre futur époux, qui, je vous le promets, sera jeune, bon et d'apparence agréable, trouverez le bonheur dans votre union.

— Ne vivrai-je donc jamais avec vous ?

Dans la voix de l'enfant, la rancœur le disputait à la déception.

— Ce n'est pas possible. Je pensais vous l'avoir fait bien comprendre depuis longtemps.

— Oui, je le sais, mais j'ai toujours espéré...

Violette baissa la tête, sa voix s'éteignit.

Jasmine, du bout des doigts, releva le menton de sa fille.

— Lorsque vous serez mariée, vous pourrez souvent me rendre visite. Personne ne pourra s'y opposer.

Un regard rusé brilla sous les longs cils.

— Et où se trouve la maison où je vous rendrai ces visites ?

Jasmine aurait pu sourire à la subtilité de la question, si la situation n'avait été aussi poignante. Même à Mme Govin, elle n'avait jamais osé révéler son adresse. Les rapports sur l'état de santé de Violette avaient toujours été envoyés à un banquier de Périgueux, où elle allait elle-même les chercher dès qu'elle le pouvait.

— Je vous le dirai le jour de votre mariage. Jusque-là, vous devrez vous montrer patiente, ma chérie.

Quelques mois après, elle fournit une réponse plus évasive encore, quand Violette voulut connaître le nom de son père.

— Je ne puis vous dire que je l'ai oublié : ce ne serait pas vrai. Je l'ai sincèrement aimé. Mais il mène sa propre vie, et vous et moi n'y avons aucune part. Contentez-vous de savoir que c'était un homme de valeur. Il vous aurait aimée s'il vous avait connue.

Violette et son père, Jasmine y était résolue, ne devraient jamais connaître leur identité respective.

Violette ne sut jamais très bien à quel moment elle se mit à ressentir une véritable animosité à l'égard de sa mère. Sans doute, pensait-elle, ce sentiment avait surgi quand elle s'était convaincue que Jasmine se dressait entre elle et ce père qui, elle en était sûre, aurait tout fait pour elle. Jamais il ne l'aurait envoyée vivre dans une ferme, en compagnie d'un couple de paysans et d'un jeune rustre. Son père l'aurait installée près de lui dans un beau château, et elle aurait porté de jolies toilettes chaque jour de la semaine. Peut-être, après tout, s'agissait-il d'un prince du sang : souvent, sa mère lui parlait de Versailles, et la nuance rêveuse qui passait alors dans sa voix montrait qu'il s'agissait là d'une époque heureuse de sa vie. Comme beaucoup d'enfants adoptés ou mis en nourrice, elle se persuada que son père était un personnage romantique, exceptionnel, et son antipathie envers sa mère s'en accrut.

Certes, le lien entre elles n'avait jamais été bien solide. Les visites de Jasmine avaient toujours été trop rares et trop brèves pour laisser une marque durable, mis à part les cadeaux. La capacité d'amour de Violette avait été écrasée dans l'œuf par les séparations, par la possessivité étouffante de sa mère nourricière qui ne manquait jamais une occasion d'agrandir le fossé entre la mère et la fille. A l'aube de son adolescence, la petite désirait à tout prix faire désormais partie de la vie de sa mère. Il y avait en elle une attirance pour tout ce qui était riche, facile. De tout temps, le travail à la ferme l'avait rebutée : un jour, se disait-elle, des serviteurs seraient à ses ordres, et elle serait une dame, comme sa mère. A présent, selon toutes probabilités, elle ne pourrait jamais mener cette vie. Son mari serait un gentilhomme mais il n'aurait ni le rang ni la fortune qu'elle avait espérés. En elle grandit la décision de déjouer les intentions de sa mère, de la Tante Govin et de tous les autres, afin d'atteindre son but, par n'importe quel moyen.

Depuis longtemps déjà, Sabatin s'absentait de moins en moins souvent, et la durée de ses séjours hors du château avait cessé d'être prévisible. Jasmine, en conséquence, avait de plus en plus de peine à prendre les dispositions nécessaires pour aller voir sa fille. Il lui arrivait même d'être obligée de se dédire à la dernière minute. Violette atteignait quatorze ans, l'âge le plus vulnérable peut-être, et la toute dévouée Mme Govin elle-même se plaignait de ses caprices, de ses emportements, quand Sabatin renonça définitivement à ses voyages. Sa vie désordonnée avait finalement laissé des traces : la goutte et la dyspepsie le faisaient cruellement souffrir. Il avait passé la soixantaine et paraissait beaucoup plus âgé ; son visage bouffi, cramoisi se déformait en lourdes bajoues. Son estomac se distendait jusqu'à l'énormité, et, sous sa perruque, il était chauve.

Ses compagnons de débauche avaient été décimés par la maladie, la mort, la banqueroute et, pour l'un d'eux, le meurtre, lorsqu'il s'était pris de violente querelle avec un autre, durant une beuverie qui avait mal tourné. On avait fait passer la chose pour un accident, mais le cercle n'avait jamais accepté de reprendre en son sein le criminel. Deux autres s'étaient battus en duel ; en l'espace de quelques secondes, ils s'étaient l'un l'autre mortellement blessés. Là encore, un scandale avait éclaté. Sabatin avait renoncé à son escorte de serviteurs d'élite. Il était une fois de plus revenu à l'alcool, où il trouvait sa principale consolation.

Jasmine et lui étaient mariés depuis vingt ans, et, pas une seule fois, il n'avait rompu le silence qu'il observait à son égard. Depuis longtemps, son ressentiment avait atteint un point de non-retour. Ce silence, entre eux, était devenu partie intégrante de leur vie, et ni l'un ni l'autre n'y prêtaient plus attention. Sur tout sujet important, elle lui écrivait un billet, et, de son côté, il dictait une réponse à son secrétaire ou bien se contentait de hocher ou de secouer la tête quand ils se retrouvaient face à face. Son cousin Armand n'était jamais revenu le voir, après cette première visite : il était mort l'année d'après d'un accident de chasse. Mais son fils aîné, Frédéric, colonel dans l'armée, venait de temps à autre, lorsqu'il était en route pour des manœuvres ou chargé de mission pour le Roi. Sabatin l'accueillait toujours de la même façon :

— Vous venez jeter un coup d'œil sur votre héritage, hein ?

C'était plus une plaisanterie qu'un sarcasme : Sabatin aimait à garder le contact avec ses parents à la Cour.

La réponse joviale était elle aussi toujours la même :

— Comment l'avez-vous deviné, monsieur ?

Frédéric de Valverde était un homme grand et fort, gai et robuste. Jasmine appréciait sa compagnie. Il amena une fois son épouse, Gabrielle, et les deux femmes se prirent d'amitié l'une pour l'autre. Jasmine apprit par Gabrielle d'autres détails sur l'ascension de Reinette à la position de maîtresse en titre du Roi.

— Ce que vous me dites m'intéresse particulièrement, remarqua Jasmine. Quand j'étais jeune, je voyais de temps en temps Reinette lorsque sa mère, Mme Poisson, l'amenait à la boutique de ma mère, aux Champs-Elysées. On aurait dit une poupée, avec un teint de porcelaine, blanc et rose. Est-elle toujours aussi jolie ?

— En vérité, oui, répondit Gabrielle, avec un geste expressif des deux mains.

C'était une femme animée et bavarde, solide et robuste comme son mari.

— Mme de Pompadour possède cette beauté qui vient de l'intérieur. Elle irradie. Elle aime tout le monde : ses amis, ses ennemis, son horrible famille bourgeoise, sa fille, ses animaux favoris et le Roi par-dessus tout. Il n'est pas exagéré de dire qu'elle adore jusqu'à la terre qu'il foule aux pieds. La Reine s'est prise d'affection pour elle parce que Pompadour lui témoigne toute la considération et toute la bonté imaginables, au lieu de la reléguer au second plan, comme l'ont fait les autres maîtresses. Pompadour a même réussi à convaincre le Roi de payer les dettes de jeu de sa femme, qui lassent habituellement sa patience.

— La délicieuse enfant est donc devenue une femme charmante.

— Oui. Malheureusement, un nuage vient gâter son horizon.

— Et quoi donc ?

— Sa santé n'est pas ce qu'elle devrait être. Son apparence délicate correspond à sa constitution. Souvent, toute la Cour le sait, elle se trouve épuisée par l'ardeur du Roi.

Gabrielle baissa la voix, prit un ton de confidence, bien qu'elles fussent seules, Jasmine et elle, dans la roseraie du Château Valverde.

— On dit qu'elle est incapable de se prêter à cet aspect de leurs relations.

Jasmine cueillit distraitement un bouton de rose rose, en respira le parfum. Elle pensait à la jouissance que tirait la Cour de cette sorte de commérages intimes. Elle devinait à quel point Louis, timide et réservé au fond de lui-même, devait avoir horreur de ces commentaires à propos de questions qui lui étaient strictement personnelles. Comment s'étonner qu'il témoignât si peu de confiance à ses ministres eux-mêmes ? Frédéric avait parlé des nombreuses occasions où le Roi, sans tenir compte de son Conseil, sans consulter personne, concluait des traités et gérait d'autres affaires avec des gouvernements étrangers.

— Ce que vous me dites de Reinette me désole, dit-elle pensivement, d'autant qu'elle a pour le Roi un si grand amour.

Toute sa sympathie allait vers la jeune femme incapable de passion physique.

— Il l'adore, fit Gabrielle, avec un petit soupir romantique.

Elle prit le bouton de rose des doigts de son hôtesse, le passa à sa ceinture.

— C'est l'infortune de la Pompadour, d'être la maîtresse d'un homme aussi sensuel. C'est, avant toute chose, un Bourbon, et la passion coule perpétuellement dans les veines des hommes de cette lignée.

C'était vrai de Louis, se dit Jasmine, mais pas nécessairement de sa famille. Parmi ses sept enfants survivants, seul le Dauphin s'était marié, et les six filles semblaient plus amoureuses de Versailles que de la gent masculine. Cela, sans doute, convenait fort bien à Louis : à en croire Gabrielle, il ne souhaitait pas les voir se marier. Peut-être pour leur éviter de connaître l'échec vécu par trop de mariages royaux.

Gabrielle, après son départ, se révéla une correspondante

assidue et continua de tenir Jasmine au courant de ce qui se passait à la Cour. Ces lettres eurent pour effet de réveiller chez Jasmine la nostalgie de cette vie. Peut-être, comprit-elle tout à coup, ne s'était-elle jamais résignée à l'exil, pas plus que ne l'avait fait Sabatin. Entre ses réponses aux missives de Gabrielle et la correspondance relative à ses ateliers d'éventails, elle écrivait fréquemment à Violette, pour tenter de jeter un pont sur l'abîme créé par leur séparation. Elle avait fait savoir à sa fille et à Mme Govin que, par suite de circonstances indépendantes de sa volonté, elle devrait pour quelque temps interrompre ses visites. Toutes les fois qu'elle se rendait à Périgueux, elle espérait trouver chez son banquier une lettre de Violette. Par le passé, il y avait eu parfois un court billet ; à présent, il n'y avait plus rien. Sans l'assurance écrite de Mme Govin que tout allait bien, elle aurait commencé de s'inquiéter.

Elle finit par réussir à s'échapper pour une semaine, sous prétexte de rendre visite à une amie malade à Périgueux. Pourtant, avec deux jours de voyage pour l'aller et autant pour le retour, elle aurait bien peu de temps à passer avec sa fille. Une crainte la tourmentait : si elle prenait l'habitude de s'absenter, Sabatin la soupçonnerait d'avoir un amant. Elle était sa cadette de vingt ans et, par ailleurs, elle avait conservé une agréable silhouette. Enfin, en dépit de toutes ses tribulations, elle n'avait pas entièrement perdu sa beauté. S'il venait à mettre sur ses traces un espion assez habile, l'existence de Violette serait révélée.

Lorsqu'elle arriva à la ferme, il n'y eut pas de joyeuse réunion. Violette l'accueillit avec une hostilité non déguisée et fit mine de n'avoir aucun intérêt pour les cadeaux apportés par sa mère.

— Pourquoi avoir pris la peine de venir, maman ? persifla-t-elle cruellement. Il n'était pas nécessaire d'interrompre pour moi toutes vos activités mondaines. Je me passe très bien de vous.

Jasmine la regarda bien en face.

— Ne soyez pas impertinente. Vous savez fort bien, par mes lettres, que je brûlais d'envie de venir vous voir. Maintenant, allez dans votre chambre et ne revenez pas avant d'être prête à me faire vos excuses.

Violette se jeta dans l'escalier et alla s'enfermer dans sa chambre. Elle n'en sortit ni ce jour-là ni le lendemain. Mme Govin, trop heureuse de cette situation, se garda d'intervenir. Jasmine arpentait la maison. Elle était au désespoir de voir s'écouler des heures précieuses mais ne savait comment sortir de cette impasse. Le soir du second jour, qui était en même temps la veille de son départ, elle prit des mains de Mme Govin le plateau du souper de Violette et le monta elle-même. En entrant dans la chambre de la jeune fille, elle vit que Violette avait les yeux gonflés à force de pleurer et se méprit sur la raison. Toute prête au pardon, elle posa le plateau, tendit les bras.

— Ne nous querellons plus jamais, Violette. Je sais que vos paroles ne traduisaient pas votre pensée.

La jeune fille laissa glisser ses jambes du lit, posa les pieds sur le sol. Jamais elle n'aurait cédé, jamais elle ne serait descendue pour faire des excuses. Pour ce qui la concernait, sa mère aurait fort bien pu repartir sans qu'elles se fussent revues. Toutes ses craintes avaient été pour les cadeaux. Elle s'attendait à voir Jasmine les remporter pour la punir. Il s'agissait, cette fois, de plusieurs robes magnifiques, en soie et en velours, et la seule idée de les perdre l'avait jetée dans l'affliction. Elle entrevit soudain une chance de tourner la situation à son avantage.

— Emmenez-moi avec vous demain, et nous ne nous querellerons plus jamais ! implora-t-elle.

Elle courut se jeter dans les bras de sa mère.

— Je ne veux pas aller chez cette dame de qualité dont vous m'avez parlé ! Je serai sage, je ne vous causerai jamais le moindre tourment. Dites oui, maman ! Si vous m'aimez, vous ferez cela pour moi.

Jasmine la serra contre elle, lui baisa le front, lui caressa les cheveux.

— C'est impossible, mon enfant. Même lorsque vous serez fiancée, je courrai un risque en vous accueillant chez moi. Le mariage est notre seule issue. Voilà pourquoi je vous ai toujours dit que je devrai choisir le garçon qui me paraîtra vous convenir, parce que nous n'aurons pas de temps pour de longues fiançailles. La veille de votre mariage, si mon époux venait à découvrir la vérité, il n'hésiterait pas, pour se venger de moi, à vous réserver un terrible avenir.

La jeune fille poussa un petit cri de frayeur.

— Que ferait-il donc ?

— N'importe quoi ! Il pourrait vous faire fouetter et mener publiquement hors de la ville, ou bien vous faire jeter en prison sur une accusation inventée de toutes pièces. Il pourrait vous marier à l'un de ses vieux débauchés d'amis, ou bien vous faire enfermer dans un couvent d'où vous ne sortiriez jamais, et où je ne pourrais jamais vous voir.

Violette, secouée de frissons, recula d'un pas pour fixer sur Jasmine des prunelles agrandies.

— Serait-il véritablement en mesure de faire tout cela ?

Sa mère hocha douloureusement la tête.

— Je dois vous dire la vérité pour votre bien. C'est pourquoi, lorsque vous partirez d'ici, votre mariage devra être arrangé sans le moindre délai. Mon époux est l'homme le plus cruel que j'aie jamais eu le malheur de rencontrer.

— Pourquoi ne l'avez-vous pas quitté pour suivre mon père ? accusa la jeune fille. Il m'aurait protégée, lui.

Jasmine blêmit devant la méchanceté de ces paroles. Pour la première fois, elle mesurait la profondeur du gouffre qui la séparait de sa fille. D'un ton las qui trahissait sa souffrance, elle expliqua :

— Dans la vie de la plupart des gens, il vient un temps où une décision doit être prise, même si elle est synonyme de douleur. C'est ce que j'ai dû faire quand votre père m'a demandé de partir avec lui. J'espère de tout mon cœur que vous n'aurez jamais à affronter un tel dilemme. Si cela devait vous arriver, je prie pour que vous fassiez le bon choix, et pour que vous soit accordée la force d'en supporter les conséquences.

Violette recula encore d'un pas et secoua la tête.

— J'ai bien l'intention de réussir ma vie, mieux que vous n'avez réussi la vôtre.

— Cela ne devrait pas être trop difficile, remarqua ironiquement Jasmine, presque pour elle-même.

Elle tendit tendrement la main, tout orgueil oublié.

— Laissez là ce plateau et descendez souper avec moi. Je dois repartir demain matin.

Violette ne prit pas la main tendue mais elle accompagna sa mère au rez-de-chaussée. Assurée désormais que les cadeaux ne lui échapperaient pas, elle pouvait faire l'effort de dissimuler encore quelque temps son antipathie envers la femme qui était sa mère. À ses yeux, celle-ci était responsable de tout. C'était la conséquence de sa folie si elle était elle-même exposée au risque de la terrible vengeance d'un inconnu. Cela, elle ne l'oublierait jamais.

Jasmine se sentit presque soulagée quand vint pour elle le moment de partir, le lendemain matin. Il n'y avait pas eu de véritable réconciliation, rien d'autre que de la politesse de la part de sa fille, et l'atmosphère ne s'était pas détendue. Violette, elle le savait, ne lui aurait même pas accordé un baiser d'adieu si Mme Govin, étrangement triomphante et condescendante, n'avait pris la jeune fille à part pour la convaincre.

— Je ne sais trop quand je pourrai revenir, dit Jasmine au dernier moment, de sa place dans la voiture de louage.

Mme Gobin, tout près de la vitre de la portière, une main posée sur l'épaule de Violette, lui répondit :

— Ne vous inquiétez pas, madame. Je veillerai sur votre fille comme je l'ai toujours fait. Je la considère comme la mienne.

Elle avait eu le dernier mot. Jasmine réprima un mouvement de recul devant la douloureuse vérité de cette réponse et de tout ce qu'elle impliquait. Elle fit un geste d'adieu par la portière. Elle s'attendait à voir Violette retourner à la maison, mais la jeune fille resta près de la barrière et répondit à son salut, peut-être, cette fois encore, à l'instigation de sa mère nourricière : elle gardait un visage impassible et les yeux secs. Jasmine continua de lui faire signe jusqu'au moment où un tournant du chemin cacha la mince silhouette, dont le vent soulevait et faisait danser la jupe de soie et les cheveux blonds.

Une année passa, durant laquelle il aurait été impossible à Jasmine de s'échapper pour plus de deux ou trois jours, ce qui mettait hors de question toute visite chez les Govin. Jasmine envisagea bien de faire venir Violette à Périgueux pour l'y retrouver, mais le danger était trop grand. Elle n'avait donc d'autre solution que d'être patiente, comme elle l'avait conseillé un jour à sa fille. En attendant, elle pouvait faire les premières démarches pour trouver un époux à Violette. Elle fréquentait depuis longtemps un groupe d'amis qui vivaient autour de Périgueux, et elle y avait remarqué plusieurs candidats qui auraient pu convenir à Violette. Sabatin considérait ces gens comme ses inférieurs et ne voulait rien savoir d'eux. Jasmine était heureuse d'avoir ainsi un certain nombre de refuges où elle pouvait passer des moments agréables hors de sa présence réfrigérante.

Mme Gérard, qui avait servi d'intermédiaire pour bien des mariages de convenance, était, elle aussi, une bonne amie. Néanmoins, elle-même ignorait la vérité et prenait la future jeune mariée pour une filleule de Jasmine. C'était d'ailleurs dans le rôle de filleule que Jasmine espérait l'accueillir, en compagnie de son époux, au Château Valverde.

On finit par choisir le candidat le plus indiqué. Il possédait un visage agréable, une taille suffisante, un corps bien proportionné. C'était un juriste débutant, désireux de s'installer à son compte et tout prêt à accepter une charmante épouse nantie d'une belle dot. Récemment, Jasmine avait vendu dans ce but quelques bijoux hérités de Marguerite. De discrètes investigations avaient révélé que le jeune homme avait toutes les qualités nécessaires pour faire un bon époux. Sa bonté, surtout, militait en sa faveur. Il était sans attaches, ambitieux, et avait particulièrement admiré le portrait de Violette peint pour la circonstance.

Ce portrait était essentiel, avait insisté Mme Gérard. Par chance, quelques mois après avoir reçu la requête de Jasmine, Mme Govin entendit au marché deux femmes qui vantaient le talent d'un peintre itinérant, en séjour dans le voisinage. Elle retrouva ce jeune homme, lui passa aussitôt commande et envoya à Périgueux le résultat étonnamment heureux de ses efforts.

Le juriste, dans quelque temps, pourrait procurer à Violette tout le luxe que, Jasmine le savait, sa fille considérait comme essentiel dans l'existence. Restait, pour Mme Gérard, à faire la bonne approche. Quand tout le monde serait d'accord, les documents du contrat pourraient être signés et la date du mariage fixée pour le seizième anniversaire de la jeune fille.

L'avenir de Violette était à peu près arrangé, et Jasmine se sentait plus à l'aise. Au Château Valverde, elle avait fort à faire : on s'activait aux préparatifs d'un grand bal qui devrait coïncider avec une visite de Frédéric, dont le régiment était en manœuvres non loin de la ferme des Govin. Jasmine aurait souhaité pouvoir l'accompagner sous un prétexte quelconque jusqu'au camp, afin de voir Violette. Elle pourrait alors lui dire que tout allait bien, lui remettre même la bague de fiançailles.

Finalement, elle trouva une solution. Elle se confierait simplement à Frédéric. C'était un homme d'honneur et, si elle commençait par lui demander de ne jamais révéler son secret, il se ferait tuer avant de la trahir. Mieux encore, elle était sûre d'avoir sa sympathie. Il se montrait constamment courtois avec Sabatin, mais bien des choses en lui le choquaient. Si Frédéric invitait Jasmine à assister à quelques-unes des manœuvres, Sabatin ne pourrait s'y opposer. Et il ne saurait être question qu'il accompagnât son épouse : sa goutte le faisait trop souffrir pour qu'il pût voyager en carrosse sur de mauvaises routes.

Frédéric arriva la veille du bal. La longue chevauchée, contrairement à son habitude, semblait l'avoir épuisé. Il était d'une pâleur grisâtre et, à la grande déception de Sabatin, il se retira tout de suite après souper. Le lendemain matin, il paraissait rétabli et d'excellente humeur. Jasmine, occupée par les préparatifs de dernière minute, trouva à grand-peine le temps de lui parler : ce fut seulement durant quelques minutes, lorsqu'ils se rencontrèrent devant la porte de la chambre de Frédéric.

— Demain, quand la fête sera finie, lui dit-elle, j'aimerais avoir un bref entretien avec vous.

Les yeux sombres plongèrent dans les siens.

— Seriez-vous dans l'ennui ?

Elle secoua la tête en souriant.

— Pas du tout. Je vous demanderai une faveur.

— Je suis à tout moment votre serviteur, vous le savez.

Ce soir-là, lorsqu'elle prit sa place aux côtés de Sabatin pour accueillir leurs invités, elle se sentait le cœur léger. Elle était assurée de l'aide de Frédéric et convaincue que Violette se plierait aux arrangements conclus en sa faveur. Peut-être même la mère et la fille pourraient-elles redevenir amies.

Les invités la complimentèrent sur son apparence. Sans doute, se dit-elle, sa gaieté intérieure transparaissait-elle dans l'éclat plus vif de ses yeux. Sa chevelure était coiffée selon le style que Mme de Pompadour avait mis à la mode : rejetée et laissée en arrière, rassemblée sur la nuque en une masse de boucles et poudrée à blanc. Les rubans étaient retenus par une broche de diamants. Les magnifiques saphirs de Marguerite, pendentif et boucles d'oreilles, étincelaient de tous leurs feux. Sa robe était de voile argent, gonflée sur les côtés par des paniers, sur des cerceaux qui s'étaient considérablement élargis au cours des dix dernières années.

Il n'était plus question de faire la première danse avec Sabatin, fort désavantagé par son pied douloureux. Vêtu de velours noir qu'il préférait à tout et appuyé sur une canne à pommeau d'or, il lui offrit le bras au moment voulu. Lentement, majestueusement, ils parcoururent toute la longueur de la salle de bal pour se faire applaudir par leurs invités, comme des souverains lors d'une réception publique. Jasmine soupçonnait son époux de poster des serviteurs chargés de lancer les applaudissements mais elle n'avait jamais pu le prouver. A l'autre extrémité de la salle se trouvait un fauteuil placé sur une estrade et surmonté d'un dais : le tout avait été installé pour ce genre de soirée, depuis que Sabatin avait renoncé à quitter le château. On pouvait y voir une allusion à une éventuelle origine royale. Jasmine en était gênée, mais personne ne paraissait s'en formaliser, et Sabatin y prenait un vif plaisir : il souriait, hochait la tête, comme s'il avait été le plus bienveillant des hommes. Il avait enfin créé son propre Versailles, et elle était la seule à deviner qu'il cherchait par là à faire affront au Roi.

Sur l'estrade, il n'y avait pas de fauteuil pour elle, ce dont elle était heureuse. Après que son époux se fut installé péniblement sur son siège en bois doré et velours cramoisi, elle redescendit les deux marches pour ouvrir le bal avec l'invité d'honneur. Ce soir-là, c'était Frédéric, et il aurait dû s'avancer vers elle pour lui prendre la main, mais elle ne le vit nulle part. Vivement, elle appela du regard un ami, le général Cloquet. Il comprit aussitôt que quelque chose n'allait pas, la rejoignit et se mit à danser avec elle.

— Avez-vous vu le colonel de Valverde ? lui demanda-t-elle.

— Non, pas ce soir, répondit-il. A la vérité, j'espérais pouvoir bavarder avec lui un moment. Nous avons servi ensemble, dans le temps.

Vint l'heure du souper, et Frédéric n'avait toujours pas fait son apparition. Jasmine fut prise d'inquiétude : la veille, se rappelait-elle, il n'avait pas été très bien. Elle quitta la salle de bal, gravit en hâte l'escalier pour aller frapper à la porte de sa chambre. Ce fut son valet qui ouvrit.

— Mon maître se sent mal, madame, lui dit-il, d'un air anxieux. Il a de la fièvre.

Elle passa devant lui pour pénétrer dans la pièce et s'approcha du lit. Frédéric, appuyé aux oreillers, avait le visage empourpré, et la sueur y coulait en grosses gouttes. Sa gorge enflée lui rendait la parole difficile, mais il parvint à dire d'une voix rauque :

— Vous n'auriez pas dû quitter vos invités.

— Ils ne remarqueront pas mon absence avant un moment.

Elle prit un chandelier, l'approcha du malade afin de le voir en pleine lumière. Il battit douloureusement des paupières, et elle remit le chandelier à sa place. Epouvantée, elle ne reconnaissait que trop bien la redoutable éruption. La variole !

— Est-ce bien ce que je crains, madame ? demanda le valet derrière elle.

Elle se retourna vivement, hocha la tête. Le domestique avait le visage grêlé : il avait donc contracté la maladie par le passé et, comme elle, ne risquait plus la contagion. Elle avait traité bien des cas semblables, au cours des années. La vieille règle de l'isolement total était l'unique moyen de contrôler une épidémie. Elle attira l'homme hors de portée d'oreille du malade qui transpirait dans le lit.

— Attirez l'attention de l'un des laquais, dans la grande salle, mais ne vous approchez pas : vous pouvez porter l'infection sur vos vêtements. Dites-lui d'aller chercher M. le duc dans la salle de bal et, dès que mon époux sera au pied de l'escalier, faites-le-moi savoir.

Pendant que le valet partait exécuter ses ordres, elle se hâta d'aller rassembler tout ce qui lui serait nécessaire pour soigner le patient. Des linges propres, des draps à suspendre devant la porte pour empêcher l'infection de se répandre hors de la chambre, une pommade pour les cloques, des potions pour calmer la douleur et amener le sommeil, toutes sortes d'autres lotions et de médicaments : elle gardait le tout dans un grand panier qu'elle emportait toujours pour visiter les malades.

— Pourquoi diable m'a-t-on fait venir jusqu'ici ?

La voix exaspérée de Sabatin retentit dans l'escalier, jusqu'au valet qui attendait sur la première marche.

— Où est ton maître ? Va me le chercher immédiatement !

Jasmine, d'un geste, renvoya le valet dans la chambre et s'approcha de la balustrade pour regarder d'en haut le visage furieux de son mari. D'instinct, il détourna vivement la tête pour ne pas la voir, une habitude prise au cours des années, mais les paroles de son épouse arrêtèrent son geste.

— Frédéric est atteint de la variole.

Il devint aussi blanc qu'une feuille de papier. Sur ses bajoues pendantes, les veines ressortaient, comme tracées à l'encre de couleur. Ses yeux s'étaient agrandis d'horreur. Tous les valets en faction devant les portes qui donnaient sur la grande salle entendirent les paroles de Jasmine et échangèrent des regards inquiets. Deux d'entre eux se figèrent sur place quand Sabatin se retourna en gesticulant.

— Faites sortir mon invité de son lit et mettez-le dans un carrosse ! Je veux qu'il sorte d'ici !

Déjà, Jasmine avait descendu quelques marches.

— Non ! Frédéric ne bougera pas de son lit ! Dieu seul sait s'il a une chance de guérir, mais je me refuse à l'envoyer mourir sur la route. Nous ne sommes pas ici à Versailles !

Sabatin fit comme s'il ne l'avait pas entendue. Il se méprit sur l'attitude de ses valets qui n'avaient pas fait un geste pour obéir à ses ordres : il n'avait pas compris que leur peur de la contagion surpassait celle qu'il leur inspirait.

— N'écoutez pas Mme la duchesse ! Obéissez-moi ! Tout de suite ! Immédiatement !

Il les assaillit à coups de canne, et ils se dispersèrent, non pas vers l'escalier mais en direction des cuisines. Voyant cela, les autres abandonnèrent leur poste pour les suivre, laissant

Sabatin et Jasmine en tête à tête. Appuyé sur sa canne, il levait vers elle des yeux menaçants et jurait tout bas. La violence de sa rage lui avait fait revenir la couleur au visage : il virait au violet. De la salle de bal, à plusieurs salons de là, leur parvenaient les échos de la musique et des rires, soudain incongrus, au regard du désastre qui s'était abattu sur le château.

— Allez dire à nos invités de rentrer chez eux, Sabatin, dit Jasmine d'une voix égale. Plus longtemps ils resteront sous notre toit, plus grand pour eux sera le danger. Je ne veux plus que personne vienne dans cette partie de la maison.

A sa vive surprise, au lieu de tourner les talons pour regagner la salle de bal, il se dirigea en hâte vers la porte d'entrée qu'il ouvrit avec violence. Il s'enfonça en boitant dans la nuit, et elle l'entendit appeler à grands cris son carrosse. Il ne perdait pas de temps pour fuir la contagion sans se soucier de personne d'autre.

Elle regagna en courant le palier, se précipita vers son appartement. Hors d'haleine, elle s'immobilisa dans l'antichambre. Dans la chambre qui faisait suite, sa domestique personnelle s'était levée d'un fauteuil. Jasmine lui fit signe de garder ses distances.

— Ne vous approchez pas de moi. Je veux que vous vous rendiez à la salle de bal et que vous trouviez le général Cloquet. Dites-lui que le colonel de Valverde est atteint de la variole et demandez-lui de faire partir les invités sans éveiller l'affolement. Un militaire devrait savoir comment se comporter en une telle occasion. Qu'il conseille aussi aux domestiques de rester où ils sont, au lieu de fuir. Si certains ont été contaminés, ils ne feraient que répandre la maladie, peut-être même dans leurs propres familles, s'ils rentraient chez eux.

En dépit de son effroi, la femme de chambre ne perdit pas la tête.

— Bien, madame. Puis-je faire autre chose ?

— Oui. Lancez-moi l'une des robes de calicot que je porte pour aller soigner les malades. Plus tard, vous en sortirez d'autres. Ne revenez plus à cet étage et veillez à ce que tout le monde fasse comme vous. On pourra laisser des plateaux au pied de l'escalier.

De retour dans la chambre du malade, elle dut faire délacer sa robe par le valet de Frédéric, avant d'aller se changer derrière un paravent. Elle noua à sa taille un grand tablier et revint entamer le combat pour la vie de Frédéric. Comme bien des fois déjà, elle remerciait le ciel que les soins éclairés de sa mère l'eussent guérie d'une attaque de la terrible maladie lorsqu'elle était enfant ; ainsi rendue insensible à la contagion, elle pouvait soigner d'autres malades. Les chances n'étaient jamais en sa faveur, mais elle avait connu le succès en de nombreuses occasions. Ceux-là même qui ne pouvaient être sauvés voyaient leurs souffrances apaisées grâce à sa constante vigilance et à son attentive douceur. Déjà, les cloques, qui pouvaient laisser de si vilaines cicatrices, commençaient à couvrir le visage et le corps de Frédéric, que la fièvre et la douleur faisaient gémir.

— J'ai toujours cru que je mourrais sur le champ de bataille, articula-t-il d'une voix enrouée, dans un courageux effort pour plaisanter.

Jasmine tamponnait sa peau brûlante avec une lotion, et il lui était reconnaissant de l'apaisement qu'elle lui procurait.

Elle lui sourit.

— C'est bien ce qui vous arrivera, riposta-t-elle d'un ton léger, dans la même veine. Laissez-moi d'abord vous débarrasser de ce désagrément.

Elle se battit pour lui de toutes ses forces : les premières vingt-quatre heures étaient cruciales. Après le départ des invités, le château se trouva envahi par un étrange silence. A en croire le valet, qui conversait par-dessus la balustrade avec les domestiques assez courageux pour déposer des plateaux au pied de l'escalier, un grand nombre de serviteurs avaient pris la fuite, sans tenir compte du conseil qui leur avait été donné. Il faudrait plusieurs jours, Jasmine le savait par expérience, pour qu'on sût si Frédéric avait infecté quelqu'un durant son séjour. Par bonheur, il ne s'était pas mêlé à la foule qui se pressait dans la salle de bal.

Malgré tous les efforts de Jasmine, Frédéric mourut avant la fin de la semaine. Elle n'eut pas le temps de le pleurer : on la réclamait dans le grenier des écuries où le sergent de Frédéric, qui l'avait accompagné au château, montrait les premiers symptômes. Dans les jours qui suivirent, la variole fit des ravages parmi les cochers du château, les garçons d'écurie, les palefreniers. Dans le château lui-même, deux servantes et l'un des cuisiniers succombèrent. Jasmine apprit que l'une des servantes affectées à la lessive, la fille d'un fermier, avait pris peur et était rentrée chez elle : il y avait là-bas des cas de variole.

Le château se transforma en hôpital. Jasmine rassembla tous ceux qui, sur le domaine, avaient survécu à la maladie au cours des années précédentes, leur ordonna de transporter chez elle tous les malades. Dans les pièces où couchaient les domestiques, vidées de tous leurs meubles sauf les lits, elle les soigna tous. Au plus fort de l'épidémie, alors qu'elle avait peine à rester debout tant était grande sa lassitude, avec si peu de gens pour l'aider, on lui apprit que le maître venait de rentrer à cheval. Elle courut à la porte d'entrée, afin de lui enjoindre de s'éloigner des risques d'infection. Mais, au premier regard, elle comprit que c'était inutile.

Là, dans le hall, il titubait sur place comme un ivrogne, sans avoir la force de faire un pas de plus. Une affreuse éruption lui gonflait le visage. Elle y reconnut aussitôt la forme de variole la plus virulente. Pour la première fois depuis le début de leur mariage, il lui adressa la parole, d'un ton de supplication absolument désespérée.

— Pour l'amour du ciel, venez à mon aide !

Immobile, elle le dévisageait avec répugnance. S'il ne lui avait pas parlé, elle se serait avancée vers lui, l'aurait aidé à se mettre au lit, comme elle l'avait fait pour tant d'autres au cours des semaines écoulées. Mais il avait choisi de rompre enfin son monstrueux silence sous l'effet d'une peur égoïste. Elle se rappela le voyage qui avait suivi leur mariage, le silence de pierre de Sabatin, ses cruels petits billets, en un moment où elle était aussi malheureuse que lui : une jeune fille seule, éloignée de son cadre familier, épouvantée. Il y avait aussi les brutalités sans fin qu'il lui avait infligées dans leur lit, toujours dans ce silence diabolique. Toutes les vexations, les humiliations, les méchancetés gratuites lui revenaient, tambourinaient dans son cerveau au point de lui rendre les tempes douloureuses. Il avait détruit les lettres qui lui auraient apporté un réconfort, qu'elle aurait précieusement conservées jusqu'à ce jour, les seuls liens qui la rattachaient aux parents qui l'avaient aimée, au foyer où elle n'avait connu que bonté. Il l'avait empêchée d'aller voir sa mère sur son lit de mort. A cause de lui, elle n'avait pu voir son enfant grandir et devenir femme. Ce fut comme si quelque chose craquait dans sa tête.

— Sortez d'ici !

Il posa sur elle un regard menaçant, fit effort pour faire valoir ses droits. La sueur ruisselait sur son visage défiguré.

— Je suis le maître, en cette maison.

— Vous n'êtes plus rien.

Il ferma le poing, le secoua violemment devant son épouse. La sonnette, il le savait, était trop loin de lui pour qu'il pût l'atteindre sans ramper jusque-là. D'une voix rauque, cassée, il appela les valets, son propre domestique :

— Landelle ! Fromont ! Allard !

— Ils ne vous entendent pas. Ils sont tous morts, pauvres gens.

Elle vit que son expression figée commençait à l'alarmer.

— Jasmine ! Je vous en conjure, s'écria-t-il d'un ton suppliant. Pardonnez le passé. Je vous dédommagerai de tout si vous consentez seulement à faire en cet instant votre devoir envers moi.

— Mon devoir ? répéta-t-elle d'un ton méprisant. Je ne vous dois rien.

Il se mit à bredouiller de rage.

— Damnation ! N'avez-vous donc aucune pitié ? J'ai usé mes dernières forces pour me tenir en selle jusqu'ici. Accompagnez-moi jusqu'à mon lit. Je n'y parviendrai pas seul.

— Je vous donne le choix entre l'escalier et la porte.

Il poussa un long gémissement, réussit en chancelant à atteindre le pied de l'escalier. Il se raccrocha au pilastre juste à temps pour ne pas tomber. Ses joues enfiévrées devenaient d'un écarlate sombre. Avec soulagement, il vit Jasmine aller jusqu'à la porte d'entrée pour la refermer. Il la suivait d'un œil empli d'espoir et, déjà, tendait un bras pour le lui passer autour des épaules. Mais, au lieu de venir à lui, elle prit la direction du couloir par lequel elle était arrivée, s'y engagea d'un pas alerte et disparut bientôt à son regard. L'épouvante le saisit.

— Ne me quittez pas ! Revenez, garce ! Jasmine !

Elle s'immobilisa un instant pour écouter ses cris de terreur et de désespoir. Si, au cours des années sombres qu'elle avait connues avec lui, il avait une seule fois murmuré son nom, jamais elle ne l'aurait abandonné à présent. Avec un hochement de tête satisfait, elle se remit en chemin.

Une demi-heure plus tard, sur ses ordres, deux serviteurs allèrent le retrouver pour le porter jusqu'à son lit. Il avait réussi à gravir le premier tiers de l'escalier avant de s'effondrer. En proie à une fièvre ardente, il ne savait plus où il était.

Jasmine le soigna elle-même. Il ne fut bientôt plus qu'une masse de pustules qui se chevauchaient et formaient d'énormes croûtes. Son corps noircissait, dégageait une odeur répugnante. Pareil à un cadavre pourrissant, il survécut encore dix jours avant que la mort vînt le délivrer. En relevant le drap pour couvrir son visage méconnaissable, Jasmine n'avait qu'une seule idée en tête. Elle était libre !

Sa première pensée fut pour chercher un moyen d'envoyer à Violette une lettre qui n'entraînerait aucun risque de contagion. Le lait et autres provisions étaient déposés devant les grilles ; on allait les chercher quand ceux qui les avaient apportés se trouvaient déjà à bonne distance. Le jour où ils devaient revenir, elle se posta dans le parc, assez loin des grilles, et demanda au laitier d'aller lui chercher au village un clerc de notaire. Ainsi fut fait, et elle dicta sa lettre au clerc, d'une voix de stentor, car il avait peur et refusait d'approcher de trop près. Le message était bref : il expliquait la situation à Violette et lui faisait savoir que, sitôt passée l'épidémie, sa mère viendrait la chercher à la ferme pour lui faire connaître une nouvelle vie : rien ne viendrait plus les séparer. En revenant vers la maison, Jasmine se représentait avec bonheur la joie de sa fille en apprenant que tout danger était éloigné. Tout comme elle, la jeune fille allait attendre avec impatience le jour de leur réunion.

Jasmine ne porta pas le deuil de Sabatin, sauf le jour des funérailles : c'était son dû, pensait-elle. Connaissant l'idée qu'il se faisait de sa propre importance, elle était convaincue qu'il l'aurait préférée tout en blanc, couleur réservée au deuil royal, dans la Maison de Bourbon. Le prêtre du village, bien qu'il n'eût jamais contracté la variole, vint célébrer le service dans la chapelle du château et conduisit Sabatin à son lieu de repos dans le caveau de la famille. Il avait témoigné du même courage en venant prier au chevet des malades et en administrant aux mourants les derniers sacrements. Il n'y avait plus eu de cas nouveaux : il avait donc traversé l'épidémie sans être atteint, et Jasmine en remerciait le ciel.

Le château allait enfin pouvoir redevenir habitable pour tous. Le linge, les matelas, les vêtements — et, parmi eux, la magnifique robe que Jasmine avait si brièvement portée au bal — furent brûlés, avec les courtines et les tentures de la chambre de Sabatin, ses tapis et ses tapisseries. Toutes les fenêtres grandes ouvertes aux doux parfums du printemps, on frotta, on aéra partout. Ce fut alors que l'énergie de Jasmine l'abandonna enfin. Elle se mit au lit et dormit des heures durant, d'un lourd sommeil sans rêves.

Au réveil, elle eut la sensation d'une seconde naissance. Une vie nouvelle l'attendait. Elle allait donner de nombreuses réceptions, offrir à Violette toute la joie à laquelle une jeune fille a droit. Il n'y aurait pas de mariage de convenance : le besoin ne s'en faisait plus sentir, l'épidémie de variole avait empêché la signature du contrat avec le jeune homme choisi. Violette pourrait faire son propre choix.

Ce même jour, Jasmine écrivit au Roi : elle sollicitait, dans son état de veuvage, l'autorisation de revenir au Château

Satory. Sabatin, elle le savait par Frédéric, avait tenté en vain de revenir à Versailles, mais elle pensait, en dépit de toutes les années écoulées, que Louis se souviendrait d'elle et apporterait à son cas une considération particulière. Elle avait de grandes espérances lorsqu'elle expédia sa demande.

Sabatin ne lui avait rien laissé par testament, mais, après sa mort, elle fut enfin en mesure de disposer de l'argent que lui avait légué sa mère. Le Château Satory lui-même et les fonds qui devaient assurer son entretien resteraient hors de sa portée jusqu'au moment où le Roi aurait exercé sa clémence.

On ne sut jamais où ni comment Frédéric avait contracté la variole, mais on ne l'avait pas su davantage au temps de Louis XIV, quand le Grand Dauphin était mort de la même maladie : les épidémies se déclaraient toujours insidieusement et d'une manière inattendue. Certes, il n'y eut aucun cas parmi les soldats de Frédéric restés au camp, mais il avait fait plusieurs étapes en cours de route et il avait très probablement été contaminé avant d'arriver au Château Valverde.

L'héritier de Sabatin avait fait connaître à Jasmine qu'il ne souhaitait pas vivre dans la demeure de ses ancêtres. Ce jeune homme, établi à la Cour, ne souhaitait vivre nulle part ailleurs, ce qui signifiait qu'il ne fallait pas s'attendre de sa part à la moindre visite. Il consentait à ce que Jasmine continuât à vivre au château jusqu'à la fin de ses jours. En retour, il demandait seulement une bonne gestion du domaine, et que les revenus et les droits seigneuriaux lui fussent versés deux fois l'an. A la lecture de cette lettre, Jasmine sourit intérieurement : il devrait prendre d'autres dispositions lorsqu'elle aurait reçu une réponse du Roi.

Jamais elle n'avait éprouvé une telle joie à se préparer au voyage qui l'amènerait à la ferme Govin, à Violette. Cette fois, elles reviendraient ensemble ! La décoration d'une chambre qui jouissait de l'une des plus belles vues avait été entièrement refaite, et les mesures de la jeune fille avaient été données à une couturière qui devrait livrer plusieurs robes neuves avant même l'arrivée de Violette. Déjà, de nombreuses paires de souliers à talons décorés, taillés dans la soie, le velours, le satin, formaient une rangée multicolore le long d'un mur du cabinet de toilette.

Jasmine ne pourrait plus jamais respirer le parfum du chèvrefeuille sans se rappeler le matin où elle était montée d'un pied léger dans son carrosse pour se rendre à la ferme. Les fleurs, ce matin-là, avaient déployé leurs pétales en abondance et elles étaient assiégées par les abeilles. Le soleil, sur son visage, était aussi chaud que la joie qui rayonnait en elle.

Les routes sèches et dures permirent au cocher de maintenir une bonne allure pendant les deux jours de voyage, ce qui en abrégea de plusieurs heures la durée normale. Quand Jasmine arriva à la ferme, Mme Govin ne sortit pas au grand soleil pour venir l'accueillir avec Violette, comme elle le faisait habituellement, ce qui privait toujours la mère de retrouvailles en tête à tête avec sa fille. Cette fois, la femme demeura dans l'ombre de la maison. Elle tenait ouverte la porte qui donnait sur la grande salle de la ferme. Violette restait invisible.

Jasmine franchit le seuil d'un élan, tout en expliquant joyeusement qu'elle venait chercher Violette pour l'emmener avec elle, ainsi qu'elle l'avait exposé dans sa lettre. Après l'éclat du soleil, la salle lui paraissait noyée d'ombre, et, cherchant des yeux sa fille, elle ne remarqua pas dès l'abord les contractions et les grimaces qui se succédaient sur le visage de la femme.

— Où est Violette ? demanda-t-elle avec entrain. Est-elle allée faire une course ? Ses malles sont bouclées, je suppose ? Je désire repartir avec elle sans retard.

Elle entendit la fermière renifler, se retourna d'un bloc. Mme Govin, son tablier pressé sur les yeux, la tête basse, désigna d'une main la lettre encore cachetée posée sur une petite table.

— Il est arrivé quelque chose de terrible, madame.

Jasmine eut l'impression d'être changée en bloc de glace.

— Que se passe-t-il ? murmura-t-elle, paralysée par la peur. Ma fille serait-elle malade ?

— Non. Loin de là. Elle s'est enfuie. Votre lettre est arrivée après son départ.

Jasmine poussa un gémissement sourd.

— Depuis combien de temps ? demanda-t-elle d'une voix glaciale, sans timbre.

— Cinq semaines. Près de six.

Mme Govin sanglotait bruyamment, et les mots sortaient de sa bouche en notes aiguës, discordantes. Jasmine arracha le tablier des doigts crispés de la femme, pour l'obliger à la regarder en face. Sa fureur éclata.

— Pourquoi n'en avez-vous pas informé mon banquier ? Dans un cas d'une telle urgence, il m'aurait personnellement rendu visite, vous le saviez.

Dans sa détresse, elle oubliait la variole qui avait sévi au château : durant ce temps, même s'il y avait eu un message, il n'aurait pu être délivré.

— Nous espérions la retrouver d'un jour à l'autre. Mon époux et son neveu l'ont cherchée partout. Ils ont même fait des recherches parmi les femmes qui suivent les soldats, dans l'armée en manœuvres non loin d'ici, mais personne ne l'a vue. Chaque jour, je me répétais avec espoir : Je vais regarder par la fenêtre et je la verrai monter le chemin.

Elle s'essuya les yeux d'un revers de main.

— Je ne saurais vous dire quels tourments j'ai endurés.

— Pourquoi s'est-elle enfuie ? Il doit bien y avoir une raison.

Un soupçon vint à l'esprit de Jasmine.

— S'est-il passé quelque chose de fâcheux ?

Mme Govin releva brusquement la tête.

— Rien qui n'ait été d'abord de votre faute ! Vous l'avez terrorisée avec toutes vos histoires de couvent et de ce que ferait votre mari s'il découvrait son existence. Elle en était obsédée. Elle avait déjà été difficile auparavant mais, depuis, elle se montrait dix fois plus obstinée. C'est vous qui l'avez amenée à s'enfuir.

— Vous cherchez, je crois, un bouc émissaire pour votre incompétence et votre manque de discipline !

— Ne venez pas m'insulter ! Croyez-vous que j'aie le moindre respect pour une femme de votre sorte ? Je me demande si vous savez depuis combien de temps vous n'avez pas rendu visite à votre enfant ? Naturellement, elle s'est sentie abandonnée et elle a fini par penser que vous ne reviendriez plus.

— Jamais elle n'aurait pu en venir à cette conclusion, avec toutes les lettres que je lui ai écrites.

— Des prétextes !

Il y avait un sourire de mépris sur le visage de Mme Govin.

— Est-ce là ce que vous lui avez mis en tête ?

Il y eut un haussement d'épaules gêné.

— Impossible de savoir ce qu'elle pensait, au cours de tous ces mois écoulés.

— A votre avis, elle avait changé ?

— Je vous l'ai déjà dit : à cause de vous, elle était devenue tout à fait imprévisible et intraitable.

— Il y a autre chose, je pense.

Les premiers soupçons de Jasmine lui revenaient, devenaient conviction.

— Fort bien. Je vais tout vous dire. J'avais songé à libérer

Violette de toute crainte de votre mari en menant à bien un plan de ma façon.

— Lequel ?

La femme rejeta les épaules en arrière, en une attitude agressive.

— Récemment, je lui ait dit qu'un mariage avec le neveu de mon époux serait la solution à toute l'affaire.

Une rage incrédule fit monter le sang aux joues de Jasmine.

— De cette manière, vous l'auriez gardée sous votre toit tout le reste de votre vie ! Et elle a toujours eu de l'aversion pour ce jeune rustre ! Rien d'étonnant qu'elle se soit enfuie !

Elle luttait pour conserver la maîtrise d'elle-même. Elle se laissa tomber dans le fauteuil le plus proche, se passa la main sur le front comme pour s'éclaircir les idées.

— Asseyez-vous, Mme Govin. Cette querelle ne nous aidera pas à retrouver Violette. Chaque minute qui s'écoule l'entraîne sans doute plus loin encore. Je veux que vous me disiez tout ce qui vous vient à l'esprit, même si cela vous semble sans importance, afin de me fournir le plus léger indice qui pourrait me permettre de lancer des recherches d'envergure.

La première chose que fit Jasmine, en revenant chez elle, fut de prendre contact avec le général Cloquet. Elle lui conta toute l'histoire, sachant qu'elle pouvait lui faire confiance. Elle lui remit le petit portrait de Violette que Mme Gérard avait accroché à l'un des murs de son salon, et il se mit en devoir d'organiser les recherches. Jasmine lui avait dit de n'épargner aucune dépense, et il lança sur la piste des hommes expérimentés. Elle lui avait parlé des investigations menées par le père nourricier parmi les filles de joie qui suivaient les troupes en manœuvres. Le général les reprit à son compte. Il fit questionner les officiers et les soldats, on leur montra le portrait. Mais de résultat, point.

Au plus fort de cette période d'anxiété, Jasmine reçut une communication de Versailles. Elle lui était adressée au nom du Roi par un ministre du Conseil qui, non content de rejeter sa demande de quitter le Château Valverde, lui rappelait les terribles pénalités qu'encouraient ceux qui enfreignaient la volonté du Roi. Elle céda alors à la déception et au désespoir. Louis avait-il même vu sa lettre ? se demandait-elle. Ou bien ne lui avait-il jamais pardonné son mariage, bien qu'elle n'eût pas eu le pouvoir de l'empêcher ? Dans le moment présent, elle ne savait comment supporter ce nouveau coup du sort.

Dans l'affaire de la disparition de Violette, personne n'avait songé à un certain indice. On avait oublié qu'une petite troupe de hallebardiers suisses avait été rattachée au reste de l'armée pour la durée des manœuvres. Ils étaient repartis pour Versailles, avant que le général Cloquet eût commencé son enquête. Parmi eux, un galant capitaine, aux yeux d'onyx, aux cheveux noirs, âgé d'environ vingt-cinq ans, aurait pu dire très précisément ce qu'il était advenu de Violette, et où elle se trouvait. Certes, il n'aurait pas ouvert la bouche, pas plus que ses camarades officiers. Comme le faisaient souvent les mercenaires originaires d'un même pays, ils se tenaient les coudes : ils logeaient ensemble, faisaient ensemble l'exercice et, en guerre comme dans les manœuvres, combattaient côte à côte. Si le capitaine Léonard Vanneau avait envie d'avoir une jolie fille dans sa chambre, ce n'était l'affaire de personne et moins encore celle des Français pour lesquels, en dehors de la solde qu'ils touchaient, il avait peu de sympathie.

Léonard Vanneau avait rencontré Violette un jour où il faisait à cheval une promenade en forêt. Elle ramassait du bois mort et portait, pour protéger ses mains, de luxueux gants de cuir crème, ce qui la distinguait d'emblée du commun des petites campagnardes. Il lui trouva aussi une certaine qualité d'allure, une délicatesse de traits qui pouvaient venir d'une bonne naissance. Le fichu et la ceinture qui accompagnaient sa robe de calicot étaient en soie. Sans doute était-ce la fille d'un fermier prospère des environs. Mieux encore, il voyait en elle l'occasion de s'amuser un peu : elle semblait posséder la même témérité qui l'avait enlevé à une petite ville suisse pour le jeter sur les routes dangereuses de l'aventure.

Il amena son cheval pommelé en travers du chemin de la jeune personne.

— Comment vous appelez-vous, mademoiselle ? demanda-t-il en souriant.

Elle leva vers lui un regard provocant. Elle avait des lèvres sensuelles, une mince silhouette aux seins haut placés, une taille de guêpe.

— Et vous ? fit-elle.

Il lui dit son nom, mais elle refusa de lui livrer le sien et s'échappa en s'enfonçant dans les fourrés. Il n'eut d'autre recours que de se lancer à pied à sa poursuite, en se courbant sous les branches basses, parmi les ronces qui lui fouettaient le visage. Elle s'amusa à le semer, et il comprit qu'elle s'était jouée de lui quand il entendit le bruit des sabots de son cheval qui s'éloignait.

Il avait perdu tout sens de l'orientation. A perte de vue, il n'y avait que la forêt obscure. Il jura, cria, tout en essayant de trouver un sentier qui le conduirait au moins quelque part. Le soleil se couchait, et, furieux, il se résignait à passer la nuit parmi les arbres lorsqu'il aperçut la lueur d'une lanterne. Avec un hurlement de joie, il se jeta en trébuchant vers ce point lumineux. En même temps, il ne cessait d'appeler, pour s'assurer que le porteur de la lanterne ne s'éloignerait pas. Par bonheur, l'inconnu restait immobile. A quelques pas seulement de la lanterne, Léonard s'aperçut qu'elle était accrochée à une branche. Il n'y avait personne. Cette fille l'avait abusé, une fois encore. Il lâcha une bordée de jurons tout en frappant du poing le tronc de l'arbre. Il entendit alors un rire étouffé.

Malgré lui, il se mit à rire, lui aussi.

— Où êtes-vous ? Vous m'avez joué un bon tour. Montrez-moi à présent un peu de miséricorde.

Elle émergea dans le cercle de lumière, vêtue d'une robe de velours rubis qui devait venir de Lyon ou de Paris. Son visage aux joues empourprées exprimait la gaieté.

— Ne vous laissez pas si aisément prendre au piège, une autre fois, capitaine Vanneau. Si j'avais été un agent ennemi, vous ne seriez pas sorti vivant de cette forêt !

— Qui êtes-vous ? demanda-t-il sourdement.

Elle l'intriguait et le captivait.

— Violette Picard. Je vais à présent vous reconduire à l'endroit où se trouve votre cheval. C'est une belle monture. La promenade m'a plu.

— Pas si vite.

Il la saisit par le poignet, l'attira vers lui.

— Je mérite une compensation pour les peines que j'ai endurées.

Mais il la lâcha avec un cri de douleur : elle lui avait enfoncé dans le dos de la main la pointe d'un couteau de cuisine, et une goutte de sang perlait, aussi rouge que la robe de velours. Il porta la blessure à ses lèvres.

— Petite mégère ! Où avez-vous appris ce tour ?

Elle releva le menton.

— La nécessité est bonne conseillère. Mes parents nourriciers ont un lourdaud de neveu qu'ils voudraient me faire épouser. Pour eux, c'est un agneau. Ils ignorent que j'ai dû le tenir à distance la plus grande partie de ma vie.

— Vous êtes donc encore vierge.

Elle lui décocha un regard qui l'enflamma tout entier.

— Je n'appartiens qu'à moi-même. Des gens m'ont parlé, m'ont donné des ordres, m'ont comblée de cadeaux, et ils avaient toujours le désir de faire de moi l'épouse d'un homme de leur choix. J'ai toujours voulu davantage. Même lorsque ma mère me parlait d'un bon mariage, je savais que ce serait une sorte d'emprisonnement. Alors, non ! Moi, il me faut la liberté. Pas de liens qui m'attachent pour la vie.

Elle décrocha la lanterne de la branche.

— Venez avec moi. Ne flânez pas, sinon, vous allez vous égarer de nouveau.

Souriant, il la suivit. Il ne serait pas malaisé de la prendre pour une sorcière. Déjà, elle l'avait envoûté. En arrivant près de son cheval, il vit qu'elle lui avait tressé la crinière, ornée de rubans rouges, en guise de plaisanterie. Il se mit en selle, abaissa sur elle un regard amusé.

— Vous avez fait de moi un prisonnier dans la forêt et, de mon cheval, un modèle d'élégance. Que tenez-vous encore en réserve ?

Le sourire de la jeune fille, énigmatique et provocant, montrait que c'était une coquette-née. Il sentit son sang courir plus vite dans ses veines.

— Cela reste à découvrir pour celui qui osera prendre le risque.

— Je veux vous revoir.

Elle haussa les épaules, comme si ce désir était pour elle sans importance, avant de lui tendre la lanterne.

— Prenez ceci et suivez le sentier dans cette direction. Vous vous retrouverez aux abords du camp.

Déjà, sans ajouter un mot, elle s'éloignait dans la direction opposée, se perdait dans l'obscurité. Il lui cria :

— Demain ! Retrouvez-moi ici, près du chêne. A la même heure.

Elle ne jeta même pas un regard en arrière pour lui montrer qu'elle avait entendu. Il se dressa sur ses étriers, mit les mains en porte-voix autour de sa bouche.

— Violette ! Ne me décevez pas !

Elle avait disparu. Il soupira. Lui jouerait-elle un autre tour en ne venant pas au rendez-vous ? Il reprit le chemin qui le ramena au point d'où il était parti, ce matin-là. Il mourait de faim.

Violette, dans l'obscurité, courait vers la ferme. Secouée par un rire silencieux, elle battit des mains en un geste de triomphe. Jamais elle n'aurait supposé qu'il fût aussi facile de passer un anneau dans le nez d'un homme rompu aux usages du monde. Et quel homme ! Un visage dur, des yeux sans cesse en mouvement, des muscles saillants. Bien sûr, elle serait au rendez-vous, le lendemain, mais elle se cacherait et attendrait, pour se montrer, qu'il fût au bord du désespoir.

Le lendemain, elle était là avant l'heure dite. Elle se

dissimula derrière le tronc d'un arbre énorme. A la vérité, l'attente fut aussi longue pour elle que pour lui : elle restait adossée à l'écorce, il arpentait sans repos le sentier, tandis que son cheval à l'attache passait tout près. La jeune fille choisit son moment : elle se glissa de l'autre côté du tronc pendant qu'il avait le dos tourné. Quand il se retourna, elle était là. L'espace d'un instant, constata-t-elle, il parut ivre de soulagement, ce qui lui prouva combien elle avait eu raison de se montrer insaisissable. Cette fois, lorsqu'il l'attira entre ses bras, elle ne protesta pas : ce premier baiser, elle en avait envie autant que lui. Quand leurs lèvres se joignirent, elle enfonça le bout des doigts dans les boucles de sa perruque et lui tint la tête à deux mains, jusqu'au moment où, à bout de souffle, elle le repoussa. Il voulut la reprendre contre lui, mais elle se dégagea.

— Parlez-moi de vous, insista-t-il alors. Qui sont vos parents nourriciers ? Où habitez-vous ? Il y a tant de choses que j'aimerais savoir.

Elle le prit par la main, le mena jusqu'à un bosquet où des fleurs sauvages poussaient en abondance. Elle y avait disposé, sur une nappe, un repas improvisé : petits gâteaux, fromage, pain, fruits, avec une bouteille de vin.

— Asseyez-vous, ordonna-t-elle.

Jamais il n'aurait toléré chez aucune autre femme ces manières impérieuses.

— Je ne vais pas vous laisser jeûner tout le jour, comme hier. A votre tour de parler le premier. Ensuite, peut-être vous en dirai-je davantage à mon propos. Il faudra, pour cela, que je croie à la vérité de ce que vous m'aurez dit. Vous n'êtes pas français ou, du moins, pas de cette région. Je l'entends à votre accent. D'où venez-vous ?

Elle s'installa sur l'herbe, arrangea pudiquement les plis de sa jupe qui, ce jour-là, était faite d'une soie coûteuse imprimée de boutons de roses.

— De Provence ? Ou bien du Nord, peut-être, aux frontières de la Hollande ?

— Je viens de Suisse... de la ville de Berne.

Il s'assit en face d'elle, de l'autre côté de la nappe, et la regarda lui verser un verre de vin. Soudain, sans en prévoir les conséquences, il prononça les mots qui allaient changer tout le cours de la vie de Violette.

— A la fin du mois, je pars pour Versailles, avec mes compatriotes. Nous devons rejoindre la garde royale.

— A Versailles ! répéta-t-elle, d'une voix tremblante d'excitation. Vous allez véritablement là-bas ?

Il était enfin parvenu à l'impressionner, vit-il.

— Nous autres, Suisses, reprit-il avec un grand geste, nous protégeons les deux hommes les plus puissants du monde : le pape et le Roi de France.

Remise de sa surprise, elle fit une petite grimace.

— Ce n'est qu'une tradition. Votre bravoure de soldats ne dépasse pas celle de n'importe qui.

L'insulte l'outragea.

— Si vous étiez un homme...

Avec un rire espiègle, elle lui tendit le verre de vin.

— Si j'étais un homme, vous ne seriez sûrement pas ici avec moi. Goûtez ce vin. Il est bon. J'ai pris le meilleur de toute la cave, celui que mon père nourricier réservait pour un jour de fête.

Incapable de lui garder rancune, il prit le verre avec un sourire, le leva à l'adresse de la jeune fille, avant de goûter le vin. Il fit un signe d'approbation, se laissa aller en arrière, appuyé sur un coude.

— Vous auriez fait un splendide mercenaire, à mon avis. Vous vous entendez visiblement au pillage.

Elle apprécia la plaisanterie. Leur conversation se poursuivit sur le même ton, léger, enjoué. Il lui parla de sa maison, de sa famille, de ses voyages, de ses campagnes passées. A son tour, elle lui révéla bien des choses, mais elle garda pour elle l'effroi que lui inspirait l'époux de sa mère et le pouvoir qu'il pourrait exercer sur elle. Léonard ne devait pas soupçonner un seul instant qu'elle éprouvait une peur intense envers cet inconnu. La Tante Govin avait voulu lui faire croire que Jasmine cherchait des prétextes pour ne plus venir la voir, mais Violette savait bien qu'il s'agissait d'autre chose. Elle lisait entre les lignes. C'était la terreur qui tenait sa mère à l'écart. Son époux était à présent constamment avec elle : il observait, il écoutait, il attendait peut-être le moment de bondir sur sa proie. Voilà pourquoi elle n'avait pu écrire à Jasmine quand la Tante Govin s'était mis dans la tête de la marier à son idiot de neveu : coucher cela sur le papier, c'était courir le risque que la lettre tombât entre les mains de cet époux démoniaque...

Le repas était terminé. Après avoir rangé les restes dans le panier, elle laissa Léonard l'entraîner sur l'herbe près de lui, pour l'embrasser de nouveau. Néanmoins, elle gardait le contrôle d'elle-même et demeurait détachée. Elle lui permit de lui caresser les seins à travers la soie de sa robe mais l'empêcha d'aller plus avant. Elle ne devait à aucun prix perdre la tête. Il lui avait fait entrevoir un moyen d'évasion.

Lorsqu'il partirait pour Versailles, elle était bien décidée à partir avec lui. Il n'y avait pas d'endroit plus merveilleux au monde. C'était le centre du plaisir, de la mode, de l'amour. Elle désirait y aller depuis le premier jour où sa mère lui en avait parlé et elle allait enfin pouvoir saisir sa chance.

Elle retrouvait Léonard chaque jour. Il ne comprenait pas pourquoi elle se montrait si difficile à séduire. Il était fou d'elle. Il croyait par moments la sentir vibrer de désir. Pourtant, elle continuait à le tenir en respect, ne lui accordait que de petites privautés qui le faisaient gémir de convoitise. Le temps passait. Lorsqu'il n'était pas avec elle, elle occupait toutes ses pensées, comme s'il était un jeune garçon tout languissant d'amour. Le désir qu'il avait d'elle le rendait furieux, il se jurait de l'amener à lui appartenir à leur prochaine rencontre.

Le dernier soir, il découvrit enfin pourquoi elle l'avait ainsi tenu en suspens. Au moment où, pour la première fois, il apercevait ses cuisses blanches et tout ce qui lui faisait envie, elle se jeta passionnément contre sa poitrine, et ses jupons gonflés retombèrent en place.

— Emmenez-moi avec vous, demain ! Laissez-moi vous accompagner à Versailles ! Vous ne le regretterez jamais, je vous le promets.

Il se saisit d'une poignée de ses boucles blondes, amena le visage de la jeune fille tout près du sien pour la regarder au fond des yeux.

— C'est donc cela que vous vouliez dès le début ? Pourquoi ne m'en avoir rien dit plus tôt ? J'aurais conclu le même marché avec vous.

Elle dissimula ses pensées derrière l'éclat de ses yeux. Elle n'avait pas pu lui faire confiance : il lui aurait promis n'importe quoi pour arriver à ses fins et l'aurait ensuite quittée sans retour. A présent, elle le tenait et elle le garderait pour le temps qu'il lui plairait. Versailles serait peuplé de beaux gentilshommes.

— Vous pouvez aussi bien le conclure maintenant. Partirai-je avec vous, oui ou non ?

— Mais oui, vous le savez bien.

Il y avait dans sa voix de l'affection et de l'admiration pour sa verve.

— Tenez-vous au bout du sentier, demain matin, à l'aube. Je commande la compagnie et vous pourrez voyager en fourgon. Cela vous permettra aussi de partir sans être vue.

Il la gratifia d'un baiser léger, avant de la considérer d'un air méditatif.

— En échange, j'attendrai beaucoup de vous.
— Vous aurez ce que vous voudrez.

Il l'écrasa contre lui, lui dévora les lèvres. Mais, cette fois encore, elle ne lui céda pas. Leur accord prenait effet le lendemain. Jusque-là, il devrait attendre. Elle n'allait pas se laisser duper à la dernière minute.

Jamais il ne regretta de l'avoir emmenée avec lui. Ce fut pour lui une révélation. Il découvrit en elle une passion qui, en amour, faisait d'elle un chat sauvage. Après les manœuvres et le séjour au camp, on ne s'attendait pas à les voir, lui et ses camarades officiers, passer leurs nuits dans l'inconfort. Les logements qui leur étaient attribués étaient toujours des meilleurs, parfois dans une bonne hôtellerie, plus souvent dans un château dont le maître était heureux d'offrir l'hospitalité à ces gentilshommes de Suisse qui allaient bientôt protéger la vie du Roi.

En de telles occasions, Léonard faisait passer Violette pour sa jeune épouse. Personne ne soupçonnait la vérité, car elle avait emporté ses plus belles robes. Partout où ils logeaient, on lui offrait les services d'une femme de chambre. Elle possédait, elle le savait, l'allure d'une grande dame, surtout lorsque leur hôte du moment l'escortait à souper. Léonard venait ensuite avec leur hôtesse. Le reste des officiers suivait. A table, si elle marquait une hésitation, Léonard était toujours là pour l'aider, d'un signe, d'un regard. Elle eut tôt fait de s'accoutumer à ce qui l'entourait : elle y trouvait un avant-goût de la vie de luxe dont elle avait toujours rêvé.

Leur voyage ne devait pas les amener directement à Versailles, et elle avait été déçue de l'apprendre : elle avait une telle hâte de voir le Château ! Mais Léonard devait se joindre à trois autres détachements de hallebardiers suisses : ils pourraient ainsi arriver ensemble à Versailles. Inévitablement, des retards se produisirent : le voyage, qui aurait dû prendre une semaine, s'étendit à deux, puis à trois. Ils se trouvaient alors à Orléans, avec une longue distance à parcourir encore.

Ce fut là que Violette ne trouva pas le logement à son goût. Ils étaient dans une hôtellerie bruyante, où les voyageurs ne cessaient d'arriver et de repartir. Le dernier détachement ne les avait toujours pas rejoints, et Léonard commençait à s'ennuyer. Il se mit à jouer avec plusieurs de ses compagnons. De temps à autre, des voyageurs qui disposaient d'un peu de temps venaient se joindre à eux. Les cartes étaient constamment contre Léonard, et il perdait de l'argent, Violette le savait. Un soir où il vint se coucher très tard, dans un état d'ébriété avancée, elle lui fit reproche de sa stupidité. Ses critiques étaient parfaitement égoïstes : elle n'avait pas d'argent et elle ne tenait pas à le voir criblé de dettes à son propre désavantage.

Il la gratifia d'un regard furieux.

— Pas de remontrances, gronda-t-il dangereusement. Vous n'êtes pas mon épouse.

— Et je n'ai pas l'intention de le devenir ! répliqua-t-elle sur le même ton.

Ils comprirent alors qu'ils n'avaient pas vraiment d'attachement l'un pour l'autre. Léonard avait découvert chez elle un caractère emporté qu'il ne soupçonnait pas. Violette méprisait la faiblesse de son compagnon. Ils n'avaient rien en commun. Toutefois, elle exerçait sur lui un tel charme qu'il ne pouvait se rassasier d'elle, et, de son côté, elle s'en tenait à sa part du marché.

Quand le dernier détachement de hallebardiers suisses arriva enfin, ce fut la fête parmi les officiers, pour célébrer la réunion. Plus tard, quelques-uns d'entre eux, dont Léonard, s'installèrent pour jouer aux cartes. Un marchand de soie d'âge mûr, d'allure prospère, qui se rendait à Rouen, et deux hommes plus jeunes, cossus, se joignirent à eux. Les chants des voix avinées donnèrent à Violette un fort mal de tête, et elle ne tarda pas à se lasser d'observer les joueurs. Elle-même était trop inexpérimentée pour jouer avec eux, et les mises étaient fortes. Pour une fois, Léonard gagnait et il était d'humeur joyeuse. Debout derrière son fauteuil, elle lui posa une main sur l'épaule et se pencha vers lui pour lui dire qu'elle était fatiguée et montait se coucher. Il lui prit les doigts, amena sa main jusqu'à ses lèvres et lui posa un baiser au ceux de la paume.

— Je vous réveillerai en faisant pleuvoir mes gains sur le lit, ma toute belle, lui déclara-t-il avec exubérance.

Au moment où elle s'en allait, elle jeta, par-dessus son épaule, un dernier regard sur la salle au plafond bas, bruyante, enfumée par les pipes, colorée par les uniformes, empuantie par les odeurs de bière et de vin. Elle était heureuse que la chance eût tourné pour Léonard : il se montrerait généreux avec elle. Ses traits irréguliers s'adoucissaient dans la lumière dorée du candélabre d'étain à trois branches posé sur la table de jeu ; il avait relâché sa cravate bordée de dentelle autour de son cou puissant, pour être plus à l'aise ; le rubis qui brillait au troisième doigt de sa large main scintilla au moment où il coupait les cartes.

Ce fut la dernière fois qu'elle le vit. Un peu avant l'aube, son sommeil fut troublé par des murmures et par des bruits qui semblaient indiquer qu'on traînait hors de la chambre les bagages de Léonard. Mais elle rêvait encore à demi. Elle aurait replongé dans le sommeil si sa mémoire ne s'était réveillée au cliquetis de la targette qu'on repoussait dans son logement.

— Léonard, murmura-t-elle, combien avez-vous gagné ?

— Il n'a rien gagné, répondit une voix inconnue.

Avec un cri étouffé, elle se redressa dans le lit, repoussa les cheveux qui lui tombaient sur les yeux. Sans comprendre, elle dévisagea le marchand de soie qui s'était assis en bas à la table de jeu, un homme trapu, au visage sévère, en perruque brune.

— Sortez d'ici ! hurla-t-elle.

Il était déjà en manches de chemise, après avoir jeté sur les bras d'un fauteuil son habit de brocart.

— Comment osez-vous vous introduire ici ?

— J'en ai tous les droits, répondit-il d'un ton sarcastique.

Il défaisait les boutons de son gilet.

— La chance a tourné contre votre officier suisse. Il a tout perdu à mon profit. Son dernier enjeu, c'était vous. A présent, vous m'appartenez, mademoiselle.

Elle émit un long cri terrible, comme celui d'une louve blessée, qui glaça le sang de l'homme. Puis elle se jeta sauvagement d'un bord à l'autre du lit, avec des sanglots aigus, en déchirant les draps avec ses ongles.

16

Jasmine n'abandonna jamais l'espoir de recevoir des nouvelles de Violette. L'anxiété était en elle une souffrance permanente que rien ne pouvait apaiser, mais elle n'en montrait aucun signe. Les jours anniversaires de sa fille étaient particulièrement douloureux. Cinq ans avaient déjà passé lorsqu'elle connut une étrange expérience. Elle traversait d'un pas rapide l'un des petits salons : occupée à jardiner, elle avait oublié l'heure, et était pressée de se changer pour aller à l'un de ses ateliers d'éventails. L'un des miroirs, accroché près de la porte à double battant vers laquelle elle se dirigeait, reflétait une image qu'elle identifia aussitôt comme celle d'Henriette.

— Dieu miséricordieux ! s'exclama-t-elle, une main sur le cœur, figée sur place.

Mais, déjà, l'illusion s'était dissipée, et elle se reconnut. Bouleversée, elle s'avança lentement vers le miroir. Il n'y avait aucune ressemblance physique entre elle et la vieille dame, morte depuis longtemps. Mais elle réalisa soudain que par bien des aspects, elle était devenue Henriette : une femme seule, sans époux ni enfant, gardienne d'une propriété qui ne lui appartiendrait jamais.

Elle contemplait son image avec une sorte de crainte. Elle se passa le bout des doigts sur le visage, comme font les femmes qui veulent retrouver les contours de la jeunesse en remontant légèrement les joues et le menton épaissis avec les années. Elle avait conservé sa silhouette harmonieuse, avec des lignes plus pleines, toutefois, et, lorsqu'elle ne poudrait pas sa chevelure, des fils gris prédominaient à présent dans le brun de naguère. Rien, par bonheur, ne pouvait modifier une bonne ossature, et elle était experte dans l'usage des crèmes et des fards. Peut-être étaient-ce ses yeux d'un violet profond, ombrés d'une secrète souffrance, qui révélaient le plus les épreuves endurées.

Les hommes la trouvaient encore attirante. Elle avait eu plusieurs propositions de mariage, de la part de veufs pleins de bonté et de gentillesse ; elle avait su refuser leurs propositions sans perdre leur amitié. Si elle avait pu confier à l'un d'entre eux ses désirs les plus profonds, elle lui aurait dit qu'elle souhaitait seulement retrouver sa fille ainsi que la demeure où elle était née.

— Satory ! souffla-t-elle pour elle seule.

Ce seul nom fit monter en elle une immense vague de nostalgie qui l'amena à serrer les poings pour les enfoncer dans ses flancs. Sous le coup de la souffrance, elle rejeta la tête en arrière. Cette souffrance ne l'avait jamais quittée, mais, depuis longtemps, elle l'avait refoulée, écrasée : il lui fallait au moins éliminer une source de détresse si elle voulait pouvoir supporter tout le reste. A présent qu'une seule pensée imprudente avait libéré cette souffrance, l'avait laissée prendre son vol, jamais elle ne pourrait la remettre en cage.

Elle se détourna du miroir avec lassitude, s'adossa au mur. Si quelque miracle avait pu la transporter chez elle, elle n'aurait pas pour autant rompu le contact avec les Govin, dans l'espoir bien mince que Violette pourrait réapparaître à la ferme. C'était improbable, à moins qu'elle ne fût mariée et à l'abri, par là même, de toute machination. Même ainsi, la jeune fille avait-elle jamais éprouvé pour ses parents nourriciers une affection suffisante pour la pousser à vouloir les revoir ? Aurait-elle envie de retrouver sa mère ? Violette s'était-elle jamais soucié de personne en dehors d'elle-même ? C'était là une pensée bien amère, mais elle revenait obstinément.

Pendant les quelques jours qui suivirent, ce désir de retourner chez elle agita Jasmine et la rendit presque physiquement malade. Si seulement elle connaissait quelqu'un qui eût assez d'influence à la Cour pour intercéder personnellement en sa faveur auprès du Roi. Mais, depuis si longtemps qu'elle vivait au loin, elle ne connaissait plus personne. Elle y songeait sans cesse. Soudain, un nom lui vint à l'esprit, avec une telle force qu'elle se sentit incapable de comprendre pourquoi elle n'y avait pas pensé plus tôt. Il ne s'agissait ni d'un ministre, ni d'un courtisan, ni même de Michel, s'il peignait encore des portraits royaux. C'était celui d'une femme qui avait entièrement conquis le cœur du Roi. C'était la petite Reinette qui, tout enfant, avait jadis sautillé dans le magasin de Marguerite sur les Champs-Elysées.

— Oh ! Reinette ! s'exclama tout haut Jasmine. Vous pourriez opérer ce miracle pour moi !

Elle courut aussitôt s'asseoir pour écrire à la marquise de Pompadour. En s'appuyant sur ces relations passées, dont la jeune femme n'avait peut-être gardé aucun souvenir, elle présenta sa requête : elle exprima tout au long son désir de se retrouver chez elle. Elle demandait seulement, ajouta-t-elle, qu'on lui accordât cette faveur, après plus de trente années d'exil. Elle cacheta la lettre, l'envoya par courrier personnel.

Trois semaines plus tard, au retour d'une visite à l'un de ses ateliers, elle trouva deux lettres qui l'attendaient. Son cœur se mit à battre la chamade quand, en retournant la première, elle découvrit le sceau de Mme de Pompadour avec ses armoiries où figuraient des griffons et trois châteaux. La seconde lettre paraissait tout aussi importante, et elle perdit le souffle en reconnaissant le sceau royal.

Elle ouvrit celle-ci, d'une main qui tremblait violemment. C'était un document officiel qui révoquait la sentence de bannissement qui l'avait automatiquement frappée lors de son mariage avec le duc de Valverde et lui restituait, dans son veuvage, tous ses droits. La lettre portait la signature de Louis. Jasmine y posa ses lèvres, la mouilla de ses larmes, tout en riant de joie. Chez elle ! Elle allait retourner au Château Satory et ne le quitterait plus jamais. Jamais !

Dès qu'elle se fut remise, après avoir plusieurs fois relu la révocation, elle s'essuya les yeux pour ouvrir l'autre lettre. Avec une chaleur tout amicale, la marquise lui disait à quel point elle était heureuse d'avoir pu lui être de quelque secours. Elle se souvenait fort bien de ses visites au magasin d'éventails de la défunte baronne Picard. Elle terminait en exprimant le désir que Jasmine vînt lui rendre visite à Versailles au plus tôt ; elles pourraient ainsi renouer connaissance.

C'était plus que Jasmine n'avait osé espérer lorsqu'elle avait envoyé sa requête. Non seulement elle allait retrouver sa maison, mais la femme la plus influente à la Cour lui procurait une entrée à Versailles !

Elle se mit aussitôt à l'œuvre pour tout organiser en vue de son départ. Il fallut toutefois plus d'un mois pour qu'elle pût partir. Elle devait attendre l'arrivée de ses remplaçants. A son vif soulagement ce fut un couple fort simple et leurs cinq enfants qui se présentèrent. Le comte et la comtesse de Valverde portaient un titre pompeux mais ils n'étaient que des parents pauvres qui vivaient à la campagne, n'étaient jamais allés à la Cour et avaient misérablement subsisté du produit d'une petite vigne. Dès que le comte eut visité le domaine, il y découvrit de vastes possibilités. Un examen plus attentif du sol le convainquit que, s'il y plantait des vignobles, ceux-ci donneraient d'abondantes récoltes et procureraient du travail à tous les métayers. Dans leur précédente résidence, sa femme avait eu coutume de veiller sur les malades et sur les pauvres. Elle se montra très rassurante :

— Donnez-moi simplement les noms de ceux qui ont besoin de nourriture et de soins. Quant à l'école, ma fille cadette s'en chargera volontiers : elle donnait déjà des leçons avant de venir ici.

Jasmine vendit les ateliers de confection d'éventails. Chacun, pour un prix abordable, devint la propriété de la directrice. Entre ces mains capables, Jasmine savait que les conditions de travail conserveraient le niveau élevé auquel elle avait toujours tenu. Quand tout fut fait, que les Govin eurent été informés de son changement d'adresse, elle quitta pour toujours le Château Valverde et prit la route de Versailles dans le carrosse qui avait été le dernier cadeau de son père.

Vers la fin du voyage, elle aurait pu éviter la ville de Versailles pour atteindre plus vite sa demeure natale, mais elle ordonna au cocher de passer par le Château. La route l'approchait par l'ouest. Quand le carrosse roula sur les pavés de la Place d'Armes, elle revit le siège du gouvernement, immense et doré, résidence du Roi de France. Les grilles ouvertes semblaient mettre l'accent sur le message de bienvenue exprimé dans la lettre de la marquise de Pompadour. Comme toujours, le vaste espace de la Cour Royale grouillait de monde et des allées et venues de carrosses élégants et des voitures plus humbles des fournisseurs. Le soleil se jouait sur les riches atours des courtisans et de leurs dames. Partout, autour d'eux, se hâtaient des gens du commun, pressés par une livraison ou quelque autre affaire, tandis que ceux qui disposaient de leur temps béaient d'admiration devant ce qui les entourait et ouvraient de grands yeux sur le balcon central de la façade est, dans l'espoir de voir paraître le souverain. Jasmine avait l'impression de n'être jamais partie : seuls, les changements de la mode lui faisaient mesurer la durée de son absence. Même de loin, elle constatait qu'à la Cour, les paniers des dames avaient pris une énorme extension sur les côtés. Elle n'en possédait pas d'aussi larges. Elle devrait aller voir une couturière parisienne avant de pouvoir se présenter devant la marquise.

Son carrosse l'emmenait maintenant au long de l'Avenue de Paris. Elle chercha du regard le magasin et d'autres repères familiers. Devant chacun d'eux, les souvenirs lui revenaient en foule. La dernière portion de la route lui sembla interminable. Penchée en avant, elle vit les grilles vertes aux pointes dorées, et là-bas, au loin, au bout de la longue avenue toute droite, le Château Satory. Ses murs avaient la pâleur d'une peau de femme, son toit à balustrade s'élevait comme une couronne délicatement ouvrée, ses fenêtres reflétaient les feuillages et les fleurs d'un parc soigneusement entretenu. Au premier signe de l'approche du carrosse, la porte d'entrée avait été grande ouverte, et toute une troupe de nouveaux serviteurs en sortaient pour faire la haie des deux côtés du perron. A leur suite s'avançait Lénore, devenue plus dodue avec les années. Elle descendit vivement les marches afin d'être la première à faire la révérence. Le carrosse s'arrêta. Jasmine mit aussitôt pied à terre.

— Permettez-moi, madame, de vous souhaiter la bienvenue pour votre retour au Château Satory.

Les joues rondes de Lénore étaient rouges de plaisir.

— Je vous remercie, répondit Jasmine d'une voix étouffée. J'ai bien longtemps attendu ce jour.

— Tout est prêt pour votre arrivée. J'ai pris la liberté de préparer pour vous l'appartement que la baronne Picard avait occupé à l'origine, lorsqu'elle était venue vivre ici pour la première fois.

— Vous avez bien fait, Lénore.

Jasmine vit à peine les serviteurs, en gravissant le perron : elle répondait machinalement à leurs révérences, à leurs saluts, mais toute son attention se fixait plus loin. Dans le vestibule, elle écarta les bras, comme pour étreindre le château tout entier. Ses jupes tournoyèrent sur l'étoile verte qui occupait le centre du dallage de marbre, son regard monta jusqu'au plafond bleu azur où volaient des oiseaux peints. Elle en savait bien plus qu'à son départ sur sa maison natale : lors de son unique visite au Château Valverde, sa mère lui avait conté toutes sortes d'histoire. C'était dans ce vestibule que ses parents s'étaient rencontrés pour la première fois, mais, à l'époque, Marguerite était au tout début de sa grande passion avec Augustin, pour qui Laurent avait édifié ce magnifique château. C'était là que les huguenots étaient venus se réfugier, aux temps terribles des persécutions, et Marguerite elle-même, après le départ d'Augustin pour Londres avec son épouse, en avait abrité un grand nombre. Il y avait aussi la pièce secrète : Jasmine en avait ignoré l'existence jusqu'au jour où sa mère lui en avait révélé l'emplacement et lui en avait donné une clé, pour le cas où, un jour, elle devrait l'utiliser. Cette clé reposait à présent dans sa bourse.

Elle pénétra d'abord dans le Salon Ecarlate, afin d'y retrouver le portrait un peu cérémonieux de son père. Le visage coloré se détachait sur la blancheur de la perruque, avec ses trois boucles soigneusement enroulées au-dessus de chaque oreille. En dépit de la pose sévère, la bienveillance des yeux gris semblait s'adresser directement à sa fille qui, le regard levé vers lui, joignait étroitement les mains sur sa poitrine.

— Je suis de retour chez nous, papa, murmura-t-elle.

Elle lui envoya un baiser du bout des doigts, avant de passer dans le Salon Ivoire. Là, dans un cadre sculpté, au-dessus de la cheminée, une jeune Marguerite en robe d'or tenait gracieusement sur ses genoux un éventail mi-ouvert peint à l'image de Versailles. Jasmine fut heureuse que rien n'eût changé, que tout fût resté plus ou moins fidèle à ses souvenirs. Elle se rappela les révélations de Marguerite sur le passé, s'approcha de l'alcôve qui s'ouvrait à l'autre bout de la pièce, pour examiner le portrait d'Augustin Roussier. On l'avait replacé là, elle s'en souvenait, longtemps après sa mort. Pour la jeune fille désinvolte qu'elle était alors, la toile avait simplement représenté un inconnu sans intérêt. A présent, c'était différent. Cet homme était celui pour qui son père avait construit le château, sans jamais imaginer qu'il y rendrait lui-même le dernier soupir. Le visage retenait l'attention, avec ses sombres arcades sourcilières et ses traits bien ciselés, mis en relief par les longues boucles à la mode du temps. Les yeux verts longs et étroits avaient un regard passionné. Jasmine comprenait pleinement que sa mère eût aimé un tel homme. Le destin s'était retourné contre eux, mais ce château demeurait la preuve éclatante de leur amour.

Après ces visites qui avaient le pas sur tout le reste, Jasmine entreprit un tour complet du château. Dans sa joie, elle pressait de plus en plus l'allure. Elle s'arrêtait çà et là pour poser la main sur une porcelaine dont elle se souvenait, pour caresser d'un doigt léger la surface d'un meuble. Elle finit par relever ses jupes à deux mains, afin de ne plus être gênée dans sa course. Elle ressentait une curieuse impression, celle d'avoir déjà été le témoin d'un retour pareil à celui-là. Le souvenir lui en revint : c'était le jour où le Roi, alors âgé de douze ans, avait parcouru les salons de Versailles, pour renouer joyeusement connaissance avec la demeure qu'il aimait, et s'était retrouvé couché sur le dos aux pieds d'une toute jeune fille dans le Salon de la Paix.

A l'étage, elle pénétra dans son nouvel appartement. La chambre à coucher, avec ses fenêtres qui s'ouvraient au sud, était l'une des plus charmantes du château. Le décor en avait été conservé, avec ses tons de rose pâle, ses tentures et ses courtines en soie de Lyon filetée d'argent. A la lumière de ce qu'elle avait appris, Jasmine était convaincue que cette chambre avait été le havre d'amour de Marguerite et d'Augustin, ce qui expliquait certainement pourquoi sa mère lui en avait toujours refusé la possession : c'était devenu entre elles une pomme de discorde. Elle fut envahie de regret au souvenir de la manière dont elle avait harcelé Marguerite de ses bouderies lorsqu'on logeait là des hôtes de marque.

Elle se surprit tout à coup à ne plus avoir envie d'occuper cette chambre, non pas à cause du passé, mais simplement parce que cette pièce semblait attendre quelqu'un de plus jeune, une fille pleine d'espérances, de rêves romantiques, d'un optimisme bienheureux, l'essence même de la jeunesse. Oui, elle occuperait plutôt l'appartement de ses défunts parents.

Ce fut là qu'elle trouva le portrait d'elle peint par Michel Balaine. Il était accroché juste en face du lit : sa mère, se dit-elle, avait dû le contempler depuis ses oreillers. Elle s'approcha. Avait-elle vraiment eu ce visage-là ? Jeune, radieux, avec des yeux qui rayonnaient de bonheur. Elle n'éprouvait rien à cette vue. La signature de Michel ne lui inspirait pas le désir de la caresser du bout des doigts, comme elle l'avait fait pour plusieurs objets dans les pièces du rez-de-chaussée. Le portrait n'avait rien de commun avec eux. Elle avait vécu avec Michel une période de bonheur extatique telle qu'elle n'en avait jamais connu. Son amour pour lui avait été total, complet, profond, hors du temps. Le fait qu'il fût le père de Violette avait perdu toute signification, dès la naissance de l'enfant.

Elle perçut le bruissement d'un tablier, se retourna, trouva Lénore sur le seuil, avec un plateau chargé de chocolat chaud et de petits gâteaux.

— J'ai pensé que vous aimeriez peut-être prendre une collation, madame.

Jasmine approuva d'un sourire.

— J'ai changé d'avis, à propos de l'Appartement Rose, dit-elle, en prenant la tasse pleine. Je logerai ici. Toutefois, je ne souhaite pas contempler mon portrait. Il faudra lui trouver une autre place.

Le portrait de fiançailles de Violette, qui n'avait jamais rempli son usage, remplaça celui de Jasmine. Celui-ci fut accroché dans une alcôve de la bibliothèque, où elle ne le regardait jamais, et où peu de gens, mis à part les serviteurs, avaient l'occasion de le voir. Si elle avait eu besoin d'argent, elle l'aurait vendu sans regret : les toiles qui portaient la signature de Michel Balaine atteignaient des prix exorbitants. Mais l'héritage qui lui avait été si longtemps refusé l'avait rendue immensément riche. Durant quelques semaines, elle dépensa sans compter, repeupla les écuries, fit exécuter des travaux de décoration au château, commanda en grand nombre robes et paires de souliers.

Malgré toutes ses occupations, elle se fixa une tâche à laquelle elle consacrait un peu de temps chaque jour. Elle avait décidé de confectionner pour Mme de Pompadour un très bel éventail, en témoignage de reconnaissance. Elle n'avait jamais été très experte dans la conception des modèles, mais, en fouillant parmi ceux laissés par sa mère, elle découvrit plusieurs motifs qui n'avaient jamais été exécutés. Elle choisit une guirlande de fleurs, entrelacée de rubans et de perles. Elle retrouva vite tout son talent, et l'éventail fut achevé à temps pour son audience avec la marquise, fixée par lettre à la semaine suivante.

Vint le matin où elle se mit en route pour Versailles en grande toilette de Cour. Ses paniers étaient de la toute dernière largeur, sa robe de soie couleur maïs rebrodée d'or largement décolletée, et ses cheveux étaient poudrés à blanc. Elle avait choisi de porter les saphirs de Marguerite, pendentif et boucles d'oreilles, qui scintillaient magnifiquement. Plus de trente ans s'étaient écoulés depuis sa dernière visite à Versailles.

Au Château, elle éprouva une grande surprise : l'Escalier des Ambassadeurs avait disparu pour faire place à un appartement destiné à la princesse Adélaïde, l'une des filles du Roi. On en avait érigé un autre beaucoup moins imposant, qu'on appelait l'Escalier du Roi. Jasmine n'eut pas à le gravir, ce jour-là : Mme de Pompadour n'occupait plus un appartement au premier étage mais au rez-de-chaussée, privilège habituellement réservé aux princes du sang. Nulle bourgeoise ne s'était jamais élevée aussi haut que la petite Reinette dans la faveur d'un roi.

Jasmine fut introduite dans le plus élégant des appartements : les murs étaient recouverts en vert pâle, bleu, rose pêche, les meubles magnifiques s'harmonisaient avec de délicieux bibelots artistement disposés. Il y avait des coffrets de laque peints de petites scènes, des cachets ornés de rubis et de diamants, des boîtes à chocolats en cristal de roche, des sculptures en ivoire, des médaillons en argent, et plus d'une petite table était couverte de pierres précieuses serties. Dans l'embrasure d'une fenêtre, un oiseau chantait dans une cage dorée. Il y avait partout des fleurs en porcelaine et des vases, des coupes qui débordaient d'une profusion de fleurs fraîches dont les parfums emplissaient l'air et répandaient sur les bois lustrés la poussière de leur pollen.

Les murs portaient un grand nombre de superbes tableaux. L'attention de Jasmine fut attirée par une toile signée de François Boucher. Des jeunes gens, garçons et filles, étaient rassemblés autour d'une escarpolette sur laquelle le personnage principal s'envolait très haut dans les airs, dans un tourbillon de satin et de dentelles. La jeune femme présentait avec Violette une ressemblance marquée qui déchira le cœur de Jasmine. Mais le visage était plus rond, plus doux, bien différent de l'expression volontaire et du regard avide des beaux yeux qu'elle se rappelait si bien. A cet instant, elle entendit un cliquetis de hauts talons, se retourna pour plonger en une profonde révérence devant sa bienfaitrice.

Mme de Pompadour, accompagnée d'un petit chien qui gambadait à ses côtés, accueillit chaleureusement sa visiteuse, avec toute l'amicale gentillesse qui lui était naturelle. Ravissante dans sa robe d'une teinte qu'on appelait le « rose Pompadour », garnie de manchettes de dentelle, elle portait autour du cou une guirlande de minuscules fleurs de soie, selon une mode qu'elle avait lancée. Un bracelet orné d'un camée à l'effigie du Roi ornait son poignet.

— Chère duchesse de Valverde ! Quel plaisir de vous revoir ! Je vous trouve, j'espère, en bonne santé. Savez-vous que je me souviens très nettement de vous ? Vous m'avez un jour donné un ruban bleu pour tenir mes cheveux, parce que j'avais perdu le mien sur le chemin de la boutique d'éventails.

— Vraiment ? fit Jasmine avec un petit rire surpris. Vous avez meilleure mémoire que moi, madame.

— Pour moi, c'était très important. A mes yeux, vous étiez alors une dame. Mais venez vous asseoir. Nous avons tant à nous dire.

Elle chassa d'un sofa un chaton endormi, afin de leur permettre, à Jasmine et à elle, de s'asseoir côte à côte, et gronda gentiment l'animal pour s'être trouvé là. Dès qu'elles furent installées, Jasmine tendit à la marquise l'étroit coffret d'argent qui avait été fait tout spécialement pour contenir l'éventail.

— Bien que je vous aie adressé mes remerciements par écrit, il m'est impossible d'exprimer par des mots tout ce que m'a apporté votre généreuse intervention. Acceptez-en ce témoignage, madame, je vous en prie. Je vous l'offre avec ma profonde et éternelle gratitude.

Reinette parut aussi ravie qu'une enfant.

— Pour moi ? Oh ! je vous remercie ! Qu'est-ce que cela peut bien être ?

Elle souleva le couvercle.

— Un éventail ! J'ai toujours raffolé des éventails.

Elle le sortit du coffret, le déploya d'un mouvement du poignet et se récria de plaisir devant les délicates couleurs du motif, orné de perles qui luisaient de leur doux éclat sur le feuillet de soie ivoire.

— Il est parfait ! Quel magnifique cadeau !

— Même après tant d'années, c'est encore un éventail Picard : le motif est de ma mère, le travail est de mes mains.

Reinette, qui agitait l'éventail, s'exclama de nouveau, les yeux brillants :

— Il ne m'en est que plus précieux ! Pour moi, c'est l'un des plus beaux que j'aie jamais possédés.

Il était impossible de n'être point gagné par une aussi chaleureuse spontanéité. A cause de la différence d'âge qui existait entre elles, Jasmine se sentait envahie d'une affection maternelle pour cette beauté de la Cour restée simple en dépit de sa position prestigieuse. Pour Reinette, le lien qui les rapprochait venait de ses souvenirs d'enfance et du charme du magasin d'éventails. De fait, il lui avait été impossible de refuser la requête de Jasmine. Mais ce n'était pas la seule raison qui l'avait poussée à intercéder en sa faveur auprès de Louis : elle s'efforçait toujours de venir en aide à qui présentait un cas digne d'intérêt et elle ne cherchait jamais de récompense pour elle-même. Cette fois, pourtant, tout en bavardant avec Jasmine, elle se prenait à espérer tirer de son intervention un bénéfice inattendu. La présence d'une mère adorée n'avait pas cessé de lui manquer douloureusement. Peut-être trouverait-elle une oreille aussi compréhensive chez cette femme plus âgée à qui, avec le temps, elle pourrait demander conseil sur des questions personnelles. A la Cour, il était impossible de se confier à quiconque : tout devenait aussitôt de notoriété publique. Louis et elle s'aimaient toujours aussi passionnément, mais, en dépit de tous les traitements suivis, sa fragile constitution les avait vaincus l'un et l'autre. La dernière fois où il lui avait fait l'amour, elle s'était pratiquement évanouie et, durant quelques moments terribles, il l'avait crue morte. Il avait alors pleuré dans ses bras et s'était dit que pareille chose ne devait plus jamais se reproduire.

Peu après, elle emménageait dans cet appartement semi-royal, et la Cour tout entière en avait deviné la raison. Dans la noblesse, ses ennemis étaient légion. Aucun d'eux ne pouvait lui pardonner ses origines bourgeoises. Ils s'étaient mis à l'appeler l'Entremetteuse et à lui donner d'autres noms aussi flatteurs, bien que ce fût le rôle du concierge de Versailles, et non le sien, de veiller à ce que des jeunes femmes séduisantes et saines fussent toujours disponibles pour satisfaire les désirs de Louis. Elles étaient hébergées dans une modeste demeure, le Parc aux Cerfs. Certaines étaient amenées régulièrement dans l'une des pièces situées sous les combles. Aucune de ces pauvres créatures ne se doutait que leur « seigneur » fût le Roi : elles le prenaient pour l'un des grands courtisans. Elles devenaient grosses avec une alarmante promptitude, et il fallait sans cesse en chercher de nouvelles.

La Cour, Reinette le savait, s'était attendue à la voir perdre la faveur royale quand le Roi avait cessé de partager son lit pour recourir à ces nouveaux arrangements, mais il n'en avait rien été. Plus que jamais, il recherchait sa compagnie. De bien des façons, elle était devenue son aide en politique, et, ces temps-ci, il discutait avec elle de la guerre qui avait éclaté avec l'Angleterre et la Prusse. Comme il pouvait arriver d'un instant à l'autre, elle sentit qu'elle devait préparer Jasmine.

Après avoir questionné sa visiteuse sur ses jeunes années à la Cour et son long séjour à la campagne, elle poursuivit :

— Il est très important pour moi que vous ayez connu le Roi au temps de votre petite enfance à tous deux et, par la suite, durant votre adolescence jusqu'à ce malheureux mariage. S'ennuyait-il aussi aisément à cette époque qu'il le fait maintenant ?

Jasmine réfléchit un instant.

— Dans mon souvenir, je le revois se jeter avec enthousiasme dans tous les plaisirs. Il aimait la danse et ne manquait pas une mesure de toute une soirée. La chasse était sa distraction favorite : on le voyait en selle à toute occasion.

— Il en est toujours ainsi, dit Reinette.

— Je me le rappelle agité, impatient, quand tout n'allait pas à son gré.

— Toujours le même ! s'écria Reinette en battant des mains. Lui arrivait-il d'avoir le teint jaune ?

Surprise, Jasmine haussa les sourcils.

— Comme il est étrange que vous en parliez ! Je n'y avais

pas songé depuis, mais je me souviens de l'avoir vu devenir très pâle.

— Ces temps-ci, son visage prend une teinte jaunâtre. J'y prête une attention constante car je ne veux pas voir mon bien-aimé Louis s'ennuyer : il tombe alors dans des humeurs sombres dont il a grand-peine à se défaire. J'ai voué ma vie à son bonheur.

Jasmine sourit.

— C'est un heureux homme... madame.

Elle avait failli dire « mon enfant », s'était ressaisie à temps.

— Vous allez peut-être le voir. Il aura tant de plaisir à vous revoir, ma chère duchesse !

Jasmine secoua mélancoliquement la tête.

— Me reconnaîtra-t-il seulement, après toutes ces années ?

— Oh ! certainement, madame ! Vous êtes très belle, et Louis n'oublie jamais un ravissant visage.

A peine avait-elle fini de parler qu'il entra dans l'appartement. Vivement, elle abandonna son fauteuil pour lui faire la révérence et l'informer de l'arrivée de Jasmine. Mais ils n'avaient d'yeux que l'un pour l'autre. Il lui baisa la main, avant de l'embrasser sur la joue. Il ne pouvait y avoir aucun doute, se dit Jasmine : ces deux êtres s'adoraient. Louis avait pris beaucoup d'embonpoint, il était devenu large et lourd. Pourtant, en dépit de ses quarante-six ans, il restait séduisant, conservait le même charme énigmatique. Le rire lui avait plissé le coin des yeux, mais le fardeau de la royauté avait marqué son beau visage. Comme toujours, sa tenue était impeccable et à la dernière mode, sa cravate et ses manchettes immaculées. Elle s'était laissé dire qu'il y avait deux baignoires dans sa salle de bains : l'une où il se lavait, l'autre où il se rinçait. Elle se rappelait encore l'extrême affection qu'elle avait jadis éprouvée à son égard, mais ce sentiment était enfermé dans son propre compartiment, de même qu'elle avait isolé son amour envers Michel. Pour elle, à présent, Louis était son Roi, rien de plus. Lorsqu'il se tourna vers elle, elle plongea dans une grande révérence, la tête baissée. Il la prit par la main pour la relever.

— Je suis heureux de vous revoir, Jasmine.

Il lui souriait.

— Vous me faites grand honneur, Sire.

— Si j'ai bien compris, Mme de Pompadour et vous êtes d'anciennes connaissances.

— C'est ma bonne fortune.

— La mienne aussi, intervint Reinette.

Elle tendit la main, prit celle de Jasmine.

— J'espère, madame, que nous serons de bonnes amies.

Le nom de Jasmine se retrouva inscrit sur la liste des invités à Versailles. Au début, désireuse de rattraper le temps perdu, elle assista à presque toutes les réceptions. Les divertissements étaient toujours aussi somptueux, les pièces de théâtre, les ballets étaient interprétés par les meilleures compagnies, les plus grands musiciens d'Europe venaient jouer aux concerts, mais elle ne tarda pas à découvrir que, pour elle, rien n'était plus comme jadis. Elle ne connaissait plus grand monde, et plusieurs de ceux qui avaient compté parmi ses amis l'évitaient à présent à cause de ses longues années passées à la campagne. Elle n'aurait pas été plus tenue à l'écart si elle était revenue à la Cour avec de la paille dans les cheveux et une totale ignorance de l'étiquette. Son amitié avec Reinette lui valait les mêmes ennemis qu'à la marquise. Louis ne lui témoignait pas une faveur assez marquée pour qu'on s'efforçât de la fréquenter par intérêt. Gabrielle de Valverde, dont elle aurait apprécié la compagnie, avait quitté Versailles lors de son veuvage pour aller vivre à la Martinique avec une fille mariée.

Rapidement, Jasmine, en dehors d'un concert ou d'une représentation théâtrale de temps à autre, limita ses sorties aux réceptions qui se tenaient chez Reinette où à celles que la marquise présidait. En de telles occasions, elle n'était jamais livrée à l'isolement. Ainsi rencontra-t-elle des membres de la famille Poisson, car Reinette adorait tous ses parents, et son frère, un joyeux luron, passait à la Cour le plus clair de son temps. Il ne venait pas à l'esprit de Reinette que ces bourgeois pussent être déplacés dans ce milieu, et jamais le Roi ne le lui faisait sentir : heureux de cette diversion, il se sentait tout à fait à l'aise en leur compagnie.

Il l'était moins avec les artistes qui fréquentaient le salon de la marquise : certains d'entre eux étaient trop excentriques pour son goût. Mais il y avait toujours les écrivains, les savants et tous les autres intellectuels qui se pressaient autour d'elle. En de telles occasions, il ne s'ennuyait jamais. Pour Jasmine, ces réunions étaient aussi capiteuses que le vin de Champagne servi avec des mets délicieux, et elle y prenait un vif plaisir. Tôt ou tard, supposait-elle, Michel y ferait une apparition, même si, avait-elle appris, il venait moins fréquemment à la Cour, ces temps-ci. C'était, disaient les mauvaises langues, depuis que Boucher était devenu le peintre favori du Roi, après le dernier portrait qu'il avait fait de Reinette. D'autres déclaraient qu'il vivait désormais plus ou moins en ermite, absorbé par son art à l'exclusion de tout le reste. Un certain nombre de réunions passèrent sans qu'il y parût, et Jasmine cessa de penser à lui. Il appartenait à une autre époque de sa vie et n'avait aucun rapport avec le présent. Seules, ses toiles accrochées aux murs de Versailles le rappelaient parfois à son souvenir.

Le retour de Jasmine à Satory avait coïncidé dans une certaine mesure avec le début de la guerre. Les rues étaient encombrées de soldats en marche. Au début, Jasmine fut trop occupée pour accorder beaucoup d'attention à cette guerre. Dans un effort pour retrouver sa jeunesse enfuie, elle se rendit à Paris afin de revoir le magasin de sa mère, mais il était devenu la propriété d'une modiste du dernier chic. Elle descendit de son carrosse, alla regarder les chapeaux exposés en vitrine et fut presque tentée d'entrer pour en acheter un, à seule fin de se retrouver dans ces murs. Derrière les rideaux légers qui formaient le fond de la vitrine, son reflet diffus apparut dans une glace devant laquelle une jeune femme essayait un modèle enrubanné. Jasmine se détourna, hésita encore un instant, faillit changer d'avis mais secoua la tête. Un instant plus tard, son carrosse l'emportait. Une rencontre inattendue entre une mère et sa fille venait de s'évanouir à jamais.

Peu de temps après, Violette sortait du magasin, suivie d'un négrillon en livrée rouge qui portait un carton à chapeau. La jeune femme leva la tête vers le cocher, avant de monter dans l'équipage qui l'avait attendue.

— Nous retournons au Parc aux Cerfs, dit-elle avec un signe de tête hautain.

Elle avait parcouru un long chemin depuis le jour où elle avait eu le malheur de servir d'enjeu à un soldat, au cours d'une partie de cartes dans une auberge mal famée.

Un autre jour, Jasmine voulut aller voir, à Versailles, le magasin d'éventails qui avait été celui de Marguerite, près de la Place d'Armes. Cette fois, elle entra. Les éventails étaient jolis mais ils avaient beaucoup perdu de leur qualité. Poussée par la curiosité, elle passa sous l'arche qui donnait accès à la cour cernée d'immeubles où, sur trois étages, étaient installés des ateliers. Les ordures accumulées donnaient une impression de négligence. Personne ne lui demanda d'explications, et elle pénétra dans un atelier au rez-de-chaussée. Elle y fut accueillie par le vacarme des métiers, par des odeurs de crasse, de détritus pourrissants et d'urine. En regardant à travers une porte vitrée, elle s'épouvanta de voir le nombre de métiers entassés dans l'espace restreint. Les ouvriers s'échinaient à la tâche, et de jeunes enfants, accroupis comme des petits singes sous les métiers, raccordaient les fils à mesure qu'ils cassaient.

Jasmine releva ses jupes pour gravir l'escalier sale qui menait au premier étage. Là, une autre vitre lui permit de voir les dentellières : plusieurs douzaines de femmes serrées les unes contre les autres, là où les joailliers de sa mère avaient exercé leur art avec toute la place nécessaire.

Tout en haut de l'immeuble, elle découvrit enfin les ouvrières en éventails. Elle fut envahie de pitié à la vue des femmes et des fillettes entassées autour des grandes tables. Elle ouvrit la porte, manœuvra ses larges paniers pour passer par l'étroite ouverture. Sans en avoir conscience, elle était l'image même de la mode et du soleil, dans sa robe couleur de blé mûr et son chapeau de paille. Les ouvrières lui jetèrent un coup d'œil ébahi sans lever les paupières, avant de se remettre à leur tâche. La femme qui dirigeait l'atelier abandonna sa place et s'avança pour saluer la visiteuse. Elle avait environ quarante-cinq ans, ses cheveux, sous son bonnet, grisonnaient, et, derrière ses lunettes, son regard était fatigué.

— Bonjour, madame. La boutique qui donne sur la rue vend les modèles que nous confectionnons ici.

— Je suis venue par simple curiosité, répondit Jasmine. En souvenir du temps où les éventails Picard se faisaient à tous les étages de cet immeuble.

Le visage de la femme s'éclaira.

— Quand j'étais jeune, je travaillais ici pour la baronne Picard. Vous la connaissiez, madame ?

— Je suis sa fille. Comment vous appelez-vous ?

— Marie Frémont. Je me souviens de vous, madame.

Elles s'entretinrent un moment. Jasmine ne s'était pas trompée dans son jugement : le déplorable état des bâtiments était dû à l'indifférence d'un riche propriétaire, qui louait les ateliers à de petits entrepreneurs et ne s'intéressait qu'à l'argent. L'employeur de Marie Frémont possédait plusieurs ateliers d'éventails, et les conditions de travail étaient les mêmes dans tous. Avant de partir, Jasmine, comme au temps passé, adressa la parole à chacune des ouvrières. Elle questionna ensuite Mme Frémont à propos d'une femme qui toussait par quintes presque incessantes.

— Est-elle malade ? Elle me paraît bien maigre et bien fragile.

— Elle souffre de la poitrine, mais je ne peux la congédier. Son mari est mort l'an dernier. Elle a grand besoin de cet argent, bien que les deux aînées de ses filles travaillent ici, elles aussi. Il y en a deux autres plus jeunes, que je lui permets de garder à côté, dans la réserve.

Jasmine secoua la tête, un geste qui traduisait sa compassion et son impuissance. Elle prit de l'argent dans sa bourse, le remit à Marie Frémont.

— Achetez-lui un remède et accordez-lui un congé. Ma mère prenait toujours soin d'une ouvrière qui toussait : elle avait remarqué que d'autres pouvaient se trouver contaminées. Donnez-moi l'adresse de cette femme : je veillerai à ce qu'elle reçoive des vivres et de l'argent pour elle-même et sa famille. Si votre employeur fait des difficultés, dites-lui de s'adresser à la duchesse de Valverde, au Château Satory.

Cet incident l'encouragea dans son désir d'aider les pauvres et les nécessiteux. Elle trouvait scandaleux que, dans une ville aussi prospère, les ouvriers dussent travailler comme des esclaves pour des salaires de misère. A la campagne, où, bien souvent, la subsistance d'un laboureur dépendait de l'abondance ou de l'échec des récoltes, on pouvait s'attendre à une telle situation. A Versailles, elle était inexcusable. Marguerite, dans sa prime jeunesse, lui avait ouvert les yeux sur les épreuves endurées par d'autres, mais, avec l'égoïsme de son âge, elle n'avait fait que les soupçonner. Au cours des années, elle avait rallié le point de vue de sa mère.

L'hiver fut exceptionnellement froid. On entretenait de grands feux à Versailles et dans les demeures des gens fortunés, mais les pauvres mouraient de froid dans leurs taudis. Le prix du pain fit un bond en avant, et beaucoup durent affronter la famine. Comme s'il y avait eu un mot de passe, Jasmine vit les affamés se rassembler devant la porte de ses cuisines, comme ils l'avaient fait au Château Valverde quand les temps étaient durs. Elle avait strictement interdit d'en renvoyer aucun. Leur nombre augmentait sans cesse, et elle veillait à ce qu'il y eût toujours des chaudrons d'une soupe épaisse et nourrissante, des piles de tranches de pain, des écuelles et des cuillers. Ceux qui avaient laissé des enfants à la maison avaient le droit de remplir les récipients dont ils s'étaient munis, et Jasmine elle-même allait visiter les malades ou les confiait aux soins de religieuses.

A Versailles, Reinette frissonnait, en dépit des grands feux. Extrêmement frileuse, elle ne se sentait bien que par les journées les plus chaudes d'été. Lorsqu'elle était indisposée, elle sombrait dans l'abattement et recherchait alors auprès de Jasmine un réconfort maternel. Si de mauvaises nouvelles arrivaient de la guerre, elle en était bouleversée, perdait le sommeil. Elle pleurait encore sa petite Alexandrine, morte à l'âge de dix ans, sans savoir que cette disparition établissait un lien étroit entre elle et Jasmine, qui ne parlait jamais de Violette et se demandait parfois si elle était toujours de ce monde. Reinette vivait dans la crainte constante que le roi ne portât ailleurs son amour. Jasmine la rassurait sans cesse : pour elle, le total attachement de Louis ne faisait aucun doute.

— Les filles du Parc aux Cerfs ne représentent rien pour lui, vous le savez. C'est vous qui avez son cœur.

— Mais il y a tant de jolies femmes à la Cour, et toutes essaient de me prendre ma place, déclarait Reinette en se tordant les mains.

Elle disait vrai, Jasmine le savait. On parlait depuis peu d'une certaine dame qui s'était glissée dans son lit. Il l'avait prise pour une pensionnaire du Parc aux Cerfs, et, à sa grande humiliation, elle s'était entendu dire de revenir un autre soir, lorsqu'il serait moins fatigué par sa journée de chasse.

— Je vous le dis, lorsque le Roi vous regarde, il n'y a qu'amour dans ses yeux.

Réconfortée par cette assurance donnée par une femme en qui elle avait toute confiance, Reinette exhala un soupir de reconnaissance. Un regret, toutefois, ne la quittait pas : elle n'avait jamais donné d'enfant au Roi.

Elle en parla pour la première fois à Jasmine par un tiède après-midi de mai. Un froid tardif l'avait récemment contrainte à s'aliter. Elle était encore incapable de marcher longtemps, et Jasmine, dans un petit phaéton, lui faisait faire un tour dans les jardins de Versailles pour lui permettre de voir de près les fleurs qu'elle aimait. Elles passaient sous des berceaux de lilas mauves et blancs, dont les thyrses courbaient les branches, et leur délicieux parfum leur venait aux narines.

— Le sort ne se montre-t-il pas cruel en me refusant ce qu'il accorde à je ne sais combien de jeunes femmes du Parc aux Cerfs ? dit-elle tristement.

— De quoi parlez-vous ?

— De la joie suprême de porter un enfant de Louis.

Jasmine lui jeta un coup d'œil, vit ses yeux pleins de larmes.

— Je comprends toute l'importance que cela peut avoir pour vous, dit-elle avec compassion.

Comme toujours lorsqu'il était question d'enfants, la perte de Violette lui étreignit le cœur. Elle ajouta doucement :

— Essayez de vous consoler avec le bonheur que vous connaissez avec lui en tant d'autres domaines.

De grosses larmes argentées roulaient sur les joues de Reinette, qui se tordait les mains sur sa robe.

— Je supporterais plus aisément, je crois, mon incapacité à lui donner un enfant si toutes ces filles qui viennent du Parc aux Cerfs n'avaient pas une telle faculté à devenir enceintes.

Il fallait qu'elle fût profondément abattue pour aborder cette question. Les bâtards du Roi se voyaient toujours attribuer de bons foyers nourriciers et une rente à vie, même si, le taux de mortalité infantile étant ce qu'il était, ils n'étaient pas nombreux à vivre assez longtemps pour bénéficier de cette générosité. Normalement, Reinette se montrait joyeuse lorsque survenait une nouvelle grossesse. Jasmine, une fois, l'avait même entendue en plaisanter avec le Roi. La joie et la vivacité de la jeune femme en de telles occasions représentaient-elles une simple façade, pour épargner à Louis tout chagrin ? Faisaient-elles partie de ses efforts incessants pour assurer le contentement du Roi et conserver son amour ? Jasmine émit une suggestion :

— Pourquoi ne pas confier au Roi ce que vous venez de me dire ? Il ferait tout au monde pour vous épargner la moindre tristesse.

Reinette parut quelque peu incertaine. Elle répondit néanmoins sur une note d'espoir :

— Vous avez probablement raison, ma chère amie.

Jasmine se disait souvent que, pour sa part, elle n'aurait jamais supporté la vie agitée que Mme de Pompadour partageait avec le Roi. Dans son éternel combat contre l'ennui, il changeait fréquemment de distraction et d'endroits. Il allait non seulement d'un palais à l'autre, mais se rendait aussi aux différents châteaux et demeures qu'il avait offerts à Reinette.

Jasmine, sur l'invitation de la marquise, était souvent du voyage. Elle aimait par-dessus tout séjourner au Château de Bellevue, le bien nommé puisqu'il offrait une vue splendide sur Paris et sur la Seine, au loin. Elle prit même part, en plusieurs occasions, à des représentations théâtrales données dans le petit théâtre de Bellevue. Le niveau d'interprétation était toujours élevé, et Reinette surpassait tous les autres comédiens.

Comme partout ou elle exerçait ses talents, Bellevue était décoré d'exquise façon. On eût dit que les plus beaux objets naissaient sous ses pas, que les jardins fleurissaient en plus grande abondance pour elle. A sa manière, elle apportait beaucoup à la France, tout en partageant un même intérêt avec Louis, également amateur d'objets d'art. Grâce à son patronage, les arts et les métiers artisanaux demeuraient florissants en dépit de la guerre. Mais la grande majorité des sujets du Roi ne voyaient que leurs extravagances à tous deux ; ils leur en voulaient de se voir lourdement imposés et grommelaient constamment. Chaque revers dans la guerre marquait contre eux un point supplémentaire.

Jasmine était présente à Bellevue, le jour où Reinette mit en scène une charmante petite plaisanterie pour ses invités et le Roi lui-même, qui fut le premier à en rire. Par une journée d'hiver, elle leur montra des parterres en pleine floraison. Tout le monde s'y laissa prendre, jusqu'au moment où l'on découvrit que les fleurs étaient en porcelaine, avec un sachet parfumé au cœur de chaque corolle. Louis, qui connaissait son amour pour les porcelaines fines, lui avait offert la manufacture de Sèvres et tout le village. Jasmine se sentit exceptionnellement heureuse quand Reinette, qui utilisait fréquemment l'éventail dessiné par Marguerite, exprima le désir de le faire copier en porcelaine de Sèvres.

— J'en serais enchantée ! s'écria Jasmine. Ma mère aurait été si fière !

Le moment venu, elle alla avec Reinette voir les artistes au travail. On produisait là un grand nombre de pièces magnifiques qui devaient alimenter un marché devenu mondial, même si la guerre avait réduit les exportations. Les sculpteurs, tout comme les peintres, comptaient parmi les meilleurs, et les riches couleurs nouvellement créées rendaient la porcelaine de Sèvres supérieure à toutes les autres. Fascinée, Jasmine regarda naître sous les fins pinceaux la guirlande de Marguerite, composée de roses roses et crème, de jasmin jaune, de fleurs de lilas et d'oranger, le tout entrelacé de rubans argentés. La guirlande décorait les tasses, les soucoupes, les sucriers, toutes les pièces qui allaient composer pour Reinette le plus merveilleux service à thé, destiné à Versailles. Jasmine ignorait qu'une surprise lui avait été réservée : on lui fit présent d'un grand vase décoré du même motif. De retour chez elle, elle le plaça dans le Salon Ivoire, en face du portrait de Marguerite.

Une fois l'an, Reinette organisait à Versailles une vente de porcelaines de Sèvres. Elle se tenait dans l'appartement privé du Roi, et Jasmine accepta l'invitation à y assister. A son arrivée, elle trouva le salon peuplé d'une foule de courtisans, hommes et femmes. Il lui fallut un certain temps pour se frayer un passage afin de voir les objets exposés. Louis, à son ordinaire, faisait office de vendeur et s'amusait prodigieusement. Cette vente représentait pour lui une distraction, et il n'y avait rien d'extraordinaire à le voir se plaire dans un rôle plus humble : il saisissait toutes les occasions de se retrouver seul avec Reinette dans les charmantes petites chaumières qui avaient été construites aux environs de Versailles et de Fontainebleau. Là, ils affectaient de mener la vie des sujets les plus modestes du Roi, et chacun à son tour préparait le souper de l'autre.

— Laquelle de ces pièces de porcelaine vous tenterait, madame la duchesse ? demanda-t-il jovialement à Jasmine, qu'il appelait toujours ainsi devant témoins.

Elle avait déjà choisi une jolie figurine en biscuit, du sculpteur Pajou. Le prix, comme celui de tous les autres objets, en était élevé, mais elle jugeait qu'elle valait bien les trente louis.

— Voici mon choix, dit-elle en la désignant.

A cet instant, une main qui émergeait d'une manchette de dentelle passa devant elle pour se saisir de la figurine. Une voix grave, familière, dit à son oreille :

— Permettez-moi de vous l'offrir, en souvenir du bon vieux temps.

Elle tourna vivement la tête, se trouva devant Michel. Elle resta muette de surprise, et la transaction se fit entre les deux hommes, tandis qu'elle-même se retirait à l'écart de la foule. Un moment après, Michel déposait la figurine entre ses mains. Il n'avait pas la moindre idée des raisons de son choix, mais cette statuette d'une jeune fille aux cheveux épars, au menton haut levé avait rappelé à Jasmine leur fille perdue. Les épreuves endurées tout au long de sa vie permirent à Jasmine de dissimuler son émotion, lorsqu'elle leva les yeux pour le remercier.

— C'est très aimable à vous. Je n'avais pas imaginé vous trouver ici.

— Je vous ai vue arriver.

Il la gratifia d'un lent sourire.

— Vous n'avez pas changé, Jasmine. Vous êtes toujours aussi belle.

Il n'avait pas l'intention de la flatter, elle le comprit. Il existait entre eux ce curieux rapport entre deux êtres qui se sont bien connus, un rapport qui ne tient aucun compte des marques de l'âge, parce que chacun est en mesure de retrouver l'essence de l'autre. Il avait gardé le même regard pénétrant, le même sourire, les mêmes dents saines, le même port de tête qui lui avaient jadis fait battre le cœur. Il lui fallut un instant pour noter les rides, une cicatrice en travers d'un sourcil qui n'avait pas existé dans le temps, la ligne alourdie de la mâchoire. Il portait par ailleurs la perruque blanche à la mode, rattachée sur la nuque par un nœud de ruban noir. Le revoir éveillait en elle la réaction qu'elle avait toujours imaginée : elle se rappelait leur mutuelle passion, mais plus de vingt années s'étaient écoulées depuis, et l'amour était resté de l'autre côté de ces vingt années, pris au piège du temps sans laisser la moindre trace qui pût toucher ses sentiments présents.

— Vous avez bon air, vous aussi, Michel. Les années vous ont-elles été clémentes ?

Il la regarda longuement, avant de répondre, non sans une touche d'ironie :

— Par certains côtés oui, par d'autres non.

Il regarda autour de lui.

— Il y a ici trop de monde pour que nous puissions nous parler. Allons faire une promenade dans le parc.

Elle alla chercher son manteau, déposa la figurine pour qu'on la livrât chez elle, et rejoignit Michel. En se dirigeant vers les portes qui donnaient accès à l'air frais de l'automne, elle lui conta les circonstances de son veuvage, son appel à Mme de Pompadour et l'heureux résultat qui s'était ensuivi. A son tour, il lui parla de son mariage malheureux, de son travail passé et présent, de sa surprise en la découvrant à la vente.

— Depuis combien de temps êtes-vous de retour à Satory ? demanda-t-il.

Ils avaient descendu la large volée de cent marches qui menait à l'Orangerie, au niveau du Lac des Suisses. Ils savaient y trouver, loin des allées plus fréquentées, la solitude qu'ils recherchaient. Les centaines d'orangers, de grenadiers, de palmiers, qui, durant les mois les plus chauds de l'année, paradaient comme des soldats tout au long de l'esplanade, avaient été transportés, grâce à un engin spécialement conçu, dans la gigantesque serre de l'Orangerie, devant laquelle ils passaient. Derrière les larges fenêtres, les feuillages sombres prenaient un aspect spectral.

— Deux ans.

— Quoi !

Il s'immobilisa, la prit par les bras, la tourna brusquement vers lui dans la lumière incertaine des flambeaux.

— Si longtemps ! Pourquoi ne pas m'avoir informé de votre retour ?

Elle avait une seule bonne raison, qu'elle ne pourrait jamais lui révéler, et quelques autres, nées du simple bon sens.

— Je savais que nous nous rencontrerions tôt ou tard. Les êtres comme nous, qui ont été des amants, ne peuvent renouer aussi aisément que ceux qui ont été des amis ou de simples connaissances. Votre chemin et le mien se sont croisés un moment pour se séparer ensuite. J'ai entendu dire à la

Cour qu'il y avait dans votre vie une femme à laquelle vous êtes très attaché et j'en suis heureuse pour vous. Sa présence n'affecte en rien ce qui a existé entre nous. Rien ne le pourrait. Mais cette relation a pris fin le jour de notre séparation et ne peut être recréée.

Il plissa les paupières.

— Vous êtes bien sûre de vous.

— Oui.

Il pinça cyniquement les lèvres, haussa les épaules et laissa retomber ses mains.

— Sans doute suis-je en accord avec vous. Nous étions jeunes, alors. Les années nous ont changés, l'un et l'autre. Pourtant, en vous revoyant ce soir, je me suis souvenu nettement de ces jours de bonheur où nous nous trouvions seuls au Château Valverde.

Elle l'entendait à peine. Elle regardait ses mains. Pour la première fois, elle remarquait le gonflement révélateur des articulations, le signe de la douloureuse affection dont avait souffert Berthe. Elle devinait les effets que pouvait avoir sur un artiste une telle maladie. C'était sans doute la raison pour laquelle il venait si rarement à la Cour. Elle fut envahie de compassion, comme toujours lorsqu'elle se trouvait devant le mal ou l'infirmité d'un autre être. Dans un geste spontané, elle tendit les deux mains pour prendre celles de Michel et les placer des deux côtés de son visage. Elle le dévisageait de ses yeux violets agrandis par la consternation.

— Mon cher Michel ! Votre art merveilleux ! Comment faites-vous pour peindre, à présent ?

— Je peins lentement.

Le ton sardonique repoussait toute pitié.

Elle baissa les paupières, baisa les doigts qu'elle tenait entre les siens. Il se dégagea, mais seulement pour prendre entre ses mains le visage de Jasmine et l'approcher du sien. S'il avait espéré voir renaître en ses yeux un peu des émotions anciennes, il fut déçu. Mais peut-être n'avait-il rien attendu. Il la lâcha.

— J'aime la femme qui a bien voulu partager mon existence, reprit-il avec franchise. Ce n'est pas l'amour que j'avais pour vous, mais cette sorte d'amour se produit rarement deux fois. Béatrice a dix ans de moins que moi et elle fait preuve d'une remarquable bonté. Quand j'ai besoin d'un modèle, elle pose patiemment pour moi durant des semaines, alors qu'il me fallait naguère quelques heures ou quelques jours pour placer mon sujet sur la toile. Nous désirons, elle et moi, passer ensemble le reste de nos vies.

— Avez-vous des enfants ?

Jasmine eut l'impression que sa question venait comme un souffle et de très loin.

— Deux fils et une fille.

Une pensée explosa dans l'esprit de Jasmine. Il n'y aurait pas eu de place pour Violette, même s'il avait connu son existence, même s'il s'en était soucié, même si leur enfant n'avait pas disparu.

— C'est là une grande bénédiction qui vous a été accordée. Je n'ai jamais cessé de penser à vous avec affection et de vous souhaiter tout le bonheur possible. Serait-il impertinent de ma part de vous dire qu'à vous écouter, Béatrice me paraît être la femme que j'aurais choisie pour me remplacer auprès de vous ?

Ils se regardaient fixement. Soudain, sans l'avoir voulu, sans s'y être attendu, ils se surprirent à atteindre, au-delà de leurs regards, ce niveau d'amitié qui s'établit parfois entre un homme et une femme, lorsqu'ils ont partagé une intimité passionnée sans en souffrir par la suite. A la crête de cette révélation, il lui sourit avec affection, et elle lui répondit chaleureusement.

— Connaissant Béatrice, dit-il, je pense qu'elle prendrait votre déclaration comme un grand compliment. Je suis venu ici ce soir pour lui acheter un présent et je dois retourner à la vente avant qu'elle soit achevée. Accompagnez-moi et accordez-moi la faveur de vos conseils.

— Avec joie.

Il lui offrit son bras. Au lieu de se contenter d'y poser la main, elle noua les doigts au creux du coude de son compagnon. Ainsi étroitement unis, ils remontèrent les cent marches, sans cesser de bavarder avec une totale aisance. A la vente, ils choisirent une paire de vases, de ce bleu de Sèvres profond qu'on appelait « bleu de roi », ornés de chevaux de bronze ciselé.

Elle apprit par la suite que Béatrice en avait été enchantée. Ce fut le jour où, par hasard, elle rencontra Michel à Paris et dîna avec lui. Jamais ils ne communiquaient d'une quelconque manière, jamais aucun des deux ne recherchait la présence de l'autre, mais ils étaient toujours heureux d'une rencontre fortuite. Un jour où le carrosse de Jasmine passait devant le Château Monville, Michel partait en voyage, et Béatrice et les enfants étaient venus jusqu'aux grilles pour lui faire des signes d'adieu. Jasmine éprouva alors un coup au cœur : les trois enfants, comme Violette, avaient l'épaisse chevelure blonde de leur père dans sa jeunesse, et la petite fille espiègle lui rappelait Violette au même âge. Personne ne la remarqua, et elle put jeter un rapide regard sur Béatrice. Elle eut tout juste le temps de voir qu'elle était assez grande, avec des cheveux noirs lustrés et un air de vitalité.

Lorsqu'elle les eut perdus de vue, Jasmine laissa libre cours à ses larmes et sanglota comme elle ne l'avait pas fait depuis longtemps. Elle pleurait, elle le savait, non seulement sur Violette mais sur l'amour lui-même, qui était à jamais sorti de sa vie.

Les journées de Jasmine suivaient une routine fixée une fois pour toutes. Elle avait l'amitié de Reinette et tous les divertissements qui en découlaient. Elle assista un jour à un récital exceptionnel, donné par un enfant de sept ans, Wolfgang Mozart, venu d'Autriche. Le concert eut lieu dans l'appartement de la fille du Roi, la princesse Adélaïde, et ce fut une soirée mémorable. Les petits doigts de l'enfant-musicien volaient sur les touches du clavecin pour interpréter des sonates de sa composition et un concerto si difficile que, seuls, les clavecinistes les plus expérimentés pouvaient en venir à bout.

Lorsqu'elle n'était pas à Versailles, Jasmine poursuivait, aux environs de sa demeure, ses œuvres charitables. Elle fonda un hospice pour les filles-mères, après avoir sauté un jour de son carrosse afin de recueillir un nouveau-né qui geignait près de sa jeune mère, morte dans un fossé. Par ses soins, les orphelins et les jeunes enfants dont les mères étaient incapables de les élever étaient placés dans de bonnes familles nourricières. Elle veillait personnellement sur leur bien-être, s'assurait que les garçons apprenaient un métier, que les petites filles se familiarisaient avec les travaux d'aiguille et les tâches domestiques.

Elle était de retour au Château Satory depuis sept ans quand prit fin la guerre contre la Prusse et l'Angleterre. Elle s'était révélée désastreuse pour la France : celle-ci y avait perdu ses possessions aux Indes et au Canada. Le Roi se trouvait assailli par des troubles politiques, il devait faire front à l'hostilité des ministres et des gouverneurs. La France elle-même s'agitait, sous le coup des difficultés financières. Reinette s'inquiétait pour Louis, mais il supportait tout sans le moindre effort. Il continuait à l'adorer et avait entrepris de faire édifier pour elle un petit palais, tout près du Trianon de marbre rose du Roi-Soleil, à présent beaucoup plus fréquenté par la Cour qu'au temps de son aïeul. Mme de Pompadour s'entretint de ce projet avec Jasmine. L'éclat de son regard lui redonnait un air de grande jeunesse. Récemment, pourtant, elle s'était mise à porter des bonnets de dentelle : ils convenaient, prétendait-elle, à une femme qui venait de passer la quarantaine.

— Ce sera comme si nous vivions à la campagne, s'exclama-t-elle. On l'appellera le Petit Trianon. Nous pourrons nous y retrouver seuls, Louis et moi, sans nous éloigner de Versailles.

Son visage s'assombrit. Depuis quelque temps, le Roi avait eu des liaisons plus durables avec au moins deux très belles jeunes femmes, et les grossesses des filles du Parc aux Cerfs étaient aussi nombreuses que jamais. Elle pressa ses paumes l'une contre l'autre, entrelaça ses doigts fins. Ses traits s'éclairèrent de nouveau.

— J'ai connu la joie avec lui dans toutes mes chères maisons. Celle-ci sera particulièrement heureuse, je le sens.

Elle ne devait jamais la voir achevée. Le toit n'était pas encore terminé quand elle tomba malade à Choisy, où elle se trouvait avec le Roi. Dès qu'elle fut transportable, il la ramena à Versailles et ne la quitta plus. Un message parvint à Jasmine : Reinette désirait la voir. Jasmine la trouva installée dans un fauteuil, soutenue par des oreillers : elle ne parvenait pas à respirer dans une autre position. Elle portait un déshabillé de satin plissé, couleur pêche, et une touche de rouge rehaussait ses joues creuses.

Jasmine s'assit près d'elle, lui prit les mains.

— Je voulais vous faire mes adieux, ma chère amie, lui dit Reinette. Vous avez été une mère pour moi. On m'a pourtant raconté que c'est ma propre mère qui a révélé à vos parents votre aventure avec Fernand de Grange, ce qui a dû leur causer bien du chagrin.

Jasmine luttait pour retenir ses larmes. Elle secoua la tête.

— Cela n'aurait rien pu changer à notre amitié.

— Je le sais et je vous en remercie.

Reinette se mit à tousser. Quand la quinte s'apaisa, elle fit signe à Jasmine de s'approcher, et elles s'embrassèrent sur la joue.

— Que Dieu vous ait en Sa sainte garde.

Sur le seuil, Jasmine se retourna. Reinette lui adressa un tendre sourire et souleva légèrement une main en un dernier signe d'adieu. Les yeux ruisselants de larmes, Jasmine, en chemin, croisa le Roi et lui fit la révérence. Mais lui, le visage contracté de douleur, ne la vit même pas. Il allait retrouver la femme qui devait bientôt le quitter, après plus de vingt ans.

Il ne put se tenir près d'elle lorsqu'elle mourut : tout

contact entre eux avait été interdit, après la dernière confession de Reinette. A peine la vie l'eut-elle abandonnée qu'on la plaça, recouverte d'un drap, sur un brancard, afin de l'emporter dans la nuit humide de printemps. Les porteurs la firent sortir par une porte de côté et l'emmenèrent chez elle, l'Hôtel des Réservoirs, où elle avait rarement passé la nuit. Le Roi avait manqué à la règle stricte qui régissait la mort à Versailles, en y laissant mourir quelqu'un qui n'était pas de sang royal. D'autres s'acharnaient à faire croire qu'elle avait exhalé ailleurs son dernier souffle.

Jasmine assista aux funérailles. Son carrosse se joignit au cortège au moment où celui-ci descendait l'Avenue de Paris pour se rendre dans la capitale. Il emportait Mme de Pompadour loin de Versailles, loin de tout ce qu'elle y avait aimé. Sur le balcon du Grand Appartement, le Roi la pleurait sans vergogne.

Jasmine s'installa dans une existence plus paisible encore. Elle consacrait de plus en plus de son temps à ses œuvres de charité. Les salons de Reinette n'existaient plus, et elle avait peine à trouver quelque intérêt aux autres réunions. Elle s'était fait quelques relations à Versailles, mais aucune n'était une véritable amie, et elle les voyait rarement. Selon les termes du testament de Reinette, elle se vit léguer un ravissant coffret de laque, décoré de scènes de Bellevue qui évoquaient des souvenirs heureux, et un album de gravures signées de Reinette elle-même. Elle garderait précieusement ces deux souvenirs.

Les mois s'écoulaient. Le Roi, solitaire et affligé, cherchait un peu de consolation auprès des jeunes femmes du Parc aux Cerfs et dans d'autres aventures passagères. Personne n'avait pris la place de Reinette ; il continuait à la pleurer. La mort du Dauphin, deux ans plus tard, fut pour lui un choc écrasant. L'histoire, il le pressentait, allait se répéter : son petit-fils, un garçon grave, ennuyeux, était destiné à devenir le prochain roi de France. Par bonheur, il se prénommait Louis.

Jasmine continuait à s'intéresser de loin à la famille royale. Le jeune Dauphin assumait son nouveau rôle depuis deux ans, ce matin du printemps 1768, où elle lisait dans le Salon Ivoire. Le temps était froid pour la saison, et un bon feu brûlait dans la cheminée. Elle s'absorbait dans un essai de Voltaire, dont elle avait fait la connaissance chez Reinette, quand le valet de pied vint lui annoncer une visiteuse. Elle ôta ses lunettes, les posa sur le livre ouvert, pour donner au domestique toute son attention.

— Une dame aimerait vous voir, madame. Elle a refusé de donner son nom mais elle a dit que vous vous la rappelleriez, du temps de son séjour à la ferme des Govin.

Jasmine crut que son cœur s'était arrêté. Le sang se retira de son visage.

— Faites-la entrer, dit-elle d'une voix faible.

Le serviteur sortit. Elle se leva, vacilla, dut se raccrocher, pour reprendre son équilibre, au manteau de la cheminée, où la lueur du feu lui sauta au visage. Elle parvint à s'éloigner et elle se tenait très droite quand Violette pénétra dans la pièce d'un pas vif et léger et s'arrêta, le menton haut levé. Durant un moment, elles demeurèrent silencieuses, l'une et l'autre. La mère et la fille se regardaient, d'un côté à l'autre du tapis de la Savonnerie et des dix-sept années qui les avaient séparées. Jasmine voyait une femme séduisante de trente-trois ans, dotée d'une suprême assurance, richement vêtue de velours bleu de roi. Le large bord de son chapeau orné de plumes d'un blanc crème se relevait sur un visage impassible. Sa jaquette était garnie d'une double rangée de boutons d'argent, et sa jupe aux larges paniers s'ouvrait sur une sous-jupe de satin rayé du même bleu. Violette, pour sa part, trouvait sa mère, en son âge avancé, extrêmement alerte et de belle prestance, même si les années avaient ôté toute couleur à ses cheveux, les laissant d'un blanc neigeux qui évitait tout recours à la poudre. Il était néanmoins aisé de voir que cette réunion inattendue l'avait bouleversée : ses traits se contractaient convulsivement. Violette parla la première.

— Je vous trouve en bonne santé, j'espère, maman, dit-elle d'une voix égale.

Jasmine luttait contre son émotion. Elle était tentée de réagir comme toute mère normale qui, après des moments d'angoisse intense, retrouve un enfant perdu et ne peut s'empêcher de le gifler pour le punir de sa fugue.

— Où étiez-vous ? explosa-t-elle.

Mais, avec un sanglot, elle tendit les bras à sa fille.

— Mon enfant chérie, je croyais vous avoir perdue à jamais.

Violette s'avança pour se laisser étreindre, et Jasmine, vaincue par l'émotion, s'accrocha à elle en sanglotant désespérément.

Violette acceptait l'étreinte avec un parfait détachement. Elle ne se sentait aucun lien particulier avec cette femme qui l'avait portée dans son sein. Les premières années, trop de rancune, encouragée par Mme Govin, s'était accumulée en elle, et elle n'avait pas oublié l'amertume de se sentir toujours abandonnée quand sa mère repartait. Elle n'était cependant pas totalement insensible à ces retrouvailles après tant d'années.

Jasmine se détachait d'elle, souriait, essuyait ses larmes d'un mouchoir bordé de dentelle.

— Je suis bien ridicule de pleurer ainsi, mais la joie m'a soudain écrasée. Comme vous avez belle allure ! Etes-vous mariée ?

— Je suis fiancée.

Violette ôta ses gants blencs, révéla un diamant serti de rubis.

Jasmine se mordit les lèvres pour retenir d'autres larmes de bonheur.

— Voulez-vous dire que vous êtes ici pour vous marier dans cette maison ? Oh ! Violette chérie, vos malles doivent être dehors, dans votre voiture ?

Sans attendre de réponse, elle se tournait déjà vers la sonnette.

— On va les décharger sans tarder. Je vais vous donner l'appartement qui était le mien quand j'étais jeune. Les pièces sont ravissantes : Mme de Pompadour elle-même s'y serait plu.

Violette fit quelques pas rapides, posa la main sur le cordon de sonnette pour l'immobiliser contre le mur, au moment précis où sa mère allait le tirer.

— Je ne suis pas ici pour rester, maman. Je peux dîner mais, ensuite, je devrai partir.

Jasmine luttait contre sa déception. Elle parvint à garder le sourire, porta la main à son front.

— Je suis encore tout étourdie. Il faut me pardonner d'avoir si vite sauté aux conclusions. Quand je vous ai vue pour la dernière fois, vous aviez seize ans. La pendule, pour moi, a rebroussé chemin. Otez votre chapeau, votre jaquette. Le chef vous servira tous vos plats préférés.

Violette se débarrassa de son chapeau, esquissa un geste d'impatience.

— Je mangerai ce qui a été prévu pour vous.

Ses ongles parfaitement taillés en amande brillèrent lorsqu'elle retira sa jaquette pour la poser à côté du chapeau.

— Nous avons beaucoup à nous dire dans le temps qui nous est imparti. J'aimerais avoir un cognac, si cela ne doit pas vous scandaliser. Et à voir votre mine, cela vous ferait du bien à vous aussi, je crois.

Le cognac leur fut servi. C'était un breuvage auquel Jasmine n'avait touché qu'une seule fois, et dans un but médicinal. En face d'elle, Violette, renversée sur les coussins d'un sofa, donnait la preuve qu'elle l'appréciait en connaisseuse : elle chauffa le gobelet dans sa main et, après la première gorgée, remarqua que le cognac était excellent.

— Je ferais bien de commencer par le début, déclara-t-elle, en vous disant pourquoi j'ai quitté les Govin. A moins que vous n'en ayez découvert la raison ?

— Oui, j'ai appris qu'on voulait vous forcer à un mariage déplaisant avec le neveu des Govin.

Jasmine poussa un long soupir.

— C'est lorsque je suis venue pour vous ramener avec moi. Mon mari était mort. La lettre qui vous apprenait la nouvelle est arrivée quelques jours après votre fuite.

A cette révélation, le visage de Violette se contracta. Un instant, elle renversa la tête en arrière, les paupières closes, comme si elle se refusait à imaginer la vie toute différente qui aurait été la sienne si elle n'était pas partie un peu trop tôt. Mais elle refoula bien vite son émotion, se mit à conter son histoire.

Elle parla de l'officier suisse et de la façon dont il l'avait trahie en la proposant comme enjeu dans une partie de cartes. Deux années durant, elle était restée la maîtresse de l'homme qui l'avait gagnée, avait tâté ainsi d'une vie confortable, bien que très éloignée du luxe auquel elle avait toujours aspiré. Le jour où il mourut d'apoplexie dans ses bras, elle sortit du lit, s'habilla, emplit une bourse de tout l'or qu'elle put trouver et s'en fut. A la première hôtellerie où elle fit halte pour la nuit, elle fut arrêtée pour vol par la police, envoyée à ses trousses par la veuve de son amant. Elle languissait en prison depuis près d'un an quand le fils du gouverneur, dont elle avait attiré l'attention dans la cour de la prison, obtint sa libération et la garda chez lui, à Dijon, jusqu'à la veille de son mariage. Par affection pour elle, il lui offrit une bourse pleine d'or, une malle de toilettes neuves et un carrosse avec son cocher, pour la mener où elle voudrait. Elle choisit Versailles. Le long voyage touchait à sa fin quand le cocher la dépouilla et la viola, l'abandonnant avec les seuls vêtements qu'elle portait. Elle vendit deux de ses jupons de dentelle et une paire de gants de peau, obtint ainsi un peu d'argent et parvint à se faire emmener par un charretier qui allait à Paris. Là, pour gagner de quoi subsister, elle chanta et dansa dans les rues. Un peintre la remarqua. Elle lui servit de modèle et finit par attirer l'attention de François Boucher, le peintre de la Cour, qui l'employa pour plusieurs de ses toiles.

— Il disait que j'avais de plus jolies fesses que Louise

O'Murphy, fit-elle avec une petite grimace satisfaite, et elle me haïssait. Elle ne m'a jamais adressé une parole courtoise.

Jasmine, qui avait écouté avec une sorte de stupeur le récit des aventures de sa fille, retint une exclamation devant cette dernière précision. L'Irlandaise avait été une favorite du Roi au Parc aux Cerfs, jusqu'au jour où elle avait eu l'impudence d'appeler Mme de Pompadour « la vieille ». Après cela, il ne l'avait jamais revue.

— Où avez-vous connu cette créature ?

Violette haussa un sourcil ironique.

— Où cela, à votre avis, maman ? Sur la recommandation de M. Boucher, j'ai finalement satisfait l'ambition de toute ma vie et je suis arrivée à Versailles. Je suis au Parc aux Cerfs depuis plusieurs années. Je suis fière de dire que j'ai supplanté O'Murphy dans la faveur du Roi.

Jasmine baissa les yeux sur ses mains.

— Oh, murmura-t-elle, cette maison !

— Voyons, maman, la reprit gaiement Violette, le Roi est un amant charmant, et j'ai joui de tout le luxe possible. Au début, je logeais sous les combles à Versailles, jusqu'au jour où j'ai attiré son attention en lui donnant du « Votre Majesté », alors qu'aucune des autres n'avait jamais deviné qui il était. Après cela, j'ai occupé le meilleur et le plus bel appartement du Parc aux Cerfs.

Jasmine releva la tête.

— A quoi l'avez-vous reconnu ?

— Le fils du gouverneur avait un buste en marbre de lui, et j'avais vu des esquisses et des portraits dans l'atelier de Boucher. Le Roi, d'ailleurs, oubliait parfois qu'il portait le grand cordon en travers de sa poitrine. Un jour, même, il n'avait pas songé à ôter son étoile de diamant du Saint-Esprit.

Violette rejeta la tête en arrière pour boire la dernière gorgée de cognac, posa le verre sur la table.

— Il y a quelques semaines seulement, j'ai découvert que vous étiez ici. Une vieille femme qui s'occupait de moi parlait des éventails Picard et elle me rapporta un grand nombre de commérages intéressants à propos d'une sentence de bannissement assortie d'un mariage avec un libertin notoire.

Elle sourit ironiquement.

— Je me suis rappelé les petits éventails que vous faisiez pour moi. Vous m'aviez dit un jour que votre mère avait été experte en cet art. Je me suis livrée à une petite enquête et j'ai tiré mes conclusions.

— Vous avez eu plus de chance que moi dans vos recherches, dit Jasmine, avec une certaine amertume.

Mais elle se reprit, rejeta les épaules en arrière.

— Et vous avez montré plus de résistance au malheur que je ne l'aurais fait. Peut-être avez-vous hérité ce trait de votre grand-mère.

Elle désignait d'un signe de tête le portrait de Marguerite. Violette abandonna le sofa pour aller, mains aux hanches, examiner la toile de plus près.

— C'était une fort jolie femme, remarqua-t-elle, et si j'ai hérité son caractère, j'en suis heureuse. Je crois qu'elle m'aurait bien mieux comprise que vous ne l'avez jamais fait, maman.

Elle vint se rasseoir, lissa de la main ses larges jupes et reprit, d'un ton de pur bon sens :

— Vous avez agi d'une façon absurde avec moi, vous savez. Vous m'avez déposée chez les Govin, un couple de vulgaires paysans, même si Mme Govin était quelque peu supérieure à son époux et respectait un semblant de bonnes manières. Après quoi, vous apparaissiez à intervalles irréguliers pour jouer avec moi comme avec une poupée, sans assumer la moindre responsabilité dans mon éducation.

— Vous vous méprenez sur moi ! Je me tenais constamment informée de votre bien-être.

Violette haussa les épaules, avant de continuer :

— Si seulement vous m'aviez offert à l'arrivée une poupée de chiffon ou un bibelot de foire, cela aurait été mieux assorti à ma vie de tous les jours. Mais vous ne cessiez de me combler de présents coûteux et, quand j'ai grandi, vous m'avez abreuvée d'histoires magiques à propos de Versailles, ce qui a fait naître en moi des rêves semblables aux vôtres.

— Aux miens ?

Jasmine, les mains grandes ouvertes pressées sur sa poitrine, haussait les sourcils.

— Mais oui, fit Violette, avec un hochement de tête averti. Vous n'aviez personne d'autre à qui parler de Versailles. Vous me donniez envie de connaître la jeunesse qui avait été la vôtre, de danser avec des galants dans la Galerie des Glaces, de porter des toilettes plus somptueuses encore que celles que vous m'apportiez. Mais, un jour, quand j'ai été bien préparée à ces grandes espérances, vous m'avez annoncé que je devrais finalement faire un mariage des plus ordinaires, ce qui m'interdirait à jamais de me rendre à Versailles, fût-ce seulement pour voir le Château.

Les yeux fixés sur les flammes, Jasmine soupira.

— Vous ne faites qu'exprimer ce dont j'ai pris conscience au cours des années. Les parents, semble-t-il, sont voués à commettre des erreurs d'une sorte ou d'une autre, en dépit de tous leurs efforts pour faire mieux que leurs propres parents. C'est un cycle qui se reproduit d'une génération à l'autre. Mes erreurs, je l'espère, vous seront utiles quand vous aurez vous-même des enfants.

— J'ai une petite fille. Elle a dix jours.

Le regard de Jasmine quitta subitement les flammes pour aller chercher celui de sa fille. Elle avala convulsivement sa salive.

— Pourrais-je la voir ?

— Elle est la raison de ma visite aujourd'hui.

Violette se pencha en avant.

— Un excellent mariage a été arrangé pour moi avec un gentilhomme autrichien. C'est un veuf, avec trois jeunes fils. La Cour de Vienne ne vaut pas celle de Versailles, mais je vivrai sur un grand pied et je jouirai d'une immense fortune. Il n'y a qu'un obstacle. Je ne peux pas garder l'enfant, puisque mon futur époux n'en est pas le père. Une famille nourricière l'attend, où elle sera élevée en personne de condition, où elle recevra une bonne éducation, avec une rente à vie. Mais je veux qu'elle grandisse près de quelqu'un de sa famille, là où elle a sa place. Voulez-vous l'accueillir, maman ?

Jasmine, déjà, levait les bras, comme pour y recevoir l'enfant.

— Oh, oui ! s'exclama-t-elle sourdement, Où est-elle, et quel est son prénom ?

Violette se leva.

— Que pouvais-je faire, sinon lui donner un nom de fleur ? dit-elle avec un demi-sourire. Rappelez-vous : vous m'avez dit un jour que j'étais la troisième fille de la famille à porter un tel prénom. Elle s'appelle Rose. Sa nourrice est venue avec moi jusqu'ici, et elles attendent dans l'un des autres salons. Allons les rejoindre.

Jasmine abandonna son fauteuil pour accompagner sa fille.

— Comment pouvez-vous être sûre que je l'élèverai sans faire les mêmes erreurs que j'ai commises avec vous ?

Violette prit un air amusé.

— Vous êtes sa grand-mère. La relation est toute différente. D'ailleurs, elle sera ici à la place qui lui revient. Venez, maman. Je veux savoir si vous lui trouvez une ressemblance avec son père.

Elle retenait volontairement le regard de sa mère. Jasmine hocha la tête : dès qu'il avait été question de l'enfant, elle avait deviné l'identité du père.

Elles trouvèrent la nourrice dans la bibliothèque, assise au coin du feu. Jasmine lui prit des bras le petit paquet, écarta le châle pour contempler le visage du bébé endormi. Dès ce premier regard, en moins d'une seconde, elle crut saisir une expression du Roi sur les traits minuscules. Tout de suite après, elle ne vit plus que la petite-fille qui allait redonner un sens à son existence et faire renaître la vie et la joie au château, trop longtemps vide et silencieux.

Le dîner fut servi à deux heures. Jasmine et Violette s'entretinrent en toute liberté. Dès l'instant où Jasmine avait accepté l'enfant, la tension entre elles avait disparu. Violette se sentait de nouveau libre de suivre son propre chemin mais, cette fois, sa route était sûre et n'inspirait plus d'inquiétude à sa mère.

Tandis qu'elles dégustaient une pièce d'agneau dans une sauce à la crème et au vin, Violette déclara d'un ton ferme :

— Il est une chose que vous devez me dire. Qui était mon père ?

Elle surprit l'hésitation de sa mère, s'empressa d'ajouter :

— Je n'ai pas l'intention de me signaler à son attention, s'il vit encore. J'ai simplement envie de savoir.

— C'est le peintre Michel Balaine, répondit Jasmine.

Violette posa sur elle des yeux agrandis, avant de lui adresser un sourire heureux.

— Ce cher vieil homme ! Je l'ai rencontré, un jour où il était venu à l'atelier de Boucher. Ses mains trop enflées l'empêchent désormais de peindre, mais il mène, m'a-t-on dit, une vie fort élégante. Il fait partie du comité du Garde-Meuble de la Couronne, qui dirige la décoration des palais royaux et date du temps du Roi-Soleil.

Le visage de la jeune femme prit un air de prière ardente :

— Dites-moi, je vous prie, comment vous l'avez connu, et tout ce que vous pourrez me révéler.

Durant le reste du repas, Jasmine parla de Michel. A égrener ses souvenirs, toute la joie de cette période lui revenait, l'illuminait de bonheur. Lorsqu'elles se levèrent de table, elle emmena Violette à la bibliothèque, pour lui montrer le portrait que Michel avait fait d'elle.

— Pourquoi est-il relégué dans ce coin sombre ? questionna la jeune femme, qui déchiffrait la signature de son père.

— Mon propre portrait ne présente pour moi aucun intérêt.

Violette se tourna vivement vers elle.

— Pourrais-je l'avoir ? Il me donnerait mes deux parents dans un seul cadre.

— Prenez-le ! Je suis enchantée que vous vouliez l'avoir.

La jeune femme embrassa spontanément sa mère, et elles se prirent par la main pour quitter la pièce. Déjà, un domestique décrochait la toile du mur, avant de l'emballer. Le moment du départ de Violette approchait.

— Je vous donnerai régulièrement des nouvelles de Rose, dit Jasmine.

La jaquette déjà boutonnée, sa fille ajustait son chapeau devant une glace. Elle se retourna.

— Non, je ne le désire pas. Je ne suis pas maternelle pour un sou. A vrai dire, je n'ai jamais eu beaucoup de goût pour les poupées que vous m'apportiez : j'aimais seulement leurs jolis vêtements. Je vous ai donné Rose et j'ai renoncé ainsi à tous mes droits sur elle. Est-ce bien entendu ? ajouta-t-elle, en fronçant les sourcils d'un air sévère.

Jasmine hocha tristement la tête.

— C'est là une grave décision que vous avez prise. Voulez-vous dire que vous n'avez pas l'intention de correspondre avec moi ?

— Oui.

Violette tendit le bras pour prendre sa mère par l'épaule.

— Je ne me montre pas entièrement égoïste. Si nous nous écrivions, vous seriez tentée de parler de moi, et Rose, peu à peu, s'attendrait à me voir paraître un jour. L'histoire alors se répéterait, et elle devrait souffrir tout ce que j'ai souffert. Je dois lui épargner cette épreuve. Plus tard, quand elle sera grande, vous pourrez lui dire qui était son père, s'il se présente un moment favorable.

— Mais s'il m'arrivait quelque chose ? Après tout, je ne suis plus très jeune. La reprendriez-vous, dans ce cas ?

Violette secoua la tête.

— Mon futur mari s'y est opposé, et je suis en plein accord avec lui. C'est vous qui êtes désormais responsable de Rose. Vous devrez prendre toutes les dispositions nécessaires, pour le cas où un événement aussi improbable viendrait à se produire.

Elle retrouva son sourire.

— Je vous ai donné une raison de vivre, maman. Vous verrez Rose mariée et mère de plusieurs enfants, j'en suis convaincue.

— Je prierai le ciel pour aller jusque-là, murmura sourdement Jasmine.

Mais elle fut incapable de rendre son sourire à sa fille.

Rose dormait dans le berceau qu'on était allé chercher dans le carrosse, en même temps qu'une malle de vêtements.

Parfaitement calme, les yeux secs, Violette la souleva dans ses bras, l'embrassa.

— Adieu, petite fille. Tu es en de bonnes mains. Aime ta grand-mère comme tu m'aurais aimée.

Elle reposa l'enfant, se tourna vers sa mère.

— Ne pleurez pas, maman, dit-elle, en essuyant du bout de ses doigts gantés les larmes qui roulaient sur les joues de Jasmine. Je ne vaux pas vos pleurs. Soyez seulement heureuse que j'aie enfin trouvé un homme que je vais pouvoir aimer, je crois.

— Je le suis, ma chérie.

Sur une dernière étreinte, elles dénouèrent leurs bras. Violette, sans un regard en arrière, quitta le Château Satory.

Deux ans plus tard, mariée, riche et satisfaite, elle regardait, d'une fenêtre de sa somptueuse demeure viennoise, passer l'archiduchesse de quatorze ans, Marie-Antoinette. Accompagnée d'un cortège de cinquante voitures, celle-ci entreprenait le long voyage qui s'achèverait par son mariage avec le Dauphin.

Violette souhaita à la petite fiancée tout le bonheur possible et sourit : elle se rappelait la promesse que lui avait faite le Roi. Un jour, lui avait-il dit, Rose serait l'une des dames d'honneur de la future reine de France.

17

— Mon défunt époux désirait tant un fils qu'il a refusé de reconnaître l'existence d'une fille, raconta Jasmine à son entourage, pour justifier la soudaine apparition d'une petite-fille auprès d'une femme qu'on avait prise jusqu'alors pour une veuve sans enfants. Violette a donc été mise en nourrice. Par la suite, elle s'est enfuie, et nous nous sommes trouvées séparées. Cette petite orpheline m'est maintenant confiée, et cela représente pour moi la plus grande bénédiction que j'aie jamais connue.

L'explication fut acceptée sans la moindre discussion. Ces choses-là se produisaient dans les meilleures familles. Pour tout gentilhomme, l'importance d'un héritier passait avant tout. Jasmine n'avait jamais eu aucun contact avec les Valverde qui se trouvaient à la Cour, mais, s'ils entendaient parler de Rose, le caractère exécrable de Sabatin était trop connu dans la famille pour qu'ils eussent l'idée de mettre en doute son histoire.

Violette avait décidé que l'enfant aurait pour patronyme « Labonne » : c'était la sage-femme qui lui avait donné ce surnom, en reconnaissance de son tempérament paisible tout autant que de sa beauté. Le nom continua de lui convenir jusqu'à l'époque de ses premiers pas et par la suite. Il y avait bien des anicroches, car elle ne manquait ni d'obstination ni de détermination, mais elle était en même temps d'un caractère facile, intelligente et aimante. A mesure que le temps passait, elle ne se trouvait jamais plus heureuse que lorsqu'elle jouait dans le parc ou montait son poney. Si elle parvenait à échapper à l'attention de sa gouvernante, on la retrouvait toujours aux écuries. Là, il y avait toujours une nouvelle nichée de chatons ou de chiots, et le vieux palefrenier, qui était au service de Jasmine depuis de nombreuses années, la soulevait dans ses bras pour qu'elle pût caresser les chevaux et leur offrir, sur la paume de sa main, des pommes et des carottes.

Rose venait d'atteindre son sixième anniversaire quand une invitation arriva du Château. Pour la première fois, le nom de l'enfant y figurait avec celui de sa grand-mère. Jasmine en prit connaissance avec consternation. Dès le début, elle avait voulu donner à sa petite-fille une enfance heureuse et naturelle, loin de cette magie de Versailles qui les avait envoûtées, elle-même et Violette, pour leur plus grand malheur.

Elle aurait compté sur les doigts d'une seule main les invitations qu'elle avait acceptées au cours des six dernières années. Elle s'était rendue à l'inauguration du magnifique Opéra, la dernière construction voulue pour Versailles par le Roi-Soleil. La représentation donnée faisait partie des festivités organisées pour célébrer le mariage du Dauphin avec l'archiduchesse Marie-Antoinette. L'Opéra avait la somptuosité de tout ce qu'avait conçu Louis XIV : la salle était une œuvre d'art, la scène avait des dimensions assez exceptionnelles pour y accueillir les ouvrages les plus spectaculaires, l'acoustique était remarquable. La famille royale, ce soir-là, avait pris place au premier rang du grand balcon, et, par la suite, Jasmine l'avait revue à deux reprises. Elle avait trouvé jolie et charmante la jeune mariée, avec son visage ovale, ses grands yeux bleus, sa chevelure d'un blond cendré. Les sourires qu'elle adressait aux spectateurs et aux comédiens ne témoignaient en rien de la solitude dont elle avait dû être la proie, entourée de tous côtés d'étrangers, dont le moindre n'était pas le jeune balourd et sans attrait qui était son époux.

Cette toute dernière invitation prouvait à Jasmine qu'on s'attendait à son acceptation, et qu'elle devait à tout prix emmener Rose à cette réception. La petite fille détestait se mettre en grande toilette, mais, en de telles occasions, les enfants devaient être costumés en adultes miniatures. Il lui faudrait une robe neuve, puisqu'elle possédait seulement des vêtements simples, légers et confortables.

Le jour où la couturière se présenta, avec des étoffes et des poupées-mannequins, Jasmine décida elle-même du style de la robe, avant d'envoyer chercher Rose : l'enfant, à son avis, avait le droit de choisir sa couleur préférée. Elle-même avait une prédilection pour un satin bleu pâle. Elle le plissait entre ses doigts pour mieux en apprécier l'effet lorsqu'on entendit un bruit de pas pressés qui annonçait Rose. C'était là son allure normale : les jours n'avaient jamais assez d'heures pour lui permettre de faire tout ce qu'elle désirait. La couturière étouffa une exclamation. Jasmine leva les yeux, suivit son regard.

Rose venait de faire irruption dans le Salon Ecarlate, joyeusement éclaboussée de boue de la tête aux pieds ; elle portait dans ses bras l'un des chiots de l'écurie. Son abondante toison de boucles dorées échappait le plus souvent à tout contrôle. Ce jour-là, elle était couverte de poussière et ornée d'une longue toile d'araignée parfaitement assortie à la traînée noirâtre qui balafrait le petit visage en cœur. Jasmine gardait le souvenir d'une seule autre personne nantie d'une semblable crinière : sa propre mère. Marguerite avait dompté ses boucles folles en les coiffant avec soin, aidée en cela par la mode de la « fontange » et, après, par les bonnets légers qu'elle portait. Mais, lorsque ses cheveux venaient d'être lavés, ils s'ébouriffaient autour de sa tête comme le faisaient constamment ceux de Rose. Jasmine ne trouvait entre elles aucune autre ressemblance. Rose, jusqu'à présent, ne promettait pas d'être une beauté, en dépit d'un joli petit nez retroussé, d'un sourire qui faisait jouer des fossettes, et de grands yeux d'ambre, expressifs et frangés de longs cils, plus accoutumés à la joie qu'aux larmes.

— Vous désiriez me voir, grand-mère ?

Jasmine se renversa dans son fauteuil.

— Pas précisément dans cet état, dit-elle ironiquement.

La petite, apparemment perplexe, baissa les yeux sur sa tenue.

— Je suis un peu sale. J'ai dû m'éclabousser en traversant une flaque dans la cour des écuries.

Le chiot tentait de prendre une de ses boucles entre ses dents. Elle se mit à rire, le gronda avec un baiser.

— Il n'est pas adorable ? Je jouais avec lui et ses frères dans le grenier des écuries.

— Vous feriez bien de le ramener là-bas. Vous vous laverez ensuite et vous changerez. En attendant, dites-moi laquelle de ces étoffes vous préférez. On en fera votre nouvelle robe pour la réception.

Rose jeta sur l'ensemble un coup d'œil distrait, avant de pointer un index décidé sur le satin crème rayé ton sur ton.

— Celui-là. C'est la couleur du nouveau poulain. Puis-je m'en aller, à présent ?

Jasmine hocha la tête. Elle réprimait une envie de rire. La couturière était restée bouche bée. Rose, avec un petit salut machinal, sortit en courant. Sur le tapis d'Aubusson, là où elle s'était tenue, il restait de la boue et une tache sombre, émanant du chiot qui s'était oublié sur la robe de la petite fille.

On habillait Rose pour la réception lorsqu'il se produisit un tel vacarme que Jasmine se hâta d'aller en demander la raison. Dès son arrivée au château, Rose avait eu la chambre rose et argent qui avait été celle de Marguerite, jadis. Elle y avait d'abord dormi dans son berceau, puis dans un petit lit. Récemment, elle avait demandé pour son usage le grand lit à colonnes dans lequel elle dormait comme une petite princesse. Jasmine découvrit que la gouvernante, bien décidée à ne pas céder, avait voulu discipliner les boucles rebelles en les enduisant d'une pommade plus semblable à de la colle, qui permettait d'échafauder la chevelure selon la mode en vigueur et la coiffer sur un coussinet. Si Rose poussait de tels hurlements, c'est qu'elle devait tenir un cône sur son visage en attendant que ses cheveux fussent poudrés.

— Chut ! s'exclama Jasmine. Vous allez avaler de la poudre.

— C'est fini, déclara la gouvernante avec satisfaction.

Elle prit du recul pour mieux juger de son œuvre.

Rose lança le cône le plus loin possible. Elle était écarlate de rage, ses yeux étaient baignés de larmes, dues à l'irritation produite par la poudre tout autant qu'à la fureur.

— J'ai l'air ridicule, tempêta-t-elle en trépignant.

Jasmine, en secret, était tentée de lui donner raison, mais l'étiquette de la Cour exigeait qu'on se pliât à la mode, même chez quelqu'un d'aussi jeune.

— Attendez d'avoir passé votre jolie robe. Vous verrez alors l'effet produit.

La robe fut enfilée, agrafée, la jupe soigneusement mise en place sur les petits paniers faits tout spécialement. Jasmine elle-même fixa alors dans la coiffure raide une petite plume crème qu'elle assujettit d'une broche de perles. En fin de compte, malgré sa grimace de dégoût, Rose avait l'air d'une fleur. Elle se regarda dans la glace d'un air critique.

— Je ferais peur à mon poney, avec cette allure, et les chiens et les chats ne me reconnaîtraient plus.

— L'essentiel est que vous n'effrayiez pas le Roi, riposta Jasmine en riant. C'est tout ce qui importe pour ce soir.

Malgré elle, le visage de l'enfant s'éclaira. Elle se mit à rire à son tour, posa les pouces sur ses tempes et agita les doigts, en manière de cornes.

— Faudra-t-il lui faire « Bouh ! », grand-mère ?

Toute sa bonne humeur retrouvée, Rose prit la main de

Jasmine, et elles se mirent en route ensemble, sans cesser de bavarder. L'animation de l'enfant n'était pas due à l'impatience de se rendre à la réception : elle la considérait comme une corvée qu'il faudrait supporter. Mais elle aimait sa grand-mère de tout son cœur, et il était toujours extrêmement agréable de se trouver avec elle.

A Versailles, elles traversèrent les Grands Appartements pour gagner la Galerie des Glaces. Aux yeux d'une petite fille, les pièces magnifiques n'apparaissaient pas plus vastes que celles du Château Satory, et elles ne présentaient pas l'avantage de constituer un territoire familier. Elle remarquait seulement la foule innombrable qui s'y pressait. A chaque instant, elle devait faire appel à ses bonnes manières pour ne pas éclater de rire devant des dames dont la coiffure était aussi haute que leurs jupes étaient larges. Leurs cheveux étaient invariablement surmontés de quelque ornementation qui leur donnait encore plus de hauteur : ici, un vaisseau d'argent toutes voiles déployées ou une corbeille dorée débordante de fruits ; là, un château en or entouré de jardins fleuris, et bien d'autres fantaisies. La mode était, semblait-il, aux coiffures à thèmes, toutes les fois que c'était possible : deux ou trois grosses matrones qui, visiblement, n'avaient jamais connu la faim, avaient fait décorer leurs cheveux de minuscules miches enrubannées qui évoquaient les récentes émeutes des affamés à Paris. A cette vue, Rose éprouva un dégoût instinctif : elle se rappelait les enfants au ventre vide amenés devant la porte de sa grand-mère. Il y avait aussi des plumes en abondance, auprès desquelles la sienne faisait piètre figure. Fascinée, elle regardait les dames qui portaient ces échafaudages se baisser pour franchir les hautes portes, d'un salon à l'autre. Elle était heureuse, par comparaison, que sa grand-mère conservât un style simple.

Au seuil de la Galerie des Glaces, elle fut heurtée de plein fouet par la vague brûlante de centaines de bougies et battit des paupières devant le flamboiement des lustres de cristal, reflété plus de mille fois dans les immenses glaces. Un courtisan, qui avait dû attendre leur arrivée, dit quelques mots à l'oreille de sa grand-mère. Celle-ci répondit d'un signe de tête. Elle serra plus fortement la main de l'enfant, l'entraîna parmi la foule.

Après avoir répondu aux saluts de personnes de sa connaissance, Jasmine s'immobilisa là où le courtisan lui avait demandé de se tenir. Elle redoutait les suites de cette soirée. De toute évidence, le Roi désirait voir sa fille, mais Jasmine ne comprenait pas pourquoi il s'intéressait à Rose quand il avait tant d'autres bâtards dont il ignorait le sort et dont il ne se souciait pas le moins du monde. Le Roi-Soleil avait légitimé et hissé à des rangs élevés les enfants de Louise de La Vallière et de Mme de Montespan, mais ces femmes avaient été ses maîtresses en titre. Aucun autre enfant de la main gauche n'avait été pareillement honoré. Tout ce que pouvait espérer Jasmine, c'était qu'après avoir posé le regard sur Rose, le Roi l'oublierait entièrement.

On annonçait son approche ! Jasmine resserra encore son étreinte sur la main de sa petite-fille et parvint à se maintenir au premier rang quand les courtisans ouvrirent un passage.

— Le Roi arrive, murmura-t-elle à Rose.

C'était superflu : l'enfant regardait déjà dans sa direction. La vie dissolue de Louis, constata aussitôt Jasmine, avait eu finalement ses effets. Il conservait le même port majestueux, mais ses traits s'étaient empâtés, ses yeux avaient une expression lasse, blasée, comme si l'ennui, son ennemi de toujours, avait finalement gagné la partie. Avait-il des regrets de n'avoir pas régné plus sagement que son prédécesseur, comme le Roi-Soleil lui en avait donné le conseil, comme il avait eu l'intention de le faire jadis ? Si ces regrets existaient, ils n'apparaissaient que faiblement dans les réformes tardives qu'il avait entreprises. L'époque où on l'appelait Louis le Bien-Aimé était un souvenir lointain, enseveli sous les guerres, les famines et les impôts.

Il s'avançait seul, la Reine étant morte l'année de la naissance de Rose. Sous les lourdes paupières, son regard, comme par hasard, se dirigea vers l'endroit où se tenait la comtesse Du Barry. Très belle, voluptueuse et vulgaire, elle avait été anoblie par son mariage avec un comte. Celui-ci avait été payé par le Roi lui-même pour disparaître discrètement, ce qui avait permis à la comtesse de s'installer à la Cour sans époux encombrant. Elle fit à Louis une profonde révérence qui permit au regard du souverain d'explorer son décolleté.

Jasmine la regardait avec aversion. A son avis, le Roi aurait dû choisir une maîtresse semblable par la grâce et l'intelligence à Mme de Pompadour, au lieu de cette créature avide et dépensière.

Derrière le Roi marchait le Dauphin. Il avait vingt ans, mesurait six pieds de haut, était déjà menacé d'obésité, et son front dégarni dominait un gros nez proéminent. Il avait des lèvres charnues, celle du dessus en forme de cœur, ce qui, chez un autre homme, aurait été signe de sensualité. Mais on le savait à peu près dépourvu de passion, paisible, timide et réservé. Les réceptions n'étaient pas de son goût, bien qu'il y assistât par devoir. Il vivait pour la chasse. Lorsqu'il n'était pas en selle, il se consacrait à ses livres et à ses distractions favorites : serrurier, il avait fait installer un tour à Versailles, dans l'une des pièces du haut ; forgeron, il disposait d'une forge sur le site même du château. Dès que des travaux de construction se déroulaient à Versailles ou dans tout autre château où il se trouvait, il ôtait son habit pour aider à la pose des briques, au déchargement des pierres. Chez lui, la passion de ses prédécesseurs pour l'édification de magnifiques résidences se traduisait sur un plan pratique.

A ses côtés, sa jeune épouse, petite et gracieuse, semblait presque aussi perdue dans la foule que Rose. Le regard de l'enfant s'était aussitôt fixé sur elle, sur cette Dauphine qui portait le joli nom de Marie-Antoinette, dont la robe de satin ruché déployait les plus pâles couleurs de l'arc-en-ciel et s'ornait de petits glands d'argent, dont la haute coiffure était surmontée de plumes multicolores. Eblouie par cette vision de contes de fées, Rose n'avait pas remarqué que le Roi s'était arrêté devant elle. Sa grand-mère lui secoua le poignet. Elle leva vers Louis un regard surpris et lui fit sa meilleure révérence, ce qui amena un sourire sur les lèvres du monarque et sur celles des courtisans les plus proches, tous conquis par son aspect de poupée.

— Quel est votre nom, mademoiselle ? demanda le Roi.

— Rose Labonne, Sire.

— Quel âge avez-vous ?

— Six ans, Sire.

— Un âge charmant. J'ai l'honneur de connaître depuis fort longtemps votre grand-mère, Mme la duchesse.

Il tapota la joue à fossettes de la petite fille.

— Votre première visite à Versailles vous plaît-elle ?

— Beaucoup, Sire, mais je n'ai encore rien mangé.

Louis rejeta la tête en arrière pour mieux rire, et ceux qui se trouvaient à portée de voix firent de même. Rose rougit jusqu'aux oreilles et baissa la tête, saisie de timidité et de honte : elle s'était rendue ridicule et ne comprenait pas pourquoi.

— Nous ne devrions pas tarder à remédier à ce problème, petite fille, dit le Roi, d'une voix où le rire perçait encore.

Il reprit son chemin. Rose aurait aimé enfouir son visage dans les jupes de sa grand-mère, mais elle en était empêchée par le sentiment de son indignité. Elle porta à ses yeux ses poings serrés : elle allait pleurer, elle le sentait.

Elle fut soudain enveloppée d'un parfum délicieux comme

celui du chèvrefeuille. Un froissement de satin lui fit relever la tête, et elle trouva la Dauphine accroupie devant elle. La jeune femme l'entoura doucement de ses bras.

— Moi non plus, je n'ai pas eu mon souper, Rose, dit-elle gravement. Je meurs de faim, comme vous.

— C'est vrai ?

Marie-Antoinette se pencha pour lui murmurer quelques mots à l'oreille. Autour d'elles, tout le monde se demanda ce qu'elle avait bien pu dire, car toutes deux éclatèrent de rire. Les graves, les jaloux, les vindicatifs haussèrent les sourcils. On échangea des regards lourds de signification. La Dauphine de dix-neuf ans se montrait beaucoup trop frivole, superficielle et désinvolte, et toujours indifférente aux critiques.

Marie-Antoinette se relevait, tendait la main à Rose, avec son sourire séduisant.

— Si nous allions ensemble à la recherche de notre souper ?

Elle tourna légèrement la tête pour sourire à Jasmine.

— Avec votre permission, madame.

Jasmine donna son accord dans un salut mais suivit des yeux avec anxiété la Dauphine qui entraînait sa petite-fille, accompagnée par son escorte de dames et de gentilshommes. Le cortège tout entier avait été retardé par Rose. Chacun, à présent, l'avait vue et pourrait même s'interroger sur l'intérêt marqué du Roi, encore accentué par l'intervention de la Dauphine. Et, pour comble, l'enfant allait être fêtée par la première dame de France.

Les tracas de Jasmine ne faisaient que commencer. Quand Rose et elle avaient traversé le Salon de Mars, elle avait aperçu Michel en conversation avec quelqu'un. A sa connaissance, il ne les avait pas remarquées, mais alors qu'elle avait espéré ramener Rose à la maison dès que le Roi l'aurait vue, la soirée allait se prolonger pour elles, et il était hautement probable que Michel ne tarderait pas à apprendre l'identité de la petite héroïne de la réception.

Assise sur un tabouret, dans le Salon de la Paix, elle dégustait un verre de vin lorsqu'il la découvrit.

— Ma très chère Jasmine, que je suis heureux de vous voir !

Il prit le tabouret voisin, s'y installa, les mains jointes sur le pommeau de sa canne qu'il maintenait à la verticale entre ses genoux. La douloureuse maladie avait pris possession de ses articulations, et il devait désormais s'aider constamment d'une canne. A leur ordinaire, ils bavardèrent en toute liberté : chacun voulait savoir ce qu'avait fait l'autre depuis leur dernière rencontre. Jasmine se montrait particulièrement animée, dans l'espoir de tenir à distance la question redoutée. Mais cette question finit par venir.

— On m'a dit que l'enfant qui est avec la Dauphine était votre petite-fille. Est-ce vrai ?

Elle détourna la tête, regarda autour d'elle. Tout ce qu'elle avait prévu de dire lui échappait à présent.

— Oui, en effet, fit-elle d'une voix sans timbre.

— Vous avez donc eu un enfant, Sabatin et vous ?

— Non ! lança-t-elle avec véhémence.

Cette seule idée, même après tant d'années, lui répugnait.

— Mais j'ai eu une fille.

Il y eut un silence. Elle avait de nouveau détourné légèrement la tête, et il la contemplait d'un air songeur.

— Quel âge aurait-elle, aujourd'hui ?

— Trente-neuf ans, répondit-elle d'une voix faible.

Doucement, il posa une main sur la sienne.

— Ma très chère. Pourquoi ne m'en avoir jamais rien dit ?

Les paupières battantes pour retenir ses larmes, elle se retourna vers lui.

— J'avais de nombreuses raisons, Michel. Par ailleurs, quand nous nous sommes retrouvés, vous vous étiez construit une autre vie et vous aviez des enfants. C'était inutile. J'ignorais alors qu'un jour, j'aurais ma petite-fille à élever.

Il souleva la main qu'il tenait, la baisa avant de la reposer sur la robe.

— Dites-moi tout. Je veux savoir.

Rose s'amusait prodigieusement. La Dauphine lui donnait à manger toutes sortes de délicieuses friandises prises à la table du buffet, dans le Salon de Vénus. Il y avait surtout les petits fours, les gelées, les fruits candis que sa grand-mère lui mesurait sévèrement. Le Roi lui-même lui mit un bonbon entre les lèvres. Un grand nombre de personnes se pressaient autour de la jeune femme et de l'enfant. Rose ne leur prêtait aucune attention. Elle était heureuse de se trouver perchée sur un fauteuil doré, tout près de sa nouvelle amie, sous la surveillance de la statue de marbre du Roi-Soleil, placée dans une niche en forme de coquille, derrière elle.

Il se faisait tard lorsqu'elle vit sa grand-mère venir vers elle en compagnie d'un vieux gentilhomme de haute taille, qui traînait la jambe en marchant. La Dauphine et elle avaient alors abandonné leurs fauteuils. Rose s'avança pour être présentée et faire la révérence. Combien de fois elle l'avait faite au cours de la soirée, elle était incapable de le dire.

— Je suis honoré de faire votre connaissance, Rose, lui dit Michel Balaine.

Il lui posa ensuite des questions sur son poney, sur ses leçons, tout ce que voulaient généralement savoir les adultes, mais il lui plaisait. En dépit de son vieux visage un peu farouche, il avait un regard plein de gentillesse.

Le Roi avait déjà quitté la réception. Le Dauphin et la Dauphine se disposaient à partir. Une fois encore, Marie-Antoinette s'accroupit pour se mettre au niveau de Rose.

— J'espère beaucoup vous revoir à Versailles, Rose.

— Oui, s'il vous plaît, madame la Dauphine.

L'enfant ne vit rien d'étrange dans le baiser que sa nouvelle amie lui posa sur la joue : ce n'était pas pour elle le signe d'une faveur exceptionnelle. La stricte étiquette de Cour précisait qui les membres de la famille royale pouvaient embrasser en public, et Rose ne faisait pas partie de cette catégorie choisie.

Dans la chambre d'apparat, le Roi se prêtait au rituel du « coucher ». Il y eut un retard dans la présentation de la chemise de nuit ; c'était toujours le gentilhomme du plus haut rang présent dans la chambre qui l'apportait cérémonieusement, étalée sur ses deux bras. A la dernière minute, un battant de la grande porte s'ouvrit sur un autre gentilhomme de plus haut rang encore que celui qui, déjà, tenait la chemise. Il fallut alors la lui remettre avec les saluts nécessaires. A peine était-ce fait que survint un duc de sang royal, et le privilège lui fut tout naturellement accordé, avec le même décorum.

Louis exhala un soupir de soulagement quand la chemise fut enfin passée par-dessus sa tête et qu'il put défaire sa culotte et l'enlever. De tels retards n'étaient pas rares, et celui-ci ne battait certes pas les records. Il glissa les bras dans les manches de la robe de chambre qu'on lui présentait, mit les pieds dans les pantoufles assorties avant de prendre sur un coussin fileté d'or son bonnet de nuit et un mouchoir brodé au chiffre royal. Après s'être agenouillé pour dire ses prières et s'être fait bénir par le prêtre, il fit le simulacre de s'étendre dans le lit. Mais, dès que les assistants, avec de grands saluts, eurent quitté la chambre, il rejeta les couvertures, bondit hors du lit et sortit par une autre porte pour gagner ses appartements privés. Là, dans le Salon de la Pendule, se trouvait le merveilleux chef-d'œuvre astronomique fait de bronze doré, orgueil de sa collection, qui sonna minuit au moment où il disparaissait par une porte dérobée. L'esprit encore absorbé par les événements de la soirée, il gravit l'escalier secret qui menait à l'appartement de Mme Du Barry.

Il était particulièrement satisfait que Marie-Antoinette se fût prise d'amitié pour l'enfant. Dans le cas contraire, sa promesse à Violette aurait pu se trouver compromise. Certes, il aurait alors usé de son autorité sur Marie-Antoinette, comme il l'avait fait lorsque, nouvelle venue à la Cour et moralement outragée dans sa grande jeunesse, elle avait refusé d'adresser la parole à Mme Du Barry. Elle y avait été encouragée par les filles du Roi, Victoire et Adélaïde, qui, il devait le reconnaître, s'étaient aigries dans leur célibat. Finalement, Marie-Antoinette s'était pliée à sa volonté. Sur le coup, son obstination l'avait contrarié, mais, au fond, son attitude ne lui avait pas déplu : elle témoignait, chez cette toute jeune femme, une haute qualité morale et présageait qu'elle ferait une épouse fidèle. Elle avait beau avoir des manières de papillon, elle se montrait toujours loyale envers le petit-fils de Louis et ne permettait à aucun galant d'oublier qu'elle était la future reine de France. Rien d'étonnant que la délicieuse petite Rose l'eût charmée, ce soir-là : il avait perçu, chez la jeune femme et chez l'enfant, la même sorte d'innocence que rien ne pourrait salir.

Il s'était pris d'une affection particulière pour la mère de Rose, sans doute parce que Violette avait fait partie de la période la plus pénible de sa vie, d'abord quand il avait dû cesser de faire l'amour à Reinette et, ensuite, lorsqu'il l'avait perdue. La grossesse de Violette avait tout naturellement mis fin à leurs relations. Il avait voulu lui offrir un souvenir, lui avait demandé ce qui lui plairait. Il s'attendait à l'entendre demander un collier de rubis ou quelque autre coûteuse bagatelle. Elle l'avait pris au dépourvu.

— Montrez-vous bienveillant à l'égard de mon enfant, quand il ou elle aura grandi. Si c'est un fils, qu'il soit instruit et formé en vue d'un poste important. Si je donne naissance à une fille, faites en sorte qu'elle devienne dame d'honneur de la princesse que le Dauphin épousera. Mme de Pompadour était une bourgeoise, mais vous lui avez donné le titre de marquise pour lui permettre de faire partie de la Cour. Votre enfant n'en mérite certes pas moins ?

Il s'était abstenu de lui répondre qu'il avait de nombreux bâtards et que, s'il devait tous les anoblir, la tâche serait longue. Il ne pouvait revenir sur la proposition qu'il lui avait faite.

— Fort bien. Je veillerai à ce que l'enfant, mâle ou femelle, se voie garantir une position à la Cour.

Elle avait fondu en larmes, lui avait baisé la main. Il s'était demandé si elle réalisait ainsi, par personne interposée, son rêve d'être acceptée à la Cour. Elle y avait fait souvent allusion, mais il n'avait pas voulu en accepter l'idée. Un peu plus tard, il avait été stupéfait d'apprendre qu'elle était la fille de Jasmine. Dans la lettre qui lui donnait cette information, Violette avait ajouté que sa fille pouvait doublement prétendre à une position de mérite, puisqu'elle était la petite-fille d'une duchesse...

Il ouvrit la porte du boudoir de Mme Du Barry. Celle-ci, ses formes généreuses enveloppées de soie et de dentelle, le serra dans ses bras, l'embrassa, avant de s'écarter pour passer son bras sous le sien.

— Venez, France, lui dit-elle gaiement, employant le surnom qu'elle lui avait donné. Faites-nous du café.

Cette petite tâche lui plaisait et il l'accomplissait en expert. Les soirs où Reinette organisait ses ventes de porcelaines de Sèvres, il avait toujours préparé le café pour tout le monde. C'était là le seul lien entre cette femme et celle qui l'avait précédée.

Bien avant d'arriver au château, Rose s'était endormie, après avoir répété à Jasmine ce que la Dauphine lui avait murmuré à l'oreille :

— Elle avait si grand-faim, m'a-t-elle dit, que son estomac grondait comme un tambour.

Sa petite-fille serrée au creux de son bras, Jasmine sourit à la remarque, bien faite pour mettre une enfant à l'aise. Il était grand dommage que la ravissante jeune femme n'eût pas elle-même d'enfants. Mais, de notoriété publique, le Dauphin souffrait d'un problème physique qui lui rendait pratiquement impossible toute relation sexuelle. Jasmine se rappelait l'époque où, jeune et en pleine santé, elle n'avait été ni épouse ni amante. La frivolité de la Dauphine, son besoin constant de divertissement représentaient une compensation à la frustration de désirs naturels. Jasmine elle-même avait canalisé son besoin d'amour en s'occupant de ses semblables dans ses œuvres de charité, mais c'était seulement avec le passage des années qu'elle en était devenue consciente. Son don de l'organisation lui permettait encore de diriger ses œuvres sans empiéter sur le temps qu'elle consacrait à sa petite-fille.

— Vous m'avez apporté dans ma vieillesse un bonheur que je croyais ne jamais trouver, murmura-t-elle à l'enfant endormie.

Mais ses traits se creusèrent sous l'effet de l'inquiétude.

Que présageait pour Rose cette soirée ? Un frisson d'appréhension la parcourut.

Peu de temps après cette réception, le Roi tomba malade d'une fièvre, pendant un court séjour qu'il faisait au Petit Trianon avec Mme Du Barry. On s'attendait à le voir se remettre rapidement, et personne ne s'inquiéta. Soudain, tout bascula. Jasmine se trouvait en ville lorsqu'elle rencontra une amie qui lui apprit la nouvelle.

— Savez-vous ce qu'on dit ? Le Roi est atteint de la variole !

— Gravement ? demanda vivement Jasmine.

L'année précédente, elle avait soigné Rose et plusieurs membres de sa maison qui avaient contracté une forme bénigne de la maladie. Elle espérait qu'il en allait de même pour le Roi.

— On l'a ramené à Versailles.

Jasmine pâlit, pressa une main sur son cœur. Ce retour ne pouvait avoir qu'une seule signification : Louis allait mourir !

Onze jours durant, il souffrit tout en gardant sa pleine connaissance. Son corps devenait une masse de chair putréfiée dont l'odeur faisait vomir ceux qui l'entouraient. Jasmine se souvenait de ce qui s'était passé pour Sabatin. L'infection avait pris pour Louis la même forme virulente. Elle pria pour qu'il fût délivré de ce corps en décomposition. Quand la fin approcha, sachant qu'on était chez elle immunisé contre la contagion, elle se sentit libre de se rendre au Château pour être près de lui en ses dernières heures.

On lui donna un siège dans le Salon de l'Œil-de-Bœuf, ainsi nommé à cause de la fenêtre ovale placée très haut dans le mur, au milieu d'une frise dorée. Le salon ouvrait sur la chambre d'apparat du Roi, mais on lui avait épargné l'épreuve de devoir mourir dans une chambre qu'il n'avait jamais aimée : il était dans son appartement privé. Durant ces moments d'attente, Jasmine eut tout le temps d'examiner, comme elle ne l'avait jamais fait, la frise ravissante où dansaient et jouaient des petits enfants sculptés. Ils lui rappelaient son enfance, quand Louis avait été amené au Château Satory pour éviter la contagion de la rougeole.

Il se fit tout à coup un grondement pareil à celui du tonnerre. Comme tous ceux qui attendaient dans le salon, Jasmine se retrouva debout. Le grondement se fit plus fort. Tous en comprirent le sens. Un règne de cinquante-neuf ans venait de prendre fin, et les courtisans galopaient pour être parmi les premiers à rendre hommage au nouveau Roi.

Jasmine baissa la tête, le temps d'une prière silencieuse

pour l'âme de Louis. Après s'être signée, elle sortit du salon, traversa l'antichambre. Elle en émergea juste à temps pour voir une foule de gentilshommes et de dames se précipiter dans l'Escalier de la Reine. En bas, dans le Vestibule, les marchands s'égaillèrent, deux étals s'effondrèrent, de précieuses marchandises furent foulées aux pieds.

Plus sagement, Jasmine suivit le mouvement jusqu'à l'appartement du Dauphin, situé au rez-de-chaussée. Elle n'espérait pas pouvoir en approcher et trouva en effet, dès le vestibule, une foule compacte qui bloquait le chemin. Elle serait restée là si un courtisan, celui-là même qui lui avait indiqué où se tenir avec Rose dans la Galerie des Glaces, ne l'avait vue et ne lui avait fait signe. Il la fit passer par une porte secrète, la conduisit jusqu'au salon où le nouveau Roi de France, en compagnie de sa Reine, attendait qu'on ouvrît les portes à ceux qui tambourinaient sur les battants pour demander l'entrée.

A la vue du couple, Jasmine fut envahie d'une profonde compassion. Ils avaient vu s'éteindre une chandelle, derrière une fenêtre de l'étage, et ce signal leur avait appris la nouvelle. Comme deux enfants effrayés, ils étaient tombés à genoux et, en larmes, s'accrochaient l'un à l'autre.

— Nous sommes trop jeunes pour cette immense responsabilité, sanglotait Marie-Antoinette, le visage au creux de l'épaule de son mari. Il est bien trop tôt !

Il l'étreignit plus fort encore, ferma les yeux pour une fervente prière :

— Protégez-nous, Seigneur ! Nous régnons trop jeunes.

Ce fut l'instant où les courtisans pénétrèrent en force dans la pièce. Un « Amen » murmuré par Jasmine se perdit dans le tumulte. Dans la ruée soudaine, le jeune couple échappa à son regard.

Il n'arrivait plus, au Château Satory, d'invitations de Versailles. Sans doute un quelconque fonctionnaire avait-il décidé de rayer de la liste des invités des noms sans importance, dans ce nouveau règne où la jeunesse prédominait, où l'on se souciait moins des gens d'un certain âge. Pour Jasmine, ce fut un soulagement. Elle se retrouvait libre de surveiller l'éducation de sa petite-fille sans intervention du monde extérieur. Semblable à tous les enfants, Rose était tout occupée du présent et ne fit jamais référence à cette soirée passée à Versailles... sauf un jour où le chef servit un soufflé au caramel qui lui rappela le goût de celui qu'elle avait mangé au Château.

Michel vint leur rendre visite pour offrir à Rose un petit tableau. Il se rappelait sa rencontre avec Violette, dont le visage éclairait encore, sur des murs illustres, les tableaux de Boucher, mais elle n'avait produit sur lui aucune impression particulière, mis à part le fait que ses traits pouvaient ravir un peintre. La fille de Violette avait pour lui une tout autre importance. Il n'avait pas l'intention de maintenir avec elle un contact étroit mais il voulait lui donner quelque chose qu'elle pût garder. Il avait choisi un portrait de son propre cheval, peint aux premiers temps de son adolescence : il pensait que ce tableau plairait à Rose. La toile avait par ailleurs une valeur considérable, mais l'enfant ne ferait aucun cas de cet aspect.

Rose se montra enchantée du présent.

— Comment s'appelait-il ? Quel âge aviez-vous quand vous le montiez ? Où vous promeniez-vous avec lui ?

Les questions se succédaient, et il prenait plaisir à y répondre. Quand la petite fille fut partie en courant pour montrer la toile à tout le monde, depuis sa gouvernante jusqu'au dernier des garçons d'écurie, Jasmine, à son tour, remercia Michel.

— C'était une charmante idée, Michel. Après tout, Béatrice et vous avez des petits-enfants qui auraient aimé avoir ce tableau.

— J'en ai d'autres pour eux. Puisque notre fille a le portrait que j'ai fait de vous, il était juste que notre petite-fille eût, elle aussi, un échantillon de mon talent.

En prenant congé, il espérait que Violette n'avait pas pris le portrait pour sa seule valeur commerciale. Il pensait l'avoir jugée un peu plus lucidement que ne l'avait fait Jasmine.

Au Château Satory, la vie suivait le cours paisible d'une routine bien établie. Jasmine réalisait progressivement qu'elle montait plus lentement les escaliers, qu'il lui fallait plus longtemps pour accomplir de petites tâches, mais elle continuait à mener une existence active, enrichie par la présence de sa petite-fille qui grandissait et se développait. On parlait beaucoup, à cette époque, de la situation financière désastreuse de la France, et personne ne connaissait mieux que Jasmine la misère des pauvres gens. Les millions de malheureux qui travaillaient la terre avaient droit, de sa part, à une sympathie particulière : ils étaient accablés par les droits à payer à des propriétaires qu'ils ne voyaient jamais et aussi par les impôts. Mais ne devait-on pas toujours mettre son espoir en l'avenir ?

Au cours de conversations, elle déclarait fermement, selon le principe qu'elle avait toujours suivi :

— Il est inutile de s'attarder sur le passé, bien qu'on doive en tirer des enseignements. Notre jeune Roi finira par remettre de l'ordre dans les affaires. Il suffit de lui en laisser le temps.

Jusqu'à présent, elle le savait, il se montrait trop indolent et, par faiblesse, laissait la Reine se mêler avec excès de politique. Etourdie, influencée par ses sympathies et ses antipathies personnelles, Marie-Antoinette n'était pas en mesure de décider qui devait être nommé ou non à de hautes positions ministérielles.

Depuis qu'elle était devenue Reine, elle avait réuni autour d'elle une clique des membres les plus jeunes et les plus dissolus de la Cour. Elle recherchait sans cesse des amusements auxquels son royal époux ne prenait nulle part. Chaque nuit, il se mettait au lit pendant qu'elle dansait jusqu'à l'aube, soit à Versailles, soit, incognito, à Paris, lorsqu'elle n'était pas aux tables de jeu, en insouciante compagnie. Elle montait ses chevaux à califourchon, en tenue masculine, et ses montures étaient toujours rapides et fougueuses. Avec l'arrivée de la neige s'organisaient des courses de traîneaux à se rompre le cou : on allait jusqu'à Paris, et la Reine hurlait de joie. Il y avait aussi sa passion dévorante pour les diamants, que ne parvenaient pas à rassasier les joyaux de la Couronne ni les cadeaux du défunt Roi, ni ceux de son époux.

Elle n'avait cessé, depuis son arrivée à Versailles, de s'irriter de l'étiquette rigide. Son pouvoir tout nouveau lui permettait d'en faire fi, de modifier de nombreuses règles, non sans froisser bien des susceptibilités. Nul ne pouvait la contredire, et moins que tous le Roi, profondément amoureux d'elle.

Inévitablement, des histoires corsées s'étaient mises à courir sur elle, lancées par ceux qui nourrissaient des griefs anciens ou récents. Marie-Antoinette était à la fois la grande prêtresse de la mode et une source de scandale. Le peuple, dans son ensemble, approuva le Roi quand il offrit à son épouse le Petit Trianon, mais ce même peuple devint furieux lorsqu'on apprit qu'elle en avait entièrement revu la décoration sans se soucier de la dépense. Par la suite, elle éveilla certains ressentiments parmi les courtisans qui n'étaient pas invités aux joyeuses réceptions qu'elle donnait pour ses amis les plus intimes. Naquirent ainsi d'autres commérages d'une nature calomnieuse, sans le moindre fondement en ce qui la concernait. Mis à part les dettes de jeu et ses achats de diamants, on lui reprochait aussi son extravagance dans ses toilettes coûteuses. Mais les soyeux de Lyon furent les premiers à crier leur indignation en entendant parler des simples robes de mousseline qu'elle portait toujours au Petit Trianon : elle voulait les ruiner, déclaraient-ils.

— Je ne peux rien faire de bien ! déclara-t-elle joyeusement à ses compagnons. Quelle plaisanterie !

Jasmine, dont la jeunesse fougueuse avait été écrasée dans l'œuf, écoutait d'un air tolérant conter les dernières frasques de Marie-Antoinette. La juvénile impétuosité de la Reine connaîtrait bientôt sa fin, pensait-elle. Alors, avec la maturité viendrait la sagesse, et elle pourrait devenir vraiment la compagne capable de guider le Roi dans la voie de fermeté qui était indispensable.

Ce que savait Jasmine des escapades de la Reine lui venait en grande partie de son banquier, M. Darrac, un homme mûr qui était aussi son ami. Il se rendait fréquemment à Versailles pour conseiller des clients et tâtait ainsi le pouls de la Cour. Lorsqu'il venait au Château Satory, pour y dîner ou boire un verre de vin, il régalait Jasmine de potins et événements plus importants.

Un jour, tous deux se dirigeaient vers la roseraie. Le banquier avait la passion du jardinage, et elle voulait lui montrer une nouvelle espèce de rose.

— J'aurais aimé pouvoir informer la Reine que les calomniateurs prennent toujours la royauté pour cible, lui dit-elle.

— Comme vous avez raison, madame ! répondit M. Darrac. On aurait dû mettre la Reine en garde : le seul fait d'avoir dans les veines du sang autrichien la désignait immédiatement aux soupçons et à la méfiance. Notre nation et la sienne sont traditionnellment ennemies depuis trop longtemps pour que les Français puissent vraiment croire à l'alliance qui devait être scellée par son mariage. Son présent comportement confirme les pires craintes de nos compatriotes. C'est, pour eux, le signe d'un manque d'intérêt envers la France elle-même.

Ils étaient arrivés devant les parterres de roses, et le sujet de la Reine fut abandonné. Un peu plus tard, les pensées de Jasmine revinrent à Marie-Antoinette : elle était envahie de compassion pour cette jeune femme qui demeurait insatisfaite.

— Sans doute y a-t-il des gens qui voient en moi une vieille femme tremblotante, remarqua-t-elle.

Elle s'adressait à Rose mais s'exprimait tout autant pour elle-même.

— Pourtant, poursuivit-elle, je vois les choses clairement, et presque rien ne m'échappe, je crois.

— Vous êtes sans âge, grand-mère !

Les jeunes bras se nouèrent autour d'elle en une étreinte imprévue. Prise au dépourvu, elle fit la grimace : la seule protestation de ses vieux os démentait le compliment.

Quand l'empereur d'Autriche, Joseph II, vint à Versailles, ce fut pour parler fermement à Louis et à Marie-Antoinette d'un héritier à donner à la France. Après son départ, le Roi se prêta enfin à une opération depuis longtemps remise. L'intervention était simple mais douloureuse et dangereuse. On eut lieu de se réjouir du résultat quand, quelques mois plus tard, la grossesse de la Reine fut annoncée.

— Tout ira bien, désormais, déclara Jasmine à ceux qui, dans son cercle d'amis, se plaisaient à critiquer la Reine. Nous allons, je vous le garantis, être témoins d'un grand changement chez notre royale dame.

En vérité, Marie-Antoinette n'avait jamais été plus heureuse. Elle avait écrit à sa mère pour lui annoncer qu'elle était enfin une véritable épouse. Elle allait maintenant porter un enfant, un désir qui lui avait fait verser en secret bien des larmes.

Certains, à la Cour, étaient incapables de comprendre comment, entourée chaque jour de séduisants courtisans qu'elle fascinait, elle parvenait à demeurer fidèle à ce lourdaud de Roi. En arrivant en France pour l'épouser, lorsqu'elle l'avait vu pour la première fois, elle avait été déçue par son manque de beauté. Quant à lui, par timidité, il s'était presque dérobé à son baiser. Il avait pourtant fait vibrer en elle une corde sensible, même s'il s'était agi seulement de pitié pour sa gaucherie. Comme elle était aussi vive et éveillée qu'il était lent de corps et d'esprit, elle avait mis longtemps à apprécier ses qualités : sa gentillesse, son cœur généreux, la constante considération qu'il lui témoignait. Elle regrettait les moments où elle avait laissé exploser son exaspération, lorsqu'il revenait, sale et poussiéreux, de sa forge ou d'un site en construction : chaque fois, il était touché au vif par ses reproches. Il s'efforçait de se laver et de se changer avant qu'elle le vît. Marie-Antoinette n'appréciait guère d'être la partenaire dominante dans leur mariage. Elle aurait aimé un époux qui fût son égal sur tous les plans. Mais elle était liée à Louis et, comme elle croyait du fond du cœur aux vœux du mariage, il resterait le seul homme dans sa vie.

Il lui était arrivé de se sentir attirée par d'autres. Certaines fois, dans l'ombre, elle avait accepté des baisers légers. Mais sa volonté lui avait permis de ne pas perdre la maîtrise d'elle-même, et sa stricte éducation, au sein d'une Cour puritaine, l'avait préservée de tout faux pas. Il n'y avait qu'un homme pour lequel elle eût éprouvé un amour véritable. C'était le comte de Fersen, un jeune et beau Suédois. Quatre années plus tôt, alors qu'ils avaient l'un et l'autre dix-huit ans, elle avait dansé avec lui à Paris, dans un bal où elle était venue masquée et incognito. Ils s'étaient déjà vus à Versailles, mais ils avaient fait semblant de ne pas se reconnaître, et cette rencontre n'en avait été que plus romantique. Par la suite, toutes les fois qu'il faisait une apparition à la Cour entre deux voyages, elle avait eu l'impression que l'air crépitait entre eux. Une fois devenue Reine, il lui suffisait de le regarder pour se mettre à trembler et sentir ses yeux s'emplir de larmes. Sa grossesse l'avait amenée à se retirer de la vie publique. Durant ce répit, elle s'était efforcée de guérir de cet amour. A l'avenir, la maternité prendrait le pas sur la passion.

Le dix-huitième jour de décembre 1778, Jasmine entendit sonner les cloches de la chapelle royale : elles annonçaient que la Reine était entrée en travail. Jasmine lui souhaita de s'en tirer sans dommage.

A Versailles, Marie-Antoinette ne souffrait pas encore véritablement. Elle était étendue dans sa chambre. Depuis plusieurs jours, les fenêtres étaient fermées et calfeutrées, afin de tenir en respect l'air froid qui aurait pu pénétrer dans la pièce. Tout était prêt.

C'était une chambre magnifique, et son enfant serait le seizième à naître en ce lieu. Elle en avait elle-même choisi le décor. Les murs étaient tendus de soie de Lyon à motifs floraux, où prédominaient les roses, sur un fond crème. Le grand dais du lit s'ornait d'oiseaux sculptés prêts à prendre leur vol, de fleurs et de feuillages délicats, le tout doré et surmonté d'immenses plumes d'autruche blanches. A la tête du lit, sur le fond de soie où se retrouvait une profusion de fleurs ainsi que des plumes de paon, ses initiales étaient brodées en lettres ornementées : *M. A.*

On avait dressé, autour du lit, des paravents, que Louis en personne s'affairait à attacher les uns aux autres avec des cordes. Pleine de gratitude, elle le regardait faire. C'était là une innovation qui n'allait pas manquer de déplaire à bon nombre de gens : pour eux, une naissance royale devait se passer à la vue de tous. Mais Louis connaissait son extrême pudeur : elle allait jusqu'à se baigner sous une cape de toile afin que personne ne vît sa nudité. Le Roi, dont les muscles vigoureux de forgeron gonflaient les manches de son habit, exécutait des nœuds qui seraient impossibles à défaire.

Derrière les paravents, il faisait sombre, mais les deux candélabres de cristal étaient allumés, et il y en avait d'autres dans un cabinet proche, s'il en était besoin.

— Et voilà ! s'exclama Louis, en faisant le dernier nœud.

Il se tourna vers le lit. Sa femme lui tendait la main. Il la prit entre les siennes, et elle le gratifia d'un sourire affectueux.

— Je vous remercie, Louis.

Il l'embrassa tendrement. Jamais il ne cessait de s'émerveiller que le destin eût amené dans sa vie cette épouse merveilleuse. Jamais, se disait-il, il n'aurait pu régner sans elle. Il agita les doigts en signe d'adieu, quitta la retraite ménagée par les paravents, en passant par l'une des deux brèches laissées près du mur.

Au cours de la journée, il vint à plusieurs reprises voir sa femme, pour lui dire combien de princes du sang étaient arrivés : on les avait mandés de Paris et d'ailleurs, afin qu'ils fussent témoins de la naissance.

Il était trois heures du matin quand les souffrances de la Reine, qui n'avaient cessé d'augmenter dans les dernières heures, atteignirent un tel degré qu'on fit venir le Roi et les témoins royaux. De ses oreillers, elle vit danser au plafond les ombres des arrivants, entendit une rumeur désapprobatrice à la vue des paravents, et le bruit des sièges sur le parquet, des bavardages, tandis que chacun prenait sa place. Louis vint à son chevet, lui demanda avec inquiétude comment elle se sentait.

— Assez bien, parvint-elle à répondre.

Elle réprima le gémissement de douleur qui montait à sa gorge.

L'accoucheur aurait souhaité dire au Roi de les laisser, mais c'était impossible. Par bonheur, la princesse de Lamballe, amie intime de la Reine et dame d'honneur, se trouvait auprès d'elle. Elle murmura quelques mots à l'oreille du souverain.

— Certainement, fit-il, avec un hochement de tête. La Reine doit naturellement conserver tout son souffle pour l'épreuve qui l'attend.

Elle avait les paupières étroitement closes, les traits contractés. Il la gratifia d'un long regard, qu'elle ne vit pas, et quitta l'enceinte des paravents. Là, il s'alarma en constatant que la chambre se remplissait très vite. La Cour avait attendu avec impatience l'arrivée des princes du sang. Ils étaient tous là, à présent, et les courtisans s'étaient précipités afin de se trouver dans la pièce avant qu'on en fermât les portes. Dans la foule, chacun, semblait-il, avait oublié ses bonnes manières. Certains avaient apporté leurs propres tabourets pour s'y asseoir. Deux serviteurs, sur les ordres de leurs maîtres, avaient traîné dans la chambre l'un des assemblages des gradins qu'on dressait dans la Galerie des Glaces lors des grandes réceptions. Lorsque cet appareil eut été posé, on se disputa le banc du haut qui permettrait au moins d'apercevoir les têtes de l'accoucheur et des dames d'honneur par-dessus ces exaspérants paravents. Les bavardages, les rires, les querelles de préséance créaient une atmosphère de foire. La porte à double battant qui faisait face à l'entrée, de l'autre côte de la chambre, avait heureusement été fermée à clé : l'affluence, sinon, aurait été deux fois plus grande.

Louis, au désespoir, cherchait des yeux un valet de pied qui pût endiguer le flot. Il en vit un, écrasé contre le montant de l'autre porte. Les jupes à paniers de deux dames s'étaient coincées, au grand agacement de ceux qui se trouvaient derrière. Louis cria :

— Fermez cette porte ! Ne laissez plus entrer personne !

Le valet se dégagea, claqua les deux battants. Tranquillisés, les courtisans déjà en place s'installèrent de leur mieux mais ils étaient pour le moins une cinquantaine, et l'on ne pouvait plus leur demander de sortir. Louis s'assit dans le fauteuil à haut dossier qui lui avait été réservé, et la longue veille commença.

La chaleur ne tarda pas à devenir étouffante. Quand sa femme fut incapable de retenir plus longtemps ses cris et ses gémissements, Louis, appuyé sur un coude, se couvrit les yeux de la main et demeura ainsi, parfaitement immobile. Il priait en silence pour elle et pour l'enfant qui prenait si longtemps pour naître.

L'aube vint. Mis à part, de temps en temps, un murmure ou le craquement d'un tabouret, on n'entendait que les cris de Marie-Antoinette. Dans la cheminée, le feu s'était depuis longtemps réduit en cendres grises. La température, cependant, ne cessait de monter. Dans la pièce sans air, les assistants s'épongeaient le front et la nuque. Vers le milieu de la matinée, au bout de près de sept heures, l'une des femmes de la Reine, incapable de supporter davantage le spectacle de ses souffrances, tomba en pâmoison. L'incident parut mettre le feu aux poudres. Beaucoup montèrent sur leurs sièges, pour regarder par-dessus les paravents, qui oscillèrent et se seraient effondrés si les cordes ne les avaient retenus. D'autres se bousculaient pour voir à travers les interstices. Tous criaient, hurlaient.

Au milieu de tout ce tumulte monta le cri d'un nouveau-né.

Louis, que l'inquiétude devant un tel désordre avait déjà

fait bondir de son fauteuil, laissa échapper une exclamation de joie et s'élança vers le grand lit. Certains, pour le suivre, repoussèrent les paravents. C'était une fille, mais cela n'empêcha en rien les acclamations et les cris de joie qui résonnèrent jusqu'au plafond et s'entendirent jusqu'à la Galerie des Glaces et au-delà, où toute une foule attendait.

Soudain, dans le lit, la Reine retomba en arrière. Elle cherchait son souffle. L'accoucheur cria :

— Elle suffoque ! Reculez !

Louis ne put jamais se rappeler comment il avait atteint, en quelques secondes, la fenêtre la plus proche, ni combien de princes du sang et autres il avait écarté de son chemin. Son poing vigoureux brisa la vitre, l'air froid entra à flots. Au chevet du lit, l'accoucheur pensait déjà qu'il était trop tard, et que la Reine se trouvait à deux doigts de la mort. Il demandait à grands cris de l'eau chaude pour la saigner, mais l'eût-on entendu dans le tohu-bohu que le retard aurait rendu la démarche inutile. Il risqua le tout pour le tout, saisit l'un de ses instruments, en enfonça la pointe dans la plante du petit pied. Le sang jaillit. La Reine, sous le choc, eut un violent sursaut, aspira convulsivement. Un peu de couleur revint à ses joues. Rassuré, l'accoucheur s'essuya le front d'une manche de chemise trempée de sueur et adressa au Roi un signe de tête.

— Tout va bien, Sire. Pourrait-on faire évacuer la pièce ?

Ce fut fait. Dans la Cour Royale, les canons se mirent à tonner. Au Château Satory, Jasmine, en compagnie de Rose, comptait les coups à haute voix. Ils s'arrêtèrent à vingt et un. Elle haussa les sourcils en souriant à sa petite-fille.

— C'est une princesse.

— Fêtons sa naissance, grand-mère ! Je suis sûre que c'est un joli bébé.

Elles dégustèrent des glaces, en dépit du temps froid, et le chef prépara un plat compliqué, avec du sucre filé, des œufs et de la crème. Au lieu de vin coupé d'eau, Rose fut autorisée à boire un peu de vin de Champagne. Elle en aima la couleur mais trouva le goût trop piquant. Jasmine prenait toujours un vif plaisir aux commentaires de sa petite-fille, et cette fête impromptue à deux fut pour elle aussi agréable que pour Rose.

Au cours de leur conversation à table, Rose cessa de parler du bébé pour aborder ses propres origines et celles de ses parents. Il lui était déjà arrivé de poser des questions de cet ordre, à partir du moment où elle s'était fait des amies qui avaient deux parents et pas seulement une grand-mère pour s'occuper d'elles. Jusqu'à présent, l'enfant connaissait seulement la version fournie à tout le monde au temps de sa première enfance.

— Où suis-je née, grand-mère ?

— A la campagne, répondit Jasmine.

C'était vrai. Il y avait eu, à l'époque, aux confins de Versailles, une demeure où on logeait, durant leurs grossesses, les filles du Parc aux Cerfs.

— Votre mère séjournait chez des amis.

— Etiez-vous là alors, grand-mère ?

Elle posait, sans le vouloir, une question délicate.

— Cela n'a pas été possible. Tout est arrivé très vite. J'ai connu votre existence le jour où l'on vous a amenée ici. On m'a appris en même temps que vous n'aviez plus ni père ni mère.

— Comment était mon père ?

— C'était un homme charmant, affirma chaleureusement Jasmine.

— Où était-il né ?

— Non loin d'ici.

Impossible de préciser que c'était dans la chambre même où la petite princesse venait de voir le jour.

— Aimeriez-vous veiller pour voir les feux d'artifice ? Il y en aura certainement sur Versailles, et nous devrions les voir parfaitement de l'une des fenêtres de l'étage.

— Oh ! oui !

La diversion fit oublier un sujet dangereux, mais il reviendrait, Jasmine n'en doutait pas. Il semblait cruel de laisser ignorer à Rose l'existence d'une mère, mais Violette l'avait voulu ainsi et, de fait, elle était morte pour l'enfant dont elle n'avait pas voulu.

Rose devint femme très tôt, et la paix de la maison s'en trouva troublée. Plusieurs épisodes de rébellion se produisirent : un jour, par exemple, où elle monta un cheval qu'on lui avait interdit de prendre ; un autre où elle se couvrit le visage d'un maquillage qui lui donnait l'air d'un jeune clown. Jasmine supportait tout avec patience. Rose finirait bien par se calmer. La transformation coïncida avec un mariage auquel elles furent invitées l'une et l'autre. La femme de Michel était morte quelque temps plus tôt, et il épousait Béatrice, après toutes ces années passées ensemble.

Ce fut une cérémonie intime : seuls, la famille et quelques amis se trouvaient à l'église. La claudication de Michel était plus prononcée, mais, par ailleurs, il paraissait en bonne santé. Il avait gardé une silhouette bien proportionnée, aux larges épaules. Béatrice le contemplait avc adoration.

— Je ne me marierai jamais, annonça Rose, lorsqu'elles se retrouvèrent chez elles.

— Oh ! et pourquoi ça ?

— Pensez comme ce serait horrible, si je devais partir aussi loin que vous l'avez fait, après votre mariage.

— Il n'y a aucune raison pour que vous connaissiez le même sort. Plus probablement, vous aurez une résidence à Paris ou quelque part en Ile-de-France.

Jasmine prenait grand soin de ne jamais faire allusion à Versailles.

— Je ne veux vivre nulle part ailleurs qu'au Château Satory. Je resterai ici et je prendrai soin de vous lorsque vous serez vraiment vieille.

Rose parlait avec une telle gravité que Jasmine retint un haussement de sourcil amusé. Le marié de ce jour avait soixante-quatorze ans, et elle-même n'était guère plus jeune.

— Je ne vous rappellerai pas cette promesse, mon enfant. Un jour viendra où vous serez amoureuse. Cela se produira le jour où vous découvrirez qu'il n'existe pas seulement des chevaux et des poneys mais aussi des jeunes gens.

— Vous vous moquez, grand-mère.

L'expression de Rose demeurait résolue.

— Mais je parlais sérieusement. Je vous aime. Vous m'avez tenu lieu de père et de mère. Jamais je ne vous quitterai. Je prendrai soin de vous comme vous avez pris soin de moi.

Elle jeta les bras autour du cou de sa grand-mère, pressa sa jeune joue lisse contre la peau ridée. Jasmine ferma les yeux : elle remerciait le ciel que sa petite-fille eût un cœur aussi tendre. Celui qui ferait la conquête de ce cœur, espérait-elle, saurait l'apprécier à sa juste valeur.

Lorsque Rose atteignit ses quinze ans, elle avait déjà fait la découverte que sa grand-mère avait prophétisée. L'intérêt qu'elle portait aux chevaux ne tiédit pas, mais elle se mit soudain à remarquer, comme jamais auparavant, les frères aînés de ses amies, prit conscience des sourires et des attentions que lui prodiguaient les représentants du sexe masculin et y trouva agrément. Le premier bal à avoir jamais eu lieu au Château Satory depuis le temps de Marguerite fut pour elle tout à la fois la célébration de son anniversaire et de la vie passionnante qu'elle allait mener. Elle fit toutes les danses et aurait pu connaître son premier baiser si la timidité ne l'avait paralysée. Il lui restait encore à faire cette expérience, non point faute d'occasions mais par une instinctive coquetterie.

Ces jours d'insouciance devaient être de courte durée. Le coup tomba, fit exploser le petit monde dans lequel elle s'était toujours sentie en sécurité. Ce fut précisément trois mois avant son seizième anniversaire. Un seigneur d'allure distinguée vint voir sa grand-mère, et ils demeurèrent enfermés ensemble dans le Salon Ivoire. On envoya alors chercher Rose. Elle les trouva assis devant une table de Boulle. Des documents étaient étalés sur la marqueterie.

Dès que la porte s'ouvrit, Jasmine leva les yeux. Rose continuait à faire une entrée spectaculaire toutes les fois qu'elle pénétrait dans une pièce. Ce n'était pas plus volontaire que par le passé, lorsqu'elle était encore une petite fille. Mais son visage animé, la lueur d'attente heureuse qui brillait dans ses yeux frangés de longs cils, son pas léger attiraient toute l'attention de ceux qui se trouvaient là. En la voyant, Jasmine, souvent, retrouvait le souvenir de Mme de Pompadour : il n'y avait entre elles aucune ressemblance physique, mais la même grâce, le même charme fascinant émanaient de Rose. Récemment, la Reine s'était lassée des coiffures hautes et pommadées ; elle avait lancé une mode nouvelle : les cheveux, coiffés en largeur plutôt qu'en hauteur, restaient naturels. Les boucles abondantes de la jeune fille lui permettaient de tirer le meilleur parti de cette mode, et elle n'en était que plus ravissante.

Les présentations faites. Jasmine dit :

— Asseyez-vous, Rose.

Le comte de Gramont, debout, attendit que la jeune fille fût installée.

A sa vue, Rose avait été prise d'inquiétude. Le visage anxieux de sa grand-mère vint encore ajouter à un funeste pressentiment. N'était-ce pas là, se demandait-elle, un prétendant que, pour une raison inconnue, on n'avait pas éconduit ? Mais elle était bien loin du compte. Dans un silence accablé, elle l'écouta exposer l'objet de sa visite.

— Feu le Roi Louis XV a laissé des instructions établissant que, ce jour même, vous recevriez le titre de marquise de Chuard avec votre propre blason, trois griffons d'or sur champ de gueules. Il n'existe plus de terres ni de domaines afférents au titre, puisqu'il s'agit d'un marquisat tombé en désuétude, mais vous recevrez un revenu convenable.

Rose le dévisageait sans rien comprendre.

— Mais pourquoi serais-je choisie pour cet honneur ? J'ai vu Louis XV une seule fois et j'étais alors une enfant de six ans.

Le noble personnage échangea un regard avec Jasmine, avant de reporter les yeux sur la jeune fille.

— Mme la duchesse vous expliquera plus tard tous les détails. Nous en sommes convenus. Avant de faire votre entrée à la Cour...

— A la Cour ! Qu'irais-je y faire ? Je suis ici chez moi.

— Il en sera toujours ainsi. Comme je le disais, il sera nécessaire que vous suiviez, durant trois mois, une instruction sur l'étiquette de la Cour, qui vous sera donnée par une dame nommée par la Reine. Certes, Sa Majesté a apporté certaines modifications aux règles, mais les principes essentiels demeurent et doivent être assimilés, si vous ne voulez pas vous exposer à des erreurs qui vous mettraient dans l'embarras, ainsi que votre entourage. Cette instruction commencera dès demain. La veille de votre seizième anniversaire, vous partirez d'ici pour vous rendre à Versailles où vous prendrez résidence dans un appartement qui vous a déjà été alloué.

Rose se leva. Elle était indignée et furieuse que ce personnage vînt de but en blanc bouleverser sa vie par le seul caprice du feu Roi qui avait été amusé par une enfant.

— Je ne saurais accepter ce marquisat. Je n'ai nul désir de vivre à la Cour. Ma place est ici, avec ma grand-mère.

Elle se rapprocha du fauteuil de Jasmine, prit une attitude protectrice.

— Rien ne m'obligera à la quitter.

— Vos sentiments sont admirables, mais Mme la duchesse a déjà accepté votre départ.

Il feignit de ne pas voir le regard chargé de reproche que Rose lança à sa grand-mère.

— La Reine veille scrupuleusement sur les jeunes dames de sa suite.

— Dois-je comprendre que je serais au service de la Reine ? demanda Rose d'un ton incrédule.

— On vous a accordé cet honneur.

Le comte se leva pour prendre congé, désigna les documents épars sur la table.

— Vous désirerez, j'en suis sûr, examiner ces papiers tout à loisir. Je reviendrai dans quelques jours, à l'heure qui vous conviendra, afin de répondre aux questions que vous pourriez vouloir me poser.

Il fit ses adieux à Jasmine, puis à la jeune fille.

— J'attendrai avec impatience notre prochaine rencontre, madame la marquise.

Restées seules, la vieille dame et sa petite-fille demeurèrent plusieurs minutes sans parler. Jasmine rassemblait ses forces pour affronter ce qui allait suivre. Elle alla s'installer plus confortablement sur un sofa proche du feu. Rose, toujours debout, prit les documents et les lut en entier. Quand ce fut fait, elle s'approcha d'une fenêtre, contempla sans le voir le pavillon d'été où Jasmine et elle avaient si souvent soupé, pendant la belle saison.

— Suis-je une bâtarde royale, grand-mère ?

A cette question crûment posée, Jasmine tressaillit, releva le menton.

— Louis XV était votre père. Cet honneur royal suffit à vous légitimer.

— J'ai toujours eu l'impression que mes origines avaient quelque chose de mystérieux. Ces derniers temps, je me suis convaincue qu'on me cachait quelque chose et j'étais certaine que vous me diriez toute la vérité quand je serais majeure. Mais jamais je n'aurais imaginé pareille chose.

— J'avais promis à votre mère d'attendre, pour vous révéler la véritable identité de votre père, le moment que je jugerais le plus favorable. J'avais pensé vous le dire le jour de votre mariage.

Rose s'écarta de la fenêtre pour venir se poster devant sa grand-mère d'un air accusateur.

— Cette conversation entre vous s'est-elle passée avant ou après ma naissance ? Combien de mensonges m'avez-vous contés ?

— Aucun auquel ma promesse ne m'eût obligée. Je n'ai jamais eu le désir de vous cacher la vérité : selon moi, il aurait mieux valu que vous sachiez tout. J'ignorais que ce marquisat vous fût réservé. Sinon, je vous y aurais préparée depuis longtemps.

La détresse de Jasmine s'accentua quand elle lut dans les yeux de sa petite-fille un sentiment qui ressemblait à de l'hostilité. Elle avait vu cette même expression sur le visage de Violette et elle souffrait de la retrouver là où, jusqu'à présent, il n'y avait eu qu'amour. D'une main hésitante, elle tapota les coussins, près d'elle.

— Venez vous asseoir. Je vous dirai tout.

Rose préféra s'installer dans un fauteuil, en face de la vieille dame. Les traits pétrifiés, elle écouta Jasmine lui révéler les circonstances de la naissance de Violette et tout ce qui avait suivi.

— Si je n'avais pas accepté les conditions posées par votre mère, elle ne m'aurait pas permis de vous garder.

Les lèvres de Jasmine frémissaient, elle tremblait de tout son corps.

— On ne devrait jamais se féliciter de rien. Je me suis toujours flattée de n'avoir pas commis d'erreurs dans votre éducation. Pourtant, j'ai fait la plus grave de toutes en ne me tenant pas à ce que je savais juste, au fond de ma conscience.

— Oui, je le crains, répondit Rose d'un ton froid. Je vous ai toujours fait confiance. Vous étiez l'ancre de ma vie. Toutes les fois que j'éprouvais ce désir désespéré d'avoir des parents bien à moi, je me répétais que je vous avais, vous, et que personne n'aurait pu m'être plus cher. Tout ce temps, vous entreteniez le mensonge et vous souteniez une supercherie. A cause de cela, je me sens maintenant désespérée, perdue. Ma mère, dites-vous, a épousé un noble autrichien. Il ne devrait pas être difficile de retrouver sa trace.

— J'ignore si elle est vivante ou morte !

— Quoi qu'il en soit, je veux savoir. Si elle vit toujours, je lui écrirai. Elle me doit pour le moins une explication. Si elle savait qu'on devait m'offrir ce marquisat, pourquoi ne vous en a-t-elle pas informée ?

— Je peux vous répondre, je crois. Au cours de notre conversation, je lui ai dit que je vous donnerais l'enfance heureuse, normale qu'elle n'avait jamais eue. Je lui ai promis que vous grandiriez dans l'insouciance et dans l'assurance d'un foyer stable. Votre mère se rappelait sans doute avoir été nourrie de rêves fous à propos de Versailles.

Rose accepta l'explication. Comme si elle ne savait comment dominer sa détresse, elle se jeta hors de son fauteuil.

— Je ne lui écrirai donc pas. D'ailleurs, elle n'a aucun désir de recevoir de mes nouvelles. Qu'elle continue de croire qu'un mensonge stupide, selon lequel elle serait morte en couches, me tient dans l'ignorance.

— Ne soyez pas trop dure à son égard. A sa manière, elle a fait pour vous ce qu'elle jugeait le meilleur.

— Elle aurait dû se contenter de me laisser chez vous. Je ne veux pas de ce titre et de tout ce qu'il entraîne !

D'un geste furieux, elle balaya les documents restés sur la table.

— Les robes de cour, les cérémonies, les révérences, le protocole... tout ce qui régit cette existence dorée !

Elle rejeta la tête en arrière avec désespoir.

— Jamais je ne le supporterai !

— Oh ! ma petite enfant !

Jasmine partageait sa détresse.

— Vous ne pouvez pas y échapper. Ce qu'un Roi a décrété doit se faire. Ainsi que je vous l'ai dit, je n'étais guère plus âgée que vous quand mon univers s'est effondré. Vous êtes forte. Vous affronterez et vous vaincrez toutes les difficultés qui vous attendent. Au moins ne serons-nous pas bien éloignées l'une de l'autre. Nous pourrons nous voir souvent.

Rose posa sur elle un regard glacial.

— Croyez-vous, grand-mère ? Je vais pénétrer dans un monde qui m'est totalement étranger. Je ne m'appartiendrai plus, je serai une vassale de la Reine, et mes allées et venues se feront à sa volonté.

— Elle s'est montrée bonne pour vous, en l'unique occasion où vous l'avez rencontrée.

— Je ne doute pas de sa bonté. Elle est, comme je vais l'être, prisonnière de Versailles. Moins heureuse encore que moi, puisqu'elle a dû se marier par nécessité politique. Du moins personne ne me forcera-t-il jamais à me marier. Naguère, je pensais rester ici pour prendre soin de vous. Cette chance m'a été refusée, mais cela ne change rien à mes intentions. Le mariage signifie des enfants à mettre au monde, et jamais je n'y consentirai. Je ne voudrais pas donner le jour à un enfant pour qu'il souffrît les malheurs qui nous ont accablées, de différentes manières, vous, ma mère et moi.

Elle se retourna vers le portrait de Marguerite, lui adressa la parole d'un ton railleur.

— Même vous, chère arrière-grand-mère. On m'a dit il y a longtemps, mais je m'en souviens, que vous aviez perdu l'homme que vous aimiez. Nous n'avons guère de chance, n'est-ce pas, nous, les femmes aux noms de fleurs ? Du moins n'y en aura-t-il jamais une autre pour venir s'ajouter au bouquet !

Un gros sanglot lui montait à la gorge. Le dos de la main pressé sur ses lèvres, elle fit volte-face, se précipita hors de la pièce, sans entendre ce que lui criait Jasmine :

— Mais deux d'entre nous ont connu un grand amour. Votre mère elle-même en a été tout près, et il viendra à vous !

Les pas précipités de la jeune fille s'éteignirent à l'étage. Jasmine fit un mouvement pour se lever, réalisa alors qu'elle subissait le contrecoup de la nouvelle apportée par le comte de Gramont et de la discussion qui s'était ensuivie avec sa petite-fille. Toute force avait abandonné ses jambes. Elle était incapable de bouger, et le cordon de sonnette était hors de portée. Elle devrait attendre que quelqu'un passât et pût l'entendre. Elle ne perdit pas la tête : elle avait simplement besoin d'un peu de temps pour se remettre. Avec détermination, elle reporta ses pensées sur la société dans laquelle Rose serait introduite trois mois plus tard.

La Reine se montrait plus extravagante et obstinée que jamais, c'était un fait. Néanmoins, depuis la naissance de Marie-Thérèse, suivie un peu plus tard par une fausse couche, la mort de sa propre mère et l'arrivée, enfin d'un fils, elle avait quelque peu modéré son train pour devenir plus raisonnable. Jasmine en était convaincue, sa petite-fille ne courrait à Versailles aucun danger moral. Sa certitude ne se fondait pas seulement sur les assurances du comte de Gramont mais aussi sur sa profonde connaissance du caractère que Rose avait acquis en grandissant.

18

Rose n'avait jamais rien connu de plus ennuyeux que ces trois mois de préparation à la vie de Cour. Son maître à danser lui avait enseigné les règles du maintien, mais sa démarche, bien qu'élégante, devait se transformer entièrement. Il lui fallait faire de tout petits pas, pour avoir l'air de glisser sur le sol comme si elle était montée sur roulettes. Il y avait aussi la manière de saluer les personnes de haut rang. Elle croyait déjà la connaître, mais il fallait marquer des différences entre les femmes qui avaient fait de meilleurs mariages que d'autres, même si elles portaient le même titre. Elle devait donc se mettre en mémoire les relations entre toutes les grandes familles. On lui faisait passer sur le sujet des examens écrits, comme les étudiants à l'université.

Durant plusieurs jours de suite, elle devait exécuter une centaine de versions différentes de la même révérence, selon le personnage que son professeur prétendait être. Certaines leçons se passaient même au-dehors : on lui demandait d'arrêter les porteurs de sa chaise, et de descendre pour saluer un membre de la famille royale. Mais, si elle se trouvait en carrosse, elle pouvait faire arrêter son cocher et demeurer à sa place jusqu'au moment où le personnage se serait éloigné. Par moments, toutes ces subtilités lui donnaient le vertige.

La Reine lui avait envoyé la duchesse de Noailles, le meilleur professeur qu'on pût trouver. Marie-Antoinette elle-même, à son arrivée en France, l'avait surnommée Mme Etiquette. A l'époque, cette redoutable duègne l'avait accompagnée partout : elle l'instruisait, la corrigeait, surveillait son comportement dans les cérémonies officielles. Le supplice avait duré jusqu'au jour où elle était devenue Reine. Marie-Antoinette, alors, s'était libérée avec joie de cette compagnie déprimante.

— Elle me jette comme un vieux gant, avait maugréé Mme Etiquette devant ses amis.

Elle en avait gardé une rancune tenace et comptait au nombre des ennemis de la Reine. Elle se garda bien, naturellement, d'en faire état au Château Satory.

— Allons, allons, disait-elle à Rose. Quittez cet air maussade. Ne pas se montrer souriante en agréable compagnie représente le comble de l'impolitesse. Gardez pour vous vos humeurs. Vous ne devez jamais non plus mentionner la mort à la Cour, sinon pour des condoléances privées, tout de suite après le décès. Par la suite, il faut faire comme s'il n'était rien arrivé, même s'il s'agissait de votre propre mari.

— C'est de la cruauté.

Les yeux de Mme Etiquette étincelèrent.

— C'est une tradition de longue date, conçue pour alléger l'existence de tous, et montrer, par de petits détails, comment un seigneur ou une noble dame se sont élevés au-dessus du reste. Il ne vous appartient pas de contester le protocole mais de lui obéir, madame ! Comment devrez-vous placer le coussin où vous vous assiérez ou vous agenouillerez ?

— Selon un angle sensible.

— Pourquoi cela ?

— Parce que seuls les princes du sang ont le privilège de placer les leurs tout droits.

— Bien. Quel avis souhaiteriez-vous voir sur la porte de votre appartement, si vous deviez accompagner la Cour hors de Versailles ?

— L'avis porterait *Pour la marquise de Chuard* si l'on devait m'accorder le plus grand respect, mais uniquement mon nom dans le cas contraire.

— C'est exact. Beaucoup se feraient couper les oreilles afin d'avoir un *Pour* à leur porte, mais ce n'est pas si aisé.

Les questions étaient sans fin. Mme Etiquette savait se montrer méchamment sarcastique. Rose en vint à la détester. Rien d'étonnant, se disait-elle, si on ne la voyait jamais dans la compagnie de la Reine.

Les sentiments de la jeune fille à l'égard de Jasmine demeuraient confus. Par suite des leçons, elles passaient moins de temps ensemble. Les heures de repas elles-mêmes se transformaient en périodes d'instruction : Mme Etiquette décidait qu'il s'agissait d'un banquet avec un dignitaire étranger, ou de toute autre circonstance. Rose finissait par mourir d'envie de renverser une assiette sur sa tête hautaine.

Jasmine, pour sa part, était engourdie de tristesse. Depuis

le choc qu'elle avait subi, toute force semblait l'avoir quittée. Elle commença de s'aider d'une canne mais, suivant l'exemple de Michel, garda le dos et la nuque aussi droits que possible. En apparence, il n'y avait rien de changé entre sa petite-fille et elle, mais le rire, la familiarité avaient disparu. Un fossé se creusait entre elles. Même quand Rose lui souhaitait une bonne nuit, son baiser, semblait-il, venait de très loin.

Mlle Bertin, la propre couturière de la Reine, se présenta pour concevoir et exécuter pour Rose toute une nouvelle garde-robe qui devait couvrir chaque aspect de la vie à la Cour. La mode avait chassé les paniers et les coiffures tout en hauteur. Les robes tombaient maintenant droites et amples, s'ouvraient par-devant sur un tissu brodé ou sur une étoffe de couleur ou de motif contrastants. Une fois achevées, les toilettes de Rose furent livrées à son appartement de Versailles, pour y attendre son arrivée.

Le jour de ses seize ans, la jeune fille quitta le Château Satory. Jasmine l'accompagna pour l'installer dans sa nouvelle demeure. De bonne heure, ce matin-là, Diane Arnaud avait pris les devants, afin de tout préparer pour son arrivée. Diane était la petite-fille de Lénore, la fidèle femme de chambre de Jasmine, et elle avait été tout particulièrement formée pour cette nouvelle position. De trois ans plus âgée que Rose, elle était aussi capable, aussi sérieuse que sa mère, la bru de Lénore, qui était maintenant gouvernante au Château Satory.

Le trajet jusqu'à Versailles se déroula dans le silence. Jasmine eût aimé profiter de cette dernière chance pour tendre la main à la jeune fille et tenter de réparer la brèche qui s'était ouverte entre elles. Mais Rose demeurait immobile, le regard fixé sur le paysage, inabordable.

L'appartement se trouvait au deuxième étage, et Jasmine redoutait les escaliers. Mais, à l'arrivée à Versailles, on leur dit que l'élévateur était toujours en service. Il avait été installé pour Mme de Pompadour, qui avait initialement vécu à cet étage avant d'emménager au rez-de-chaussée.

Le logement de Rose était petit : un minuscule boudoir, une chambre à coucher et une salle de bains qui contenait un poêle de porcelaine très ornementé et une baignoire de marbre vert d'où l'eau s'écoulait par une grille insérée dans le sol dallé de marbre. Le décor, dans tout l'appartement, était d'or et de blanc bleuté. Tout avait été refait à neuf ; les tentures et le mobilier étaient ce qu'il y avait de mieux. Rose s'approcha des fenêtres qui donnaient sur la cour blanche et noire de la façade est. On découvrait aussi, sur le côté, les fenêtres et le balcon des Grands Appartements du Roi, à l'étage au-dessous.

Jusqu'à présent, la jeune fille n'avait encore rien dit.

Jasmine s'assit avec précaution sur le sofa recouvert de soie pêche.

— Tout est très confortable, remarqua-t-elle, pour rompre un silence pénible.

Rose frappa du poing un volet intérieur rabattu contre le mur.

— C'est une cellule de prison ! s'exclama-t-elle avec amertume.

Elle fit volte-face, toute prête à crier de nouveau son indignation. Mais elle vit seulement le visage angoissé de sa grand-mère. La vieille dame, dans ces lieux étrangers, représentait tout l'amour, toute la sécurité qu'elle eût jamais connus. Elle s'élança vers Jasmine, se jeta à genoux devant elle.

— Je me suis montrée cruelle envers vous, grand-mère ! Vous avez fait seulement ce que vous deviez faire, je le sais, mais je n'ai pas réussi à vous le pardonner. Je reconnais mes torts. C'est vous qui devriez me pardonner ces trois longs mois où je me suis tenue éloignée de vous.

Jasmine caressait les boucles rebelles.

— Chut, ma chère enfant. Ne soyez pas bouleversée à ce point. J'ai compris votre attitude, mais je finissais par perdre tout espoir que nous puissions redevenir amies, vous et moi.

Rose releva un visage maculé de larmes.

— Toujours ! Si jamais vous avez besoin de moi, je reviendrai.

— Je n'en doute pas.

Jasmine tira de sa bourse un mouchoir parfumé, en secoua les plis, avant de le tendre à Rose pour qu'elle séchât ses larmes.

— Il est une chose que j'ai apprise il y a bien longtemps : lorsqu'on ne peut rien changer à une situation, le mieux est d'en tirer le meilleur parti possible. Vous allez découvrir des plaisirs dans votre nouvelle vie. Il y aura des compensations. Sous ce toit, vous rencontrerez quelques-uns des personnages les plus doués, les plus intéressants, les plus passionnants du monde, et ils vous feront oublier les règles et les contraintes que vous devrez subir. Il n'y a aucune raison pour que vous renonciez à vos anciennes attaches. A mon avis, vous allez vous sentir beaucoup moins prisonnière que vous ne le croyez à présent.

Elle tapota la joue de Rose.

— Et maintenant, je boirais volontiers une tasse de ce délicieux thé de Chine. Tirez donc sur ce ravissant cordon de sonnette et voyez ce qui arrive.

Rose, sans lâcher le mouchoir, se redressa sur ses talons et montra un sourire encore mouillé de larmes.

— Je vais me venger de Mme Etiquette en avalant mon thé dans la soucoupe, menaça-t-elle d'un air espiègle.

— Pas en ma présence !

Avec un air de sévérité feinte, Jasmine secoua son éventail replié.

Elle partit tout de suite après le thé : Rose devait faire la connaissance de son service, qui comportait dix serviteurs — la Reine en avait cent. Elle se changerait ensuite pour se présenter à six heures dans les Petits Appartements de la souveraine. Jasmine profita de l'élévateur pour descendre, tandis que Rose se hâtait dans l'escalier pour la rejoindre et l'accompagner jusqu'à son carrosse. Elles s'étreignirent affectueusement. La vieille dame constata avec soulagement que la jeune fille semblait un peu plus détendue. Le trajet de retour se passa ainsi pour elle plus paisiblement que l'aller.

Marie-Antoinette, normalement, ne recevait jamais de personnes étrangères dans ses Petits Cabinets : c'était son refuge, une suite de petites pièces charmantes où se retrouver seule et se reposer : elle y pénétrait par une porte dérobée qui s'ouvrait dans sa chambre d'apparat. Mais elle n'avait pas oublié l'impression d'accablement qu'elle avait ressentie lors de son arrivée à Versailles. Une invitation dans le cadre intime de sa petite bibliothèque, avait-elle décidé, mettrait la jeune fille à son aise. A la différence du Roi, qui travaillait même aux affaires d'Etat dans sa magnifique bibliothèque neuve, elle n'avait rien d'une passionnée de lecture, mais ses livres favoris étaient rangés, derrière des portes vitrées, sur les rayonnages tapissés de soie verte, en compagnie d'une collection de petits objets d'art en laque qu'elle conservait précieusement.

On frappa à la porte.

— Entrez.

Rose vit Marie-Antoinette se détourner d'une fenêtre pour l'accueillir d'un sourire. Elle eut tout juste le temps d'entrevoir l'élégance de la Reine, vêtue de velours crème, et la chevelure blond cendré, lissée en largeur, selon la mode, avant de plonger dans la plus profonde des révérences, celle qui était réservée au Roi et à la Reine.

— Soyez la bienvenue à Versailles, madame la marquise. Ce sont des retrouvailles, n'est-il pas vrai ? Je me rappelle avoir soupé avec vous, il y a longtemps, dans le Salon de Vénus. Asseyez-vous, et bavardons un peu.

Tout fut pour Rose comme la première fois. Elle fut immédiatement consciente d'une complicité entre elle et la souveraine. Certes, étant enfant, elle avait été incapable d'identifier ce sentiment de confiance et de sympathie qui l'envahissait sans qu'elle s'y fût attendue. Elles bavardèrent un long moment, rirent ensemble à plusieurs reprises. Lorsque Rose quitta la bibliothèque de la Reine, où des emblèmes de la Maison de Habsbourg marquaient ces lieux comme le domaine personnel de Marie-Antoinette, l'abattement dont elle avait été la proie durant les trois derniers mois, déjà quelque peu dissipé par la réconciliation avec sa grand-mère, s'était encore allégé.

Ainsi que l'en avait avertie Mme Etiquette, Rose découvrit que les journées étaient longues. Elle devait être présente quand on éveillait la Reine dans sa chambre d'apparat. La souveraine, d'ailleurs, ne se levait pas toujours aussitôt : si elle avait dansé toute la nuit, elle jetait un bras en travers des oreillers de dentelles, y enfouissait le visage pour échapper à la lumière et se rendormait. Au bout d'un moment, on la réveillait de nouveau, avec plus d'insistance, cette fois, et la Maîtresse de la Garde-Robe lui présentait un peignoir. Rose était la plus nouvelle et, en conséquence, la plus humble des dames d'honneur : elle restait à l'arrière-plan et n'avait même pas le droit de toucher les petites pantoufles de satin que la plus proche par le rang offrait aux pieds royaux.

Marie-Antoinette, toutefois, ne la négligeait jamais. Tout en dégustant un déjeuner frugal, composé de café et de pain autrichien spécialement confectionné pour elle, elle bavardait avec ses dames, sans oublier Rose. Venait ensute la première grande décision de la Reine pour la journée : elle feuilletait un registre où étaient épinglés des échantillons de ses centaines de robes et faisait son choix : plusieurs changements de toilette seraient nécessaires avant l'heure du coucher. M. Léonard arrivait alors de Paris pour coiffer la Reine. Lorsqu'il repartait, elle recevait parfois ceux qui souhaitaient la voir pour quelque affaire. Enfin, somptueusement vêtue, elle quittait son appartement pour aller assister à la messe avec le Roi. Rose et les autres dames la suivaient. Le reste de la journée était occupé par des rencontres officielles, suivies de toutes sortes de réceptions. Contrairement à la prédiction de Jasmine, on ne constatait aucun changement dans la faim de plaisirs de Marie-Antoinette. Tout comme Louis XV, elle était bien résolue à tenir l'ennui en respect. Inévitablement, dès qu'elle eut surmonté sa nostalgie du Château Satory, Rose, débordante d'énergie et d'amour de la vie, se plongea dans ce tourbillon sans fin. En moins de six mois, il lui était aussi familier que si elle y était née. Jamais, à aucun moment, si pleine d'ardeur qu'elle fût, la Reine ne se conduisait avec la moindre indécence. Rose en déduisait que les commérages qui couraient sur son immoralité étaient sans fondement.

Certes, lorsqu'elle se mêlait aux bals publics de Paris, Marie-Antoinette était la première à relever ses jupons pour participer aux danses populaires. Aux courses, dans la Plaine des Sablons, elle criait aussi fort que quiconque pour encourager les jockeys à atteindre plus vite le poteau d'arrivée. Mais, pour Rose, ce n'étaient là que les exubérances d'une jeunesse dans laquelle elle-même se complaisait. Elle comprenait dans quelle mesure une Reine aussi éprise de plaisirs pouvait offenser bien des gens, mais les histoires de comportement licencieux au Petit Trianon et de rendez-vous nocturnes donnés en secret dans le parc n'étaient que calomnies. Rose enrageait de voir une femme aussi pudique ainsi traînée dans la boue par les amateurs de scandale.

Elle en parla avec Jasmine, un jour où elle était en visite au Château Satory. Comme elle ne figurait pas parmi les privilégiés conviés au Petit Trianon, elle pouvait se rendre au château plus souvent qu'elle ne l'avait espéré et parfois même y séjourner une nuit ou deux.

— Il est des gens pour déclarer que la Reine ne devrait jamais se rendre aux bals de l'Opéra, à Paris, mais, comme nous tous, elle y va toujours masquée et incognito.

Jasmine haussa les sourcils en souriant.

— Croyez-vous réellement qu'elle ne soit pas immédiatement reconnue, sous son déguisement ? Vous arrivez tous aussi brillants que des libellules, la Reine couverte de diamants dont peu de femmes pourraient faire étalage, et dotée d'une personnalité tout aussi scintillante. Peut-être ne se soucie-t-elle pas de côtoyer en ces lieux douteux des gens de toutes les positions sociales, depuis la noblesse jusqu'à la plus vile courtisane, mais un grand nombre de personnes ne sont pas de son avis.

— Mais c'est la diversité de la compagnie qui ajoute au plaisir, grand-mère !

— J'espère que vous ne dansez jamais avec des inconnus.

— Jamais.

Les lèvres de Rose ébauchèrent une moue de protestation.

— La Reine s'y oppose.

— Je suis soulagée de l'apprendre. Elle a plus de jugeote, sous cette apparence écervelée, qu'on ne le pense.

— Vous l'aimez bien, grand-mère, n'est-il pas vrai ?

— En effet, bien que je n'aie eu aucun contact avec elle depuis cette soirée, quand vous étiez encore enfant.

— Le ciel ait en pitié quiconque lui déplaît, quel que soit son rang ! Elle déteste le cardinal de Rohan et ne lui accorde jamais un regard. Je l'ai entendue dire en privé qu'aucun débauché de la sorte ne devrait avoir le droit de porter l'habit de cardinal.

Jasmine hocha la tête.

— Elle doit tout savoir de lui par sa défunte mère. Il a jadis occupé un poste d'ambassadeur à la Cour d'Autriche, et l'Impératrice l'avait fait renvoyer en France à cause de sa conduite inexcusable.

— La Reine, un jour, y a fait allusion. Qui pis est, il est aussi stupide que débauché : en quête d'avancement politique, il se montre sans cesse des plus serviles auprès de la Reine. Il paraît croire que son bannissement de Vienne est le seul grief qu'elle ait contre lui, au lieu d'avoir assez d'esprit pour comprendre qu'elle et le Roi en savent beaucoup plus long sur son compte.

— Est-il en secret son ennemi, selon vous ?

— Non. Il est trop sot et trop imbu de sa personne pour chercher le pouvoir par tout autre moyen.

Il n'avait pas fallu longtemps à Rose pour découvrir que le seul fait d'être dame d'honneur de la Reine pouvait vous valoir des ennemis personnels. Mais elle n'en dit rien à sa grand-mère afin de lui épargner une inquiétude. Quiconque faisait preuve de loyauté envers Marie-Antoinette devenait immédiatement haïssable pour ceux qui lui étaient hostiles. En bien des occasions, Rose subit des camouflets mais elle ne se montra bouleversée que par une feuille imprimée qu'elle découvrit un jour sur son lit.

— Qu'est ceci ? demanda-t-elle à Diane, qui se préparait à la dévêtir pour la nuit.

La femme de chambre regarda la feuille d'un air surpris.

— Je ne sais pas, madame.

— Comment est-ce arrivé ici ?

— Je n'en ai pas idée. Sauf durant dix minutes, j'ai passé toute la soirée dans l'appartement.

Rose se saisit de la feuille. Les premières lignes la mirent en fureur.

— C'est là un écrit répugnant et calomnieux. Un couplet

sur la Reine, du genre qui se distribue, m'a-t-on dit, dans les rues de Paris et ailleurs.

Elle le jeta au feu.

Les questions posées aux autres serviteurs ne révélèrent pas le coupable. Au vif soulagement de Rose, il n'y eut pas d'autres libelles. Sans doute, supposa-t-elle, l'un de ses ennemis s'était-il glissé dans son appartement.

Pourtant, elle n'en avait pas fini avec cette littérature pornographique. Quelque temps après, elle accompagna à la Comédie-Française la Reine et un petit groupe. En pénétrant dans la loge royale, à la suite de Marie-Antoinette, elle aperçut, à sa grande horreur, une feuille toute semblable posée sur le fauteuil de brocart destiné à la souveraine. Elle s'en serait volontiers saisie, mais la Reine, qui avait dû reconnaître de quoi il s'agissait, se contenta de froisser le papier sans y jeter un coup d'œil. Elle le laissa tomber sur le sol et, durant toute la représentation, le maintint sous son talon. Rose vit ainsi confirmée sa certitude que la Reine savait ce qu'on disait d'elle mais ne s'en souciait pas : elle se montra, ce soir-là, aussi gaie qu'à l'ordinaire. Rose résolut de copier sa conduite sur la sienne et se concentra désormais sur le côté agréable de son existence à la Cour. Elle finit par s'absorber totalement dans l'isolement doré de Versailles. Les mois s'écoulaient très vite. Elle s'y trouva bientôt depuis deux années, sans presque avoir eu conscience du passage du temps. Le choix d'une robe pour danser dans la Galerie des Glaces, les heures passées à jouer aux cartes ou au billard avaient à présent autant d'importance pour elle que pour la Reine. L'époque où elle s'était irritée de devoir se mettre en grande tenue était loin. Elle et Diane discutaient toujours des toilettes de la journée avec une gravité qui lui aurait naguère paru absurde.

La mode présente seyait à la jeune fille : les robes larges et souples, portées sur de multiples jupons, sans paniers ni aucune autre contrainte. Seules, les femmes qui ne possédaient pas sa taille de sylphide demandaient encore le secours des corsets. Mlle Bertin ne cessait d'accroître la garde-robe de Rose, et celle-ci usait si vite ses souliers que le cordonnier avait l'ordre de lui en confectionner en permanence. Souvent, elle se retrouvait couverte de dettes et devait se tirer d'affaire à force d'économies, parce qu'elle n'osait pas demander un prêt à sa grand-mère.

Sa taille souple attirait plus d'un bras masculin. Peu de temps après son arrivée à Versailles, elle avait découvert combien il était délicieux de se laisser embrasser mais elle refusait d'aller plus loin, repoussait les mains trop indiscrètes.

Il était surprenant de voir combien d'hommes se renfrognaient ou se montraient furieux lorsqu'ils se trouvaient éconduits, comme si le seul fait d'être mâles leur conférait une sorte de droit divin sur toutes les femmes qu'ils pouvaient convoiter. Elle se souciait d'eux comme d'une guigne, sauf s'ils acceptaient d'être au moins ses amis s'ils ne pouvaient être ses amants.

Un soir où Jasmine et elle dînaient dans le pavillon d'été du Château Satory, elle parla des courtisans à sa grand-mère.

— On ne peut le nier, bien des hommes à la Cour sont séduisants, dit-elle.

Elle dégustait son dessert favori, le biscuit manqué, que le chef avait monté sur un plat d'argent cerné de boutons de roses. Il y avait un peu de crème sur sa lèvre et elle l'ôta du bout de la langue, un geste qui aurait certainement déplu à Mme Etiquette.

— Ils ont tous un défaut en commun — du moins ceux que j'ai rencontrés : ils se croient irrésistibles.

Une lueur d'amusement dansait dans ses yeux ; elle émit un petit rire.

— Je leur fais bien comprendre qu'ils ne le sont pas !

— Les pauvres malheureux ! riposta Jasmine, dans la même veine. Et que faites-vous de ceux qui ont sollicité auprès de la Reine l'autorisation de vous faire la cour ?

— Elle sait ce que je pense du mariage.

Rose demeura un moment pensive, la tête penchée, la cuiller en suspens à mi-chemin de sa bouche.

— Peut-être épouserai-je un homme qui me plaira, le jour où je me serai retirée de la Cour pour revenir vivre ici et où j'aurai besoin de quelqu'un pour me tenir compagnie auprès du feu.

Elle s'exprimait avec gravité, et Jasmine conserva un sérieux imperturbable. Ainsi, l'amour n'avait pas encore touché sa petite-fille, qui avait finalement acquis une beauté fascinante, sans aucun rapport avec la perfection des traits. Elle possédait cette allure ensorcelante qui émanait du portrait de Marguerite et s'était montrée par moments chez Violette. Les boucles rebelles qui dansaient autour du visage espiègle auraient certainement dû mettre en garde tous ces prétendus séducteurs : ce n'était pas là une femme qu'un homme ordinaire pût manœuvrer aisément.

Après chaque départ de Rose, Jasmine trouvait le Château Satory bien vide. On eût dit que la jeune fille emportait avec elle le soleil. La vieille dame se surprenait à se rapprocher du feu pour retrouver la chaleur. Elle se sentait maintenant frileuse en toutes saisons et se souvenait de Mme de Pompadour qui avait presque constamment besoin d'un châle.

Il lui arrivait de se demander si, inconsciemment, elle sentait le vent glacial qui balayait alors la France. En raison de sa fragilité qui allait croissant, elle devait désormais déléguer à d'autres les tâches en rapport avec ses œuvres de charité, ce qui lui amenait un grand nombre de visiteurs. Grâce à ce qu'on lui disait, grâce aussi aux rapports écrits qu'elle recevait sur certains événements, elle était en mesure, elle en était convaincue, de comprendre mieux que personne à Versailles une bonne part de ce qui se passait. Son esprit en éveil lui permettait de reconnaître certaines signes de danger qui lui causaient de l'inquiétude. Le peuple s'agitait. Des régiments français étaient allés aider les Américains dans leur révolte contre l'Angleterre. Ils revenaient à présent, et leurs discours à propos des libertés nouvelles et de l'abolition des privilèges sapaient encore l'ordre établi en France. De l'avis de Jasmine, un monarque français n'aurait jamais dû aider une rébellion contre un autre souverain, mais on avait manifestement vu là une magnifique occasion de s'assurer un allié tout neuf contre l'ancienne ennemie de la France, l'Angleterre. Jasmine espérait que cette équipée n'aurait pas de répercussions inattendues. Ce n'étaient pas seulement les pauvres qui en voulaient de plus en plus au gouvernement, mais aussi la bourgeoisie, qui prenait des libertés de langage contre les ordres privilégiés de la noblesse et du clergé. Un certain nombre même de personnages de haut rang, tel le duc d'Orléans, affichaient leur hostilité au régime.

Rose ne voyait rien de cette ombre qui allait s'épaississant. Pour elle, tous les troubles du monde s'arrêtaient aux clôtures de Versailles. Jamais elle n'avait connu de jours plus insouciants. Heureuse au jeu, elle parvenait généralement à gagner ce qui lui était nécessaire pour rembourser ses dettes. Elle prenait soin de ne jamais jouer avec ceux qui étaient connus comme tricheurs. Le rang, la position sociale n'étaient pas des garanties d'honnêteté au jeu, mais il eût été grossièrement discourtois d'aborder ce sujet, et la situation était acceptée par tous.

Plus jeune que les autres dames d'honneur, Rose bénéficiait d'un privilège qu'elle appréciait à sa juste valeur. Souvent, la Reine l'emmenait aux appartements des enfants royaux, car elle avait remarqué la manière ouverte et chaleureuse dont Rose se comportait à leur égard. S'il faisait beau, ils allaient tous faire une promenade dans le parc. Quand le temps était mauvais, les deux jeunes femmes jouaient à l'intérieur avec la petite princesse Marie-Thérèse et son frère cadet. Marie-Antoinette adorait ses enfants. Elle et Rose, assises par terre avec eux, érigeaient des constructions de cubes, faisaient tourner une toupie ou habillaient des poupées. Il arrivait au Roi de se joindre à leurs jeux. Toutes les fois que le petit Dauphin balbutiait qu'il voulait « faire pipi », le Roi s'agenouillait pour déboutonner la culotte de l'enfant et tenait le petit pot d'argent. Les deux enfants adoraient avancer à califourchon sur les épaules de leur père, et la Reine les soulevait à tour de rôle. Ils se cramponnaient à la perruque artistement coiffée du Roi et hurlaient de joie à se sentir si haut. Rose les regardait et riait avec eux ; quel parfait tableau de famille ils formaient ainsi, tous les quatre ! se disait-elle. Le couple royal était uni dans son amour pour les enfants, même s'il était manifeste que la Reine éprouvait seulement une aimable affection pour son grand lourdaud d'époux qui, lui, l'adorait visiblement.

Leur relation était néanmoins plus riche que celle qui existait chez la plupart des couples mariés, remarquait Rose. Beaucoup se détestaient, l'homme et la femme se parlaient en étrangers lorsqu'ils étaient contraints de paraître ensemble dans le monde. De jour en jour, sa résolution de ne jamais se marier s'affermissait, et elle devenait de plus en plus cynique sur le sujet de l'amour. Versailles était fertile en liaisons passionnées qui s'éteignaient au bout de quelques mois, moins parfois, quand un des partenaires se lassait de l'autre. Quel bonheur d'être à l'abri de toutes ces complications !

Elle se rendit pour la première fois au Petit Trianon en compagnie de la Reine et des enfants. On eût dit que la Reine avait subitement découvert en Rose, non plus une nouvelle venue dans son cercle de dames, mais une compagne amusante et appréciée. Lorsqu'elle gagnait sa retraite favorite, la Reine portait toujours de simples robes de mousseline blanche, habituellement ceinturées de soie d'une teinte pastel. Rose était vêtue de la même façon, et toutes deux portaient de grands chapeaux de paille, lorsqu'elles se mirent en route dans une calèche à deux places. Les enfants se serraient entre elles, et Marie-Antoinette tenait les rênes. Elles chantaient ensemble, accompagnées par les cris de joie du Dauphin. Le trajet prenait une dizaine de minutes. Juste avant d'arriver au Petit Trianon, ils passèrent devant le Trianon de marbre rose où, en son temps, le Roi-Soleil avait cherché la même sorte de paix et de repos, loin de la rigide étiquette de Cour. Une autre chanson, et ils arrivèrent à destination.

Les grilles dorées étaient ouvertes, et la calèche vira dans une cour carrée. Rose n'avait jamais vu d'aussi près l'édifice, à la façade sobre. En comparaison de Versailles, c'était une minuscule maison de poupée. La Reine, toujours heureuse de se retrouver en ces lieux qu'elle aimait par-dessus tout, sauta à terre et fit descendre ses enfants. Elle plaça son fils à califourchon sur sa hanche, prit la main de sa fille et courut vers la porte ouverte comme si elle était elle-même une enfant.

Rose suivit plus lentement. Lorsqu'elle entra, la Reine et les enfants disparaissaient déjà dans l'escalier qui menait au premier étage. En arrivant au haut des marches, Rose traversa une antichambre et pénétra dans une pièce qui avait certainement été la salle à manger de Mme Du Barry, à en juger par les motifs décoratifs où figuraient des fruits. Elle passa ensuite dans un grand salon, puis dans un salon de compagnie d'une délicate élégance. Tout était clair, aéré, baigné de soleil. Mais la jeune fille n'avait pas encore rejoint ses compagnons. Le babil des enfants la guida jusqu'au boudoir de la Reine.

— Entrez, madame Rose, dit la souveraine.

On appelait ainsi une dame titrée, qu'elle fût mariée ou célibataire.

Marie-Antoinette tenait ses deux enfants sur ses genoux et leur présentait une coupe de friandises.

— Venez me dire quelle couleur vous préféreriez !

Ce fut le début d'une journée très heureuse. Ils jouèrent à cache-cache dans le petit parc qui avait été très simplement aménagé dans le style anglais, avec des bois et des prés, un bosquet en labyrinthe, deux lacs et un ruisseau gazouillant. Rose emmena le Dauphin, pendant que Marie-Antoinette et sa fille allaient se cacher chacune de son côté. Puis ils passèrent le pont de bois rustique pour se rendre au Hameau, la petite ferme tout spécialement créée en cet endroit, où les enfants étaient impatients de voir les animaux.

Là encore, Rose fut frappée par l'aspect de jouets de tout ce qui l'entourait. De l'étable n'émanait aucune odeur désagréable, on ne voyait pas de tas de fumier, et, quand les enfants allèrent dire bonjour aux chèvres, la jeune fille remarqua que les bêtes avaient été lavées, leur fourrure brossée.

— Allons voir les vaches, maintenant, maman ! s'écria Marie-Thérèse en battant des mains.

— Nous irons d'abord chercher les clochettes.

Ils entrèrent dans l'une des douze chaumières où logeaient les familles de paysans choisies pour travailler sur cette ferme de rêve. Une femme cuisait son pain et ne se troubla pas le moins du monde en voyant la Reine pénétrer dans sa cuisine : elle était accoutumée à ces visites. En souriant, elle fit une petite révérence, décrocha d'une cheville plantée dans le mur un faisceau de rubans bleus d'où pendaient des clochettes. Avant le départ des enfants, elle offrit à chacun un petit pain tout chaud.

Les vaches à la robe luisante paissaient dans le pré du Hameau. La Reine passa à chacune un ruban autour du cou, et l'air s'emplit d'un charmant concert de clochettes, sans une note discordante.

— Les vaches ne sont-elles pas jolies, madame Rose ? s'exclama Marie-Thérèse. Quand je serai grande, on me permettra de les traire, comme maman le fait parfois.

En passant devant la laiterie, Rose avait remarqué les seaux à traire. Ils étaient en porcelaine blanche, du Sèvres sans doute, marqués en bleu aux initiales de la Reine.

— Et que fera ici votre frère, quand il aura grandi ?

— Il conduira les charrettes à foin et les chariots. C'est un travail d'homme.

En dépit de l'irréprochable propreté de tout ce qui se trouvait là, condition nécessaire aux allées et venues d'une femme délicate qui n'aimait ni la saleté ni les odeurs désagréables, il s'agissait d'une véritable ferme, dont les produits étaient consommés au Petit Trianon et, dans une certaine mesure, à Versailles. Les deux femmes et les enfants dînèrent de viande, de légumes et de salade dans la maison qui était celle de la Reine, au Hameau. Malgré un aspect extérieur rustique, on y trouvait tous les agréments, depuis une salle de billard et des jeux de trictrac jusqu'à un salon chinois et une bibliothèque. Après avoir terminé le repas par une abondance de fraises à la crème, les enfants allèrent dormir un moment. Jusqu'à leur réveil, Rose tint compagnie à la Reine, sur la galerie ouverte de la maison ; elles bavardèrent en regardant s'activer les travailleurs des champs. La journée s'acheva pour les enfants par quelques tours sur le manège de chevaux de bois chinois qui se dressait sur la pelouse du Petit Trianon.

D'autres excursions de cette sorte suivirent. Quiconque se présentait au Petit Trianon devait y avoir été personnellement invité, même le Roi, qui disposait d'une petite chambre sous les combles. Toutes les fois où elle passait la nuit là, Rose occupait une chambre voisine : elle avait acquis ce privilège grâce à l'attachement réciproque qui s'était formé entre elle et les enfants. Marie-Antoinette donnait trop de prix à la liberté dont elle jouissait au Petit Trianon pour n'y recevoir que les personnes qui lui étaient le plus chères.

Le Roi ne participait jamais aux soirées où Rose était maintenant invitée. Le jeu l'ennuyait, comme la danse : il était trop maladroit, trop lourd pour les pas compliqués. Par ailleurs, bien qu'on n'y fît jamais allusion, dans toute réunion intime, il se montrait ennuyeux, comme tout homme qui ne sait pas l'art des propos légers.

Ces soirées très animées se prolongeaient jusqu'à l'aube. Par les douces nuits d'été, on dansait sur la pelouse, à la lumière de lanternes en verre de couleur. Dans cette atmosphère détendue, romantique, les rencontres amoureuses étaient toutes naturelles. S'il arrivait à un couple d'aller chercher refuge dans l'ombre, personne n'y prêtait attention, et moins que tous la Reine, qui désirait seulement répandre la joie autour d'elle.

— Ici, je peux me croire de retour en mon Autriche natale, confia-t-elle un jour à Rose.

Elles descendaient les marches du Petit Trianon pour se rendre au théâtre tout proche.

— La Cour, là-bas, était d'une telle simplicité, comparée à Versailles ! J'ai connu une enfance merveilleusement insouciante et riche d'amour. Voilà pourquoi je m'efforce de procurer à mes enfants les mêmes heureux débuts dans la vie. On acquiert ainsi des souvenirs que l'on peut chérir durant toute son existence, on se construit un bastion qui aide à supporter tous les malheurs qui peuvent survenir.

Elles pénétrèrent dans le petit théâtre blanc et or, et la Reine abandonna sa gravité devant l'accueil de ses amis. Elle adorait le théâtre et organisait, à des intervalles assez fréquents, des représentations de pièces d'une grande variété. Rose y avait toujours un rôle, le plus souvent, à cause de ses boucles rebelles et de son joli décolleté, celui d'une servante de taverne ou d'une soubrette impertinente. D'une fois à l'autre, elle conservait l'espoir de se voir offrir le premier rôle, mais celui-ci était invariablement donné à la Reine, qui était à la fois excellente comédienne, superbe chanteuse et musicienne de talent.

A Versailles, il lui arrivait fréquemment de jouer de la harpe pour le Roi et pour ses dames d'honneur. De temps à autre, elle acceptait de paraître devant un auditoire plus nombreux dans le Salon de Mars. Là, sur une estrade richement drapée, elle chantait, jouait de la harpe ou du clavecin. Elle donnait ainsi un concert, un soir où Rose avait été chargée d'une mission de dernière minute. Quand la jeune fille arriva, il était tard, et le programme était déjà bien avancé. Dans le salon, tous les sièges étaient occupés. Sur l'estrade, la Reine avait quitté le clavecin pour la harpe. Elle avait pris place sur un tabouret, les plis souples de sa jupe de dentelle répandus autour d'elle. Ses diamants bien-aimés scintillaient comme des étoiles captives à son cou et à ses poignets, tandis que ses doigts fins pinçaient les cordes.

Rose profita des applaudissements entre deux morceaux pour se frayer un chemin parmi ceux qui se tenaient debout au fond du salon. Elle longea le mur et, sans se faire remarquer, s'y adossa dans un angle proche de l'estrade. La Reine interprétait maintenant un joyeux air populaire. Au moment où elle arrivait à la fin et posait une main sur les cordes pour en faire cesser la vibration, Rose vit le teint sans défaut s'altérer brutalement. Le rouge monta aux pommettes de Marie-Antoinette, pour les abandonner tout aussi brusquement et la laisser d'une pâleur exceptionnelle, les yeux rivés, par-dessus les têtes des assistants, sur la porte lointaine.

De l'endroit où elle se trouvait, Rose put constater qu'un homme de haute taille, au teint clair, aux épais sourcils noir, au nez long et droit, à la bouche bien modelée, venait de passer du Salon de Diane à celui de Mars. Il posait sur la Reine un regard lumineux et profond, et Rose eut l'impression de palper la tension amoureuse qui passait entre eux. Jusqu'à présent, parmi les applaudissements et les témoignages d'approbation, personne n'avait encore remarqué cet échange de regards aimantés, mais, d'une seconde à l'autre, quelqu'un allait tourner la tête pour voir qui avait ainsi attiré l'attention de la Reine.

Rose fit vivement quelques pas en avant pour applaudir à tout rompre et s'interposer entre la Reine et le nouveau venu.

— Quel air charmant, madame ! Il est vraiment dommage qu'il marque la fin du concert.

Le charme était rompu. Marie-Antoinette, un instant déconcertée, gratifia Rose d'un coup d'œil reconnaissant. Elle était heureuse de ne pas avoir à jouer plus longtemps : toute concentration l'avait abandonnée devant le retour des Etats-Unis d'Axel de Fersen. Elle ne l'avait pas revu depuis longtemps. Il avait servi comme aide de camp dans le contingent français mais il était revenu. Elle avait lu et relu bien des fois les lettres qu'il lui avait adressées, avant de les brûler : les espions étaient partout, et elle ne gardait jamais rien de confidentiel. Elle avait pleuré en les regardant se recroqueviller dans les flammes. Une fois même, elle s'était brûlé légèrement la main en voulant en arracher une au feu afin de la relire une dernière fois encore.

Tout en saluant pour remercier l'auditoire de son ovation, elle songeait que le temps des mots écrits était passé. Il allait enfin pouvoir lui dire tout ce qu'elle avait deviné entre les lignes. Lors de toutes leurs rencontres précédentes, ils avaient lutté l'un et l'autre contre ce flux d'amour qui montait entre eux. Dans cet unique regard échangé d'une extrémité à l'autre du salon, il lui avait fait clairement comprendre qu'après quatre années d'absence, rien n'avait changé pour lui, pas plus que pour elle.

Le Roi avait quitté son fauteuil au moment où elle descendait de l'estrade. Sans aucun doute, il trouvait étrange qu'elle eût décidé de ne pas interpréter les deux derniers morceaux qu'il avait demandés tout particulièrement. Peut-être, espérait-elle, penserait-il qu'elle était trop lasse. A son côté, elle passa dans le Salon de Vénus, où le souper était servi sur des buffets. Elle n'osait pas regarder dans la direction d'Axel mais elle avait intensément conscience de son regard sur elle, comme s'il avait tendu la main pour la caresser. Elle eut l'impression de s'être à demi évanouie lorsqu'elle se retrouva dans un fauteuil, un gobelet de cristal empli de vin dans une main, une assiette servie sur les genoux.

Elle leva les yeux, le revit. Cette fois, il venait vers elle, et rien n'allait l'empêcher de fondre en larmes de joie devant tous ces gens, au premier son de sa voix. Une fois encore, la plus jeune de ses dames d'honneur vint à son secours.

Rose avait fait en sorte de se renseigner sur l'identité du nouveau venu. Elle vit la Reine en proie à une émotion croissante et s'avança vivement vers Axel.

— Vous êtes de retour de la nouvelle nation, je crois, monsieur de Fersen.

— C'est exact.

L'accent suédois était séduisant.

— Les Etats-Unis s'organisent et tout ira bien, je pense. Peut-être quelqu'un de votre connaissance est-il encore là-bas ?

— Non. Je partage simplement les intérêts de la Reine. Je suis sa dame d'honneur, la marquise de Chuard.

Il comprit alors qu'elle s'était mis sur son chemin dans un but bien précis.

— Dans ce cas, puis-je vous demander de me conduire jusqu'à elle ?

— Avec plaisir.

Rose pensait avoir procuré à la Reine le temps de se remettre. Elle ne se trompait pas. La lèvre inférieure de Marie-Antoinette avait cessé de trembler dangereusement. Pour tout observateur non averti, elle paraissait parfaitement calme quand le comte s'inclina devant elle et lui adressa la parole. Leur entretien ne dura pas plus de quelques minutes, mais, lorsque le noble Suédois s'éloigna, la Reine rayonnait de bonheur.

Plus tard, dans les Petits Appartements, la Reine entraîna Rose à l'écart des autres dames.

— Demain, madame Rose, nous nous rendrons seules, vous et moi, au Petit Trianon. J'ai quelques livres nouveaux à ranger dans la bibliothèque, là-bas, et j'ai pensé que vous aimeriez leur choisir une place sur les rayonnages.

C'était là une curieuse requête. Rose en fut intriguée. La Reine savait qu'elle aimait lire, mais il se trouvait au palais des bibliothécaires dont le rôle était de s'occuper de ces questions.

La raison lui devint évidente le lendemain quand, chargée de trois volumes seulement, la Reine la conduisit dans le salon de compagnie et posa les livres sur une table ornée d'incrustations.

— Installez-vous ici, je vous prie, et commencez par les lire. Je serai dans la pièce voisine avec un visiteur.

En sortant, pour aller attendre l'arrivée d'Axel de Fersen, elle laissa entrouvert un battant de la porte. Rose, ainsi promue au rang de chaperon officieux pour empêcher la Reine de céder à ses émotions, reconnut la voix du visiteur lorsqu'il entra.

— Mon amour !

— Mon bien-aimé !

Le long silence qui suivit parlait de lui-même. Ils s'embrassaient passionnément. Rose eût aimé pouvoir fermer la porte pour les laisser à leur intimité, mais elle aurait ainsi rendu un mauvais service à la Reine. Bien malgré elle, elle entendit les premières paroles qu'ils échangèrent.

— Etes-vous ici définitivement, mon aimé ? demanda Marie-Antoinette.

— Non, mon amour. Le Roi Gustave m'a choisi pour l'escorter dans un voyage royal.

— Pour combien de temps ?

Il y avait une nuance d'affolement dans la question.

— Dix-huit mois pour le moins, deux ans plus probablement.

— Je ne saurais le supporter, lui cria-t-elle. Vous voir de

retour, pouvoir enfin vous ouvrir mon cœur mais pour vous perdre de nouveau, c'est au-delà de mes forces.

— Jamais vous ne me perdrez, affirma-t-il avec ferveur. Je vous aime. Je vous aimerai jusqu'au jour de ma mort. Ne pleurez pas, mon cœur. Nous allons avoir quelques semaines ensemble, je vous le promets. Personne en Suède ne sait encore que je suis revenu en France. Je ferai tout en mon pouvoir afin de retarder le plus longtemps possible mon départ pour Stockholm.

Il se fit un long silence passionné. Ils durent ensuite s'éloigner pour aller s'asseoir près de la fenêtre : leurs voix devinrent moins distinctes. Rose, qui s'était assise le plus loin possible de la porte, se plongea avec détermination dans un livre.

Mais ses pensées ne cessèrent pas pour autant de tourbillonner. Quelle sorte d'amour était-ce là, secret, inassouvi, capable de survivre à quatre années de séparation ? Sa grand-mère lui avait parlé de l'amour impérissable de Marguerite pour Augustin Roussier. Mais cette histoire appartenait à un temps reculé, et ressemblait à un conte de fées. Elle se flattait de n'être point le moins du monde romantique, de pouvoir lire les intentions d'un homme qui l'accablait de compliments. Elle était experte dans l'art de la coquetterie. Mais ce qui se passait entre Marie-Antoinette et Axel était pour elle entièrement nouveau. La sincérité de leur amour vibrait dans leurs voix, plus tragique d'être sans avenir, voué au secret, aux rencontres furtives, aux séparations douloureuses.

« Si vous aviez l'un et l'autre un peu de bon sens, vous vous diriez adieu dès maintenant », murmura-t-elle. Inexplicablement, elle s'irritait de ne pouvoir rien faire pour les aider. Dans une certaine mesure, elle eût souhaité pouvoir réunir dans ce salon de compagnie tous ceux qui avaient calomnié Maire-Antoinette : ils auraient constaté que, même pour un grand amour, elle n'était pas disposée à manquer à ses vœux de mariage.

La pendule posée sur la cheminée de marbre gris avait égrené deux heures quand la jeune fille entendit des pieds de fauteuil grincer sur le parquet, des pas s'approcher. Rose se leva en voyant la Reine et le comte entrer dans la pièce. Elle se sentait soudain intimidée, ce qui était rare chez elle. Elle avait l'impression d'avoir été surprise à écouter aux portes, au lieu d'avoir été postée là de propos délibéré. Axel s'avança pour lui baiser la main.

— Nous sommes à votre merci, madame la marquise.

— Personne ne saura jamais votre secret par moi, monsieur.

— C'est un bien lourd fardeau pour vous.

— Je le porterai volontiers.

— Vous avez mon éternelle gratitude.

Il prit congé, et la Reine l'accompagna jusqu'à la porte de l'antichambre. Lorsqu'elle revint, elle embrassa Rose sur les deux joues.

— A la manière dont vous avez agi, hier au soir, pour me préserver, j'ai compris que j'avais découvert une amie qui ne me trahirait jamais.

Rose connut dès lors bien d'autres visites semblables au Petit Trianon. Si Marie-Antoinette, dans le premier émerveillement de ses retrouvailles avec Axel, n'avait pu se faire confiance, elle avait à présent retrouvé la force de volonté qui l'avait auparavant soutenue et elle emmenait Rose, lors de ses rencontres privées avec le comte, à seule fin d'éviter les commérages. Lui, en homme d'honneur qui ignore l'égoïsme, mettait la sécurité et le bien-être de la femme aimée au-dessus de son propre désir.

Au cours d'un bal où il était son partenaire dans un menuet, il demanda à Rose :

— Etes-vous fiancée ?

— Non, et il est peu probable que je le sois jamais.

Il sourit de sa véhémence.

— Pourquoi cela ?

— Jamais ma grand-mère ne me contraindrait à faire un mariage de convenance : elle en a elle-même trop souffert. Et la Reine est trop bonne pour m'imposer quelqu'un dont je ne voudrais pas. Il m'arrive de me sentir attirée par un courtisan précis, mais, de ma part, ce n'est jamais sérieux, et je ne puis envisager que cela le devienne jamais. Rien n'est préférable à la liberté.

Sans perdre son sourire, il prit une expression plus grave.

— Je demeurerai libre, mais ce ne sera pas par choix. La femme que j'aurais aimé épouser est pour moi hors d'atteinte, et je n'en veux point d'autre.

Elle vit qu'il parlait sérieusement. Cette fois encore, elle fut presque saisie de vertige devant l'amour que cet homme et la Reine éprouvaient l'un pour l'autre.

Malgré la décision d'Axel de retarder son départ pour la Suède, l'ambassadeur informa Stockholm de son retour. Le diplomate avait admiré le comportement chevaleresque du jeune homme, qui avait quitté la Cour pour l'Amérique, quand tout le monde était à même de voir que la plus belle Reine du monde était prête à lui tomber dans les bras.

A présent, Maire-Antoinette recommençait à se trahir.

Durant un concert, donné en l'honneur d'un dignitaire étranger, au cours duquel elle chantait une chanson d'amour, elle commit l'imprudence de se tourner vers Axel de Fersen, comme si elle ne pouvait empêcher ses yeux de révéler le secret de son cœur. Plus tôt il serait de retour en Suède, et mieux cela vaudrait, pour elle comme pour lui. L'ambassadeur n'avait pas envie de voir une carrière pleine de promesses ruinée par une ridicule imprudence.

Personne ne sut combien de larmes versa Marie-Antoinette dans ses Petits Appartements, après le départ d'Axel. Rose eut l'impression que, de ce jour, la Reine commença de changer : elle devint plus réservée, plus sérieuse, elle trouva même la patience de consacrer au Roi un peu de son temps pour discuter avec lui des affaires d'Etat, dans sa bibliothèque. Il reconnaissait chez elle une intelligence plus aiguë que la sienne et il aimait se laisser guider par elle. Ainsi, la plus légère faute, la moindre erreur de jugement lui était attribuée, même si un ministre avait commis une bévue dans l'exécution des ordres : si elle pensait moins à ses plaisirs, disait-on, et davantage aux affaires sérieuses, de tels incidents ne se produiraient pas.

Rose pouvait constater que les excursions au Petit Trianon, avec les enfants, procuraient désormais à la Reine bien plus de plaisir que les soirées qu'elle continuait à donner. Lorsqu'elle se retrouva grosse, elle retrouva la joie de vivre, et son bonheur ne connut plus de bornes quand elle mit au monde un autre fils, dans une relative intimité, devant deux témoins de sang royal. Après les terribles circonstances de la première naissance, le Roi avait décidé qu'une telle intrusion ne se produirait plus.

L'enfant fut baptisé Louis Charles dans la chapelle royale et fit bientôt la connaissance du Petit Trianon. Le Dauphin montrait une santé chancelante qui causait à la Reine les plus vives inquiétudes, et elle aimait emmener ses trois enfants au grand air de la campagne toutes les fois que c'était possible.

Par une belle matinée d'août, elle prit à son habitude les rênes de la calèche pour les y conduire. Rose tenait le bébé dans ses bras, les deux aînés se serraient contre elle des deux côtés. La nourrice du bébé et l'une des servantes personnelles des enfants venaient derrière, dans une autre voiture. Le prince de cinq mois était grognon. Rose proposa de chanter tous ensemble des chansons enfantines afin de l'endormir.

— Oh oui ! s'écria Marie-Thérèse en sautant sur le siège. C'est moi qui choisirai la première.

— Non, moi ! explosa le Dauphin, désireux d'affirmer ses droits de mâle.

Quand on parvint à un accord, ils avaient parcouru un bon bout de chemin, et la jolie voix de la Reine donna du volume à la mélodie. Au moment où le bébé s'endormait, trois cavaliers apparurent au loin, suivis de chevaux de bât. Rose les identifia aussitôt pour des étrangers, des Anglais, probablement. Depuis que de bonnes relations avaient été rétablies, au moins en apparence, entre la France et l'Angleterre, les Anglais revenaient en foule. Beaucoup faisaient leur « Grand Tour » : on jugeait en effet nécessaire, pour les jeunes Européens fortunés et bien nés, une longue période de voyages qui leur permettait d'acquérir de belles manières et un certain savoir-vivre. Il n'était pas moins important, pour les familles de toutes nationalités qui envoyaient ainsi leurs enfants à l'étranger, de savoir qu'ils jetteraient leur gourme hors des limites de l'environnement familial.

Tous rapportaient des souvenirs de leurs voyages. Les Anglais, en particulier, achetaient des œuvres d'art, des sculptures antiques, afin d'embellir leurs demeures et d'enrichir un nouveau musée qui avait été créé à Londres. Versailles représentait le creuset où se retrouvaient toutes les nationalités. Les plus nobles venaient avec des lettres d'introduction : les autres se contentaient de flâner à travers le parc et le Château et guettaient toute occasion de se mêler à une réception, de préférence quand la famille royale y était présente. Depuis que la Reine avait aboli les soupers en public, ceux qui ne bénéficiaient pas d'une entrée officielle avaient moins de chances de la voir ou de voir le Roi.

A mesure que diminuait la distance entre la calèche royale et les cavaliers, Rose acquit la certitude qu'il s'agissait bien d'Anglais. L'homme le plus âgé devait être le précepteur : son rôle consistait à préserver dans toute la mesure du possible la moralité du jeune homme qui lui était confié, tout en lui inculquant la connaissance et l'appréciation de l'architecture, de la peinture et de la sculpture, depuis la France jusqu'à la Grèce, en passant par la Suisse et l'Italie. Le personnage qui guidait les chevaux de bât était un serviteur, et le jeune homme qui alignait tout son monde au bord du chemin pour livrer passage à la calèche était le principal intéressé.

Pourvu de larges épaules, de haute taille, il avait belle allure avec son habit vert émeraude et son tricorne noir orné d'une plume d'autruche blanche. Ses cheveux, non poudrés selon la mode qu'adoptaient à présent les hommes, et rattachés sur la nuque par un ruban, étaient noirs comme ses bottes et son chapeau. Il possédait une beauté un peu brutale, et son teint basané lui donnait l'air d'un brigand. L'impression se renforça lorsqu'il gratifia Marie-Antoinette et Rose d'un large sourire. Les dents blanches étaient aussi régulières que si elles avaient été ciselées par un sculpteur, et celui-ci aurait aisément pu ajouter la fossette qui creusait le menton arrogant. Il avait porté la main à son oreille, comme pour mieux entendre la mélodie. La Reine, en raison de sa position, s'était tue, mais Rose et les enfants continuaient à chanter joyeusement. Au moment où la calèche et lui allaient se trouver à la même hauteur, il ôta son chapeau, le plaqua contre sa poitrine.

— Mes bien chères dames ! Quel charmant accueil à Versailles ! Etes-vous Vénus et Diane, descendues de vos socles dans le parc, avec quelques chérubins pris à l'une des fontaines pour vous tenir compagnie ?

Marie-Antoinette inclina gracieusement la tête ; elle savait pertinemment qu'il ignorait qui elle était. Rose, sans cesser de chanter, le regarda au passage au fond des yeux. Il avait des iris d'un vert clair, aussi prédateurs que ceux d'un chat.

— Quel impertinent jeune coquin ! remarqua Marie-Antoinette, non sans un certain amusement, dès qu'elles se trouvèrent hors de portée de voix.

Elle rabrouait sans pitié ceux qu'elle n'aimait pas mais elle n'aurait jamais voulu blesser quelqu'un qui commettait une erreur en toute innocence.

— Sans le moindre doute, acquiesça Rose.

Elle avait réprimé l'envie de tourner la tête. Elle aurait aimé voir l'expression du jeune homme quand son compagnon lui avait dit que la calèche portait les armes royales. A cette pensée, elle sentit monter en elle une folle envie de rire. Par ailleurs, il y avait en lui elle ne savait trop quoi qui l'avait fait frissonner délicieusement.

Elle passa la nuit au Petit Trianon mais repartit le lendemain matin, quand Madame Elisabeth, la sœur du Roi, une charmante jeune femme qui avait une grande affection pour sa belle-sœur, arriva avec Mme de Lamballe et quelques autres dames d'honneur de la Reine. Marie-Antoinette avait confié à Rose une lettre qu'elle devait expédier à Alex de Fersen. La jeune fille l'avait glissée dans la bourse qui se balançait à son poignet tandis qu'elle suivait l'allée qui longeait le Grand Canal, au lieu de se faire reconduire en voiture au Château. Lorsqu'elle aurait changé sa simple robe de mousseline contre une autre, qui serait plus du goût de sa grand-mère, elle posterait la lettre en se rendant au Château Satory.

La matinée magnifique se prêtait à la promenade à pied. Le soleil brillait de mille feux. Bien que ses yeux fussent abrités par son immense chapeau, Rose plissa les paupières afin de mieux voir Versailles, au loin. La marche était longue, mais la jeune fille avançait à l'ombre des branches feuillues des arbres, et les lieux étaient agréablement solitaires : seuls s'y aventuraient quelques adeptes de la promenade à pied. Elle s'assit un moment sur l'herbe, pour se reposer, s'efforça d'imaginer quel aspect avait le Grand Canal, au temps du Roi-Soleil. Il y avait encore quelques petits bateaux à voile, dans une remise, pour ceux qui avaient envie de les utiliser, mais ni le Roi ni la Reine n'appréciaient cette distraction. Comme les courtisans avaient besoin qu'on leur imposât une mode pour la suivre, personne, même par cette brûlante journée d'août, ne voguait sur les eaux calmes.

Rose arrivait maintenant en vue du Bassin d'Apollon, dont les jets d'eau montaient très haut, et elle fut frappée par le grand nombre de promeneurs qui fourmillaient alentour. On eût dit que la main d'un géant avait éparpillé sur le parc des centaines de sequins de couleur. Lorsqu'elle abandonna l'allée pour se diriger vers le Tapis Vert, elle entendit résonner de nombreuses langues étrangères. Soudain, une voix l'interpella.

— Mademoiselle ! Un instant, je vous prie !

Elle se retourna. C'était l'Anglais. Dressé sur ce fond d'eau cascadante, il lui parut presque menaçant, non moins impressionnant qu'Apollon, dans son chariot tendu vers le ciel.

Il était, ce jour-là, plus sobrement vêtu mais non moins élégant. Il considérait la jeune fille d'un air railleur.

— Monsieur ?

Sans trop savoir pourquoi, elle éprouvait de la méfiance, mais cette sensation offrait un mélange d'excitation et d'inquiétude.

— J'ai commis une bévue, hier. J'ai appris que, sur la route, j'avais adressé la parole à la Reine. Nous venions de passer devant le Petit Trianon, et j'aurais dû deviner qui elle était. Mais qui donc s'attendrait à rencontrer la Reine en train de chanter des chansons enfantines, en compagnie de ses enfants et de leur bonne ?

Rose reprit vivement son souffle. Elle était sur le point de lui faire savoir sans ménagement qu'il venait de commettre une autre bévue. Mais son sens de l'humour reprit le dessus.

— Votre Reine Charlotte n'en fait-elle pas de même ? questionna-t-elle avec une naïveté bien jouée.

Il éclata de rire, secoua la tête.

— Jamais. Elle est bien trop sérieuse. Dites-moi, la Reine a-t-elle été offensée ?

— Elle a éprouvé une certaine surprise, mais pas de colère.

— J'en remercie le ciel. Je dois, demain, me présenter devant elle.

Il était donc de ceux qui possédaient une lettre d'introduction, et il devait avoir une certaine importance puisqu'il rencontrerait la Reine elle-même.

— Ce sera l'après-midi, dans ses Grands Appartements.

— C'est ce que l'on m'a dit.

Il pinça un instant les lèvres, la regarda d'un air interrogateur.

— Comment avez-vous su que j'étais anglais ? Je me pique de n'avoir point d'accent, et, depuis mon débarquement à Calais, on m'a constamment pris pour un Français.

Elle haussa les épaules.

— Vous parlez le français comme un Parisien de naissance, je le reconnais, et vous passeriez aisément pour l'un de mes compatriotes, mais vous portez des vêtements qui trahissent indéniablement un tailleur anglais, et je ne puis m'y méprendre. La Reine a une prédilection pour les tenues d'équitation de coupe anglaise.

Elle fut sur le point d'ajouter qu'elle partageait ce goût, mais elle aurait ainsi éventé la supercherie.

— Peut-être êtes-vous né en France ?

— Non. Mais c'est le pays de mes ancêtres. Et en Angleterre, je me suis fait de nombreuses relations françaises, que j'espère retrouver ici. Il est de tradition, dans notre famille, que tous les enfants soient bilingues. Nous avons toujours fait en sorte de trouver des bonnes d'enfants, des gouvernantes et des précepteurs français, même quand nos deux nations étaient en guerre.

Le regard qu'il posait sur la jeune fille pétillait de malice.

— Mais je n'ai jamais eu de bonne d'enfant aussi jolie que vous. Quel est votre nom ?

— Rose de Chuard, dit-elle après une hésitation.

— Richard Aldington.

Il s'approcha d'elle, lui prit le menton.

— J'aimerais vous revoir, Rose.

Elle se dégagea. La plaisanterie avait assez duré.

— Vous me reverrez certainement, lança-t-elle d'un ton vif. Je vous le promets !

Au moment où elle s'éloignait d'un pas rapide, elle l'entendit crier derrière elle :

— J'y compte bien, madame la marquise de Chuard !

Ainsi, il connaissait son identité depuis le début. Sans doute quelqu'un, près du bassin, la lui avait-il révélée pendant qu'elle venait dans cette direction. Elle ne savait trop si elle devait se sentir amusée ou furieuse.

Jasmine trouva sa petite-fille un tantinet distraite, durant sa courte visite. Les pensées de Rose, semblait-il, s'égaraient sans cesse.

— Y a-t-il quelque chose qui vous tracasse, ma chère enfant ?

Rose rejeta ses boucles en arrière, comme pour se débarrasser de ce qui la préoccupait.

— Non, rien, grand-mère. Sans doute suis-je un peu lasse. Ce matin, j'ai fait à pied tout le trajet depuis le Petit Trianon jusqu'au Château.

— Par cette chaleur ! Vous devez être épuisée !

Elles se tenaient dans ce qu'on appelait le Salon Frais. La plupart des demeures d'importance comportaient une pièce semblable, réservée aux grandes chaleurs. Au Château Satory, les verts doux du dallage de marbre et des tentures ajoutaient encore à la sensation de fraîcheur. Rose, nerveusement, abandonna son siège pour arpenter la pièce.

— Autant vous l'avouer. J'ai fait hier une rencontre dérangeante avec l'un de ces Anglais qui sillonnent l'Europe.

Elle raconta tout.

— Il est audacieux, suffisant et dangereux. J'ai rencontré beaucoup d'hommes qui lui ressemblent, et il représente tout ce que je déteste. Pourtant, il m'attire, et il me fait rire.

Sa voix prit un ton de raillerie dirigée contre elle-même.

— Croyez-vous que j'aie souffert d'un coup de soleil, durant ce trajet, et qu'il m'ait dérangé le cerveau ?

— Ce serait une explication plausible, remarqua ironiquement Jasmine. Quant à moi, je n'ai jamais été capable de juger d'un caractère comme vous venez de le faire. Je vous suggère de lui laisser le temps de se remettre, après sa découverte de Versailles et sa rencontre avec vous. Vous verrez ensuite ce qu'il vous en semble.

— Chère grand-mère...

Rose posa sa joue sur la vieille main amaigrie.

— S'il se révélait supérieur à ce que j'en pense, je vous permettrai peut-être de voir à quoi il ressemble.

Jasmine, à son tour, posa sa main libre sur les boucles épaisses de la jeune fille. Il n'y avait pas vraiment là matière à espérer, mais elle ne pouvait s'empêcher de se demander si sa petite-fille était enfin sur le point de trouver l'amour. Le fait que le jeune Anglais fût capable de la faire rire était en sa faveur. Pas une fois, au cours de leur vie conjugale, Sabatin ne l'avait fait sourire.

Dans le Salon des Nobles, qui représentait la Salle du Trône de la Reine, on recevait les personnes inscrites pour ce jour. Marie-Antoinette, un peu plus épanouie depuis la naissance de son dernier enfant, était assise dans un fauteuil placé sous un dais et surélevé par une estrade. Rose se tenait avec les autres dames d'honneur, le dos au portrait de Louis XV en grande tenue du couronnement. A chaque annonce, elle s'attendait à entendre le nom de Richard, mais celui-ci n'avait pas encore paru. Il y avait eu deux ambassadeurs et plusieurs nobles dames, et l'impatience de la jeune fille allait croissant devant le temps que prenait la Reine pour parler à chacun. Mais la femme qui gambadait avec insouciance au Petit Trianon était toute différente de la souveraine qui s'acquittait de ses devoirs d'Etat.

— Lord Aldington.

L'annonce fit affluer le sang dans les veines de Rose. Elle se dit ensuite qu'il était méconnaissable. Grave, presque sévère, les cheveux soigneusement coiffés, vêtu de satin gris tourterelle brodé d'argent, l'épée au côté, il s'avança jusqu'au trône, s'inclina profondément, avant de lever vers la Reine un regard empreint d'un respect dépourvu de toute servilité. Elle ne parut pas reconnaître en lui l'impertinent qui lui avait lancé un audacieux compliment.

— Vous faites votre Grand Tour, je crois, Lord Aldington.

— Oui, Madame.

— Si j'en crois votre oncle, le duc de Dorset, qui est aussi l'ambassadeur de votre pays, vous vous intéressez à la botanique et vous partez demain en voyage pour améliorer vos connaissances.

— C'est exact, Madame. L'ambassadeur désire vivement que je passe trois ou quatre mois à Paris, à mon retour, et telle est bien mon intention. Le temps m'est compté, aujourd'hui, parce que j'ai eu le bonheur d'être invité à suivre une série de conférences à l'Université de Bologne.

— Parlez-vous l'italien aussi bien que le français ?

— J'ai une connaissance suffisante de cette langue.

— Comment cet intérêt pour les plantes vous est-il venu ?

— Le domaine de ma famille se trouve à Easterton, dans le Kent. Il couvre de nombreux arpents de terres cultivables et de vergers. J'y ai passé la majeure partie de mon enfance, et c'est ainsi que s'est développé mon intérêt pour la botanique.

— Puisque le temps vous manque présentement pour visiter l'Orangerie et les jardins botaniques de Versailles, peut-être aimeriez-vous le faire lorsque vous reviendrez ?

— J'en serais très heureux, Madame.

— On trouve certaines fleurs rares dans les serres de Trianon.

— Je serais honoré de vous faire présent d'une variété nouvelle, si une telle bonne fortune se présentait à moi au cours de mes voyages.

Nous aurions grand plaisir à l'accepter. Quoi qu'il arrive, nous vous souhaitons le meilleur succès dans vos études. Les arts seront-ils absents de votre entreprise ?

— Non. J'ai l'intention de tout voir, de la Chapelle Sixtine jusqu'au Parthénon.

Elle lui posa encore quelques questions avant d'exprimer l'espoir que son voyage serait sans accidents. L'audience était achevée.

Rose pensait qu'il ne l'avait pas remarquée, mais, au moment où il allait sortir, il tourna légèrement la tête, ouvrit tout grands ses yeux au regard hardi, l'espace d'une seconde. Comme s'il l'avait crié à haute et intelligible voix, il venait de l'informer qu'en tenue de Cour, elle valait la peine d'être vue. Elle en pensait tout autant de lui et eut peine à retenir un sourire, jusqu'au moment où elle vit Mme de Lamballe la regarder d'un air intrigué. Toutefois, ses lèvres continuèrent à frémir. Quel dommage qu'il ne restât pas plus longtemps ! Il s'écoulerait peut-être deux ou trois années avant son retour, davantage sans doute. A ce moment, elle l'aurait oublié, comme elle avait oublié tous les autres hommes qui, de temps à autre, avaient éveillé son intérêt. Curieusement, son regret le plus vif était que sa grand-mère ne pût le rencontrer. Il aurait été amusant de mettre face à face deux êtres aussi différents et de savoir ce que la vieille dame pleine de sagesse aurait pensé de ce séduisant chenapan.

Ce soir-là, après avoir changé de robe pour la cinquième fois de la journée, Rose descendait l'escalier au sortir de son appartement. Derrière elle venait Diane, qui relevait à deux mains la vaste jupe pour éviter qu'elle ne traînât sur les marches. Dans cette partie du château, les escaliers étaient aussi étroits et comportaient autant de tournants que dans la maison d'un citoyen ordinaire. D'un étage à l'autre, des portes vitrées coupaient les courants d'air. L'atelier de serrurerie du Roi était installé dans une petite pièce, non loin de là, et elle entendit fonctionner la pédale de son tour : il avait encore oublié l'heure et travaillait toujours.

— Doucement, madame ! insista sa femme de chambre. Pas si vite, je vous prie !

Rose ralentit l'allure. Elle allait aborder la dernière volée de marches lorsqu'elle perçut le bruit de pas qui montaient. Elle s'immobilisa : il y avait très peu de place pour se croiser. Soudain, dans la lumière d'une lanterne qui éclairait un tournant de l'escalier, Richard apparut. A la vue de Rose, il s'arrêta.

— Vous voici ! s'écria-t-il triomphalement.

Il monta deux par deux les marches qui restaient, jusqu'à l'avant-dernière, tendit à la jeune fille une rose rose particulièrement ravissante, de celles qui fleurissaient, elle le savait, dans le Parterre du Midi.

— Je vous ai cherchée partout, à travers ce labyrinthe. Je désire vous parler.

— Vraiment ?

Elle respirait le parfum de la fleur mais haussait nonchalamment un sourcil, comme si sa requête ne la touchait aucunement.

— C'est impossible pour le moment. Puis-je poursuivre mon chemin ?

— Permettez-moi de vous aider à descendre.

Il tendit vivement la main, pencha la tête pour s'adresser, derrière Rose, à Diane.

— Je prends votre place.

Rose, avec une feinte impatience, frappa du pied le parquet. Elle n'était pas le moins du monde contrariée mais tenait à ne pas se laisser dominer.

— Ne vous mêlez pas de mes affaires, monsieur ! Si vous désirez vous rendre utile, allez plutôt voir au pied de l'escalier si ma chaise à porteurs est arrivée.

— Elle est là. Je l'ai croisée en arrivant. Où allez-vous, si vous me permettez de vous le demander ?

— La Reine m'attend.

— Pourquoi ?

— Puisqu'il faut tout vous dire, je dois être présente, ce soir, quand un violoniste jouera pour Leurs Majestés dans les Petits Appartements de la Reine.

Elle ne précisa pas que le violoniste venait d'Autriche, ce qui expliquait qu'il jouât dans l'intimité du Cabinet Doré. Le public commençait à se méfier de tout ce que faisait la Reine, et il n'était plus très prudent pour elle de montrer une préférence pour ce qui s'attachait à son pays natal.

— Faut-il vraiment que vous y assistiez ?

Elle leva brusquement le menton.

— Quelle question ! Vous êtes nouveau à Versailles, c'est évident. A présent, si vous aviez la bonté de me laisser poursuivre mon chemin...

A reculons, il descendit les marches devant elle.

— A quelle heure s'achèvera le concert ?

— Je n'en ai pas la moindre idée. Vers onze heures, probablement.

— Vous serez libre ensuite ?

— Non. J'assisterai au coucher de la Reine.

— A minuit, alors ?

— Peut-être.

— C'est l'heure où l'on commence à se divertir en ville, me suis-je laissé dire. Permettez-moi de vous emmener danser.

— Il n'en est pas question !

Si elle avait été la seule concernée, elle aurait accepté, par pure espièglerie. Mais si, par hasard, elle était reconnue, et si cette sortie soulevait des commérages, ce serait la Reine elle-même qui en souffrirait.

— Jamais je ne quitte l'enceinte de Versailles à pareille heure avec un inconnu.

— Mais nous nous sommes déjà rencontrés trois fois ! Comment pourrions-nous être des inconnus l'un pour l'autre ?

De propos délibéré, il arrêta la descente de la jeune fille en s'immobilisant, les bras en croix, la contraignant à le regarder.

— Ayez pitié de moi ! Parce que je vous ai cherchée partout, je me suis déjà mis en retard pour une réception à laquelle je dois assister avec mon oncle : c'est dans l'appartement d'un duc, dans l'aile nord.

Il tendait les mains vers elle, en un geste suppliant, et elle en remarqua la forme. Tant de courtisans d'une élégance affectée possédaient des mains molles, froides et glissantes comme un poisson mort. Celles de Richard étaient vigoureuses, avec une paume large et de longs doigts. Sans le vouloir, elle l'imagina en train de caresser les pétales d'une fleur ou d'explorer délicatement le cœur d'une plante. Cette association d'idée la fit rougir, et sa confusion l'amena à répondre d'un ton plus acerbe qu'elle ne l'eût fait autrement :

— Dans ce cas, vous feriez bien de prendre l'une des chaises à porteurs du Château pour vous y mener. Vous risqueriez de vous perdre, sinon.

A cette réplique cinglante, il parut intrigué, reprit toute sa gravité, avant de se retourner pour descendre devant Rose les quelques dernières marches. Diane, témoin de toute la scène, songeait que, si une telle chance lui avait été offerte, elle eût accepté un rendez-vous avec cet homme attirant. Tout en suivant sa maîtresse, les bras toujours chargés des plis souples de la robe, elle espérait voir la jeune fille se radoucir. Après tout, elle avait déjà joué avec le feu, sans toutefois s'y brûler. Cela ne lui ressemblait pas de se dérober à la gageure que représentait cet Anglais.

Ils étaient parvenus au bas de l'escalier. La chaise à porteurs, marquée aux armes de Rose, attendait. Elle s'assit sur les coussins de satin bleu, et la portière fut refermée. Mais, par cette tiède soirée, la vitre était ouverte, et, au moment où les porteurs soulevaient les brancards, Richard, en désespoir de cause, se pencha pour ajouter quelques mots.

— Ce soir ! A minuit ! Au Bosquet de la Salle de Bal !

Elle lui accorda un sourire provocant, déploya son éventail, avant d'être emmenée par ses porteurs. Richard suivit l'équipage du regard.

— Sera-t-elle au rendez-vous ? demanda-t-il à Diane, sans se retourner.

— C'est impossible à dire, répondit franchement la soubrette. Dois-je appeler une chaise pour vous, monsieur ?

— Je vous demande pardon ?

Il la regardait comme s'il avait peine à rassembler ses pensées.

— Une chaise ? Oh ! oui, je ferais mieux d'en prendre une, je suppose !

Elle s'approcha de la porte, appela :

— Porteurs !

Une chaise arriva aussitôt.

Il était précisément minuit quand Rose sortit de la Chambre de la Reine. Durant toute la soirée, elle s'était répété qu'elle n'irait pas au rendez-vous. Le choix, à présent, ne lui appartenait plus. Non parce qu'elle serait un peu en retard : cela, il l'accepterait. Mais, dans sa robe claire, elle ne pouvait sortir sans que quelqu'un la vît.

Mais elle trouva Diane qui l'attendait, un domino noir jeté sur le bras.

— Vous avez eu là une excellente idée, dit Rose, tandis que sa femme de chambre lui posait le vêtement sur les épaules.

La réponse fut faite d'une voix neutre :

— J'ai pensé que vous pourriez en avoir besoin, madame.

Rose releva le capuchon et quitta le Château par la façade ouest. Des flambeaux éclairaient le parc, mais leur nombre était réduit, puisqu'il n'y avait pas eu, ce soir-là, de divertissement en plein air. La jeune fille descendit rapidement les marches, longea les Parterres d'Eau, pour gagner le Bosquet de la Salle de Bal par l'Avenue de Bacchus et de Saturne. Lorsque ses yeux se furent accoutumés à la pénombre, elle distingua, à quelque distance devant elle, une haute silhouette couverte d'un manteau, guidée par une autre qui portait une lanterne allumée. Sans appeler, car elle ignorait qui pouvait se trouver à portée de voix, elle pressa le pas dans ses souliers de soie. Mais, au lieu de prendre la direction du Bosquet, les deux silhouettes sombres bifurquèrent. Rose, qui s'était rapprochée, distingua, près des arbres, la forme claire d'une femme coiffée d'un grand chapeau.

Elle comprit aussitôt qu'il s'agissait du rendez-vous d'un autre couple. Elle allait se retirer, mais le domestique, au lieu de s'éloigner pour laisser les deux autres ensemble, prit une position qui lui barrait la retraite. Elle ne pouvait plus que rester là où elle était, invisible dans son domino noir. Le couple parlait en murmures. Le serviteur, elle le voyait, tendait l'oreille pour saisir les propos échangés. Soudain, contre son gré, elle comprit une seule phrase, prononcée par la femme :

— C'est oublié. Le passé n'existe plus.

Ces mots eurent un effet dramatique sur l'homme enveloppé d'un manteau : il tomba à genoux pour baiser les deux mains de son interlocutrice, tout en balbutiant des paroles chuchotées. Au même instant, le domestique changea de position pour mieux voir ce qui se passait, et Rose en profita pour s'échapper. A bout de souffle, elle parvint au Bosquet de la Salle de Bal et se précipita vers la terrasse qui en faisait le tour. Elle s'attendait à tout moment à voir Richard venir vers elle. Mais l'endroit était désert.

Elle avait peine à croire qu'il ne l'eût pas attendue. Peut-être n'était-il pas même venu. Après tout, elle ne lui avait pas donné de réponse. Il avait aisément pu rencontrer, au cours de la soirée, une jolie femme disposée à dépasser les limites d'un simple badinage.

Ses pensées revinrent à l'autre couple. Pourquoi avait-elle supposé dès l'abord que l'homme de haute taille, enveloppé d'un manteau, était Richard ? Les paroles de la femme résonnaient encore à ses oreilles. Richard avait parlé d'amis français. Se pouvait-il qu'il eût retrouvé une Française rencontrée en Angleterre ? A voir le secret dont ils s'étaient entourés, la femme devait être mariée. De toute évidence, en tout cas, ce n'était pas une femme du monde, pour porter un chapeau à minuit. Ce détail discordant avait aussitôt éveillé la curiosité de Rose. Peut-être s'agissait-il d'une courtisane !

Sous l'effet d'un brusque accès de colère, elle quitta le Bosquet de la Salle de Bal, mais la curiosité la ramena au lieu du rendez-vous clandestin. Le bosquet était maintenant désert, mais elle distingua une tache pâle sur l'herbe. Elle ramassa l'objet. C'était une rose, semblable à celle qui lui avait été offerte au début de la soirée. Elle la rejeta, revint en courant au Château. Elle voulait oublier la coïncidence, mais un doute cruel la tourmentait.

Dans une autre partie du parc, à la Colonnade, Richard attendait toujours. Il était sous le péristyle depuis onze heures du soir : il n'avait pas voulu courir le risque de manquer Rose, car il espérait du fond du cœur qu'elle viendrait. Lorsqu'il avait proposé ce lieu de rendez-vous, il l'avait fait sous le coup d'une subite inspiration : il n'avait pas encore vu grand-chose du vaste parc, mais, lorsqu'il avait dit à quelqu'un, au cours d'une conversation, qu'il s'était trouvé dans un lieu entouré de fontaines, on lui avait répondu qu'il s'agissait du Bosquet de la Salle de Bal.

Une horloge, au loin, sonna la demie. Il ne fit aucun mouvement pour partir. A deux heures, cependant, il dut admettre que Rose ne viendrait pas. Il avait nourri le projet de correspondre avec elle, de la revoir dès son retour à Versailles. Ses rêves s'écroulaient.

Il rebroussa chemin. Un douloureux sentiment de déception et de perte le tenaillait. La beauté ensorcelante de Rose allait le hanter longtemps. La seconde rose qu'il avait cueillie pour elle, une fleur d'un rouge profond, se fanait déjà sur la balustrade de marbre.

19

Rose avait passé un joyeux après-midi au Hameau, avec les enfants royaux et leur gouvernante, la duchesse de Polignac. La Reine était restée avec eux jusqu'au moment où, à son vif regret, elle avait dû regagner le Petit Trianon : elle avait accordé une audience, particulièrement sollicitée, à son joaillier, M. Boehmer.

Rose jugeait l'audience à peu près terminée, lorsqu'elle reprit à son tour le chemin du Petit Trianon : elle désirait elle-même parler au joaillier, à propos d'une perle détachée d'une broche. Elle ne s'attendait pas à voir Mme Campan, l'une des femmes de la Reine qu'elle connaissait bien, venir au-devant d'elle sur les marches du perron.

— Allez vite trouver la Reine ! Elle est dans la plus grande détresse !

Rose se mit à courir, trouva la Reine dans son boudoir, les paupières rougies par les larmes, le visage livide. Elle s'adressa immédiatement à la jeune fille :

— Il s'est produit une chose affreuse. Je ne sais de quel côté me tourner. M. Boehmer est venu me trouver avec une absurde histoire, selon laquelle je lui devrais plus d'un million et demi de livres sur ce collier de diamants qu'il a voulu me persuader d'acheter à plus d'une occasion.

Rose se rappelait la splendeur de ce collier : une rivière de diamants, composée de pierres sans égales, d'un éclat aveuglant. Il n'était pas étonnant qu'il valût une fortune.

— Je me trouvais près de vous, la dernière fois où vous avez déclaré à M. Boehmer que vous n'en vouliez à aucun prix.

— Oui, c'est vrai. Je ferai peut-être appel à vous pour établir le fait publiquement.

Marie-Antoinette se jeta hors de son fauteuil pour arpenter la pièce en se tordant les mains. Au début, elle avait désiré ce collier mais elle avait appris ensuite qu'il avait été commandé à l'origine pour Mme Du Barry. C'était un cadeau du défunt Roi, mort avant que le bijou fût achevé. Tout ce qui avait un rapport avec cette femme odieuse était haïssable aux yeux de Marie-Antoinette, et elle avait à tout jamais rejeté le collier. Récemment, elle avait remercié le ciel de ne s'être pas endettée plus avant pour l'avoir : le Roi et elle, devant les difficultés financières du pays, faisaient des économies personnelles... La rage l'envahit.

— Qui plus est, M. Boehmer m'a déclaré que le cardinal de Rohan avait acheté le collier pour mon compte, et avec une autorisation écrite portant ma signature !

Rose la dévisagea d'un air incrédule.

— Mais vous ne lui avez pas adressé la parole depuis des années !

— Voilà bien la vérité, madame Rose. Même lorsqu'il a osé se présenter ici, je l'ai fait éconduire.

Elle leva les bras au ciel.

— Quelles supercheries, quels mensonges on a pu utiliser, je ne parviens pas à l'imaginer. Je sais en tout cas une chose. Le cardinal devra passer en justice pour avoir volé un collier en mon nom. Il sera convaincu de mensonge et de vol !

Ce fut le début d'un scandale qui ébranla la nation entière. Le cardinal de Rohan avait été la dupe de deux escrocs. Ils avaient tiré parti de son désir ardent de s'insinuer dans les bonnes grâces de la Reine et de son ambition de devenir l'homme le plus puissant de France. Rose fut épouvantée en apprenant que, sans le savoir, elle avait été le témoin du vilain tour qu'on lui avait joué, et qui l'avait laissé convaincu d'avoir enfin gagné la faveur de la Reine. Une jeune prostituée qui, dans un mauvais éclairage, pouvait à la rigueur passer pour Marie-Antoinette, avait été conduite au Bosquet de Vénus, dans le parc de Versailles. Là, elle avait rencontré le cardinal, lui avait dit que toutes ses erreurs passées étaient pardonnées.

— Je les ai vus, confia Rose à Jasmine.

Celle-ci haussa un sourcil, en apprenant que sa petite-fille se rendait alors à un rendez-vous nocturne.

— Quelque chose de bizarre m'a frappée, poursuivit la jeune fille. J'ai pensé qu'aucune dame de la Cour ne porterait un chapeau de jour à cette heure tardive. Si le cardinal avait eu la moindre idée des rudiments de la mode, il aurait compris que cette créature abusait de sa confiance !

Les hommes prétentieux, remarqua Jasmine, pensaient

qu'aucune femme ne pouvait longtemps résister à leur charme.

— C'est ce qui a perdu le cardinal, ajouta-t-elle.

Elle lança à Rose un coup d'œil malicieux.

— Quelle a été l'issue de votre rendez-vous ?

La jeune fille fit une petite grimace.

— Rien.

Sa grand-mère avait trop de tact pour insister. Elle accorda une pensée au cardinal, qui avait été incarcéré dans la redoutable Bastille, dans l'attente du procès qui innocenterait la Reine. Toutefois, se disait-elle, le Roi avait commis un impair en le faisant arrêter dans ses vêtements sacerdotaux, alors qu'il traversait la Galerie des Glaces pour aller célébrer la messe dans la Chapelle royale. Beaucoup de membres de la noblesse avaient été fâchés que la chose se fût produite en public et dans un tel moment. Inévitablement, le blâme en retombait sur la Reine, non sans raison. Il s'agissait indéniablement d'un acte de vengeance.

L'année suivante, le dernier jour de mai 1786, le cardinal fut acquitté. Les deux escrocs tombèrent sous le coup de sentences impitoyables. Quant au collier de diamants, il avait été mis en pièces et vendu avant même qu'on eût procédé à des arrestations. Marie-Antoinette fut terrassée par cet acquittement. Durant toute la durée du scandale, les sympathies étaient allées au cardinal qui, pensait-on, voulait la protéger, et les juges, par leur verdict, avaient soutenu cette conviction. Sa passion bien connue pour les diamants avait joué contre elle, tout comme ses extravagances et ses dettes passées. On ne tint aucun compte du fait qu'elle n'était plus la petite Reine frivole de naguère.

— Je vois que vous versez des larmes sur moi, dit-elle avec émotion à Rose, qui venait d'apprendre la décision de justice. J'en ai grand besoin parce que j'ai été offerte en sacrifice pour les crimes commis par d'autres. J'avais cru trouver des juges honnêtes et impartiaux, mais, au contraire, ils ont créé une injustice pour ruiner ma réputation.

Rose se désespérait de voir la Reine si cruellement maltraitée. Les gens de toutes conditions, depuis les nobles à la Cour jusqu'aux mendiants des ruisseaux, s'étaient haineusement tournés contre elle. A chaque coin de rue, des libelles déversaient sur elle des obscénités, on se passait de main en main des caricatures pornographiques, même dans les réceptions privées de Versailles. Elle, cependant, s'inquiétait pour son fils bien-aimé qui était malade.

Dans toute cette affaire du collier de diamants, personne n'apercevait la moindre lueur. Rose regrettait que Richard n'eût pas été le compagnon de cette femme, dans le parc ; tout le reste aurait été alors un mythe. Tout ce qui lui restait, c'était la certitude qu'elle ne lui avait pas inspiré assez d'intérêt pour qu'il vînt au Bosquet de la Salle de Bal dans l'espoir de l'y retrouver. Il était exaspérant d'en souffrir encore, alors qu'il s'agissait d'un simple étranger de passage. Elle en blâmait son orgueil.

La Reine retrouva un peu de joie dans la naissance d'une fille, Sophie. Mais, moins d'un an après, la tragédie frappa de nouveau : l'enfant mourut. La Reine porta le deuil en blanc de la Maison Royale de Bourbon, et son visage n'avait pas plus de couleur que ses robes. Pour ajouter encore à ses épreuves, la santé de son fils aîné n'avait cessé de se détériorer : son épine dorsale se déformait, ses membres s'atrophiaient. Le Dauphin supportait courageusement ses souffrances. La Reine et Rose se tenaient à son chevet pour lui tenir la main et lui faire la lecture, lorsqu'il était attaché par des courroies à une planche, dans un vain effort des médecins pour lui redresser le dos.

— J'irai sûrement bientôt mieux, maman, disait-il souvent, quand sa mère l'emportait, épuisé, jusqu'à son lit.

— Sans aucun doute, lui répondait-elle gaiement, en lui dissimulant son angoisse.

Hors de sa vue, dans le privé, elle se laissait aller aux larmes, lorsqu'un nouveau traitement demeurait sans effet.

Elle se trouvait dans cet état de désespoir, assise sur le canapé bleu de l'alcôve tapissée de miroirs, dans le Cabinet de la Méridienne, quand on frappa à la porte. Rose, qui était près d'elle, alla ouvrir. Marie-Antoinette, le visage enfoui dans un mouchoir trempé de pleurs, releva sa tête lasse et vit dans une glace que Rose avait quitté la pièce en laissant la porte ouverte. Intriguée, elle regarda dans cette direction par-dessus son épaule. A cet instant, la seule personne qui pouvait apporter un peu de lumière dans les ténèbres de sa vie entra et lui tendit les bras.

— Axel !

Le temps d'un battement de cœur, elle crut à une hallucination.

Il fut près d'elle avant qu'elle pût bouger.

— Je suis de retour et, cette fois, mon amour, je ne repartirai pas !

Une fois encore, Rose devint chaperon royal. Choisie depuis longtemps, parmi les autres dames, pour le charme de sa compagnie, elle avait l'habitude de faire des promenades à cheval avec la Reine. Ces excursions se firent plus fréquentes : la Reine saisissait l'occasion de rencontrer Axel en pleine forêt. Même lorsqu'il assistait aux réceptions données au Petit Trianon, elle ne pouvait jamais se trouver seule avec lui, et elle n'osait pas non plus le prendre à part pour échanger quelques mots lors des soirées à Versailles.

Quand Marie-Antoinette et Rose se mirent en route par cet après-midi ensoleillé, elles ne soupçonnaient pas qu'elles étaient suivies. La Reine ne montait plus les chevaux fougueux qu'elle avait toujours choisis par le passé : elle songeait constamment à ses enfants et au besoin qu'ils avaient d'elle. Le plus souvent, c'était Rose qui prenait une monture rétive et se plaisait à la mater.

Comme toujours, Axel les attendait. Selon la coutume qui s'était établie, Rose fit rebrousser chemin à son cheval, pour ne pas être le témoin de leurs retrouvailles passionnées. Elle avait pris ainsi l'habitude de les laisser seuls, tandis qu'elle se promenait en toute liberté jusqu'à l'heure fixée d'avance. Parfois, elle entendait au loin la sonnerie d'un cor : le Roi chassait chaque jour, et Rose se tenait toujours prête à donner l'alerte, au cas où la meute ou même un chasseur isolé approcherait. Ce jour-là, elle emprunta la longue avenue herbeuse d'un coupe-feu naturel entre les arbres et mit son cheval au grand galop. A ce moment, elle perçut le bruit d'un autre galop, à quelque distance derrière elle. Elle ralentit l'allure, pour permettre au cavalier de la rejoindre, mais il maintenait obstinément l'écart qui les séparait.

Elle jeta un rapide coup d'œil par-dessus son épaule, mais l'homme portait un chapeau qui dissimulait la partie supérieure de son visage et empêchait toute identification. C'était fait de propos délibéré, se dit-elle, et sa colère s'en accrut. Quel jeu jouait-il donc ? S'agissait-il de quelque galant de la Cour qui avait oublié les règles de l'étiquette au point de suivre la Reine et sa dame d'honneur dans une promenade privée ? Dans un effort pour le distancer une fois pour toutes, elle lança son cheval à une allure vertigineuse : elle espérait qu'il se lasserait et reprendrait une allure raisonnable, mais sa monture, tout en s'ébrouant, maintenait entre eux la même distance. Chez Rose, la rage fit place à la peur : c'était un espion, quelqu'un qui avait découvert le secret de la Reine et était bien décidé à savoir quel rôle elle-même jouait dans l'intrigue. Eh bien, il n'apprendrait rien d'elle. Qu'il essaie seulement ! Se sachant loin des deux amants, elle finit par ralentir l'allure et fit virer son cheval pour faire face à son poursuivant.

— Vous ! s'exclama-t-elle, furieuse.

Elle n'avait pas revu depuis près de trois ans l'homme qui retenait à présent sa monture pour s'approcher d'elle. Mais la rencontre de ce jour n'avait rien de l'agréable atmosphère de ce lointain jour d'été. Richard Aldington ne montrait plus l'impudence dont elle se souvenait si bien. C'était un homme plus grave, plus sérieux, et il y avait, dans les profondeurs des yeux vert clair, un soupçon d'hostilité glaciale.

— Je vous souhaite le bonjour, madame.

— Comment osez-vous me poursuivre ainsi ? Vous avez bien dû comprendre que je désirais monter seule.

La réponse vint, sans le moindre sourire pour l'accompagner.

— Je n'ai jamais pu résister au désir de m'amuser un peu.

— Vos manières ne se sont pas améliorées avec le temps.

— Pas plus que votre langue acérée, j'ai le regret de vous le dire. Pour ce qui est de la courtoisie, est-il dans vos habitudes de laisser la Reine seule en plein bois ?

Rose sentit lui revenir sa toute première crainte. Peut-être Richard avait-il été dès le début un espion anglais. Elle répliqua d'un ton tranchant :

— Si vous étiez plus au courant de l'étiquette de la Cour, vous n'auriez pas songé un seul instant à commettre une telle intrusion. La Reine ne trouve de solitude nulle part ailleurs. Elle a bien le droit de se promener seule en forêt. La pauvre femme est si tourmentée !

— A ce propos, je suis ici pour la mettre en garde par votre intermédiaire. En cet instant précis, le Roi reçoit sans doute certains papiers compromettants.

— Que voulez-vous dire ? Le Roi est à la chasse.

— Un cavalier s'est lancé à sa suite, comme on le fait pour les dépêches urgentes. Ces documents mettront le Roi au courant des rencontres de la Reine avec le comte de Fersen : celle d'aujourd'hui et les précédentes.

— Comment savez-vous cela ? questionna-t-elle, saisie d'inquiétude.

— Il s'est passé bien des événements depuis la dernière fois que je vous ai vue. La mort de mon père m'a fait rentrer chez moi avant la fin de mes voyages. Une fois toutes nos affaires réglées, je suis revenu à Paris et je suis à présent attaché à l'ambassade de mon pays. Mon oncle, l'ambassadeur, nourrit pour la Reine une certaine sympathie : elle n'a jamais caché sa répugnance à voir la France soutenir une révolution dans les colonies américaines contre une monarchie établie de longue date. A cause de son rôle officiel, il ne peut la mettre en garde personnellement. Voilà pourquoi j'accomplis ici ma première mission.

— Comment l'ambassadeur a-t-il été mis au courant de ces rencontres en forêt ?

Immédiatement, elle se mordit la langue : un instant plus tôt, elle avait soupçonné Richard d'être un espion. Elle se rappelait aussi une remarque négligente de la Reine, un jour où, avec Rose, elle passait en revue ses plantes rares au Petit Trianon :

— Vous souvenez-vous de ce jeune vicomte anglais ? Il s'appelait Lord Aldington, je crois. Il m'avait promis de me rapporter les spécimens intéressants qu'il pourrait découvrir lors de ses voyages. Eh bien, récemment, j'ai demandé à l'ambassadeur d'Angleterre pourquoi il n'était jamais revenu à Paris. Le jeune homme, m'a-t-il dit, avait eu le malheur de perdre son père et avait dû en conséquence rentrer dans son pays. En sa qualité de fils aîné, il a hérité le domaine, et il est maintenant comte d'Easterton...

Rose se reprit, se tourna vers Richard.

— Inutile de répondre à cette question, Lord Easterton. Je suis heureuse d'apprendre que la Reine a quelques amis, en dehors de ceux d'entre nous qui lui sommes le plus proches.

Sans doute lui avait-elle donné le titre qui convenait : il ne la reprit pas sur ce point.

— Je n'irai pas trouver la Reine en votre compagnie. Ce serait de ma part une intrusion.

— Dans ce cas, au nom de Sa Majesté, je vous remercie, vous et l'ambassadeur d'Angleterre.

Elle prit congé de lui sur un signe de tête et revint au galop par le chemin qu'elle avait emprunté à l'aller.

Il la suivit des yeux. Il savait désormais pourquoi il était revenu en France. Il avait eu beau lui garder rancune de n'être pas venue à leur rendez-vous de minuit et, pendant ses voyages, avoir goûté à la piquante variété d'un grand nombre de jolies femmes, Rose avait continué d'occuper son esprit, bien plus qu'il n'en avait pris conscience.

Toute sa famille s'était attendue à le voir se fixer, après qu'il eut hérité le domaine et le titre de son père. Ce n'était plus le même homme, mais ses nouvelles responsabilités de propriétaire terrien et de politicien n'y étaient pour rien. La mort prématurée de son père l'avait profondément affecté. Jamais auparavant le chagrin n'avait effleuré son existence insouciante. Vingt années seulement l'avaient séparé de l'auteur de ses jours, et tous deux avaient connu une relation joyeuse, tumultueuse, parfois conflictuelle, mais toujours chaleureuse. Richard avait eu peine à croire qu'un homme aussi plein d'énergie et de bonhomie, qui montait à cheval avec ses fermiers, qui proclamait que tous les hommes sont égaux à la chasse, et que toutes les jolies femmes sont faites pour être courtisées, pût être ainsi soufflé comme la flamme d'une chandelle par une seule douleur aiguë au creux de la poitrine. Cette mort l'avait conduit à voir qu'il avait perdu à faire la fête vingt-cinq années de sa vie, sans autre trace que les toiles et les sculptures expédiées d'Italie et de Grèce et les plantes recueillies à l'étranger pour donner à ses serres une beauté exotique.

Il avait attendu un an pour aborder avec sa mère le sujet d'un possible retour à Paris. Du fond de sa souffrance, c'était vers lui qu'elle s'était tournée de préférence à ses autres enfants : peut-être avait-elle senti que le chagrin de Richard était plus proche du sien. Tout de suite après l'avoir écouté, elle reprit courage, comme s'il lui avait redonné un but dans la vie.

— Allez à Paris, mon fils. Demeurez six mois ou davantage, si vous le souhaitez. Avec l'aide de notre régisseur, je m'occuperai de tout comme si vous étiez là. Cela me permettra par ailleurs de retaper la maison qui me revient en douaire, et je m'y installerai lorsque vous déciderez de rentrer.

Tout ce qu'il y avait en elle de français et de romantique prit alors le dessus :

— Peut-être me ramènerez-vous une fiancée...

Il éperonna son cheval pour sortir de la forêt par une autre route. A en croire la rumeur, Rose de Chuard ne s'était jamais laissé prendre au piège. Il lui appartenait de relever la gageure, et il en avait bien l'intention.

Dès son retour à Versailles, Marie-Antoinette fut informée que le Roi avait quitté la chasse pour rentrer au Château. Le fait était sans précédent, et elle fut saisie de crainte. Elle se rendit tout droit aux appartements privés du Roi, où elle savait le trouver, et se trouva emplie de détresse à sa vue : replié sur lui-même dans un fauteuil, il sanglotait à la façon d'un homme brisé. Elle se jeta à genoux près de lui, l'entoura de ses bras.

— Louis ! Mon cher mari ! Ne pleurez pas, je vous en prie.

— Est-ce vrai, ce qu'on dit de vous et du comte de Fersen ?

Il levait vers elle un visage pathétique, mouillé de larmes. Ses lèvres tremblaient.

— J'ai reçu un terrible rapport.

— La vérité est que j'ai de la tendresse pour Axel de Fersen.

Plus que je ne le devrais, je le sais. Mais je suis votre épouse, mon cher Louis. Vous êtes le père de mes enfants, l'homme dont je serai la compagne et l'amie jusqu'à la fin de mes jours. Avec les années, nous sommes devenus plus proches que je ne l'aurais cru possible lors de mon arrivée en France. Cela, vous le savez. Je vous l'ai confié dans nos moments conjugaux les plus intimes.

Elle sortit un mouchoir de sa poche, le déplia, lui essuya les yeux, comme s'il avait été son fils plutôt que son mari.

— Je ne reverrai pas le comte. Il se démettra du brevet qui lui a été accordé dans l'armée française et retournera en Suède.

— Non, la solution n'est pas là.

— Mais si, j'insiste. Je ne veux pas vous voir bouleversé sans nécessité. Le seul remède, c'est que je ne revoie plus le comte, en quelque circonstance que ce soit.

— S'il part, on dira que je ne vous ai pas crue sur parole.

Elle se redressa un instant pour plonger son regard dans le sien.

— M'avez-vous crue, Louis ? demanda-t-elle d'un ton anxieux.

— Oui, répondit-il avec simplicité. De toute manière, vous m'auriez dit la vérité.

Elle fut profondément émue par sa réponse.

— Où est cet infâme rapport ?

— Je l'ai brûlé, fit-il, avec un geste vers la cheminée. Il n'en sera plus jamais question.

Elle le reprit dans ses bras, et, après un baiser, il l'imita. Ils demeurèrent un moment ainsi, lui assis, elle à genoux, dans les bras l'un de l'autre. Quand Marie-Antoinette quitta finalement la pièce, elle était épuisée, après avoir connu successivement toute la gamme des émotions, depuis l'amour, la peur et la compassion jusqu'à un intense soulagement. Elle avait joué son va-tout en insistant pour qu'Axel fût renvoyé en Suède et elle avait gagné.

Louis, dans son fauteuil, s'était remis à pleurer. Sa femme aimait Axel de Fersen de tout son cœur, mais lui-même avait trop d'amour pour elle pour la priver, au milieu de toutes ses épreuves, du peu de bonheur qui lui venait de ses entrevues avec le comte. La violence de leurs sentiments l'avait emporté sur leurs scrupules ? Eh bien, tant pis...

Quand Rose revit Richard, il était en compagnie de l'ambassadeur, qu'elle avait rencontré en maintes occasions. Ils échangèrent quelques phrases conventionnelles, et elle alla ensuite s'asseoir avec un autre groupe pour assister au concert qui se donnait ce soir-là. Richard et elle étaient placés assez loin l'un de l'autre, mais elle était aussi sensible à sa présence que s'il n'y avait eu personne d'autre dans le salon. Cette impression l'amena à applaudir un peu plus fort qu'il n'était nécessaire et, durant le souper dans le Salon de Vénus, à regarder partout sauf dans sa direction. Le dépit qu'il ne l'approchât point se mêlait de satisfaction : il devait se sentir ignoré, oublié. Mais, par hasard, elle croisa son regard fixé sur elle dans un miroir et elle se sentit rougir de la tête aux pieds. Lorsqu'elle releva les yeux, il était en grande conversation avec une jolie femme : tous deux riaient et paraissaient s'entendre à merveille. Quand elle se tourna de nouveau dans cette direction, tous deux avaient disparu.

Elle prit l'habitude de le chercher du regard partout où elle allait. Elle commençait à croire qu'il limitait ses divertissements à Paris quand, un soir, il reparut. On avait installé des tables de jeu dans la Galerie des Glaces, et, comme toujours, il y avait foule. La Reine se trouvait au Petit Trianon, le Roi s'était enfermé avec ses livres dans sa bibliothèque : l'atmosphère en était libérée. Par le passé, la présence de la Reine avait toujours ajouté à la gaieté débordante d'une soirée de cette sorte. Mais depuis l'affaire du collier de diamants, beaucoup de nobles, porteurs de noms aussi anciens et respectés que celui du cardinal, préféraient ne pas venir lorsqu'ils savaient que la souveraine serait présente, même si elle était devenue la Reine qu'ils avaient souhaitée : elle se consacrait avec le Roi à de graves études de politique, elle s'efforçait de faire sur tout des économies et tenait sincèrement à voir la France sortir d'une crise financière qui s'aggravait sans cesse. D'autres remarquaient avec un féroce ressentiment qu'elle se soustrayait de plus en plus à la vie mondaine de Versailles pour se confiner dans la compagnie d'anciens amis fidèles.

Rose avait déjà pris place à une table lorsqu'elle vit Richard, debout à l'entrée du Salon de la Guerre, examiner la Galerie des Glaces. Avec sa taille impressionnante, ses larges épaules qui mettaient en valeur la coupe irréprochable de son habits de soie cramoisie, il était extrêmement séduisant. Cherchait-il, se demanda-t-elle, la femme avec laquelle elle l'avait vu, le soir du concert ? Elle souhaitait à cette créature bien du bonheur avec lui. Peut-être, lorsqu'il conviendrait avec elle d'un rendez-vous, s'y rendrait-il.

Le regard de Richard enregistrait chaque détail de l'éblouissante galerie. On eût dit qu'un vol d'oiseaux aux riches plumages avait été attiré par un filet brillant dans cette cage de miroirs, où le bourdonnement des voix et des rires, le claquement des cartes et le cliquetis des dés sur les tables couvraient presque les accords de l'orchestre qui jouait dans le Salon de la Paix, à l'autre extrémité. Des « garçons bleus » se tenaient prêts à donner des paquets de cartes neufs et des dés de rechange, ainsi que les sacs de velours bleu dans lesquels les gros gagnants pouvaient emporter leur or et leurs billets à ordre.

Il assistait là, il en était convaincu, à un spectacle éphémère. La France était en état d'effervescence, mais les habitants de Versailles continuaient à jouer, comme si de rien n'était. Depuis son retour, il s'était entretenu avec de nombreux Français, il avait écouté au coin des rues les tirades contre l'aristocratie, il s'était rendu à des réunions d'intellectuels et à d'autres, d'agitateurs, changeant de tenue pour chaque occasion, sans que jamais on n'eût découvert sa nationalité. Sans être vraiment un espion, puisqu'il n'était en quête d'aucun secret d'Etat, il était devenu l'agent de son oncle, pour l'évaluation d'une situation que les deux hommes considéraient comme un baril de poudre.

Pourquoi ces paons de haute volée et leurs femelles, non moins richement vêtues, ne voyaient-ils pas que leur pays ne pourrait demeurer à jamais enfermé dans un système féodal dont ils étaient les seuls bénéficiaires ? Ils étaient exemptés de nombreux impôts, alors que les gens du commun portaient le plus gros du fardeau. La bourgeoisie et les paysans enviaient à l'Angleterre son régime plus juste, plus libéral.

— Puis-je vous conduire à une table, monsieur ?

Un « garçon bleu » s'était approché de lui.

— Quel jeu a votre préférence ?

— Le faro. Il y a une place libre près de la deuxième fenêtre. Je vais la prendre.

Rose le vit se diriger vers la table où elle était assise. Dans ce jeu, où l'on misait sur l'ordre d'apparition de certaines cartes, on pouvait très rapidement gagner ou perdre de grosses sommes, mais elle avait généralement de la chance et elle attendait avec confiance le début de la partie.

— Bonsoir, madame.

Richard s'inclina devant elle avant de prendre son siège. Elle répondit à son salut, lui présenta les deux courtisans, placés à sa droite et à sa gauche, avec lesquels elle s'était entretenue.

— Profitez-vous bien de votre séjour à Paris ?

— Oui, extrêmement. Paris offre une telle variété de

divertissements. J'ai bénéficié, par ailleurs, de l'hospitalité de nombreuses maisons.

— Vous avez, m'a-t-on dit, offert au Roi et à la Reine une plante rare rapportée de vos voyages.

— En effet. Il s'agit d'une orchidée.

— A-t-elle des chances de survivre ?

— Elle s'est bien développée dans les serres, chez moi. L'avez-vous vue ?

— Non, pas encore, fit-elle, avec un haussement d'épaules indifférent. Je ne saurais où la chercher.

— Je vous la montrerai.

Elle ne put s'empêcher de poser sur lui un regard furieux.

— Je ne pense pas, répondit-elle d'un ton glacial. Je suis trop occupée et n'ai pas de temps à gaspiller.

Il ne perdit apparemment rien de son calme, mais ses yeux prirent l'éclat de l'acier.

— Je le crois aisément. Je n'ai pas la moindre envie de convenir avec vous d'un rendez-vous auquel vous n'auriez pas l'intention de vous rendre.

La fureur habitait la jeune fille. A sentir ses pommettes brûlantes, elle comprit que deux taches vives y étaient apparues. Dire qu'elle s'était rendue au Bosquet de la Salle de Bal pour l'y rejoindre et qu'elle avait échappé de justesse au danger d'être impliquée dans la sordide comédie dont elle avait été le témoin. Si on l'avait reconnue, Dieu seul savait quels mensonges on aurait répandu sur son compte, une fois l'intrigue découverte.

La partie commençait. Elle plaça une mise, s'efforça ensuite de se concentrer sur le jeu, mais la présence de Richard et sa colère distrayaient son attention. Sans même le regarder, ses yeux enregistraient l'éclat du diamant qui ornait sa bague, les manchettes de dentelle à ses poignets, la ligne énergique de sa mâchoire. Il était présent jusque dans ses narines, comme si, dans le mélange de nombreux parfums, il était possible de distinguer, d'un côté à l'autre de la table, son odeur masculine, saine et vigoureuse.

Elle avait encore perdu ! Qu'il fût perdant, lui aussi, ne la consolait pas. Pourtant, au bout d'un moment, ils se rattrapèrent presque en même temps. Lorsqu'on annonça le souper, chacun avait devant soi une petite pile de pièces d'or. Rose quitta la table pour aller rejoindre des amis mais rencontra de nouveau Richard dans le Salon de l'Abondance : il prit le gobelet de cristal plein de jus de fruit qu'on venait de verser pour elle, et le lui tendit lui-même.

— Joignez-vous à moi quand nous retournerons dans la

Galerie des Glaces, l'invita-t-il. Nous jouerons à ce qu'il vous plaira. Nous nous portons mutuellement chance, je crois.

Elle releva dédaigneusement la tête.

— Bien au contraire, vous êtes, pour moi, associé à la malchance. C'est à peine si j'ai gagné au faro, et, avant cela, vous avez été porteur d'une mauvaise nouvelle pour une dame que nous connaissons l'un et l'autre.

— Peut-être, si nous allions faire une courte promenade pour échapper à cette atmosphère, pourrions-nous retrouver le temps de notre première rencontre et entreprendre de refaire connaissance.

— Je n'ai aucun désir de me prêter à cette comédie.

Cette fois, l'exaspération de Richard explosa.

— Si vous m'aviez naguère donné une réponse aussi directe, je ne me serais pas attardé dans le Bosquet de la Salle de Bal, à écouter une horloge sonner les heures l'une après l'autre !

— Vous n'y étiez pas ! lui lança-t-elle.

A son expression stupéfaite, elle comprit qu'elle s'était trahie. Elle rassembla dans ses deux mains les plis de sa jupe garnie de rubans, s'échappa en courant du Salon de l'Abondance. D'une pièce à l'autre, elle contourna tous les groupes, jusqu'au moment où elle se retrouva dans la Galerie des Glaces.

Là, elle se jeta plus ou moins dans le seul fauteuil vacant à une table pour quatre. Elle reconnut alors, mais trop tard, dans l'un des joueurs un homme qu'elle évitait généralement. Mais il eût été discourtois, vis-à-vis des deux autres, de repartir immédiatement.

— Vous nous offrez là un rare plaisir, lui dit l'homme.

Il haussait des sourcils peints dans un visage poudré, aux pommettes rougies artificiellement : il était de ceux, nombreux à la Cour, qui usaient généreusement des fards. A trente ans, le comte de Cordières, grand et bien bâti, était connu pour ses frasques amoureuses. Il vivait au-dessus de ses moyens et s'était fait un jour égratigner la figure par une maîtresse délaissée, dans le Salon de Mars. Par chance, ni le Roi ni la Reine ne s'étaient trouvés là pour voir la scène.

— Nous nous préparions à jouer au reversi. Cela vous convient-il ?

— Parfaitement, comte, répondit-elle.

Peu importait le jeu, se disait-elle, à condition qu'elle gardât son sang-froid. Cet homme était un joueur redoutable, de la pire espèce.

— Je vous en prie, madame, soyez la première à couper pour la donne, reprit-il en posant les cartes devant elle.

Mais, à cet instant précis, un « garçon bleu » s'approcha du duc âgé assis à leur table et lui dit quelques mots à l'oreille. Aussitôt, le vieil homme se leva, présenta ses excuses : il devait les quitter, le Roi le mandait. Au moment où il s'éloignait, Richard apparut près du fauteuil ainsi libéré.

— Puis-je me joindre à vous, madame et messieurs ?

Bien contre son gré, Rose dut imiter le signe d'acceptation du comte et de l'autre joueur, le solennel baron de Bercy, qui ne possédait pas le moindre humour. Comme la première fois, elle fit les présentations, et la partie commença. Cette fois, considérablement chagrinée de s'être trahie devant Richard, elle porta toute son attention au jeu, déterminée à le battre à plate couture. Lui, de son côté, elle le voyait, mettait la même détermination à prendre le dessus sur elle. La partie se mit à ressembler à un assaut de jeu de paume, tel qu'il s'en faisait au temps du Roi-Soleil : les deux autres joueurs n'étaient plus que des spectateurs.

Elle l'emporta à plusieurs reprises. Lui aussi. Le baron restait en arrière. Le comte ne marquait rien. Soudain, en dépit de tous les efforts de la jeune fille, il se mit à gagner, et personne ne parvint plus à l'arrêter. Tout l'or que Richard avait acquis changea de main. Il en fut de même pour Rose, et le baron dut presque retourner ses poches pour assurer la mise suivante. Le comte avait l'irritante habitude d'esquisser de petits gestes d'excuse, tout en gardant un sourire satisfait, chaque fois qu'il raflait les mises. Quand un autre tour de table aboutit, une fois de plus à son triomphe complet, Rose décida de quitter le jeu.

— Je crains bien d'être allée aussi loin que je le pouvais, messieurs, déclara-t-elle.

Elle fit signe à un « garçon bleu », qui lui apporta un billet à ordre, une plume et de l'encre. Elle remplit le document et était sur le point d'y apposer sa signature quand Richard lui ordonna d'un ton sévère :

— Ne signez pas !

Elle leva vers lui un regard anxieux : elle devinait ce qu'il allait faire et voulait à tout prix l'en empêcher.

— Mais c'est la coutume ! s'exclama-t-elle vivement, comme s'il avait pu ignorer cet usage, commun à tous les pays.

Mais il existait une différence essentielle entre Versailles et l'Angleterre, en ce qui concernait le jeu, et, apparemment, il ne la connaissait pas. Déjà, il s'était tourné vers le comte.

— Monsieur, dit-il d'une voix basse, implacable, vous êtes un tricheur !

La jeune fille, le baron, le comte et jusqu'au « garçon bleu » retinrent leur souffle. Un silence se fit à la table, comme il arrive dans l'œil d'un cyclone, car la rumeur joyeuse continuait alentour. Richard lança une main en avant, écarta avec violence le revers de l'habit de soie rose pâle, pour révéler une doublure munie de nombreuses poches dont certaines contenaient des cartes.

Le comte bondit sur ses pieds avec une telle rapidité que son fauteuil se renversa avec bruit, ce qui attira l'attention de ceux qui se trouvaient aux tables les plus proches. Il était fou de rage, les yeux lui sortaient de la tête, le sang battait à ses tempes.

— Chien d'Anglais ! rugit-il. Vous n'avez pas votre place dans une société civilisée !

Richard, qui s'était levé à son tour, écarta d'un revers de main le poing furieux que l'autre agitait devant son visage.

— J'exige des excuses pour cette insulte et pour votre malhonnêteté au jeu.

— Allez au diable !

Le comte, dans sa colère, dansait presque sur place. La querelle avait maintenant attiré l'attention de toutes les personnes présentes. Les joueurs les plus éloignés sautaient sur leurs fauteuils pour voir ce qui se passait.

— Mes témoins vous rendront visite demain matin !

Le comte tourna les talons, sortit à grandes enjambées de la Galerie des Glaces. Le baron s'adressa à Richard.

— L'une des plus fines lames de France vient de vous provoquer en duel, monsieur. J'espère que vous êtes de sa force.

Richard eut un sourire qui n'annonçait rien de bon.

— J'espère faire la preuve d'une force supérieure.

— Je vous souhaite le succès. Avez-vous besoin d'un témoin ? Je me mets volontiers à votre disposition.

— Je vous remercie.

Ils s'entretinrent un instant des dispositions à prendre, sous les yeux des curieux qui murmuraient entre eux. Pour la première fois de la soirée, on entendait clairement l'orchestre. Richard s'inclina tour à tour devant Rose, devant le baron, devant l'assistance, avant de disparaître à son tour dans le Salon de la Guerre.

Rose, toujours assise, le suivit des yeux. Les gens commençaient à se presser autour d'elle.

— Qu'est-il arrivé ? Quelqu'un a-t-il accusé le comte de Cordières ? S'agit-il réellement d'un duel ?

Elle ne supportait plus leurs questions. Elle se leva d'un bond, et l'on s'écarta pour lui livrer passage. Elle se lança à la poursuite de Richard, d'un salon à l'autre, avec la même ardeur qu'elle avait mise à le fuir, quelque temps auparavant. Arrivée en vue de l'Escalier du Roi, elle le découvrit appuyé à la balustrade, les bras croisés. Il l'attendait. A son approche, il se redressa, lui tendit la main.

— J'espérais que vous viendriez. Allons faire cette petite promenade que je vous ai proposée tout à l'heure. Nous devons éclaircir un mystère entre nous.

Elle tenait les poings serrés à ses côtés.

— Quelle folie vous venez de commettre ! J'ai tenté de vous en empêcher. Pourquoi n'en avez-vous pas tenu compte ? Le comte de Cordières aime à tricher. Certains courtisans trichent par urgent besoin d'argent, mais d'autres, comme le Comte, sont d'avis que tricher pimente le jeu. Pourquoi ne pas payer et le laisser en paix ?

Il la dévisageait d'un air incrédule.

— Vous le *saviez* ?

— Mais naturellement. Et le baron aussi.

Il leva les mains dans un geste de désespoir bien joué.

— Vous m'accusez de folie, mais vous soutenez les enjeux comme si vous jouiez pour des cailloux au lieu de pièces d'or.

— J'aime jouer gros jeu. Sinon, ce n'est pas passionnant.

— Je comprends quand vous jouiez au faro, mais, au reversi, vous jetiez délibérément votre argent dans les poches du comte.

— Pas le moins du monde. J'avais espéré le manœuvrer par mon propre talent. C'était aussi le but du baron. L'étiquette veut qu'on ne mette pas à nu les faiblesses d'autrui. Il en va de même avec le vol. Cela se produit constamment.

Richard conservait une expression sévère, et le ton de sa voix était inexorable.

— Aucun gentilhomme ne triche aux cartes. C'est une offense aux traditions de bon vouloir, d'amitié et même d'hospitalité autour d'une table de jeu. En Angleterre, un tricheur, une fois reconnu comme tel, et quel que soit son rang, ne serait jamais plus invité à jouer par ses pairs et moins encore à faire étalage de sa malhonnêteté dans une résidence royale.

Elle soupira avec impatience.

— Pour le principe, je suis d'accord avec vous, mais la question n'est pas là. Nous sommes à Versailles et non dans un salon anglais. Vous vous êtes attiré bien des ennuis.

— J'aurais parlé plus tôt, mais le coquin est un véritable

magicien. Il me fallait d'abord découvrir son coup de main avant de savoir où précisément il plaçait ses cartes de rechange.

— Qu'importe un jeu stupide ou la manière dont on le mène, au regard de votre propre vie ? Il est capable de vous tuer ! Au mieux, il vous infligera une grave blessure !

— Comment pouvez-vous être si sûre que je ne le tuerai pas ?

— Ce serait tout aussi grave. Français, vous auriez pu reparaître à la Cour. Anglais, vous seriez contraint de quitter le pays.

— Mon sort serait-il de quelque intérêt pour vous ?

— Je songe à votre avenir dans votre ambassade.

— Je n'ai pas l'intention d'y rester bien longtemps, de toute manière.

Il s'approcha d'elle, la prit par le bras et, doucement, lui plia le coude pour saisir sa main dans la sienne.

— Je vous ai attendue trois heures dans le Bosquet de la Salle de Bal, près de la pauvre Proserpine qui se fait violer. Comment ai-je pu vous manquer ?

Elle rejeta la tête en arrière pour le considérer d'un œil soupçonneux.

— Cette sculpture ne se trouve pas dans le Bosquet de la Salle de Bal. Elle se dresse au centre de la Colonnade.

Au même instant, ils comprirent l'un et l'autre ce qui s'était passé. Il y eut un long silence, le temps pour chacun de fouiller le regard de l'autre. La découverte donnait à Rose une sorte de vertige. Ni l'un ni l'autre ne fit de commentaire léger à propos de l'erreur commise. La même pensée les occupait tous deux. Ce fut Richard qui l'exprima.

— Nous avons perdu trois années, dit-il doucement.

Il prit la main de la jeune fille entre les siennes, la porta à ses lèvres pour en baiser les doigts sans quitter Rose du regard.

— Quel dommage ai-je causé ?

— Aucun qui ne puisse se réparer, souffla-t-elle.

L'expression de son visage était tendre et profondément troublée. Qui pouvait dire si le temps qu'il leur restait à passer ensemble dépasserait trente-six pauvres heures ?

— Si nous allions maintenant au Bosquet de la Salle de Bal ?

— Je préférerais vous montrer l'orchidée.

— Mais elle se trouve à Trianon. Avez-vous une voiture ?

— Oui, mais j'ai cru comprendre qu'on pouvait s'y rendre à pied en suivant le Grand Canal.

— C'est loin.
— Est-ce important ? Le chemin vous fatiguera-t-il ?
— La marche me fatigue rarement.
— Alors, nous disposons de toute la nuit pour aller là-bas et en revenir.

Le lent sourire de Rose illumina tout son visage.
— Oui, c'est vrai, n'est-ce pas ?

Les doigts unis, ils descendirent rapidement l'escalier et sortirent dans la nuit baignée de clair de lune. Tout en bavardant, ils dépassèrent les Parterres d'Eau, le Bassin de Latone, avec ses grands éventails d'écume. Chacun à son tour décrivait ce qu'avait été sa longue attente, la nuit où ils ne s'étaient pas retrouvés. Rose y ajouta le récit de son extraordinaire expérience, et ils en discutèrent longuement. Richard se montrait particulièrement intéressé, en partie parce qu'il avait été chargé de transmettre à la Reine ce fameux avertissement, en partie parce que, comme l'ambassadeur d'Angleterre, il croyait la souveraine parfaitement innocente dans l'affaire du collier de diamants.

Ils étaient aux trois quarts de la longueur du Tapis Vert lorsqu'il s'arrêta, désigna une allée transversale.
— C'est de ce côté que je vous ai attendue.
— Vous vous trouviez à des lieues de moi ! déclara-t-elle joyeusement.

Elle dégagea sa main, s'élança en courant sous la voûte de branches. Il la suivit, mais elle atteignit le péristyle quelques secondes avant lui. Dans ce vaste cercle d'arcades et de colonnes de marbre, dont les tons de pourpre et de bleu ardoise pâlissaient au clair de lune, elle l'attendait, le dos tourné à la sculpture centrale qui représentait le viol de Proserpine. Sa voix se perdit presque dans le jeu des fontaines qui jaillissaient des vingt-huit bassins de la Colonnade.
— Je suis ici, à présent !

Elle avait écarté tout grands les bras, comme pour étreindre la nuit elle-même, mais, au moment où il approchait, elle s'échappa en dansant, entreprit de se faufiler de l'une à l'autre des soixante-quatre colonnes. Il la suivait du regard avec un sourire de plaisir, les jambes écartées, les poings sur les hanches. Dans sa robe légère, avec sa cascade de boucles qui se soulevaient et retombaient doucement, elle ressemblait à quelque nymphe de légende. Lorsqu'clle revint vers lui, l'écume des fontaines avait semé de diamants ses cheveux et sa peau. Il la contempla avec adoration.
— Pourquoi avez-vous fait cela ? demanda-t-il.
— C'était un tour de magie pour effacer la tristesse et la

déception que vous avez éprouvées, la nuit où vous m'attendiez ici. N'avez-vous jamais rien fait de semblable, étant enfant ?

— Jamais.

— Un enfant unique invente toutes sortes de petits rites et de compagnons imaginaires. A mon avis, vous devez faire partie d'une famille nombreuse.

— Quatre garçons, pas de filles.

— Parlez-moi d'eux, de votre maison, des différences de vie qui existent selon vous entre la France et l'Angleterre.

Lui et ses frères, dont deux étaient des jumeaux, lui dit-il, étaient nés sur une période de six ans. Leurs vies s'en étaient trouvées intimement liées, au cours de leur enfance, avec les mêmes maîtres, les mêmes exploits, les mêmes aventures. Rose imagina la vieille demeure du Kent, au milieu d'une campagne douce et fertile, la vie de famille marquée par l'hospitalité, la chasse et les récoltes. Quand Richard avait atteint sa majorité, selon les dernières volontés de sa grand-mère maternelle, il avait hérité une maison à Londres, édifiée au cours du siècle précédent par un ancêtre huguenot qui s'était établi en Angleterre et y avait créé une entreprise de banque.

— Je suis le premier descendant en ligne directe à n'être pas devenu banquier, mais mes frères compensent cette défaillance. Deux d'entre eux accomplissent présentement leur Grand Tour : ils entreront dans la banque à leur retour. Douglas, le plus proche de moi par l'âge, travaille déjà dans les bureaux de Lombard Street et ne s'intéresse qu'aux chiffres. Quant à moi, je serai bien assez occupé avec l'exploitation du domaine et mon siège à la Chambre des Lords. C'est le blé et les manières de combattre ses maladies qui m'ont amené à la botanique. L'entretien des terres a pour moi autant d'importance que les fleurs et les plantes rares.

— Jamais je n'aurais supposé que vous aviez en tête une seule idée sérieuse, lorsque nous nous sommes rencontrés pour la première fois.

— A part celles-là, je n'en avais aucune. D'ailleurs, du vivant de mon père, la responsabilité ne m'en appartenait pas, et, lorsque j'étais à Londres, je recherchais avant tout le plaisir. C'est dans cet état d'esprit que j'ai entamé mes voyages.

Il décocha à la jeune fille un coup d'œil oblique mais souriant.

— Vous m'avez valu une déconvenue à laquelle je ne m'attendais pas, et elle m'a accompagné partout où j'allais.

Il lui parla de la mort de son père, de l'effet qu'elle avait eu sur lui. Il n'en avait jamais rien dit à personne. Elle sentit que c'était une confidence et elle en fut heureuse. Elle désirait par-dessus tout apprendre à le mieux connaître.

Ils venaient de passer devant le Bassin d'Apollon. Devant eux s'étendait le Grand Canal, tendu vers les lointains comme un doigt d'argent.

— Pourquoi n'irions-nous pas en bateau jusqu'à Trianon ? suggéra-t-il. Le bras qui part vers le nord se prolonge jusque-là, n'est-ce pas ?

— Pas tout à fait, mais il en approche assez.

L'idée l'emplissait d'enthousiasme. Elle savait, par ce qu'il venait de lui raconter, qu'il avait l'habitude des bateaux : il avait navigué à la voile sur le lac d'Easterton et sur la rivière qui traversait son domaine. Deux barques à rames dorées étaient amarrées près du bord, mais il les dédaigna. Il prit un flambeau allumé pour explorer la remise. L'endroit sentait l'humidité, l'abandon. De grands bateaux se dressaient devant lui dans la pénombre. Près d'une rampe, il découvrit une petite barge d'agrément, couverte d'une épaisse couche de toiles d'araignée. Pour autant qu'il le sût, elle pouvait bien dater du règne du Roi-Soleil, mais, après l'avoir examinée de la proue à la poupe, il la jugea assez solide, assez étanche pour le trajet qu'il envisageait. Il ouvrit les portes de la remise, éteignit le flambeau pour plus de sûreté et remonta à bord pour guider le bateau à la perche jusqu'au Canal.

Rose, qui l'attendait sur la rive, le vit émerger au clair de lune dans l'embarcation qui glissait doucement sur l'eau, avec sa proue enrichie de fausses pierres précieuses qui prenaient dans cette lumière l'éclat de joyaux véritables. La peinture s'écaillait par endroits, mais le bateau conservait le souvenir de sa splendeur passée. Avec impatience, elle attendit que Richard l'amenât devant elle pour lui permettre d'y monter.

— Attendez un instant.

Il tira de sa poche un mouchoir bordé de dentelle, s'en servit pour détacher les toiles d'araignée qui subsistaient encore. Il lui tendit la main.

— Montez à bord. Vous êtes sans doute la première passagère depuis un siècle ou davantage.

— Vous parlez sérieusement ?

Elle releva ses jupes, sauta avec légèreté sur le pont.

Il eut un petit rire.

— Non. La barge a été utilisée depuis, mais pas récemment. Voyons comment les voiles se déploient.

De plaisir, elle retint son souffle en voyant la toile se

gonfler. Les voiles étaient de soie pure, et l'emblème de Louis XIV, la tête d'Apollon, se détachait en or sur le fond bleu saphir.

— Oh ! regardez ! C'est merveilleux ! Jadis, toutes les voiles sur le Grand Canal devaient être aussi magnifiques que celles-ci !

Elle partit en exploration, découvrit dans un coffre des rouleaux de draperies de brocart, les disposa sur les flancs à l'ancienne mode, les franges d'or traînant dans l'eau. Elle trouva encore un coussin orné de glands écarlates et s'installa près de Richard qui, un peu au-dessus d'elle, tenait le gouvernail. Ils étaient lentement poussés par un vent doux et tiède. Le petit bateau voguait avec sérénité, comme si, la veille encore, il avait transporté un groupe joyeux. De chaque côté de la vaste étendue d'eau miroitante défilaient en rangs serrés les cèdres, les chênes, les érables, les pins.

La nuit créait entre les deux jeunes gens une telle intimité que Rose se trouva capable de se confier à Richard en toute liberté : elle lui parla du Château Satory, de sa grand-mère, de ce qu'elle savait de ses origines, sans rien lui cacher. Elle lui fit part du ressentiment qui s'était emparé d'elle, lorsqu'elle avait reçu un titre et avait dû venir s'installer à Versailles, du changement qui s'était ensuite opéré en elle, du plaisir qu'elle avait pris à la vie de Cour.

— Il n'y a pas d'endroit plus magnifique que Versailles, déclara-t-elle, en promenant autour d'elle un regard satisfait. Tout arrive, ici.

— Que faites-vous du monde extérieur ? Ne lui accordez-vous jamais une pensée ?

Elle se moqua de lui en imitant le ton de sa voix.

— Que vous avez l'air solennel ! Devons-nous parler politique ?

Il secoua la tête en souriant.

— Pas ce soir.

— Tant mieux.

Elle changea de position, lissa de la main ses larges jupes.

— S'il vous faut une conversation sérieuse, je vous présenterai à ma grand-mère. Quand je lui rends visite, elle ne m'épargne rien des événements de tous les jours : je ne suis donc pas aussi détachée de ce qui se passe hors des limites de Versailles que vous semblez le supposer.

Avec un haussement d'épaules et un soupir, elle leva les yeux vers les étoiles.

— Je ne suis pas encore prête à me détourner du chemin qui m'a été assigné. Il y a tant de plaisirs à savourer ! J'aime à me sentir insouciante. Peut-être, un jour, me lasserai-je de passer mon temps à danser, mais ce moment n'est pas encore venu.

Elle secoua la tête avec véhémence.

— Et il ne viendra pas avant longtemps !

Par certains aspects, il en avait conscience, leurs vies se ressemblaient. Il avait fallu une tragédie pour lui faire prendre conscience des réalités de l'existence, et il espérait que rien d'aussi douloureux n'arriverait jamais à Rose. Il y avait en elle quelque chose de frais, de neuf, d'indompté qu'il désirait se réserver exclusivement. Pour le moment, elle était encore en mesure de tenir en respect l'attirance qui les poussait l'un vers l'autre.

— Bien des hommes ont dû s'éprendre de vous, depuis votre arrivée à Versailles, reprit-il. En avez-vous aimés ?

— Pas vraiment.

Elle le taquinait du regard.

— Mais encore ? insista-t-il gravement.

Elle fit mine de réfléchir, rejeta ses boucles en arrière dans un geste provocant.

— C'est difficile à dire.

Il bloqua le gouvernail, se pencha vers la jeune fille pour la saisir par les bras.

— Comme cela ?

Incapable de détourner le regard des yeux qui la dévoraient, elle s'entendit murmurer :

— Non. Jamais.

Il la redressa sur les genoux, plongea les deux mains dans sa chevelure et attira sa tête vers lui pour l'embrasser avidement. Elle eut l'impression de se dissoudre tout entière dans son amour. Depuis leur première rencontre, elle était comme demeurée en suspens au bord d'une tornade. Le vent l'avait maintenant rattrapée et l'emportait vertigineusement dans sa course. De tous les baisers qu'elle avait connus, aucun n'avait ressemblé à celui-là, et elle en jouissait pleinement, à genoux, les mains abandonnées à ses côtés, tandis que le bateau continuait à voguer sous la lune, au chant des rossignols.

Il finit par détacher son visage de celui de la jeune fille mais ne la lâcha pas pour autant. Ses pouces lui caressaient les joues, il plongeait son regard dans le sien comme s'il cherchait à atteindre son âme.

— Je suis revenu en France pour vous retrouver. J'ai pu me leurrer, invoquer d'autres raisons à ce retour, mais je n'ai jamais cessé de savoir que c'était dans l'espoir de vous revoir.

— J'ai tenté de vous oublier, avoua-t-elle. J'étais blessée, furieuse contre vous mais, en même temps, j'avais l'impression d'avoir perdu l'occasion de mieux connaître un homme qui aurait pu jouer dans ma vie un rôle de tout premier plan.

— J'éprouvais le même sentiment. Bien-aimée Rose, murmura-t-il doucement.

Ses mains glissèrent tendrement au long du cou et des épaules de la jeune fille jusqu'au moment où ses bras l'enserrèrent avec force.

— Je vous aime.

Ils s'embrassèrent de nouveau. Rien n'avait préparé Rose à une telle joie. Depuis son arrivée à Versailles, elle avait entendu parler sans réserve de plaisir, de passion, d'idylles. Elle-même avait connu certaines expériences sensuelles fort agréables. Mais jamais personne n'avait décrit devant elle le bonheur découlant de pareil amour. Elle sentait que sa résistance l'abandonnait. Cette force, longuement nourrie, lui avait permis de demeurer curieusement innocente, sous une apparence avertie. Elle en restait émerveillée.

— Je vous aime, moi aussi, souffla-t-elle.

Et elle eut peine à croire qu'elle prononçait enfin ces mots-là.

Ils échangèrent encore de longs baisers, emplis de tendresse et d'amour. Les mains de Richard passaient sur le cou, les bras, les seins de Rose. Il l'aida enfin à reprendre place sur le coussin, reprit le gouvernail. Il lançait de temps à autre un coup d'œil devant lui, pour ne pas heurter un éventuel objet flottant. La plupart du temps, son regard ne quittait pas celui de la jeune fille, et les mots d'amour qu'ils se murmuraient étaient pour leurs seules oreilles.

Ils approchaient peu à peu de l'endroit du Canal d'où partaient les deux branches transversales. Richard, qui dirigeait avec habileté la vieille embarcation, l'amena dans le bras nord. Ils distinguèrent au loin les lumières scintillantes du Grand Trianon. Le Petit Trianon était, lui, trop éloigné pour qu'on le vît du Canal.

— On n'aperçoit pas encore les marches qui montent vers l'allée, remarqua Rose, mais ce grand flambeau doit être là pour les éclairer.

Elle sentit au même instant une glaciale humidité transpercer ses souliers de satin. Elle releva les pieds, et le volant d'un jupon mouillé vint se coller à ses chevilles. Les yeux agrandis, elle vit que l'eau s'était insinuée entre les planches. Elle fut debout d'un bond.

— Le bateau prend l'eau !

Il étouffa une exclamation.

— J'ai bien cru sentir une embardée quand nous avons viré de bord. Peut-être une partie du calfatage s'est-elle détachée. Je vais me diriger vers la rive.

Il s'était tenu jusque-là au milieu du canal, et une grande étendue d'eau séparait la barge de la rive herbue. Ils n'en avaient pas couvert la moitié que le pont était inondé. Richard comprit qu'ils n'arriveraient pas au bout. Il se débarrassa de son habit.

— Savez-vous nager ? demanda-t-il.

— Non.

Elle paraissait plus surprise qu'effrayée : elle n'avait pas encore pris conscience de la situation périlleuse dans laquelle ils se trouvaient.

— Peu importe : je vous soutiendrai en nageant. Gardez simplement votre calme, faites ce que je vous dirai, et vous n'aurez rien à craindre.

— Je n'ai pas peur.

Elle était sincère, il le vit : elle le regardait avec une confiance absolue, comme si leur amour devait les mettre à l'abri de tout danger.

— Otez vos souliers, lui dit-il, en se débarrassant des siens.

Elle obéit. Il la prit par la taille, l'entraîna rapidement vers la lisse.

— Respirez bien à fond et retenez votre souffle le plus longtemps possible.

Ils sautèrent dans l'eau en même temps comme s'ils prenaient leur vol. Richard ne s'attendait pas à la trouver aussi froide. Sans lâcher la jeune fille, il donna un violent coup de pied pour remonter à la surface, et le clair de lune les inonda. Rose recracha un peu d'eau, reprit convulsivement son souffle. Ses cheveux mouillés lui faisaient un casque d'or, mais elle demeura docile, ne se débattit pas lorsque, tout en la soutenant, il se mit à nager vers la rive.

Quand ils touchèrent terre, il aida la jeune fille à se hisser jusqu'à l'allée et jeta un coup d'œil par-dessus son épaule avant de grimper à sa suite. La barge avait disparu. L'une des draperies de brocart flottait à la surface, comme un nénuphar géant. Richard se laissa tomber face contre terre, le temps de reprendre haleine.

— Vous vous sentez bien ? demanda Rose avec inquiétude.

Il se retourna sur le dos. Elle était assise, penchée vers lui. De ses cheveux trempés, des gouttes tombaient sur lui en averse. Il la gratifia d'un large sourire rassurant.

— Je vais très bien. Mais vous frissonnez. Pourrons-nous emprunter des vêtements secs, au Trianon ?

Elle fit la grimace.

— Je connais les courtisans qui s'y trouveront. Ils se riraient de nous, tous ces fous prétentieux ! Nous allons pousser jusqu'au théâtre du Petit Trianon. J'ai quelques costumes de scène dans la garde-robe, et nous y trouverons des vêtements masculins qui vous iront.

— Comme vous voudrez.

Il se redressa, s'appuya sur un bras, son visage souriant au niveau de celui de Rose.

— Je regrette que notre traversée se soit achevée ainsi.

Elle rejeta la tête en arrière pour mieux rire.

— Que c'était drôle ! Oh ! mon Dieu ! Nous avons fait sombrer la barge du Roi-Soleil. S'il vivait encore, il serait furieux, vous ne croyez pas ?

— Que nous ferait-il ?

Il riait, lui aussi.

— Il nous jetterait dans les cachots de la Bastille, je suppose !

Sa robe trempée d'eau avait glissé de ses épaules et, sans qu'elle le sût, découvrait largement sa poitrine. Il se pencha pour poser un baiser sur son cou. Le rire de la jeune fille s'éteignit. Il laissa glisser ses lèvres jusqu'aux seins gonflés, pour boire aux ruisselets qui les sillonnaient. Elle se mit à frissonner, sous l'effet du désir plus que du froid. Elle aurait aimé pouvoir rejeter ses vêtements mouillés pour s'étendre nue avec lui sur l'herbe tiédie par l'air nocturne. Tous les élans naturels auxquels elle avait su résister en plus d'une occasion menaçaient maintenant de prendre le dessus. Lorsqu'il écarta un volant de dentelle pour mettre à nu son sein droit et l'embrasser, elle manqua défaillir. Elle se demandait si elle aurait assez de volonté pour maîtriser le crescendo d'émotions qui montait en elle. Dans un effort pour retrouver son sang-froid, elle murmura une protestation.

Il se contraignit à s'écarter d'elle.

— Je me montre égoïste, dit-il d'une voix rauque.

Il ramena l'étoffe sur la poitrine de la jeune fille, se mit debout.

— Vous allez prendre mal si vous gardez plus longtemps ces vêtements trempés.

Ensemble, ils coururent jusqu'aux marches et, par les jardins, rejoignirent les abords du Petit Trianon. C'était assez loin. Lorsqu'ils parvinrent au théâtre, la course les avait réchauffés, et ils étaient haletants mais heureux. Elle gravit devant lui les marches qui menaient au porche. Les portes n'étaient pas fermées à clé, et il la suivit dans l'obscurité d'un vestibule octogonal. Elle savait où trouver des chandelles. Elle en alluma une, et il retrouva dans le cercle lumineux son visage et ses épaules. Il s'effaça pour la laisser entrer dans la salle, obscure elle aussi, derrière les volets clos des hautes fenêtres. La lueur de la chandelle éclairait faiblement les sièges de velours bleu, les moulures dorées du théâtre en forme de fer à cheval.

— Il ne tient pas beaucoup de monde, ici, remarqua-t-il.

— La salle n'est pas faite pour une vaste assistance. La troupe de la Reine est formée de ses amis et de ses proches. Les spectateurs sont le Roi, la famille royale et, parfois, quelques personnes pour lesquelles elle a de la sympathie.

Rose désigna d'un geste une galerie élevée.

— Le personnel du Petit Trianon se place là-haut.

— Ainsi, les serviteurs sont autorisés à venir, alors que les personnages haut placés de la Cour ne sont pas forcément invités ?

La situation intriguait Richard. Il découvrait pour la première fois une touche démocratique en ce pays régi par une monarchie absolue.

— Pourquoi pas ? Au Petit Trianon, la Reine mène l'existence d'une citoyenne ordinaire. Le rang à la Cour perd ici toute importance.

Elle s'acheminait vers les loges qui se trouvaient derrière la scène, et il se hâta de la rejoindre.

— Avez-vous joué un rôle dans de nombreuses pièces ?

— Une douzaine environ, je pense. On en donne moins souvent, ces derniers temps.

— J'aimerais vous voir sur scène.

Par-dessus son épaule, elle lui lança un coup d'œil pétillant.

— Si vous voulez bien allumer les chandelles, quand vous serez changé, je jouerai pour vous seul une de mes scènes.

Dans la garde-robe des hommes, des costumes spectaculaires étaient disposés sur des mannequins d'osier. Beaucoup d'autres étaient rangés dans des tiroirs. Après quelques recherches, Rose trouva ce qu'elle cherchait.

— Voilà ! Ceci devrait vous aller.

Elle sortit un habit de soie jaune.

— Le comte de Vaudreuil le portait pour la pièce de Beaumarchais, *Le Barbier de Séville*. Il est de votre taille et à peu près de la même corpulence.

Après avoir allumé quelques autres chandelles, elle le laissa. L'habit s'accompagnait d'une chemise, d'une culotte, de bas et d'un mouchoir, le tout immaculé. Quand il fut habillé, il se mit en quête de souliers, en trouva sur plusieurs rangées. Une paire ornée de boucles d'argent était à sa pointure. Il prit un peigne sur la table de maquillage, le passa dans ses cheveux, qu'il avait séchés à l'aide d'une serviette tirée par Rose d'une armoire. Après avoir rattaché sa chevelure sur la nuque avec un ruban noir, il sortit de la garde-robe, appela la jeune fille.

— Je suis presque prête, lui répondit-elle, derrière une porte close.

— Je vais donc allumer les chandelles de la scène.

Après avoir, une à une, fait naître les flammes sous leurs réflecteurs de métal, il alla examiner les câbles et leva le rideau sur un décor rustique. Rose grimpa les quelques marches qui donnaient accès au plateau. Ses boucles bondissaient comme jamais. Elle portait une robe couleur d'orange. Elle tendit joyeusement à son compagnon un livret relié de cuir rouge.

— Voici la pièce que nous devons jouer prochainement. Elle est intitulée *La Promesse secrète.* C'est l'histoire d'une jeune villageoise qui est, en réalité, une princesse déguisée. Je ne vois pas pourquoi je ferais tout le travail : vous lirez donc un rôle. J'ai marqué la scène. Je suis la fille du fermier, et vous êtes le galant de la princesse.

— Je préférerais être le vôtre, riposta-t-il avec un large sourire.

Elle le gratifia d'une petite grimace amusée.

— Dans la pièce, je désire que vous le soyez. En fait, je suis là pour vous tenter, mais vous m'oubliez dès que vous avez jeté les yeux sur la royale villageoise.

— Impossible !

— Soyez sérieux !

Elle désigna un banc.

— Qunad j'entre en scène, vous êtes assis là. Vous venez d'arriver du village.

Tout en s'installent sur le banc, il parcourut les répliques de son rôle. Mis à part les charades les soirées d'hiver et lors des réunions de famille, les Anglais avaient peu de rapports avec la comédie. Ils se rendaient en foule au théâtre dans les villes et se pressaient, à la campagne, pour voir les compagnies itinérantes, mais la passion pour le théâtre d'amateurs qui, en France, faisait rage parmi les aristocrates et les gens fortunés, n'avait pas sa pareille en Angleterre. La mère de Richard avait une ascendance française, et, pour cette raison, la famille avait institué la tradition de monter, une fois par an, une pièce pour la communauté locale. L'une des granges avait été transformée en théâtre permanent, et les comédiens itinérants obtenaient toujours le droit d'y donner leurs représentations. Fort de cette tradition, le jeune homme se sentait parfaitement détendu dans la lumière de la rampe et il se jeta à corps perdu dans son rôle quand Rose entra en scène en courant, s'immobilisa aussitôt : elle était censée le voir avant qu'il l'eût aperçue.

— Qui est-ce ? demanda-t-elle en aparté à la salle obscure. Assurément, il s'agit d'un important gentilhomme, tout frais arrivé de Paris. Je vais me présenter à lui.

Elle s'approcha de Richard. L'air subitement intéressé du jeune homme, l'ardeur qui perçait derrière son attitude blasée firent tout leur effet. La scène, hautement comique, se terminait par une poursuite qui s'interrompait à l'entrée de la princesse déguisée, une corbeille de fleurs à la main. Elle se présenta juste au moment voulu. Ni Rose ni Richard n'avaient perçu la faible rumeur qui s'était produite au fond du théâtre quand plusieurs personnes étaient entrées pour s'installer dans les fauteuils.

La Reine était ressortie aussitôt et avait pris au passage les fleurs qui lui étaient nécessaires pour son entrée en scène. Elle posa la corbeille sur le banc.

— Quel est tout ce bruit ? demanda-t-elle.

Rose continua de jouer son rôle. Elle prit l'une des fleurs de soie, la passa dans sa chevelure, mais Richard, dissimulant sa surprise, la lui arracha. Les yeux rivés sur la royale villageoise, il fixa la fleur à son habit, juste à la place du cœur. Ce fut l'instant où le rideau retomba, manœuvré par un autre comédien de la troupe qui s'était glissé sans être vu jusqu'aux portants. Des applaudissements éclatèrent au fond de la salle.

Dans la pénombre, Richard s'inclina profondément devant Marie-Antoinette, et Rose, après une révérence, lui fit vivement des excuses.

— J'ignorais que vous seriez ici ce soir, Madame.

La Reine eut un sourire rassurant.

— C'est sans importance. Au Petit Trianon, la conversation en était venue à la nouvelle pièce, et j'ai amené ici tout le monde afin de donner la preuve que l'ancien décor conviendrait parfaitement.

Naguère, la Reine commandait de nouveaux décors pour chaque production mais, dans son souci d'économies, elle ne tolérait même plus qu'on refît une toile de fond. Elle se tourna gracieusement vers Richard.

— J'ai aimé votre geste avec la fleur, Lord Easterton. C'était une trouvaille, et je suis sûre que Mme Campan, qui nous dirige, désirera la garder. Vous possédez un don de comédien. Je ne peux vous offrir le même rôle dans notre prochaine production, mais nous avons encore deux personnages à distribuer. Vous plairait-il d'en accepter un ?

— J'en serais honoré, Madame.

Il avait peine à croire à sa chance. Il aurait ainsi l'occasion de voir Rose plus fréquemment qu'il n'aurait été possible autrement. Rose n'en était pas moins heureuse et ne le cachait pas. La Reine s'adressa de nouveau à elle.

— D'où vient que vous soyez passée au théâtre à cette heure tardive ?

La jeune fille exposa brièvement leur aventure. Marie-Antoinette, aussitôt, se montra inquiète : elle imaginait trop bien ce qui serait arrivé si Richard n'avait pas été un nageur accompli.

— Vous passerez la nuit au Petit Trianon, madame Rose. Vous devriez, je crois, vous retirer dès à présent pour vous reposer. Lord Easterton, vous trouverez à vous loger au Trianon. Vous serez informé du jour et de l'heure de la première répétition.

Rose et Richard quittèrent ensemble le théâtre, après s'être attardés un moment avec plusieurs de ceux qui se trouvaient dans la salle, parmi lesquels Axel de Fersen. Une fois dehors, ils se jetèrent dans les bras l'un de l'autre, tant ils étaient heureux que le jeune homme eût été accepté dans la troupe royale. Il la souleva de terre, la fit tournoyer, avant de la serrer contre lui pour l'embrasser. Mais, soudain, l'ombre du duel prévu avec le comte de Cordières vint rompre l'enchantement de la soirée. Délibérément, tout au long des heures passées, l'un et l'autre l'avaient écarté de leur esprit.

Les yeux de la jeune fille exprimaient une prière désespérée.

— Permettez-moi de vous accompagner à votre rendez-vous, demain à l'aube.

Il lui caressa le visage.

— Oh ! non, mon aimée ! Sans le vouloir, vous pourriez troubler ma concentration. Si vous voulez avoir l'assurance de me voir revenir à vous sain et sauf, vous vous tiendrez à l'écart.

— J'ai besoin d'être près de vous.

Il secoua la tête.

— Non, vous devez faire ce que je vous demande. Attendez-moi ici, au Petit Trianon.

— Alors, dans le parc. Je vais vous montrer l'endroit.

Elle le prit par la main. Ils dépassèrent le petit palais, aperçurent bientôt la délicate rotonde blanche formée de douze colonnes corinthiennes qui supportaient un dôme orné de sculptures, recouvert de cuivre. Comme c'était souvent le cas quand la Reine donnait une soirée, l'édifice était illuminé par des fagots qui brûlaient dans un fossé dissimulé aux regards et lui donnaient l'air de flotter dans l'espace.

— Ici ! Dans le Temple de l'Amour !

— Quel meilleur choix pourrait-il exister ?

Il l'étreignit de nouveau, et elle s'appuya contre lui, le visage caché au creux de son épaule.

— J'ai peur, murmura-t-elle.

— Allons, dit-il doucement, d'un ton réconfortant. Vous n'aviez pas eu peur le moins du monde, lorsque nous étions en passe de nous noyer.

Elle releva la tête.

— Nous serions morts ensemble, dans ce cas. Ceci est différent. Je ne supporte pas l'idée que vous puissiez souffrir une égratignure, moins encore une blessure.

Si, en cet instant, il avait exprimé sa pensée, il aurait dit qu'il prévoyait du danger partout en France. Au regard de ce péril, un duel n'était qu'une bagatelle, même si elle devait se révéler fatale à l'un ou l'autre des adversaires. Mais il se contenta d'une réponse qui, pour être prononcée d'un ton léger, n'en était pas moins sérieuse.

— Je ne peux permettre qu'il m'arrive quoi que ce soit : j'ai promis de vous montrer l'orchidée que j'ai offerte à la Reine et je ne reviens jamais sur ma parole.

Les yeux inquiets de la jeune fille ne quittaient pas les siens.

— Vous ne me décevrez pas ?

Il resserra son étreinte.

— Jamais. Et jamais non plus vous ne souffrirez un instant de chagrin s'il est en mon pouvoir de l'empêcher, quoi qu'il puisse arriver.

D'un mouvement vif, elle se haussa jusqu'à la bouche de Richard, lui passa un bras autour du cou, l'embrassa avec ardeur. Tendus l'un vers l'autre, dans l'obscurité, ils se balançaient ensemble, se caressaient. Un bruit de voix venant de la direction du théâtre les avertit que les invités de la Reine prenaient congé. A regret, la jeune fille se détacha de son compagnon.

— A demain, lui dit-il rapidement.

— Je vous attendrai. Que Dieu vous garde.

Elle posa un baiser sur ses propres doigts, porta vivement ceux-ci aux lèvres de Richard, avant de s'éloigner à pas pressés pour disparaître dans le Petit Trianon.

Le jeune homme décida de ne pas accepter la proposition

de logement de la Reine. Il trouva au Trianon une voiture qui le ramena jusqu'à la sienne, à Versailles. De là, il regagna Paris. Quand les témoins du comte de Cordières se présentèrent chez lui, un peu avant midi, il les reçut avec toutes les règles de politesse voulues. On décida du lieu de rendez-vous. C'était, à Versailles, à l'extrémité sud de la Pièce d'eau des Suisses, une pelouse entourée d'arbres sur trois côtés. Le quatrième était occupé par une statue équestre de Louis XIV par le Bernin. Le Roi-Soleil ne l'avait jamais aimée, ce qui expliquait pourquoi il l'avait reléguée si loin, hors de vue des fenêtres du château. C'était, pour les duels, l'endroit favori.

Juste avant l'aube, Rose, vêtue de l'une des robes de mousseline qu'elle gardait au Petit Trianon, traversa le pont qui donnait accès au Temple de l'Amour. Il y avait de petits sièges, à l'intérieur de la rotonde, et elle prit place sur l'un d'eux, le dos appuyé à une colonne. Les étoiles s'effaçaient, et les teintes douces de l'aube commençaient d'envahir lentement le ciel. Une lumière rosée baignait la jeune fille et la haute statue de Cupidon, sur son socle cylindrique, qui occupait le centre du dallage de marbre. Le soleil se levait déjà sur les jardins de Versailles, mais elle ne le vit qu'au moment où il dépassa les hautes cimes des arbres, et où les premiers rayons vinrent l'effleurer. Depuis son arrivée, engourdie dans son attente anxieuse, elle n'avait pas bougé. Immobile comme la statue, elle gardait les mains jointes sur sa jupe, les pieds unis. Elle n'avait pas apporté de montre. Le temps semblait sans relation avec cette attente. Elle gardait le regard fixé sur l'allée. Si c'était un médecin qui approchait, il y aurait de l'espoir. Si un prêtre apparaissait, elle n'aurait plus de raison de vivre.

De la cour lui parvinrent un bruit de sabots, un fracas de roues sur les pavés. Lentement, elle se mit debout. Son esprit lui semblait détaché d'elle-même, flottant dans le vide. Elle avait l'impression de balancer entre la vie et la mort. Elle entendit alors un long cri de joie, comprit en même temps qu'il était monté des profondeurs de son propre cœur. Richard venait de sortir des arbres, apparemment sain et sauf, et il se hâtait vers elle.

— Mon amour ! lui cria-t-il tout en marchant. Je ne serai pas banni de France. Le comte n'est pas mort. Je me suis contenté de le mettre à genoux.

Il franchit le pont en courant. Elle vit alors qu'une traînée de sang descendait le long de sa joue, comme si la pointe d'une épée l'avait égratignée au passage. Rose le retrouva sur les marches de la rotonde et lui tomba dans les bras.

La bouche passionnée de Richard trouva la sienne. Elle s'accrochait à lui, et leur étreinte devint la fusion même de leurs deux vies. Ils n'éprouveraient plus jamais le désir de se séparer l'un de l'autre.

20

Rose et Richard participèrent à plusieurs répétitions de *La Promesse secrète*, mais la pièce ne fut jamais représentée. La Reine y avait vu une diversion, en ces temps troublés, mais les affaires d'Etat occupaient tout son temps, car elle ne pouvait plus laisser aucune décision importante à un époux velléitaire. L'une après l'autre, plusieurs mesures politiques et économiques échouèrent lamentablement. Pour Rose, il semblait que l'air même de Versailles se fût infecté du venin dirigé contre la femme qui luttait pour rétablir les finances du pays et maintenir la force de la monarchie. Partout, il y avait du chômage. Ceux-là mêmes qui travaillaient touchaient des salaires de misère ; certains n'avaient qu'une somme dérisoire pour nourrir leurs familles, et le coût de la vie croissait de jour en jour. Comme si la France ne souffrait pas déjà d'assez de malheurs, une récolte désastreuse avait fait considérablement grimper le prix du grain.

— Où tout cela va-t-il finir ? demanda Rose à Richard avec un soupir.

Il la conduisait en calèche au Château Satory, et ils venaient de parler des émeutes du pain, à Paris : on avait fait appel aux troupes, et il y avait eu des morts.

— J'aimerais bien le savoir.

Plusieurs semaines s'étaient écoulées depuis la première visite de Richard au château, et il y était souvent revenu depuis, mais ce jour revêtait une importance particulière : il allait demander à la duchesse de Valverde la main de sa petite-fille.

— La Cour et le reste de l'aristocratie, de concert avec le clergé, commettent une terrible erreur en s'accrochant à leurs privilèges. S'ils avaient accepté de renoncer à leurs privilèges féodaux et à d'autres droits, ils auraient contribué à alléger le chaos financier, tout en soulageant le peuple d'un énorme fardeau. Pour le moment, je ne vois pas la moindre lueur d'espoir.

— C'est l'avidité des nobles qui fait leur obstination, remarqua-t-elle avec colère.

Il lui lança un coup d'œil oblique.

— Ils sont avides de pouvoir comme d'or. Ils voudraient gouverner la France au nom du Roi. Mais leurs intérêts égoïstes leur ôteraient la confiance des paysans, de la bourgeoisie, et ils ne se fieraient même pas les uns aux autres. Ils détruiraient entièrement ce pays.

Il avait raison, elle le savait. Sans sa grand-mère, qui n'avait jamais perdu contact avec les miséreux, elle n'aurait jamais rien connu de la haine qui existait généralement contre l'aristocratie, ce milieu où elle évoluait, tel un poisson rouge dans un vase de cristal. Cette haine et un ressentiment profond existaient aussi dans la bourgeoisie, dont les fils se voyaient dénier l'accès aux plus hauts rangs de l'armée, et qui, en de nombreux cas, avait engendré de nouveaux pauvres, en cette période difficile.

C'était toutefois Richard, plus encore que Jasmine, qui avait fait prendre conscience à la jeune fille de l'urgent besoin de réformes en France. Sans doute, au fil des années, s'était-elle trop accoutumée aux récriminations de sa grand-mère contre l'oppression de la paysannerie pour réfléchir aux moyens de changer la situation. Bien des fois, lors des visites de Richard, Jasmine et lui s'étaient lancés dans de grandes discussions politiques, car la vieille dame avait conservé toute sa vivacité d'esprit. Au début, Rose n'y avait pris aucune part : elle se sentait loin de ces problèmes menaçants auxquels elle ne pouvait rien changer. Mais Richard avait le don, par un mot, par un regard, de l'attirer dans la conversation, et sa grand-mère le soutenait de son mieux. Tous deux prenaient parfois l'air de conspirateurs désireux de l'entraîner dans leur bande. La capitulation de Rose avait été inévitable : son amour pour Richard lui avait apporté sur toutes choses une lucidité qu'elle n'avait jamais possédée. Elle en vint à comprendre qu'elle avait partagé d'année en année le hautain égoïsme des nobles de la Cour : ils ne pourraient parcourir éternellement un chemin doré pendant qu'autour d'eux, la France s'écroulait sous les ruines et le désespoir. Sous le coup de cette révélation, elle avait été saisie de honte à l'idée qu'elle avait mis tant de temps à regarder la réalité en face. Du moins n'était-il pas trop tard, et, toutes les fois que l'occasion s'en présentait, elle était en mesure de communiquer à la Reine un point de vue de l'extérieur.

La calèche, conduite par Richard, franchissait les grilles du Château Satory.

— Une chose est certaine, reprit-il. Les beaux jours de Versailles touchent à leur fin. La Cour, à l'avenir, devra se montrer plus réaliste.

Rose approuva d'un signe, tourna la tête pour regarder défiler par la portière les arbres et les parterres de sa demeure. En dépit de la faiblesse du Roi, de l'incapacité du gouvernement, de l'avidité, des vices, des jalousies mesquines, des querelles et de toutes les bizarreries de l'étiquette, Versailles conservait une qualité essentiellement magique. On eût dit que son esprit s'élevait au-dessus de toutes ces petitesses pour se faire gloire des œuvres d'art et des incomparables chefs-d'œuvre qui l'embellissaient à l'extérieur comme à l'intérieur. Brusquement, sans savoir pourquoi, elle frissonna. Elle se tourna vers son compagnon, passa son bras sous le sien et se serra contre lui.

— Marions-nous le jour de l'an, dit-elle d'un ton pressant, les yeux levés vers lui. C'est un nouveau commencement, et, plaise à Dieu, ce jour marquera le début d'une ère nouvelle pour la France et pour nous tous.

Avec un petit rire, il l'embrassa.

— Ce sera donc le premier jour de janvier 1789. Quel soulagement ! Je croyais que vous teniez à un mariage de printemps.

— Parce qu'on s'attend généralement à une certaine durée pour les fiançailles. Quand j'en parlerai à la Reine, elle acceptera, j'en suis sûre. Elle sait, après tout, ce que c'est que d'être amoureuse.

— Ce sera pour moi le prochain obstacle à franchir : obtenir la permission royale de vous épouser.

— La Reine ne refusera pas. Dès que j'ai sollicité pour vous une audience particulière, elle a tout deviné, je l'ai vu.

Rose, au comble du bonheur, se mit à rire sans bruit.

— Pourquoi l'état amoureux est-il si difficile à cacher ? Tout le monde semble le reconnaître dès le premier moment.

Ils s'embrassèrent de nouveau. Il leur arrivait d'être saisis d'une telle passion que la résolution de Rose d'attendre jusqu'à la nuit de noces paraissait vouée à l'échec. Richard ne pouvait s'empêcher de la caresser sur tout le corps, à travers les vêtements légers. Mais, pour elle, il était essentiel de disposer d'un certain temps pour s'habituer à l'amour. Dès le début, l'amour l'avait affectée à la manière d'une joyeuse maladie. Elle se sentait la proie d'une passion trop vaste pour qu'un cœur humain pût la contenir. Convaincue qu'elle était devenue un peu folle, elle était tour à tour transportée et terrorisée par ce qui lui arrivait.

Jasmine les attendait dans le Salon Ivoire. Jamais elle n'avait connu de couple plus amoureux. Les voir se quereller, c'était comme observer deux chatons espiègles qui se battent toutes griffes rentrées. Un jour, cependant, ils avaient échangé des paroles acerbes sur la terrasse qui prolongeait le Salon Ivoire. Ils avaient oublié que Jasmine se trouvait à l'intérieur et pouvait les entendre. Richard ne comprenait pas pourquoi Rose ne pourrait quitter le service de la Reine, lorsqu'elle deviendrait sa femme.

— La Reine refusera naturellement de me libérer en ces temps exceptionnellement troublés, avait déclaré la jeune fille, d'un ton déterminé que Jasmine connaissait bien. Je suis la seule personne en qui elle ait une confiance absolue. Je suis au courant de ses secrets, et ils mourront avec moi.

La vieille dame ne pouvait faire que des suppositions sur ce que savait sa petite-fille : Marie-Antoinette et Axel de Fersen étaient-ils, oui ou non, amants ? A la Cour comme partout ailleurs, chacun se posait la question. Jasmine, pour son compte, espérait qu'ils l'étaient.

— Que se passera-t-il quand je voudrai vous emmener en Angleterre avec moi ? questionna Richard.

— Nous n'en sommes pas encore là. Le duc de Dorset, m'avez-vous dit, désire que vous restiez à l'ambassade pour une période indéterminée.

— Vivons au moins à Paris.

— Je vous l'ai déjà dit, je dois demeurer à Versailles. La Reine nous fera certainement attribuer un appartement plus vaste. On ne se dispute plus les logements comme naguère. Quelques-uns des amis les plus intimes de la Reine eux-mêmes l'ont abandonnée parce que, dans son désir d'économies, elle avait supprimé leurs postes lucratifs à la Cour.

Jasmine avait déjà par deux fois frappé le parquet de sa canne, pour leur faire savoir qu'ils étaient à portée de voix d'une femme qui, si elle était âgée, était loin d'être sourde. Elle y ajouta cette fois une petite toux. Mais le message fut mal interprété : Rose survint en toute hâte pour lui demander si elle sentait un courant d'air ou si elle désirait boire un peu d'eau pour calmer sa toux.

Ni ce jour-là, ni lors de ses visites suivantes, l'Anglais ne lui avait demandé l'autorisation d'épouser Rose. Sans doute jugeaient-ils nécessaire d'observer avec elle les conventions de rigueur. Après tout, c'était un étranger et un protestant, pas du tout le genre de parti qu'elle avait envisagé pour Rose. S'ils doutaient de son consentement, c'était compréhensible. En vérité, ils avaient fait preuve de sagesse en ne la pressant pas trop : elle avait appris à connaître et à estimer Richard Easterton. Il possédait, jugeait-elle, la profondeur de caractère et les qualités nécessaires pour rendre Rose heureuse. En ce qui la concernait, l'idée que Rose allait vivre si loin d'elle était une souffrance, mais elle détestait l'égoïsme et ne l'infligerait jamais à quiconque. Lorsqu'il s'agirait d'accorder à Richard la main de Rose, elle ne leur laisserait rien voir de son cruel sentiment de perte.

Elle entendait les roues de la voiture ! Ils étaient là. Jasmine posa sur l'accoudoir de son fauteuil une main décharnée et prit sa canne à pommeau d'or pour se lever. Elle tenait à les accueillir debout. A la différence de bon nombre de ses amis, elle refusait d'user des infirmités amenées par l'âge pour s'attirer tolérance et sympathie. Michel, demeuré seul après la mort de son épouse, venait souvent la voir et représentait pour elle un exemple constant. Jamais il ne disait mot des souffrances permanentes qu'il devait endurer. Il se conduisait avec elle comme s'ils n'avaient vieilli ni l'un ni l'autre.

— Nous voici !

Rose pénétra en courant dans la pièce, radieuse, ravissante. Les jeunes bras chaleureux étreignirent la vieille dame, en ménageant les os fragiles, et elle fut embrassée sur les deux joues.

— Vous avez une bien jolie robe neuve, grand-mère ! Comme elle vous va bien !

Jasmine suivait la mode avec toute la réserve qui convenait à son âge. Sa robe lilas et son fichu étaient semblables, par le style, à la robe de soie corail de sa petite-fille et à la dentelle de Chantilly qui moussait sur la jeune poitrine.

L'Anglais s'inclinait pour lui baiser la main.

— C'est très gentil à vous de m'inviter à dîner aujourd'hui.

— Vous êtes le bienvenu, Lord Easterton. L'un de mes vieux amis, M. Balaine, ne va plus tarder à nous rejoindre. Je crois que vous aurez plaisir à faire sa connaissance.

— J'en serai très honoré.

Il savait, par les confidences de Rose, que le peintre était son grand-père. La duchesse n'ignorait pas ce qu'il allait lui demander, et elle faisait de cette occasion une réunion de famille.

Rose avait l'air ravie.

— Je n'ai pas vu M. Balaine depuis des siècles. C'est un homme si bon !

Jasmine crut entendre un écho du passé. Violette, dans cette même pièce, n'avait-elle pas utilisé les mêmes mots pour décrire Michel ?

— Asseyez-vous, à présent, dit-elle, et racontez-moi ce que vous avez fait.

Agacée par la lenteur de ses mouvements, elle revint s'installer dans son fauteuil.

— Mais, d'abord, comment se porte le jeune Dauphin ? Son état s'est-il amélioré ?

Rose secoua tristement la tête. Richard et elle s'étaient assis côte à côte sur un sofa. C'était leur siège favori, qui leur permettait de se tenir les mains.

— Hélas ! non. C'est un petit garçon si courageux : il ne se plaint jamais. Le cœur se déchire à voir les souffrances qu'il endure.

— La pauvre Reine.

La voix de Jasmine était pleine de compassion.

— Par quels tourments elle doit passer.

— On continue malgré tout à la calomnier. La dernière en date de ces cruelles plaisanteries prétend que, lorsqu'on lui a dit que les paysans affamés n'avaient pas les moyens de s'acheter du pain, elle a répondu qu'ils devraient le remplacer par de la brioche.

— Peuh !

Jasmine agita une main méprisante.

— On a donc ressuscité cette vieille histoire ? Cette même remarque a été attribuée à deux de nos reines avant elle. Aucune ne l'a faite, je le gagerais. Venons-en à un sujet plus gai. Vous êtes-vous amusée au bal de l'ambassade ?

Rose s'extasia. Tout ce qu'elle faisait, tous les lieux où elle se rendait en compagnie de Richard prenaient une qualité magique. Sa gaieté pétillante passa dans sa description du bal, des incidents qui s'étaient produits lors d'une réception à Versailles, de la façon dont elle et d'autres dames avaient, selon la coutume, suivi en carrioles, le jour où Richard avait pris part à la chasse du Roi.

A ce moment, Michel arriva. Rose se désola de voir sur lui les progrès de la maladie : il s'appuyait lourdement sur ses deux cannes. Pourtant, il conservait ce même air de dignité qui était celui de sa grand-mère, et tous deux, par la grâce de leurs personnalités, pouvaient faire oublier leur âge et leurs infirmités.

— Comme vous êtes belle, ma chère enfant ! dit-il à Rose, quand Richard lui eut été dûment présenté. Vous me faites regretter de ne pouvoir reprendre mes pinceaux. Quel portrait j'aurais fait de vous, dans cette robe charmante !

Richard avait cédé au peintre sa place sur le sofa, et la jeune fille lui posa une main sur le bras.

— Je préfère à un portrait de moi celui de votre poney, que vous m'avez offert. Il est dans mon boudoir, à Versailles.

Jasmine se mêla à la conversation pour évoquer l'enthousiasme de Rose, le jour où le tableau lui avait été offert. Richard approchait un fauteuil afin de s'installer plus près de Rose quand son regard tomba sur un portrait accroché dans une alcôve. Il avait déjà, à plusieurs reprises, vaguement eu conscience de sa présence mais ne lui avait jamais accordé qu'un regard fugitif. Cette fois, il abandonna le fauteuil pour s'approcher du portrait et l'examiner de plus près. Il aurait pu jurer que le sujet était l'un de ses ancêtres, certes beaucoup moins âgé sur cette toile que sur celle qui trônait dans la Banque Roussier. Les traits étaient certainement les mêmes. Il retrouvait les yeux vert sombre, dont les siens étaient une version plus claire, le même nez arrogant, semblable au sien. Il se retourna d'un bloc, au moment où la conversation près du feu marquait une pause.

— C'est tout à fait extraordinaire ! Ce portrait, je crois, est celui de mon trisaïeul, du côté de ma mère. Il était dans les mousquetaires de Louis XIV.

Seul, le crépitement des bûches dans l'âtre troublait le silence qui s'était appesanti sur la pièce. Rose haussait des sourcils stupéfaits. M. Balaine semblait intéressé. La duchesse avait porté à sa gorge une main tremblante et paraissait retenir son souffle.

— Comment se nommait-il ?

— Augustin Roussier.

— C'est bien lui.

Richard en resta abasourdi.

— C'est incroyable ! Son fils, Edmund, qui avait repris la direction de la Banque Roussier, était le grand-père de ma mère. Bien des histoires sur la manière dont la famille s'était réfugiée en Angleterre sont venues jusqu'à moi, mais je ne comprends toujours pas pourquoi le portrait d'Augustin se trouve ici.

Rose se leva vivement pour aller le rejoindre.

— Ce château, jadis, lui appartenait. Mon arrière-grand-père l'avait construit pour lui. Il l'a quitté après la Révocation de l'Edit de Nantes, lorsqu'il a été contraint de fuir la France.

Richard, les sourcils froncés, la saisit par les deux bras.

— Etes-vous sûre de ce que vous dites ? La maison de famille des Roussier, le Manoir, se trouvait au Havre. J'ai toujours entendu raconter qu'il était parti de là, après l'assassinat de son père par les féroces dragons et son combat à l'épée avec eux. Je m'y suis rendu lors de ma première visite en France et j'ai découvert que ce n'était plus qu'une ruine. Quand ma mère et mes grands-parents maternels parlaient du passé, ils n'ont jamais fait mention du Château Satory.

Jasmine, qui avait quitté son fauteuil, prit la parole.

— Je crois pouvoir vous en donner l'explication. Augustin Roussier a fait don de ce château à l'arrière-grand-mère de Rose, Marguerite Drémont, qui était ma mère.

Elle désigna d'un geste le portrait accroché au-dessus de la cheminée.

— Vous êtes un homme du monde, Lord Easterton, et vous me comprendrez si je vous dis qu'elle était en dehors du mariage d'Augustin Roussier et de ses enfants. Il a dû penser que ses descendants pourraient revendiquer le domaine et le réclamer, soit à elle-même, soit aux enfants d'un éventuel mariage. Sans doute a-t-il décidé qu'il ne serait plus jamais question du Château Satory. De la sorte, aucune revendication n'a jamais été formulée.

— Et aucune ne le sera jamais ! affirma Richard.

Un doux sourire incurva les lèvres ridées de Jasmine.

— Je n'ai jamais douté de vous entendre parler de la sorte. Serait-il prématuré de ma part de dire que l'amour, semble-t-il, est sur le point de boucler le cercle ?

— Si je puis trouver faveur à vos yeux.

— Alors, envoyons Rose quérir dans la bibliothèque ce livre que j'avais promis de vous prêter lors de votre dernière visite. Si vous ne vous y opposez pas, j'aimerais que M. Balaine demeure avec nous.

Quand Rose revint de la bibliothèque, après avoir laissé s'écouler une bonne demi-heure, afin que le montant de sa dot, la date du mariage et d'autres questions fussent réglés, un battant de la porte du Salon Ivoire était ouvert. Elle pouvait donc entrer. Elle posa le livre sur une petite table et pénétra dans la pièce. Richard l'attendait. Il la prit par la main, l'entraîna. Son air ravi lui dit aussitôt que tout allait bien.

Ce dîner fut l'un des plus heureux que Jasmine eût connus au Château Satory. Ses chefs s'étaient surpassés. Michel fit un petit discours en l'honneur des fiancés. A une ou deux reprises, néanmoins, la vieille dame s'étonna de l'air préoccupé de Rose. La raison lui en fut révélée dans le court moment qu'elles passèrent ensemble avant la fin de la visite. Elle avait emmené sa petite-fille à l'étage pour lui offrir un cadeau de fiançailles. Rose devrait attendre le consentement de la Reine pour porter l'anneau orné de saphirs que Richard avait fait faire pour elle. Jasmine considérait que le mariage était chose faite, et elle tenait à donner à sa petite-fille une broche de diamants et de rubis que lui avait offerte Louis XV, du temps qu'ils étaient jeunes, et qu'il était épris d'elle.

— Elle est exquise, grand-mère.

Dans la chambre de Jasmine, Rose s'était assise sur le tabouret placé devant la glace. Elle admirait les reflets de la broche qu'elle avait fixée à son décolleté. Etrange que le royal donateur eût été son père. De sa première visite à Versailles, lorsqu'elle était enfant, elle avait conservé de lui un souvenir précis. Soudain, comme cela s'était déjà produit au cours de la soirée, le passé surgit en elle. Malgré elle, un sanglot s'étrangla dans sa gorge. Elle se couvrit les yeux d'une main.

— Ma petite enfant ! Que se passe-t-il ?

Jasmine, debout près d'elle, était saisie d'inquiétude.

La réponse vint d'un élan.

— Je voudrais que Richard n'ait pas de sang Roussier dans les veines.

— Et pourquoi cela ? Je ne saurais vous dire combien je m'en réjouis. Quand vous serez mariés tous les deux, Augustin et Marguerite seront enfin réunis.

Rose releva brusquement la tête.

— Non ! Ne dites pas cela ! Peut-être se sont-ils aimés, mais, dès le début, le mauvais sort les a poursuivis. Supposez que leur infortune nous poursuive aussi, Richard et moi, et empêche l'accomplissement de notre mariage ? Je suis terrifiée, grand-mère ! Lorsqu'il se tenait, en bas, près de ce portrait noyé d'ombre, et que j'ai appris qu'il descendait d'Augustin Roussier, j'ai eu l'impression de sentir le sol se dérober sous mes pieds. Rien n'est ferme, rien n'est sûr. J'ai vu notre mariage en danger.

Jasmine retint un mouvement de recul devant une telle conviction. Quelle horrible vision de l'avenir était brièvement passée devant les yeux de la jeune fille ? Elle se reprit pour répondre avec tout le calme, toute la sagesse possibles.

— Je me souviens de votre tirade à propos des malheurs

qui accablaient les femmes de cette famille, le jour où vous avez appris que vous deviez partir pour Versailles. Réfléchissez un instant. De ce que vous considériez comme un désastre est né un amour qui n'aurait jamais vu le jour autrement.

— Cela est vrai, oui, mais...

— Vous avez parlé tout à l'heure des secrets de la Reine. Je vais à mon tour vous en confier un.

Jasmine s'assit précautionneusement sur le tabouret, où Rose s'était écartée pour lui faire place.

— Michel m'est revenu. Vous voyez en moi une vieille femme lasse, mais lui me voit toujours jeune. Le plus étrange, c'est qu'après toutes ces années où j'ai étouffé mes sentiments à son égard, le fait qu'il n'y ait plus personne entre nous a constitué pour moi une grande différence. Jadis, je l'ai éloigné de ma vie par suite de circonstances impossibles. Plus tard encore, quand j'ai découvert la présence d'une autre femme dans son existence. A présent, je n'ai plus à endurcir mon cœur. En dépit de son affection et de sa profonde gratitude pour Béatrice, il n'a jamais cessé de m'aimer, et nous nous sommes enfin véritablement retrouvés.

Elle eut un geste gracieux.

— Certes, rien n'est plus comme par le passé. L'amitié a pris la place de la passion, et peut-être mon amour n'avait-il jamais été aussi fort que le sien, mais si je devais revivre toutes mes années d'épreuves pour découvrir ce que je possède maintenant, je les revivrais volontiers.

Avec tendresse, elle posa la paume de sa main sur la joue de sa petite-fille.

— Je vous ai confié cela pour dissiper vos craintes. L'amour a toujours été sujet aux tribulations, mais ce qui s'est passé pour Marguerite et Augustin ne s'est pas reproduit pour moi et ne se reproduira sans doute pas pour vous.

Elle vit qu'elle avait atténué les pressentiments de sa petite-fille, même si elle ne les avait pas entièrement chassés. Rose était intriguée par ce renouveau de l'amour au soir de la vie.

— Allez-vous l'épouser ? demanda-t-elle.

— Oh ! non ! répondit Jasmine d'un ton ferme. Il est maître chez lui, et moi ici. Nous nous contentons de nous voir le plus souvent possible.

Lorsqu'elles redescendirent, Rose, qui portait encore la broche, exprima pour la première fois ouvertement sa parenté avec Michel.

— Adieu, grand-père, dit-elle au moment de partir.

Elle l'embrassa affectueusement sur les deux joues. Il se montra heureux de cette évolution dans leurs relations.

— Amenez votre fiancé dîner chez moi un prochain jour, petite-fille.

— Je n'y manquerai point.

Plus tard, ce même soir, il jouait au trictrac avec Jasmine. Au beau milieu de la partie, il posa sur elle un regard pensif.

— Qu'avez-vous dit à Rose, pendant que vous étiez toutes deux à l'étage ?

— Je lui ai dit la vérité.

Le regard de Michel ne la quittait pas.

— C'est bien.

Elle sourit discrètement, en faisant glisser les dés. Il existait bien des manières d'exprimer l'amour. Les jeunes pensaient qu'il n'y en avait qu'une.

Rose et Richard furent mariés dans la Chapelle royale, le jour de l'an, comme ils l'avaient souhaité. Le Roi et la Reine assistaient à la cérémonie, ainsi que plusieurs membres de la famille royale et plus de deux cents courtisans accompagnés de leurs dames. La mère de Richard était arrivée d'Angleterre en compagnie de son fils cadet. Les jumeaux étaient déjà à Versailles après leur Grand Tour. Un certain nombre d'amis anglais avaient fait le voyage, eux aussi.

Rose portait une robe de soie blanche rayée d'argent, constellée de diamants et de perles. Ses boucles retenaient dans leur masse des boutons de roses en soie, et sa rivière de diamants étincelants était le présent de mariage de Richard. Celui-ci était superbement habillé à la mode anglaise, d'un habit de brocart d'argent coupé selon le style nouveau : boutonnage croisé, haut col rigide et pans étroits. Ils n'avaient d'yeux que l'un pour l'autre.

Deux femmes, dans l'assistance, se remémoraient leur propre mariage devant l'autel surélevé qui se détachait en or sur le fond de marbre blanc.

Marie-Antoinette se rappelait l'espoir et le bonheur qui l'avaient soulevée ce jour-là, si bien qu'elle en avait oublié sa robe, magnifique mais assez mal ajustée. Alors, elle s'était attiré l'adoration de la Cour et du peuple par sa jeunesse, son charme, son ardent désir d'adopter tout ce qui était français. Tout cela s'était évanoui comme un rêve.

Jasmine, près de Michel, avait des pensées bien différentes. De la cérémonie, elle n'avait gardé aucun souvenir, tant était grand l'état de choc et d'horreur dans lequel elle était plongée. Tout ce qui subsistait dans sa mémoire, c'était la haine qui se lisait sur le visage de Sabatin et, par la suite, au moment où ils descendaient la nef, l'expression angoissée, dans la galerie, du jeune Roi, qui l'avait si vite oubliée. Elle avait toujours eu l'intention de donner à Rose, le jour de son mariage, le pendentif de saphir de Marguerite. Mais, depuis que la jeune fille avait manifesté la crainte superstitieuse que l'histoire ne se répétât, elle avait décidé de le lui léguer, en même temps que tous les autres bijoux qu'elle hériterait un jour. A ce moment, Rose aurait découvert que ses craintes étaient sans fondement.

La réception se tenait dans le Salon d'Hercule. Des musiciens jouèrent, le vin de Champagne coula à flots, on porta des toasts. Finalement, un grand bal s'ouvrit dans la Galerie des Glaces. Après les premières danses, Jasmine et Michel décidèrent de quitter les festivités. Elle se sentait extraordinairement lasse et, le lendemain, elle devait recevoir la mère et les frères de Richard, qui logeaient à l'ambassade d'Angleterre, à Paris.

— Nous avons vécu une merveilleuse journée, dit-elle aux jeunes mariés.

— Nous viendrons bientôt vous voir, promit Rose.

— Votre grand-mère ne se retrouvera pas seule, lui affirma Michel. J'y veillerai dès à présent, tout comme le jour où vous partirez pour l'Angleterre.

Rose déclara d'un ton ferme :

— Ce ne sera pas avant longtemps. De toute manière, lorsque je serai là-bas, je pourrai revenir au Château Satory toutes les fois que je le souhaiterai. Puisqu'une lettre peut aller de Paris à Londres en moins de vingt-quatre heures, je ne devrai pas mettre beaucoup plus longtemps pour revenir ici.

— Emprunteriez-vous donc le cheval rapide d'un courrier ? demanda plaisamment Jasmine.

Rose lui répondit le plus sérieusement du monde :

— S'il le fallait, oui, grand-mère. Si vous aviez besoin de moi.

— Je n'en doute pas, fit la vieille dame d'un ton léger.

Elle les embrassa l'un après l'autre.

— Nous devons partir, à présent, Michel et moi.

Le chemin était long, pour regagner l'escalier à travers les Grands Appartements. Si seulement, se disait Jasmine, Michel et elle avaient pu disposer de chaises à porteurs... Mais l'ancienne règle demeurait en vigueur : seuls, les membres de la famille royale pouvaient utiliser ce mode de transport dans cette partie du Château. Normalement, il aurait dû être plus pénible pour Michel que pour elle de traverser les vastes étendues de parquets cirés, mais, ce soir-là, c'était elle qui retardait leur marche : elle avait peine à mettre un pied devant l'autre. Elle fut envahie d'un immense soulagement lorsqu'ils s'installèrent dans le carrosse qui devait les reconduire à leurs résidences respectives.

Richard et sa jeune épousée retournèrent danser. Les hautes glaces les reflétèrent au passage, sous les lustres étincelants, dans les gavottes, les menuets, les danses rustiques et animées. Toutes les fois qu'il était possible, ils formaient un couple ; lorsqu'ils devaient danser séparément, ils échangeaient par des regards de silencieux messages d'amour.

A minuit, les suivantes de Rose l'entraînèrent vers l'appartement plus vaste qui lui avait été alloué. Elle eut à peine le temps d'apercevoir sa femme de chambre : on la poussait déjà vers la chambre à coucher. Cette nuit-là, ce ne fut pas la fidèle Diane qui défit les agrafes, dénoua les rubans. Des doigts ornés de bagues la dépouillaient de ses vêtements, de jeunes et souriants visages de femmes l'entouraient, des parfums différents montaient par vagues à ses narines. C'était presque accablant.

Diane, reléguée un peu à l'écart par le cercle de dames qui entouraient sa maîtresse, reçut la robe de mariée et alla la disposer soigneusement sur un mannequin d'osier, dans un débarras. Elle revint pour ramasser les jupons et la fine chemise éparpillés sur le sol, avec les souliers de satin à boucles de diamants et les bas de soie blanche.

Marie-Antoinette entra dans la chambre : le soin lui revenait de mettre la mariée au lit, puisque Rose n'avait pas de mère, et que sa grand-mère était trop âgée pour se trouver là à cette heure tardive. Par ailleurs, la Reine le savait, sa présence mettrait un frein aux jeux d'un goût plus ou moins douteux. Elle en eut la preuve quand Richard arriva, accompagné de ses frères, après avoir laissé derrière la porte leurs amis les plus bruyants. On lui ôta sa robe de chambre de soie, et il grimpa dans l'énorme lit à colonnes, pour s'y asseoir à côté de Rose. Tandis qu'ils recevaient les vœux de chacun, il trouva sous les couvertures la main de la jeune femme, la pressa fortement. La Reine embrassa la mariée, on tira les courtines orange et or, laissant ainsi les jeunes mariés dans une ombre teintée d'ambre.

Ils ne bougèrent pas jusqu'au moment où ils entendirent la porte se refermer. Le silence se fit dans la chambre. Alors, avec exubérance, ils se prirent dans les bras l'un de l'autre et retombèrent sur les oreillers sans cesser de s'étreindre.

— C'est fini ! Ils sont partis ! s'exclama Richard.

Il contemplait le visage radieux de son épouse. Il vit son expression se transformer, exprimer, comme la sienne, la tendresse et l'amour, tandis qu'il murmurait :

— Il n'y a plus que toi et moi. A jamais.

— Je t'aime, chuchota-t-elle en anglais.

Elle avait pris des leçons dans sa langue et avait préparé cette phrase pour lui plaire.

— Comme je t'aime, ma femme chérie, répondit-il.

Le dernier mot se perdit dans un baiser ardent sur les lèvres entrouvertes. Lorsqu'il se redressa, ce fut pour passer sa chemise de nuit par-dessus sa tête et la lancer entre les courtines. Sous le choc, celles-ci s'écartèrent. La chandelle restée allumée jeta sur le jeune couple sa lueur vacillante. Le corps musclé de Richard prit un instant une étrange luminosité, comme s'il était devenu Apollon, autour duquel tournait toute la vie de Versailles. Païen, superbe, brûlant de désir.

Au début, pourtant, il se montra d'une douceur presque intolérable. Chaque contact délicat jetait Rose dans des paroxysmes de délicieux frissons. Il rejeta les couvertures, souleva l'ourlet de la chemise de nuit de Rose pour la tirer lentement vers le haut et révéler ainsi tout son corps à ses regards. Ses baisers suivaient le cheminement du vêtement. La jeune femme se retrouva enfin nue. Avant qu'elle pût rabattre les bras, il lui enserra les poignets d'une main, la fit retomber sur les oreillers, captive volontaire dont il se mit à caresser et embrasser les seins. Rose avait l'impression de se noyer dans des délices sensuelles. Son corps se cambra et, avec un cri étouffé, elle libéra ses poignets pour passer tendrement les mains sur les épaules de Richard, sur sa nuque, dans ses cheveux.

Les courtines n'étaient pas retombées tout à fait en place. Voyant que la pudeur à laquelle s'était accrochée sa compagne ces derniers mois s'était totalement évanouie, Richard, d'un coup de pied, écarta plus largement les rideaux. A la lueur de la chandelle et du feu dans la cheminée, leurs deux corps enlacés prirent des tons d'or pâle.

— Dès l'instant où je vous ai vue, murmura-t-il, ses lèvres de nouveau toutes proches des siennes, j'ai désiré que tout fût ainsi entre nous. Si je l'avais pu, je vous aurais sur-le-champ arrachée de la calèche pour vous emporter dans mes bras.

— Je l'ai lu dans vos yeux, répondit-elle faiblement, avant d'être une fois encore réduite au silence par ses baisers.

Bientôt, ses caresses prirent une dimension nouvelle, éveillèrent en elle une telle passion qu'elle se tordait, se débattait comme un ravissant poisson sorti de l'eau. Il ne put maîtriser plus longtemps son désir. Il sentit sa compagne sursauter sous l'effet d'une souffrance momentanée, il vit ses yeux s'ouvrir tout grands, et, tout de suite, ils furent en totale harmonie. Il l'emporta ainsi vers les sommets du plaisir, et ils atteignirent ensemble l'extase, au rythme tumultueux de leurs cœurs.

Les heures de la nuit s'écoulèrent, partagées entre la passion et le sommeil. Ils prirent le déjeuner au lit, se donnèrent la becquée à la manière de tous les amants, encore surpris de cette existence nouvelle, dans laquelle personne ne pouvait intervenir ni les séparer. Un peu avant midi, ils quittèrent le Château pour se rendre dans une ancienne résidence de Mme de Pompadour : la Reine la leur avait offerte pour y passer leur lune de miel. Rien, ou presque, n'avait changé, depuis le temps de la favorite royale. Tout y était délicat, d'un goût intemporel. De grands feux flambaient dans toutes les cheminées, car l'hiver était rude, le plus cruel depuis bon nombre d'années. En chemin, le jeune couple avait jeté quelque argent à des affamés en haillons, accourus pour mendier au passage du carrosse brillant qui roulait à vive allure sur la route gelée.

Ils firent l'amour devant les feux de bois, entre des murs roses, bleus ou verts, sous des plafonds blanc et or. Par les matins vifs et clairs, ils faisaient des promenades à cheval à travers la forêt. Lorsqu'il se mit à neiger, on sortit pour eux d'une remise un vieux traîneau agrémenté de clochettes. La nuit, leur lit devenait un refuge où exprimer pleinement leur amour. Le monde extérieur, avec ses problèmes, avait perdu toute réalité, et, pour une fois, ils ne lui accordaient pas une seule pensée.

— Dire que j'ai craint qu'un événement ne survînt pour empêcher notre mariage, fit-elle un matin, au comble du bonheur.

Ils rentraient d'une promenade en traîneau et gravissaient les marches du perron : Richard tenait Rose par la taille, et leurs souffles formaient un petit nuage dans l'air glacé.

— Où aviez-vous pris cette idée ?

Elle s'immobilisa, se tourna vers lui.

— Quand j'ai appris que vous descendiez d'Augustin Roussier, je nous ai soudain vus à leur place, lui et Marguerite.

— C'est impossible. Les circonstances étaient entièrement différentes.

— Oui, je le sais.

Elle secoua légèrement la tête au souvenir de sa folie,

écarta de son esprit le souvenir du pressentiment qui l'avait poignardée alors.

— Dites-moi, croyez-vous au moins que nous étions prédestinés à nous rencontrer, à cause d'eux ?

De telle idées chimériques étaient étrangères à l'esprit pragmatique de Richard, mais, au regard qu'elle posait sur lui, il comprit que sa réponse avait de l'importance.

— Dans la mesure où l'on m'a, dès l'enfance, habitué à apprécier mon héritage huguenot, ce qui m'a incité à voir la France et à visiter Versailles.

Il lui saisit le menton entre le pouce et l'index, lui sourit.

— A la vérité, ma mère m'a engagé à prendre une épouse française, sans savoir que votre souvenir m'obsédait. Si tous ces éléments s'additionnent, alors, oui, je dirais que le destin était à l'œuvre.

— Oui, moi aussi.

— Mais uniquement pour notre bien, me hâterai-je d'ajouter.

— Je suis de votre avis. Il nous a tant apporté !

Il la serra contre lui, et ils pénétrèrent dans la maison.

Coupés de tout contact extérieur, ils n'étaient pas au courant de ce qui se passait, mais des violences avaient éclaté un peu partout. Des gens à bout de patience entraient de force dans les greniers, pillaient les boulangeries et les convois de blé. Tout homme soupçonné d'accumuler du grain pour faire encore monter les prix était en danger de mort. Un évêque même avait été lapidé pour avoir refusé de distribuer du blé aux miséreux. A la campagne, les seigneurs se voyaient défiés : les paysans refusaient de payer les droits seigneuriaux et se défendaient avec des gourdins et des piques quand on essayait de les chasser de leur terre. En bien des endroits, des bourgeois inquiets organisèrent des milices pour assurer leur protection.

Toutes ces nouvelles et bien d'autres encore assaillirent les jeunes mariés dès leur retour à Versailles, mais, pour Rose, la pire fut d'apprendre que sa grand-mère était tombée malade et n'avait pu donc recevoir la mère et les frères de Richard, qui étaient à présent retournés en Angleterre. Tandis que Richard se rendait à Paris, pour voir quelle mission l'attendait à l'ambassade, Rose alla tout droit au Château Satory. Elle trouva Jasmine debout, vêtue avec tout le soin habituel. Ses cheveux blancs bien coiffés sous un bonnet de dentelle, elle écrivait des lettres dans la bibliothèque.

— Que s'est-il passé ? Est-il vrai que vous ayez été malade ? s'écria Rose avec inquiétude.

Jasmine posa sa plume, ôta ses lunettes.

— Non. Le médecin ne m'a rien trouvé de grave. Le lendemain du mariage, je me suis simplement trouvée incapable de quitter mon lit. C'était comme si toute énergie m'avait abandonnée.

— Vous en aviez trop fait avant la cérémonie, m'aider à dresser des listes et à rassembler tous ces magnifiques présents que vous m'avez offerts.

— C'est possible, mais j'étais si heureuse ! Mon grand regret, c'est d'avoir dû annuler le dîner en l'honneur de votre famille anglaise. Fort heureusement, la mère de Richard est venue me rendre visite avant de prendre le chemin du retour. C'est une femme charmante, et nous nous sommes longuement entretenues. Naturellement, elle désirait beaucoup entendre tout ce que je pourrais lui dire d'Augustin Roussier. Je l'ai laissée parcourir le château à son gré, pour qu'elle connût la demeure où il avait vécu.

— Comment a-t-elle accepté le fait que Marguerite eût été la maîtresse d'Augustin, alors qu'il était l'époux de sa bisaïeule ?

— Avec la même largeur d'esprit, la même bienveillance dont elle avait fait preuve quand Richard et vous lui aviez appris qui était votre père.

Jasmine eut un sourire d'une grande sagesse.

— Elle possède assez de sang français dans les veines pour se montrer philosophe en de telles matières. Elle m'a, de son côté, conté un peu de l'histoire de la famille au cours des ans. J'ai cru comprendre que, dans son vieil âge, la plus grande joie d'Augustin était la petite fille d'Edmund, à laquelle il donnait un petit nom de son invention : Lily.

Rose médita un instant.

— Lily ? Le lys de France ou le lis des champs… ?

— Des champs, peut-être. Comme la marguerite.

— Il a profondément aimé Marguerite, n'est-ce pas ?

— N'en doutez jamais. Selon moi, il voyait en Lily l'enfant qu'ils auraient pu avoir, Marguerite et lui. Elle a vécu longtemps, s'est montrée une mère et une grand-mère sévère mais toute dévouée. Richard, m'a-t-on dit, était son petit-fils préféré. Son caractère comme son aspect physique lui rappelaient beaucoup le grand-père qu'elle avait adoré.

La frayeur que l'indisposition de sa grand-mère avait inspirée à Rose devait annoncer des événements plus désastreux encore dans la sphère politique. En avril, des ouvriers de manufactures se révoltèrent lorsqu'il fut question de diminuer leurs salaires, qui leur permettaient tout juste de subsister. On fit appel aux soldats pour les ramener à la raison. Richard, vêtu en bourgeois, dans son rôle d'observateur discret, faillit être, par erreur, passé au fil de la baïonnette, ainsi que la cible d'un ouvrier qui lançait des tuiles du haut d'un toit. Par bonheur, se disait-il, Rose imaginait qu'il passait ses journées derrière une table de travail, lorsqu'il n'assistait pas à quelque grave réunion diplomatique.

Par deux fois, il avait fait de rapides voyages en Angleterre, afin de présenter au Premier ministre un rapport sur les affaires françaises et de passer un après-midi à la Chambre des Lords. Au retour, sur le chemin de Douvres, il avait rendu visite à sa mère. L'avis unanime, à Londres, était que Louis et les siens payaient la folie d'avoir aidé la Révolution américaine. D'une part, cet engagement avait encore accru les énormes dettes de la France. D'autre part, il devenait de plus en plus évident que les soldats qui avaient servi en Amérique se montraient peu disposés à écraser des révoltes dangereuses : leur sympathie allait manifestement vers les foules qui décidaient de passer à l'action.

Richard n'oubliait jamais qu'il avait dans les veines du sang français. Il désirait sincèrement voir le peuple de France jouir d'une liberté, d'une justice qui auraient dû lui appartenir depuis longtemps. Mais une violence déchaînée n'était pas le meilleur moyen de les obtenir. En Amérique, les batailles s'étaient déroulées entre les forces révolutionnaires et les armées du Roi. Ici, en France, si l'on en venait à semblable situation, il en irait différemment : les gens de toutes classes se trouveraient dressés les uns contre les autres, et tous seraient ensevelis sous un chaos sanglant.

Si la Reine accordait sa permission, et si ses engagements à l'ambassade le permettaient, Richard avait l'intention d'emmener Rose passer deux ou trois semaines en Angleterre, afin de lui montrer son futur pays.

— Nous nous établirons dans ma maison de ville, lui dit-il avec une joyeuse impatience. Je vous ferai voir les monuments et les curiosités de Londres, les boutiques où vous pourrez trouver de quoi satisfaire tous vos désirs.

— Pourrai-je m'acheter un chapeau neuf ? demanda-t-elle avec espièglerie.

Il la plaisantait souvent sur les rayons de sa garde-robe occupés par une multitude de couvre-chefs ornés de plumes ou drapés de soie.

— Vous découvrirez que, dans Saint James's Street, ils viennent tous de Paris !

Elle eut un petit rire.

— Alors, je donnerai ma préférence à des bijoux.
— Je connais précisément le magasin qu'il vous faut, dans Bond Street.
— Et que ferons-nous d'autre ?
— Je vous emmènerai dans le Kent, et vous y verrez la sœur de l'orchidée qui est au Trianon.
— Comment savez-vous qu'elle est du genre féminin ?
— Comment une fleur aussi belle, aussi exotique pourrait-elle être autre chose ? Elle vous ressemble tout à fait. Je vous appellerais Orchidée, si je ne préférais pas votre propre prénom.

A ces paroles, elle sentit le passé l'effleurer de nouveau.
— Et ensuite ?
— Il y aura un bal, pour que tous mes parents, tous mes amis puissent faire la connaissance de la nouvelle dame d'Easterton Hall. Le lendemain matin, je vous ramènerai à vive allure vers la côte et le bateau pour Calais, avant l'arrivée d'un flot d'invitations qui prendraient tout le temps que je désire passer avec vous.
— Quel voyage nous allons faire ! s'écria-t-elle en battant des mains.

En cette période, malgré sa gaieté pétillante, son allégresse apparemment inchangée et la façon dont elle se livrait entièrement à l'amour, elle prenait conscience, comme jamais auparavant, de ce qui se passait au-delà des clôtures de Versailles. Au château, la vie conservait un rythme à peu près immuable. L'exemple d'économie donné par le couple royal n'avait que peu ou pas d'effet sur les courtisans : ils continuaient à vivre dans l'extravagance qui avait toujours été la leur et pensaient que les troubles présents finiraient par se dissiper. D'autres étaient moins optimistes mais voyaient dans les difficultés des tracasseries dirigées contre eux, des désagréments à régler au plus vite, pour leur plus grand bien.

Même si Rose ne s'était pas éveillée aux problèmes qui assaillaient son pays, il lui aurait été impossible de ne pas en être étroitement informée, en sa qualité d'épouse de Richard. Il se tenait au courant de la moindre évolution des événements et devenait de jour en jour plus grave. Leur lit était le seul lieu où ils échappaient aux tourments, où leurs propos murmurés avaient uniquement trait à leur mutuel amour et aux plaisirs nouveaux qu'ils découvraient entre les courtines qui les protégeaient.

Un soir où Richard revenait de l'ambassade, il demanda à son cocher de faire un détour par le Château Satory. Les devoirs de Rose envers la Reine l'occupaient beaucoup, et il avait pris l'habitude de ces visites fréquentes, afin de pouvoir l'informer de l'état de santé de sa grand-mère et, en même temps, d'éviter à la duchesse de se sentir négligée. En cette occasion, il arriva au beau milieu d'une partie de cartes. Il se serait retiré aussitôt si Jasmine n'avait donné sa place à quelqu'un qui ne participait pas au jeu. Tous deux passèrent dans le Salon de Musique.

— Comment va ma petite-fille ? demanda la vieille dame.

Son expression sereine montrait qu'elle n'avait aucun doute sur la réponse à sa question.

— Elle va tout à fait bien, et elle a toujours autant à faire. Voilà pourquoi, aujourd'hui encore, je viens seul.

— Peu importe. J'ai plaisir à vous voir. Que s'est-il passé, depuis la dernière fois où je vous ai vu ?

Après l'avoir écouté jusqu'au bout, elle posa une autre question.

— Avez-vous une idée de la date à laquelle vous pourrez emmener Rose en Angleterre ?

— Non, pas encore.

Elle dit d'un ton ferme, qui ne souffrait pas la contradiction :

— Une fois que vous l'aurez emmenée là-bas, ne la ramenez pas. Je serais plus heureuse, en cette période, de la savoir en sécurité hors de France. L'autre jour, on a jeté une brique sur le carrosse de Michel. Par bonheur, le projectile n'a pas atteint les vitres, et il n'a eu aucun mal.

Après avoir exprimé ses regrets à propos de l'incident, il considéra la vieille dame d'un air interrogateur.

— Pensez-vous vraiment que Rose accepterait un tel arrangement ?

Elle leva les mains, les laissa retomber, comme si elle se rangeait à son avis.

— Je ne sais pourquoi je vous l'ai même suggéré. Elle me suivrait dans les bouches de l'enfer, s'il le fallait, et je crains bien que la France n'en vienne là.

— Cela n'arrivera pas si le bon sens prévaut. N'avez-vous aucune foi en la convocation prochaine des Etats généraux ?

C'était l'assemblée composée des trois ordres, le clergé, la noblesse et le tiers état. Il leur serait permis, le Roi l'avait promis, de se réunir en mai, afin de répondre aux doléances essentielles. Le souverain, certes, avait fait cette promesse sous la contrainte, mais, d'une façon générale, on le croyait néanmoins toujours disposé à faire de son mieux et à autoriser certaines réformes. Comme d'ordinaire, on rejetait sur la Reine le blâme pour certains actes autoritaires qu'il avait commis au cours des derniers mois.

Richard vit briller dans les yeux de Jasmine une lueur cynique.

— Non, je n'entretiens pas grand espoir pour ce pays, lorsque cette assemblée querelleuse se réunira. Sa seule préparation a été marquée par la discorde. Si l'on parvient à adopter des réformes, afin de rétablir l'ordre dans la présente impasse, il s'agira d'un véritable miracle… pour lequel je prie, inutile de vous le dire.

— Que Dieu vous entende, dit Richard.

A son arrivée à Versailles, il trouva Rose qui l'attendait, une expression d'angoisse sur le visage. Il la serra dans ses bras.

— Qu'est-il arrivé ?

Dans sa détresse, elle avait peine à lui répondre.

— Le Dauphin… son état a empiré, aujourd'hui. Il s'affaiblit de plus en plus. Il ne tient plus sur ses jambes.

Elle se mit à pleurer. Il la serra plus étroitement contre lui : il savait quelle tendresse elle avait pour l'enfant.

Le matin du 4 mai, Marie-Antoinette était assise au bord du lit de son fils. Dès qu'elle avait un moment de liberté, elle le passait avec lui, et, encore en tenue de nuit, elle était venue le faire manger un peu, comme elle le faisait chaque jour. Elle avait reposé le bol à moitié vide et soutenait d'un bras le petit malade, afin de lui donner à boire, quand Rose entra dans la chambre.

— Pardonnez-moi, Madame, mais il est temps pour vous de vous habiller pour la procession des Etats généraux et le service religieux à l'église Saint-Louis.

L'enfant tendit les bras vers sa mère.

— Ne me quittez pas, maman. Je vous en prie.

Il acceptait d'ordinaire qu'elle dût s'absenter pour s'acquitter des devoirs de sa charge. Il fallait qu'il se sentît bien mal pour la supplier ainsi. Marie-Antoinette sentit son cœur se briser, mais aucune circonstance, pas même l'état critique de son fils, ne pouvait la dispenser d'être présente à l'assemblée.

— Je vais prier pour vous à l'église, mon petit garçon.

Sa voix se brisait. Elle se leva à regret.

— Je ne serai pas longtemps absente.

— Maman ! Restez avec moi. J'ai peur, quand vous n'êtes pas là.

La Reine manqua défaillir. Rose fit un geste sans précédent : elle prit la souveraine par le coude, tout en s'adressant à l'enfant :

— Je vais vous envelopper chaudement et je vous porterai jusqu'à un endroit d'où vous pourrez voir votre maman partir avec votre papa. Elle vous enverra un baiser, et vous lui ferez signe de la main.

Marie-Antoinette s'était reprise. Elle embrassa son fils, repoussa d'une caresse les cheveux qui lui retombaient sur le front et sortit de la chambre. Au cours des derniers mois, elle s'était repliée sur elle-même. Ses enfants représentaient le seul intérêt dans sa vie. Son amour pour Axel lui-même avait atteint un plan stable où il ne connaissait plus de hauts et de bas. Elle avait l'impression d'être déchirée : son cœur restait avec les êtres qui lui étaient le plus précieux, mais son esprit s'en séparait afin d'assumer le fardeau du gouvernement, pour lequel elle n'avait jamais été préparée.

Ses pensées étaient demeurées près de son fils. Elle se laissa baigner, coiffer, vêtir de sa robe d'or et d'argent, sans prêter plus d'attention à son entourage que s'il avait été invisible. Parmi les joyaux de la Couronne, elle choisit pour ses cheveux un énorme diamant, le Régent.

La ville n'avait jamais vu procession plus spectaculaire. Plus de mille membres des Etats généraux, cierges en mains, précédés par des bannières multicolores et par des pages qui portaient un faucon sur le poignet, se dirigèrent à pied vers l'église. Au long de leur route, bordée de Gardes suisses et de troupes françaises, toutes les façades des maisons s'ornaient de tapisseries, de soieries éclatantes. Des gens venus de très loin s'étaient assemblés en foules innombrables. Les joyaux, les vêtements somptueux de la famille royale et de l'aristocratie s'assortissaient à l'éclat des vêtements sacerdotaux du clergé. Les tenues plus sombres du tiers état semblaient accentuer encore la majestueuse splendeur de Versailles.

Durant la messe, Marie-Antoinette pria tout particulièrement pour son fils : en cette période, elle ne savait jamais si elle allait le retrouver vivant à son retour.

Le lendemain, lors de l'ouverture, dans une salle immense, de la grande assemblée, Richard, assis dans l'espace réservé aux diplomates étrangers et aux visiteurs, trouva que la Reine était devenue le spectre de ce qu'elle avait été. Le Roi avait été accueilli par des acclamations. Pour elle, il n'y eut qu'un silence glacial.

Derrière Richard, une voix américaine, empreinte de sympathie, chuchota :

— Voilà la brebis galeuse. Ces gens lui montrent qu'elle n'a aucune part dans la réconciliation nationale.

Richard aurait voulu pouvoir lui-même l'acclamer mais il était étranger, il devait garder le silence. Il l'observa, pendant que se déroulaient les interminables discours. Une larme, parfois, glissait au long de sa joue, mais elle ne semblait pas s'en apercevoir. Les battements incessants de son éventail révélaient sa tension nerveuse. Jamais, sûrement, il n'avait existé de reine plus belle ni plus malheureuse. Richard fut soulagé, lorsque, à la fin de la séance, au moment où elle se disposait à partir, quelqu'un cria enfin :

— Vive la Reine !

Une expression de joie émouvante passa sur son visage. Elle répondit par une révérence, qui souleva les applaudissements de toute la salle. De l'avis de Richard, que cette manifestation fût ou non simplement destinée à plaire au Roi était sans importance. Marie-Antoinette en avait au moins retiré un instant de réconfort.

La marche de l'assemblée se poursuivit cahin-caha. Rose entendit parler de pamphlets disant que la Reine complotait afin de faire échouer les efforts du tiers état pour instituer des réformes.

— Comme les pamphlétaires la connaissent peu ! dit la jeune femme à Richard, avec indignation. Elle ne songe qu'à son enfant mourant et ne quitte plus son chevet.

Aux premières heures du 4 juin, Marie-Antoinette vit son fils mourir entre ses bras. Le Roi pleura avec elle. Ce même jour, bien qu'elle eût seulement trente-trois ans, les cheveux de la Reine commencèrent à se couvrir de neige. En quelques semaines, il ne resta plus trace du blond cendré qui avait si parfaitement mis en valeur son teint de porcelaine. De même, il n'y avait plus, à présent, de rose sur ses joues.

Le matin des funérailles, auxquelles, par tradition royale, elle n'avait pas le droit d'assister, elle passa par le salon où figurait un portrait d'elle, en robe de velours rouge, au milieu de ses trois enfants. Le tableau avait été peint après la mort de sa petite fille, Sophie, symbolisée par un berceau drapé de noir, et avant que son fils aîné eût présenté les premiers signes de la maladie qui devait l'emporter. Rose, qui la suivait, la vit s'arrêter brusquement et se perdre dans une longue contemplation du visage souriant et heureux du Dauphin disparu. Elle se signa enfin, montrant ainsi qu'elle avait passé ce moment en prière. Elle reprit alors son chemin et, à la connaissance de Rose, jamais plus elle ne jeta les yeux sur la toile : à chacun de ses passages, elle détournait le regard, comme s'il s'agissait d'une souffrance qu'elle était incapable de supporter.

Rose avait peine à jouir pleinement de la joie de son mariage devant une telle douleur, qu'elle partageait en grande partie avec la Reine. Elle éprouvait, par ailleurs, une profonde déception : les séances des Etats généraux s'éternisaient, et Richard n'avait aucune possibilité de l'emmener en Angleterre. Il ne pouvait même plus vivre avec elle à Versailles : l'ambassadeur l'avait rappelé à Paris pour lui confier des missions dont elle ne savait rien, sinon qu'elles étaient importantes.

Ils échangeaient des lettres, et Richard venait voir son épouse toutes les fois qu'il le pouvait mais il devait souvent annuler ses visites à la dernière minute. Ce n'était pas mieux quand il arrivait à l'improviste : il découvrait alors qu'elle accompagnait la Reine pour quelque cérémonie officielle, ou bien qu'elle s'était rendue au Château Satory, et, même s'il l'y rejoignait, ils n'avaient pas un moment de solitude. Un jour, pourtant, il eut l'occasion de passer la nuit au château : il était arrivé tard, la veille au soir, et n'avait pas à repartir avant l'aube. Ils dormirent dans la chambre rose et argent qui avait été celle de Rose depuis l'enfance.

— C'était la couche d'amour de Marguerite et d'Augustin, lui confia-t-elle, tandis que, dans la joie paisible qui suit la passion, ils reposaient entre les bras l'un de l'autre.

Si elle pensait souvent au passé, elle ne le redoutait plus. Tout au contraire, rien n'étant venu entraver son union avec Richard, elle songeait à Marguerite avec plus de sérénité et se sentait plus proche d'elle.

Richard blottit son visage au creux de l'épaule de sa femme.

— Crois-tu qu'ils aient été aussi heureux que nous ?

— Je l'espère, souffla-t-elle.

Déjà, elle répondait à ses caresses de plus en plus précises, à l'urgence renouvelée de son désir. Ils ne se rassasiaient jamais l'un de l'autre, et ces séparations forcées étaient également pénibles pour tous deux.

Quelques jours plus tard, l'effervescence se déchaîna à l'assemblée des Etats généraux. Le tiers état, qui prétendait, non sans raison, représenter plus des neuf dixièmes du peuple, déclara qu'il formait la seule véritable Assemblée nationale. Richard avait eu vent qu'un événement se préparait pour ce jour-là. Il était donc présent et sentit ses cheveux se hérisser sur sa nuque : c'était là, il le pressentait, le premier pas vers la révolution. Des siècles de système féodal étaient en balance. Il vit se peindre sur les visages des nobles et des membres du clergé une expression d'inquiétude et de peur, qui fit place à l'indignation, chez bon nombre de prêtres, lorsque certains d'entre eux apportèrent leur soutien à cette motion.

Quand, un peu plus tard, Rose et Richard rendirent visite à Jasmine, il retraça pour elle l'événement.

— C'était tout à fait inattendu, lui dit-il.

Il poursuivit en décrivant la démarche ingénieuse qui avait été tentée afin de tuer dans l'œuf cette prétention nouvelle : il suffisait d'interdire l'entrée de la salle au tiers état durant trois jours.

— Que s'est-il passé, ensuite ? questionna Jasmine, que cet extraordinaire récit avait amenée à l'extrême bord de son fauteuil.

— On a pu craindre une émeute. Certains ont réclamé une manifestation sur la Place d'Armes, mais un médecin, du nom de Joseph Guillotin, a proposé qu'ils se réunissent dans la salle du jeu de paume, près du Château. Là, tous les membres ont prêté serment. Ils sont résolus qu'à l'avenir, tout gouvernement s'exercera avec le consentement du peuple, et que les principes de la démocratie seront maintenus.

Il entreprit de fournir tous les détails de l'événement à Jasmine, qui voulait tout entendre. Elle parut soulagée d'apprendre que les députés paraissaient disposés à conserver la monarchie, non sans restreindre, sans doute, ses pouvoirs. Cette fragile vieille dame ne cessait d'étonner Richard : elle n'avait plus guère que la peau sur les os mais conservait toute sa vivacité d'esprit.

Jour après jour, l'agitation croissait, entretenue par des agitateurs postés au coin des rues et par les propagandistes qui ressassaient dans les gazettes leur message d'insurrection. Leur influence commençait d'ébranler les troupes. On se retrouvait parfois dans une véritable atmosphère de carnaval quand les soldats, ivres du vin dont on les avait abreuvés, se mettaient à clamer ce qui équivalait à un cri de guerre contre l'autorité :

— Jamais nous ne tirerons sur des compatriotes révoltés ! Jamais !

Richard, trop pris par des missions urgentes, n'avait plus le temps d'aller voir Rose à Versailles. Un dimanche, il buvait un cognac à la terrasse du Café de Foy qui était, il le savait, le repaire de certains agitateurs, quand un jeune avocat nommé Desmoulins sauta sur une table pour s'élever d'une voix forte contre le renvoi du ministre Necker. Celui-ci avait eu la faveur du peuple, mais la Reine avait fait montre à son endroit d'une intense antipathie, et c'était son influence qui avait poussé le Roi à le congédier lorsqu'il n'était pas parvenu à rétablir, comme on le lui demandait, les finances de la France.

— Aux armes, mes amis ! hurlait l'avocat.

Il possédait une éloquence incendiaire capable d'atteindre jusqu'au dernier de ses auditeurs.

— Si Necker a été chassé, quel sort nous attend, nous autres ? Est-ce un massacre de tous les patriotes que l'on ourdit dans les hautes sphères ? Arborons tous des cocardes, en symbole de notre espérance en l'avenir !

Sa voix puissante retentissait dans l'air pur de l'été. La foule s'était maintenant enflée jusqu'à des proportions énormes et bloquait la rue dans les deux directions. Chaque parole brûlante qui sortait de la bouche de l'orateur emplissait ceux qui l'écoutaient d'un désir de violence contre ceux qui détenaient le pouvoir. Dès le début de la harangue, Richard avait saisi son verre de cognac et l'avait vidé, pour le soustraire aux piétinements de Desmoulins, qui acheva son discours par un vibrant appel :

— Je vous convie de nouveau à prendre les armes ! Nul, dans cet affrontement, ne me capturera vivant ! Je ne redoute pas la mort ! Le seul malheur serait pour moi de voir la France demeurer à jamais dans les chaînes !

Il sauta à bas de la table au moment où un rugissement d'approbation montait de centaines de gosiers. Comme un énorme troupeau de moutons, la foule fit volte-face pour le suivre dans sa recherche d'armes. Dès ce moment, le désordre s'installa dans toute la ville. On relâcha des prisonniers qui se joignirent à la cohue. Durant le reste de la journée et jusqu'au lendemain, le pillage s'instaura. Les pavillons des douanes, qui s'élevaient aux portes de Paris, furent incendiés. On mit à sac tous les endroits où l'on pensait trouver des armes : les armuriers restaient impuissants devant ceux qui s'emparaient de leurs marchandises. Dans des caves, dans des taudis, de même qu'en certains ateliers, on forgeait à la hâte des piques pour ceux qui savaient qu'il n'y aurait pas assez d'armes pour tous quand les soldats du Roi arriveraient de Versailles afin d'étouffer la révolte. La peur régnait partout. On n'était plus en sécurité dans les rues. Les cocardes symboliques, préconisées par Desmoulins, se mirent à fleurir dans tout Paris, aux joyeuses couleurs de la ville, bleu et rouge.

Aux premières heures du 14 juillet, une foule immense donna l'assaut aux Invalides, un établissement édifié pour y loger les vétérans des armées. Des canons, des milliers de mousquets furent saisis. Les vieux soldats n'opposèrent aucune résistance : ils acclamaient les assaillants, leur sang réchauffé par l'odeur de bataille qui flottait sur ces intrus hurlants. Un corps de mercenaires étrangers, campé tout près, observa la scène sans intervenir. Leur chef, devina Richard qui se trouvait là, supposait que les sympathies des soldats allaient à la populace. Leur ordonner d'agir n'aurait fait qu'aggraver la situation.

Au beau milieu de la foule, Richard suivait le mouvement. Ses cheveux en désordre, sa tenue d'ouvrier, la cocarde fixée à son couvre-chef n'évoquaient en rien la silhouette élégante qui avait assisté à l'ouverture royale des Etats généraux.

Les émeutiers l'acceptaient pour l'un des leurs : la preuve en était qu'un mousquet lui fut mis entre les mains.

Au moment où il le brandissait dans un geste triomphant, Rose s'éveillait à Versailles. Elle n'avait pas vu son époux depuis trois semaines et n'avait eu de lui qu'un message griffonné à la hâte, par lequel il lui faisait savoir qu'il était extrêmement occupé et ne savait quand il pourrait la revoir. Ce matin-là, encore étendue dans son lit, elle décida qu'elle allait lui faire la surprise d'une visite au lieu de se rendre au Château Satory, comme elle le faisait généralement lorsqu'elle disposait d'un jour ou deux de liberté. Richard avait un logement à l'ambassade. Même s'il n'était pas là à son arrivée, il la retrouverait le soir, à son retour. Elle imagina sa surprise heureuse et sourit à cette image. Au cours des semaines écoulées, ils avaient passé trop peu de temps ensemble.

— Aujourd'hui, je vais à Paris, annonça-t-elle gaiement à Diane, qui arrivait avec son déjeuner.

— Est-ce bien raisonnable, madame? questionna la domestique d'un air inquiet. On dit que la ville est très agitée.

— Cela ne me concerne en rien. Je vais voir mon mari. Si vous avez peur, je vous dispense de m'accompagner. J'emmènerai quelqu'un d'autre.

— Non, madame.

Jalouse de sa position, Diane s'irritait si une autre femme de chambre s'immisçait dans son domaine.

— A quelle heure souhaitez-vous partir?

Elles quittèrent le Château au milieu de la matinée et s'arrêtèrent en route chez Michel. Rose n'aurait jamais voulu passer devant sa maison sans lui rendre une courte visite, mais il venait de partir pour le Château Satory. Ils avaient dû se croiser au milieu de la circulation intense : la route était sans cesse sillonnée par des voitures rapides, entre Versailles et Paris. Rose, néanmoins, se reposa un instant et prit quelques rafraîchissements, sur les instances de la gouvernante, avant de reprendre la route. Elle arriva à Paris un peu après deux heures. Là, le cocher dut faire maints détours : des passants bien intentionnés lui criaient qu'il ne devait pas passer par ici ou par là, certaines rues étant bloquées par des manifestations. Sur la foi d'avis contradictoires, il se retrouva, avec ses passagères, dans la Rue Saint-Antoine, à l'extrémité de laquelle se dressait la Bastille. Il avait bien entendu le tumulte d'une foule nombreuse mais s'était trompé sur sa position. Avec horreur, il découvrit qu'elle se trouvait à peu de distance du carrosse et semblait engagée dans un assaut contre la forteresse elle-même. Il voulut rebrousser chemin, mais il était trop tard. Derrière lui venait de surgir une mer immense de gens qui hurlaient, certains armés de mousquets, d'autres de piques, de gourdins, de fourches, tous avec des cocardes bien apparentes. Les deux laquais debout à l'arrière du carrosse échangèrent un regard terrorisé, avant de se débarrasser des vestes de leur livrée vert amande et de sauter à terre, en manches de chemise, pour se joindre à la populace.

Le cocher était d'une autre étoffe. Il fouetta ses chevaux qui se lancèrent en avant. La secousse faillit précipiter les deux occupantes hors de leur siège. Par chance, Rose s'était accrochée à la courroie, près de sa portière, pour voir ce qui se passait : elle évita ainsi de se retrouver, comme Diane, sur le parquet du carrosse. Elle tendit la main à sa femme de chambre.

— Vous n'avez rien ? souffla-t-elle.

— Non, madame.

Tant bien que mal, Diane se releva, reprit sa place. Mais l'inquiétude la tenaillait.

— Que se passe-t-il, madame ?

Rose paraissait plus calme qu'elle ne l'était en réalité.

— Il semble que nous nous soyons pris entre deux troupes d'une humeur incertaine. Notre cocher, je crois, craint qu'on ne réquisitionne les chevaux, ce qui explique pourquoi il a décampé à toute allure.

Dans la rue adjacente, d'autres gens encore arrivaient en foule. Le cocher n'eut d'autre choix que de s'arrêter. Presque aussitôt, le carrosse fut encerclé par ceux des derniers rangs de la foule qui assaillait la Bastille et par d'autres qui survenaient en courant. Pour ces gens qui avaient le ventre vide, les chevaux représentaient de quoi se nourrir. Quand le cocher voulut cingler les mains qui cherchaient à les dételer, on lui arracha son fouet. Sans cérémonie, on le fit ensuite dégringoler de son siège, pour se le passer brutalement de mains en mains. Finalement, meurtri, contus, la figure ruisselante de sang, il s'effondra contre la façade d'une boutique. Il vit des hommes emmener les chevaux et les perdit de vue, tandis que le toit du carrosse demeurait tout juste visible au-dessus des têtes de ceux qui passaient devant lui en un flot continu. Il n'avait pas la moindre idée de leur nombre et craignait pour la sécurité des deux jeunes femmes qu'il était impuissant à secourir. Il gémit en voyant le carrosse se déplacer, devina que des hommes le tiraient par les brancards afin de le traîner au plus fort de la mêlée qui faisait rage devant la Bastille.

La colère avait ranimé tout le courage de Rose. Elle était furieuse de ce contretemps et du désordre dont elle était témoin. Personne n'avait essayé d'ouvrir les portières du carrosse, mais des visages, mâles et femelles, se pressaient aux vitres. Certains arboraient un sourire triomphant, d'autres étaient farouchement hostiles. Elle posait sur tous un regard hautain, sans témoigner la moindre crainte. Elle ne cilla même pas quand les crachats lancés par les plus acharnés coulèrent le long de la vitre. De temps à autre, des poings martelaient les flancs de la voiture. Quand Rose entendit le même bruit sur le toit, elle comprit que certains des émeutiers s'y étaient perchés comme des singes.

— Où nous emmènent-ils, madame ? demanda Diane, d'une toute petite voix.

Elle était paralysée par la terreur, alors que sa maîtresse, sous son large chapeau de soie champagne garni de plumes, demeurait aussi calme que si elle faisait une promenade dans le parc de Versailles.

— Je peux seulement supposer qu'ils se servent de cette voiture comme d'une protection, pour le cas où les défenseurs de la prison tireraient sur eux. S'ils ne nous laissent pas descendre, vous devrez vous coucher sur le plancher et vous cacher le plus possible sous le siège.

Rose gratifia sa domestique d'un sourire qu'elle espérait encourageant.

— Ne vous alarmez pas. J'y serai avec vous. Le tapis est bien brossé. Il ne gâtera pas nos robes.

— J'ai peur, madame.

— Moi aussi, Diane. Mais ce qui importe, c'est que personne d'autre ne le sache.

Rose s'accrochait à la conviction que faire preuve d'autorité forçait l'obéissance. Elle ne disposait pas d'autres armes pour se défendre si les plus violents parmi la foule décidaient de les maltraiter.

Elle voyait à présent distinctement la Bastille. C'était un lieu d'incarcération effrayant. Elle avait bien entendu dire que des réformes considérables avaient été apportées au traitement des prisonniers, mais la terrible atmosphère de la vieille forteresse subsistait, comme si les hurlements de ceux qui y avaient été torturés au cours des siècles passés s'étaient infiltrés dans les murailles pour n'en plus jamais sortir.

La foule s'était mise à psalmodier :

— A bas les ponts-levis de la Bastille ! A bas ! A bas !

Les ponts-levis, Rose ne les voyait pas de sa place : les ouvrages extérieurs de la forteresse en dérobaient la vue. Mais des émeutiers couraient au long des toits avant de sauter dans la cour intérieure où, sans aucun doute, ils comptaient agir pour faire abaisser les ponts.

Soudain, dominant le tumulte de la foule, se fit entendre la pétarade saccadée des armes à feu, tandis qu'une fumée bleue montait au-dessus des têtes. Aussitôt, les portières du carrosse furent brutalement ouvertes. Rose fut tirée dehors d'un côté, sa femme de chambre de l'autre. Il n'était certes pas question de les mettre en sûreté mais de les entraîner, en les tenant par les bras, à la suite de la foule déchaînée qui s'était précipitée dans la cour dès qu'avait été donné le signal que les ponts-levis étaient abaissés.

Dès les premiers instants, Rose perdit son chapeau. La rapidité avec laquelle on la propulsait en avant n'empêchèrent pas des voleurs de s'emparer des perles qui pendaient à ses oreilles ; d'autres s'en prirent à son collier et à sa broche. Elle perdit en courant l'un de ses souliers de satin, et, dès lors, le sol raboteux, à travers le bas de soie, lui écorcha la plante du pied. Ses ravisseurs et elles arrivaient en vue d'un pont-levis dont les chaînes brisées pendaient. Les deux hommes qui la tenaient, pensa Rose, possédaient une carrure de meneurs. Sans doute comptaient-ils l'utiliser comme monnaie d'échange, si le gouverneur de la Bastille refusait de se rendre à leurs raisons : ils avaient dû voir, aux armoiries de son carrosse, qu'elle faisait partie des aristocrates d'un rang important.

— Ayez pitié ! Laissez-moi respirer ! supplia-t-elle.

L'entendaient-ils même ? Elle n'en fut pas certaine. L'horreur lui agrandit les yeux, à la vue des victimes des premiers tirs, qui gisaient sur le sol à peu de distance devant elle. Elle allait devoir leur passer sur le corps, comprit-elle ; rien n'arrêterait cette ruée démente. Elle poussa un hurlement quand son pied entra en contact avec des chairs déchirées, des os fracassés, et qu'elle sentit le sang éclabousser ses jupes. Sans force, elle s'affaissa entre les mains de ses ravisseurs qui, néanmoins, continuèrent à l'entraîner plus avant, comme si elle ne pesait pas plus lourd qu'une plume.

Le pont faisait un bruit de tonnerre sous les centaines de pieds qui le traversaient en un courant incessant. En avant, les gardes qui tentaient d'arrêter l'invasion tiraient sans discontinuer, mais les émeutiers enragés sautaient par-dessus les victimes en si grand nombre que les soldats ne tardèrent pas à se trouver submergés par la masse et désarmés. La Bastille était prise, et des hurlements de triomphe retentirent.

Les ravisseurs de Rose n'avaient plus besoin d'elle pour servir, comme elle l'avait deviné, de monnaie d'échange. Ils la jetèrent violemment à l'écart. Déséquilibrée, elle trébucha, tomba, et sa tête vint brutalement heurter un vieux canon, placé là dans un but uniquement décoratif. Elle demeura inerte, entre le tube et les rayons d'une roue. Dans ses vêtements tachés de sang, un bras désarticulé, elle se confondait avec les autres victimes de la bataille.

Lorsque Richard la découvrit, sa gorge se serra. Sur le coup, il la crut morte. Mais, quand il la prit dans ses bras, il s'aperçut qu'elle respirait encore.

21

Rose reprit conscience dans un lit de l'ambassade. Un médecin anglais s'empressait auprès d'elle, elle avait la tête bandée, et Richard se tenait debout à son chevet.

— Vous serez vite rétablie, Lady Easterton, déclara le médecin.

Le titre la surprit : elle n'y était pas encore accoutumée.

— Vous souffrez, poursuivit-il, d'une entaille au crâne et de nombreuses contusions, mais quelques jours de repos suffiront à vous guérir.

Dès qu'il eut pris congé, Richard l'embrassa, avant de s'asseoir au bord du lit, tourné vers elle.

La première question de Rose fut pour s'informer de Diane, mais son mari ne put lui fournir le moindre renseignement.

— J'espère qu'elle est saine et sauve, dit-elle avec inquiétude. Comment m'avez-vous retrouvée ?

Il suivait la populace, lui expliqua-t-il, lorsqu'il avait reconnu la livrée de ses laquais. Ce ne pouvait être qu'elle, avait-il pensé, qui se trouvait prisonnière dans son carrosse.

— Je me suis frayé un chemin avec mes poings. Mais, lorsque j'ai atteint le carrosse, il était vide. J'ai compris que vous aviez été emmenée comme otage à la Bastille. Si vous vous étiez affaissée sur le sol, au lieu de venir heurter le canon contre lequel je vous ai découverte, vous auriez sans nul doute été piétinée à mort, dans la bousculade. Nous devons rendre grâce au ciel, mon amour.

— Espérons qu'il n'arrivera plus jamais rien de la sorte.

Il hocha la tête, mais il était beaucoup moins optimiste à l'égard des événements en cours.

Peu de temps après, Diane arriva à l'ambassade. L'idée lui

était venue, quelque peu tardivement, de faire appel à l'aide de Richard pour retrouver sa maîtresse. Elle était bouleversée, ses cheveux et ses vêtements étaient en désordre, mais elle n'avait pas autrement souffert : on l'avait libérée dès qu'on avait compris, à sa mise et à l'absence de tout bijou, qu'il ne s'agissait pas d'une aristocrate. Elle s'était cependant trouvée entraînée sur une distance considérable en direction de la Bastille, avant de pouvoir s'arracher à la multitude. A peine entrée dans la chambre, elle se sentit accablée de honte, pour avoir pris la fuite au lieu de suivre sa maîtresse. Craignant d'être congédiée, elle fondit en larmes.

— Je vous demande bien pardon, madame. Je me suis conduite en vraie poltronne. Pourrez-vous me pardonner ?

— Ne vous reprochez rien, dit Rose.

Dans son état de faiblesse, elle ne pouvait que pleurer avec sa domestique.

— C'est avant tout ma faute : je n'ai pas écouté votre conseil de ne pas me rendre à Paris. Nous n'en parlerons plus jamais.

Après toute cette mise en scène dramatique, les libérateurs de la Bastille avaient été déçus : ils n'y avaient trouvé que cinq voleurs sans envergure et deux déments. Mais cette déception s'effaça sous une nouvelle effusion de sang : on trancha la tête au gouverneur et on la promena triomphalement par les rues au bout d'une pique, précédée par les clés de la forteresse.

— Quelle horreur ! s'écria Rose en frissonnant, quand Richard lui conta l'histoire.

Plus que tout ce dont elle avait été témoin à la Bastille, cet incident transforma pour elle le Paris qu'elle avait aimé. Sa seule idée était de rejoindre le Château Satory, et elle ne voulut rien entendre lorsqu'il lui suggéra d'un ton pressant que le moment était venu pour elle de se rendre en Angleterre.

— Sans vous, jamais ! D'ailleurs, n'avez-vous pas dit que les troupes envoyées de Versailles vont être retirées pour ôter au peuple la crainte d'un châtiment ? Cette révolte ne tardera pas à s'apaiser.

— C'est plus qu'une révolte, déclara-t-il gravement. C'est une révolution.

Les pupilles de Rose se dilatèrent. Elle pâlit jusqu'aux lèvres.

— Je désirais des réformes en France mais je n'ai jamais envisagé qu'elles pussent se produire ainsi.

— Pas plus que la majorité du peuple, soyez-en assurée. Mais il n'y aura plus de retour en arrière, à présent.

Le troisième jour, les voies de fait et les meurtres s'apaisèrent : on eût dit que Paris reprenait son souffle, après sa première victoire par la prise de la Bastille. Richard décida qu'il pouvait sans danger ramener Rose chez elle : on ne risquait plus guère d'être harcelé dans les rues, depuis que le Roi avait accepté de venir en sa bonne ville, ce qui avait soulevé une vague de joyeuse impatience. Le couple venait à peine de quitter l'ambassade qu'il fallut ranger le carrosse pour livrer passage au souverain, accompagné d'une petite escorte de Gardes suisses. Qu'il fût venu ainsi se placer dans l'œil même du cyclone de la Révolution donnait une preuve de son courage flegmatique. Ce même courage l'avait conduit à refuser de quitter Versailles avec ses frères et les princes du sang qui, tous, avaient fui vers des refuges sûrs à l'étranger quand les avait atteints la nouvelle du soulèvement. Plusieurs des dames les plus proches de Marie-Antoinette, sachant que leurs liens d'amitié avec elle suffiraient à les faire condamner, avaient également pris la fuite.

— Un Roi ne saurait abandonner son peuple, avait déclaré Louis XVI à Marie-Antoinette, lorsqu'elle s'était tenue prête à partir avec lui et les enfants. Même lorsque sa conduite peut paraître momentanément peu judicieuse.

A présent, sous les acclamations d'une foule armée jusqu'aux dents, Louis ne témoignait ni surprise ni soulagement. Les rois de France, en dépit de la monarchie absolue, avaient toujours été proches de leur peuple. Lui et ses aïeux s'étaient levés, nourris, couchés sous le regard de leurs sujets. Ils naissaient en public et mouraient de même. Louis constatait que tout était comme il l'avait espéré : ces gens n'éprouvaient pas de véritable hostilité à son égard, même s'il existait une fureur violente contre tout ce qu'il représentait. Il répondait à l'approbation des foules par son petit hochement de tête habituel, par un sourire bienveillant et, de temps à autre, par un signe de sa main. Ces enfants rebelles finiraient bien par revenir au sein de la famille. Il devait simplement demeurer ferme. Rien ne le ferait jamais renoncer aux principes de son héritage.

Richard et Rose reprirent leur chemin, franchirent les portes de Paris. Dans le même temps, une cérémonie se déroulait à l'Hôtel de Ville. Le maire de Paris, convaincu comme bien d'autres qu'une monarchie constitutionnelle était déjà quasiment établie, offrit au Roi les clés de la ville, en témoignage de loyauté et de réconciliation. Louis, non moins magnanime, les accepta. A son retour chez lui, il portait à son chapeau l'une des nouvelles cocardes bleu-blanc-rouge. A la vue de ce symbole de la Révolution, Marie-Antoinette eut un mouvement de recul. En larmes, tous deux s'étreignirent. Elle avait craint, ce jour-là, qu'il ne rentrât pas vivant.

Dans le pays tout entier se perpétraient des actes de violence et de vengeance contre ceux qui, par le passé, avaient fait démesurément monter les prix du grain. Dans une région, entre autres, tous les meuniers avaient été rassemblés et massacrés. Les collecteurs d'impôts et d'autres fonctionnaires du même tonneau craignaient pour leur vie. Nombreux étaient les griefs personnels qui se réglaient d'un coup de couteau ou par la pointe aiguisée d'une pique. La désorganisation de la vie quotidienne avait amené des restrictions supplémentaires dans le ravitaillement, et les prix s'en étaient accrus d'autant. Des bandes d'affamés couraient les routes, les femmes se désespéraient de ne pouvoir nourrir leurs enfants. A la porte des cuisines du Château Satory, les miséreux continuaient à se présenter en bon ordre. Jasmine pouvait rarement boitiller jusque-là mais elle savait pouvoir compter sur la mère de Diane pour faire cuire plus de pain, préparer des chaudrons de soupe nourrissante et de ragoût. Depuis des années, des serviteurs étaient spécialement employés à cette tâche.

Dès qu'elle fut rétablie, Rose quitta le Château Satory pour regagner Versailles. Richard et Jasmine, sachant sa décision prise, ne tentèrent pas de l'en dissuader. La Reine témoigna un plaisir ému à la revoir.

— Chère madame Rose ! Les présentes circonstances vous dégagent de tout devoir envers moi. Mme de Lamballe est partie, tout comme Mme de Polignac et bien d'autres. Certains sont allés en Suisse ou en Hollande, d'autres plus loin encore. Ne devriez-vous pas être en Angleterre ?

— Non, Madame. Le temps n'en est pas venu. Je serai honorée de vous servir.

Marie-Antoinette la gratifia de son ravissant sourire.

— Vraiment, ce jour est heureux. Allons voir les enfants. Le Dauphin a dorénavant une nouvelle gouvernante en la personne de Mme de Tourzel, depuis le départ de la précédente.

Elles descendirent l'escalier privé qui menait des appartements de la Reine à ceux des enfants. Un peu en dessous de la rampe, une grosse corde avait été fixée pour aider ceux-ci dans leurs allées et venues. Dans sa joie à revoir Rose, la princesse Marie-Thérèse battit des mains. C'était une jolie enfant qui, en grandissant, ressemblait de plus en plus à sa mère.

— Vous ne nous avez pas abandonnés ! Comme j'en suis heureuse, madame !

Le Dauphin de quatre ans, aux joues roses, à l'air espiègle, accourut pour qu'elle le prît dans ses bras.

— Demain, nous allons au Hameau avec maman. Vous nous accompagnerez, madame Rose ?

— Rien ne saurait me plaire davantage, répondit-elle gaiement.

Par bien des aspects, la vie à Versailles retrouvait son rythme normal. Certains regrettaient les amis qui avaient fui le pays et assumaient les devoirs de ceux qui n'étaient plus là. Les réunions, les réceptions se poursuivaient comme avant. Chacun, d'ailleurs, pensait se trouver plus en sécurité à Versailles que partout ailleurs en France : presque quotidiennement, on apprenait que des dégâts, des effusions de sang s'étaient produits dans des domaines, des châteaux lointains, dont avaient pris possession des paysans portés par la violence. On n'y pouvait rien faire, car tous les droits féodaux, tous les privilèges avaient été abolis peu après la prise de la Bastille.

Nombreux, à Paris, étaient les agitateurs qui profitaient de la nouvelle liberté de la presse pour publier toutes sortes de mensonges susceptibles de maintenir enflammés les esprits et de garder la Révolution en pleine ébullition. Pour Rose, ces brûlantes semaines du mois d'août, marquées par un ciel sans nuage, se liguaient avec les révolutionnaires pour empêcher leur zèle de se refroidir. On ne trouvait d'apaisement qu'au Château Satory et au Petit Trianon.

Pour ranimer le courage des courtisans, la Reine avait donné un grand bal à la Cour. Lorsque, dans le même but, elle organisa un souper en plein air pour les quelques amis qu'il lui restait à Versailles et y invita Richard, il accepta avec joie. Le souper devait avoir lieu dans le Temple de l'Amour qui évoquait, pour lui et pour Rose, de si tendres et si poignants souvenirs. La dernière fois qu'ils s'y étaient trouvés ensemble, il venait de battre en duel le comte de Cordières.

Des tapis persans avaient été étendus sur les marches et sur le gazon, pour ceux qui préféreraient s'y installer, au lieu de prendre place à l'intérieur de la rotonde, où un buffet éclairé aux chandelles avait été installé. Aucun serviteur n'était présent. La nuit était tiède, baignée de lune, peuplée d'étoiles. Les fagots dissimulés dans les fossés apportaient un éclairage supplémentaire. On bavardait à voix contenue, on riait doucement. Le monde extérieur, pour ceux qui étaient réunis là, semblait bien lointain, en ce bref répit.

Axel de Fersen ne quittait pas la Reine. Il y avait longtemps que Rose ne les chaperonnait plus, et Axel, elle le savait, passait souvent la nuit, seul avec Marie-Antoinette, au Petit Trianon. Ils étaient amants depuis le jour où elle les avait laissés en tête à tête dans les bois. La Reine n'avait plus accueilli le Roi dans son lit depuis la conception de la petite Sophie, qu'elle avait perdue. Il était évident, pour Rose, que le souverain connaissait cette liaison et la pardonnait. Elle était heureuse que la Cour, en cette période, eût trop à penser pour s'interroger sur l'amour de ces deux êtres.

Après le souper, quelqu'un se mit à jouer de la viole d'amour pour accompagner les danses. Plusieurs couples se formèrent, menés par la Reine et le comte de Fersen. Richard, qui n'avait pas vu Rose depuis trois semaines, l'entraîna pour une promenade à deux dans le parc. Ils parvinrent à une grotte retirée. Entre des bords moussus, éclairés de petites fleurs blanches, l'eau immobile reflétait le clair de lune.

Rose s'assit sur le banc rustique où la Reine s'installait souvent lorsqu'elle voulait être seule avec ses pensées.

— Si seulement, dit-elle, la France pouvait être partout aussi paisible que ce lieu enchanté.

Immobile, les bras croisés, Richard contemplait l'eau d'un air méditatif. Le gazouillis de la source qui alimentait le bassin argenté se mêlait au chant des rossignols.

Il répondit enfin, avec un soupir qui exprimait une certaine exaspération :

— Ce serait faisable, si le Roi consentait à rencontrer l'Assemblée nationale à mi-chemin, au lieu de tergiverser sans cesse. Certes, pour complaire au peuple, il a rappelé Necker mais il a aussi virtuellement rejeté la Déclaration des droits de l'homme et du citoyen, que M. Thomas Jefferson, l'ambassadeur américain, avait aidé à rédiger. La France entière proclame sa libération du régime féodal, mais le Roi s'est bouché les oreilles.

— C'est logique que la Reine et lui soient hostiles à une monarchie constitutionnelle. Cela sape l'autorité qu'ils ont toujours représentée, et ils n'y trouvent aucun avantage. Le Roi deviendrait la marionnette du peuple.

La jeune femme était pleine d'admiration pour Marie-Antoinette qui, face à l'adversité, montrait une force extrême. Toute l'imprécision, tout le détachement dont elle avait fait preuve pendant les derniers mois de la maladie de son fils et le deuil avaient disparu, même si, dans le secret de son âme, elle souffrait encore cruellement. Elle guidait le Roi dans bon nombre de ses décisions, et la loyauté de Rose l'empêchait de se demander si elles étaient toujours les meilleures. Elle ne voulait rien entendre contre cette femme courageuse.

— La France, je le sais, n'a jamais eu de reine comparable à Marie-Antoinette. Pour ce qui me concerne, elle fait figure de phare comparée à toutes celles qui l'ont précédée.

Richard l'embrassa. Ils s'étreignirent avec force. Presque instantanément, leurs baisers se firent plus ardents. Ils n'avaient pas fait l'amour depuis la chute de la Bastille. On était à présent au début de septembre : bien des semaines s'étaient écoulées.

— Où pouvons-nous aller? lui murmura-t-il entre deux baisers.

— Par ici.

Elle le prit par la main, le conduisit, non loin de là, jusqu'au Belvédère. C'était un charmant petit pavillon octogonal, dressé sur une éminence herbue qui dominait le lac. Souvent, en cet endroit, la Reine faisait une collation ou venait se reposer à l'abri du soleil. La lueur des fagots cachés derrière les roseaux, allumés là comme ailleurs à l'occasion de la fête, éclairait les bas-reliefs des fenêtres qui symbolisaient les saisons. Une fois à l'intérieur, ils se retrouvèrent entre des murs vert pâle, peints de délicates arabesques. Le rougeoiement du feu, au-dehors, permettait à chacun de distinguer les traits de l'autre et projetait leurs ombres sur le plafond orné de chérubins sur un fond de ciel bleu.

Amoureusement, ils se dévêtirent mutuellement. Richard fit un lit de coussins sur la mosaïque de marbre du sol et y attira Rose. Il la prit avec un tel mélange de tendresse et de passion qu'elle sut qu'elle n'oublierait jamais le moindre instant de cette heure d'amour passée dans le Belvédère.

Jasmine était malade. Rose, venue pour une visite, apprit qu'on attendait le médecin.

— Qu'avez-vous, grand-mère? demanda-t-elle avec inquiétude, après l'avoir embrassée.

Elle s'assit au bord du lit, prit la main de la vieille dame.

— Rien qui puisse vous tourmenter, répondit Jasmine d'un ton rassurant.

A sa petite-fille comme à tout le monde, excepté les domestiques auxquels elle avait fait jurer le secret, elle avait caché que, par deux fois, elle avait souffert de brèves pertes de conscience, plus graves qu'un simple évanouissement. Sans doute, pensait-elle, avait-elle eu, le jour du mariage de Rose, une mise en garde de ce qui l'attendait, ce qui aurait expliqué la lourdeur de ses membres et son extrême fatigue. Mais elle n'avait pas l'intention d'en souffler mot à quiconque.

— Je tiens à savoir de quoi vous souffrez, insista Rose.

Jasmine soupira, comme si c'était sans importance.

— J'ai dû prendre quelque repos après deux légers malaises. A en croire le médecin, cela est dû à des palpitations, ce qui est tout à fait commun chez les gens de mon âge avancé. Je me demande pourquoi Mme Arnaud l'a fait de nouveau quérir aujourd'hui.

— Elle a eu raison.

Rose était heureuse que la mère de Diane se montrât si consciencieuse, non seulement dans ses fonctions de gouvernante mais dans le soin qu'elle prenait de la santé de sa maîtresse.

— Je vais renvoyer Diane à Versailles : elle ira me chercher quelques affaires, et je resterai près de vous jusqu'à ce que vous alliez mieux.

— Dieu nous en garde !

Dès le début, Jasmine avait tenu à ne pas jeter d'ombre sur les premiers mois de mariage de sa petite-fille, ce qui expliquait pourquoi elle n'avait rien dit de ses malaises.

— Je suis bien mieux seule ici, avec les visites de Michel et les vôtres, quand vous pouvez venir.

Elle ne voulut rien entendre. Rose, à la fin de la journée, retourna à Versailles. Elle demandait si elle n'aurait pas dû rester, en dépit des assurances du médecin : Jasmine, lui avait-il dit, pouvait vivre encore de nombreuses années, à condition de mener une existence tranquille.

Comme toujours lorsqu'elle revenait du Château Satory à cette époque, Rose constata combien les grands salons de Versailles étaient devenus déserts. Bien d'autres courtisans encore étaient partis se réfugier ailleurs. Certains, en route, avaient été assaillis. Ceux qui restaient passaient le temps de leur mieux : les quelques réceptions qui s'organisaient encore manquaient d'enthousiasme. Chacun avait été forcé de prendre conscience de la crise qui ensanglantait le pays. Des crimes horribles se commettaient chaque jour au nom de la Révolution. La populace pendit un ancien ministre à une lanterne publique, avant de lui couper la tête avec un couteau de boucher et de lui bourrer la bouche de paille, parce qu'on disait qu'il avait conseillé cette nourriture aux affamés, en place de pain. Un peu plus tard, un second acte de vengeance fut commis sur la personne de son fils, qui fut massacré. Le cas se produisait un peu partout dans le pays, là où la loi et l'ordre avaient cessé d'exister.

Tout le monde, à Versailles, se rasséréna avec l'arrivée, vers la fin de septembre, du loyal régiment des Flandres, riche de plus de mille hommes, qui, sur ordre du Roi, venait assurer la protection de Versailles. Le premier jour d'octobre, dans l'après-midi, Rose accompagna le Roi, la Reine et le Dauphin à l'Opéra du Château. Un banquet était offert sur la scène aux officiers ; le reste du régiment occupait des tables disposées au parterre. Le spectacle était saisissant, avec les uniformes colorés, les fanfares de trompettes, la musique d'un orchestre et les acclamations qui saluèrent la famille royale avec une vigueur qu'on ne connaissait plus depuis longtemps. Rose fut la première à détacher de son chapeau un ruban blanc afin d'en façonner la cocarde blanche de la Maison de Bourbon. Elle la lança à l'un des officiers qui, promptement, la fixa au revers de son habit. On en réclamait d'autres à grands cris. Toutes les dames de la Reine imitèrent Rose, et les cocardes blanches se mirent à fleurir sur toute l'assemblée. Les acclamations se firent si bruyantes que le Roi et la Reine ne savaient comment y répondre.

Rose, fière du rôle qu'elle venait de jouer, était encore tout animée lorsqu'elle retrouva Richard dans leur appartement.

— Si vous aviez entendu les acclamations de tous ces soldats ! s'écria-t-elle.

Elle tournoya autour de la pièce, jeta son chapeau dans un coin. Il tendit le bras pour l'attirer contre lui, sourit de sa gaieté et l'embrassa, avant de la faire asseoir sur ses genoux.

— Vous et tous les autres, je le sais, vous vous sentez plus en sécurité avec la présence du régiment des Flandres, commença-t-il d'un air grave qui s'accordait mal avec l'humeur de la jeune femme. Mais...

Elle l'interrompit.

— Et pourquoi n'en serait-il pas ainsi ?

Elle essayait, du bout des doigts, d'effacer le pli qui s'était formé entre les sourcils de son époux.

— Je ne parle pas de la loyauté de ces soldats, qui est indiscutable, mais de l'actuelle situation politique. Une nouvelle crise approche. Les agitateurs ont formé le projet de bloquer le ravitaillement en farine pour qu'il ne puisse atteindre Paris : ils enflammeront ainsi de nouveau les esprits, surtout quand la ville aura vent du banquet offert aujourd'hui au régiment.

Elle ne voulait pas parler politique. Il y avait un temps et un lieu pour tout, et ce n'était pas le moment. Elle fit mine de bâiller, porta la main à sa bouche, tout en provoquant son mari du regard. A sa vive surprise, il lui saisit le poignet, lui rabaissa la main. Son visage portait une expression de pressante gravité.

— Il faut que vous quittiez la France, Rose. En dépit de ce que vous pouvez croire, il est dangereux pour vous de demeurer plus longtemps à Versailles. Nul ne saurait dire ce qui se passera dans trois ou quatre semaines.

Elle commençait à perdre patience.

— Il n'y a rien à craindre à Versailles, surtout maintenant.

— Là est votre erreur. Le Roi, avec sa politique vacillante, et la Reine, contre qui la haine est plus forte que jamais, seront les cibles naturelles de toute future explosion de violence. Après l'épreuve que vous avez connue à la Bastille, je vous ai expliqué de quelles missions j'avais été chargé. La Révolution se montre maintenant au grand jour, et l'on m'a demandé d'assumer des responsabilités nouvelles dont je ne puis vous parler encore. L'ambassadeur est disposé à m'accorder quelques jours, le temps de vous conduire en Angleterre, vous et la duchesse de Valverde. J'ai, pour vous deux, les papiers nécessaires, ainsi que pour M. Balaine, s'il souhaitait vous accompagner, et pour votre femme de chambre.

Rose secoua fermement la tête. Toute sa joie des moments précédents s'était éteinte.

— Grand-mère n'est pas assez forte pour entreprendre un voyage. Cela la tuerait. Elle doit mener une vie paisible, sans se livrer au moindre effort.

— Alors, elle désirera que vous partiez sans elle. Elle m'en a parlé, un jour. Depuis longtermps déjà, elle souhaite vous savoir à l'abri de tout danger.

Elle le dévisagea d'un air incrédule, détacha les mains qui la retenaient par la taille et recula d'un pas.

— Supposez-vous qu'après tout ce qu'elle a fait pour moi, je serais prête à la quitter, alors qu'elle est malade et presque impotente ? Mon grand-père, lui non plus, ne partirait pas sans elle pour l'Angleterre, sans compter qu'il doit s'occuper ici de sa propre famille.

Elle était soudain furieuse contre lui : il osait lui proposer de prendre la fuite, d'abandonner ceux qui lui étaient le plus chers, en même temps que son malheureux pays et sa Reine !

— Partez donc, vous ! Vous êtes anglais ! Rien ne vous retient ici, quelles que soient vos nouvelles responsabilités ! Pourquoi l'ambassadeur ne part-il pas, lui aussi ? Nous autres,

Français, nous saurons régler nos affaires et ramènerons la paix dans notre nation sans ingérences étrangères !

Les mots à peine prononcés, elle les regretta. Richard avait perdu toute couleur et la dévisageait comme si, subitement, elle était devenue une étrangère à ses yeux. C'était comme si elle avait brutalement ouvert entre eux un abîme, révélant ainsi toutes les différences de langage, de culture, de milieu qui les séparaient. Pis encore, l'hostilité séculaire qui avait existé entre leurs deux pays, masquée de temps en temps par des périodes de paix, s'était tout à coup réveillée en elle : le passé, semblait-il, l'avait choisie comme porte-parole, pour de vieilles querelles non réglées, pour des défaites sans revanches. Elle se sentait néanmoins incapable de crier à Richard d'oublier ce qu'elle venait de dire. Trop de colère bouillonnait en elle, et l'orgueil la tenait à la gorge.

Il lui adressa froidement la parole.

— A vous entendre, on dirait qu'au fond, je ne me soucie pas de la France. Fort bien, croyez ce qu'il vous plaira. Je vais aller à présent trouver votre grand-mère et lui demander si elle pense toujours que je doive vous conduire en Angleterre. Vous tiendrez-vous à sa décision ?

Rose sentit renaître sa fureur.

— Vous connaissez d'avance sa réponse ! Mais, même si elle fait tous ses efforts pour vous le cacher, elle sera bouleversée à l'idée d'être séparée de moi. Lorsque vous en avez, une première fois, discuté avec elle, elle était en bonne santé. Elle ne l'est plus, et son médecin m'a bien dit qu'il ne fallait lui imposer aucune émotion.

— Me demanderiez-vous de ne pas aller la voir ?

La douceur même de sa voix était une menace.

Elle redressa la tête, le menton agressif.

— Je dis que grand-mère ne mourra pas à cause d'un caprice de votre part, sous prétexte que vous voulez m'emmener au moment où je suis le plus nécessaire.

Sa voix baissa d'un ton pour se faire, elle aussi, menaçante.

— Si vous allez l'inquiéter avec cette affaire, je ne me contenterai pas de rester avec elle, quoi qu'elle puisse dire, mais, par la suite, jamais je n'irai en Angleterre avec vous !

Il parvint, non sans difficulté, à maîtriser sa colère, se leva vivement de son fauteuil pour dominer la jeune femme de toute sa haute taille.

— Ce jour est le premier d'octobre. Je reviendrai dans une semaine. Vous aurez, d'ici là, la possibilité de préparer la duchesse de Valverde à votre départ et de passer les derniers jours avec elle. En dépit de sa fragilité, elle a bien plus de courage que vous ne le supposez.

Les joues écarlates et brûlantes, elle lui répondit d'un ton implacable :

— Je vous l'ai déjà dit, partez pour l'Angleterre quand bon vous semblera. Mais sans moi. Je reste ici !

Il tourna brusquement les talons, quitta l'appartement sans un regard en arrière. Elle resta là, incertaine, immobile au milieu de la pièce. Elle avait attendu davantage de la part de Richard. A présent, prête à verser des larmes de rage pure, elle se demandait jusqu'à quel point il avait pris sa menace à cœur. La querelle avait été fulgurante, d'autant plus douloureuse qu'elle était la première depuis leur mariage. Mais jamais elle ne reviendrait sur ses paroles.

Le lendemain et le surlendemain, elle attendit en vain un message. Deux autres jours passèrent. Toujours rien. Elle commença de se demander si Richard se manifesterait. S'ils ne parvenaient pas à se retrouver, ce serait un mauvais présage pour leur mariage. L'orgueil empêchait Rose d'écrire à son époux, comme il l'avait empêchée de prononcer des paroles conciliantes avant que leur querelle eût atteint son paroxysme. Comme pour miner plus encore son courage, elle lut dans l'une des ignobles feuilles publiées par les propagandistes qu'au banquet du régiment, on avait craché sur la cocarde bleu-blanc-rouge de la Révolution, et arboré, à l'instigation de la Reine, la cocarde des Bourbons.

Rose se trouvait alors au Château Satory pour la journée.

— Mensonge ! dit-elle avec colère à Jasmine. D'ailleurs, il ne se trouvait pas là une seule cocarde révolutionnaire !

— En cette période, il existe des gens qui n'ont d'autre occupation que de transformer la vérité en mensonge et de créer à partir de rien des rumeurs immondes, répondit sagement la vieille dame.

Elle trouvait sa petite-fille particulièrement nerveuse et se demandait si c'étaient uniquement ces nouvelles calomnies contre la Reine qui la troublaient. Mais, quand Rose repartit sans avoir abordé un autre sujet, elle crut s'être trompée.

Le cinquième jour, Rose commença d'attendre, dans un mélange d'espoir et d'agitation, ses retrouvailles avec Richard. Il ne manquerait sûrement pas de venir, même s'il était certain qu'elle n'avait pas changé d'avis. Pour se distraire de ses pensées, elle passa la matinée avec les enfants royaux et Mme de Tourzel, dans la partie du parc réservée à leurs jeux. Plus tard, en début d'après-midi, elle partit à pied pour le Petit Trianon : elle coupa par les bois, emprunta le chemin que la Reine avait suivi un peu plus tôt dans la journée. Elles étaient convenues de revenir ensemble au Château. Les arbres étaient magnifiques dans leurs livrées d'automne. On apercevait des morceaux de ciel bleu, entre le safran, le roux, le cramoisi des feuilles. Un tapis des mêmes couleurs somptueuses craquait sous les pas.

La Reine passait à présent le moins de temps possible à Versailles. C'était comme si quelque force magnétique l'attirait, comme jamais auparavant, vers la paix et la quiétude du Petit Trianon et de ses environs. Axel de Fersen y était son constant compagnon, et l'endroit était devenu un nid d'amour. Rose se demandait si elle allait le trouver ce jour-là avec Marie-Antoinette. Lorsqu'ils étaient ensemble, loin de la Cour et de tout autre témoin qu'elle, ils ne faisaient aucun effort pour dissimuler les regards et sourires d'adoration qu'ils échangeaient.

Un valet, qui portait la livrée écarlate et argent du Petit Trianon, était de service à la porte.

— Où est la Reine ? lui demanda-t-elle. Et quelqu'un est-il avec elle ?

— Je crois que Sa Majesté est seule à la grotte, madame. Je viens de lui envoyer un messager.

Rose passa sous l'arche qui s'ouvrait dans le mur de la cour et prit l'allée qui menait au banc où Marie-Antoinette aimait tant s'asseoir. En cet endroit vert et moussu, les branches basses filtraient le soleil, des baies rouges prenaient l'éclat de rubis, et des bouquets de fleurs tardives cherchaient leur image dans l'eau miroitante.

Rose entendit soudain des pas pressés venir vers elle, dans le crissement du gravier. Marie-Antoinette apparut soudain, le visage blême d'inquiétude. La jaquette de velours rouge qu'elle portait sur sa légère robe blanche se détachait sur le fond sombre des buissons. Elle tenait son chapeau à la main, ce qui trahissait la hâte avec laquelle elle avait quitté sa retraite. A la vue de Rose, elle agita un papier. Le billet lui avait été remis par l'un des « garçons bleus » du Château, qui la suivait de près.

— Je retourne au Château dans la voiture qu'on a envoyée pour moi. Venez avec moi, madame Rose ! Il n'est pas bon d'être à pied. On m'a fait savoir que la populace marchait sur Versailles !

Une frayeur glacée étreignit le cœur de la jeune femme. Elle courut avec la Reine vers la voiture qui attendait.

Dès son retour au Château, Marie-Antoinette alla retrouver ses enfants. Le Roi était à la chasse, et un autre messager était parti à sa recherche. Dans la Cour Royale, les Gardes suisses s'évertuaient à fermer les hautes grilles : tenues ouvertes depuis l'époque du Roi-Soleil, elles avaient rouillé sur leurs gonds. Rose, d'une fenêtre, observait leurs efforts. Ils étaient parvenus à refermer l'un des battants quand le Roi arriva au galop. Il entra avec toute sa suite, dont les montures étaient couvertes de boue et d'écume. Devant le Château, le régiment des Flandres, renforcé par quelques soldats de la Garde nationale, était prêt à repousser les intrus. Les hommes acclamèrent le Roi. Peu après, Rose vit Axel de Fersen arriver de Paris au grand galop. Il se jeta à bas de son cheval fourbu et pénétra précipitamment dans le Château, pour monter, par l'Escalier de la Reine, à l'appartement de celle-ci. Rose devina qu'il avait une seule idée en tête : protéger la Reine, fût-ce au prix de sa vie.

Rose se tenait toujours à la fenêtre quand d'autres vinrent jeter un coup d'œil à travers la vitre. S'il n'y avait rien de marquant à voir, ils retourneraient se mêler aux centaines de personnes qui tournaient en rond dans les Grands Appartements ou s'entretenaient fiévreusement par petits groupes. Dans la Galerie des Glaces, certains courtisans galopaient sans trêve d'une extrémité à l'autre, afin de ne rien manquer lorsque quelqu'un arrivait dans le Salon de la Paix ou celui de la Guerre, avec de prétendues nouvelles fraîches. Rose, qui gardait en mémoire les images de la chute de la Bastille, se sentait malade d'appréhension. Elle ressentit un certain soulagement quand le second battant de la grille, non sans un grincement aigu et plaintif de ses gonds rouillés, fut enfin refermé. Il se mit alors à pleuvoir. Le crépitement des gouttes sur les vitres annonçait la rumeur lointaine de la foule qui s'avançait par l'Avenue de Paris.

La jeune femme s'efforçait de percer du regard l'averse violente. Elle eut la surprise de constater que le cortège se composait de femmes, la plupart armées de fourches, de manches à balai ou de piques de fortune. En arrivant sur la Place d'Armes, l'immense cohue se déploya comme une invasion de fourmis et se mit à courir, avec des cris, des hurlements, vers les clôtures et les grilles. Impossible d'en évaluer le nombre, mais, de l'avis de Rose, elles devaient être six à sept mille. Certaines réclamaient à grand bruit du pain, brandissaient le poing entre les barreaux, vociféraient des obscénités. D'autres avaient apporté des écuelles, dans l'intention macabre d'y mettre les entrailles de la Reine. La plupart étaient ivres : les organisateurs, à Paris, avaient distribué des bouteilles, et les cabarets avaient été pillés en chemin. Par-dessus les pointes dorées des grilles, on lançait les flacons vides en direction des soldats, mais ils retombaient, sans avoir atteint leur but, sur les pavés de la cour et s'y fracassaient en fragments étincelants. Au milieu des femmes s'avançaient deux canons traînés par des chevaux. On les approcha le plus possible pour les pointer d'une façon menaçante sur la façade est du Château. Un groupe de vigoureuses commères détela alors les chevaux qu'on emmena. Les tubes des canons et les boulets hâtivement empilés luisaient d'un éclat sombre sous la pluie.

Rose s'arracha à ce spectacle effrayant mais étrangement hypnotique pour se rendre au Cabinet Doré, dans les appartements privés de la Reine. Marie-Antoinette était toujours en conversation avec Axel dans le Cabinet de la Méridienne. Après le départ du comte, Rose et Mme de Tourzel y furent appelées. La Reine était assise dans l'alcôve, sur le lit de repos tendu de soie bleue, et les miroirs reflétaient son image. Bien que la populace présentât plus de danger pour elle que pour quiconque au Château, elle était parfaitement calme et aussi soignée dans sa toilette que si elle devait se rendre à une réception à la Cour.

— J'ai des instructions particulières pour l'une et pour l'autre, dit-elle aux deux femmes, parce que, parmi les dames qui sont demeurées près de moi, vous êtes les plus proches de mes enfants. Si une attaque devait être lancée contre le Château, je désire que vous veilliez avant toute chose à leur salut. Ils devront être conduits chez le Roi et non dans mes appartements, parce qu'il serait trop dangereux pour eux de s'y trouver avec moi. Est-ce bien compris ?

Elles lui répondirent d'une même voix. Mme de Tourzel, qui s'essuyait les yeux, ne put réprimer un sanglot. La Reine se leva, lui tapota l'épaule et leur ordonna à toutes deux de se tenir dans le Cabinet Doré, avec les autres dames, jusqu'à ce qu'elle-même eût vu le Roi, afin d'apprendre de lui les derniers développements.

Malgré les rafraîchissements qui leur avaient été montés des cuisines, l'attente leur parut interminable, jusqu'au moment où Marie-Antoinette fit sa réapparition. Toutes se levèrent et la dévisagèrent avec anxiété.

— Il y a une chance que nous partions d'ici pour Rambouillet, annonça-t-elle. Ce n'est pas bien loin, mais nous y serions en sécurité. Le Roi, cependant, n'est pas encore convaincu de la nécessité de ce déplacement. Nous devons donc faire montre de patience.

En elle-même, elle lui criait de se laisser convaincre, de

penser à leurs enfants, mais il était plus enclin à écouter le ministre qui lui conseillait de rester qu'à suivre l'avis de ceux qui préconisaient la fuite. Lorsqu'il s'agissait de décisions qui mettaient en jeu ses engagements envers son peuple, elle n'avait pas voix au chapitre.

— Pourquoi les soldats ne dispersent-ils pas la foule ? osa demander l'une des dames.

La question parut surprendre la Reine.

— Jamais le Roi ne donnerait ordre de tirer sur des femmes.

Une autre prit la parole.

— Un page nous a informées qu'il y avait des hommes déguisés en femmes. Certains ont la charge des canons, d'autres sont armés jusqu'aux dents.

— C'est vrai. Le Roi le sait mais il se refuse à courir le risque de blesser des femmes.

Les yeux bleus de Marie-Antoinette se fixèrent tour à tour sur chacune de ses dames, comme pour leur instiller un peu de son courage et les empêcher de céder à l'affolement.

— Si vous désirez préparer quelques objets nécessaires, pour le cas où nous devrions nous replier sur Rambouillet, le moment est bien choisi.

Tout en se rendant rapidement à son appartement, Rose se demandait si Richard se trouvait au milieu de cette agitation : il avait dû apprendre ce qui se préparait avant que la foule eût quitté Paris. Il ferait en sorte de venir la retrouver. Leur querelle serait ajournée, sinon oubliée. S'il n'était pas arrivé ouvertement, à cheval, comme Axel de Fersen, c'était sans doute parce qu'il se trouvait une fois de plus au sein de la populace. Aussi longtemps qu'il pourrait cacher à ces mégères sa véritable identité, il serait en sécurité, mais si jamais il était découvert, pris pour un espion, il serait mis en pièces.

— Oh ! non !

L'horreur lui coupait le souffle. Accrochée à la rampe pour ne pas défaillir, elle s'immobilisa un instant sur les marches, avant de reprendre sa course. Toute sa frayeur était pour son époux. En ce qui la concernait, elle n'en ressentait aucune.

Après avoir empli un sac de voyage, elle dit à Diane de faire de même : elle ne voulait pas quitter Versailles sans elle. La femme de chambre hésita. Son petit visage en cœur révélait son inquiétude.

— Les Gardes suisses nous accompagneront-ils ?

Rose posa sur elle un regard empreint de sympathie : Diane, elle le savait, avait un galant parmi les gardes, un jeune homme de son âge, au teint frais piqueté de taches de rousseur. Leur idylle en était venue au point où Rose s'attendait de jour en jour à ce que Diane sollicitât d'elle l'autorisation de se marier.

— Le régiment des Flandres nous escortera, j'en suis sûre, et les Gardes suisses resteront ici afin de protéger le Château, ce qui est leur rôle habituel. Une fois la Cour partie, cependant, ils n'auront plus rien à craindre.

Diane, assurée que son galant ne serait pas en danger, retrouva son sourire et alla préparer son bagage. Rose se rendit à l'appartement des enfants. Elle y parvint en même temps que Mme de Tourzel. Le Dauphin, déjà couché, dormait, mais la princesse Marie-Thérèse, de près de sept ans son aînée, avait la permission de veiller plus tard. Rose et la marquise firent avec elle une partie de cartes. L'hilarité de la fillette contrastait avec leurs sentiments intimes, mais elles les lui cachèrent. Rose surveilla ensuite le souper de la princesse et la mit elle-même au lit. Quand elle rejoignit Mme de Tourzel dans la pièce voisine, laissant ouvertes les portes de communication, elle se trouva devant le spectacle d'une immense anxiété contenue à grand-peine.

— Je vous en prie, lui dit la marquise, allez aux nouvelles. Nous ne savons plus rien depuis des heures, et l'une de nous deux doit rester avec les enfants.

La Reine, apprit Rose, n'avait pas regagné ses appartements privés. Elle se rendit aussitôt au Salon de l'Œil-de-Bœuf, où elle pourrait observer les allées et venues de tous ceux qui étaient admis en la présence du Roi, dans son appartement.

— Quelles sont les dernières nouvelles ? demanda-t-elle à Mme de La Tour du Pin, qui faisait elle aussi partie des dames de la Reine.

— Le Roi a reçu une délégation de six femmes. Elles ont été conduites jusqu'ici avec toute le cérémonial que l'on aurait appliqué pour des personnes de sang royal et elles étaient très impressionnées, je puis vous le dire. Avec elles sont montés quelques membres de l'Assemblée nationale qui avaient toute la journée tenu séance en ville.

— Avez-vous reconnu ces hommes ?

— Le docteur Guillotin, oui, qui est professeur d'anatomie à l'Université de Paris. Les autres m'étaient inconnus.

— Comment s'est déroulée l'audience ?

— La femme qui devait prendre la parole s'est évanouie, m'a-t-on dit, sous le coup de l'émotion. Ce n'était certes pas parce qu'elle mourait de faim : elle m'a paru faire partie d'une certaine profession qui est toujours bien payée. Quoi qu'il en soit, un médecin l'a ranimée, et le Roi a promis de faire tout son possible pour mettre fin à la famine. La délégation est repartie tout sourires, mais, à en juger par la rumeur inquiétante qui est montée de la foule après leur retour, les promesses qu'elles apportaient de la part du Roi n'ont pas été bien accueillies.

Rose repartit pour aller faire son rapport à Mme de Tourzel. En chemin, elle regarda de nouveau par une fenêtre. À la lumière des lanternes qui entouraient le Château, elle constata qu'il pleuvait toujours à verse. La Place d'Armes était presque déserte. La cohue des femmes et les hommes qui les accompagnaient avaient cherché un abri partout où il s'en trouvait. Seules, quelques silhouettes ruisselantes demeuraient de garde près des canons. A l'intérieur des grilles du Château, c'était un spectacle d'activité et d'attente à la fois. Les soldats, gelés, mouillés, misérables, demeuraient immobiles. Leurs officiers, sur le qui-vive, faisaient les cent pas. Une longue ligne de carrosses avait été formée, pour le cas où le Roi déciderait de partir pour Rambouillet. A en juger par l'agitation des cochers et des valets, on devait avoir découvert que les traits des chevaux avaient été tranchés, les roues desserrées. C'était la sorte de nuit où l'on pouvait s'attendre à tous les sabotages.

Un peu plus tard, quand la marquise l'eut de nouveau implorée de se mettre en quête des dernières nouvelles, Rose passa devant la même fenêtre mais découvrit un spectacle tout différent. La Garde nationale de Paris, suivie d'une autre foule désordonnée, était arrivée sur la Place d'Armes. Les femmes avaient quitté leurs abris pour fraterniser avec les soldats et accueillir tumultueusement ces hommes qui étaient venus grossir leurs rangs. Richard se trouvait-il dans cette foule ? Elle espérait qu'il la reconnaîtrait à la fenêtre et saurait qu'elle pensait à lui. Mais quelqu'un, dans la cohue, la prit pour la Reine. Il se fit aussitôt un grand mouvement vers les grilles, pour la couvrir d'injures.

— Gueuse ! Dilapidatrice ! Putain ! Descendez donc, madame Déficit, qu'on vous arrache le cœur ! Nous allons cuire votre foie et mettre votre tête au bout d'une pique !

Rose recula, horrifiée. Elle n'était pas encore remise lorsqu'elle arriva au Salon de l'Œil-de-Bœuf. Un courtisan lui abandonna son tabouret, près de Mme de La Tour du Pin. Celle-ci considéra la jeune femme avec inquiétude.

— Vous sentez-vous bien ?

Rose, gardant sa terreur pour elle-même, répondit d'un

signe. Les femmes avaient réagi comme des tigresses. Elle avait vu là un horrible spectacle.

— Que s'est-il passé, ici ?

— La Fayette, commandant de la Garde nationale, est arrivé. Il est chez le Roi. Il a ruisselé sur tout le parquet.

De son éventail replié, Mme de La Tour du Pin désignait les gouttes d'eau qui scintillaient à la lumière des lustres.

— La Reine est avec eux.

L'attente se prolongea. Des messagers allaient et venaient. Minuit avait depuis longtemps sonné. On était le 6 octobre. Rose songeait que Richard avait projeté de venir la voir le lendemain. Il ne soupçonnait pas, alors, que la violence qu'il avait prédite exploserait bien plus tôt que prévu.

Une heure du matin était passée quand la Reine, triste et lasse, émergea de l'appartement du Roi. Sur son passage, chacun, dans le Salon de l'Œil-de-Bœuf, s'inclina, fit la révérence. Elle remarqua Rose et sa compagne, leur fit signe d'approcher. Ensemble, elles retournèrent au Cabinet Doré, où les autres dames attendaient.

— Nous n'allons pas à Rambouillet, après tout, leur dit-elle. Le commandant La Fayette nous a donné son assurance qu'il n'existait pas de danger immédiat. Le peuple, sur la Place d'Armes, est tombé d'accord pour qu'il n'y ait plus de désordres cette nuit. Espérons que l'Assemblée nationale sera en mesure, demain, de résoudre toutes les difficultés, sur la base des promesses du Roi. Allons donc nous coucher, pour dormir d'un sommeil profond.

Elle-même, sous l'effet de la fatigue, souffrait de tous ses membres. Elle fut heureuse de se retirer, en compagnie de Rose et de deux de ses autres dames, Mmes Thiébaut et Auguier. A deux heures, on éteignit les chandelles dans sa chambre, sauf une qui demeurait constamment allumée. Elle dormait déjà quand les trois femmes quittèrent la pièce. Rose referma la porte. Immédiatement, toutes trois se regardèrent, une seule pensée en tête.

— Moi, je ne me couche pas, déclara Mme Auguier.

— Je veillerai avec vous, dit Rose.

— Moi aussi, affirma Mme Thiébaut.

Rose n'avait plus qu'à faire savoir à Mme de Tourzel qu'apparemment, tout allait bien. La bonne dame, soulagée, alla promptement se mettre au lit. En quelques minutes, elle aussi était endormie.

Rose, avec précaution, s'approcha de la même fenêtre. Une fois de plus, la Place d'Armes était désertée, sauf par ceux qui montaient la garde autour des canons. Dans la Cour Royale, les soldats avaient été relevés par une garde restreinte. Tout était silencieux. Pas une silhouette ne bougeait sous l'éclairage incertain des lanternes. La pluie elle-même avait cessé. Çà et là, les nuages s'écartaient pour révéler les étoiles. Rose, cependant, n'était qu'à demi rassurée. Elle alla retrouver ses deux compagnes pour veiller avec elles. Si besoin était, elle pourrait rapidement rejoindre les enfants par l'escalier privé de la Reine.

Diane, qui couchait dans une petite chambre attenante à l'appartement de Rose, se levait toujours très tôt. Il ne lui était pas aisé de rencontrer son bien-aimé Jean-Paul : leurs heures de service ne concordaient pas. Elle ne manquait donc jamais une occasion de se glisser dehors pour aller le retrouver, lorsqu'il était de garde de nuit. Ils pouvaient ainsi, avant la relève, dès l'aube, parler un moment en tête à tête, échanger quelques baisers, quelques caresses, avant qu'elle le quittât de nouveau. Parfois, elle lui portait un petit pain tout frais, tout chaud, pris en chemin à la cuisine. Il le glissait dans son habit, pour le manger après le départ de la jeune fille.

Ce matin-là, elle n'alla pas chercher un petit pain : elle ignorait combien d'hommes monteraient la garde du côté des cuisines, et si on l'arrêterait en chemin. Elle jeta un manteau sombre sur sa robe de lainage bleu, descendit l'escalier et se retrouva dans l'air matinal, aux premières lueurs de l'aurore. Elle savait très précisément où trouver Jean-Paul : il était de garde non loin de l'Orangerie, derrière les grilles fermées d'une étroite courette. Avec un petit sourire impatient, elle suivit en courant un passage au bout duquel elle apercevait son bien-aimé. Mais elle s'immobilisa soudain, tandis qu'un hurlement s'étranglait dans sa gorge. Nul ne l'entendit. Une foule énorme d'hommes et de femmes, menée par un géant armé d'une pesante hache, arrivait comme un raz de marée de la direction de l'Orangerie, dont les grilles avaient dû être ouvertes par trahison. Au même instant, elle vit des mains se saisir de Jean-Paul, avant qu'il n'eût pu se servir de son mousquet. On le traîna devant le porteur de hache, qui balança le fer très haut, avant de l'abattre et de séparer du cou la tête de son amoureux. Elle perdit connaissance. Si elle n'était pas tombée tout près du mur, elle aurait été piétinée à mort par la populace qui, dans un rugissement à vous glacer le sang, se ruait dans le passage pour atteindre la Cour Royale et l'Escalier de la Reine.

Dans la pièce où veillaient Rose et ses deux compagnes, une pendule en bronze dorée, dont le cadran était en porcelaine de Sèvres, sonna six heures. Au même moment, un grondement sinistre leur parvint de l'escalier, à deux pièces seulement de la chambre où reposait la Reine. D'un bond, Rose fut à la porte, l'ouvrit toute grande. Mme Thiébaut se précipita, et Rose, à sa suite, traversa la Salle des Gardes pour gagner l'antichambre. Là, le garde, le crâne fendu, le visage en sang, luttait pour faire de son mousquet une barrière contre la foule qui s'efforçait de pénétrer dans l'appartement.

— Sauvez la Reine ! cria-t-il au dernier moment, avant de s'écrouler.

La pointe d'acier d'une pique s'était enfoncée dans sa poitrine.

Déjà, Mme Thiébaut et Rose étaient revenues précipitamment dans la Salle des Gardes. Elles en claquèrent les portes, tournèrent les clés dans les serrures. Elles firent de même dans la chambre de la Reine. Mme Auguier, qui avait tout entendu, réveillait déjà la souveraine, rabattait les couvertures.

— Vite, Madame ! criait-elle. Les assassins sont là ! Courez rejoindre le Roi !

Marie-Antoinette faillit tomber du lit. Sa chemise de nuit de fine soie lui collait au corps.

— Sauvez mes enfants ! dit-elle à Rose d'une voix entrecoupée.

La jeune femme s'était saisie d'un jupon, le nouait à la taille de la Reine.

— Je vais les chercher !

Rose sortit en courant. Marie-Antoinette se précipita vers une porte dérobée qui ouvrait sur ses Petits Appartements. De là, elle pourrait rejoindre le Salon de l'Œil-de-Bœuf et les Appartements du Roi. Mais la porte refusait de s'ouvrir.

— Dieu juste ! s'écria-t-elle. Elle est fermée à clé !

— Mais elle ne l'est jamais ! protesta Mme Thiébaut. Laissez-moi essayer !

La clé avait bel et bien été tournée. Un garde ou un serviteur trop zélé avait ainsi bloqué le battant, durant l'agitation de la soirée précédente. La Reine se mit à le marteler de ses poings. Après un instant de stupeur, ses deux suivantes joignirent leurs efforts aux siens. Du côté de la chambre, un fracas mêlé de bruits sourds les avertissait de l'irruption des révolutionnaires. Les trois femmes redoublèrent d'efforts, dans leur affolement : la porte dérobée, elles le savaient, pouvait être découverte d'un instant à l'autre, et tout, alors, serait perdu. Marie-Antoinette était en proie à une terreur extrême, à la pensée de ce qu'elle devrait subir entre les mains de ces brutes, s'ils devaient se saisir d'elle. La mort même n'était rien en comparaison.

Dans le Salon de l'Œil-de-Bœuf, un « garçon bleu », alerté par le tumulte, avait entendu, en entrant, un martèlement de poings sur la porte qui le séparait des Petits Appartements. Il crut reconnaître la voix de la Reine, demandant à grands cris qu'on lui ouvre. Il tourna la clé, recula d'un bond en la voyant faire irruption, à demi dévêtue, suivie de deux de ses dames qui paraissaient presque folles de terreur. Il eut l'intelligence de refermer la porte à clé, entendit le cri de déception de la Reine en découvrant que le Roi ne se trouvait pas dans son appartement.

Cependant, Louis, que le bruit avait réveillé, revenait au plus vite par le couloir secret qui passait sous le Salon de l'Œil-de-Bœuf : il s'était précipité vers la chambre de sa femme pour s'apercevoir qu'elle l'avait déjà fuie. Il n'était plus passé par là depuis qu'il avait cessé de partager son lit, et le bas de sa robe de chambre soulevait de petits nuages de poussière. Au moment où il ouvrait la porte dérobée qui donnait sur les Grands Appartements, Marie-Antoinette se jeta dans ses bras avec un cri de joie.

— Ma chère amie ! s'exclama-t-il. Vous êtes saine et sauve, j'en remercie le ciel ! Les brigands se sont introduits dans votre chambre au moment précis où je la quittais. Je crains qu'ils n'y fassent bien des dégâts.

Trop tendue pour parler, elle se contenta d'un signe de tête. Ils s'embrassèrent. A ce moment, Rose, qui tenait par la main la princesse Marie-Thérèse, arriva en compagnie de Mme de Tourzel, en peignoir, le Dauphin dans ses bras. Dès qu'elle posa le petit garçon sur ses pieds, il courut avec sa sœur vers leur mère. Elle se baissa pour les prendre dans ses bras, les serra contre elle. Au même instant, un bruit terrible leur parvint : on s'attaquait à la porte qui donnait dans le Salon de l'Œil-de-Bœuf, le bois craquait, se fendait. Le chemin par lequel la Reine s'était échappée venait d'être découvert.

Louis s'approcha de Marie-Antoinette pour la protéger. Elle se redressa, eut un mouvement pour pousser les enfants vers lui : c'était son sang, elle le savait, que la populace voulait verser. Mais le Roi lui fit signe de prendre les enfants par la main. Ils donnaient ainsi l'image d'une famille, courageuse, unie. Rose et les trois autres dames se groupèrent de chaque côté. Le dos bien droit, elles montraient le même calme apparent que la Reine. Tous avaient les yeux fixés sur la porte par laquelle la canaille allait faire irruption, dès que le salon voisin aurait été envahi.

Mais, comme par miracle, l'assaut contre la porte cessa. Le même « garçon bleu » pénétra en trombe dans la chambre, sans toutefois négliger de s'incliner devant le Roi.

— Les gardes repoussent la foule, Votre Majesté ! Le Château est délivré !

Durant un long moment, personne ne bougea. La détente survint enfin. Ils se tournèrent les uns vers les autres pour remercier le ciel, tout en sachant que leur sort était encore incertain, et le danger toujours présent. Au-dehors, dans la Cour Royale, sous les fenêtres de l'appartement, la populace, contrariée dans ses projets, battait les murs comme une mer en furie, parmi les cris aigus, les hurlements. De temps en temps, on percevait une clameur : « Vive Orléans ! » C'était là le noble renégat, ennemi de longue date du Roi, connu pour être l'âme de la Révolution. Sans aucun doute, se disait Rose, il avait été l'organisateur principal des terribles événements de la nuit. Après tout, il fallait bien qu'un familier du Château eût précisé aux insurgés la route à emprunter pour trouver la chambre de la Reine, qui n'était jamais ouverte au public. Le Roi seul devait partager toute son existence avec son peuple.

Des courtisans, des dames arrivaient en hâte de toutes parts dans la chambre du Roi. Certains étaient en robe de chambre ; la plupart des dames avaient les cheveux décoiffés, retombant sur les épaules, comme la Reine elle-même et Mme de Tourzel. Mme Auguier était allée chercher un déshabillé de velours crème et aidait Marie-Antoinette à l'enfiler sur sa chemise de nuit et son jupon. Elle ne dit rien des dégâts qu'elle avait trouvés chez la Reine, ni des deux gardes qu'elle y avait découverts assassinés, décapités.

Axel fut l'un des premiers arrivés.

Il alla droit à la Reine, lui baisa la main. Son regard lui disait tout ce qu'il ne pouvait exprimer devant l'assistance. Après lui arriva en courant la sœur du Roi, Madame Elisabeth. Elle étreignit sa belle-sœur avec bonheur, en la retrouvant saine et sauve, car elles avaient toujours été de bonnes amies.

Il se fit un mouvement dans l'assemblée à l'entrée de La Fayette. Il devait se sentir quelque peu penaud, mais il n'en conservait pas moins son arrogance coutumière.

— Montrez-vous au peuple, Sire, dit-il au Roi d'un ton pressant. Il vous réclame, et cela aidera à apaiser son humeur.

On ouvrit la porte-fenêtre du balcon. Les premiers rayons du soleil vinrent effleurer l'L double du monogramme de Louis XIV, qui ornait la balustrade depuis les premiers embellissements du Château. La lumière ricocha sur ceux qui se trouvaient dans la pièce. Louis sortit sur le balcon où, jadis, ce même Roi-Soleil, impressionnant et flamboyant, s'était tenu fièrement en compagnie de Louis XV enfant. Leur descendant ne possédait pas leur pouvoir de charmer. C'était, au fond, un homme qui tenait à son intimité, qui préférait ses livres aux gens. Néanmoins, il fit face à la canaille hurlante avec un courage résigné. Les clameurs qui l'accueillirent étaient en elles-mêmes des provocations :

— Vivez la Révolution ! Vive la Nation ! Vive Orléans !

Il continuait à les regarder paisiblement. Ils se souvinrent alors qu'ils le tenaient au creux de leur main et se firent plus raisonnables :

— Vive le Roi !

Il les salua, rentra dans la chambre. Alors monta un grondement sauvage :

— La Reine ! Nous voulons voir la Reine !

Inquiète, Rose retint son souffle. Les mousquets ne manquaient pas, dans cette foule, et la Reine serait une cible facile. Sans broncher, cependant, Marie-Antoinette se dirigea vers les battants ouverts. Les enfants, qui se refusaient à la quitter, lui prirent les mains mais ils fondirent en larmes lorsque le rugissement sinistre monta de milliers de gorges.

Un ordre domina toutes les voix :

— Faites rentrer les enfants !

Elle se pencha vers eux pour leur parler. Ils coururent rejoindre leur père. Elle demeura seule. Jamais elle n'avait eu l'air plus noble, plus majestueux, en dépit de ses cheveux décoiffés, soulevés par le vent, et de sa tenue sommaire. Elle entendait les cris qui pressaient ceux qui étaient armés de l'abattre. Çà et là, des bousculades se produisaient quand certains voulaient, dans ce but, s'emparer des mousquets. Elle comprit qu'elle affrontait une mort qui pouvait survenir d'une seconde à l'autre, et toute peur l'abandonna. Elle sut alors que, même si, par quelque miracle, elle devait être épargnée, cette peur ne reviendrait jamais. Ce qui importait seul, avait toujours importé pour elle, c'était la sécurité de ses enfants et des êtres qui lui étaient chers.

Comme pour un ultime salut, elle plongea dans une gracieuse révérence que personne n'avait jamais pu imiter. Tant de courageuse dignité fit vibrer dans la foule une corde sensible. Ceux-là même qui cherchaient à se saisir d'un mousquet abandonnèrent, s'immobilisèrent. Le ton changea. Un cri s'éleva, fut repris :

— Vive la Reine !

Le cri n'était pas unanime, mais il lui sauva la vie et lui donna quelque espoir pour l'avenir. Elle rentra dans la chambre, et, devant sa calme sérénité, toutes les personnes présentes s'inclinèrent ou lui firent la révérence. Tout le temps qu'elle était restée sur le balcon, ses enfants n'avaient cessé de pleurer. Tandis qu'elle les consolait, leur essuyait les yeux, la multitude, encore insatisfaite, exprima une autre exigence. C'était d'ailleurs celle qui l'avait poussée là à l'origine :

— A Paris, avec le Roi !

L'épreuve n'était donc pas finie. La Fayette parla du haut du balcon, fit de nouveau sortir le Roi. Louis n'avait pas le choix et le savait. Il accepta donc de se rendre à Paris, déclara à la foule triomphante qu'il lui confiait la sauvegarde de sa famille.

On avait enlevé de la chambre de la Reine les corps des deux gardes, mais, lorsque Marie-Antoinette revint chez elle pour se baigner, s'habiller et décider de ce qu'elle devrait emporter, elle pâlit affreusement à la vue des taches de sang. Les serviteurs s'étaient hâtés de redresser les meubles renversés, de recouvrir le lit, mais les tentures tailladées portaient témoignage de la rage qui s'était déchaînée entre ces murs. Toujours soucieuse du bien-être de ses dames, elle dit à Rose et aux deux compagnes qui avaient veillé avec elle d'aller prendre un peu de repos.

— Je crois que nous partirons pour Paris avec la Cour à une heure, ajouta-t-elle.

Elle se tourna vers Rose.

— Venez me retrouver à midi dans le Cabinet de la Méridienne. J'ai quelque chose à vous dire avant le départ, madame Rose.

Intriguée, Rose regagna son appartement. Elle constata avec surprise que son lit était resté préparé pour la nuit. Il n'y avait aucun signe de Diane. Elle sonna. Rien ne se produisit. Elle se rendit alors à la chambre de la domestique : elle se demandait si la jeune fille était malade ou bien, au souvenir de sa fuite lors de la prise de la Bastille, si elle était restée tapie là, sans oser sortir. Mais la pièce était déserte.

Rose renonça à toute idée de repos. Elle envoya quérir les malles qui avaient apporté ses affaires de Satory à Versailles et entreprit de préparer ses bagages. Elle dut attendre : dans tout le Château, chacun formulait la même demande, et, dans les greniers, les domestiques se battaient presque pour se saisir des malles qui appartenaient à leurs maîtres. Tout était prêt, sur le lit de Rose, sur les tapis et dans son boudoir, quand les siennes arrivèrent enfin. Elle demanda aux serviteurs qui les apportaient s'ils avaient vu Diane. La réponse fut négative.

A midi, en tenue de voyage, elle se rendit au Cabinet de la Méridienne. La Reine, vêtue de même, y pénétra tout de suite après elle et l'attira vers le lit de repos où elles s'assirent côte à côte.

— Nous allons nous dire adieu, madame Rose, dit doucement Marie-Antoinette. Quoi que vous puissiez m'opposer, je vous libère aujourd'hui de votre service loyal et dévoué auprès de moi.

La jeune femme secoua la tête, protesta.

— Madame ! Ne m'éloignez pas de vous en ce temps troublé. Plus tard, peut-être, lorsque la situation sera rétablie.

— Je n'ai pas le désir de vous laisser partir, mais, au contraire de mes autres dames d'honneur, qui ont leurs maris à la Cour et aucune responsabilité hors de Versailles, vous présentez un cas tout différent. Non seulement vous êtes l'épouse d'un Anglais, mais vous avez la duchesse de Valverde, à qui vous êtes profondément attachée, je le sais. Lord Easterton est-il près d'elle, au Château Satory ?

— J'ignore où il est. Soit à Paris, soit quelque part au milieu de cette foule de la Cour Royale.

Elle expliqua brièvement pourquoi il pourrait se trouver parmi la populace.

— Raison de plus pour que vous retourniez au Château Satory, insista Marie-Antoinette. Il aura plus de facilité à vous y rejoindre, et votre grand-mère ne sera pas seule. J'espère, et je prie Dieu dans ce but, que notre séjour à Paris mettra fin à cette terrible situation. Le Roi tient par-dessus tout à éviter une guerre civile ou toute effusion de sang inutile.

Elle s'interrompit un instant.

— Je ne souhaite pas, reprit-elle, vous causer des inquiétudes superflues, mais, si la situation ne s'améliore pas, qui peut dire si les résidences de la noblesse ne seront pas attaquées, comme l'ont été des châteaux en de lointaines provinces, comme l'a été Versailles aujourd'hui même ? En sa qualité d'étranger, Lord Easterton pourra vous donner, à vous-même et à la duchesse de Valverde, la protection de son pays.

Elle prit Rose par la main, et toutes deux se levèrent ensemble.

— Ne rendez pas ce moment plus difficile pour vous et pour moi. Bien des fois, votre amitié a été pour moi d'une valeur inestimable.

Rose ne put retenir ses larmes.

— Je prierai pour vous, pour le Roi et pour les enfants.

— Nous aurons bien besoin de vos prières. Je vous remercie, chère madame Rose.

La Reine embrassa la jeune femme sur les deux joues. Rose lui fit une dernière révérence. L'instant était poignant, elle ne l'oublierait jamais.

A peine Rose l'eut-elle quittée que Marie-Antoinette se sentit écrasée par les événements de la journée. Elle se laissa aller sur le lit de repos et, le visage enfoui dans ses mains, sanglota de tout son cœur. Jamais plus, elle en avait la certitude, elle ne reverrait le Petit Trianon qu'elle aimait tant, jamais plus elle ne jouerait avec les enfants dans les prés du Hameau, parmi les vaches et la volaille, comme si elle n'était qu'une femme ordinaire, sans devoirs royaux pour la poursuivre à chaque pas et déformer sa vie. Quant à Versailles, où elle était arrivée en fiancée de quatorze ans, près de vingt années plus tôt, le silence y régnerait en maître. Pas un seul écho de son rire, pas un claquement de ses talons ne montrerait qu'elle y avait vécu.

Quand vint le moment de partir, les fards et la poudre ne parvenaient pas à dissimuler ses paupières gonflées, le tremblement incontrôlable de ses lèvres. Elle était vêtue de velours rouge rubis et coiffée de l'un de ses chapeaux les plus élégants, garni de plumes blanches, mais son visage était un masque tragique, lorsqu'elle sortit de ses appartements pour aller rejoindre le Roi, lui-même profondément triste. Elle posa cérémonieusement la main sur le poignet qu'il lui présentait, et, suivis des enfants, ils descendirent l'escalier de marbre avec une dignité toute royale, pour rejoindre le carrosse qui les attendait.

Il était presque une heure et demie quand on parvint à mettre un peu d'ordre dans le cortège qui put enfin se mettre en route. Près de trois cents carrosses emportaient de Versailles la famille royale et la Cour. Venaient ensuite deux canons traînés par des chevaux et des centaines de fourgons chargés de bagages et de meubles. Des serviteurs affolés, qui ne tenaient pas à se joindre à la populace et ne voulaient pas être laissés en arrière, s'entassaient dans tous les véhicules qui pouvaient les accueillir. Lorsque la place manqua, ils grimpèrent sur les toits des voitures, se glissèrent dans tous les espaces libres entre les bagages, les objets mobiliers. Dans leurs livrées bleu et argent, ils étaient la cible de la canaille, qui escortait le cortège, devant, derrière et tout au long, et qui les traitait de singes.

Les Révolutionnaires, dans leur ensemble, étaient mieux armés qu'à leur arrivée : ils s'étaient emparés des armes du régiment des Flandres et de la garde de Versailles, qui n'avaient pas tiré un seul coup de feu. Tous ces soldats marchaient d'un air sombre avec le cortège. On avait donné à chacun d'eux, comme à tout le monde, une cocarde bleu-blanc-rouge. Quelques-uns des plus inquiets, parmi les aristocrates, arboraient les leurs. Les autres les avaient jetées sur le plancher de leurs carrosses. Le vacarme était effroyable : les tambours volés aux soldats retentissaient sans trêve, et bon nombre des révoltés, enivrés par le sentiment de leur triomphe, reprenaient par groupes des chants discordants. Les têtes des gardes massacrés, portées au bout des piques, dansaient un ballet macabre, certaines tout près du carrosse royal, en dépit de la présence du Dauphin et de sa sœur.

Rose, d'une fenêtre située au-dessus de la chambre désertée du Roi, suivait du regard la terrible et lamentable procession. Elle put voir ce fleuve humain s'engager dans l'Avenue de Paris et, figée dans un adieu silencieux, elle ne bougea pas jusqu'au moment où les derniers manifestants disparurent.

Elle ne pouvait pas savoir que Richard avait déjà entrepris des recherches pour la retrouver. Monté sur l'un des chevaux volés aux écuries royales, il allait et venait au long du cortège, et il n'avait pas moins l'allure d'un brigand que le pire des émeutiers. Il avait jugé qu'il n'aurait pas beaucoup de chances d'assurer la fuite de Rose en utilisant son entrée au Château : si les choses tournaient mal, s'était-il dit, il risquait de se trouver pris au piège avec le reste de la Cour et serait, comme sa femme, réduit à l'état de prisonnier. Il avait donc marché avec les canons, une mante de femme jetée sur les vêtements qu'il portait depuis le moment où il s'était mêlé à la populace. Blotti sous la pluie contre un canon, il avait vu Rose s'approcher d'une fenêtre et il n'avait eu que mépris pour ceux qui l'avaient confondue avec la Reine. Du moins lui avait-elle communiqué un message : elle le sentait tout proche. Il avait regretté de ne pouvoir, en réponse, lui faire parvenir un signal.

Il était bien décidé à veiller à ce qu'on ne tirât le canon à aucun prix. Lorsqu'on vint le relever de son poste, les clameurs qui éclatèrent soudain lui apprirent que les émeutiers envahissaient le Château : c'était là une démarche qui avait été combinée dans la nuit, sans qu'il en sût rien. Il s'était précipité à la suite des envahisseurs mais n'avait pu dépasser le vestibule de l'Escalier de la Reine : les gardes, à ce moment, repoussaient la canaille.

Il chevauchait maintenant le long du cortège, jetait un coup d'œil par les portières de chaque carrosse dans l'espoir d'y découvrir Rose. Souvent, ses armes, son aspect farouche effrayaient les nobles passagers, dont beaucoup lui étaient connus. Axel de Fersen lui jeta un regard dédaigneux, sans paraître le reconnaître le moins du monde, ce qui lui confirma l'excellence de son déguisement. Une fort jolie dame, dont il avait eu les faveurs à son retour à Versailles, avant de reconquérir Rose, prit en le voyant la même attitude. Comme elle, la plupart des femmes portaient les grands chapeaux à la mode, qui dissimulaient leurs visages. Fréquemment, il devait passer à plusieurs reprises d'un côté à l'autre d'un carrosse avant de se convaincre que l'une des occupantes n'était pas son épouse.

La cavalcade mit six heures et demie pour atteindre Paris. Là, le maire fit une interminable et ennuyeuse harangue, tout au long de laquelle le Dauphin dormit, en suçant son pouce. Après quoi, la famille royale fut autorisée à se rendre aux Tuileries, le palais construit au XVIe siècle sur l'ordre de Catherine de Médicis. Richard regardait un à un les passagers qui descendaient des carrosses d'un air las. Il acquit ainsi la certitude que Rose ne se trouvait pas parmi eux. Il prenait en pitié ceux qui pénétraient dans les Tuileries à demi démeublées. Ils allaient vivre dans des conditions déplorables en attendant que tout fût remis en ordre.

Enfin convaincu que Rose était ailleurs, il prit un cheval frais et se remit en route.

Jamais auparavant, Rose, à Versailles, n'avait connu la peur. Elle la découvrait. Ceux des domestiques qui n'avaient pas suivi la Cour avaient décidé de se joindre au peuple et de ne plus être au service de la noblesse. En quittant la chambre d'où elle avait observé le départ de la famille royale, elle demanda à l'un de ses pages d'aller lui quérir un carrosse ainsi qu'une voiture pour ses bagages. Il la dévisagea d'un air moqueur.

— Pourquoi ne pas aller à pied et porter vous-même vos affaires ? Personne ici n'est plus à vos ordres.

Et il s'en fut à grands pas.

Deux autres serviteurs l'ignorèrent : ils passèrent devant elle comme si elle n'avait rien dit. Quand un quatrième la gratifia d'une œillade polissonne, elle courut se réfugier dans son appartement : elle allait prendre, décida-t-elle, ses bijoux et le tableau peint par son grand-père et partir sans retard. A son énorme soulagement, elle trouva Diane de retour. Mais quand la jeune fille tourna vers elle un visage blême, stupéfié, elle vit ses vêtements salis, couverts de boue, son tablier taché de sang.

— Diane ! Que vous est-il arrivé ? s'écria-t-elle, horrifiée à l'idée que la jeune fille avait été violée.

— Ils ont tué mon Jean-Paul.

La domestique était dans un tel état qu'elle semblait n'avoir aucun contrôle sur les traits de son visage : sa bouche, son menton étaient agités de tics spasmodiques.

— Je suis sortie de bonne heure pour aller le retrouver et je les ai vus lui couper la tête.

— Oh non !

Epouvantée, Rose guida la jeune fille jusqu'à un fauteuil.

— Asseyez-vous. Je vais vous faire boire du cognac.

C'était un breuvage pour lequel Richard avait une prédilection. A cette pensée, la main de Rose trembla, et le gobelet de cristal heurta le col du carafon. Diane but une gorgée, machinalement, comme si elle n'avait plus aucune volonté propre.

— J'ai dû m'évanouir. Quand j'ai repris mes sens, il m'a fallu un bon moment pour le retrouver. Il avait été abandonné sur le chemin de ces centaines de gens. J'ai fini par le découvrir, écrasé, les membres brisés, près de quelques marches.

Elle leva vers Rose un visage désespéré.

— Mais sa tête n'était pas là. J'ai cherché partout. J'étais un peu folle, je crois, et je devais crier sans cesse, car un des gardes nationaux a quitté son poste pour venir m'ordonner de me taire. Je lui ai demandé de m'aider à retrouver la tête de Jean-Paul, et il m'a répondu que les Révolutionnaires l'avaient mise au bout d'une pique.

Rose frissonna au souvenir des têtes qu'elle avait vues partir avec la populace. Elle se pencha vers Diane, l'entoura de ses bras.

— Quel terrible moment pour vous ! Si j'avais su ce que vous enduriez, j'aurais essayé de vous aider. Pourquoi n'êtes-vous pas venue me trouver ?

— Je n'ai pas pu pénétrer dans le Château : la Garde nationale repoussait tout le monde. J'ai trouvé un jardinier qui a bien voulu m'aider. Il a enveloppé Jean-Paul dans une toile et, avec un autre homme, il l'a porté jusqu'aux anciens quartiers de la police. C'est là qu'on a déposé les corps. Je suis restée près de Jean-Paul jusqu'au moment où j'ai entendu tout le monde partir.

Rose prévoyait ce qui allait venir. Elle serra plus fort la jeune fille contre elle.

— Chut ! Essayez d'oublier cela !

— J'ai vu sa tête. Savez-vous ce que ces hommes affreux avaient fait ? Ils avaient chargé un barbier de laver le sang et de recoiffer toutes les têtes. Les cheveux de Jean-Paul, frais lavés, étaient tout dorés au soleil. Mais il avait la peur écrite sur la figure !

Sa voix monta vers l'aigu. Elle était sur le point de quitter d'un bond son fauteuil, mais Rose la maintint, la contraignit à se rasseoir. Jamais la jeune femme n'avait entendu sanglots plus déchirants que ceux de Diane.

Il faisait nuit lorsqu'elles se glissèrent hors du Château. Rose avait senti grandir en elle la peur de rencontrer d'autres serviteurs hostiles. Elle avait jugé préférable de rester dans son appartement jusqu'au moment où elle pourrait emmener Diane dans le labyrinthe de couloirs qu'elles en étaient venues, l'une et l'autre, à si bien connaître. Aux claquements de portes et de volets, elle comprit que la Garde nationale faisait fermer Versailles contre tous les intrus. Que deviendrait le Château, se demanda-t-elle, si le Roi, la Reine et la Cour demeuraient définitivement à Paris ?

Elle et Diane étaient vêtues de sombre, afin de se fondre dans l'obscurité. Elle avait emprunté à sa femme de chambre une robe et un bonnet. Le petit tableau qui lui était si précieux avait été glissé dans le ballot de vêtements de Diane. Elle avait tout abandonné, hormis ses bijoux qu'elle avait dissimulés sur sa personne. Elle avait décidé de sortir de l'enceinte par une grille de service. Comme elle l'avait espéré, le garde posté à cette grille prit les deux femmes pour des servantes et lança sur leur passage une joyeuse plaisanterie. Elles firent ensuite à pied tout le trajet jusqu'au Château Satory. Diane, normalement vigoureuse et énergique, trébuchait à chaque pas, comme en état d'hypnose.

Lorsqu'elles s'engagèrent enfin dans la grande allée, Rose, transportée de joie, se mit à courir. Elle gravit à vive allure les marches du perron, atteignit la porte et se mit à la marteler tout en agitant la sonnette.

— Je suis là, grand-mère ! criait-elle gaiement, comme si on pouvait l'entendre de l'intérieur.

La porte s'ouvrit toute grande. Elle se figea sous le choc : l'un de ces Révolutionnaires terrifiants, détestés, se dressait devant elle de toute sa taille, dans la lumière des chandelles.

Mais il prit pour s'exprimer la voix de Richard.

— Rose ! Dieu soit loué, vous êtes ici ! J'allais partir pour Versailles, afin de vous y chercher. Votre grand-mère a eu une attaque. Elle est au plus mal, je le crains.

Elle tomba dans ses bras pour échanger un rapide baiser de réconciliation, avant de s'arracher à lui pour s'élancer dans l'escalier. Au fond de son cœur, elle criait à Jasmine de ne pas mourir. Une telle perte, après tout le reste, serait intolérable.

22

En août 1792, Versailles était désert depuis près de trois ans quand Rose s'y rendit pour reprendre les objets personnels qu'elle y avait laissés. Elle avait soigné Jasmine pendant toute une longue maladie, suivie d'une non moins longue convalescence, et elle n'avait pas eu le temps de songer à autre chose. Elle ne tenait pas non plus à franchir les grilles du Château avant que l'horreur et la tristesse de ce sixième jour d'octobre eussent perdu de leur netteté dans sa mémoire. Certes, elle n'oublierait jamais, et Diane, de son côté, n'était plus la même. Rose avait remarqué que la jeune fille, tout comme elle, détournait le regard du Château lorsqu'il leur arrivait de traverser la Place d'Armes ou de faire des emplettes dans le voisinage.

La France avait connu une époque terrible. Complots, manœuvres et contre-offensives se succédaient entre les partis d'opinions différentes. Les modérés et les extrémistes luttaient pour prendre le pouvoir. Des hommes en vue étaient tombés, des nouveaux venus comme Robespierre et Danton avaient pris leur place. Il y avait eu des émeutes, des massacres. Pour les miséreux, le pillage, le brigandage, la faim n'avaient pas changé. Aux Tuileries, quelques mois plus tôt, le Roi avait été réinstallé dans ses fonctions, sans toutefois pouvoir exercer le moindre pouvoir arbitraire.

Ce jour-là, tandis que son carrosse l'amenait dans la Cour Royale, Rose regretta l'absence des Gardes suisses, dans leurs uniformes colorés. Des gardes nationaux se tenaient devant les grilles. Ils portaient la cocarde tricolore à leur bicorne noir. Pourtant, en posant le regard sur le balcon doré de la façade est, où le Roi et la Reine s'étaient montrés à la populace hurlante, elle découvrit que d'autres souvenirs, ceux des jours heureux, lui revenaient. On eût dit que Versailles faisait appel à toute son ancienne magie pour la charmer, comme il l'avait captivée lorsqu'elle y était arrivée, soupçonneuse, furieuse du changement apporté dans son existence.

Richard, ce jour-là, avait offert de l'accompagner dans son expédition, mais elle avait éprouvé le besoin d'affronter seule le passé.

— Si vous jugez cela préférable..., avait-il dit d'un ton dubitatif.

— Tout à fait, avait-elle répondu. Allez à l'ambassade, comme vous en aviez l'intention.

— Fort bien. Je pourrai passer aux Tuileries, si vous avez achevé votre lettre pour la Reine.

Elle lui confia le pli. Marie-Antoinette, elle le savait, aurait plaisir à recevoir de ses nouvelles, car la famille royale ne pouvait plus guère recevoir de visiteurs. Les Tuileries avaient pourtant connu des jours heureux, du temps où le Roi et la Reine avaient entretenu l'espoir que tout finirait bien. Le vieux palais avait été remeublé, embelli, pour former un cadre qui convînt à une Cour, même s'il ne pourrait jamais se comparer à Versailles. Durant cette période, la princesse de Lamballe, qui avait fui vers l'Angleterre après la prise de la Bastille, était revenue pour reprendre ses fonctions de dame d'honneur, et Marie-Antoinette lui avait été reconnaissante de sa loyale amitié.

Par deux fois, Rose et Richard s'étaient rendus à Saint-Cloud, quand la famille royale avait été autorisée à y faire un court séjour. La jeune femme avait pris un réel plaisir à jouer de nouveau avec le Dauphin et la princesse Marie-Thérèse, à bavarder avec la Reine dans un cadre paisible et campagnard, sans croiser à tout instant le regard d'un garde. Mais, après la désastreuse tentative d'évasion organisée par Axel de Fersen, la famille royale n'avait plus connu de tels répits.

Rose descendit de son carrosse devant la grille dorée qui s'ouvrait sur l'intérieur du Château. Son inquiétude pour la famille royale l'assombrissait de nouveau. Tout allait pour eux de mal en pis. Leurs vies étaient en danger constant, la haine retrouvait toute sa violence. La jeune femme pénétra dans le Vestibule de la Reine. Il était occupé par deux sentinelles qui montaient la garde et un troisième qui était assis à une table.

— Ton nom ? aboya celui-ci, un caporal.

— Lady Easterton.

Elle donna ensuite le motif de sa visite, et il chercha son nom dans un registre.

— Identité ?

Il lui prit ses papiers, hocha la tête, les lui rendit.
— Toutes les malles sont dans la première antichambre derrière la salle de garde. Vous connaissez le chemin, je suppose.
Elle ignora la note de sarcasme dans sa voix.
— Oui, je le connais.
Suivie des deux laquais de son carrosse, qui devaient porter ses malles, elle gravit, en prenant tout son temps, l'Escalier de la Reine. Dans son alcôve de marbre, le groupe doré symbolisant le mariage du Roi-Soleil avec Marie-Thérèse luisait doucement devant ses yeux, comme il l'avait fait si souvent. De chaque côté, les peintures en trompe l'œil donnaient une impression de distance et d'espace.
Rose traversa la salle de garde, entra dans la première antichambre. En ce lieu où, jadis, le Roi-Soleil avait soupé en public, s'entassaient des malles innombrables, des coffres de toutes tailles. Certains, se dit-elle, ne seraient jamais réclamés : leurs propriétaires étaient morts ou bien en exil. Un garde posté là l'aida à retrouver ce qui lui appartenait. Pendant que les laquais entreprenaient de déplacer les malles, Rose ne résista pas à l'envie de franchir le seuil du Salon de l'Œil-de-Bœuf, tout de blanc et d'or. Elle constata avec soulagement que la porte par laquelle la Reine s'était enfuie avait été réparée : il ne restait plus trace de violence. L'Assemblée, en fait, prenait grand soin du vaste édifice : pour tous les Français, hommes et femmes, qu'ils fussent nobles, bourgeois, paysans, le palais faisait partie intégrante de leur vie, et ils y avaient un droit d'entrée. Par une ironie du sort, jamais les restrictions n'avaient été aussi sévères. Dans le Château plus ou moins fermé, la plupart des fenêtres et de leurs volets étaient clos, les meubles qui n'avaient pas été déménagés disparaissaient sous des housses.
— Citoyenne, vos malles ont été descendues.
Elle se retourna, répondit d'un signe de tête au garde qui se tenait sur le seuil. Elle passa devant lui pour regagner le vestibule, où elle apposa sa signature sur le registre, avant de partir.
De retour au Château Satory, Diane sortit des malles des robes que Rose avait presque oubliées. La mode féminine, durant toute cette période, avait peu changé : la Reine n'était plus en situation de donner l'exemple et n'en éprouvait d'ailleurs pas le désir : d'autres soucis plus graves lui occupaient l'esprit. Les hommes avaient adopté les cols hauts, les cravates sans ornements nouées simplement, les habits ajustés et, fréquemment, les pantalons étroits portés avec de hautes

bottes. Le style convenait tout particulièrement à Richard, avec ses longues jambes et ses larges épaules. Ce matin-là, il était sorti dans un nouvel habit vert qu'il avait fait faire en Angleterre, lors de l'une de ses visites dans sa patrie. Jamais il ne proposait à Rose de l'accompagner : Jasmine était si faible que la jeune femme remerciait le ciel pour chacun des jours passés près d'elle. Richard avait abandonné son appartement à l'ambassade. Ses missions diplomatiques l'entraînaient souvent très loin, et, lorsqu'il ne voyageait pas, il résidait au Château Satory.

Jasmine appréciait sa présence. Quand il était absent, il lui manquait : c'était lui qui la portait pour descendre l'escalier ou le remonter. Les jours où elle se sentait assez bien, en effet, elle aimait recevoir des visiteurs dans le Salon Ivoire, soutenue par des coussins de tons pastel qui mettaient en valeur ses cheveux de neige. Michel Balaine demeurait son visiteur le plus assidu. Toute sa famille vivait au loin, et il se sentait seul dans sa vaste demeure. Tous deux, à la manière des gens âgés, s'entretenaient plus souvent du passé que du présent. Ils n'en conservaient pas moins le même intérêt à l'égard de ce qui se passait en France et exprimaient leur inquiétude.

Par bonheur, se disait Rose, Jasmine pensait que ce n'était pas son état de santé mais les fonctions de Richard qui les retenaient en France, bien que, sans doute, il eût pu tout aussi bien s'en acquitter en Angleterre. Jamais il ne parlait de ses activités, mais Rose savait néanmoins qu'il s'était rendu à la Cour de Vienne et avait rencontré de nombreux émigrés français qui avaient créé, partout où ils s'étaient établis, des Cours en miniature à l'image de celle de Versailles. Elle en concluait qu'il s'était fixé deux buts : le premier consistait à faire connaître aux gouvernements étrangers l'attitude de son propre pays devant les événements qui se déroulaient en France, l'autre tendait à obtenir la liberté de Marie-Antoinette et de ses enfants en échange d'une rançon ou, pour ce qui concernait l'Autriche, de prisonniers français capturés au cours de la guerre qui avait éclaté entre les deux pays. Il fit allusion, un jour, à une rencontre avec Axel, à Vienne. Le comte, Rose en était convaincue, n'avait pas renoncé, en dépit de la fuite manquée, à faire sortir de France Marie-Antoinette. Mais elle était tout aussi convaincue que la Reine choisirait toujours de ne pas quitter le Roi, et celui-ci, les Français ne le relâcheraient jamais.

Rose, ce jour-là, ne s'inquiéta pas outre mesure quand Richard tarda à rentrer de Paris. Il avait un horaire élastique, selon ce qu'il avait à faire. Jasmine se couchait toujours très tôt et prenait son souper au lit. Rose, comme toujours lorsque son époux était absent, soupa avec sa grand-mère. Elle lut ensuite à Jasmine un chapitre d'un roman, jusqu'au moment où la vieille dame fut au bord du sommeil.

Le reste de la soirée s'écoula lentement. Rose s'installa d'abord avec un livre mais, gagnée par l'ennui, elle ne tarda pas à le laisser de côté pour sortir dans la nuit d'août, chaude et parfumée. Elle s'engagea dans l'allée d'accès, la suivit jusqu'aux grilles, dans l'espoir d'apercevoir au loin les lanternes du carrosse de Richard. Un malaise l'envahissait. De retour à la maison, elle fut incapable d'envisager de se mettre au lit. Il était plus de minuit lorsqu'elle entendit les sabots d'un cheval. Elle se précipita dans le vestibule, atteignit la porte d'entrée avant le serviteur commis à cet office, l'ouvrit à un messager de l'ambassade. Elle décacheta précipitamment la lettre qu'il apportait, lut la ligne unique et mystérieuse, griffonnée à la hâte :

Ne m'attendez pas avant trois jours. R.

— Que se passe-t-il à Paris ? demanda-t-elle au messager, qui attendait une éventuelle réponse.

— Il s'est produit une attaque contre les Tuileries, madame, avec une considérable effusion de sang. Lord Easterton y assistait mais il s'en est tiré sans dommage.

— Et la famille royale ?

— Ils n'ont pas souffert non plus mais ils sont enfermés, pour leur propre sécurité, dans une pièce du Manège, aux fenêtres garnies de barreaux. Tous les serviteurs mâles ont été massacrés, depuis les cuisiniers jusqu'aux pages, et bon nombre de courtisans, de soldats et de civils ont été tués. Le carnage, aujourd'hui, à Paris, a été plus grand que sur un champ de bataille.

L'attente parut interminable. Quand Richard revint, tard dans la soirée du troisième jour, ses vêtements étaient en désordre, et il n'était pas rasé, comme s'il avait manqué de temps pour songer à son apparence. Son bel habit vert était déchiré au coude et portait des traces de sang séché. Un bras passé autour de la taille de sa femme, il l'entraîna dans le Salon Cramoisi. Là, à bout de forces, il se laissa choir dans un fauteuil, le coude sur un genou, le front au creux de sa main.

— Le Roi et la Reine sont perdus, je le crains, dit-il d'une voix rauque. Ils ont été emmenés, avec les enfants et Madame Elisabeth, à la forteresse du Temple.

Epouvantée par ses paroles, elle le dévisageait.

— Est-ce sans espoir ? dit-elle en mettant une main sur l'épaule de son époux.

— Je n'en vois aucun. Il s'est produit une nouvelle Révolution, et une Commune formée d'assassins a pris le pouvoir et s'est installée à l'Hôtel de Ville. Des centaines d'aristocrates ont été arrêtés, jetés en prison : parmi eux, Mme de Lamballe et les autres dames d'honneur. La monarchie a été abolie. La France est maintenant une république.

Elle sentit toute force l'abandonner et s'affaissa contre Richard, qui l'entoura de ses bras. Les scènes de massacre brutal dont il avait été témoin demeuraient imprimées en lui comme pour ne jamais s'effacer. Seuls, l'amour et le réconfort que lui apporta sa femme dans leur lit lui permirent de fermer les yeux. Ce fut durant ces nuits entièrement consacrées à l'amour que Rose conçut son enfant. Ils n'avaient pas envisagé un tel événement avant le moment où ils se trouveraient en sécurité en Angleterre. L'inquiétude de Richard s'en accrut d'autant. Rose, elle, ne pouvait s'empêcher d'être transportée de joie. Au milieu de toutes ces ténèbres, de toute cette tristesse, la perspective d'un enfant était comme une brillante lumière.

A peine établie, la Commune, exaltée par son succès, ordonna un massacre de prêtres, d'aristocrates, d'opposants politiques et emprisonna d'autres infortunés, parmi lesquels des enfants. Au Temple, un garde compatissant, qui tira juste à temps le rideau d'une fenêtre, évita à Marie-Antoinette un spectacle déchirant : elle ne vit pas la tête et le corps nu et mutilé de sa chère amie, Mme de Lamballe, promenés au bout de deux piques devant sa prison.

L'invention du docteur Guillotin, conçue à l'origine pour humaniser l'exécution, commençait à être de plus en plus utilisée pour l'élimination des soi-disant ennemis de la République. Le sifflement, le choc de la lame qui s'abattait sur le billot s'entendaient, comme à Paris, dans bien des villes, par tout le pays. Plus que jamais, Richard désirait éloigner Rose de la France. Sa qualité d'épouse d'un Anglais lui valait une certaine protection : on permettait aux étrangers de vaquer à leurs occupations quotidiennes sans tracasseries. Cependant, elle était probablement inscrite dans un dossier quelconque sous l'identité de ci-devant marquise de Chuard, dame d'honneur de la Reine.

Jusqu'à présent, il n'y avait pas eu d'incidents au Château Satory. Jasmine avait une réputation d'amie des miséreux, et cela avait suffi à la mettre à l'abri, ainsi que son domaine, des maraudeurs. Elle n'était pas la seule aristocrate ainsi épargnée : d'autres comme elle, en différentes régions du pays, avaient vu leur charité leur valoir une récompense qu'ils n'avaient jamais escomptée.

En janvier, Richard assista au procès du Roi et fut écœuré par toute la procédure. Le principal accusateur était Robespierre, dont l'éloquence venimeuse réduisit à néant toute chance de véritable justice. Tout ce qui émergea de cette mascarade, ce fut le courage inébranlable de Louis et son dévouement à son peuple. Il fut condamné à mort, et la date de l'exécution fixée au lendemain.

Ce matin-là, Jasmine tint à se lever tôt, à se vêtir de noir, afin de descendre prier en silence avec Rose pour l'âme du Roi. Vers le milieu de la matinée, un coup de canon retentit à Versailles, en écho à celui qui venait d'être tiré à Paris pour annoncer la mort de Louis XVI.

— Le Roi est mort ! Vive le Roi ! s'exclama Jasmine avec une émotion profonde.

Rose, qui partageait sa tristesse, passa un bras autour des épaules de sa grand-mère. Elle pensait à la veuve et aux enfants.

Jasmine paya le prix de l'effort physique qu'elle avait fait et de sa détresse. Un peu plus tard, en cette même journée, au moment précis où Richard arrivait de Paris, elle s'effondra. Il la porta jusqu'à sa chambre, pendant que Rose faisait quérir le médecin. Quand celui-ci arriva, il répéta simplement qu'on ne pouvait rien faire pour la duchesse, mis à part un repos complet et les soins éclairés de Rose.

— Que d'embarras je vous cause, chère Rose…

La voix épuisée de Jasmine était presque imperceptible.

— Surtout à présent, quand vous êtes bien avancée dans le cinquième mois de votre grossesse.

— Jamais vous ne serez un embarras pour moi, grand-mère, murmura la jeune femme, au chevet de la malade. Je serai toujours là pour veiller sur vous.

Jasmine, accrochée à la main de sa petite-fille, s'endormit en souriant. Elle avait entièrement perdu de vue toute idée d'un éventuel départ de Rose pour l'Angleterre. Quand Richard vint lui annoncer qu'il retournait pour quelque temps dans son pays, elle ne pensa pas un instant, enfermée comme elle l'était dans les bornes de la maladie, qu'il pût être torturé à la pensée de laisser son épouse derrière lui, en ces temps troublés. Furieuse de voir l'Angleterre refuser de reconnaître la République, la France lui avait déclaré la guerre, bien qu'elle n'eût plus en Europe un seul ami. A Paris, l'ambassadeur d'Angleterre se préparait à partir sans retard en emmenant avec lui tous ses collaborateurs, sans oublier Richard.

— Je reviendrai, ma bien-aimée, promit celui-ci à Rose.

Ils s'étreignaient une dernière fois, avant la séparation.

— Vous ne serez pas bien longtemps seule, je vous le jure, mon amour.

A la vive exaspération de l'ambassadeur, une escorte de gardes nationaux accompagna les voyageurs jusqu'à la côte et attendit que le navire prît la mer. Il ne fallait voir là aucune courtoisie mais le désir insultant de s'assurer que l'ennemi quittait bel et bien le sol français. Richard n'avait accordé aucune attention à l'escorte, trop occupé à revoir en détail les conditions de son retour. Si Rose suivait ses conseils, si elle restait chez elle et ne se rendait sous aucun prétexte à Paris, tout irait bien. Il y avait toujours la ressource de la chambre secrète, qu'elle lui avait montrée : Jasmine elle-même pourrait y être mise à l'abri, en cas d'urgence. Il y avait entassé des armes et toutes les munitions nécessaires et il avait appris à Rose à tirer au mousquet et au pistolet. Pendant qu'ils se trouvaient dans cette chambre secrète, elle avait cessé un instant de ranger des provisions sur les rayonnages pour ouvrir un coffret : il avait pu examiner les actes anciens, les plans architecturaux dessinés par Laurent Picard et le transfert de propriété effectué au profit de Marguerite Drémont. Il avait ressenti le plus grand intérêt à voir la signature énergique de son trisaïeul.

Dès son arrivée à Londres, Richard démissionna officiellement du service diplomatique : il y était entré uniquement pour se rendre utile en ces temps terribles pour la France et ne l'avait jamais considéré comme une carrière. Il se rendit ensuite chez lui, dans le Kent. Il pensait n'y rester qu'un jour ou deux mais découvrit que toute la famille se rassemblait à Easterton Court. Sa mère était mourante. A tous, elle avait caché le mal qui la rongeait, mais la maladie avait eu finalement raison d'elle. Le message qui lui avait été adressé par le canal diplomatique pour lui demander de revenir avait dû parvenir à l'ambassade d'Angleterre tout juste après sa fermeture.

La mère de Richard vécut encore quinze jours, dans d'intenses souffrances. Il était accablé de douleur en voyant une femme aussi vivante, aussi pleine de verve, ainsi terrassée. Après les obsèques, il s'attela à la tâche de régler toutes les affaires qui avaient trait à la succession de la défunte et au domaine. Après quoi, il songea de nouveau à son retour en

France : son inquiétude pour Rose ne l'avait pas quitté un instant.

Il ne lui fut pas difficile d'engager un pêcheur de Douvres pour lui faire traverser le pas de Calais et le déposer en un endroit désert de la côte française. Il se rendit ensuite à pied à la ville la plus proche et, là, s'enquit d'une diligence pour Paris. Il dut passer la nuit dans une hôtellerie, où il se présenta comme un bourgeois qui allait en voyage d'affaires dans la capitale. Il pensait qu'il serait moins voyant au sein d'un groupe d'autres voyageurs que s'il suivait seul, à cheval, la route qui partait de la côte. Il ne pouvait à aucun prix courir le risque du plus léger soupçon sur son identité. Il devait rejoindre Rose. Un mois s'était déjà écoulé depuis qu'il l'avait quittée.

Le voyage n'eut rien de confortable. La diligence était pleine à craquer, et, en bien des endroits, les pluies du début de mars avaient transformé la route en marécage. Par deux fois, lui et les autres hommes durent descendre pour aider à tirer les roues des ornières. A l'intérieur de la voiture, Richard écoutait les conversations, faisait de temps à autre les remarques appropriées. Il apprit ainsi en grande partie ce qui s'était passé durant son absence. Les factions politiques continuaient à s'entre-déchirer. On parlait d'un soulèvement royaliste contre la République. Dans leur prison, la Reine et Madame Elisabeth traitaient maintenant le Dauphin comme le nouveau Roi, Louis XVII.

— La Veuve Capet, remarqua un passager, en donnant à la Reine, dans un gros rire, le surnom qu'on venait d'inventer pour elle, oublie seulement que la monarchie n'existe plus !

Les autres partagèrent son hilarité, avec des commentaires de leur cru. Richard, qui feignait alors de dormir, put dissimuler la colère qui montait en lui.

A Paris, la diligence vint s'arrêter dans la cour d'une grande auberge. On était en fin de soirée, et l'endroit, bien éclairé, était extrêmement fréquenté. Richard, en entrant, affronta une vague de chaleur où se mêlaient les arômes du tabac, du vin et des plats cuisinés. Les conversations animées allaient bon train et rivalisaient avec *la Marseillaise* chantée par quelques soldats ivres, installés à l'une des tables qu'il apercevait de l'autre côté d'une large arcade. Dans l'atmosphère enfumée, le bonnet phrygien écarlate qui était devenu, comme la cocarde qui l'ornait, un symbole de la République était en évidence sur la tête des femmes comme sur celle des hommes. Son unique sac de voyage à la main, Richard dut attendre son tour derrière un groupe qui réclamait l'attention d'un employé. Son impatience était à son comble. Il espérait pouvoir louer un cheval dans les plus brefs délais : il pourrait ainsi rallier en moins d'une heure le Château Satory. Le bord étroit de son chapeau jetait peu d'ombre sur son visage, dans cette partie de l'auberge illuminée par un lustre en fer forgé. Déjà remarquable par sa haute taille, il se montra tout disposé à lier conversation avec un bourgeois ventru qui attendait comme lui. Il put ainsi tourner le dos à la salle surpeuplée. Il ne remarqua pas qu'un garçon coiffé du bonnet écarlate, assis à l'une des tables, se leva lentement, une longue pipe à la main, pour venir s'adosser à un mur tout proche.

Côte à côte, Richard et le bourgeois approchaient lentement du comptoir, à mesure que ceux qui les précédaient voyaient leurs exigences satisfaites.

— Etes-vous à Paris pour affaires, citoyen? demanda le bourgeois.

— Oui, répondit Richard d'une voix posée. Je suis un marchand de soies de Lyon. Inutile de le préciser, la perte d'anciens clients a fait descendre en flèche nos chiffres de ventes, et je suis ici pour chercher un nouveau marché.

Le bourgeois le poussa du coude d'un air sagace.

— Vous ne devriez pas avoir de peine. A ce que j'entends dire, les membres de la Commune ne manquent pas de compagnes désireuses de se mettre sur leur trente et un pour assister aux procès devant les tribunaux. Elles voudront toutes des robes neuves quand la Veuve Capet paraîtra devant ses juges.

— Est-ce là une possibilité? s'enquit négligemment Richard.

— Je dirais une certitude. Bien des crimes lui sont imputés. Il faudra bien qu'elle en réponde, tôt ou tard.

Le bourgeois constata qu'il n'y avait plus personne devant eux, fit signe à Richard d'avancer.

— Après vous, citoyen.

Richard expliqua à l'employé qu'il avait besoin d'un bon cheval. Il paya le prix de la location, reçut un bulletin à remettre au palefrenier. Le jeune homme curieux vida sa pipe, la glissa dans sa poche, avant de se diriger vers la table des soldats. Il leur murmura quelques mots. Ils tournèrent la tête pour regarder sortir Richard. Dès qu'il eut franchi le seuil, ils sautèrent sur leurs pieds, en renversant leurs chaises, et se coiffèrent de leurs chapeaux, attirant ainsi l'attention de tous les clients. Après quoi, ils se précipitèrent dehors, les uns derrière les autres, leur informateur en dernier.

Aux écuries, Richard sanglait son sac derrière la selle. Il mit le pied à l'étrier, s'enleva. Au moment où il sortait de la cour, il se trouva devant une rangée d'une douzaine de soldats, mousquets à l'épaule.

— Arrêtez-vous et mettez pied à terre, au nom de la République !

Il posa sur eux un regard froid. Aucune autre issue, avait-il déjà remarqué : les bâtiments de l'hôtellerie cernaient la cour sur trois côtés.

— Dans quel but ?

— Pour présenter vos papiers et décliner votre identité.

— Depuis quand un citoyen respectueux des lois doit-il se présenter sous la menace des armes ? Je m'appelle Augustin Roussier, poursuivit-il, prenant le nom de son ancêtre, comme il avait prévu de le faire. Je suis marchand de soieries de Lyon.

Il sortit de sa poche ses papiers, contrefaits par un expert londonien, les tendit.

— Comme vous pourrez le voir, tout est en ordre.

Son air d'autorité produisit son effet. Un soldat s'avança, examina les documents, fit signe à ses camarades.

— D'après les papiers, il est bien ce qu'il dit.

Le garçon au bonnet phrygien se précipita.

— Imbécile ! C'est le comte d'Avignon, je vous le dis ! Je le reconnaîtrais n'importe où ! Il est recherché. Sa tête est destinée à la guillotine !

Richard jura entre ses dents. Il avait rencontré le comte d'Avignon. Par le visage, ils ne se ressemblaient guère mais ils avaient la même taille, la même couleur de cheveux. Il comprenait qu'on pût se tromper. Calmement, il s'adressa au jeune homme.

— Regardez-moi bien. Corrigez l'erreur que vous venez de commettre. Nous ne nous sommes jamais rencontrés, vous et moi.

Poussé par les soldats, le garçon s'avança d'un air maussade. Une foule s'était maintenant rassemblée : les clients étaient sortis, verre en main, de l'hôtellerie. Certains avaient un quignon de pain dans l'autre main. Le jeune homme examinait le visage de Richard, et le doute grandissait en lui. Mais il lui vint à l'esprit qu'il ferait piètre figure s'il reconnaissait qu'il s'était trompé. Il pointa un doigt accusateur sur Richard.

— Vous êtes le comte d'Avignon ! Je vous ai vu, quand vous poursuiviez un cerf dans notre village ! Vous avez renversé ma sœur et deux autres enfants, les laissant pour morts !

L'ancienne indignation, l'ancienne fureur remontèrent en lui. Sa voix approcha du hurlement.

— Assassin ! La guillotine est trop rapide pour toi ! Je dis, moi, qu'il faut te pendre à la plus proche lanterne !

Richard tira d'une secousse sur la bride, et le cheval, surpris, se cabra, les sabots menaçants. Il assena alors un tel coup de cravache sur la croupe de l'animal que celui-ci bondit en avant, dispersant les soldats et tous ceux qui se trouvaient sur son passage. Richard leur aurait échappé si une balle ne l'avait touché à la tête. Il jeta les bras en l'air et tomba, comme assommé, sur les pavés de la cour, cependant que son cheval poursuivait sa course folle. La foule se précipita vers lui, et il aurait été mis en pièces si un sergent, qui s'était trouvé à l'étage en compagnie d'une femme, n'était sorti à ce moment précis.

— Qu'est-ce que c'est ? demanda-t-il, sous sa longue moustache noire.

C'était un homme redoutable, sévère avec ses hommes, et il leur en voulait de ce tumulte qui l'avait arraché à de plaisantes occupations.

— C'est le comte d'Avignon. Il a été reconnu et il a tenté de fuir.

Une modeste fierté se fit jour dans la voix du caporal.

— C'est moi qui l'ai abattu.

Le sergent attrapa Richard inconscient par ses cheveux ensanglantés, tourna vers lui le visage cendreux.

— Allons donc ! Ce n'est pas le comte d'Avignon ! Il a déjà été arrêté et se trouve dans l'une des prisons principales avec une horde d'aristos, ses pareils.

— Cet homme a éveillé les soupçons dans l'hôtellerie. Il dérobait son visage à la lumière.

Le sergent soupira.

— Dans ce cas, il faudra enquêter sur lui.

Il jeta un autre coup d'œil sur la victime.

— S'il vit, toutefois. Pansez-lui la tête, ou il va saigner à mort.

Richard, inconscient, gisait sur de la paille pourrie, dans une petite prison, située dans une étroite rue moyenâgeuse, où l'on enfermait d'ordinaire les ivrognes et les voleurs, avant de les juger. Le sergent vint voir par trois fois s'il était en état de subir un interrogatoire, mais la fièvre le tenait, et il délirait à propos d'orchidées. Sur le registre du geôlier, on l'inscrivit sous le nom d'Augustin Roussier et on laissa en blanc la nature de son crime. Après quoi, le sergent l'oublia pour des affaires plus importantes. Richard aurait pu mourir là si l'épouse du geôlier ne l'avait soigné. Mme Robiquet était une femme simple et sans beauté. Sa brute de mari la terrifiait, elle se montrait maladroite en bien des cas mais elle possédait des mains de guérisseuse. Quand Richard commença enfin de se rétablir, il était considérablement amaigri et ne se souvenait plus de rien. Il acceptait de s'appeler Augustin Roussier, puisqu'il ne se rappelait aucun autre nom, et il passait ses jours à se torturer l'esprit pour arracher au passé un souvenir qui lui révélât comment et pourquoi il se trouvait là, emprisonné.

Le dernier jour de mai, au Château Satory, Rose donna naissance à un fils vigoureux, éclatant de santé. Sa joie immense se mêla d'une intense reconnaissance : les inquiétudes qui l'avaient assaillie durant sa grossesse n'avaient eu sur lui aucun mauvais effet. Il y avait eu tant de jours de vaine attente du retour de Richard, tant de nuits où la peur avait tenu le sommeil en respect. L'enfant fut baptisé Charles, en souvenir du père de Richard. Plus que jamais, elle fut reprise du désir de le revoir, de lui montrer le fils qu'elle lui avait donné.

Au début, elle nourrit le bébé au sein. Il devenait de plus en plus malaisé de trouver des gens qui fussent disposés à se placer chez des aristocrates, même s'il existait une surabondance de valets, de garçons d'écurie, de femmes de chambre et de cuisiniers qui venaient grossir le nombre des pauvres. Leurs anciens maîtres et maîtresses avaient fui le pays ou se trouvaient en prison, ou bien, comme dans le cas de Rose, évitaient dans la mesure du possible de paraître en public et risquaient à tout moment une enquête des agents de la Commune, un danger que la plupart des serviteurs cherchaient à éviter. Au Château Satory, quelques fidèles étaient restés sur place, mais tous les jeunes hommes étaient partis rejoindre la Garde nationale. Mme Arnaud, la mère de Diane, qui, en sa qualité de gouvernante, avait représenté l'un des piliers de la demeure, était partie, elle aussi, mais contrainte et forcée. Son gendre, qui tenait à Paris un petit cabaret, avait été tué au cours d'une émeute, et elle avait dû aller aider sa fille veuve à tenir l'établissement et à élever les trois jeunes enfants.

Peu de gens venaient désormais se faire nourrir au Château Satory : la corne d'abondance qu'avaient représentée les cuisines de Jasmine s'était presque tarie. Des nouveaux venus, que les bouleversements de la Révolution avaient amenés dans la région, s'étaient introduits à plusieurs reprises dans les bâtiments où se trouvaient les réserves du château. Les rayonnages et les planchers étaient maintenant vides, les vitres des fenêtres brisées, les portes pendaient sur leurs gonds. Ce qui aurait pu nourrir un grand nombre de malheureux avait été englouti par quelques-uns.

Ce nouvel élément de la communauté se répandait dangereusement dans la région. Des membres portaient le bonnet phrygien et se montraient toujours prêts à fomenter des troubles. Des prisonniers, amenés en groupe dans la ville de Versailles, furent attaqués et massacrés avant d'avoir pu être enfermés dans leurs cellules. Une bande d'allure inquiétante franchit un jour les grilles du Château Satory et ne se retira que sur les instances de deux hommes du voisinage qui avaient eu, par le passé, de bonnes raisons de se louer de la charité de la duchesse de Valverde.

Charles avait tout juste six semaines quand, après cet incident, Rose passa seule toute une nuit à transporter dans la chambre secrète les tableaux de famille et d'autres trésors. Jusqu'à présent, Richard et elle étaient les seuls à connaître l'existence de cette cachette : Jasmine l'avait oubliée, comme bien d'autres souvenirs. Rose meubla les vides en y disposant d'autres toiles moins précieuses, mais il était étrange de ne plus voir Marguerite, dans sa robe d'or, son éventail de Versailles à la main, au-dessus de la cheminée, dans le Salon Ivoire.

Par bonheur, Jasmine ne se tourmentait pas de ces changements. Elle n'avait plus quitté son lit depuis le jour de l'exécution de Louis XVI. Michel venait toujours la voir, mais elle ne le reconnaissait pas chaque fois, ses périodes de lucidité se faisant de plus en plus rares. Il avait bien de la peine à gravir l'escalier. Pourtant, il persistait dans ses efforts, refusait de céder à la souffrance qui, souvent, faisait ruisseler la sueur sur son front.

Un jour où il s'était assis précautionneusement dans un fauteuil au chevet de Jasmine, elle demanda :

— Où est Richard ?

Elle avait, ce jour-là, l'esprit tout à fait lucide.

— Il est absent depuis bien longtemps.

Michel échangea un regard avec Rose, qui se tenait de l'autre côté du lit. Il partageait son sentiment que son mari se trouvait emprisonné quelque part et il avait tenté de l'aider à le retrouver. Un vieux et fidèle domestique, qui avait servi la famille Balaine durant de nombreuses années et qui était maintenant à la retraite, à Paris, passait son temps à s'informer dans différentes prisons... discrètement, car il était dangereux de se montrer trop curieux. Le fils de ce serviteur avait été dépêché dans le même but à Calais, le port par lequel passait toujours Richard, pour essayer de relever ses traces sur la route de Paris. Une communication secrète avec l'un des frères de Richard avait révélé la date de son départ d'Angleterre. Rien d'autre, depuis, n'était venu guider les recherches. Richard ne s'était entretenu avec personne de ses projets.

— Le mari de Rose sera de retour ici dès que ses fonctions le lui permettront, répondit Michel à Jasmine. Vous savez combien il est occupé.

Mais Jasmine ne se laissa pas apaiser.

— Son premier devoir, en cette période, est envers son épouse et son enfant. Il n'a pas encore vu son fils, vous le savez, et notre arrière-petit-fils est un si bel enfant.

L'espace d'un instant, la joie fit briller les yeux de la vieille dame.

— Ce n'est pas de son plein gré, vous pouvez en être assurée.

— Rose se languit de lui.

Jasmine avait oublié la présence de Rose dans la chambre.

— Ils ont toujours été si heureux ensemble.

— Ils le seront de nouveau.

Rose sortit de la pièce, referma doucement la porte. Lentement, elle s'approcha d'une fenêtre, pressa ses poings contre la vitre, le regard tendu vers Paris, loin derrière les arbres. Où était l'homme qu'elle aimait ? En elle grandissait la tentation de se rendre à Paris pour tenter de le retrouver. Elle disposait maintenant d'une nourrice et pouvait sans risque laisser Charles pour quelques heures. Certes, juste avant de partir, Richard lui avait ordonné de ne pas aller à Paris, pour quelque raison que ce fût, mais elle sentait le moment venu de lui désobéir. Elle s'était constamment refusée à envisager la possibilité qu'il fût déjà mort mais elle commençait à penser que, si elle n'intervenait pas très vite, il serait trop tard. A force d'attendre que l'ancien domestique de son grand-père découvrît des renseignements, elle devenait presque folle.

Elle allait commencer dès le lendemain, jour après jour. De cette manière, elle pourrait passer la journée en recherches et se retrouver chez elle le soir, afin de s'assurer que tout allait bien pour sa grand-mère et son enfant. Discrètement vêtue, munie de tout l'or nécessaire pour faire libérer Richard, elle aurait l'avantage d'une jolie femme sur un homme vieillissant et son fils, dont la quête demeurait sans résultats.

Stimulée par la perspective d'agir, après des mois d'attente forcée, elle gagna sa chambre, sonna Diane, lui demanda de l'aider à choisir ses vêtements les plus simples.

— Voulez-vous que je vous accompagne, madame? demanda la femme de chambre, en ouvrant un tiroir.

— Non. Je dois vous laisser ici. Vous veillerez, en mon absence, sur ma grand-mère et sur Charles.

Rose découvrit alors ce qui se trouvait dans le tiroir ouvert et arrêta le mouvement de Diane qui allait le refermer. Il contenait les robes de mousseline et les ceintures de satin de teintes pastel qu'elle avait portées au Petit Trianon. Tristement, elle en effleura une du bout des doigts. Ce temps heureux avait-il réellement existé, ou bien n'était-ce qu'un rêve, balayé par la tourmente qui secouait maintenant la France, et qu'on appelait la Terreur? Marie-Antoinette, dans son cruel emprisonnement, se réconfortait-elle au souvenir de ces jours anciens?

— Ma mère a entendu dire au cabaret qu'on avait enlevé le Dauphin à la Reine, dit Diane dans un murmure.

Elle était revenue la veille d'une visite à Paris et n'avait su comment annoncer la nouvelle à sa maîtresse.

— Pendant des jours et des nuits, elle l'a entendu l'appeler en pleurant dans une cellule en dessous de la sienne.

Rose avait laissé retomber la robe de mousseline, et ses phalanges blanchies s'accrochaient au bord du tiroir.

— Comment ont-ils pu se montrer aussi cruels? fit-elle d'une voix étranglée.

— On l'oblige maintenant à porter le bonnet rouge et à crier Vive la République! On l'a battu pour le forcer à faire et à dire ce qu'on voulait.

— Oh! le malheureux enfant!

— La Reine est l'objet des pires humiliations. Les gardes quittent rarement sa cellule. Elle doit se laver et s'habiller en leur présence.

Dans sa détresse, Rose se détacha de la commode pour aller se jeter dans un fauteuil. Que Marie-Antoinette, la plus pudique des femmes, fût soumise à de tels outrages l'accablait de douleur et de compassion. Elle pleurait désespérément pour une souveraine, une amie infortunée qu'elle ne pouvait secourir d'aucune façon.

Il était très tôt, le lendemain matin, quand Rose s'habilla. Elle voulait disposer du plus de temps possible. Elle se glissa dans la chambre de sa grand-mère, pour s'assurer que tout allait bien, avant de prendre son enfant dans ses bras pour l'embrasser à plusieurs reprises, avant de le remettre à la nourrice. Elle s'adressa ensuite à Diane d'un ton grave :

— Je serai de retour ce soir. Il en sera désormais ainsi chaque jour. Je me rendrai sans répit à Paris, jusqu'à ce que j'aie découvert un indice... S'il devait m'arriver quelque chose, reprit-elle, après un silence, prenez soin de mon fils, en attendant que son père revienne, ou que sa famille anglaise puisse lui donner asile.

Elle tendit une bourse à la jeune fille.

— Il y a là de l'or à utiliser en cas d'urgence.

— Oui, madame.

Rose partit sur le siège d'une vieille carriole, naguère utilisée par le jardinier, et que tirait une rosse. Il ne restait plus, à l'écurie, ni chevaux de selle ni chevaux de trait, mais, même s'ils n'avaient pas été enlevés par des brigands, elle n'aurait pu s'en servir. Elle regrettait pourtant la perte des magnifiques pur-sang. Elle portait, pour son expédition, une simple robe de cotonnade et un chapeau à large bord retenu sous le menton par un nœud de ruban. Elle devait abandonner sa démarche de Cour, qui était depuis si longtemps une seconde nature, pour adopter celle d'une jeune bourgeoise. Dans son enfance, elle avait passé assez de temps en compagnie des garçons d'écurie et des palefreniers pour modifier dans un juste degré son élocution. Comme elle voulait se faire passer pour une épouse de menuisier, qui vendait quelques denrées pour améliorer l'ordinaire de la famille, elle emportait des fruits et des légumes du verger et du potager, ainsi qu'un panier d'œufs.

Comme elle s'y était attendue, la vente était facile aux portes des prisons. Les gardiens lui achetaient ses fruits, ses œufs, ses légumes aussi, s'ils avaient des épouses et des enfants dans le voisinage. Elle avait choisi les lieux de détention les plus importants, dont beaucoup étaient des couvents réquisitionnés : on y enfermait les détenus politiques, à l'écart des criminels de droit commun, et c'était là qu'elle avait le plus de chances de retrouver Richard. En bavardant de tout et de rien avec les gardiens, elle finissait toujours par demander s'il y avait à l'intérieur des prisonniers étrangers. Elle entendit parler d'Italiens, de Suisses et d'un Danois qui avait eu des démêlés avec la Commune.

— Pas d'Anglais ?

— Non. Ceux-là et les Autrichiens, si nous en prenions, seraient fusillés comme espions.

Il était difficile de ne pas pâlir devant de telles déclarations. Elle s'accrochait à l'espoir que Richard avait conservé son masque de Français et n'avait pas été identifié. Son but était d'obtenir l'autorisation d'aller de cellule en cellule : on permettait aux prisonniers d'acheter et ils lui faisaient parvenir l'argent nécessaire. Parfois, elle voyait s'ouvrir les portes de la prison qu'elle avait choisie ce jour-là. Des charrettes en sortaient, roulaient bruyamment sur les pavés, chargées de victimes pour la guillotine. Chaque fois, terrifiée à l'idée de voir Richard parmi ces pauvres gens, elle scrutait leurs visages et devait abaisser le large bord de son chapeau pour n'être point reconnue lorsqu'elle voyait une connaissance de Versailles. Elle vit un jour le comte de Cordières, avec lequel Richard s'était battu en duel. Debout au milieu des autres condamnés, dans la charrette, il regardait droit devant lui d'un air méprisant : il avait, semblait-il dire, trop souvent affronté la mort sur les champs de bataille ou au cours de ses duels, pour être impressionné par la guillotine. Elle fit pour lui une prière silencieuse. Elle n'y manquait d'ailleurs jamais, pour tous ces infortunés qui allaient vers leur exécution.

Elle était toujours stupéfaite de constater que la vie, à Paris, se poursuivait à peu près comme avant. Il y avait des promeneurs sur les Champs-Elysées, des gens qui admiraient les vitrines, qui faisaient leurs emplettes, qui fréquentaient les cafés et les lieux de plaisir. Les charrettes représentaient maintenant un spectacle si familier que, dans la Rue Saint-Antoine et la Rue Saint-Honoré, on les regardait à peine rouler vers la guillotine où des foules n'avaient pas cessé de se rassembler. Ces endroits-là, Rose prenait soin de les éviter. Néanmoins, lorsqu'elle faisait route d'une prison à une autre, il lui arrivait assez souvent de trouver devant elle une charrette chargée de corps sans tête, qu'on menait à la fosse commune, ou une traînée de sang sur les pavés. Elle devait alors lutter à la fois contre la nausée et contre les larmes, afin de pouvoir sourire quand elle atteindrait sa destination.

Quand vint septembre, elle transporta des fagots de bois mort, ramassé dans le parc du château. Elle devait souvent les assembler et les lier elle-même : il ne restait plus pour l'aider qu'un vieux jardinier. Du moins les égratignures et les taches dissimulaient-elles la blancheur de ses mains qu'elle avait jusque-là cachées sous des mitaines en dentelle grossière. Au château demeuraient seulement Diane, deux servantes et un jeune orphelin qui faisait les gros travaux. Rose avait fermé la plupart des pièces. Elle passait le plus clair du peu de temps dont elle disposait avec sa grand-mère et son fils. La nourrice, pour des raisons de sécurité, refusait de demeurer sous le toit d'aristocrates, mais elle venait de sa chaumière à heures régulières pour s'acquitter de sa tâche.

Le bois mort se vendait fort bien, tant aux gardes qu'aux prisonniers. Rose put à peine contenir son émotion, le jour où on lui permit enfin de franchir la porte de Saint-Lazare avec un lourd panier de bois à vendre aux prisonniers. Elle avait entendu dire que les détenus pouvaient vivre dans leurs propres meubles, que leurs lettres n'étaient pas censurées, et qu'il s'était établi un mode d'existence qui s'apparentait de bien des façons à Versailles. Elle n'aurait cependant jamais cru trouver une atmosphère aussi détendue parmi ceux qui attendaient une mort terrible. Dans cet ancien couvent, les pièces étaient hautes de plafond, claires et bien aérées. Des gens bien vêtus y conversaient, y jouaient aux cartes, dessinaient ou peignaient. Dans une pièce se trouvait un pianoforte, et une marquise qu'elle connaissait bien y enseignait le chant à quelques petites filles. D'autres enfants jouaient ensemble. On préparait des repas sur des poêles mobiles ou bien, si on les faisait venir du dehors, on les réchauffait, et l'arôme qui se répandait était des plus appétissants.

— Du bois ! Tout juste ce qu'il nous faut !

Plusieurs aristocrates, hommes et femmes, s'approchèrent immédiatement. Ils s'intéressaient uniquement à ce qu'elle avait à vendre et non pas à son visage. Une bonne demi-douzaine d'entre eux, pourtant, l'auraient reconnue si elle n'avait gardé la tête baissée, comme par timidité, ses cheveux bouclés bien cachés sous le bonnet qu'elle portait sous son chapeau.

Elle fit plusieurs allées et venues, entre sa carriole et les cellules, jusqu'au moment où elle n'eut plus rien à vendre. Richard ne se trouvait dans aucune des cellules qu'elle avait visitées. Les détenus, avait-elle constaté, étaient libres de se rendre visite et de faire des invitations, comme s'ils se trouvaient encore dans leurs appartements de Versailles.

Elle raya sur sa liste le nom de Saint-Lazare, se rendit le lendemain dans une autre prison où les gardiens, ayant appris qu'elle avait eu l'autorisation de vendre ailleurs, la laissèrent entrer. Elle y trouva de nombreux serviteurs fidèles qui avaient été emprisonnés avec leurs maîtres et leurs maîtresses et qui, tout en étant promis au même sort, leur témoignaient la même déférence que naguère, dans les riches châteaux. Richard n'était pas non plus dans cette prison, qui disparut à son tour de la liste. Il y en avait encore bien d'autres à visiter.

Dans certaines, on lui refusa l'entrée. Elle n'en continua pas moins avec la même obstination.

Sa tristesse devant le malheureux sort des détenus ne la quittait pas. En octobre, le poids de son chagrin s'accrut encore quand la Reine dut paraître devant le tribunal. Les journaux publiaient des comptes rendus complets du procès, et le verdict était acquis d'avance. Rose n'alla pas à Paris, le jour où Marie-Antoinette fut menée à la guillotine, non pas dans un carrosse, comme Louis XVI, ni dans une charrette, mais dans un vulgaire tombereau, assise sur une planche, les cheveux tailladés, les mains étroitement liées derrière le dos. Sa dignité, son sang-froid impressionnèrent bon nombre de spectateurs, dans la foule immense. Comme le jour où le Roi avait été exécuté, Rose observa une veillée silencieuse, où se mêlaient prières et souvenirs.

En novembre, le temps se mit au froid. On se disputait le bois mort de Rose, et, un jour où elle vendait dans un ancien couvent où elle n'avait pas été autorisée jusque-là à pénétrer, la porte d'une vaste salle s'ouvrit toute grande. Un garde national suivi d'une escorte entra, avec la liste de ceux qui devaient rejoindre les charrettes qui les attendaient.

— Le marquis de Loiseau. Le duc et la duchesse de Villemont ! La comtesse de Berthier et ses deux enfants ! Le vicomte de Fabiole…

Durant un long moment, il continua d'énumérer ainsi, d'une voix de stentor, soixante noms bien connus.

Il n'y eut aucun affolement. La liste avait été affichée plus tôt, et les condamnés avaient eu le temps de se préparer. Certains fermèrent les bibles et les missels qu'ils lisaient, d'autres s'embrassèrent pour se dire adieu. Les voix étaient contenues, les attitudes pleines de dignité. Ceux dont les enfants devaient les accompagner à la guillotine prirent les plus petits dans leurs bras, donnèrent la main aux aînés. Rose, clouée sur place par l'horreur et le désespoir, regarda le triste cortège sortir de la salle où ceux qui restaient demeuraient debout, en signe de respect. La porte se referma. Quand la jeune femme passa le seuil de la prison, les charrettes n'étaient plus là. Bouleversée, elle faillit se trahir aux portes de la ville, en reprenant, pour répondre au garde, la diction propre à l'aristocratie. La Terreur exerçait une telle emprise sur le pays que le moindre soupçon aurait pu la faire traîner devant un tribunal pour y entendre l'inévitable verdict. Toute tremblante, elle reprit son chemin, en se demandant combien de temps allait durer sa chance.

Elle avait encore effectué deux voyages à Paris quand l'état de Jasmine s'aggrava subitement. Cette fois, Rose comprit que sa grand-mère bien-aimée touchait à la fin de sa vie. Elle envoya chercher Michel, pour lui permettre de dire adieu à la femme qu'il aimait toujours. Il vint aussitôt.

— Jasmine, mon cher amour, dit-il tout bas à la malade, regardez-moi une dernière fois.

Lentement, elle ouvrit les yeux, rencontra le regard aimant. Elle reconnut Michel, lui rendit le même regard dans les ultimes moments qui précédèrent le coma. Il éclata en sanglots violents qui secouaient ses larges épaules. Tendrement, il baisa la main et le front de Jasmine, avant de sortir de la chambre d'un pas chancelant, la tête basse, le visage ruisselant de larmes. Rose descendit l'escalier avec lui et l'accompagna jusqu'à sa voiture.

— Je ne reviendrai plus au Château Satory, lui dit-il tristement. Pardonnez-moi, mais je ne supporterais pas cette demeure sans la présence de Jasmine. Je m'attendrais toujours à la voir apparaître.

— Je vous comprends, grand-père.

Elle l'embrassa, tourna les talons pour regagner le château.

Michel, dans sa voiture, essuya les larmes qui ne cessaient de couler. Il aurait aimé pouvoir communiquer à Rose le renseignement qu'il avait reçu, mais il était encore trop tôt pour avoir une certitude, et, dans ce moment de deuil commun, il ne voulait pas éveiller en elle de vains espoirs. Son ancien domestique lui avait apporté cette information : dans une prison écartée, qui ne comprenait que six cellules, et où n'était détenu aucun prisonnier politique — le dernier endroit où Richard aurait pu être incarcéré —, un homme jeune disait des vers et chantait dans une langue qu'il prétendait être de l'anglais. Le geôlier, naturellement, n'y entendait goutte, mais le prisonnier, qui avait perdu l'esprit et la mémoire depuis longtemps, reconnaissait qu'il avait dû jadis apprendre cette langue. Un jour, il avait tenté de s'évader, et on avait dû mettre un double verrou à sa porte. Le nom donné était Augustin Roussier. Michel voyait là une coïncidence trop frappante pour être fortuite : il y avait de fortes chances pour que le prisonnier fût Richard. Restait à en obtenir confirmation et à le faire sortir de sa prison. Le geôlier, avait dit le vieux domestique, ne pensait qu'au devoir et ne se laisserait pas acheter.

Rose ne quitta plus le chevet de sa grand-mère et la veilla en lui tenant la main. Peu avant minuit, Jasmine mourut paisiblement.

Les obsèques furent fixées au surlendemain. Il fallut entretemps régler les habituelles questions pratiques. Le notaire se présenta, ouvrit le testament, en donna lecture. Jasmine léguait à sa petite-fille le pendentif de saphir de Marguerite et tous ses joyaux, ainsi que le Château Satory, tous ses biens et sa fortune. Après le départ du notaire, Rose entreprit de trier des lettres et des papiers innombrables. Elle brûla tout ce qui avait depuis longtemps perdu de l'importance, plaça le reste dans un coffret de fer qu'elle enferma, avec les bijoux, dans la chambre forte.

Le jour de l'enterrement, la jeune femme attacha à son cou le pendentif de saphir, le porta sous sa robe noire. Il la liait étroitement, se disait-elle, aux deux femmes qui avaient imprimé leur marque sur le Château Satory, l'une par l'amour, l'autre par les bonnes œuvres. Un fourgon mortuaire l'emmena, derrière le cortège, jusqu'à la petite église Saint-Antoine, aux confins de la ville de Versailles. Elle était seule. Diane était restée au château avec l'enfant, et Rose avait décidé que les autres serviteurs, qui auraient aimé assister à la cérémonie, devraient s'en abstenir pour leur propre sécurité. Les espions étaient partout. Michel l'attendait devant l'église, et elle y pénétra avec lui. Elle fut émue de trouver une assistance nombreuse : presque tous les sièges étaient occupés.

Dans la cuisine du Château Satory, Diane, en compagnie des deux servantes, mangeait du pain et du fromage. Toutes trois, ce matin-là, s'étaient levées très tôt, afin de préparer des rafraîchissements dans le Salon Cramoisi, pour le cas où quelques personnes reviendraient des obsèques avec Rose. Leur paisible conversation fut subitement interrompue : le garçon à tout faire, la frayeur peinte sur le visage, surgit en trombe de l'arrière-cour.

— Des soldats arrivent par la grande allée ! J'étais dans le verger et je les ai entendus parler. Ils sont là pour mettre la duchesse de Valverde et la marquise de Chuard en état d'arrestation !

L'une des servantes, un gobelet de lait à mi-chemin de sa bouche, renifla avec mépris.

— Ils arrivent trop tard pour la duchesse, et notre maîtresse est à présent Lady Easterton.

— Mais ils n'arrivent pas trop tard pour nous, idiote ! Nous pourrions être condamnés rien que pour avoir travaillé ici, et ils arrêteront Madame quand elle reviendra de l'enterrement !

Les deux servantes, avec des cris aigus, quittèrent vivement leur banc pour se précipiter vers la porte. Diane, retrouvant ses souvenirs de la Bastille, les suivit. Mais, quand l'air froid du matin la frappa en plein visage, elle se souvint du bébé couché à l'étage. Elle ne pouvait pas l'abandonner. On le tuerait !

Elle rentra, courut jusqu'au vestibule. Le bruit de la troupe en marche se rapprochait. Au moment où elle gravissait quatre à quatre le grand escalier, elle entendit les premiers coups frappés à la porte d'entrée.

— Ouvrez, au nom de la République !

Charles dormait dans son berceau. Elle l'en arracha. Il se mit à pleurnicher mais, lorsqu'elle l'enveloppa de ses couvertures, il referma les yeux. Cette fois, pour redescendre, elle évita le grand escalier, prit celui qui servait aux domestiques. Il l'amena dans un couloir proche des cuisines, et elle poussa un gémissement de désespoir : les gardes nationaux, constata-t-elle en regardant par une fenêtre, avaient envahi l'arrière-cour et lui coupaient ainsi la route ! Folle de terreur, elle traversa en courant une pièce, une autre, se trouva enfin dans le Salon de Musique. Là, elle ouvrit une porte-fenêtre qui donnait sur la pelouse où, près d'un taillis, s'élevait le pavillon d'été. Elle referma les battants derrière elle, s'élança sous les branches basses, dans un éparpillement de feuilles mortes. Lorsqu'elle se jugea suffisamment cachée au plus profond des arbres, elle se laissa tomber sur le sol, l'enfant serré dans ses bras, et pria désespérément pour qu'ils ne fussent pas découverts.

Elle vit des soldats pénétrer dans le pavillon d'été et le fouiller, avant de repartir au pas de course. L'un d'eux entra dans le taillis. La jeune fille le voyait à travers les buissons, et son cœur faillit s'arrêter. Mais il se contenta de jeter un rapide coup d'œil autour de lui, avant de s'éloigner à son tour. Charles se réveilla, se mit à gazouiller et à gigoter, comme si se retrouver couché par terre sous les arbres était un jeu nouveau. Diane entendit soudain derrière elle un froissement de feuilles, se redressa dans un sursaut de terreur. Elle s'attendait à voir devant elle un garde prêt à frapper, mais c'était seulement le vieux jardinier.

— Vous feriez bien de sortir de là le plus vite possible, lui conseilla-t-il, en pliant péniblement ses membres raides pour s'accroupir en face d'elle. Les soldats pourraient recommencer à fouiller le parc, avant de cadenasser toutes les grilles. M'est avis qu'ils croient que les aristocrates de cette maison ont été prévenus et ont pris la fuite. Ils ferment tous les volets et toutes les portes.

— Où sont les servantes ? Et le valet ? Est-il en sûreté ?

— Ils se sont cachés derrière le poulailler. Ils doivent être partis à l'heure qu'il est, ajouta-t-il.

— Vous devez avertir notre maîtresse de ne pas revenir ici. Elle pourrait bien rencontrer les soldats. Pourriez-vous atteler la rosse à la carriole ? Je sortirais par la grille du fond et je mènerais le bébé chez M. Balaine. Lady Easterton nous y retrouvera.

— Pourquoi ne pas aller à sa rencontre sur la route ?

— Non ! Je ne peux pas courir le risque de m'attarder par ici. Il faut que je prenne les chemins de terre et les allées détournées. Mes papiers sont dans la maison, je ne peux pas aller les chercher. Vous savez ce que cela entraîne, quand on est questionné sans pouvoir faire la preuve de son identité. Faites ce que je vous dis !

Ensemble, ils se glissèrent parmi les arbres, se faufilèrent derrière les haies de buis pour atteindre la petite écurie du vieux cheval. Le jardinier voyait à regret partir l'animal dont il s'occupait depuis longtemps. Il l'attela cependant à la carriole et regarda s'éloigner Diane et le bébé. Après quoi, de sa démarche pesante, il quitta à son tour le domaine, avec un ballot qui contenait ses quelques possessions, car il savait tout retour impossible. Il se posta à quelque distance du château, en un lieu où il pourrait arrêter la voiture de sa maîtresse.

Michel suivit le service funèbre aux côtés de sa petite-fille et se tint encore près d'elle quand on mit Jasmine dans le caveau funéraire que Laurent Picard avait conçu et fait ériger avant sa propre mort. Couronné d'une balustrade, il évoquait un peu Versailles.

Michel se sépara de Rose au cimetière. Elle craignait qu'il ne prît froid dans le vent glacé et le pria de ne pas s'attarder. Un grand nombre de personnes attendaient de pouvoir exprimer leurs condoléances, et cela prendrait un certain temps. S'il accepta de partir, ce fut seulement parce qu'il souffrait abominablement du froid et redoutait de voir ses jambes lui refuser tout service.

— Je vous tiendrai au courant de tout ce que j'apprendrai à propos de votre époux, dit-il à Rose.

Rien n'était venu confirmer ce qu'il savait déjà, et il regrettait de ne pouvoir encore lui en parler.

— On s'en occupe toujours assidûment. Venez me voir aussi tôt et aussi souvent que vous le pourrez.

— Je vous le promets, grand-père.

Le cocher de Michel, voyant aux nuages de plus en plus bas qu'il allait pleuvoir d'un instant à l'autre, le ramena chez lui à vive allure. L'averse éclata au moment où ils atteignaient la maison. Des valets se précipitèrent pour soutenir le vieil homme et l'abriter sous un parapluie. Il les remercia courtoisement. Tous ses serviteurs l'aimaient bien et se félicitaient d'avoir, en ces temps troublés, un emploi sûr chez un bourgeois fortuné. Il n'y avait, dans cette maison, aucune trace de sang bleu qui pût les mettre en danger.

Michel venait de s'installer dans son fauteuil favori, près du feu, un verre de vin à la main, quand on vint lui annoncer une visite. A sa vive surprise, la femme de chambre de Rose, trempée jusqu'aux os, l'arrière-petit-fils de Michel hurlant dans ses bras, entra précipitamment dans la pièce. Elle montrait tous les signes de la plus grande frayeur.

— La Garde nationale attend ma maîtresse au Château Satory pour l'arrêter ! Je n'avais nulle part où me réfugier avec l'enfant !

Profondément alarmé, il se leva avec difficulté, s'appuya sur ses cannes.

— Il faut avertir Lady Easterton !

— On s'en occupe, monsieur. Elle viendra ici.

Presque folle de terreur, après avoir redouté, durant tout le trajet, de rencontrer des soldats, elle restait maintenant hébétée. L'eau ruisselait de son bonnet, de ses cheveux, sa jupe s'égouttait sur le tapis.

— Vous êtes ici en sécurité et vous avez bien fait. Je veillerai à ce que vous soyez récompensée. Pour le moment, il vous faut des vêtements secs, à vous et à l'enfant, ou bien vous tomberez malades tous les deux.

Michel prit ses deux cannes dans une main, tendit l'autre vers le cordon de sonnette.

— Ma gouvernante va prendre soin de vous. Il y a là-haut, je le sais, des vêtements qui appartiennent aux femmes de ma famille. Quand vous serez changée, vous reviendrez ici pour me conter très exactement tout ce qui s'est passé. Amenez Charles avec vous. Sa mère voudra le voir dès son arrivée.

Quand Diane réapparut dans le salon de Michel, elle avait absorbé une boisson chaude, ses cheveux avaient été séchés et coiffés, et elle portait une robe de soie verte. Dans la cuisine, la gouvernante avait nourri Charles à la petite cuiller, et il s'était endormi. Il portait des vêtements légèrement jaunis par l'âge : sans doute ceux de l'enfant de sa fille, devina Michel.

— Asseyez-vous, dit-il. En face de moi, près du feu. Voilà qui est bien. A présent, contez-moi votre histoire.

Diane arrangea le châle autour du bébé, le prit contre elle pour s'installer dans le fauteuil. Elle entreprit alors de relater les événements. A peine avait-elle achevé son récit qu'ils entendirent quelqu'un pénétrer dans le vestibule.

— Ce doit être Lady Easterton, dit Michel.

Mais ce ne fut pas la voix de Rose qui leur parvint, et, à en juger par un bruit de pas lourds, le nouvel arrivant n'était pas seul.

— Au nom de la République, je demande à voir le citoyen Balaine.

Avec un cri aigu, Diane sauta sur ses pieds, le bébé dans ses bras.

— Ils viennent me chercher ! Oh ! sauvez-moi, monsieur !

— Personne ne vous emmènera d'ici, déclara Michel d'un ton décidé.

Une fois de plus, il se leva de son fauteuil.

— Vous faites à présent partie de ma maison. Restez près de moi.

Elle obéit. Un valet introduisit un officier de la Garde nationale. C'était un homme corpulent, d'apparence grossière, encore grandi par les hautes plumes qui ornaient son bicorne. Deux de ses soldats le suivaient et se postèrent devant la porte.

— Vous êtes le citoyen Balaine ?

— Oui, répondit Michel. Que venez-vous faire ici ?

— Vous êtes en état d'arrestation !

— Sous quel chef d'accusation ?

Michel était convaincu que cet officier ne possédait pas l'autorité suffisante pour l'arrêter sous le prétexte qu'il donnait asile à une servante et à son propre arrière-petit-fils.

— Vous étiez le peintre de la Cour, non ?

Michel se raidit. Il s'agissait de tout autre chose. Il pressentit ce qui allait venir.

— C'était... il y a longtemps.

— Vous nourrissez donc des sympathies royalistes et vous êtes une menace contre la République.

Le regard de l'officier se fixa sur Diane.

— Qui êtes-vous ?

Michel répondit à la place de la jeune fille terrifiée.

— L'une de mes servantes. Elle n'a aucune part dans l'accusation que vous formulez contre moi.

L'officier fit comme s'il ne l'avait pas entendu.

— Quel est votre nom, citoyenne ?

La réponse vint dans un murmure.

— Diane Arnaud.

— A qui est cet enfant ?

— C'est le mien !

Diane serra plus étroitement Charles contre elle. Si personne ne soupçonnait sa véritable identité, il avait encore une chance de survivre.

— Vraiment...

Les yeux de l'officier passèrent sur Michel, comme pour évaluer la possibilité d'un lien de parenté, avant de revenir à Diane. Elle fut consternée quand, au lieu de ne plus se soucier d'elle, comme elle l'avait espéré, il répéta son nom pour lui-même, comme s'il évoquait un souvenir. Il sortit de sa poche une liste, l'examina. Les yeux durs, sous les épais sourcils, revinrent à la jeune fille.

— Nierez-vous que vous êtes en réalité la femme de chambre de la marquise de Chuard, et cela depuis des années ? Si je n'obtiens pas de vous la vérité, vous en pâtirez d'autant !

— J'étais à son service. Mais il y a quelque temps de cela.

Il posa sur elle un regard accusateur et menaçant, tapota de l'index la feuille qu'il tenait.

— Pas si j'en crois ce qui est écrit ici. Vous avez dû tout récemment changer d'emploi ! Où sont les aristocrates du Château Satory ?

— La duchesse de Valverde est morte, et je n'ai aucune idée de l'endroit où se trouve mon ancienne maîtresse.

Michel Balaine, elle le savait, devait être, comme elle, sur des charbons ardents : Rose pouvait arriver d'un instant à l'autre.

L'officier, par-dessus son épaule, jeta un coup d'œil à son caporal.

— Fouillez la maison. L'aristocrate peut être déguisée en servante. Rassemblez tous les domestiques.

Michel, furieusement, frappa le sol de ses cannes.

— Cette dame n'est pas ici. Et elle ne relève pas de votre compétence. Elle est Lady Easterton, épouse d'un Anglais. C'est donc une ressortissante de l'Angleterre, plus de la France !

L'autre émit un reniflement dédaigneux.

— Alors, pourquoi n'a-t-elle pas franchi la mer ? Puisqu'elle a préféré rester en France, elle est toujours la marquise de Chuard, pour la République.

— Je vous le répète, vous n'avez aucun droit sur elle !

Michel était saisi de rage devant une injustice aussi flagrante. Ce qui pouvait lui arriver était sans importance. Il était vieux, il avait vécu longtemps, mais sa petite-fille avait toute la vie devant elle.

— J'exige qu'on consulte des hommes de loi, et que l'ordre de vous emparer de sa personne soit annulé !

L'officier prit un air féroce.

— La paix, vieil homme ! Vous et vos pareils, vous avez depuis longtemps renoncé à vos droits en choisissant de servir la monarchie plutôt que le peuple.

Il fit un geste brutal.

— Dehors, à présent, et montez dans les fourgons, citoyen Balaine, avec votre maîtresse et votre bâtard !

Il leur permit de prendre des manteaux pour se protéger de la pluie et d'emporter du lait et un peu de bouillie pour l'enfant. On les escorta ensuite jusqu'aux chariots couverts qui attendaient. Il fallut porter Michel pour le mettre en voiture, et l'on poussa ses cannes après lui sur le plancher du véhicule. Tous ses serviteurs, hormis trois qui avaient montré à l'officier les cocardes tricolores qu'ils portaient sous leurs vestes, durent à leur tour monter dans les fourgons, après une mêlée vite réprimée à coups de crosse. L'officier n'avait pas trouvé la moindre trace de la marquise mais il n'en était pas surpris : sans doute fuyait-elle vers l'une des frontières où des gardes au regard particulièrement pénétrant laissaient passer peu de fugitifs. Quant aux domestiques, il allait les livrer au même tribunal que leur maître : après être restés si longtemps à son service, ils devaient être contaminés par ses sympathies royalistes. Cela constituait un fait de trahison qui suffirait à les envoyer à la guillotine.

Rose pressait le pas au long de la route. Après avoir reçu l'avertissement du jardinier qui avait arrêté sa voiture, elle avait ordonné au cocher de faire demi-tour pour la ramener à l'église. Là, elle lui avait donné congé et avait couvert en toute hâte la courte distance qui la séparait de la ville, afin d'y louer une autre voiture qui l'amènerait non loin de la demeure de son grand-père. Elle était descendue devant l'hôtellerie la plus proche, pour ne pas laisser de trace trop évidente. Elle parvint à un détour de la route juste à temps pour voir des fourgons escortés de soldats à pied quitter la résidence de Michel Balaine.

Elle se mit à courir, trouva quelques villageois qui se disposaient à rentrer chez eux après avoir suivi les événements.

— Attendez un instant, je vous en prie ! Que s'est-il passé, dans cette maison ?

Ils étaient tout disposés à partager avec elle leur émotion : dans ses vêtements noirs tout simples, sous son chapeau aux rubans détrempés, dont le bord était distendu, déformé par la pluie, rien en elle ne pouvait faire supposer qu'elle avait un lien quelconque avec la demeure à propos de laquelle elle les questionnait.

— Le vieux peintre qui vit là a été arrêté, et ses serviteurs avec lui. Un des valets a reçu un coup de crosse de mousquet et est resté assommé.

— Y avait-il quelqu'un d'autre avec le peintre ?

— Oui, une jeune femme avec un petit enfant.

La grosse femme au visage rubicond qui venait de parler vit Rose pâlir et s'appuyer contre le mur, comme si toute force l'avait abandonnée. Elle se méprit sur la cause de son malaise.

— Vous attendez un bébé, vous aussi, hein, citoyenne ? Ne vous mettez pas dans cet état. Ils fracassent le crâne des tout-petits contre les montants de la guillotine, mais le vôtre ne subira pas le même sort.

Rose glissa le long du mur, évanouie. On la porta dans l'une des chaumières, on la ranima à grand renfort de gifles et on lui fit boire un mauvais vin rouge. Pendant qu'elle était inconsciente, on avait ouvert sa bourse : on y avait trouvé quelques pièces de monnaie sans grande valeur et des papiers qui l'identifiaient comme l'épouse d'un menuisier. Si elle avait eu davantage, on l'aurait volée, mais, malgré le tissu de bonne qualité de sa robe, elle semblait plus pauvre qu'eux-mêmes, et ils la laissèrent en paix. Quand elle voulut se relever sur des jambes tremblantes, ils l'obligèrent à se rasseoir, lui demandèrent si elle avait une longue route à faire pour rentrer chez elle.

— Je me rends à Paris. Connaîtriez-vous, questionna-t-elle prudemment, une voiture qui m'y emmènerait ? Je pourrais payer une petite somme.

Ceux qui l'entouraient se grattèrent la tête et réfléchirent à la question. Une des femmes finit par mentionner le nom d'un voisin qui possédait une charrette à âne. On l'appela. Il arriva avec sa charrette. Une fois convenu le prix de la course, Rose s'installa à côté de lui, et il la conduisit aux portes de Paris. Chaque matin, lorsqu'elle s'habillait, elle se ceignait la taille d'une ceinture emplie de pièces d'or, de même qu'elle gardait toujours dans sa bourse ses faux papiers, pour les cas d'urgence. Elle avait de quoi soudoyer, elle le savait, le garde le plus consciencieux, lorsqu'elle aurait retrouvé son grand-père, son fils et sa femme de chambre. Si elle découvrait en même temps Richard, son bonheur serait à son comble.

Non loin de là, Richard était assis, la tête entre les mains. Au cours des dernières semaines, son esprit avait retrouvé sa lucidité, et la mémoire lui était revenue. A présent, avec la conscience du temps écoulé, il devenait presque fou d'inquiétude, à la pensée qu'il ne parviendrait pas à recouvrer sa liberté pour rejoindre Rose.

Il faisait presque nuit quand la porte de sa cellule s'ouvrit brusquement. L'épouse du geôlier entra. Il la regarda avec stupeur. Elle était visiblement dans un état d'extrême agitation, les cheveux en désordre, les yeux agrandis par l'affolement. La lanterne qu'elle tenait d'une main s'agitait par saccades, l'écuelle de soupe, dans son autre main, tremblait au point de laisser échapper une partie de son contenu.

— Vite, monsieur, souffla-t-elle. Vous allez bien, maintenant, et vous pouvez partir, mais attachez-moi d'abord.

Elle posa sur le sol l'écuelle et la lanterne, sortit de sa poche une corde et un trousseau de clés.

— Vite, vite... mes mains et mes pieds... J'ai caché l'or que votre ami m'a donné, mais mon mari me tuera si je ne parviens pas à lui faire croire que vous m'avez attaquée au moment où je vous apportais votre souper et que vous m'avez pris les clés. Vite, monsieur, vite !... pendant qu'il est encore à l'auberge.

Un instant après, Richard se retrouvait dans la rue étroite. Une silhouette s'avança vers lui dans la pénombre.

— Dieu soit loué, monsieur, vous avez pu sortir ! C'est M. Balaine qui m'envoie. Venez, à présent.

Une main ferme le prit par le bras, l'entraîna.

Rose s'était rendue tout droit chez Mme Arnaud. A elle et à sa fille veuve, Nicolette, elle dut annoncer avec ménagements l'arrestation de Diane et le motif de son inculpation. Au plus profond de leur détresse, les deux femmes l'accueillirent avec bonté, et elle partagea une chambre avec deux des enfants, dans leur petit logement. Mme Arnaud la mit en garde : il était improbable qu'elle pût découvrir devant quel tribunal et à quelle date aurait lieu le procès qui devait décider du sort de ceux qu'elle recherchait : rien n'était jamais fixé à l'avance.

— Les tribunaux ne sont qu'une farce. Les prisonniers y sont traînés, jugés par des scélérats choisis par la Commune, et le verdict est prononcé en quelques minutes, devant des spectateurs qui hurlent à la manière d'une assistance romaine, pouces baissés pour demander la mort des gladiateurs vaincus. Les exécutions ont parfois lieu dès le lendemain. Elles sont si nombreuses, à présent.

— Je dois donc essayer de faire sortir mon grand-père, Diane et mon fils avant qu'ils ne soient jugés.

— Si vous pouviez les amener ici, suggéra Mme Arnaud. Nous avons des caves profondes où nous pourrions les cacher, les dissimuler à tous les regards.

On s'accorda sur ce plan. Rose acheta une charrette et un cheval plus vif que celui qu'elle avait eu précédemment : il pourrait galoper si besoin était. Elle rassembla toute la layette qu'avait conservée Nicolette et demanda à la jeune femme et à sa mère d'en confectionner rapidement d'autres, pendant qu'elle irait vendre ce qu'elle avait déjà.

Dans le temps assez bref où elle n'était pas revenue à Paris, des changements étaient survenus. A certaines des prisons, elle trouva de nouveaux gardiens qui lui interdirent l'entrée, tout en faisant savoir aux détenus qu'elle avait des vêtements d'enfant à vendre. Elle fut en mesure de juger, par les tailles requises, s'ils pourraient être achetés pour Charles. Au début, tous étaient destinés à des nouveau-nés. Elle prenait en pitié les mères qui avaient dû donner naissance à leurs enfants en prison, tout en sachant que ni elles ni les bébés n'avaient pas bien longtemps à vivre. Là où elle put pénétrer, grâce à des gardiens qu'elle connaissait déjà, elle ne trouva aucune trace de Charles, Michel et Diane. Un matin où elle faisait sa ronde et venait de s'arrêter devant les murailles du Temple, elle vit accourir Nicolette, haletante, le visage creusé par le désespoir.

— Votre grand-père et Diane ! Ils ont été enfermés ici après leur procès et ils sont partis dans une charrette il y a dix minutes ! Je viens de l'apprendre. Ma mère s'est rendue Place de la Révolution pour voir si elle pourrait se glisser à travers l'énorme foule qui s'y est rassemblée et échanger un dernier mot avec Diane.

— Et mon petit garçon ? demanda Rose, livide. Est-il avec eux ?

— Je n'en sais rien !

Nicolette vit que Rose lui avait fait une place sur le siège de la voiture. Elle secoua la tête.

— Je ne peux pas vous accompagner ! Je dois aller retrouver mes enfants.

Rose abattit le fouet sur le dos du cheval qui partit au grand galop. Ceux qui devaient s'écarter précipitamment du chemin de la jeune femme lui criaient des injures, mais elle ne les entendait pas. Sous l'étreinte de la terreur, du désespoir, elle conduisait en automate à grands coups de fouet, le regard fixé droit devant elle. Les roues tressautaient sur les pavés inégaux, glissaient lorsqu'elle prenait un tournant trop serré, et elle évita de justesse plusieurs collisions avec d'autres véhicules. Sachant qu'elle ne pourrait aborder en voiture la Place de la Révolution, elle s'arrêta près d'une ruelle, abandonna son cheval dont la bouche écumait et s'engagea en courant dans un labyrinthe de passages ténébreux. Elle émergea près d'une boutique de bourrelier, non loin de l'immense espace où deux à trois mille spectateurs s'étaient massés.

La guillotine se dressait, haute et sombre, sur une plate-forme surélevée, au centre de la place. Tout le monde pouvait la voir, même les rangs les plus éloignés. Le temps était beau et clair. Déjà, les exécutions avaient commencé. Les soldats battaient du tambour toutes les fois que la lame se relevait pour une nouvelle victime. Venait alors le choc sur le billot, un instant de silence impatient, suivi d'un rugissement de joie lorsqu'on exhibait la tête séparée du corps. On jetait l'un et l'autre dans un panier et l'on recommençait, presque instantanément.

Les charrettes arrivaient par une rue proche de l'endroit où se tenait Rose. Elle entreprit de se frayer un chemin vers les véhicules qui progressaient entre deux rangées de soldats. Elle en était à quelques mètres quand elle vit son grand-père. Debout dans la charrette avec d'autres, il se retenait d'une main à la ridelle, et son visage empreint de fierté ne trahissait rien de l'intolérable souffrance qu'il devait éprouver, sous les cahots du véhicule. Elle l'appela, le bras tendu vers lui, mais sa voix se perdit dans le tumulte. Bien qu'il scrutât les visages, dans la foule, il ne la vit pas, ne l'entendit pas. Près de lui, une femme en châle se retourna. Rose reconnut Diane. Elle tenait Charles dans ses bras.

La jeune femme hurla, se mit à se débattre comme une folle pour s'ouvrir un passage. Ceux qui l'entouraient se débarrassaient d'elle d'une secousse. Ils la croyaient prise de cette hystérie sanguinaire qui s'emparait souvent des femmes instables devant la guillotine. Un homme lui assena sur la tête un coup qui la fit tomber à genoux. Lorsqu'elle parvint à se relever, la charrette était déjà loin. Elle n'avait plus aucun espoir de la rattraper.

Le visage ruisselant de larmes, les bras à demi repliés vers son corps comme pour y bercer l'enfant qui allait être tué sous ses yeux, avec deux autres êtres qui lui étaient chers, elle regarda le véhicule s'arrêter. Ceux qui l'occupaient se mirent à en descendre pour attendre leur tour au pied des marches qui accédaient à la plate-forme. La guillotine achevait son ouvrage sur les condamnés de la charrette précédente.

Dans une angoisse atroce, Rose vit Michel, appuyé sur ses

cannes, gravir les marches de bois. Diane entreprit de le suivre. Elle tenait contre sa joue celle de Charles, comme pour profiter le plus possible de leurs derniers instants ensemble. Michel, alors, fit un geste extraordinaire : il s'immobilisa, comme pour reprendre haleine, laissa tomber ses cannes et se tourna à demi vers Diane, pour lui murmurer quelques mots. Elle lui tendit Charles. De toutes ses forces, il lança l'enfant dans la foule, où deux mains le reçurent. Michel chancela, tomba, disparut, privant ainsi la guillotine de sa proie au moment où sa tête heurta les pavés. Diane, qui se débattait pour le rejoindre, fut traînée jusqu'à la plate-forme. On assujettit sa tête dans la lunette. Les tambours battirent, la lame siffla. Dans la foule, Mme Arnaud se couvrit les yeux de ses mains pour cacher ses larmes.

Déjà, Rose, folle de douleur, luttait de toute son énergie pour rejoindre l'endroit où elle avait vu disparaître Charles. Son grand-père, elle en était convaincue, avait reconnu Mme Arnaud et lui avait lancé l'enfant. Mais, à quelque distance devant elle, elle distingua dans la foule un remous d'excitation. C'était un homme, coiffé d'un bicorne noir, qui avait rattrapé le petit Charles. Il le tenait très haut d'une seule main, le faisait tournoyer.

— On va en faire de la pâtée pour les chiens ! rugissait-il d'une voix de tonnerre, rauque et triomphante.

La foule, en liesse, le laissait passer avec de grandes claques dans le dos.

— Rien de mieux qu'un peu de sang bleu pour fortifier un molosse de combat !

L'enfant pleurait. Rose l'entendait au-dessus du tumulte. Son châle, déplacé par toute cette agitation, exposait au froid ses petits membres, tandis qu'on l'emportait, telle une bannière humaine, loin de la guillotine. La jeune femme affolée s'était lancée sur sa trace, mais l'homme au chapeau noir gagnait de plus en plus de terrain sur elle : la foule s'écartait devant lui, comme si son funeste projet faisait de lui un héros. Si elle le perdait de vue, il pourrait prendre n'importe quelle direction, et elle ne le retrouverait plus, elle n'aurait plus la moindre chance d'arracher l'enfant à ses griffes en lui offrant tout l'or contenu dans sa ceinture.

Tout à coup, elle ne vit plus son petit. L'homme ne le tenait plus à bout de bras. Elle apercevait encore de temps à autre le bicorne noir qui menaçait de disparaître à tout jamais. Elle poussa un nouveau hurlement, fit appel à toute la force qui lui restait pour se frayer un passage. Elle écartait à coups de poing ceux qui se mettaient en travers de son chemin. Ils la repoussaient furieusement, l'aidaient ainsi, sans le vouloir, à avancer. Ce fut l'une de ces poussées qui l'expulsa d'un coup de la foule. Elle découvrit alors que l'homme avait disparu avec son fils. Elle se mit à pleurer, à gémir, à courir de tous côtés. Chaque rue était percée de multiples ruelles. Elle avait l'impression que son cœur allait exploser de souffrance.

— Rose !

Elle se figea sur place, comme si on l'avait saisie à la gorge, tourna la tête, vit Richard sous le bicorne noir. A peine reconnaissable, avec ses cheveux sales qui encadraient un visage envahi de barbe, il tenait contre son épaule leur fils, bien enveloppé dans son châle, et, d'un passage couvert, faisait signe à la jeune femme. Elle s'élança vers lui, et ils s'embrassèrent frénétiquement. Seule, la prudence les amena à abréger l'émotion de ces retrouvailles : tous trois couraient encore le plus grand danger.

— Il nous faut un moyen de transport, dit-il, pour sortir de Paris et gagner la côte.

Rose avait pris Charles dans ses bras et le serrait contre elle.

— J'ai une voiture et un cheval, s'exclama-t-elle. Pas bien loin d'ici.

Ils se hâtèrent vers l'endroit où elle les avait laissés. De sa propre initiative, le cheval s'était un peu éloigné pour boire à une fontaine. Lorsqu'ils furent installés dans la carriole, Richard prit les rênes, et ils se dirigèrent vers les portes du nord de la ville. Ils avaient toute l'apparence d'un couple ordinaire qui venait de passer quelques heures dans la capitale pour y vendre quelques objets négociables, témoin les paquets de vêtements d'enfant qui restaient encore dans la carriole.

Richard avait pour eux trois des faux papiers, obtenus par l'ancien domestique de Michel : même après l'emprisonnement de son maître, le vieil homme avait fidèlement poursuivi sa tâche. Il avait déjà reçu tout l'or nécessaire pour faire ouvrir les portes de la prison de Richard. En dépit de la crainte que lui inspirait son mari, l'épouse du geôlier avait fini par succomber à la tentation.

— Le serviteur de Michel a pu me conter ce qui s'était passé, expliqua Richard, mais il ignorait tout de l'endroit où vous pouviez vous trouver. Au domaine de Michel, un domestique ivre, qui en prenait à ses aises avec les vins de la cave, lui avait donné les détails de l'arrestation. Un soldat avait dit à cet homme qu'on emmenait les prisonniers au Temple. Le serviteur de Michel eut recours à l'or qu'il détenait pour connaître la date de l'exécution. Je ne pouvais qu'espérer que vous vous trouveriez Place de la Révolution quand viendrait ce terrible jour. Je me suis rendu de bonne heure à la guillotine, pour être sûr d'attraper notre fils si Diane me voyait tendre les bras pour le recevoir. Mais c'est votre grand-père qui nous l'a rendu. Ce fut de sa part un bel acte de courage.

Incapable de parler, elle se contenta de hocher la tête. Ils franchirent les portes de Paris, se retrouvèrent sans encombres dans la campagne. La route était longue, jusqu'à la côte, mais ils la couvrirent par petites étapes. Ils dormaient sous la toile de la carriole, enveloppés dans des couvertures de fabrication artisanale, achetées au marché d'un village : Richard trouvait cela plus sûr que de coucher dans des hôtelleries. Parvenus à la côte, ils n'eurent aucune difficulté à trouver un pêcheur disposé à les transporter, pour un bon prix, de l'autre côté de la mer. Ils embarquèrent par une nuit sombre et tranquille. A l'aube, quand ils virent émerger devant eux les blanches falaises de Douvres, ils surent qu'ils avaient laissé derrière eux tous les dangers.

La maison de douaire, à Easterton Hall, dont la dernière occupante avait été la mère de Richard, devint un refuge provisoire pour les Français qui fuyaient la Terreur. Par la suite, quand Robespierre se trouva déchu du pouvoir et dut à son tour affronter la guillotine, l'horrible époque des massacres prit fin. Dès lors, la maison servit à loger le trop-plein d'invités lorsqu'un événement de quelque importance était célébré à Easterton Hall. Ce jour-là, Richard se rendit à la maison, accompagné de son fils qui montait son premier poney. Rose et lui avaient à présent un second enfant, une petite fille qu'ils avaient prénommée Muguette.

— Allez-vous rester longtemps ici, papa ? demanda Charles, quans ils eurent mis pied à terre.

— Non. Je dois simplement discuter de quelques travaux de rénovation. Soyez sage et allez jouer, jusqu'à ce que je vous appelle.

Charles connaissait bien la maison : il y était venu souvent. Pendant que son père parlait avec l'intendant des murs de la salle à manger, il se mit en quête d'une distraction pour passer le temps. Son attention fut attirée par une collection de plumes d'oie posées sur un secrétaire en bois de rose. Le meuble, il le savait, avait appartenu à une vieille dame de la famille, morte depuis longtemps. Il attira un fauteuil, grimpa dessus et s'absorba dans un jeu de son invention : les plumes étaient des chevaux, et il les faisait courir sur la surface polie du bois. Il y était encore quand Richard, qui s'était mis à sa recherche, pénétra dans la pièce.

— Venez, Charles. Il est temps de partir.

A la manière de tous les enfants, Charles tenait à faire courir les plumes une fois encore. Dans sa hâte, il faillit les faire tomber du secrétaire. Il tendit le bras pour les retenir et, dans ce mouvement, pressa sans le vouloir un ressort secret. Un tiroir caché s'ouvrit brusquement, lui heurta la main.

— Oh ! fit-il.

C'était un cri de surprise plutôt que de douleur.

— Qu'avez-vous trouvé là ? s'exclama Richard.

L'existence de ce tiroir lui était restée inconnue. Ensemble, son fils et lui regardèrent à l'intérieur, découvrirent un mince paquet qui portait une étiquette. L'encre était décolorée, mais, en s'approchant de la fenêtre, Richard reconnut l'écriture de sa grand-mère. *Pour l'épouse de Richard.* Il ouvrit le paquet, sourit à ce qu'il y découvrit.

Après avoir laissé son fils au château avec sa gouvernante, Richard se mit à la recherche de Rose. Il l'aperçut de loin. Elle se trouvait au sommet d'une éminence herbeuse. De là, on découvrait la mer. Son regard, sous le large bord du chapeau de paille, était dirigé vers la France.

Comme le supposait Richard, ses souvenirs, en ce jour, étaient poignants. Elle songeait au petit garçon de Marie-Antoinette, Louis XVII, mort au Temple dans des circonstances suspectes. Par bonheur, sa sœur avait été rendue aux Autrichiens : elle vivait à la Cour de Vienne, d'où sa mère, bien des années plus tôt, était partie pour contracter une union vouée au malheur. La malheureuse Madame Elisabeth, qui était restée jusqu'à la fin proche de Marie-Antoinette, avait été guillotinée, elle aussi. Quant au Château de Versailles, il avait été dépouillé de ses trésors. Bon nombre de chefs-d'œuvre de la peinture et de la sculpture avaient été transportés au Louvre. Les plus beaux meubles embellissaient les édifices qui abritaient les services du gouvernement républicain. Tout le reste avait été vendu, dispersé aux quatre coins du monde.

— Rose, mon aimée, j'ai un cadeau très particulier à vous faire.

Elle se retourna, vit Richard gravir la pente. Il cachait la surprise derrière son dos. Elle haussa les sourcils en souriant.

— Je me demande ce que cela peut bien être.

Il l'embrassa avant de lui offrir ce gage d'amour. C'était un éventail, à la soie jaunie par l'âge. Elle le déploya d'un geste gracieux, le reconnut aussitôt : il figurait sur un portrait qu'elle avait caché dans la chambre forte du Château Satory. Le feuillet, dont les teintes délicates miroitaient au soleil, montrait Versailles, avant les premiers agrandissements.

— L'éventail de Marguerite, murmura-t-elle.

— Le vôtre, à présent, mon amour.

Avec un signe de tête, elle se retourna vers la France, l'éventail serré contre son cœur. Un jour, peut-être, Versailles sortirait de son sommeil. Jamais elle ne cesserait d'attendre ce jour.

ÉGALEMENT CHEZ POCKET
LITTÉRATURE GÉNÉRALE

Alberoni Francesco
Le choc amoureux
L'érotisme
L'amitié
Le vol nuptial
Les envieux
La morale
Je t'aime

Arnaud Georges
Le salaire de la peur

Barjavel René
Les chemins de Katmandou
Les dames à la licorne
Le grand secret
La nuit des temps
Une rose au paradis

Berberova Nina
Histoire de la baronne Boudberg
Tchaïkovski

Bernanos Georges
Journal d'un curé de campagne
Nouvelle histoire de Mouchette
Un crime

Besson Patrick
Le dîner de filles

Blanc Henri-Frédéric
Combats de fauves au crépuscule
Jeu de massacre

Boulgakov Mikhaïl
Le Maître et Marguerite
La garde blanche

Boulle Pierre
La baleine des Malouines
L'épreuve des hommes blancs
La planète des singes
Le pont de la rivière Kwaï
William Conrad

Boyle T. C.
Water Music

Bragance Anne
Anibal
Le voyageur de noces
Le chagrin des Resslingen

Brontë Charlotte
Jane Eyre

Burgess Anthony
L'orange mécanique
Le testament de l'orange

Buzzati Dino
Le désert des Tartares
Le K
Nouvelles (bilingue)
Un amour

Carrière Jean
L'épervier de Maheux
Achigan

Carrière Jean-Claude
La controverse de Valladolid
Le Mahabharata
La paix des braves
Simon le mage

Cesbron Gilbert
Il est minuit, docteur Schweitzer

Chandernagor Françoise
L'allée du roi

Chang Jung
Les cygnes sauvages

Chateaureynaud G.-O.
Le congrès de fantomologie
Le château de verre
La faculté des songes

Cholodenko Marc
Le roi des fées

Clavel Bernard
Le carcajou
Les colonnes du ciel
1. La saison des loups

2. La lumière du lac
3. La femme de guerre
4. Marie Bon Pain
5. Compagnons du Nouveau Monde

La grande patience

1. La maison des autres
2. Celui qui voulait voir la mer
3. Le cœur des vivants
4. Les fruits de l'hiver

Jésus, le fils du charpentier

Courrière Yves
Joseph Kessel

David-Néel Alexandra
Au pays des brigands gentilshommes
Le bouddhisme du Bouddha
Immortalité et réincarnation
L'Inde où j'ai vécu
Journal (2 tomes)
Le Lama aux cinq sagesses
Magie d'amour et magie noire
Mystiques et magiciens du Tibet
La puissance du néant
Le sortilège du mystère
Sous une nuée d'orages
Voyage d'une Parisienne à Lhassa
La lampe de sagesse
La vie surhumaine de Guésar de Ling

Deniau Jean-François
La Désirade
L'empire nocturne
Le secret du roi des serpents
Un héros très discret
Mémoires de 7 vies

Fernandez Dominique
Le promeneur amoureux

Fitzgerald Scott
Un diamant gros comme le Ritz

Forester Cecil Scott
Aspirant de marine
Lieutenant de marine
Seul maître à bord
Trésor de guerre
Retour à bon port
Le vaisseau de ligne
Pavillon haut
Le seigneur de la mer
Lord Hornblower
Mission aux Antilles

France Anatole
Crainquebille
L'île des pingouins

Franck Dan/Vautrin Jean
La dame de Berlin
Le temps des cerises
Les noces de Guernica
Mademoiselle Chat

Gallo Max
Napoléon

1. Le chant du départ
2. Le soleil d'Austerlitz
3. L'empereur des rois
4. L'immortel de Sainte-Hélène (à paraître)

Genevoix Maurice
Beau François
Bestiaire enchanté
Bestiaire sans oubli
La forêt perdue
Le jardin dans l'île
La Loire, Agnès et les garçons
Le roman de Renard
Tendre bestiaire

Giroud Françoise
Alma Mahler
Jenny Marx
Cœur de tigre
Cosima la sublime

Grèce Michel de
Le dernier sultan
L'envers du soleil – Louis XIV
La femme sacrée
Le palais des larmes
La Bouboulina

Hermary-Vieille Catherine
Un amour fou
Lola
L'initié

Inoué Yasushi
La geste des Sanada

Jacq Christian
L'affaire Toutankhamon
Champollion l'Égyptien
Maître Hiram et le roi Salomon
Pour l'amour de Philae
Le juge d'Égypte
1. La pyramide assassinée
2. La loi du désert
3. La justice du Vizir
La reine soleil
Barrage sur le Nil
Le moine et le vénérable
Sagesse égyptienne
Ramsès
1. Le fils de la lumière
2. Le temple des millions d'années
3. La bataille de Kadesh
4. La dame d'Abou Simbel
5. Sous l'acacia d'Occident
Les Égyptiennes

Janicot Stéphanie
Les matriochkas

Joyce James
Les gens de Dublin

Kafka Franz
Le château
Le procès

Kazantzaki Nikos
Alexis Zorba
Le Christ recrucifié
La dernière tentation du Christ
Lettre au Greco
Le pauvre d'Assise

Kessel Joseph
Les amants du Tage
L'armée des ombres
Le coup de grâce
Fortune carrée
Pour l'honneur

Lainé Pascal
Elena

Lapierre Alexandra
L'absent
La lionne du boulevard
Fanny Stevenson

Lapierre Dominique
La cité de la joie
Plus grand que l'amour
Mille soleils

Lapierre Dominique
et **Collins Larry**
Cette nuit la liberté
Le cinquième cavalier
Ô Jérusalem
... ou tu porteras mon deuil
Paris brûle-t-il ?

Lawrence D.H.
L'amant de Lady Chatterley

Lê Linda
Les trois Parques

Léautaud Paul
Le petit ouvrage inachevé

Levi Primo
Si c'est un homme

Lewis Roy
La véritable histoire du dernier roi socialiste
Pourquoi j'ai mangé mon père

Loti Pierre
Pêcheur d'Islande

Lucas Barbara
Infirmière aux portes de la mort

Mallet-Joris Françoise
La maison dont le chien est fou
Le rempart des Béguines

Mauriac François
Le romancier et ses personnages
Le sagouin

Messina Anna
La maison dans l'impasse

Michener James A.
Alaska
1. La citadelle de glace
2. La ceinture de feu
Caraïbes (2 tomes)

Hawaii (2 tomes)
Mexique
Docteur Zorn

Milovanoff Jean-Pierre
La splendeur d'Antonia
Le maître des paons

Mimouni Rachid
De la barbarie en général et de l'intégrisme en particulier
Le fleuve détourné
Une peine à vivre
Tombéza
La malédiction
Le printemps n'en sera que plus beau
Chroniques de Tanger

Miquel Pierre
Le chemin des Dames

Mitterrand Frédéric
Les aigles foudroyés

Monteilhet Hubert
Néropolis

Montupet Janine
La dentellière d'Alençon
La jeune amante
Un goût de miel et de bonheur sauvage

Morgièvre Richard
Fausto
Andrée
Cueille le jour

Nakagami Kenji
La mer aux arbres morts
Mille ans de plaisir

Nasr Eddin Hodja
Sublimes paroles et idioties

Nin Anaïs
Henry et June (Carnets secrets)

Perec Georges
Les choses

Peyramaure Michel
Henri IV
1. L'enfant roi de Navarre
2. Ralliez-vous à mon panache
3. Les amours, les passions et la gloire

Purves Libby
Comment ne pas élever des enfants parfaits
Comment ne pas être une mère parfaite
Comment ne pas être une famille parfaite

Queffelec Yann
La femme sous l'horizon
Le maître des chimères
Prends garde au loup
La menace

Radiguet Raymond
Le diable au corps

Ramuz C.F.
La pensée remonte les fleuves

Rey Françoise
La femme de papier
La rencontre
Nuits d'encre
Marcel facteur

Rouanet Marie
Nous les filles
La marche lente des glaciers

Sagan Françoise
Aimez-vous Brahms..
... et toute ma sympathie
Bonjour tristesse
La chamade
Le chien couchant
Dans un mois, dans un an
Les faux-fuyants
Le garde du cœur
La laisse
Les merveilleux nuages
Musiques de scènes
Répliques
Sarah Bernhardt

Un certain sourire
Un orage immobile
Un piano dans l'herbe
Un profil perdu
Un chagrin de passage
Les violons parfois
Le lit défait
Un peu de soleil dans l'eau froide
Des bleus à l'âme
Le miroir égaré

Salinger Jerome-David
L'attrape-cœur
Nouvelles

Sarraute Claude
Des hommes en général et des femmes en particulier

Saumont Annie
Après
Les voilà quel bonheur
Embrassons-nous

Stocker Bram
Dracula

Tartt Donna
Le maître des illusions

Troyat Henri
Faux jour
La fosse commune
Grandeur nature
Le mort saisit le vif
Les semailles et les moissons
1. Les semailles et les moissons
2. Amélie
3. La Grive
4. Tendre et violente Élisabeth
5. La rencontre

La tête sur les épaules

Vialatte Alexandre
Antiquité du grand chosier
Badonce et les créatures
Les bananes de Königsberg
Les champignons du détroit de Behring
Chronique des grands micmacs
Dernières nouvelles de l'homme
L'éléphant est irréfutable
L'éloge du homard et autres insectes utiles
Et c'est ainsi qu'Allah est grand
La porte de Bath Rahbim

Villers Claude
Les grands aventuriers
Les grands voyageurs
Les stars du cinéma
Les voyageurs du rêve

Wallace Lewis
Ben-Hur

Waltari Mika
Les amants de Byzance
Jean le Pérégrin

Xénakis Françoise
"Désolée, mais ça ne se fait pas"

ROMAN

Adler Elizabeth
Secrets en héritage
Le secret de la villa Mimosa

Ashley Shelley V.
L'enfant de l'autre rive
L'enfant en héritage

Beauman Sally
Destinée

Bennett Lydia
L'héritier des Farleton
L'homme aux yeux d'or
Le secret d'Anna

Benzoni Juliette
Les dames du Méditerranée-Express
1 – La jeune mariée
2 – La fière Américaine
3 – La princesse mandchoue
Fiora
1 – Fiora et le Magnifique
2 – Fiora et le Téméraire
3 – Fiora et le pape
4 – Fiora et le roi France
Les loups de Lauzargues
1 – Jean de la nuit
2 – Hortense au point du jour
3 – Félicia au soleil couchant
Les Treize Vents
1 – Le voyageur
2 – Le réfugié
3 – L'intrus
4 – L'exilé
Le boiteux de Varsovie
1 – L'étoile bleue
2 – La rose d'York
3 – L'opale de Sissi
4 – Le rubis de Jeanne la folle
Un aussi long chemin
Secret d'État
1 - La chambre de la reine
2 – Le roi des Halles

Binchy Maeve
Le cercle des amies
Noces irlandaises
Retour en Irlande
Les secrets de Shancarrig
Portraits de femmes

Blair Leona
Les demoiselles de Brandon Hall

Bradshaw Gillian
Le phare d'Alexandrie
Pourpre impérial

Bright Freda
La bague au doigt

Bruce Debra
La maîtresse du Loch Leven

Cash Spellmann Cathy
La fille du vent
L'Irlandaise

Chamberlain Diane
Vies secrètes
Que la lumière soit
Le faiseur de pluie

Chase Lindsay
Un amour de soie

Collins Jackie
Les amants de Beverly Hills
Le grand boss
Lady boss
Lucky
Ne dis jamais jamais
Rock star
Les enfants oubliés

Collins Joan
Love
Saga

Courtille Anne
Les dames de Clermont
1 – Les dames de Clermont
2 – Florine

Cousture Arlette
Émilie
Blanche

Crane Teresa
Demain le bonheur
Promesses d'amour

Dailey Janet
L'héritière
Mascarade
L'or des Trembles
Rivaux
Les vendanges de l'amour

Delinsky Barbara
La confidente

Denker Henry
Le choix du docteur Duncan
La clinique de l'espoir
L'enfant qui voulait mourir
Hôpital de la montagne
Le procès du docteur Forrester
Elvira
L'infirmière

Dervin Sylvie
Les amants de la nuit

Deveraux Jude
La princesse de feu
La princesse de glace

Falconer Colin
Les nuits de Topkapi

Gage Elizabeth
Un parfum de scandale

Gallois Sophie
Diamants

Goudge Eileen
Le jardin des mensonges
Rivales

Greer Luanshya
Bonne Espérance
Retour à Bonne Espérance

Gregory Philippa
Sous le signe du feu
Les enchaînés

Haran Maeve
Le bonheur en partage

Ibbotson Eva
Les matins d'émeraude

Jaham Marie-Reine de
La grande Béké
Le maître-savane
L'or des îles (t. 1)
Le sang du volcan (t. 2)

Jones Alexandra
La dame de Mandalay
La princesse de Siam
Samsara

Krantz Judith
Flash
Scrupules 1
Scrupules 2

Krentz Jayne Ann
Coup de folie

Laker Rosalind
Aux marches du palais
Les tisseurs d'or
La tulipe d'or
Le masque de Venise
Le pavillon de sucre

Lancar Charles
Adélaïde
Adrien

Lansbury Coral
La mariée de l'exil

McNaught Judith
L'amour en fuite
Garçon manqué

Philipps Susan Elizabeth
La belle de Dallas

Pilcher Rosamund
Retour en Cornouailles

Plain Belva
À l'aube l'espoir se lève aussi
Et soudain le silence
Promesse

Purcell Deirdre
Passion irlandaise
L'été de nos seize ans
Une saison de lumière

Rainer Dart Iris
Le cœur sur la main
Une nouvelle vie

Rivers Siddons Anne
La Géorgienne
La jeune fille du Sud
La maison d'à côté
La plantation
Quartiers d'été
Vent du sud
La maison des dunes
Ballade italienne

Roberts Anne Victoria
Possessions

Ryman Rebecca
Le trident de Shiva
Le voile de l'illusion

Shelby Philip
L'indomptable

Simons Paullina
Le silence d'une femme

Sloan Susan R.
Karen au cœur de la nuit

Spencer Joanna
Les feux de l'amour
1 – Le secret de Jill
2 – La passion d'Ashley

Steel Danielle
Accident
Coups de cœur
Disparu
Joyaux
Le cadeau
Naissances
Un si grand amour
Plein ciel
Cinq jours à Paris
La foudre
Malveillance
La maison des jours heureux
Au nom du cœur

Taylor Bradford Barbara
Les femmes de sa vie

Torquet Alexandre
Ombre de soie

Trollope Johanna
Un amant espagnol
Trop jeune pour toi
La femme du pasteur
De si bonnes amies

Varel Brigitte
L'enfant du Trièves

Victor Barbara
Coriandre

Walker Elizabeth
L'aube de la fortune

Westin Jane
Amour et gloire

Wilde Jennifer
Secrets de femme

Wood Barbara
African Lady
Australian Lady
Séléné
Les vierges du paradis
La prophétesse

Cet ouvrage a été reproduit
par procédé photomécanique par la
SOCIÉTÉ NOUVELLE FIRMIN-DIDOT
Mesnil-sur-l'Estrée
pour le compte des Éditions Pocket
en mars 1999

POCKET - 12, avenue d'Italie - 75627 PARIS CEDEX 13
Tél. : 01-44-16-05-00

Imprimé en France
Dépôt légal : avril 1990
N° d'impression : 46174

POCKET - 12, avenue d'Italie - 75627 PARIS CEDEX 13
Tél. : 01-44-16-05-00

Imprimé en France